»ES BEGINNT
MIT MANGEL
UND VERLANGEN.

ES BEGINNT MIT
BLUT UND ANGST.

ES BEGINNT
MIT EINEM
HEXENFUND.«

DEBORAH HARKNESS

A Discovery of Witches

Die Seelen der Nacht

DEBORAH HARKNESS

A DISCOVERY OF WITCHES

DIE SEELEN DER NACHT

Roman

Deutsch von Christoph Göhler

penhaligon

Die Originalausgabe erschien 2011 unter dem Titel »A Discovery of Witches«
bei Viking, published by The Penguin Group, New York.

Die in Kapitel 20 zitierten Passagen aus Charles Darwin,
»Vom Ursprung der Arten«, stammen aus der 1860
in der Schweizerbart'schen Verlagshandlung erschienenen Ausgabe.

FSC www.fsc.org
MIX
Papier | Fördert
gute Waldnutzung
FSC® C014496

Penguin Random House Verlagsgruppe FSC® N001967

1. Auflage

Redaktion: Susann Rehlein
Umschlaggestaltung: Anke Koopmann | Designomicon
Umschlagmotive: Shutterstock.com (bogadeva1983; Jozsef Bagota)
Druck und Bindung: GGP Media GmbH, Pößneck
LH · Herstellung: fe
Satz: Uhl + Massopust, Aalen
Printed in Germany
ISBN: 978-3-7645-3334-2

www.penhaligon.de

Für Leslie und Jake und ihre strahlende Zukunft

ES BEGINNT MIT MANGEL UND VERLANGEN.
ES BEGINNT MIT BLUT UND ANGST.
ES BEGINNT MIT EINEM HEXENFUND.

Kapitel 1

Das in Leder gebundene Manuskript schien nicht weiter bemerkenswert zu sein. Für einen gewöhnlichen Historiker hätte es sich nicht von unzähligen anderen, ebenso alten und zerlesenen Handschriften in der Bodleian Library in Oxford unterschieden. Aber als ich es in Händen hielt, war mir sofort klar, dass es damit irgendetwas auf sich hatte.

An diesem Nachmittag Ende September war so gut wie niemand im Duke-Humfrey-Lesesaal, und da der sommerliche Ansturm der Gelehrten auf Studienreise inzwischen abgeebbt war und der Tumult zu Anfang des Herbstsemesters noch nicht eingesetzt hatte, wurden die angeforderten Schriften prompt geliefert. »Dr. Bishop, die angeforderten Handschriften liegen jetzt vor«, flüsterte Sean mit leiser Ironie, als ich an die Ausleihtheke trat. Die alten Ledereinbände hatten auf dem Rautenmuster seines Pullovers rostfarbene Streifen hinterlassen, die er verlegen wegzuwischen versuchte. Dabei sprang eine sandfarbene Locke in seine Stirn.

»Danke.« Ich schenkte ihm ein ergebenes Lächeln. Schließlich missachtete ich ungeniert alle Ausleihbeschränkungen, und Sean, der während unserer gemeinsamen Studienzeit viele, viele Stunden mit mir unter der rosa Stuckdecke in dem Pub auf der anderen Straßenseite verbracht hatte, hatte meine Anforderungen seit über einer Woche klaglos erfüllt. »Und hör auf, mich Dr. Bishop zu nennen. Ich habe immer das Gefühl, du meinst jemand anderen.«

Grinsend schob er die Manuskripte aus dem Magazin der Bodleian – jedes einzelne enthielt einzigartige alchemistische Illustrationen und steckte in einem grauen Schutzkarton – über die abgewetzte Ausleihtheke. »Ach, da liegt noch eines.« Sean verschwand kurz in dem Gitterverschlag und kehrte mit einem dicken, in schlichtes fleckiges Kalbsleder gebundenen Manuskript im Quartformat zurück. Er legte es oben auf den Stapel und beugte sich vor, um es in Augenschein zu nehmen. Der dünne Goldrand seiner Brille funkelte im matten Schein der alten bronzenen Leselampe, die an einem Regal klemmte. »Das hier wurde schon länger nicht mehr verlangt. Ich mache mir einen Vermerk, dass es in einen Schutzkarton gesteckt wird, wenn du es zurückgegeben hast.«

»Soll ich dich daran erinnern?«

»Nein. Es ist schon fest vermerkt.« Sean tippte sich an die Stirn.

»Offenbar ist dein Gedächtnis besser organisiert als meines.« Mein Lächeln wurde breiter.

Sean sah mich schüchtern an und zupfte an dem Ausleihzettel, der aber fest zwischen dem Umschlag und den ersten Seiten klemmte. »Das hier will einfach nicht loslassen«, kommentierte er.

Plötzlich redeten gedämpfte Stimmen aufeinander ein und durchdrangen die vertraute Stille des Lesesaales.

»Hast du das gehört?« Verwirrt drehte ich mich nach den merkwürdigen Geräuschen um.

»Was denn?«, fragte Sean und sah von dem Manuskript auf.

Mir fiel auf, dass an den Manuskriptkanten die Überreste eines Goldschnittes glänzten. Aber diese verblassten Goldreste konnten unmöglich der Grund für das schwache Schillern sein, das zwischen den Seiten hervorzudringen schien. Ich blinzelte.

»Ach nichts.« Hastig legte ich die Hand auf das Manuskript; meine Haut begann zu prickeln, sobald ich das Leder berührte. Seans Finger hielten immer noch den Ausleihzettel, der sich jetzt widerstandslos aus der Bindung löste. Als ich den Bücherstapel hochwuchtete und mit dem Kinn festklemmte, stieg mir ein beklemmender Geruch in die Nase, der die vertrauten Bibliotheksgerüche nach gespitzten Bleistiften und Bohnerwachs überlagerte.

»Diana? Ist alles okay?«, fragte Sean besorgt.

»Es geht mir gut. Ich bin nur ein bisschen müde«, erwiderte ich und reckte die Nase höher über die Bücher.

Eilig marschierte ich durch den ältesten, aus dem sechzehnten Jahrhundert stammenden Teil der Bibliothek, vorbei an den Reihen von abgewetzten elisabethanischen Lesetischen mit den drei ansteigenden Bücherregalen, zwischen denen die gotischen Fenster die Aufmerksamkeit des Lesers auf die Kassettendecke lenkten, an der strahlend bunt und vergoldet das Universitätswappen mit den drei Kronen und dem offenen Buch prangte und wo aus der Höhe wiederholt das Motto »Deus illuminatio mea – Gott ist mein Licht« verkündet wurde.

An diesem Freitagabend hielt sich außer mir nur eine weitere amerikanische Wissenschaftlerin in der Bibliothek auf. Gillian Chamberlain war Altphilologin, lehrte in Bryn Mawr und brachte ihre Zeit damit zu, über in Glas eingefassten Papyrusfetzen zu brüten. Ich versuchte, jeden Blickkontakt zu vermeiden, als ich an ihr vorbeihuschte, doch das Quietschen der alten Dielen verriet mich.

Meine Haut kribbelte, so wie immer, wenn mich eine andere Hexe ansah.

»Diana?«, rief sie aus dem Halbdunkel. Ich erstickte ein Seufzen und blieb stehen.

»Hi, Gillian.« Ich wusste selbst nicht, warum ich so eifersüchtig über meinen Handschriftenstapel wachte, aber ich blieb so weit wie möglich von der Hexe entfernt stehen und drehte den Oberkörper weg, damit sie meine Schätze nicht zu sehen bekam.

»Was machst du an Mabon?« Gillian kam bei jeder Gelegenheit an meinen Lesetisch und forderte mich auf, Zeit mit meinen »Schwestern« zu verbringen, solange ich in der Stadt war. Nachdem es nur noch ein paar Tage bis zur Wicca-Feier, der herbstlichen Tagundnachtgleiche, waren, verdoppelte sie zurzeit ihre Bemühungen, mich in den hiesigen Hexenkonvent zu locken.

»Arbeiten«, erwiderte ich.

»Es gibt hier ein paar ausgesprochen nette Hexen, weißt du?«, sagte Gillian tadelnd. »Du solltest am Montag wirklich vorbeikommen.«

»Danke. Ich werde es mir überlegen«, sagte ich und war schon wieder auf dem Weg zum Selden End, einem luftigen Anbau aus dem siebzehnten Jahrhundert, der quer zur Hauptachse des Duke-Humfrey-

Lesesaales verlief. »Allerdings muss ich noch einen Vortrag für eine Konferenz fertigstellen, also zähl lieber nicht auf mich.« Meine Tante Sarah hatte mich oft gewarnt, dass Hexen einander nicht belügen können, aber das hatte mich nicht davon abgehalten, es immer wieder zu versuchen.

Gillian gab ein mitfühlendes Brummen von sich, aber ich spürte ihren Blick im Rücken.

An meinem angestammten Arbeitsplatz, gegenüber den Bleiglasfenstern, konnte ich nur mit Mühe der Versuchung widerstehen, die Handschriften auf den Tisch fallen zu lassen und mir sofort die Hände abzuwischen. Stattdessen setzte ich den Stapel so behutsam ab, wie es seinem Alter gebührte.

Das Manuskript, das den Ausleihzettel so widerwillig herausgerückt hatte, lag obenauf. Auf dem Buchrücken war das goldene Wappen Elias Ashmoles eingeprägt, eines Schriftensammlers und Alchemisten aus dem siebzehnten Jahrhundert, dessen Bücher und Papiere, darunter auch die Nummer 782, im neunzehnten Jahrhundert vom Ashmolean Museum in die Bodleian Library überführt worden waren. Argwöhnisch berührte ich das braune Leder.

Ein leichter Schlag ließ mich zurückzucken, allerdings nicht schnell genug. Das Kribbeln kroch an meinen Armen aufwärts und richtete dabei sämtliche Härchen auf, dann breitete es sich über meine Schultern aus und verhärtete meine Hals- und Rückenmuskeln. Das Kribbeln legte sich bald wieder, aber zurück blieb ein Gefühl wie dumpfe unerwiderte Begierde. Erschrocken über meine Reaktion trat ich einen Schritt zurück.

Selbst aus dieser Entfernung provozierte mich das Manuskript – als stellte es einen Angriff auf den Schutzwall dar, den ich zwischen meine wissenschaftlichen Leistungen als Historikerin und mein Geburtsrecht als letzte Hexe aus dem Geschlecht der Bishops errichtet hatte. Nachdem ich mir mühsam einen Doktortitel und eine Festanstellung mitsamt Lehrauftrag erarbeitet hatte und meine Karriere jetzt allmählich in Schwung kam, hatte ich dem Erbe meiner Familie abgeschworen und mir ein Leben geschaffen, in dem allein Vernunft und wissenschaftliche Fakten zählten, nicht mysteriöse Ahnungen oder Zauberei. Ich war in Oxford, um ein Forschungsprojekt zu Ende zu bringen. Sobald ich es abgeschlossen hatte, würden meine Befunde veröffentlicht und anschließend meinen menschlichen Kollegen präsentiert werden, wobei keinerlei Raum für Mysterien oder andere Dinge bleiben würde, die man nur mit dem sechsten Sinn einer Hexe erfassen kann.

Nun jedoch hatte ich – wenn auch ungewollt – eine alchemistische Handschrift aus dem Archiv angefordert, die ich für meine Recherchen brauchte und die gleichzeitig eine übernatürliche Macht zu besitzen schien, die ich nicht ignorieren konnte. Es juckte mich in den Fingern, das Manuskript aufzuschlagen und mehr zu erfahren. Doch ein noch stärkerer Impuls hielt mich zurück: War meine Neugier allein intellektuell und durch wissenschaftlichen Forscherdrang begründet?

Ich atmete tief die Bibliotheksluft ein, schloss die Augen und hoffte, dass ich dadurch klarer sehen würde. Die Bodleian Library war mir immer ein Zufluchtsort gewesen, ein Platz, der nicht das Geringste mit den Bishops zu tun hatte. Die zitternden Hände unter die Achseln geklemmt, starrte ich im trüber werdenden Abendlicht auf *Ashmole 782* und überlegte, was ich jetzt tun sollte.

Meine Mutter hätte instinktiv gewusst, was zu tun war. Die meisten Bishops waren talentierte Hexen und Hexer, aber meine Mutter Rebecca war etwas ganz Besonderes gewesen. Das sagten alle. Ihre übernatürlichen Fähigkeiten hatten sich früh gezeigt, und schon in der Grundschule hatte sie mit ihrem intuitiven Verständnis für alle Hexensprüche, ihren verblüffenden Vorahnungen und ihrer unheimlichen Begabung, Menschen und Ereignisse zu durchschauen, die meisten älteren Hexen im örtlichen Hexenkonvent ausgestochen. Meine Tante Sarah, die jüngere Schwester meiner Mutter, war ebenfalls eine begabte Hexe, aber ihre Talente waren nichts Ungewöhnliches: Geschick beim Mischen der verschiedenen Zaubermittel und die perfekte Beherrschung der überlieferten Sprüche und Beschwörungen.

Natürlich wussten meine Historikerkollegen nichts von meiner Familie, aber in Madison, der abgelegenen Kleinstadt im Staat New York, wo ich seit meinem siebten Geburtstag bei meiner Tante Sarah gelebt hatte, kannte wirklich jeder die Bishops. Nach dem Revolutionskrieg waren meine Vorfahren von Massachusetts dorthin gezogen. Damals waren schon über hundert Jahre vergangen, seit man Bridget Bishop in Salem hingerichtet hatte. Trotzdem war meinen Vorfahren das Gemunkel und Getuschel in die neue Heimat nachgefolgt, woraufhin sie sich nach Kräften bemüht hatten, allen zu demonstrieren, wie praktisch es sein konnte, in der Nachbarschaft Hexen zu haben, die Kranke heilen und das Wetter vorhersagen konnten. Im Lauf der Zeit hatten die Bishops so tiefe Wurzeln in der Gemeinschaft geschlagen, dass sie all die unausweichlichen Ausbrüche von Hysterie und menschlichem Aberglauben überstanden hatten.

Doch meine Mutter war von einer unstillbaren Neugier auf die Welt getrieben, die sie aus dem sicheren Madison herausgeführt hatte. Erst ging sie nach Harvard, wo sie einen jungen Hexer namens Stephen Proctor kennenlernte, der sich genau wie sie danach sehnte, dem Dunstkreis seiner Familie zu entkommen, die auf eine lange Geschichte in Neuengland zurückblicken konnte. Rebecca Bishop und Stephen Proctor waren ein charmantes Paar, auch weil die typisch amerikanische Offenheit meiner Mutter die eher altmodische Förmlichkeit meines Vaters kontrastierte. Beide studierten Anthropologie, tauchten in fremde Kulturen und Religionen ein und waren nicht nur durch ihre innige Liebe verbunden, sondern auch durch ihre intellektuelle Leidenschaft. Nachdem beide an einer Universität in der Gegend eine Anstellung gefunden hatten – meine Mutter an ihrer Alma Mater, mein Vater in Wellesley –, unternahmen sie gemeinsam Forschungsreisen ins Ausland und schufen in Cambridge ein Heim für ihre neue Familie.

Ich habe nur wenige Erinnerungen an meine Kindheit, aber jede einzelne davon ist mir lebendig und überraschend deutlich im Gedächtnis. Alle drehen sich um meine Eltern: Wie sich der Cord am Ellbogen meines Vaters anfühlte, wie das Maiglöckchenparfüm meiner Mutter duftete, wie ihre Weingläser klirrten, wenn die beiden anstießen, nachdem sie mich zu Bett gebracht hatten, um danach bei Kerzenlicht zu Abend zu essen. Meine Mutter erzählte mir Gutenachtgeschichten, und die braune Aktentasche meines Vaters klapperte, wenn er sie an der Haustür fallen ließ. Mit diesen Erinnerungen könnten sich die meisten Menschen identifizieren.

Mit anderen Erinnerungen an meine Eltern eher nicht. Zum Beispiel kann ich mich nicht entsinnen, dass meine Mutter je Wäsche gewaschen hätte, trotzdem waren meine Anziehsachen immer sauber und ordentlich zusammengelegt. Der vergessene Erlaubniszettel für den Zoobesuch lag auf wundersame Weise unter meinem Schultisch, wenn die Lehrerin ihn einsammeln kam. Und ganz gleich, wie es im Arbeitszimmer meines Vaters aussah, wenn ich hineinging, um ihm einen Gutenachtkuss zu geben (und es sah fast immer aus, als hätte eine Bombe eingeschlagen), am nächsten Morgen war alles makellos aufgeräumt. Im Kindergarten hatte ich einmal die Mutter meiner Freundin Amanda gefragt, warum sie sich die Mühe machte, die Teller mit Spülmittel und heißem Wasser zu waschen, wenn man sie doch nur in der Spüle aufzustapeln, mit den Fingern zu schnippen und ein paar Worte zu murmeln brauchte. Mrs Schmidt lachte über meine merkwürdigen Vorstellungen von Hausarbeit, aber sie hatte mich dabei leicht verwirrt gemustert.

An jenem Abend erklärten mir meine Eltern, dass wir darauf achten müssten, wie wir über Magie redeten und mit wem. Die Menschen waren uns zahlenmäßig weit überlegen und ängstigten sich vor unserer Macht, erklärte mir meine Mutter, und Angst war die stärkste Kraft auf Erden. Ich hatte ihr damals nicht gestanden, dass auch mir die Magie Angst machte – vor allem die meiner Mutter.

Tagsüber sah meine Mutter aus wie fast alle jungen Mütter in Cambridge: leicht unfrisiert, leicht unorganisiert und ständig gehetzt, um der Doppelbelastung von Heim und Büro gerecht zu werden. Ihre blonden Haare wirkten modisch zerzaust, auch wenn die Sachen, die sie trug, allesamt aus dem Jahr 1977 zu stammen schienen – lange, glockige Röcke, übergroße Hosen und Hemden, dazu Männerwesten und Blazer, die sie wie eine zweite Annie Hall in Secondhandläden überall in Boston zusammensammelte. Nichts, was einen hätte stutzig werden lassen, wenn man ihr auf der Straße begegnet wäre oder hinter ihr im Supermarkt angestanden hätte.

Doch zu Hause, wenn die Türen verschlossen und die Vorhänge zugezogen waren, verwandelte sich meine Mutter. Dann wirkten ihre Bewegungen nicht mehr hastig und hektisch, sondern selbstbewusst und sicher. Manchmal schien sie geradezu zu schweben. Wenn sie singend durchs Haus spazierte und dabei Stofftiere und Bücher aufsammelte, verwandelte sich ihr Gesicht allmählich, bis es schließlich wunderschön wurde und wie nicht von dieser Welt aussah. Wenn die Magie aus meiner Mutter leuchtete, konnte man den Blick nicht von ihr losreißen.

»Mommy hat mal eine Feuerwerksrakete verschluckt«, meinte mein Vater mit seinem breiten, gutmütigen Lächeln dazu. Aber Feuerwerksraketen waren, wie ich erfahren sollte, nicht nur strahlend bunt und schön. Sie waren auch unberechenbar und konnten dich erschrecken und in Angst versetzen.

Eines Abends hielt mein Vater eine Vorlesung, als meine Mutter beschloss, das Silber zu putzen, und dabei in den Bann einer Wasserschüssel gezogen wurde, die sie auf den Tisch im Esszimmer gestellt hatte. Sie starrte auf die spiegelglatte Oberfläche, bis sich das Wasser mit einem leichten Nebel überzog, der sich wiederum zu winzigen Geisterschemen formte. Ich hielt begeistert den Atem an, während die Gestalten immer größer wurden. Bald kletterten die fantastischen Figuren an den Vorhängen hoch und baumelten von der Decke. Ängstlich rief ich nach meiner Mutter, aber die war vollkommen in den Anblick des Wassers versunken. Ihre Konzentration blieb ungebrochen, bis ein Wesen, halb Mensch, halb Tier, auf mich zugekrochen kam und mich in den Arm kniff. Das schreckte sie aus ihrer Trance, und sie explodierte in einen Schauer von zornig rotem Licht, der die Schattenwesen zurücktrieb und das Haus mit dem Gestank von verbrannten Federn erfüllte. Mein Vater, über den Geruch sichtbar erschrocken, fand uns zusammengekuschelt im Ehebett. Als meine Mutter ihn sah, brach sie in Tränen der Reue aus. Danach fühlte ich mich in unserem Esszimmer nie wieder wirklich wohl.

Was mir an Geborgenheit geblieben war, verpuffte schließlich kurz nach meinem siebenten Geburtstag, als meine Mutter und mein Vater nach Afrika reisten und nicht mehr zurückkehrten.

Ich rief mich zur Ordnung und konzentrierte mich wieder auf das Dilemma, vor dem ich stand. Das Manuskript lag in dem hellen Lichtkreis unter der Leselampe. Seine Magie zerrte an einem dunklen Knoten in meinem Inneren. Wieder landeten meine Finger auf dem glatten Leder. Diesmal kam mir das Kribbeln vertraut vor. Ich entsann mich vage, dass ich schon einmal etwas Ähnliches empfunden hatte, als ich im Arbeitszimmer meines Vaters in ein paar Papieren geblättert hatte.

Energisch wandte ich mich von der ledergebundenen Handschrift ab und beschäftigte mich mit etwas ganz Rationalem: der Suche nach der Liste von alchemistischen Texten, die ich erstellt hatte, bevor ich aus New Haven abgereist war. Sie lag irgendwo auf dem Lesetisch, tief vergraben unter all den unsortierten Papieren, Ausleihzetteln, Quittungen, Stiften, Bleistiften und Bibliotheksplänen, und war akribisch geordnet nach den verschiedenen Sammlungen und dann nach der Bibliotheksnummer, die jedem Text zugeordnet worden war, sobald man ihn in die Bodleian Library aufgenommen hatte. Seit ich vor ein paar Wochen eingetroffen war, hatte ich methodisch meine Liste abgearbeitet. Die kopierte Katalogbeschreibung für *Ashmole 782* lautete: *Anthropologia oder ein Traktatum über den Menschen in zwei Teilen: zum Ersten anatomischer Natur, zum Zweiten psychologischer Natur.* Wie bei den meisten Schriften, die ich hier durcharbeitete, konnte man vom Titel kaum auf den Inhalt schließen.

Meine Finger würden mir möglicherweise mehr über das Buch verraten können, ohne dass ich es aufzuschlagen brauchte. Tante Sarah hatte die Post immer erst mit den Fingern geprüft, bevor sie einen Umschlag geöffnet hatte, nur für den Fall, dass er eine Rechnung enthielt, die sie nicht bezahlen wollte. Auf diese Weise konnte sie sich guten Gewissens ahnungslos stellen, wenn sich herausstellte, dass sie der Stromgesellschaft Geld schuldete.

Die vergoldeten Ziffern auf dem Buchrücken zwinkerten mir zu. Ich setzte mich und erwog die verschiedenen Alternativen.

Die Magie ignorieren, das Buch aufschlagen und es wie ein menschlicher Gelehrter zu lesen versuchen?

Das verhexte Manuskript ignorieren und ungeöffnet zurückgeben?

Sarah hätte sich halb tot gelacht, hätte sie von meiner Zwangslage gewusst. Sie hatte immer behauptet, dass ich ohnehin keine Chance hätte, meine magischen Fähigkeiten zu ignorieren. Trotzdem hatte ich genau das seit der Beisetzung meiner Eltern versucht. Damals hatten mich die Hexen unter den Trauergästen genauestens in Augenschein genommen, ob irgendwas darauf hindeutete, dass das Blut der Bishops und Proctors in meinen Adern floss, um mir schließlich aufmunternd auf den Rücken zu klopfen und zu prophezeien, dass es nur eine Frage der Zeit sei, bis ich den Platz meiner Mutter im örtlichen Konvent einnehmen würde. Einige hatten flüsternd Zweifel geäußert, ob es wirklich klug von meinen Eltern gewesen war zu heiraten.

»Zu große Macht«, murmelten sie, als sie glaubten, dass ich sie nicht hörte. »Damit mussten sie ja Aufmerksamkeit erregen – auch *ohne* dass sie alte religiöse Zeremonien studierten.«

Damit hatte für mich festgestanden, dass die übernatürlichen Kräfte meiner Eltern zu ihrem Tod geführt hatten und ich darum einen anderen Lebensweg einschlagen würde. Ich kehrte allem, was mit Magie zu tun hatte, den Rücken zu, beschäftigte mich mit Dingen, die typisch für eine menschliche Pubertät sind – Pferde und Jungs und Liebesromane –, und versuchte zwischen den gewöhnlichen Bewohnern unseres Ortes unterzutauchen. Während der Pubertät neigte ich zu Depressionen und Angstzuständen. Das sei ganz normal, versicherte der nette menschliche Arzt meiner Tante Sarah, dem sie natürlich weder von den Stimmen erzählt hatte, die ich hörte, noch von meiner Angewohnheit, zum Telefon zu gehen, bevor es läutete, und auch nicht, dass sie bei Vollmond alle Türen und Fenster mit einem magischen Bann verschließen musste, damit ich nicht durch den Wald schlafwandelte. Auch dass sich, wenn ich wütend wurde, die Stühle in unserem Haus selbstständig zu einer halsbrecherischen Pyramide auftürmten, die laut krachend umstürzte, sobald sich meine Laune besserte, hatte sie ihm nicht gesagt.

Als ich dreizehn wurde, beschloss meine Tante, dass es Zeit für mich war, meine Energie wenigstens notdürftig zu kanalisieren und die Grundlagen der Hexerei zu erlernen. Unter ein paar geflüsterten Worten eine Kerze zu entzünden oder mit einem jahrhundertealten Mittel Pickel verschwinden zu lassen – das waren gewöhnlich die ersten Schritte einer jungen Hexe. Aber ich war unfähig, auch nur die einfachsten Sprüche anzuwenden, jeder einzelne Trank, den meine Tante mich anrühren ließ, brannte an, und ich weigerte mich störrisch, mich irgendwelchen Tests zu unterziehen, mittels derer sie feststellen wollte, ob ich das Zweite Gesicht meiner Mutter geerbt hatte.

Die Stimmen, die Brände und alle anderen Ausbrüche wurden seltener, als meine Hormone allmählich zur Ruhe kamen, trotzdem weigerte ich mich weiterhin, das Familiengeschäft zu erlernen. Es machte meine Tante nervös, eine untrainierte Hexe im Haus zu haben, und so war Sarah insgeheim erleichtert, als sie mich schließlich auf ein College in Maine schicken konnte.

Dass ich nicht in Madison blieb, hatte ich vor allem meinem Intellekt zu verdanken. Ich war schon immer frühreif gewesen und hatte schneller als andere Kinder reden und lesen gelernt. Dazu gesellte sich ein fantastisches, fast fotografisches Gedächtnis – wodurch es mir ein Leichtes war, den Inhalt unserer Lehrbücher abzurufen und bei allen Tests die gewünschten Informationen auszuspucken –, und so stand bald fest, dass die Schule für mich ein Ort war, an dem das magische Erbe meiner Familie keine Rolle spielte. Die letzten Jahre auf der Highschool übersprang ich und ging stattdessen schon mit sechzehn ans College.

Dort versuchte ich mir zuerst eine Nische in der Theaterklasse zu erobern, weil die Schauspielerei und die farbenprächtigen Kostüme meine Fantasie beflügelten – und ich fasziniert davon war, wie vollkommen die Worte eines Dramatikers eine andere Zeit und einen anderen Ort heraufbeschwören konnten. Nach meinen ersten Auftritten priesen mich meine Lehrer als Musterbeispiel dafür, wie sich eine ganz gewöhnliche Collegestudentin durch die Schauspielerei in jemand anderen verwandeln konnte. Dass diese Metamorphosen vielleicht nicht allein auf mein schauspielerisches Talent zurückzuführen waren, begann ich erst zu argwöhnen, als ich im *Hamlet* die Ophelia spielte.

Sobald mir die Rolle zugesprochen worden war, begannen meine Haare so wild zu wachsen, dass sie mir schließlich bis zur Taille reichten. Stundenlang saß ich am Ufer des Teiches beim College, hypnotisch angezogen von der glänzenden Oberfläche, in der sich mein herabströmendes neues Haar spiegelte. Der Junge, der den Hamlet spielte, verfing sich gemeinsam mit mir in dieser Illusion, und es folgte eine leidenschaftliche, aber auch gefährlich explosive Affäre. Ganz allmählich verlor ich mich in Ophelias Wahnsinn und zog dabei das ganze Ensemble mit.

Infolgedessen gaben wir zwar mitreißende Aufführungen, doch jede neue Rolle brachte neue Gefahren mit sich. Die Situation wurde unhaltbar, als ich in meinem zweiten Jahr am College die Annabella in John Fords *Schade, dass sie eine Hure war* spielen sollte. Genau wie die Theaterfigur legte ich mir eine Eskorte aus ergebenen Verehrern zu – nicht ausschließlich menschlicher Natur –, die mir über den ganzen Campus folgten. Als sie sich weigerten, mich in Frieden zu lassen, als nach der letzten Vorstellung der Vorhang gefallen war, begriff ich, dass ich etwas ändern musste. Zwar verstand ich nicht so recht, wie sich die Magie in meine Schauspielerei eingeschlichen hatte, und wollte es auch gar nicht verstehen. Aber ich schnitt mir die Haare. Ich hörte auf, Blumenröcke und mehrlagige Tops zu tragen, und zog stattdessen die Rollkragenpullover, Khakihosen und Halbschuhe der ernsthaften, ehrgeizigen Jurastudenten an. Meine überschüssige Energie baute ich mit Sport ab.

Nachdem ich das Theaterspielen aufgegeben hatte, probierte ich mich in anderen Hauptfächern aus, immer auf der Suche nach einer Materie, die so rational war, dass sie der Magie keinen Fußbreit überlassen würde. Für die Mathematik fehlten mir die nötige Geduld und die Genauigkeit, und meine Bemühungen in Biologie endeten in einer Folge von fehlgeschlagenen Versuchen und abgebrochenen Laborexperimenten.

Am Ende des zweiten Jahres stellte mich der Studienberater vor die Wahl, mich endgültig für einen Studiengang zu entscheiden oder ein fünftes Jahr auf dem College zu verbringen. Ein Sommerstudienprogramm in England gab mir schließlich Gelegenheit, allem zu entfliehen, was mit irgendwelchen Bishops zu tun hatte. Ich verliebte mich in die Stadt Oxford, in den ruhigen Glanz der morgendlichen Straßen. In meinen Geschichtskursen wurden die Großtaten von Königen und Königinnen abgehandelt, und wenn ich in meinem Kopf Stimmen flüstern hörte, dann stammten sie ausschließlich aus Büchern des sechzehnten oder siebzehnten Jahrhunderts. Und dieses Flüstern war für solche Meisterwerke der Literatur keineswegs ungewöhnlich. Am allerbesten aber war, dass mich niemand in dieser Universitätsstadt kannte und dass alle Hexen, die den Sommer hier verbringen mochten, sich von mir fernhielten. Ich kehrte heim, wählte Geschichte als Hauptstudienfach, belegte in Rekordzeit alle erforderlichen Kurse und schloss noch vor meinem zwanzigsten Geburtstag *cum laude* ab.

Als ich beschloss, dem Studium eine Promotion folgen zu lassen, war Oxford die erste Wahl unter den verschiedenen Angeboten. Ich hatte mich mittlerweile auf Wissenschaftsgeschichte spezialisiert, und meine Forschungen konzentrierten sich auf jene Epoche, in der die Naturwissenschaften die Magie verdrängt hatten – jenes Zeitalter, in dem die Astrologie und die Hexenjagden Newton und seinen Naturgesetzen hatten weichen müssen. Die Suche nach einer rationalen Ordnung in der Natur, die das Übernatürliche ersetzen sollte, spiegelten meine eigenen Bemühungen wider, mich von allem Okkulten abzuwenden. Immer höher wuchs die Mauer, die ich zwischen dem, was sich in meinem Verstand abspielte, und dem, was ich in meinem Blut trug, errichtet hatte.

Meine Tante Sarah hatte nur geschnaubt, als ich ihr von meinem Entschluss erzählt hatte, mich auf die Chemie des siebzehnten Jahrhunderts zu spezialisieren. Ihr leuchtend rotes Haar verriet schon von weitem ihr leicht entflammbares Temperament und ihre scharfe Zunge. Sie war mit Leib und Seele Hexe, nahm grundsätzlich kein Blatt vor den Mund und dominierte jeden Raum, sobald sie ihn betreten hatte. Als Stützpfeiler der Ortsgemeinschaft von Madison wurde Sarah oft hinzugezogen, wenn es lokale Krisen, groß oder klein, zu bewältigen galt. Seit ich nicht mehr Tag für Tag ihren messerscharfen

Bemerkungen über die menschliche Wankelmütigkeit und Inkonsequenz ausgesetzt war, verstanden wir uns viel besser.

Obwohl wir mehrere hundert Meilen voneinander getrennt waren, standen wir in engem Kontakt. Sarah machte kein Hehl daraus, dass sie auch meine jüngsten Versuche, mich der Magie zu entziehen, lachhaft fand: »Wir haben das früher Alchemie genannt«, sagte sie. »Und das ist im Grunde auch nur eine Form von Magie.«

»Ist es nicht«, protestierte ich hitzig. Mit meiner Arbeit wollte ich im Gegenteil beweisen, wie wissenschaftlich fundiert die damaligen Anstrengungen im Grunde gewesen waren. »Mir geht es um die zunehmende Bedeutung des wissenschaftlichen Experiments, anstelle der Suche nach einem magischen Elixier, mit dem man Blei in Gold verwandeln und Menschen unsterblich machen kann.«

»Wenn du meinst«, sagte Sarah zweifelnd. »Trotzdem ist das für jemanden, der als Mensch durchgehen möchte, ein eher befremdliches Fachgebiet.«

Nachdem man mir meinen Doktortitel verliehen hatte, kämpfte ich mit eisernem Willen um einen Job an der historischen Fakultät in Yale, dem einzigen Fleck auf Erden, der noch englischer ist als England. Meine Kollegen warnten mich, dass ich kaum Chancen auf eine Festanstellung hätte. Aber ich spuckte zwei Bücher aus, bekam eine Handvoll Preise verliehen und sackte mehrere Forschungsstipendien ein. Danach bekam ich meine Festanstellung und hatte alle Zweifler widerlegt.

Vor allem aber gehörte mein Leben endlich mir allein. Niemand in meiner Abteilung, nicht einmal jene Historiker, die sich mit der amerikanischen Frühzeit beschäftigten, brachten meinen Nachnamen mit jener Frau in Verbindung, die 1692 in Salem als Hexe verbrannt worden war. Um meine schwer erarbeitete Autonomie nicht zu gefährden, verbannte ich weiterhin alles aus meinem Leben, was nur entfernt nach Magie oder Zauberei roch. Natürlich wurde ich hin und wieder rückfällig, so wie damals, als ich auf einen von Sarahs Zaubersprüchen zurückgreifen musste, weil meine Waschmaschine mein kleines Apartment am Wooster Square zu überschwemmen drohte. Niemand ist vollkommen.

Ich vermerkte im Geist den Fehltritt, den ich mir eben geleistet hatte, holte tief Luft, ergriff das Manuskript mit beiden Händen und legte es in eine der keilförmigen Buchstützen, die die Bibliothek zur Verfügung stellt, um ihre seltenen Bücher bei der Lektüre zu schützen. Ich hatte mich entschieden: Ich würde mich wie eine ernsthafte Wissenschaftlerin verhalten und *Ashmole 782* wie jede gewöhnliche Handschrift behandeln. Ich würde meine brennenden Fingerspitzen und den eigentümlichen Geruch des Buches ignorieren und ganz sachlich den Inhalt zusammenfassen. Danach würde ich – mit professioneller Distanz – entscheiden, ob sich ein längeres Studium lohnen könnte. Nichtsdestotrotz zitterten meine Finger, als ich die kleinen Messingklammern löste.

Das Manuskript stieß einen leisen Seufzer aus.

Ich vergewisserte mich mit einem kurzen Blick über die Schulter, dass ich allein im Raum war. Das einzige Geräusch war das laute Ticken der Uhr im Lesesaal.

Ich beschloss, auf den Vermerk »Buch seufzt« zu verzichten, beugte mich über meinen Laptop und öffnete eine neue Datei. Diese vertraute Übung – die ich schon Hunderte, wenn nicht Tausende Male absolviert hatte – wirkte ebenso beruhigend wie die immer gleiche Prüfliste. Ich tippte Namen und Nummer des Manuskriptes ein und kopierte den Titel aus der Katalogbeschreibung. Dann untersuchte ich Größe und Bindung und beschrieb beides minutiös.

Danach blieb nur noch eines zu tun: das Manuskript zu öffnen.

Obwohl ich die Klammern gelöst hatte, ließ sich der Einband kaum anheben, so als wäre er mit den Seiten darunter verklebt. Ich fluchte leise und legte kurz meine Hand flach auf das Leder, in der Hoffnung, dass *Ashmole 782* nur fremdelte. Die Hand auf einen Bucheinband zu legen, zählte wohl kaum als Magie. Meine Handfläche kribbelte genauso, wie meine Haut immer kribbelte, wenn mich eine Hexe ansah, und im nächsten Moment wich die Spannung aus dem Manuskript. Danach ließ es sich problemlos aufschlagen.

Das erste Blatt war ein raues Vorsatzpapier. Auf dem zweiten Blatt, einem Pergament, standen in Ashmoles Handschrift die Worte »Anthropologia, oder ein Traktatum über den Menschen«. Die eleganten, runden Schwünge waren mir fast so vertraut wie meine eigene fließende Handschrift. Der zweite Teil des Titels – »in zwei Teilen: zum Ersten anatomischer Natur, zum Zweiten psychologischer Natur« – war später von anderer Hand mit Bleistift hinzugefügt worden. Auch diese Handschrift kam mir vertraut vor, wenngleich ich sie nicht einordnen konnte. Ich hätte vielleicht mehr erfahren können, wenn ich die Finger auf die Buchstaben gelegt hätte, aber das verstieß gegen die Bibliotheksvorschriften, außerdem hätte ich die Informationen, die meine Finger mir möglicherweise geliefert hätten, unmöglich dokumentieren können. Stattdessen vermerkte ich in meiner Datei die Verwendung von Tinte und Bleistift, die zwei verschiedenen Handschriften und die möglichen Datierungen der Inschriften.

Als ich die erste Seite umblätterte, erkannte ich, dass der befremdliche Geruch des Manuskriptes hauptsächlich dem abnorm schweren Pergament entstieg. Außerdem roch es eindeutig nicht nur alt. Es roch nach weit mehr – einer Kombination von Staub und Moschus. Und mir fiel sofort auf, dass drei Blätter säuberlich aus der Bindung herausgetrennt worden waren.

Endlich hatte ich etwas gefunden, das sich leicht beschreiben ließ. Meine Finger flogen über die Tastatur: »Mindestens drei Pergamentseiten entfernt, mittels Kantenlineal oder Rasiermesser.« Ich spähte in das Tal der Manuskriptbindung, konnte aber nicht feststellen, ob noch mehr Seiten fehlten. Je dichter meine Nase über dem Pergament schwebte, desto mehr lenkten mich die Kraft dieses Manuskriptes und sein eigenwilliger Geruch ab.

Ich richtete meine Aufmerksamkeit auf die Illustration gegenüber der Lücke, wo die Seiten entfernt worden waren. Sie zeigte ein winziges Baby, ein Mädchen, das in einem Glasgefäß schwebte. Das Baby hielt in der einen Hand eine silberne, in der anderen Hand eine goldene Rose. An seinen Füßen saßen winzige Schwingen, und von oben regneten rote Tropfen auf das lange, schwarze Haar des Babys herab. Unterhalb der Illustration war in dicker, schwarzer Tinte zu lesen, dass es sich hierbei um eine Darstellung des philosophischen Kindes handelte – um die allegorische Abbildung eines entscheidenden Schrittes bei der Herstellung des Steines der Weisen, jener Substanz, die ihrem Besitzer Gesundheit, Wohlstand und Weisheit versprach.

Die Farben leuchteten und waren verblüffend gut erhalten. Früher hatten die Künstler gemahlene Steine und Halbedelsteine in ihre Farbmischungen gerührt, um derart kraftvolle Farben zu erhalten. Gezeichnet hatte das Bild jemand mit wahrer künstlerischer Begabung. Ich musste mich auf die Hände setzen, so juckte es mich, durch ein, zwei flüchtige Berührungen Genaueres zu erfahren.

Andererseits hatte der Illustrator trotz seiner sichtbaren Begabung alle Details falsch wiedergegeben. Das Glasgefäß hätte nach oben offen sein müssen, nicht nach unten. Das Baby sollte eigentlich halb schwarz, halb weiß sein, um anzuzeigen, dass es ein Hermaphrodit war. Es hätte männliche Genitalien und weibliche Brüste haben sollen – oder zumindest zwei Köpfe.

Alchemistische Darstellungen waren immer allegorisch gemeint und äußerst vertrackt. Genau aus diesem Grund studierte ich sie: Ich suchte nach Mustern, die auf einen systematischen, logischen Denkansatz für chemische Transformationen hindeuteten, und zwar in der Zeit vor der Periodentafel der Elemente. Abbildungen des Mondes standen zum Beispiel fast immer für Silber, während die Sonne Gold darstellen sollte. Wenn beides chemisch kombiniert wurde, wurde der Prozess als Hochzeit wiedergegeben. Im Laufe der Zeit waren die Bilder durch Worte ersetzt worden. Und aus diesen Worten hatte sich wiederum die Grammatik der Chemie entwickelt.

Diese Handschrift jedoch stellte meinen Glauben an einen logischen Ansatz der Alchemisten auf die Probe. Jede Illustration wies mindestens einen fundamentalen Fehler auf, und es gab keinen Begleittext, der mir einen Schlüssel geliefert hätte.

Krampfhaft suchte ich nach etwas, das mit meinem Wissen über die Alchemie übereingestimmt hätte. Da tauchten im schwächer werdenden Licht auf einer Seite leichte, kaum noch erkennbare Spuren einer Handschrift auf. Ich drehte die Leselampe zur Seite, um die Stelle besser auszuleuchten.

Die Schrift war verschwunden.

Langsam blätterte ich die Seite um, als wäre sie ein zerbrechliches Laubblatt.

Über die Seite bewegten sich schimmernd Worte – Hunderte von Worten –, die sich aber nur bei einem ganz bestimmten Lichteinfall und Blickwinkel des Betrachters zeigten.

Ich verschluckte einen überraschten Aufschrei.

Ashmole 782 war ein Palimpsest – ein Manuskript innerhalb eines Manuskriptes. Weil Pergament damals Mangelware war, hatten die Schreiber bisweilen die Tinte aus alten Büchern gewaschen und die freien Seiten neu beschrieben. Im Lauf der Zeit konnte der ursprüngliche Text als geisterhafter Schatten wieder auftauchen und mit Hilfe von ultraviolettem Licht sichtbar gemacht und zu neuem Leben erweckt werden.

Allerdings war kein ultraviolettes Licht stark genug, um diese Spuren lesbar zu machen. Das hier war kein gewöhnliches Palimpsest. Die Schrift war nicht weggewaschen worden – sie lag unter einem Zauberspruch verborgen. Aber warum sollte sich jemand die Mühe machen, den Text in einem alchemistischen Buch zu verhexen? Hatten Experten doch so schon Mühe, die verworrenen Texte und die abstruse Bildersprache zu deuten, die damals verwendet wurde.

Ich riss mich von den fahlen Buchstaben los, die sich viel zu schnell bewegten, als dass ich sie hätte lesen können, und konzentrierte mich stattdessen darauf, den Inhalt des Manuskriptes in einer Synopsis zusammenzufassen. »Inkonsistent«, tippte ich. »Beschriftungen aus dem fünfzehnten bis siebzehnten Jahrhundert, Illustrationen vornehmlich aus dem fünfzehnten Jahrhundert. Bildquellen möglicherweise älter? Mischung von Papier und Pergament. Farbige und schwarze Tinten, Letztere von ungewöhnlich guter Qualität. Illustrationen gut ausgeführt, doch sind einige Details inkorrekt oder fehlen. Dargestellt werden die Herstellung des Steines der Weisen, alchemische Geburt/Schöpfung, Tod, Wiederauferstehung und Transformation. Fehlerhafte Kopie eines früheren Manuskriptes? Ein merkwürdiges Buch voller Anomalien.«

Meine Finger verharrten über den Tasten.

Wenn Wissenschaftler auf neue Fakten stoßen, die allem widersprechen, was sie zu wissen glauben, haben sie zwei Möglichkeiten. Entweder sie ignorieren die neuen Fakten, damit ihre hochgeschätzten Theorien nicht in Frage gestellt werden, oder sie konzentrieren sich mit lasergleicher Intensität darauf und versuchen zum Kern des Mysteriums vorzudringen. Hätte kein Zauber über diesem Buch gelegen, wäre ich versucht gewesen, Letzteres zu probieren. Weil es aber verhext war, neigte ich zu Ersterem.

Und wenn ein Wissenschaftler zweifelt, versucht er die Entscheidung zu verschieben.

Ich tippte eine ambivalente Schlusszeile: »Braucht mehr Zeit? Möglicherweise später erneute Vorlage?«

Ich hielt den Atem an und schloss mit sanftem Zupfen den Buchdeckel. Immer noch vibrierte das Manuskript unter Strömen von Magie, am stärksten rund um die Klammern.

Erleichtert, dass ich es wieder geschlossen hatte, starrte ich *Ashmole 782* an. Es juckte mich in den Fingern, noch einmal die Hand auszustrecken und das braune Leder zu berühren. Aber diesmal widerstand ich, so wie ich zuvor der Versuchung widerstanden hatte, die Beschriftungen und Illustrationen zu berühren, um mehr zu erfahren, als ein menschlicher Historiker legitimerweise wissen konnte.

Tante Sarah hatte mir immer gepredigt, die Magie sei ein Geschenk. Falls sie tatsächlich ein Geschenk war, dann war es mit Haken und Ösen gespickt, die mich an alle Bishop-Hexen vor mir fesselten. Wer seine ererbte magische Macht einsetzte und die Zaubersprüche und Beschwörungen verwendete, die das sorgsam gehütete Geheimnis der Hexenzunft bildeten, musste irgendwann dafür bezahlen. Indem ich *Ashmole 782* geöffnet hatte, hatte ich die Mauer durchbrochen, die ich zwischen meiner wissenschaftlichen Arbeit und meinem magischen Erbe errichtet hatte. Aber nachdem ich mich auf die richtige Seite zurückgezogen hatte, war ich fester entschlossen denn je, dort zu bleiben.

Ich packte meinen Computer und meine Notizen zusammen, dann

griff ich nach dem Manuskriptstapel, wobei ich *Ashmole 782* absichtlich zuunterst legte. Zum Glück saß Gillian nicht an ihrem Schreibtisch, obwohl ihre Papiere überall verstreut lagen. Offenbar hatte sie vor, bis tief in die Nacht zu arbeiten, und war jetzt unterwegs, um sich eine Tasse Kaffee zu besorgen.

»Fertig?«, fragte Sean, als ich vor der Ausleihtheke stand.

»Nicht ganz. Ich würde die obersten drei gern für Montag reservieren.«

»Und das Vierte?«

»Mit dem bin ich fertig«, blökte ich und schob ihm die Handschriften zu. »Das kann wieder ins Magazin.«

Sean legte es oben auf den Rückgabestapel. Er begleitete mich noch zur Treppe, verabschiedete sich dort von mir und verschwand dann hinter einer Schwingtür. Das Förderband, das *Ashmole 782* in die Eingeweide der Bibliothek zurücktransportieren würde, lief rasselnd an.

Um ein Haar hätte ich kehrtgemacht und ihn aufgehalten, aber ich konnte mich beherrschen.

Ich hatte gerade die Hand erhoben, um die Tür im Erdgeschoss aufzustoßen, als sich die Atmosphäre um mich herum verdichtete, fast als würde die Bibliothek mich erdrücken wollen. Einen Sekundenbruchteil lang schimmerte die Luft, so wie die Seiten der Handschrift auf Seans Theke geschimmert hatten. Ich schauderte unwillkürlich und spürte, wie sich die Härchen an meinen Armen aufstellten.

Irgendetwas war passiert. Etwas Magisches.

Mein Gesicht wandte sich wie von selbst dem Lesesaal zu, und meine Füße drohten zu folgen.

Das bildest du dir nur ein, dachte ich und marschierte entschlossen durch die Tür.

Bist du sicher?, flüsterte eine seit Langem zum Schweigen verdammte Stimme.

Kapitel 2

Die Glocken von Oxford schlugen sieben Mal. Die Nacht folgte der Dämmerung nicht mehr so gemächlich wie noch vor ein paar Monaten, aber noch zog sich der Wechsel über eine ganze Weile hin. In der Bibliothek waren erst vor dreißig Minuten die Lampen eingeschaltet worden, die jetzt kleine goldene Teiche in das graue Halbdunkel zauberten.

Es war der einundzwanzigste September. Überall auf der Welt trafen sich an diesem Abend der herbstlichen Tagundnachtgleiche die Hexen zu einem Festmahl, um Mabon zu feiern und die hereinbrechende Dunkelheit des Winters zu begrüßen. Doch die Hexen von Oxford würden ohne mich auskommen müssen. Man hatte mich auserkoren, im nächsten Monat bei einer wichtigen Konferenz ein Grundsatzreferat zu halten. Meine Ideen waren noch unausgereift, und das machte mich zusehends nervös.

Schon bei dem Gedanken, was meine Mithexen jetzt wohl irgendwo in Oxford speisen würden, begann mein Magen zu knurren. Seit halb zehn saß ich jetzt in der Bibliothek und hatte mir nur eine kurze Mittagspause gegönnt.

Sean hatte heute frei, und die Vertretung an der Ausleihtheke war neu. Sie hatte sich gespreizt, als ich ein halb verfallenes Manuskript angefordert hatte, und mich zu überzeugen versucht, stattdessen die Mikrofilmausgabe zu verwenden. Zum Glück hatte der Leiter des Lesesaales, Mr Johnson, sie gehört und war sofort aus seinem Büro gekommen, um einzuschreiten.

»Bitte entschuldigen Sie, Dr. Bishop«, hatte er eilig beteuert und dabei die schwere, dunkel gerahmte Brille auf der Nase nach oben geschoben. »Wenn Sie dieses Manuskript für Ihre Forschungen brauchen, werden Sie es natürlich bekommen.« Er verschwand, um das gesperrte Stück zu holen, und überreichte es mir, wobei er sich wortreich für die Unannehmlichkeiten und die neue Mitarbeiterin entschuldigte. Damit hatte ich dank meines Rufes als Wissenschaftlerin meinen Willen durchgesetzt und daraufhin den ganzen Nachmittag beschwingt und gut gelaunt gelesen.

Zufrieden, dass ich so viel geschafft hatte, nahm ich die beiden aufgerollten Gewichte von den oberen Ecken des Manuskriptes und schloss es sorgsam. Nachdem ich am Freitag auf das verhexte Manuskript gestoßen war, hatte ich das Wochenende nicht mit Alchemie, sondern mit Routinearbeiten verbracht, um in die Normalität zurückzufinden. Ich hatte Finanzierungsanträge ausgefüllt, Rechnungen bezahlt, Empfehlungsschreiben verfasst und sogar eine Buchbesprechung fertiggestellt. Unterbrochen hatte ich diese Tätigkeiten mit häuslichen Ritualen wie Wäsche zu waschen, Unmengen von Tee zu trinken und mich an Rezepten aus ein paar Fernseh-Kochsendungen zu versuchen.

Heute hatte ich mich den ganzen Tag so gut wie möglich auf die vor mir liegende Arbeit konzentriert, statt im Nachhinein über den eigentümlichen Illustrationen und dem mysteriösen Palimpsest in *Ashmole 782* zu brüten. Jetzt warf ich einen kurzen Blick auf meine Nachbereitungsliste. Von den vier Fragen, die sich heute im Laufe des Tages ergeben hatten, war die dritte am einfachsten zu beantworten. Die Antwort musste in einem obskuren Journal mit dem Titel *Notes and Queries* zu finden sein, und dieses Journal stand frei zugänglich in einem der Regale, die sich der hohen Decke im Raum entgegenreckten. Ich schob den Stuhl zurück und beschloss, wenigstens diesen Punkt auf meiner Liste abzuhaken, bevor ich für heute Schluss machte.

Die oberen Regale im Selden End waren über eine durchgetretene Treppe zu erreichen, die auf eine Galerie mit Blick auf die Lesetische führte. Ich erklomm die krummen Stufen und stand bald vor den Regalfächern, in denen streng chronologisch geordnet die alten, mit Buchleinen bezogenen Bände standen. Niemand außer mir und einem betagten Professor der Alten Literatur aus dem Magdalen College schien sie je zu konsultieren. Ich entdeckte den gesuchten Band und fluchte leise. Er stand im obersten Fach, knapp außerhalb meiner Reichweite.

Ein leises Lachen ließ mich aufhorchen. Ich drehte mich um, weil ich sehen wollte, wer an dem Lesetisch am anderen Ende der Galerie saß, aber dort war niemand. Ich hörte schon wieder Gespenster. Oxford war immer noch mehr oder weniger verwaist, und alle Universitätsangestellten waren vor einer Stunde abgezogen, um sich vor dem Abendessen im Gemeinschaftsraum des Lehrpersonals ein Gratisglas Sherry zu genehmigen. Nachdem heute ein hoher Wicca-Feiertag war, war sogar Gillian am Spätnachmittag entschwunden, allerdings nicht, ohne mich ein letztes Mal zu ihrem Treffen einzuladen und dabei einen scheelen Blick auf meinen Stapel mit Lesematerial zu werfen.

Ich suchte nach der Trittleiter, die eigentlich auf der Galerie stehen sollte, aber die war nirgendwo zu sehen. In der Bodleian fehlte es immer an solchen Dingen, und es konnte leicht sein, dass ich fünfzehn Minuten brauchen würde, um in der Bibliothek eine Trittleiter aufzutreiben und sie nach oben zu schleppen, nur damit ich den Band aus dem Regalfach holen konnte. Ich zögerte. Am Freitag hatte ich ein verhextes Buch in der Hand gehalten und trotzdem der Versuchung widerstanden, Magie anzuwenden. Außerdem würde mich niemand sehen.

Trotz meiner Rechtfertigungsversuche spürte ich ein nervöses Kribbeln. Ich brach meine Regeln nur selten und vermerkte akribisch im Geiste sämtliche Situationen, in denen ich mich verleiten ließ, auf Magie zurückzugreifen. Dies wäre das fünfte Mal in diesem Jahr, den Reparaturzauber an der kaputten Waschmaschine und die Berührung von *Ashmole 782* eingeschlossen. Nicht allzu schlecht für einen September, aber auch keine persönliche Bestleistung.

Ich holte tief Luft, hob die Hand und stellte mir das Buch darin vor.

Band 19 der *Notes and Queries* rutschte langsam aus dem Fach, kippte dann nach hinten, als würde er von unsichtbaren Fingern heruntergezogen, und fiel dumpf in meine offene Hand. Dort öffnete er sich von selbst auf der gesuchten Seite.

Der ganze Vorgang hatte knapp drei Sekunden gedauert. Ich atmete tief aus, um mein schlechtes Gewissen zu besänftigen. Im selben Moment erblühten zwei eisige Flecken zwischen meinen Schulterblättern.

Ich war beobachtet worden, und nicht von einem gewöhnlichen Menschen.

Wenn eine Hexe eine andere beobachtet, löst ihr Blick ein Kribbeln aus. Allerdings sind Hexen nicht die einzigen Geschöpfe, die neben den Menschen die Erde bevölkern. Es gibt auch Dämonen – kreative, künstlerische Kreaturen, die stets zwischen Genie und Wahnsinn balancieren. Als »Rockstars und Serienmörder« beschrieb meine Tante diese befremdlichen, faszinierenden Wesen. Und es gibt die Vampire, uralt und wunderschön, die sich von Blut ernähren und dich mit ihrem Charme betören, wenn sie dich nicht vorher töten.

Wenn ein Dämon mich anblickt, spüre ich einen dezenten, verunsichernden Druck wie von einem Kuss.

Doch wenn ein Vampir mich fixiert, fühlt sich das kalt, konzentriert und gefährlich an.

Ich ging im Geist alle Besucher im Duke-Humfrey-Lesesaal durch. An einen einzigen Vampir konnte ich mich erinnern, ein cherubinischer Mönch, der sich wie ein Liebhaber in mittelalterliche Mess- und Gebetsbücher versenkt hatte. Aber Vampire sind in Bibliothekssälen mit alten Büchern nur selten zu finden. Hin und wieder wurde einer von nostalgischer Eitelkeit befallen und kam hierher, um in Erinnerungen zu schwelgen, aber das waren Einzelfälle.

Hexen und Dämonen findet man viel öfter in Bibliotheken. Gillian Chamberlain war heute hier gewesen und hatte mit einer starken Lupe ihre Papyri studiert. Und in der Musikbibliothek hielten sich definitiv zwei Dämonen auf. Als ich an ihnen vorbeigegangen war, um mir in der Buchhandlung nebenan einen Tee zu holen, hatten beide wie benebelt aufgesehen. Einer hatte mir aufgetragen, ihm einen Caffè latte mitzubringen, was erkennen ließ, wie tief er in seine Wahnvorstellungen versunken war, wie die auch immer aussehen mochten.

Nein, in diesem Augenblick hatte mich ganz eindeutig ein Vampir ins Auge gefasst.

Ich war schon einigen Vampiren begegnet, schließlich arbeitete ich auf einem Gebiet, auf dem ich viel mit anderen Wissenschaftlern zu tun hatte, und in den Laboratorien in aller Welt wimmelt es von Vampiren. Die Wissenschaft honoriert lange Studien und unerschöpfliche Geduld. Und weil Wissenschaftler meist für sich allein arbeiten, ließ sich ein Leben, das sich nicht über Jahrzehnte, sondern Jahrhunderte erstreckte, viel leichter managen.

Heutzutage interessieren sich Vampire besonders für Teilchenbeschleuniger, Projekte zur Entzifferung des Genoms und für die Molekularbiologie. Früher hatten sie sich vorzugsweise in der Alchemie, Anatomie und Elektrophysik getummelt. Wenn es ordentlich knallte, wenn Blut im Spiel war oder versucht wurde, die Geheimnisse des Universums zu offenbaren, stieß man mit ziemlicher Sicherheit auf einen Vampir.

Ich drückte die mit unzulässigen Mitteln erlangte Ausgabe der *Notes and Queries* an meine Brust und drehte mich um. Er stand auf der anderen Seite des Raumes vor den paläografischen Nachschlagewerken und lehnte im Schatten an einem der eleganten Holzpfeiler, die die Galerie trugen. In seiner Hand lag eine aufgeschlagene Kopie von Janet Roberts *Guide to Scripts Used in English Handwriting Up to 1500.*

Ich hatte diesen Vampir noch nie gesehen – aber ich war ziemlich sicher, dass er keine Anleitung benötigte, um alte englische Handschriften zu entziffern.

Jeder, der schon mal einen Taschenbuch-Bestseller gelesen oder auch nur ferngesehen hat, weiß, dass Vampire atemberaubend aussehen, aber das kann einen nicht auf den Moment vorbereiten, in dem man tatsächlich einem von ihnen gegenübersteht. Sie sehen aus wie von einem genialen Bildhauer gemeißelt. Und wenn sie sich dann bewegen oder etwas sagen, kann dein Gehirn nicht einmal ansatzweise verarbeiten, was du siehst. Jede einzelne Bewegung ist voller Grazie; jedes Wort ist wie Musik. Ihre Augen fesseln dich, und genau so fangen sie ihre Beute. Ein langer Blick, ein paar ruhige Worte, eine Berührung: Hat dich ein Vampir erst eingesponnen, hast du keine Chance mehr.

Während ich diesen Vampir anstarrte, erkannte ich zunehmend verzagt, dass mein Wissen in diesem Bereich dummerweise hauptsächlich theoretischer Natur war. Und dass es mir jetzt, wo ich tatsächlich einem Vampir gegenüberstand, wenig nutzte.

Der einzige Vampir, mit dem ich mehr als flüchtig bekannt war, arbeitete im nuklearen Teilchenbeschleuniger in der Schweiz. Jeremy war dünn und sah fantastisch aus, hatte strahlend blondes Haar, blaue Augen und ein ansteckendes Lachen. Er hatte mit so gut wie allen Frauen im Kanton Genf geschlafen und arbeitete sich inzwischen durch die Stadt Lausanne vor. Was er anstellte, nachdem er die Frauen verführt hatte, hatte ich nie genauer wissen wollen, und hatte seine hartnäckigen Einladungen, mit ihm auszugehen, ebenso hartnäckig ausgeschlagen. Ich hatte immer angenommen, dass Jeremy ein typischer Vertreter seiner Gattung sei. Aber verglichen mit dem Vampir, der jetzt vor mir stand, kam er mir klobig, ungelenk und sehr, sehr jung vor.

Dieser hier war groß – mindestens einen Meter neunzig, selbst unter Berücksichtigung der perspektivischen Verzerrung, die sich dadurch ergab, dass ich von der Galerie auf ihn hinabsah. Und er war ganz bestimmt nicht dünn. Breite Schultern verengten sich zu schlanken Hüften, die in geschmeidige, muskulöse Beine übergingen. Seine Hände waren atemberaubend lang und gelenkig und wirkten dabei so grazil, dass mein Blick immer wieder davon angezogen wurde, fast als müsste ich ergründen, wie sie zu einem so mächtigen Mann gehören konnten.

Während meine Augen ihn von Kopf bis Fuß abtasteten, lagen seine fest auf mir. Aus dieser Entfernung wirkten sie nachtschwarz, und sie blickten unter ebenso schwarzen Brauen hervor, von denen eine wie ein Fragezeichen angehoben war. Sein Gesicht war wirklich atemberaubend – nichts als glatte Flächen und Kanten und dazu hoch angesetzte Wangenknochen. Oberhalb des Kinns war praktisch die einzige Stelle, an der Raum für etwas Weiches blieb – seinen breiten Mund, der genau wie seine langen Hände irgendwie nicht ins Bild passen wollte.

Aber nicht sein makelloser Körper machte mich so nervös. Sondern die raubtierhafte Kombination von Kraft, Behändigkeit und messerscharfer Intelligenz, die durch den ganzen Raum hindurch zu spüren war. In seiner schwarzen Hose und dem hellgrauen Pullover, mit den dichten, aus der Stirn gekämmten und im Nacken kurz geschnittenen Haaren sah er aus wie ein Panther, der jeden Moment zuschlagen kann, es damit aber nicht eilig hat.

Er lächelte. Es war ein dezentes, höfliches Lächeln, bei dem er nicht die Zähne zeigte. Ich ahnte sie trotzdem und sah sie in Gedanken in zwei perfekten, scharfen Reihen hinter seinen blassen Lippen stehen.

Bei dem bloßen Gedanken an seine Zähne jagte ein solcher Adrenalinstoß durch meinen Körper, dass meine Fingerspitzen kitzelten. Plötzlich konnte ich nur noch denken: *Du musst von hier verschwinden. sofort.*

Die Treppe erschien mir viel weiter weg als die vier Schritte, die ich bis dorthin brauchte. Ich rannte nach unten, kam auf der letzten Stufe ins Straucheln und flog direkt in die wartenden Arme des Vampirs.

Natürlich hatte er vor mir den Fuß der Treppe erreicht.

Seine Finger waren kühl, und seine Arme fühlten sich eher nach Stahl an als nach Fleisch und Knochen. Der Duft von Nelken, Zimt und etwas wie Weihrauch lag in der Luft. Er richtete mich wieder auf, hob die *Notes and Queries* vom Boden auf und überreichte sie mir mit einer kleinen Verbeugung. »Dr. Bishop, nehme ich an?«

Von Kopf bis Fuß zitternd nickte ich.

Die langen, blassen Finger seiner rechten Hand tauchten in die Jackentasche und zogen eine blau-weiße Visitenkarte heraus. Er hielt sie mir hin. »Matthew Clairmont.«

Ängstlich darauf bedacht, ihn nicht zu berühren, zupfte ich die Karte mit spitzen Fingern aus seinem Griff. Dem vertrauten Wappen der Universität Oxford mit den drei Kronen und dem offenen Buch folgte Clairmonts Name und danach eine Reihe von Abkürzungen, denen ich entnehmen konnte, dass er in die Royal Society aufgenommen worden war.

Nicht schlecht für jemanden, der aussah wie zwischen Mitte und Ende dreißig, auch wenn ich annahm, dass er in Wahrheit mindestens zehnmal so alt war.

Und was sein Forschungsgebiet anging: Es überraschte mich nicht, dass der Vampir Professor der Biochemie war und mit der *Oxford Neuroscience* im John Radcliffe Hospital zusammenarbeitete. Blut und Anatomie – zwei Lieblingsgebiete der Vampire. Auf der Karte waren drei verschiedene Labortelefonnummern, dazu eine Büronummer und eine E-Mail-Adresse abgedruckt. Ich hatte ihn vielleicht noch nie gesehen, aber er war jedenfalls nicht unerreichbar.

»Professor Clairmont«, piepste ich, bevor mir alle weiteren Worte in der Kehle steckenblieben. Mit aller Kraft widerstand ich dem Drang, schreiend zum Ausgang zu rennen.

»Wir sind uns noch nicht begegnet«, fuhr er mit einem eigentümlichen Akzent fort. Hauptsächlich klang er nach Oxford und Cambridge, andererseits hatte sein Tonfall etwas Weiches, das ich nicht einordnen konnte. Seine Augen, die mir unbeirrt ins Gesicht blickten, waren eigentlich gar nicht so dunkel, entdeckte ich, sie wurden nur von riesigen Pupillen beherrscht, die von einem dünnen, graugrünen Irisring eingefasst waren. Ihr Sog war unwiderstehlich, und ich merkte, dass ich mich einfach nicht abwenden konnte.

Wieder bewegte sich der Mund des Vampirs. »Ich bin ein großer Bewunderer Ihrer Arbeit.«

Es war nicht völlig undenkbar, dass sich ein Professor der Biochemie für die Alchemie des siebzehnten Jahrhunderts interessierte, aber es kam mir doch reichlich unwahrscheinlich vor. Ich zupfte am Kragen meiner weißen Bluse und suchte kurz den Raum ab. Außer uns war niemand zu sehen. Niemand saß an dem alten Eichentisch mit den Karteikästen, niemand an den Computern. Und wer auch immer an der Rückgabetheke saß, war zu weit entfernt, um mir helfen zu können.

»Ich fand Ihren Artikel über die Farbsymbolik der alchemischen Transformation sehr überzeugend und Ihre Arbeit über Robert Boyles Annäherung an die Probleme der Expansion und Kontraktion ausgesprochen einleuchtend«, fuhr Clairmont ungerührt fort, als wäre er es gewohnt, Gespräche quasi allein zu führen. »Ihr letztes Buch über die alchemistische Ausbildung und Lehre habe ich noch nicht fertig gelesen, aber ich genieße es sehr.«

»Danke«, hauchte ich. Sein Blick senkte sich von meinen Augen auf meinen Hals.

Ich hörte auf, an meinen Kragenknöpfen zu nesteln.

Seine unglaublichen Augen blickten wieder in meine. »Sie verstehen es meisterhaft, Ihren Lesern die Vergangenheit nahezubringen.« Ich nahm das als Kompliment, denn er als Vampir musste wissen, ob ich Unsinn erzählte. Clairmont blieb kurz still. »Dürfte ich Sie zum Abendessen einladen?«

Mir blieb der Mund offen stehen. Abendessen? Vielleicht konnte ich ihm in der Bibliothek nicht entkommen, aber es gab für mich keinen Grund, eine ganze Mahlzeit mit ihm zu verbringen – vor allem, da er mir nur beim Essen zusehen würde, wenn ich seine Vorlieben richtig einschätzte.

»Ich habe schon was vor«, sagte ich barsch, ohne eine glaubhafte Erklärung abgeben zu können, was das sein sollte. »Wirklich zu schade«, murmelte er, und der Hauch eines Lächelns spielte um seine Lippen. »Dann vielleicht ein andermal. Sie werden das ganze Jahr in Oxford verbringen, nicht wahr?«

Sich in der Nähe eines Vampirs aufzuhalten, hätte jeden nervös gemacht, außerdem rief Clairmonts Nelkenduft den eigenartigen Geruch von *Ashmole 782* wieder wach. Ich war zu keinem klaren Gedanken mehr fähig und beschränkte mich darum auf ein Nicken. Das erschien mir sicherer.

»Dachte ich mir«, sagte Clairmont. »Unsere Wege werden sich bestimmt wieder kreuzen. Oxford ist so klein.«

»Wirklich klein«, pflichtete ich ihm bei und wünschte mir, ich hätte mich entschieden, mein Forschungssemester in London zu verbringen.

»Bis dann, Dr. Bishop. Es war mir ein Vergnügen.« Clairmont streckte mir die Hand entgegen. Abgesehen von dem kurzen Ausflug an meinen Kragen hatten seine Augen unausgesetzt meine fixiert. Ich hatte ihn auch nicht blinzeln sehen. Ich nahm meine ganze Kraft zusammen, weil ich nicht als Erste den Blick abwenden wollte.

Meine Hand schob sich vor, zögerte aber kurz, bevor sie seine ergriff. Ich spürte einen flüchtigen Druck, dann entzog er mir die Hand wieder. Er trat lächelnd zurück und verschwand in der Dunkelheit des ältesten Bibliotheksbereiches.

Ich blieb reglos stehen, bis ich meine vereisten Hände wieder bewegen konnte, dann ging ich an meinen Tisch zurück und fuhr den Computer herunter. Während ich meine Papiere zusammenpackte, fragten mich die *Notes and Queries* vorwurfsvoll, warum ich mir die Mühe gemacht hatte, sie aus dem Regal zu holen, wenn ich nicht einmal einen Blick hineinwerfen wollte. Meine Aufgabenliste sah ebenfalls tadelnd zu mir auf. Ich riss das Blatt vom Block ab, knüllte es zusammen und versenkte es in dem geflochtenen Papierkorb unter dem Schreibtisch.

»Es ist genug, dass ein jeder Tag seine eigene Plage hat«, murmelte ich vor mich hin.

Der Nachtaufseher im Leseraum sah auf die Armbanduhr, als ich meine Manuskripte zurückgab. »Sie gehen heute früher, Dr. Bishop?«

Ich nickte und biss mir auf die Lippe, um nicht herauszuplatzen, ob er nicht wisse, dass sich zwischen den paläografischen Nachschlagewerken ein Vampir herumtrieb.

Er griff nach dem Stapel grauer Kartons, in denen die Handschriften steckten. »Werden Sie die morgen wieder brauchen?«

»Ja«, flüsterte ich. »Morgen.«

Nachdem ich mit der Rückgabe der Manuskripte meine letzte Gelehrtenpflicht erfüllt hatte, war ich frei. Das Klackern meiner Absätze auf dem Linoleumboden hallte von den Wänden wider, als ich durch die Gittertür vor dem Lesesaal stürmte, an den mit Samtbändern vor neugierigen Fingern geschützten Büchern vorbei, und dann die abgewetzte Holztreppe hinab in den geschlossenen Hof im Erdgeschoss. Ich lehnte mich gegen das Eisengeländer rund um die Bronzestatue von William Herbert, sog gierig die frostige Luft ein und bemühte mich, das Nelken- und Zimtaroma aus meiner Nase zu vertreiben.

In Oxford war jede Nacht irgendwas los, ermahnte ich mich streng. Dann gab es eben einen Vampir mehr in der Stadt, na und?

Trotz meiner mutigen Selbstansprache im Hof ging ich schneller als sonst nach Hause. Durch die düstere New College Lane zu gehen war schon bei Tag irgendwie unheimlich. Ich zog meine Karte durch den Schlitz am hinteren Tor des New College und spürte, wie etwas von der Anspannung aus meinem Körper wich, sobald der Torflügel hinter mir ins Schloss fiel, gerade als würden jede Tür und jede Wand, die ich zwischen mich und die Bibliothek gebracht hatte, mich zusätzlich schützen. Ich huschte unter den Kapellenfenstern entlang und durch den schmalen Durchgang in den Kolleghof. Von hier aus konnte man auf den einzigen noch existierenden mittelalterlichen Garten in Oxford sehen, wo es sogar einen jener traditionellen Hügel gab, die den Studenten von einst beim Nachsinnen über die Mysterien Gottes und der Natur einen grünen Ausblick bieten sollten. Heute Abend kamen mir die spitzen Türme und Bogen des Colleges ganz besonders gotisch vor, und ich konnte es kaum erwarten, ins Gebäude zu kommen.

Als die Tür zu meinem Apartment hinter mir ins Schloss fiel, atmete ich erleichtert auf. Ich wohnte ganz oben in einem der Aufgänge, die den Fakultätsangehörigen vorbehalten waren, und zwar in einer der Unterkünfte, die für ehemalige Mitglieder auf Besuch reserviert waren. Meine Räume, die aus einem Schlafzimmer, einem Wohnzimmer mit rundem Esstisch und einer kleinen, aber anständig ausgestatteten Küche bestanden, waren mit alten Drucken und einer warmen Wandtäfelung dekoriert. Die Einrichtung sah aus, als bestünde sie aus ausgemusterten Möbeln aus dem Gemeinschaftsraum und der Wohnung des Dekans, wobei das Schwergewicht auf durchgesessenen Stücken des ausgehenden neunzehnten Jahrhunderts lag.

In der Küche schob ich zwei Scheiben Brot in den Toaster und schenkte mir ein Glas kaltes Wasser ein. Ich trank es mit tiefen Schlucken und öffnete dabei das Fenster, um die kühle Luft in meine stickigen Gemächer zu lassen.

Mit meinem Imbiss in der Hand kehrte ich ins Wohnzimmer zurück, streifte dort die Schuhe von den Füßen und drehte die kleine Stereoanlage auf. Die klaren Klänge eines Mozartstückes erfüllten die Luft. Dann ließ ich mich in eines der rotbraun gepolsterten Sofas sinken, in der festen Absicht, nur kurz auszuruhen, anschließend ein Bad zu nehmen und hinterher meine heutigen Notizen durchzugehen.

Um halb drei Uhr in der Nacht erwachte ich mit klopfendem Herzen, steifem Hals und einem eindeutigen Nelkengeschmack im Mund.

Ich holte mir ein Glas Wasser und schloss das Küchenfenster. Es war frisch geworden, und die feuchte Luft ließ mich frösteln.

Nach einem kurzen Blick auf die Uhr und einer schnellen Überschlagsrechnung beschloss ich, zu Hause anzurufen. Dort war es erst halb elf Uhr abends, und Sarah und Em waren die reinsten Fledermäuse. Ich wanderte durch die Zimmer, schaltete dabei alle Lichter aus, bis auf das in meinem Schlafzimmer, und hatte im Nu meine schmutzigen Sachen – wie kann man sich in einer Bibliothek nur so schmutzig machen? – abgestreift und war in eine alte Yogahose sowie einen schwarzen Pulli mit ausgeleiertem Rollkragen geschlüpft. Beides war bequemer als jeder Pyjama.

Das Bett war angenehm und fest unter meinem Rücken und hätte mich beinahe überzeugt, dass ich nicht zu Hause anzurufen brauchte, so beruhigend wirkte es auf mich. Aber das Wasser hatte den Nelkengeschmack nicht ganz aus meinem Mund vertreiben können, darum nahm ich mein Handy und wählte die Nummer.

»Wir haben schon auf deinen Anruf gewartet«, waren die ersten Worte, die ich zu hören bekam.

Hexen.

Ich seufzte. »Es geht mir gut, Sarah.«

»Es deutet alles auf das Gegenteil hin.« Wie gewöhnlich kannte die jüngere Schwester meiner Mutter kein Pardon. »Tabitha ist schon den ganzen Abend aufgekratzt. Em hat ein klares Bild von dir empfangen, auf dem du völlig verloren dastehst, und ich habe seit dem Frühstück keinen Bissen mehr herunterbekommen.«

Das wirkliche Problem war diese verdammte Katze. Tabitha war Sarahs Baby und erspürte mit gespenstischer Präzision alle Spannungen innerhalb der Familie. »Es geht mir *gut*. Ich hatte heute Abend in der Bibliothek eine unerwartete Begegnung, das ist alles.«

Ein Klicken verriet mir, dass Em den zweiten Hörer abgenommen hatte. »Warum feierst du nicht Mabon?«, fragte sie.

Seit ich denken konnte, war Emily Mather ein Fixpunkt in meinem Leben. Sie und meine Mutter hatten sich während ihrer Highschoolzeit bei einem Ferienjob auf der Plimoth Plantation kennengelernt, wo sie für die Archäologen Löcher gegraben und Schubkarren geschoben hatten. Sie waren erst beste Freundinnen und anschließend, als Emily zum Studium nach Vassar und meine Mutter nach Harvard gegangen war, begeisterte Brieffreundinnen geworden. Später trafen sich die beiden in Cambridge wieder, wo Em als Bibliothekarin in einer Kinderbücherei arbeitete. Nach dem Tod meiner Eltern verbrachte Em viele lange Wochenenden in Madison, was bald dazu führte, dass sie einen Job in der örtlichen Grundschule annahm. Sie und Sarah wurden unzertrennlich, auch wenn Em immer ihre eigene Wohnung behielt und beide einen Riesenzirkus darum veranstalteten, nicht gemeinsam im Schlafzimmer zu verschwinden, solange ich klein war. Letztlich konnten sie weder mir noch den Nachbarn oder irgendwem sonst im Ort etwas vormachen. Alle behandelten sie ganz selbstverständlich als Paar, ganz gleich, wo sie ihre Nächte verbrachten. Als ich aus dem Haus der Bishops auszog, war Em eingezogen und nie wieder ausgezogen. Wie meine Mutter und meine Tante entstammte Em einer alten Hexenfamilie.

»Ich war zur Feier des Konvents eingeladen, aber ich hatte zu tun.«

»Hat dich die Hexe aus Bryn Mawr gefragt, ob du kommst?« Em interessierte sich für die Altphilologin, allerdings vor allem (wie ich an einem Sommerabend nach mehreren Gläsern Wein erfahren hatte), weil sie in den Sechzigern ein paarmal mit Gillians Mutter ausgegangen war.

»Ja«, sagte ich genervt. Die beiden waren überzeugt, dass ich jetzt, wo ich eine sichere Festanstellung hatte, das Licht erblicken und meine magischen Fähigkeiten annehmen würde. Nichts konnte sie von diesem Wunschdenken abbringen, darum waren beide regelmäßig aus dem Häuschen, wenn ich Kontakt mit einer anderen Hexe hatte. »Aber ich habe den Abend stattdessen mit Elias Ashmole verbracht.«

»Wer ist das?«, fragte Em meine Tante.

»Du weißt schon, dieser tote Typ, der alchemistische Bücher sammelte«, hörte ich Sarah stöhnen.

»Ich höre immer noch mit, ihr zwei«, rief ich in den Hörer.

»Und wer hat dir so den Hocker unter dem Hintern weggezogen?«, fragte Sarah.

Es hatte keinen Zweck, ihnen etwas verheimlichen zu wollen, schließlich waren sie Hexen. »Ich bin in der Bibliothek einem Vampir begegnet. Einem, den ich noch nie gesehen habe, einem gewissen Matthew Clairmont.«

An Ems Hörer blieb es still, während sie im Geist ihren imaginären Karteikasten mit allen nur denkbaren Geschöpfen durchging. Sarah schwieg ebenfalls, weil sie noch unentschlossen war, ob sie explodieren sollte oder nicht. »Ich hoffe, du kannst ihn leichter loswerden als die Dämonen, die du sonst immer anlockst«, knurrte sie schließlich.

»Seit ich aufgehört habe, Theater zu spielen, hat mich kein Dämon mehr belästigt.«

»Von wegen, da war noch der Dämon, der dir in die Beinecke-Bibliothek gefolgt ist, als du in Yale zu arbeiten angefangen hast«, korrigierte mich Em. »Er kam einfach die Straße entlangspaziert und hielt nach dir Ausschau.«

»Der war psychisch labil«, protestierte ich. Die Tatsache, dass ich irgendwie einen einzigen Dämon auf mich aufmerksam gemacht hatte, konnte man mir doch nicht bis in alle Ewigkeit zum Vorwurf machen, genauso wenig wie das bisschen Hexerei, mit dem ich meine Waschmaschine wieder zum Laufen gebracht hatte.

»Du ziehst magische Geschöpfe an wie eine Blume die Bienen, Diana. Aber Dämonen sind nicht halb so gefährlich wie Vampire. Halt dich von ihm fern«, erklärte Sarah angespannt.

»Ich wüsste nicht, warum ich mich mit ihm treffen sollte.« Meine Hand wanderte wieder an meinen Hals. »Uns verbindet rein gar nichts.«

»Darum geht es nicht«, ermahnte mich Sarah lauter. »Hexen, Vampire und Dämonen sollten sich nicht mischen. Das weißt du genau.

Wenn wir das tun, fallen wir den Menschen eher auf. Kein Dämon oder Vampir lohnt ein solches Risiko.« Die einzigen Wesen, die Sarah wirklich ernst nahm, waren andere Hexen. Menschen waren in ihren Augen unglückselige kleine Geschöpfe, die blind für die Welt um sie herum waren. Dämonen waren unverbesserliche Teenager, denen man nicht trauen konnte. Und Vampire standen in ihrer Rangordnung aller Wesen weit unter den Katzen und mindestens eine Stufe unter den Hunden.

»Du hast mir die Regeln oft genug eingebläut, Sarah.«

»Nicht jeder hält sich an die Regeln, Schätzchen«, bemerkte Em. »Was wollte er von dir?«

»Er sagte, er würde sich für meine Arbeit interessieren. Aber er ist Naturwissenschaftler, darum kann ich das kaum glauben.« Meine Finger nestelten am Federbett herum. »Er wollte mich zum Abendessen einladen.«

»Zum *Abendessen*?« Sarah war fassungslos.

Em lachte nur. »Ich wüsste kein Restaurant, dessen Speisekarte einen Vampir ansprechen würde.«

»Ich werde ihn bestimmt nicht wiedersehen. Seiner Visitenkarte nach leitet er drei Labore und hat obendrein zwei Posten in der Fakultät inne.«

»Typisch«, murmelte Sarah. »Das kommt davon, wenn man zu viel Zeit hat. Und hör auf, an deiner Decke herumzuzupfen – du wirst noch ein Loch hineinreißen.« Sie hatte ihren Hexenradar auf volle Kraft geschaltet und hörte mich jetzt nicht nur, sondern *sah* mich auch.

»Ihr tut beinahe so, als würde er alten Damen die Handtasche klauen oder die Leute mit Börsenspekulationen um ihr Vermögen bringen«, entgegnete ich. Sarah konnte einfach nicht verwinden, dass die meisten Vampire unermesslich reich waren. »Er ist Biochemiker und irgendwie Mediziner und interessiert sich vor allem fürs Gehirn.«

Sarah schnaubte. »Was will er nur von dir? Vampire und Hexen daten sich nicht. Es sei denn, er wollte *dich* zum Abendessen. Sie lieben nichts so sehr wie den Geschmack von Hexenblut.«

»Vielleicht war er nur neugierig. Oder er interessiert sich tatsächlich für deine Arbeit.« Aus Ems Stimme sprach ein solcher Zweifel, dass ich lachen musste.

»Wir würden dieses Gespräch gar nicht führen, wenn du ein paar grundlegende Vorsichtsmaßnahmen beherzigen würdest«, meinte Sarah schnippisch. »Ein Schutzzauber oder du nutzt deine Fähigkeiten als Seherin, und schon …«

»Ich werde weder Magie noch Hexerei einsetzen, um herauszufinden, warum sich ein Vampir mit mir verabreden will«, verkündete ich fest. »Das ist nicht verhandelbar, Sarah.«

»Dann ruf uns nicht an und frag nach Antworten, wenn du sie nicht hören willst.« Wieder einmal brach Sarahs berüchtigtes Temperament durch. Bevor ich mir eine Antwort überlegen konnte, hatte sie schon aufgelegt.

»Sarah macht sich wirklich Sorgen um dich, weißt du?«, entschuldigte sich Em für ihre aufbrausende Partnerin. »Und sie versteht nicht, warum du deine Gabe nicht einmal einsetzen willst, um dich zu schützen.«

Weil an diese Gabe zu viele Bedingungen geknüpft waren, wie ich ihnen schon oft erklärt hatte. Ich probierte es noch einmal.

»Weil ich das nicht einreißen lassen will, Em. Heute schütze ich mich in der Bibliothek vor einem Vampir und morgen im Hörsaal vor einer schwierigen Frage. Und bald wähle ich meine Forschungsschwerpunkte danach aus, was sie für Ergebnisse bringen werden, und bewerbe mich nur noch für Stipendien, die ich hundertprozentig bekomme. Es ist mir wichtig, dass ich mir meinen Ruf wirklich verdiene. Sobald ich anfange, Magie einzusetzen, gehört nichts mehr wirklich mir. Ich will nicht die nächste Hexe in unserer Familie werden.« Ich öffnete den Mund und wollte Em schon von *Ashmole 782* erzählen, aber etwas ließ mich verstummen.

»Ich weiß, ich weiß, Schatz«, besänftigte mich Em. »Ich verstehe dich wirklich. Aber Sarah sorgt sich trotzdem um deine Sicherheit. Du bist inzwischen ihre einzige Verwandte.«

Meine Finger glitten durch mein Haar und kamen an meinen Schläfen zu liegen. Gespräche wie dieses führten irgendwann unweigerlich zu meiner Mutter und meinem Vater. Ich zögerte, weil ich nicht wusste, ob ich meine größte Sorge aussprechen sollte.

»Was ist?« Ems sechster Sinn hatte mein Zögern registriert.

»Er wusste, wie ich heiße. Ich habe ihn noch nie gesehen, aber er wusste, wer ich bin.«

Em überdachte die verschiedenen Möglichkeiten. »Dein Bild ist doch auf dem Umschlag deines neuesten Buches abgedruckt, oder nicht?«

Ich hatte gar nicht gemerkt, dass ich die Luft angehalten hatte, aber jetzt atmete ich hörbar erleichtert aus. »Ja. Das muss es sein. Wie albern. Kannst du Sarah einen Kuss von mir geben?«

»Aber sowieso. Und Diana? Pass auf dich auf. Vielleicht sind die englischen Vampire uns Hexen gegenüber nicht so anständig wie die amerikanischen.«

Ich lächelte, weil ich an Matthew Clairmonts formvollendete Verbeugung denken musste. »Ich passe auf. Aber mach dir keine Sorgen. Wahrscheinlich werde ich ihn nie wiedersehen.«

Em blieb still.

»Em?«, hakte ich nach.

»Das werden wir sehen.«

Em war nicht so gut darin, in die Zukunft zu blicken, wie meine Mutter es angeblich gewesen war, doch etwas nagte an ihr. Eine Hexe überreden zu wollen, dass sie eine vage Vorahnung preisgab, war ein Ding der Unmöglichkeit. Sie würde mir nicht verraten, was sie an Matthew Clairmont so beunruhigte. Noch nicht.

Kapitel 3

Der Vampir saß im Schatten auf dem Dach der geschlossenen Bogenbrücke, die die New College Lane überspannte und zwei Bereiche des Hertford College verband. Er hatte den Rücken an die verwitterte Mauer eines neueren Collegegebäudes gelehnt und die Füße auf dem Brückendach abgestützt.

Die Hexe kam in sein Blickfeld, als sie mit überraschend sicherem Tritt über das unebene Pflaster vor der Bibliothek marschierte. Als sie unter ihm vorbeiging, beschleunigte sie ihre Schritte. In ihrer Nervosität sah sie jünger aus und verletzlicher.

Das ist also die hoch angesehene Historikerin, dachte er sarkastisch und ging im Geist ihren Lebenslauf durch. Auch nachdem er ihr Bild gesehen hatte, hatte Matthew in Anbetracht ihrer beruflichen Leistungen eine ältere Frau erwartet.

Obwohl Diana Bishop offensichtlich aufgewühlt war, ging sie aufrecht und hatte die Schultern durchgestreckt. Vielleicht würde sie doch nicht so leicht einzuschüchtern sein, wie er gehofft hatte. In der Bibliothek hatte sie sich seinem Blick gestellt, ohne auch nur eine Spur jener Furcht zu zeigen, die Matthew sonst zuverlässig bei allen Geschöpfen auslöste, die keine Vampire waren – und oft sogar bei diesen.

Als Diana Bishop um die Ecke verschwunden war, schlich Matthew an den Dächern entlang, bis er zur Mauer des New College kam. Lautlos schlüpfte er auf das Collegegelände. Der Vampir kannte das College und hatte sich ausgerechnet, wo ihre Räume liegen mussten. Er stand schon in einem düsteren Eingang gegenüber ihrem, als sie die erste Stufe nahm.

Matthews Augen folgten ihr durch ihr Apartment, während sie von einem Zimmer ins andere ging und überall Licht machte. Sie öffnete das Küchenfenster, ließ es angelehnt, verschwand.

Dann brauche ich wenigstens nicht das Fenster aufzubrechen oder ihr Schloss zu knacken, dachte er.

Matthew huschte über den Hof und kletterte an ihrem Gebäude hoch, wobei seine Hände und Füße dank eines alten kupfernen Fallrohres und einiger dicker Ranken problemlos Halt in dem alten Mörtel fanden. Von seinem neuen Beobachtungsposten aus nahm er den unverkennbaren Duft der Hexe und leises Papiergeraschel wahr. Er reckte den Kopf und spähte in ihr Fenster.

Bishop las. So entspannt sah ihr Gesicht ganz anders aus, dachte er bei sich. Es war, als würde sich die Haut erst jetzt richtig an die Knochen darunter schmiegen. Bald erkannte Matthew an ihrem regelmäßigen Atem, dass sie eingeschlafen war.

Er schwang von der Wand weg, zog die Füße an und sprang durch das Küchenfenster der Hexe. Es war lange her, seit der Vampir das letzte Mal in die Wohnung einer Frau eingestiegen war. Und auch damals war es nicht oft vorgekommen und meist darauf zurückzuführen gewesen, dass ihn die Leidenschaft im Griff gehabt hatte. Diesmal war er aus einem ganz anderen Grund gekommen. Nichtsdestotrotz hätte er nur schwer erklären können, was er hier trieb, falls ihn jemand erwischte.

Matthew musste wissen, ob sich *Ashmole 782* immer noch in Diana Bishops Besitz befand. Er hatte keine Gelegenheit gehabt, ihren Lesetisch in der Bibliothek zu durchsuchen, aber ein kurzer Blick hatte ihn vermuten lassen, dass das Manuskript nicht unter den Handschriften war, die sie heute studiert hatte. Andererseits war es ausgeschlossen, dass eine Hexe – noch dazu eine Bishop-Hexe – diesen Band wieder aus der Hand gab. Unhörbar leise wanderte er durch die kleinen Räume. Das Manuskript war weder im Bad noch im Schlafzimmer zu finden. Lautlos schlich er an der Couch vorbei, auf der sie schlief.

Die Lider der Hexe zuckten, als würde sie einen Film anschauen, den niemand außer ihr sehen konnte. Eine Hand hatte sie zur Faust geballt, und hin und wieder schienen ihre Beine zu tanzen. Dabei wirkte ihr Gesicht völlig gelöst, so als würde sie gar nicht mitbekommen, was der Rest des Körpers zu tun glaubte.

Irgendetwas stimmte nicht. Er hatte das sofort gespürt, als er Diana Bishop in der Bibliothek gesehen hatte. Matthew verschränkte die Arme und studierte sie, aber er konnte beim besten Willen nicht ausmachen, was ihn so irritierte. Diese Hexe strahlte nicht die üblichen Duftnoten aus – nach Bilsenkraut, Schwefel und Salbei. *Sie verbirgt etwas,* dachte der Vampir, *und zwar nicht nur das verlorene Manuskript.*

Matthew wandte sich ab und suchte nach ihrem Arbeitsplatz. So mit Büchern und Papieren überladen, wie er war, war er nicht zu übersehen. Die Chancen, dass sie den hinausgeschmuggelten Band dort abgelegt hatte, standen gut. Doch als er einen Schritt auf den Tisch zumachte, roch er Elektrizität und erstarrte.

Aus Diana Bishops Körper sickerte Licht – überall, so als würde es ihren Poren entströmen. Es leuchtete in einem so hellen Blau, dass es fast weiß wirkte, und bildete anfangs einen wolkigen Schleier, der sekundenlang an ihr zu haften schien. Einen Augenblick schien sie selbst zu schimmern. Matthew schüttelte ungläubig den Kopf. Das war unmöglich. Es war Jahrhunderte her, seit er das letzte Mal ein solches Licht von einer Hexe hatte ausströmen sehen.

Aber andere, dringendere Angelegenheiten warteten, darum nahm Matthew die Jagd nach dem Manuskript wieder auf und durchsuchte hastig die Schriften auf ihrem Schreibtisch. Frustriert fuhr er sich mit den Händen durch die Haare. Der Duft der Hexe überlagerte alles und lenkte ihn ab. Matthews Blick richtete sich wieder auf die Couch. Bishop bewegte sich wieder im Schlaf und zog dabei die Knie an die Brust. Noch einmal stieg ein pulsierendes Leuchten aus ihrem Körper, schimmerte kurz über ihr und erlosch.

Matthew runzelte die Stirn, denn was er gestern Abend zufällig gehört hatte, passte so gar nicht zu dem, was er hier sah. Zwei Hexen hatten über *Ashmole 782* und über die Hexe, die es ausgeliehen hatte, geredet. Eine hatte angedeutet, dass die amerikanische Hexe sich weigerte, ihre magischen Kräfte einzusetzen. Aber Matthew hatte ihre Kräfte in der Bibliothek gespürt – und sah jetzt, wie sie mit unübersehbarer Intensität in ihr arbeiteten. Vermutlich setzte sie auch bei ihren Forschungsarbeiten Magie ein. Viele der Männer, über die sie schrieb, waren mit ihm befreundet gewesen – Cornelius Drebbel, Andreas Libavius, Isaac Newton. Sie hatte bei allen sämtliche Schrullen und Eigenheiten perfekt erfasst. Wie hätte eine Frau von heute ohne magische Hilfe Männer verstehen können, die vor so langer Zeit gelebt hatten? Matthew fragte sich, ob Bishop ihn mit dem gleichen unheimlichen Feingefühl durchschauen würde.

Die Uhren schlugen drei und schreckten ihn auf. Seine Kehle war trocken wie Pergament. Er begriff, dass er stundenlang reglos zugesehen haben musste, wie die Hexe geträumt hatte und ihre Macht in langsamen Wogen angestiegen und wieder abgeflaut war. Kurz spielte er mit dem Gedanken, seinen Durst mit dem Blut der Hexe zu stillen. Ein Schluck würde ihm vielleicht verraten, wo das verschollene Manuskript steckte und welche Geheimnisse es barg. Aber er hielt sich zurück. Er hatte die rätselhafte Diana Bishop nur aufgesucht, weil er *Ashmole 782* finden wollte.

Wenn das Manuskript nicht in der Wohnung der Hexe war, musste es noch in der Bibliothek sein.

Er schlich in die Küche, glitt aus dem Fenster und wurde wieder eins mit der Nacht.

Kapitel 4

Vier Stunden später erwachte ich auf meiner Bettdecke, das Telefon fest in der Hand haltend. Im Schlaf hatte ich meinen rechten Pantoffel abgestreift, und jetzt hing der nackte Fuß über den Bettrand. Ich sah auf die Uhr und stöhnte auf. Ich hatte keine Zeit mehr für meinen morgendlichen Ausflug zum Fluss, nicht mal mehr für eine Joggingrunde.

Also kürzte ich mein Morgenritual ab, duschte nur kurz und trank eine Tasse brühend heißen Tee, während ich mir die Haare föhnte. Auch nachdem ich sie mit der Bürste traktiert hatte, standen sie strohblond in alle Richtungen ab. Wie die meisten Hexen hatte ich Schwierigkeiten, meine schulterlangen Strähnen zu zähmen. Sarah schob das auf meine aufgestaute Magie.

Nach dem Zähneputzen schlüpfte ich in eine Jeans, eine frische weiße Bluse und ein schwarzes Jackett. Es war ein vertrautes Ritual, und es war mein gewohntes Outfit, aber beides wirkte heute nicht beruhigend auf mich. Meine Kleider schienen mich zu beengen, und ich fühlte mich unsicher darin. Ich zupfte am Jackett herum, um festzustellen, ob es dann besser saß, aber es war zu einfach geschnitten, als dass man viel davon erwarten durfte.

Als ich in den Spiegel blickte, starrte mich das Gesicht meiner Mutter an. Ich konnte nicht mehr sagen, wann ich ihr so ähnlich geworden war. Irgendwann während der Collegezeit vielleicht? Das erste Mal war es den Leuten aufgefallen, als ich im ersten Studienjahr zu Thanksgiving nach Hause gekommen war. Seither bekam ich es ständig von allen zu hören, die Rebecca Bishop gekannt hatten.

Der heutige Blick in den Spiegel verriet mir auch, dass meiner Haut der Schlafmangel anzusehen war. Gegen die blasse Haut stachen die

Sommersprossen, die ich von meinem Vater geerbt hatte, heraus, und die dunklen Ringe unter meinen Augen ließen sie heller leuchten als sonst. Die Müdigkeit ließ auch meine Nase länger und mein Kinn spitzer wirken. Ich dachte an den perfekten Professor Clairmont und fragte mich, wie *er* wohl nach dem Aufstehen aussah. Wahrscheinlich genauso herausgeputzt wie gestern Abend, vermutete ich – dieses Tier. Ich zog meinem Spiegelbild eine Grimasse.

In der Tür zum Treppenhaus blieb ich stehen und ließ den Blick noch einmal durch mein Apartment schweifen. Irgendetwas ließ mir keine Ruhe – etwas wie eine vergessene Verabredung oder ein Abgabetermin. Ich war dabei, etwas Wichtiges zu übersehen. Eine Art Beklemmung ergriff meinen Magen, presste ihn kurz zusammen und löste sich dann wieder. Nachdem ich meinen Terminkalender und den Briefstapel auf meinem Schreibtisch durchgesehen hatte, schrieb ich das flaue Gefühl als Hunger ab und ging nach unten. Die zuvorkommenden Damen in der Mensa boten mir einen Toast an, als ich vorbeikam. Sie kannten mich noch aus meiner Zeit als Studentin und versuchten mich immer noch mit Apfelkuchen und Vanillesoße zwangszuernähren, wenn ich gestresst aussah.

Während ich an meinem Toast kauend über die Pflastersteine in der New College Lane klapperte, kam ich allmählich zu der Überzeugung, dass ich die letzte Nacht nur geträumt hatte. Meine Haare strichen über meinen Kragen, und mein Atem dampfte in der kalten Luft. Am Morgen war Oxford im Grunde eine ganz normale Stadt, vor den Collegeküchen warteten Lieferwagen, es roch nach Kaffee und feuchtem Asphalt, und frische Sonnenstrahlen bohrten sich durch den Morgendunst. Es war kein Ort, an dem man Vampire vermutet hätte.

Der Bibliothekspförtner in seiner blauen Jacke prüfte wie üblich umständlich meinen Leseausweis, so als hätte er mich noch nie gesehen oder würde mich insgeheim für einen genialen Bücherdieb halten. Schließlich winkte er mich durch. Nachdem ich das Portemonnaie, den Computer und die Notizen aus meiner Tasche genommen hatte, stellte ich sie in einem der Aufbewahrungsfächer neben der Tür ab, packte die Schreibutensilien in eine der erlaubten durchsichtigen

Plastiktüten und stieg die gewundene Holztreppe in den dritten Stock hinauf.

Der Bibliotheksgeruch machte mir jedes Mal gute Laune – diese ganz eigene Mischung von alten Mauern, Staub, Holzwurm und echtem Hadernpapier. Die Sonne schien durch die Fenster an den Treppenabsätzen, bestrahlte die Staubmotten, die durch die Luft flatterten, und legte helle Lichtbalken auf die uralten Wände. Dort beleuchtete die Sonne die schon angegilbten Ankündigungszettel für die Vorlesungsreihen des letzten Semesters. Die neuen Anschläge waren noch nicht angebracht, dabei waren es nur noch wenige Tage, bis sich die Schleusen wieder öffneten und eine Flut von Studenten in die Stadt strömen würde, um sie aus ihrer Lethargie zu reißen.

Leise summend nickte ich den Büsten von Thomas Bodley und König Charles dem Ersten zu, die den Bogeneingang zum Duke-Humfrey-Lesesaal flankierten, und stieß dann die Schwingtür vor der Ausleihe auf.

»Wir müssen ihn heute im Selden End unterbringen«, meinte der Abteilungsleiter eben angespannt.

Die Bibliothek war erst seit wenigen Minuten geöffnet, und schon standen Mr Johnson und sein Team unter Strom. Ich hatte sie schon mehrmals so aufgelöst gesehen, aber nur, wenn hochrangige Gelehrte erwartet wurden.

»Er hat seine Literaturliste schon eingereicht und wartet unten.« Die mir unbekannte Bibliothekarin von gestern warf mir einen finsteren Blick zu und wuchtete den Bücherstapel in ihren Armen zurecht. »Die hier sind auch für ihn. Er hat sie aus dem Lesesaal der New Bodleian hochschicken lassen.«

Dort wurde die, ostasiatische Literatur aufbewahrt. Das war nicht mein Feld, darum verlor ich augenblicklich das Interesse.

»Bringen Sie ihm die, und sagen Sie ihm, dass wir die übrigen Manuskripte in der nächsten Stunde nach unten bringen werden.« Der Abteilungsleiter klang entnervt und verschwand in seinem Büro.

Sean verdrehte die Augen, als ich an die Ausleihtheke trat. »Hi, Diana. Du willst die Manuskripte, die du dir hast zurücklegen lassen?«

»Danke«, flüsterte ich und dachte genüsslich an den Manuskriptstapel, der auf mich wartete. »Großer Tag, wie?«

»Sieht ganz so aus«, antwortete er trocken und verschwand gleich darauf in dem vergitterten Verschlag, in dem die Manuskripte über Nacht aufbewahrt wurden. Dann kehrte er mit meinen Schätzen zurück. »Bitte sehr. Tischnummer?«

»A4.« Dort saß ich immer, in der abgelegenen Südostecke im Selden End, wo das Licht am angenehmsten war.

Mr Johnson kam auf mich zugerauscht. »Ähm, Dr. Bishop, wir haben Professor Clairmont an A3 gesetzt. Vielleicht möchten Sie heute lieber an A1 oder A6 sitzen.« Er trat nervös vom einen Fuß auf den anderen, schob sich die Brille auf die Nase und blinzelte mich durch die dicken Gläser an.

Ich starte ihn fassungslos an. »Professor *Clairmont?*«

»Genau. Er arbeitet an den Needham-Papieren und bat um einen Tisch mit gutem Licht und viel Platz, auf dem er sich ausbreiten kann.«

»Joseph Needham, dem Historiker, der sich mit chinesischer Wissenschaft befasst hat?« Unter meinem Solarplexus begann das Blut zu brodeln.

»Genau. Er war natürlich auch Biochemiker – daher Professor Clairmonts Interesse«, erklärte Mr Johnson, der mit jeder Sekunde zappeliger wirkte. »Möchten Sie vielleicht an A1 sitzen?«

»Ich nehme lieber A6.« Die Vorstellung, neben einem Vampir zu sitzen, war ausgesprochen beklemmend, selbst wenn uns ein freier Tisch trennte. An Tisch A1 würde ich ihm allerdings gegenübersitzen, und das war völlig undenkbar. Wie sollte ich mich konzentrieren, wenn ich mich stets fragen musste, was diese unergründlichen Augen wohl sahen? Wären die Tische im mittelalterlichen Flügel nicht so schrecklich unbequem gewesen, hätte ich mich lieber unter eine der Wasserspeierfiguren geflüchtet, die dort die schmalen Fenster bewachten, und mich stattdessen Gillian Chamberlains strengen Blicken ausgesetzt.

»Ach, das ist ja grandios. Ich danke Ihnen für Ihr Verständnis.« Mr Johnson seufzte erleichtert auf.

Als ich in das Licht im Selden End trat, kniff ich unwillkürlich die

Augen zusammen. Clairmont wirkte ausgeruht und wie aus dem Ei gepellt, und die blasse Haut zeichnete sich heute noch deutlicher gegen die dunklen Haare ab. Heute trug er einen grauen Pullover mit grünem Muster und wieder mit übergroßem Halsausschnitt, sein Kragen stand hinten leicht hoch. Ein verstohlener Blick unter den Tisch ließ eine dunkelgraue Hose, passende Socken und schwarze Schuhe erkennen, die mit Sicherheit mehr kosteten als die gesamte Garderobe eines gewöhnlichen Gelehrten.

Die diffuse Beklemmung meldete sich zurück. Was hatte Clairmont in der Bibliothek zu suchen? Warum war er nicht in seinem Labor?

Ich ging auf den Vampir zu, ohne dass ich mich bemüht hätte, besonders leise zu sein. Clairmont saß schräg vor mir am anderen Ende der Tische und las ungerührt weiter, so als hätte er mich gar nicht gehört. Ich ließ meine Plastiktüte und den Manuskriptstapel auf den mit A5 gekennzeichneten Platz fallen, um die Außengrenze meines Territoriums zu markieren.

Er blickte auf und zog scheinbar überrascht die Brauen hoch. »Dr. Bishop. Guten Morgen.«

»Professor Clairmont.« Mir dämmerte, dass er wahrscheinlich alles mitgehört hatte, was an der Ausleihtheke gesprochen worden war. Schließlich verfügte er über das Gehör einer Fledermaus. Ich weigerte mich, ihm in die Augen zu sehen, und zog stattdessen einen Gegenstand nach dem anderen aus meiner Tüte, bis ich zwischen mir und dem Vampir einen kleinen Verteidigungswall aus Schreibwaren errichtet hatte. Clairmont schaute mir zu, bis mir das Material ausging, dann senkte er konzentriert die Brauen und las weiter.

Ich holte das Netzkabel für meinen Computer heraus und krabbelte unter den Tisch, um es einzustecken. Als ich wieder auftauchte, las er immer noch, musste sich aber Mühe geben, nicht zu lächeln.

»Dabei würdest du dich am Nordende bestimmt viel wohler fühlen«, grummelte ich vor mich hin, während ich nach meiner Manuskriptliste suchte.

Clairmont sah auf, die weiten Pupillen ließen seine Augen plötzlich dunkel aussehen. »Störe ich Sie vielleicht, Dr. Bishop?«

»Natürlich nicht«, sagte ich hastig und merkte, wie sich unter dem heftigen, scharfen Nelkenaroma, das seine Worte begleitete, meine Kehle zusammenzog. »Es überrascht mich nur, dass Sie einen Platz im Sonnenlicht vorziehen.«

»Sie glauben doch nicht alles, was Sie lesen, oder?« Wieder hob sich eine dicke schwarze Braue zu einem angedeuteten Fragezeichen.

»Wenn Sie damit meinen, ob ich glaube, dass Sie in Flammen aufgehen, sobald ein Sonnenstrahl Sie trifft, lautet die Antwort nein.« Vampire verbrannten nicht im Sonnenlicht, und sie hatten auch keine Fangzähne. Beides waren menschliche Mythen. »Aber mir ist auch noch nie … *jemand wie Sie* begegnet, der gern Sonnenbäder genommen hätte.«

Clairmont bewegte keinen Muskel, doch ich hätte schwören können, dass er ein Lachen unterdrückte. »Wieviel Umgang hatten Sie denn schon mit ›jemandem wie mir‹, Dr. Bishop?«

Woher wusste er, dass ich noch nicht viele Erfahrungen mit Vampiren gesammelt hatte? Vampire verfügten über übermenschlich scharfe Sinne und enorme Kräfte – aber sie hatten keine übernatürlichen Fähigkeiten wie Gedankenlesen oder Hellseherei. Diese waren den Hexen vorbehalten oder zeigten sich höchstens ganz selten einmal bei einem Dämon. Dies war die natürliche Ordnung, hatte mir meine Tante erklärt, als ich noch ein Kind gewesen war und nicht schlafen konnte, weil ich Angst hatte, dass mir ein Vampir die Gedanken stehlen und damit aus dem Fenster fliegen könnte.

Ich studierte ihn genauer. »Irgendwie, Professor Clairmont, habe ich das Gefühl, dass mir nicht einmal noch so lange Erfahrung verraten würde, was mich wirklich interessiert.«

»Wenn ich kann, werde ich Ihre Frage liebend gern beantworten.« Er schloss sein Buch und legte es auf dem Lesetisch ab. Dann sah er mich mit dem geduldigen Ausdruck eines Lehrers an, der einer aufmüpfigen und nicht besonders intelligenten Schülerin zuhört.

»Was wollen Sie eigentlich hier?«

Clairmont lehnte sich zurück und ließ die Hände auf die Armlehnen seines Stuhles sinken. »Ich will Dr. Needhams Schriften durchgehen, um festzustellen, wie sich seine Vorstellungen zur Morphogenese fortentwickelt haben.«

»Morphogenese?«

»Jene Veränderungen in der embryonalen Zelle, die zu einer Differenzierung führen...«

»Ich weiß, was Morphogenese ist, Professor Clairmont. Danach habe ich nicht gefragt.«

Sein Mund zuckte. Ich verschränkte abweisend die Arme vor der Brust.

»Ich verstehe.« Er legte die Spitzen seiner langen Finger aufeinander und ließ dabei die Ellbogen auf den Armlehnen ruhen. »Ich kam gestern Abend in Bodleys Bibliothek, um einige Manuskripte anzufordern. Als ich hier war, beschloss ich, mich ein wenig umzusehen – ich weiß gern über meine Umgebung Bescheid und bin nicht oft hier, müssen Sie wissen. Dann sah ich Sie auf der Galerie stehen. Und natürlich hat mich das, was ich danach zu sehen bekam, einigermaßen überrascht.« Seine Mundwinkel zuckten schon wieder.

Ich errötete bei der Erinnerung, wie ich Magie eingesetzt hatte, nur um ein Buch aus dem Regal zu holen. Und ich bemühte mich, wenn auch mit wenig Erfolg, mich nicht von der altmodischen Bezeichnung »Bodleys Bibliothek« bezaubern zu lassen.

Vorsichtig, Diana, warnte ich mich. *Er versucht dich zu umgarnen.*

»Sie wollen mir also erzählen, wir hätten es hier lediglich mit einer Folge von kuriosen Zufällen zu tun, die darin gipfeln, dass ein Vampir und eine Hexe im selben Raum sitzen und wie ganz gewöhnliche Bibliotheksbesucher Manuskripte studieren?«

»Ich glaube nicht, dass mich jemand für gewöhnlich halten könnte, meinen Sie nicht auch?« Clairmonts ohnehin leise Stimme senkte sich zu einem ironischen Flüstern, und er beugte sich vor. Seine bleiche Haut kam ins Licht und schien dabei aufzuglühen. »Aber ansonsten, ja. Es handelt sich lediglich um eine Folge von leicht zu erklärenden Zufällen.«

»Ich dachte, Wissenschaftler glauben nicht mehr an Zufälle.«

Er lachte leise. »Irgendwer muss schließlich daran glauben.«

Clairmont starrte mich weiter an, was extrem nervenaufreibend war. Die neue Bibliothekarin rollte das uralte hölzerne Bibliothekswägelchen mit mehreren akkurat ausgerichteten Manuskriptkartons an den Ellbogen des Vampirs.

Der Vampir riss den Blick von mir los. »Vielen Dank, Valerie. Ich weiß Ihre Hilfe zu schätzen.«

»Natürlich, Professor Clairmont.« Valerie starrte verzückt in seine Augen und lief zartrosa an. Der Vampir hatte sie mit einem schlichten Dankeschön um den Finger gewickelt. Ich schnaubte. »Bitte sagen Sie Bescheid, wenn Sie noch etwas benötigen«, flötete sie und kehrte in ihren Kaninchenbau am Eingang zurück.

Clairmont griff nach dem ersten Karton, löste mit langen Fingern die Schnur und sah mich über den Lesetisch hinweg an. »Ich will Sie nicht von Ihrer Arbeit abhalten.«

Matthew Clairmont hatte die Oberhand behalten. Ich hatte oft genug mit ranghöheren Kollegen zu tun gehabt, um die Zeichen deuten zu können, und wusste daher, dass jede Erwiderung alles nur noch verschlimmern würde. Ich klappte meinen Computer auf, drückte energischer, als nötig gewesen wäre, die Starttaste und beugte mich über mein erstes Manuskript. Nachdem ich den Karton aufgeschnürt hatte, legte ich den in Leder gebundenen Band in die Halterung auf meinem Tisch.

Während der nächsten anderthalb Stunden las ich die ersten Seiten mindestens dreißigmal. Ich begann ganz oben bei den vertrauten Zeilen jenes angeblich von George Ripley stammenden Gedichtes, das versprach, die Geheimnisse des Steines der Weisen zu lüften. Nach den Überraschungen, die dieser Morgen mit sich gebracht hatte, erschienen mir die Beschreibungen im Gedicht, wie der Grüne Löwe zu erschaffen sei und der Schwarze Drache und wie aus verschiedenen chemischen Zutaten ein mystisches Blut zusammenzurühren sei, noch unverständlicher als sonst.

Im Gegensatz zu mir bewältigte Clairmont bergeweise Arbeit und bedeckte Seite um Seite seines cremefarbenen Papiers mit blitzschnellen Schwüngen seines Füllfederhalters, einem *Montblanc-Meisterstück.*

Ab und an blätterte er so laut raschelnd um, dass ich mit zusammengebissenen Zähnen von vorn anfangen musste.

Gelegentlich schwebte Mr. Johnson durch den Raum und stellte sicher, dass niemand seine Bücher beschmierte. Der Vampir schrieb weiter wie besessen. Ich fixierte beide wutentbrannt.

Um zehn Uhr fünfundvierzig spürte ich ein vertrautes Kribbeln, als Gillian Chamberlain ins Selden End gerauscht kam. Sie steuerte direkt auf mich zu – zweifellos, um mir zu erzählen, wie blendend sie sich auf der gestrigen Mabon-Feier unterhalten hatte. Dann sah sie den Vampir und ließ ihre Plastiktüte mit Stiften und Papieren fallen. Er blickte auf und starrte sie an, bis sie in den Mittelalterflügel davonhuschte.

Um elf Uhr zehn spürte ich den heimtückischen Druck eines Kusses im Genick. Es war der verwirrte, koffeinsüchtige Dämon aus der Musikbibliothek. Er wirbelte zwei weiße Plastikohrhörer um den Zeigefinger und ließ sie durch die Luft kreiseln. Dann nickte der Dämon Matthew zu und setzte sich an einen der Computer in der Mitte des Raumes. Am Bildschirm klebte ein Zettel: ausser betrieb, reparatur veranlasst. Dort blieb er während der nächsten Stunden sitzen, wobei er in regelmäßigen Abständen über seine Schulter und danach an die Decke starrte, so als versuche er herauszufinden, wo er war und wie er dorthin gelangt sein mochte.

Ich wandte meine Aufmerksamkeit wieder George Ripley zu, obwohl ich Clairmonts Eisblick auf meinem Scheitel spürte.

Um elf Uhr vierzig erblühten erneut eisige Flecken zwischen meinen Schulterblättern.

Das war der Tropfen, der das Fass zum Überlaufen brachte. Sarah behauptete immer, eines von zehn menschlich aussehenden Wesen sei kein Mensch, doch heute Morgen waren fünfmal so viele nichtmenschliche Geschöpfe wie Menschen im Duke-Humfrey-Lesesaal. Woher waren sie alle gekommen?

Ich sprang auf, wirbelte herum und erschreckte dabei einen pausbäckigen Vampir mit Tonsur, der einen Stapel mittelalterlicher Messbücher vor sich her trug und sich gerade auf einen Stuhl sinken lassen wollte, der entschieden zu fragil für ihn war. Dass ihm so plötzlich so viel unerwünschte Aufmerksamkeit zuteilwurde, ließ ihn kurz aufquietschen. Dann sah er Clairmont und wurde noch bleicher, als ich es bei einem Vampir für möglich gehalten hätte. Unter einer verlegenen Verbeugung floh er zurück in die dunklen Eingeweide der Bibliothek.

Im Verlauf des Nachmittags tauchten – neben einigen Menschen – drei weitere Geschöpfe im Selden End auf.

Zwei mir unbekannte weibliche Vampire, dem Anschein nach Schwestern, schwebten an Clairmont vorbei und blieben vor den Regalen mit den lokalhistorischen Titeln stehen, zogen ein paar Bände über die frühzeitliche Besiedlung von Bedfordshire und Dorset heraus und kritzelten danach abwechselnd Unmengen von Notizen auf ein einzelnes Blatt Papier. Eine von beiden flüsterte etwas, und Clairmonts Kopf zuckte so schnell herum, dass der Hals jedes anderen Wesens dabei abgeknickt wäre. Er stieß ein leises Zischen aus, bei dem sich meine Nackenhaare aufstellten. Die beiden sahen sich kurz an und zogen so leise ab, wie sie gekommen waren.

Das dritte Geschöpf war ein älterer Mann, der sich genau in einen Sonnenstrahl stellte und verzückt auf die Bleiglasfenster schaute, bevor er sich zu mir umdrehte. Er trug die traditionelle Akademikeruniform – ein braunes Tweedsakko mit Wildlederflicken an den Ellbogen, dazu eine Cordhose in einem nicht wirklich passenden Grün und ein Baumwollhemd mit geknöpftem Kragen und Tintenflecken an der Hemdtasche –, und ich wollte ihn schon als ganz gewöhnlichen Oxford-Gelehrten abtun, als mir das Kribbeln auf meiner Haut verriet, dass er ein Hexer war. Doch nachdem ich ihn nicht kannte, konzentrierte ich mich wieder auf mein Manuskript.

Ein leichter Druck im Hinterkopf machte es mir allerdings unmöglich, weiterzulesen. Der Druck breitete sich bis zu den Ohren aus und wurde dabei immer intensiver, bis er sich schließlich um meine Stirn schlang und sich mein Magen in panischer Angst verkrampfte. Das war kein stummer Gruß mehr, das war schon eine Drohung. Aber warum sollte mich eine andere Hexe bedrohen?

Der Hexer kam scheinbar lässig auf meinen Tisch zugeschlendert. Als er sich näherte, begann eine Stimme in meinem inzwischen pulsierenden Schädel zu flüstern. Sie war zu leise, als dass ich wirklich verstanden hätte, was sie sagte. Ich war jedoch sicher, dass sie von diesem Hexer stammte, aber wer in aller Welt war das?

Ich merke, dass ich flacher atmete. *Scher dich verflucht noch mal aus meinem Kopf,* wehrte ich mich entschieden, wenn auch lautlos, und legte dabei die Hand an die Stirn.

Clairmont bewegte sich so schnell, dass ich gar nicht sah, wie er hinter seinem Tisch hervorkam. Im nächsten Augenblick stand er neben mir und hatte eine Hand auf die Rückenlehne meines Stuhles, die andere auf die Tischplatte gestützt. Seine breiten Schultern schirmten mich ab wie die Schwingen eines Falken, der seine Beute für sich behalten will.

»Ist alles in Ordnung?«, fragte er.

»Es geht mir gut«, erwiderte ich wacklig und vollkommen entgeistert, dass mich ein Vampir vor einer anderen Hexe beschützen musste.

In der Galerie über uns renkte sich eine Leserin fast den Hals aus, um zu erkennen, was hier unten los war. Zwei Hexen und ein Vampir waren für einen Menschen unmöglich zu übersehen.

»Lassen Sie mich in Ruhe. Die Menschen haben uns bemerkt«, zischte ich zwischen zusammengebissenen Zähnen hervor.

Clairmont richtete sich zu seiner vollen Größe auf, wandte dem Hexer aber weiterhin den Rücken zu.

»Verzeihung, mein Fehler«, hörte ich den Hexer hinter Clairmonts Rücken murmeln. »Ich dachte, dieser Tisch sei frei. Verzeihung.« Leise Schritte verhallten in der Ferne, und der Druck auf meinem Kopf löste sich wieder.

Ich spürte eine leichte Brise, als die kalte Hand des Vampirs nach meiner Schulter fassen wollte, innehielt und sich wieder auf die Stuhllehne senkte. Clairmont beugte sich vor. »Sie sehen blass aus«, bemerkte er leise mit tiefer Stimme. »Soll ich Sie vielleicht nach Hause bringen?«

»Nein.« Ich schüttelte den Kopf und hoffte, dass er auf seinen Platz zurückkehren würde. Die menschliche Leserin auf der Galerie behielt uns argwöhnisch im Auge.

»Dr. Bishop, ich glaube, es wäre wirklich besser, wenn ich Sie nach Hause bringen würde.«

»Nein!« Meine Stimme war lauter als beabsichtigt. Ich senkte sie zu einem Flüstern. »Ich lasse mich nicht aus dieser Bibliothek vertreiben – weder von Ihnen noch von irgendwem sonst.«

Clairmonts Gesicht war meinem beklemmend nahe. Er atmete tief ein, und wieder wehte mir der überwältigende Duft von Zimt und Nelken entgegen. Offenbar überzeugte ihn mein Blick, dass ich es ernst meinte, denn er richtete sich auf. Sein Mund wurde zu einer strengen Linie, und er kehrte an seinen Platz zurück.

Den Rest des Nachmittags verbrachten wir in einem angespannten Waffenstillstand. Ich bemühte mich, bei meiner Lektüre endlich über die zweite Seite meines ersten Manuskriptes hinwegzukommen, und Clairmont ackerte sich mit der Konzentration eines Richters in einem komplizierten Mordfall durch seine Papiere und eng beschriebenen Notizbücher.

Um drei waren meine Nerven so zerschlissen, dass ich mich nicht länger konzentrieren konnte. Der Tag war verloren.

Ich sammelte meine verstreuten Habseligkeiten ein und schob das Manuskript in den Karton zurück.

Clairmont sah auf. »Sie gehen schon, Dr. Bishop?« Er klang mitfühlend, aber seine Augen funkelten.

»Ja«, fauchte ich ihn an.

Seine Miene blieb absolut ausdruckslos.

Alle Geschöpfe in der Bibliothek sahen mir hinterher, als ich ging – der bedrohliche Hexer, Gillian, der Vampirmönch, sogar der Dämon. Die Nachmittagskraft an der Ausleihtheke kannte ich nicht, weil ich noch nie um diese Zeit heimgegangen war. Mr Johnson schob seinen Stuhl ein paar Zentimeter zurück, erkannte mich und sah überrascht auf die Uhr.

Im Hof sog ich tief die frische Luft ein. Frische Luft allein würde allerdings nicht genügen, um diesen Tag noch zum Besseren zu wenden.

Fünfzehn Minuten später steckte ich in einer eng anliegenden, wadenlangen Hose, die sich in sechs Richtungen dehnen ließ, außerdem einem verblichenen Trägerhemd des *New College Boat Clubs* und einem Fleecepullover. Ich schnürte meine Turnschuhe und brach im Laufschritt auf zum Fluss.

Als ich dort ankam, hatte sich die Anspannung schon fast gelöst. Als »Adrenalinvergiftung« hatte einer meiner Ärzte diese Angstanfälle bezeichnet, die mich seit meiner Kindheit plagten. Die Ärzte erklärten sie damit, dass mein Körper aus unerfindlichen Gründen anzunehmen schien, er würde ständig in Gefahr schweben. Einer der Spezialisten, die meine Tante konsultiert hatte, hatte ihr ernsthaft erklärt, dass es sich dabei um ein biochemisches Überbleibsel aus uralten Jäger- und Sammlerzeiten handelte. Es würde mir besser gehen, sobald ich mein Blut vom Adrenalin befreite, und zwar indem ich rannte, so wie ein Steinbock vor einem Löwen davonrennt.

Dummerweise war ich als Kind mit meinen Eltern in der Serengeti gewesen und hatte eine solche Verfolgungsjagd beobachtet. Der Steinbock hatte verloren. Das Erlebnis hatte mich tief beeindruckt.

Seither hatte ich Medikation und Meditation probiert, doch am besten ließ sich die Panik tatsächlich mit körperlicher Aktivität in Schach halten. In Oxford ging ich lieber am Morgen rudern, bevor die Collegeteams den schmalen Fluss in eine Hauptverkehrsstraße verwandelten. Aber da das Semester noch nicht wieder angefangen hatte, würde der Fluss heute auch am Nachmittag frei sein.

Meine Füße stampften über den mit Splitt bestreuten Pfad zu den Bootshäusern. Ich winkte Pete zu, dem Bootsmann, der mit ein paar Schraubenschlüsseln und Dosen voller Schmierfett vorbeitigerte und das zu reparieren versuchte, was die Anfänger bei ihrem Training aufgearbeitet hatten. Am siebten Bootshaus blieb ich stehen und beugte mich vornüber, bis das Seitenstechen nachgelassen hatte, dann zog ich den Schlüssel vom Dach der Laterne vor der Bootshaustür.

Drinnen begrüßten mich Halterungen voller weiß-gelber Boote. Es gab große Achter für die erste Mannschaft, etwas schmalere Boote für die Frauen und dazu andere Boote verschiedener Größe und Qualität. Am Bug eines funkelnagelneuen, noch nicht fertig ausgerüsteten Bootes hing ein mahnendes Schild: niemand darf ohne erlaubnis des ncbc-präsidenten die frau des französischen leutnants aus diesem haus entfernen. Der Bootsname war in viktorianischen Schnörkeln auf dem Lack angebracht worden, eine Hommage an den Absolventen des New College, der diese Figur erschaffen hatte.

Ganz hinten ruhte ein gertenschlankes Boot mit knapp dreißig Zentimetern Breite und einer Länge von über acht Metern in einem hüfthoch montierten Schlingensatz. *Gott segne Pete*, dachte ich. Er hatte es sich angewöhnt, das Skiff weit unten aufzuhängen. Ein Zettel auf dem Sitz verkündete: *Collegetraining nächsten Montag. Boot kommt zurück aufs Gestell.*

Ich schlüpfte aus den Turnschuhen, suchte mir aus dem Stapel neben der Tür zwei Skulls mit geschwungenen Ruderblättern heraus und trug sie zum Anlegesteg. Dann ging ich das Boot holen.

Ich ließ das Skiff vorsichtig ins Wasser gleiten und stellte einen Fuß auf den Sitz, damit es nicht abtrieb, während ich die Skulls in die Dollen fädelte. Beide Skulls in einer Hand haltend wie überdimensionale Essstäbchen, ließ ich mich vorsichtig ins Boot sinken und stieß mich dann mit der Linken vom Steg ab. Das Skiff trieb hinaus auf den Fluss.

Rudern war für mich inzwischen eine Art Religion, ein festgefügter Rahmen von Ritualen und Bewegungen. Die Rituale begannen in dem Moment, in dem ich die Ausrüstung in die Hand bekam, aber der wahre Zauber ergab sich aus der Kombination von Präzision, Rhythmus und Kraft, die man zum Rudern braucht. Seit meinen Tagen als junge Studentin hatte mir das Rudern ein unvergleichliches Gefühl von innerem Frieden verschafft.

Die Ruderblätter tunkten ins Wasser und flogen über die Oberfläche. Ich zog das Tempo an, verstärkte gleichzeitig jeden Schlag durch meine Beinarbeit und spürte das Wasser, wenn mein Skull zurückflog und wieder unter die Wellen tauchte. Der Wind schnitt bei jedem Ruderschlag kalt und scharf durch meine Kleidung.

Meine Bewegungen verschmolzen zu einer nahtlosen Abfolge, bis ich das Gefühl hatte zu fliegen. Während dieser seligen Momente war ich losgelöst von Zeit und Raum und nur noch ein schwereloser Körper auf einem dahinziehenden Fluss. Mein schlankes kleines Skiff schoss dahin, und ich war eins mit dem Boot und den Skulls. Ich schloss die Augen und lächelte, während die Ereignisse des Tages mit jedem Ruderschlag an Bedeutung verloren.

Der Himmel verdunkelte sich hinter meinen geschlossenen Lidern, und das Dröhnen des Verkehrs verriet mir, dass ich soeben die Donnington Bridge unterquert hatte. Als ich auf der anderen Seite wieder in die Sonne kam, öffnete ich die Augen – und spürte die kalte Berührung eines Vampirblicks auf meinem Brustbein.

Eine Gestalt stand auf der Brücke, in einem langen Mantel, der um ihre Knie flatterte. Auch wenn ich das Gesicht nicht erkennen konnte, schloss ich aus der beträchtlichen Größe und den breiten Schultern des Vampirs darauf, dass es Matthew Clairmont war. Schon wieder.

Ich fluchte und hätte beinahe einen Skull verloren. Ich befand mich kurz vor dem Anlegesteg des *City of Oxford Rowing Club*. Während ich noch über seine Anwesenheit nachgrübelte, sah ich eine schlanke Frau in einem Overall voller Farbflecken auf dem Anlegesteg stehen. Sie rauchte eine Zigarette und sprach in ein Handy.

So etwas bekam man vor dem Bootshaus des *City of Oxford* nicht oft zu sehen.

Sie schaute auf, und ihr Blick drückte sich in meine Haut. Eine Dämonin. Sie verzog den Mund zu einem Wolfslächeln und sagte etwas ins Telefon.

Da stimmte irgendwas nicht. Erst Clairmont und jetzt ein Sammelsurium an Kreaturen, sobald er sich irgendwo zeigte?

Ich schaffte es den Fluss hinab, doch mein innerer Frieden hatte sich in Luft aufgelöst. Als ich das Boot vor der Isis Tavern wendete, sah ich Clairmont neben einem der Tische des Pubs stehen. Er war – zu Fuß – schneller von der Donnington Bridge aus dorthin gekommen, als ich in einem Rennskiff.

Ich bremste kraftvoll mit beiden Skulls ab, hob sie dann eine Armlänge aus dem Wasser wie die Flügel eines Riesenvogels und ließ das Boot an den baufälligen Anlegesteg der Taverne gleiten. Bis ich herausgeklettert war, hatte Clairmont bereits die etwa zehn Meter breite Rasenfläche zwischen uns überquert. Unter seinem Gewicht senkte sich der Ponton ein wenig ab, und das Boot kam ins Schaukeln.

»Was soll das, verflucht noch mal, werden?«, sagte ich etwas zu laut, nachdem ich vom Rand weggetreten war und mich auf den rauen Planken vor dem Vampir aufgebaut hatte. Ich atmete schwer nach der Anstrengung, und meine Wangen waren gerötet. »*Verfolgen* Sie mich mit Ihren Freunden?«

Clairmont legte die Stirn in Falten. »Das sind nicht meine Freunde, Dr. Bishop.«

»Ach nein? So viele Vampire, Hexen und Dämonen auf einem Haufen habe ich das letzte Mal gesehen, als ich dreizehn war und mich meine Tanten auf ein heidnisches Sommerfestival geschleift haben. Wenn diese Leute nicht mit Ihnen befreundet sind, warum hängen sie dann ständig in Ihrer Nähe herum?« Ich wischte mir mit dem Handrücken über die Stirn und schob mir dabei die nassen Haare aus dem Gesicht.

»Gute Güte«, murmelte der Vampir ungläubig. »Die Gerüchte stimmen also.«

»Welche Gerüchte?«, fragte ich ungeduldig.

»Sie glauben, diese ... *Dinger* möchten Zeit mit mir verbringen?« Clairmonts Stimme triefte vor Verachtung und klang gleichzeitig überrascht. »Unglaublich.«

Ich zerrte den Fleecepullover über meine Schultern und danach über meinen Kopf. Clairmonts Blick zuckte zu meinem Schlüsselbein hinunter und dann über meine nackten Arme bis zu den Fingerspitzen. Plötzlich kam ich mir in meinem Ruderanzug ungewohnt nackt vor.

»Ja«, fuhr ich ihn an. »Ich habe früher in Oxford gewohnt. Ich komme jedes Jahr her. Das Einzige, was diesmal anders ist als sonst, sind *Sie*. Seit Sie gestern Abend aufgetaucht sind, wurde ich von meinem Platz in der Bibliothek vertrieben, von merkwürdigen Vampiren und Dämonen angestarrt und von einem mir unbekannten Hexer bedroht.«

Clairmont hob ansatzweise die Arme, als wollte er mich an den Schultern packen und schütteln. Obwohl ich mit knapp einem Meter siebzig bestimmt nicht klein bin, war er so groß, dass ich den Kopf in den Nacken legen musste, um ihm in die Augen sehen zu können. Schlagartig wurde mir bewusst, wie groß und kräftig er verglichen mit mir war. Ich trat mit verschränkten Armen zurück und setzte meine professionelle Maske auf.

»Diese Geschöpfe interessieren sich nicht für mich, Dr. Bishop. Sondern für *Sie.*«

»Warum? Was könnten sie von mir wollen?«

»Wissen Sie wirklich nicht, warum jeder Dämon, jede Hexe und jeder Vampir südlich von Birmingham Sie verfolgt?« Aus seiner Stimme schlug mir blanker Unglauben entgegen, er staunte mich an, als hätte er mich noch nie gesehen.

»Nein«, sagte ich, den Blick auf zwei Männer gerichtet, die an einem Tisch in unserer Nähe bei einem Nachmittagsbier saßen. Zum Glück waren sie in ihr eigenes Gespräch vertieft. »Seit ich in Oxford bin, habe ich lediglich alte Manuskripte studiert, täglich ein paar Bahnen auf dem Fluss gezogen, mich auf meine Konferenz vorbereitet und mich ansonsten in meinem Zimmer aufgehalten. Mehr tue ich hier nicht. Kein Wesen hätte einen Grund, mir so viel Aufmerksamkeit zu schenken.«

»Denken Sie nach, Diana.« Clairmont sah mich eindringlich an. Etwas anderes als Angst überlief meine Haut, als er mich so vertraulich ansprach. »Was haben Sie gelesen?«

Die Lider senkten sich über seine unbeschreiblichen Augen, aber da hatte ich schon das leidenschaftliche Leuchten darin gesehen.

Meine Tanten hatten mich gewarnt, dass Matthew Clairmont etwas von mir wollte. Sie hatten recht behalten.

Er fixierte mich erneut mit seinen unbeschreiblichen, grau umränderten schwarzen Augen. »Diese Geschöpfe verfolgen Sie, weil sie glauben, dass Sie etwas wiedergefunden haben, was vor vielen Jahren verloren ging«, erklärte er mir zögernd. »Sie wollen es zurückhaben, und sie glauben, dass Sie es beschaffen können.«

Ich rief mir die Manuskripte ins Gedächtnis, die ich in den letzten Tagen studiert hatte. Das Herz rutschte mir in die Hose. Es gab nur einen Kandidaten für so viel Aufmerksamkeit.

»Woher wollen Sie wissen, was diese Wesen suchen, wenn Sie nicht mit ihnen befreundet sind?«

»Ich höre so manches, Dr. Bishop. Ich habe ein exzellentes Gehör«, erklärte er geduldig und mit der für ihn typischen Förmlichkeit. »Zudem bin ich ein recht guter Beobachter. Bei einem Konzert am Sonntagabend hörte ich, wie sich zwei Hexen über eine Amerikanerin – ebenfalls eine Hexe – unterhielten, die in Bodleys Bibliothek ein als verschollen geltendes Buch gefunden habe. Seither sind mir in Oxford zahllose neue Gesichter begegnet, und das bereitet mir Unbehagen.«

»Wir feiern Mabon. Das erklärt, warum so viele Hexen in Oxford sind.« Ich versuchte, seinen nachsichtigen Tonfall zu imitieren, obwohl er meine letzte Frage nicht beantwortet hatte.

Clairmont schüttelte unter einem sarkastischen Lächeln den Kopf. »Nein, es geht ihnen nicht um die Tagundnachtgleiche. Sondern um das Manuskript.«

»Was wissen Sie über *Ashmole 782*?«, fragte ich leise.

»Weniger als Sie.« Clairmonts Augen verengten sich zu Schlitzen. Dadurch sah er noch mehr wie ein riesiges, todbringendes Raubtier aus. »Ich habe es nie gesehen. Sie haben es in Händen gehalten. Wo ist es jetzt, Dr. Bishop? Sie waren doch nicht so töricht, es in Ihrem Zimmer zu lassen?«

Ich war fassungslos. »Sie glauben, ich hätte es *gestohlen*? Aus der Bibliothek? Wie können Sie es wagen, so etwas anzudeuten?«

»Am Montagabend hatten Sie es nicht«, sagte er. »Und heute lag es nicht auf Ihrem Lesetisch.«

»Sie sind *wirklich* ein guter Beobachter«, bemerkte ich scharf, »wenn Sie all das von Ihrem Platz aus erkennen konnten. Wenn Sie es unbedingt wissen müssen, ich habe das Manuskript am Freitag zurückgegeben.« Erst jetzt ging mir auf, dass er vielleicht meinen Lesetisch durchsucht hatte. »Was ist an dem Manuskript so Besonderes, dass Sie dafür in der Arbeit eines Kollegen wühlen?«

Er verzog kurz das Gesicht, aber mein Triumphgefühl, ihn bei etwas so Ungehörigem ertappt zu haben, wich sofort der beklemmenden Erkenntnis, dass dieser Vampir mir offenbar tatsächlich wie ein Schatten folgte.

»Schlichte Neugier.« Er bleckte die Zähne. Sarah hatte mir nichts Falsches erzählt – Vampire haben keine Fangzähne.

»Sie erwarten doch hoffentlich nicht, dass ich das glaube.«

»Es ist mir gleich, was Sie glauben, Dr. Bishop. Aber Sie sollten auf der Hut sein. Diese Geschöpfe meinen es ernst. Und wenn sie erst begriffen haben, was für eine außergewöhnliche Hexe Sie sind …« Clairmont schüttelte den Kopf.

»Wie meinen Sie das?« Mir sackte das Blut aus dem Kopf, und mir wurde schwindlig.

»Man trifft heutzutage nur noch selten Hexen mit so viel … Potenzial.« Clairmont senkte die Stimme zu einem Schnurren, das tief in seiner Kehle vibrierte. »Nicht jeder kann das sehen – noch nicht –, aber ich schon. Es leuchtet aus Ihnen, wenn Sie sich konzentrieren. Übrigens auch, wenn Sie wütend sind. Bestimmt werden die Dämonen in der Bibliothek das ebenfalls bald spüren, wenn es nicht schon zu spät ist.«

»Ich danke Ihnen für die Warnung. Aber ich brauche Ihre Hilfe nicht.« Ich wollte mich von ihm wegdrehen, doch seine Hand schoss vor und packte mich am Oberarm, um mich aufzuhalten.

»Seien Sie sich da nicht zu sicher. Seien Sie auf der Hut. Bitte.« Clairmont zögerte, und die perfekten Linien seines Gesichtes gerieten für einen Moment in Unordnung, bis er sich zu einer Entscheidung durchgerungen hatte. »Vor allem, wenn Sie diesen Hexer wiedersehen.«

Ich starrte unverwandt auf die Hand an meinem Arm. Clairmont ließ mich los. Seine Lider senkten sich und schirmten seinen Blick ab.

Langsam und mit kraftvollen Zügen ruderte ich zum Bootshaus zurück, doch die rhythmischen Bewegungen konnten mein Unbehagen und meine Verwirrung nicht vertreiben. Immer wieder meinte ich einen grauen Schatten auf dem Fußweg neben dem Fluss zu sehen, aber das Aufregendste, was ich erkennen konnte, waren ein paar Radfahrer auf dem Heimweg und ein ganz gewöhnlicher Mensch, der seinen Hund ausführte.

Nachdem ich die Ausrüstung verstaut und das Bootshaus abgeschlossen hatte, joggte ich langsam am Fluss entlang nach Hause.

Matthew Clairmont stand am anderen Flussufer vor dem Bootshaus des *Oxford University Boat Club.*

Ich begann zu rennen, und als ich mich nach ihm umdrehte, war er nicht mehr zu sehen.

Kapitel 5

Nach dem Abendessen setzte ich mich auf das Sofa vor dem kalten Kamin im Wohnzimmer und schaltete mein Notebook ein. Warum sollte sich ein Wissenschaftler von Clairmonts Kaliber so sehr für ein alchemistisches Manuskript interessieren – selbst wenn es mit einem Zauber belegt war –, dass er sich den ganzen Tag zu einer Hexe in die Bibliothek hockte und alte Notizen über die Morphogenese studierte? Seine Visitenkarte steckte in einem Seitenfach meiner Handtasche. Ich fischte sie heraus und lehnte sie gegen den Bildschirm.

Im Internet entdeckte ich unter einem Link zu einer Theateraufführung, die nichts mit ihm zu tun hatte, sowie den unvermeidlichen Verweisen auf die verschiedenen sozialen Netzwerke eine ganze Liste von biographischen Einträgen, die mehr versprachen: die Website seiner Fakultät, ein Wikipedia-Artikel, ein paar Links zu den Mitgliedern der Royal Society.

Ich klickte die Website der Fakultät an und schnaubte. Matthew Clairmont gehörte zu jenen Fakultätsmitgliedern, die keine Informationen ins Netz stellten – nicht einmal solche akademischer Natur. Auf der Website der Yale University konnte man die Kontaktinformationen und die komplette Vita von praktisch jedem Mitglied der Fakultät einsehen. In Oxford dagegen schien man eindeutig ein anderes Verständnis von Privatsphäre zu pflegen. Kein Wunder, dass ein Vampir gern hier forschte.

Unter Clairmonts Namen gab es keinen Verweis auf das Krankenhaus, das er auf seiner Karte aufgeführt hatte. Ich tippte »John Radcliffe Neurosciences« in das Suchfeld ein und wurde von dort aus zu einem Überblick über die Angebote der Abteilung weitergeleitet. Allerdings wurde keiner der Mediziner namentlich erwähnt, es folgte lediglich eine lange Liste der verschiedenen Forschungsgebiete. Ich klickte mich systematisch durch alle Einträge, bis ich seinen Namen schließlich auf einer Seite entdeckte, die dem Frontallappen gewidmet war, allerdings ohne dass dort mehr über ihn zu erfahren gewesen wäre.

Der Wikipedia-Artikel half mir kein Stück weiter, die Seite der Royal Society brachten genauso wenig. Alles, was auf diesen Seiten auch nur halbwegs nützliche Hintergrundinformationen versprach, lag hinter einer Mauer von Passwörtern verborgen. Auch als ich mir auszudenken versuchte, wie Clairmonts Username und sein Passwort lauten könnten, hatte ich kein Glück, und nach dem sechsten Fehlversuch wurde mir der Zugriff komplett verweigert.

Frustriert gab ich den Namen des Vampirs in eine Suchmaschine für wissenschaftliche Artikel ein.

»Ja.« Zufrieden lehnte ich mich zurück.

Matthew Clairmont mochte im Internet nicht allzu präsent sein, dafür war er in der Fachliteratur umso aktiver. Nachdem ich durch einen Mausklick die Ergebnisse nach Aktualität sortiert hatte, bekam ich einen Schnappschuss seiner intellektuellen Biografie geliefert.

Mein aufflammendes Triumphgefühl erlosch sofort wieder. Er hatte nicht eine intellektuelle Biografie. Sondern vier.

Die erste begann mit dem Gehirn. Vieles davon ging über meinen Horizont, aber offenbar hatte sich Clairmont gleichzeitig als Wissenschaftler und Mediziner einen Namen gemacht, indem er erforscht hatte, wie der Frontallappen Bedürfnisse und Begehrlichkeiten verarbeitete. Gleich mehrfach war ihm ein wissenschaftlicher Durchbruch gelungen, indem er geklärt hatte, welchen Stellenwert diverse Nervenmechanismen für die Reaktion auf verzögerte Belohnungen haben, die sich alle im Frontallappen abspielen. Ich öffnete ein neues Browserfenster und rief ein anatomisches Diagramm auf, um nachzusehen, um welchen Teil des Gehirns es hier ging.

Es gibt die These, dass das wissenschaftliche Gesamtwerk eines Menschen im Grunde eine nur halb verschleierte Biografie ist. Mein Puls beschleunigte sich. Clairmont war ein Vampir, da hoffte ich doch sehr, dass er sein Belohnungssystem besonders gut kontrollieren konnte.

Bei den folgenden Klicks stellte sich heraus, dass Clairmont sich bei seinen nächsten Arbeiten überraschend vom Gehirn ab- und dem Wolf zugewandt hatte – dem norwegischen Wolf, um genau zu sein. Offenbar hatte er im Laufe seiner Forschungen viele lange Nächte in Skandinavien verbracht – was für einen Vampir dank seiner niedrigen Körpertemperatur und seiner exzellenten Nachtsicht kein Problem war. Ich versuchte mir auszumalen, wie er in einem verdreckten Parka mit seinem Notizbuch im Schnee hockte – aber das Bild wollte sich nicht einstellen.

Danach folgten die ersten Verweise auf Blut.

Während der Vampir unter den norwegischen Wölfen geweilt hatte, hatte er angefangen, ihr Blut zu untersuchen, um die verschiedenen Sippen und Vererbungsmuster zu bestimmen. Clairmont hatte die norwegischen Wölfe in vier verschiedene Clans katalogisiert, von denen drei einheimischer Abstammung waren. Den vierten Clan verfolgte er zurück zu einem Wolf, der aus Schweden oder Finnland nach Norwegen eingewandert war. Es gab, so schloss er, überraschend oft Kreuzungen über verschiedene Rudel hinweg und damit einen ständigen Austausch von genetischem Material, der die Evolution der Spezies beeinflusste.

Inzwischen verfolgte er vererbte Merkmale in anderen Tierarten und auch im Menschen zurück. Viele seiner jüngsten Publikationen befassten sich mit technischen Fragen – mit Methoden zur Einfärbung von Gewebeproben oder Handreichungen zum Umgang mit besonders altem und empfindlichem dna-Material.

Ich griff mir in die Haare und zog mit aller Kraft, in der Hoffnung, dass der Schmerz meinen Blutkreislauf wieder in Schwung bringen und die müden Synapsen befeuern würde. Das ergab keinen Sinn. Kein Wissenschaftler konnte so viele Arbeiten in so vielen verschiedenen Unterdisziplinen veröffentlichen. Sich auch nur die Fähigkeiten anzueignen, würde mehr als ein ganzes Leben erfordern – ein ganzes *Menschenleben*, wohlgemerkt.

Ein Vampir dagegen konnte das schaffen, aber auch nur, wenn er über Jahrzehnte hinweg an ähnlichen Problemen gearbeitet hatte. Wie viele Jahre verbarg Matthew Clairmont tatsächlich hinter seinem gut dreißigjährigen Gesicht?

Ich stand auf und machte mir frischen Tee. Mit dem dampfenden Becher in der freien Hand durchwühlte ich meine Tasche, bis ich mein Handy gefunden hatte, und tippte dann mit dem Daumen eine Nummer ein.

Einer der Vorteile an Wissenschaftlern ist, dass sie ihre Handys nie ausschalten. Und dass sie beim zweiten Läuten an den Apparat gehen.

»Christopher Roberts.«

»Chris, hier ist Diana Bishop.«

»Diana!« Chris' Stimme war warm, und im Hintergrund dröhnte Musik. »Ich habe gehört, du wurdest schon wieder für dein Buch ausgezeichnet. Glückwunsch!«

»Danke.« Ich rutschte auf meinem Stuhl herum. »Ich hatte gar nicht damit gerechnet.«

»Ich schon. Eine fantastische Arbeit. Und wo wir gerade dabei sind, wie gehen deine Forschungen voran? Hast du die Ansprache schon fertig?«

»Längst noch nicht«, sagte ich. *Damit* sollte ich mich eigentlich beschäftigen, statt im Internet auf Vampirjagd zu gehen. »Hör zu, tut mir leid, dass ich dich bei der Arbeit störe. Hast du einen Augenblick Zeit?«

»Klar.« Er rief jemandem zu, die Musik leiser zu drehen. Sie blieb genauso laut. »Warte mal.« Ich hörte gedämpfte Geräusche, dann wurde es still. »So ist es schon besser«, sagte er. »Die neuen Kids sind am Semesteranfang kaum zu bändigen.«

»Junge Studenten sind prinzipiell kaum zu bändigen, Chris.« Dass ich den Trubel des neuen Semesters verpasste, versetzte mir einen kleinen Stich.

»Du kennst das ja. Aber was führt dich zu mir? Wie kann ich dir helfen?«

Chris und ich hatten uns im gleichen Jahr eine Stelle in Yale gesichert, und auch er war damals eigentlich zu jung für eine feste Stelle gewesen. Er hatte mich um ein Jahr geschlagen und unterwegs obendrein für seine brillante Arbeit als Molekularbiologe ein Stipendium der renommierten MacArthur-Foundation eingestrichen.

Trotzdem hatte er keineswegs wie ein vergeistigtes Genie reagiert, als ich ihn eines Tages aus heiterem Himmel angerufen und gefragt hatte, warum ein Alchemist wohl zwei bestimmte in einem Destillierkolben erhitzte Substanzen mit den Ästen eines Baumes verglich. Niemand sonst in der chemischen Fakultät hatte mir helfen wollen, doch Chris schickte umgehend zwei Studenten los, die alle benötigten Materialien besorgten, um das Experiment nachzuvollziehen, und bestand dann darauf, dass ich sofort in sein Labor kommen solle. Durch das Glas eines Messbechers hindurch verfolgten wir gemeinsam, wie sich ein Klumpen von grauem Matsch in einer atemberaubenden Evolution in einen roten Baum mit Hunderten von Ästen verwandelte. Seither waren wir befreundet.

Ich holte tief Luft. »Ich habe jemanden kennengelernt.«

Chris stieß einen Triumphschrei aus. Seit Jahren hatte er versucht, mich mit diversen Männern zu verkuppeln, die meisten kannte er aus dem Fitnesscenter.

»Nicht im romantischen Sinn«, beteuerte ich hastig. »Er ist Wissenschaftler.«

»Ein fantastisch aussehender Wissenschaftler ist genau das, was du brauchst. Du brauchst eine Herausforderung – und ein Leben.«

»Du solltest dich hören. Wann bist du gestern aus dem Labor gekommen? Außerdem gibt es bereits einen fantastisch aussehenden Wissenschaftler in meinem Leben«, zog ich ihn auf.

»Lenk nicht ab.«

»Oxford ist im Grunde ein Kaff. Bestimmt laufe ich ihm noch öfter über den Weg. Und er scheint hier eine große Nummer zu sein.« *Das ist nicht ganz wahr*, dachte ich schuldbewusst, *aber wenigstens beinahe.* »Ich habe mich über seine Arbeiten schlau gemacht und kapiere sogar halbwegs, worum es geht, aber etwas muss ich dabei übersehen haben, denn irgendwie passt das alles nicht zusammen.«

»Bitte sag, dass er kein Astrophysiker ist«, sagte Chris. »Du weißt, dass ich nicht gut in Physik bin.«

»Ich dachte, du bist genial.«

»Bin ich auch«, bekräftigte er sofort. »Aber mein Genie erstreckt sich nicht auf Kartenspiele oder Physik. Den Namen, bitte.« Chris gab sich Mühe, geduldig zu bleiben, aber für ihn arbeitete kein Gehirn schnell genug.

»Matthew Clairmont.« Der Name schien in meiner Kehle festzuhängen, genau wie am Abend zuvor der Nelkenduft.

Chris pfiff durch die Zähne. »Der mysteriöse, mönchische Professor Clairmont.« Ich bekam eine Gänsehaut. »Wie hast du das angestellt, hast du ihn mit deinen unglaublichen Augen verhext?«

Da Chris nicht wusste, dass ich eine Hexe war, hatte er das Wort »verhext« rein zufällig gebraucht. »Er bewundert meine Arbeit über Boyle.«

»Na klar«, prustete Chris. »Du hast diese wahnsinnigen blau-goldenen Strahler auf ihn gerichtet, und er hat dabei an das Boyle'sche Gesetz gedacht? Er ist Wissenschaftler, Diana, kein Heiliger. Und er ist nebenbei tatsächlich eine große Nummer.«

»Wirklich?«, fragte ich schwach.

»Wirklich. Er war eine Ausnahmeerscheinung, genau wie du, und begann schon als Student zu veröffentlichen. Richtig gutes Zeug, keinen Kleinkram – Arbeiten, unter die man stolz seinen Namen setzen würde, wenn man sie im Laufe eines ganzes Lebens zustande gebracht hätte.«

Ich überflog die Notizen, die ich auf einen gelben Block gekritzelt hatte. »Das waren seine Forschungen über die Nervenmechanismen und den Frontallappen?«

»Du hast deine Hausaufgaben gemacht«, lobte er mich. »Ich habe mich nicht eingehend mit Clairmonts frühen Arbeiten beschäftigt – mich interessieren hauptsächlich seine chemischen Forschungen –, aber seine Veröffentlichungen über die Wölfe haben damals ziemliches Aufsehen erregt.«

»Wieso das?«

»Er verfügte über einen erstaunlichen Instinkt – warum die Wölfe bestimmte Lebensräume wählten, wie sie soziale Gruppen bildeten, wie sie sich paarten. Es war fast, als wäre er selbst ein Wolf.«

»Vielleicht ist er einer.« Ich wollte ironisch und heiter klingen, doch in meinem Mund erblühte etwas Bitteres, Neidisches, und ich klang stattdessen schroff.

Matthew Clairmont hatte offenbar keine Hemmungen, seine übermenschlichen Fähigkeiten und seinen Blutdurst einzusetzen, um seine Karriere zu befördern. Falls der Vampir am Freitagabend zu entscheiden gehabt hätte, was mit *Ashmole 782* geschehen sollte, er hätte die Illustrationen im Manuskript berührt. Davon war ich fest überzeugt.

»Die Qualität seiner Arbeiten wäre leichter zu erklären, wenn er *tatsächlich* ein Wolf wäre«, meinte Chris geduldig, ohne auf meinen Tonfall einzugehen. »Aber da er keiner ist, muss man ihm wohl zugestehen, dass er ein exzellenter Kopf ist. Nachdem seine Ergebnisse veröffentlicht wurden, hat man ihn in die Royal Society aufgenommen. Man bezeichnete ihn schon als nächsten Attenborough. Dann ist er für eine Weile abgetaucht.«

Kann ich mir vorstellen. »Und irgendwann tauchte er wieder auf und beschäftigte sich von da an mit Evolution und Chemie?«

»Genau, allerdings war sein Interesse an der Evolution eine natürliche Folge seiner Arbeit mit den Wölfen.«

»Und was an seinem chemischen Forschungen interessiert dich genau?«

Plötzlich klang Chris zurückhaltender. »Ehrlich gesagt benimmt er sich wie ein Wissenschaftler, der auf etwas ganz Großes gestoßen ist.«

»Das verstehe ich nicht.« Ich zog die Stirn in Falten.

»Wir werden unruhig und komisch. Wir verstecken uns in unserem Labor und gehen auf keine Konferenz mehr, aus lauter Angst, wir könnten zu viel verraten und jemand anderem zu einem Durchbruch verhelfen.«

»Ihr benehmt euch wie Wölfe.«

»Ganz genau.« Chris lachte. »Er hat doch hoffentlich niemanden gebissen oder öffentlich den Mond angeheult?«

»Nicht dass ich wüsste«, murmelte ich. »War Clairmont schon immer so eigenbrötlerisch?«

»Das darfst du mich nicht fragen«, sagte Chris. »Allerdings ist er zugelassener Arzt und muss irgendwann Patienten behandelt haben, auch wenn man kaum etwas darüber weiß. Und die Wölfe hatten ihn gern. Andererseits war er in den letzten drei Jahren auf keiner der obligatorischen Konferenzen.« Er stutzte. »Moment mal, da war doch noch was, vor ein paar Jahren.«

»Was denn?«

»Da hatte er ein Papier erstellt – ich weiß nicht mehr, worum es genau ging –, und eine Frau fragte ihn etwas dazu. Es war eine kluge Frage, trotzdem versuchte er sie abzublocken. Die Frau ließ nicht locker. Er wurde erst ärgerlich und dann richtig wütend. Ein Freund, der dabei war, meinte, er hätte noch nie erlebt, dass jemand so schnell von galant auf arrogant umschaltet.«

Ich war bereits am Tippen und versuchte, mehr über die Kontroverse zu erfahren. »Dr. Jekyll und Mr Hyde, wie? Online kann ich nichts über den Zank finden.«

»Das überrascht mich nicht. Chemiker waschen ihre schmutzige Wäsche nicht in der Öffentlichkeit. Das schadet uns allen, wenn die Forschungsgelder verteilt werden. Schließlich sollen uns die Schreibtischhengste nicht für überkandidelte Größenwahnsinnige halten. Diese Rolle überlassen wir lieber den Physikern.«

»Bekommt Clairmont Forschungsgelder?«

»Aber ja. Der schwimmt im Geld. Mach dir mal keine Sorgen um Professor Clairmonts Karriere. Er hat vielleicht den Ruf, Frauen wie kleine Mädchen zu behandeln, aber das hat den Geldfluss nicht versiegen lassen. Dafür sind seine Arbeiten zu gut.«

»Bist du ihm jemals begegnet?« Ich hoffte, dass Chris mir eine Einschätzung von Clairmonts Charakter liefern konnte.

»Nein. Die Leute kannst du an einer Hand abzählen, die ehrlich behaupten können, ihm begegnet zu sein. Er lehrt nicht. Dafür gibt es umso mehr Geschichten über ihn – er mag keine Frauen, er ist ein intellektueller Snob, er beantwortet keine Post, er betreut keine Studenten.«

»Klingt, als würdest du das alles für Nonsens halten.«

»Nicht für Nonsens«, antwortete Chris nachdenklich. »Ich weiß nur nicht, ob das von Belang ist, schließlich könnte er eines Tages die Geheimnisse der Evolution entschlüsseln oder die Parkinson-Krankheit heilen.«

»Das klingt ja wie eine Kreuzung zwischen Jonas Salk und Charles Darwin.«

»Eigentlich keine schlechte Analogie.«

»Er ist so gut?« Ich musste daran denken, wie verbissen und konzentriert Clairmont die Needham-Papiere studiert hatte, und argwöhnte, dass er besser war als nur gut.

»Ja.« Chris senkte die Stimme. »Ich würde ohne mit der Wimper zu zucken hundert Dollar darauf setzen, dass er noch zu Lebzeiten den Nobelpreis verliehen bekommt.«

Chris war ein Genie, aber er wusste nicht, dass Matthew Clairmont ein Vampir war. Es würde keinen Nobelpreis geben – das würde der Vampir vermeiden, um seine Anonymität zu wahren. Nobelpreisträger werden zu oft fotografiert.

»Die Wette gilt«, lachte ich.

»Du solltest schon mal anfangen zu sparen, Diana, denn diesmal wirst du verlieren.« Chris lachte ebenfalls.

Die letzte Wette hatte er verloren. Damals hatte ich fünfzig Dollar darauf gewettet, dass er vor mir eine Festanstellung angeboten bekommen würde. Der Schein steckte im selben Rahmen wie das Foto, das an jenem Morgen aufgenommen worden war, an dem die MacArthur Foundation angerufen hatte. Auf dem Bild fuhr sich Chris mit den Händen durch die dichten schwarzen Locken, und ein belämmertes Lächeln lag auf seinem dunklen Gesicht. Neun Monate später hatte er die Stelle.

»Danke, Chris. Du warst mir eine große Hilfe«, erklärte ich. »Und jetzt schau lieber nach deinen Kids. Wahrscheinlich haben sie inzwischen irgendwas in die Luft gejagt.«

»Immerhin ist der Feueralarm noch nicht losgegangen, was ich als gutes Zeichen werte.« Er zögerte. »Und jetzt raus mit der Sprache,

Diana. Du rufst nicht an, weil du Angst hast, dass du was Falsches sagen könntest, wenn du Matthew Clairmont bei einer Cocktailparty begegnest. So wie jetzt benimmst du dich nur, wenn du bei deinen Forschungen vor einem Problem stehst. Was an ihm hat deine Fantasie zum Leben erweckt?«

Manchmal schien Chris zu ahnen, dass ich anders war. Aber ich konnte ihm unmöglich die Wahrheit verraten.

»Ich habe eine Schwäche für kluge Männer.«

Er seufzte. »Na schön, behalte es für dich. Du bist eine miserable Lügnerin, weißt du das? Aber nimm dich in Acht. Wenn er dir das Herz bricht, muss ich ihm hinterher in den Arsch treten, und ich stecke dieses Semester bis zum Hals in Arbeit.«

»Matthew Clairmont wird mir bestimmt nicht das Herz brechen«, beteuerte ich. »Er ist ein Kollege – mit einem breiten Interessengebiet, sonst nichts.«

»Dafür, dass du so schlau bist, bist du wirklich unglaublich ahnungslos. Ich wette zehn Dollar, dass er dich noch in dieser Woche auf ein Glas einlädt.«

Ich lachte. »Wirst du denn nie klug? Also gut, zehn Dollar – oder den Gegenwert in britischen Pfund –, wenn ich gewinne.«

Wir verabschiedeten uns. Ich wusste immer noch nicht allzu viel über Matthew Clairmont – aber zumindest hatte ich jetzt eine Ahnung, welche Fragen offen geblieben waren. Vor allem fragte ich mich, warum jemand, der an einem Durchbruch in der Evolutionstheorie arbeitete, sich mit der Alchemie des siebzehnten Jahrhunderts beschäftigen sollte.

Ich surfte durchs Internet, bis mir die Augen brannten. Als die Uhren Mitternacht schlugen, hatte ich Berge von Notizen über Wölfe und Genetik verfasst und immer noch keinen Schimmer, was Matthew Clairmont an *Ashmole 782* interessierte.

Kapitel 6

Der nächste Morgen war grau und ein typischer Frühherbstmorgen. Ein einziger Blick auf das trostlose Wetter vor meinem Fenster überzeugte mich, dass ich heute nicht zum Fluss zu gehen brauchte. Stattdessen joggte ich eine Runde und winkte im Vorbeilaufen dem Nachtpförtner in seiner Loge zu, der mich erst fassungslos ansah und dann den Daumen hob.

Jedes Mal, wenn meine Füße auf den Bürgersteig trafen, entspannten sich meine Muskeln ein bisschen mehr. Bis ich die Kieswege im University Park erreicht hatte, atmete ich bereits tief und regelmäßig, ich fühlte mich gelöst und gewappnet für einen langen Tag in der Bibliothek – ganz gleich, welche Wesen dort versammelt sein mochten.

Als ich zurückkam, hielt mich der Pförtner auf. »Dr. Bishop?«

»Ja?«

»Es tut mir leid, dass ich Ihren Besuch gestern Abend wegschicken musste, aber ich habe mich an die Vorschriften zu halten. Bitte sagen Sie uns Bescheid, wenn Sie das nächste Mal jemanden erwarten, dann schicken wir die Leute gleich hoch.«

Die Unbeschwertheit, die ich mir so mühsam erlaufen hatte, verpuffte.

»War das ein Mann oder eine Frau?«, fragte ich scharf.

»Eine Frau.«

Meine bretthарten Schultern senkten sich langsam.

»Sie war schrecklich nett, und ich mag die Australier. Sie sind immer freundlich und dabei nicht so, Sie wissen schon …« Der Pförtner verstummte, doch es war klar, was er sagen wollte. Australier waren wie Amerikaner – aber nicht so aufdringlich. »Wir haben noch in Ihrem Apartment angerufen.«

Ich runzelte die Stirn. Ich hatte das Telefon stumm geschaltet, weil Sarah den Zeitunterschied zwischen Madison und Oxford prinzipiell falsch berechnete und regelmäßig mitten in der Nacht anrief.

»Danke, dass Sie mir Bescheid gesagt haben. Ich werde es bestimmt ankündigen, wenn ich mal wieder Besuch erwarte«, versprach ich.

Oben in meinem Apartment schaltete ich das Licht im Bad an und musste feststellen, dass die vergangenen zwei Tage ihren Tribut gefordert hatten. Die Ringe, die man gestern unter meinen Augen erahnt hatte, waren inzwischen so dunkel, dass man sie für Blutergüsse halten konnte. Ich sah auf meinem Arm nach blauen Flecken und war überrascht, als ich keine fand. Insgeheim war ich überzeugt gewesen, dass Clairmont die Adern unter meiner Haut zum Platzen gebracht hatte, so fest hatte mich der Vampir gehalten.

Ich duschte und zog dann eine weite Hose und einen Rollkragenpullover an. Das schmucklose Schwarz betonte meine Größe und ließ mich weniger muskulös wirken, aber andererseits sah ich darin aus wie eine Leiche, darum zog ich noch einen weichen lavendelblauen Sweater über. Jetzt wirkten zwar die Ringe unter meinen Augen noch blauer, aber immerhin sah ich nicht mehr wie tot aus. Die Haare standen mir vom Kopf ab und knisterten bei jeder Bewegung. Meine einzige Chance bestand darin, sie im Nacken zu einem unordentlichen Knoten zu bündeln.

Auf Clairmonts Rollwagen stapelten sich die Manuskripte, und ich fügte mich in mein Schicksal, ihm auch heute im Duke-Humfrey-Lesesaal zu begegnen. Ich streckte den Rücken durch und trat an die Ausleihtheke.

Schon wieder flatterten der Bibliotheksleiter und seine beiden Assistenten herum wie aufgescheuchte Vögel. Diesmal konzentrierte sich das hektische Treiben auf das Dreieck zwischen der Ausleihtheke, den Karteikästen mit den archivierten Manuskripten und dem Büro des Bibliotheksleiters. Unter den wachsamen Augen der geschnitzten Fratzen schleppten sie Kartonstapel und schoben Rollwagen voller Manuskripte zu den ersten drei Lesetischreihen.

»Vielen Dank, Sean.« Clairmonts sonore, höfliche Stimme.

Die gute Nachricht war, dass ich meinen Lesesaal nicht länger mit einem Vampir teilen musste.

Die schlechte Nachricht war, dass ich die Bibliothek nicht betreten oder verlassen konnte – dass ich nicht einmal ein Buch oder Manuskript anfordern konnte –, ohne dass Clairmont mich bei jeder Bewegung beobachtete. Und heute hatte er sich Verstärkung geholt.

In der zweiten Nische stapelte ein zierliches Mädchen Papiere und Ordner auf. Sie war in einen langen, sackartigen braunen Sweater gehüllt, der ihr fast bis auf die Knie reichte. Als sie sich umdrehte, erkannte ich verblüfft, dass es eine erwachsene Frau war. Ihre Augen waren bernsteingelb und schwarz und dazu kalt wie Frostbeulen.

Auch ohne dass sie mich berührte, verrieten mir die leuchtend blasse Haut und das unnatürlich dichte, glänzende Haar, dass sie eine Vampirin war. Locken ringelten sich wie Schlangen um ihr Gesicht und über ihre Schultern. Sie machte einen Schritt auf mich zu, ohne dass sie auch nur versucht hätte, ihre blitzschnellen und todsicheren Bewegungen zu verlangsamen, und fixierte mich mit einem vernichtenden Blick. Sie wäre eindeutig lieber woanders gewesen und gab mir allein die Schuld daran, dass sie hier war.

»Miriam«, ermahnte Clairmont sie sanft und trat dabei in den Mittelgang. Er blieb stehen und zauberte ein höfliches Lächeln auf seine Lippen. »Dr. Bishop. Guten Morgen.« Dann fuhr er sich mit den Fingern durch die Haare, wodurch er sie nur noch kunstvoller zerzauste. Ich strich mir unwillkürlich verlegen über den Kopf und stopfte dabei eine lose Haarsträhne zurück.

»Guten Morgen, Professor Clairmont. Wieder hier, wie ich sehe.«

»Ja. Aber heute komme ich nicht zu Ihnen ins Selden End. Man hat uns hier einen Platz geben können, wo wir niemanden stören.«

Die Vampirin klopfte unüberhörbar einen Papierstapel auf dem Lesetisch zurecht.

Clairmont lächelte. »Darf ich Ihnen meine Kollegin vorstellen? Dr. Miriam Shephard. Miriam, das ist Dr. Diana Bishop.«

»Dr. Bishop.« Miriam streckte mir kühl die Hand entgegen. Ich nahm sie und erschrak fast über den Kontrast zwischen ihrer winzig kalten eisigen Hand und meiner großen, warmen. Ich wollte die Finger schon zurückziehen, aber sie verstärkte ihren Griff, bis sie mir fast die Knochen zusammenquetschte. Als sie endlich losließ, musste ich mich zusammenreißen, um die Hand nicht auszuschütteln.

»Dr. Shephard.« Wir standen zu dritt verlegen herum. Worüber unterhält man sich mit einem Vampir so früh am Morgen? Ich zog mich auf eine menschliche Plattitüde zurück. »Höchste Zeit, an die Arbeit zu gehen.«

»Ich wünsche einen ergiebigen Tag.« Clairmonts Nicken war so kühl wie Miriams Begrüßung.

Mr Johnson erschien neben mir, beladen mit meinem Stapel von grauen Manuskriptkartons.

»Wir haben Sie heute wieder auf A4 gesetzt, Dr. Bishop«, sagte er und blies dabei selbstzufrieden die Backen auf. »Ich trage Ihnen die hier schnell nach hinten.« Clairmonts Schultern waren so breit, dass ich nicht erkennen konnte, ob auf seinem Lesetisch Manuskripte lagen. Ich unterdrückte meine Neugier und folgte dem Leiter des Lesesaals an meinen gewohnten Platz im Selden End.

Clairmont saß zwar nicht mehr neben mir, trotzdem spürte ich seine Nähe, als ich meine Stifte herausnahm und den Computer einschaltete. Den Rücken dem leeren Raum zugewandt, griff ich nach dem ersten Karton, zog das ledergebundene Manuskript heraus und legte es in die Halterung.

Bald war ich völlig in das vertraute Ritual des Lesens und Notizenmachens versunken und hatte nach nicht einmal zwei Stunden das erste Manuskript durchgearbeitet. Ein Blick auf die Uhr verriet mir, dass es noch vor elf war. Damit blieb vor dem Mittagessen noch Zeit für ein weiteres Manuskript.

Das Manuskript im nächsten Karton war kleiner als das vorangegangene, dafür enthielt es interessante Darstellungen alchemistischer Apparate sowie Beschreibungen chemischer Prozesse, die sich wie eine makabre Mixtur aus *Freude am Kochen* und den Notizen eines Giftmischers lasen. »Nimm deinen Topf Quecksilber und lass ihn drei Stunden über einer Flamme simmern«, begann eine Anleitung,

»und wenn es sich dann mit dem Philosophischen Kinde vereint hat, dann nimm es und lass es verrotten, bis die Schwarze Krähe es dem Tode entgegenträgt.« Meine Finger flogen über die Tastatur und schienen mit jeder Minute Tempo zu gewinnen.

Ich war darauf gefasst gewesen, heute von jeder erdenklichen Kreatur angestarrt zu werden. Doch als die Uhren eins schlugen, saß ich immer noch mehr oder weniger allein im Selden End. Der einzige andere Leser war ein älterer Student, der das rot-weiß-blaue Halstuch des Keble College trug. Deprimiert starrte er auf einen Stapel seltener Bücher, ohne sie auch nur aufzuschlagen, und knabberte laut klickend an seinen Nägeln.

Nachdem ich zwei neue Ausleihzettel ausgefüllt und meine Manuskripte zusammengepackt hatte, stand ich, zufrieden mit meinem morgendlichen Pensum, auf und wollte zum Mittagessen gehen. Gillian Chamberlain durchbohrte mich mit strafenden Blicken, als ich an ihrem ungemütlich wirkenden Platz unter der alten Uhr vorbeikam, dann jagten mir die beiden Vampirinnen von gestern Eiszapfen in die Haut, und der Dämon aus der Musikbibliothek hatte zwei weitere Dämonen mitgebracht. Zu dritt demontierten sie ein Mikrofilmlesegerät; die Einzelteile lagen überall verstreut, und zwischen ihren Füßen kullerte unbemerkt eine Filmrolle über den Boden.

Clairmont und seine Vampirassistentin saßen immer noch auf ihren Posten nahe der Ausleihtheke. Der Vampir hatte behauptet, dass all die Geschöpfe von mir angezogen würden, nicht von ihm. Doch ihr heutiges Verhalten schien ihn Lügen zu strafen.

Während ich meine Manuskripte zurückgab, fixierte mich Matthew Clairmont mit kaltem Blick. Ich musste mich zwar gehörig anstrengen, doch ich schaffte es, ihn nicht zur Kenntnis zu nehmen.

»Mit denen bist du durch?«, fragte Sean.

»Ja. Zwei liegen noch an meinem Platz. Und es wäre toll, wenn ich diese beiden auch noch haben könnte.« Ich reichte ihm die Zettel. »Kommst du mit zum Essen?«

»Valerie ist gerade unterwegs. Ich fürchte, ich muss vorerst die Stellung halten«, erklärte er bedauernd.

»Dann beim nächsten Mal.« Ich nahm mein Portemonnaie und wollte schon losgehen.

Clairmonts tiefe Stimme bremste mich. »Miriam, Mittagspause.«

»Ich habe aber noch keinen Hunger«, antwortete sie in einem klaren, melodischen Sopran, der mit einem leicht ärgerlichen Tremolo unterlegt war.

»Frische Luft ist gut für die Konzentration.« Der Befehlston in Clairmonts Stimme war unüberhörbar. Miriam seufzte laut, knallte den Stift auf den Tisch und tauchte aus dem Schatten auf, um mir zu folgen.

Gewöhnlich verbrachte ich meine zwanzigminütige Mittagspause in der Buchhandlung nebenan, wo es ein Café im zweiten Stock gab. Ich musste lächeln, als ich mir vorstellte, wie sich Miriam währenddessen die Zeit vertreiben würde, eingezwängt zwischen zahllosen Touristen, die sich bei Blackwell's zwischen den Oxford-Führern und den Krimis um die Postkartenständer scharten.

Ich sicherte mir ein Sandwich und eine Tasse Tee, verdrückte mich in die hinterste Ecke des überlaufenen Cafés und setzte mich dort zwischen einen mir flüchtig bekannten Kollegen aus der historischen Fakultät, der hier Zeitung las, und einen jungen Studenten, der seine Aufmerksamkeit gleichmäßig auf einen MP3-Player, ein Handy und einen Computer verteilte.

Nachdem ich mein Sandwich aufgegessen hatte, legte ich beide Hände um die Teetasse und schaute aus dem Fenster. Ich runzelte die Stirn. Einer der mir unbekannten Dämonen aus dem Lesesaal lehnte am Tor zur Bibliothek und schaute zu meinem Fenster hoch.

Im selben Moment spürte ich zwei weiche Druckstellen auf meinen Wangen, sanft und flüchtig wie ein Kuss. Ich blickte auf und in das Gesicht eines weiteren Dämons. Sie war schön und mit faszinierenden, widersprüchlichen Zügen ausgestattet – der Mund war zu breit für ihr zerbrechliches Gesicht, die großen schokoladebraunen Augen saßen zu dicht beisammen, und ihr Haar war für die honiggoldene Haut viel zu blond.

»Dr. Bishop?« Ich hörte den australischen Akzent, und eisige Finger krallten sich um meine Lendenwirbel.

»Ja?« Ich sah zur Treppe, doch Miriams dunkler Kopf war nirgendwo zu sehen. »Ich bin Diana Bishop.«

Sie lächelte. »Ich heiße Agatha Wilson. Ihre Freundin unten weiß nicht, dass ich hier bin.«

Der altmodische Name passte nicht zu jemandem, der höchstens zehn Jahre älter war als ich und wesentlich modischer gekleidet. Andererseits kam mir ihr Name vertraut vor, ich entsann mich verschwommen, ihn in einem Modemagazin gelesen zu haben.

»Darf ich mich setzen?« Sie deutete auf den Stuhl, den der Historiker eben freigemacht hatte.

»Natürlich«, murmelte ich.

Am Montag war ich einem Vampir begegnet. Am Dienstag einem Hexer, der sich in meinen Kopf zu bohren versucht hatte. So wie es aussah, war Mittwoch Dämonentag.

Obwohl ich auf dem College viele dämonische Verehrer gehabt hatte, wusste ich noch weniger über Dämonen als über Vampire. Kaum jemand schien sie zu verstehen, auch Sarah hatte meine Fragen zu diesen Geschöpfen nicht beantworten können. Bei ihr hatte es sich so angehört, als würden die Dämonen eine kriminelle Unterschicht bilden. Sie waren ungeheuer klug und kreativ und hatten keine Skrupel zu lügen, zu stehlen, zu betrügen oder sogar zu morden, einfach weil sie überzeugt waren, damit durchzukommen. Noch problematischer war aus Sarahs Sicht, unter welchen Bedingungen sie geboren wurden. Niemand konnte vorherbestimmen, wo oder wann ein Dämon schlüpfen würde, denn typischerweise wurden sie von menschlichen Eltern zur Welt gebracht. Für meine Tante besiegelte das ihren ohnehin minderwertigen Status in der Hierarchie der verschiedenen Geschöpfe. Sarah hielt große Stücke auf die uralten Familientraditionen und Stammbäume der Hexen und missbilligte die Launenhaftigkeit der Dämonen.

Anfangs beschränkte sich Agatha Wilson darauf, still neben mir zu sitzen und mir beim Teetrinken zuzusehen. Dann goss sie einen atemberaubenden Wortschwall über mir aus. Sarah hatte immer behauptet, dass man sich mit einem Dämon nicht unterhalten könne, weil sie ihre Gespräche grundsätzlich in der Mitte begannen.

»So viel Energie muss uns einfach auffallen«, bemerkte sie schließlich, als hätte ich ihr eine Frage gestellt. »Natürlich waren die Hexen zu Mabon in Oxford und haben geschwatzt, als wäre die Welt nicht voller Vampire, die *alles* mithören.« Sie verstummte kurz. »Wir waren nicht sicher, ob es je wieder auftauchen würde.«

»Was denn?«, fragte ich leise.

»Das Buch«, vertraute sie mir flüsternd an.

»Das Buch«, wiederholte ich tonlos.

»Genau. Nach dem, was die Hexen damit angestellt haben, hätten wir nicht geglaubt, dass wir es je wieder zu Gesicht bekommen würden.«

Die Dämonin hatte den Blick ins Leere gerichtet. »Natürlich sind Sie auch eine Hexe. Vielleicht ist es falsch, überhaupt mit Ihnen zu reden. Allerdings hätte ich gedacht, dass Sie von allen Hexen sich am ehesten ausrechnen könnten, wie sie es gemacht haben. Und jetzt lese ich das hier«, sagte sie traurig, griff nach der liegengelassenen Zeitung und reichte sie mir.

Die fette Schlagzeile sprang mir sofort ins Auge: vampirmorde in london. Eilig überflog ich den Artikel.

In dem ungeklärten Mordfall an zwei Männern in Westminster gibt es laut Aussagen der Polizei keine neuen Spuren. Daniel Bennet, 22, und Jason Enright, 26, wurden am frühen Sonntagmorgen in einer Gasse hinter dem White Hart Pub an der St Alban's Street vom Gastwirt Reg Scott tot aufgefunden. Bei beiden Männern waren die Schlagadern durchtrennt worden, außerdem fanden sich zahlreiche Wunden an Hals, Armen und Rumpf. Die Obduktion ergab, dass bei beiden Opfern ein massiver Blutverlust zum Tod geführt hatte, allerdings fanden sich am Tatort keinerlei Blutspuren.

Die im Fall der sogenannten »Vampirmorde« ermittelnden Stellen haben sich mittlerweile an Peter Knox gewandt. Der Autor mehrerer Bestseller über modernen Okkultismus, darunter Dunkle Fragen: Der Teufel in der Jetztzeit *und* Magie auf dem Vormarsch: Das Bedürfnis nach Mythen in der modernen Welt, *wurde schon von Polizeibehörden aus der ganzen Welt um Hilfe gebeten, wenn bei einem Fall ein satanistischer Hintergrund oder ein Serienmord vermutet wurde.*

»Es gibt keinen Hinweis darauf, dass es sich hierbei um Ritualmorde handelt«, erklärte Knox auf einer Pressekonferenz. Und auch einen Serientäter schloss er aus, obgleich es Parallelen zu dem Mord an Christiana Nilsson in Kopenhagen im letzten Sommer und jenem an Sergei Morossow in St. Petersburg im Herbst 2007 gebe. Auf eine entsprechende Nachfrage hin gestand Knox allerdings zu, dass es sich bei den Morden in London um das Werk eines oder mehrerer Nachahmungstäter handeln könnte.

Während die Anwohner vorübergehend Patrouillen aufgestellt haben, sucht die Polizei die Nachbarn in ihren Wohnungen auf, um sie zu befragen und sie in dieser schwierigen Zeit mit Rat und Tat zu unterstützen. Die Behörden ermahnen die Londoner, vor allem nachts verstärkt auf ihre Sicherheit zu achten.

»Das ist nur das Machwerk eines Reporters auf der Suche nach einer zündenden Story«, sagte ich und reichte der Dämonin die Zeitung zurück. »Die Presse lebt von den Ängsten ihrer Leser.«

»Wirklich?« Sie blickte sich kurz um. »Ich bin da nicht so sicher. Ich glaube, es steckt mehr dahinter. Bei Vampiren kann man nie wissen. Sie stehen nur eine Stufe über den Tieren.« Agatha Wilsons Mund verzog sich zu einem verdrossenen Strich. »Und ihr glaubt, *wir* seien labil … Wie dem auch sei, es ist für uns alle gefährlich, wenn wir die Aufmerksamkeit der Menschen auf uns ziehen.«

Dieses Gerede von Hexen und Vampiren war kein Thema für einen öffentlichen Ort. Allerdings hatte der Student immer noch den Kopfhörer auf, und alle anderen Gäste waren in ihre eigenen Gedanken versunken oder steckten vertraulich die Köpfe mit ihren Begleitern zusammen.

»Ich weiß nichts über das Manuskript oder darüber, was die Hexen damit angestellt haben, Ms Wilson. Und ich habe es auch nicht«, ergänzte ich hastig, falls auch sie glaubte, ich hätte es gestohlen.

»Bitte nennen Sie mich Agatha.« Sie richtete den Blick konzentriert auf das Muster des Teppichbodens. »Dann hat es die Bibliothek wieder. Haben sie Ihnen befohlen, es zurückzugeben?«

Meinte sie die Hexen? Vampire? Die Bibliothekare? Ich entschied mich für die wahrscheinlichsten Übeltäter.

»Die Hexen?«

Agatha nickte und sah sich nervös um.

»Nein. Ich habe es einfach ins Magazin zurückbringen lassen, als ich damit fertig war.«

»Ach ja, ins Magazin«, wiederholte Agatha wissend. »Alle meinen, die Bibliothek sei nur ein Gebäude, dabei ist sie viel mehr.«

Wieder musste ich an das beklemmende Gefühl denken, das mich beschlichen hatte, sobald Sean das Manuskript aufs Förderband gelegt hatte.

»Die Bibliothek ist immer genau das, was sie nach Meinung der Hexen sein soll«, fuhr sie fort. »Aber dieses Buch gehört euch nicht. Hexen sollten nicht darüber entscheiden dürfen, wo es aufbewahrt wird und wer es zu sehen bekommt.«

»Was ist so besonders an diesem Manuskript?«

»Das Buch erklärt, warum wir hier sind.« In ihrer bebenden Stimme lag ein Anflug von Verzweiflung. »Es erzählt unsere Geschichte – den Anfang, den Hauptteil und sogar das Ende. Wir Dämonen müssen endlich erfahren, wo wir in dieser Welt stehen. Und wir brauchen dieses Wissen dringender als die Hexen oder Vampire.« Plötzlich wirkte sie ganz und gar nicht mehr konfus. Sie glich einer Kamera, die chronisch unscharf gestellt war, bis jemand kam und am Objektiv drehte.

»Ihr wisst genau, wo ihr in dieser Welt steht«, setzte ich an. »Es gibt vier Arten von Geschöpfen – Menschen, Dämonen, Vampire und Hexen.«

»Und woher kommen die Dämonen? Wie entstehen wir? Wozu sind wir hier?« Ihre braunen Augen blitzten wütend. »Wisst ihr, woher *eure* Macht kommt? Wisst ihr das?«

»Nein«, flüsterte ich kopfschüttelnd.

»Das weiß niemand«, bestätigte sie melancholisch. »Anfangs hielten die Menschen die Dämonen für Schutzengel. Dann glaubten sie, wir seien Götter, die ihren Leidenschaften zum Opfer gefallen und nun an die Erde gefesselt waren. Die Menschen hassten uns, weil wir anders waren als sie, und sie setzten ihre Kinder aus, wenn sich herausstellte, dass es Dämonen waren. Sie beschuldigten uns, ihre Seelen zu stehlen und sie in den Wahnsinn zu treiben. Wir Dämonen sind kluge Köpfe, aber wir sind nicht böse – ganz anders als die Vampire.«

Sie sprach immer noch leise, aber ihre Stimme klang jetzt eindeutig wütend. »Wir leiden noch öfter als ihr Hexen unter der Angst und dem Neid der Menschen.«

»Wir Hexen tragen auch etliche widerwärtige Legenden mit uns herum.« Ich dachte an die Hexenjagden und die Hinrichtungen.

»Hexen werden von Hexen geboren. Vampire zeugen neue Vampire. Ihr könnt auf eure Familiengeschichten und Erinnerungen zurückgreifen, wenn ihr Trost oder Bestätigung braucht. Wir haben nichts als ein paar Geschichten, die uns von Menschen erzählt wurden. Kein Wunder, dass so viele Dämonen ihren Platz in der Welt und ihre Bestimmung nicht finden. Wir können nur darauf hoffen, irgendwann auf andere Dämonen zu stoßen und dabei zu erkennen, dass wir wie jene sind. Mein Sohn war einer der wenigen Glücklichen, die eine Dämonin zur Mutter haben. Nathaniel hatte jemanden, der die Zeichen erkannte und ihm helfen konnte, sich zurechtzufinden.« Sie wandte kurz das Gesicht ab, bis sie die Fassung wiedergefunden hatte. Als sich unsere Blicke trafen, stand Trauer in ihren Augen. »Vielleicht haben die Menschen recht. Vielleicht sind wir wirklich besessen. Ich sehe Dinge, Diana. Dinge, die ich nicht sehen sollte.«

Dämonen konnten Visionäre sein. Es wusste nur niemand, ob ihre Zukunftsvisionen so zuverlässig waren wie das Zweite Gesicht der Hexen.

»Ich sehe Blut und Angst. Ich sehe Sie«, sagte sie, und ihr Blick wurde wieder starr. »Manchmal sehe ich auch Ihren Vampir. Er wollte dieses Buch schon so lange. Stattdessen hat er Sie gefunden. Merkwürdig.«

»Wozu braucht Matthew Clairmont dieses Buch?«

Agatha zuckte mit den Achseln. »Vampire und Hexen verraten uns nicht, was sie denken. So viele Geheimnisse. Die Menschen werden uns auf die Schliche kommen, wenn wir nicht aufpassen. Menschen lieben die Macht – und sie lieben Geheimnisse.«

»Er ist nicht *mein* Vampir.« Ich wurde rot.

»Bestimmt nicht?«, fragte sie und starrte dabei in die Chromverkleidung der Espressomaschine, als wäre sie ein Zauberspiegel.

»Ja«, bekräftigte ich gepresst.

»Ein kleines Buch kann ein großes Geheimnis enthalten – ein Geheimnis, das die ganze Welt verändern könnte. Sie sind eine Hexe. Sie wissen, welche Macht Worte haben. Und der Vampir bräuchte Sie nicht, wenn er das Geheimnis kennen würde.« Agathas braune Augen sahen mich mild und voller Wärme an.

»Wenn Matthew Clairmont das Manuskript haben möchte, braucht er es doch nur zu bestellen.« Bei dieser Vorstellung überlief mich eine Gänsehaut, ohne dass ich gewusst hätte, warum.

»Wenn Sie es noch einmal bekommen«, bedrängte sie mich und packte mich am Arm, »dürfen Sie nicht vergessen, dass ihr nicht die Einzigen sein dürft, die das Geheimnis kennen. Dämonen gehören auch zur Geschichte. Versprechen Sie mir das.«

Ich spürte einen Anflug von Panik, als sie mich berührte; plötzlich merkte ich, wie heiß es im Café war und was für ein Gedränge herrschte. Instinktiv suchte ich nach dem nächsten Ausgang und konzentrierte mich gleichzeitig darauf, meinen Atem zu kontrollieren und die Anfänge einer Panikattacke abzuwehren.

»Versprochen«, murmelte ich zögernd, ohne wirklich zu wissen, wozu ich mich bereiterklärte.

»Gut.« Geistesabwesend ließ sie meinen Arm los. Ihr Blick schweifte ab. »Es war gut, dass Sie mit mir gesprochen haben.« Agatha starrte schon wieder auf den Fußboden. »Wir werden uns wiedersehen. Vergessen Sie nicht, manche Versprechen sind wichtiger als andere.«

Ich stellte meine Teekanne und die Tasse in die graue Plastikwanne oben auf dem Papierkorb und warf die leere Sandwichtüte in den Müll. Als ich mich noch einmal umdrehte, sah ich, dass sich Agatha in die Sportseiten der Londoner Tageszeitung vertieft hatte, die der Historiker liegen gelassen hatte.

Auf dem Weg nach draußen sah ich Miriam nicht, aber ich spürte ihren Blick.

Während ich weg gewesen war, hatte sich das Selden End mit gewöhnlichen Menschen gefüllt, die alle mit ihrer Arbeit beschäftigt waren und nichts von den Geschöpfen ahnten, die sich um sie herum versammelt hatten. Ich beneidete sie um ihre Ignoranz. Entschlossen, mich zu konzentrieren, griff ich nach dem nächsten Manuskript, aber gleich darauf merkte ich, dass ich im Geist meine Unterhaltung bei Blackwell's und die Ereignisse der letzten Tage durchging. Auf den ersten Blick hatten die Illustrationen in *Ashmole 782* nichts mit dem zu tun, worum es laut Agatha Wilson in dem Manuskript ging. Und warum forderten Matthew Clairmont oder die Dämonin das Manuskript nicht einfach an, wenn es sie so interessierte?

Ich schloss die Augen, rief mir die Minuten in Erinnerung, die ich mit dem Manuskript verbracht hatte, und versuchte anschließend, in den Ereignissen der letzten Tage ein Muster zu erkennen, indem ich erst meinen Geist leerte und mir dann das Problem als Puzzle auf einem weißen Tisch vorstellte, auf dem ich die Einzelteile immer wieder neu arrangierte. Aber wie ich sie auch zusammenfügte, es wollte sich kein sinnvolles Bild ergeben. Frustriert schob ich den Stuhl zurück und machte mich auf den Weg zum Ausgang.

»Irgendwelche Anfragen ans Magazin?«, fragte Sean, als er mir die Manuskripte abnahm. Ich überreichte ihm einen Stapel frisch ausgefüllter Ausleihzettel. Er lächelte, als er sah, wie dick der Stapel war, sagte aber kein Wort.

Bevor ich ging, musste ich noch zwei Dinge erledigen. Das erste gebot die Höflichkeit. Ich wusste nicht, wie die Vampire das angestellt hatten, aber sie hatten mich davor bewahrt, von einem endlosen Strom verschiedener Geschöpfe im Selden End aufgesogen zu werden. Hexen und Vampire hatten nicht oft Gelegenheit, einander zu danken, aber Clairmont hatte mich in zwei Tagen zweimal beschützt. Ich wollte auf gar keinen Fall undankbar wirken oder so bigott wie Sarah und ihre Freundinnen vom Hexenkonvent von Madison.

»Professor Clairmont?«

Der Vampir sah auf.

»Vielen Dank«, sagte ich nur und sah ihm dabei in die Augen, bis er den Blick abwandte.

»Keine Ursache«, murmelte er, und ich hörte ihm die Überraschung an.

Die zweite Sache war kalkuliert. Ich wusste zwar nicht, warum, doch offenbar brauchte Matthew Clairmont mich. Aber ich brauchte ihn auch. Er sollte mir verraten, warum *Ashmole 782* so viel Aufmerksamkeit erregte.

»Nennen Sie mich doch Diana«, sagte ich schnell, bevor mich der Mut verlassen konnte.

Matthew Clairmont lächelte.

Mein Herz hörte für einen Sekundenbruchteil zu schlagen auf. Das war nicht das leise, höfliche Lächeln, an das ich mich inzwischen gewöhnt hatte. Diesmal hoben sich die Lippen tatsächlich, und sein ganzes Gesicht schien zu leuchten. O Gott, er ist so unbeschreiblich schön, dachte ich, wieder einmal leicht benommen.

»Gern«, sagte er leise, »aber dann musst du mich Matthew nennen.«

Ich nickte stumm, während mein Herz jetzt Purzelbäume schlug. Etwas breitete sich durch meinen ganzen Körper aus und löste die Angst, die sich nach der unerwarteten Begegnung mit Agatha Wilson in mir festgefressen hatte.

Matthews Nasenflügel bebten leicht. Sein Lächeln wurde breiter. Was immer in meinem Körper gerade passiert war, er hatte es gerochen. Schlimmer noch, er schien zu wissen, was sich in mir abspielte.

Ich wurde rot.

»Noch einen schönen Abend, Diana.« Er sprach meinen Namen beinahe genießerisch aus und ließ ihn exotisch und fremdartig klingen.

»Guten Abend, Matthew.« Hastig trat ich den Rückzug an.

Als ich an jenem Abend in der Dämmerung auf dem stillen Fluss ruderte, sah ich hin und wieder einen grauen, verschwommenen Fleck über den Uferweg huschen, immer ein kleines Stück voraus, fast wie ein dunkler Stern, der mich nach Hause lotste.

KAPITEL 7

Um zwei Uhr fünfzehn schreckte ich mit dem grässlichen Gefühl zu ertrinken aus dem Schlaf auf. Wild um mich schlagend wühlte ich mich unter der Decke hervor, die sich unter der Kraft meines Traumes in schweren, nassen Tang verwandelt hatte, und kämpfte mich dem helleren Wasser über mir entgegen. Gerade als ich meinte, es geschafft zu haben, packte mich etwas am Fußgelenk und zog mich wieder nach unten.

Wie fast immer, wenn ich einen Albtraum hatte, erwachte ich mit klopfendem Herzen, bevor ich herausfinden konnte, was mich da gepackt hatte. Minutenlang lag ich orientierungslos und schweißdurchtränkt da, während mein Herz ein Stakkato schlug, das meinen ganzen Brustkorb vibrieren ließ. Zitternd setzte ich mich auf. Im Fenster starrte mich ein weißes Gesicht aus dunklen Augenhöhlen an.

Zu spät erkannte ich, dass ich mich in der Scheibe spiegelte. Ich schaffte es gerade noch ins Bad, bevor ich mich übergeben musste. Die nächsten dreißig Minuten verbrachte ich zusammengerollt auf dem kalten Fliesenboden und verfluchte alle Geschöpfe, die mich verfolgten, und ganz besonders Matthew Clairmont, dafür, dass es mir so elend ging. Schließlich kroch ich ins Bett zurück und schlief noch ein paar Stunden. In der Morgendämmerung zwang ich mich in meine Ruderausrüstung.

Als ich an der Pförtnerloge vorbeikam, sah mich der Pförtner fassungslos an. »Sie werden doch nicht zu dieser Uhrzeit in den Nebel hinauswollen, Dr. Bishop? Sie sehen aus, als hätten Sie sich ein bisschen viel zugemutet, wenn Sie die Bemerkung gestatten. Wäre es nicht besser, noch einmal in die Federn zu fallen? Der Fluss fließt Ihnen bestimmt nicht weg.«

Ich dachte kurz über Freds Ratschlag nach und schüttelte dann den Kopf. »Nein, danach geht es mir bestimmt besser.« Er sah mich zweifelnd an. »Außerdem kommen am Wochenende die Studenten zurück.«

Weil ich noch müde war und der Nebel das Pflaster rutschig gemacht hatte, lief ich langsamer als sonst. Meine gewohnte Route führte am Oriel College vorbei, zu den hohen schwarzen Eisentoren zwischen Merton College und Corpus Christi College. Die Tore waren über Nacht abgeschlossen, um die Menschen von den Uferwiesen fernzuhalten, aber wer in Oxford ruderte, kletterte darüber.

Das vertraute Ritual, mit dem ich das Boot zu Wasser ließ, funktionierte. Bis ich mich vom Steg abstieß und in den Nebel eintauchte, fühlte ich mich fast wieder normal.

Im Nebel fühlt sich Rudern noch mehr wie Fliegen an. Die feuchte Luft dämpft die Vogelrufe und den Autolärm, gleichzeitig verstärkt sie den leisen Schlag der Ruderblätter im Wasser und das leise Scharren der Rollsitze. Das Ufer und vertraute Anhaltspunkte verschwinden, und man muss allein nach seinem Instinkt navigieren.

Ich fand einen lockeren, schwungvollen Rhythmus und spitzte die Ohren, um zu hören, ob ich dem Ufer zu nahe kam. Gleichzeitig hielt ich scharf nach irgendwelchen Schatten Ausschau, um eine Kollision mit einem anderen Boot zu vermeiden. Der Nebel war so dicht, dass ich kurz davor war umzudrehen, aber die Aussicht auf den langen, geraden Flussabschnitt war einfach zu verlockend.

Bei der Taverne wendete ich vorsichtig das Boot. Flussabwärts bemerkte ich zwei Ruderer, die hitzig über die richtige Strategie für die kuriosen, *Bump* genannten Ruderrennen in Oxford und Cambridge diskutierten.

»Wollt ihr vorausfahren?«, rief ich.

»Sicher doch!«, bekam ich sofort zur Antwort. Das Paar schoss vorbei, ohne auch nur aus dem Rhythmus zu kommen.

Das leise Klatschen ihrer Riemen verhallte. Ich beschloss, zum Bootshaus zurückzurudern und es für heute dabei zu belassen. Es war eine kurze Etappe gewesen, aber immerhin hatten sich die steifen

Muskeln nach der dritten unruhigen Nacht hintereinander wenigstens halbwegs gelockert.

Nachdem ich die Ausrüstung verstaut hatte, schloss ich das Bootshaus ab und ging langsam den Weg entlang in Richtung Innenstadt. Im Morgennebel war es so still, dass Zeit und Raum ihre Bedeutung verloren. Ich schloss die Augen und stellte mir vor, ich sei nirgendwo – nicht in Oxford und auch an keinem anderen Ort, der einen Namen hatte.

Als ich sie wieder aufschlug, ragte eine dunkle Silhouette vor mir auf. Ich schnappte erschrocken nach Luft. Die Gestalt schoss auf mich zu, und ich streckte instinktiv die Arme aus, um die Gefahr abzuwehren.

»Diana, das tut mir so leid. Ich dachte, du hättest mich gesehen.« Es war Matthew Clairmont, und er musterte mich besorgt.

»Ich hatte gerade die Augen zugemacht.« Ich fasste mir an den Kragen meiner Fleecejacke, und er wich einen Schritt zurück. Ich lehnte mich gegen einen Baum, bis mein Atem wieder ruhiger ging.

»Kannst du mir eine Frage beantworten?«, fragte Clairmont, sobald mein Herz zu hämmern aufgehört hatte.

»Nicht wenn du mich fragen willst, warum ich im Nebel rudern gehe, obwohl mir Vampire und Dämonen und Hexen auf den Fersen sind.« Ich wollte keine weiteren Ermahnungen hören – heute Morgen schon gar nicht.

»Nein.« In seiner Stimme lag leise ätzende Säure. »Obwohl das eine exzellente Frage wäre. Ich wollte dich fragen, warum du mit geschlossenen Augen spazieren gehst.«

Ich lachte. »Wie – tust du das nie?«

Matthew schüttelte den Kopf. »Wir Vampire haben nur fünf Sinne. Wir halten es für geboten, sie alle einzusetzen«, meinte er sarkastisch.

»Das hat gar nichts mit Magie zu tun, Matthew. Dieses Spiel habe ich schon als Kind gespielt. Damit habe ich meine Tante in den Wahnsinn getrieben. Immer kam ich mit blauen Flecken und zerkratzt heim, weil ich in einen Busch oder gegen einen Baum gelaufen war.«

Der Vampir sah mich nachdenklich an. Dann schob er die Hände in die Taschen seiner schiefergrauen Hose und schaute versonnen in den Nebel. Heute trug er einen blaugrauen Sweater, der sein Haar dunkler wirken ließ, aber keinen Mantel. Bei diesem Wetter fiel das sofort ins Auge. Plötzlich fühlte ich mich ungekämmt und wünschte, meine Ruderhose hätte hinten am linken Schenkel kein Loch, wo sie sich an der Dolle verfangen hatte.

»Wie war das Training heute Morgen?«, fragte Clairmont schließlich, als wüsste er das nicht längst. Er war bestimmt nicht auf einem morgendlichen Spaziergang unterwegs.

»Gut«, antwortete ich knapp.

»So früh sind nicht viele Menschen unterwegs.«

»Nein, aber ich mag es, wenn es auf dem Fluss nicht zu voll ist.«

»Ist es nicht riskant, bei diesem Wetter rudern zu gehen, wo kaum jemand unterwegs ist?« Er sagte das ganz freundlich, und wäre er kein Vampir gewesen, der mich auf Schritt und Tritt beschattete, hätte ich seine Frage möglicherweise als unbeholfenen Versuch gedeutet, Konversation zu machen.

»Inwiefern riskant?«

»Weil möglicherweise niemand sehen würde, wenn dir etwas zustößt.«

Bis dahin hatte ich auf dem Fluss noch nie Angst gehabt, aber er hatte nicht ganz unrecht. Trotzdem tat ich seine Bedenken mit einem Achselzucken ab. »Ab Montag sind die Studenten wieder hier. Ich genieße den Frieden, solange ich kann.«

»Fängt nächste Woche tatsächlich schon das neue Semester an?« Clairmont klang aufrichtig überrascht.

»Arbeitest du *wirklich* an der Universität?« Ich lachte.

»Theoretisch schon, aber ich habe kaum mit den Studenten zu tun. Ich beschäftige mich eher mit Forschung.« Sein Mund wurde schmal. Er konnte es nicht leiden, wenn man über ihn lachte.

»Das muss nett sein.« Ich dachte an den Vorlesungssaal mit den dreihundert Plätzen, in dem ich meine Einführungsvorlesung halten würde, und an all die übereifrigen Erstsemester.

»Vor allem ist es ruhig. Meine Laborgeräte beschweren sich nie, wenn sie Überstunden machen müssen. Außerdem stehen mir Dr. Shephard und ein zweiter Assistent, Dr. Whitmore, zur Seite, ich bin also nicht ganz allein.«

Es war klamm, und mir war kalt. Außerdem kam es mir irgendwie unnatürlich vor, im halbdunklen, erbsensuppendicken Nebel mit einem Vampir Nettigkeiten auszutauschen. »Ich muss jetzt nach Hause.«

»Soll ich dich mitnehmen?«

Vor vier Tagen hätte ich mich auf gar keinen Fall von einem Vampir nach Hause fahren lassen, aber an diesem Morgen klang das ausgesprochen verlockend. Außerdem konnte ich ihn unterwegs vielleicht fragen, warum sich ein Biochemiker für ein alchemistisches Manuskript aus dem siebzehnten Jahrhundert interessierte.

»Gern«, sagte ich.

Clairmonts schüchterner und gleichzeitig erfreuter Blick war absolut entwaffnend. »Mein Wagen steht ganz in der Nähe.« Er deutete in Richtung Christ Church College.

Ein paar Minuten wanderten wir schweigend dahin, eingehüllt in den grauen Nebel und das eigenartige Gefühl, von allem abgeschnitten zu sein – Hexe und Vampir. Er machte absichtlich kürzere Schritte, um auf einer Höhe mit mir zu bleiben, und er wirkte hier draußen viel entspannter als in der Bibliothek.

»Ist das dein College?«

»Nein, hier war ich noch nie Mitglied.« Er sagte das so, dass ich mich unwillkürlich fragte, an welchen Colleges er schon Mitglied gewesen war. Dann begann ich mir zu überlegen, wie lange er wohl schon lebte. Manchmal erschien er mir so alt wie Oxford selbst.

»Diana?« Clairmont war stehengeblieben.

»Hmm?« Ich hatte bereits den Weg zum Parkplatz des Colleges eingeschlagen.

»Hier entlang«, sagte er und deutete in die entgegengesetzte Richtung.

Matthew führte mich an eine winzige Nische in der Mauer. Unter einem knallgelben Schild mit der Aufschrift absolutes parkverbot stand ein flacher schwarzer Jaguar. Am Rückspiegel des Wagens baumelte eine Parkerlaubnis des John Radcliffe Hospitals.

»Ich verstehe«, sagte ich und stemmte die Hände in die Hüften. »Du meinst, du darfst überall parken.«

»Normalerweise bin ich ein mustergültiger Bürger, was das Parken angeht, aber bei diesem Wetter fand ich eine Ausnahme vertretbar«, versuchte Matthew sich zu verteidigen. Er schob einen langen Arm an mir vorbei und schloss die Tür auf. Der Jaguar war ein älteres Modell ohne die neuesten technischen Errungenschaften wie Funkzentralverriegelung oder Navigationssystem, aber er sah aus, wie gerade erst aus dem Verkaufsraum gerollt. Matthew zog die Tür auf, ich stieg ein, und die karamellfarbenen Lederpolster schmiegten sich an meinen Körper.

Ich hatte noch nie in einem so luxuriösen Auto gesessen. Sarah hätte ihre schlimmsten Vermutungen bestätigt gesehen, wenn sie gewusst hätte, dass Vampire Jaguar fuhren, während sie selbst in einem schrottreifen Honda Civic herumkutschieren musste, dessen lila Lackierung zum Braun einer gegrillten Aubergine oxidiert war.

Clairmont ließ den Wagen zum Tor des Christ Church Colleges rollen und wartete dort auf eine Lücke im morgendlichen Stoßverkehr, der hauptsächlich aus Lieferwagen, Bussen und Fahrrädern bestand. »Wie wäre es mit einem Frühstück, bevor ich dich heimbringe?«, fragte er beiläufig und fasste das polierte Lenkrad fester. »Nach all dem Sport bist du bestimmt hungrig.«

Es war schon das zweite Mal, dass Clairmont mit mir essen gehen wollte. Standen Vampire auf so etwas? Schauten sie gern anderen beim Essen zu?

Die gedankliche Verbindung zwischen Vampiren und Essen führte unwillkürlich zu Überlegungen über die Ernährungsgewohnheiten des Vampirs. Jeder auf dem Planeten wusste, dass sich Vampire von menschlichem Blut ernährten. Aber ernährten sie sich ausschließlich davon? Plötzlich war ich nicht mehr so sicher, ob es eine gute Idee war, mit einem Vampir im Auto herumzufahren. Ich zog den Reißverschluss meiner Fleecejacke bis zum Kragen hoch und rutschte unauffällig an die Tür.

»Diana?«, hakte er nach.

»Ich könnte etwas zu essen vertragen«, gab ich zögernd zu, »und für einen Tee würde ich töten.«

Er nickte, den Blick wieder auf den Verkehr gerichtet. »Dann weiß ich genau, wo wir jetzt hinmüssen.«

Clairmont fuhr den Hügel hinauf und bog an der High Street rechts ab. Wir passierten die Statue der Gemahlin von George II., die unter dem Kuppeldach vor dem Queen's College stand, und steuerten von dort aus auf den botanischen Garten zu. In der gedämpften Stille des Jaguars wirkte Oxford noch unwirklicher als sonst, und die Kirch- und Universitätstürme tauchten lautlos und unvermittelt aus dem Nebel auf und verschwanden wieder.

Wir unterhielten uns nicht, und seine absolute Reglosigkeit machte mir umso bewusster, wie oft ich mich bewegte, blinzelte, Luft holte oder mich zurechtsetzte. Clairmont nicht. Er blinzelte nie, er holte kaum jemals Luft, und jede Drehung des Lenkrades, jeder Druck auf das Pedal wurde so knapp und effizient wie nur möglich ausgeführt, beinahe als würde er mit seiner Energie haushalten müssen, um so lange zu leben. Wieder fragte ich mich, wie alt Matthew Clairmont wohl sein mochte.

Der Vampir bog in eine Nebenstraße und bremste vor einem proppenvollen, winzigen Café, in dem die Einheimischen vor vollbeladenen Tellern saßen. Einige lasen dabei Zeitung; andere plauderten mit den Nachbarn am Nebentisch. Alle, bemerkte ich erfreut, tranken riesige Becher Tee.

»Diesen Laden kannte ich noch nicht«, sagte ich.

»Er ist ein gut gehütetes Geheimnis«, antwortete er grinsend. »Sie wollen sich die Atmosphäre nicht von zu vielen Universitätsangestellten vermiesen lassen.«

Automatisch drehte ich mich um und wollte die Autotür öffnen, doch bevor ich den Griff zu fassen bekam, war Clairmont schon da und hatte sie aufgezogen.

»Wie hast du das so schnell geschafft?«, grummelte ich.

»Zauberei«, erwiderte er schmallippig. Offenbar mochte Clairmont es nicht, wenn sich eine Frau selbst die Autotür öffnete, so wie er es dem Hörensagen nach auch nicht mochte, wenn eine Frau ihm widersprach.

»Ich kann die Tür auch selbst aufmachen«, sagte ich im Aussteigen.

»Warum finden es die Frauen von heute so wichtig, die Türen selbst zu öffnen?«, erwiderte er spitz. »Wollt ihr damit zeigen, wie kräftig ihr seid?«

»Nein, wir zeigen damit, wie unabhängig wir sind.« Ich stand mit verschränkten Armen vor ihm und wartete nur darauf, dass er mir widersprach, während mir gleichzeitig durch den Kopf schoss, was Chris mir über Clairmonts Verhalten gegenüber jener Frau erzählt hatte, die bei einer Konferenz zu viele Fragen zu stellen gewagt hatte.

Wortlos schloss er die Autotür und öffnete mir die Cafétür. Entschlossen blieb ich stehen. In einem Schwall warmer, feuchter Luft wehte mir der Duft von gebratenem Speck und Toast entgegen. Mir lief das Wasser im Mund zusammen.

»Du bist unglaublich altmodisch«, gab ich seufzend den Kampf auf. Wenn er mir ein warmes Frühstück spendierte, durfte er mir heute früh so viele Türen aufhalten, wie er wollte.

»Nach dir«, murmelte er.

Drinnen schlängelten wir uns zwischen den vollen Tischen hindurch. Nachdem Clairmonts Teint im Nebel fast normal gewirkt hatte, sah er im grellen Neonlicht des Cafés verdächtig bleich aus. Ein paar Menschen starrten uns an, als wir vorbeigingen. Der Vampir versteifte sich.

Das war keine gute Idee, dachte ich nervös, während sich immer mehr menschliche Blicke auf uns richteten.

»Hi, Matthew«, rief eine fröhliche Frauenstimme hinter der Theke hervor. »Frühstück für zwei?«

Sein Gesicht hellte sich auf. »Zwei, Mary. Wie geht es Dan?«

»Immerhin so gut, dass er es satt hat, im Bett zu liegen. Wenn du mich fragst, ist er eindeutig auf dem Weg der Besserung.«

»Freut mich zu hören«, sagte Clairmont. »Kannst du dieser Lady bei Gelegenheit einen Tee bringen? Sie hat gedroht, dafür zu töten.«

»Das wird nicht nötig sein, Liebes«, erklärte Mary mir lächelnd.

»Bei uns gibt es den Tee auch ohne Blutvergießen.« Sie schob ihren ausladenden Körper hinter der Resopaltheke hervor und führte uns an einen Tisch in der hintersten Ecke, gleich neben der Tür zur Küche. Zwei laminierte Speisekarten landeten klatschend auf der Tischplatte. »Hier bist du keinem im Weg, Matthew. Ich schicke Steph mit dem Tee vorbei. Ihr könnt bleiben, so lange ihr wollt.«

Clairmont achtete darauf, dass ich den Stuhl mit Blick in den Raum nahm. Dann setzte er sich mir gegenüber, mit dem Rücken zum Café, rollte die Speisekarte zusammen und strich sie langsam und sichtlich angespannt wieder glatt. Unter Menschen wirkte der Vampir ruhelos und gereizt, genau wie in der Bibliothek. Er war wesentlich entspannter, wenn wir beide allein waren.

Dank meiner neu erworbenen Kenntnisse über den norwegischen Wolf war mir klar, was dieses Verhalten zu bedeuten hatte. Er wollte mich beschützen.

»Wer könnte mir hier schon gefährlich werden, Matthew? Ich habe dir doch gesagt, dass ich selbst auf mich aufpassen kann.« Das klang ein bisschen zickiger, als ich beabsichtigt hatte.

»Ja, das kannst du bestimmt«, bestätigte er zweifelnd.

»Hör zu.« Ich gab mir Mühe, möglichst ruhig zu klingen. »Du hast es geschafft, sie von mir fernzuhalten.« Die Tische standen zu dicht, als dass ich deutlicher werden konnte. »Dafür bin ich dir wirklich dankbar. Aber hier im Café sind lauter Menschen. Gefährlich könnte es für uns höchstens werden, wenn du sie auf dich aufmerksam machst. Du hast offiziell dienstfrei.«

Clairmont nickte kaum merklich zur Kasse hin. »Der Mann da drüben hat gerade seinem Freund erklärt, dass du ›lecker‹ aussiehst.« Er versuchte das scherzhaft zu sagen, aber sein Gesicht verdüsterte sich dabei. Ich musste mir das Lachen verkneifen.

»Ich glaube nicht, dass er mich gleich beißt«, sagte ich.

Der Teint des Vampirs verfärbte sich zu einem leichten Grau.

»Soweit ich die britische Umgangssprache verstehe, ist ›lecker‹ ein Kompliment, keine Drohung.«

Clairmonts Miene blieb finster.

»Wenn dir nicht gefällt, was du zu hören bekommst, solltest du aufhören, andere Leute zu belauschen«, schlug ich vor.

»Leichter gesagt als getan«, verkündete er und griff nach dem Marmite-Glas.

Eine jüngere, geringfügig grazilere Version von Mary trat mit einer riesigen Steingut-Teekanne und zwei Bechern an unseren Tisch. »Milch und Zucker stehen schon auf dem Tisch, Matthew«, sagte sie und schätzte mich dabei neugierig ab.

Matthew stellte uns vor. »Steph, das ist Diana. Sie kommt aus Amerika.«

»Wirklich? Kommen Sie aus Kalifornien? Ich will unbedingt mal nach Kalifornien.«

»Nein, ich lebe in Connecticut«, antwortete ich bedauernd.

»Das ist einer von diesen kleinen Staaten, stimmt's?« Steph war unübersehbar enttäuscht.

»Stimmt. Und es schneit dort.«

»Ich hab's eher mit Palmen und Sonnenschein.« Sobald ich von Schnee gesprochen hatte, hatte sie jedes Interesse an mir verloren. »Was darf's sein?«

»Ich bin wirklich hungrig«, entschuldigte ich mich und bestellte dann zwei Rühreier, vier Scheiben Toast und reichlich Speck.

Steph hatte eindeutig schon viel Schlimmeres gehört, denn sie notierte die Bestellung ohne einen Kommentar und nahm unsere Speisekarten mit. »Für dich nur Tee, Matthew?«

Er nickte.

Sobald Steph außer Hörweite war, beugte ich mich über den Tisch. »Wissen sie über dich Bescheid?«

Clairmont beugte sich ebenfalls nach vorn, bis sein Gesicht zwei Handbreit vor meinem war. Heute Morgen roch er süßlicher, fast wie eine frisch gepflückte Nelke. Ich atmete tief ein.

»Sie wissen, dass ich ein bisschen anders bin. Mary hat vielleicht den Verdacht, dass ich nicht nur *ein bisschen* anders bin, aber sie ist überzeugt, dass ich Dan das Leben gerettet habe, darum ist sie zu dem Schluss gekommen, dass ihr das egal ist.«

»Wie hast du ihren Mann gerettet?« Vampire waren dafür bekannt, Menschen zu töten, nicht sie zu retten.

»Ich habe ihn während einer Aushilfsschicht im Radcliffe untersucht, als sie dort unterbesetzt waren. Mary hatte eine Sendung gesehen, in der die Symptome eines Schlaganfalls beschrieben worden waren, und erkannte sie wieder, als ihr Mann plötzlich zusammenbrach. Ohne sie wäre er jetzt tot oder schwerbehindert.«

»Aber trotzdem glaubt sie, dass du ihn gerettet hast?« Der würzige Vampirduft stieg mir eindeutig zu Kopf. Ich hob den Deckel von der Teekanne und überlagerte das Nelkenaroma mit dem Tanningeruch des schwarzen Tees.

»Mary hat ihn das erste Mal gerettet, aber als er ins Krankenhaus eingeliefert wurde, reagierte er nicht gut auf seine Medikamente. Ich habe dir ja gesagt, dass sie eine gute Beobachterin ist. Sie sprach einen Arzt darauf an, aber der schickte sie wieder weg. Ich … hatte mitgehört und mischte mich ein.«

»Behandelst du viele Patienten?« Ich schenkte uns beiden Tee ein, der so stark war, dass man damit ein Pferd hätte umhauen können. Als ich mir vorstellte, dass ein Vampir auf den Gängen des John Radcliffe zwischen lauter Kranken und Schwachen herumpirschte, begannen meine Hände zu zittern.

»Nein.« Er spielte an der Zuckerdose herum. »Nur in Notfällen.«

Ich schob ihm seine Tasse hin und fasste den Zucker ins Auge. Er reichte mir die Dose. Ich schüttete genau einen halben Teelöffel Zucker und hundert Milliliter Milch in meinen Tee. So mochte ich ihn am liebsten – mit einem Hauch Zucker, um die Bitterkeit abzumildern, und dann mit so viel Milch, dass er ein helles Braun annahm. Nachdem das bewerkstelligt war, verrührte ich das Gemisch im Uhrzeigersinn. Sobald mir die Erfahrung sagte, dass ich mir nicht mehr die Zunge verbrennen würde, nahm ich einen Schluck. Perfekt.

Der Vampir lächelte.

»Was?«, fragte ich.

»Ich habe noch nie gesehen, dass jemand seinen Tee so detailversessen zubereitet.«

»Dann verbringst du nicht viel Zeit mit fanatischen Teetrinkern. Das Geheimnis besteht darin, die Stärke des Tees abschätzen zu können, bevor man Zucker und Milch dazugibt.« Seine dampfende Tasse stand unberührt vor ihm. »Du magst deinen schwarz, wie ich sehe.«

»Tee ist eigentlich nicht mein Getränk.« Seine Stimme senkte sich ein wenig.

»Und was *ist* dein Getränk?« Sobald ich die Frage ausgesprochen hatte, wünschte ich mir, ich hätte sie zurücknehmen können. Seine stille Heiterkeit kippte in schmallippigen Zorn um.

»Musst du das wirklich fragen?«, meinte er schneidend. »Jeder Mensch könnte dir diese Frage beantworten.«

»Entschuldige. Ich hätte nicht fragen sollen.« Ich fasste mit beiden Händen meine Tasse und versuchte mich zu beruhigen.

»Nein.«

Schweigend trank ich meinen Tee. Wir sahen erst wieder auf, als Steph mit einem vollgepackten Toastständer und Teller an unseren Tisch kam.

»Mum meinte, Sie bräuchten auch ein bisschen Gemüse«, erklärte Steph, als ich mit großen Augen auf den Berg von gebratenen Pilzen und Tomaten sah, der mein Frühstück begleitete. »Sie hat gesagt, Sie sehen aus wie der Tod auf Latschen.«

»Danke!« Auch wenn Mary mein Aussehen kritisierte, freute ich mich über die Extrabeilagen.

Steph grinste, und Clairmont schenkte mir ein kleines Lächeln, als ich zur Gabel griff und mich über meinen Teller hermachte.

Alles war heiß und köstlich und wies den perfekten Quotienten von knusprigem Äußerem zu zartem, zerfließendem Inneren auf. Nachdem der erste Hunger gestillt war, startete ich einen methodischen Angriff auf den Toasthalter, nahm mir die erste Dreieckscheibe und beschmierte sie mit Butter. Der Vampir sah mir beim Essen genauso aufmerksam und gespannt zu wie bei meinem kleinen Teezeremoniell.

»Warum Naturwissenschaften?«, eröffnete ich das Gespräch wieder und stopfte den Toast in meinen Mund, damit er das Sprechen übernehmen musste.

»Warum Geschichte?« Er spielte den Ball betont lässig zurück, aber so leicht gab ich nicht auf.

»Du zuerst.«

»Wahrscheinlich will ich unbedingt wissen, warum ich hier bin«, sagte er, den Blick auf die Tischplatte gerichtet. Er war dabei, aus der Zuckerdose und einem Ring blauer Süßstoffpäckchen eine Burg mitsamt Burggraben zu errichten.

Ich stockte kurz, weil Agatha am Vortag praktisch dasselbe gesagt hatte, als sie über *Ashmole 782* gesprochen hatte. »Dann hättest du Philosophie studieren müssen, nicht Naturwissenschaften.« Ich leckte einen Buttertropfen von meinem Finger, um meine Verwirrung zu überspielen.

In seinen Augen flammte neuer Zorn auf. »Das glaubst du doch nicht wirklich – dass sich Naturwissenschaftler nicht für das Warum interessieren.«

»Früher haben sie sich tatsächlich für das Warum interessiert«, gestand ich ihm zu und musterte ihn argwöhnisch. Seine plötzlichen Stimmungsschwankungen waren wirklich beängstigend. »Inzwischen scheint es allein ums Wie zu gehen – wie funktioniert der Körper, wie bewegen sich Planeten?«

Clairmont schnaubte. »Nicht für die guten Wissenschaftler.« Die Gäste hinter ihm standen auf, und er spannte sich unwillkürlich an, um vorbereitet zu sein, falls sie unerwartet unseren Tisch erstürmen sollten.

»Und du bist ein guter Wissenschaftler.«

Er würdigte mich keines Kommentares.

»Eines Tages wirst du mir erklären müssen, was Neurobiologie mit DNA-Forschung, Verhaltensforschung und Evolution zu tun hat. Auf den ersten Blick drängt sich da keine Verbindung auf.« Ich biss wieder von meinem Toast ab.

Clairmonts linke Braue hob sich dem Haaransatz entgegen. »Du hast dich schlau gemacht«, bemerkte er scharf.

Ich zuckte mit den Achseln. »Du warst im Vorteil. Du wusstest alles über meine Arbeit. Ich wollte nur nachziehen.«

Er murmelte etwas vor sich hin, das sich französisch anhörte. »Ich hatte viel Zeit zum Nachdenken«, erklärte er tonlos und auf Englisch, und dann zog er einen zweiten Graben aus Süßstoffpäckchen um seine Burg. »Es gibt keine Verbindung.«

»Lügner«, schalt ich ihn sanft.

Eigentlich hätte es mich nicht überraschen dürfen, dass meine Anschuldigung Clairmont wütend machte, dennoch war ich fassungslos, wie schnell seine Laune umschlagen konnte. Das rief mir ins Gedächtnis, dass ich mit einer möglicherweise todbringenden Kreatur beim Frühstück saß.

»Dann sag mir, worin die Verbindung besteht«, zischte er zwischen zusammengebissenen Zähnen hervor.

»Das weiß ich nicht so genau«, antwortete ich wahrheitsgemäß. »Etwas hält alles zusammen, eine entscheidende Frage, die deine verschiedenen Forschungsgebiete umschließt. Andernfalls könnte man diese Vielfalt an Interessen nur damit erklären, dass du dir wie eine intellektuelle Elster alles herauspickst, was glänzt – was lächerlich ist, sonst wärst du als Forscher nicht so hoch angesehen –, oder dass dir schnell langweilig wird. Aber du kommst mir nicht wie der Typus vor, der zum intellektuellen *Ennui* neigt. Ganz im Gegenteil.«

Clairmont sah mich an, bis das Schweigen unangenehm wurde. Mein Magen begann sich über die Unmengen an Nahrung zu beschweren, die ich ihm aufgezwungen hatte. Ich schenkte mir frischen Tee ein und präparierte ihn minutiös, während ich darauf wartete, dass Clairmont etwas sagte.

»Für eine Hexe bist du auch eine ziemlich gute Beobachterin.« Ich entdeckte etwas wie widerwillige Bewunderung in seinen Augen.

»Vampire sind nicht die einzigen Wesen, die jagen gehen, Matthew.«

»Nein. Wir alle jagen etwas nach, nicht wahr, Diana?« Er ließ sich meinen Namen auf der Zunge zergehen. »Und jetzt bin ich dran. Warum Geschichte?«

»Du hast meine Fragen noch nicht beantwortet.« Dabei hatte ich die wichtigste noch gar nicht gestellt.

Er schüttelte vehement den Kopf, und mir war klar, dass ich meine

Energien nicht weiter darauf verwenden konnte, ihm Informationen zu entlocken, sondern sie ab sofort gegen seine Versuche einsetzen musste, mir welche zu entreißen.

»Anfangs war es das Gefühl von Ordnung, nehme ich an.« Ich klang überraschend unsicher. »Die Vergangenheit erscheint uns so vorhersehbar, so als hätte sich alles zwangsläufig ergeben.«

»Das kann nur jemand sagen, der nicht dabei war«, stellte der Vampir knapp fest.

Ich lachte kurz auf. »Das habe ich auch bald gemerkt. Trotzdem kam es mir anfangs so vor. In Oxford formten die Professoren die Vergangenheit zu einer Geschichte mit einem Anfang, einem Hauptteil und einem Ende. Alles erschien logisch und unvermeidlich. Ihre Geschichten zogen mich in Bann, und schon war es um mich geschehen. Die anderen Fächer interessierten mich nicht mehr. Ich wurde Historikerin und habe es seither keine Sekunde bereut.«

»Obwohl du festgestellt hast, dass Menschen ganz und gar nicht logisch handeln – es nie getan haben?«

»Je unübersichtlicher die Geschichte wurde, desto reizvoller wurde sie für mich. Jedes Mal, wenn ich zu einem Buch oder Dokument aus der Vergangenheit greife, schlage ich mich mit Leuten herum, die vor Hunderten von Jahren gelebt haben. Jeder von ihnen hat seine Geheimnisse und Leidenschaften – lauter Dinge, die sie mir nicht offenbaren können oder wollen. Meine Aufgabe ist es, sie zu entdecken und zu erklären.«

»Und wenn dir das nicht gelingt? Wenn sie sich jeder Erklärung entziehen?«

»Das ist noch nie passiert«, antwortete ich, nachdem ich über seine Frage nachgedacht hatte. »Wenigstens soweit ich weiß. Du musst nur sehr gut zuhören können. Niemand will wirklich seine Geheimnisse bewahren, nicht einmal die Toten. Überall finden sich Hinweise, und wenn du die Augen offen hältst, kannst du sie irgendwann zu einem Bild zusammenfügen.«

»Du siehst den Historiker also als Detektiv«, bemerkte er.

»Genau. Nur dass dabei viel weniger auf dem Spiel steht.« Ich lehnte mich zurück, weil ich das Thema für abgeschlossen hielt.

»Und warum ausgerechnet Wissenschaftsgeschichte?«, fuhr er fort.

»Die Herausforderung, mich an großen Geistern zu messen, nehme ich an?« Ich gab mir Mühe, einerseits nicht eingebildet zu klingen und andererseits meine Stimme am Satzende nicht zu einer Frage anzuheben, doch ich scheiterte in beiden Punkten.

Clairmont senkte den Blick und begann seinen Wehrturm Päckchen um Päckchen zu demontieren.

Die Vernunft riet mir, den Mund zu halten, aber die Fäden meiner eigenen Geheimnisse, die ich so gewissenhaft festgezurrt hatte, hatten sich schon gelockert. »Ich wollte wissen, wie die Menschen zu einer Weltsicht gelangen konnten, in der die Magie so wenig Platz hat«, fügte ich unvermittelt an. »Ich wollte unbedingt begreifen, wie sie sich einreden konnten, dass die Magie unwichtig ist.«

Kühle graue Vampiraugen blickten mich an. »Und hast du es herausgefunden?«

»Ja und nein.« Ich zögerte. »Ich habe begriffen, welche Schlüsse sie damals gezogen haben, und ich kann sehen, wie die Wissenschaftler mit ihren zahllosen Experimenten dem Wissen, dass die Welt ein unerklärlich mächtiger, magischer Ort ist, mit unzähligen kleinen Schnitten zu Leibe rückten, bis sie es irgendwann abgetötet hatten. Doch letztendlich sind sie gescheitert. Die Magie lässt sich nicht völlig austreiben. Sie wartet still ab, bis sich die Menschen ihr wieder zuwenden, weil sie merken, dass die Wissenschaft nicht alles erklären kann.«

»Darum Alchemie«, sagte er.

»Nein«, protestierte ich. »Die Alchemie ist eine der frühesten Formen experimenteller Wissenschaft.«

»Vielleicht. Aber du glaubst doch nicht wirklich, dass es in der Alchemie keine Magie gibt.« Matthew sagte das in tiefer Überzeugung. »Ich habe deine Arbeiten gelesen. Nicht einmal du kannst sie völlig ignorieren.«

»Dann ist sie eben eine magische Wissenschaft. Oder wissenschaftliche Magie, wenn dir das lieber ist.«

»Was ist dir denn lieber?«

»Das weiß ich nicht«, gestand ich kleinlaut.

»Danke.« Clairmont sah mich an, als wüsste er genau, wie schwer es mir fiel, darüber zu sprechen.

»Gern geschehen. Nehme ich an.« Ich strich mir die Haare aus dem Gesicht und merkte, wie zittrig ich mich fühlte. »Darf ich dich noch etwas fragen?« Er sah mich argwöhnisch an, doch er nickte. »Wieso interessierst du dich für meine Arbeiten – über Alchemie?«

Im ersten Moment wollte er die Frage wohl mit einer kurzen Bemerkung abtun, doch dann überlegte er es sich anders. Ich hatte ihm ein Geheimnis verraten. Jetzt war er an der Reihe.

»Auch die Alchemisten wollten wissen, warum wir hier sind.« Clairmont sagte die Wahrheit – das sah ich ihm an –, aber jetzt wusste ich immer noch nicht, warum er sich so für *Ashmole 782* interessierte. Er sah auf die Uhr. »Wenn du fertig bist, sollte ich dich jetzt ins College zurückbringen. Bestimmt möchtest du dir etwas Warmes anziehen, bevor du in die Bibliothek gehst.«

»Vor allem muss ich duschen.« Ich stand auf, streckte mich und dehnte den Hals. »Und ich muss heute Abend *auf jeden Fall* zum Yoga. Ich verbringe eindeutig zu viel Zeit am Schreibtisch.«

Die Augen des Vampirs funkelten. »Du machst Yoga?«

»Ich kann mir kein Leben ohne Yoga vorstellen«, erwiderte ich. »Ich liebe die Bewegungen und vor allem die Meditation.«

»Das hätte ich mir eigentlich denken können«, sagte er. »Man sieht es dir an, wenn du ruderst – eine Verbindung von Bewegung und Meditation.«

Meine Wangen wurden warm. Er hatte mich auf dem Fluss genauso intensiv beobachtet wie in der Bibliothek.

Clairmont legte zwanzig Pfund auf den Tisch und winkte Mary zu. Sie winkte zurück, und er lenkte mich mit einer leichten Berührung am Ellbogen zwischen den Tischen und den wenigen noch verbliebenen Gästen hindurch.

»Bei wem nimmst du deine Stunden?«, fragte er, nachdem er mir die Autotür geöffnet und ich auf dem Beifahrersitz Platz genommen hatte.

»Ich gehe in das Studio an der High Street. Bis jetzt habe ich noch keinen Yogalehrer gefunden, der mir wirklich zusagt, aber es ist nah, darum nehme ich damit vorlieb.« In New Haven hatte es eine ganze Reihe guter Yogastudios gegeben, aber in Oxford war die Auswahl mager.

Der Vampir setzte sich hinter das Steuer, drehte den Zündschlüssel und wendete zügig in einer nahen Einfahrt, um dann in die Stadt zurückzufahren.

»Dort findest du bestimmt nicht den Lehrer, den du brauchst«, vertraute er mir an.

»Du machst auch Yoga?« Mich faszinierte die Vorstellung, wie er seinen kräftigen Körper in die verschiedenen Positionen zwang.

»Manchmal«, sagte er. »Wenn du morgen mit mir zum Yoga kommen möchtest, könnte ich dich um sechs vor dem Hertford College abholen. Heute Abend müsstest du dich noch mal in das Studio in der Stadt wagen, aber morgen Abend bekämst du eine richtig gute Stunde.«

»Wo ist dein Studio? Ich kann ja anrufen und fragen, ob sie auch heute offen haben.«

Clairmont schüttelte den Kopf. »Heute Abend haben sie nicht geöffnet. Nur Montag-, Mittwoch-, Freitag- und Sonntagabend.«

»Ach so«, sagte ich enttäuscht. »Und wie läuft die Stunde ab?«

»Du wirst schon sehen. Es ist schwer zu beschreiben.« Er gab sich Mühe, nicht zu lächeln.

Zu meiner Überraschung waren wir bereits bei meiner Unterkunft angekommen. Als wir vor der Pförtnerloge hielten, renkte sich Fred fast den Hals aus, um festzustellen, wer da mit laufendem Motor auf dem Platz vor dem Wohnheim stand, bemerkte die Krankenhaus-Plakette und kam herbeigeschlendert, um festzustellen, was los war.

Clairmont öffnete mir die Tür. Ich stieg aus, winkte Fred kurz zu und reichte Clairmont dann die Hand. »Das war ein nettes Frühstück. Danke für den Tee und für die Gesellschaft.«

»Jederzeit wieder«, sagte er. »Wir sehen uns in der Bibliothek.«

Clairmont fuhr los, und Fred stieß einen leisen Pfiff aus. »Netter Wagen, Dr. Bishop. Ein Freund von Ihnen?« Zu seinem Job gehörte es, so viel wie möglich von dem zu erfahren, was im College vor sich ging, teils aus Sicherheitsgründen, teils um die schamlose Neugier zu befriedigen, die offenbar zur Stellenbeschreibung jedes Pförtners gehörte.

»Sieht so aus«, antwortete ich nachdenklich.

In meinem Zimmer zog ich meinen Pass aus der Hülle und zupfte einen Zehndollarschein aus meinem Bargeldvorrat. Ich brauchte ein paar Minuten, bis ich einen Umschlag gefunden hatte. Nachdem ich den Schein ohne jede schriftliche Erklärung hineingesteckt hatte, adressierte ich den Umschlag an Chris, schrieb *air mail* in Großbuchstaben auf die Vorderseite und klebte die erforderlichen Briefmarken in die obere rechte Ecke.

Chris würde mich nie vergessen lassen, dass ich diese Wette verloren hatte. Niemals.

Kapitel 8

»Ganz im Ernst, der Wagen ist so ein Klischee.« Die Haare klebten mir an den Fingern und knisterten und sprangen, wenn ich sie mir aus dem Gesicht streichen wollte.

Clairmont lehnte an seinem Jaguar und wirkte völlig unzerknautscht und gelöst. Selbst seine Yogasachen, selbstverständlich in Grau und Schwarz, sahen aus wie frisch aus dem Laden, waren aber längst nicht so eng geschneidert wie die Anzüge, die er in der Bibliothek trug.

Ich nahm den schnittigen schwarzen Wagen und den schneidigen schwarzen Vampir in Augenschein und merkte, wie meine Laune schlagartig absackte. Der Tag hatte es nicht gut mit mir gemeint. In der Bibliothek war das Förderband ausgefallen, und es hatte eine Ewigkeit gedauert, bis ich meine Manuskripte bekommen hatte. Zu meinem Tagungsbeitrag wollte mir immer noch nichts einfallen, und allmählich geriet ich bei jedem Blick auf den Kalender in Panik, weil ich im Geist einen Raum voller Kollegen vor mir sah, die mich mit hochkomplexen Fragen piesackten. Bald hatten wir Oktober, und die Konferenz sollte im November stattfinden.

»Du glaubst, ein Kleinwagen wäre eine bessere Tarnung?« Er streckte die Hand nach meiner Yogamatte aus.

»Eigentlich nicht, nein.« Wie er so im herbstlichen Abendlicht dastand, schrie alles an ihm »Vampir«, trotzdem eilten die Studienanfänger und Professoren an ihm vorbei, ohne dass sich auch nur einer umgedreht hätte. Wenn sie nicht spürten, was er war – wenn sie nicht *sahen*, was er war, schließlich war er kaum zu übersehen –, dann war der Wagen nebensächlich. Ich merkte, wie sich stiller Groll in mir aufstaute.

»Habe ich irgendwas falsch gemacht?« Seine graugrünen Augen

sahen mich groß und arglos an. Er öffnete die Autotür und atmete tief ein, als ich mich an ihm vorbeischob.

Sofort ging mein Zorn mit mir durch. »Beschnüffelst du mich etwa?« Seit dem Vortag hatte ich den Verdacht, dass mein Körper ihm alle möglichen Informationen zukommen ließ, die ich lieber für mich behalten wollte.

»Führ mich nicht in Versuchung«, murmelte er und schloss die Tür von außen. Als mir klar wurde, was seine Worte zu bedeuten hatten, stellten sich meine Nackenhaare auf. Er öffnete den Kofferraum und legte meine Matte hinein.

Die Nachtluft strömte in den Wagen, als sich der Vampir auf dem Fahrersitz niederließ. Er verzog seine Stirn zu einem scheinbar mitfühlenden Runzeln. »Schlechten Tag gehabt?«

Ich durchbohrte ihn mit meinem Blick. Clairmont wusste haargenau, wie mein Tag verlaufen war. Auch heute hatte er mit Miriam im Duke-Humfrey-Lesesaal gesessen und alle anderen nichtmenschlichen Geschöpfe von mir ferngehalten. Als wir gingen, um uns fürs Yoga umzuziehen, war Miriam zurückgeblieben, um sicherzustellen, dass uns keine Dämonenprozession folgte – oder etwas noch Schlimmeres.

Ohne dass er noch einmal versucht hätte, ein Gespräch anzufangen, ließ Clairmont den Wagen an und fuhr die Woodstock Road hinunter. Weit und breit waren nur Wohnhäuser zu sehen.

»Wo fahren wir hin?«, fragte ich misstrauisch.

»Zum Yoga«, antwortete er gleichmütig. »So wie du gelaunt bist, würde ich meinen, du hast es nötig.«

»Und wo findet das Yoga statt?«, wollte ich wissen. Inzwischen waren wir auf dem Land und in Richtung Blenheim unterwegs.

»Hast du es dir anders überlegt?« Ich hörte einen Anflug von Gereiztheit in Matthews Stimme. »Soll ich dich lieber wieder in das Studio an der High Street bringen?«

Mich schauderte, als ich an die wenig inspirierende Yogastunde vom Vorabend dachte. »Auf keinen Fall.«

»Dann entspann dich. Ich werde dich schon nicht entführen. Manchmal ist es ganz angenehm, sich jemandem anzuvertrauen. Außerdem soll es eine Überraschung werden.«

»Pfff«, sagte ich. Er schaltete die Stereoanlage ein, und aus den Lautsprechern ergoss sich klassische Musik.

»Hör auf zu denken, und hör lieber zu«, befahl er. »Es ist unmöglich, bei Mozart angespannt zu bleiben.«

Ich erkannte mich selbst kaum wieder, doch ich ließ mich seufzend in den Sitz sinken und schloss die Augen. Die Bewegungen des Jaguars waren so weich und die Geräusche von draußen so gedämpft, dass ich mich fühlte, als würde ich von unsichtbaren musikalischen Händen angehoben und durch die Luft getragen.

Der Wagen wurde langsamer, und wir hielten vor einem hohen Eisentor, das nicht einmal ich hätte übersteigen können, obwohl ich wirklich geübt war. Zu beiden Seiten erstreckte sich eine Mauer aus roten Backsteinen, die unregelmäßig geformt und in kompliziert verwobenen Mustern angeordnet waren. Ich setzte mich auf.

»Von hier aus ist es nicht zu sehen«, sagte Clairmont lachend. Er fuhr das Fenster nach unten und tippte eine Zahlenfolge in ein blank poliertes Tastenfeld ein. Ein Laut ertönte, und die Torflügel schwangen auf.

Splitt knirschte unter den Reifen, als wir kurz darauf durch ein zweites Tor rollten, das noch älter war als das erste. Hier waren keine schmiedeeisernen Schnörkel eingearbeitet, dafür verband ein Torbogen Backsteinmauern, niedrige diesmal. Oben auf dem Torbogen thronte wie eine Laterne ein kleiner Aufsatz mit Fenstern nach allen vier Seiten. Links vom Tor stand ein prachtvolles Backsteintorhaus mit verschnörkelten Schornsteinen und Bleiglasfenstern. Auf einer kleinen Messigplakette mit verwittertem Rand die Aufschrift: the old lodge.

»Wie schön«, hauchte ich.

»Dachte ich mir doch, dass dir das gefällt.« Der Vampir sah ausgesprochen zufrieden aus.

In der langsam dichter werdenden Dunkelheit fuhren wir in einen Park ein. Das Brummen des Motors zersprengte ein kleines Rudel von Hirschen, die sich in den schützenden Schatten verzogen, sobald die

Scheinwerfer des Jaguars über sie hinwegstrichen. Wir fuhren über eine geschwungene Auffahrt einen kleinen Hügel hinauf. Als wir oben angekommen waren und die Scheinwerfer in die schwarze Nacht hinausleuchteten, wurden wir langsamer.

»Dort«, sagte Clairmont und deutete mit der linken Hand auf ein zweistöckiges Herrenhaus aus der Tudorzeit. Die Backsteine glühten im Strahl mächtiger Scheinwerfer, die durch das Geäst knorriger alter Eichen hindurch die Fassade des Gebäudes erhellten.

Ich war so perplex, dass ich fluchen musste. Clairmont sah mich verdattert an und begann dann leise zu lachen.

Er lenkte den Wagen auf die kreisrunde Auffahrt und stellte ihn hinter einem nagelneuen Audi-Sportwagen ab. Dort parkten bereits ein Dutzend Wagen, und immer noch schwenkten Scheinwerfer über den Hügel.

»Und du bist sicher, dass ich hierherpasse?« Ich machte seit über zehn Jahren Yoga, aber das hieß nicht, dass ich besonders gut war. Ich war gar nicht auf den Gedanken gekommen, ihn zu fragen, ob das vielleicht eine jener Yogagruppen war, in denen die Teilnehmer auf einem Unterarm balancierten und ihre Füße rückwärts über den Kopf nach vorn streckten.

»Es ist eine gemischte Gruppe«, versicherte er mir.

»Okay.« Trotz seiner lockeren Antwort verstärkte sich meine Angst.

Clairmont holte unsere Yogamatten aus dem Kofferraum. Absichtlich langsam, gerade gingen die letzten Ankömmlinge auf die breite Eingangstür zu, kam er an meine Tür und streckte die Hand aus. *Das ist neu*, fiel mir auf, bevor ich meine Hand in seine legte. Da war immer noch ein leichtes Unwohlsein, wenn wir uns berührten. Er war so schrecklich kalt, und der Kontrast zwischen unseren Körpertemperaturen ließ mich jedes Mal zurückzucken.

Der Vampir hielt locker meine Hand und zog dann ganz behutsam an, um mir beim Aussteigen zu helfen. Ehe er mich losließ, drückte er sanft aufmunternd meine Finger. Überrascht sah ich ihn an und merkte, dass er ebenso überrascht aussah. Sofort wandten wir beide verwirrt den Blick ab.

Das Gutshaus war erstaunlich gut erhalten. Die Besitzer hatten verhindert, dass spätere Architekten symmetrische georgianische Fenster einsetzten oder protzige viktorianische Wintergärten anfügten. Es war, als hätten wir eine Zeitreise unternommen.

»Unglaublich«, murmelte ich.

Clairmont grinste und schob mich durch eine hohe Holztür, die von einem eisernen Türstopper aufgehalten wurde. Mir stockte der Atem. Von außen war der Bau bemerkenswert, innen war er atemberaubend. In alle Richtungen erstreckten sich matt polierte, warm schimmernde Vertäfelungen, die wie Faltenvorhänge geschnitzt waren. Jemand hatte in dem riesigen Kamin Feuer gemacht. Der lange Tisch und die Bänke fügten sich perfekt in den Stil des Hauses, und allein die elektrische Beleuchtung verriet, dass wir im einundzwanzigsten Jahrhundert geblieben waren.

Vor den Bänken aufgereiht standen Schuhe, und auf den Sitzflächen aus dunkler Eiche türmten sich Berge von Mänteln und Jacken. Clairmont legte seine Schlüssel auf dem Tisch ab und zog die Schuhe aus. Ich streifte meine ebenfalls von den Füßen und folgte ihm.

»Du weißt doch noch, dass ich gesagt habe, es sei eine gemischte Gruppe?«, fragte der Vampir, als wir vor einer Tür standen, die in die Vertäfelung eingelassen war. Ich sah auf und nickte. »Das stimmt auch. Trotzdem gibt es nur einen Weg, in diesen Raum zu kommen – du musst einer von uns sein.«

Noch ehe ich antworten konnte, zog er die Tür auf. Dutzende neugieriger Blicke richteten sich drückend, kribbelnd und eisig auf mich. Der Raum war voller Dämonen, Hexen, Vampire. Sie saßen auf grellbunten Matten – teils im Schneidersitz, teils kniend – und warteten darauf, dass die Stunde anfing. Ein paar Dämonen trugen Kopfhörer. Die Hexen unterhielten sich leise. Die Vampire saßen reglos und mit ausdrucksloser Miene da.

Mir klappte der Kiefer nach unten.

»Entschuldige«, sagte Clairmont. »Ich hatte Angst, dass du nicht mitkommen würdest, wenn ich es dir verraten hätte – und es ist wirklich der beste Yogakurs in ganz Oxford.«

Eine große Hexe mit kurzem, lackschwarzem Haar und milchkaffeebrauner Haut kam auf uns zu, und alle anderen wandten sich wieder ab, um sich erneut in ihre Meditation zu versenken. Clairmont, der sich bei unserem Eintritt kurz angespannt hatte, entspannte sich spürbar, als die Hexe vor uns stehen blieb.

»Matthew.« Ihre rauchige Stimme war von einem indischen Akzent unterlegt. »Willkommen.«

»Amira.« Er nickte zur Begrüßung. »Das ist die Frau, von der ich dir erzählt habe, Diana Bishop.«

Die Hexe betrachtete mich eingehend und schien dabei jedes Detail meines Gesichtes zu studieren. Sie lächelte. »Diana. Schön, dass du gekommen bist. Hast du schon einmal Yoga gemacht?«

»Ja.« Frisch erwachte Angst brachte mein Herz zum Pochen. »Aber hier war ich noch nie.«

»Willkommen in der Old Lodge«, sagte sie mit einem herzlichen, breiten Lächeln.

Ich fragte mich, ob irgendwer hier von *Ashmole 782* wusste, aber ich konnte kein vertrautes Gesicht entdecken, und die Atmosphäre wirkte offen und freundlich, ohne dass ich etwas von den Spannungen gespürt hätte, die sich gewöhnlich zwischen den unterschiedlichen Geschöpfen aufstauten. Trotzdem war mir beinahe übel vor Aufregung.

Eine warme, feste Hand umschloss mein Handgelenk, und augenblicklich schlug mein Herz langsamer und mir wurde wohler. Ich sah Amira erstaunt an. Wie hatte sie das angestellt?

Sie ließ mein Handgelenk los, doch mein Puls blieb ruhig. »Ich hoffe, dass ihr beide euch wohlfühlen werdet«, sagte sie zu Clairmont. »Macht es euch bequem, dann fangen wir an.«

Wir rollten unsere Matten hinten im Raum aus, dicht bei der Tür. Rechts von mir war ein Platz frei, aber daneben saßen zwei Dämonen mit geschlossenen Augen in der Lotusposition. Meine Schulter kribbelte. Ich schreckte auf und fragte mich, wer mich wohl beobachtete. Sofort verschwand das Gefühl wieder.

Entschuldige, hörte ich eine schuldbewusste Stimme deutlich in meinem Kopf.

Die Stimme kam vom vorderen Ende des Raumes, aus derselben Richtung wie das Kribbeln. Amira sah jemanden in der ersten Reihe streng an, dann rief sie den Kurs zur Ordnung.

Aus reiner Gewohnheit nahm ich den Schneidersitz ein, sobald sie zu sprechen begann, und nach ein paar Sekunden folgte Clairmont meinem Beispiel.

»Bitte schließt jetzt die Augen.« Amira drückte auf eine winzige Fernbedienung, und aus Wänden und Decken strömten die leisen Klänge eines meditativen Gesanges. Es schien etwas Mittelalterliches zu sein, und einer der Vampire seufzte glücklich auf.

Mein Blick wanderte über den kunstvollen Stuck an der Decke des Raumes, der einst als Versammlungshalle gedient haben musste.

»Schließt die Augen«, wiederholte Amira freundlich. »Manchmal ist es nicht einfach, unsere Sorgen, unsere Gedanken, unser Ego loszulassen. Genau darum aber sind wir heute Abend hier.«

Die Worte klangen vertraut – Variationen zu diesem Thema hatte ich schon in anderen Yogakursen gehört –, aber in diesem Raum gewannen sie eine neue Bedeutung.

»Wir sind heute Abend hier, um zu lernen, wie wir mit unserer Energie haushalten können. Die meiste Zeit kämpfen wir angestrengt darum, jemand zu sein, der wir nicht sind. Lasst diese Wünsche los. Lernt zu schätzen, wer ihr seid.«

Amira führte uns durch ein paar sanfte Dehnübungen und ließ uns hinknien, damit sich unsere Wirbelsäule erwärmte, bevor wir uns erhoben und in den Herabschauenden Hund vorbeugten. Wir hielten die Position ein paar Atemzüge lang, dann trippelten die Hände zu den Füßen zurück, und wir richteten uns wieder auf.

»Verwurzelt eure Füße in der Erde«, wies sie uns an, »und geht in die Bergposition.«

Ich konzentrierte mich auf meine Füße und spürte einen unerwarteten Energiestoß aus dem Boden. Sofort riss ich meine Augen wieder auf.

Wir folgten Amira durch die *Vinyasas*. Wir schwangen die Arme zur Decke hoch, bevor wir unsere Hände neben den Füßen absetzten.

Wir streckten uns in die Waagerechte, ließen ein Bein zwischen den Händen und schoben es dann nach hinten, als wollten wir Liegestütze machen. Dutzende von Dämonen, Vampiren und Hexen reckten und beugten ihre Körper in eleganten, auf- und abwärtsgerichteten Bewegungen. Wir richteten uns wieder auf und hoben die Arme erneut über unsere Köpfe, bevor wir schließlich sanft die Handflächen aufeinanderlegten. Dann ließ uns Amira den Zyklus in unserem eigenen Tempo absolvieren. Sie drückte einen Knopf auf ihrer Fernbedienung, und eine langsame, melodische Version von Elton Johns *Rocket Man*, seltsamerweise passte der Song perfekt, erfüllte den Raum.

Ich wiederholte die vertrauten Bewegungsabläufe im Rhythmus der Musik, atmete in meine verspannten Muskeln und ließ vom Fluss der Bewegungen alle Gedanken aus meinem Kopf schwemmen. Nachdem wir den Ablauf zum dritten Mal in Angriff genommen hatten, verstärkte sich die Energie im Raum.

Drei Hexen schwebten einen halben Meter über den Holzdielen.

»Bleibt geerdet«, sagte Amira sachlich.

Zwei senkten sich lautlos nieder. Der dritte, ein Hexer, musste eine Art Kopfsprung ausführen, um wieder auf den Boden zu gelangen, und er kam mit den Händen vor den Füßen auf.

Sowohl die Dämonen als auch die Vampire hatten Probleme mit dem Tempo. Ein paar Dämonen bewegten sich so langsam, dass ich mich schon fragte, ob sie festhingen. Die Vampire hatten das gegenteilige Problem, ihre kraftvollen Muskeln zogen sich ruckartig zusammen und lösten sich genauso abrupt wieder.

»Ganz sanft«, murmelte Amira. »Nichts überstürzen, nichts erzwingen.«

Allmählich kam die Energie im Raum wieder zur Ruhe. Amira führte uns durch eine Reihe von aufrechten Positionen. Hier waren die Vampire eindeutig im Vorteil, da sie jede Stellung mühelos minutenlang halten konnten. Bald war es mir egal, wer mit mir im Raum war oder ob ich vielleicht nicht gut genug war für diesen Kurs. Es gab nur noch den Augenblick und die Bewegung.

Als wir uns schließlich zu den Rückenübungen und Umkehrungen auf den Boden legten, waren alle im Raum durchgeschwitzt – alle außer den Vampiren, die nicht einmal außer Atem geraten waren. Einige Teilnehmer begaben sich in todesmutige Balancepositionen oder Handstände, aber ich gehörte nicht dazu. Clairmont allerdings schon. Einmal sah ich aus dem Augenwinkel, wie er nur mit dem Ohr den Boden zu berühren schien, während der ganze Körper in perfektem Einklang darüber thronte.

Am schwersten fiel mir regelmäßig die letzte Übung – die Totenstellung oder *Savasana*. Flach auf dem Rücken zu liegen, ohne mich zu bewegen, war mir fast unmöglich. Dass jeder andere die Stellung so entspannend fand, verstärkte meine Ängste nur. Ich blieb so still wie möglich liegen, hatte die Augen geschlossen und gab mir Mühe, nicht zu zucken. Leise Schritte näherten sich und blieben zwischen mir und dem Vampir stehen.

»Diana«, flüsterte Amira. »Diese Position ist nichts für dich. Leg dich auf die Seite.«

Meine Lider flogen auf. Zutiefst beschämt, dass sie mein Geheimnis aufgedeckt hatte, blickte ich in die großen schwarzen Augen der Hexe.

»Roll dich ein.« Verblüfft befolgte ich ihre Anweisung. Augenblicklich entspannte sich mein Körper. Sie tätschelte mir leicht die Schulter. »Und lass die Augen ruhig offen.«

Ich lag mit dem Gesicht zu Clairmont. Amira drehte das Licht herunter, doch seine weiß schimmernde Haut leuchtete so, dass ich sein Gesicht gut erkennen konnte.

Im Profil sah er aus wie einer der steinernen mittelalterlichen Ritter auf den Grabstätten in der Westminster Abbey: lange Beine, langer Rumpf, lange Arme und ein erstaunlich kräftiges Gesicht. Er strahlte etwas Altertümliches aus, dabei schien er nur ein paar Jahre älter zu sein als ich. Insgeheim fuhr ich mit einem imaginären Finger seine Stirn nach, vom ungleichmäßigen Haaransatz an den Schläfen aus nach oben über den leicht hervorstehenden Augenbrauenbogen mit den dichten, schwarzen Brauen. Anschließend strich mein imaginärer Finger über seine Nasenspitze und die geschwungenen Lippen.

Ich zählte seine Atemzüge ab. Bei zweihundert hob sich sein Brustkorb. Danach senkte er sich lange, lange nicht mehr.

Schließlich erklärte uns Amira, dass es Zeit sei, wieder in die Welt draußen zurückzukehren. Matthew schlug die Augen auf. Seine Miene war sehr weich. Um uns herum geriet alles in Bewegung, aber in diesem Moment galten für mich keine sozialen Normen. Ich blieb, wo ich war, und sah dem Vampir in die Augen. Matthew wartete reglos ab und beobachtete, wie ich ihn beobachtete. Als ich mich aufsetzte, floss das Blut so abrupt in meinem Körper zurück, dass sich alles um mich herum zu drehen begann.

Endlich kam der Raum wieder zur Ruhe. Amira schloss die Übung mit einem Meditationsgesang und läutete mit ein paar winzigen Silberglöckchen, die an ihren Fingern hingen. Die Stunde war zu Ende.

Leises Gemurmel erfüllte den Raum, als Vampire Vampire und Hexen Hexen begrüßten. Die Dämonen waren umtriebiger, vereinbarten mitternächtliche Treffen in den diversen Clubs rund um Oxford oder erkundigten sich, wo der beste Jazz gespielt wurde. Sie folgten dem Strom der Energie, erkannte ich lächelnd und musste daran denken, wie Agatha beschrieben hatte, was eine Dämonenseele bewegte. Zwei Investmentbanker aus London – beide Vampire – unterhielten sich über eine ungelöste Mordserie in der Stadt. Ich musste an die Toten in Westminster denken und merkte, wie ich nervös wurde. Als Matthew ihnen einen finsteren Blick zuwarf, begannen sie stattdessen auszumachen, wo sie sich morgen zum Mittagessen treffen würden.

Jeder, der ging, musste an uns vorbei. Die Hexen nickten uns neugierig zu. Selbst die Dämonen sahen uns kurz in die Augen, grinsten und tauschten vielsagende Blicke. Die Vampire ignorierten mich betont, doch jeder Einzelne von ihnen grüßte Clairmont.

Schließlich waren nur noch Amira, Matthew und ich im Raum. Sie rollte ihre Matte zusammen und kam barfuß auf uns zu. »Du machst dich gut, Diana«, sagte sie.

»Danke, Amira. Diese Stunde werde ich bestimmt nie vergessen.«

»Du kannst jederzeit wiederkommen. Mit oder ohne Matthew.« Sie tippte ihm leicht auf die Schulter. »Du hättest sie warnen sollen.«

»Ich hatte Angst, dass Diana dann nicht kommen würde. Und ich war überzeugt, dass es ihr gefallen würde, wenn sie es ausprobiert.« Er sah mich unsicher an.

»Macht die Lichter aus, wenn ihr geht, in Ordnung?«, rief uns Amira über die Schulter zu und verschwand.

Mein Blick wanderte durch dieses makellose Juwel eines Rittersaales. »Jedenfalls war es eine Überraschung«, sagte ich trocken, weil ich ihn noch nicht vom Haken lassen wollte.

Im nächsten Moment stand er lautlos hinter mir. »Hoffentlich eine angenehme. Hat dir die Stunde gefallen?«

Ich nickte bedächtig und drehte mich um, um ihm zu antworten. Er war beunruhigend nahe, und er war so viel größer als ich, dass ich den Kopf in den Nacken legen musste, wenn ich ihm nicht auf die Brust starren wollte. »Und wie.«

Auf Matthews Gesicht leuchtete jenes Lächeln auf, das mein Herz jedes Mal ins Stolpern brachte. »Da bin ich aber froh.« Nur mit Mühe konnte ich mich dem Sog seiner Augen entziehen. Um den Bann zu brechen, bückte ich mich und begann, meine Matte einzurollen. Matthew schaltete das Licht aus und klemmte seine Matte unter den Arm. Im Vorraum, wo das Feuer zu einem Gluthaufen niedergebrannt war, schlüpften wir in unsere Schuhe.

Er nahm seine Schlüssel. »Kann ich dich zu einer Tasse Tee überreden, bevor wir nach Oxford zurückfahren?«

»Wo?«

»Wir gehen ins Torhaus«, erklärte Matthew beiläufig.

»Es gibt dort ein Café?«

»Nein, aber eine Küche. Einen Tisch zum Hinsetzen auch. Und Tee kann ich immerhin kochen«, neckte er mich.

»Matthew«, sagte ich schockiert, »ist das etwa dein Haus?«

Inzwischen standen wir in der Tür und überblickten den Innenhof. Mein Blick fiel auf den Scheitelstein über dem Tor: 1536.

»Ich habe es gebaut«, erklärte er und beobachtete mich genau dabei.

Matthew Clairmont war mindestens fünfhundert Jahre alt.

»Ein Beutegut der Reformation«, fuhr er fort. »Heinrich überließ mir das Land unter der Bedingung, dass ich die Abtei schleife, die hier stand, und stattdessen etwas Neues baue. Ich rettete, so viel ich konnte, aber allzu viel durfte ich mir nicht erlauben. Der König war in jenem Jahr grauenhaft schlecht gelaunt. Hier und da finden sich noch ein paar Engel und etwas Mauerwerk, das ich beim besten Willen nicht zerstören konnte. Abgesehen davon ist es ein kompletter Neubau.«

»Ich habe noch nie gehört, dass jemand ein Haus, das Anfang des sechzehnten Jahrhunderts errichtet wurde, als ›Neubau‹ bezeichnet.« Ich versuchte das Haus nicht nur durch Matthews Augen zu sehen, sondern auch als einen Teil von ihm. Dies war das Haus, in dem er vor fast fünfhundert Jahren hatte leben wollen. Es strahlte Ruhe aus, genau wie er. Mehr noch, es war bodenständig und solide. Nirgendwo gab es irgendwelche Schnörkel – keine Verzierungen, keinerlei Ablenkung.

»Es ist wunderschön«, sagte ich nur.

»Inzwischen ist es zu groß, um noch darin zu leben«, erwiderte er, »und außerdem zu baufällig. Jedes Mal, wenn ich ein Fenster öffne, fällt mir irgendetwas entgegen, auch wenn ich mir wirklich Mühe gebe, die Substanz zu erhalten. Ich lasse Amira in einigen der Räume wohnen, außerdem darf sie das Haus ein paarmal pro Woche ihren Schülern öffnen.«

»Du wohnst im Torhaus?«, fragte ich, während wir über den mit Kopf- und Backsteinen gepflasterten Hof zu seinem Auto gingen.

»Teilweise. Unter der Woche wohne ich in Oxford, aber am Wochenende bin ich hier. Hier ist es stiller.«

Ich konnte mir vorstellen, dass es für einen Vampir ziemlich anstrengend sein musste, unter lauter jungen Studenten zu wohnen, deren Gespräche er wohl oder übel mithören musste.

Wir stiegen wieder in den Wagen und fuhren die kurze Strecke zum Torhaus. Früher hatte es als Gesicht des ganzen Anwesens gedient und war darum mit etwas mehr Stuck und Ornamenten versehen als das Haupthaus. Ich studierte die gedrehten Kamine und die kunstvollen Muster im Mauerwerk.

Matthew stöhnte. »Ich weiß. Die Kamine waren ein Fehler. Der Steinmetz wollte sich um jeden Preis selbst verwirklichen. Sein Cousin arbeitete für Wolsley in Hampton Court, und der Mann war einfach nicht davon abzubringen.«

Er drückte den Lichtschalter neben der Tür, und der Hauptraum des Torhauses wurde in goldenes Licht getaucht. Der Boden war mit praktischen Steinplatten gefliest, außerdem gab es einen riesigen gemauerten Kamin, in dem man einen Ochsen hätte braten können.

»Ist dir kalt?« Matthew war schon unterwegs ans andere Ende des Raumes, wo eine elegante, moderne Küche eingebaut worden war. Sie wurde eher vom Kühlschrank als vom Herd beherrscht. Ich malte mir lieber nicht aus, was er darin aufbewahren mochte.

»Ein bisschen.« Ich kuschelte mich in meinen Pullover. Es war für die Jahreszeit immer noch relativ warm in Oxford, aber auf meinem trocknenden Schweiß fühlte sich die Nachtluft kalt an.

»Dann mach das Feuer an«, schlug Matthew vor. Es war schon vorbereitet, und ich entzündete es mit einem langen Streichholz, das ich aus einem antiken Zinnhumpen zog.

Während Matthew Wasser aufsetzte, ging ich umher und nahm die Atmosphäre des Raumes in mich auf. Hauptsächlich braunes Leder und dunkles, poliertes Holz, das sich gut auf dem alten Steinboden machte. Ein alter Teppich in warmem Rot, Blau und Ocker setzte ein paar farbige Akzente. Über dem Kaminsims übergroß das Bildnis einer dunkelhaarigen Schönheit aus dem siebzehnten Jahrhundert, die in einem gelben Gewand porträtiert worden war. Es war mit Sicherheit von Sir Peter Lely gemalt.

Matthew bemerkte mein Interesse. »Meine Schwester Louisa«, sagte er und kam mit einem reich bestückten Teetablett hinter der Küchentheke hervor. Er sah zur Leinwand auf, und ein Anflug von Trauer zog über sein Gesicht. »*Dieu*, sie war so schön.«

»Was wurde aus ihr?«

»Sie ging nach Barbados, weil sie zur Königin der Westindischen Inseln aufsteigen wollte. Wir warnten sie, dass ihre Vorliebe für junge Männer auf einer so kleinen Insel nicht lange unbemerkt bleiben würde, aber sie wollte nicht hören. Louisa liebte das Leben auf den Plantagen. Sie investierte in Zucker – und Sklaven.« Ein Schatten huschte über sein Gesicht. »Bei einem der zahlreichen Aufstände auf der Insel beschlossen die anderen Plantagenbesitzer, sie loszuwerden, auch weil sie ahnten, was sie war. Sie schnitten Louisa den Kopf ab und zerhackten ihren Körper in kleine Stücke. Dann verbrannten sie die Überreste und schoben alles auf die Sklaven.«

»Das tut mir schrecklich leid«, sagte ich und wusste gleichzeitig, dass Worte einem solchen Verlust nicht gerecht werden konnten.

Er setzte ein kleines Lächeln auf. »Der Tod war ehrlich gesagt nicht grausamer als die Frau, die ihn erlitt. Ich habe meine Schwester geliebt, aber sie hat es mir nicht einfach gemacht. Sie kostete jedes Laster jeder Altersstufe aus, die sie durchlebte. Wenn es irgendwo zu Ausschweifungen kam, war Louisa dort zu finden.« Matthew schloss kurz die Augen, als wollte er das kalte, bezaubernde Gesicht seiner Schwester loswerden. »Schenkst du uns ein?«, fragte er. Er hatte das Tablett auf einem niedrigen polierten Eichentisch abgestellt, der zwischen zwei dick gepolsterten Ledersofas vor dem Kamin stand.

Nur allzu gern kam ich seiner Bitte nach, war ich doch froh, ihn abzulenken, obwohl ich mit meinen Fragen mehr als nur einen Abend hätte füllen können. Unter Louisas großen schwarzen Augen bemühte ich mich, nichts auf der glänzenden Tischplatte zu verschütten – nur für den Fall, dass der Tisch früher ihr gehört hatte. Matthew hatte auch an den großen Krug Milch und den Zucker gedacht, und so präparierte ich meinen Tee, bis er genau die richtige Farbe hatte, bevor ich mich seufzend in die Polster sinken ließ.

Matthew hielt seine Tasse höflich zwischen den Fingern, ohne sie auch nur einmal an die Lippen zu setzen.

»Meinetwegen brauchst du das nicht zu tun, weißt du?«, sagte ich und sah dabei auf seine Tasse.

»Ich weiß.« Er zuckte mit den Achseln. »Es ist eine alte Gewohnheit, und ich finde das Ritual beruhigend.«

»Wann hast du angefangen, Yoga zu machen?«, wechselte ich das Thema.

»Damals, als Louisa nach Barbados zog, ging ich nach Indien und fand mich während des Monsuns in Goa wieder. Dort gab es eigentlich kaum etwas zu tun, außer sich zu betrinken und mehr über das Land zu erfahren. Die Yogis waren damals anders, viel spiritueller als die meisten Lehrer heute. Amira habe ich vor ein paar Jahren kennengelernt, als ich auf einer Konferenz in Mumbai eine Rede hielt. Mir war sofort klar, dass in ihr die Weisheit der alten Yogis weiterlebte, außerdem teilte sie nicht die Bedenken vieler Hexen, mit Vampiren zu fraternisieren.« In seiner Stimme lag ein Anflug von Verbitterung.

»Du hast sie eingeladen, nach England zu kommen?«

»Ich erklärte ihr, welche Möglichkeiten sie hier hätte, und sie war einverstanden, es zu versuchen. Inzwischen ist sie seit fast zehn Jahren hier, und der Kurs ist jede Woche voll. Natürlich gibt Amira auch Privatstunden, hauptsächlich für Menschen.«

»Ich habe noch nicht erlebt, dass Hexen, Vampire und Dämonen etwas gemeinsam machen – und schon gar kein Yoga«, gestand ich. »Wenn du mir erzählt hättest, dass so etwas möglich sei, hätte ich dir nicht geglaubt.«

»Amira ist Optimistin, und sie liebt Herausforderungen. Anfangs war es nicht einfach. In den ersten Jahren wollten die Vampire auf keinen Fall in einem Raum mit den Dämonen bleiben, und natürlich traute niemand den Hexen über den Weg, als die auch noch auftauchten.« Seine Stimme verriet seine eigenen tief verwurzelten Vorurteile. »Inzwischen haben die meisten hier eingesehen, dass unsere Gemeinsamkeiten größer sind als die Unterschiede, und wir begegnen einander mit höflichem Respekt.«

»Wir sehen vielleicht ähnlich aus«, sagte ich, nahm einen Schluck Tee und zog die Knie an die Brust, »aber wir empfinden ganz bestimmt nicht ähnlich.«

»Wie meinst du das?« Matthew sah mich aufmerksam an.

»Wie wir spüren, dass jemand einer von uns ist – ein nichtmenschliches Geschöpf«, erwiderte ich verwirrt. »Der leise Druck, das Kribbeln, die Kälte.«

Matthew schüttelte den Kopf. »Nein, das spüre ich nicht. Ich bin keine Hexe.«

»Du spürst nichts, wenn ich dich ansehe?«, fragte ich.

»Nein. Spürst du etwas?« Sein argloser Blick löste die vertraute Reaktion auf meiner Haut aus.

Ich nickte.

»Erzähl mir, wie es sich anfühlt.« Er beugte sich vor. Oberflächlich wirkte alles ganz normal, trotzdem hatte ich das Gefühl, dass da eine Falle lauerte.

»Es fühlt sich ... kalt an«, antwortete ich langsam und ohne recht zu wissen, wie viel ich verraten sollte. »Als würde etwas unter meiner Haut vereisen.«

»Das hört sich unangenehm an.« Leichte Falten durchzogen seine Stirn.

»Ist es aber nicht«, erwiderte ich wahrheitsgemäß. »Nur ein bisschen eigenartig. Bei den Dämonen ist es schlimmer – wenn die mich ansehen, fühlt es sich an, als würde ich geküsst.« Ich verzog das Gesicht.

Lachend stellte Matthew seine Tasse auf dem Tisch ab. Er stützte die Ellbogen auf die Knie und beugte sich vor. »Du setzt deine Hexenkräfte also sehr wohl ein.«

Die Falle war zugeschnappt.

Wütend sah ich zu Boden, bestimmt war ich knallrot geworden. »Ich wünschte, ich hätte *Ashmole 782* nie aufgeschlagen und nie dieses verfluchte Journal vom Regal geholt! Damit habe ich in diesem Jahr fünfmal meine magischen Kräfte eingesetzt, und dabei zählt die Waschmaschine eigentlich gar nicht, weil das Wasser sonst alles überschwemmt und die Wohnung unter meiner verwüstet hätte.«

Er hob kapitulierend die Hände. »Diana, es ist mir egal, ob du deine Magie einsetzt oder nicht. Aber es überrascht mich, wie oft du es tust.«

»Ich setze keine Magie oder Hexenkräfte ein oder wie du es auch nennen willst. Das bin nicht ich.« Mein Gesicht glühte.

»Das bist du sehr wohl. Es liegt dir im Blut. Es steckt dir in den Knochen. Du wurdest als Hexe geboren, so wie du mit blonden Haaren und blauen Augen geboren wurdest.«

Noch nie hatte ich jemandem begreiflich machen können, warum ich einen so großen Bogen um die Magie machte. Sarah und Em hatten das nicht verstanden. Matthew würde es auch nicht verstehen. Mein Tee wurde langsam kalt, und mein Körper blieb zu einem festen Ball zusammengerollt, als könnte ich dadurch seinen kritischen Blick abwehren.

»Ich will das aber nicht«, presste ich schließlich hervor. »Und ich habe nie darum gebeten.«

»Was stört dich daran? Du warst heute Abend sehr froh über Amiras empathische Fähigkeiten. Das ist ein entscheidender Teil ihrer Magie. Eine talentierte Hexe zu sein ist auch nicht schlimmer als ein talentierter Musiker zu sein oder Gedichte verfassen zu können – nur anders.«

»Ich will aber nicht anders sein«, wehrte ich mich. »Ich will ein einfaches, gewöhnliches Leben, so wie es die Menschen führen. *Eines, in dem Tod und Gefahr keine Rolle spielen und in dem ich keine Angst zu haben brauche, entdeckt zu werden*, dachte ich, den Mund fest vor den Worten verschlossen. »Du musst dir doch auch wünschen, normal zu sein.«

»Als Wissenschaftler kann ich dir versichern, Diana, dass es so etwas wie Normalität nicht gibt.« Auf einmal klang er gar nicht mehr vorsichtig und sanft. »Normalität ist eine Fiktion – ein Märchen –, das sich die Menschen gegenseitig erzählen, um sich besser zu fühlen, wenn sie sich den unbestreitbaren Beweisen gegenübersehen, dass das meiste, was passiert, ganz und gar nicht ›normal‹ ist.«

Nichts, was er sagte, konnte meine Überzeugung erschüttern, dass es gefährlich war, als nichtmenschliches Geschöpf in einer von Menschen dominierten Welt zu leben.

»Diana, sieh mich an.«

Wider besseres Wissen tat ich es.

»Du versuchst die Magie zu verdrängen, so wie es deiner Überzeugung nach die Wissenschaftler vor Hunderten von Jahren taten. Das Problem ist«, fuhr er bedächtiger fort, »dass es nicht funktioniert hat. Nicht einmal die Menschen unter ihnen konnten die Magie ganz und gar aus ihrer Welt verbannen. Du hast das selbst gesagt. Sie kehrt immer wieder zurück.«

»Hier liegt die Sache anders«, flüsterte ich. »Hier geht es um mein Leben. Und über mein Leben kann ich bestimmen.«

»Die Sache liegt überhaupt nicht anders.« Er sagte das ruhig und überzeugt. »Du kannst versuchen, die Magie von dir fernzuhalten, aber das wird nicht funktionieren, genauso wenig, wie es bei Robert Hooke oder Isaac Newton funktioniert hat. Beide wussten genau, dass es eine Welt ohne Magie nicht geben kann. Hooke war ein brillanter Kopf, er war in der Lage, wissenschaftliche Probleme in drei Dimensionen zu durchdenken, er konstruierte Instrumente und Experimente. Aber er blieb immer unter seinen Möglichkeiten, weil er die Mysterien der Natur fürchtete. Newton? Nie wieder habe ich jemanden mit einem so furchtlosen Intellekt getroffen. Newton fürchtete sich nicht vor dem, was unsichtbar oder nicht zu erklären war – er war für alles offen. Als Historikerin weißt du, dass ihn letztlich die Alchemie und sein Glaube an unsichtbare, mächtige Kräfte des Wachstums und Wandels zur Theorie der Schwerkraft geführt haben.«

»Dann bin ich in dieser Geschichte Robert Hooke«, sagte ich. »Ich will keine Legende wie Newton sein.« *Oder wie meine Mutter.*

»Vor lauter Angst wurde Hooke schließlich bitter und neidisch«, warnte mich Matthew. »Er fürchtete sich sein Leben lang und entwarf immer nur Experimente für andere. So will niemand leben.«

»Magie hat in meiner Arbeit nichts zu suchen«, widersprach ich störrisch.

»Du bist kein Hooke, Diana.« Matthews Stimme war rau geworden. »Er war nur ein Mensch, und er ruinierte sein Leben, weil er versuchte, dem Lockruf der Magie zu widerstehen. Du bist eine Hexe. Wenn du dasselbe versucht, wird dich das zerstören.«

Kalte Angst bohrte sich in meine Gedanken und ließ mich auf Abstand zu Matthew Clairmont gehen. Er war betörend, und er stellte es so dar, als könnte ein magisches Wesen ohne Sorgen oder Nachteile ein magisches Wesen sein. Zu dumm, dass er ein Vampir war und man ihm nicht trauen konnte. Außerdem irrte er sich, was die Magie anging. Er musste sich irren. Andernfalls hätte ich mein Leben lang einen fruchtlosen Kampf gegen einen imaginären Feind geführt.

Dass ich mich fürchtete, hatte ich mir letztendlich selbst zuzuschreiben. Ich hatte die Magie in mein Leben gelassen – gegen meine Prinzipien –, und mit ihr hatte sich ein Vampir eingeschlichen. Dutzende von Kreaturen waren gefolgt. Ich musste daran denken, dass ich ohne Magie meine Eltern nicht verloren hätte, und merkte, wie sich in meinen flachen Atemzügen und dem nervösen Prickeln auf der Haut eine Panikattacke ankündigte.

»Ich lebe ohne Magie, weil ich nur so überleben kann, Matthew.« Ich atmete tief und langsam aus und ein, damit sich die Angst nicht festsetzen konnte, aber das war nicht so einfach, solange die Geister meiner Mutter und meines Vaters im Raum schwebten.

»Du lebst eine Lüge – und zwar eine wenig überzeugende. Du glaubst, dass du als Mensch durchgehen könntest.« Matthew sagte das ganz sachlich, fast gefühllos. »Damit kannst du höchstens dir selbst etwas vormachen. Ich habe gesehen, wie sie dich beobachten. Sie wissen, dass du anders bist.«

»Unfug.«

»Du brauchst Sean nur anzusehen, und schon verschlägt es ihm die Sprache.«

»Er war in mich verknallt, als wir noch Studenten waren«, versuchte ich das abzutun.

»Sean ist immer noch in dich verknallt – darum geht es nicht. Zählt Mr Johnson auch zu deinen Verehrern? Bei ihm ist es fast so schlimm wie bei Sean, er beginnt zu schlottern, wenn du nur den Anflug von schlechter Laune zeigst, und ist völlig außer sich, falls du womöglich an einem anderen Platz sitzen müsstest. Und es sind nicht nur die Menschen. Du hast Dom Berno beinahe zu Tode erschreckt, als du dich umgedreht und ihn so finster angesehen hast.«

»Diesen Mönch in der Bibliothek?« Ich traute meinen Ohren nicht. »*Du* hast ihm Angst gemacht, nicht *ich*!«

»Ich bin Dom Berno 1718 das erste Mal begegnet«, erwiderte Matthew sachlich. »Er kennt mich viel zu gut, als dass er mich fürchten würde. Wir haben uns auf einer Feier im Schloss des Duke von Chandos kennengelernt, wo er in Händels *Acis und Galatea* den Damon sang. Ich versichere dir, es war deine Macht, nicht meine, die ihn so erschreckt hat.«

»Wir leben in einer Menschenwelt, Matthew, nicht in einem Märchen. Die Menschen sind uns zahlenmäßig weit überlegen, und sie fürchten uns. Und nichts ist so mächtig wie die menschliche Angst – keine Magie, keine Vampirkräfte. Nichts.«

»Die Menschen sind Meister im Fürchten und Verdrängen, Diana, aber dir als Hexe steht dieser Weg nicht offen.«

»Ich fürchte mich nicht.«

»O doch«, sagte er milde und stand auf. »Und ich glaube, es ist Zeit, dich nach Hause zu bringen.«

»Hör zu«, sagte ich. Ich wollte so gern mehr über das Manuskript erfahren, dass ich alle Bedenken beiseiteschob. »Wir interessieren uns beide für *Ashmole 782*. Ein Vampir und eine Hexe können keine Freunde werden, aber wir sollten wenigstens zusammenarbeiten können.«

»Da bin ich nicht so sicher«, meinte Matthew leidenschaftslos.

Schweigend fuhren wir nach Oxford zurück. Die Menschen hatten keine Ahnung von Vampiren, überlegte ich. Um sie furchterregender wirken zu lassen, stellten sich die Menschen Vampire als blutrünstige Monster vor. Dabei erschreckte mich Matthews Verschlossenheit, gepaart mit seinen Zornesausbrüchen und abrupten Stimmungsumschwüngen, viel mehr.

Wir hielten vor der Pförtnerloge des New College, und Matthew holte meine Matte aus dem Kofferraum.

»Ein schönes Wochenende noch«, sagte er emotionslos.

»Gute Nacht, Matthew. Und danke, dass du mich zum Yoga mitgenommen hast.« Meine Stimme war so ausdruckslos wie seine, und ich vermied entschieden, mich noch einmal umzudrehen, obwohl ich die ganze Zeit seinen kalten Blick im Rücken spürte.

Kapitel 9

Auf einer hohen Bogenbrücke überquerte Matthew den Avon. Die vertraute Landschaft Lanarkshires mit ihren zerklüfteten Hügeln, dem düsteren Himmel und den harten Kontrasten wirkte besänftigend auf ihn. In diesem Teil von Schottland gab es nur wenig Gefälliges oder Einladendes, und die abweisende Schönheit spiegelte seine gegenwärtige Stimmung wider. Er schaltete einen Gang herunter und fuhr durch die Lindenallee, die einst zu einem Palast geführt hatte und jetzt nirgendwohin führte, ein kurioses Überbleibsel aus einem herrschaftlichen Leben, das niemand mehr führen wollte. Schließlich hielt er hinter einem einstigen Jagdschlösschen, dessen unverputzte Rückwand so gar nicht zu der cremefarbenen und mit Stuck verzierten Front passte, stieg aus dem Jaguar und hob die Taschen aus dem Kofferraum.

Die weiße Tür auf der Rückseite des Gebäudes schwang auf. »Du siehst richtig scheiße aus.« Im Eingang stand, eine Hand auf dem Türgriff, ein drahtiger Dämon mit dunklen Haaren, funkelnden braunen Augen und Hakennase und inspizierte seinen besten Freund von Kopf bis Fuß.

Hamish Osborne hatte Matthew Clairmont vor fast zwanzig Jahren in Oxford kennengelernt. Anfangs hatten beide nicht gewusst, wie sie sich verhalten sollten. Doch sobald sie gemerkt hatten, dass sie einen ähnlichen Humor hatten und dass sie die gleiche Leidenschaft für gewisse Ideen teilten, waren sie unzertrennlich geworden.

Matthew sah ihn erst ärgerlich und im nächsten Moment resigniert an. »Ich freue mich auch, dich zu sehen«, sagte er schroff und setzte die Taschen hinter der Tür ab. Er atmete den kalten, klaren Geruch des Hauses mit seiner unverwechselbaren Note von altem Gips und alterndem Holz ein, der sich mit Hamishs einzigartigem Aroma von Lavendel und Pfefferminz mischte. Der Vampir konnte es nicht erwarten, den Geruch der Hexe aus der Nase zu bekommen.

Jordan, Hamishs menschlicher Butler, erschien lautlos und zog eine Schwade von Möbelpolitur und Stärke hinter sich hier. Das vertrieb Dianas Geißblatt- und Schwarznessel-Aroma nicht völlig aus Matthews Nase, aber es half.

»Ich freue mich, Sie zu sehen, Sir«, sagte Jordan und wuchtete dann Matthews Taschen die Treppe hinauf. Jordan war ein Butler alter Schule. Selbst wenn er nicht so fürstlich entlohnt worden wäre, damit er die Geheimnisse seines Arbeitgebers bewahrte, hätte er nie einer Menschenseele offenbart, dass Osborne ein Dämon war oder dass er bisweilen Vampire zu Gast hatte. Genauso undenkbar wäre es gewesen, jemandem anzuvertrauen, dass er gelegentlich gebeten wurde, zum Frühstück Sandwiches mit Erdnussbutter und Bananen zu servieren.

»Vielen Dank, Jordan.« Matthew nahm den großen Salon im Erdgeschoss in Augenschein, damit er sich nicht Hamishs Blick stellen musste. »Wie ich sehe, hast du dir einen neuen Hamilton zugelegt.« Er betrachtete wohlwollend das neue Landschaftsbild an der Wand gegenüber.

»Normalerweise bemerkst du meine Neuerwerbungen gar nicht.« Genau wie Matthew sprach Hamish ein fast reines Oxford-Englisch mit einem winzigen Anflug von Dialekt. In seinem Fall war es der verschliffene Slang der Straßen von Glasgow.

»Wo wir gerade von Neuerwerbungen sprechen, wie geht es Sweet William?« William war Hamishs neuer Liebhaber, ein so bezaubernder und unkomplizierter Mensch, dass Matthew ihn nach der englischen Bezeichnung für die Bartnelke benannt hatte. Irgendwann hatte Hamish den Kosenamen übernommen, und William hatte angefangen, die Floristen in der Stadt nach eingetopften Bartnelken abzuklappern, um sie seinen Freunden zu schenken.

»Der ist eingeschnappt«, antwortete Hamish mit einem leisen Lachen. »Ich hatte ihm ein ruhiges Wochenende zu Hause versprochen.«

»Du hättest nicht zusagen müssen, weißt du? Das wäre nicht nötig gewesen.« Matthew klang ebenfalls eingeschnappt.

»Ja, ich weiß. Aber wir haben uns schon so lange nicht mehr gesehen, und Cadzow ist um diese Jahreszeit sehr schön.«

Matthew sah Hamish finster und mit unverhohlenem Unglauben an.

»Mein Gott, du musst wirklich auf die Jagd gehen, habe ich recht?« Mehr brachte Hamish nicht heraus.

»Unbedingt«, antwortete der Vampir knapp.

»Haben wir noch Zeit für einen Drink, oder willst du sofort los?«

»Ich glaube, einen Drink schaffe ich gerade noch«, antwortete Matthew grollend.

»Exzellent. Ich habe eine Flasche Wein für dich da und einen Whisky für mich.« Gleich nachdem Matthew ihn im Morgengrauen angerufen hatte, hatte Hamish seinen Butler gebeten, etwas von dem guten Wein aus dem Keller zu holen. Er trank ungern allein, und Matthew rührte Whisky nicht an. »Dann kannst du mir vielleicht erzählen, warum du an diesem wunderschönen Septemberwochenende um jeden Preis jagen gehen musst.«

Hamish ging ihm über den glänzenden Boden voran und dann nach oben in die Bibliothek. Die im neunzehnten Jahrhundert angebrachte warm-braune Holzvertäfelung hatte die ursprüngliche Absicht des Architekten zunichtegemacht, hier einen luftigen, weitläufigen Raum einzurichten, in dem sich die Damen des achtzehnten Jahrhunderts die Zeit vertreiben konnten, während die Männer ihrem Sport nachgingen. Die originale weiße Decke mit ihren Stuckgirlanden und den geschäftigen Putten war geblieben und leuchtete wie ein Fanal gegen alles Moderne herab.

Die beiden Männer ließen sich in die Ledersessel vor dem Kamin sinken, in dem bereits ein Feuer flackerte, das der Herbstkälte die Schärfe nahm. Hamish zeigte Matthew die Weinflasche, und der Vampir zog wohlwollend die Brauen hoch. »Nicht schlecht.«

»Das will ich doch hoffen. Die Herren bei *Berry Brothers and Rudd* haben mir versichert, dass er ganz exzellent sein soll.« Hamish schenkte Matthew ein Glas ein und zog den Stöpsel aus seiner Whiskykaraffe. Die Gläser in der Hand, saßen die beiden Männer in kameradschaftlichem Schweigen vor dem Kamin.

»Tut mir leid, dass ich dich da hineinziehe«, begann Matthew. »Ich stecke in einer schwierigen Situation. Die Sache ist … kompliziert.«

Hamish lachte kurz. »Ist sie das bei dir nicht immer?«

Matthew hatte Hamish Osborne damals ins Herz geschlossen, weil der Dämon einerseits immer sofort zum Punkt kam und andererseits im Unterschied zu den meisten seiner Art ein kühler Denker und schwer aus der Fassung zu bringen war. Im Laufe der Jahre war der Vampir mit einer Reihe von Dämonen befreundet gewesen, die gleichermaßen begnadet wie verflucht gewesen waren. Mit Hamish gab es so gut wie nie Probleme. Es gab keine aus heiterem Himmel aufblitzenden Streitereien, keinen plötzlichen, unstillbaren Tatendrang, keine bedrohlichen Depressionen. Bei den Treffen mit Hamish wechselte sich einvernehmliches Schweigen mit scharfsinnigen Konversationen ab, die grundsätzlich von Hamishs heiterer Lebenssicht eingefärbt waren.

Auch was die Arbeit anging, war Hamish eine Ausnahme unter den Dämonen, denn er versuchte sich weder als Künstler noch als Musiker. Stattdessen besaß er eine natürliche Begabung für Finanzen – er wusste, wo es Geld zu verdienen gab, und entdeckte instinktiv gefährliche Schwachstellen in internationalen Finanzinstrumenten und Märkten. Er wandte seine typisch dämonische Kreativität nicht auf Sonaten, sondern auf Excel-Tabellen an und wusste die komplexen Wechselwirkungen im Wirtschaftsleben so bemerkenswert präzise zu deuten, dass Präsidenten, Potentaten und Premierminister in aller Welt seinen Rat suchten.

Die für einen Dämon so untypische Vorliebe für die Ökonomie faszinierte Matthew ebenso wie Hamishs ungezwungener Umgang mit den Menschen. Hamish war gern unter ihnen und fühlte sich von ihren Schwächen nicht belastet, sondern im Gegenteil stimulieren. Zurückführen ließ sich das auf seine Kindheit, die er bei einem Versicherungsmakler und einer Hausfrau verbracht hatte. Nachdem Matthew die unerschütterlichen Osbornes kennengelernt hatte, verstand er, warum Hamish sie so mochte.

Das Knistern des Feuers und der süße Whiskyduft begannen zu wirken, und der Vampir merkte, wie er sich entspannte. Das Weinglas locker in den Fingern haltend, setzte sich Matthew auf und schaute in die im Feuerschein blinkende rote Flüssigkeit.

»Ich weiß gar nicht, wo ich anfangen soll«, sagte er unsicher.

»Am Ende natürlich. Warum hast du zum Telefon gegriffen und mich angerufen?«

»Ich brauche Abstand von einer Hexe.«

Hamish sah seinen Freund aufmerksam an und bemerkte, wie aufgewühlt Matthew war. Irgendwie ahnte Hamish, dass die Hexe keine alte hakennasige Schabracke war.

»Was ist an dieser Hexe so besonders?«, fragte er ruhig.

Matthew sah ihn unter halb geschlossenen Lidern hervor an. »Alles.«

»O je. Du steckst wirklich tief drin, oder?« Hamishs weiche Stimme klang mitfühlend und auch ein wenig amüsiert.

Matthew lachte freudlos. »Könnte man so sagen, ja.«

»Hat diese Hexe einen Namen?«

»Diana. Sie ist Historikerin. Und Amerikanerin.«

»Die Göttin der Jagd«, Hamish nickte bedächtig. »Ist sie abgesehen von ihrem altertümlichen Namen eine gewöhnliche Hexe?«

»Nein«, antwortete Matthew sofort. »Gewöhnlich ist gar nichts an ihr.«

»Aha. Die Komplikationen.« Hamish sah seinen Freund prüfend an, ob er sich allmählich beruhigte, musste aber feststellen, dass Matthew auf einen Streit aus war.

»Sie ist eine Bishop.« Matthew wartete ab. Aus Erfahrung wusste er, dass sich der Dämon so gut wie jeden Hinweis selbst erschloss, selbst wenn er noch so obskur war.

Hamish durchwühlte und sortierte sein Wissen, bis er das Gesuchte gefunden hatte. »Doch nicht aus Salem, Massachusetts?«

Matthew nickte grimmig. »Sie ist die letzte Hexe aus dem Geschlecht der Bishops. Ihr Vater ist ein Proctor.«

Der Dämon pfiff leise durch die Zähne. »Eine doppelte Hexe aus einer berühmten magischen Sippe. Du machst wirklich keine halben Sachen, wie? Sie muss mächtig sein.«

»Ihre Mutter war es jedenfalls. Rebecca Bishop beherrschte schon mit dreizehn Zaubersprüche, die den meisten Hexen zeitlebens zu schwer fallen. Und schon als Kind verfügte sie über unglaubliche Fähigkeiten als Seherin.«

»Kennst du sie, Matt?« Hamish musste das fragen. Matthew hatte schon zu viele Leben geführt und die Wege mit zu vielen Menschen und Geschöpfen gekreuzt.

Matthew schüttelte den Kopf. »Nein. Aber es wurde viel über sie geredet – und es gab viel Neid. Du weißt, wie Hexen sind.« Wie immer, wenn er über diese Spezies sprach, klang er leicht angewidert.

Hamish ignorierte seinen Seitenhieb auf die Hexen und sah Matthew über den Rand seines Glases hinweg aufmerksam an.

»Und Diana?«

»Sie behauptet, dass sie ihre Magie nicht einsetzt.«

In diesem kurzen Satz gab es zwei lose Fäden, an denen es zu ziehen galt. Hamish zupfte an dem einfacheren. »Wie, überhaupt nicht? Nicht einmal, um einen verlorenen Ohrring zu finden? Oder zum Haarefärben?« Aus Hamishs Stimme sprach Zweifel.

»Sie ist nicht der Typ für Ohrringe und gefärbte Haare. Lieber läuft sie fünf Kilometer und rudert anschließend in einem gefährlich winzigen Boot den Fluss hoch und runter.«

»Bei solchen Eltern kann ich kaum glauben, dass sie ihre Kräfte nicht einsetzt.« Hamish war gleichzeitig Pragmatiker und Träumer. Darum konnte er so gut mit anderer Leute Geld umgehen. »Und du glaubst ihr auch nicht, sonst würdest du nicht andeuten, dass sie lügt.« Damit hatte er auch am zweiten Faden gezogen.

»Sie behauptet, sie würde ihre Magie nur gelegentlich einsetzen – und nur für Kleinigkeiten.« Matthew verstummte kurz, fuhr sich so ruppig durch die Haare, dass sie sich aufstellten, und nahm dann einen Schluck Wein. »Allerdings habe ich sie beobachtet und weiß, dass sie ihre Kräfte viel öfter einsetzt. Ich kann es riechen.« Zum ersten

Mal, seit er angekommen war, klang er offen und frei. »In ihrer Nähe riecht es wie ein elektrischer Sturm, der jeden Augenblick ausbrechen kann, wie ein Trockengewitter. Manchmal kann ich es sogar sehen. Wenn sie wütend wird oder sich in ihre Arbeit versenkt, beginnt sie zu schimmern.« *Und wenn sie schläft*, dachte er stirnrunzelnd. »Manchmal meine ich es sogar zu schmecken.«

»Sie *schimmert*?«

»Du würdest das nicht sehen, allerdings könntest du die Energie vielleicht auf andere Weise spüren. Das *Chatoiement* – das Hexenschimmern – ist sehr schwach. Selbst in meiner Jugendzeit brachten nur die allermächtigsten Hexen hin und wieder die Luft zum Flimmern. Heute findet man das kaum noch. Diana weiß nicht, dass sie schimmert, und sie hat keine Ahnung, was das zu bedeuten hat.« Matthew ballte schaudernd die Faust.

Der Dämon sah auf die Uhr. Der Tag war noch jung, aber er wusste schon jetzt, warum sein Freund nach Schottland gekommen war.

Matthew Clairmont hatte sich verliebt.

Jordan trat wie üblich genau zum richtigen Zeitpunkt ins Zimmer. »Der Gillie hat den Jeep gebracht, Sir. Ich habe ihm erklärt, dass Sie ihn heute nicht brauchen würden.« Der Butler wusste, dass man keinen Jagdhelfer brauchte, um Wild aufzuspüren, wenn man einen Vampir im Haus hatte.

»Exzellent.« Hamish erhob sich und leerte sein Glas. Er hätte ein zweites gebrauchen können, aber er wusste, dass er einen klaren Kopf behalten musste.

Matthew sah auf. »Ich ziehe lieber ohne dich los, Hamish. Ich würde lieber alleine jagen.« Der Vampir jagte nicht gern mit Warmblütern – eine Kategorie, die Menschen, Dämonen und Hexen einschloss. Normalerweise machte er bei Hamish eine Ausnahme, aber heute wollte er sein Verlangen nach Diana Bishop lieber ungestört in den Griff bekommen.

»Wir gehen gar nicht jagen«, erklärte ihm Hamish mit einem boshaften Funkeln in den Augen. »Wir gehen auf die Pirsch.« Der Dämon hatte einen Plan.

Er würde seinen Freund beschäftigt halten, bis er sich öffnete und ihm freiwillig erzählte, was in Oxford los war, ohne dass Hamish ihm jedes Wort aus der Nase ziehen musste. »Komm mit, der Tag ist wunderschön. Es wird dir Spaß machen.«

Draußen kletterte Matthew grimmig in Hamishs verbeulten Jeep. Obwohl zu einem so eleganten schottischen Jagdhaus eigentlich ein Land Rover gehört hätte, fuhren die beiden in Cadzow lieber in dem alten Jeep herum. Matthew machte es nichts aus, dass man sich darin die Finger abfror, und Hamish amüsierte sich über das hypermaskuline Image, das ihnen der Wagen verlieh.

In den Hügeln rammte sich Hamish rücksichtslos durch die Gänge – der Vampir zuckte bei jedem geräuschvollen Schaltvorgang zusammen – und fuhr hoch in die Weidegebiete der Hirsche. Matthew erspähte auf dem nächsten Steilhang ein Rudel und ließ Hamish anhalten. Leise stieg er aus dem Jeep und kauerte sich sofort wie hypnotisiert neben den Vorderreifen.

Lächelnd gesellte sich Hamish zu ihm.

Der Dämon war schon öfter mit Matthew auf die Pirsch gegangen und wusste genau, was sein Freund brauchte. Der Vampir machte nicht jedes Mal Beute, obwohl Hamish sicher war, dass Matthew heute, wäre er allein gewesen, erst nach Einbruch der Dunkelheit und gesättigt zurückgekehrt wäre – während zwei Hirsche weniger auf den Hügeln gegrast hätten. Sein Freund war so sehr Jäger wie Fleischfresser. Es war die Jagd, durch die sich die Vampire definierten, nicht das Beutemachen oder die Art ihrer Beute. Manchmal, wenn Matthew keine Ruhe fand, zog er einfach los und verfolgte das Wild, ohne es zu töten.

Während der Vampir die Hirsche beobachtete, beobachtete der Dämon Matthew. Es gab Ärger in Oxford. Er konnte es spüren.

Während der nächsten Stunden saß Matthew reglos da. Dank seiner übermenschlich scharfen Sinne nahm er jede noch so kleine Bewegung wahr, konnte daraus auf die Gewohnheiten der Tiere schließen und genau abschätzen, wie sie auf einen knackenden Zweig oder einen aufflatternden Vogel reagieren würden. Der Vampir beobachtete sie hochkonzentriert, aber er zeigte keine Ungeduld. Für Matthew zählte allein der Moment, in dem die Beute erkannte, dass sie geschlagen war, und den Kampf aufgab.

Erst als das Licht schwächer wurde, stand er auf und nickte Hamish zu. Für den ersten Tag genügte es, und auch wenn er kein Tageslicht brauchte, um die Hirsche zu beobachten, wusste er doch, dass Hamish Licht brauchte, um den Jeep zurückzusteuern.

Als sie das Jagdhaus erreichten, war es bereits stockdunkel, und Jordan hatte alle Lichter angemacht, wodurch das auf einer gottverlassenen Anhöhe aufragende Gebäude noch lächerlicher wirkte.

»Das Schlösschen war von Anfang an ein Irrsinn«, meinte Matthew leichthin, aber dennoch stichelnd. »Robert Adam war völlig verrückt, diesen Auftrag anzunehmen.«

»Du hast mir oft genug erklärt, was du von meiner kleinen Geschmacksverirrung hältst«, erwiderte Hamish fröhlich. »Und es ist mir egal, ob du mehr von Architektur verstehst als ich oder ob du Adam für einen Verrückten hältst, weil er – wie nennst du es immer? – einen schlechten Witz – in die Wildnis von Lanarkshire gestellt hat. Ich liebe das Schlösschen, und nichts, was du sagst, kann etwas daran ändern.« Sie hatten dieses Gespräch schon unzählige Male geführt, seit Hamish damals verkündet hatte, dass er das Schlösschen – mitsamt Mobiliar, Jagdführer und Butler – einem Aristokraten abgekauft hatte, der für den Bau keine Verwendung und kein Geld für die Reparatur hatte. Matthew war entsetzt gewesen. Für Hamish hingegen war die Cadzow Lodge der festgemauerte Beweis, wie weit er sich über seine Glasgower Wurzeln erhoben hatte; inzwischen konnte er Geld für etwas ausgeben, das völlig nutzlos war, nur weil er eben wollte.

»Hmpf«, meinte Matthew finster.

Verdrossen ist besser als streitlustig, dachte Hamish. Er ging zur nächsten Stufe seines Planes über.

»Wir essen um acht«, kündigte er an. »Im Esszimmer.«

Matthew hasste das Esszimmer, das protzig, viel zu groß und zugig war. Vor allem aber störte den Vampir die verspielte und feminine Einrichtung des Raumes. Es war Hamishs Lieblingszimmer.

Matthew stöhnte. »Ich habe keinen Hunger.«

»Du bist völlig ausgezehrt«, erklärte Hamish scharf, mit einem Blick auf Matthews fahlen, spröden Teint. »Wann hast du das letzte Mal etwas zu dir genommen?«

»Vor ein paar Wochen ...« Matthew zeigte mit einem Achselzucken, wie wenig ihn das interessierte. »Ich weiß nicht mehr.«

»Heute Abend gibt es Wein und Suppe. Morgen – da kannst du essen, was du willst. Möchtest du vor dem Abendessen lieber alleine sein, oder riskierst du eine Partie Billard gegen mich?« Hamish war ein extrem guter Billardspieler und noch besser beim Snooker, das er als Teenager gelernt hatte. Sein erstes Geld hatte er in den Billardhallen von Glasgow verdient, und er schlug fast jeden Gegner. Matthew weigerte sich, gegen ihn Snooker zu spielen, weil es, wie er Hamish erklärt hatte, keinen Spaß machte, immer nur zu verlieren. Der Vampir hatte versucht, Hamish stattdessen für Karambolage zu begeistern, jene alte französische Variante des Billardspiels, doch dabei hatte dann grundsätzlich Matthew gewonnen. English Billiard, eine Poolbillard-Variante mit drei Kugeln, war der Kompromiss.

Matthew konnte keiner Herausforderung widerstehen. »Ich ziehe mich nur kurz um, dann treffen wir uns im Salon.«

Der filzbespannte Billardtisch befand sich in einem Raum gegenüber der Bibliothek. Hamish stand schon in Pullover und Baumwollhose bereit, als Matthew im weißen Hemd und Jeans zu ihm stieß. Der Vampir trug ungern Weiß, weil er darin noch fahler und geisterhafter aussah, aber es war das einzige anständige Hemd, das er mitgenommen hatte. Er hatte für eine Jagdpartie, nicht für eine Dinnerparty gepackt.

Er griff nach seinem Queue und stellte sich ans Tischende. »Fertig?«

Hamish nickte. »Spielen wir eine Stunde, in Ordnung? Danach gehen wir nach unten und trinken etwas.«

Die beiden Männer beugten sich über ihre Queues. »Sei nicht so streng mit mir, Matthew«, murmelte Hamish, dann stießen sie die Kugeln an. Der Vampir schnaubte, als beide Kugeln ans andere Ende rollten, an die Bande prallten und wieder ein Stück zu ihnen zurückkamen.

»Ich nehme Weiß«, sagte Matthew, als die Kugeln zum Stillstand kamen und seine näher an der Bande liegen blieb. Er nahm die andere vom Filz und warf sie Hamish zu. Der Dämon setzte eine rote Kugel auf ihren Punkt und trat zurück.

Genau wie beim Jagen hatte Matthew keine Eile mit dem Punkten. Erst absolvierte er fünfzehn sogenannte Hazards, bei denen er die rote Kugel jedes Mal in einem anderen Loch versenkte. »Wenn du gestattest«, meinte er gedehnt und deutete auf den Tisch. Kommentarlos setzte der Dämon die gelbe Kugel auf den Filz.

Jetzt wechselte Matthew zwischen simplen Hazards und den komplizierteren Cannons, die eigentlich nicht seine Stärke waren. Dabei versuchte er mit demselben Stoß Hamishs gelbe Kugel und die rote Kugel zu treffen, was nicht nur Kraft, sondern auch Finesse erforderte.

»Wo hast du die Hexe gefunden?«, fragte Hamish beiläufig, nachdem Matthew mit einem Stoß beide Kugeln versenkt hatte.

Matthew legte sich die weiße Kugel zurecht und zielte. »In der Bodleian Library.«

Überrascht zog der Dämon die Brauen hoch. »In der Bodleian? Seit wann treibst du dich in Bibliotheken herum?«

Matthew beging ein Foul, die weiße Kugel sprang über die Bande und polterte auf den Boden. »Seit ich im Konzert war und dort gehört habe, wie sich zwei Hexen über eine Amerikanerin ausgelassen haben, die ein lange verloren geglaubtes Manuskript in die Finger bekommen hat«, erklärte er. »Mir wollte nicht in den Kopf, warum die Hexen so geiferten.« Wütend über seinen Fehler trat er vom Tisch zurück.

Hamish spielte schnell seine fünfzehn Hazards. Matthew setzte seine Kugel auf den Tisch und griff nach der Kreide, um Hamishs Punkte zu notieren.

»Also bist du in die Bibliothek spaziert und hast sie in ein Gespräch verwickelt, um mehr zu erfahren?« Der Dämon versenkte alle drei Kugeln mit einem einzigen Stoß.

»Ich habe mich auf die Suche nach ihr gemacht, ja.« Matthew sah zu, wie Hamish am anderen Ende des Tisches Position bezog. »Ich war neugierig.«

»Hat sie sich gefreut, dich zu sehen?«, fragte Hamish freundlich und kombinierte ein weiteres Mal. Er wusste, dass sich Vampire, Hexen und Dämonen nicht mischten. Seine Freundschaft mit Matthew war schon relativ ungewöhnlich, und Hamishs dämonische Freunde hielten ihn für verrückt, weil er einen Vampir so nahe an sich heranließ. In Nächten wie dieser beschlich ihn manchmal der Verdacht, dass sie recht haben könnten.

»Eher weniger. Anfangs hatte Diana Angst, auch wenn sie sich ohne mit der Wimper zu zucken meinem Blick stellte. Ihre Augen sind wirklich einzigartig – blau und golden und grün und grau«, sinnierte Matthew. »Und später hätte sie mich am liebsten verprügelt. Sie roch ausgesprochen wütend.«

Hamish verkniff sich ein Lachen. »Klingt wie eine vernünftige Reaktion auf eine Vampirattacke in der Bibliothek.« Mit der gelben Kugel schoss er die rote an, wobei er ihr absichtlich so viel Drall verlieh, dass sie weiterrollte und ein zweites Mal mit der roten zusammenprallte. »Verflucht«, stöhnte er auf. »Durchgestoßen.«

Matthew kehrte wieder an den Tisch zurück, schoss ein paar Hazards, probierte sich an ein, zwei Cannons.

»Habt ihr euch auch außerhalb der Bibliothek getroffen?«, fragte Hamish, als der Vampir die Fassung halbwegs wiedergewonnen hatte.

»Ehrlich gesagt sehe ich sie kaum, selbst in der Bibliothek. Ich sitze im einen Teil, sie in einem anderen. Aber ich war mit ihr frühstücken. Und in der Old Lodge, damit sie Amira kennenlernt.«

Hamish schaffte es nur mit Mühe, seinen Mund geschlossen zu halten. Matthew hatte schon viele Frauen kennengelernt, aber noch keine davon zur Old Lodge mitgenommen. Und was hatte es zu bedeuten, dass sie an entgegengesetzten Enden der Bibliothek saßen?

»Wäre es nicht einfacher, sich in der Bibliothek neben sie zu setzen, wenn du dich für sie interessierst?«

»Ich interessiere mich nicht für *sie*!« Matthews Queue rammte in die weiße Kugel. »Ich will das Manuskript. Seit mehr als hundert Jahren versuche ich es in die Finger zu bekommen. Sie hat es einfach auf den Bestellzettel geschrieben, und schon kam es aus dem Archiv angefahren.« Der Neid war ihm anzuhören.

»Was für ein Manuskript, Matt?« Hamish gab sich redlich Mühe, die

Ruhe zu bewahren, aber der Wortwechsel war kaum noch auszuhalten. Matthew geizte mit Informationen wie ein alter Knauser mit seinen Pennys. Für die quicklebendigen Dämonen war es auch so schon eine Qual, mit Wesen zu kommunizieren, für die jede Zeiteinheit unter einem Jahrzehnt bedeutungslos war.

»Ein alchemistisches Buch, das früher Elias Ashmole gehört hat. Diana Bishop ist eine hoch angesehene Wissenschaftshistorikerin mit Schwerpunkt Alchemie.«

Schon wieder stieß Matthew zu fest zu. Hamish setzte die Kugeln auf die Ausgangsposition zurück und sammelte weitere Punkte, während sein Freund um Fassung rang. Schließlich tauchte Jordan auf und erklärte ihnen, dass unten die Drinks warteten.

»Wie steht's?« Hamish warf einen kurzen Blick auf die Tafel mit dem Punktestand. Er wusste, dass er gewonnen hatte, aber ein Gentleman fragte trotzdem – das hatte Matthew ihm irgendwann erklärt.

»Du hast natürlich gewonnen.«

Matthew stakste aus dem Raum und donnerte deutlich schneller als jeder Mensch die Treppe hinunter. Jordan warf einen besorgten Blick auf die gebohnerten Stufen.

»Professor Clairmont hatte heute einen anstrengenden Tag, Jordan.«

»Man könnte den Eindruck bekommen«, murmelte der Butler.

»Bringen Sie uns lieber noch eine Flasche Roten. Es wird wahrscheinlich ein langer Abend.«

Sie nahmen ihre Drinks in dem Raum, der einst als Salon gedient hatte. Durch die Fenster sah man in den Garten, der immer noch in akkuraten klassischen Beeten angelegt war, deren Proportionen überhaupt nicht zu dem Bau passten. Sie waren zu protzig – sie hätten vor einen Palast, nicht vor ein kleines Lustschloss gehört.

Vor dem Kamin, mit einem Glas in der Hand, stieß Hamish endlich ins Herz des Mysteriums vor. »Erzähl mir mehr über das Manuskript, das diese Diana liest, Matthew. Was genau enthält es? Das Rezept für den Stein der Weisen, mit dem man Blei in Gold verwandeln kann? Oder Brauanweisungen für das Elixier des Lebens, mit dem sich sterbliches in unsterbliches Fleisch verwandeln lässt?«

Der Dämon verstummte, als Matthew zu ihm aufsah.

»Das ist nicht dein Ernst«, flüsterte Hamish schockiert. Der Stein der Weisen war doch nur eine Legende, genau wie der Heilige Gral oder Atlantis. Unmöglich konnte es ihn wirklich geben. Verspätet fiel ihm auf, dass es angeblich auch keine Dämonen, Vampire oder Hexen gab.

»Sehe ich aus, als würde ich Witze machen?«, fragte Matthew.

»Nein.« Der Dämon schauderte. Matthew war schon immer überzeugt gewesen, dass er eines Tages würde herausfinden können, was die Vampire immun gegen Tod und Verfall machte. Der Stein der Weisen passte nur zu gut zu diesem Traum.

»Es ist das verlorene Buch«, verkündete Matthew grimmig. »Ich weiß es genau.«

Wie die meisten nichtmenschlichen Geschöpfe kannte auch Hamish die alten Geschichten. In einer Version hatten die Hexen ein unermesslich kostbares Buch gestohlen, ein Buch, das die Geheimnisse der Unsterblichkeit enthielt. Einer anderen Fassung zufolge hatten die Vampire den Hexen ein uraltes Zauberbuch entrissen und es dann verloren. Manche meinten flüsternd, es sei überhaupt kein Zauberbuch, sondern eine Art Leitfaden, in dem die grundlegenden Wesenszüge der vier humanoiden Spezies auf Erden abgehandelt wurden.

Matthew hatte seine eigenen Theorien darüber, was das Buch enthalten könnte. Die Erklärung, warum Vampire so schwer zu töten waren, sowie Schilderungen der Frühgeschichte von Menschen und nichtmenschlichen Geschöpfen waren dabei bei Weitem der geringste Teil.

»Du glaubst wirklich, dieses alchemistische Manuskript ist das fragliche Buch?«, fragte Hamish. Als Matthew nickte, atmete er seufzend aus. »Kein Wunder, dass die Hexen getratscht haben. Woher wussten sie, dass Diana es gefunden hatte?«

Matthew brauste wütend auf. »Wer weiß das schon, und wen interessiert das? Die Probleme haben begonnen, als sie ihren Mund nicht halten konnten.«

Wieder einmal wurde Hamish daran erinnert, dass Matthew als Vampir Hexen absolut nicht ausstehen konnte.

»Ich war nämlich nicht der Einzige, der sie am Sonntag belauscht hat. Andere Vampire haben ebenfalls mitgehört. Und dann begannen die Dämonen zu spüren, dass sich hier etwas Interessantes abspielen könnte, und …

»Und jetzt wimmelt es in Oxford von Geschöpfen«, beendete der Dämon den Satz für ihn. »Was für ein Chaos. Beginnt nicht außerdem das neue Semester? Menschen werden in Scharen in die Stadt einfallen.«

»Das Schlimmste kommt noch.« Matthew sah ihn finster an. »Das Manuskript war nicht einfach verschollen. Es stand unter einem Bann, den Diana gebrochen hat. Dann hat sie es ins Archiv zurückgeschickt, und jetzt zeigt sie kein Interesse, es noch einmal abzurufen. Und ich bin nicht der Einzige, der darauf wartet, dass sie es tut.«

»Matthew.« Hamish war die Anspannung anzuhören. »Soll das heißen, dass du sie vor anderen Hexen beschützt?«

»Sie scheint gar nicht zu begreifen, wie groß ihre Macht ist. Damit setzt sie sich einem Risiko aus. Ich durfte die Hexen nicht an sie heranlassen.« Plötzlich wirkte Matthew beängstigend verletzlich.

»Oh Matt«, tadelte Hamish ihn kopfschüttelnd. »Du solltest dich nicht zwischen Diana und ihre eigenen Leute stellen. Damit schürst du nur noch mehr Unruhe. Außerdem«, fuhr er fort, »wird sich keine Hexe offen gegen eine Bishop stellen. Dafür ist ihre Familie zu alt und zu angesehen.«

Inzwischen töteten sich die Geschöpfe nicht mehr gegenseitig, außer in Notwehr. Matthew hatte Hamish erzählt, wie es früher gewesen war, als Blutfehde und Vendetta gewütet und die nichtmenschlichen Geschöpfe immer wieder die Aufmerksamkeit der Menschen auf sich gezogen hatten.

»Die Dämonen sind unorganisiert, und die Vampire würden es nicht wagen, sich mir in den Weg zu stellen. Aber den Hexen kann man nicht trauen.« Matthew stand auf und ging mit seinem Weinglas an den Kamin.

»Lass die Finger von Diana Bishop«, riet Hamish ihm. »Außerdem wirst du das Manuskript sowieso nicht lesen können, falls es wirklich verhext ist.«

»Wenn sie mir hilft, schon«, meinte Matthew täuschend salopp, den Blick fest in die Flammen gerichtet.

»Matthew«, ermahnte ihn der Dämon in jenem Tonfall, mit dem er sonst seine Juniorpartner wissen ließ, dass sie sich auf dünnem Eis bewegten, »lass die Finger von dem Buch und von der Hexe.«

Der Vampir stellte sein Weinglas behutsam auf dem Kaminsims ab und wandte sich seinem Freund zu. »Ich glaube, das kann ich nicht, Hamish. Ich ... begehre sie.« Er brauchte das Wort nur auszusprechen, schon packte ihn der Hunger wieder. Wenn sich sein Hunger auf ein Objekt gerichtet hatte, wenn er, so wie jetzt, nicht mehr zu stillen war, dann genügte es nicht mehr, irgendwelches Blut zu trinken. Dann verlangte sein Körper nach etwas Bestimmtem. Wenn er es nur schmecken könnte – wenn er Diana nur schmecken könnte –, wäre er sofort zufrieden, und das schmerzhafte Verlangen wäre gestillt.

Es überraschte Hamish nicht, dass sich sein Freund nach Diana Bishop verzehrte. Um sich zu paaren, musste ein Vampir ein anderes Wesen tiefer begehren als alles andere auf dieser Welt, und dieses Begehren wurzelte in instinktiver Lust. Hamish hatte den starken Verdacht, dass Matthew – entgegen seiner flammenden Beteuerungen, er werde nie jemanden finden, der ein solches Gefühl in ihm auslöste – sich bald paaren würde. »Dann hast du im Moment ein ganz anderes Problem als die Hexen oder Diana. Und es geht dabei nicht um ein uraltes Manuskript, das eventuell die Antworten auf deine Fragen enthält, eventuell aber auch nicht.« Hamish ließ seine Worte wirken, bevor er fortfuhr: »Dir ist klar, dass du sie jagst?«

Erleichtert, dass es damit ausgesprochen war, atmete der Vampir aus. »Ich weiß. Ich bin durch ihr Fenster eingestiegen, während sie geschlafen hat. Ich folge ihr, wenn sie joggen geht. Sie weist meine Hilfsangebote ab, und je öfter sie das tut, desto hungriger werde ich.« Er sah Hamish so verdattert an, dass der sich auf die Unterlippe beißen musste, um nicht zu lächeln. Matthew war es nicht gewöhnt, einen Korb zu bekommen. Betört von seinem einnehmenden Äußeren und seinem Charme taten die Frauen alles, was er von ihnen verlangte. Kein Wunder, dass er jetzt fasziniert war.

»Aber ich brauche Dianas Blut nicht – nicht körperlich. Ich werde diesem Verlangen nicht nachgeben. Es braucht kein Problem zu sein, dass ich mit ihr zusammen bin.« Unvermittelt fiel Matthews Miene in sich zusammen. »Was rede ich da? Wir können unmöglich zusammen sein. Wir würden Aufmerksamkeit erregen.«

»Nicht unbedingt. *Wir* haben relativ viel Zeit miteinander verbracht, ohne dass das irgendwen gestört hätte«, merkte Hamish an.

»Der Fall liegt hier anders, das weißt du genau«, wies Matthew ihn ungeduldig zurecht.

»Ach ja, ich vergaß.« Hamish wurde wütend. »Was wir Dämonen tun, interessiert natürlich kein Schwein. Aber ein Vampir und eine Hexe? Das ist wichtig. *Ihr* seid diejenigen, um die sich in dieser Welt alles dreht.«

»Hamish!«, protestierte Matthew. »Du weißt genau, dass ich nicht so denke.«

»Du verachtest uns Dämonen genauso wie alle Vampire, Matthew. Die Hexen übrigens auch, wenn ich das noch anfügen darf. Du solltest dir lange und genau überlegen, was du für andere Geschöpfe empfindest, bevor du mit dieser Hexe ins Bett gehst.«

»Ich habe nicht die Absicht, mit Diana ins Bett zu gehen«, erwiderte Matthew ätzend.

»Das Essen ist serviert.« Jordan hatte schon seit einer Weile unbeachtet in der Tür gewartet.

»Gott sei Dank«, schnaufte Hamish erleichtert und stand aus seinem Sessel auf. Mit Matthew war leichter umzugehen, wenn er seine Aufmerksamkeit aufteilen musste.

Wenig später saßen sie im Esszimmer am Ende des langen Tisches, an dem eine ganze Festgesellschaft Platz gefunden hätte. Hamish ließ sich den ersten von mehreren Gängen schmecken, während Matthew mit seinem Suppenlöffel spielte, bis sein Essen kalt geworden war. Der Vampir beugte sich über die Schüssel und schnüffelte.

»Pilze und Sherry?«, fragte er.

»Genau. Jordan wollte etwas Neues ausprobieren, und nachdem nichts hineinkommt, was du abstoßend finden würdest, ließ ich ihn gewähren.«

Normalerweise brauchte Matthew in der Cadzow Lodge kaum zusätzliche Nahrung, aber Jordan verstand es, die leckersten Suppen zu zaubern, und Hamish aß genauso ungern allein, wie er alleine trank.

»Bitte entschuldige, Hamish«, sagte Matthew, während er seinem Freund beim Essen zusah.

»Ich nehme deine Entschuldigung an, Matt«, erwiderte Hamish und ließ den Suppenlöffel auf halbem Weg zum Mund schweben. »Aber du kannst dir einfach nicht vorstellen, wie schwer wir akzeptieren können, dass wir Dämonen oder Hexen sind. Bei euch Vampiren ist der Fall klar, da gibt es nichts zu diskutieren. Erst bist du kein Vampir, dann bist du einer. Es gibt keine Fragen, keinen Raum für Zweifel. Während wir Übrigen zagen, zusehen und zaudern müssen. Das macht den Dünkel der Vampire unerträglich.«

Matthew drehte den Löffelstiel zwischen den Fingern wie einen Tambourstock. »Hexen wissen, dass sie Hexen sind. In der Beziehung sind sie ganz und gar nicht wie Dämonen«, stellte er fest.

Hamish ließ den Löffel klappernd in den Teller fallen und nahm einen Schluck Wein. »Du weißt ganz genau, dass es nicht genügt, eine Hexe zum Vater oder zur Mutter zu haben. Du kannst trotzdem ein ganz gewöhnlicher Mensch werden. Oder aber du kannst aus Versehen deine Wiege in Brand setzen. Niemand weiß, wann oder wie sich deine Kräfte zeigen werden.« Im Gegensatz zu Matthew war Hamish mit einer Hexe befreundet. Janine machte ihm die Haare, und sie stellte eine eigene Hautlotion her, die wahre Wunder bewirkte. Er hatte den Verdacht, dass zu den Inhaltsstoffen auch ein paar Zaubersprüche zählten.

»Andererseits kommt es auch nicht so überraschend«, beharrte Matthew, schöpfte etwas Suppe auf seinen Löffel und schwenkte ihn langsam hin und her, um ihn noch weiter abzukühlen. »Diana kann auf eine mehrere Jahrhunderte alte Familiengeschichte zurückblicken. Das ist nicht mit dem zu vergleichen, was du als Teenager durchmachen musstest.«

»Ich hatte eine Höllenzeit«, bestätigte Hamish und ließ einige der dämonischen Jugendgeschichten, die er im Lauf der Jahre durchlebt hatte, an seinem inneren Auge vorbeiziehen.

Als Hamish zwölf Jahre alt war, war sein ganzes Leben an einem einzigen Nachmittag auf den Kopf gestellt worden. Im Lauf des langen schottischen Herbstes war ihm klar geworden, dass er wesentlich klüger war als alle seine Lehrer. Natürlich hegen die meisten Zwölfjährigen diesen Verdacht, aber Hamish war sich dieser Tatsache mit absoluter, beunruhigender Klarheit bewusst. Zuerst stellte er sich krank, um nicht zur Schule gehen zu müssen; als das nicht mehr funktionierte, gab er es auf, normal erscheinen zu wollen, und erledigte alle seine Aufgaben in rasender Geschwindigkeit. In seiner Not ließ der Schulrektor jemanden aus der mathematischen Fakultät der Universität kommen, der Hamishs verstörende Begabung untersuchen sollte, in wenigen Minuten Aufgaben zu lösen, die seine Schulkameraden über eine Woche beschäftigt hielten.

Jack Watson von der Universität Glasgow, ein junger Dämon mit roten Haaren und klugen blauen Augen, brauchte nur einen Blick auf den elfengleichen Hamish Osborne zu werfen, um zu vermuten, dass auch dieser ein Dämon war. Nachdem er Hamish zum Schein einer förmlichen Prüfung unterzogen hatte, bei der wie erwartet herauskam, dass Hamish ein mathematisches Wunderkind war, dessen Geist alle normalen Parameter sprengte, lud Watson ihn ein, die Vorlesungen an der Universität zu besuchen. Außerdem erklärte er dem Rektor, dass das Kind nicht in einer normalen Klasse unterrichtet werden könne, ohne sich zum Brandstifter oder in eine ähnlich destruktive Richtung zu entwickeln.

Anschließend besuchte Watson das bescheidene Heim der Osbornes und eröffnete der fassungslosen Familie, wie die Welt in Wahrheit aufgebaut war und welche Geschöpfe sie bevölkerten. Percy Osborne, der einer Familie von glaubensfesten Presbyterianern entstammte, verwahrte sich zunächst gegen die Vorstellung, dass es verschiedene übernatürliche oder übermenschliche Geschöpfe geben sollte, bis seine Frau ihn darauf hinwies, dass er im Glauben an Hexen großgezogen worden war – warum sollte es da nicht auch Vampire und Dämonen geben? Hamish weinte vor Erleichterung, weil er sich endlich nicht mehr so allein fühlte. Seine Mutter drückte ihn an ihre Brust und erklärte ihm, sie habe schon immer gewusst, dass er etwas Besonderes sei.

Während Watson noch vor dem elektrischen Kamin saß und mit ihrem Mann und ihrem Sohn Tee trank, nutzte Jessica Osborne die Gelegenheit, um einige weitere Aspekte in Hamishs Leben anzusprechen, die ihm möglicherweise das Gefühl gaben, anders als andere Kinder zu sein. Bei ein paar Schokoladenkeksen informierte sie ihren Sohn darüber, dass sie wisse, wie unwahrscheinlich eine Hochzeit mit dem Mädchen von nebenan sei, das so in ihn verschossen war. Jessica Osborne hatte gesehen, wie Hamish den älteren Bruder des Mädchens anhimmelte, einem strammen Kerl von fünfzehn Jahren, der besser Fußball spielen konnte als jeder andere im Viertel. Weder Percy noch Jack hatten irgendwie überrascht oder erschrocken auf diese Offenbarung reagiert.

»Trotzdem«, erklärte Matthew jetzt nach dem ersten Löffel lauwarmer Suppe, »muss Dianas Familie fest damit gerechnet haben, dass sie eine Hexe wird – und sie ist eine geworden, ob sie ihre Magie nun einsetzt oder nicht.«

»Ich könnte mir vorstellen, dass das genauso schlimm ist, wie in einer Familie von ahnungslosen Menschen aufzuwachsen. Kannst du dir diesen Druck ausmalen? Ganz zu schweigen von dem grässlichen Gefühl, dass dein Leben nicht dir selbst gehört?« Hamish schauderte. »Da ist mir blinde Ignoranz doch lieber.«

»Wie hast du dich eigentlich gefühlt«, fragte Matthew zögerlich, »als du das erste Mal in dem Wissen aufgewacht bist, ein Dämon zu sein?« Normalerweise stellte der Vampir keine so persönlichen Fragen.

»Als wäre ich wiedergeboren worden«, sagte Hamish. »Ich war genauso überwältigt und konfus wie du, als du zum ersten Mal aufgewacht bist und dich nach Blut verzehrt hast, während du gleichzeitig hören konntest, wie jeder einzelne Grashalm wuchs. Alles sah anders aus. Alles fühlte sich anders an. Ständig musste ich grinsen wie ein Trottel, der im Lotto gewonnen hat, und die restliche Zeit saß ich heulend in meinem Zimmer. Aber ganz ehrlich, geglaubt – *wirklich* geglaubt, verstehst du? – habe ich es erst, als du mich ins Krankenhaus geschmuggelt hast.«

Matthews erstes Geburtstagsgeschenk für Hamish hatte aus einer Flasche Champagner und einem Ausflug ins John Radcliffe bestanden. Dort hatte Matthew seinen Freund in den Kernspintomografen geschoben und dem Dämonen dann eine Reihe von Fragen gestellt. Hinterher hatten sie, noch bevor Hamish das Operationshemd ausgezogen hatte, ein Glas Champagner getrunken und dabei Hamishs Scans mit denen eines hochintelligenten Gehirnchirurgen verglichen. Hamish hatte Matt die Scans immer wieder abspielen lassen und jedes Mal fasziniert beobachtet, wie sein Hirn aufleuchtete, als wäre es ein Flipperautomat, sobald er auch nur auf die einfachsten Fragen antwortete. Es war das schönste Geburtstagsgeschenk, das er je bekommen hatte.

»So wie du es schilderst, steht Diana ungefähr da, wo ich vor diesem Kernspin war«, erklärte Hamish ihm. »Sie weiß, dass sie eine Hexe ist. Aber sie hat trotzdem das Gefühl, dass sie eine Lüge lebt.«

»Weil sie genau das macht«, knurrte Matthew und nahm einen zweiten Löffel Suppe. »Diana versucht so zu tun, als sei sie ein Mensch.«

»Wäre es nicht interessant zu erfahren, warum? Und wie erträgst du überhaupt so jemanden in deiner Nähe? Du hasst Lügen.«

Matthew wirkte nachdenklich, reagierte aber nicht.

»Da ist noch etwas«, fuhr Hamish fort. »Für jemanden, der Lügen verabscheut, hütest du erstaunlich viele Geheimnisse. Wenn du diese Hexe brauchst, wozu auch immer, wirst du ihr Vertrauen gewinnen müssen. Und das kannst du nur, wenn du ihr Dinge erzählst, die du ihr lieber verschweigen würdest. Sie hat deinen Beschützerinstinkt geweckt, und den musst du jetzt bekämpfen.«

Während sich Matthew Hamishs Worte durch den Kopf gehen ließ, lenkte der das Gespräch auf die letzten katastrophalen Ereignisse in der Finanzwelt und auf die Regierung. Der Vampir beruhigte sich weiter und verlor sich in den komplizierten Verwicklungen von Wirtschaft und Politik.

»Ich nehme an, du hast von den Morden in Westminster gehört«, sagte Hamish, als sich Matthew endlich entspannt hatte.

»Habe ich. Jemand muss dem einen Riegel vorschieben.«

»Du?«, fragte Hamish.

»Das ist nicht mein Job – noch nicht.«

Hamish wusste, dass Matthew seine eigene Theorie zu den Morden hatte, die mit seinen wissenschaftlichen Forschungen zusammenhing. »Du glaubst immer noch, die Morde sind ein Warnzeichen, dass die Vampire aussterben?«

»Ja«, sagte Matthew nur.

Matthew war überzeugt, dass die nichtmenschlichen Geschöpfe langsam, aber sicher ausgelöscht wurden. Anfangs hatte Hamish die Hypothesen seines Freundes verworfen, aber inzwischen hatte er den Verdacht, dass Matthew recht haben könnte.

Nach dem Essen zogen sie sich ins Obergeschoss zurück. Der Dämon hatte einen der überflüssigen Salons in ein Wohnzimmer und ein Schlafzimmer unterteilt. Das Wohnzimmer wurde von einem großen, alten Schachbrett mit geschnitzten Elfenbein- und Ebenholzfiguren dominiert, das eigentlich in ein Museum und unter Glas gehört hätte statt in ein zugiges Jagdschlösschen. Genau wie der Gehirnscan war auch das Schachspiel ein Geschenk von Matthew.

Ihre Freundschaft hatte sich während langer Abende wie diesem vertieft, bei zahllosen Schachpartien und Diskussionen über ihre Arbeit. Eines Abends hatte Matthew Hamish von seinen Großtaten erzählt. Inzwischen wusste der Dämon so gut wie alles über Matthew Clairmont, während der Vampir seinerseits das einzige Geschöpf war, das sich nicht vor Hamishs mächtigem Intellekt fürchtete.

Hamish nahm, wie stets, hinter den schwarzen Figuren Platz.

»Haben wir die letzte Partie zu Ende gespielt?«, fragte Matthew in geheuchelter Überraschung angesichts des ordentlich aufgebauten Bretts.

»Ja. Du hast gewonnen«, erwiderte Hamish knapp und zauberte damit ein seltenes, breites Lächeln auf das Gesicht seines Freundes.

Die beiden begannen zu spielen, Matthew bedächtig, Hamish schnell und entschlossen, wenn er am Zug war. Bis auf das Knistern des Feuers und das Ticken der Uhr war es vollkommen still im Raum.

Nachdem sie vielleicht eine Stunde gespielt hatte, setzte Hamish den letzten Teil seines Planes um.

»Ich habe eine Frage.« Er sprach leise, weil er gleichzeitig darauf wartete, dass sein Freund den nächsten Zug machte. »Willst du die Hexe um ihrer selbst willen – oder weil sie dir mit ihrer Macht das Manuskript zugänglich machen könnte?«

»Ich will ihre Macht nicht!«, ereiferte sich Matthew und zog unklugerweise mit seinem Turm, der prompt von Hamish geschlagen wurde. Der Vampir senkte den Kopf und wirkte dadurch noch mehr wie ein Renaissance-Engel, der über einem himmlischen Mysterium brütet. »Jesus, ich weiß nicht, was ich will.«

Fast reglos saß Hamish da. »Ich glaube, du weißt es sehr wohl, Matt.«

Matthew zog mit dem Bauern, ohne etwas zu erwidern.

»Die anderen Geschöpfe in Oxford«, fuhr Hamish fort, »werden bald begreifen, dass du dich keineswegs nur für diesen alten Schinken interessierst – falls sie es nicht schon wissen. Worauf willst du wirklich hinaus?«

»Ich weiß es nicht«, flüsterte der Vampir.

»Liebe? Willst du sie kosten? Sie zu einer von euch machen?«

Matthew knurrte.

»Sehr eindrucksvoll«, merkte Hamish gelangweilt an.

»Mir ist vieles noch ein Rätsel, Hamish, aber drei Dinge weiß ich genau«, erklärte Matthew und griff nach dem Weinglas, das neben ihm auf dem Boden stand. »Ich werde dem Durst nach ihrem Blut nicht nachgeben, und ich will auch nicht ihre Macht kontrollieren. Und ich werde sie ganz bestimmt nicht zum Vampir machen.« Der Gedanke ließ ihn schaudern.

»Dann bleibt nur noch Liebe. Da hast du deine Antwort. Du weißt sehr wohl, was du willst.«

Matthew nahm einen großen Schluck. »Ich will, was ich nicht wollen soll, und ich begehre, was ich nie bekommen darf.«

»Du hast doch keine Angst, dass du ihr etwas antun könntest?«, fragte Hamish vorsichtig. »Du warst schon öfter mit warmblütigen Frauen zusammen, und du hast keiner von ihnen etwas angetan.«

Matthews schweres Weinglas knickte am Stiel ab. Der Kelch kippte zu Boden, und roter Wein ergoss sich über den Teppich. Zwischen dem Zeigefinger und Daumen des Vampirs sah Hamish zermahlenes Glas glitzern.

»Ach, Matt. Warum hast du mir das nicht erzählt?« Hamish zügelte seine Gesichtsmuskeln, um sicherzugehen, dass ihm der Schock nicht anzusehen war.

»Wie hätte ich das können?« Matthew starrte seine Hände an und zerrieb die Splitter zwischen den Fingerspitzen, bis sie rotschwarz glitzerten. »Du hast mir immer voll und ganz vertraut.«

»Wer war es?«

»Sie hieß Eleanor.« Matthew strauchelte über den Namen. Er wischte sich mit dem Handrücken über die Stirn, ein fruchtloser Versuch, ihr Gesicht aus seinen Gedanken zu löschen. »Mein Bruder und ich hatten damals Streit. Inzwischen weiß ich nicht einmal mehr, worum es ging. Damals hätte ich ihn am liebsten mit blanken Händen ausgelöscht. Eleanor versuchte mich zur Vernunft zu bringen. Sie stellte sich zwischen uns und …« Seine Stimme versagte. Er griff sich an den Kopf, ohne erst die Blutspuren von seinen bereits verheilten Fingerspitzen zu wischen. »Ich habe sie so geliebt, und doch habe ich sie getötet.«

»Wann war das?«, flüsterte Hamish.

Matthew senkte die Hände und drehte sie hin und her, um seine langen, kräftigen Finger zu studieren. »Vor Jahrhunderten. Gestern. Was tut das zur Sache?«, fragte er mit dem für einen Vampir typischen Desinteresse an Zeiträumen.

»Es tut sehr wohl etwas zur Sache, falls du diesen Fehler begangen hast, als du noch ein frisch geprägter Vampir warst, der seine Instinkte und seinen Hunger noch nicht beherrschen konnte.«

»Aha. Dann tut es auch etwas zur Sache, dass ich noch eine Frau getötet habe, Cecilia Martin, und das erst vor gut hundert Jahren. Damals war ich bestimmt kein ›frisch geprägter‹ Vampir mehr.« Matthew sprang auf und trat ans Fenster. Am liebsten wäre er in die schwarze Nacht geflohen und verschwunden, um das Entsetzen in Hamishs Augen nicht sehen zu müssen.

»Sind es noch mehr?«, fragte Hamish scharf.

Matthew schüttelte den Kopf. »Zwei sind mehr als genug. Eine Dritte darf es nicht geben. Niemals.«

»Erzähl mir von Cecilia«, befahl Hamish und beugte sich in seinem Stuhl nach vorn.

»Sie war die Frau eines Bankiers«, erzählte Matthew stockend. »Ich sah sie in der Oper und verliebte mich in sie. Damals war jeder in Paris in die Frau eines anderen Mannes verliebt.« Sein Finger fuhr auf der Fensterscheibe die Umrisse eines Frauengesichtes nach. »Damals sah ich das nicht als große Herausforderung. Als ich damals nachts in ihr Haus eingebrochen bin, wollte ich sie nur einmal probieren. Aber sobald ich angefangen hatte, konnte ich nicht mehr aufhören. Und doch konnte ich sie nicht sterben lassen – sie gehörte mir, und ich wollte sie auf keinen Fall aufgeben. Ich hörte gerade noch rechtzeitig auf zu trinken. *Dieu*, wie hat sie es gehasst, ein Vampir zu sein. Irgendwann marschierte Cecilia in ein brennendes Haus, ohne dass ich sie daran hätte hindern können.«

Hamish zog die Stirn in Falten. »Dann hast du sie nicht umgebracht, Matt. Sie hat sich selbst umgebracht.«

»Aus reinem Egoismus und aus Angst habe mich von ihr genährt, bis sie auf der Schwelle des Todes stand, dann habe ich sie gezwungen, mein Blut zu trinken und sie damit ohne ihre Einwilligung in ein magisches Wesen verwandelt«, widersprach er aufgebracht. »Inwiefern habe ich sie nicht umgebracht? Ich habe ihr das Leben, die Persönlichkeit, die Lebensfreude geraubt – das ist Tod, Hamish.«

»Warum hast du mir nie davon erzählt?« Hamish gab sich Mühe, nicht enttäuscht zu sein, dass sein Freund ihm das verschwiegen hatte.

»Selbst Vampire empfinden Scham«, sagte Matthew gepresst. »Ich hasse mich für das, was ich diesen Frauen angetan habe – und zwar zu Recht.«

»Genau darum musst du aufhören, Geheimnisse zu horten, Matt. Sie fressen dich auf.« Hamish legte sich zurecht, was er sagen wollte, bevor er fortfuhr: »Du hattest nie vor, Eleanor und Cecilia umzubringen. Darum bist du auch kein Mörder.«

Matthew stemmte die Fingerspitzen gegen den weiß lackierten Fensterrahmen und ließ die Stirn gegen die kalte Scheibe sinken. Als er antwortete, klang seine Stimme tonlos und tot. »Nein, ich bin ein Monster. Eleanor hat mir damals vergeben. Cecilia nie.«

»Du bist kein Monster.« Matthews Tonfall machte Hamish Sorgen.

»Und selbst wenn nicht, bin ich trotzdem gefährlich.« Er drehte sich zu Hamish um. »Vor allem für Diana. Nicht einmal bei Eleanor habe ich etwas Ähnliches empfunden.« Schon der bloße Gedanke an Diana ließ den Durst zurückkehren und die Anspannung sich von seinem Herzen bis in seinen Unterleib ausbreiten.

»Komm wieder her und spiel die Partie zu Ende.« Hamishs Stimme war rau.

»Ich könnte gehen, Hamish«, sagte Matthew unsicher. »Falls du mich nicht mehr unter deinem Dach beherbergen möchtest.«

»Mach dich nicht lächerlich«, erwiderte Hamish scharf. »Du gehst nirgendwohin.«

Matthew setzte sich wieder. »Ich begreife nicht, wie du das mit Eleanor und Cecilia wissen kannst, ohne mich zu hassen«, sagte er nach langem Schweigen.

»Ich wüsste nicht, was du tun könntest, damit ich dich hasse, Matthew. Ich liebe dich wie einen Bruder, und das wird sich bis zu meinem letzten Atemzug nicht ändern.«

»Danke«, sagte Matthew mit düsterem Gesicht. »Ich werde versuchen, mir deine Treue zu verdienen.«

»Versuch es nicht. Tu es einfach«, wehrte Hamish barsch ab. »Übrigens wirst du gleich deinen Läufer verlieren.«

Die beiden wandten sich mühsam wieder ihrem Spiel zu und brüteten immer noch über dem Brett, als Jordan in den frühen Morgenstunden einen Kaffee für Hamish und eine Flasche Port für Matthew servierte. Kommentarlos klaubte der Butler das zerbrochene Weinglas auf, und Hamish schickte ihn ins Bett.

Als Jordan gegangen war, warf Hamish einen kurzen Blick auf das Brett und setzte seinen letzten Zug. »Schachmatt.«

Matthew atmete tief aus, ließ sich zurücksinken und starrte auf das Schachbrett. Seine Königin war umringt von seinen eigenen Figuren –

Bauern, ein Pferd und ein Turm. Am anderen Ende des Brettes stand verloren sein König mit einem einsamen schwarzen Bauern. Das Spiel war zu Ende, er hatte verloren.

»Es geht beim Schach nicht darum, die Königin zu beschützen«, sagte Hamish. »Warum kannst du dir nicht merken, dass der König die eine Figur ist, die du auf keinen Fall verlieren darfst?«

»Der König sitzt immer nur da und zieht höchstens ein Feld weiter. Die Königin kann sich so frei bewegen, dass ich lieber verliere, als sie ihrer Freiheit zu berauben, nehme ich an.«

Hamish fragte sich, ob er das Schachspiel meinte oder Diana. »Ist sie dir das wert, Matt?«, fragte er leise.

»Ja«, antwortete Matt ohne zu zögern. Er nahm die weiße Königin vom Brett und hielt sie zwischen zwei Fingern.

»Das dachte ich mir«, sagte Hamish. »Du wirst das im Moment bestimmt anders sehen, aber du kannst dich glücklich schätzen, dass du sie gefunden hast.«

In den Augen des Vampirs leuchtete etwas auf, und sein Mund verzog sich zu einem schiefen Lächeln. »Aber kann sie sich auch glücklich schätzen? Ist es ein Glück für sie, wenn ich ihr nachjage?«

»Das hängt allein von dir ab. Vergiss nur nicht – keine Geheimnisse mehr. Nicht, wenn du sie liebst.«

Matthew blickte in das heitere Gesicht seiner Königin und schloss beschützend die Finger um die kleine geschnitzte Figur.

Er hielt sie immer noch in der Hand, als die Sonne aufging und Hamish längst zu Bett gegangen war.

Kapitel 10

Noch als ich die Tür zu meiner Unterkunft aufschloss, versuchte ich das Eis abzuschütteln, das ich seit Matthews Blick zwischen meinen Schultern spürte. Drinnen begrüßte mich der Anrufbeantworter mit einer rot blinkenden 13. Dazu kamen neun Nachrichten auf der Mailbox meines Handys. Jede einzelne davon stammte von Sarah und zeugte von ihrer wachsenden Besorgnis über das, was ihr sechster Sinn ihr über die Ereignisse in Oxford verriet.

Weil ich meinen entschieden zu hellsichtigen Tanten vorerst nicht Rede und Antwort stehen wollte, drehte ich den Anrufbeantworter leise, schaltete beide Telefone stumm und fiel todmüde ins Bett.

Als ich am nächsten Morgen an der Pförtnerloge vorbeikam, winkte Fred mit einem Stapel Nachrichtenzettel.

»Ich hole sie später ab«, rief ich ihm zu, und er hob den Daumen.

Wie von selbst liefen meine Füße die vertrauten Pfade entlang durch die Felder und Marschen im Norden der Stadt, und die körperliche Anstrengung half mir, nicht nur meine Gewissensbisse zu unterdrücken, weil ich meine Tanten nicht anrufen wollte, sondern auch die Erinnerung an Matthews eisige Miene.

Bei meiner Rückkehr holte ich die Nachrichten ab und warf sie ungelesen in den Müll. Dann zögerte ich den unvermeidlichen Anruf zu Hause mit meinen geliebten Wochenendritualen hinaus: Ich kochte mir ein Ei, machte Tee, sammelte herumliegende Wäsche ein und versuchte die Papiere zu ordnen, die jede freie Oberfläche bedeckten. Nachdem ich damit fast den ganzen Vormittag vertrödelt hatte, gab es nichts mehr zu tun außer in New York anzurufen. Dort war es noch früh, aber ich brauchte mir keine Hoffnungen zu machen, dass jemand noch im Bett sein könnte.

»Was denkst du dir eigentlich dabei, Diana?«, fuhr Sarah mich zur Begrüßung an.

»Guten Morgen, Sarah.« Ich sank in den Sessel neben dem erloschenen Kamin und legte die Füße übereinandergeschlagen auf einem nahen Regal ab. Das würde sich länger hinziehen.

»Das ist keineswegs ein guter Morgen«, erwiderte Sarah säuerlich. »Wir haben kein Auge zugetan. Was wird da gespielt?«

Em ging an den Zweitapparat.

»Hi, Em«, begrüßte ich sie und legte die Füße nebeneinander. Das würde sich *sehr lange* hinziehen.

»Belästigt dich dieser Vampir etwa?«, fragte Em ängstlich.

»Eigentlich nicht.«

»Wir wissen, dass du Zeit mit Vampiren und Dämonen verbracht hast«, mischte sich meine Tante ungeduldig ein. »Hast du völlig den Verstand verloren, oder steckst du in ernsthaften Schwierigkeiten?«

»Weder habe ich den Verstand verloren, noch stecke ich in Schwierigkeiten.« Das Letzte war gelogen, aber ich kreuzte die Finger und hoffte das Beste.

»Glaubst du allen Ernstes, du könntest uns etwas vormachen? Hexen können einander nicht belügen!«, entrüstete sich Sarah. »Raus mit der Sprache, Diana.«

So viel zu diesem Plan.

»Lass sie ausreden, Sarah«, sagte Em. »Wir vertrauen darauf, dass Diana die richtigen Entscheidungen trifft, vergiss das nicht.«

Das tiefe Schweigen verriet mir, dass dies ein Streitpunkt gewesen war.

Sarah holte tief Luft, doch Em kam ihr zuvor: »Wo warst du gestern Abend?«

»Beim Yoga.« Ich würde mich dieser Inquisition nicht entziehen können, trotzdem war es vorteilhaft, die Antworten so kurz und knapp wie möglich zu halten.

»Beim Yoga?«, fragte Sarah ungläubig. »Warum treibst du mit diesen Wesen Yoga? Du weißt, dass es gefährlich ist, sich mit Dämonen und Vampiren zu mischen.«

»Den Kurs hat eine Hexe geleitet!« Ich sah Amiras heiteres, liebevolles Gesicht vor mir.

»Diese Yogastunde, war das seine Idee?«, fragte Em.

»Ja. Sie fand in Clairmonts Haus statt.«

Sarah schnaufte angewidert.

»Ich habe dir doch gesagt, dass er dahintersteckt«, murmelte Em meiner Tante zu. Der nächste Satz war an mich gerichtet: »Ich sehe einen Vampir zwischen dir und … irgendetwas stehen. Was es ist, kann ich nicht genau erkennen.«

»Und ich sage dir noch einmal, Emily Mather, das ist Unfug. Vampire beschützen keine Hexen.« Sarah klang schneidend und fest überzeugt.

»Der hier schon«, sagte ich.

»Was?«, riefen Em und Sarah entrüstet.

»Seit Tagen schon.« Weil ich nicht wusste, wo ich anfangen sollte, kaute ich erst kurz auf meiner Unterlippe und stürzte mich dann einfach kopfüber in die Geschichte. »In der Bibliothek ist etwas passiert. Ich habe ein Manuskript bestellt, das verhext war.«

Es blieb still.

»Ein verhextes Buch.« Sarahs Stimme wurde vor Neugier ganz dünn. »War es ein Zauberbuch?« Sie war Expertin für Zauberbücher, und ihr wertvollster Besitz war ein alter Band voller Zaubersprüche, der in unserer Familie von Generation zu Generation weitervererbt worden war.

»Ich glaube nicht«, sagte ich. »Ich konnte nur ein paar alchemistische Illustrationen erkennen.«

»Was noch?« Meine Tante wusste, dass das Sichtbare nur ein fahler Abklatsch war, wenn es um verhexte Bücher ging.

»Jemand hat den Text des Manuskriptes mit einem Bann belegt. Ich habe schwache Textspuren erkennen können – und zwar mehrere Schichten –, die sich unter der Oberfläche bewegten.«

In New York setzte Sarah mit einem lauten Klirren ihre Kaffeetasse ab. »War das bevor oder nachdem Matthew Clairmont auftauchte?«

»Davor«, flüsterte ich.

»Und du hast es nicht für nötig gehalten, das zu erwähnen, als du uns erzählt hast, dass du dich mit einem Vampir triffst?« Sarah gab sich keine Mühe, ihren Zorn zu unterdrücken. »Bei der Göttin, Diana, manchmal bist du wirklich unglaublich leichtsinnig. Wie war das Buch verhext? Und erzähl mir nicht, du wüsstest das nicht.«

»Es roch komisch. Es fühlte sich … falsch an. Anfangs konnte ich es nicht aufschlagen. Ich musste die flache Hand darauflegen.« Ich wendete die Hand in meinem Schoß hin und her, rief mir das Gefühl des Wiedererkennens ins Gedächtnis, das mich damals sofort durchschossen hatte, und erwartete halb, jenes Schimmern zu sehen, das Matthew erwähnt hatte.

»Und?«, fragte Sarah.

»Es kitzelte an meiner Hand, dann seufzte es und … entspannte sich. Ich konnte es durch das Leder und das Holz hindurch spüren.«

»Wie hast du es geschafft, diesen Bann zu brechen? Hast du irgendwas gesagt? Woran hast du gedacht?« Jetzt war Sarahs Neugier entflammt.

»Das hatte nichts mit Hexerei zu tun, Sarah. Ich wollte mir das Buch für meine Forschungen ansehen und habe die Hand flach auf den Umschlag gelegt. Das war alles.« Ich holte tief Luft. »Als ich es öffnen konnte, machte ich mir ein paar Notizen, klappte es wieder zu und gab es zurück.«

»Du hast es *zurückgegeben*?« Ich hörte ein lautes Klappern, als Sarahs Telefonhörer auf dem Boden aufschlug. Ich verzog das Gesicht und hielt mir den Hörer vom Ohr weg, aber ihre farbenfrohen Flüche waren trotzdem zu hören.

»Diana?«, hörte ich Ems schwache Stimme. »Bist du noch da?«

»Ich bin hier«, antwortete ich ergeben.

»Diana Bishop, wie konntest du nur?« Aus Sarahs Stimme sprach schwerer Tadel. »Wie konntest du ein magisches Objekt zurückgeben, das du nicht wirklich verstehst?«

Meine Tante hatte mir beigebracht, wie man magische oder verhexte Objekte erkennt – und wie man damit umgehen muss. Man durfte sie nicht berühren oder bewegen, bis man wusste, wie der Zauber funktionierte. Zaubersprüche konnten sehr gefährlich sein, und viele waren mit einem Schutzmechanismus versehen.

»Was hätte ich denn tun sollen, Sarah?« Ich hörte selbst, wie dünn meine Verteidigung klang. »Hätte ich mich weigern sollen, die Bibliothek zu verlassen, bis du es untersuchen konntest? Es war Freitagabend, und ich wollte nach Hause.«

»Was geschah, als du es zurückgegeben hast?«, fragte Sarah gepresst.

»Vielleicht schmeckte die Luft ein bisschen komisch«, gab ich zu. »Und irgendwie hatte ich für einen Moment den Eindruck, die Bibliothek würde schrumpfen.«

»Offenbar wurde durch das Zurückgeben der Spruch wieder in Kraft gesetzt«, erklärte mir Sarah. Sie fluchte schon wieder. »Nur wenige Hexen verstehen es, einen Spruch zu ersinnen, der von selbst wieder in Kraft tritt, nachdem er gebrochen wurde. Du hast es nicht mit einem Amateur zu tun.«

»Daher also die Energie, die alle nach Oxford gelockt hat.« Plötzlich begriff ich. »Es war nicht das Öffnen des Manuskriptes. Sondern das neuerliche Inkrafttreten des Spruches. Ich bin nicht nur beim Yoga unter anderen Kreaturen, Sarah. Ich bin auch in der Bodleian von Vampiren und Dämonen umgeben. Clairmont kam am Montagabend in die Bibliothek, weil er zwei Hexen darüber reden gehört hatte und weil er hoffte, einen Blick auf das Manuskript werfen zu können. Schon am Dienstag war die Bibliothek voll mit nichtmenschlichen Geschöpfen.«

»Geht das wieder los«, seufzte Sarah. »Noch bevor der Monat um ist, werden die ersten Dämonen in Madison auftauchen und nach dir suchen.«

»Bestimmt gibt es in Oxford Hexen, die dir helfen können.« Em gab sich Mühe, möglichst gefasst zu klingen, aber ich hörte ihr die Angst an.

»Es gibt hier durchaus Hexen«, bestätigte ich unschlüssig, »aber sie wollen mir nicht unbedingt helfen. Ein Hexer in einem braunen Tweedmantel hat versucht, in meinen Kopf einzudringen. Und es wäre ihm sogar gelungen, wäre Matthew nicht gewesen.«

»Der Vampir hat sich zwischen dich und eine andere Hexe gestellt?«

Em war entsetzt. »Das darf nicht passieren. Niemand, der nicht zu uns gehört, mischt sich in die Angelegenheiten zweier Hexen ein.«

»Ihr solltet ihm dankbar sein!« Vielleicht ließ ich mich nicht gern von Clairmont belehren, vielleicht wollte ich auch nicht mehr mit ihm frühstücken, aber das hier hatte der Vampir nicht verdient. »Ich weiß nicht, was passiert wäre, wenn er nicht da gewesen wäre. Keine Hexe ist je so … in mich eingedrungen.«

»Vielleicht solltest du vorübergehend aus Oxford verschwinden«, schlug Em vor.

»Ich lasse mich nicht vertreiben, nur weil sich hier ein Hexer ohne Manieren herumtreibt!«

Em und Sarah tuschelten kurz über den abgedeckten Hörern.

»Mir gefällt das ganz und gar nicht«, sagte meine Tante schließlich, und sie klang so, als wäre die Welt in Gefahr. »Verhexte Bücher? Dämonen, die dich verfolgen? Vampire, die mit dir zum Yoga gehen? Hexer, die eine Bishop bedrohen? Hexen sollten so wenig Aufmerksamkeit wie möglich erregen, Diana. Selbst die Menschen werden irgendwann ahnen, dass da etwas faul ist.«

»Wenn du in Oxford bleibst, musst du dich unauffälliger verhalten«, pflichtete Em ihr bei. »Und wenn das nicht möglich ist, wäre es kein Schaden, wenn du heimkommen würdest, bis sich die Lage beruhigt hat. Schließlich hast du das Manuskript nicht mehr. Vielleicht verlieren sie bald das Interesse an dir.«

Das hielt keiner von uns für wahrscheinlich.

»Ich werde nicht weglaufen.«

»Das würdest du auch nicht«, protestierte Em.

»Und ob.« Und ich würde mich bestimmt nicht feige zeigen, solange Matthew Clairmont in meiner Nähe war.

»Er kann dich nicht rund um die Uhr bewachen«, sagte Em traurig, als hätte sie meine unausgesprochenen Gedanken belauscht.

»Wohl kaum«, meinte Sarah düster.

»Ich brauche Matthew Clairmonts Hilfe nicht. Ich kann auf mich selbst aufpassen«, gab ich zurück.

»Diana, dieser Vampir beschützt dich nicht aus reiner Herzensgüte«, bedrängte mich Em. »Du stehst für etwas, das er haben will. Du musst herausfinden, was das ist.«

»Vielleicht interessiert er sich ja *wirklich* für Alchemie. Vielleicht ist ihm nur langweilig.«

»Vampire langweilen sich nicht«, erklärte Sarah spitz. »Nicht wenn sie Hexenblut riechen können.«

Gegen die Vorurteile meiner Tante war kein Kraut gewachsen. Ich war versucht, ihr vom Yogaunterricht zu erzählen, wo ich mich eine wunderbare Stunde lang vor keinem anderen Wesen gefürchtet hatte. Aber das hätte nichts gebracht.

»Es reicht.« Ich sagte das mit Nachdruck. »Okay, ich werde Matthew Clairmont nicht näher an mich heranlassen, und ihr braucht euch keine Gedanken zu machen, dass ich mit irgendwelchen verhexten Manuskripten herumhantieren könnte. Aber ich bleibe in Oxford, damit basta.«

»Na schön«, sagte Sarah. »Aber wir können von hier aus nur wenig ausrichten, falls dir irgendwas passiert.«

»Ich weiß, Sarah.«

»Und wenn du das nächste Mal etwas Magisches in die Finger bekommst – ganz gleich, ob du damit gerechnet hast oder nicht –, dann benimm dich wie die Hexe, die du bist, und nicht wie ein dämlicher Mensch. Ignoriere die Magie nicht, und versuch nicht dir einzureden, dass du dir alles nur einbildest.« Absichtliche Ignoranz und Gleichgültigkeit gegenüber allem Übernatürlichen standen ganz oben auf Sarahs Liste von ärgerlichen menschlichen Schwächen. »Behandle es mit Respekt, und wenn du nicht weißt, was du damit anfangen sollst, dann frag um Hilfe.«

»Versprochen«, bestätigte ich eilig, weil ich vom Telefon wegkommen wollte. Aber Sarah war noch nicht fertig.

»Ich hätte nie gedacht, dass ich eines Tages erleben muss, wie sich eine Bishop-Hexe lieber von einem Vampir beschützen lässt, als ihre eigenen Kräfte einzusetzen«, sagte sie. »Bestimmt dreht sich meine Mutter im Grab um. Das hast du nun davon, dass du deiner Bestimmung zu entfliehen versuchst, Diana. Du steckst bis zum Hals in

Schwierigkeiten, und nur, weil du geglaubt hast, du könntest dein Erbe ignorieren. So funktioniert das nicht.«

Sarahs Verbitterung vergiftete noch lange nach unserem Telefonat die Luft in meinem Apartment.

Am nächsten Morgen reckte ich mich eine halbe Stunde lang durch verschiedene Yogastellungen und machte mir dann eine Kanne Tee. Das blumige Vanillearoma wirkte tröstlich, und das Teein würde gerade reichen, um mich den Nachmittag über wach zu halten, ohne dass ich deshalb nachts nicht schlafen konnte. Nachdem ich die Blätter abgeseiht hatte, schlug ich die weiße Porzellankanne in ein Handtuch, damit sie nicht auskühlte, und trug sie zu dem Sessel am Kamin, den ich zu meinem Denkersessel auserkoren hatte.

Besänftigt durch den vertrauten Duft des Tees zog ich die Knie ans Kinn und ging im Geist noch einmal die vergangene Woche durch. Doch wo ich auch anfing, ich landete jedes Mal bei meinem letzten Gespräch mit Matthew Clairmont. Hatten meine Bemühungen, die Magie aus meinem Leben und meiner Arbeit herauszuhalten, denn gar nichts gefruchtet?

Wieder einmal stellte ich mir einen weißen Tisch vor, glänzend und völlig leer, und kippte alles aus der vergangenen Woche auf diesen Tisch – *Ashmole 782*, Matthew Clairmont, Agatha Wilsons Interesse, der Tweedhexer, meine Neigung, beim Gehen die Augen zu schließen, die Kreaturen in der Bodleian, wie ich die *Notes and Queries* aus dem Regal gezaubert hatte, Amiras Yogaunterricht. Dann mischte ich alle Steinchen durcheinander, setzte sie in verschiedenen Kombinationen zusammen und versuchte ein Muster auszumachen, doch es gab zu viele Lücken, als dass sich ein klares Bild ergeben hätte.

Manchmal konnte ich besser erkennen, was wichtig war, wenn ich auf gut Glück ein Teilchen herauspickte und genauer betrachtete. Ich griff nach einem der Teilchen und rechnete fest damit, *Ashmole 782* in der Hand zu halten.

Matthew Clairmonts dunkle Augen blickten mich an.

Warum war der Vampir so wichtig?«

Die Puzzleteile begannen sich wie von selbst zu bewegen und wirbelten so schnell durcheinander, dass ihnen meine Augen unmöglich folgen konnten. Ich klatschte mit den flachen Händen auf den Tisch, und die Teile kamen sofort zur Ruhe. In den Handflächen spürte ich das vertraute Kribbeln.

Das kam mir gar nicht mehr wie ein Spiel vor. Sondern vielmehr wie Magie. Und wenn das stimmte, dann hatte ich sie während meiner gesamten Schulzeit, während meines Studiums und bei meinen Forschungen eingesetzt. Dabei sollte die Magie gar keinen Platz in meinem Leben haben. Entschlossen versuchte mein Geist die Möglichkeit zu verleugnen, dass ich, wenn auch unwissentlich, immer wieder gegen meine eigenen Regeln verstoßen hatte.

Am nächsten Tag stand ich zur gewohnten Zeit in der Garderobe der Bibliothek, ging nach oben, umrundete die Ecke neben der Ausleihtheke und machte mich darauf gefasst, ihm gegenüberzustehen.

Clairmont war nicht da.

»Brauchen Sie irgendwas?«, fragte Miriam gereizt und schrammte im Aufstehen mit dem Stuhl über den Holzboden.

»Wo ist Professor Clairmont?«

»Auf der Jagd.« Aus Miriams Augen blitzte mir blanke Abneigung entgegen. »In Schottland.«

Auf der Jagd. Ich schluckte schwer. »Ach so. Und wann kommt er zurück?«

»Das weiß ich beim besten Willen nicht, Dr. Bishop.« Miriam verschränkte die Arme und setzte einen winzigen Fuß vor.

»Ich hatte gehofft, er würde heute Abend mit mir zum Yoga in die Old Lodge gehen«, erklärte ich kleinlaut, weil mir nichts Besseres einfiel.

Miriam drehte sich um und nahm ein schwarzes, flauschiges Knäuel vom Tisch und warf es mir zu. »Das haben Sie am Freitag in seinem Auto vergessen.«

»Danke.« Mein Pullover roch nach Zimt und Nelken.

»Sie sollten besser auf Ihre Sachen aufpassen«, murmelte Miriam. »Schließlich sind Sie eine Hexe, Dr. Bishop. Passen Sie endlich *selbst* auf sich auf und bringen Sie Matthew nicht länger in diese unmögliche Situation.«

Ich machte auf dem Absatz kehrt und ging zu Sean, um meine Manuskripte abzuholen.

»Alles okay?«, fragte er und sah stirnrunzelnd zu Miriam hinüber.

»Alles wunderbar.« Ich nannte ihm die übliche Platznummer und schenkte ihm, als er nicht beruhigt schien, ein warmherziges Lächeln.

Wie kann Miriam es wagen, so mit mir zu sprechen? Innerlich kochend ließ ich mich an meinem Platz nieder.

Meine Finger juckten, als würden Hunderte von Insekten unter meiner Haut krabbeln. Winzige blaugrüne Funken zuckten zwischen den Fingerspitzen auf. Eilig setzte ich mich auf meine Hände.

Das war *gar nicht* gut. Wie alle Mitglieder der Universität hatte ich einen Eid geschworen, keine leicht entzündlichen Dinge und kein offenes Feuer mit in die Bibliothek zu bringen. Das letzte Mal hatten sich meine Finger so aufgeführt, als ich dreizehn gewesen war, und damals mussten wir die Feuerwehr rufen, um den Brand in der Küche zu löschen.

Als das Brennen und Knistern nachließ, sah ich mich aufmerksam um und seufzte dann erleichtert auf. Ich war allein im Selden End. Niemand hatte mein kleines Privatfeuerwerk bemerkt. Ich zog die Hände wieder unter den Schenkeln hervor und untersuchte sie auf weitere Anzeichen übernatürlicher Aktivität. Langsam wich die Spannung aus meinen Fingerspitzen, und das Blau verfärbte sich zu silbrigem Grau.

Ich öffnete den ersten Karton erst, nachdem ich mich vergewissert hatte, dass ich ihn nicht in Brand setzen würde, und tat dabei so, als sei gar nichts passiert. Trotzdem zögerte ich, meinen Computer anzufassen, aus Angst, dass meine Finger einen Kurzschluss auslösen könnten.

Wie nicht anders zu erwarten, konnte ich mich kaum konzentrieren und brütete mittags immer noch über dem ersten Manuskript. Vielleicht würde etwas Tee mich beruhigen.

Nachdem das Semester inzwischen begonnen hatte, hätte man erwartet, ein paar menschliche Leser in der mediävistischen Abteilung des

Duke-Humfrey-Lesesaals zu finden. Heute war hier nur ein Mensch: eine ältere Frau, die mit einem Vergrößerungsglas eine mit Miniaturen verzierte Handschrift untersuchte. Eingezwängt saß sie zwischen einem mir unbekannten Dämon und einem der weiblichen Vampire von letzter Woche. Auch Gillian Chamberlain war da, zusammen mit vier weiteren Hexen, und fixierte mich finster, so als hätte ich unsere gesamte Spezies enttäuscht.

Ich eilte an ihnen vorbei und blieb nur kurz an Miriams Platz stehen. »Ich nehme an, man hat Sie beauftragt, mich auch mittags zu beschatten. Kommen Sie mit zum Essen?«

Sie legte ihren Stift mit übertriebener Sorgfalt ab. »Nach Ihnen.«

Bis ich zur Hintertreppe kam, hatte Miriam mich schon überholt. Sie deutete auf die Treppe an der anderen Seite. »Gehen Sie da drüben runter.«

»Warum? Was macht das für einen Unterschied?«

»Wie Sie meinen.« Sie zuckte mit den Achseln.

Ein Stockwerk tiefer warf ich einen Blick durch das kleine Fenster, das in die Schwingtür zu einem weiteren Lesesaal eingelassen war, und mir stockte der Atem.

Der Raum war gesteckt voll mit nichtmenschlichen Kreaturen. Sie hatten sich voneinander abgesondert. An einem langen Tisch hockten ausschließlich Dämonen, die umso mehr Verdacht erregten, als kein einziges Buch – geöffnet oder geschlossen – vor ihnen lag. An einem anderen Tisch saßen die Vampire, vollkommen reglos und ohne zu blinzeln. Die Hexen gaben sich beschäftigt, aber ihre strengen Stirnfalten zeugten eher von Ärger als von Konzentration, denn die Dämonen und Vampire hatten alle Tische nahe dem Treppenhaus belegt.

»Kein Wunder, dass wir uns nicht mischen sollen. Das muss sogar den Menschen auffallen«, bemerkte Miriam.

»Was habe ich jetzt schon wieder angestellt?«, fragte ich flüsternd.

»Nichts«, antwortete sie sachlich.

»Warum haben sie solche Angst vor Matthew?«

»Das müssen Sie ihn schon selbst fragen. Vampire erzählen keine fremden Geschichten. Aber keine Sorge«, fuhr sie fort und entblößte dabei ihre scharfen weißen Zähne, »die hier funktionieren einwandfrei, Sie haben also nichts zu befürchten.«

Die Hände tief in die Taschen geschoben, rumpelte ich die Treppe hinunter und drängte mich dann auf dem Hof zwischen den Touristen hindurch. Bei Blackwell's spülte ich mein Sandwich mit einer Flasche Wasser hinunter. Miriam war im Buchladen geblieben, sie fing meinen Blick auf, als ich auf dem Rückweg aus dem Café an ihr vorbeikam, legte ihren Krimi beiseite und folgte mir.

»Diana«, sagte sie leise, als wir durch das Tor der Bibliothek gingen. »Was haben Sie vor?«

»Das geht Sie nichts an«, fauchte ich.

Miriam seufzte.

Oben in unserem Lesesaal erspähte ich wieder den Hexer im braunen Tweed. Still wie eine Statue beobachtete Miriam uns vom Mittelgang aus.

»Sind Sie hier verantwortlich?«

Er legte den Kopf zur Bestätigung schräg und sah mich abwartend an.

»Ich bin Diana Bishop«, sagte ich und hielt ihm die Hand hin.

»Peter Knox. Und ich weiß natürlich, wer Sie sind. Sie sind Rebeccas und Stephens Kind.« Er berührte meine Fingerspitzen mit seinen. Vor ihm lag ein Zauberbuch aus dem neunzehnten Jahrhundert, und daneben lagen aufgestapelt mehrere Referenzbücher.

Der Name kam mir bekannt vor, trotzdem konnte ich ihn im Moment nicht einordnen, und es irritierte mich, die Namen meiner Eltern aus dem Mund dieses Hexers zu hören. Ich schluckte schwer. »Bitte ziehen Sie Ihre … Freunde aus der Bibliothek ab. Heute treffen die neuen Studenten ein, und denen wollen wir doch keine Angst einjagen.«

»Wenn wir uns unter vier Augen unterhalten könnten, Dr. Bishop, könnten wir bestimmt zu einer Einigung gelangen.« Er schob die Brille auf der Nase nach oben. Je näher ich Knox war, desto intensiver spürte ich die Gefahr. Die Haut unter meinen Fingernägeln begann unheilverheißend zu prickeln.

»Von mir haben Sie nichts zu befürchten«, sagte er betont sorgenvoll. »Dieser Vampir hingegen …«

»Sie glauben offenbar, ich hätte etwas gefunden, das den Hexen gehört«, fiel ich ihm ins Wort. »Ich habe es aber nicht mehr. Falls Sie *Ashmole 782* einsehen wollen, können Sie an der Theke einen Ausleihzettel ausfüllen.«

»Sie verstehen nicht, wie komplex die Situation ist.«

»Nein, und ich *will* es auch gar nicht verstehen. Bitte lassen Sie mich in Ruhe.«

»Äußerlich ähneln Sie sehr Ihrer Mutter.« Knox' Blick tastete mein Gesicht ab. »Aber wie ich sehe, haben Sie auch etwas von Stephens Sturheit geerbt.«

Wie immer, wenn andere Hexen über meine Eltern oder meine Familiengeschichte sprachen, spürte ich eine Mischung von Neid und Verunsicherung – so als könnten sie dadurch auch mich kennen.

»Ich werde es versuchen«, fuhr er fort. »Aber über diese Tiere habe ich keine Gewalt.« Er winkte in Richtung Mittelgang, von wo aus mir eine der Spukschwestern von neulich interessiert zusah. Ich zögerte kurz und ging dann direkt auf sie zu.

»Bestimmt haben Sie unser Gespräch mitgehört und wissen, dass ich ohnehin von zwei Vampiren überwacht werde«, sagte ich. »Sie können gern hierbleiben, wenn Sie Matthew und Miriam nicht trauen. Aber bitte holen Sie doch die anderen Vampire aus dem Oberen Lesesaal.«

»Hexen sind es eigentlich kaum wert, dass ein Vampir seine Zeit auf sie verschwendet, aber Sie stecken heute voller Überraschungen, Diana Bishop. Ich kann es kaum erwarten, meiner Schwester Clarissa zu erzählen, was sie verpasst hat.« Sie sprach in einem gelangweilten, affektiert lässigen Tonfall, der von einem makellosen Stammbaum und bester Erziehung zeugte. Sie lächelte, und ihre Zähne leuchteten im Zwielicht des mittelalterlichen Flügels auf. »Sie legen sich mit Knox an – ein Kind wie Sie? Diese Geschichte wird mir kaum einer glauben.«

Ich zwang mich, nicht mehr in ihr makellos reines Antlitz zu starren, und schaute mich nach einem bekannten Dämonengesicht um.

Der Caffè latte liebende Dämon trieb sich bei den Computern herum, hatte einen Kopfhörer aufgesetzt und summte leise vor sich hin, obwohl das Ende des Kopfhörerkabels lose über seinen Schenkeln baumelte. Nachdem er die weißen Plastikscheiben von den Ohren gezogen hatte, versuchte ich ihm klarzumachen, wie ernst die Situation war.

»Hören Sie, Sie können meinetwegen gern hier oben im Netz surfen. Aber unten gibt es ein Problem. Ist es wirklich notwendig, dass mich gleich zwei Dutzend Dämonen beobachten?«

Der Dämon gluckste gutmütig. »Das werden Sie bald merken.«

»Könnten Sie mich dann von weiter weg beobachten? Aus dem Sheldonian vielleicht? Oder dem White Horse?« Ich gab mich durchaus hilfsbereit. »Andernfalls werden sich die menschlichen Leser Fragen stellen.«

»Wir sind nicht wie Sie«, sagte er verträumt.

»Heißt das, dass Sie mir nicht helfen wollen oder dass Sie es nicht können?« Ich bemühte mich, nicht ungeduldig zu klingen.

»Es ist dasselbe. Wir müssen es auch wissen.«

Das war doch nicht zu fassen. »Jedenfalls wüssten es alle Bibliotheksbesucher zu schätzen, wenn Sie nicht so viele Plätze beanspruchen würden.«

Miriam beobachtete mich immer noch. Ohne sie zu beachten, kehrte ich an meinen Platz zurück.

Schließlich neigte sich ein absolut unproduktiver Arbeitstag dem Ende zu. Ich kniff mich in die Nasenwurzel, fluchte leise vor mich hin und packte meine Sachen zusammen.

Am nächsten Morgen war die Bodleian längst nicht mehr so überfüllt. Miriam schrieb wie besessen und sah nicht einmal auf, als ich an ihrem Platz vorbeikam. Clairmont war nicht zu sehen. Trotzdem hielten sich alle an die Regeln, die er offensichtlich, wenn auch unausgesprochen, festgelegt hatte, und blieben dem Selden End fern. Gillian hatte sich in den mittelalterlichen Flügel zurückgezogen und hockte dort über ihren Papyri, und die beiden Vampirschwestern wie auch ein paar Dämonen saßen ebenfalls dort. Mit Ausnahme von Gillian, die tatsächlich arbeitete, erweckten alle überzeugend den Anschein, beschäftigt zu sein. Und als ich im Lauf des Vormittags einen Tee trinken ging und auf dem Rückweg den Kopf durch die Schwingtür zum Lesesaal im Stockwerk unter meinem streckte, sahen nur ein paar vereinzelte Kreaturen auf. Unter ihnen war auch der musikalische, kaffeesüchtige Dämon. Er tippte sich zum Gruß mit dem Finger an die Stirn und zwinkerte mir wissend zu.

Ich schaffte einiges an Arbeit, allerdings nicht so viel, dass es den gestrigen Tag wettgemacht hätte. Zu Anfang las ich alchemistische Gedichte – die vertracktesten aller Texte –, die Moses' Schwester Maria zugeschrieben wurden. »*Drei Dinge, die du beschaust drei Stunden*«, war in einem Gedicht zu lesen, »*sind am Ende fest verbunden.*« Die Bedeutung der Verse blieb mir verschlossen, allerdings nahm ich an, dass es hier um die chemische Verbindung von Silber, Gold und Quecksilber ging. Ob Chris aus diesem Gedicht wohl ein Experiment ableiten konnte? Sicherheitshalber notierte ich die chemischen Prozesse, die dabei vorkommen konnten.

Als ich mich einem anderen, anonymen Gedicht mit dem Titel *Vers über das dreifaltige sophistische Feuer* zuwandte, entdeckte ich unübersehbare Parallelen zwischen der Bildsprache und einer Illustration, die ich gestern studiert hatte.

> Zwei Steine wurden entrissen der Felsenwand,
> von unseren Alten als heiliger Ort benannt;
> die deren Preis, ihre Macht und ihr Maß erkannt
> Und wussten, wie man Natur mit Natur verband.
> Denn wer sie mit Gold oder Silber paart,
> Dem werden verborgene Schätze offenbart.

Ich unterdrückte ein Stöhnen. Meine Arbeit würde sich erheblich verkomplizieren, wenn ich nicht nur Kunst und Naturwissenschaften, sondern auch noch Kunst und Poesie in Verbindung bringen musste.

»Es muss schwer sein, sich auf die eigene Arbeit zu konzentrieren, wenn einem ständig Vampire über die Schulter schauen.«

Gillian Chamberlain stand neben mir, und aus ihren braunen Augen sprühte unterdrückte Bosheit.

»Was willst du, Gillian?«

»Ich bin nur nett zu dir, Diana. Wir sind Schwestern, vergiss das nicht.« Gillians glänzend schwarzes Haar strich über ihren Kragen. Vermutlich wurde sie nicht von plötzlichen Attacken statischer Elektrizität heimgesucht, offenbar baute sie ihre Kräfte regelmäßig ab. Mich überlief ein Schauer.

»Ich habe keine Schwestern, Gillian. Ich bin ein Einzelkind.«

»Und das ist gut so. Deine Familie macht auch so genug Ärger. Denk doch mal daran, was in Salem passiert ist. Das war allein Bridget Bishops Schuld.« Jetzt klang sie eindeutig gehässig.

Geht das wieder los, dachte ich und klappte das Manuskript zu. Wie üblich erwiesen sich die Bishops als unwiderstehliches Gesprächsthema. »Was redest du da, Gillian?«, erwiderte ich scharf. »Bridget Bishop wurde der Hexerei angeklagt und umgebracht. Sie hat die Hexenjagd nicht angezettelt – sie fiel ihr zum Opfer, genau wie alle anderen. Du weißt das so gut wie jede andere Hexe in dieser Bibliothek.«

»Bridget Bishop hat die Menschen auf sich aufmerksam gemacht, erst mit ihren Püppchen, dann mit ihrer provokanten Kleidung und ihrer Verderbtheit. Wäre sie nicht gewesen, wäre alles nicht so schlimm gekommen.«

»Sie wurde vom Vorwurf der Hexerei freigesprochen«, gab ich wütend zurück.

»1680 – aber das hat niemand geglaubt. Nicht nachdem man in ihren Kellermauern die Püppchen fand, mit Nadeln durchbohrt und mit abgerissenen Köpfen. Danach gab sich Bridget gar keine Mühe mehr, ihre Schwestern vor der Verfolgung zu schützen. Nur weil sie um jeden Preis unabhängig bleiben wollte.« Gillians Stimme senkte sich. »Deine Mutter beging genau den gleichen Fehler.«

»Hör auf, Gillian.« Die Luft um uns herum war unnatürlich kalt und klar geworden.

»Deine Mutter und dein Vater waren genauso unnahbar wie du. Sie glaubten, sie könnten auf die Unterstützung des Konvents von Cambridge verzichten, nachdem sie geheiratet hatten. Aber sie wurden eines Besseren belehrt, nicht wahr?«

Ich schloss die Augen, aber ich konnte unmöglich das Bild ausblenden, das ich mein Leben lang zu vergessen versucht hatte: wie die Leichen meiner Mutter und meines Vaters irgendwo in Nigeria zerschmettert und blutverschmiert inmitten eines Kreidekreises lagen. Meine Tante hatte mir nicht erzählen wollen, wie sie gestorben waren, darum hatte ich mich in die örtliche Bibliothek geschlichen, um mich selbst schlau zu machen. Damals sah ich das Bild und die blutrünstige Schlagzeile zum ersten Mal. Danach hatten mich die Albträume nicht mehr losgelassen.

»Der Konvent in Cambridge hätte rein gar nichts unternehmen können, um den Mord an meinen Eltern zu verhindern. Sie wurden auf einem anderen Kontinent von verängstigten Menschen umgebracht.« Ich umklammerte die Armlehnen meines Stuhles und hoffte gleichzeitig, dass Gillian meine weißen Knöchel nicht auffielen.

Die reagierte mit einem unangenehmen Lachen. »Das waren keine Menschen, Diana. Sonst hätte man die Mörder gefasst und verurteilt.« Sie ging in die Hocke und sah mir aus nächster Nähe ins Gesicht. »Rebecca Bishop und Stephen Proctor hatten Geheimnisse vor anderen Hexen. Wir mussten herausfinden, was sie für sich behalten wollten. Ihr Tod war bedauerlich, aber nicht abzuwenden. Dein Vater hatte mehr Macht, als wir uns je erträumt hätten.«

»Hör auf, über *meine* Familie und *meine* Eltern zu reden, als würden sie euch gehören«, warnte ich sie. »Sie wurden von Menschen ermordet.« In meinen Ohren rauschte es, und um uns herum wurde es immer eisiger.

»Bist du dir sicher?«, flüsterte Gillian, und die Kälte drang mir bis ins Mark. »Als Hexe müsstest du es doch spüren, wenn ich dich anlügen würde.«

Entschlossen, mir die Verwirrung nicht anmerken zu lassen, ließ ich mein Gesicht erstarren. Was Gillian über meine Eltern sagte, konnte unmöglich wahr sein, dennoch bemerkte ich keines der unterschwelligen Signale, die typischerweise zu spüren waren, wenn Hexen einander die Unwahrheit sagten – den aufflammenden Zorn, das überwältigende Gefühl von Verachtung.

»Wenn du das nächste Mal eine Einladung zu einer Konventversammlung ausschlägst, dann denk daran, was Bridget Bishop und deinen Eltern widerfahren ist«, murmelte Gillian und brachte dabei ihre Lippen so nah an mein Ohr, dass ich ihren Atem spürte. »Eine Hexe sollte keine Geheimnisse vor anderen Hexen haben. Sonst können schreckliche Dinge passieren.«

Gillian richtete sich auf und sah mich ein paar Sekunden schweigend an. Das Kribbeln ihres Blickes wurde mit jeder Sekunde unangenehmer. Ich weigerte mich, ihr in die Augen zu sehen, und starrte stattdessen wie gebannt auf das geschlossene Manuskript von mir.

Kaum war sie gegangen, normalisierte sich die Temperatur im Raum. Als mein Herz endlich zu pochen aufgehört hatte und das Rauschen in meinen Ohren abgeklungen war, packte ich mit zitternden Händen meine Sachen zusammen. Ich wollte nur noch in mein Apartment zurück. Adrenalin durchströmte meinen Körper, und ich war nicht sicher, wie lange ich die Panik noch würde in Schach halten können.

Es gelang mir, die Bibliothek ohne weitere Vorfälle zu verlassen und dabei Miriams scharfem Blick auszuweichen. Falls Gillian recht hatte, musste ich mich weniger vor der Angst der Menschen, sondern vor allem vor dem Neid meiner Mithexen fürchten. Und seit sie von den verborgenen Kräften meines Vaters gesprochen hatte, zuckte am Rand meines Bewusstseins eine verschwommene Erinnerung auf, die sich mir jedoch immer wieder entzog, sobald ich sie festzuhalten versuchte.

Im New College winkte mir Fred von der Pförtnerloge aus mit einem dicken Briefstapel zu. Obenauf lag ein cremefarbener, fetter Umschlag, der sich eindeutig nach Büttenpapier anfühlte.

Es war eine Nachricht von Nicholas Marsh, dem Leiter des Wohnheimes, der mich auf einen Aperitif vor dem Abendessen einlud.

Oben überlegte ich, ob ich seine Sekretärin anrufen und mich krank melden sollte, um mich vor der Einladung zu drücken. In meinem Kopf drehte sich alles, und ich glaubte nicht, dass ich in meinem augenblicklichen Zustand auch nur einen Tropfen Sherry bei mir behalten konnte.

Aber das College hatte sich sehr großzügig gezeigt, als ich um eine Unterkunft gebeten hatte. Mich persönlich zu bedanken war das Mindeste, was ich tun konnte. Meine professionellen Ansprüche an mich selbst begannen die Ängste zu verdrängen, die Gillian aufgerührt hatte. Und mich an meine Identität als Gelehrte klammernd wie an einen Rettungsring, beschloss ich, die Einladung anzunehmen.

Ich zog mich um, dann ging ich zu Marshs Apartment und läutete. Ein Angestellter des Colleges öffnete mir die Tür, bat mich herein und führte mich in den Salon.

»Hallo, Dr. Bishop.« Von Nicholas Marshs blauen Augen strahlten freundliche Falten aus, und mit seinem schneeweißen Haar und den vollen roten Wangen sah er aus wie Santa Claus. Besänftigt durch seine warmherzige Begrüßung und mit dem Gefühl professioneller Pflichterfüllung gewappnet, erwiderte ich sein Lächeln.

»Professor Marsh.« Ich ergriff seine Hand. »Vielen Dank für die Einladung.«

»Die war schon lange überfällig. Ich war in Italien, müssen Sie wissen.«

»Ja, das hat mir der Schatzmeister erzählt.«

»Dann haben Sie mir hoffentlich vergeben, dass ich Sie so lange vernachlässigt habe«, sagte er. »Hoffentlich kann ich das wiedergutmachen, indem ich Sie einem alten Freund von mir vorstelle, der ein paar Tage in Oxford weilt. Er ist ein bekannter Autor und beschäftigt sich mit Themen, die auch Sie interessieren könnten.«

Marsh trat zur Seite und gab den Blick auf einen dicken Kopf mit braunen, grau melierten Haaren sowie auf einen braunen Tweedärmel frei. Ich erstarrte verdattert.

»Darf ich Sie mit Peter Knox bekannt machen?« Marsh nahm mich sanft beim Ellbogen. »Er ist mit Ihrer Arbeit vertraut.«

Der Hexer stand auf. Endlich begriff ich, was ich übersehen hatte.

Knox' Name war in dem Zeitungsartikel über die Vampirmorde erwähnt worden. Er war der Experte, den die Polizei hinzuzog, wenn es bei einem Todesfall Anhaltspunkte für einen okkultistischen Hintergrund gab. Meine Finger begannen zu jucken.

»Dr. Bishop.« Knox streckte mir die Hand entgegen. »Wir haben uns bereits in der Bodleian gesehen.«

»Ja, das glaube ich auch.« Ich streckte ebenfalls die Hand aus und war froh, dass sie keine Funken sprühte. Wir beschränkten den Händedruck auf das Nötigste.

Seine rechten Fingerspitzen zuckten unauffällig. Es erinnerte mich daran, wie in meiner Kindheit die Hände meiner Mutter gezuckt und sich gekrümmt hatten, um Pfannkuchen zu produzieren oder Wäsche zu falten. Ich schloss die Augen und wappnete mich gegen einen Ansturm von Magie.

Das Telefon läutete.

»Ich fürchte, diesen Anruf muss ich annehmen«, entschuldigte sich Marsh. »Aber bitte setzen Sie sich doch.«

Ich setzte mich so weit weg von Knox wie nur möglich und landete dadurch auf einem Holzstuhl mit steifer Lehne, der ansonsten unbotmäßigen Studenten des Colleges vorbehalten war.

Knox und ich schwiegen, während Marsh in den Hörer murmelte. Dann drückte er einen Knopf am Apparat und kam auf mich zu, ein Glas Sherry in der Hand. »Das war der Vizekanzler. Zwei Frischlinge werden vermisst.« So wurden an der Universität inoffiziell die neuen Studenten genannt. »Bitte fühlen Sie sich wie zu Hause, während ich in meinem Arbeitszimmer die Angelegenheit zu regeln versuche. Bitte entschuldigen Sie mich.«

In der Ferne gingen Türen auf und zu, und aus dem Flur war gedämpftes Gemurmel zu hören, bevor es still wurde.

»Vermisste Studenten?«, fragte ich trocken. Mit Sicherheit hatte Knox durch einen magischen Kniff sowohl die Krise ausgelöst als auch den Anruf heraufbeschworen, der Marsh aus dem Zimmer gelockt hatte.

»Ich verstehe Sie nicht, Dr. Bishop«, murmelte Knox. »Wenn zwei junge Studenten verschwinden, ist das für die Universität bestimmt ein Unglück. Außerdem haben wir dadurch Gelegenheit, uns ungestört zu unterhalten.«

»Worüber sollten wir uns schon unterhalten?« Ich schnupperte an meinem Sherry und betete, dass Marsh zurückkommen möge.

»Über vieles.«

Ich sah zur Tür.

»Nicholas ist beschäftigt, bis wir fertig sind.«

»Dann bringen wir die Sache hinter uns, damit Marsh wieder vom Telefon wegkann.«

»Wie Sie wünschen«, sagte Knox. »Erzählen Sie mir, was Sie nach Oxford geführt hat, Dr. Bishop.«

»Die Alchemie.« Ich würde seine Fragen beantworten, und sei es nur, damit Marsh wieder ins Zimmer kommen konnte, aber ich würde ihm nur das Nötigste verraten.

»Sie müssen doch gewusst haben, dass *Ashmole 782* verhext ist. Niemandem mit einem Tropfen Bishop-Blut in den Adern kann das entgehen. Warum haben Sie das Buch zurückgegeben?« Knox' braune Augen sahen mich scharf an. Er wollte das Manuskript genauso gern haben wie Matthew Clairmont – eher noch mehr.

»Ich war damit fertig.« Ich musste mich anstrengen, um meine Stimme zu kontrollieren.

»Und nichts an dieser Handschrift hat Ihr Interesse geweckt?«

»Nichts.«

Peter Knox' Mund verzog sich zu einer hässlichen Fratze. Er wusste, dass ich log. »Haben Sie dem Vampir von Ihren Beobachtungen erzählt?«

»Ich nehme an, Sie meinen Professor Clairmont.« Wenn sich eine nichtmenschliche Kreatur weigerte, einen Namen zu verwenden, dann vor allem, um klarzumachen, dass der oder die Betreffende nicht auf einer Stufe mit ihr stand.

Knox' Finger lösten sich wieder. Ich glaubte schon, er würde gleich auf mich zeigen, doch dann schloss er sie um die Armlehnen seines Sessels. »Wir alle respektieren Ihre Familie und das, was Sie durchgemacht haben. Trotzdem gibt es Gerede über Ihre unorthodoxe Beziehung zu dieser Kreatur. Mit Ihrem Eigensinn begehen Sie Verrat an Ihrer Familie. Das muss aufhören.«

»Professor Clairmont ist ein Kollege«, lenkte ich das Gespräch von meiner Familie weg, »und über die Handschrift weiß ich nichts. Ich hatte sie nur wenige Minuten in Händen. Ja, ich wusste, dass sie unter einem Bann steht. Aber das war für mich unwesentlich, denn ich hatte sie ausschließlich angefordert, um den Inhalt zu sichten.«

»Der Vampir ist seit über hundert Jahren hinter dem Buch her«, zischte Knox bösartig. »Er darf es auf keinen Fall in die Hände bekommen.«

»Warum?« Vor unterdrückter Wut begann meine Stimme zu knistern. »Weil es den Hexen gehört? Vampire und Dämonen können nicht zaubern. Eine Hexe hat das Buch mit einem Bann belegt, und unter diesem Bann steht es jetzt wieder. Was macht Ihnen solche Sorgen?«

»Mehr, als Sie begreifen können, Dr. Bishop.«

»Ich glaube durchaus, dass ich Ihnen geistig folgen kann, *Mr* Knox«, erwiderte ich. Knox' Mund spannte sich missmutig an, als ich ihn auf seinen fehlenden akademischen Grad hinwies. Wenn der Hexer meinen Titel verwendete, klang das jedes Mal wie eine Provokation, so als wollte er herausstreichen, dass er und nicht ich der wahre Experte war. Ich setze meine Kräfte vielleicht nicht ein und hätte nicht einmal einen verlorenen Schlüsselbund herbeizaubern können, dennoch ertrug ich es nicht, dass mich dieser Hexer so herablassend behandelte.

»Zum Beispiel macht es mir Sorgen, dass Sie – eine Bishop – mit einem Vampir gemeinsame Sache machen.« Er unterband meinen aufwallenden Protest mit einer erhobenen Hand. »Wir wollen einander doch nicht mit weiteren Unwahrheiten beleidigen. Statt sich vor ihm zu ekeln, wie es bei so einem Tier natürlich wäre, sind Sie ihm dankbar.«

Ich köchelte schweigend vor mich hin.

»Und ich mache mir große Sorgen, weil wir gefährlich dicht davor stehen, die Aufmerksamkeit der Menschen auf uns zu ziehen«, fuhr er fort.

»Ich habe versucht, die Bibliothek wieder leer zu bekommen.«

»Schon, aber es geht nicht nur um die Bibliothek, oder? Ein Vampir hinterlässt blutleere Leichen in Westminster. Die Dämonen sind ungewöhnlich rastlos und sensibler denn je für ihren eigenen Irrsinn und für die Energieumschwünge in dieser Welt. Wir können es uns nicht leisten, dass man uns bemerkt.«

»Sie haben den Reportern erklärt, dass an diesen Todesfällen nichts Übernatürliches sei.«

Knox sah mich fassungslos an. »Sie erwarten doch nicht, dass ich den Menschen *alles* erzähle?«

»Eigentlich schon, immerhin lassen Sie sich von ihnen bezahlen.«

»Sie sind nicht nur überheblich, sondern auch albern. Das überrascht mich, Dr. Bishop. Ihr Vater war dafür bekannt, stets klar und rational zu sein.«

»Ich hatte einen langen Tag. Ist das alles?« Ich stand abrupt auf und ging zur Tür. Selbst unter anderen Umständen ertrug ich es kaum, wenn irgendwer außer Sarah und Em über meine Eltern redete. Jetzt – nach Gillians Enthüllungen – hatten Knox' Bemerkungen etwas Obszönes.

»Nein, keineswegs«, antwortete er barsch. »Im Moment frage ich mich vor allem, wie es eine ignorante Hexe ohne jede Ausbildung geschafft hat, einen Bann zu brechen, der bis dahin den Bemühungen von Hexen widerstanden hat, die weitaus geschickter waren als Sie es je sein werden.«

»Darum also beobachten Sie mich die ganze Zeit.« Ich setzte mich wieder und presste den Rücken gegen die Stuhllehne.

»Seien Sie nicht so selbstgefällig«, bemerkte er knapp. »Vielleicht hat Ihnen der Zufall geholfen – vielleicht handelt es sich um eine Jahrestags-Reaktion, die mit dem Datum des verhängten Fluches zu tun hat. Wenn so viel Zeit verstreicht, kann das einen Hexenspruch beeinflussen, und Jahrestage sind besonders empfindliche Momente. Sie haben noch nicht versucht, die Handschrift ein zweites Mal abzurufen, aber vielleicht würde Ihnen das nicht mehr so leichtfallen wie beim ersten Mal.«

»Und welcher Jahrestag sollte das sein?«

»Der hundertfünfzigste.«

Ich hatte mich schon gefragt, warum eine Hexe das Manuskript mit einem Bann belegen sollte. Offenbar hatte schon damals jemand nach diesem Buch gesucht. Ich wurde blass. Damit waren wir wieder bei Matthew Clairmont und seinem Interesse an *Ashmole 782*.

»Sie *können* mir doch noch folgen, oder? Wenn Sie Ihren Vampir das nächste Mal treffen, dann fragen Sie ihn, was er im Herbst des Jahres 1859 getrieben hat. Ich bezweifle, dass er Ihnen die Wahrheit sagen wird, aber vielleicht verrät er Ihnen so viel, dass Sie es sich selbst zusammenreimen können.«

»Ich bin müde. Warum verraten Sie mir nicht, so von Hexe zu Hexe, wieso *Sie* sich für *Ashmole 782* interessieren?« Ich hatte gehört, warum die Dämonen das Manuskript haben wollten. Selbst Matthew hatte mir eine Art Erklärung geliefert. Knox' Faszination war ein fehlendes Puzzlesteinchen.

»Das Manuskript gehört uns!«, verkündete Knox entschieden. »Wir sind die Einzigen, die seine Geheimnisse verstehen und sie zuverlässig bewahren können.«

»*Was steht in der Handschrift?*« Inzwischen ging mein Temperament mit mir durch.

»Die ersten je ersonnenen Zaubersprüche. Beschreibungen der magischen Zauber, die diese Welt zusammenhalten.« Knox sah verträumt ins Leere. »Das Geheimnis der Unsterblichkeit. Wie die Hexen den ersten Dämon zeugten. Wie sich die Vampire ein für alle Mal vernichten lassen.« Sein Blick bohrte sich in meine Augen. »Das Manuskript ist der Quell unserer Macht in Vergangenheit und Gegenwart. Es darf auf gar keinen Fall in die Hände der Dämonen oder Vampire fallen – oder in die der Menschen.«

Auf einmal setzten mir die Ereignisse des Nachmittags so zu, dass ich die Knie zusammenpressen musste, damit sie nicht schlotterten. »Niemand würde so viele Informationen in ein einziges Buch packen.«

»Die erste Hexe hat es getan«, erklärte mir Knox. »Und ihre Söhne und Töchter haben es ihr im Lauf der Jahre gleichgetan. Es bewahrt unsere Geschichte, Diana. Die möchten Sie doch bestimmt vor neugierigen Blicken schützen.«

Marsh trat ein, als hätte er hinter der Tür gewartet. Die Spannung im Raum war zum Schneiden, aber er schien nichts davon zu spüren.

»Nur ein Sturm im Wasserglas.« Marsh schüttelte das weiße Haupt. »Die Frischlinge haben sich illegal Alkohol besorgt. Man fand sie unter einer Brücke, ein bisschen benebelt zwar, aber vollkommen zufrieden mit ihrer Situation. Vielleicht entspinnt sich daraus sogar eine Romanze.«

»Das freut mich aber«, murmelte ich. Die Uhr schlug dreiviertel, und ich stand auf. »Ist es schon so spät? Ich bin zum Abendessen verabredet.«

»Sie werden nicht mit uns speisen?«, fragte Marsh stirnrunzelnd. »Peter hat sich so darauf gefreut, mit Ihnen über Alchemie diskutieren zu können.«

»Unsere Wege kreuzen sich bestimmt wieder. Schon bald«, fiel Knox ihm sofort ins Wort. »Ich hatte mich nicht angekündigt, und natürlich hat die Lady Besseres zu tun, als mit zwei Männern unseres Alters zu Abend zu essen.«

Hüte dich vor Matthew Clairmont«, hörte ich Knox' Stimme in meinem Kopf. *Er ist ein Killer.*

Marsh lächelte. »Ja natürlich. Hoffentlich sehen wir uns bald wieder – sobald sich die Frischlinge eingelebt haben.«

»Frag ihn, was 1859 passiert ist. Du wirst sehen, ob er eine Hexe in seine Geheimnisse einweiht.«

»Wenn du die Geschichte kennst, ist sie wohl kaum ein Geheimnis.« Knox Miene zeigte blankes Erstaunen, als ich auf seine telepathische Warnung reagierte. Damit hatte ich in diesem Jahr zum sechsten Mal Magie eingesetzt, aber hier galten eindeutig mildernde Umstände.

»Es wäre mir ein Vergnügen, Professor Marsh. Und noch einmal vielen Dank, dass Sie mich dieses Jahr in Ihrem College aufgenommen haben.« Ich nickte dem Hexer zu. »Mr Knox.«

Ich floh aus Marshs Apartment in den Kreuzgang, mein altes Refugium, wo ich unter den Säulen hin und her spazierte, bis mein Puls zu rasen aufgehört hatte. In meinem Kopf kreiste nur eine einzige Frage: Was sollte ich jetzt anfangen, nachdem mich zwei Hexen – meine eigenen Leute – im Laufe eines einzigen Nachmittags bedroht hatten? Dann stand mir ebenso unvermittelt wie deutlich die Antwort vor Augen.

In meinem Apartment durchsuchte ich meine Handtasche, bis ich Clairmonts zerknitterte Visitenkarte erspürte, und wählte die erste Nummer.

Die Mailbox.

»Matthew, hier ist Diana. Es tut mir leid, dass ich dich belästigen muss, während du verreist bist.« Ich atmete tief durch und sagte: »Wir müssen uns unterhalten. Es ist etwas passiert. Es ist dieser Hexer aus der Bibliothek. Er heißt Peter Knox. Bitte ruf mich an, sobald du das hier abgehört hast.«

Ich würde nicht zulassen, dass sich ein Vampir in mein Leben drängte, hatte ich Sarah und Em versichert. Nach Gillian Chamberlain und Peter Knox hatte ich meine Meinung geändert. Mit zitternden Händen ließ ich die Jalousien hinunter, schloss die Tür ab und wünschte mir, ich hätte nie von *Ashmole 782* gehört.

Kapitel 11

In dieser Nacht bekam ich kein Auge zu. Ich saß erst auf dem Sofa, dann auf dem Bett, das Telefon neben mir. Nicht einmal eine Kanne Tee und eine Flut von E-Mails konnten mich von den Ereignissen des vergangenen Tages ablenken. Der Gedanke, dass meine Eltern womöglich von Hexen umgebracht worden waren, überstieg meine Vorstellungskraft. Also verdrängte ich das Ganze und zerbrach mir stattdessen den Kopf darüber, unter welchem Bann *Ashmole 782* stehen mochte und warum sich Knox so dafür interessierte.

Als ich in der Morgendämmerung immer noch wach war, ging ich erst duschen und zog mich dann um. Anders als sonst lockte mich der Gedanke an ein Frühstück überhaupt nicht. Statt etwas zu essen, hockte ich an der Tür, bis die Bibliothek öffnete, und ging dann die kurze Strecke zur Bodleian, wo ich meinen Stammplatz einnahm. Das Handy steckte in meiner Tasche, mit aktiviertem Vibrationsalarm, obwohl ich es nicht ausstehen konnte, wenn anderer Leute Handys in der Stille zu summen und zu tanzen begannen.

Um halb elf spazierte Peter Knox in den Lesesaal und ließ sich am anderen Ende nieder. Unter dem Vorwand, eine Handschrift zurückzugeben, kehrte ich an die Ausleihtheke zurück, um mich zu überzeugen, dass Miriam immer noch in der Bibliothek war. Sie war da – und sie war wütend.

»Bitte sagen Sie mir, dass sich dieser Hexer nicht da drüben hingesetzt hat.«

»O doch. Er starrt mir auf den Rücken, während ich arbeite.«

»Ich wünschte, ich wäre größer«, sagte Miriam stirnrunzelnd.

»Ehrlich gesagt glaube ich nicht, dass Sie nur größer sein müssten, um ihn zu vertreiben.« Ich schenkte ihr ein schiefes Lächeln.

Als vielleicht eine Stunde später Matthew ins Selden End trat, lautlos und ohne Vorwarnung, spürte ich seinen Blick nicht mehr als eisigen Fleck. Stattdessen schienen kühle Schneeflocken auf meinen Haaren, meinen Schultern und meinem Rücken zu landen, so als wollte er sich in aller Eile überzeugen, dass ich noch in einem Stück war.

Meine Finger krallten sich in die Tischplatte. Im ersten Moment brachte ich nicht den Mut auf, mich umzudrehen, solche Angst hatte ich, es könnte nur Miriam sein. Als ich erkannte, dass es tatsächlich Matthew war, reagierte mein Herz mit einem einzigen festen Schlag.

Doch der Vampir sah schon nicht mehr in meine Richtung. Er starrte mit wutverzerrtem Gesicht Peter Knox an.

»Matthew«, rief ich ihn leise und stand auf.

Er riss den Blick von dem Hexer los und kam zu mir. Als ich verunsichert in sein wütendes Gesicht sah, schenkte er mir ein aufmunterndes Lächeln. »Wie ich gehört habe, gab es hier einige Aufregung.« Er stand so dicht vor mir, dass die Kühle, die von ihm ausging, so erfrischend wirkte wie eine Brise an einem Sommertag.

»Nichts, womit wir nicht fertig geworden wären«, antwortete ich ruhig und in dem Bewusstsein, dass Peter Knox uns beobachtete.

»Kann unsere Unterhaltung warten – nur bis heute Abend?«, fragte er. Matthews Finger wanderten aufwärts und strichen über etwas, das sich unter den weichen Fasern seines Pullovers abzeichnete. Ich fragte mich, was er wohl über dem Herzen trug. »Wir könnten zum Yoga gehen.«

Ich hatte zwar nicht geschlafen, trotzdem hörte sich ein Ausflug nach Woodstock in einem extrem gut isolierten Wagen, gefolgt von anderthalb Stunden meditativer Bewegung, ausgesprochen verlockend an.

»Ich bin dabei«, erklärte ich aufrichtig.

»Möchtest du, dass ich hier neben dir arbeite?«, fragte er und beugte sich dabei leicht vor. Sein Duft war so mächtig, dass mir schwindlig wurde.

»Das ist nicht nötig«, bekundete ich fest.

»Lass es mich wissen, falls du deine Meinung änderst. Ansonsten treffen wir uns um sechs vor dem Hertford College.« Matthew sah mir tief in die Augen. Dann schoss er einen hasserfüllten Blick auf Peter Knox ab und kehrte an seinen Platz zurück.

Als ich auf dem Weg zum Mittagessen an seinem Tisch vorbeikam, räusperte sich Matthew. Gereizt knallte Miriam den Stift auf die Tischplatte und begleitete mich. Knox würde mir nicht zu Blackwell's folgen. Dafür sorgte Matthew.

Der Nachmittag zog sich endlos in die Länge; wach zu bleiben, war beinahe ein Ding der Unmöglichkeit. Um fünf konnte ich es kaum noch erwarten, die Bibliothek zu verlassen. Knox blieb im Selden End inmitten eines bunten Sortiments von Menschen zurück. Matthew brachte mich nach unten, und meine Stimmung heiterte sich zusehends auf, während ich ins College zurücklief, mich umzog und meine Yogamatte holte. Als sein Wagen vor dem Eisengitter des Hertford hielt, wartete ich schon auf ihn.

»Du bist früh dran«, bemerkte Matthew lächelnd, nahm mir die Matte ab und legte sie in den Kofferraum. Er holte scharf Luft, als er mir beim Einsteigen half, und ich fragte mich, welche Botschaften mein Körper ihm wohl gerade übermittelt hatte.

»Wir müssen uns unterhalten.«

»Das hat keine Eile. Erst sollten wir aus Oxford hinausfahren.« Er klappte die Beifahrertür zu und ließ sich auf den Fahrersitz sinken.

Nachdem die Studenten und Universitätsangestellten wieder in der Stadt waren, war der Verkehr auf der Woodstock Road dichter, aber Matthew umfuhr geschickt alle Nadelöhre.

»Wie war es in Schottland?«, fragte ich, als wir die Stadtgrenze passiert hatten, denn es war mir egal, worüber er redete, solange er nur redete.

Matthew sah mich kurz an und dann wieder auf die Straße. »Schön.«

»Miriam sagte, du wärst jagen gegangen.«

Er atmete langsam aus und legte die Finger wieder auf den Knoten unter seinem Pullover. »Das hätte sie nicht tun sollen.«

»Warum?«

»Weil manche Dinge in gemischter Gesellschaft unausgesprochen bleiben sollten«, erklärte er leicht ungeduldig. »Erzählen Hexen etwa anderen Geschöpfen, dass sie gerade vier Tage lang Zaubersprüche aufgesagt und Fledermäuse gekocht haben?«

»Hexen kochen keine Fledermäuse!«, wehrte ich mich entrüstet.

»Nichtsdestotrotz.«

»Warst du allein?«, fragte ich.

Matthew blieb lange stumm, bevor er antwortete. »Nein.«

»Ich war in Oxford auch nicht allein«, setzte ich an. »Die ganzen Geschöpfe ...«

»Miriam hat es mir erzählt.« Seine Hände fassten das Lenkrad fester. »Wenn ich gewusst hätte, dass Peter Knox der Hexer ist, der dich belästigt, wäre ich bestimmt nicht nach Schottland gereist.«

»Du hattest recht«, platzte es aus mir heraus, denn bevor ich das Thema Knox anging, musste ich ihm noch etwas gestehen. »Ich habe nie wirklich ohne Magie gelebt. Ich habe sie bei der Arbeit benutzt, ohne dass ich es gemerkt habe. Sie ist überall. Ich habe mir seit Jahren etwas vorgemacht.« Die Worte purzelten aus meinem Mund. Matthew konzentrierte sich auf den Verkehr. »Und das macht mir Angst.«

Seine kalte Hand strich über mein Knie. »Ich weiß.«

»Was soll ich nur tun?«, flüsterte ich.

»Das werden wir schon noch herausfinden«, sagte er ruhig und bog durch das Tor vor der Old Lodge. Prüfend betrachtete er mein Gesicht, während wir die Anhöhe nahmen und in die kreisförmige Auffahrt bogen. »Du bist müde. Stehst du das Yoga noch durch?«

Ich nickte.

Matthew stieg aus und öffnete mir die Tür. Diesmal reichte er mir nicht die Hand. Stattdessen kramte er im Kofferraum herum, zog unsere Matten heraus und schulterte beide. Vereinzelt kamen andere Teilnehmer unseres Kurses vorbei und sahen uns neugierig zu.

Er wartete, bis außer uns niemand mehr auf der Auffahrt stand. Dann sah er mich lange an und schien mit sich zu ringen. Ich zog die Stirn in Falten und legte den Kopf in den Nacken, um zu ihm aufzusehen. Ich hatte ihm gerade gestanden, dass ich Magie einsetzte, ohne es zu merken. Was war da noch so schrecklich, dass er es mir nicht erzählen wollte?

»Ich war mit einem alten Freund in Schottland. Hamish Osborne«, sagte er schließlich.

»Der Mann, den die Zeitungen gern als Parlamentskandidaten sehen würden, damit er zum Finanzminister ernannt werden kann?«, fragte ich erstaunt.

»Hamish wird sich nicht aufstellen lassen«, erwiderte Matthew knapp und zupfte den Träger seiner Yogatasche zurecht.

»Er ist also *doch* schwul!« Ich musste an die Spätnachrichtensendung denken, die ich vor kurzem gesehen hatte.

Matthew bedachte mich mit einem vernichtenden Blick. »Ja. Aber vor allem ist er ein Dämon.« Ich wusste nicht viel über die Welt der nichtmenschlichen Geschöpfe, aber dass es uns verboten war, in die Politik oder Religion der Menschen einzugreifen, wusste ich.

»Dass ein Dämon im Finanzsektor Karriere macht, ist ungewöhnlich.« Ich dachte kurz nach. »Das erklärt allerdings, warum er so scharfsinnig ist, wenn es um Geldanlagen geht.«

»Er ist auch sonst überaus scharfsinnig.« Das Schweigen dehnte sich, ohne dass Matthew Anstalten gemacht hätte, zur Tür zu gehen. »Ich musste weg und jagen gehen.«

Ich sah ihn verständnislos an.

»Du hast deinen Pullover in meinem Wagen liegen lassen«, sagte er, als würde das alles erklären.

»Miriam hat ihn mir schon zurückgegeben.«

»Ich weiß. Ich konnte ihn nicht bei mir behalten. Begreifst du, warum?«

Als ich den Kopf schüttelte, stieß er seufzend einen französischen Fluch aus. »Dein Duft hat den ganzen Wagen durchdrungen, Diana. Ich musste aus Oxford verschwinden.«

»Ich verstehe immer noch nicht«, gestand ich.

»Ich musste immerzu an dich denken.« Er fuhr sich mit der Hand durchs Haar und schaute über die Auffahrt.

Mein Herzschlag war aus dem Takt geraten, und der verzögerte

Blutfluss verlangsamte meine Denkprozesse. Doch dann begann ich zu begreifen.

»Du hast doch nicht etwa Angst, dass du mir etwas antun könntest?« Ich hatte einen gesunden Respekt vor Vampiren, aber bei Matthew fühlte ich mich sicher.

»Ich kann nicht sicher sein.« Seine Augen blickten argwöhnisch, und in seiner Stimme schwang eine leise Warnung.

»Du bist also nicht wegen Freitagabend gefahren?« Ich atmete erleichtert auf.

»Nein«, sagte er sanft. »Damit hatte es nichts zu tun.«

»Kommt ihr beiden herein, oder wollt ihr eure Übungen da draußen absolvieren?«, rief Amira von der offenen Tür aus.

Wir gingen in den Kurs und beobachteten einander immer wieder verstohlen, wenn wir glaubten, dass der andere nicht hersah. Unser erster aufrichtiger Informationsaustausch hatte einiges verändert. Jetzt rätselten wir beide, was als Nächstes passieren würde.

Als Matthew nach dem Ende des Kurses den Pullover über seinen Kopf zog, stach mir ein silbernes Glänzen ins Auge. Das Objekt hing an einem dünnen Lederband um seinen Hals. Dieses Ding hatte er immer wieder durch den Pullover hindurch berührt wie einen Talisman.

»Was ist das?« Ich deutete darauf.

»Das soll mich an etwas erinnern.«

»Woran?«

»Daran, wie zerstörerisch Zorn sein kann.«

Peter Knox hatte mich gewarnt, ich solle mich vor Matthew in Acht nehmen.

»Ist das etwa ein Pilgerzeichen?« Die Form erinnerte mich an ein Zeichen aus dem British Museum. Es sah sehr alt aus.

Er nickte und zog es am Band nach vorn. Es baumelte zwischen seinen Fingern und blinkte, wenn das Licht darauf fiel. »Es ist eine Ampulle aus Bethanien.« Sie war wie ein Sarg geformt und gerade groß genug, um ein paar Tropfen Weihwasser zu enthalten.

»Lazarus«, sagte ich schwach und nahm den Sarg genauer in Augenschein. In Bethanien hatte Christus Lazarus von den Toten auferweckt.

Und obwohl ich heidnisch erzogen worden war, wusste ich genau, warum Christen auf Pilgerfahrt gingen. Sie taten es, um für ihre Sünden zu büßen.

Matthew ließ die Ampulle wieder unter seinen Pullover gleiten und entzog sie damit den Blicken der anderen Geschöpfe, die gerade nacheinander den Raum verließen.

Wir verabschiedeten uns von Amira und blieben vor der Old Lodge in der frischen Herbstluft stehen. Trotz der Scheinwerfer, die das Mauerwerk in Licht badeten, war es hier, etwas abseits von dem Gebäude, dunkel.

»Geht es dir jetzt besser?«, riss Matthew mich aus meinen Gedanken. Ich nickte. »Dann erzähl mir, was passiert ist.«

»Es geht um das Manuskript. Knox will es haben. Agatha Wilson – die Dämonin, der ich bei Blackwell's begegnet bin – hat gesagt, dass die Dämonen es haben wollen. Du willst es auch. Aber *Ashmole 782* steht unter einem Bann.«

»Ich weiß«, sagte er wieder.

Eine weiße Eule flatterte vor uns nieder und schlug wütend mit den Flügeln. Überzeugt, dass sie gleich mit ihrem Schnabel und ihren Fängen auf mich einhacken würde, zuckte ich zusammen und hob schützend die Arme. Aber im nächsten Moment hatte die Eule das Interesse an mir verloren und erhob sich in die Bäume entlang der Auffahrt.

Mein Herz klopfte wie wild, und eine Panikattacke breitete sich von den Füßen her durch meinen Körper aus. Ohne jede Vorwarnung zog Matthew die hintere Tür des Jaguars auf und schubste mich auf die Rückbank. »Atme tief ein und aus«, befahl er, über mich gebeugt und mit einer Hand auf meinem Knie. Magensäure schoss durch meine Speiseröhre – ich hatte nichts als Wasser im Magen – und presste sich durch die Kehle, bis ich kaum noch Luft bekam. Ich drückte die Hand vor den Mund und würgte krampfhaft. Er hob die Hand und strich mit kühlen, beruhigenden Fingern eine lose Haarsträhne hinter mein Ohr.

»Dir kann nichts passieren«, sagte er.

»Das tut mir so leid.« Ich strich mir zitternd über den Mund und spürte gleichzeitig, wie die Übelkeit abklang. »Die Panikattacken haben gestern Abend eingesetzt, nachdem ich mit Knox gesprochen hatte.«

»Möchtest du ein paar Schritte gehen?«

»Nein«, lehnte ich hastig ab. Der Park kam mir viel zu groß und schwarz vor, und meine Beine fühlten sich an wie aus Gummi.

Matthew musterte mich. »Ich bringe dich heim. Der Rest der Unterhaltung kann warten.«

Er zog mich von der Rückbank hoch und hielt meine Hand, bis ich mich auf den Beifahrersitz gesetzt hatte. Ich schloss die Augen. Einen Moment saßen wir stumm nebeneinander, dann drehte Matthew den Zündschlüssel. Der Jaguar sprang sofort an.

»Passiert dir das oft?«, fragte er.

»Gott sei Dank nicht«, sagte ich. »Als Kind hatte ich das dauernd, aber inzwischen ist es viel besser geworden. Eine Adrenalin-Überdosis, mehr ist das nicht.« Matthews Blick kam auf meinen Händen zu ruhen, während ich mir die Haare aus dem Gesicht strich.

»Ich weiß«, sagte er schon wieder, löste die Handbremse und fuhr los.

»Kannst du es riechen?«

Er nickte. »Es hat sich aufgestaut, seit du mir erzählt hast, dass du Magie einsetzt. Treibst du darum ständig Sport – Joggen, Rudern, Yoga?«

»Ich nehme nicht gern Medikamente. Davon wird mir so schummrig.«

»Wahrscheinlich ist Sport sowieso effektiver.«

»Diesmal hat er nicht geholfen«, murmelte ich und dachte an meine elektrisierten Hände von neulich.

Matthew bog aus dem Tor der Old Lodge auf die Straße. Er konzentrierte sich aufs Fahren, während ich mich vom sanften Schaukeln des Wagens beruhigen ließ.

»Warum hast du mich angerufen?«, fragte Matthew abrupt und riss mich damit aus meinen Gedanken.

»Wegen Knox und wegen *Ashmole 782.*« Die Panik flackerte wieder auf, als er so unvermittelt sachlich wurde.

»Das ist mir klar. Mich würde aber interessieren, warum du *mich* angerufen hast. Du hast doch bestimmt Freunde – Hexen oder Menschen –, die dir helfen könnten.«

»Eigentlich nicht. Keiner meiner menschlichen Freunde weiß, dass ich eine Hexe bin. Es würde Tage dauern, bis ich ihnen erklärt hätte, was tatsächlich in dieser Welt abläuft – falls sie es so lange in meiner Nähe aushalten würden, wohlgemerkt. Ich habe unter den Hexen keine Freunde, und meine Tanten will ich keinesfalls in die Sache hineinziehen. Schließlich können sie nichts dafür, dass ich so dumm war, das Manuskript zurückzugeben, obwohl ich nicht wusste, was es damit auf sich hat.« Ich biss mir auf die Lippe. »Hätte ich dich lieber nicht anrufen sollen?«

»Ich weiß es nicht, Diana. Am Freitag hast du noch gesagt, Hexen und Vampire könnten nicht befreundet sein.«

»Am Freitag habe ich vieles gesagt.«

Matthew schwieg und konzentrierte sich auf die kurvige Straße.

»Ich weiß nicht mehr, was ich denken soll.« Ich verstummte und legte mir die nächsten Worte zurecht. »Aber eines weiß ich mit Sicherheit. Ich bin lieber mit dir in der Bibliothek als mit Knox.«

»Einem Vampir kann man nie völlig vertrauen – nicht in Gegenwart von Warmblütern.« Matthews Blick erfasste mich für eine kurze, kalte Sekunde.

»Warmblüter?«, fragte ich stirnrunzelnd.

»Menschen, Hexen, Dämonen – jeder, der kein Vampir ist.«

»Lieber riskiere ich, von dir gebissen zu werden, als dass sich Knox in mein Gehirn schleicht und dort nach Informationen wühlt.«

»Hat er das versucht?« Matthew war nicht lauter geworden, aber ich hörte die Wut in seiner Frage.

»Es war keine große Sache«, beteuerte ich hastig. »Er wollte mich nur vor dir warnen.«

»Das sollte er auch. Niemand kann etwas sein, das er nicht ist, sosehr er sich auch bemüht. Du darfst uns Vampire nicht verklären. Knox ist vielleicht nicht an deinem persönlichen Wohl interessiert, aber was mich betrifft, hat er recht.«

»Ich lasse mir nicht vorschreiben, mit wem ich befreundet sein darf – und schon gar nicht von einem Eiferer wie Knox.« Meine Finger begannen vor Zorn zu prickeln, und ich schob sie unter meine Schenkel.

»Sind wir das? Freunde?«

»Ich glaube schon. Freunde sagen einander die Wahrheit, selbst wenn es schwerfällt.« Die Ernsthaftigkeit unseres Gesprächs verunsicherte mich so, dass ich meine Hose über den Knien glattzustreichen begann.

»Vampire sind keine besonders guten Freunde.« Er klang wieder wütend.

»Hör zu, wenn du möchtest, dass ich mich von dir fernhalte …«

»Natürlich nicht«, fiel Matthew mir ins Wort. »Es ist nur so, Beziehungen mit Vampiren sind … kompliziert. Wir haben einen ausgeprägten Beschützerinstinkt – wir können ziemlich besitzergreifend sein. Das ist nicht immer angenehm.«

»*Beschützer* hört sich für mich momentan ganz gut an.«

Im selben Moment sah ich nackte Verletzlichkeit in Matthews Blick. »Ich werde dich daran erinnern, wenn du dich beklagst.« Sofort war die Verletzlichkeit einer gutmütigen Ironie gewichen.

Er bog von der Holywell Street ab und fuhr durch das Tor vor meiner Unterkunft. Fred warf einen Blick auf den Wagen und grinste, bevor er diskret wegsah. Ich wartete, bis Matthew mir die Tür öffnete, und sah mich währenddessen im Wagen um, damit ich nichts zurückließ – nicht einmal einen Haargummi –, weil ich ihn nicht wieder nach Schottland treiben wollte.

»Aber es geht bei alldem nicht nur um Knox und das Manuskript«, erklärte ich ihm eindringlich, als er mir die Matte reichte. So wie er sich verhielt, hätte man meinen können, dass sich von allen Seiten die verschiedensten Geschöpfe an mich heranmachten.

»Das kann warten, Diana. Und mach dir keine Sorgen. Peter Knox wird dir nicht noch einmal nahekommen.« Er klang grimmig und hatte dabei eine Hand auf die Ampulle unter seinem Pullover gelegt.

Wir mussten mehr Zeit miteinander verbringen – und zwar nicht in der Bibliothek, sondern allein.

»Möchtest du morgen zum Abendessen kommen?«, fragte ich ihn leise. »Dann könnten wir über alles reden, was passiert ist.«

Matthew stockte, und über sein Gesicht zuckte Verwirrung und etwas anderes, das ich nicht benennen konnte. Seine Finger schlossen sich kurz um das Pilgerzeichen, dann ließ er es wieder los.

»Gern«, antwortete er langsam.

»Gut.« Ich lächelte. »Wie wäre es um halb acht?«

Er nickte und erwiderte mein Lächeln fast schüchtern. Ich war schon zwei Schritte gegangen, als mir einfiel, dass es eine Frage gab, die wir noch vor dem morgigen Abend klären mussten.

»Was isst du?«

»Eigentlich alles.« Matthews Gesicht hellte sich zu einem weiteren Lächeln auf, das mein Herz ins Stolpern brachte.

»Dann bis halb acht.« Ich wandte mich ab und lachte kopfschüttelnd über seine wenig hilfreiche Antwort. »Ach ja, noch etwas.« Ich drehte mich noch einmal um. »Lass Miriam ihre Arbeit machen. Ich kann wirklich auf mich selbst aufpassen.«

»Das hat sie mir auch schon erklärt.« Matthew ging um den Wagen herum auf die Fahrerseite. »Ich werde es mir überlegen. Aber du wirst mich morgen wie üblich im Duke Humfrey's finden.« Er stieg ein und ließ, als ich mich nicht vom Fleck rührte, das Fenster herunter.

»Ich fahre erst los, wenn du im Haus bist«, sagte er und sah mich tadelnd an.

»Vampire«, murmelte ich kopfschüttelnd.

Kapitel 12

Nichts in meiner kulinarischen Erziehung hatte mich darauf vorbereitet, was man serviert, wenn man einen Vampir zum Abendessen erwartet.

In der Bibliothek verbrachte ich fast den ganzen Tag im Internet, wo ich nach Rezepten mit rohen Zutaten suchte, während meine Handschriften vergessen auf meinem Arbeitsplatz lagen. Matthew hatte behauptet, er würde alles essen, aber das war bestimmt nicht wahr. Ein Vampir, der sich hauptsächlich von Blut ernährte, vertrug bestimmt eher ungekochte Nahrung. Andererseits war Matthew so höflich, dass er ohne jeden Zweifel alles essen würde, was ich ihm anbot.

Nach umfassenden gastronomischen Studien verließ ich die Bibliothek früher als sonst. Matthew hatte das Fort Bishop heute allein gesichert, was Miriam bestimmt als Erleichterung empfunden hatte. Weder Peter Knox noch Gillian Chamberlain hatten sich im Lesesaal blicken lassen, was *ich* als Erleichterung empfunden hatte. Selbst Matthew wirkte gut gelaunt, als ich den Gang entlangkam, um meine Handschriften zurückzugeben.

An der Radcliffe Camera, unter deren Kuppel die Studenten im Grundstudium über ihren Büchern brüteten, und den mittelalterlichen Mauern des Jesus College vorbei ging ich in die Markthalle zum Einkaufen. Die Einkaufsliste in der Hand, hielt ich zuerst bei einem Metzgereistand, wo ich frisches Wild und einen Hasen kaufte, und ging anschließend zum Fischhändler, um schottischen Lachs zu erstehen.

Aßen Vampire Gemüse?

Dank meines Handys konnte ich in der zoologischen Fakultät anrufen und mich nach den Ernährungsgewohnheiten der Wölfe erkundigen. Was für Wölfe?, wurde ich gefragt. Ich hatte vor langer Zeit auf einem Studienausflug in den Bostoner Zoo graue europäische Wölfe gesehen, außerdem war Grau Matthews Lieblingsfarbe, darum fiel die Wahl auf sie. Nachdem die gelangweilte Stimme am anderen Ende eine lange Liste leckerer Säugetiere heruntergerasselt und erklärt hatte, dass es sich dabei um die »Lieblingsspeisen« der Wölfe handele, erklärte sie mir, dass Wölfe auch Nüsse, Samen und Beeren äßen. »Aber Sie sollten sie nicht füttern!«, wurde ich gewarnt. »Das sind keine Haustiere!«

»Danke für den Rat.« Ich musste mir Mühe geben, nicht zu kichern.

Der Gemüsehändler verkaufte mir die letzten schwarzen Johannisbeeren des Sommers und ein paar duftende Walderdbeeren. Eine Tüte Maronen landete ebenfalls in meiner schwerer werdenden Einkaufstasche.

Danach ging es in den Weinladen, wo ich der Gnade eines Önologischen Evangelisten ausgeliefert war, der mich als Erstes fragte, ob der »Gentleman sich mit Wein auskennt«. Damit brachte er mich sofort ins Schleudern. Der Verkäufer nutzte meine Verwirrung aus, um mir für den Jahresetat eines Kleinstaates ein paar bemerkenswerte französische und deutsche Weine anzudrehen. Danach verfrachtete er mich in ein Taxi, damit ich mich während der Fahrt zum College von dem Preisschock erholen konnte.

In meinem Apartment befreite ich den zerkratzten Tisch aus dem achtzehnten Jahrhundert, der mir gleichzeitig als Arbeits- und Esstisch diente, von allen Papieren und zerrte ihn dann vor den Kamin. Ich deckte ihn liebevoll mit dem alten Geschirr und Besteck aus meinem Schrank sowie mit zwei schweren Kristallkelchen, Überbleibseln aus einem Set, das Anfang des zwanzigsten Jahrhunderts für den Gemeinschaftsraum erstanden worden war. Meine loyalen Küchendamen hatten mich mit einem Stapel von frisch gestärktem Leinen ausgestattet, das jetzt teils die Tischplatte bedeckte, teils zusammengefaltet neben dem Besteck lag und teils das verschrammte Tablett verschönerte, mit dem ich das Essen aus der Küche tragen würde.

Sobald ich mit den Vorbereitungen angefangen hatte, begriff ich, dass man nicht viel Zeit braucht, um für einen Vampir zu kochen. Eigentlich braucht man überhaupt nicht zu *kochen.*

Um sieben Uhr standen die Kerzen bereit, das Essen war bis auf ein paar letzte Handgriffe fertig, und das Einzige, was noch herzurichten war, war ich.

Meine Garderobe enthielt praktisch nichts, was dem Programmpunkt »Dinner mit einem Vampir« entsprochen hätte. Auf gar keinen Fall würde ich mich in einem Kostüm oder in dem Outfit, das ich bei meinem Besuch bei Professor Marsh getragen hatte, mit Matthew zu Tisch setzen. Schwarze Hosen und Leggings besaß ich im Überfluss, durch die Bank mit mehr oder weniger Lycra versetzt, aber praktisch alle waren mit Tee- oder Fettflecken oder beidem besprenkelt. Schließlich förderte ich eine halbwegs brauchbare schwarze Hose zutage, die allerdings verdächtig nach einem Pyjama-Unterteil aussah, wenn auch einem ziemlich eleganten. Die würde reichen müssen.

In bh und Hose eilte ich ins Bad und zerrte den Kamm durch mein schulterlanges strohblondes Haar. Nicht genug, dass es völlig verknotet war, es provozierte mich zusätzlich, indem es sich bei jeder Berührung durch den Kamm aufstellte. Ich spielte kurz mit dem Gedanken, ihm mit dem Glätteisen zu Leibe zu rücken, aber die Chancen standen gut, dass ich exakt den halben Kopf gebändigt hätte, wenn Matthew auftauchte. Er würde pünktlich auf die Minute vor der Tür stehen. Das war mir klar.

Während ich mir die Zähne putzte, kam ich zu dem Schluss, dass mir nichts anderes übrig bleiben würde, als mir die Haare aus dem Gesicht zu kämmen und sie in einen Knoten zu binden. Dadurch wirkten zwar mein Kinn und meine Nase spitzer, andererseits erweckte ich damit wenigstens die Illusion von Wangenknochen, und noch dazu konnten mir die Haare nicht in die Augen fallen, von denen sie in letzter Zeit scheinbar magnetisch angezogen wurden. Kaum hatte ich alle Haare mit Haarnadeln befestigt, löste sich die erste Strähne. Ich seufzte.

Aus dem Spiegel blickte mich das Gesicht meiner Mutter an. Ich musste daran denken, wie schön sie ausgesehen hatte, wenn sie sich zum Abendessen hinsetzte, und fragte mich, wie sie es geschafft hatte, dass ihre hellen Brauen und Wimpern so deutlich hervorgetreten waren, oder wieso ihr breiter Mund so anders gewirkt hatte, wenn sie mich oder meinen Vater anlächelte. Nach einem Blick auf die Uhr sparte ich mir den Versuch, eine ähnliche Transformation mit kosmetischen Mitteln zu bewerkstelligen. Ich hatte nur noch drei Minuten, um eine Bluse auszusuchen, wenn ich Matthew Clairmont, den angesehenen Professor der Biochemie und Neurowissenschaften, nicht in Unterwäsche begrüßen wollte.

Mein Kleiderschrank bot mir zwei Alternativen – schwarz oder mitternachtsblau. Die blaue hatte den Vorteil, sauber zu sein, in diesem Fall ein entscheidender Faktor. Außerdem hatte sie einen komischen Kragen, der hinten hochstand und sich wie ein Flügel um mein Gesicht schwang, ehe er in einen V-förmigen Ausschnitt abfiel. Die Ärmel waren relativ eng und mündeten in langen, steifen Manschetten, die leicht ausgestellt waren und irgendwo über dem Handrücken endeten. Gerade als ich den zweiten Silberohrring anlegte, klopfte es an der Tür.

Mein Herz begann zu flattern, als hätte ich ein Date. Ich zerquetschte den Gedanken augenblicklich.

Als ich die Tür öffnete, stand Matthew vor mir, groß und schneidig wie ein Märchenprinz. Anders als sonst trug er ausschließlich Schwarz, was ihn noch umwerfender aussehen ließ – und noch vampirhafter.

Er wartete geduldig auf dem Treppenabsatz, bis ich ihn begutachtet hatte.

»Wo sind meine Manieren geblieben? Bitte komm herein, Matthew. Genügt das als förmliche Einladung in mein Haus?« Das hatte ich irgendwo im Fernsehen gesehen oder in einem Buch gelesen.

Seine Lippen verzogen sich zu einem Lächeln. »Das meiste von dem, was du über Vampire zu wissen meinst, kannst du getrost vergessen. Es gibt keine mystische Barriere, die sich zwischen mir und einer schönen Jungfer erhebt.« Matthew musste leicht den Kopf einziehen, als er durch die Tür trat. In der einen Hand hielt er eine Flasche Wein, in der anderen ein paar weiße Rosen.

»Für dich.« Er betrachtete mich wohlgefällig und überreichte mir die Blumen. »Kann ich die irgendwo bis zum Dessert abstellen?« Er sah auf die Flasche.

»Danke, ich liebe Rosen. Wie wär's mit dem Fensterbrett?«, schlug ich vor und verschwand in die Küche, um eine Vase zu suchen. Meine andere Vase war in Wahrheit eine Weinkaraffe, wie ich dank des Weinkellners aus dem Gemeinschaftsraum des Lehrpersonals wusste, der mich ein paar Stunden zuvor in meinem Apartment besucht und sie mir gezeigt hatte, nachdem ich behauptet hatte, ich würde so etwas nicht besitzen.

»Perfekt«, erwiderte Matthew.

Als ich mit den Blumen zurückkehrte, war er damit beschäftigt, durchs Zimmer zu schlendern und die Kupferstiche zu betrachten.

»Die sind gar nicht schlecht«, erklärte er, während ich die Vase auf eine vernarbte Kommode aus der napoleonischen Zeit stellte.

»Leider sind es fast nur Jagdszenen.«

»Das ist mir nicht entgangen«, antwortete Matthew mit amüsiertem Lächeln. Ich wurde knallrot.

»Bist du hungrig?« Die Knabbereien und Drinks, die eine gute Gastgeberin vor dem Dinner servierte, hatte ich völlig vergessen.

»Ich könnte durchaus etwas essen«, sagte der Vampir grinsend.

Ich zog mich in die sichere Küche zurück und nahm zwei Teller aus dem Kühlschrank. Als ersten Gang gab es Räucherlachs mit frischem Dill nebst einem kleinen, artistisch aufgehäuften Kegel aus Kapern und gehackten Gürkchen, der auch als Garnitur zählen konnte, falls der Vampir kein Grünzeug vertrug.

Als ich mit den Tellern ins Zimmer trat, stand Matthew wartend neben dem Stuhl, der am weitesten von der Küche entfernt war. Der Wein stand in einer hohen Silberschale bereit, in der ich mein Kleingeld aufbewahrt hatte, die aber, wie mir der Weinkellner aus dem Gemeinschaftsraum bei seinem Besuch erläutert hatte, eigentlich für Weinflaschen gedacht war. Matthew setzte sich, während ich eine Flasche mit deutschem Riesling entkorkte. Ich schenkte zwei Gläser ein, ohne auch nur einen Tropfen zu verschütten, und setzte mich dann an den Tisch.

Mein Gast hielt das Weinglas unter seine lange Adlernase und versank in tiefer Konzentration. Ich wartete darauf, dass er aus seiner Trance erwachte, und fragte mich währenddessen, wie viele Riechzellen Vampire wohl besaßen, verglichen beispielsweise mit Hunden.

Ich hatte wirklich keine Ahnung von Vampiren.

»Sehr nett«, urteilte er schließlich, öffnete die Augen und lächelte mich an.

»Für den Wein bin ich nicht verantwortlich«, versicherte ich eilig und klatschte mir die Serviette auf den Schoß. »Der Mann im Weingeschäft hat ihn ausgesucht, also gib mir nicht die Schuld, wenn er nicht schmeckt.«

»Sehr nett«, sagte er wieder, »und der Lachs sieht wirklich gut aus.«

Matthew griff nach Messer und Gabel und spießte ein Stück Fisch auf. Während ich ihn unter gesenkten Wimpern hervor beobachtete, um festzustellen, ob er ihn tatsächlich essen würde, piekte ich ein Gurkenstückchen, eine Kaper und etwas Lachs auf meine Gabelzinken.

»Du isst nicht wie eine Amerikanerin«, stellte er nach einem Schluck Wein fest.

»Nein«, bestätigte ich und sah erst auf die Gabel in meiner Linken, dann auf das Messer in meiner Rechten. »Ich nehme an, dazu war ich zu lange in England. Kannst du das wirklich essen?«, platzte es aus mir heraus, weil ich es nicht mehr aushielt.

Er lachte. »O ja, und Räucherlachs mag ich wirklich.«

»Aber du isst nicht alles«, beharrte ich und sah dabei wieder auf meinen Teller.

»Nein«, gab er zu, »aber von den meisten Sachen bringe ich durchaus ein paar Bissen hinunter. Es schmeckt mir nur nicht besonders, wenn es nicht roh ist.«

»Das ist eigenartig, schließlich haben Vampire doch so hoch entwickelte Sinnesorgane. Man sollte meinen, dass für sie jedes Essen fantastisch schmeckt.« Mein Lachs schmeckte so sauber wie frisches Quellwasser.

Er griff nach seinem Weinglas und schaute in die blassgoldene Flüssigkeit. »Wein schmeckt fantastisch. Dagegen schmeckt alles, was zu Tode gekocht wurde, für einen Vampir widerwärtig.«

Ich ging mein geplantes Menü durch und atmete innerlich auf.

»Aber wenn dir das Essen nicht schmeckt, warum lädst du mich dann immer wieder zum Essen ein?«, fragte ich.

Matthews Blick zuckte über meine Wangen und Augen, bevor er auf meinem Mund zu liegen kam. »Es fällt mir leichter, in deiner Nähe zu sein, wenn du isst. Bei dem Geruch von gekochtem Essen wird mir übel.«

Ich blinzelte ihn verwirrt an.

»Solange mir übel ist, werde ich nicht hungrig«, erklärte Matthew vergrämt.

»Ach so!« Die Steinchen fügten sich zusammen. Dass er meinen Geruch mochte, wusste ich bereits. Offenbar regte das seinen Appetit an.

Ach so. Ich wurde wieder rot.

»Ich dachte, du würdest das wissen«, setzte er sanfter hinzu, »und hättest mich deshalb zum Essen eingeladen.«

Ich schüttelte den Kopf und stellte das nächste Lachspäckchen zusammen. »Wahrscheinlich weiß ich noch weniger über Vampire als die meisten Menschen. Und das Wenige, was meine Tante Sarah mir beigebracht hat, zählt auch nur unter Vorbehalt, weil sie so viele Vorurteile hat. Zum Beispiel ist sie ganz strikt, was eure Ernährung angeht. Sie meint, Vampire würden ausschließlich Blut zu sich nehmen, weil sie nicht mehr zum Überleben brauchen. Aber das stimmt nicht, oder?«

Matthews Augen wurden schmal, und seine Stimme vereiste. »Nein. Du brauchst Wasser, um zu überleben. Trinkst du deshalb nichts anderes?«

»Sollte ich das lieber nicht ansprechen?« Meine Fragen reizten ihn. Nervös schlang ich die Füße um die Stuhlbeine und merkte im selben Moment, dass ich vergessen hatte, Schuhe anzuziehen. Ich hatte meinen Gast barfuß empfangen.

»Wahrscheinlich kannst du nicht gegen deine Neugier an«, erwiderte Matthew, nachdem er ausgiebig über meine Frage nachgedacht hatte. »Ich trinke Wein, und ich esse auch – am liebsten ungekochte Sachen oder kalte Speisen, die möglichst nicht riechen.«

»Aber das Essen und der Wein nähren dich nicht«, vermutete ich. »Du brauchst Blut – welcher Art auch immer.« Er zuckte zusammen. »Und du brauchst auch nicht draußen zu warten, bis ich dich in mein Haus gebeten habe. Wo liege ich sonst noch falsch?«

Matthews Miene kündete von strapazierter Geduld. Das Weinglas in der Hand, lehnte er sich zurück. Ich stand halb auf und beugte mich über den Tisch, um ihm nachzuschenken. Wenn ich ihn schon mit Fragen überschüttete, konnte ich ihm wenigstens Wein einschenken. Dummerweise musste ich mich dabei über die Kerzen beugen und hätte um ein Haar meine Bluse in Flammen gesetzt. Matthew nahm mir die Weinflasche ab.

»Soll ich das nicht lieber übernehmen?«, schlug er vor. Er schenkte erst sich Wein ein und danach mein Glas voll, bevor er antwortete: »Das meiste, was du über mich – über Vampire – weißt, haben sich die Menschen zusammengeträumt. Nichtmenschliche Wesen machen ihnen Angst. Und damit meine ich nicht nur uns Vampire.«

»Schwarze Hüte, schwarze Katzen, fliegende Besen.« Das war die unheilige Dreifaltigkeit der Hexenfolklore, die alljährlich an Halloween zu lächerlich grellem Leben erwachte.

»Ganz genau.« Matthew nickte. »Irgendwo steckt in jeder dieser Geschichten ein Körnchen Wahrheit, etwas, das die Menschen verängstigte und ihnen half, uns zu verleugnen. Der stärkste menschliche Charakterzug ist die Fähigkeit, alles Unangenehme zu verdrängen. Ich habe übermenschliche Kräfte und ein langes Leben, du verfügst über übernatürliche Fähigkeiten, Dämonen beweisen ehrfurchtgebietende kreative Kräfte. Menschen können sich einreden, dass oben unten und schwarz weiß ist. Das ist ihre besondere Gabe.«

»Und welches Körnchen Wahrheit steckt in der Geschichte, dass Vampire ein Haus erst betreten können, wenn sie hereingebeten wurden?«, kam ich zurück auf das Empfangsprotokoll.

»Wir sind ständig von Menschen umgeben. Sie weigern sich, unsere Existenz anzuerkennen, weil wir nicht in ihre begrenzte Welt passen.

Wenn sie uns erst einlassen – uns so sehen, wie wir wirklich sind –, dann werden sie uns nicht mehr los, so wie du jemanden, den du in deine Wohnung eingeladen hast, nur schwer wieder hinauswerfen kannst. Dann können sie uns nicht mehr ignorieren.«

»Damit verhält es sich also ähnlich wie bei den Geschichten über Vampire und die Sonne«, dämmerte mir. »Weil sie sich nicht eingestehen wollen, dass ihr unter ihnen wandelt, erzählen sie sich, dass ihr im Sonnenlicht sterben müsst.«

Matthew nickte wieder. »Natürlich schaffen sie es trotzdem, uns zu ignorieren. Wir können schließlich nicht immer im Haus bleiben, bis es dunkel wird. Aber nach Anbruch der Nacht fallen wir den Menschen weniger auf – und das gilt auch für euch. Du solltest ihre Gesichter sehen, wenn du einen Raum betrittst oder die Straße hinuntergehst.«

Ich dachte an meine unauffällige Kleidung und sah ihn zweifelnd an. Matthew lachte leise.

»Du glaubst mir nicht, ich weiß. Aber es stimmt. Es macht die Menschen nervös, wenn sie einen von uns bei Tageslicht sehen. Wir überfordern sie – wir sind zu groß, zu stark, zu selbstbewusst, zu kreativ, zu mächtig, zu anders geartet. Den ganzen Tag versuchen sie angestrengt, uns quadratische Klötzchen in runde Löcher zu pressen. Abends ist es einfacher, uns als verschrobene Eigenbrötler hinzustellen.«

Ich stand auf, trug die Fischteller ab und stellte dabei erleichtert fest, dass Matthew alles bis auf die Garnitur aufgegessen hatte. Er schenkte noch etwas deutschen Wein in sein Glas, während ich die nächsten beiden Teller aus dem Kühlschrank holte, auf denen mehrere Scheiben von rohem Wildfleisch lagen, das so dünn aufgeschnitten war, dass man laut dem Metzger die *Oxford Mail* durch sie hindurch lesen konnte. Vampire mochten kein Grünzeug. Ob sie Wurzelgemüse und Käse mochten, würde sich gleich zeigen. Ich häufte ein paar Würfel rote Bete auf jeden Teller und raspelte Parmesan darüber.

Eine Dekantierkaraffe mit breitem Boden landete auf der Mitte des Tisches und zog sofort Matthews Blick auf sich.

»Darf ich?«, fragte er, zweifellos besorgt, dass ich das College abbrennen könnte. Er griff nach dem Glasbehälter, schenkte etwas Wein in unsere Gläser und hielt seines dann unter seine Nase.

»Côte Rôtie«, erkannte er zufrieden. »Einer meiner Lieblingsweine.«

Ich fasste den schlichten Glasbehälter ins Auge. »Und du kannst das erkennen, nur indem du daran riechst?«

Er lachte. »Manche der Vampirgeschichten stimmen. Mein Geruchssinn ist außergewöhnlich scharf – genau wie meine Augen und mein Gehör. Aber selbst ein Mensch könnte dir sagen, dass das hier ein Côte Rôtie ist.« Er schloss wieder die Augen. »Ein 2003er?«

Mir klappte der Mund auf. »Ja!« Das hier war besser als ein Fernsehquiz. Auf dem Etikett war eine kleine Krone aufgedruckt gewesen. »Verrät dir deine Nase auch, von welchem Weingut er kommt?«

»Ja, aber hauptsächlich, weil ich schon einmal über den Weinberg spaziert bin, auf dem die Trauben wachsen«, gestand er fast kleinlaut, so als hätte ich ihn bei einem Taschenspielertrick ertappt.

»Du kannst riechen, von welchem Weinberg er stammt?« Ich steckte die Nase ins Glas und war froh, dass sich das leichte Pferdedungaroma verzogen hatte.

»Manchmal glaube ich, dass ich mich an alles erinnern kann, was ich je gerochen habe. Wahrscheinlich ist das nur Einbildung«, gestand er verlegen. »Aber Gerüche beschwören mächtige Erinnerungen herauf. Ich weiß noch, als wäre es gestern gewesen, wie ich das erste Mal Schokolade gerochen habe.«

»Wirklich?« Interessiert beugte ich mich vor.

»Das war 1615. Der Krieg war noch nicht ausgebrochen, und der König von Frankreich hatte eine spanische Prinzessin geheiratet, die niemand leiden konnte – am wenigsten der König selbst.« Als ich lächelte, lächelte er ebenfalls, doch sein Blick blieb in die Ferne gerichtet. »Sie brachte die Schokolade nach Paris – bitter wie die Sünde und genauso dekadent. Wir tranken den Kakao schwarz, nur mit Wasser und ohne Zucker.«

Ich lachte. »Hört sich grässlich an. Zum Glück ist jemand auf die Idee gekommen, dass Schokolade süß sein sollte.«

»Das war wohl ein Mensch. Wir Vampire liebten sie bitter und schwarz.«

Wir griffen zu den Gabeln und machten uns über das Wild her. »Noch mehr schottisches Essen«, sagte ich und deutete mit dem Messer auf das Fleisch.

Matthew kaute eine Scheibe. »Rotwild. Ein junger Hirsch, dem Geschmack nach.«

Ich schüttelte fasziniert den Kopf.

»Wie gesagt«, fuhr er fort, »manche Geschichten sind wahr.«

»Kannst du fliegen?«, fragte ich, obwohl ich die Antwort schon wusste.

Er schnaubte. »Natürlich nicht. Das überlassen wir den Hexen, schließlich könnt ihr über die Elemente gebieten. Aber wir sind schnell und stark. Wir können so schnell laufen und springen, dass die Menschen glauben, wir könnten fliegen. Außerdem sind wir effizient.«

»Effizient?« Ich legte die Gabel ab, denn ich wusste nicht recht, ob mir rohes Wild wirklich schmeckte.

»Unsere Körper verbrauchen kaum Energie. Wir können die Energie ganz darauf verwenden, uns schnell zu bewegen, wenn es sein muss.«

»Du atmest so gut wie gar nicht.« Ich dachte an unsere Yogastunde und trank einen Schluck Wein.

»Nein«, sagte Matthew. »Unsere Herzen schlagen nicht oft. Wir brauchen auch nicht oft zu essen. Wir sind Kaltblüter, das verlangsamt die meisten körperlichen Prozesse und erklärt, warum wir so lange leben.«

»Die Sargstory! Ihr schlaft nicht oft, aber wenn, dann wie tot.«

Er grinste. »Wie ich sehe, weißt du, wie der Hase läuft.«

Auf Matthews Teller lag nur noch die rote Bete, auf meinem nur noch das Wildfleisch. Ich räumte den zweiten Gang ab und bat ihn, noch etwas Wein einzuschenken.

Der Hauptgang war der einzige, der heiß gemacht werden musste, und auch das nur kurz. Ich hatte bereits einen bizarren Pseudokuchen aus gemahlenen Maronen zusammengerührt. Jetzt brauchte ich nur noch etwas Hasenfleisch anzubraten. Die Zutatenliste umfasste Rosmarin, Knoblauch und Sellerie. Ich beschloss, auf den Knoblauch zu verzichten. Bei seinem empfindlichen Geruchssinn würde der Knoblauch alles andere überdecken – das war das Körnchen Wahrheit in *dieser* Vampirgeschichte. Sellerie fiel ebenfalls aus. Vampire mochten absolut kein Gemüse. Gewürze hingegen schienen ihnen keine Probleme zu bereiten, darum beließ ich es bei dem Rosmarin und mahlte etwas Pfeffer über den Hasen, der in der Pfanne brutzelte.

Matthews Hasen ließ ich blutig, meinen briet ich etwas länger als angegeben, weil ich hoffte, dadurch den Geschmack nach rohem Wild zu vertreiben. Nachdem ich alles zu einem kunstvollen Haufen angeordnet hatte, servierte ich es. »Das ist leider gebraten – aber nur ganz kurz.«

»Das ist doch nicht eine Art Test, oder?« Matthew sah mich streng an.

»Nein, nein«, antwortete ich eilig. »Aber normalerweise habe ich keine Vampire zu Gast.«

»Das freut mich zu hören«, murmelte er. Er schnupperte kurz an dem Hasen. »Der riecht köstlich.« Als er sich über den Teller beugte, verstärkte die aufsteigende Wärme seinen unverkennbaren Zimt- und Nelkenduft. Matthew gabelte etwas von dem Maronenkuchen auf. Noch bevor er die Gabel in den Mund schob, wurden seine Augen groß. »Kastanien?«

»Nichts außer Kastanien, Olivenöl und etwas Backpulver.«

»Und Salz. Und Wasser, Rosmarin und Pfeffer«, kommentierte er gelassen und nahm noch einen Bissen.

»Bei deinen eingeschränkten Ernährungsgewohnheiten ist es bestimmt praktisch, dass du genau weißt, was du dir in den Mund schiebst«, grummelte ich.

Nachdem das Essen mehr oder weniger vorüber war, begann ich mich zu entspannen. Wir plauderten über Oxford, während ich die Teller abräumte und Käse, Beeren, Walnüsse und geröstete Maronen auf den Tisch stellte.

»Bedien dich«, sagte ich und stellte einen leeren Teller vor ihn hin.

Matthew atmete den Duft der Walderdbeeren ein und griff glücklich seufzend nach einer Walnuss.

»Die mag ich am liebsten«, bemerkte er. Er knackte die harte Nuss problemlos mit den Fingern und ließ das Fleisch aus der Hülle springen. Der an der Schüssel hängende Nussknacker war bei einem Vampir am Tisch eindeutig überflüssig.

»Wie rieche ich eigentlich?«, fragte ich und spielte am Stiel meines Weinglases herum. Ein paar Sekunden hatte ich den Eindruck, dass er mir nicht antworten würde. Das Schweigen dehnte sich, dann sah er mich wehmütig an. Seine Lider senkten sich, und er atmete tief ein.

»Du riechst nach Weidensaft. Und nach Kamille, die von nackten Füßen zertreten wurde.« Er schnupperte wieder und ließ ein kleines, trauriges Lächeln aufscheinen. »Außerdem rieche ich Geißblatt und altes Eichenlaub«, sagte er leise im Ausatmen, »vermischt mit blühenden Haselsträuchern und den ersten Frühlingsnarzissen. Und uralte Aromen – wie Schwarznessel, Weihrauch und Frauenmantel. Gerüche, die ich vergessen zu haben glaubte.«

Er öffnete langsam die Augen, und ich blickte in die graue Tiefe, mit angehaltenem Atem, um den Bann nicht zu brechen, den er mit seinen Worten über mich gelegt hatte.

»Was ist mit mir?«, fragte er, ohne den Blick abzuwenden.

»Zimt …«, sagte ich zögerlich, »und Gewürznelken. Manchmal riechst du auch nach Nelkenblüten – nicht nach denen in den Blumenläden, sondern den altmodischen, die in englischen Bauerngärten wachsen.«

»Gartennelken.« In Matthews Augenwinkeln bildeten sich kleine Lachfältchen. »Nicht schlecht für eine Hexe.«

Ich griff nach einer Marone. Die Nuss in beiden hohlen Händen bergend, rollte ich sie hin und her und spürte, wie sich die Wärme durch meine plötzlich kalten Arme ausbreitete.

Matthew lehnte sich wieder zurück und musterte mich mit blitzschnellen Augenbewegungen. »Wie hast du entschieden, was du mir heute Abend vorsetzt?« Er deutete auf die Beeren und Nüsse, die noch übrig geblieben waren.

»Das war keine Zauberei. Die zoologische Fakultät hat mir sehr geholfen«, erklärte ich.

Er sah mich verdattert an und lachte dann laut auf. »Du hast in der zoologischen Fakultät nachgefragt, was du mir zu essen geben sollst?«

»Nicht so offen«, verteidigte ich mich. »Im Internet gab es Rezepte mit rohen Zutaten, aber nachdem ich das Fleisch gekauft hatte, wusste ich nicht mehr weiter. Darum habe ich nachgefragt, wie sich Wölfe ernähren.«

Matthew schüttelte den Kopf, aber er lächelte immer noch, und meine Verunsicherung legte sich wieder. »Danke«, sagte er schließlich. »Mir hat schon sehr lange niemand mehr etwas zu essen gemacht.«

»Gern geschehen. Am schwierigsten war der Wein.«

Matthews Augen leuchteten auf. »Wo wir gerade von Wein sprechen«, sagte er, stand auf und faltete seine Serviette zusammen. »Ich habe uns etwas für nach dem Essen mitgebracht.«

Er bat mich, zwei frische Gläser aus der Küche zu holen. Als ich zurückkam, stand eine alte, leicht schiefe Flasche auf dem Tisch. Auf dem verblassten cremefarbenen Etikett erkannte ich einen schlichten Schriftzug und eine kleine Krone. Matthew bohrte den Korkenzieher vorsichtig in den bröseligen und vom Alter geschwärzten Korken.

Seine Nasenflügel bebten, als er ihn herauszog, und sein Blick erinnerte mich an den einer Katze, die gerade einen köstlichen Kanarienvogel zwischen den Pfoten hält. Der Wein, der aus der Flasche rann, war dick wie Sirup und funkelte golden im Kerzenlicht.

»Riech mal«, befahl er und reichte mir eines der Gläser, »und sag mir dann, was du denkst.«

Ich schnupperte kurz und schnappte nach Luft. »Er riecht wie Karamell und Beeren«, antwortete ich und rätselte, wie etwas Gelbes so rot riechen konnte.

Matthew beobachtete gespannt, wie ich reagieren würde. »Nimm einen Schluck«, schlug er vor.

Die süßen Aromen des Weines explodierten in meinem Mund. Aprikosen und Vanillesoße aus der Collegeküche purzelten über meine

Zunge, und mein Mund prickelte noch lange nachdem ich den Wein hinuntergeschluckt hatte. Es war, als würde ich Magie trinken.

»Was ist das?«, fragte ich schließlich, als der Geschmack abgeklungen war.

»Er wurde aus Trauben gekeltert, die vor langer, langer Zeit geerntet wurden. Es war ein heißer, sonniger Sommer.«

»Man schmeckt den Sonnenschein«, sagte ich und verdiente mir damit das nächste verzaubernde Lächeln.

»Während der Ernte schoss ein Komet über die Weinberge. Die Astronomen hatten ihn schon Monate zuvor in ihren Teleskopen beobachtet, aber im Oktober strahlte er so hell, dass man in seinem Licht beinahe lesen konnte. Die Winzer nahmen das als Zeichen, dass die Ernte gesegnet sei.«

»War das 1986? War das der Halley'sche Komet?«

Matthew schüttelte den Kopf. »Nein. Es war 1811.« Ich blickte fassungslos auf den fast zweihundert Jahre alten Wein in meinem Glas, als befürchtete ich, er könnte sich vor meinen Augen in Luft auflösen. »Halleys Komet kam 1759 und 1835.« Er sprach den Namen wie »Harley« aus.

»Wo hast du ihn her?« Jedenfalls nicht aus dem Weinladen neben dem Bahnhof, so viel stand fest.

»Ich habe ihn Antoine-Marie abgekauft, sobald er mir versichert hatte, dass es ein außergewöhnlicher Jahrgang werden würde«, erklärte er gut gelaunt.

Ich drehte die Flasche herum und betrachtete das Etikett genauer. Château Yquem. Selbst ich hatte schon davon gehört.

»Und seither hast du ihn aufbewahrt.« Er hatte 1615 in Paris Schokolade getrunken und 1536 von Heinrich dem Achten ein Grundstück geschenkt bekommen – warum sollte er nicht 1811 Wein gekauft haben? Außerdem war da immer noch die uralt aussehende Ampulle, die er um den Hals trug, wie ich an dem Band um seinen Nacken erkannte.

»Matthew«, sagte ich langsam und aufmerksam auf jedes Anzeichen von aufflammendem Ärger achtend. »Wie alt bist du eigentlich?«

Sein Mund erstarrte, aber seine Stimme klang heiter. »Jedenfalls älter, als ich aussehe.«

»Das weiß ich.« Ich konnte meine Ungeduld kaum zügeln.

»Warum ist dir mein Alter so wichtig?«

»Ich bin Historikerin. Wenn mir jemand erzählt, er könne sich daran erinnern, wie die Schokolade nach Frankreich kam oder wie 1811 ein Komet über den Himmel zog, dann fällt es mir schwer, nicht nachzufragen, was er sonst noch erlebt hat. 1536 hast du schon gelebt – ich war in dem Haus, das du damals gebaut hast. Hast du auch Machiavelli gekannt? Den Schwarzen Tod überlebt? Die Universität von Paris besucht, als Abaelard dort lehrte?«

Er blieb still. Meine Nackenhärchen begannen sich aufzustellen.

»Dein Pilgerzeichen verrät mir, dass du irgendwann im Heiligen Land warst. Warst du auf einem Kreuzzug dort? Hast du den Halley'schen Kometen auch 1066 über die Normandie ziehen sehen?«

Immer noch nichts.

»Der Krönung von Karl dem Großen beigewohnt? Den Fall von Karthago überlebt? Mitgeholfen, Attila von Rom fernzuhalten?«

Matthew hob den rechten Zeigefinger. »Welchen Fall Karthagos?«

»Sag du es mir!«

»Zum Teufel mit dir, Hamish Osborne«, murmelte er und krallte die Finger ins Tischtuch. Zum zweiten Mal in zwei Tagen wusste Matthew nicht, was er sagen sollte. Er starrte in die Kerze und zog dann den Finger langsam durch die Flamme. Sein Fleisch explodierte in zornigen roten Blasen und glättete sich gleich darauf wieder in weißer, kalter Perfektion, ohne dass auf seinem Gesicht auch nur der Anflug von Schmerz zu erkennen gewesen wäre.

»Ich glaube, dass mein Körper ungefähr siebenunddreißig Jahre alt ist. Ich wurde etwa zu der Zeit geboren, als Chlodwig zum Christentum konvertierte. Daran konnten sich meine Eltern erinnern, andernfalls hätte ich überhaupt keinen Anhaltspunkt. Damals interessierte sich niemand für Geburtstage. Es war viel praktischer, sich das Jahr fünfhundert zu merken und damit Schluss.« Er sah kurz zu mir auf und blickte dann wieder in die Kerze. »Als Vampir wiedergeboren wurde ich 537, und mit Ausnahme Attilas – das war vor meiner Zeit – hast du die meisten Höhe- und Tiefpunkte des Jahrtausends erfasst, das ich durchlebte, bis ich den Grundstein zu meinem Haus in Woodstock legte. Ich muss dir allerdings sagen, dass Machiavelli bei Weitem nicht so eindrucksvoll war, wie ihr alle zu glauben scheint. Er war einfach ein Florentiner Politiker – und nicht einmal ein besonders guter.« In seiner Stimme lag leichte Müdigkeit.

Matthew Clairmont war über fünfzehnhundert Jahre alt.

»Ich sollte nicht so nachbohren«, meinte ich halb entschuldigend und halb verwundert darüber, dass ich tatsächlich geglaubt hatte, ich würde mehr über den Vampir erfahren, indem ich erfragte, welchen historischen Ereignissen er beigewohnt hatte. Eine Zeile von Ben Jonson, einem Zeitgenossen Shakespeares, kam mir in den Sinn. Sie schien Matthew eher zu erfassen, als es die Krönung von Karl dem Großen vermochte. »Er war kein Mann eines Zeitalters, sondern für alle Zeit!«, murmelte ich.

»Zur Seite dir, vergess ich ganz die Zeit«, parierte er mit einem Vers von John Milton aus dem siebzehnten Jahrhundert.

Wir sahen uns an, bis wir es kaum noch aushielten, und spannen dabei den nächsten zerbrechlichen Zauber. Ich zerbrach ihn prompt.

»Was hast du im Herbst 1859 gemacht?«

Sein Gesicht verdunkelte sich. »Was hat Peter Knox dir erzählt?«

»Dass du bestimmt keine Hexe in deine Geheimnisse einweihen würdest.« Meine Stimme blieb ruhiger als ich selbst.

»Wirklich?« Matthew klang weniger wütend, als er mit Sicherheit war. Ich sah es an der Anspannung in seinem Kiefer und seinen Schultern. »Im September 1859 habe ich die Handschriften im Ashmolean Museum studiert.«

»Warum, Matthew?« *Bitte erzähl es mir,* flehte ich ihn innerlich an und kreuzte gleichzeitig die Finger im Schoß. Ich hatte ihn so lange provoziert, bis er mir den ersten Teil seines Geheimnisses offenbart hatte, aber den Rest sollte er mir freiwillig erzählen. *Keine Spiele, keine Rätsel. Erzähl es mir einfach.*

»Ich hatte gerade ein Manuskript gelesen, das bald in Druck gehen sollte. Ein Naturforscher in Cambridge hatte es verfasst.« Matthew stellte sein Glas ab.

Meine Hand flog an meinen Mund, als mir aufging, was das für ein Datum war. *Vom Ursprung.* Genau wie bei Newtons großem Werk über die Physik, der *Principia*, brauchte man bei diesem Werk nicht den ganzen Titel zu zitieren. Jeder, der sich in der Schule mit Biologie beschäftigt hatte, kannte Darwins *Vom Ursprung der Arten.*

»Im vorangegangenen Sommer hatte Darwin seine Theorie der natürlichen Auslese schon in einem Artikel skizziert, doch dieses Buch war völlig anders. Es war faszinierend, wie er von leicht zu beobachtenden Veränderungen in der Natur ausging und den Leser dann Schritt für Schritt dazu brachte, etwas so Revolutionäres zu akzeptieren.«

»Aber Alchemie hat nichts mit Evolution zu tun.« Ich griff nach der Weinflasche und schenkte mir noch etwas von dem kostbaren Wein ein. Im Moment machte ich mir weniger Sorgen, dass er sich in Luft auflösen, sondern eher, dass ich den Verstand verlieren könnte.

»Lamarck glaubte, dass jede Spezies von unterschiedlichen Vorfahren abstammte. Das ähnelt verblüffend dem, was deine Alchemisten glaubten – dass es sich bei dem Stein der Weisen um das noch unbekannte Endergebnis einer natürlichen Transmutation einfacher Stoffe in höherwertige Metalle wie Kupfer, Silber und Gold handeln müsse.« Matthew streckte die Hand nach der Flasche aus, und ich reichte sie ihm.

»Aber Darwin war anderer Meinung als Lamarck, selbst wenn er in seinen ersten Schriften über die Evolution denselben Begriff – Transmutation – verwendete.«

»Er verwarf die Vorstellung von linearen Transmutationen, das stimmt. Trotzdem kann man Darwins Theorie der natürlichen Auslese als eine Abfolge von verschiedenen, miteinander verbundenen Transmutationen betrachten.«

Vielleicht hatte Matthew recht, und es steckte tatsächlich in allem Magie. Sie steckte in Newtons Theorie über die Schwerkraft und möglicherweise auch in Darwins Evolutionstheorie.

»Überall in der Welt finden sich alchemistische Handschriften.« Ich gab mir Mühe, die Details nicht aus dem Blick zu verlieren, während ich das große Bild zu erfassen versuchte. »Warum ausgerechnet die Manuskripte von Ashmole?«

»Als ich Darwin las und erkannte, wie er die alchemistische Theorie der Transmutationen auf die Biologie zu übertragen schien, fielen mir Geschichten über ein mysteriöses Buch ein, in dem es angeblich um den Ursprung unserer drei Arten ging – der Dämonen, Hexen und Vampire. Ich hatte diese Erzählungen immer als Fantasterei abgetan.« Er trank einen Schluck Wein. »Die meisten Berichte deuteten an, dass diese Erklärungen in einem alchemistischen Buch vor den Augen der Menschen versteckt worden seien. Die Veröffentlichung des *Ursprungs* trieb mich dazu, mich auf die Suche zu machen, ob es dieses Buch tatsächlich gab. Falls ja, dann musste Elias Ashmole es gekauft haben. Er war wirklich unheimlich geschickt darin, bizarre Handschriften aufzuspüren.«

»Du hast also schon vor hundertfünfzig Jahren hier in Oxford danach gesucht?«

»Genau«, bestätigte Matthew. »Und hundertfünfzig Jahre, bevor dir *Ashmole 782* ausgehändigt wurde, bekam ich die Auskunft, dass es verschollen sei.«

Mein Puls beschleunigte sich, und er sah mich besorgt an. »Erzähl weiter.« Ich wedelte mit der Hand.

»Seither habe ich immer wieder versucht, das Manuskript in die Hände zu bekommen. Jedes andere Manuskript aus Ashmoles Sammlung war vorhanden, aber von keinem erwartete ich mir viel. Ich habe auch in anderen Bibliotheken Handschriften studiert – in der Herzog-August-Bibliothek in Wolfenbüttel, in der Bibliothèque Nationale in Frankreich, der Medici-Bibliothek in Florenz, im Vatikan, in der Library of Congress in Washington.«

Blinzelnd versuchte ich mir vorzustellen, wie ein Vampir durch die Hallen des Vatikan wanderte.

»Die einzige Handschrift, die ich nicht in die Hand bekam, war *Ashmole 782.* Nachdem ich alle anderen Möglichkeiten eliminiert habe, muss es sich dabei wohl um das Manuskript handeln, das unsere Geschichte enthält – falls es überlebt hat.«

»Du hast mehr alchemistische Handschriften studiert als ich.«

»Vielleicht«, gab Matthew zu, »aber das heißt nicht, dass ich sie so gut verstanden habe wie du. Allerdings hatten alle Handschriften, die ich gesehen habe, eines gemeinsam – die absolute Gewissheit, dass die Alchemisten eine Substanz in eine andere überführen und dadurch neue Lebensformen erschaffen können.«

»Das hört sich nach Evolution an«, bemerkte ich tonlos.

»Ja«, antwortete Matthew freundlich. »Ganz genau.«

Wir gingen zu den Sofas, und ich rollte mich am Ende des einen Sofas ein, während Matthew in einer Ecke des anderen lagerte und die langen Beine von sich streckte. Praktischerweise hatte er den Wein mitgenommen. Nachdem wir es uns gemütlich gemacht hatten, drängte es mich, das Gespräch fortzusetzen.

»Letzte Woche bin ich bei Blackwell's einer Dämonin begegnet, Agatha Wilson. Dem Internet zufolge ist sie eine berühmte Designerin. Agatha erzählte, die Dämonen würden glauben, dass es in *Ashmole 782* um den Ursprung aller Arten geht – dem der Menschen eingeschlossen. Peter Knox erzählte mir eine andere Geschichte. Er meinte, es handle sich dabei um das erste Zauberbuch überhaupt, die Quelle aller Hexenkräfte. Knox glaubt, dass die Handschrift das Geheimnis der Unsterblichkeit enthält«, ich sah Matthew an, »und dass es erklärt, wie man Vampire vernichten kann. Damit kenne ich die Versionen der Dämonen und Hexen – und jetzt will ich deine hören.«

»Wir Vampire glauben, dass die verlorene Handschrift erklärt, woher wir unsere Langlebigkeit und Kraft beziehen«, sagte er. »Manche fürchten, dass bei unserer Entstehung Magie im Spiel gewesen sein könnte und dass die Hexen eine Methode finden könnten, diese Magie gegen uns zu wenden und uns zu vernichten. So wie es aussieht, könnte dieser Teil der Legende wahr sein.«

»Ich verstehe trotzdem nicht, warum du so sicher bist, dass dieses Werk über den Ursprung – was es auch enthalten mag – in einem alchemistischen Buch verborgen ist.«

»Ein alchemistisches Buch könnte diese Geheimnisse vor aller Augen verbergen – so wie Peter Knox seine Identität als Hexer unter dem Mantel des Okkultismusexperten verbirgt. Ich glaube, es waren Vampire, die als Erste erfuhren, dass sich das Buch mit Alchemie befasst. Das passt zu gut, als dass es Zufall sein kann. Als die menschlichen Alchemisten über den Stein der Weisen schrieben, schienen sie gleichzeitig über Vampire zu schreiben. Wenn wir zum Vampir werden, werden wir beinahe unsterblich, wir werden fast alle reich, und wir bekommen die Möglichkeit, unvorstellbar viel Wissen und Erfahrung anzusammeln.«

»Das ist der Stein der Weisen, stimmt.« Die Parallelen zwischen dieser mystischen Substanz und dem Wesen, das mir gegenübersaß, waren unbestreitbar – und beängstigend. »Trotzdem kann man sich kaum vorstellen, dass so ein Buch wirklich existiert. Zum einen widersprechen sich die verschiedenen Geschichten. Und wer wäre so verrückt, so viele Informationen an einem einzigen Fleck zu speichern?«

»Genau wie bei den Legenden über Hexen und Vampire steckt auch in den vielen Geschichten über das Manuskript ein Körnchen Wahrheit. Wir müssen nur überlegen, worin dieses Körnchen bestehen könnte, und den Rest aussieben. Dann werden wir verstehen.«

Nichts in Matthews Miene ließ erkennen, dass er mich benutzen oder im Dunkeln tappen lassen wollte. Ermutigt von dem »Wir« in seiner Bemerkung beschloss ich, dass er noch mehr Informationen verdient hatte.

»Mit *Ashmole 782* liegst du ganz richtig. Das Buch, das du suchst, steckt darin.«

»Erzähl weiter.« Matthew bemühte sich, seine Neugier zu zügeln.

»Oberflächlich betrachtet handelt es sich um ein alchemistisches Manuskript. Die Bilder enthalten Fehler oder bewusst falsche Darstellungen – ich weiß noch nicht genau.« Konzentriert nagte ich an meiner Unterlippe, und sein Blick wurde magisch von der kleinen Stelle angezogen, an der meine Zähne eine winzige Blutperle austreten ließen.

»Was meinst du mit ›oberflächlich betrachtet handelt es sich dabei um ein alchemistisches Manuskript‹?« Matthew hielt sich das Glas unter die Nase.

»Es ist ein Palimpsest. Aber die Tinte wurde nicht ausgewaschen. Der Text liegt unter einem Zauber verborgen. Ich hätte die Worte beinahe übersehen, so gut sind sie versteckt. Aber beim Umblättern fiel das Licht im richtigen Winkel auf das Pergament, und ich konnte erkennen, wie sich die Schrift darunter bewegt.«

»Konntest du etwas lesen?«

»Nein.« Ich schüttelte den Kopf. »Falls *Ashmole 782* tatsächlich Informationen darüber enthält, wer wir sind, wie wir entstanden sind und wie wir vernichtet werden könnten, dann wurden sie gut verborgen.«

»Meinetwegen können sie gern verborgen bleiben«, erklärte Matthew grimmig. »Wenigstens vorerst. Allerdings dauert es nicht mehr lange, bis wir dieses Buch brauchen werden.«

»Warum? Warum sollten wir es ausgerechnet jetzt brauchen?«

»Das würde ich dir lieber zeigen als erklären. Kannst du morgen in mein Labor kommen?«

Ich nickte verwundert.

»Wir könnten nach dem Mittagessen hingehen.« Er stand auf und streckte sich. Über unserem Gespräch hatten wir die ganze Flasche geleert. »Es ist schon spät. Ich sollte jetzt gehen.«

Matthew griff nach dem Türknauf und drehte ihn. Er klapperte, und sofort sprang der Riegel zurück.

Er stutzte. »Hattest du Probleme mit deinem Schloss?«

»Nein«, sagte ich und schob den Riegel mehrmals vor und zurück. »Nicht dass ich wüsste.«

»Du solltest das Schloss von jemandem anschauen lassen«, sagte er und rüttelte wieder an dem Knauf. »Sonst schließt es vielleicht nicht richtig.«

Als ich von dem Schloss aufsah, zuckte eine nicht zu benennende Emotion über sein Gesicht.

»Wie schade, dass der Abend so ernst endete«, sagte er sanft. »Ich fand es nämlich sehr nett bei dir.«

»War das Essen wirklich okay für dich?«, fragte ich. Wir hatten uns über die Geheimnisse des Universums unterhalten, aber im Moment machte ich mir vor allem Sorgen, ob sein Magen rebellieren würde.

»Es war besser als okay«, versicherte er mir.

Ich blickte in sein wunderbares, uraltes Antlitz und merkte, wie sich mein Gesicht entspannte. Wie konnte jemand auf der Straße an ihm vorbeigehen, ohne sich nach ihm umzudrehen? Ehe ich mich's versah, hatten sich meine Zehen in den alten Teppich gebohrt, und ich reckte mich hoch, um ihm einen kurzen Kuss auf die Wange zu geben. Seine Haut fühlte sich glatt und kühl an wie Satin, und meine Lippen wirkten auf seinem Fleisch ungewöhnlich warm.

Warum hast du das gemacht?, fragte ich mich, sobald ich wieder auf den Fersen stand und auf den wackligen Türknauf starrte, um meine Verwirrung zu überspielen.

All das hatte sich innerhalb weniger Sekunden abgespielt, aber wie ich wusste, seit ich die *Notes and Queries* aus dem Regal in der Bodleian gezaubert hatte, genügten ein paar Sekunden, um ein ganzes Leben umzukrempeln.

Matthew sah mich aufmerksam an. Als ich weder hysterisch wurde, noch um mein Leben zu rennen begann, beugte er sich vor und küsste mich langsam links und rechts auf die Wange wie ein Franzose. Während sein Gesicht über meines strich, inhalierte er tief mein Weidensaft- und Geißblattaroma. Als er sich wieder aufrichtete, wirkte sein Blick verschleiert.

»Gute Nacht, Diana«, sagte er lächelnd.

Im nächsten Moment lehnte ich an der geschlossenen Tür, und mein Blick fiel auf die blinkende Eins an meinem Anrufbeantworter. Zum Glück war das Gerät lautlos geschaltet.

Tante Sarah wollte mir dieselbe Frage stellen, die ich mir auch stellte.

Und ich wollte sie auf keinen Fall beantworten.

KAPITEL 13

Matthew kam mich nach der Mittagspause abholen – die einzige nichtmenschliche Kreatur unter den Lesern im Selden End. Während wir unter den kunstvoll bemalten Deckenbalken hindurchgingen, stellte er mir zahllose Fragen zu meiner Arbeit und meiner Lektüre.

Oxford war schonungslos kalt und grau geworden, und ich schlug den Kragen hoch, um in der feuchten Kälte nicht zu bibbern. Matthew schien das Wetter nichts auszumachen, er trug nicht einmal einen Mantel. In der diesigen Luft stach er nicht ganz so deutlich aus der Menge, trotzdem fiel er immer noch auf. Die Menschen drehten sich im Hof der Bodleian nach ihm um und schüttelten staunend den Kopf.

»Du fällst auf«, merkte ich an.

»Ich habe meinen Mantel vergessen. Außerdem starren sie dich an, nicht mich.« Er schenkte mir ein blendendes Lächeln. Einer Frau blieb der Mund offen stehen, und sie stupste ihre Freundin an, um dann in Matthews Richtung zu nicken.

Ich lachte. »Du hast ja keine Ahnung.«

Wir spazierten auf das Keble College und die Universitätsparks zu, bevor wir am Rhodes House rechts abbogen in ein Labyrinth moderner Bauten, in denen die Labor- und Computerräume untergebracht waren. Die Gebäude standen im Schatten des naturgeschichtlichen Museums, dieser Kathedrale der Naturwissenschaften aus dem viktorianischen Zeitalter, und waren Zeugnisse fantasieloser, funktionaler Gegenwartsarchitektur.

Matthew deutete auf unser Ziel – einen nichtssagenden, flachen Bau – und angelte in seiner Tasche nach einer Zugangskarte. Er zog sie durch den Kartenleser am Eingang und tippte dann einen aus zwei

Sequenzen bestehenden Code ein. Die Tür schwang auf, und er führte mich zum Empfang, wo er mich als Gast eintrug und mir einen Ausweis überreichte, den ich an meinen Pullover heften konnte.

»Ein ziemlicher Sicherheitsaufwand für ein Unilabor«, bemerkte ich, während ich den Ausweis anklipste.

Die Sicherheitsvorkehrungen wurden noch strenger, während wir durch die endlos langen Gänge marschierten, die irgendwie hinter der bescheidenen Fassade Platz gefunden hatten. Am Ende eines Korridors holte Matthew die nächste Karte aus der Tasche, zog sie durch das nächste Lesegerät und legte dann den Zeigefinger auf die Glasplatte neben der Tür. Die Glasplatte gab einen sanften Ton von sich, und auf der Oberfläche wurde ein Tastenfeld sichtbar. Matthews Finger huschten über die Ziffern. Die Tür öffnete sich mit einem sanften Klicken, und uns empfing ein sauberer, leicht antiseptischer Geruch, der an Krankenhäuser oder frisch geputzte Großküchen erinnerte. Er entströmte einer nahtlosen Front von Fliesen, Edelstahl und elektronischen Gerätschaften.

Vor uns erstreckte sich eine Folge von verglasten Räumen. In einem sah ich einen runden Besprechungstisch stehen, dazu einen schwarzen, monolithischen Monitor und mehrere Computer. In einem anderen gab es einen alten Holzschreibtisch, einen Ledersessel und einen riesigen Perserteppich, der ein Vermögen gekostet haben musste, außerdem Telefone, Faxgeräte und weitere Computer mit Monitoren. Weiter hinten waren Räume voller Aktenschränke, Mikroskope, Kühlschränke, Autoklaven, endloser Regale mit Reagenzgläsern, Zentrifugen sowie zahlloser mir unbekannter Vorrichtungen und Instrumente.

Im ganzen Labor schien keine Seele unterwegs zu sein, allerdings hörte ich aus der Ferne die leisen Streicherklänge eines Cellokonzerts von Bach, unterlegt mit etwas, dass sich verdächtig nach dem neuesten Hit der Sieger im Eurovision Song Contest anhörte.

Als wir an den beiden Büros vorbeikamen, deutete Matthew auf das mit dem Teppich. »Meins«, sagte er nur. Dann bog er ab in das erste Labor auf der linken Seite. Auf jeder verfügbaren Oberfläche stand eine Kombination von Computern, Mikroskopen und akkurat ausgerichteten Probenbehältern bereit. An den Wänden waren Regale aufgereiht. Auf einer Schublade las ich auf einem Aufkleber <*0.*

»Willkommen im Geschichtslabor.« Im bläulichen Licht wirkte sein Gesicht noch weißer, sein Haar noch schwärzer. »Hier studieren wir die Evolution. Wir nehmen Proben aus alten Grabstätten, von Ausgrabungen, Versteinerungen und lebenden Organismen und extrahieren daraus die dna.« Matthew zog eine Schublade auf und hob einen Stapel Akten heraus. »Wir sind nur ein Labor unter Hunderten in aller Welt, die durch die Methoden der Genetik den Ursprung beziehungsweise die Auslöschung verschiedener Arten erforschen wollen. Allerdings unterscheiden wir uns von allen anderen Laboren darin, dass wir als Einzige auch nichtmenschliche, humanoide Spezies untersuchen.«

Seine Worte fielen kalt und klar auf den Fliesenboden.

»Ihr studiert die Gene der Vampire?«

»Ebenso wie die der Hexen und Dämonen.« Matthew zog mit dem Fuß einen Laborhocker auf Rollen heran und ließ mich darauf Platz nehmen.

Ein Vampir mit schwarzen Converse Hightops kam um die Ecke geschossen, bremste quietschend ab und zerrte sich ein Paar Latexhandschuhe über die Finger. Er war Ende zwanzig und hatte die blonden Haare und blauen Augen eines kalifornischen Surfers. Direkt neben Matthew wirkte der normal große und muskulöse Mann fast grazil, doch sein drahtiger Körper vibrierte vor Spannung.

»AB negativ«, stellte er fest und studierte mich voller Bewunderung. »Wow, ein genialer Fund.« Er schloss die Augen und atmete tief ein. »Und noch dazu eine Hexe!«

»Marcus Whitmore, ich möchte dir Dr. Diana Bishop vorstellen. Sie ist Geschichtsdozentin in Yale.« Matthew sah den jüngeren Vampir streng an. »Und sie ist als Gast hier, nicht als Nadelkissen.«

»Ach.« Marcus sah mich enttäuscht an, doch dann hellte sich seine Miene auf. »Würde es Ihnen etwas ausmachen, wenn ich trotzdem eine Blutprobe nehme?«

»Ehrlich gesagt, ja.« Ich hatte keine Lust, mich von einem Vampir-Phlebologen pieksen und piesacken zu lassen.

Marcus pfiff durch die Zähne. »Sie zeigen eine hervorragende Stressreaktion, Dr. Bishop. Was für ein Adrenalinausstoß.«

»Was ist da los?«, hörte ich einen bekannten Sopran rufen. Gleich darauf kam Miriams feingliedriger Körper in mein Blickfeld.

»Dr. Bishop fühlt sich von unserem Labor ein bisschen überwältigt, Miriam.«

»Entschuldigung. Mir war nicht klar, dass sie hier ist«, sagte Miriam. »Sie riecht anders. Ist das Adrenalin?«

Marcus nickte. »Exakt. Sind Sie immer so drauf? Voll unter Adrenalin und ohne zu wissen, wohin damit?«

»Marcus.« Matthew verstand es, mit nur zwei Silben eine eisige Warnung auszusprechen.

»Seit ich sieben war.« Ich sah ihm offen in die unglaublich blauen Augen.

Marcus pfiff schon wieder durch die Zähne. »Das erklärt eine Menge. Da kann kein Vampir widerstehen.« Damit meinte Marcus wohl kaum meine äußere Erscheinung, auch wenn er in meine Richtung zeigte.

»Wie meinen Sie das?« Die Neugier siegte über meine Angst.

Matthew zupfte an seinen Schläfen und bedachte Marcus mit einem finsteren Blick, der Milch zum Stocken gebracht hätte. Der jüngere Vampir sah mich herablassend an und knackte mit den Knöcheln. Das scharfe Geräusch ließ mich zusammenzucken.

»Vampire sind Jäger, Diana«, erklärte Matthew. »Stressreaktionen locken uns an. Wir können es riechen, wenn Menschen oder Tiere unruhig werden.«

»Und wir können es schmecken. Das Adrenalin macht das Blut noch köstlicher«, sagte Marcus. »Schmackhaft, samtig und süß im Abgang. Wirklich wahnsinnig lecker.«

Ein tiefes Knurren stieg aus Matthews Kehle. Die Lippen entblößten die Zähne, und Marcus trat einen Schritt zurück. Miriam legte eine feste Hand auf den Unterarm des blonden Vampirs.

»Was denn, was denn? Ich bin nicht hungrig«, protestierte Marcus und schüttelte die Hand wieder ab.

»Dr. Bishop weiß vielleicht nicht, dass Vampire keinen Hunger empfinden müssen, um auf Adrenalin zu reagieren, Marcus.« Matthew konnte sich nur mühsam beherrschen. »Vampire müssen nicht unbedingt Beute machen, trotzdem wollen wir immer jagen und die Adrenalinreaktion unserer Opfer spüren.«

Deshalb also hatte Matthew mich immerzu zum Essen ausführen wollen. Es war nicht mein Geißblattduft, der ihn so hungrig machte – sondern das überschüssige Adrenalin.

»Danke für die Erklärung, Matthew.« Auch nach dem gestrigen Abend wusste ich immer noch relativ wenig über Vampire. »Ich werde versuchen, mich zu beruhigen.«

»Nicht nötig«, beschied Matthew knapp. »Es ist nicht an dir, dich zu beruhigen. Sondern an uns, ein Mindestmaß an Höflichkeit und Selbstbeherrschung zu zeigen.« Er warf Marcus einen finsteren Blick zu und zog eine Akte heraus.

Miriam sah mich besorgt an. »Vielleicht sollten wir am Anfang beginnen.«

»Nein. Ich glaube, es ist besser, am Ende anzufangen«, widersprach er und schlug die Akte auf.

»Wissen die beiden über *Ashmole 782* Bescheid?«, fragte ich Matthew, als Miriam und Marcus keine Anstalten machten, den Raum zu verlassen. Er nickte. »Und du hast ihnen erzählt, was ich gesehen habe?« Er nickte wieder.

»Haben Sie sonst jemandem davon erzählt?« Aus Miriams Frage sprang mich ein jahrhundertealtes Misstrauen an.

»Wenn Sie Peter Knox meinen, dann nein. Nur meine Tante und ihre Partnerin Emily wissen Bescheid.«

»Drei Hexen und drei Vampire, die ein Geheimnis teilen«, meinte Marcus nachdenklich und sah dabei Matthew an. »Interessant.«

»Hoffen wir, dass wir dieses Geheimnis besser hüten als das hier.« Matthew schob mir die Akte zu.

Drei Paar Vampiraugen beobachteten genau, wie ich sie aufschlug. vampir badet london in blut, schrie mir die Schlagzeile entgegen. Mein Magen schlug einen Purzelbaum, und ich schob den Artikel beiseite. Darunter lag der Bericht über einen weiteren mysteriösen Todesfall, bei dem eine blutleere Leiche gefunden worden war. Und darunter lag wiederum eine Zeitschriftenstory mitsamt einem Foto, das keinen Zweifel am Inhalt des Artikels ließ, obwohl ich kein Russisch sprach. Die Kehle des Opfers war vom Kinn bis zur Halsschlagader aufgerissen worden.

Es gab noch unzählige weitere Morde und entsprechende Berichte in jeder nur erdenklichen Sprache. In manchen Fällen war es zu Enthauptungen gekommen. Einige Artikel berichteten von blutleeren Leichen, ohne dass auch nur ein Tropfen am Tatort gefunden worden wäre. In anderen wurde aufgrund der tiefen Bisswunden an Hals und Rumpf vermutet, dass das Opfer von einem Tier angegriffen worden sei.

»Wir sterben«, sagte Matthew, als ich das letzte Blatt beiseitelegte.

»Jedenfalls sterben Menschen, soviel steht fest.« Meine Stimme war rau.

»Nicht nur die Menschen«, sagte er. »Hier haben wir den Beweis, dass auch wir Vampire Anzeichen des Niedergangs zeigen.«

»Aber was hat das hier mit dem Ursprung der Arten oder mit *Ashmole 782* zu tun?« Meine Stimme zitterte. Gillian hatte mit ihren Warnungen schmerzliche Erinnerungen aufgerührt, und diese Bilder hier verstärkten sie.

»Hör mich an«, sagte Matthew ruhig. »Bitte.«

Er klang zwar wie ein Irrer, aber immerhin wollte er mir nicht grundlos Angst einjagen. Matthew musste einen guten Grund haben, mich einzuweihen. Die Akte an meine Brust gedrückt, ließ ich mich auf den Hocker sinken.

»Diese Todesfälle«, setzte er an und zog dabei die Akte sanft aus meinem Griff, »sind das Ergebnis von fehlgeschlagenen Versuchen, Menschen zu Vampiren zu machen. Was früher einmal selbstverständlich war, ist inzwischen kompliziert geworden. Unser Blut verliert zunehmend die Fähigkeit, aus dem Tod neues Leben zu ziehen.«

Eine Spezies, die sich nicht fortpflanzen kann, musste aussterben. Wenn ich allerdings nach den Bildern ging, die ich eben gesehen hatte, brauchte die Welt auf keinen Fall noch mehr Vampire.

»Für die unter uns, die schon älter sind – Vampire wie ich, die sich hauptsächlich von menschlichem Blut ernährt haben, als sie jung waren –, ist es einfacher«, fuhr Matthew fort. »Wenn wir älter werden, lässt allerdings unsere Leidenschaft nach, neue Vampire zu erschaffen. Bei den jüngeren Vampiren liegt der Fall anders. Sie wollen eine Familie gründen, weil sie sich in ihrem neuen Leben alleingelassen fühlen. Doch wenn sie schließlich einen Menschen finden, mit dem sie sich vereinen wollen, oder wenn sie Kinder zu zeugen versuchen, müssen viele von ihnen feststellen, dass ihr Blut nicht kräftig genug ist.«

»Du hast gesagt, wir würden alle aussterben«, brachte ich kühl und immer noch wütend zur Sprache.

»Auch die heutigen Hexen sind längst nicht mehr so mächtig wie ihre Vorfahren.« Miriam stellte das ganz sachlich fest. »Und ihr zeugt längst nicht so viele Kinder wie in früheren Zeiten.«

»Für mich klingt das nicht wie ein Beweis – sondern wie eine subjektive Feststellung«, bemerkte ich.

»Sie möchten Beweise sehen?« Miriam griff nach zwei weiteren Akten und schleuderte sie über die glänzende Tischplatte, sodass sie in meine Arme schlitterten. »Da haben Sie welche – allerdings glaube ich nicht, dass Sie viel verstehen werden.«

Auf einer Akte war ein lila umrandetes Etikett aufgeklebt, auf das *Benvenguda* getippt war. Die zweite hatte ein rot umrandetes Etikett mit dem Namen *Good, Beatrice.* Beide enthielten ausschließlich Grafiken. Die oberen waren kreisförmig und bunt. Die Grafiken darunter beschränkten sich auf schwarze und graue Balken, die über weißes Papier marschierten.

»Das ist gemein«, protestierte Marcus. »Kein Historiker könnte die lesen.«

»Das hier sind dna-Sequenzen.« Ich tippte auf die schwarz-weißen Bilder. »Aber was sollen die kolorierten Grafiken darstellen?«

Matthew stützte neben mir die Ellbogen auf den Tisch. »Das sind ebenfalls Ergebnisse aus Gentests«, sagte er und zog dabei die Seite mit den reifenförmigen Diagrammen heran. »Hier haben wir eine Darstellung der mitochondrialen dna einer Frau namens Benvenguda, die diese dna von ihrer Mutter und der Mutter ihrer Mutter und allen ihren weiblichen Vorfahren geerbt hat. Sie beschreibt ihr matrilineares Erbe.«

»Was ist mit dem genetischen Erbe ihres Vaters?«

Matthew tippte auf die schwarz-weißen dna-Ergebnisse. »Benvengudas menschlicher Vater findet sich hier wieder, in ihrer Zellkern-dna – ihrem Genom –, und zwar gemeinsam mit ihrer Mutter, einer Hexe.« Er beugte sich wieder über die kolorierten Reifen. »In der mitochondrialen dna außerhalb des Zellkerns hingegen wird allein die mütterliche Linie gespeichert.«

»Warum untersucht ihr gleichzeitig ihr Genom und ihre mitochondriale dna?« Vom Genom hatte ich schon gehört, aber dass es eine mitochondriale dna gab, war mir neu.

»Die dna im Zellkern beschreibt dich als einzigartiges Individuum – sie zeigt, wie sich das genetische Erbe deiner Mutter und deines Vaters neu kombiniert hat, um dich zu erschaffen. Weil bei deiner Zeugung die Gene deines Vaters mit denen deiner Mutter vermischt wurden, hast du blaue Augen, blonde Haare und Sommersprossen bekommen. Die mitochondriale dna kann uns helfen, die Geschichte der ganzen Spezies zu verstehen.«

»Das würde bedeuten, dass in jedem Einzelnen von uns der Ursprung und die Evolution der gesamten Art gespeichert ist«, folgerte ich langsam. »Sie steckt in unserem Blut und in jeder Zelle unseres Körpers.«

Matthew nickte. »Aber in jeder Geschichte vom Ursprung steckt eine zweite Geschichte – die nicht den Anfang, sondern das Ende beschreibt.«

»Womit wir wieder bei Darwin wären«, sagte ich stirnrunzelnd. »*Vom Ursprung der Arten* handelte nicht nur davon, wie sich die verschiedenen Arten entwickelt hatten. Es ging auch um die natürliche Auslese und das Aussterben einer Art.«

»Man könnte auch sagen, dass es im *Ursprung* vor allem ums Aussterben ging«, pflichtete Marcus mir bei und rollte dabei mit seinem Hocker auf die andere Seite des Labortisches.

Ich betrachtete Benvengudas grellbunte Reifen. »Wer war sie?«

»Eine ungeheuer mächtige Hexe«, sagte Miriam. »Sie lebte im siebten Jahrhundert in der Bretagne. Sie war ein Mysterium in einem Zeitalter, das viele Mysterien hervorgebracht hat. Beatrice Good gehört zu ihren letzten direkten Nachfahren.«

»Stammt Beatrice Goods Familie aus Salem?«, flüsterte ich und berührte dabei ihre Akte. Neben den Bishops und Proctors hatten auch die Goods dort gelebt.

»Unter Beatrices Vorfahren finden sich auch Sarah und Dorothy Good aus Salem«, bestätigte Matthew meine Vermutung. Er klappte Beatrices Akte auf und legte die Resultate ihres mitochondrialen Gentests neben die von Benvenguda.

»Aber sie unterscheiden sich«, sagte ich. So viel konnte man an den Farben und ihrer Anordnung erkennen.

»Nur wenig«, korrigierte mich Matthew. »Beatrices Zellkern-dna weist weniger hexentypische Marker auf. Das deutet darauf hin, dass sich ihre Vorfahren im Verlauf der Jahrhunderte immer weniger auf Magie und Hexenkünste verließen, um zu überleben. Diese veränderten Bedürfnisse lösten ihrerseits Mutationen in der dna aus – Mutationen, mit denen die Magie verdrängt wurde.« Seine Botschaft klang nach einer rein wissenschaftlichen Erklärung, aber sie war an mich gerichtet.

»Beatrices Vorfahren verdrängten zunehmend ihre Magie, und das wird letztendlich ihre Familie zerstören?«

»Es ist nicht ausschließlich Schuld der Hexen. Die Natur trägt auch ihren Teil dazu bei.« Matthews Blick wirkte traurig. »So wie es aussieht, stehen die Hexen, genau wie die Vampire, unter zunehmendem Druck, in einer Welt zu überleben, die immer stärker von Menschen beherrscht wird. Die Dämonen auch. Sie neigen weniger zur Genialität – wodurch wir sie früher von der menschlichen Bevölkerung unterschieden – und umso mehr zum Wahnsinn.«

»Und die Menschen sterben nicht aus?«, fragte ich.

»Ja und nein«, sagte Matthew. »Wir glauben, dass die Menschen sich – bis jetzt – besser angepasst haben. Ihr Immunsystem reagiert schneller, und sie haben einen stärkeren Fortpflanzungstrieb als Hexen oder Vampire. Früher war die Welt fast zu gleichen Teilen zwischen Menschen und nichtmenschlichen Kreaturen aufgeteilt. Inzwischen sind die Menschen in der Mehrheit, und wir stellen nur noch zehn Prozent der Weltbevölkerung.«

»Als es so viele nichtmenschliche Kreaturen wie Menschen gab, sah die Welt ganz anders aus.« Miriam klang, als würde sie es bedauern, dass sich die Waagschale zu unseren Ungunsten gesenkt hatte. »Aber irgendwann werden die Menschen an ihrem empfindlichen Immunsystem zugrunde gehen.«

»Wie deutlich unterscheiden wir – die übrigen Kreaturen – uns von den Menschen?«

»Beträchtlich, zumindest auf genetischer Ebene. Wir sehen ihnen ähnlich, aber unter der Oberfläche liegt eine völlig andere Chromosomenzusammensetzung.« Matthew skizzierte ein Diagramm auf den Umschlag von Beatrice Goods Akte. »Menschen haben dreiundzwanzig Chromosomenpaare in jedem Zellkern, die jeweils in langen Codesequenzen angeordnet sind. Vampire und Hexen haben vierundzwanzig Chromosomenpaare.«

»Mehr als Menschen, Burgundertrauben oder Schweine.« Marcus zwinkerte.

»Was ist mit den Dämonen?«

»Die haben genauso viele Chromosomenpaare wie die Menschen – allerdings mit einem einzelnen zusätzlichen Chromosom. Soweit wir erkennen können, macht genau dieses Chromosom sie so dämonisch«, erwiderte Matthew, »und so anfällig.«

Während ich seine Bleistiftskizze studierte, fiel mir eine Haarsträhne ins Auge. Ungeduldig schob ich sie beiseite. »Was liegt auf dem zusätzlichen Chromosomenpaar?« Matthew zu folgen fiel mir genauso schwer wie früher der Biologieunterricht auf dem College.

»Genetisches Material, das uns von den Menschen unterscheidet«, sagte Matthew, »außerdem Material, das die Zellfunktionen reguliert, dazu das, was die Wissenschaftler als ›Junk-dna‹ bezeichnen.«

»Nur handelt es sich dabei nicht um Abfall«, sagte Marcus. »Das ganze genetische Material ist offenbar aus vergangenen Ausleseprozessen übrig geblieben, oder es wartet nur darauf, beim nächsten Evolutionsschub zum Einsatz zu kommen. Wir wissen einfach nicht, welchen Zweck es erfüllt – noch nicht.«

»Einen Moment«, warf ich ein. »Hexen und Dämonen werden geboren. Ich wurde mit einem zusätzlichen Chromosomenpaar geboren, und dein Freund Hamish wurde mit einem zusätzlichen einzelnen Chromosom geboren. Aber Vampire werden nicht geboren – ihr werdet gemacht, aus menschlicher dna. Wo nehmt ihr euer zusätzliches Chromosomenpaar her?«

»Wenn ein Mensch als Vampir wiedergeboren wird, entzieht ihm sein Schöpfer zuerst das ganze Blut, woraufhin sämtliche Organe ausfallen. Bevor der Mensch stirbt, gibt ihm der Vampir allerdings sein oder ihr Blut und gebiert ihn dadurch neu«, erläuterte Matthew. »Soweit wir erkennen können, löst das zugeführte Vampirblut spontane genetische Mutationen in jeder einzelnen Zelle aus.«

Matthew hatte auch gestern von »wiedergeboren« gesprochen, aber das Wort *Schöpfer* hatte ich im Zusammenhang mit Vampiren noch nie gehört.

»Das Blut des Schöpfers durchdringt den Körper des Wiedergeborenen und transportiert dabei neue genetische Informationen«, fuhr Miriam fort. »Etwas Ähnliches passiert, wenn ein Mensch eine Bluttransfusion bekommt. Allerdings löst das Vampirblut unzählige Veränderungen in der dna aus.«

»Wir haben angefangen, im Genom nach Hinweisen auf eine so explosive Umwälzung zu suchen«, erklärte Matthew. »Und wir haben sie gefunden – Mutationen, die beweisen, dass alle Vampire eine spontane Anpassung durchlaufen müssen, sobald sie das Blut ihrer Schöpfer absorbieren. Dabei entwickeln sie auch ein zusätzliches Chromosomenpaar.«

»Quasi ein genetischer Urknall. Ihr seid wie eine Galaxie, die aus einem sterbenden Stern geboren wird. Innerhalb weniger Augenblicke transformieren euch die Gene in ein anderes Wesen – ein nichtmenschliches Geschöpf.« Ich sah Matthew staunend an.

»Ist alles in Ordnung?«, fragte er. »Wir können eine Pause machen.«

»Könnte ich etwas Wasser bekommen?«

»Ich hole welches.« Marcus sprang von seinem Hocker auf. »Im Kühlschrank bei den Proben steht welches.«

»Die Menschen haben uns den ersten Hinweis darauf geliefert, dass Zellen durch Bakterien oder eine andere Art von genetischem Bombardement so unter Stress geraten können, dass es zu spontanen Mutationen statt der langsamen natürlichen Auslese kommt.« Miriam zog eine Akte aus einem Hängeregister. Sie schlug sie auf und deutete auf einen Abschnitt in einem schwarz-weißen Diagramm. »Dieser Mann starb 1375. Er überlebte die Pocken, aber sein Körper musste sich so heftig gegen den Ansturm der Bakterien wehren, dass es zu einer Mutation auf dem dritten Chromosom kam.«

Marcus kam mit einer Wasserflasche zurück. Ich drehte den Deckel ab und nahm einen tiefen Schluck.

»Die dna der Vampire steckt voller ähnlicher Mutationen, die aus der Resistenz gegen die unterschiedlichsten Krankheiten entstanden sind. Diese Veränderungen könnten uns irgendwann ausrotten.« Matthew sah mich besorgt an. »Zurzeit versuchen wir vor allem herauszufinden, wodurch in unserem Blut die Bildung neuer Chromosomen ausgelöst werden könnte. Vielleicht liegt die Antwort in den Mitochondrien.«

Miriam schüttelte den Kopf. »Auf keinen Fall. Die Antwort muss in der Zellkern-dna liegen. Wenn ein Körper von Vampirblut attackiert wird, muss das eine Reaktion auslösen, die es dem Körper ermöglicht, alle nötigen Veränderungen einzuleiten und sich anzupassen.«

»Mag sein, aber dann sollten wir uns auch die Junk-dna genauer ansehen. Dort muss alles zu finden sein, was zur Bildung neuer Chromosomen benötigt wird«, beharrte Marcus.

Während die Vampire diskutierten, krempelte ich meinen Ärmel hoch. Sobald der Stoff über meinen Ellbogen rutschte und die Armvenen der kühlen Laborluft ausgesetzt waren, richteten alle drei ihren eisigen Blick auf meine Ellenbeuge.

»Diana«, erklärte Matthew kühl und berührte dabei sein Lazaruszeichen, »was tust du da?«

»Hast du die Handschuhe noch hier, Marcus?«, fragte ich und schob den Ärmel weiter nach oben.

Marcus grinste. »Klar.« Er stand auf und zog ein Paar Latexhandschuhe aus einer Schachtel.

»Du brauchst das nicht zu tun.« Matthew blieben die Worte beinahe in der Kehle stecken.

»Ich weiß. Aber ich will.« Unter der Laborbeleuchtung sahen meine Adern noch blauer aus.

»Gute Venen«, bemerkte Miriam mit wohlwollendem Nicken, und der Vampir an meiner Seite begann prompt warnend zu knurren.

»Wenn du damit Probleme hast, Matthew, dann warte lieber draußen«, sagte ich ruhig.

»Du solltest dir genau überlegen, was du da tust.« Matthew beugte sich schützend über mich, genau wie vor ein paar Tagen, als Peter Knox mich in der Bodleian angegriffen hatte. »Wir können unmöglich vorhersagen, was die Tests ergeben werden. Damit breitest du dein ganzes Leben und deine Familiengeschichte vor uns aus. Bist du ganz sicher, dass du das willst?«

»Wie meinst du das, mein ganzes Leben?« Ich wand mich unter seinem bohrenden Blick.

»Diese Tests werden wesentlich mehr über dich verraten als nur die Farbe deiner Augen und Haare. Sie lassen Rückschlüsse darauf zu, welche Charaktereigenschaften deine Eltern dir vererbt haben. Ganz zu schweigen von den Charakterzügen aller deiner weiblichen Vorfahren.« Wir sahen uns tief in die Augen.

»Genau darum will ich eine Blutprobe nehmen lassen«, erklärte ich geduldig. Ich sah die Verwirrung in seinem Gesicht. »Mein ganzes Leben habe ich mich gefragt, was das Blut der Bishops, das durch meine Adern fließt, wohl mit mir anstellt. Jeder, der meine Familiengeschichte kennt, hat sich das gefragt. Jetzt werden wir es erfahren.«

Es kam mir so einfach vor. Mein Blut konnte Matthew Dinge verraten, die ich auf keinen Fall rein zufällig entdecken wollte. Ich wollte keine Möbel in Brand setzen und durch keinen Baum fliegen und niemanden an einer Krankheit sterben lassen, nur weil ich zwei Tage zuvor in einem Wutanfall geflucht hatte. Vielleicht glaubte Matthew, dass es riskant war, mein Blut untersuchen zu lassen. Mir erschien es in Anbetracht der Alternativen das Sicherste zu sein.

»Außerdem hast du selbst gesagt, dass wir Hexen aussterben. Ich bin die letzte Bishop. Vielleicht hilft euch mein Blut herauszufinden, warum das so ist.«

Wir maßen uns mit Blicken, Hexe und Vampir, während Miriam und Marcus geduldig abwarteten. Schließlich atmete Matthew resignierend aus. »Bring mir einen Probensatz«, sagte er zu Marcus.

»Ich kann das erledigen«, wehrte Marcus ab und ließ einen Latexhandschuh an sein Handgelenk schnalzen. Miriam versuchte ihn zurückzuhalten, aber Marcus kam mit einer Schachtel voller Lanzetten und Pipetten auf mich zu.

»Marcus«, warnte ihn Miriam.

Matthew riss Marcus die Ausrüstung aus der Hand und brachte den jüngeren Vampir mit einem bohrenden, tödlichen Blick zum Stehen. »Es tut mir leid, Marcus. Aber wenn jemand Diana Blut abnimmt, dann ich.«

Mein Handgelenk zwischen den kalten Fingern haltend, winkelte er meinen Arm mehrmals an, bevor er ihn ausstreckte und meine Hand auf der Edelstahlplatte ablegte. Sich von einem Vampir eine Nadel in den Arm stechen zu lassen, war ziemlich gruselig. Matthew band meinen Arm mit einem Gummiband ab.

»Mach eine Faust«, befahl er ruhig, während er die Handschuhe überstreifte und die Hohlnadel sowie die erste Phiole bereitlegte.

Ich ballte die Faust und beobachtete, wie die Adern hervortraten. Matthew verzichtete auf die übliche Ankündigung, dass es gleich wehtun oder pieken würde. Ohne weitere Umschweife beugte er sich vor und schob mir die Nadelspitze in den Arm.

»Gut gemacht.« Ich löste meine Faust, damit das Blut besser abfloss.

Matthews breiter Mund wurde auffallend schmal, als er die Phiolen wechselte. Als er damit fertig war, zog er die Nadel wieder ab und warf sie in einen versiegelten Abfallbehälter. Marcus nahm die Phiolen und reichte sie an Miriam weiter, die sie mit winzigen, präzisen Buchstaben beschriftete. Matthew deckte den Einstich mit einem Stück Gaze ab und drückte mit kräftigen, kalten Fingern darauf. Mit der anderen Hand löste er einen Pflasterstreifen, den er anschließend über das Verbandsstück klebte.

»Geburtsdatum?«, fragte Miriam sachlich, den Stift über dem Röhrchen mit meinem Blut erhoben.

»Dreizehnter August 1976.«

Miriam sah mich an. »Dreizehnter August?«

»Ja. Warum?«

»Ich wollte nur sichergehen«, murmelte sie.

»Normalerweise nehmen wir zusätzlich eine Speichelprobe.« Matthew öffnete eine Packung und zog zwei Plastikspatel heraus, die wie winzige Paddel geformt und an den Enden leicht aufgeraut waren.

Wortlos klappte ich den Mund auf, damit Matthew erst mit dem einen, dann mit dem anderen Spatel über die Innenseite meiner Wange streichen konnte. Die beiden Spatel wanderten in jeweils einen verschlossenen Plastikbehälter. »Schon erledigt.«

Ich sah mich im Labor um, in der stillen, entspannten Atmosphäre der Edelstahlflächen unter dem blauen Licht, und musste an meine Alchemisten denken, die mit improvisierten Gerätschaften und rissigen Lehmtiegeln an einem Kohlefeuer hantiert hatten. Was hätten sie dafür gegeben, an einem Ort wie diesem arbeiten zu dürfen – mit Instrumenten, die es ihnen vielleicht ermöglicht hätten, die Mysterien der Schöpfung zu erfassen.

»Sucht ihr nach dem ersten Vampir?«, fragte ich und deutete dabei auf die Aktenschränke.

»Manchmal«, bestätigte Matthew langsam. »Hauptsächlich versuchen wir nachzuvollziehen, wie sich Nahrungsangebot und Krankheiten auf die verschiedenen Spezies auswirken und wie und warum manche Sippen aussterben.«

»Und stimmt es wirklich, dass es sich bei uns um vier verschiedene Spezies handelt, oder haben Dämonen, Menschen, Vampire und Hexen gemeinsame Vorfahren?« Ich hatte mich immer gefragt, ob Sarahs eigensinnige Beschwörungen, dass Hexen kaum etwas mit Menschen oder anderen Wesen gemein hätten, nicht nur auf Überlieferung oder Wunschdenken beruhte. Zu Darwins Zeiten hatten es die meisten Menschen für unmöglich gehalten, dass sich aus einem einzigen Paar von menschlichen Urahnen so viele verschiedene Rassen entwickelt haben könnten. Manche Europäer hatten mit Blick auf die Schwarzafrikaner eher der Theorie einer Polygenese zugeneigt, wonach die unterschiedlichen Rassen von verschiedenen, nicht miteinander verwandten Urahnen abstammten.

»Dämonen, Menschen, Vampire und Hexen unterscheiden sich auf genetischer Ebene beträchtlich.« Matthew sah mich bohrend an. Auch wenn er sich weigerte, meine Frage offen zu beantworten, wusste er genau, warum ich sie gestellt hatte.

»Wenn ihr beweisen würdet, dass es sich dabei nicht um verschiedene Arten handelt, sondern um verschiedene Abstammungslinien innerhalb einer Art, würde das eine Menge ändern«, warnte ich ihn.

»Früher oder später werden wir erschließen können, inwiefern – und ob – die vier Gruppen miteinander verwandt sind. Aber davon sind wir noch weit entfernt.« Er stand auf. »Ich glaube, das war genug Wissenschaft für einen Tag.«

Nachdem wir uns von Miriam und Marcus verabschiedet hatten, brachte Matthew mich zum New College zurück. Er ging sich umziehen und holte mich dann zum Yoga wieder ab. In unsere jeweiligen Gedanken versunken, fuhren wir mehr oder weniger schweigend nach Woodstock.

An der Old Lodge öffnete Matthew mir wie üblich die Beifahrertür, holte dann die Matten aus dem Kofferraum und schlang sie über seine Schulter.

Ein Vampirpaar schwebte vorbei. Einer streifte mich im Vorbeigehen, und schnell wie ein Blitz schob Matthew seine Hand in meine. Der Kontrast hätte nicht schärfer sein können – neben seiner blassen, kalten Haut wirkte meine umso lebendiger und wärmer.

Matthew ließ mich nicht mehr los, bis wir im Haus waren. Als wir nach Oxford zurückfuhren, plauderten wir zuerst über etwas, das Amira gesagt hatte, und danach über etwas, das einer der Dämonen unabsichtlich getan oder nicht getan hatte und das perfekt einzufangen schien, was es bedeutete, ein Dämon zu sein. Als wir das Tor zum New College durchfahren hatten, stellte Matthew anders als sonst den Motor ab, bevor er mich aussteigen ließ.

Fred sah von seinem Überwachungsmonitor auf, als der Vampir vor der Glasscheibe seiner Pförtnerloge auftauchte. Die Tür in der Scheibe glitt auf. »Ja?«

»Ich möchte Dr. Bishop in ihr Apartment bringen. Ist es okay, wenn ich den Wagen hier stehen lasse und Ihnen die Schlüssel gebe, falls Sie ihn zur Seite fahren müssen?«

Fred warf einen Blick auf den Arztausweis des John Radcliffe Hospitals und nickte. Matthew warf ihm die Schlüssel durch das Fenster zu.

»Matthew«, meinte ich eindringlich, »ich wohne gleich da drüben. Du brauchst mich nicht an die Tür zu bringen.«

»Ich werde es trotzdem tun.« Sein Tonfall duldete keinen Widerspruch. Sobald wir hinter dem Bogengang aus Freds Blickfeld verschwunden waren, griff er wieder nach meiner Hand. Diesmal spürte ich nicht nur seine erschreckend kalte Haut, sondern gleichzeitig ein irritierendes warmes Züngeln in meiner Magengrube.

Am Fuß der Treppe drehte ich mich zu Matthew um, ohne seine Hand loszulassen. »Danke, dass du mich – wieder – zum Yoga mitgenommen hast.«

»Gern geschehen.« Er strich mir die störrische Strähne hinters Ohr und ließ seine Fingerspitzen danach auf meiner Wange ruhen. »Komm morgen zum Abendessen«, sagte er leise. »Diesmal bin ich mit Kochen an der Reihe.«

Mein Herz machte einen Satz. *Sag nein*, ermahnte ich mich streng, trotz des unerwarteten Hüpfers.

»Aber gern«, hörte ich mich stattdessen sagen.

Der Vampir setzte seine kalten Lippen erst auf meine eine Wange, dann auf die andere. »Ma vaillante fille«, flüsterte er mir ins Ohr. Sein berauschender, betörender Duft stieg mir in die Nase.

Oben hatte jemand wie gewünscht den Türknauf festgeschraubt, und zwar gleich so fest, dass ich kaum öffnen konnte. Das blinkende Licht auf dem Anrufbeantworter begrüßte mich und zeigte an, dass die nächste Nachricht von Sarah auf mich wartete. Ich ging ans Fenster, schaute nach unten und sah, wie Matthew heraufschaute. Ich winkte. Er schob lächelnd die Hände in die Taschen und kehrte zur Pförtnerloge zurück. Im nächsten Moment war er in die nächtliche Dunkelheit eingetaucht, als wäre er ein Teil von ihr.

Kapitel 14

Um halb acht wartete Matthew bei der Pförtnerloge auf mich, das Haar aus dem unregelmäßigen Haaransatz nach hinten gekämmt und wie immer makellos gekleidet in eine Kombination aus Taubenblau und Kohlegrau. Geduldig ließ er sich vom Wochenendpförtner inspizieren, der mich mit einem Nicken und einem mahnenden: »Wir sehen uns später, Dr. Bishop« verabschiedete.

»Du weckst bei jedem den Beschützerinstinkt«, murmelte Matthew, als wir durch das Tor gingen.

»Wo gehen wir hin?« Sein Wagen war nirgendwo zu sehen.

»Wir essen heute Abend im College«, antwortete er und deutete in Richtung Bodleian. Ich war fest davon ausgegangen, dass er mit mir nach Woodstock fahren oder mich in ein Apartment in einem viktorianischen Kasten in Nordoxford bringen würde. Ich war gar nicht auf den Gedanken gekommen, dass er in einem College wohnen könnte.

»Im großen Speisesaal, am Professorentisch?« Ich fühlte mich schrecklich underdressed und zupfte am Saum meines schwarzen Seidentops herum.

Matthew legte den Kopf in den Nacken und lachte laut auf. »Im Speisesaal esse ich nur, wenn es sich gar nicht vermeiden lässt. Und ich werde dich ganz bestimmt nicht auf den Präsentierteller setzen, damit dich das ganze Kollegium inspizieren kann.«

Wir bogen um die Ecke und gingen auf die Radcliffe Camera zu. Als wir ohne anzuhalten am Eingang des Hertford College vorbeigingen, legte ich die Hand auf seinen Arm. In Oxford gab es ein College, das berüchtigt für seine Exklusivität und das überaus strenge Protokoll war.

Außerdem war es für seine brillanten Collegemitglieder berühmt.

»Du bist doch nicht etwa ...«

Matthew blieb stehen. »Was tut es zur Sache, welchem College ich angehöre?« Er wandte den Blick ab. »Wobei ich natürlich verstehen würde, wenn du lieber unter Leuten wärst.«

»Ich habe keine Angst, dass du *mich* zum Abendessen auserkoren haben könntest, Matthew. Ich war nur noch nie hier.« Ein kunstvolles, verschnörkeltes Tor verwehrte den Eintritt in das College, als wäre es das Märchenland. Matthew brummte ungeduldig und packte meine Hand, als ich durch die Stäbe schielen wollte.

»Wir sind auch nur ein Haufen Wissenschaftler in einer Reihe von alten Gebäuden.« Seine schroffe Bemerkung änderte nichts an der Tatsache, dass er zu den ungefähr siebzig Auserwählten an diesem College gehörte, an dem es nicht einmal Studenten gab. »Außerdem gehen wir in mein Apartment.«

Auf den letzten Metern wirkte Matthew bei jedem Schritt in die Dunkelheit entspannter, so als würde er zu einem alten Freund zurückkehren. Es war so still und verschwiegen hier, als hätten sich in diesem College tatsächlich die »Seelen aller in der Universität Oxford dahingeschiedenen Gläubigen« versammelt.

Matthew sah mich schüchtern lächelnd an. »Willkommen im All Souls.«

Das All Souls College war ein spätgotisches Meisterwerk und ähnelte mit seinen luftigen Spitztürmen und dem fein ziselierten Mauerwerk dem unehelichen Balg eines gotischen Domes mit einer Hochzeitstorte. Ich seufzte genüsslich, denn ich wusste nicht, was ich sagen sollte – wenigstens noch nicht. Später würde Matthew eine Menge zu erklären haben.

»Guten Abend, James«, sagte er zu dem Pförtner, der ihn über die Bifokal-Brille hinweg ansah und mit einem Nicken begrüßte. An seinem Zeigefinger baumelte eine Lederschlaufe mit einem antik wirkenden Schlüssel. »Ich bleibe nur kurz.«

»In Ordnung, Professor Clairmont.«

Matthew nahm mich wieder bei der Hand. »Gehen wir. Dein Bildungsprogramm ist noch nicht abgeschlossen.«

Wie ein aufgeregter Lausbub auf Schatzsuche schleifte er mich weiter. Wir drückten uns durch eine rissige, vom Alter geschwärzte Tür, und Matthew schaltete das Licht an. Seine weiße Haut schien mich aus dem Dunkel regelrecht anzuspringen; so vampirhaft hatte er noch nie ausgesehen.

»Gut, dass ich eine Hexe bin«, neckte ich ihn. »Ein Mensch würde sich zu Tode erschrecken, wenn er dich so sehen würde.«

Am Fuß einer Treppe tippte Matthew eine endlos lange Ziffernfolge in ein Tastenfeld und drückte zuletzt die Sterntaste. Ich hörte ein leises Klicken, und er zog die nächste Tür auf. Der Geruch von Staub und Alter und etwas, das ich nicht benennen konnte, schlug mir entgegen. Hinter der Treppenbeleuchtung erstreckte sich tiefe Schwärze.

»Das ist ja wie im Horrorfilm. Wo bringst du mich hin?«

»Geduld, Diana. Wir sind gleich da.« Dummerweise war bei den Bishop-Frauen die Geduld eher schwach ausgeprägt.

Matthew fasste an meiner Schulter vorbei und drückte einen weiteren Schalter. Eine Folge altmodischer, wie Trapezkünstler an ihren Drähten hängender Glühbirnen warf matte Lichtkreise auf eine Reihe von Verschlägen, die aussahen wie Pferdeboxen für winzige Shetlandponys.

Ich sah Matthew an, und aus meinem Blick sprachen hundert Fragen.

»Nach dir«, sagte er mit einer Verbeugung.

Ich machte einen Schritt nach vorn und erkannte, wonach es hier roch. Es roch nach schalem Alkohol – wie in einem Pub am Sonntagmorgen. »Wein?«

»Wein.«

Wir gingen an Dutzenden von Verschlägen vorbei, in denen Weinregale, Weinkisten und aufgestapelte Weinflaschen zu sehen waren. An jeder Tür hing eine kleine Schiefertafel mit einer in Kreide notierten Jahreszahl. Ich sah Verschläge voller Wein aus dem Ersten und Zweiten Weltkrieg, und ich sah Flaschen, die Florence Nightingale vor ihrer Reise auf die Krim in ihren Koffer gepackt haben könnte. Es gab Weine aus dem Jahr des Baus der Berliner Mauer, und welche aus dem Jahr, in dem sie gefallen war. Weiter hinten im Keller standen keine Jahreszahlen mehr auf den Tafeln, sondern nur noch allgemeine Bezeichnungen wie »alter Bordeaux« oder »Jahrgangsportwein«.

Schließlich hatten wir das Ende des Kellers erreicht. Ein Dutzend verschlossener Türen, von denen Matthew eine öffnete. Weil es dahinter kein elektrisches Licht gab, griff er zu einer Kerze, die er in einen Messinghalter drückte, bevor er sie anzündete.

Der Raum wirkte so ordentlich und systematisch wie Matthew selbst, allerdings war alles von einer Staubschicht bedeckt. Eng bepackte Holzregale hielten den Wein über dem Boden und ermöglichten es gleichzeitig, eine einzelne Flasche herauszuziehen, ohne dass alles ins Rutschen kam. Neben dem Türstock sah ich rote Flecken, wo über zahllose Jahre hinweg immer wieder Wein ausgespuckt worden war. Der Duft von alten Trauben, Kork und leichtem Schimmel lag in der Luft.

»Ist das deiner?« Ich traute meinen Augen nicht.

»O ja. Ein paar von uns Fellows haben einen Privatkeller.«

»Was kannst du hier drin nur lagern, was es da draußen nicht auch gäbe?«

Matthew lächelte geheimnisvoll. »Alles Mögliche.«

Er huschte durch den kleinen, fensterlosen Raum und zog fröhlich hier und da Flaschen heraus. Dann reichte er mir eine schwere, dunkle Flasche mit einem Goldschild als Etikett und einem Drahtgeflecht über dem Korken. Champagner – Dom Perignon.

Die nächste Flasche war dunkelgrün und trug ein schlichtes cremefarbenes, Etikett mit schwarzer Schrift. Er präsentierte sie mir mit großer Geste, und mein Blick fiel auf das Datum: 1976.

»Mein Geburtsjahr!«, sagte ich.

Schließlich tauchte Matthew mit zwei weiteren Flaschen auf: Eine hatte ein längliches, achteckiges Etikett, auf dem ein Château abgebildet war, sowie einen mit rotem Wachs versiegelten Hals; die andere war leicht schief und schwarz, ohne jedes Etikett und mit etwas versiegelt, das wie Teer aussah. An ihrem Hals war mit einer schmutzigen Schnur ein alter, gelb-brauner Anhänger befestigt.

»Sollen wir?«, fragte Matthew und blies die Kerze aus. Die beiden Flaschen in einer Hand balancierend, schloss er die Tür von außen ab und ließ den Schlüssel in die Tasche gleiten. Wir stiegen aus dem Weindunst wieder auf und erklommen die Treppe zum Erdgeschoss.

Draußen im Zwielicht schien Matthew, den Arm voller Wein, vor Freude zu strahlen. »Was für ein wunderschöner Abend«, verkündete er glücklich.

Wir gingen in sein Apartment, das in mancher Hinsicht wesentlich edler war, als ich es mir ausgemalt hatte, und in anderer Hinsicht längst nicht so edel. Die Räume waren kleiner als meine im New College und, da sie unter dem Dach des ältesten Gebäudes im All Souls lagen, verwinkelt und windschief. Die Decken waren zwar so hoch, dass Matthew aufrecht stehen konnte, trotzdem wirkten die Räume viel zu klein für ihn. Bei jeder Tür musste er sich bücken, und die Fensterbretter waren bei ihm knapp über Kniehöhe.

Was den Räumen an Größe fehlte, machten sie mit ihrem Mobiliar wett. Ein verblichener Aubusson-Teppich bedeckte den Boden und wurde von einer Kollektion echter William-Morris-Möbel an seinem Platz verankert. Irgendwie fügten sich die Architektur aus dem fünfzehnten Jahrhundert, der Teppich aus dem achtzehnten Jahrhundert und die grob geschnitzte Eiche aus dem neunzehnten Jahrhundert zu einem harmonischen Ganzen und verliehen den Räumen die Atmosphäre eines vornehmen Clubs aus dem frühen zwanzigsten Jahrhundert.

Am anderen Ende des Hauptraumes stand ein ausladender Esstisch, an dessen einem Ende sich neben Zeitungen und Büchern der typische Treibsand des akademischen Lebens angesammelt hatte – Verordnungen, außerdem Fachjournale, Bitten um ein Empfehlungsschreiben oder Anfragen für eine Kritik. Allerdings war alles säuberlich aufgestapelt und wurde jeweils von einem anderen Objekt niedergehalten. Als Briefbeschwerer verwendete Matthew unter anderem das typische Objekt aus schwerem, geblasenem Glas, aber auch einen alten Ziegelstein, eine Bronzemedaille – zweifellos irgendein Preis, den er verliehen bekommen hatte – und einen kleinen Schürhaken. Am anderen Tischende war ein weiches Leintuch über das Holz gedeckt worden, und darauf standen die fantastischsten Silber-Kerzenleuchter im klassizistischen Stil, die ich je außerhalb eines Museums gesehen hatte. Ein Sortiment unterschiedlich geformter Weingläser stand Spalier vor den schlichten weißen Porzellantellern und dem ebenfalls klassizistischen Silberbesteck.

»Ich bin begeistert.« Ich sah mich mit großen Augen um. Kein einziges Möbelstück, kein einziges Zierstück im Raum gehörte dem College. Alles war Matthew in Reinkultur.

»Setz dich.« Er rettete die zwei Weinflaschen aus meinen erschlaffenden Fingern und trug sie in eine Art schicker Abstellkammer. »Im All Souls hält man nichts davon, dass die Fellows in ihren Apartments speisen«, erklärte er, während ich kurz die sparsam ausgestattete Küche inspizierte. »Also müssen wir uns so gut wie möglich behelfen.« Matthew versenkte den Champagner in einen Eiskübel und setzte sich zu mir in einen der gemütlichen Sessel vor dem toten Kamin. »Inzwischen darf man in ganz Oxford kein offenes Feuer mehr machen.« Er zeigte bedauernd auf die leere Feuerfläche. »Wenn alle Kamine brannten, roch es in der Stadt wie bei einem Freudenfeuer.«

»Wann bist du das erste Mal nach Oxford gekommen?« Ich hatte die Frage offen formuliert, damit es nicht so aussah, als wollte ich in seinen vergangenen Leben herumstochern.

»Diesmal 1989.« Er streckte mit einem wohligen Seufzen die langen Beine aus. »Damals kam ich als Student der Naturwissenschaften ans College Oriel und blieb dort bis zum Abschluss meiner Doktorarbeit. Als ich ein Stipendium fürs All Souls bekam, wechselte ich für ein paar Jahre hierher. Nachdem ich meinen Abschluss gemacht hatte, bot mir die Universität eine Stelle an, und das College des All Souls nahm mich als Fellow auf.« Jedes Mal, wenn er den Mund aufmachte, kam etwas heraus, mit dem ich nicht gerechnet hatte. Ein Stipendiat des All Souls? Davon gab es nur zwei pro Jahr.

»Aber es ist dein erstes Mal im All Souls?« Ich biss mir auf die Lippe, und er lachte.

»Bringen wir es hinter uns.« Er hob beide Hände und begann die verschiedenen Colleges abzuzählen. »Ich war – je einmal – Mitglied im Merton, Magdalen und University College. Je zweimal im New College und im Oriel. Und dies ist das erste Mal, dass mir das All Souls die Ehre erweist.«

Ich multiplizierte seine Antwort mit dem Faktor Cambridge, Paris, Padua und Montpellier – die allesamt, davon war ich überzeugt, irgendwann einen Studenten namens Matthew Clairmont (oder so ähnlich) in ihren Büchern geführt hatten –, und ein schwindelerregender Reigen von universitären Abschlüssen tanzte vor meinem inneren Auge. Was hatte er wohl in all diesen Jahren studiert, und mit wem hatte er studiert?

»Diana?« Matthews spöttische Stimme riss mich aus meinen Gedanken. »Hast du mich gehört?«

»Entschuldige.« Ich schloss die Augen und krallte die Finger in die Schenkel, damit meine Gedanken nicht sofort wieder abschweiften. »Es ist wie eine Krankheit. Sobald du anfängst, von früher zu erzählen, geht die Neugier mit mir durch.«

»Ich weiß. Das ist nur eines der Probleme, denen sich ein Vampir stellen muss, wenn er seine Zeit mit einer hexenden Historikerin verbringt.« Matthew hatte den Mund ironisch zu einem strengen Strich zusammengezogen, aber seine Augen funkelten wie schwarze Sterne.

»Wenn du diese Probleme in Zukunft vermeiden möchtest, würde ich dir vorschlagen, dich möglichst nicht mehr in der paläographischen Abteilung der Bodleian herumzutreiben«, gab ich schnippisch zurück.

»Mehr als eine Historikerin wäre mir eindeutig zu viel.« Matthew erhob sich mühelos. »Ich habe dich gefragt, ob du hungrig bist.«

Warum er mich immer noch fragte, war mir ein Rätsel – wann wäre ich schon einmal nicht hungrig gewesen?

»Ja«, sagte ich und versuchte mich aus dem tiefen Sessel zu wuchten. Matthew reichte mir die Hand. Ich ergriff sie, und er zog mich mit Leichtigkeit heraus.

Wir standen so nah beieinander, dass sich unsere Körper beinahe berührten. Mein Blick senkte sich auf die Ausbuchtung unter seinem Pullover, wo die Bethanien-Ampulle baumelte.

Seine Augen tasteten mich flüchtig ab und hinterließen die typische Schneeflockenspur. »Du siehst bezaubernd aus.« Ich senkte den Kopf, und wie immer fiel mir eine Strähne ins Gesicht. Er hob wie jedes Mal die Hand und strich sie hinter mein Ohr. Diesmal wanderte seine Fingerspitze anschließend hinter meinem Ohrläppchen abwärts. Er hob mir die Haare aus dem Nacken und ließ sie durch seine Finger gleiten wie Wasser. Ich bekam eine Gänsehaut, als die kühle Luft über meine Haut strich.

»Ich liebe dein Haar«, murmelte er. »Es schimmert in allen vorstellbaren Farben – sogar rot und schwarz.« Ich hörte, wie er scharf Luft holte, woraus ich schloss, dass er einen neuen Duft aufgeschnappt hatte.

»Was riechst du?« Meine Stimme war belegt, und ich wagte immer noch nicht, ihm in die Augen zu sehen.

»Dich«, hauchte er.

Mein Blick hob sich wie von selbst.

»Sollen wir essen?«

Danach konnte ich mich kaum noch auf das Essen konzentrieren, trotzdem tat ich mein Bestes. Matthew wies mir einen Stuhl mit geflochtener Sitzfläche zu, von dem aus ich in den warmen, wunderschönen Raum blickte. Aus einem winzigen Kühlschrank holte er zwei Teller, jeder mit sechs Austern beladen, die sternförmig auf einem Bett aus zerstoßenem Eis arrangiert waren.

»Lektion eins deiner kulinarischen Fortbildung heißt: Austern und Champagner.« Matthew setzte sich und hob den Finger wie ein Lehrer, der ansetzt, sich über sein Lieblingsthema auszulassen. Er griff nach dem Champagner, der in Reichweite seines langen Armes wartete, und nahm ihn aus dem Kühler. Mit einer einzigen kurzen Drehung zog er den Korken aus dem Flaschenhals.

»Ich brauche meistens länger dazu«, kommentierte ich knapp, den Blick auf seine kräftigen, eleganten Finger gerichtet.

»Wenn du willst, kann ich dir beibringen, wie man den Korken mit einem Schwert abschlägt.« Matthew grinste. »Natürlich geht das auch mit dem Messer, wenn gerade kein Schwert zur Hand ist.« Er schenkte etwas Champagner in unsere Gläser, wo die Flüssigkeit im Kerzenschein zu prickeln und zu tanzen begann.

Er erhob sein Glas. »À la tienne.«

»À la tienne.« Ich hob ebenfalls mein Glas und sah den Blasen zu, wie sie an der Oberfläche zerplatzten. »Warum sind die Bläschen so klein?«

»Weil der Wein so alt ist. Meist wird Champagner viel früher getrunken. Aber ich mag alten Wein – er erinnert mich daran, wie Champagner früher schmeckte.«

»Wie alt ist er?«

»Älter als du«, erwiderte Matthew. Er knackte die Austernschalen mit den bloßen Händen und warf die oberen Schalenhälften in eine Glasschüssel auf dem Tisch. Dann reichte er mir einen Teller. »Er stammt aus dem Jahr 1961.«

»Bitte sag mir, dass er das Älteste ist, was wir heute Abend trinken werden«, sagte ich und dachte an den Wein, den er am Donnerstag zum Essen mitgebracht hatte und dessen Flasche jetzt auf meinem Nachttisch stand, wo sie als Vase für die letzten weißen Rosen aus seinem Strauß diente.

»Bei Weitem nicht«, sagte er grinsend.

Ich kippte den Inhalt der ersten Auster in meinen Mund. Meine Augen flogen auf, als es in meinem Mund nach Atlantik zu schmecken begann.

»Und jetzt trink.« Er hob sein Glas und beobachtete, wie ich einen Schluck der goldenen Flüssigkeit nahm. »Was schmeckst du?«

Die cremige Sanftheit des Weines und der Austern kollidierten auf absolut bezaubernde Weise mit dem Meersalzgeschmack. »Es schmeckt, als hätte ich den ganzen Ozean im Mund«, antwortete ich und nahm noch einen Schluck.

Nach den Austern folgte ein riesiger Salat. Er enthielt alle nur erdenklichen teuren Salate, dazu Nüsse, Beeren und ein delikates Dressing aus Champagneressig und Olivenöl, das Matthew am Tisch anrührte. Die hauchdünnen Fleischscheiben obenauf stammten von einer Wachtel aus dem Jagdgebiet um die Old Lodge. Dazu tranken wir meinen »Geburtstagswein«, wie Matthew ihn nannte, der nach Bodenpolitur und Rauch duftete und nach Kreide und Butterkaramell schmeckte.

Als nächsten Gang gab es einen Eintopf mit dicken Fleischstücken in einer duftenden Soße. Nach dem ersten Bissen war mir klar, dass es Kalb mit Äpfeln und Sahne war, das auf Reis serviert wurde. Matthew sah mir beim Essen zu und lächelte, als ich das erste Mal auf einen herben Apfel biss. »Ein altes Rezept aus der Normandie«, sagte er. »Schmeckt es dir?«

»Fantastisch. Hast du es selbst gemacht?«

»Nein«, bekannte er. »Der Koch aus dem Old Parsonage hat es für mich zubereitet – und mir genaue Anweisungen erteilt, wie ich es aufzuwärmen habe, damit es nicht anbrennt.«

»Mein Essen darfst du jederzeit aufwärmen.« Die Wärme des Gerichts breitete sich durch meinen Körper aus. »Aber du isst ja gar nichts.«

»Nein, aber ich bin auch nicht hungrig.« Er sah mir noch kurz beim Essen zu, dann verschwand er in die Küche, um den nächsten Wein zu holen. Es war die mit rotem Wachs versiegelte Flasche. Er schnitt das Wachs auf und zog den Korken aus der Flasche. »Perfekt«, verkündete er und goss die scharlachrote Flüssigkeit achtsam in eine Dekantierkaraffe.

»Kannst du ihn schon riechen?« Ich war immer noch unschlüssig, wie weit sein olfaktorischer Radius reichte.

»O ja. Vor allem diesen Wein.« Matthew schenkte mir einen Fingerbreit ein und ließ dann ein wenig davon in sein eigenes Glas plätschern. »Bist du bereit, etwas Wundervolles zu kosten?«, fragte er. Ich nickte. »Das ist ein Château Margaux aus einem exzellenten Jahrgang. Manche halten ihn für den besten Rotwein, der je gekeltert wurde.«

Wir nahmen unsere Gläser, und ich ahmte jede von Matthews Bewegungen nach. Er steckte seine Nase in sein Glas und ich meine in meines. Veilchenduft stieg mir entgegen. Der erste Schluck war, als würde ich Samt trinken. Dann schmeckte ich Milchschokolade, Kirschen und eine Flut von Aromen, die rein gar nichts mit Wein zu tun hatten und längst vergessen geglaubte Erinnerungen wachriefen wie die an das Arbeitszimmer meines Vaters, nachdem er darin geraucht hatte, oder an die Bleistiftspäne in meinem Spitzer, als ich in der zweiten Klasse war. Das Letzte, was mir auffiel, war eine leicht stechende Note, die mich an Matthew erinnerte.

»Der schmeckt wie du!«, sagte ich.

»Inwiefern?«, fragte er.

»Stechend.« Prompt lief ich bis unter die Haarwurzeln rot an.

»Einfach nur stechend?«

»Nein. Im ersten Moment dachte ich, dass es nach Blumen schmeckt – Veilchen –, weil es auch so roch. Aber dann schmeckte ich alles Mögliche heraus. Was schmeckst du darin?«, fragte ich, um von meinem Fauxpas abzulenken.

Er schnupperte, ließ den Wein kreisen und kostete. »Veilchen – da bin ich ganz deiner Meinung. Diese lila Veilchen, die mit Zucker bestäubt werden. Elizabeth Tudor liebte kandierte Veilchen und ruinierte sich damit die Zähne.« Er nahm noch einen Schluck. »Zigarrenrauch aus einer guten Zigarre, so wie sie früher im Marlborough Club geraucht wurden, wenn der Prince of Wales vorbeikam. Wilde Brombeeren aus der Hecke vor den Ställen der Old Lodge und in Brandy eingelegte rote Johannisbeeren.«

Einen Vampir dabei zu beobachten, wie er seine Sinne einsetzte, gehörte bestimmt zu dem Surrealsten, was man erleben konnte. Nicht genug, dass Matthew Dinge sehen und hören konnte, die mir verborgen blieben – wenn er etwas wahrnahm, dann mit absoluter Präzision. Es war nicht irgendeine Brombeere – sondern eine ganz bestimmte Brombeere von einem ganz bestimmten Strauch und aus einer ganz bestimmten Zeit.

Matthew trank weiter seinen Wein, und ich aß mein Kalbfleisch auf. Anschließend griff ich mit einem zufriedenen Seufzen nach meinem Weinglas, drehte den Stiel zwischen den Fingern und sah zu, wie sich das Kerzenlicht im Kelch fing.

»Was glaubst du, wie ich schmecken würde?«, fragte ich ihn verspielt.

Matthew schoss aus seinem Stuhl hoch; sein Gesicht war noch weißer als sonst und wutverzerrt. Seine Serviette fiel unbemerkt zu Boden. Auf seiner Stirn pulsierte kurz eine Ader, dann glättete sich die Haut wieder.

Das hätte ich wohl besser nicht gefragt.

Bevor ich auch nur blinzeln konnte, war er neben mir und zog mich aus meinem Stuhl hoch. Seine Finger bohrten sich in meine Ellbogen.

»Über eine Vampirlegende haben wir noch nicht gesprochen, oder?« Sein Blick war mir fremd, sein Gesicht machte mir Angst. Ich versuchte mich aus seinem Griff zu winden, aber seine Finger packten nur noch fester zu. »Die von dem Vampir, der so von einer Frau verhext wird, dass er sich nicht mehr dagegen wehren kann.«

In Gedanken spulte ich im Schnelldurchlauf die letzten Minuten ab. Er hatte mich gefragt, was ich schmeckte. Ich hatte ihn geschmeckt. Dann hatte er mir erzählt, was er schmeckte, und ich hatte gesagt ... »Ach, Matthew«, flüsterte ich.

»Fragst du dich wirklich, wie es wäre, wenn ich dich kosten würde?« Matthews Stimme senkte sich zu etwas Tiefem, Gefährlichem. Einen Moment fühlte ich mich abgestoßen.

Doch bevor sich das Gefühl festsetzen konnte, ließ er meine Arme los. Mir blieb keine Zeit zu reagieren oder zurückzuweichen. Matthew hatte bereits die Hand von unten in mein Haar geschoben und strich mit den Daumen über meinen Kiefer. Ich war schon wieder gefangen, und plötzlich breitete sich eine tiefe innere Ruhe in mir aus, die von seiner kühlen Berührung auszuströmen schien. Hatten mich nur zwei Gläser Wein betrunken gemacht? Hatte er mich unter Drogen gesetzt? Wie ließ sich sonst dieses Gefühl erklären, dass ich mich nicht befreien konnte?

»Es ist nicht nur dein Duft, der mich so anzieht. Ich kann *hören*, wie dein Hexenblut in deinen Adern pulsiert.« Matthews kalte Lippen strichen über mein Ohr, und ich spürte seinen süßen Atem. »Hast du gewusst, dass das Blut einer Hexe singt? Wie der Sirenengesang, der den Seemann anlockt, bis er sein Schiff auf die Klippen setzt, könnte der Gesang deines Blutes mich – und dich – ins Verderben ziehen.« Er sprach so leise und eindringlich, dass ich die Worte direkt in meinem Kopf zu hören meinte.

Unendlich langsam wanderten die Lippen des Vampirs über meinen Kiefer. Jedes Mal, wenn mich sein Mund berührte, vereiste die Stelle und begann gleich darauf zu brennen, sobald das Blut an die Haut zurückfloss.

»Matthew«, hauchte ich gegen den Kloß in meiner Kehle an. Ich schloss die Augen, erwartete seine Zähne an meinem Hals zu spüren und konnte – und wollte – mich dennoch nicht bewegen.

Stattdessen senkten sich Matthews hungrige Lippen auf meine. Seine Arme schlossen mich ein, und seine Fingerspitzen wiegten meinen Kopf. Meine Lippen öffneten sich seinem Kuss, meine Hände waren zwischen meiner und seiner Brust gefangen. Unter meiner Handfläche spürte ich, wie sein Herz einmal fest schlug.

Dieser eine Herzschlag veränderte den Kuss. Matthew blieb genauso fordernd, doch der Hunger, mit dem er mich berührte, bekam einen bittersüßen Beigeschmack. Seine Hände wanderten langsam nach vorn, bis er mein Gesicht umfasste, dann löste er sich widerwillig von mir. Zum ersten Mal hörte ich einen leisen, sehnsüchtigen Laut, der mit einem menschlichen Atemzug nicht zu vergleichen war. Es waren nur winzige Mengen an Sauerstoff, die durch die mächtige Lunge des Vampirs geleitet wurden.

»Ich habe deine Angst ausgenutzt. Das hätte ich nicht tun dürfen«, flüsterte er.

Ich hatte die Augen immer noch geschlossen, und ich fühlte mich immer noch benebelt, jetzt durch seinen Zimt- und Nelkenduft, der das Veilchenaroma des Weines verdrängt hatte. Rastlos wand ich mich in seinem Griff.

»Bleib so«, befahl er harsch. »Ich weiß nicht, ob ich mich beherrschen kann, wenn du dich jetzt bewegst.«

Er hatte mich im Labor gewarnt, dass unsere Beziehung etwas von der zwischen Beute und Raubtier hatte. Jetzt sollte ich mich für ihn totstellen, damit das Raubtier in ihm das Interesse an mir verlor.

Aber ich war nicht tot.

Ich öffnete die Augen. Der bohrende Blick sprach eine eindeutige Sprache. Er war konzentriert, hungrig. Matthew reagierte in diesem Augenblick rein instinktiv.

Aber ich hatte auch Instinkte.

»Bei dir bin ich sicher.« Ich formte die Worte mit eisigen und brennenden Lippen, die zum ersten Mal den Kuss eines Vampirs gekostet hatten.

»Eine Hexe – sicher bei einem Vampir? Verlass dich nicht darauf. Es würde nur einen Augenblick dauern. Du könntest mich nicht aufhalten, wenn ich zuschlagen würde, und ich könnte mich genauso wenig bremsen.« Unsere Blicke trafen und verbanden sich, ohne dass einer von uns geblinzelt hätte. Matthew gab ein leises, überraschtes Brummen von sich. »Wie mutig du bist.«

»Ich war noch nie besonders mutig.«

»Dass du dir in meinem Labor Blut abnehmen lässt, wie du dem Blick eines Vampirs standhältst, wie du die anderen Geschöpfe aus der Bibliothek vertrieben hast, sogar die Tatsache, dass du Tag für Tag dorthin zurückkehrst und dich um keinen Preis davon abhalten lässt, das zu tun, was du möchtest – all das beweist deinen Mut.«

»Ehrlich gesagt ist das reine Sturheit.« Sarah hatte mir vor ewigen Zeiten den Unterschied erklärt.

»Ich habe schon öfter so mutige Wesen beobachtet – hauptsächlich Frauen«, fuhr Matthew fort, als hätte ich nichts gesagt. »Wir Männer sind nicht so mutig. Unsere Entschlusskraft wird aus Angst geboren. Sie ist vorgespielte Tapferkeit.«

Sein Blick huschte über mich hinweg und zauberte Schneeflocken auf meine Haut, die bei ihrem Auftreffen angenehm kühl zerschmolzen. Ein kalter Finger hob sich und nahm eine Träne von meinen Wimpern ab. Er sah mich traurig an, setzte mich sanft auf den Stuhl und ging neben mir in die Hocke, um dann eine Hand auf mein Knie und die andere schützend über die Armlehne des Flechtstuhles zu legen. »Versprich mir, dass du nie mit einem Vampir – nicht einmal mit mir – Witze darüber machst, wie Blut schmeckt oder wie du schmecken könntest.«

»Entschuldige«, flüsterte ich und zwang mich, den Blick nicht abzuwenden.

Er schüttelte den Kopf. »Du hast mir schon erklärt, dass du nicht viel über Vampire weißt. Vor allem musst du begreifen, dass kein Vampir immun gegen diese Versuchung ist. Vampire mit einem Gewissen bringen viel Zeit damit zu, sich möglichst *nicht* vorzustellen, wie die Menschen schmecken. Wenn du einem ohne Gewissen begegnen solltest – und davon gibt es reichlich –, dann gnade dir Gott.«

»Ich habe nicht nachgedacht.« Und das konnte ich immer noch nicht. Mir schwirrte der Kopf, wenn ich an seinen Kuss, seinen Zornesausbruch und den Hunger dachte, den ich geschmeckt hatte.

Er beugte sich vor, bis er die Stirn auf meine Schulter legen konnte. Die Ampulle rutschte aus dem Ausschnitt seines Pullovers und baumelte wie ein Pendel vor und zurück, wobei das Kerzenlicht immer wieder in dem winzigen Sarg aufblinkte.

Er sprach so leise, dass ich ihn kaum verstand. »Hexen und Vampire sollten nicht so füreinander empfinden. Was ich bei dir fühle, habe ich noch nie …« Er verstummte.

»Ich weiß.« Sanft legte ich die Wange gegen sein Haar. Es fühlte sich so seidig an, wie es aussah. »Mir geht es genauso.«

Matthews Arme lagen immer noch dort, wo er sie abgelegt hatte, mit einer Hand auf meinem Knie und der anderen auf der Armlehne. Auf meine Worte hin hob er beide an und umschlang meine Taille. Seine Kälte durchdrang meine Kleider, aber mich fröstelte nicht. Stattdessen rückte ich näher an ihn heran, bis ich die Arme auf seine Schultern legen konnte.

Offenbar hätte ein Vampir problemlos tagelang in dieser Pose ausharren können. Für eine schlichte Hexe war das allerdings keine Option. Als ich mich bewegte, sah er mich erst verwirrt an, dann verstand er und sein Gesicht hellte sich auf.

»Das habe ich vergessen«, sagte er, erhob sich geschmeidig und kraftvoll wie immer und trat einen Schritt zurück. Ich bewegte erst das eine Bein, dann das andere, bis das Blut wieder in Fluss kam.

Matthew reichte mir mein Weinglas und kehrte an seinen Platz zurück. Sobald er sich gesetzt hatte, versuchte ich ihn davon abzulenken, wie ich wohl schmeckte.

»Wie lautete die fünfte Frage, die du beantworten musstest, um das Stipendium als Fellow zu bekommen?« Die Kandidaten wurden zu einer Prüfung vorgeladen, bei der sie vier Fragen von philosophischer Tiefe und von teuflischer Komplexität beantworten mussten. Falls man die ersten vier Fragen überlebte, bekam man die berühmte »fünfte Frage« gestellt. Eigentlich war es keine Frage, sondern nur ein einziges Wort wie »Wasser« oder »Mangel«. Es blieb dem Kandidaten überlassen, wie er darauf antworten wollte, und nur die brillanteste Antwort konnte dir einen Platz im All Souls sichern.

Er griff über den Tisch – ohne sich dabei in Brand zu setzen – und schenkte mir noch etwas Wein nach. »Verlangen«, sagte er und wich dabei auffällig meinem Blick aus.

So viel zu meinem Ablenkungsversuch.

»Verlangen? Was hast du dazu geschrieben?«

»Soweit ich feststellen kann, halten nur zwei Emotionen die Welt in Gang, und das seit Anbeginn der Zeit.« Er zögerte kurz und fuhr dann fort: »Die eine ist die Angst. Die andere das Verlangen. Darüber habe ich geschrieben.«

Liebe hatte bei seiner Antwort keine Rolle gespielt, fiel mir auf. Es war ein brutales Bild, ein Tauziehen zwischen zwei gleichberechtigten, aber entgegengesetzten Impulsen. Trotzdem klang es irgendwie wahr, was man von Vergils »doch die Liebe besiegt alles« nicht unbedingt behaupten konnte. Matthew deutete immer wieder an, dass sein Verlangen – hauptsächlich nach Blut – so stark sein konnte, dass es alles andere unter sich begrub.

Aber Vampire waren nicht die einzigen Geschöpfe, die mit starken Gefühlen umzugehen lernen mussten. Vieles an der Magie war nur ein in die Tat umgesetztes Verlangen. Bei der Hexerei war das anders – dazu brauchte es Sprüche und Rituale. Aber Magie? Es genügte ein

Wunsch, ein Bedürfnis, ein so starker Hunger, dass er nicht ignoriert werden konnte – und schon entwickelte sich aus den Gedanken einer Hexe ein magischer Akt.

Und nachdem Matthew mir seine Geheimnisse offenbart hatte, wollte ich meine nicht länger für mich behalten.

»Magie ist real gewordenes Verlangen. So habe ich die *Notes and Queries* aus dem Regal gezogen, als du mich beobachtet hast«, sagte ich langsam. »Wenn sich eine Hexe auf etwas konzentriert, das sie um jeden Preis haben will, und sich dann ausmalt, wie sie es bekommen wird, dann kann sie das geschehen lassen. Darum muss ich bei meiner Arbeit so vorsichtig sein.« Ich trank einen Schluck Wein und sah das Glas in meiner Hand zittern.

»Dann bringst du, genau wie ich, einen Großteil deiner Zeit damit zu, Dinge möglichst nicht zu wollen. Und teilweise aus den gleichen Gründen.« Matthews Schneeflockenblick wehte über meine Wangen.

»Wenn du damit meinst, dass ich Angst habe, nicht mehr aufhören zu können, nachdem ich einmal damit angefangen habe – dann ja. Ich will nicht eines Tages sagen müssen, dass ich mir alles einfach genommen habe, statt es mir zu verdienen.«

»Dann verdienst du dir gewissermaßen alles doppelt. Einmal verdienst du es dir dadurch, dass du es nicht einfach herzauberst, und zum zweiten Mal durch deine Arbeit und Anstrengung.« Er lachte freudlos. »Letztendlich hat es gar nicht so viele Vorteile, übermenschliche Fähigkeiten zu besitzen, nicht wahr?«

Matthew schlug vor, dass wir uns an den kalten Kamin setzen sollten. Ich lagerte mich auf das Sofa, und er stellte ein paar Nusskekse auf dem Tischchen neben mir ab, um dann erneut in der Küche zu verschwinden. Als er zurückkam, hielt er ein kleines Tablett in Händen, auf dem die alte schwarze –mittlerweile geöffnete – Flasche sowie zwei Gläser mit einer bernsteingelben Flüssigkeit standen. Eins davon reichte er mir.

»Schließ die Augen, und sag mir, was du riechst«, befahl er mir mit Oxford-Professorenstimme. Gehorsam senkten sich meine Lider. Der Wein kam mir gleichzeitig alt und quicklebendig vor. Er roch nach

Blumen und Nüssen und kandierten Zitronen und nach einer fremden, lang verschollenen Welt, die ich – bislang – nur beim Lesen oder in meiner Fantasie erforscht hatte.

»Er riecht wie die Vergangenheit. Aber nicht tot. Sondern ausgesprochen lebendig.«

»Öffne die Augen, und nimm einen Schluck.«

Als die süße, strahlende Flüssigkeit durch meine Kehle rann, schien sich etwas Uraltes und Machtvolles in meinen Adern auszubreiten. *So muss für einen Vampir Blut schmecken.* Ich behielt meinen Gedanken für mich.

»Erzählst du mir, was das ist?«, fragte ich, um die Aromenexplosion in meinem Mund herum.

»Malmsey«, erwiderte er grinsend. »Ein sehr, sehr alter Malmsey.«

»Wie alt?«, fragte ich argwöhnisch. »So alt wie du?«

Er lachte. »Nein, du würdest nichts trinken wollen, was so alt ist wie ich. Er wurde 1795 aus Trauben gekeltert, die auf Madeira wuchsen. Früher war er sehr beliebt, aber heute interessiert sich kaum noch jemand dafür.«

»Gut«, erklärte ich gierig und genüsslich. »Dann bleibt mehr für mich.« Er lachte wieder und ließ sich in einen seiner Morris-Sessel sinken.

Wir plauderten über seine Zeit im All Souls, über Hamish – der zweite Stipendiat, wie sich herausstellte – und ihre Abenteuer in Oxford. Ich lachte, als er mir erzählte, wie er jeden Abend im Speisesaal essen musste und danach regelmäßig nach Woodstock gerast war, um den Geschmack von verkochtem Rindfleisch aus seinem Mund zu spülen.

»Du siehst müde aus«, sagte er nach einem weiteren Glas Malmsey sowie einer weiteren Stunde Geplauder und erhob sich.

»Das bin ich auch.« Trotz meiner Müdigkeit musste ich ihm noch eines erklären, bevor er mich nach Hause brachte. Achtsam setzte ich mein Glas ab. »Ich habe mich entschieden, Matthew. Am Montag werde ich *Ashmole 782* noch einmal aus dem Archiv anfordern.«

Der Vampir plumpste in seinen Sessel zurück.

»Ich weiß nicht, wie ich den Zauber beim ersten Mal gebrochen habe, aber ich werde versuchen, es noch einmal zu tun. Knox glaubt nicht, dass mir das gelingen wird.« Mein Mund wurde schmal. »Was weiß der schon? Er hat den Bann kein einziges Mal brechen können. Und dir gelingt es vielleicht, die Worte zu erkennen, die das magische Palimpsest unter den Bildern enthält.«

»Wie meinst du das – du weißt nicht, wie du den Bann gebrochen hast?« Matthew runzelte verwundert die Stirn. »Welche Worte hast du verwendet? Welche Mächte zu Hilfe gerufen?«

»Ich habe den Bann gebrochen, ohne es zu wollen«, erklärte ich.

»Mein Gott, Diana.« Er sprang wieder auf. »Weiß Knox, dass du keine Hexenkraft eingesetzt hast?«

»Wenn er es weiß, dann nicht von mir«, antwortete ich. »Und was tut das auch zur Sache?«

»Es tut sehr wohl eine Menge zur Sache, denn wenn du den Bann nicht willentlich gebrochen hast, dann hast du von selbst seine Bedingungen erfüllt. Im Moment versuchen alle Geschöpfe herauszufinden, welchen Zauber du eingesetzt hast, weil sie ihn kopieren und sich *Ashmole 782* damit holen wollen. Sobald die anderen Hexen erfahren, dass sich für dich der Bann von selbst gelöst hat, werden sie nicht mehr so geduldig und wohlerzogen abwarten.«

Gillians wütendes Gesicht erschien vor meinem inneren Auge, begleitet von der lebhaften Erinnerung an ihre Schilderung, was die Hexen alles unternommen hatten, um meinen Eltern ihre Geheimnisse zu entlocken. Ich wischte die Gedanken beiseite, ignorierte das flaue Gefühl in meinem Magen und konzentrierte mich auf die Lücken in Matthews Argumentation.

»Der Bann wurde mehr als ein Jahrhundert vor meiner Geburt eingesetzt. Das ist unmöglich.«

»Nur weil etwas unmöglich erscheint, muss es nicht unbedingt unwahr sein«, widersprach er grimmig. »Das hat schon Newton gewusst. Niemand kann vorhersagen, was Knox anstellt, wenn er erst begreift, in welcher Beziehung du zu dem Bann stehst.«

»Ich schwebe in Gefahr, egal ob ich das Manuskript noch einmal abrufe oder nicht«, merkte ich an. »Knox wird auf keinen Fall locker lassen, oder?«

»Nein«, gab er widerwillig zu. »Und er würde dich ohne zu zögern mit Magie attackieren, selbst wenn ihn jeder Mensch in der Bodleian dabei beobachten würde. Vielleicht könnte ich dich nicht mehr beschützen.«

Vampire waren zwar schnell, aber Magie war schneller.

»Dann setze ich mich an den Platz neben deinem. Und sobald das Manuskript aus dem Archiv geliefert wird, wissen wir Bescheid.«

»Das gefällt mir nicht.« Matthew war sichtlich besorgt. »Es gibt einen schmalen Grat zwischen Tapferkeit und Leichtsinn, Diana.«

»Ich bin nicht leichtsinnig – ich will nur mein Leben zurück.«

»Und was ist, wenn genau dies dein Leben ist?«, fragte er. »Was ist, wenn du die Magie nicht aus deinem Leben heraushalten kannst?«

»Dann gehört mir wenigstens ein Teil davon.« Ich dachte an seinen Kuss und das urplötzliche, überwältigende Gefühl, lebendig zu sein, das mich dabei erfüllt hatte, und sah ihm tief in die Augen, damit er begriff, dass das auch ihn einschloss. »Aber ich lasse mich bestimmt nicht herumschubsen.«

Noch während Matthew mich nach Hause brachte, zerbrach er sich den Kopf über meinen Plan. Als ich in die New College Lane bog, um durch den Hintereingang ins College zurückzukehren, griff er nach meiner Hand. »Kommt ja gar nicht in Frage«, sagte er. »Hast du nicht bemerkt, wie mich der Pförtner angesehen hat? Er soll wissen, dass du sicher zu Hause angekommen bist.«

Wir spazierten über die unebenen Gehsteige der Holywell Street vor, passierten das Turf Pub und durchschritten schließlich das Tor des New College. Immer noch Hand in Hand spazierten wir an der Pförtnerloge vorbei.

»Gehst du morgen wieder rudern?«, fragte Matthew am Fuß der Treppe zu meiner Unterkunft.

Ich stöhnte. »Nein. Ich muss noch tausend Empfehlungsschreiben verfassen. Also werde ich in meinem Zimmer bleiben und einen Stapel abarbeiten.«

»Ich fahre nach Woodstock und gehe jagen«, verkündete er beiläufig.

»Dann Waidmanns Heil«, antwortete ich ebenso beiläufig.

»Und es stört dich nicht, wenn du weißt, dass ich mir einen Hirsch erlege?« Matthew klang wirklich überrascht.

»Nein. Ich esse manchmal Wachteln. Du ernährst dich manchmal von Rotwild.« Ich zuckte mit den Achseln. »Ich sehe da ehrlich gesagt keinen großen Unterschied.«

Matthews Augen funkelten. Er lockerte seinen Griff kaum merklich, aber er ließ meine Hand nicht los. Stattdessen hob er sie an seine Lippen und setzte einen genussvollen Kuss auf das zarte Fleisch in meiner hohlen Hand.

»Ab ins Bett!«, kommandierte er dann und ließ meine Finger los. Sein Blick wanderte ein letztes Mal erst über mein Gesicht, dann über meinen Körper, und hinterließ dabei eine Spur aus Eis und Schnee.

Immer noch baff, dass ein Kuss in die Handfläche so intim sein konnte, sah ich ihn wortlos an.

»Gute Nacht«, hauchte ich beim nächsten Atemzug. »Wir sehen uns am Montag.«

Ich stieg die schmale Treppe zu meinem Apartment hinauf. Wer immer den Türknauf auch angezogen hatte, hatte dabei das Schloss ruiniert, denn Metall und Holz waren mit Kratzern überzogen. Drinnen schaltete ich das Licht ein. Natürlich blinkte der Anrufbeantworter wieder. Am Fenster hob ich die Hand, um zu zeigen, dass ich wohlbehalten angekommen war.

Als ich ein paar Sekunden später wieder nach draußen sah, war Matthew bereits verschwunden.

Kapitel 15

Am Montagmorgen lag eine magische, typisch herbstliche Stille in der Luft, und die ganze Welt wirkte frisch und klar. Ich konnte es kaum erwarten, ins Freie zu kommen, sprang im ersten Morgenlicht aus dem Bett und schlüpfte in meinen bereitliegenden Ruderdress.

Während der ersten Stunde war ich allein auf dem Fluss. Sobald die Sonne über den Horizont gestiegen war, begann der Nebel über dem Wasser zu verdampfen, und ich glitt abwechselnd durch graue Schleier und rosigen Sonnenschein.

Als ich am Steg anlegte, saß Matthew bereits auf den Stufen, die zum Balkon des Bootshauses führten. Um den Hals trug er einen uralten Schal in dem braun-weißen Streifenmuster des New College. Ich kletterte aus dem Boot, stemmte die Hände in die Hüften und sah ihn ungläubig an.

»Wo hast du dieses Ding her?« Ich deutete auf den Schal.

»Eigentlich erwarte ich etwas mehr Respekt gegenüber einem ehemaligen Mitglied des College«, antwortete er mit einem boshaften Grinsen und warf ein Ende des Schals über seine Schulter. »Ich glaube, ich habe den Schal 1920 gekauft, aber ich weiß es wirklich nicht mehr. Jedenfalls nach dem Ersten Weltkrieg.«

Kopfschüttelnd trug ich die Skulls ins Bootshaus. Gerade als ich das Boot aus dem Wasser zog, glitten zwei Teams in perfektem, kraftvollem Einklang am Steg vorbei. Ich ging leicht in die Knie und hob das Skiff an.

»Soll ich dir nicht damit helfen?« Matthew erhob sich bereitwillig.

»Auf gar keinen Fall.« Mit langen Schritten trug ich das Boot ins Haus. Er murrte leise vor sich hin.

Nachdem das Boot sicher in seinem Gestell hing, ließ ich mich gern von Matthew zu einem Frühstück in Marys und Dans Café überreden. Er würde fast den ganzen Tag neben mir sitzen müssen, und ich war nach dem morgendlichen Training hungrig. Diesmal führte er mich am Ellbogen um die anderen Frühstücksgäste herum, und seine Hand lag deutlich fester auf meinem Rücken als bei unserem ersten Besuch. Mary begrüßte mich wie eine alte Freundin, und Steph brachte uns gar nicht erst die Speisekarte, sondern verkündete »das Übliche«, sobald sie an unserem Tisch vorbeikam. Dabei hob sich ihre Stimme nicht einmal zu einer Frage, und als der Teller kam – mit Eiern, Speck, Pilzen und Tomaten beladen –, war ich froh, dass ich nicht auf einem damenhafteren Frühstück bestanden hatte.

Nach dem Frühstück trottete ich in mein Apartment, um zu duschen und mich umzuziehen. Fred linste durch sein Fenster, um festzustellen, ob tatsächlich Matthews Jaguar vor dem Tor stand. Garantiert hatten die Pförtner untereinander Wetten abgeschlossen, wie sich unsere eigentümlich steife Beziehung wohl entwickeln würde. An diesem Morgen war es mir erstmals gelungen, meinen selbst ernannten Bodyguard zu überzeugen, dass er mich einfach aussteigen lassen sollte.

»Es ist heller Tag, und Fred kriegt einen Vogel, wenn du während der Lieferzeiten sein Tor zuparkst«, protestierte ich, als Matthew aussteigen wollte. Er hatte mich finster angesehen, sich dann aber dazu herabgelassen, den Wagen nur quer vor dem Eingang abzustellen, so als wollte er einer möglichen Attacke per Lkw vorbeugen.

An diesem Morgen musste ich alles besonders langsam und überlegt tun. Ich duschte lang und genüsslich und ließ das heiße Wasser meine müden Muskeln weich und geschmeidig machen. Genauso gemächlich schlüpfte ich in eine bequeme schwarze Hose, einen Rollkragenpullover, weil ich mir in der immer kühleren Bibliothek keinen Zug holen wollte, und eine halbwegs präsentable dunkelblaue Strickjacke, um das Schwarz wenigstens geringfügig aufzubrechen. Die Haare hatte ich zu einem tief sitzenden Pferdeschwanz gebündelt. Die kurze Strähne fiel mir wie üblich in die Stirn, so oft ich sie auch grummelnd hinters Ohr zurückschob.

Trotz aller Bemühungen merkte ich, wie sich die Angst in mir regte, sobald ich die Türen zur Bibliothek aufstieß. Der Wachmann reagierte mit einem argwöhnischen Blick auf mein untypisch warmherziges Lächeln und ließ sich unangemessen viel Zeit, um mein Gesicht mit dem Bild auf meinem Leseausweis abzugleichen. Schließlich winkte er mich durch, und ich stürmte die Treppe zum Lesesaal hinauf.

Es war höchstens eine Stunde vergangen, seit Matthew mich abgesetzt hatte, trotzdem freute ich mich, als ich ihn gleich in der ersten Nische entdeckte, wo er hinter einem elisabethanischen Schreibtisch auf einem der höllisch unbequemen Stühle saß. Als mein Laptop auf der vernarbten Tischplatte landete, sah er auf.

»Ist er hier?«, flüsterte ich, weil ich Knox nicht beim Namen nennen wollte.

Matthew nickte grimmig. »Im Selden End.«

»Schön, meinetwegen kann er dort warten, bis er schwarz wird«, murmelte ich leise und zog einen leeren Bestellzettel aus dem flachen rechteckigen Behälter auf dem Schreibtisch. Ich schrieb *Ashmole ms 782*, meinen Namen und meine Leseausweisnummer darauf.

Sean arbeitete an der Ausgabetheke. »Ich habe mir zwei Titel reservieren lassen«, sagte ich lächelnd. Er verschwand im Verschlag, kehrte mit zwei Handschriften zurück und streckte dann die Hand nach meinem Bestellzettel aus. Dann steckte er den Zettel in den abgewetzten grauen Pappumschlag, der ins Archiv geschickt würde.

»Kann ich dich kurz sprechen?«, fragte er dann.

»Klar.« Ich machte Matthew ein Zeichen, nicht nachzukommen, und folgte Sean durch die Schwingtür ins Arts End, das, genau wie das Selden End, quer zur ursprünglichen Bibliothek angebaut worden war. Wir blieben unter einer Reihe von Bleiglasfenstern stehen, durch die uns die schwache Morgensonne beleuchtete.

»Belästigt er dich?«

»Professor Clairmont? Nein.«

»Es geht mich ja nichts an, aber ich mag ihn nicht.« Nervös sah Sean den Hauptgang entlang, als rechnete er damit, dass Matthew den Kopf um die Ecke strecken könnte. »In der letzten Woche haben sich hier die schrägsten Gestalten getummelt.«

Nachdem ich ihm da nicht widersprechen konnte, gab ich einen undefinierbaren Laut des Mitgefühls von mir.

»Du würdest mir doch Bescheid sagen, wenn irgendwas nicht stimmt, oder?«

»Klar, Sean. Aber Professor Clairmont ist okay. Mach dir seinetwegen keine Sorgen.«

Mein alter Freund wirkte nicht überzeugt.

»Sean weiß vielleicht, dass ich anders bin als er – aber offenbar bin ich nicht so anders wie du«, erklärte ich Matthew, als ich wieder an meinem Platz saß.

»Das sind die wenigsten«, bemerkte er düster und vertiefte sich wieder in seine Lektüre.

Ich schaltete den Computer an und versuchte mich auf meine Arbeit zu konzentrieren. Das Manuskript würde erst in ein paar Stunden zur Abholung bereitliegen. Aber es fiel mir schwerer als je zuvor, meine Konzentration auf die Alchemie zu richten, nachdem ich sie schon zwischen dem Vampir und der Ausleihtheke aufteilen musste. Jedes Mal, wenn eine Lieferung aus dem Archiv eintraf, sah ich auf.

Nach mehreren Fehlalarmen hörte ich leise Schritte vom Selden End her. Matthew spannte sich sichtbar an.

Peter Knox kam an meinen Platz geschlendert und blieb vor mir stehen. »Dr. Bishop«, begrüßte er mich kühl.

»Mr Knox.« Meine Antwort fiel genauso unterkühlt aus, und ich beugte mich sofort wieder über das aufgeschlagene Manuskript vor mir. Knox machte einen Schritt auf mich zu.

Ohne den Blick von seinem Needham-Artikel zu heben, sagte Matthew leise: »Ich würde dort stehenbleiben, es sei denn, Dr. Bishop wünscht mit Ihnen zu sprechen.«

»Ich habe wirklich viel zu tun.« Plötzlich legte sich ein stählernes Band um meine Stirn, und eine Stimme begann in meinem Kopf zu flüstern. Ich musste meine gesamte Energie aufwenden, um den Hexer aus meinen Gedanken zu vertreiben. »Ich habe zu tun, sagte ich«, wiederholte ich eisern.

Matthew legte den Stift hin und schob seinen Stuhl zurück.

»Mr Knox wollte gerade gehen, Matthew.« Ich beugte mich über mein Notebook und tippte ein paar Sätze ohne jeden Sinn hinein.

»Hoffentlich wissen Sie, was Sie da tun«, zischte Knox.

Matthew knurrte, und ich legte die Hand auf seinen Arm. Knox' Blick richtete sich auf den Punkt, an dem sich Hexe und Vampir berührten. Bis zu diesem Augenblick hatte er nur vermuten können, dass Matthew und ich vertrauter miteinander waren, als es ihm als Hexer recht sein konnte. Jetzt wusste er es.

Du hast ihm erzählt, was du über unser Buch weißt. Knox' bösartige Stimme zischte durch meinen Kopf, und obwohl ich mich gegen den Eindringling zu wehren versuchte, war der Hexer eindeutig zu stark für mich. Überrascht schnappte ich nach Luft.

Erschrocken sah Sean von der Ausleihtheke zu uns her. Matthews Arm bebte, doch sein Knurren wurde noch bedrohlicher.

»Wer hat jetzt die Menschen auf uns aufmerksam gemacht?«, zischte ich den Hexer an und drückte gleichzeitig Matthews Arm, um ihm anzuzeigen, dass er mir nicht zu helfen brauchte.

Knox lächelte widerwärtig. »Sie haben heute Morgen nicht nur die Menschen auf sich aufmerksam gemacht, Dr. Bishop. Vor Einbruch der Nacht wird jede Hexe in Oxford wissen, dass Sie uns verraten haben.«

Matthews Muskeln spannten sich an, und seine Finger legten sich auf den kleinen Sarg, den er um den Hals trug.

Oh Gott, dachte ich, *gleich bringt er mitten in der Bibliothek eine Hexe um.* Eilig stellte ich mich zwischen die beiden.

»Es reicht«, erklärte ich Knox leise. »Wenn Sie nicht sofort gehen, beschwere ich mich bei Sean, dass Sie mir nachstellen, und lasse Sie aus der Bibliothek werfen.«

»Die Sonne scheint heute viel zu grell im Selden End«, sagte Knox schließlich und löste damit das Patt auf. »Ich glaube, ich werde heute lieber in diesem Trakt arbeiten.« Er spazierte davon.

Matthew nahm meine Hand von seinem Arm und begann seine Sachen einzupacken. »Wir gehen.«

»Nein, wir bleiben. Wir gehen nicht, bevor wir das Manuskript bekommen haben.«

»Hast du nicht zugehört?«, flüsterte Matthew hitzig. »Er hat dich bedroht! Ich brauche dieses Manuskript nicht, aber ich brauche …« Er verstummte abrupt.

Ich drückte Matthew auf seinen Stuhl zurück. Sean, die Hand über dem Telefon, starrte immer noch in unsere Richtung. Ich lächelte kopfschüttelnd in seine Richtung, bevor ich mich wieder Matthew zuwandte.

»Es ist meine Schuld. Ich hätte dich nicht berühren dürfen«, murmelte ich und sah auf seine Schulter, wo immer noch meine Hand lag.

Matthew hob mit kühlen Fingern mein Kinn an. »Bereust du, dass du mich berührt hast – oder dass der Hexer es gesehen hat?«

»Nichts davon«, flüsterte ich. Sofort blickten die grauen Augen nicht mehr traurig, sondern überrascht. »Aber du hast mich ermahnt, nicht leichtsinnig zu werden.«

Als Knox wieder auftauchte, verstärkte sich Matthews Griff um mein Kinn, doch all seine Sinne waren auf den Hexer gerichtet. Erst nachdem Knox sich ein paar Tische von uns entfernt niedergelassen hatte, konzentrierte sich der Vampir wieder auf mich. »Noch ein Wort von ihm, und wir verschwinden – Manuskript hin oder her. Das meine ich ernst, Diana.«

Danach war es ein Ding der Unmöglichkeit, alchemistische Illustrationen deuten zu wollen. Gillians Warnung, was Hexen widerfuhr, die vor anderen Hexen Geheimnisse hatten, und Knox' entschiedenes Urteil, dass ich meine Spezies verriet, gingen mir immerzu im Kopf herum. Als Matthew mich zu einer Mittagspause überreden wollte, weigerte ich mich. Das Manuskript war noch nicht da, und es kam gar nicht in Frage, dass wir im Blackwell's saßen, wenn es eintraf – nicht solange Knox hier war.

»Hast du gesehen, was ich gefrühstückt habe?«, fragte ich, als Matthew nicht nachgeben wollte. »Ich habe wirklich keinen Hunger.«

Kurz darauf schlenderte mein kaffeesüchtiger Dämon vorbei, den Kopfhörer am Kabel schwingend. »Hey!«, winkte er Matthew und mir zu.

Matthew riss den Kopf hoch.

»Freut mich, euch wieder hier zu sehen. Stört es, wenn ich da unten meine Mails abrufe, wo doch der Hexer hier bei euch ist?«

»Wie heißt du eigentlich?« Ich musste mir ein Lächeln verkneifen.

»Timothy.« Er wippte auf den Fußballen. Er trug zwei verschiedene Cowboystiefel, einen roten und einen schwarzen. Seine Augen passten ebenfalls nicht zueinander – eines war blau, das andere grün.

»Ruf ruhig deine Mails ab, Timothy.«

»Cool von dir.« Er tippte sich mit dem Finger an die Stirn, drehte sich auf dem Absatz seines roten Cowboystiefels um und ging davon.

Eine Stunde später konnte ich meine Neugier nicht länger zügeln. »Das Manuskript müsste längst da sein.«

Die Augen des Vampirs folgten mir die zwei Meter bis zur Ausleihtheke. Diesmal fühlte sich sein Blick nicht wie weicher Schneefall an, sondern kalt und fest wie Eis, und er war unverrückbar auf meine Schulterblätter geheftet.

»Hi, Sean. Könntest du mal nachsehen, ob das Manuskript, das ich heute früh bestellt habe, inzwischen angekommen ist?«

»Das hat offenbar jemand anderes«, sagte er. »Für dich liegt nichts mehr bereit.«

»Bist du sicher?« Jemand anderes hatte es ganz bestimmt nicht.

Sean ging die Ausleihzettel durch und fand meine Anforderung. Ein zweiter Zettel war mit einer Briefklammer daran befestigt. »Es ist verschollen.«

»Das ist es nicht. Vor ein paar Wochen habe ich es noch bekommen.«

»Mal sehen.« Er kam hinter der Theke hervor und ging zum Büro der Lesesaalleitung. Matthew sah von seinen Papieren auf und beobachtete, wie Sean gegen den Rahmen der offenen Tür klopfte.

»Dr. Bishop hat dieses Manuskript angefordert und die Auskunft bekommen, dass es verschollen ist«, erklärte Sean. Er streckte den Zettel vor.

Mr Johnson schlug ein Buch auf seinem Schreibtisch auf und fuhr mit dem Finger über die Zeilen, die von Generationen verschiedener

Lesesaal-Leiter vollgekritzelt worden waren. »Ah ja. *Ashmole 782.* Das gilt seit 1859 als verschollen. Wir haben es auch nicht auf Mikrofilm.« Matthews Stuhl rutschte kratzend zurück.

»Aber ich habe es vor ein paar *Wochen* eingesehen.«

»Das ist unmöglich, Dr. Bishop. Dieses Manuskript hat seit hundertfünfzig Jahren niemand mehr zu Gesicht bekommen.« Mr Johnson blinzelte mich durch die dick umrahmte Brille an.

»Dr. Bishop, hätten Sie einen Moment Zeit, ich möchte Ihnen gern etwas zeigen?« Matthews Stimme ließ mich zusammenfahren.

»Ja, natürlich.« Ich drehte mich wie ferngesteuert zu ihm um. »Danke«, flüsterte ich Mr Johnson über die Schulter zu.

»Wir gehen. Sofort«, zischte Matthew. Im Gang stand ein ganzes Sortiment verschiedener Geschöpfe und ließ uns nicht aus den Augen. Ich sah Knox, Timothy, die unheimlichen Schwestern, Gillian – und dazu einige mir unbekannte Gesichter. Und von den Wänden über den hohen Regalen starrten uns ebenso verdrossen und missbilligend die Porträts der Könige, Königinnen und anderer illustrer Gestalten an, die den Duke-Humfrey-Lesesaal zierten.

»Es kann unmöglich verloren gegangen sein«, wiederholte ich wie betäubt. »Wir sollten sie danach suchen lassen.«

»Sprich jetzt nicht darüber – denk nicht einmal darüber nach.« Er sammelte meine Sachen so schnell zusammen, dass ich seine Hände nur als verschwommenen Schatten wahrnahm, während er meine Arbeit speicherte und den Computer herunterfuhr.

Gehorsam begann ich im Geist die englischen Könige herunterzubeten, angefangen bei Wilhelm dem Eroberer, um alle Gedanken an das verschollene Manuskript aus meinem Kopf zu verbannen.

Knox ging an uns vorbei und tippte geschäftig in sein Handy. Ihm folgten die unheimlichen Schwestern, die heute noch düsterer wirkten als sonst.

»Warum gehen sie alle?«, fragte ich Matthew.

»Du hast *Ashmole 782* nicht bekommen. Jetzt ziehen sie sich zurück, um neue Schlachtpläne auszuhecken.« Er drückte mir meine Tasche und den Computer in die Hand und nahm meine beiden Manuskripte. Mit der freien Hand packte er mich am Ellbogen und schob uns zur Ausleihtheke. Timothy winkte traurig vom Selden End herüber, machte das Peace-Zeichen und wandte sich dann ab.

»Sean, Dr. Bishop geht mit mir ins College zurück und hilft mir bei der Lösung eines Problems, auf das ich bei der Lektüre der Needham-Papiere gestoßen bin. Die hier wird sie heute nicht mehr benötigen. Und auch ich komme heute nicht mehr her.« Matthew reichte Sean die Kartons mit den Handschriften. Sean sah den Vampir finster an, dann klopfte er die Kartons zu einem ordentlichen Stapel und marschierte damit zur Ablage.

Auf dem Weg nach unten wechselten wir kein Wort, und als wir endlich durch die Glastür ins Freie traten, platzte ich fast vor ungelösten Fragen.

Peter Knox lehnte an dem Eisengeländer um die Bronzestatue von William Herbert. Matthew blieb abrupt stehen und schob mich im nächsten Moment mit einer kurzen Schulterdrehung hinter seinen massigen Rücken.

»Sie haben es also nicht mehr bekommen, Dr. Bishop«, erklärte Knox boshaft. »Ich habe Ihnen doch erklärt, dass das beim ersten Mal nur Zufall war. Selbst eine Bishop bräuchte eine gründliche Ausbildung in Hexerei, um diesen Bann zu brechen. Ihre Mutter wäre womöglich dazu imstande gewesen, aber Sie scheinen ihr Talent nicht geerbt zu haben.«

Matthew schürzte die Lippen, sagte aber nichts.

»Es ist verschollen. Meine Mutter hatte Talent, aber sie war kein Bluthund«, fauchte ich ihn an, und Matthew hob leicht die Hand, um mich zu beruhigen.

»Es war auch vorher verschollen«, stellte Knox fest. »Trotzdem haben Sie es gefunden. Allerdings ist es gut, dass Sie den Bann kein zweites Mal brechen konnten.«

»Und warum?«, fragte ich ungeduldig.

»Weil wir nicht zulassen dürfen, dass unsere Geschichte in die Hände von Tieren wie dem da fällt. Hexen und Vampire sollten sich nicht zusammentun, Dr. Bishop. Dafür gibt es sehr gute Gründe. Vergessen Sie nie, wer Sie sind. Andernfalls werden Sie es *bestimmt* bereuen.«

Eine Hexe sollte keine Geheimnisse vor anderen Hexen haben. Sonst passieren schreckliche Dinge. Gillians Stimme hallte in meinem Kopf. Ich kämpfte die Panik nieder, die an die Oberfläche blubberte.

»Wenn Sie Dr. Bishop noch einmal bedrohen, werde ich Sie auf der Stelle töten.« Matthew sagte das ganz beiläufig, aber der erschrockene Blick eines vorbeikommenden Touristen ließ vermuten, dass sein Gesicht seine Gefühle verriet.

»Matthew«, ermahnte ich ihn leise. »Nicht hier.«

»Wollen Sie jetzt auch noch Hexen töten, Clairmont?« Knox feixte. »Genügt es Ihnen nicht mehr, Vampiren und Menschen Leid zuzufügen?«

»Lassen Sie sie in Ruhe.« Matthews Stimme blieb gleichmütig, aber er hatte den ganzen Körper angespannt, um sofort zuschlagen zu können, falls Knox sich irgendwie auf mich zubewegte.

Der Hexer verzog das Gesicht. »Das werde ich ganz bestimmt nicht. Sie gehört zu uns, nicht zu Ihnen. Genau wie das Manuskript.«

»Matthew«, wiederholte ich drängend. Ein dreizehnjähriger Menschenjunge mit Nasenpiercing und sorgengeplagtem Gesicht studierte ihn neugierig. »Die Menschen schauen schon her.«

Er fasste nach hinten und packte meine Hand. Die Berührung seiner kalten Haut auf meiner warmen Handfläche durchzuckte mich im selben Moment wie die Erkenntnis, dass ich damit an ihn angehängt war. Er zog mich nach vorn und barg mich unter seiner Schulter.

Knox lachte höhnisch. »Sie werden mehr brauchen, um sie zu beschützen, Clairmont. Sie wird uns das Manuskript beschaffen. Dafür sorgen wir.«

Ohne jedes weitere Wort bugsierte Matthew mich über den Hof und auf den breiten, mit Kopfstein gepflasterten Weg um die Radcliffe Camera. Er warf einen kurzen Blick auf das verschlossene Eisentor vor dem All Souls, fluchte kurz und innig und zerrte mich dann weiter in Richtung High Street.

»Wir haben es gleich geschafft«, sagte er und fasste meine Hand fester.

Matthew ließ mich auch im Eingangsbereich nicht los, wo er dem Pförtner kurz zunickte. Gemeinsam kletterten wir hoch in sein Turmverlies, wo es genauso warm und gemütlich war wie am Samstagabend.

Matthew warf die Schlüssel auf das Sideboard und drückte mich ohne weitere Umschweife auf das Sofa. Dann verschwand er in die Küche und kam mit einem Glas Wasser zurück. Er reichte es mir, und ich hielt es ohne zu trinken fest, bis er mich so finster ansah, dass ich gehorsam das Glas an die Lippen setzte und mich beinahe verschluckt hätte.

»Warum konnte ich das Manuskript beim zweiten Mal nicht mehr bekommen?« Ich war fassungslos, dass Knox recht behalten hatte.

»Ich hätte meinem Instinkt vertrauen sollen.« Matthew stand am Fenster, ballte und lockerte abwechselnd die rechte Hand und schien mich völlig vergessen zu haben. »Wir wissen nicht, was der Bann mit dir zu tun hat. Seit du *Ashmole 782* aufgeschlagen hast, schwebst du in großer Gefahr.«

»Selbst wenn Knox mir droht, Matthew, wird er vor so vielen Zeugen kaum Dummheiten machen.«

»Du bleibst besser ein paar Tage in Woodstock. Ich will, dass du dich von Knox fernhältst – keine zufälligen Begegnungen im College mehr, kein Zusammentreffen in der Bodleian.«

»Knox hatte recht: Ich kann das Manuskript kein zweites Mal abrufen. Er wird mich nicht mehr beachten.«

»Das ist Wunschdenken, Diana. Knox ist genauso versessen darauf wie du und ich, die Geheimnisse in *Ashmole 782* zu lüften.« Matthews sonst so makelloses Aussehen ließ zu wünschen übrig. Er war sich so oft mit den Fingern durchs Haar gefahren, dass es stellenweise abstand wie das Gefieder einer zerrauften Krähe.

»Wie könnt ihr beide so sicher sein, dass der verborgene Text Geheimnisse enthält?«, rätselte ich und trat an den Kamin. »Es ist ein Alchemiebuch. Vielleicht ist das alles.«

»In der Alchemie geht es darum, die Schöpfungsgeschichte chemisch zu erklären, alle Geschöpfe sind reine Chemie, sie werden nur biologisch dargestellt.«

»Aber als *Ashmole 782* geschrieben wurde, wusste man nichts von Biologie und verstand unter Chemie etwas ganz anderes als heute.«

Matthews Augen zogen sich zu Schlitzen zusammen. »Diana Bishop, ich bin entsetzt, wie engstirnig du bist.« Er meinte das ernst. »Die Wesen, die dieses Manuskript verfasst haben, kannten die vielleicht noch nicht, aber woher willst du wissen, dass sie nicht dieselben Fragen nach der Schöpfung gestellt haben wie moderne Wissenschaftler?«

»Alchemistische Texte sind allegorisch aufzufassen, nicht wie Handbücher.« Jetzt richtete ich die Angst und die Frustration der vergangenen Tage gegen ihn. »Vielleicht weisen sie auf tiefere Wahrheiten hin, aber man kann aus ihnen keine verlässlichen Experimente ableiten.«

»Das habe ich auch nie behauptet.« In seinem Blick flackerte immer noch unterdrückter Zorn. »Aber wir sprechen hier von Hexen, Dämonen und Vampiren als möglichen Lesern. Ein wenig übernatürliche Lektüre, ein wenig übermenschliche Kreativität, ein paar lang verschüttete Erinnerungen, um die fehlenden Stellen zu füllen, und schon könnten diese Kreaturen an Informationen gelangen, die wir nur ungern in ihren Händen sähen.«

»Informationen, die *du* nur ungern in ihren Händen sehen würdest!« Mir fiel mein Versprechen an Agatha Wilson wieder ein, und ich wurde lauter. »Du bist kein bisschen besser als Knox. Du willst *Ashmole 782* nur, um deine Neugier zu befriedigen.« Mit juckenden Fingern griff ich nach meinen Sachen.

»Beruhige dich.« In seiner Stimme lag eine Schärfe, die mir nicht gefiel.

»Sag mir nicht, was ich tun soll.« Das Jucken wurde stärker.

Meine Finger leuchteten blau und stießen kleine Flammenbogen aus, aus denen Funken stoben wie aus einer Wunderkerze auf einer Geburtstagstorte. Rasch stellte ich den Computer wieder ab und hob die Hände.

Matthew hätte entsetzt sein müssen. Stattdessen betrachtete er mich fasziniert.

»Passiert dir das öfter?« Er gab sich alle Mühe, möglichst sachlich zu klingen.

»O *nein.*« Funken hinter mir herziehend, lief ich in die Küche.

Matthew war vor mir an der Tür. »Kein Wasser!«, warnte er mich scharf. »Das riecht nach Elektrizität.«

Aha. Das erklärte, warum ich beim letzten Mal die Küche in Brand gesetzt hatte.

Störrisch blieb ich stehen, die Hände zwischen uns erhoben. Wir schauten zu, wie das Blau an meinen Fingerspitzen allmählich verblasste und der Funkenregen erlosch, bis nur noch der scharfe Brandgeruch eines elektrischen Kurzschlusses zurückblieb.

Als das Feuerwerk ausgebrannt war, lehnte sich Matthew in der nonchalanten Pose eines Renaissancefürsten, der darauf wartet, sein Porträt gemalt zu bekommen, in den Türrahmen.

»Also«, sagte er und beobachtete mich dabei reglos wie ein Adler, kurz bevor er sich auf seine Beute stürzt, »*das* war interessant. Passiert dir das jedes Mal, wenn du wütend wirst?«

»Ich werde nicht wütend.« Ich drehte ihm den Rücken zu. Seine Hand zuckte vor und drehte mich wieder herum.

»So leicht kommst du mir nicht davon.« Er wurde nicht lauter, aber der schneidende Unterton war wieder da. »Du wirst sehr wohl wütend. Wie ich gerade sehen durfte. Und du hast mindestens ein Loch in meinen Teppich gebrannt, das genau das beweist.«

»Lass mich los!« Mein Mund verzog sich zu dem, was Sarah als »Todesstreifen« bezeichnete. Meine Studenten konnte ich damit zum Schlottern bringen. Jetzt hoffte ich, dass Matthew mit eingekniffenem Schwanz davonschleichen würde. Oder dass er zumindest die Hand von meinem Arm nehmen würde, damit ich verschwinden konnte.

»Ich habe dich gewarnt. Freundschaften mit Vampiren sind kompliziert. Ich kann dich jetzt unmöglich gehen lassen – selbst wenn ich wollte.«

Ich blickte betont auf seine Hand. Matthew zog sie mit einem ungeduldigen Schnauben zurück, und ich drehte ihm den Rücken zu, um meine Tasche aufzuheben.

Man sollte einem Vampir keinesfalls den Rücken zudrehen, nachdem man mit ihm gestritten hat …

Matthews Arme schossen vor und pressten meinen Rücken so fest gegen seine Brust, dass ich jeden einzelnen angespannten Muskel spüren konnte. »Und jetzt«, sagte er mir ins Ohr, »werden wir uns wie zivilisierte Geschöpfe darüber unterhalten, was passiert ist. Du wirst nicht davor davonlaufen – genauso wenig wie vor mir.«

»Lass mich los, Matthew.« Ich versuchte mich aus seinem Griff zu winden.

»Nein.«

Noch nie hatte sich mir ein Mann widersetzt, wenn ich ihn aufgefordert hatte, etwas nicht zu tun – ob er sich nun in der Bibliothek geräuschvoll geschnäuzt oder im Kino die Hand unter meinen Rock geschoben hatte. Wieder versuchte ich, mich loszumachen. Matthews Arme schlossen sich noch fester um mich.

»Hör auf dich zu wehren.« Er klang beinahe fröhlich. »Du wirst lange vor mir müde werden, das verspreche ich dir.«

In meinem Frauen-Selbstverteidigungskurs hatte ich gelernt, wie ich mich wehren musste, wenn ich von hinten festgehalten wurde. Ich hob den Fuß, um auf seine Zehen zu treten. Matthew wich seitlich aus, und mein Absatz knallte auf den Boden.

»Wir können das den ganzen Nachmittag machen, wenn du willst«, murmelte er. »Aber ich kann dir wirklich nur davon abraten. Meine Reflexe sind viel schneller als deine.«

»Lass mich los, dann können wir reden«, zischte ich zwischen zusammengebissenen Zähnen hervor.

Er lachte leise, und sein würziger Atem strich kitzelnd über die nackte Haut in meinem Nacken. »Das war kein würdiger Verhandlungsversuch, Diana. Nein, wir werden uns genau so unterhalten. Ich will wissen, wie oft deine Finger schon blau geworden sind.«

»Nicht oft.« Der Trainer hatte mir damals geraten, mich zu entspannen, wenn ich von hinten gepackt würde, und dann aus dem Griff des Angreifers zu schlüpfen. Matthews Arme packten mich nur noch fester. »Manchmal habe ich als Kind versehentlich Sachen in Brand gesteckt – zum Beispiel die Küchenschränke –, aber das vielleicht nur, weil ich damals die Hände unter dem Wasserhahn löschen wollte und das Feuer dadurch nur noch schlimmer wurde. Außerdem ein- oder zweimal die Vorhänge in meinem Zimmer. Einen Baum vor unserem Haus – aber der war noch klein.«

»Und seither?«

»Einmal letzte Woche, als Miriam mich wütend gemacht hat.«

»Wie hat sie das geschafft?« Er drückte seine Wange an meine. Es war ein beruhigendes Gefühl, solange ich darüber hinwegsah, dass er mich gegen meinen Willen festhielt.

»Sie meinte, ich sollte endlich lernen, auf mich selbst aufzupassen und mich nicht darauf verlassen, dass du mich beschützt. Eigentlich hat sie mir vorgeworfen, ich würde die Jungfer in Nöten spielen.« Schon bei dem Gedanken begann mein Blut zu köcheln, und meine Finger juckten sofort wieder.

»Du bist vieles, Diana, aber eindeutig keine Jungfer in Nöten. Also hast du diese Reaktion zweimal innerhalb einer Woche gezeigt.« Matthew klang nachdenklich. »Interessant.«

»Finde ich nicht.«

»Das kann ich mir vorstellen«, sagte er, »trotzdem ist es interessant. Und jetzt zu einem anderen Thema.« Sein Mund wanderte an mein Ohr. »Was soll dieser Unfug, dass ich mich ausschließlich für ein altes Manuskript interessieren würde?«

Ich wurde rot. Das war so sterbenspeinlich. »Sarah und Em meinten, dass du nur so viel Zeit mit mir verbringst, weil du etwas von mir willst. Ich nehme an, du willst *Ashmole 782*.«

»Aber das stimmt nicht, oder?« Seine Lippen und seine Wange strichen sanft über mein Haar. Sofort begann mein Blut zu singen. Selbst ich konnte es hören. Er lachte wieder, diesmal ausgesprochen zufrieden. »Ich habe keine Sekunde lang angenommen, dass du das geglaubt hast. Ich wollte nur sichergehen.«

Mein Körper sank gegen seinen. »Matthew …«, setzte ich an.

»Ich lasse dich jetzt los«, schnitt er mir das Wort ab. »Aber renn nicht gleich zur Tür, in Ordnung?«

Schon wieder waren wir Beute und Raubtier. Wenn ich losrannte, würde ich damit seinen Jagdinstinkt wecken. Ich nickte, er drehte mich zu sich um, und ich blieb eigenartig wacklig vor ihm stehen.

»Was soll ich nur mit dir anfangen?« Die Hände in die Hüften gestemmt und ein schiefes Lächeln im Gesicht, stand er vor mir. »Du bist das anstrengendste Wesen, das mir je begegnet ist.«

»Das hat sich noch niemand getraut.«

»Das glaube ich gern.« Er sah mich prüfend an. »Wir fahren nach Woodstock.«

»Nein! Im College bin ich völlig sicher.« Er hatte mich gewarnt, dass Vampire einen einengenden Beschützerinstinkt entwickeln konnten. Er hatte recht gehabt – mir gefiel das gar nicht.

»Bist du nicht.« In seinen Augen flackerte es zornig. »Jemand wollte in dein Apartment einbrechen.«

»Was?« Ich war fassungslos.

»Das lockere Schloss, hast du schon vergessen? Du bleibst in Woodstock, bis Peter Knox Oxford verlassen hat.«

Offenbar verriet mein Gesicht, wie wenig ich dieser Idee abgewinnen konnte.

»So schlimm wird das nicht werden«, meinte er nachsichtig. »Dafür kannst du so viel Yoga machen, wie du willst.«

Solange Matthew sich als mein Leibwächter betrachtete, blieb mir nichts anderes übrig. Und wenn er recht hatte – was ich insgeheim vermutete –, dann hatte es schon jemand an Fred vorbei und in meine Unterkunft geschafft.

»Komm.« Er nahm meine Computertasche. »Ich fahre dich zum New College und warte auf dich, bis du deine Sachen geholt hast. Aber unser Gespräch über die Verbindung zwischen *Ashmole 782* und deinen blauen Fingern ist noch nicht zu Ende«, fuhr er fort und zwang mich dabei, ihm in die Augen zu sehen. »Es hat gerade erst angefangen.«

Wir gingen hinunter auf den Parkplatz für die Fellows, und Matthew rangierte den Jaguar zwischen einem bescheidenen blauen Vauxhall und einem alten Peugeot heraus. Dank der umständlichen Verkehrsführung in der Stadt brauchten wir mit dem Auto doppelt so lange, wie wir zu Fuß gebraucht hätten.

Matthew bog in das Tor des College ein. »Ich bin gleich wieder da«, sagte ich, als er mich aussteigen ließ, und hängte die Computertasche über meine Schulter.

»Dr. Bishop, Sie haben Post!«, rief mir Fred aus seiner Loge zu.

Mit vor Stress und Angst klopfendem Herzen sammelte ich den Inhalt meines Postfaches ein und winkte mit dem Briefstapel Matthew zu, bevor ich mich auf den Weg nach oben machte.

In meinem Apartment streifte ich die Schuhe ab, massierte meine Schläfen und sah verstohlen auf den Anrufbeantworter. Gnädigerweise blinkte er nicht. Die Post bestand aus mehreren Rechnungen sowie einem großen braunen Umschlag, auf den mein Name getippt war. Nachdem keine Briefmarke darauf war, musste ihn jemand innerhalb der Universität abgeschickt haben. Ich schob den Finger unter den Klebestreifen und zog den Inhalt heraus.

Ein Stück Papier hing mit einer Büroklammer an etwas Glattem, Glänzendem. Auf dem Papier stand, ebenfalls getippt, eine einzige Zeile.

Denk immer daran.

Mit zitternder Hand zog ich das angeheftete Papier weg. Es flatterte zu Boden und gab den Blick auf ein vertrautes Hochglanzfoto frei. Allerdings hatte ich es bis dahin nur in der Zeitung und in Schwarzweiß gesehen. Diesmal war es in Farbe und so bunt und lebendig wie an jenem Tag im Jahr 1983, an dem es aufgenommen worden war.

Meine Mutter lag tot und mit dem Gesicht nach unten in einem Kreidekreis, das linke Bein in einem unmöglichen Winkel abgeknickt. Der rechte Arm streckte sich meinem Vater entgegen, der auf dem Rücken lag, mit halb eingeschlagenem Schädel und vom Hals bis zum Geschlecht aufgeschlitzt. Seine Eingeweide waren zum Teil aus der Wunde herausgezerrt worden und lagen jetzt neben ihm auf dem Boden.

Etwas zwischen einem Stöhnen und einem Schrei rang sich aus meiner Brust. Zitternd, aber unfähig, die Augen von dem Bild abzuwenden, sackte ich zu Boden.

»Diana!« Matthew klang erschrocken, aber seine Stimme war zu weit weg, als dass es mich gekümmert hätte. In weiter Ferne rüttelte jemand am Türknauf. Schritte hasteten die Treppe herauf, ein Schlüssel scharrte im Schloss.

Die Tür sprang auf, und ich blickte in Matthews aschfahles Gesicht, neben dem Freds besorgte Miene schwebte.

»Dr. Bishop?«, fragte Fred.

So schnell, wie Matthew sich bewegte, musste Fred begreifen, dass er ein Vampir war. Er ging vor mir in die Hocke. Meine Zähne klapperten im Schock.

»Können Sie meinen Wagen zum All Souls fahren, wenn ich Ihnen den Schlüssel gebe?«, fragte Matthew Fred über seine Schulter. »Dr. Bishop geht es nicht gut, sie sollte jetzt nicht allein sein.«

»Keine Sorge, Professor Clairmont. Wir stellen ihn auf dem Platz von Professor Marsh ab«, antwortete Fred. Matthew warf dem Pförtner die Autoschlüssel zu, und Fred fing sie geschickt auf. Nachdem er mir einen letzten besorgten Blick zugeworfen hatte, zog er die Tür ins Schloss.

»Mir wird schlecht«, flüsterte ich.

Matthew zog mich auf die Füße und führte mich ins Bad. Dort sackte ich vor der Toilette in die Knie, ließ das Bild auf den Boden fallen, klammerte mich an die Schüssel und übergab mich. Als mein Magen leer war, ließ das Schlottern nach, trotzdem durchlief mich immer noch alle paar Sekunden ein Schauer.

Ich klappte den Deckel zu, drückte mich an der Toilette hoch und betätigte die Spülung. In meinem Kopf drehte sich alles. Matthew fing mich auf, bevor mein Schädel gegen die Wand schlug.

Plötzlich schwebten meine Füße in der Luft. Matthews Brust drückte gegen meine rechte Schulter, und seine Arme hatten sich unter meine Knie gehakt. Sekunden später legte er mich vorsichtig auf dem Bett ab, schaltete das Licht ein und drehte den Lampenschirm zur Seite. Mein Handgelenk lag in seinen kühlen Fingern, und die Berührung ließ meinen Puls langsamer gehen. Endlich konnte ich ihm wieder ins Gesicht sehen. Es wirkte so ruhig wie immer, nur in seiner Stirn pochte etwa jede Minute eine winzige dunkle Ader.

»Ich hole dir etwas zu trinken.« Er ließ mein Handgelenk los und stand auf.

Wieder überspülte mich die Panik. Ich sprang auf, denn mein Instinkt befahl mir, so schnell und so weit wie möglich wegzurennen.

Matthew packte mich an der Schulter und zwang mich, ihn anzusehen. »Bleib hier, Diana.«

Mein Magen hatte sich bis unter meine Rippen aufgeblasen und drückte mir die Luft ab. Ich wehrte mich gegen Matthews Griff, ohne zu begreifen oder mich dafür zu interessieren, was er sagte. »Lass mich los«, flehte ich ihn an und stemmte beide Hände gegen seine Brust.

»Diana, sieh mich an.« Gegen Matthews Stimme oder die mondgleiche Anziehungskraft seiner Augen war ich machtlos. »Was ist denn los?«

»Meine Eltern. Gillian hat mir erzählt, dass Hexen meine Eltern umgebracht haben«, antwortete ich gepresst und mit Piepsstimme.

Matthew sagte etwas in einer mir unbekannten Sprache. »Wann ist das passiert? Wo ist das passiert? Hat die Hexe eine Nachricht auf einem Anrufbeantworter hinterlassen? Hat sie dich bedroht?« Sein Griff wurde noch fester.

»Nigeria. Sie hat gesagt, die Bishops hätten schon immer Ärger gemacht.«

»Ich komme mit. Ich muss nur noch ein paar Anrufe machen.« Matthew atmete tief und bebend ein. »Es tut mir so leid, Diana.«

»Wohin kommst du mit?« Das ergab doch keinen Sinn.

»Nach Afrika.« Matthew klang verwirrt. »Jemand muss die Toten identifizieren.«

»Ich war sieben, als meine Eltern umgebracht wurden.«

Erschrocken riss er die Augen auf.

»Ich weiß, es ist lange her, trotzdem scheint es für die Hexen in letzter Zeit kein anderes Thema zu geben – für Gillian genauso wenig wie für Peter Knox.« Ich spürte, wie sich erneut die Panik in mir ausbreitete und ein Schrei in meiner Kehle aufstieg. Matthew presste mich an seine Brust, bevor sich der Schrei Luft machen konnte, und hielt mich so fest, dass sich die Umrisse seiner Muskeln und Knochen in mein

Fleisch zu drücken schienen. Mein Schrei endete als Schluchzen. »Gillian hat mich gewarnt, dass schreckliche Dinge passieren, wenn Hexen vor anderen Hexen Geheimnisse haben.«

»Ganz gleich, was sie gesagt hat, ich werde nicht zulassen, dass Knox oder eine andere Hexe dir etwas antut. Jetzt bist du bei mir.« Matthews Stimme war fest, und er senkte den Kopf, um seine Wange auf mein Haar zu legen, während ich weinte. »Ach, Diana. Warum hast du mir das nicht erzählt?«

Irgendwo im Zentrum meiner Seele begann sich eine rostige Kette abzuwickeln. Glied um Glied löste sie sich aus der Erstarrung, so als hätte sie nur auf Matthew gewartet. Gleichzeitig lösten sich auch meine Hände, die ich fest geballt gegen seine Brust gedrückt hatte. Die Kette rasselte abwärts in eine unergründliche Tiefe, in der es nur noch Dunkelheit und Matthew gab. Schließlich spannte sie sich in voller Länge und verankerte mich an einem Vampir. Trotz des Manuskriptes, trotz der Tatsache, dass meine Finger genug Spannung versprühten, um eine Mikrowelle zu betreiben, trotz des Fotos war ich sicher, solange ich mit ihm zusammen war.

Als das Schluchzen nachließ, löste sich Matthew von mir. »Ich hole dir Wasser, und dann wirst du dich ausruhen.« Sein Tonfall duldete keinen Widerspruch, und im nächsten Moment war er mit einem Glas und zwei kleinen Pillen zurück.

»Nimm die«, sagte er und reichte sie mir zusammen mit dem Wasser.

»Was ist das?«

»Ein Beruhigungsmittel.« Er sah mich so streng an, dass ich augenblicklich beide Pillen in den Mund steckte und einen Schluck Wasser nahm. »Die habe ich bei mir, seit du mir erzählt hast, dass du unter Panikattacken leidest.«

»Ich hasse es, Tranquilizer zu nehmen.«

»Du stehst unter Schock, und in deinen Adern zirkuliert zu viel Adrenalin. Du musst dich ausruhen.« Matthew stopfte die Decke um mich fest, bis ich in einem unförmigen Kokon steckte. Er setzte sich aufs Bett, dann plumpsten seine Schuhe auf den Boden, und im nächsten Moment streckte er sich aus. Als er meinen deckenumhüllten Körper an sich zog, seufzte ich. Matthew legte den linken Arm um mich und hielt mich fest. Trotz des Kokons schmiegte sich mein Körper nahtlos an seinen.

Allmählich breitete sich die Droge in meinem Körper aus. Gerade als ich wegdämmern wollte, begann Matthews Handy in seiner Tasche zu vibrieren und rüttelte mich wieder wach.

»Vergiss es, das ist bestimmt nur Marcus«, sagte er und strich dabei mit den Lippen über meine Stirn. Mein Puls beruhigte sich wieder. »Versuch dich auszuruhen. Du bist nicht mehr allein.«

Ich konnte immer noch die Kette spüren, die mich an Matthew band, die Hexe an den Vampir.

Straff gespannt und glänzend hielten mich die Glieder fest, bis ich eingeschlafen war.

Kapitel 16

Erst als es vor Dianas Fenstern dunkel geworden war, konnte Matthew aufstehen. Irgendwann hatte sich ihre Ruhelosigkeit gelegt, und sie war in einen tiefen Schlaf gefallen. Er registrierte die subtilen Veränderungen in ihrem Duft, als der Schock nachließ, und spürte, wie ihn jedes Mal eine eisige Entschlossenheit durchfuhr, wenn er an Peter Knox oder Gillian Chamberlain dachte.

Matthew konnte sich nicht erinnern, je einen so starken Beschützerinstinkt empfunden zu haben. Gleichzeitig machten sich andere Gefühle bemerkbar, die er aber weder wahrhaben noch benennen wollte.

Sie ist eine Hexe, ermahnte er sich, während er sie beim Schlafen beobachtete. *Sie ist nichts für dich.*

Je öfter er sich das vorsagte, desto weniger schien es zu bedeuten.

Schließlich löste er sich sanft von ihr und schlich aus dem Zimmer, nicht ohne die Tür einen Spalt weit offen zu lassen, falls sie wach werden sollte.

Erst als der Vampir allein im Flur stand, ließ er zu, dass der kalte Zorn aufstieg, der seit Stunden in ihm brodelte. Er zog die Lederkordel aus dem Kragen seines Pullovers und nahm den warmen, glatten Silbersarg in die Hand. Nur Dianas regelmäßiger Atem hielt ihn davon ab, sich in die Nacht zu stürzen und zwei Hexen zur Strecke zu bringen.

Die Uhren Oxfords schlugen acht, und ihr vertrauter, träger Klang erinnerte Matthew an den entgangenen Anruf. Er zog das Handy aus der Tasche, ging die Meldungen durch und überflog die automatischen Benachrichtigungen der Sicherheitssysteme am Labor und an der Old Lodge. Marcus hatte gleich mehrere Nachrichten aufgesprochen.

Stirnrunzelnd rief Matthew die Mailbox an. Marcus war sonst nicht leicht aus der Ruhe zu bringen. Was war so dringend?

»Matthew.« Der vertrauten Stimme fehlte der übliche verspielte Charme. »Ich habe die Auswertungen von Dianas dna-Analyse bekommen. Sie sind … überraschend. Ruf mich an.«

Noch bevor die Aufnahme zu Ende war, hatte der Finger des Vampirs die Kurzwahltaste gedrückt. Er fuhr sich mit der freien Hand durch die Haare und wartete darauf, dass Marcus antwortete. Der meldete sich schon nach dem ersten Läuten.

»Matthew.« In Marcus' Stimme lag keine Wärme, nur Erleichterung. Seit Stunden hatte er Nachrichten hinterlassen. Marcus hatte Matthew sogar in dessen Lieblingsversteck in Oxford gesucht, im Pitt Rivers Museum, wo der Vampir oft nachdenklich zwischen dem Skelett eines Iguanodons und einer Darwin-Statue hin und her wandelte. Mit seinen unaufhörlichen Fragen, wo Matthew stecken könnte und mit wem er wohl zusammen war, hatte er Miriam so genervt, dass sie ihn schließlich aus dem Labor geworfen hatte.

»Natürlich ist er bei ihr«, hatte Miriam am Spätnachmittag mit tiefer Missbilligung verkündet. »Wo sollte er sonst sein? Und wenn du nicht arbeitest, dann geh nach Hause und warte dort auf seinen Anruf. Hier bist du mir nur im Weg.«

»Was haben die Tests ergeben?« Matthew sprach leise, trotzdem war sein Zorn zu hören.

»Was ist passiert?«, fragte Marcus sofort.

Matthews Blick fiel auf ein Bild, das im Bad auf dem Boden lag. Diana hatte es am Nachmittag an ihre Brust gedrückt. Seine Augen verengten sich zu Schlitzen, während er es betrachtete. »Wo bist du?«, fragte er heiser.

»Zu Hause«, antwortete Marcus unruhig.

Matthew hob das Foto auf und verfolgte dessen Duft bis zu einem Stück Papier, das halb unter die Couch gerutscht war. Er las die Nachricht darauf und holte scharf Luft. »Bring die Berichte und meinen Pass ins New College. Dianas Apartment liegt im Gartenhof, Aufgang sieben, unter dem Dach.«

Zwanzig Minuten später öffnete Matthew die Tür, mit zu Berge stehenden Haaren und wildem Blick. Der jüngere Vampir musste sich zusammenreißen, um nicht einen Schritt zurückzuweichen.

Dann streckte er Matthew mit einer abgemessenen Geste den dunkelroten Pass hin, in dem ein brauner Umschlag steckte, und wartete geduldig ab. Er würde die Räume der Hexe nicht betreten, solange ihn Matthew nicht dazu forderte, nicht solange der Vampir so erregt war.

Die Aufforderung ließ auf sich warten, aber schließlich nahm Matthew den Umschlag entgegen und trat zur Seite, um Marcus einzulassen.

Während Matthew Dianas Testergebnisse unter die Lupe nahm, sah Marcus ihn prüfend an. Seine scharfe Nase filterte den Geruch von altem Holz und abgetragenen Textilien heraus und erspürte darunter die Angst der Hexe und den mühsam gezügelten Zorn des Vampirs. Das explosive Gemisch ließ ihm die Haare zu Berge stehen und ein Knurren in seine Kehle steigen.

Im Lauf der Jahre hatte Marcus Matthews gute Eigenschaften zu schätzen gelernt – sein Mitgefühl, sein Gewissen, seine Geduld mit jenen, die er liebte. Doch er kannte auch seinen Zorn. Oft war Matthews Zorn so zerstörerisch, dass der Vampir, nachdem er das Gift ausgeschieden hatte, über Monate oder Jahre verschwand, um zu verarbeiten, was er angerichtet hatte.

Und Marcus hatte seinen Vater noch nie so zornig erlebt wie jetzt.

Matthew Clairmont war im Jahr 1777 in Marcus' Leben getreten und hatte es verändert – für alle Zeiten. Er hatte das Bauernhaus der Bennetts an der Seite einer improvisierten Trage betreten, auf der man den verwundeten Marquis de Lafayette vom Schlachtfeld bei Brandywine getragen hatte. Matthew hatte alle anderen Männer überragt und jedem Befehle zugebellt, selbst wenn der andere ranghöher war.

Niemand widersetzte sich seinen Anordnungen – nicht einmal Lafayette selbst, der trotz seiner Verletzungen mit seinen Freunden scherzte. Allerdings handelte sich der Marquis mit seinen Witzeleien eine scharfe Rüge von Matthew ein. Als Lafayette protestierte, er käme durchaus zurecht, man solle sich lieber um schwerer verwundete Soldaten kümmern, stieß Clairmont einen Schwall französischer Flüche und Drohungen aus, der die anderen Männer ehrfürchtig zurückweichen ließ und den Marquis zum Verstummen brachte.

Marcus hatte mit großen Ohren zugehört, wie der französische Soldat den ehrenwerten Dr. Shippen, den Chef des Ärztekorps, beschimpft und seinen Behandlungsvorschlag als »barbarisch« verworfen hatte. Clairmont hatte verlangt, dass Lafayette stattdessen vom zweiten Arzt John Cochran behandelt werden sollte. Zwei Tage später konnte man hören, wie Clairmont und Shippen in flüssigem Latein über die Feinheiten der Anatomie und Physiologie diskutierten – zum Ergötzen des medizinischen Stabes und General Washingtons.

Matthew hatte eine beträchtliche Anzahl von britischen Soldaten getötet, bevor die Kontinentalarmee geschlagen worden war. Die Männer, die ins Lazarett gebracht wurden, erzählten unglaubliche Geschichten darüber, wie furchtlos er in die Schlacht gegangen war. Manche behaupteten, er sei direkt in die feindlichen Linien marschiert, ohne sich um Kugeln oder Bajonette zu scheren. Als die Waffen endlich schwiegen, beharrte Clairmont darauf, dass Marcus als Pfleger bei dem Marquis bleiben sollte.

Nachdem Lafayette im Herbst wieder reiten konnte, verschwanden Clairmont und er in den Wäldern Pennsylvanias und New Yorks. Von dort kehrten sie mit einer Armee von Oneida-Kriegern zurück. Die Oneida nannten Lafayette wegen seiner Reitkünste »Kayewla«. Matthew tauften sie wegen seiner Fähigkeiten, die Männer in die Schlacht zu führen, »Atlutanu'n«, Kriegsherr.

Matthew blieb noch lange bei der Armee, selbst nachdem Lafayette nach Frankreich zurückgekehrt war. Auch Marcus leistete weiter Dienst, und zwar als einfacher Assistent des Chirurgen. Tag für Tag versuchte er die Wunden zu heilen, die den Soldaten durch Musketen, Kanonen oder Schwerter zugefügt worden waren. Jedes Mal, wenn einer seiner Männer verletzt wurde, wandte sich Clairmont an ihn. Marcus, meinte er, besäße die Gabe des Heilens.

Kurz nachdem die Kontinentalarmee 1781 in Yorktown einmarschierte, wurde Marcus von einem Fieber niedergestreckt. Plötzlich nützte ihm seine Gabe als Heiler nichts mehr. Frierend und schlotternd lag er da und wurde nur versorgt, wenn jemand etwas Zeit erübrigen konnte. Nachdem er vier Tage lang gelitten hatte, wusste Marcus, dass er sterben würde. Als Clairmont, jetzt wieder in Begleitung Lafayettes, ins Lazarett kam, um einige seiner verwundeten Männer zu besuchen, sah er Marcus auf einer durchgebrochenen Pritsche im Eck liegen und roch den Tod in ihm.

Kurz bevor die Nacht dem Tag wich, setzte sich der französische Offizier zu dem jungen Mann und erzählte ihm seine Geschichte. Marcus glaubte zu träumen. Ein Mann, der Blut trank und es unmöglich fand zu sterben? Nachdem Marcus das gehört hatte, war er beinahe überzeugt, bereits gestorben zu sein und nun von einem der Teufel gequält zu werden, die eines Tages seine sündige Seele fressen würden, wie ihn sein Vater stets gewarnt hatte.

Der Vampir erklärte ihm, dass er das Fieber überleben konnte, aber dass er einen Preis dafür zahlen musste. Erst müsste er wiedergeboren werden. Danach müsste er jagen und töten und Blut trinken – sogar menschliches Blut. Eine gewisse Zeit würde es ihm seine Blutgier unmöglich machen, unter Verwundeten oder Kranken zu arbeiten. Matthew versprach, Marcus an die Universität zu schicken, damit er sich an sein neues Leben gewöhnen konnte.

Als irgendwann in der Morgendämmerung der Schmerz unerträglich wurde, beschloss Marcus, dass er leben wollte, selbst wenn er sich vor dem neuen Leben fürchtete, das der Vampir ihm geschildert hatte. Matthew trug den schlaffen und fieberglühenden Kranken aus dem Lazarett in den Wald, wo die Oneida auf sie warteten, um sie in die Berge zu führen. In einer abgelegenen Talmulde, wo niemand Marcus' Schreie hören konnte, sog Matthew sein Blut aus. Bis zu diesem Tag erinnerte sich Marcus an den unersättlichen Durst, der sofort darauf eingesetzt hatte. Er hatte ihn zum Wahnsinn getrieben, ihn verzweifelt nach irgendetwas Kaltem, Flüssigem suchen lassen.

Schließlich hatte Matthew mit den Zähnen sein eigenes Handgelenk aufgerissen und Marcus trinken lassen. Das kraftvolle Vampirblut hatte Marcus schlagartig mit neuem Leben erfüllt.

Die Oneida warteten still und schweigend am Höhleneingang und verhinderten, dass er Unheil über die Farmen in der Nähe brachte, als sein Blutdurst erwachte. Sobald Matthew in ihr Dorf getreten war, hatten sie ihn als das erkannt, was er war. Er war wie Dagwanoenyent, die Hexe, die im Wirbelsturm lebte und nicht sterben konnte. Warum die Götter beschlossen hatten, dem französischen Krieger solche Kräfte zu verleihen, war den Oneida ein Rätsel, aber die Götter waren für ihre verwirrenden Ratschlüsse berüchtigt. Die Oneida konnten nur sicherstellen, dass ihre Kinder die Legende von Dagwanoenyent kannten, und ihnen einprägen, dass man so ein Wesen nur töten konnte, wenn man es verbrannte, alle Knochen zu Pulver zermahlte und dieses in die vier Winde verstreute.

Von seinem ungestillten Durst gepeinigt, verhielt sich Marcus wie das Kind, das er war. Er heulte frustriert und schlotterte vor Verlangen. Als Matthew einen Hirsch erlegte, um dem jungen Mann, der als sein Sohn wiedergeboren worden war, etwas zu trinken zu geben, hatte Marcus das Tier auf einen Satz leergesogen. Das hatte zwar Marcus' Hunger gestillt, aber nicht das Sirren in seinen Adern gelindert, das Matthews uraltes Blut ausgelöst hatte.

Nachdem Matthew eine Woche lang frisches Wild in ihren Unterschlupf geschleppt hatte, beschloss er, dass Marcus bereit war, selbst auf die Jagd zu gehen. Vater und Sohn verfolgten Hirsche und Bären durch tiefe Wälder und über mondbeschienene Bergkuppen. Matthew brachte Marcus bei, die Witterung aufzunehmen, im Schatten nach noch so winzigen Bewegungen Ausschau zu halten und jede Luftveränderung zu erspüren, die frische Gerüche herantrug. Und er brachte dem Heiler das Töten bei.

In jenen frühen Jahren verzehrte sich Marcus nach reichhaltigerem Blut. Er brauchte es, um seinen tiefen Durst zu stillen und seinen ständig hungrigen Körper zu ernähren. Aber Matthew wartete ab, bis Marcus einen Hirsch verfolgen, zu Fall bringen und aussaugen konnte, ohne dabei ein Gemetzel zu veranstalten, bevor er ihn Menschen jagen ließ. Frauen waren tabu. »Zu verwirrend für frisch wiedergeborene Vampire«, hatte Matthew erklärt, denn die Grenze zwischen Sex und Tod, Werbung und Jagd war hauchdünn.

Erst ernährten sich Vater und Sohn von kranken englischen Soldaten. Manche flehten Marcus an, sie am Leben zu lassen, und so brachte Matthew seinem Sohn bei, wie man sich von Warmblütern ernährt, ohne sie dabei zu töten. Als Nächstes jagten sie Kriminelle, die um Gnade winselten und sie nicht verdient hatten. Jedes Mal ließ sich Matthew von Marcus erklären, warum er ein ganz bestimmtes Opfer ausgewählt hatte. Marcus' Moral entwickelte sich stockend und unter Rückschlägen, doch ganz langsam lernte der Vampir, mit dem umzugehen, was er tun musste, um zu überleben.

Matthew war bekannt für sein hochentwickeltes Moralverständnis. Seine wenigen Fehltritte waren immer auf eine im Zorn gefällte Entscheidung zurückführen. Man hatte Marcus erzählt, dass sein Vater inzwischen weniger zu gefährlichen Gefühlsausbrüchen neigte als früher. Vielleicht stimmte das, aber heute Abend in Oxford sah er in Matthews Gesicht die gleiche mörderische Wut wie damals in Brandywine – und diesmal gab es kein Schlachtfeld, auf dem er seinen Zorn austoben konnte.

»Du hast einen Fehler gemacht.« Mit wildem Blick studierte Matthew den dna-Test der Hexe.

Marcus schüttelte den Kopf. »Ich habe ihr Blut zweimal analysiert. Miriam hat die Befunde mit der dna von den Wattestäbchen abgeglichen. Ich muss zugeben, die Ergebnisse sind überraschend.«

Matthew holte bebend Luft. »Sie sind absurd.«

»Diana hat praktisch jeden genetischen Marker, den wir je bei einer Hexe isoliert haben.« Marcus' Mund gerann zu einer dünnen Linie, während er zu den letzten Seiten weiterblätterte. »Aber vor allem diese Sequenzen geben uns zu denken.«

Matthew überflog die Daten. Es gab über zwei Dutzend dna-Sequenzen, teils kürzer, teils länger, neben die Miriam ein winziges rotes Fragezeichen gesetzt hatte.

»Jesus«, sagte er und drückte seinem Sohn den Befund in die Hand.

»Wir haben auch so genug Sorgen. Dieser Drecksack Peter Knox hat sie bedroht. Er will das Manuskript. Diana wollte es noch einmal abrufen, aber *Ashmole 782* hat sich in die Tiefen des Archivs zurückgezogen und weigert sich herauszukommen. Glücklicherweise ist Knox überzeugt – vorerst –, dass sie beim ersten Mal absichtlich den Bann gebrochen hat, um es in die Hände zu bekommen.«

»Aber das hat sie nicht?«

»Nein. Diana hat weder das Wissen noch die Übung, um einen so komplizierten Zauber zu brechen. Ihre Kräfte sind völlig ungezügelt. Sie hat mir ein Loch in den Teppich gebrannt.« Matthew sah seinen Sohn verdrossen an, und der konnte sich nur mit Mühe ein Lächeln verkneifen. Sein Vater liebte seine Antiquitäten.

»Dann müssen wir Knox auf Abstand halten, bis Diana Gelegenheit hatte, ihre Fähigkeiten zu entwickeln. Das klingt doch gar nicht so kompliziert.«

»Knox ist nicht der Einzige, der mir Sorgen macht. Das hier lag heute in Dianas Post.« Matthew hob das Foto und das angeheftete Blatt auf und reichte beides seinem Sohn. Als er weitersprach, klang seine Stimme gefährlich tonlos. »Ihre Eltern. Ich kann mich erinnern, dass ich irgendwann von zwei amerikanischen Hexen gehört habe, die in Nigeria umgebracht wurden, aber das ist schon lange her. Ich habe die beiden nicht mit Diana in Verbindung gebracht.«

»Heiliger Gott«, flüsterte Marcus. Er starrte auf das Bild und versuchte sich vorzustellen, wie er sich fühlen würde, wenn er ein Foto bekäme, auf dem sein Vater tot und in Fetzen gerissen im Dreck lag.

»Und das ist nicht alles. Soweit ich es mir zusammenreimen kann, hat Diana immer geglaubt, ihre Eltern seien von Menschen umgebracht worden. Vor allem deshalb wollte sie ihr Leben von Magie frei halten.«

»Das funktioniert aber nicht, oder?« Marcus dachte an die dna der Hexe.

»Nein«, bestätigte Matthew grimmig. »Während ich in Schottland war, hat ihr eine amerikanische Hexe namens Gillian Chamberlain erzählt, dass ihre Eltern nicht von Menschen ermordet wurden – sondern von anderen Hexen.«

»Stimmt das?«

»Das weiß ich nicht. Aber hier geht es eindeutig nicht nur darum, dass eine Hexe zufällig über *Ashmole 782* gestolpert ist.« Matthews Tonfall war staubtrocken. »Und ich gedenke herauszufinden, worum es sonst noch geht.«

Etwas Silbernes blitzte unter Matthews staubgrauem Pullover hervor.

Er trägt den Lazarussarg, erkannte Marcus.

Niemand in der Familie sprach je über Eleanor St. Leger oder die Ereignisse rund um ihren Tod, weil jeder fürchtete, damit einen von Matthews berüchtigten Zornesausbrüchen auszulösen. Soviel Marcus mitbekommen hatte, war sein Vater 1140 nur widerwillig aus Paris abgereist, wo er sich dem Philosophiestudium verschrieben hatte. Aber als das Oberhaupt der Familie, Matthews Vater Philippe, ihn nach Jerusalem zurückgerufen hatte, damit er dort half, die Konflikte zu lösen, in denen das Heilige Land noch lange nach dem Abschluss des Heiligen Kreuzzuges Urban des Zweiten steckte, hatte Matthew widerspruchslos gehorcht. Dort hatte er Eleanor kennengelernt, sich mit ihrer ausgedehnten englischen Verwandtschaft angefreundet und sich bis über beide Ohren verliebt.

Aber weil die St. Legers und die de Clermonts allzu oft auf verschiedenen Seiten des Schlachtfeldes standen, hatten Matthews ältere Brüder – Hugh, Godfrey und Baldwin – ihn gedrängt, die Frau zu vergessen, damit sie endlich freie Bahn hatten, ihre Familie auszulöschen. Matthew hatte sich geweigert. Eines Tages geriet ein Zank zwischen Baldwin und Matthew über eine belanglose politische Krise, an der die St. Legers beteiligt waren, völlig außer Kontrolle. Ehe Philippe gefunden werden konnte, um zwischen seinen Söhnen zu schlichten, hatte sich Eleanor eingemischt. Bis Matthew und Baldwin wieder bei Sinnen waren, hatte sie schon zu viel Blut verloren, um sich noch zu erholen.

Marcus verstand immer noch nicht, warum Matthew Eleanor hatte sterben lassen, wenn er sie wirklich so geliebt hatte.

Inzwischen trug Matthew sein Pilgerzeichen nur noch, wenn er befürchtete, dass er jemanden umbringen könnte, oder wenn er an Eleanor St. Leger dachte – oder beides.

»Das Foto ist eine Drohung – und keine leere. Hamish war der Meinung, dass die Hexen sich zurückhalten würden, nachdem sie es mit einer Bishop zu tun haben, aber ich fürchte, das Gegenteil trifft zu. Ganz egal, wie groß ihre angeborenen Gaben sind, Diana kann sich unmöglich selbst schützen, und sie legt zu großen Wert auf ihre verfluchte Unabhängigkeit, als dass sie mich um Hilfe bitten würde. Du musst für mich ein paar Stunden auf sie aufpassen.« Matthew löste widerwillig den Blick von dem Abbild Rebecca Bishops und Stephen Proctors. »Ich mache mich auf die Suche nach Gillian Chamberlain.«

»Du weißt nicht mit Sicherheit, ob Gillian dieses Bild abgegeben hat«, merkte Marcus an. »Dem Papier haften zwei verschiedene Gerüche an.«

»Der andere stammt von Peter Knox.«

»Aber Peter Knox ist Mitglied der Kongregation!« Marcus wusste, dass während der Kreuzzüge ein neunköpfiger Rat von Dämonen, Hexen und Vampiren gebildet worden war – mit drei Abgesandten aus jeder Spezies. Die Kongregation sollte dafür sorgen, dass niemand die Aufmerksamkeit der Menschen erregte, damit alle Kreaturen ungestört leben konnten. »Wenn du auf ihn losgehst, wird man das als Angriff auf die Autorität der Kongregation ansehen. Damit wird die ganze Familie hineingezogen. Du willst doch nicht ernsthaft uns alle in Gefahr bringen, nur um eine Hexe zu rächen?«

»Du stellst nicht meine Loyalität in Frage, oder?«, schnurrte Matthew.

»Nein. Aber dein Urteilsvermögen«, erwiderte Marcus hitzig und baute sich furchtlos vor seinem Vater auf. »Wegen dieser lächerlichen Romanze hat die Kongregation bereits einen Grund, etwas gegen dich zu unternehmen. Gib ihnen nicht noch einen.«

Bei Marcus' erstem Besuch in Frankreich hatte ihm seine Vampir-Großmutter erklärt, dass er fortan durch einen Pakt gebunden sei, der jede Gefühlsverbindung zwischen verschiedenen Arten von Kreaturen sowie jede Einmischung in die menschliche Religion oder Politik untersagte. Alle anderen Interaktionen mit Menschen – Herzensangelegenheiten eingeschlossen – sollten möglichst vermieden werden, wurden aber geduldet, solange sie keine Probleme machten. Marcus zog es vor, seine Zeit mit Vampiren zu verbringen, und hatte das immer getan, darum hatte er diesem Pakt wenig Beachtung geschenkt – bis jetzt.

»Das interessiert doch niemanden mehr«, versuchte Matthew sich zu verteidigen und richtete die grauen Augen auf die Schlafzimmertür.

»Mein Gott, sie hat keine Ahnung von dem Pakt«, meinte Marcus verächtlich, »und du hast offensichtlich nicht vor, ihr davon zu erzählen. Du weißt verflucht gut, dass du das nicht ewig vor ihr geheim halten kannst.«

»Die Kongregation wird bestimmt kein Verbot erzwingen wollen, das vor fast tausend Jahren in einer völlig anderen Welt erlassen wurde.« Jetzt richtete sich Matthews Blick auf einen alten Druck der Göttin Diana, die mit ihrem Bogen auf einen durch den Wald fliehenden Jäger zielte. Er musste an eine Passage aus einem Buch denken, das ein Freund vor langer Zeit geschrieben hatte – *Denn sie sind nicht mehr Jäger, sondern Gejagte* – und erschauerte.

»Denk nach, bevor du etwas unternimmst, Matthew.«

»Ich habe meine Entscheidung gefällt.« Er wich dem Blick seines Sohnes aus. »Siehst du nach ihr, während ich weg bin, und passt auf, dass ihr nichts passiert?«

Marcus nickte, denn dem rauen Flehen in der Stimme seines Vaters konnte er sich nicht entziehen.

Sobald sein Vater die Tür hinter sich zugezogen hatte, ging Marcus zu Diana. Er hob erst ihr eines, dann das andere Lid an und griff dann nach ihrem Handgelenk. Schnuppernd atmete er die Angst und den Schock ein, die von ihr ausstrahlten. Außerdem roch er die Droge, die immer noch durch ihre Adern zirkulierte. *Gut,* dachte er. Wenigstens war sein Vater so geistesgegenwärtig gewesen, ihr ein Beruhigungsmittel zu geben.

Marcus untersuchte Diana weiter, betrachtete eingehend ihre Haut und lauschte ihren Atemzügen. Als er damit fertig war, blieb er still am Bett der Hexe stehen und sah ihr beim Träumen zu. Auf ihrer Stirn standen Falten, als würde sie mit jemandem streiten.

Nach seiner Untersuchung waren Marcus zwei Dinge klar. Erstens, dass Diana sich erholen würde. Sie stand unter einem schweren Schock und brauchte Ruhe, aber ihr war kein dauerhafter Schaden zugefügt worden. Zweitens haftete ihr überall der Duft seines Vaters an. Er hatte sie absichtlich markiert, damit jeder Vampir wusste, wem sie gehörte. Das bedeutete, dass die Beziehung der beiden weiter gediehen war, als es Marcus für möglich gehalten hätte. Es würde nicht einfach werden für seinen Vater, sich von dieser Hexe zu lösen. Und das würde er müssen, wenn die Geschichten stimmten, die Marcus' Großmutter erzählt hatte.

Erst nach Mitternacht tauchte Matthew wieder auf. Er wirkte noch zorniger als bei seinem Aufbruch, aber wenigstens sah er so makellos und gepflegt aus wie immer. Er fuhr sich mit den Fingern durchs Haar und trat direkt in Dianas Zimmer, ohne auch nur ein Wort mit seinem Sohn zu wechseln.

Marcus war klug genug, Matthew nicht zur Rede zu stellen. Erst als er wieder aus dem Zimmer der Hexe kam, fragte Marcus ihn: »Wirst du die Ergebnisse der dna-Analyse mit Diana besprechen?«

»Nein«, beschied Matthew ihn knapp und ohne einen Funken von schlechtem Gewissen, obwohl er ihr eine fundamentale Information vorenthielt. »Und ich werde ihr auch nicht verraten, was die Hexen der Kongregation mit ihr anstellen könnten. Sie hat genug durchgemacht.«

»Diana Bishop ist weitaus weniger zerbrechlich, als du glaubst. Wenn du weiterhin so viel Zeit mit ihr verbringst, darfst du ihr diese Informationen nicht vorenthalten.« Marcus wusste, dass ein Vampir seine Lebenszeit nicht in Stunden oder Jahren, sondern in gehüteten und verratenen Geheimnissen bemaß. Eifersüchtig wachten Vampire über ihre persönlichen Beziehungen, über ihre angenommenen Namen und die Einzelheiten der vielen Leben, die sie geführt hatten. Dennoch wahrte sein Vater mehr Geheimnisse als die meisten anderen Vampire, und inzwischen neigte er bedenklich dazu, allzu viel sogar vor seiner eigenen Familie zu verbergen.

»Halt dich da raus, Marcus«, knurrte sein Vater. »Das geht dich nichts an.«

Marcus fluchte leise. »Deine verdammten Geheimnisse werden die Familie noch zugrunde richten.«

Noch bevor er ausgesprochen hatte, hatte Matthew ihn am Kragen gepackt. »Dank meiner Geheimnisse hat die Familie jahrhundertelang in Sicherheit gelebt, mein Sohn. Wo wärst du heute, wenn ich keine Geheimnisse gehabt hätte?«

»Würmerfutter in einem namenlosen Grab in Yorktown, nehme ich an.« Marcus presste die Worte durch die zusammengedrückte Kehle.

Im Lauf der Jahre hatte Marcus ohne großen Erfolg versucht, einige der Geheimnisse seines Vaters zu lüften. Beispielsweise hatte er nie aufdecken können, wer Matthew den Tipp gegeben hatte, dass sein Sohn, kurz nachdem Jefferson den Staat Louisiana von Frankreich gekauft hatte, in New Orleans sein Unwesen trieb. Dort hatte er aus den jüngsten und verantwortungslosesten Bürgern der Stadt eine Vampirfamilie geschaffen, die genauso lebensfroh und charmant war wie er. Marcus' Brut – zu der eine alarmierende Anzahl von Spielern und Tagedieben zählte – riskierte jedes Mal, wenn sie nach Einbruch der Dunkelheit durch die Stadt zog, von den Menschen entlarvt zu werden. Die Hexen in New Orleans hatten, wie Marcus noch gut im Gedächtnis war, deutlich klargemacht, dass sie diese Leute nicht mehr in ihrer Stadt haben wollten.

Dann war Matthew aufgetaucht, uneingeladen und unangekündigt und in Begleitung einer superben gemischtrassigen Vampirin: Juliette Durand. In einem wahren Feldzug hatten Matthew und Juliette versucht, Marcus' Familie in die Schranken zu weisen, die aber hatte bereits eine unheilige Allianz mit einem schnöseligen jungen französischen Vampir aus dem Garden District geschmiedet, der sich durch sein unfassbar goldenes Haar auszeichnete und durch eine skrupellose Ader, die so breit war wie der Mississippi. Und damit hatte der Ärger erst richtig begonnen.

Bereits nach vierzehn Tagen war Marcus' neue Familie beträchtlich und auf mysteriöse Weise geschrumpft. Juliette lächelte geheimnisvoll dazu und gurrte seinem Vater aufmunternd ins Ohr. Sie war das falscheste Geschöpf, das Marcus je begegnet war, und ihm war ein Stein vom Herzen gefallen, als sie und sein Vater wieder getrennte Wege einschlugen.

Gedrängt von seinen verbliebenen Kindern beteuerte Marcus demütig, sich in Zukunft anständig zu benehmen, wenn Matthew und Juliette nur wieder abreisten.

Matthew war einverstanden gewesen, allerdings erst, nachdem er unmissverständlich und detailliert klargestellt hatte, was von den Angehörigen der Familie de Clermont erwartet wurde: »Wenn du mich schon unbedingt zum Großvater machen musst«, diktierte ihm sein Vater während einer äußerst peinlichen Befragung, der einige der ältesten und mächtigsten Vampire in der Stadt beiwohnten, »dann lass mehr Umsicht walten.« Marcus erbleichte immer noch, wenn er an das Gespräch dachte.

Wer oder was Matthew und Juliette die Autorität verliehen hatte, so rücksichtslos durchzugreifen, war ihm immer noch ein Rätsel. Die Stärke seines Vaters, Juliettes Verschlagenheit und der Name de Clermont hatten möglicherweise dazu beigetragen, dass die Vampire sie unterstützt hatten. Aber das konnte keinesfalls alles gewesen sein. Alle Geschöpfe in New Orleans – selbst die Hexen – hatten seinen Vater wie einen König behandelt.

Marcus fragte sich, ob sein Vater damals zur Kongregation gehört hatte. Das würde vieles erklären.

Matthews Stimme verlieh den Erinnerungen seines Sohnes Flügel. »Diana mag tapfer sein, Marcus, aber sie muss noch nicht alles wissen.« Er ließ Marcus los und trat einen Schritt zurück.

»Weiß sie über unsere Familie Bescheid? Deine anderen Kinder?« *Weiß sie über deinen Vater Bescheid?* Das Letzte behielt Marcus für sich.

Matthew wusste auch so, was er dachte. »Ich erzähle keine Geschichten über andere Vampire.«

»Du machst einen Fehler«, warnte Marcus ihn kopfschüttelnd. »Diana wird es dir nicht danken, wenn du ihr so viel verschweigst.«

»Das hat Hamish auch gesagt. Wenn sie bereit ist, werde ich ihr alles erzählen – aber vorher nicht«, sagte sein Vater entschlossen. »Im Moment geht es mir nur darum, Diana aus Oxford wegzuschaffen.«

»Wirst du sie nach Schottland bringen? Dort ist sie bestimmt außer Gefahr.« Marcus dachte sofort an Hamishs abgelegenes Gutshaus. »Oder lässt du sie in Woodstock, bevor du aufbrichst?«

»Bevor ich wohin aufbreche?« Matthew sah ihn verdattert an.

»Du hast mir aufgetragen, deinen Pass mitzubringen.« Jetzt war Marcus verdattert. Sonst machte es sein Vater immer so – wenn er wütend wurde, verschwand er, bis er sich wieder in der Gewalt hatte.

»Ich habe nicht vor, Diana allein zu lassen«, erklärte Matthew eisig. »Ich bringe sie nach Sept-Tours.«

»Du kannst sie doch unmöglich unter ein Dach mit Ysabeau stecken!« Marcus' entsetzte Stimme klang brüchig in der Enge des Zimmers.

»Es ist auch mein Heim.« Matthew hatte das Kinn bockig vorgeschoben.

»Deine Mutter prahlt damit, wie viele Hexen sie schon getötet hat, und sie gibt jeder Hexe, die ihr über den Weg läuft, die Schuld an dem, was Louisa und deinem Vater widerfahren ist.«

Matthews Miene fiel in sich zusammen, und endlich verstand Marcus. Das Foto hatte Matthew an Philippes Tod und an die folgenden Jahre erinnert, in denen Ysabeau gegen den Irrsinn angekämpft hatte.

Matthew presste die Handflächen gegen seine Schläfen, als würde er mit aller Gewalt versuchen, sich einen besseren Plan ins Hirn zu drücken. »Diana hatte weder mit der einen, noch mit der anderen Tragödie etwas zu tun. Das wird Ysabeau verstehen.«

»Das wird sie nicht – wie du genau weißt«, widersprach Marcus stur. Er liebte seine Großmutter und wollte nicht, dass ihr wehgetan wurde. Und wenn Matthew – ihr Liebling – eine Hexe mit nach Hause bringen würde, würde ihr das wehtun. Höllisch.

»Nirgendwo ist sie so sicher wie in Sept-Tours. Die Hexen werden es sich zweimal überlegen, bevor sie sich mit Ysabeau anlegen – noch dazu in ihrem eigenen Heim.«

»Um Gottes willen, lass die beiden nicht allein.«

»Das werde ich auch nicht«, versprach Matthew. »Du ziehst zusammen mit Miriam ins Torhaus, das sollte hoffentlich alle überzeugen, dass Diana sich dort versteckt. Irgendwann wird man den Schwindel bemerken, aber vielleicht gewinnen wir dadurch ein paar Tage. Meine Schlüssel liegen beim Pförtner. In ein paar Stunden, wenn wir weg sind, kommst du wieder her. Du nimmst ihre Bettdecke mit – an der ihr Geruch hängt – und fährst damit nach Woodstock. Dort bleibst du, bis du von mir hörst.«

»Kannst du dich und die Hexe gleichzeitig beschützen?«, fragte Marcus milde.

»Ich werde das schon schaffen«, antwortete Matthew überzeugt.

Marcus nickte, dann hielten sich die beiden Vampire an den Unterarmen und tauschten einen tiefen Blick aus. Alles, was sie einander in Augenblicken wie diesem zu sagen hatten, war längst gesagt.

Als Matthew wieder allein war, ließ er sich aufs Sofa sinken und stützte den Kopf in beide Hände. Marcus' vehementer Widerstand hatte ihn verunsichert.

Er schaute auf und starrte wieder auf den Druck mit der Göttin der Jagd, die ihre Beute ins Visier nimmt. Wieder kam ihm ein Vers aus jenem alten Gedicht in den Sinn. *»Ich sah sie kommen aus dem Wald«*, flüsterte er. *»Jägerin meiner selbst, geliebte Diana.«*

Im Schlafzimmer, zu weit entfernt, als dass ein Warmblüter es hätte hören können, wälzte sich Diana im Bett und schrie auf. Matthew flog an ihr Bett und nahm sie in den Arm. Wieder meldete sich sein Beschützerinstinkt und diesmal entschlossener denn je.

»Ich bin bei dir«, murmelte er in die Regenbogensträhnen ihres Haares. Dann sah er in Dianas schlafendes Gesicht, betrachtete den leichten Schmollmund und die strengen Falten in der Stirn. Stundenlang hatte er dieses Gesicht studiert und kannte es in- und auswendig, trotzdem faszinierte ihn immer noch die Widersprüchlichkeit, die es ausstrahlte. »Hast du mich verhext?«, fragte er sich laut.

Seit diesem Abend wusste Matthew, dass er sie mehr brauchte als alles andere in der Welt. Weder seine Familie noch sein Blutdurst zählten, solange er nur wusste, dass sie in Sicherheit und in seiner Nähe war. Wenn es sich so anfühlte, verhext zu sein, dann war er rettungslos verloren.

Sein Griff wurde energischer, bis er Diana im Schlaf so fest an seine Brust drückte, wie er es sich nie erlaubt hätte, wenn sie wach gewesen wäre. Seufzend schmiegte sie sich an ihn.

Wäre er kein Vampir gewesen, wäre ihm wahrscheinlich entgangen, was sie vor sich hin murmelte, während sie ihre Finger um die Ampulle und in den Stoff seines Pullovers krallte, sodass ihre Faust fest auf seinem Herzen lag.

»Du bist nicht verloren. Ich habe dich gefunden.«

Matthew fragte sich einen kurzen Moment, ob er sich die Worte nur eingebildet hatte, doch das hatte er nicht.

Sie konnte seine Gedanken hören.

Nicht ständig, nicht wenn sie wach war – noch nicht. Aber es war nur eine Frage der Zeit, bis Diana alles wusste, was es über ihn zu wissen gab. Sie würde seine Geheimnisse kennen und all die düsteren und schrecklichen Dinge wissen, denen er sich selbst nicht stellen wollte.

Sie antwortete mit einem leise gemurmelten: »Ich bin tapfer genug für uns beide.«

Matthew senkte den Kopf auf ihren. »Das wirst du auch sein müssen.«

Kapitel 17

Mein Mund schmeckte intensiv nach Nelken, und ich war wie eine Mumie in meine Bettdecke gepackt. Als ich mich gegen meine Fesseln zu wehren versuchte, gaben die alten Sprungfedern des Bettes leicht nach.

»Pst.« Matthews Lippen waren an meinem Ohr, und sein Körper schirmte meinen Rücken ab. Wir lagen aneinandergeschmiegt wie zwei Löffel in der Schublade.

»Wie spät ist es?« Ich war heiser.

Matthew löste sich ein wenig von mir und sah auf die Uhr. »Nach eins.«

»Wie lange habe ich geschlafen?«

»Seit sechs gestern Abend.«

Gestern Abend.

Meine Gedanken zersplitterten in einzelne Worte und Bilder: das alchemistische Manuskript, Peter Knox' Drohung, meine blau sprühenden Finger, das Foto meiner Eltern, die für alle Zeit ins Leere fassende Hand meiner Mutter.

»Du hast mir Medikamente gegeben.« Ich kämpfte gegen die Decke an und versuchte meine Hände freizubekommen. »Ich nehme keine Medikamente, Matthew.«

»Wenn du das nächste Mal unter Schock stehst, werde ich dir das sinnlose Leiden nicht ersparen«, versprach er. Er zog einmal kurz an der Decke und erreichte damit mehr als ich mit meinen verzweifelten Bemühungen.

Matthews scharfer Tonfall schüttelte die Erinnerungsfetzen durch und ließ neue Bilder an die Oberfläche steigen. Gillian Chamberlains verzerrtes Gesicht, das mich warnte, nichts geheimzuhalten, und das Blatt, das mir befahl, mich zu erinnern. Ein paar Sekunden war ich wieder sieben und versuchte zu begreifen, wie meine klugen und lebensfrohen Eltern einfach so aus meinem Leben verschwinden konnten.

Während ich in meinem Zimmer die Hand nach Matthew ausstreckte, versuchte in meinem Geist die Hand meiner Mutter über einen Kreidekreis hinweg nach meinem Vater zu fassen. Die nie überwundene kindliche Verzweiflung über ihren Tod kollidierte mit dem neuen, erwachsenen Verständnis für den verzweifelten Versuch meiner Mutter, meinen Vater ein letztes Mal zu berühren. Abrupt befreite ich mich aus Matthews Umarmung und rollte mich mit angezogenen Knien zusammen.

Matthew wollte mir helfen – das sah ich durchaus –, aber er war sich meiner nicht sicher, und ich sah meine eigenen widersprüchlichen Gefühle wie einen Schatten über sein Gesicht ziehen.

Wieder hörte ich im Geist Knox' giftspritzende Stimme. *Vergiss nie, wer du bist.*

»*Denk immer daran*«, hatte das Papier befohlen.

Ohne Vorwarnung drehte ich mich zu dem Vampir um und schloss die Lücke zwischen uns. Meine Eltern konnte mir niemand zurückgeben, dafür hatte ich Matthew bekommen. Ich schmiegte meinen Kopf unter sein Kinn und lauschte mehrere Minuten lang auf den nächsten Pulsschlag. Der gemächliche Rhythmus seines Vampirherzens ließ mich bald wieder wegdämmern.

Als ich erwachte, spürte ich mein Herz in der Dunkelheit hämmern und strampelte hektisch die lockere Decke weg, bis ich mich unsicher aufsetzen konnte. Hinter mir schaltete Matthew die Lampe ein, deren Schirm immer noch vom Bett weggedreht war.

»Was ist denn?«, fragte er.

»Die Magie hat mich aufgespürt. Genau wie die Hexen. Und irgendwann wird man mich für meine Magie töten, so wie meine Eltern getötet wurden.« Getrieben von panischer Angst, purzelten die Worte aus meinem Mund, und ich stand taumelnd auf.

»Nein.« Matthew war aufgesprungen und stellte sich zwischen mich und die Tür. »Was es auch ist, Diana, wir müssen uns dem stellen. Andernfalls wirst du dein Leben lang davonlaufen.«

Ein Teil von mir wusste, dass er recht hatte. Der Rest wollte nur noch in die Dunkelheit flüchten. Aber wie konnte ich das, solange mir ein Vampir den Weg verstellte?

Um mich herum begann sich die Luft zu regen, als wollte sie das Gefühl, eingesperrt zu sein, vertreiben. Kühle Schwaden strichen in meinen Hosenbeinen aufwärts. Die Luft kroch an meinem Körper höher und hob, gleich einer linden Brise, die Haare um mein Gesicht an. Fluchend trat Matthew mit ausgestrecktem Arm auf mich zu. Die Brise steigerte sich zu energischen Böen, die die Bettwäsche und Vorhänge zum Flattern brachten.

»Es ist schon gut.« Er sagte das gerade so laut, dass ich ihn über die Windstöße hinweg hören konnte und mich beruhigte.

Aber das reichte nicht.

Die Böen wurden immer stärker, bis sich meine Arme nach oben reckten und den Wind zu einer Säule formten, die mich genauso schützend einschloss wie vorhin meine Bettdecke. Jenseits des Wirbels stand Matthew, eine Hand immer noch erhoben, den Blick fest auf mich gerichtet. Als ich den Mund öffnete, um ihn zu warnen, dass er Abstand halten sollte, kam nur eisige Luft heraus.

»Es ist schon gut«, sagte er wieder, ohne den Blick abzuwenden. »Ich werde mich nicht bewegen.«

Erst als er das sagte, begriff ich, worin das Problem lag.

»Ehrenwort«, bekräftigte er.

Der Wind ließ nach. Der Zyklon um mich herum schwächte sich zu einem Wirbelwind und dann zu einer Brise ab, bevor er sich völlig legte. Keuchend sank ich in die Knie. »Was war das denn?« Jeden Tag ging ich joggen und machte Yoga, und stets tat mein Körper alles, was ich von ihm verlangte. Jetzt stellte er unvorstellbare Dinge an. Ich sah nach unten, um mich zu vergewissern, dass meine Hände keine blauen Funken sprühten und keine Windböen um meine Füße wirbelten.

»Das war ein Hexenwind«, erklärte Matthew, ohne sich zu bewegen. »Weißt du, was das ist?«

Ich hatte von einer Hexe in Albany gehört, die Stürme heraufbeschwören konnte, aber niemand hatte die je als »Hexenwind« bezeichnet.

»Ehrlich gesagt, nicht«, gestand ich und sah wieder verstohlen auf meine Hände und Füße.

»Manche Hexen besitzen die Fähigkeit, das Element Luft zu kontrollieren. Du gehörst zu ihnen«, sagte er.

»Ich habe gar nichts kontrolliert.«

»Das war dein erstes Mal.« Matthew blieb ganz sachlich. Er schwenkte den Arm durch das kleine Zimmer: Die Vorhänge und Laken waren intakt geblieben, die aus den Schubladen gezerrten und am Boden verstreuten Kleider lagen genauso da, wie ich sie am Morgen liegen gelassen hatte. »Keiner von uns wurde zu Boden geworfen, und das Zimmer sieht auch nicht aus, als wäre ein Tornado durchgefegt. Das ist Kontrolle – für den Anfang.«

»Aber ich wollte das gar nicht. Passieren uns Hexen solche Sachen einfach – Elektrobrände und Wirbelwinde?« Ich schob mir die Haare aus den Augen und schwankte erschöpft. In den vergangenen vierundzwanzig Stunden war einfach zu viel passiert. Matthew beugte sich vor, als wollte er mich auffangen, falls ich umkippte.

»Hexenwinde und blaue Finger findet man heutzutage kaum noch. In dir steckt Magie, Diana, und die will heraus, ob es dir gefällt oder nicht.«

»Ich habe mich eingeengt gefühlt.«

»Ich hätte dich gestern Abend nicht so in die Ecke treiben dürfen.« Matthew schien sich tatsächlich zu schämen. »Manchmal weiß ich nicht, was ich mit dir anfangen soll. Du bist wie ein Perpetuum Mobile. Ich wollte doch nur, dass du einen Augenblick stillhältst und mir zuhörst.«

Wahrscheinlich war es noch schwerer, mit meinem ständigen Bewegungsdrang fertig zu werden, wenn man ein Vampir war, der kaum zu atmen brauchte. Schon wieder kam mir der Abstand zwischen mir und Matthew unerträglich groß vor. Ich rappelte mich langsam wieder auf.

»Verzeihst du mir?«, fragte er ehrlich. Ich nickte. »Darf ich?«, fragte er und deutete auf seine Füße. Ich nickte wieder.

Er war mit drei schnellen Schritten bei mir, bevor ich mich aufgerichtet hatte. Mein Körper sackte gegen seinen, genau wie damals in der Bodleian, als ich ihn das erste Mal gesehen und er aristokratisch und voller innerer Ruhe inmitten des Duke-Humfrey-Lesesaales gestanden hatte. Diesmal allerdings zuckte ich nicht zurück. Stattdessen lehnte ich mich erleichtert an ihn, und diesmal fand ich seine Haut keineswegs beängstigend kalt, sondern angenehm kühl.

Ein paar Sekunden blieben wir schweigend so stehen und hielten uns aneinander fest. Mein Herzschlag beruhigte sich, und seine Umarmung blieb ganz locker, obwohl mir sein bebender Atem verriet, dass ihm das nicht leichtfiel.

»Ich muss dich auch um Verzeihung bitten.« Mein Leib schmiegte sich an seinen, und sein Pullover kratzte an meiner Wange. »Ich werde in Zukunft versuchen, meine Energie besser zu kontrollieren.«

»Da gibt es nichts zu verzeihen. Und du solltest nicht um jeden Preis versuchen, jemand zu sein, der du nicht bist. Würdest du einen Tee trinken, wenn ich dir einen mache?«, fragte er und strich dabei mit den Lippen über meinen Scheitel.

Draußen zeigte sich immer noch kein heller Streifen am Horizont. »Wie spät ist es inzwischen?«

Matthew drehte die Hand zwischen meinen Schulterblättern, bis er seine Uhr ablesen konnte. »Kurz nach drei.«

Ich stöhnte. »Ich bin so müde, aber ein Tee klingt trotzdem gut.«

»Dann setze ich einen auf.« Er löste behutsam meine Arme von seiner Taille. »Bin gleich wieder da.«

Weil ich ihn nicht aus den Augen lassen wollte, tappte ich ihm hinterher. Er kramte in den Dosen und Tüten mit den verschiedenen Teesorten herum.

»Ich habe dir doch gesagt, dass ich gern Tee trinke«, entschuldigte ich mich, als er schließlich noch eine braune Tüte aus dem Schrank zog, wo sie versteckt hinter einer nie benutzten Kaffeekanne gelegen hatte.

»Welchen davon hättest du am liebsten?« Er deutete auf das vollgestellte Brett.

»Den in der schwarzen Tüte mit dem goldenen Label bitte.« Grüner Tee würde mir wohltun.

Er hantierte mit Kessel und Kanne. Wenig später goss er das Wasser über die duftenden Blätter und schob, als der Tee gezogen hatte, eine abgesplitterte alte Tasse vor mich hin. Die Aromen von grünem Tee, Vanille und Zitrus rochen ganz anders als Matthew, trotzdem wirkten sie tröstlich.

Er goss sich ebenfalls eine Tasse ein, und seine Nasenflügel bebten angespannt. »Der riecht eigentlich gar nicht so schlecht«, gab er zu und nahm einen kleinen Schluck. Bis dahin hatte ich ihn noch nie etwas anderes als Wein trinken sehen.

»Wo sollen wir uns hinsetzen?«, fragte ich, die warme Tasse in meinen Händen haltend.

Matthew nickte zum Wohnzimmer hin. »Da drüben. Wir müssen uns unterhalten.«

Er setzte sich in eine Ecke des gemütlichen alten Sofas, und ich ließ mich ihm gegenüber nieder. Der Dampf aus meiner Teetasse stieg mir ins Gesicht, als wollte er mich ganz sanft an den Hexenwind erinnern.

»Ich muss verstehen, was Knox glaubt, warum du den Bann über *Ashmole 782* gebrochen hast«, sagte Matthew, als wir uns beide eingerichtet hatten.

Ich ging noch einmal unsere Unterhaltung in Marshs Apartment durch. »Er meinte, Bannsprüche seien rund um den Jahrestag ihrer Verhängung leichter zu durchbrechen. Andere Hexen – die wirklich etwas von Hexerei verstehen – hätten den Bann zu brechen versucht und versagt. So wie er es sah, war ich einfach zur richtigen Zeit am richtigen Ort.«

»Eine äußerst begabte Hexe hat *Ashmole 782* verhext, und ich habe den Verdacht, dass dieser Bann beinahe unmöglich zu brechen ist. Niemand, der das Manuskript heraufbeschwören wollte, hat bislang die dazu erforderlichen Bedingungen erfüllt, ganz gleich, wie viel sie von Hexerei verstanden oder zu welcher Jahreszeit sie es versucht haben.« Er starrte in die Tiefen seines Tees. »Bis auf dich. Die Frage ist, wie und warum.«

»Die Vorstellung, ich könnte die Bedingungen eines Bannes erfüllen, der vor meiner Geburt gesprochen wurde, ist noch abwegiger als die Idee, ich hätte von einer ungewollten Geburtstagsüberraschung profitiert. Und falls ich die Bedingungen wirklich erfüllt habe, warum ist das Buch dann beim zweiten Mal nicht mehr erschienen?« Matthew klappte den Mund auf, doch ich schüttelte den Kopf. »Nein, du hast nichts damit zu tun.«

»Knox versteht viel von Hexerei, und Bannsprüche sind wirklich kompliziert. Ich nehme an, es ist möglich, dass sie im Lauf der Zeit hin und wieder aus der Fassung geraten.« Er hörte sich nicht wirklich überzeugt an.

»Ich wünschte, ich könnte das Muster hinter alldem erkennen.« Vor meinem inneren Auge tauchte mein weißer Tisch auf mitsamt allen Puzzleteilchen. Doch wie ich die Teilchen auch anordnete – Knox, das Manuskript, meine Eltern –, es wollte sich kein Bild ergeben. Matthews Stimme riss mich aus meiner Konzentration.

»Diana?«

»Hmm?«

»Was machst du da?«

»Nichts«, antwortete ich viel zu schnell.

»Du setzt deine Magie ein«, stellte er fest und stellte seine Tasse ab. »Ich kann es riechen. Und sehen. Du schimmerst wieder.«

»Das tue ich immer, wenn ich ein Puzzle nicht lösen kann – so wie jetzt.« Ich hatte den Kopf gesenkt, weil er mir nicht ansehen sollte, wie schwer es mir fiel, darüber zu sprechen. »Ich sehe einen weißen Tisch vor mir und stelle mir dann alle Einzelteile vor. Sie haben verschiedene Farben und Formen und bewegen sich über die Tischfläche, bis sie ein Muster bilden. Sobald sich ein Muster gebildet hat, kommen sie zum Stillstand und zeigen mir dadurch, dass ich auf der richtigen Spur bin.«

Matthew blieb lange still, bevor er fragte: »Wie oft spielst du dieses Spiel?«

»Ständig«, gab ich widerwillig zu. »Während du in Schottland warst, wurde mir klar, dass auch das eine magische Gabe ist, so wie ich es spüre, was für ein Wesen mich ansieht, ohne dass ich mich dazu umdrehen muss.«

»Es *gibt* ein Muster, weißt du?«, sagte er. »Du setzt deine Magie immer dann ein, wenn du nicht darüber nachdenkst.«

»Wie meinst du das?« Die Puzzleteilchen begannen über die Tischfläche zu tanzen.

»Wenn du dich bewegst, dann denkst du nicht – wenigstens nicht mit deinem Verstand. Wenn du ruderst oder läufst oder Yoga treibst, bist du mit dem Kopf woanders. Und sobald dein Verstand die Magie nicht mehr unter Verschluss hält, tritt sie hervor.«

»Aber vorhin habe ich sehr wohl gedacht«, widersprach ich. »Und trotzdem gab es einen Hexenwind.«

»O ja, aber da haben dich deine Gefühle überwältigt.« Er beugte sich vor und setzte die Ellbogen auf die Knie. »Das weist den Verstand auf jeden Fall in seine Schranken. Als deine Finger erst bei Miriam und dann bei mir blau angelaufen sind, war das nicht anders. Dieser weiße Tisch, den du dir vorstellst, ist die Ausnahme von der Regel.«

»Stimmungen und Bewegungen reichen aus, um solche Kräfte auszulösen? Wer möchte da noch Hexe sein, wenn man so leicht solch ein Chaos anrichten kann?«

»Sehr viele, könnte ich mir vorstellen.« Matthew wandte den Blick ab. »Ich möchte dich um etwas bitten«, sagte er. Das Sofa quietschte, als er sich wieder zu mir umdrehte. »Und ich möchte, dass du dir die Antwort gut überlegst. Wirst du das tun?«

»Natürlich.« Ich nickte.

»Ich will dich heimbringen.«

»Ich fahre auf keinen Fall zurück nach Amerika.« Nach nur fünf Sekunden hatte ich seine Bitte vergessen.

Matthew schüttelte den Kopf. »Nicht in *dein* Heim. *Mein* Heim. Du musst aus Oxford verschwinden.«

»Ich habe dir doch schon gesagt, dass ich nach Woodstock fahre.«

»Die Old Lodge ist mein *Haus*, Diana«, erklärte Matthew geduldig. »Ich will dich *heim*bringen – nach Frankreich.«

»Frankreich?« Ich schob mir die Haare aus dem Gesicht, um ihn besser sehen zu können.

»Die Hexen wollen *Ashmole 782* in ihre Hände bekommen und das Manuskript dem Zugriff aller anderen entziehen. Bislang haben sie sich zurückgehalten, weil sie glauben, dass du den Bann absichtlich gebrochen hättest und weil du eine Bishop bist. Wenn Knox und die anderen begreifen, dass du keine Hexerei angewandt hast, um das Manuskript aus dem Archiv zu holen – dass sich der Bann für dich von allein gelöst hat –, werden sie wissen wollen, wie und warum das passiert ist.«

Ich schloss die Augen vor dem plötzlich unerträglich lebendigen Bild von meinem Vater und meiner Mutter. »Und sie werden nicht höflich um eine Erklärung bitten.«

»Wahrscheinlich nicht.« Matthew holte tief Luft, und die Ader in seiner Stirn pulsierte einmal. »Ich habe das Foto gesehen, Diana. Ich will, dass du dich von der Bibliothek und Peter Knox fernhältst. Ich will dich in nächster Zeit unter *meinem* Dach wissen.«

»Gillian meinte, es wären Hexen gewesen.« Ich sah ihm in die Augen und stockte kurz, so klein waren seine Pupillen. Normalerweise waren sie riesig und schwarz, aber heute Abend wirkte Matthew irgendwie verändert. Seine Haut war nicht ganz so geisterhaft weiß, und in seinen sonst so blassen Lippen lag ein Hauch Farbe. »Stimmt das?«

»Das weiß ich nicht, Diana. Die nigerianischen Hausa glauben, dass eine Hexe ihre Macht aus Steinen schöpft, die sie im Magen trägt. Irgendwer hat bei deinem Vater danach gesucht«, meinte er traurig. »Eine andere Hexe ist da die wahrscheinlichste Annahme.«

Ich hörte etwas leise klicken, und der Anrufbeantworter begann zu blinken. Ich stöhnte.

»Damit haben deine Tanten inzwischen fünfmal angerufen«, bemerkte Matthew.

Selbst wenn der Ton leise gedreht war, würde der Vampir die Nachricht hören können. Ich trat an den Tisch neben ihm und griff nach dem Hörer.

»Ich bin ja da, ich bin ja da«, übertönte ich die aufgeregte Stimme meiner Tante.

»Wir dachten schon, du seist tot«, sagte Sarah. Die Erkenntnis, dass sie und ich die letzten noch lebenden Bishops waren, traf mich mit voller Wucht. Im Geist sah ich sie in ihrer Küche sitzen, den Hörer am Ohr und mit wild zerzaustem Haar. Sie wurde allmählich älter, und dass ich so weit weg und in Gefahr war, machte der streitbaren alten Dame schwer zu schaffen.

»Ich bin nicht tot. Ich bin in meinem Zimmer, und Matthew ist bei mir.« Ich lächelte ihn schwach an. Er lächelte nicht.

»Was ist eigentlich los bei dir?«, fragte Em vom Nebenanschluss aus. Nach dem Tod meiner Eltern waren Ems Haare innerhalb weniger Monate ergraut. Damals war sie noch eine junge Frau – nicht einmal dreißig –, aber seither hatte Em immer ungeheuer zerbrechlich gewirkt, so als könnte der nächste Windstoß sie umwehen. Genau wie meine Tante reagierte sie höchst nervös auf das, was ihr sechster Sinn ihr aus Oxford übermittelte.

»Ich habe nur versucht, das Manuskript ein zweites Mal anzufordern«, sagte ich leichthin und bemüht, ihnen die Sorgen zu nehmen. Matthew starrte mich missbilligend an, und ich wandte mich ab, was nichts nutzte, weil sich seine Gletscheraugen jetzt in meine Schultern brannten. »Aber diesmal hat man es im Archiv als verschollen gemeldet.«

»Du glaubst, wir rufen wegen diesem *Buch* an?«, schnaufte Sarah.

Lange, kalte Finger griffen nach dem Hörer und zogen ihn von meinem Ohr weg.

»Ms Bishop, hier ist Matthew Clairmont«, meldete er sich trocken. Als ich ihm den Hörer wieder entwinden wollte, griff Matthew nach meinem Handgelenk und schüttelte einmal warnend den Kopf. »Diana wurde bedroht. Von anderen Hexen. Unter anderem von Peter Knox.«

Ich brauchte kein Vampir zu sein, um den Ausbruch am anderen Ende der Leitung zu hören. Er ließ mein Handgelenk los und reichte mir den Hörer zurück.

»Peter Knox!«, schrie Sarah mir ins Ohr. Matthew schloss die

Augen, als würde ihn der Lärm schmerzen. »Wie lange treibt er sich dort schon herum?«

»Von Anfang an«, gestand ich mit zittriger Stimme. »Er war der braune Hexer, der sich in meinen Kopf zu schleichen versucht hat.«

»Du hast ihn aber nicht weit kommen lassen, oder?«, fragte Sarah ängstlich.

»Ich habe getan, was ich konnte. Ich weiß nicht recht, was ich wirklich kann, in magischer Hinsicht.«

Em mischte sich ein. »Kleines, viele von uns haben Probleme mit Peter Knox. Und was noch wichtiger ist, dein Vater traute ihm nicht über den Weg – keinen Zentimeter.«

»Mein *Vater*?« Der Boden schwankte unter meinen Füßen, und Matthews Arm umfasste meine Taille, um mich aufrechtzuhalten. Ich wischte mir mit der Hand über die Augen, trotzdem bekam ich den zerschmetterten Schädel und den aufgeschlitzten Rumpf meines Vaters nicht aus dem Kopf.

»Diana, was ist sonst noch passiert?«, fragte Sarah leise. »Natürlich solltest du dir wegen Peter Knox vor Angst in die Hose machen, aber das ist nicht alles, oder?«

Meine freie Hand krallte sich in Matthews Arm. »Jemand hat mir ein Bild von Mom und Dad geschickt.«

Am anderen Ende der Leitung blieb es lange still. »Ach, Diana«, murmelte Em.

»*Das* Bild?«, fragte Sarah grimmig.

»Ja«, flüsterte ich.

Sarah fluchte. »Gib ihn mir noch mal.«

»Er kann dich auch so ausgezeichnet hören«, bemerkte ich. »Außerdem könnt ihr alles, was ihr ihm zu sagen habt, auch mir sagen.«

Matthews Hand wanderte von meiner Taille weiter zu meiner Wirbelsäule. Er begann sie mit der Handwurzel zu massieren und gegen die verhärteten Muskeln zu drücken, bis sie sich allmählich entspannten.

»Dann hört mir beide gut zu. Seht zu, dass ihr so weit wie möglich von Peter Knox wegkommt. Und dieser Vampir wird dafür sorgen, dass du das tust, weil ich ihn andernfalls persönlich zur Verantwortung ziehen werde. Stephen Proctor war der angenehmste Mann, den man sich nur vorstellen kann. Es brauchte eine Menge, damit er jemanden ablehnte – doch diesen Hexer hat er zutiefst verabscheut. Diana, du kommst *sofort* nach Hause.«

»Das tue ich nicht, Sarah! Ich fahre mit Matthew nach Frankreich.« Sarahs weitaus weniger attraktive Alternative hatte mich auf der Stelle überzeugt.

Es blieb still.

»Frankreich?«, fragte Em zittrig.

Matthew streckte die Hand aus.

»Matthew möchte mit euch sprechen.« Bevor Sarah protestieren konnte, reichte ich ihm das Telefon.

»Ms Bishop? Haben Sie eine Rufnummernanzeige?«

Ich schnaubte. Das braune Telefon an der Küchenwand in Madison hatte eine Wählscheibe und ein meilenlanges Hörerkabel, damit Sarah beim Telefonieren durch die Wohnung wandern konnte. Man brauchte Ewigkeiten, wollte man nur eine andere Nummer im Ort anrufen. Rufnummernanzeige? Von wegen.

»Nein? Dann schreiben Sie sich bitte diese Nummern auf.« Matthew gab Ziffer für Ziffer seine Handynummer und dann eine zweite Telefonnummer an, vermutlich die seines Hauses, gefolgt von detaillierten Anweisungen für einen Auslandsanruf. »Sie können jederzeit anrufen.«

Matthews verdutzter Miene nach zu schließen, wusch ihm Sarah gehörig den Kopf.

»Ich gebe Ihnen mein Wort, dass ihr nichts passiert.« Er reichte mir das Telefon.

»Ich mache jetzt Schluss. Ich liebe euch beide. Macht euch keine Sorgen.«

»Sag uns nicht ständig, wir sollen uns keine Sorgen machen«, schalt mich Sarah. »Du bist unsere Nichte. Wir machen uns sehr wohl Sorgen, Diana, und werden das wahrscheinlich auch weiterhin tun müssen.«

Ich seufzte. »Wie kann ich euch überzeugen, dass es mir gut geht?«

»Zunächst einmal könntest du öfter anrufen«, beschied sie mir grimmig.

Nachdem wir uns verabschiedet hatten, blieb ich neben Matthew stehen und wich seinem Blick aus. »Das ist alles meine Schuld, genau wie Sarah gesagt hat. Ich habe mich aufgeführt wie ein ahnungsloser Mensch.«

Er wandte sich ab, ging zum Ende des Sofas, so weit weg von mir, wie es in dem kleinen Zimmer möglich war, und ließ sich in die Polster sinken. »Dein Vorsatz, der Magie keinen Platz in deinem Leben einzuräumen – den hast du als einsames, verängstigtes Kind gefasst. Und jetzt fühlst du dich bei jedem Schritt, als würde deine gesamte Zukunft davon abhängen, ob es dir gelingt, den Fuß an der richtigen Stelle abzusetzen.«

Matthew sah verblüfft auf, als ich mich neben ihn setzte und schweigend seine Hand nahm, ohne dass ich dabei der Versuchung nachgegeben hätte, ihm zu versichern, dass alles gut werden würde.

»In Frankreich könntest du vielleicht ein paar Tage einfach *du* sein – ohne dass du dir Sorgen machen müsstest, du könntest irgendwas falsch machen«, fuhr er fort. »Vielleicht könntest du dich dort ausruhen – obwohl ich noch nie gesehen habe, dass du wirklich zur Ruhe kommst. Du bewegst dich sogar im Schlaf, weißt du das?«

»Ich habe keine Zeit, mich auszuruhen, Matthew.« Schon jetzt hatte ich Bedenken, aus Oxford abzureisen. »Die Konferenz über Alchemie findet in nicht einmal sechs Wochen statt. Dort soll ich den Eröffnungsvortrag halten. Ich habe gerade erst damit angefangen, und ohne Zugang zur Bodleian bekomme ich ihn unmöglich rechtzeitig fertig.«

Matthew kniff abwägend die Augen zusammen. »Dein Vortrag beschäftigt sich mit alchemistischen Illustrationen, nehme ich an?«

»Genau, mit der allegorischen Bildertradition in England.«

»Dann wärst du wahrscheinlich nicht daran interessiert, einen Blick in meine Kopie der *Aurora Consurgens* zu werfen. Die stammt zwar aus dem 14. Jahrhundert, ist aber leider auf Französisch.«

Ich riss die Augen auf. Die *Aurora Consurgens* war ein einzigartiges

Traktat über die widerstreitenden Kräfte bei allen alchemistischen Transformationen – Silber und Gold, weiblich und männlich, dunkel und hell. Die Illustrationen waren ebenso komplex wie verwirrend.

»Die früheste bekannte Kopie der *Aurora* stammt aus dem Jahr 1420.«

»Meine wurde 1356 verfasst.«

»Aber eine so frühe Handschrift ist garantiert nicht illustriert«, merkte ich an. Eine bebilderte alchemistische Handschrift aus der Zeit vor 1400 zu finden war so unwahrscheinlich, wie einen Ford aus dem zwanzigsten Jahrhundert auf dem Schlachtfeld von Gettysburg stehen zu sehen.

»Die hier schon.«

»Enthält sie alle achtunddreißig Illustrationen?«

»Nein. Sondern vierzig.« Er lächelte. »So wie es aussieht, haben sich die Historiker in mehreren Punkten geirrt.«

Entdeckungen von solchem Ausmaß waren höchst selten. Als Erste den Blick in eine illustrierte Ausgabe der *Aurora Consurgens* aus dem vierzehnten Jahrhundert werfen zu können, war für eine Historikerin mit dem Forschungsschwerpunkt Alchemie die Chance ihres Lebens.

»Was zeigen die beiden zusätzlichen Illustrationen? Stimmt der Text mit den späteren Fassungen überein?«

»Um das herauszufinden, müsstest du nach Frankreich kommen.«

»Dann fahren wir«, sagte ich wie aus der Pistole geschossen. Nachdem ich wochenlang vergeblich mit mir gerungen hatte, lag das Thema meines Eröffnungsvortrages plötzlich zum Greifen nahe.

»Du wärst nicht gefahren, um dich in Sicherheit zu bringen, aber für ein Manuskript tust du es?« Er schüttelte fassungslos den Kopf. »So viel zu deiner Vernunft.«

»Für die war ich noch nie berühmt«, gestand ich. »Wann geht es los?«

»In einer Stunde.«

»Eine Stunde.« Das war keine spontane Entscheidung. Er hatte alles geplant, seit ich gestern Abend eingeschlafen war.

Er nickte. »Auf der Startbahn des ehemaligen amerikanischen Stützpunkts wartet ein Flugzeug. Wie lange brauchst du zum Packen?«

»Das hängt davon ab, was ich mitnehmen muss.« In meinem Kopf drehte sich alles.

»Nicht viel. Wir gehen bestimmt nicht viel aus. Pack dir etwas Warmes ein, außerdem nehme ich an, dass du nicht ohne deine Laufschuhe verreisen möchtest. Dort sind wir beide mit meiner Mutter und ihrer Haushälterin allein.«

Seiner. Mutter.

»Matthew«, sagte ich schwach, »ich wusste gar nicht, dass du eine Mutter hast.«

»Jeder hat eine Mutter, Diana.« Er sah mich mit seinen klaren grauen Augen an. »Ich hatte sogar zwei. Zum einen die Frau, die mich geboren hat, zum anderen Ysabeau – die Frau, die mich zum Vampir gemacht hat.«

Matthew war das eine. Ein Haus voller fremder Vampire etwas anderes. Die Angst davor dämpfte meine Begeisterung, das Manuskript sehen zu dürfen, doch deutlich. Offenbar war mir das Zögern anzusehen.

»Das hatte ich nicht bedacht.« Er klang verletzt. »Natürlich hast du keinen Grund, Ysabeau zu trauen. Aber sie hat mir versichert, dass du bei ihr und Marthe sicher sein wirst.«

»Wenn du ihnen vertraust, tue ich es auch.« Zu meiner Überraschung meinte ich das ehrlich – obwohl es mir durchaus zusetzte, dass er sie vorab hatte fragen müssen, ob sie eventuell vorhätten, mir ein Stück aus dem Nacken zu beißen.

»Danke«, sagte er schlicht. Matthews Blick kam auf meinem Mund zu liegen, und sofort begann mein Blut zu kribbeln. »Während du packst, wasche ich ab und erledige ein paar Anrufe.«

Als ich aufstand, fing er meine Hand. Wieder einmal löste sein eiskalter Griff ein warmes Gefühl in meiner Hand aus.

»Du tust das Richtige«, murmelte er, bevor er mich losließ.

Ich hatte in den nächsten Tagen waschen wollen, und überall im Schlafzimmer lag schmutzige Wäsche herum. Eine Inspektion meines

Kleiderschranks erbrachte mehrere fast identische, saubere schwarze Hosen, einige wenige Leggings und ein halbes Dutzend langärmliger T-Shirts und Rollkragenpullover. Im obersten Fach lag eine abgewetzte Reisetasche mit dem Aufdruck der Yale-Universität, deren Tragegurt ich bei einem konzentrierten Sprung zu fassen bekam. Die Anziehsachen wanderten allesamt in die alte blau-weiße Leinentasche, zusammen mit ein paar Sweatern und einem Fleecepullover. Außerdem packte ich Turnschuhe, Socken und Unterwäsche sowie ein paar alte Yoga-Klamotten ein. Ich würde sie zum Schlafen anziehen, da ich keinen anständigen Pyjama besaß. Dann dachte ich an Matthews französische Mutter und legte noch eine halbwegs präsentable Bluse und Hose dazu.

Matthews leise Stimme trieb durch das Apartment. Er sprach erst mit Fred, dann mit Marcus und schließlich mit einem Taxi-Unternehmen. Die Tasche über die Schulter gehängt, schob ich mich ins Bad. Zahnbürste, Seife, Shampoo und Haarbürste wanderten ins Seitenfach, außerdem ein Fön und ein Fläschchen Mascara. Ich trug das Zeug praktisch nie, doch bei dieser Angelegenheit würde ich etwas kosmetische Unterstützung vielleicht brauchen können.

Als ich fertig war, kehrte ich zu Matthew ins Wohnzimmer zurück. Meine Computertasche zu seinen Füßen, ging er die Nachrichten in seinem Handy durch. »Ist das alles?«, fragte er mit einem überraschten Blick auf meine kleine Reisetasche.

»Du hast gesagt, ich würde nicht viel brauchen.«

»Ja, aber ich bin es nicht gewohnt, dass eine Frau auf mich hört, wenn es ums Gepäck geht. Wenn Miriam übers Wochenende wegfährt, könnte sie mit ihren Sachen die gesamte französische Fremdenlegion einkleiden, und meine Mutter verreist grundsätzlich nicht ohne mehrere Schrankkoffer. Louisa wäre mit dem, was du mitnimmst, nicht mal über die Straße gegangen und schon gar nicht außer Landes gereist.«

»Ich bin nicht nur dafür bekannt, nicht besonders vernünftig zu sein, sondern auch dafür, nicht besonders anspruchsvoll zu sein.«

Matthew nickte lächelnd. »Hast du deinen Pass dabei?«

Ich deutete auf die Computertasche. »Der ist da drin.«

»Dann können wir gehen.« Matthew ließ den Blick ein letztes Mal durch den Raum wandern.

»Wo ist das Foto?« Es kam mir falsch vor, es einfach liegen zu lassen.

»Das hat Marcus«, antwortete er schnell.

»Wann war Marcus hier?«, fragte ich verdutzt.

»Als du geschlafen hast. Willst du es wiederhaben?« Sein Finger schwebte über einer Telefontaste.

»Nein.« Ich schüttelte den Kopf. Es gab keinen Grund, das Bild noch einmal anzusehen.

Matthew nahm meine Taschen und schaffte es, sie und mich unbeschädigt nach unten zu bringen. Vor dem Tor des College wartete ein Taxi. Matthew blieb kurz stehen und wechselte ein paar Worte mit Fred. Der Vampir überreichte dem Pförtner eine Visitenkarte, dann gaben sich die beiden die Hand. Sie hatten eine Vereinbarung getroffen, deren Details ich nie erfahren würde. Matthew packte mich ins Taxi, und wir fuhren ungefähr eine halbe Stunde, bis die Lichter Oxfords hinter uns zurückblieben.

»Warum haben wir nicht dein Auto genommen?«, fragte ich, als wir über Land fuhren.

»So ist es praktischer«, erklärte er. »Dann braucht Marcus es später nicht abzuholen.«

Das leise Schaukeln des Taxis wiegte mich in den Schlaf. Den Kopf an Matthews Schulter gelehnt, dämmerte ich weg.

Am Flughafen waren wir in der Luft, sobald wir unsere Pässe vorgezeigt hatten und der Pilot den Papierkram erledigt hatte. Beim Start saßen wir uns auf zwei Couches mit einem niedrigen Tisch in der Mitte gegenüber. Ich gähnte alle paar Sekunden und hörte das Knacksen in den Ohren, als wir an Höhe gewannen. Sobald wir unsere Reiseflughöhe erreicht hatten, schnallte Matthew sich ab und holte aus einem Schränkchen unter den Fenstern ein paar Kissen und eine Decke.

»Wir sind bald in Frankreich.« Er drapierte die Kissen links und rechts auf meinem Sofa, das etwa so breit war wie ein Doppelbett, und hielt mir dann einladend die Decke hin. »Bis dahin solltest du ein bisschen schlafen.«

Ich wollte nicht schlafen. Ich hatte Angst davor. Das Foto war in die Innenseiten meiner Lider geätzt.

Er hockte neben mir, die Decke locker zwischen den Fingern haltend. »Was ist denn?«

»Ich will die Augen nicht zumachen.«

Matthew warf alle Kissen bis auf eines auf den Boden. »Komm her«, sagte er, setzte sich neben mich und tätschelte einladend das flauschige weiße Rechteck. Ich drehte mich um, ließ mich auf das Lederpolster sinken, legte den Kopf in seinen Schoß und streckte die Beine aus. Er warf den Saum der Decke von der rechten in die linke Hand, sodass es in weichen Wellen über mich fiel.

»Danke«, flüsterte ich.

»Gern geschehen.« Er legte seine Finger erst auf seine, dann auf meine Lippen. Ich schmeckte Salz. »Schlaf jetzt. Ich bin bei dir.«

Ich schlief tatsächlich, tief und traumlos, und erwachte erst wieder, als Matthews kühle Finger über mein Gesicht strichen und er mir sagte, dass wir gleich landen würden.

»Wie spät ist es?«, fragte ich völlig desorientiert.

»Ungefähr acht«, antwortete er nach einem Blick auf die Uhr.

»Wo sind wir?« Ich setzte mich auf und wühlte nach meinem Gurt.

»In der Nähe von Lyon, in der Auvergne.«

»In der Landesmitte?« Ich sah im Geist die Karte Frankreichs vor mir. Er nickte. »Stammst du von hier?«

»Ich wurde ganz in der Nähe geboren und wiedergeboren. Mein Heim – unser Familiensitz – liegt etwa eine Stunde entfernt. Wir müssten im Laufe des Vormittags dort eintreffen.«

Wir landeten auf dem Privatfeld des geschäftigen Regionalflughafens und ließen unsere Pässe und Reisedokumente von einem gelangweilt aussehenden Zöllner prüfen, der sofort Haltung annahm, als er Matthews Namen las.

»Reist du immer so?« Das war eindeutig bequemer, als mit einem Linienflug über London nach Paris zu fliegen.

»Ja«, antwortete er gelassen und ohne falsche Bescheidenheit. »Wenn ich reise, bin ich wirklich und absolut froh, dass ich ein Vampir bin und mit beiden Händen Geld ausgeben kann.«

Matthew blieb hinter einem Range Rover von den Ausmaßen eines französischen Departements stehen und angelte einen Schlüsselbund aus seiner Tasche. Er öffnete die Heckklappe und lud meine Taschen hinein. Der Range Rover war nicht ganz so luxuriös wie sein Jaguar, aber was ihm an Eleganz fehlte, machte er mit seiner Wuchtigkeit mehr als wett. Es war, als würde man in einem Panzerwagen reisen.

»Brauchst du wirklich so ein Auto, um in Frankreich herumzufahren?« Mein Blick schweifte über die glatten Straßen.

Matthew lachte. »Du hast das Haus meiner Mutter noch nicht gesehen.«

Wir fuhren nach Westen durch eine wunderschöne Landschaft, die hier und da mit erhabenen Châteaus und steilen Bergfronten durchsetzt war. In alle Richtungen erstreckten sich Felder und Weinberge, und selbst unter dem stahlblauen Himmel schien das Land in den Farben des Herbstlaubes zu leuchten. Ein Straßenschild wies nach Clermont-Ferrand. Das konnte, trotz der unterschiedlichen Schreibweise, kein Zufall sein.

Matthew fuhr weiter nach Westen. Schließlich bremste er ab, bog in eine schmale Straße und hielt am Straßenrand. Dann deutete er in die Ferne. »Da«, sagte er. »Sept-Tours.«

Inmitten der welligen Hügel lag ein Plateau, das von einem zinnengekrönten Gemäuer in Gelbbraun und Rosa beherrscht wurde. Sieben kleinere Türme umgaben es, und davor hielt ein mit Türmchen versehenes Torhaus Wache. Das war kein wunderschönes Märchenschloss für mondbeschienene Bälle. Sept-Tours war eine Bastion.

»Dort bist du daheim?« Ich schnappte nach Luft.

»Dort bin ich daheim.« Matthew holte das Handy aus der Tasche und tippte eine Nummer ein. »*Maman?* Wir sind gleich da!«

Am anderen Ende wurde etwas geantwortet, dann war die Verbindung tot. Matthew lächelte verkrampft und lenkte den Wagen zurück auf die Straße.

»Sie erwartet uns?«, fragte ich und gab mir dabei alle Mühe, das Beben in meiner Stimme zu unterdrücken.

»O ja.«

»Und sie ist mit allem einverstanden?« Ich verkniff mir die wahre Frage: *»Bist du sicher, dass es in Ordnung ist, eine Hexe mit nach Hause zu bringen?«*, musste sie aber gar nicht stellen.

Matthew blickte stur geradeaus. »Ysabeau mag Überraschungen deutlich weniger als ich«, bemerkte er heiter und bog auf einen Weg ein, der aussah wie ein besserer Ziegenpfad.

Wir fuhren eine Kastanienallee entlang bergauf, bis wir Sept-Tours erreicht hatten. Matthew lenkte den Wagen zwischen zwei Türmen hindurch und weiter auf einen gepflasterten Burghof vor dem Eingang zum Hauptgebäude. Rechts und links konnte ich streng angelegte repräsentative oder Englische Gärten erkennen, bis der Wald begann. Der Vampir parkte den Wagen.

»Bereit?«, fragte er mich mit einem strahlenden Lächeln.

»So bereit, wie ich nur sein kann«, antwortete ich argwöhnisch.

Matthew öffnete mir die Tür und half mir heraus. An meiner schwarzen Jacke zupfend, sah ich an der imposanten Steinfassade empor. Die abweisenden Burgmauern wirkten beinahe einladend, verglichen mit dem, was mich drinnen erwartete. Die Tür ging auf.

»*Courage*«, sagte Matthew und küsste mich sanft auf die Wange.

Kapitel 18

Hoheitsvoll und eisig stand Ysabeau in der Tür ihres riesigen Châteaus und sah mit bohrendem Blick ihrem Vampirsohn entgegen, der neben mir die Treppe erklomm.

Matthew beugte sich gute dreißig Zentimeter nach unten, um sie sacht auf beide Wangen zu küssen. »Sollen wir hineinkommen, oder willst du uns lieber hier draußen empfangen?«

Seine Mutter trat beiseite, um uns vorbeizulassen. Ich spürte ihren wutentbrannten Blick und roch etwas, das mich an Sarsaparilla-Soda und Karamell erinnerte. Der kurze, düstere Gang, den wir durchschritten, war nicht allzu einladend mit Hellebarden geschmückt, die genau auf den Kopf des Besuchers zielten. Dahinter gelangten wir in einen Raum mit hoher Decke und Wandgemälden, der eindeutig von einem fantasievollen Künstler des neunzehnten Jahrhunderts ausgemalt worden war, um an ein Mittelalter zu erinnern, das es so nie gegeben hatte. Löwen, Lilien, Muscheln und eine Schlange, die sich in den eigenen Schwanz biss, zierten die weißen Wände. Am anderen Ende stieg eine Wendeltreppe in einen der Türme auf.

Drinnen traf mich Ysabeaus Blick in seiner ganzen Wucht. Matthews Mutter strahlte jene furchteinflößende Eleganz aus, die den Französinnen anscheinend angeboren ist. Genau wie ihr Sohn – der irritierenderweise etwas älter aussah als sie – beschränkte sie sich bei ihrer Kleidung auf monochrome Farbtöne, die sie nicht ganz so gespenstisch bleich aussehen ließen. Ysabeaus bevorzugte Farben lagen zwischen hellem Creme und weichem Braun. Jeder Zentimeter ihrer Garderobe wirkte schlicht und teuer, von den Spitzen der weichen, sandbraunen Lederschuhe aufwärts bis zu den Topasen, die ihre Ohren zierten. Splitter von verblüffend kaltem Smaragd umgaben die dunklen Pupillen, und die hoch angesetzten schrägen Wangenknochen verliehen ihrem ansonsten makellosen Antlitz mit der blendend weißen Haut etwas Eigenes. Ihr Haar hatte die Farbe und Textur von Honig und lag wie ein goldenes Seidenknäuel in einem schweren, tief angesetzten Knoten in ihrem Nacken.

»Das war ausgesprochen unüberlegt, Matthew.« Ihr Akzent ließ seinen Namen weicher, altertümlicher klingen. Wie alle Vampire hatte sie eine verführerische, melodische Stimme. In Ysabeaus Fall klang sie tief und rein wie fernes Glockengeläut.

»Angst, dass man über uns reden könnte, *Maman*? Ich dachte, du wärest stolz darauf, eine Radikale zu sein.« Matthew klang gleichzeitig nachsichtig und ungeduldig. Er warf die Schlüssel auf einen nahen Tisch. Sie schlitterten über die blank polierte Fläche und landeten klirrend am Fuß einer chinesischen Porzellanschale.

»Ich war nie eine Radikale!« Ysabeau klang schockiert. »Veränderungen werden eindeutig überschätzt.«

Sie drehte sich um und musterte mich von Kopf bis Fuß. Ihr perfekt geformter Mund wurde zum Strich.

Was sie sah, gefiel ihr gar nicht – und das war kein Wunder. Ich versuchte mich mit ihren Augen zu sehen – das sandhelle Haar, das weder besonders dicht noch anschmiegsam aussah, die Sommersprossen von den vielen Stunden im Freien, die Nase, die viel zu weit aus dem restlichen Gesicht vorragte. Meine Augen waren mein größter Pluspunkt, aber mein mangelndes Modegespür konnten sie wohl kaum wettmachen. Neben ihrer eleganten Erscheinung und dem stets makellosen Matthew kam ich mir vor wie eine linkische Landmaus – und sah wohl auch so aus. Ich zupfte mit der freien Hand am Saum meiner Jacke, erleichtert, dass meine Fingerspitzen ausnahmsweise nicht elektrisch leuchteten, und hoffte gleichzeitig, dass das phantomhafte »Schimmern«, das Matthew erwähnt hatte, ebenfalls verschwunden war.

»*Maman*, das ist Diana Bishop. Diana, meine Mutter. Ysabeau de Clermont.« Die Silben rollten von seiner Zunge.

Ysabeaus Nasenflügel bebten empfindlich. »Ich mag es nicht, wie

Hexen riechen.« Ihr Englisch war makellos, ihr eiskalter Blick lag fest auf mir. »Sie riecht süß und widerlich grün. Wie der Frühling.«

Matthew reagierte mit einer mir unverständlichen Tirade, die sich anhörte wie eine Kreuzung aus Französisch, Spanisch und Latein. Er wurde nicht laut, aber der Groll in seiner Stimme war nicht zu überhören.

»*Ça suffit*«, gab Ysabeau in gut verständlichem Französisch zurück und zog dabei die Hand über ihre Kehle. Ich schluckte schwer und griff automatisch an meinen Jackenkragen.

»Diana.« Ysabeau sprach den Namen mit französischem i und Betonung auf der ersten statt auf der zweiten Silbe aus. Dann streckte sie mir eine weiße, kalte Hand hin, und ich ergriff ihre Finger. Matthew nahm meine linke Hand in seine, und für einen kurzen Moment bildeten wir eine merkwürdige Kette aus zwei Vampiren und einer Hexe. »*Encantada.*«

»Sie freut sich, dich kennenzulernen«, übersetzte Matthew für mich und warf seiner Mutter einen warnenden Blick zu.

»Ja, ja«, sagte Ysabeau ungeduldig und wandte sich wieder ihrem Sohn zu. »Natürlich spricht sie nur Englisch und modernes Französisch. Die heutigen Warmblüter genießen eine so schrecklich schlechte Erziehung.«

Eine stämmige alte Frau mit schneeweißer Haut und massigem, viel zu schwarzem Haar, das in kleinen Zöpfen um ihren Kopf geschlungen war, trat mit ausgebreiteten Armen in die Eingangshalle. »Matthew!«, rief sie aus. »*Cossi anatz?*«

»*Va plan, mercés. E tu?*« Matthew schloss sie in die Arme und küsste sie auf beide Wangen.

»*Aital, aital*«, erwiderte sie und umfasste grimassierend ihren Ellbogen.

Matthew murmelte etwas Mitfühlendes, und Ysabeau flehte still die Decke an, sie von diesem emotionalen Spektakel zu erlösen.

»Marthe, das ist meine Freundin Diana«, sagte er und zog mich nach vorn.

Marthe war ebenfalls ein Vampir, und einer der ältesten, die ich je gesehen hatte. Offenbar war sie schon über sechzig gewesen, als sie wiedergeboren wurde, und obwohl ihr Haar so dunkel war, war ihr das Alter deutlich anzusehen. Falten zogen sich kreuz und quer über ihr Gesicht, und ihre Handgelenke waren so knotig, dass man den Eindruck hatte, nicht einmal Vampirblut könne sie geradeziehen.

»Willkommen, Diana«, sagte sie mit einer Stimme wie Sand und Sirup und sah mir dabei tief in die Augen. Sie nickte Matthew zu und fasste nach meiner Hand. Ihre Nasenflügel bebten. »*Elle est une puissante sorcière*«, meinte sie dann anerkennend zu Matthew.

»Sie sagt, du seist eine mächtige Hexe«, übersetzte Matthew. Dank seiner Nähe war es mir nicht ganz so unangenehm, von einem Vampir beschnuppert zu werden.

Nachdem ich keine Ahnung hatte, was man auf Französisch am besten auf einen derartigen Kommentar entgegnete, lächelte ich Marthe nur zaghaft an und hoffte, dass das genügte.

»Du bist erschöpft«, sagte Matthew und ließ seinen Blick über mein Gesicht zucken. Dann begann er in atemberaubender Geschwindigkeit die beiden Vampirinnen in der mir unbekannten Sprache zu befragen. Seine Fragen führten zu ausgiebigem Fingerzeigen, Augenverdrehen, zu mitleidigen Gesten und Seufzern. Ysabeau sagte etwas über eine Louisa, und Matthew sah seine Mutter mit neu entfachtem Zorn an. Als er ihr antwortete, klang seine Stimme flach und ruppig.

Ysabeau zuckte mit den Achseln. »Natürlich, Matthew«, murmelte sie sichtlich scheinheilig.

»Wir zeigen dir jetzt dein Zimmer.« Sobald Matthew mich ansprach, wurde seine Stimme wieder warm.

»Ich bringe euch Wein und Essen«, versprach Marthe in stockendem Englisch.

»Danke«, sagte ich. »Und danke, Ysabeau, dass Sie mich aufnehmen.« Sie schniefte und bleckte die Zähne. Ich hoffte, dass das ein Lächeln sein sollte, fürchtete aber, dass es keines war.

»Und Wasser, Marthe«, ergänzte Matthew. »Ach ja, und heute Vormittag wird noch Essen gebracht.«

»Etwas ist schon geliefert worden«, bemerkte seine Mutter schnippisch. »Blätter. Säcke mit Gemüse und Eiern. Es war keine gute Idee von dir, es extra anliefern zu lassen.«

»Diana muss essen, *Maman*. Ich bin davon ausgegangen, dass ihr nicht allzu viel im Haus habt.«

Matthews Geduldsfaden war nach den Ereignissen vom Vorabend und diesem lauwarmen Empfang spürbar ausgefranst.

»*Ich* brauche Blut, trotzdem erwarte ich nicht von Victoire und Alain, dass sie es mitten in der Nacht aus Paris holen.« Ysabeau sah ungemein selbstzufrieden aus, während mir die Knie weich wurden.

Matthew atmete scharf aus und schob die Hand unter meinen Ellbogen, um mich zu stützen. »Marthe«, bat er, Ysabeau geflissentlich ignorierend, »kannst du Eier und Toast und etwas Tee für Diana nach oben bringen?«

Marthe sah erst Ysabeau und dann Matthew an, als wäre sie Schiedsrichterin in Wimbledon. Dann lachte sie keckernd. »*Òc*«, erwiderte sie und nickte fröhlich.

»Wir sehen euch beide zum Abendessen«, erklärte Matthew ruhig. Ich spürte vier eisige Flecken zwischen den Schulterblättern, als uns die Frauen nachsahen. Marthe sagte etwas zu Ysabeau, das sie schnauben ließ und Matthew ein breites Lächeln ins Gesicht zauberte.

»Was hat Marthe gesagt?«, flüsterte ich und dachte zu spät daran, dass in diesem Haus praktisch jeder alles hören würde, ob ich nun flüsterte oder nicht.

»Sie sagte, dass wir gut aussehen zusammen.«

»Ich möchte nicht, dass Ysabeau die ganze Zeit, die wir hier sind, wütend auf mich ist.«

»Beachte sie gar nicht«, meinte er heiter. »Hunde, die bellen, beißen nur selten.«

Wir traten durch eine Tür und in einen langen Raum, in dem es von Stühlen und Tischen aus den verschiedensten Stilen und Epochen nur so wimmelte. Auf einem Bild über einem der beiden offenen Kamine maßen sich zwei Ritter in glänzender Rüstung im Turnier und kreuzten dabei elegant die Lanzen, ohne auch nur einen Tropfen Blut zu vergießen. Das Fresko war eindeutig von demselben blauäugigen

Ritter-Romantiker gemalt worden, der auch die Eingangshalle verschönert hatte. Eine Doppeltür führte in einen weiteren, nicht weniger vollgestellten Raum, dessen Wände mit Regalen bedeckt waren.

»Ist das eine Bibliothek?« Und schon hatte ich Ysabeaus feindseligen Empfang vergessen. »Kann ich deine Ausgabe der *Aurora Consurgens* sehen?«

»Später«, beschied mir Matthew mit fester Stimme. »Erst wirst du etwas essen und dann schlafen.«

Er führte mich zu einer weiteren Wendeltreppe, wobei er sich mit der Leichtigkeit langjähriger Erfahrung durch das Labyrinth uralter Möbel schlängelte. Ich folgte ihm deutlich zaghafter, vor allem nachdem ich mit dem Schenkel eine Kommode mit geschwungener Front gestreift und dadurch eine Porzellanvase ins Schwanken gebracht hatte. Als wir endlich am Fuß der Treppe angekommen waren, blieb Matthew stehen.

»Es sind viele Stufen, und du bist müde. Soll ich dich tragen?«

»Auf keinen Fall«, entgegnete ich entrüstet. »Du wirst mich bestimmt nicht über die Schulter werfen wie ein mittelalterlicher Raubritter, der seine Kriegsbeute nach Hause schleppt.«

Matthew presste die Lippen zusammen, und seine Augen funkelten.

»Wage es nicht, mich auszulachen.«

Natürlich tat er es doch, und sein Lachen hallte von den Steinmauern wider, als hätte sich ein ganzes Rudel von Vampiren im Treppenturm versteckt. Wohin, wenn nicht hierher, hatten früher Ritter ihre Frauen geschleppt? Trotzdem hatte ich nicht vor, zu ihnen zu zählen.

Auf dem fünfzehnten Treppenabsatz bekam ich Seitenstechen. Die ausgetretenen Steinstufen waren nicht für menschliche Füße und Beine geschaffen – sie waren eindeutig für Vampire wie Matthew entworfen worden, die entweder knapp zwei Meter groß oder extrem behände oder beides waren. Ich biss die Zähne zusammen und kletterte weiter. Nach einer letzten Drehung öffnete sich unerwartet ein Raum.

»Oh.« Automatisch nahm ich die Hand vor den Mund.

Man brauchte mir nicht zu erklären, wessen Zimmer das war. Es war Matthews, durch und durch.

Wir befanden uns im eleganten Rundturm des Châteaus – der hinter dem massigen Hauptgebäude aufragte und als letzter Turm noch ein glattes, konisches Kupferdach besaß. Hohe, schmale Fenster durchbrachen die Mauern, und ihre Bleiglasscheiben ließen in schmalen Schlitzen das Licht und die Herbstfarben der Felder und Wälder draußen herein.

Der Raum war rund, doch hier und da glätteten hohe Regale die Rundung zu geraden Linien. In die Wand, die an das Hauptgebäude des Châteaus grenzte, war ein großer Kamin eingelassen. Dieser Kamin war auf wundersame Weise der Verschönerung durch den romantischen Freskenmaler entkommen. Es gab Sessel und Sofas, Tische und Sitzkissen, größtenteils in Grün-, Braun- und Goldtönen. Trotz seiner Größe und der vielen grauen Steinmauern wirkte der Raum gemütlich und warm.

Die faszinierendsten Objekte im Raum waren jene, die Matthew aus seinen vielen verschiedenen Leben behalten hatte. Auf einem Regalbord lehnte neben einer Muschel ein Gemälde von Vermeer. Es war mir unbekannt – keines der wenigen bekannten Bilder dieses Künstlers. Der Porträtierte sah Matthew verdächtig ähnlich. Über dem Kamin hing ein Breitschwert, das so lang und schwer war, dass niemand außer einem Vampir es geführt haben konnte, und in einer Ecke wartete eine Matthew-große Rüstung. Gegenüber hing an einem Holzgestell ein alt aussehendes menschliches Skelett, dessen einzelne Knochen anscheinend mit etwas wie Klaviersaiten zusammengeknotet waren. Auf dem Tisch daneben standen zwei Mikroskope, die, wenn ich mich nicht sehr irrte, im siebzehnten Jahrhundert hergestellt worden waren. In einer Nische hing neben einer atemberaubend schönen, aus Elfenbein geschnitzten Jungfrau Maria ein kunstvolles, mit großen roten, grünen und blauen Steinen besetztes Kruzifix.

Matthews Schneeflocken trieben über mein Gesicht, während er beobachtete, wie ich seine weltlichen Güter in Augenschein nahm.

»Das ist ein Matthew-Museum«, stellte ich leise fest, denn ich wusste, dass jedes Objekt eine Geschichte erzählte.

»Es ist nur mein Arbeitszimmer.«

»Woher hast du …« Ich deutete auf die Mikroskope.

»Später«, sagte er wieder. »Dir fehlen noch die letzten dreißig Stufen.«

Matthew führte mich ans andere Ende des Raumes zu einer zweiten Treppe. Auch diese schraubte sich dem Himmel entgegen. Dreißig flache Stufen später stand ich am Eingang zu einem weiteren Raum, der von einem riesigen Himmelbett aus Walnussholz, mit Baldachin und schweren Vorhängen, beherrscht wurde. Hoch darüber waren die Sparren und Balken zu sehen, die das Kupferdach hielten. Gegen eine Wand war ein Tisch gerückt worden, in eine andere ein Kamin eingelassen, vor dem ein paar bequeme Sessel aufgestellt worden waren. Gegenüber war hinter einer halb offenen Tür eine enorme Badewanne zu sehen.

»Ein richtiges Falkennest«, stellte ich fest und spähte aus dem Fenster. Matthew hatte die Landschaft seit dem Mittelalter aus diesen Fenstern betrachtet. Kurz fragte ich mich, wie viele Frauen er wohl schon hierhergebracht hatte. Die erste war ich mit Sicherheit nicht, trotzdem glaubte ich nicht, dass es viele gewesen waren. Das Château strahlte etwas höchst Privates aus.

Matthew stellte sich hinter mich und sah mir über die Schulter. »Gefällt es dir?« Sein Atem strich leicht über mein Ohr. Ich nickte.

»Wie lange?« Ich musste das einfach fragen.

»In diesem Turm?«, fragte er. »Etwa siebenhundert Jahre.«

»Und das Dorf? Weiß man dort über dich Bescheid?«

»Ja. Wie ihr Hexen leben auch Vampire sicherer, wenn sie zu einer Gemeinschaft gehören, in der man über sie Bescheid weiß und darum nicht allzu viele Fragen stellt.«

Generationen von Bishops hatten in Madison gelebt, ohne dass jemand viel Aufhebens darum gemacht hätte. Genau wie Peter Knox versteckten wir uns in aller Öffentlichkeit.

»Danke, dass du mich nach Sept-Tours gebracht hast«, sagte ich. »Hier fühle ich mich sicherer als in Oxford.« *Trotz Ysabeau.*

»Danke, dass du dich meiner Mutter gestellt hast.« Matthew lachte leise, als hätte er meinen unausgesprochenen Nachsatz gehört. Ein unverkennbarer Nelkenduft begleitete das Lachen. »Sie ist überfürsorglich, wie fast alle Eltern.«

»Ich kam mir so blöd vor – und so schlecht angezogen. Ich habe absolut nichts dabei, was sie gutheißen würde.« Ich biss mir auf die Lippe und zog die Stirn in Falten.

»Meine Mutter hat nicht einmal Coco Chanels Aufzug gutgeheißen. Vielleicht setzt du deine Ziele ein bisschen zu hoch an.«

Ich lachte, drehte mich um und suchte seinen Blick. Als ich ihn gefunden hatte, stockte mir der Atem. Matthews Augen kamen erst auf meinen Augen, dann meinen Wangen und schließlich meinem Mund zu liegen. Seine Hand strich über meine Wange.

»Du bist so lebendig«, sagte er grollend. »Du solltest mit einem viel, viel jüngeren Mann zusammen sein.«

Ich stellte mich auf die Zehen. Er beugte sich vor. Bevor sich unsere Lippen berühren konnten, klapperte ein Tablett auf den Tisch.

»*Vos etz arbres e branca*«, sang Marthe und sah Matthew verschmitzt an.

Er lachte und sang in seinem klaren Bariton weiter: »*On fruitz de gaug s'asazona.*«

»Was ist das für eine Sprache?« Ich ließ mich von den Zehenspitzen herunter und folgte Matthew an den Kamin.

»Die alte«, erwiderte Marthe.

»Okzitanisch.« Matthew hob die silberne Haube von dem Teller. Das Aroma eines warmen Frühstücks erfüllte den Raum. »Marthe hat beschlossen, ein Gedicht zu rezitieren, bevor du dich zum Essen hinsetzt.«

Marthe schlug kichernd mit einem Handtuch, das sie von ihrer Taille abgezogen hatte, nach Matthews Handgelenk. Er stellte die Haube auf der Tischplatte ab und setzte sich.

»Kommen Sie, kommen Sie«, sagte sie und deutete auf den Stuhl ihm gegenüber. »Setzen Sie sich, essen Sie.« Ich tat wie geheißen. Marthe schenkte Matthew aus einer hohen Karaffe mit silbernem Griff ein Glas Wein ein.

»*Mercés*«, murmelte er und reckte sofort gespannt die Nase über das Glas.

Eine zweite Karaffe enthielt eiskaltes Wasser, das Marthe in einen weiteren Kelch goss, um ihn mir zu reichen. Außerdem schenkte sie mir eine Tasse Tee ein, den ich sofort als eine Sorte von Mariage Frères aus Paris erkannte. Offenbar hatte Matthew meine Schränke durchforstet, während ich gestern geschlafen hatte, und daraufhin eine exakte Einkaufsliste durchgegeben. Marthe goss, bevor er sie bremsen konnte, Sahne in meinen Tee, und ich warf ihm einen warnenden Blick zu. Im Moment konnte ich jeden Verbündeten brauchen. Außerdem war ich zu durstig, als dass es mir wichtig gewesen wäre. Er lehnte sich gehorsam in seinem Sessel zurück und nippte an seinem Wein.

Marthe zog noch mehr von ihrem Tablett – einen silbernen Unterteller, Salz, Pfeffer, Butter, Marmelade, Toast und ein goldenes, mit frischen Kräutern gesprenkeltes Omelett.

»*Merci*, Marthe«, sagte ich aufrichtig dankbar.

»Essen!«, befahl sie und zielte diesmal mit ihrem Handtuch auf mich.

Zufrieden beobachtete Marthe, wie ich die ersten Gabeln in mich hineinschaufelte. Dann hob sie schnuppernd die Nase, runzelte die Stirn und rügte Matthew mit einem barschen Ausruf, um anschließend an den Kamin zu treten. Ein Zündholz flammte auf, und das trockene Holz begann zu knistern.

»Marthe«, protestierte Matthew und stand mit seinem Weinglas auf. »Das kann ich doch machen.«

»Sie friert«, grummelte Marthe, sichtlich entrüstet, dass er das nicht registriert hatte, bevor er sich hingesetzt hatte. »Und du bist durstig. Ich mache das Feuer.«

Wenige Minuten später loderten die Flammen und nahmen der Luft die Kälte. Marthe klopfte sich die Hände ab und stand auf. »Sie muss schlafen. Ich kann riechen, dass sie sich gefürchtet hat.«

»Sie schläft, wenn sie aufgegessen hat«, sagte Matthew und hob bittend die rechte Hand, woraufhin Marthe ihn lange ansah und ihm dann mit dem Finger drohte, so als wäre er fünfzehn und nicht fünfzehnhundert Jahre alt. Schließlich ließ sie sich von seiner Unschuldsmiene überzeugen. Sie verschwand aus dem Raum und eilte trotz ihrer alten Füße mit sicherem Schritt die halsbrecherische Treppe hinab.

»Okzitanisch war die Sprache der Troubadoure, nicht wahr?«, fragte ich, nachdem Marthe gegangen war. Der Vampir nickte. »Ich wusste gar nicht, dass es so weit im Norden gesprochen wurde.«

»Wir sind nicht weit im Norden«, antwortete Matthew lächelnd. »Früher war Paris nur ein unbedeutendes Nest im Grenzland. Damals sprachen die meisten Menschen Okzitanisch. Die Berge hielten die Nordländer – und ihre Sprache – auf Abstand. Noch heute misstrauen die Menschen hier jedem Außenseiter.«

»Und was hat sie da gesungen?«, fragte ich.

»Ihr seid Baum und Ast«, sagte er und richtete den Blick auf den herbstlichen Streifen, der durch das Fenster zu sehen war. »Wo die Frucht der Lust reift.« Matthew schüttelte melancholisch den Kopf. »Marthe wird es den ganzen Nachmittag singen und Ysabeau damit zum Wahnsinn treiben.«

Das Feuer breitete seine Wärme im Zimmer aus und sorgte dafür, dass ich schläfrig wurde. Als die Eier aufgegessen waren, konnte ich kaum noch die Augen offen halten.

Ich gähnte eben aus tiefster Brust, als Matthew mich aus meinem Sessel zog. Er hob mich auf seine Arme, sodass meine Füße in der Luft baumelten. Ich wollte protestieren.

»Es reicht«, sagte er. »Du kannst kaum noch aufrecht sitzen, vom Gehen ganz zu schweigen.«

Vorsichtig setzte er mich am Fußende des Bettes ab und schlug dann die Decke zurück. Die schneeweißen Laken wirkten so frisch und einladend. Ich ließ den Kopf auf den Kissenberg sinken, der an dem kunstvoll geschnitzten Kopfende aufgetürmt war.

»Schlaf.« Matthew packte mit beiden Händen die Bettvorhänge und zog sie zu.

»Ich weiß nicht, ob ich das kann«, sagte ich, obwohl ich dabei das nächste Gähnen unterdrücken musste. »Mittagsschlaf ist eigentlich nicht mein Fall.«

»Das sieht mir aber gar nicht so aus«, widersprach er trocken.

»Du bist jetzt in Frankreich. Hier wird von dir erwartet, dass du dein Bestes versuchst. Ich bin unten. Wenn du etwas brauchst, dann ruf mich.«

Nachdem nur eine Treppe aus der großen Halle in sein Arbeitszimmer hinauf und von dort aus die nächste Treppe in sein Schlafzimmer führte, konnte niemand in diesen Raum eindringen, ohne an Matthew vorbeizumüssen.

Ich ließ mich in die feste Matratze sinken und spürte, wie meine Körperwärme von den vielen Decken zurückstrahlte. Bald war ich eingeschlafen.

Ich wachte auf, weil ich jemanden umblättern hörte, schoss hoch und versuchte mir zusammenzureimen, wieso mich jemand in eine mit Stoff ausgeschlagene Kiste gesperrt hatte. Dann fiel mir alles wieder ein.

Frankreich. Matthew. Bei ihm zu Hause.

»Matthew?«, rief ich leise.

Er teilte die Vorhänge und sah mich lächelnd an. Hinter ihm brannten Kerzen – zahllose Kerzen. Zum Teil standen sie in den Wandhaltern ringsum, zum Teil in prachtvollen Kerzenhaltern auf dem Boden oder den Tischen.

»Für jemanden, der keinen Mittagsschlaf hält, hast du ganz schön fest geschlafen«, stellte er zufrieden fest. Was ihn anging, war die Frankreichreise schon jetzt ein voller Erfolg.

»Wie spät ist es?«

»Wenn du nicht aufhörst, mich zu fragen, besorge ich dir noch eine Uhr.« Matthew sah auf seine alte Cartier. »Fast zwei Uhr nachmittags. Wahrscheinlich bringt Marthe gleich frischen Tee. Möchtest du dich vorher duschen und umziehen?«

Beim Gedanken an eine heiße Dusche schlug ich begeistert die Decke zurück. »Auf jeden Fall!«

Matthew wich meinen wirbelnden Gliedmaßen aus und half mir auf den Boden, der tiefer lag, als ich erwartet hatte. Außerdem waren die Steinplatten so kalt, dass sie unter meinen nackten Füßen kitzelten.

»Deine Tasche steht im Bad, der Computer wartet unten im Arbeitszimmer, und es liegen frische Handtücher bereit. Lass dir Zeit.« Er sah mir nach, bis ich im Bad verschwunden war.

»Das ist ja ein Palast!«, rief ich aus. Zwischen zwei Fenstern erhob sich eine riesige, weiße, freistehende Wanne, und auf einer langen Holzbank lag meine abgewetzte Yale-Reisetasche. In der Ecke gegenüber ragte ein Duschkopf aus der Wand.

Ich ließ das Wasser laufen und rechnete damit, ewig warten zu müssen, bis es heiß war. Wundersamerweise umhüllte mich sofort warmer Dampf, und der Honig-Nektarinen-Duft meiner Seife half mir, die Anspannung der letzten vierundzwanzig Stunden abzuwaschen.

Nachdem ich die Knoten aus meinen Muskeln massiert hatte, schlüpfte ich in Jeans und Rollkragenpullover und ein Paar Socken. Weil es keine Steckdose für meinen Föhn gab, beschränkte ich mich darauf, meine Haare mit dem Handtuch trocken zu rubbeln und einen Kamm hindurchzuziehen, bevor ich sie in einem Pferdeschwanz bündelte.

»Marthe hat Tee gebracht«, sagte er, als ich ins Schlafzimmer zurückkam. »Soll ich dir welchen eingießen?«

Ich seufzte genüsslich, als die wärmende Flüssigkeit durch meine Kehle floss. »Wann kann ich die *Aurora*-Handschrift sehen?«

»Sobald ich sicher bin, dass du dich auf dem Weg in die Bibliothek nicht verläufst. Bist du bereit für die große Führung?«

»Ja, bitte.« Ich streifte ein paar Slipper über meine Socken und lief zurück ins Bad, um einen Pulli zu holen. Während ich hin und her eilte, wartete Matthew geduldig oben an der Treppe.

»Sollen wir die Teekanne mit nach unten nehmen?« Ich kam schlitternd zum Stehen.

»Nein, Marthe würde es mir nie verzeihen, wenn ich einen Gast ans Porzellan ließe. Du solltest mindestens vierundzwanzig Stunden warten, bevor du ihr hilfst.«

Matthew eilte die Treppe hinab, ich tastete mich langsam hinterher, die Finger über die Steinmauern ziehend.

Als wir in seinem Arbeitszimmer angekommen waren, deutete er kurz auf den Computer, der bereits angesteckt auf einem Tisch am

Fenster stand, dann gingen wir weiter nach unten in den Salon. Marthe war vor uns dort gewesen und hatte im Kamin ein Feuer gemacht, dessen Holzrauchduft den ganzen Raum durchzog. Ich packte Matthews Arm.

»Die Bibliothek«, sagte ich. »Dort muss die Führung anfangen.«

Die Bibliothek war ein weiterer Raum, der im Lauf der Jahre mit wertvollen Gegenständen und Möbeln gefüllt worden war. Ein italienischer Savonarola-Faltstuhl stand vor einem Sekretär aus der Zeit der Französischen Revolution, während auf einem ausladenden Eichentisch vom Anfang des achtzehnten Jahrhunderts Vitrinen aufgestellt waren, die aussahen wie aus einem viktorianischen Museum gestohlen. Trotz der erratisch zusammengestellten Einrichtung wurde der Raum optisch von zahllosen Metern an ledergebundenen, auf Walnussholzregalen aufgereihten Büchern sowie von einem enormen Aubussonteppich in weichem Gold, Blau und Braun zusammengehalten.

Wie in den meisten alten Bibliotheken waren die Bücher nach Größe geordnet. Es gab schwere ledergebundene Handschriften – die Titel mit Tinte vorn auf dem Pergament –, die mit den Rücken zur Wand und den Zierverschlüssen nach vorn aufgestellt waren. In einen Bücherschrank akkurat eingestellt waren winzige Inkunabeln und taschengroße Bücher, die ein Panorama der Geschichte des Druckereiwesens von 1450 bis heute boten. Ich entdeckte eine Reihe seltener moderner Erstausgaben, inklusive einer Komplettausgabe von Arthur Conan Doyles Sherlock-Holmes-Romanen und T.H. Whites *Das Schwert im Stein*. In einem Schrank standen ausschließlich riesige Folianten – botanische Nachschlagewerke, Atlanten, medizinische Fachbücher. Wenn das alles schon im Erdgeschoss stand, was für Schätze mochte dann Matthews Turmarbeitszimmer bergen?

Er wartete ab, während ich den Raum abschritt und nach Luft schnappend einzelne Titel entzifferte. Als ich wieder bei ihm angekommen war, konnte ich nur ungläubig den Kopf schütteln.

»Stell dir vor, was sich alles angesammelt hätte, wenn du über Jahrhunderte hinweg Bücher gekauft hättest«, erklärte Matthew mit einem Achselzucken, das mich an Ysabeau erinnerte. »Da bleibt so manches hängen. Im Lauf der Jahre haben wir das meiste wieder weggegeben. Wir mussten. Andernfalls hätte dieser Raum die Ausmaße der Bibliothèque Nationale.«

»Und wo steht es?«

»Wie ich sehe, bist du jetzt schon mit deiner Geduld am Ende.« Er trat an ein Regal und suchte kurz die Bände ab. Dann zog er ein Büchlein mit schwarz verziertem Umschlag heraus und reichte es mir.

Als ich nach einer samtüberzogenen Buchstütze suchte, in die ich es legen konnte, lachte er nur.

»Schlag es einfach auf, Diana. Es wird schon nicht zu Staub zerfallen.«

Nachdem ich darauf geeicht war, so wertvolle Manuskripte als Kunstobjekt und nicht als schnöde Lektüre zu behandeln, war es ein befremdliches Gefühl, es in den Händen zu halten. Bemüht, das Buch nicht zu weit zu öffnen und dadurch die Bindung zu beschädigen, warf ich einen Blick hinein. Eine Explosion von bunten Farben, Gold und Silber sprang mir entgegen.

»Oh«, hauchte ich. Die Ausgaben der *Aurora Consurgens*, die ich bisher gesehen hatte, waren längst nicht so kunstvoll. »Das ist ja fantastisch. Weißt du, wer die Illustrationen angefertigt hat?«

»Eine Frau namens Bourgot Le Noir. Sie war Mitte des vierzehnten Jahrhunderts in Paris ziemlich bekannt.« Matthew nahm mir das Buch ab und schlug es vollständig auf. »So. Jetzt kannst du es dir richtig ansehen.«

Die erste Illustration zeigte eine Königin auf einem kleinen Hügel, die ihren Umhang ausgebreitet hatte, um sieben kleinen Wesen Schutz zu bieten. Feingliedrige Ranken zogen sich über das Pergament und rahmten das Bild ein. Hier und da öffneten sich die Knospen zu Blüten oder saßen Vögel auf den Zweigen. Im Nachmittagslicht hob sich das verzierte goldene Kleid der Königin strahlend gegen den zinnoberrot leuchtenden Hintergrund ab. Unten am Seitenrand saß ein Mann in schwarzer Robe auf einem Schild mit einem schwarz-silbernen Wappen. Der Mann sah mit verzückter Miene zu der Königin auf und hatte die Hände flehend erhoben.

»Das wird mir niemand glauben. Eine unbekannte Ausgabe der

Aurora Consurgens – und noch dazu von *einer Frau* illustriert?« Ich schüttelte fassungslos den Kopf. »Wie kann ich so etwas zitieren?«

»Falls dir das hilft, könnte ich das Manuskript ein Jahr lang der Beinecke-Bibliothek in Yale leihen. Natürlich anonym. Und was Bourgot angeht, werden die Experten behaupten, es sei eine Arbeit ihres Vaters. Trotzdem sind alle Bilder von ihr. Wahrscheinlich haben wir irgendwo noch die Quittung liegen«, meinte Matthew unschlüssig und sah sich um. »Ich werde Ysabeau fragen, wo Godfreys Sachen liegen.«

»Godfrey?« Das mir unbekannte Wappen zeigte eine Lilie, umwunden von einer Schlange, die in ihren Schwanz biss.

»Mein Bruder.« Plötzlich klang er gar nicht mehr unschlüssig, und seine Miene verfinsterte sich. »Er starb 1668 in einem der höllischen Kriege, die Louis XIV. führte.« Vorsichtig klappte er das Manuskript wieder zu und legte es auf einen Tisch in der Nähe. »Ich nehme das später mit nach oben ins Arbeitszimmer, damit du es dir genauer ansehen kannst. Morgens liest Ysabeau hier immer die Zeitung, aber sonst ist nie jemand in diesem Raum. Du kannst hier schmökern, wann immer du willst.«

Nach diesem Versprechen schob er mich weiter durch den Salon in die große Halle, wo wir vor dem Tisch mit der chinesischen Vase stehenblieben. Er wies mich auf die Besonderheiten dieses Raumes hin, darunter die Empore für die Minnesänger, die Klappe im Dach, durch die vor dem Einbau der gemauerten Kamine und Abzüge der Rauch abgelassen worden war, und den Eingang zum quadratischen Wachtturm über dem Haupttor zum Château. Dieser Anstieg konnte ruhig noch einen Tag warten.

Anschließend führte Matthew mich nach unten in ein Labyrinth von Lagerräumen, Weinkellern, Küchen, Dienstquartieren, Vorrats- und Speisekammern. Aus einer der Küchen trat uns Marthe entgegen, die Arme bis zu den Ellbogen mit Mehl bestäubt, und reichte mir ein noch ofenwarmes Brötchen. Ich aß es, während Matthew mir voran durch die Gänge spazierte und mir genau erklärte, wozu jeder Raum gedient hatte – wo das Getreide gelagert worden war, das Wildbret abhing und der Käse reifte.

»Vampire essen doch gar nichts«, meinte ich verwirrt.

»Nein, aber unsere Diener haben gegessen. Und Marthe kocht für ihr Leben gern.«

Ich versprach, sie beschäftigt zu halten. Das Brötchen war köstlich, und die Eier waren perfekt gewesen.

Danach führte uns der Weg in den Garten, der sichtbar aus dem sechzehnten Jahrhundert stammte. Da gab es Beete für Kräuter und Herbstgemüse, und Rosenbüsche, vereinzelt mit ein paar letzten Blüten behangen, säumten die Anlage ein.

Aber der Duft, der mich am meisten lockte, stammte von keiner Pflanze. Wie ferngesteuert hielt ich auf ein niedriges Gebäude zu.

»Sei vorsichtig, Diana«, rief er mir nach und marschierte mir über den Kies hinterher. »Balthasar beißt.«

»Welcher ist Balthasar?«

Mit leicht ängstlicher Miene trat er hinter mir durch das Stalltor. »Der Hengst, der eben deinen Rücken als Kratzpfosten missbraucht«, antwortete Matthew angespannt. Ich stand mit dem Rücken zu einem großen, schweren Pferd, während ein Mastiff und ein Wolfshund mich umkreisten und neugierig beschnupperten.

»Ach, mich beißt er bestimmt nicht.« Der riesige Percheron senkte den Kopf, sodass er seine Ohren an meiner Hüfte reiben konnte. »Und wer sind diese beiden Herren?«, fragte ich und kraulte den Nacken des Wolfshundes, während der Mastiff spielerisch meine Hand in sein Maul zu nehmen versuchte.

»Der Wolfshund heißt Fallon und der Mastiff Hector.« Matthew schnippte mit dem Finger, und beide Hunde liefen zu ihm, setzten sich gehorsam und warteten aufmerksam auf weitere Anweisungen. »Bitte geh von diesem Pferd weg.«

»Warum? Er ist doch nett.« Balthasar stampfte zustimmend mit einem Huf auf und legte ein Ohr zurück, um Matthew herablassend anzusehen.

»Wenn der Schmetterling zum lieblichen Licht fliegt, weiß er nicht, dass ihn die Flamme verzehren kann«, murmelte Matthew vor sich hin. »Balthasar ist nur nett, solange ihm nicht langweilig wird. Ich möchte, dass du von ihm weggehst, *bevor* er die Tür seiner Box eintritt.«

»Wir machen deinen Herrn so nervös, dass er schon anfängt, mit Zitaten aus den obskuren Werken vergeistigter italienischer Kleriker um sich zu werfen. Morgen bringe ich dir etwas Süßes.« Ich drehte mich um und küsste Balthasar auf die Nüstern. Er wieherte leise und tänzelte ungeduldig mit den Hufen.

Matthew konnte seine Überraschung kaum verbergen. »Du hast das erkannt?«

»Giordano Bruno. ›Wenn der durstige Hirsch zum Bach läuft, dann nur, weil er nichts von dem grausamen Bogen weiß‹«, zitierte ich weiter. »›Wenn das Einhorn zu seinem reinen Nest rennt, dann nur, weil es die Schlinge nicht sieht, die dort bereitliegt.‹«

»Du kennst das Werk des Nolaners?« Matthew verwendete die Bezeichnung, die sich der Mystiker aus dem sechzehnten Jahrhundert selbst gegeben hatte.

»Er war ein früher Anhänger von Kopernikus, und ich bin Wissenschaftshistorikerin. Woher kennst du Brunos Werk?«

»Ich habe viel Zeit zum Lesen«, antwortete er ausweichend.

»Du hast ihn kennengelernt!« Das klang fast wie ein Vorwurf. »War er ein Dämon?«

»Einer, der leider allzu oft zwischen Genie und Wahnsinn hin und her pendelte.«

»Ich hätte es wissen müssen. Schließlich glaubte er an außerirdisches Leben und verfluchte seine Inquisitoren noch auf dem Weg zum Scheiterhaufen«, sagte ich kopfschüttelnd.

»Trotzdem wusste er, wie mächtig das Verlangen sein kann.«

Ich sah den Vampir scharf an. »›Das Verlangen treibt mich, dieweil die Angst mich zügelt.‹ Kommt Bruno auch in deinem Essay fürs All Souls vor?«

»Durchaus.« Matthews Mund schnurrte zu einer dünnen Linie zusammen. »Würdest du jetzt bitte von dort weggehen? Wir können uns ein andermal über Philosophie unterhalten.«

Plötzlich kamen mir noch mehr Passagen in den Sinn. Vielleicht war Matthew aus einem ganz anderen Grund auf Bruno gekommen, hatte dieser doch auch über die Göttin Diana geschrieben.

Ich trat von der Box zurück.

»Balthasar ist kein Pony«, warnte Matthew mich und zog mich am Ellbogen ein Stück weiter weg.

»Das sehe ich selbst. Trotzdem wäre ich mit ihm fertig geworden.« Bei dem Gedanken an eine solche Herausforderung wurden das alchemistische Manuskript und der italienische Philosoph schlagartig unwichtig.

»Reiten kannst du auch?«, fragte Matthew ungläubig.

»Ich bin auf dem Land aufgewachsen und habe schon als Kind reiten gelernt – Dressur, Springreiten, alles.« Auf einem Pferd kam man dem Gefühl zu fliegen noch näher als beim Rudern.

»Wir haben andere Pferde. Balthasar bleibt, wo er ist«, erklärte er mir fest.

Ausreiten zu können war ein unvorhergesehener Bonus dieser Frankreichreise, einer, der Ysabeaus Kälte beinahe aufwog. Matthew führte mich ans andere Ende des Stalles, wo sechs weitere edle Pferde standen. Zwei waren groß und schwarz – wenn auch nicht ganz so groß wie Balthasar –, außerdem gab es eine eher rundliche braune Stute sowie einen hellen Wallach und zwei graue Andalusier-Stuten mit großen Hufen und geschwungenem Hals. Die eine trat sofort an die Tür, um festzustellen, was los war.

»Das ist Nar Rakasa«, sagte er und rieb ihr sanft über die Nüstern. »Das heißt Feuertänzerin. Normalerweise nennen wir sie nur Rakasa. Sie ist ungeheuer graziös und genauso eigensinnig. Ihr beide müsstet exzellent miteinander auskommen.«

Ich weigerte mich, den Köder zu schlucken, den er mir so charmant dargeboten hatte, und ließ Rakasa mein Haar und mein Gesicht beschnuppern. »Wie heißt ihre Schwester?«

»Fiddat – Silber.« Fiddat trat vor, sobald Matthew ihren Namen sagte, und sah ihn liebevoll an. »Fiddat ist Ysabeaus Pferd, und Rakasa ist ihre Schwester.« Matthew deutete auf die beiden Rappen. »Die da gehören mir. Dahr und Sayad.«

»Was bedeuten die Namen?«, fragte ich und ging zu den beiden Boxen hinüber.

»Dahr heißt auf Arabisch Zeit und Sayad Jäger«, erklärte Matthew und kam mir nach. »Sayad liebt es, über die Felder zu galoppieren, Wild zu jagen und über Hecken zu setzen. Dahr ist geduldig und ruhig.«

Wir setzten unsere Tour fort, wobei Matthew mich auf die Eigenheiten der Berge hinwies und mir erklärte, in welcher Richtung der Ort lag. Er zeigte mir, wo das Château umgebaut worden war und wo die Restaurateure einen anderen Stein verbaut hatten, weil der ursprüngliche nicht mehr zu bekommen gewesen war. Schließlich war ich sicher, mich nicht mehr zu verlaufen – hauptsächlich dank des Hauptgebäudes, das nicht zu übersehen war.

»Warum bin ich nur so müde?«, gähnte ich, als wir zum Château zurückgingen.

»Du bist unverbesserlich«, antwortete Matthew seufzend. »Muss ich wirklich noch einmal aufzählen, was in den letzten sechsunddreißig Stunden alles passiert ist?«

Auf sein Drängen hin ließ ich ihn im Arbeitszimmer zurück, stieg die Treppe hoch und warf mich aufs Bett, zu müde, um auch nur die Kerzen auszublasen.

Sekunden später träumte ich, dass ich durch einen dunklen Wald ritt, in eine lockere grüne Tunika gehüllt und mit einem Gürtel um die Taille. An den Füßen trug ich Sandalen, deren Riemen meine Knöchel und Waden umschnürten. Hinter mir hörte ich Hunde bellen und Hufe durch das Unterholz krachen. Ein Köcher mit Pfeilen drückte gegen meine Schulter, und in einer Faust hielt ich einen Bogen. Trotz der unheilvollen Geräusche in meinem Rücken hatte ich keine Angst.

In meinem Traum lächelte ich, wohl wissend, dass ich meinen Verfolgern jederzeit entkommen konnte.

»Flieg!«, befahl ich – und mein Pferd erhob sich in die Luft.

KAPITEL 19

Am nächsten Morgen galt mein erster Gedanke dem Reiten.

Ich fuhr mir mit einer Bürste durchs Haar, spülte meinen Mund aus und zwängte mich in eng anliegende schwarze Leggings, die von allem, was ich eingepackt hatte, noch am ehesten wie eine Reithose aussahen. In Laufschuhen würde ich meine Hacken in den Steigbügeln garantiert nicht unten halten können, darum schlüpfte ich stattdessen in meine Slipper. Nicht gerade ideal, aber das musste genügen. Ein langärmliges T-Shirt und ein Fleecepullover vervollständigten meinen Aufzug. Die Haare zu einem Pferdeschwanz bindend, kehrte ich ins Schlafzimmer zurück.

Matthew zog eine Braue hoch, als ich ins Zimmer kam, und hielt mich mit einem quer gestellten Arm zurück. Er lehnte in dem weiten Bogen vor der Treppe, wie immer exzellent frisiert und heute in grauer Reithose mit schwarzem Pullover. »Wir sollten lieber am Nachmittag reiten gehen.«

Damit hatte ich gerechnet. Das Abendessen mit Ysabeau war bestenfalls angespannt gewesen, und in der Nacht war ich immer wieder aus Albträumen hochgeschreckt. Mehrmals war Matthew die Treppe heraufgekommen, um nach mir zu sehen.

»Es geht mir gut. Etwas Bewegung an der frischen Luft wird mir nur guttun.« Als ich mich an ihm vorbeizuzwängen versuchte, brachte er mich mit einem finsteren Blick zum Stehen.

»Wenn du auch nur einmal im Sattel schwankst, bringe ich dich nach Hause. Verstanden?«

»Verstanden.«

Unten wollte ich in Richtung Esszimmer gehen, doch Matthew zog mich in die entgegengesetzte Richtung. »Wir essen in der Küche«, sagte er leise. Kein offizielles Frühstück, bei dem mich Ysabeau über *Le Monde* hinweg mit Blicken erdolchen konnte. Eine gute Nachricht.

Wir begaben uns in die Räume, in denen allem Anschein nach die Haushälterin wohnte, und setzten uns vor einem lodernden Kaminfeuer an einen für zwei gedeckten Tisch – obwohl nur ich Marthes köstliches reichhaltiges Frühstück vertilgen würde. Auf dem verschrammten runden Holztisch stand eine riesige Kanne Tee, in ein Küchentuch gewickelt, damit sie heiß blieb. Marthe sah mich besorgt an und schnalzte angesichts meiner Augenringe und der blassen Haut tadelnd mit der Zunge.

Als meine Gabel schließlich langsamer zum Mund ging, brachte Matthew eine Pyramide von Schachteln an, die von einem schwarzsamtenen Helm gekrönt wurde. »Für dich«, sagte er und setzte alles auf dem Tisch ab.

Der Helm erklärte sich von selbst. Er war wie eine hochgezogene Baseballkappe geformt und hatte ein zusammengefaltetes, geripptes Band im Nacken. Trotz des Samtüberzuges und des Bandes war der Helm stoßfest und eigens dafür entwickelt, menschliche Schädel intakt zu halten, wenn sie auf den Boden prallten. Ich hasste Helme, aber sie waren wichtig.

»Danke«, sagte ich. »Und was ist in den Schachteln?«

»Mach auf, und sieh nach.«

Die erste Schachtel enthielt eine schwarze Reithose mit Wildlederflicken auf den Innenseiten der Knie, die im Sattel Halt gaben. Sie waren bestimmt angenehmer beim Reiten als meine dünnen, rutschigen Leggings und sahen aus, als würden sie mir passen. Offenbar hatte Matthew während meines Mittagsschlafes noch mehr Telefonate erledigt und meine ungefähren Maße durchgegeben. Ich lächelte ihn dankbar an.

Die Schachtel enthielt außerdem eine gepolsterte Weste mit langem Rücken und steifen, im Saum eingenähten Stützstangen. Sie sah aus wie ein Schildkrötenpanzer und würde sich bestimmt auch so anfühlen – unbequem und starr.

»Die ist nicht nötig.« Ich hielt sie stirnrunzelnd hoch.

»Ist sie wohl, falls du reiten willst.« Seine Stimme verriet keinerlei Gefühl. »Du behauptest, eine erfahrene Reiterin zu sein. Also wirst du dich problemlos an das Gewicht gewöhnen.«

Ich lief rosa an, und meine Fingerspitzen begannen gefährlich zu kribbeln. Matthew beobachtete mich gespannt, und Marthe kam an die Tür, um kurz zu schnuppern. Ich atmete tief ein und aus, bis das Kribbeln nachließ.

»In meinem Auto legst du einen Gurt an«, erklärte Matthew mir gleichmütig. »Auf meinem Pferd wirst du eine Weste tragen.«

Wir maßen einander starren Blickes. Weil ich an die frische Luft wollte, gab ich schließlich nach, und in Marthes Augen funkelte es fröhlich. Zweifellos waren unsere Verhandlungen genauso lustig anzusehen wie ein Schlagabtausch zwischen Matthew und Ysabeau.

Nachdem ich mich schweigend geschlagen gegeben hatte, zog ich die letzte Schachtel zu mir her. Sie war lang und schwer, und als ich den Deckel anhob, schlug mir scharfer Ledergeruch entgegen.

Stiefel. Kniehohe, schwarze Reitstiefel. Ich hatte noch nie bei einem Schaureiten mitgemacht und war noch nie besonders reich gewesen, darum hatte ich auch nie ein richtiges Paar Reitstiefel besessen. Diese hier waren mit ihren geschwungenen Waden und dem weichen Leder einfach wunderschön. Meine Finger kamen auf der glänzenden Oberfläche zu liegen.

»Danke«, hauchte ich, fast sprachlos vor Überraschung.

»Ich bin ziemlich sicher, dass sie passen.« Matthews Blick war weich.

»Kommen Sie«, sagte Marthe fröhlich von der Tür aus. »Umziehen.«

Sie schaffte mich gerade noch in den Waschraum, da hatte ich schon meine Slipper von den Füßen gezerrt und mich aus meinen Leggings geschält. Sie nahm mir die ausgeleierte Lycra-Baumwollmischung ab, damit ich mich in die Reithose zwängen konnte.

»Früher sind Frauen nicht wie Männer geritten.« Marthe begutachtete die Muskeln in meinen Beinen und schüttelte den Kopf.

Als ich zurückkam, war Matthew wieder einmal am Telefon und

erteilte denen in seiner Welt, die seine Führung brauchten, Anweisungen. Anerkennend sah er auf.

»Die sind bestimmt bequemer.« Er erhob sich und griff nach den Stiefeln. »Wir haben hier drin keinen Schuhlöffel. Also wirst du in deinen anderen Schuhen zum Stall gehen müssen.«

»Nein, ich will sie jetzt gleich anziehen.« Ich streckte die Finger danach aus.

»Dann setz dich hin.« Er schüttelte den Kopf über meine Ungeduld. »Ohne fremde Hilfe bekommst du sie beim ersten Mal bestimmt nicht an.« Matthew hob mich mitsamt meinem Stuhl hoch und drehte mich um, damit er mehr Platz zum Arbeiten hatte. Er hielt mir den rechten Stiefel hin, und ich presste meinen Fuß bis zum Knöchel hinein. Er hatte recht. Ich konnte noch so ziehen und zerren, ich würde den Fuß keinesfalls um die steife Biegung bekommen. Er stellte sich über meinen Fuß, fasste den Stiefel an Absatz und Zeh und ruckelte behutsam, während ich oben am Lederschaft zog. Nach ein paar Minuten Kampf hatte ich den Fuß bis zur Spitze vorgeschoben. Matthew drückte ein letztes Mal fest auf die Sohle, und der Stiefel schmiegte sich um meine Knochen.

Als ich die Stiefel angelegt hatte, streckte ich die Beine in die Höhe, um sie zu bewundern. Matthew zupfte und klopfte den Schaft zurecht und fuhr mit den kalten Fingern einmal unter den Rand, um sich zu überzeugen, dass sie mir nicht das Blut abschnitten. Ich stand unsicher auf, so als hätte ich plötzlich längere Beine bekommen, wagte ein paar steife Schritte und drehte zuletzt eine wacklige Pirouette.

»Danke.« Ich stellte mich auf die Zehenspitzen und schlang die Arme um seinen Hals. »Die sind unglaublich.«

Matthew trug meine Weste und den Helm zum Stall, so wie er in Oxford ganz selbstverständlich meinen Computer und die Yogamatte getragen hatte. Die Stalltüren standen weit offen, und drinnen hörte ich jemanden arbeiten.

»Georges?«, rief Matthew. Ein kleiner, drahtiger Mann unbestimmbaren Alters – aber kein Vampir – kam, ein Geschirr und einen Striegel in der Hand, um die Ecke. Als wir an Balthasars Box vorbeikamen, stampfte der Hengst ärgerlich auf und warf den Kopf zurück. *Du hast es versprochen*, schien er zu sagen. In meiner Tasche lag ein kleiner Apfel, den ich Marthe abgebettelt hatte.

»Da hast du was, Baby«, sagte ich und servierte ihn Balthasar auf der ausgestreckten Hand. Argwöhnisch beobachtete Matthew, wie Balthasar den Hals reckte und vorsichtig die Lippen schürzte, um mir den Apfel von der Hand zu pflücken. Sobald er ihn im Maul hatte, sah er seinen Besitzer triumphierend an.

»Ja, ich kann sehen, dass du dich wie ein Prinz benimmst«, bestätigte Matthew ironisch, »aber das heißt nicht, dass du dich nicht bei der nächstbesten Gelegenheit wie ein Teufel aufführst.« Wieder stampfte Balthasar verärgert mit dem Huf auf.

Wir kamen an der Sattelkammer vorbei, wo ich nicht nur die üblichen Reitsättel, Geschirre und Zügel sah, sondern auch ein paar freistehende Holzgestelle, auf denen kleine Sessel mit eigenartigen Stützen auf der einen Seite aufgebockt waren.

»Was ist das?«

»Damensättel«, erklärte mir Matthew, streifte die Schuhe ab und stieg in ein Paar große, ausgetretene Stiefel. Sein Rist rutschte nach einem kurzen Aufstampfen und einem energischen Ruck am Schaft durch die Biegung. »Ysabeau reitet lieber so.«

Auf der Koppel drehten Dahr und Rakasa die Köpfe und beobachteten interessiert, wie Georges und Matthew unseren Ausritt besprachen. Ich streckte Dahr die Hand hin und bedauerte, dass ich keine weiteren Äpfel in der Tasche hatte. Der Wallach wirkte ebenfalls enttäuscht, als er den süßen Duft schnupperte.

»Nächstes Mal«, versprach ich ihm, duckte mich unter seinem Hals durch und trat zu Rakasa. »Hallo, meine Schöne.«

Rakasa hob den rechten Vorderfuß und neigte mir den Kopf zu. Ich fuhr mit beiden Händen über ihren Hals und ihre Schultern, damit sie sich an meinen Geruch und meine Berührung gewöhnte, und zog dann am Sattel, um mich zu vergewissern, dass der Gurt straff gespannt war und die Decke darunter keine Falten warf. Die Stute drehte den Kopf, beschnupperte mich neugierig und stupste mit der

Schnauze gegen die Tasche, in der ich den Apfel gehabt hatte. Entrüstet warf sie den Kopf hoch.

»Dir auch«, versprach ich lachend und legte die Linke auf ihren Rumpf. »Jetzt lass mal sehen.«

Pferde lassen sich etwa so gern die Hufe kontrollieren, wie sich die meisten Hexen unter Wasser tunken lassen – nämlich gar nicht gern. Aber ob es nun Angewohnheit oder Aberglaube war, ich hatte mich noch nie auf ein Pferd gesetzt, ohne mich vorher zu überzeugen, dass nichts im Huf klemmte.

Als ich mich wieder aufrichtete, spürte ich die prüfenden Blicke der beiden Männer. Georges sagte etwas, aus dem ich schloss, dass ich seinen Ansprüchen genügte. Matthew nickte nachdenklich und hielt mir Weste und Helm hin. Die Weste war eng und steif, aber nicht so unbequem, wie ich befürchtet hatte. Damit der Helm nicht auf meinen Pferdeschwanz drückte, zog ich das Gummiband tiefer, bevor ich den Kinnriemen zuzog. Ich hatte kaum Zeit, die Zügel zu nehmen und einen Fuß in Rakasas Steigbügel zu setzen, da stand Matthew schon hinter mir.

»Kannst du denn nie warten, bis ich dir helfe?«, knurrte er mir ins Ohr.

»Ich kann selbst auf ein Pferd steigen«, erwiderte ich hitzig.

»Aber das musst du nicht.« Matthews Hände umschlossen mein Schienbein und hoben mich mühelos in den Sattel. Danach prüfte er die Länge des Steigbügels, zog den Sattelgurt noch einmal nach und ging dann endlich zu seinem eigenen Pferd. Mit geübter Präzision, die verriet, dass er seit Jahrhunderten ritt, schwang er sich in den Sattel. Auf dem Rücken eines Pferdes sah er wahrhaft königlich aus.

Rakasa begann ungeduldig zu tänzeln, und ich schob die Hacken nach unten. Verdutzt hielt sie inne. »Ruhig«, flüsterte ich ihr zu. Sie nickte kurz und sah nach vorn, nur ihre Ohren wackelten noch.

»Reit mit ihr über die Koppel, während ich meinen Sattel kontrolliere«, schlug Matthew beiläufig vor, wobei er das linke Knie über Dahrs Schulter schwang und an seinem Steigbügel herumhantierte. Ich sah ihn aus schmalen Augen an. Sein Steigbügel saß perfekt. Er wollte wissen, wie gut ich reiten konnte.

Ich führte Rakasa im Schritt über die halbe Koppel, um mich an ihren Gang zu gewöhnen. Die Andalusierin tanzte, hob graziös die Füße und setzte sie in einer wunderschönen wiegenden Bewegung wieder ab. Als ich die Absätze in ihre Flanken drückte, steigerte sich Rakasas tänzelnder Schritt zu einem genauso lockeren, geschmeidigen Trab. Wir ritten an Matthew vorbei, der es aufgegeben hatte, so zu tun, als wollte er seinen Sattel kontrollieren. Georges lehnte breit lächelnd am Zaun.

Schönes Mädchen, hauchte ich Rakasa unhörbar zu. Ihr linkes Ohr klappte zurück, und sie beschleunigte leicht. Meine Wade presste sich in ihre Flanke, knapp hinter dem Steigbügel, und sie fiel in einen leichten Galopp, mit weit vorgreifenden Hufen und elegant gebogenem Hals. Wie wütend würde Matthew wohl werden, wenn wir über den Zaun sprangen?

Auf jeden Fall ziemlich wütend.

Rakasa nahm die letzte Kurve, und ich bremste sie auf einen lockeren Trab ab. »Und?«, wollte ich wissen.

Georges nickte und öffnete das Tor der Koppel.

»Deine Haltung ist gut«, stellte Matthew mit Blick auf meinen Rücken fest. »Und deine Führung auch. Du schaffst das schon. Übrigens«, er lehnte sich zu mir herüber und senkte die Stimme, »wenn du dahinten über den Zaun gesprungen wärst, wäre der Ausritt für heute zu Ende gewesen.«

Sobald die Gärten und das alte Tor hinter uns lagen, begannen die Bäume dichter zu stehen, und Matthew horchte den Wald ab. Nach ein paar Schritten begann er sich zu entspannen. Er hatte jede Kreatur im Wald geortet und festgestellt, dass keine davon auf zwei Beinen ging.

Matthew ließ Dahr mit einem leichten Hackentritt antraben, doch Rakasa wartete gehorsam, bis ich sie ebenfalls antrieb. Ich tat es, erneut erstaunt, wie geschmeidig sie sich bewegte.

»Was für eine Rasse ist Dahr eigentlich?«, fragte ich.

»Wahrscheinlich könnte man ihn als Schlachtross bezeichnen«, erklärte Matthew. Auf solchen Tieren hatten die Ritter ihre Kreuzzüge unternommen. »Er wurde auf Geschwindigkeit und Wendigkeit gezüchtet.«

»Ich hätte mir ein Schlachtross viel größer vorgestellt.« Dahr war zwar größer als Rakasa, aber nicht wesentlich.

»Für ihre Zeit waren sie auch groß. Trotzdem waren sie nicht so groß, dass sie einen Mann aus meiner Familie in die Schlacht hätten tragen können, nicht wenn der in Rüstung und Waffen war. Also ritten wir Pferde wie Dahr nur zum Training und zu unserem Vergnügen und zogen stattdessen auf Percherons wie Balthasar ins Gefecht.«

Ich starrte auf einen Fleck zwischen Rakasas Ohren, bis ich den Mut aufgebracht hatte, ein weiteres Thema anzuschneiden. »Darf ich etwas zu deiner Mutter fragen?«

»Natürlich.« Matthew drehte sich im Sattel zu mir her. Die Faust hatte er in die Hüfte gestemmt und hielt locker mit der anderen Hand die Zügel. Jetzt wusste ich mit absoluter Gewissheit, wie ein Ritter aus dem Mittelalter auf seinem Pferd aussah.

»Warum hasst sie die Hexen so? Vampire und Hexen sind traditionell verfeindet, aber Ysabeaus Abneigung gegen mich geht viel tiefer. Mir kommt es so vor, als hätte sie ganz persönlich etwas gegen mich.«

»Dass du wie der Frühling riechst, reicht dir nicht als Antwort, nehme ich an.«

»Sag mir die Wahrheit.«

»Sie ist neidisch.« Matthew tätschelte Dahr.

»Worauf in aller Welt sollte sie neidisch sein?«

»Mal sehen. Auf eure Macht – vor allem auf die Fähigkeit der Hexen, in die Zukunft zu schauen. Auf euer Vermögen, Kinder zu gebären und diese Macht an eine neue Generation weiterzugeben. Und auf die Leichtigkeit, mit der ihr sterbt, nehme ich an«, fügte er nachdenklich hinzu.

»Ysabeau hatte dich und Louisa als Kinder.«

»Ja. Ysabeau hat uns beide gemacht. Aber ich glaube nicht, dass es das Gleiche ist, wie ein Kind zu gebären.«

»Warum beneidet sie die Hexen um ihr zweites Gesicht?«

»Das hat damit zu tun, wie Ysabeau zum Vampir wurde. Ihr Vater fragte sie nicht erst um Erlaubnis.« Matthews Gesicht verdüsterte sich. »Er wollte sie zur Frau, also nahm er sie sich einfach und machte sie zum Vampir. Sie hatte damals einen Ruf als Seherin und wäre noch jung genug gewesen, um Kinder zu bekommen. Als sie Vampirin wurde, wurden ihr beide Möglichkeiten genommen. Das hat sie nie wirklich verwunden, und ihr Hexen erinnert sie jedes Mal an das Leben, das sie verloren hat.«

»Warum beneidet sie die Hexen darum, dass sie so leicht sterben können?«

»Weil sie meinen Vater vermisst.« Er verstummte unvermittelt, und mir war klar, dass ich nicht tiefer bohren durfte.

Der Wald wurde lichter, und Rakasas Ohren zuckten ungeduldig vor und zurück.

»Nur zu«, sagte er resigniert und deutete auf das freie Feld vor uns.

Auf den leisesten Schenkeldruck hin machte Rakasa einen Satz nach vorn und zog die Gebissstange zwischen die Zähne. Während des Anstiegs auf den Hügel wurde sie langsamer, und oben auf der Kuppe warf sie tänzelnd den Kopf zurück, sichtlich erfreut darüber, dass Dahr noch unten am Fuß des Hügels stand, während sie es nach oben geschafft hatte. Ich ließ sie eine schnelle Acht laufen, wobei ich den Zug möglichst schnell wechselte, damit sie beim Wenden nicht ins Stolpern geriet.

Jetzt schoss Dahr los – nicht im Kanter, sondern im gestreckten Galopp –, den schwarzen Schweif wie eine Fahne hinter sich. Seine Hufe schlugen unvorstellbar schnell auf die Erde. Ich schnappte kurz nach Luft und zog leicht an Rakasas Zügeln, damit sie stehenblieb. Dazu waren Schlachtrösser also gezüchtet worden. Sie konnten von null auf hundert durchstarten wie ein hochgetunter Sportwagen. Matthew machte keine Anstalten, das Pferd abzubremsen, doch genau zwei Meter vor uns blieb Dahr stocksteif stehen, die Flanken nach der Anstrengung leicht nach außen gewölbt.

»Angeber! Mich willst du nicht einmal über einen Zaun springen lassen, und dann spielst du dich so auf?«, griff ich ihn an.

»Dahr bekommt nicht genug Auslauf. Das ist genau das, was er braucht.« Matthew grinste und tätschelte seinem Pferd die Schulter. »Wärst du an einem Rennen interessiert? Ihr bekommt natürlich einen Vorsprung«, bot er uns mit einer höfischen Verbeugung an.

»Und wie. Wohin?«

Matthew deutete auf einen einsamen Baum auf dem Hügelkamm und sah mich an, gespannt auf das erste Anzeichen einer Bewegung achtend. Er hatte ein Ziel ausgewählt, an dem wir vorbeireiten konnten, ohne befürchten zu müssen, dass wir irgendwo aufprallten. Vielleicht war Rakasa nicht ganz so gut wie Dahr, wenn es darum ging, abrupt stehenzubleiben ...

Ich machte mir keine Hoffnungen, dass ich einen Vampir überraschen könnte oder dass meine Stute – so geschmeidig sie sich auch bewegte – schneller als Dahr auf dem Kamm ankommen könnte. Trotzdem wollte ich für mein Leben gern feststellen, wie sich Rakasa schlagen würde. Ich beugte mich vor, tätschelte sie im Nacken, ließ mein Kinn kurz auf ihrem warmen Fleisch ruhen und schloss die Augen.

Flieg, ermunterte ich sie wortlos.

Rakasa schoss los, als hätte ich ihr die Peitsche gegeben, und ich ließ mich ganz von meinem Instinkt leiten.

Ich hob mich aus dem Sattel, damit sie mich leichter tragen konnte, und bündelte die Zügel in einem losen Knoten. Als sie nicht mehr schneller wurde, ließ ich mich langsam in den Sattel zurücksinken und umklammerte ihren warmen Rumpf mit meinen Schenkeln. Meine Füße schlüpften aus den überflüssig gewordenen Steigbügeln, und meine Finger woben sich durch ihre Mähne. Matthew und Dahr donnerten hinter uns her. Es war wie in meinem Traum, in dem mich Hunde und Pferde gejagt hatten. Meine Linke krallte sich in die Mähne, und ich schmiegte mich, ohne die Augen zu öffnen, an Rakasas Hals.

Flieg, wiederholte ich, doch die Stimme in meinem Kopf klang plötzlich fremd. Rakasa reagierte, indem sie noch schneller wurde.

Ich spürte, dass der Baum näher kam. Matthew fluchte auf Okzitanisch, und Rakasa wich in letzter Sekunde nach links aus, um dann erst in einen leichten Trab und anschließend in einen langsamen Trott zu fallen. Ich merkte, wie etwas an ihren Zügeln zupfte. Erschrocken riss ich die Augen auf.

»Reitest du unbekannte Pferde immer in vollem Galopp, mit geschlossenen Augen, ohne Zügel und ohne Steigbügel?« In Matthews Stimme lag kalter Zorn. »Rudern tust du auch mit geschlossenen Augen – ich habe dich beobachtet. Und du gehst mit geschlossenen Augen spazieren. Ich hatte von Anfang an den Verdacht, dass das etwas mit Magie zu tun hat. Offenbar setzt du deine Kräfte auch beim Reiten ein. Sonst wärst du jetzt tot. Und auch wenn dich das wahrscheinlich nicht interessiert, ich glaube, du lenkst Rakasa mit deinen Gedanken statt mit Händen und Füßen.«

Ich fragte mich, ob das stimmte. Matthew gab einen ungeduldigen Laut von sich und stieg ab, indem er das rechte Bein über Dahrs Kopf schwang, den linken Fuß aus dem Steigbügel zog und dann mit dem Gesicht zu mir vom Rücken des Pferdes rutschte.

»Jetzt steig ab«, sagte er rau und griff nach Rakasas losen Zügeln.

Ich stieg lieber auf traditionelle Weise ab, indem ich das rechte Bein über Rakasas Rumpf schwang. Sobald ich Matthew den Rücken zugedreht hatte, fasste er mich um die Taille und hob mich herunter. Jetzt begriff ich, warum er lieber mit dem Gesicht nach vorn abstieg. Auf diese Weise konnte ihn niemand von hinten packen und vom Pferd ziehen. Er drehte mich um und drückte mich an seine Brust.

»*Dieu*«, flüsterte er mir ins Haar. »Bitte tu so etwas nie wieder.«

»Du hast doch selbst gesagt, ich soll nicht denken. Darum hast du mich nach Frankreich mitgenommen.« Seine Reaktion verblüffte mich.

»Verzeih mir«, sagte er. »Ich versuche ja, mich nicht einzumischen. Aber ich kann nur schwer zusehen, wie du Kräfte einsetzt, von denen du nichts verstehst – vor allem wenn du gar nicht merkst, dass du sie einsetzt.«

Matthew ging ein paar Schritte beiseite und band die Pferde zusammen, wobei er den Tieren genug Spielraum ließ, um das spärliche Herbstgras zu fressen. Schließlich kam er mit düsterer Miene zurück.

»Ich muss dir etwas zeigen.« Er führte mich zu dem Baum, und wir setzten uns darunter. Ich winkelte die Beine seitlich ab, damit mir die Reitstiefel nicht ins Fleisch schnitten. Matthew ließ sich schlicht fallen, die Knie auf dem Boden und die Füße unter den Schenkeln.

Er fasste in die Tasche seiner Reithose und zog ein Papier mit schwarzen und grauen Balken auf weißem Grund heraus. Es war mehrmals zusammengefaltet.

Und es war eine dna-Analyse. »Meine?«

»Deine.«

»Wann?« Meine Finger fuhren die Balken nach.

»Marcus hat mir die Ergebnisse ins New College gebracht. Ich wollte sie dir nicht zeigen, nachdem man dir gerade den Tod deiner Eltern ins Gedächtnis gerufen hatte.« Er zögerte. »War es richtig zu warten?«

Ich nickte, und Matthew wirkte aufrichtig erleichtert. »Was steht darin?«, fragte ich.

»Wir verstehen noch nicht alles«, erwiderte er langsam. »Aber Marcus und Miriam haben in deiner dna viele Marker identifiziert, die uns bereits bekannt waren.«

Miriams winzige, präzise Handschrift zog sich am linken Rand des Blattes abwärts, während die teils rot eingekreisten Balken auf der rechten Seite nach unten wanderten. »Das ist der genetische Marker für Präkognition«, begann Matthew und deutete auf den ersten eingekreisten Fleck. Sein Finger wanderte weiter abwärts. »Das ist der für die Fähigkeit zu fliegen. Der hier hilft Hexen, Verlorenes aufzuspüren.«

Matthew ratterte immer mehr magische Kräfte und Fähigkeiten herunter, bis mir schwindlig wurde.

»Der hier steht für die Fähigkeit, mit Toten zu reden, der hier für Gestaltwandlung, der für Telekinese, dieser für Bannsprüche, der für Zaubersprüche, der hier für Verwünschungen. Außerdem kommen bei dir Gedankenlesen, Telepathie und Empathie hinzu – die liegen dicht beieinander.«

»Das kann nicht stimmen.« Ich hatte noch nie gehört, dass eine Hexe über mehr als eine oder zwei magische Fähigkeiten verfügt hätte, und Matthew hatte jetzt schon ein Dutzend aufgezählt.

»Ich glaube, dass der Befund stimmt, Diana. Möglicherweise werden sich diese Kräfte nie entfalten, aber die genetischen Voraussetzungen dafür hast du geerbt.« Er blätterte um. Auch die nächste Seite hatte Miriam mit roten Kreisen und Anmerkungen versehen. »Das hier sind die Elementarmarker. Die Erde ist bei fast allen Hexen vertreten; einige von ihnen haben auch zwei Marker – für Erde und Wasser oder Erde und Luft. Du besitzt alle drei, das haben wir noch nie gesehen. Und wir haben bei dir auch noch den Marker für Feuer gefunden. Feuer ist wirklich extrem selten.« Matthew deutete auf die vier Balken.

»Was sind Elementarmarker?« Meine Füße fühlten sich unangenehm leicht an, und meine Finger begannen wieder zu kitzeln.

»Hinweise darauf, dass du über die genetischen Voraussetzungen verfügst, eines oder mehrere dieser Elemente zu kontrollieren. Das würde erklären, warum du einen Hexenwind entfachen kannst. Demzufolge könntest du auch ein Hexenfeuer heraufbeschwören und zusätzlich das, was wir Hexenflut nennen.«

»Wofür steht das Erdelement?«

»Es ist die Grundvoraussetzung für Kräutermagie, für die Fähigkeit, über alles, was wächst, zu gebieten. Offensichtlich verfügst du nicht nur über unglaubliche magische Fähigkeiten, sondern auch über ein angeborenes Talent zur Hexerei.«

Meine Tante verstand sich auf Zaubersprüche. Emily nicht, dafür konnte sie kleine Strecken fliegen und in die Zukunft sehen. Das war der klassische Unterschied zwischen den verschiedenen Hexenarten – die einen setzten wie Sarah Hexerei ein, die anderen verwendeten Magie. Letztendlich lief es darauf hinaus, dass deine Macht entweder auf Worten beruhte oder einfach in dir steckte und du sie instinktiv verwenden konntest. Ich ließ das Gesicht in die Hände sinken. Die Aussicht, wie meine Mutter die Zukunft sehen zu können, wäre beängstigend genug gewesen. Aber Kontrolle über die Elemente? Gespräche mit Toten?

»Auf diesem Blatt findet sich eine ganze Liste von Fähigkeiten. Bis jetzt haben wir davon – wie viele gesehen? Vielleicht vier oder fünf davon?« Es war beängstigend.

»Ich habe den Verdacht, dass wir schon mehr gesehen haben – denk nur an deine Gabe, dich mit geschlossenen Augen zu bewegen, oder an deine Fähigkeit, mit Rakasa zu kommunizieren, deine Funken sprühenden Finger. Wir haben nur noch keine Bezeichnungen dafür.«

»Bitte sag mir, dass das alles ist.«

Matthew zögerte. »Nicht ganz.« Er blätterte weiter. »Diese Marker hier haben wir noch nicht identifiziert. In den meisten Fällen müssen wir die Erzählungen über die Taten einer Hexe – die teilweise Jahrhunderte zurückliegen – mit ihren dna-Proben abgleichen. Es könnte schwer werden, dafür passende Vergleichsmuster zu finden.«

»Erklärt der Test, warum sich die Magie ausgerechnet jetzt bei mir zeigt?«

»Dafür braucht man keinen Test. Deine Magie reagiert so, als würde sie aus einem langen Schlaf erwachen. Sie hat sich während der langen Phase der Inaktivität angestaut und bricht jetzt aus. Dein Blut gerät in Wallung«, kommentierte Matthew fröhlich. Er beugte sich zu mir und hob mich auf. »Du wirst dich noch erkälten, wenn du so lange auf dem kalten Boden sitzt, und ich möchte mich nicht vor Marthe rechtfertigen müssen, falls du krank wirst.«

Wir ritten noch eine Stunde und erkundeten dabei die Wälder und Felder um Sept-Tours. Matthew zeigte mir, wo man am besten Hasen jagte und wo ihm sein Vater beigebracht hatte, wie man eine Armbrust abschießt, ohne sich dabei ein Auge auszustechen. Als wir zu den Ställen zurückritten, war meine Aufregung über die Testergebnisse einer angenehmen Erschöpfung gewichen.

»Morgen habe ich bestimmt Muskelkater«, stöhnte ich. »Ich habe seit Jahren auf keinem Pferd mehr gesessen.«

»Davon war nichts zu bemerken«, sagte er. Wir ritten aus dem Wald heraus und durch das Steintor des Châteaus. »Du bist eine gute Reiterin, Diana, trotzdem solltest du nicht allein ausreiten. Hier verirrt man sich leicht.«

Matthew machte sich keine Sorgen, dass ich verloren gehen könnte. Er machte sich Sorgen, dass ich gefunden werden könnte.

»Tue ich nicht.«

Seine langen Finger griffen die Zügel lockerer. Die letzten fünf Minuten hatte er sie fest umklammert. Dieser Vampir war es gewohnt, dass alle seine Befehle unverzüglich befolgt wurden. Dass jemand Forderungen stellte oder erst verhandeln wollte, kannte er nicht. Und im Moment wirkte er ganz und gar nicht so aufbrausend wie sonst. Eher ein wenig jämmerlich.

Ich lenkte Rakasa zu Dahr hin, griff hinüber und hob Matthews Hand an meinen Mund. Meine Lippen lagen warm auf dem kalten, festen Fleisch seiner Handfläche.

Seine Pupillen weiteten sich überrascht.

Ich ließ seine Hand los, trieb Rakasa mit einem Schnalzen an und ritt ihm voran in den Stall.

Kapitel 20

Zu meiner Erleichterung aß Ysabeau auch nicht mit uns zu Mittag. Danach wollte ich direkt in Matthews Arbeitszimmer und die *Aurora Consurgens* studieren, aber er überredete mich, zuerst ein Bad zu nehmen. Das würde, versprach er mir, den unvermeidlichen Muskelkater abschwächen. Auf halber Treppe musste ich stehenbleiben und einen Krampf aus meinem Bein massieren. Für meine morgendliche Begeisterung würde ich bezahlen müssen.

Das Bad war himmlisch – lang, heiß und entspannend. Danach zog ich eine lockere schwarze Hose, einen Pulli und ein Paar Socken an und tappte dann nach unten, wo ein Feuer im Kamin loderte. Ich streckte die Hände den Flammen entgegen und beobachtete, wie sie meine Haut orange und rot einfärbten. Wie war es wohl, über das Feuer gebieten zu können? Kaum hatte ich mir die Frage gestellt, begannen meine Finger zu kribbeln, bis ich sie sicherheitshalber in die Hosentaschen schob.

Matthew sah von seinem Schreibtisch auf. »Das Manuskript liegt neben deinem Computer.«

Der schwarze Einband zog mich magnetisch an. Ich setzte mich an den Tisch, nahm das Buch vorsichtig in die Hand und schlug es auf. Die Farben leuchteten noch intensiver als in meiner Erinnerung. Nachdem ich die Königin ein paar Minuten lang angestarrt hatte, schlug ich die erste Seite um.

»Incipit tractatus Aurora Consurgens intitulatus.« Die Worte waren mir vertraut: »Hier beginnt das Traktat über die aufsteigende Morgenröte«, und trotzdem überlief mich derselbe lustvolle Schauer wie jedes Mal, wenn ich ein Manuskript zum ersten Mal in Augenschein nahm. »Alles Gute kommt mit ihr zu mir. Sie ist bekannt als Weisheit des

Südens, die in den Straßen ruft und zu den Massen«, übersetzte ich den Text lautlos aus dem Lateinischen. Es war eine wunderschöne Arbeit, voller Paraphrasen aus der Heiligen Schrift und anderen Quellen.

»Hast du hier oben eine Bibel?« Es wäre klug, eine zur Hand zu haben, während ich mich durch das Manuskript arbeitete.

»Ja – aber ich weiß nicht genau, wo sie steht. Soll ich sie für dich suchen?« Matthew hatte sich schon halb aus dem Stuhl erhoben, doch sein Blick haftete immer noch am Computerbildschirm.

»Nein, ich werde sie schon finden.« Ich stand auf und strich mit dem Finger über die Front des nächsten Regalfaches. Anders als in der Bibliothek unten waren Matthews Bücher nicht nach Größe, sondern nach dem Erscheinungsdatum geordnet. Die im ersten Regal waren so alt, dass ich es kaum ertrug, mir vorzustellen, was sie enthalten mochten – die verlorengegangenen Werke des Aristoteles vielleicht? Alles war möglich.

Etwa die Hälfte der Bücher war mit dem Rücken zur Wand eingeordnet, um die zerbrechlichen Buchrücken zu schonen. Viele davon waren auf dem Vorderschnitt beschriftet, und hier und da war ein in dicker schwarzer Tinte notierter Titel oder Autorenname zu entziffern. Etwa ab der Hälfte des Raumes waren die Bücher mit dem Rücken zum Raum eingestellt, sodass die eingravierten Titel und Verfassernamen golden und silbern aus dem Regal leuchteten.

Ich schlenderte an den Handschriften mit ihren dicken, welligen Pergamentseiten vorbei, von denen einige am Schnitt mit griechischen Buchstaben beschriftet waren. Ich ging weiter, nach einem fetten, gedruckten Buch Ausschau haltend. Dann blieb mein Zeigefinger vor einem in braunes Leder gebundenen, üppig vergoldeten Band stehen.

»Matthew, bitte sag mir, dass die *Biblia Sacra 1450* nicht das ist, was ich glaube.«

»Okay, sie ist nicht das, was du glaubst«, antwortete er geistesabwesend, während seine Finger weiter in übermenschlicher Geschwindigkeit über die Tasten flogen. Er achtete kaum darauf, was ich tat, und schon gar nicht darauf, was ich sagte.

Ich ließ die Gutenbergbibel im Fach stehen und ging weiter am Regal entlang, heimlich hoffend, dass dies nicht die einzige Bibel sein würde. Wieder blieb mein Finger stehen, diesmal vor einem Buch mit der Aufschrift *Wills Stycke*. »Haben Freunde dir diese Bücher geschenkt?«

»Die meisten.« Matthew sah nicht einmal auf.

Damit würden wir später nicht nur die deutsche Druckereikunst, sondern auch die Frühzeit des englischen Dramas erörtern müssen.

Größtenteils waren Matthews Bücher in fast jungfräulichem Zustand. Das überraschte mich angesichts ihres Besitzers eigentlich nicht. Einige allerdings sahen eindeutig zerlesen aus. Ein schlankes, hohes Buch im untersten Fach beispielsweise war an den Ecken so abgegriffen und abgewetzt, dass man die Holzbretter unter dem Leder erkennen konnte. Neugierig, wieso dieses Buch so eifrig benutzt worden war, zog ich es heraus und schlug es auf. Es war Vesalius' Anatomiebuch aus dem Jahr 1543, in dem erstmals der sezierte menschliche Körper in allen Einzelheiten dargestellt worden war.

Jetzt hatte mich das Jagdfieber gepackt, ich gierte nach tieferen Einblicken in Matthews Wesen und suchte nach dem nächsten Buch, das stark beansprucht aussah. Es war ein kleinerer, dickerer Band. Auf dem Vorderschnitt war mit Tinte der Titel *De motu* vermerkt. William Harveys Studie über den Blutkreislauf und die Funktionsweise des Herzens musste, als sie 1620 erstmals veröffentlicht wurde, für jeden Vampir eine interessante Lektüre abgegeben haben, obwohl diese Wesen bestimmt schon immer geahnt hatten, wie das Blut zirkuliert.

Unter Matthews abgenutzteren Büchern fanden sich Werke über Elektrizität, Mikroskopie und Physiologie. Doch das zerlesenste Exemplar, das ich bis dahin entdeckt hatte, stand im Regal mit den Werken des neunzehnten Jahrhunderts: eine Erstausgabe von Darwins *Vom Ursprung der Arten*.

Ich sah kurz aus dem Augenwinkel auf Matthew und zog das Buch verstohlen wie ein Ladendieb aus dem Fach. Der grüne Leineneinband mit dem golden eingeprägten Titel und Autorennamen war vom vielen

Lesen ausgefranst. Auf dem Vorsatzblatt hatte Matthew in gestochen scharfer Handschrift seinen Namen eingetragen.

Dahinter lag ein zusammengefalteter Brief.

»*Verehrter Herr*«, begann er. »*Endlich erreichte mich Ihr Schreiben vom 15. Oktober. Ich fühle mich zutiefst beschämt, dass ich Ihnen erst jetzt antworte. Seit vielen Jahren habe ich alle Thatsachen gesammelt, derer ich in Bezug auf die Variationen und Ursprünge der Arten habhaft werden konnte, und Ihre Zustimmung zu meinen Überlegungen sind für mich durchaus erfreuliche Neuigkeiten, dieweil mein Werk bald in die Hände meines Verlegers übergehen wird.*« Unterschrieben war der Brief mit »*C. Darwin*« und datiert mit dem Jahr 1859.

Die beiden Männer hatten nur Wochen vor dem Erscheinen des *Ursprungs* im November 1859 korrespondiert.

Die Buchseiten waren so ausgiebig mit Notizen in Bleistift und Tinte bedeckt, dass kaum ein Fleck weiß geblieben war. Drei Kapitel hatte der Vampir noch ausführlicher kommentiert als die übrigen. Es waren die Kapitel über den Instinkt, über Mischbildungen oder »Bastard-Bildungen«, wie sie damals genannt wurden, und über die wechselseitige Verwandtschaft organischer Körper.

Genau wie Harveys Abhandlung über den Blutkreislauf war Darwins siebtes Kapitel, in dem er sich mit den Instinkten beschäftigte, damals mit Sicherheit eine fesselnde Lektüre für jeden Vampir gewesen. Matthew hatte sich so für Darwins Ideen begeistert, dass er einzelne Passagen unterstrichen und über und unter dem Text sowie zwischen den Zeilen Anmerkungen notiert hatte. »*Daraus lässt sich schließen, dass zahme Instinkte erworben wurden und natürliche Instinkte verloren gingen, teils durch Anpassung, teils durch den Menschen, der durch Auswahl über mehrere Generationen hinweg besondere geistige Eigenschaften und Fähigkeiten angezüchtet und angehäuft hat, die uns in unserer Unwissenheit anfangs nur zufällig erschienen.*« Unter Matthews hingekritzelten Bemerkungen fanden sich die Fragen, welche Instinkte wohl erworben worden waren und ob es in der Natur Zufälle geben konnte. »*Kann es sein, dass wir als Instinkt bewahrt haben, was die Menschen durch Zufall und Gewohnheit aufgaben?*«, fragte er quer über den unteren Rand. Ich brauchte nicht zu fragen, wen er mit »wir« meinte. Er meinte alle magischen Geschöpfe – nicht nur die Vampire, sondern auch Hexen und Dämonen.

Im Kapitel über die Mischbildungen hatte sich Matthew offenbar vor allem für die Probleme der Artenkreuzung und Sterilität interessiert. »*Erste Kreuzungen zwischen Formen, die sich so weit unterscheiden, dass sie als eigene Art gelten können, sowie zwischen ihren Bastarden sind sehr oft, aber nicht immer unfruchtbar*«, hatte Darwin geschrieben. Ein skizzierter Stammbaum füllte neben der unterstrichenen Passage den Seitenrand. Wo die Wurzeln hingehört hätten, war ein Fragezeichen zu sehen, weiter oben verzweigten sich vier Äste. »*Warum führte Inzucht nicht zu Sterilität und Wahnsinn?*«, rätselte Matthew quer über den Baumstamm. Oben an die Seite hatte er geschrieben: »*1 Spezies oder 4?*« und »*comment sont faites les dēōs?*«

Ich fuhr die Zeile mit dem Finger nach. Das war meine Spezialität – die Kürzel der Wissenschaftler in etwas zu verwandeln, das auch normale Menschen verstanden. In seiner letzten Notiz hatte Matthew eine gängige Technik eingesetzt, um seine Gedanken zu verbergen. Er hatte in einer Kombination von Französisch und Latein geschrieben – und aus gutem Grund noch dazu eine Abkürzung verwendet, indem er alle Konsonanten bis auf den ersten und letzten durch Querstriche über den Vokalen ersetzt hatte. Auf diese Weise würde niemand, der das Buch durchblätterte, auf das Wort »démons« stoßen und innehalten.

»Wie werden Dämonen gemacht?«, hatte sich Matthew 1859 gefragt. Anderthalb Jahrhunderte später suchte er immer noch nach der Antwort.

Als Darwin die wechselseitige Verwandtschaft zwischen den verschiedenen Arten zu erörtern begann, hatte Matthews Stift kein Halten mehr gekannt und die ganze Seite vollgeschrieben, bis der gedruckte Text kaum noch zu entziffern war. Über eine Passage mit dem Wortlaut: »*Vom Anbeginn des Lebens an gleichen sich alle organischen Wesen in Abstufungen, sodass man sie in Gruppen und Untergruppen klassifizieren kann*«, hatte Matthew in fetten Druckbuchstaben »*ursprung*«

geschrieben. Ein paar Zeilen weiter unten hatte er eine weitere Passage gleich doppelt unterstrichen: *Dass es verschiedene Gruppen gibt, wäre leicht erklärbar, wenn eine Gruppe ausschließlich für das Leben zu Lande und eine andere für das Leben im Wasser geeignet wäre; oder sich die einen von Fleisch, eine andere von Pflanzen ernährten und so weiter; aber es lässt sich nicht übersehen, dass oft Angehörige sogar derselben Untergruppe verschiedene Lebensgewohnheiten haben.«*

Glaubte Matthew vielleicht, dass die Ernährung der Vampire nur eine spezielle Lebensweise darstellte und kein unumstößliches Merkmal der Spezies war? Beim Weiterlesen stieß ich auf den nächsten Hinweis: »*Insgesamt scheinen mir die verschiedenen ... Tatsachen, die in diesem Kapitel abgehandelt wurden, ganz offen zu verkünden, dass die unzähligen Arten, Gattungen und Familien organischer Wesen, mit denen diese Welt bevölkert ist, allesamt, wenn auch in verschiedenen Klassen oder Gruppen, von gemeinsamen Eltern abstammen und sich im Laufe der Fortpflanzung verändert haben.«* Am Rand hatte Matthew »*gemeinsame eltern*« und »*ce qui explique tout*« vermerkt.

Der Vampir glaubte also, dass die Monogenese alles erklärte – oder hatte das zumindest 1859 geglaubt. Matthew hielt es für möglich, dass Dämonen, Menschen, Vampire und Hexen von gemeinsamen Vorfahren abstammten. Unsere beträchtlichen Unterschiede ließen sich auf Abstammungslinien, Lebensgewohnheiten und Selektion zurückführen. In seinem Labor war er mir ausgewichen, als ich gefragt hatte, ob wir eine Spezies seien oder vier, doch hier in seiner Bibliothek konnte er das nicht.

Matthew starrte weiter in seinen Computer. Ich schloss die *Aurora Consurgens*, um die Seiten zu schützen, gab meine Suche nach einer gewöhnlichen Bibel auf und ging mit seiner Ausgabe des Darwin-Buches zum Kamin, wo ich mich auf dem Sofa zusammenrollte. Dort schlug ich es auf, um aus den Notizen, die Matthew in diesem Buch vorgenommen hatte, mehr über ihn zu erfahren.

Er war mir immer noch ein Rätsel – ganz besonders hier in Sept-Tours. Der französische Matthew war anders als der englische. So hatte er sich dort nie in seine Arbeit vertieft. Hier hatte er die Schultern nicht angestrengt durchgestreckt, sondern saß entspannt da, und er hatte beim Tippen seine Unterlippe über den leicht hervorstehenden, scharfen Eckzahn gezogen. Matthew spürte meinen Blick gar nicht, seine Finger flogen über die Tastatur und hackten dabei erstaunlich kräftig auf den Computer ein. So empfindlich, wie Notebooks gebaut waren, hatte er bestimmt einen ganz schönen Verschleiß. Er kam am Ende eines Satzes an, lehnte sich zurück und räkelte sich. Dann gähnte er.

Ich hatte ihn noch nie gähnen sehen. Zeigte sein Gähnen, dass er entspannt war, genau wie die lockeren Schultern? Am Tag nach unserer ersten Begegnung hatte Matthew mir erzählt, dass er sich gern in seiner Umgebung auskannte. Hier kannte er jeden Zentimeter – jeder Geruch war ihm ebenso vertraut wie jedes Tier, das hier umherstreifte. Und dann war da noch die Beziehung zu seiner Mutter und Marthe. Diese eigenwillige Kombination von Vampiren bildete eine Familie, die mich Matthews wegen aufgenommen hatte.

Ich widmete mich wieder Darwin. Aber das Bad, das wärmende Feuer und das leise Klacken der Computertasten im Hintergrund lullten mich ein. Als ich wieder aufwachte, lag eine Decke über mir und *Vom Ursprung der Arten* neben mir auf dem Boden, achtsam geschlossen und mit einem Zettel als Lesezeichen versehen.

Ich wurde rot.

Er hatte mich beim Schnüffeln erwischt.

»Guten Abend«, sagte Matthew vom Sofa gegenüber. Er schob einen Zettel in das Buch, das er gerade las, und legte es auf seinem Knie ab. »Kann ich dich vielleicht für ein Glas Wein begeistern?«

Wein klang sehr, sehr gut. »Auf jeden Fall.«

Matthew trat an ein kleines Tischchen neben der Treppe, das offenbar aus dem siebzehnten Jahrhundert stammte. Darauf stand eine Flasche ohne Etikett, und der Korken lag bereits daneben. Er schenkte zwei Gläser ein und reichte mir eines, bevor er sich wieder hinsetzte. Ich schnupperte und wusste schon, was er gleich fragen würde.

»Himbeeren und Felsen.«

»Für eine Hexe bist du wirklich gut.« Matthew nickte anerkennend.

»Und was trinke ich?« Ich nahm einen kleinen Schluck. »Ist er alt? Selten?«

Matthew legte den Kopf in den Nacken und lachte. »Weder noch. Wahrscheinlich wurde er vor fünf Monaten abgefüllt. Es ist ein hiesiger Wein aus den Weingütern an der Straße unten. Nichts Exklusives, nichts Besonderes.«

Vielleicht war er nicht exklusiv und nichts Besonderes, aber er war frisch und schmeckte nach Holz und Erde. Wie die Luft um Sept-Tours herum.

»Wie ich sehe, hast du deine Suche nach einer Bibel zugunsten von etwas Wissenschaftlicherem aufgegeben. Gefällt dir Darwin?«, fragte er freundlich, nachdem er mir kurz beim Trinken zugesehen hatte.

»Glaubst du immer noch, dass wir Geschöpfe und die Menschen von gemeinsamen Eltern abstammen? Ist es wirklich möglich, dass wir uns so unterscheiden, obwohl wir nur verschiedenen Rassen einer Art angehören?«

Er gab einen Laut der Ungeduld von sich. »Ich habe dir schon im Labor erklärt, dass ich das nicht weiß.«

»1859 warst du dir noch sicher. Außerdem dachtest du damals, dass das Bluttrinken möglicherweise nur eine Ernährungsform und kein artspezifisches Merkmal sein könnte.«

»Weißt du, wie viele wissenschaftliche Fortschritte seit Darwins Zeit gemacht wurden? Es ist das Recht jedes Wissenschaftlers, seine Ansichten zu ändern, wenn neue Informationen auftauchen.« Er nahm einen Schluck Wein, stellte das Glas dann auf seinem Knie ab und drehte es langsam, sodass sich die Flammen in der Flüssigkeit brachen. »Außerdem spricht inzwischen nicht mehr viel für die menschliche Idee der unterschiedlichen Rassen. Die moderne Forschung lässt vermuten, dass die meisten sogenannten Rassenmerkmale nicht mehr sind als eine überkommene menschliche Methode, leicht zu beobachtende Unterschiede zwischen verschiedenen Menschen zu erklären.«

»Die Frage, warum du hier bist – woher wir alle kommen – lässt dich einfach nicht los«, stellte ich fest. »Das konnte ich auf jeder Seite in Darwins Buch erkennen.«

Matthew betrachtete sinnierend seinen Wein. »Es ist die einzige Frage, die sich zu stellen lohnt.«

Seine Stimme war sanft, doch die scharfen Linien und tief gezogenen Brauen verrieten, wie ernst es ihm war. Ich hätte die Falten gern geglättet und ein Lächeln auf sein Gesicht gezaubert, blieb aber sitzen, während der Flammenschein über seine weiße Haut und das dunkle Haar tanzte. Matthew griff wieder nach seinem Buch und hielt es in seinen langen Fingern, während die andere Hand das Weinglas umfasste.

Ich starrte ins Feuer, während es draußen langsam dunkler wurde. Als eine Uhr auf dem Schreibtisch sieben schlug, legte Matthew sein Buch beiseite. »Sollen wir Ysabeau vor dem Abendessen im Salon Gesellschaft leisten?«

»Ja«, antwortete ich und streckte unwillkürlich die Schultern durch. »Aber vorher möchte ich mich umziehen.« Meine Garderobe konnte Ysabeaus nicht das Wasser reichen, trotzdem sollte sich Matthew nicht für mich schämen müssen. Wie immer wirkte er in seiner schlichten schwarzen Wollhose und dem neuesten Exemplar aus seinem endlosen Vorrat an Pullovern, allesamt vermutlich aus dichter, üppiger Kaschmirwolle, als käme er frisch von einem Mailänder Laufsteg oder aus einer Aufsichtsratsversammlung.

Oben durchwühlte ich meine Reisetasche und entschied mich für eine graue Hose und einen saphirblauen Pullover aus fein gesponnener Wolle mit engem, hochgeschlossenem Kragen und Glockenärmeln. Meine Frisur bildete eine Welle, nachdem ich erst gebadet hatte und die Haare dann abgeknickt unter meinem Kopf auf dem Sofa getrocknet waren.

Nachdem ich mich wenigstens halbwegs präsentabel fand, schlüpfte ich in meine Slipper und eilte die Treppe hinunter. Matthews scharfe Ohren erfassten meine Bewegungen, sodass er mich unten an der letzten Stufe erwartete. Als er mich sah, leuchtete ein breites, genüssliches Lächeln auf seinem Gesicht auf.

»In Blau gefällst du mir genauso gut wie in Schwarz. Du siehst bezaubernd aus«, murmelte er und küsste mich höflich auf beide Wangen. In die prompt das Blut einschoss, als Matthew mein Haar über den Schultern anhob und die langen Strähnen durch seine Finger rinnen ließ. »Lass dich von Ysabeau nicht einschüchtern, ganz gleich, was sie sagt.«

»Ich werde es versuchen.« Ich lachte nervös und sah unsicher zu ihm auf.

Als wir in den Salon traten, saßen Marthe und Ysabeau bereits beisammen. Rund um seine Mutter verstreut lagen Zeitungen in allen größeren europäischen Sprachen sowie eine auf Hebräisch und eine auf Arabisch. Marthe wiederum las in einem Taschenbuchkrimi mit blutrünstigem Cover, und ihre schwarzen Augen zuckten beneidenswert schnell über die Zeilen.

»Guten Abend, *Maman*«, sagte Matthew und beugte sich vor, um Ysabeau auf beide kalten Wangen zu küssen. Ihre Nasenflügel bebten, als er sich erst links, dann rechts über sie neigte, und ihre eisigen Augen bohrten sich zornig in meine.

Ich wusste, womit ich mir diesen vernichtenden Blick eingehandelt hatte.

Matthew roch nach mir.

»Komm, Mädchen.« Marthe klopfte neben sich auf das Polster und schoss Matthews Mutter einen warnenden Blick zu. Ysabeau schloss die Augen. Als sie sich wieder öffneten, war der Zorn verflogen, und etwas wie Resignation war an seine Stelle getreten.

»Es gab noch einen anderen Tod«, murmelte Ysabeau auf Deutsch ihrem Sohn zu, als Matthew nach der deutschen *Welt* griff und mit einem angewiderten Grunzen die Schlagzeilen überflog.

»Wo?«, fragte ich. Offenbar war noch eine blutleere Leiche gefunden worden. Wenn Ysabeau glaubte, mich aus dem Gespräch ausschließen zu können, indem sie Deutsch sprach, hatte sie sich getäuscht.

»In München.« Matthew hatte das Gesicht in der Zeitung vergraben. »Mein Gott, warum *unternimmt* niemand etwas dagegen?«

»Sei vorsichtig, was du dir wünschst, Matthew«, sagte Ysabeau. Dann wechselte sie unvermittelt das Thema. »Wie war der Ausritt, Diana?«

Matthew linste seine Mutter misstrauisch über die *Welt* hinweg an.

»Wunderbar. Danke, dass ich auf Rakasa reiten durfte«, erwiderte ich, während ich mich neben Marthe niederließ und Ysabeaus Blick mit aller Kraft und ohne zu blinzeln standhielt.

»Sie ist für meinen Geschmack zu eigensinnig«, sagte Ysabeau abfällig und wandte ihre Aufmerksamkeit sofort wieder ihrem Sohn zu, der klug genug war, die Nase in die Zeitung zu stecken. »Fiddat ist viel fügsamer. Mit zunehmendem Alter weiß ich diese Eigenschaft an einem Pferd zu schätzen.«

Und an einem Sohn, fügte ich in Gedanken hinzu.

Marthe lächelte mir aufmunternd zu und stand auf, um sich an der Anrichte zu schaffen zu machen. Sie brachte Ysabeau einen riesigen Weinkelch und mir einen deutlich kleineren. Dann kehrte sie an den Tisch zurück und reichte Matthew ebenfalls ein Glas. Er schnupperte wohlgefällig daran.

»Danke, *Maman*«, sagte er und hob ihr sein Glas entgegen.

»*Hein*, nichts Besonderes«, sagte Ysabeau und nahm einen Schluck.

»Nur einer meiner Lieblingsweine. Danke, dass du daran gedacht hast.« Matthew genoss die Aromen des Weines, bevor er ihn hinunterschluckte.

»Trinken alle Vampire so gern Wein wie du?«, fragte ich Matthew und schnupperte dabei den pfeffrigen Weingeruch. »Du trinkst ständig welchen, und du hast nie auch nur einen Schwips.«

Matthew grinste. »Die meisten Vampire trinken ihn noch viel lieber als ich. Und was die Trunkenheit angeht, war unsere Familie schon immer für ihre bewundernswerte Contenance bekannt, nicht wahr, *Maman*?«

Ysabeau schnaubte ganz und gar nicht damenhaft. »Gelegentlich. Was den Wein angeht, vielleicht.«

»Sie sollten Diplomatin werden, Ysabeau. Stets haben Sie eine Nicht-Antwort parat«, sagte ich.

Matthew bog sich vor Lachen. »*Dieu*, ich hätte nicht gedacht, dass ich noch erleben würde, wie jemand meine Mutter für diplomatisch hält. Schon gar nicht mit Worten. Schon immer war sie eher der Diplomatie des Schwertes zugeneigt.«

Marthe kicherte zustimmend.

Ysabeau und ich sahen ihn beide entrüstet an, was ihn gleich wieder zum Lachen brachte.

Die Atmosphäre beim Abendessen war deutlich entspannter als am Vorabend. Matthew saß am Kopf der Tafel, Ysabeau zu seiner Linken und ich zu seiner Rechten. Marthe wanderte unablässig zwischen Küche, Kamin und Tisch hin und her und setzte sich nur zwischendurch kurz hin, um einen Schluck Wein zu trinken oder sich ins Gespräch zu mischen.

Platten mit Essen wurden auf- und wieder abgetragen – alles von Waldpilzsuppe über Wachteln bis hin zu hauchdünnen Rindfleischscheiben. Als ich meine Verwunderung ausdrückte, dass jemand, der keine gekochten Speisen aß, so exzellent zu würzen verstand, wurde Marthe rot und bekam Grübchen und schlug nach Matthew, als er mir Anekdoten von ihren kulinarischen Katastrophen auftischen wollte.

»Erinnerst du dich noch an die Pastete mit den lebendigen Tauben als Füllung?« Er schnaubte. »Dummerweise hatte dir niemand gesagt, dass man die Vögel vierundzwanzig Stunden lang nichts fressen lassen darf, bevor man sie bäckt, weil es in der Pastete andernfalls aussieht wie in einem Vogelkäfig.« Damit handelte er sich einen scharfen Hieb auf den Hinterkopf ein.

»Matthew«, warnte ihn Ysabeau und wischte sich die Tränen nach dem Lachanfall aus den Augenwinkeln, »du solltest Marthe nicht provozieren. Du hast im Lauf der Jahre ebenfalls mehr als genug Katastrophen produziert.«

»Von denen ich jede einzelne miterleben durfte«, betonte Marthe, die eben den Salat servierte. Ihr Englisch wurde von Stunde zu Stunde besser, weil sie jedes Mal, wenn sie in meiner Gegenwart etwas sagte, in meine Sprache wechselte. Sie trat an die Anrichte und holte eine Schale mit Nüssen, die sie zwischen Matthew und Ysabeau stellte. »Zum Beispiel, als du die ganze Burg unter Wasser gesetzt hast, weil du unbedingt Wasser auf dem Dach sammeln wolltest«, zählte sie an ihren

Fingern ab, »oder als du vergessen hast, die Steuern einzutreiben. Da war es Frühling, dir war langweilig, und so bist du eines Morgens aufgestanden und nach Italien gezogen, um Krieg zu führen. Dein Vater musste den König auf Knien um Vergebung bitten. Und nicht zu vergessen New York!«, rief sie triumphierend.

Die drei Vampire tauschten weiter Erinnerungen aus. Nur Ysabeaus Vergangenheit wurde mit keinem Wort erwähnt. Wenn die Sprache auf etwas kam, das sie oder Matthews Vater oder seine Schwester betraf, nahm das Gespräch sofort eine gnädige Wendung. Es war ein festes Muster, und ich fragte mich, wieso das wohl so war. Trotzdem sagte ich nichts, sondern ließ sie den Abend nach ihren Wünschen gestalten und genoss dabei das eigenartig tröstliche Gefühl, Teil einer Familie zu sein – selbst wenn es eine Vampirfamilie war.

Nach dem Essen wechselten wir in den Salon, wo inzwischen ein noch größeres und eindrucksvolleres Feuer brannte. Mit jedem Scheit, das auf den Rost geworfen wurde, heizten sich die Kamine des Schlosses weiter auf. Immer heißere Flammen schlugen hoch, bis sich der Raum beinahe aufgewärmt hatte. Matthew tat alles, damit Ysabeau sich wohlfühlte, brachte ihr noch ein Glas Wein und machte sich dann an einer Stereoanlage zu schaffen. Mir hatte Marthe stattdessen eine Tasse Tee bereitet, die sie mir mitsamt Untertasse in die Hand drückte.

»Trinken Sie«, befahl sie streng. Auch Ysabeau beobachtete mich beim Trinken und warf Marthe dann einen vielsagenden Blick zu. »Das hilft beim Schlafen.«

»Haben Sie den gemacht?« Er schmeckte nach Kräutern und Blüten. Eigentlich mochte ich keine Kräutertees, aber dieser schmeckte frisch und leicht bitter zugleich.

»Ja«, antwortete sie und reagierte mit vorgerecktem Kinn auf Ysabeaus festen Blick. »Ich mache ihn schon ewig. Meine Mutter hat mir das beigebracht. Ich werde es Ihnen auch beibringen.«

Fröhliche und rhythmische Tanzmusik erfüllte den Raum. Matthew rückte die Sessel am Kamin zur Seite und machte dadurch eine kleine Tanzfläche frei.

»*Vòles dançar amb ieu?*«, fragte Matthew seine Mutter und streckte ihr beide Hände hin.

Auf Ysabeaus Gesicht erstrahlte ein Lächeln, das ihre gleichmäßigen, kalten Züge in unbeschreiblicher Schönheit aufleuchten ließ. »*Ôc*«, sagte sie und legte die zierlichen Hände in seine. Die beiden stellten sich vor dem Kaminfeuer auf und warteten ab, bis das nächste Lied einsetzte. Dann begannen sie zu tanzen, und ihr Tanz ließ Astaire und Rogers wie tollpatschige Bären aussehen. Ihre Körper verschmolzen und lösten sich wieder voneinander, neigten und drehten sich. Die leiseste Berührung durch Matthew genügte, damit Ysabeau eine Pirouette drehte, während die leiseste Andeutung einer Verbeugung oder Verzögerung durch Ysabeau genügte, damit Matthew genauso reagierte.

Genau als das Stück endete, senkte sich Ysabeau in einen eleganten Knicks, und Matthew verneigte sich tief.

»Was war das für ein Tanz?«, fragte ich.

»Angefangen haben wir mit einer Tarantella«, erklärte Matthew, während er seine Mutter zu ihrem Sessel zurückgeleitete. »Aber *Maman* kann sich nie auf einen einzigen Tanz beschränken. Darum haben wir in der Mitte ein paar Elemente der provenzalischen Volta eingefügt und mit einem Menuett geendet, nicht wahr?« Ysabeau nickte und hob die Hand, um seine Wange zu tätscheln.

»Du warst schon immer ein guter Tänzer«, sagte sie stolz.

»Ach, längst nicht so gut wie du – und eindeutig nicht so gut wie Vater«, sagte Matthew und wartete, bis sie sich gesetzt hatte. Ysabeaus Augen wurden dunkel, und herzzerreißende Trauer legte sich über ihr Gesicht. Matthew nahm ihre Hand und strich mit den Lippen über ihre Knöchel. Ysabeau rang sich ein leises Lächeln ab.

»Jetzt bist du dran«, sagte er und kam dabei auf mich zu.

»Ich tanze nicht gern«, protestierte ich und versuchte ihn mit erhobenen Händen abzuwehren.

»Das glaube ich dir nicht«, antwortete er, griff mit seiner Linken nach meiner rechten Hand und zog mich hoch. »Du verbiegst deinen Körper in die unmöglichsten Positionen, fliegst in einem nadeldünnen

Boot übers Wasser und reitest wie der Wind. Das Tanzen müsste dir im Blut liegen.«

Der nächste Titel hätte während der Goldenen Zwanziger in den Pariser Tanzcafés zu hören gewesen sein können. Trompeten und Trommeln erfüllten den Raum.

»Matthew, pass auf sie auf«, warnte Ysabeau, als er mich über den Boden zog.

»Sie wird schon nicht zerbrechen, *Maman.*« Matthew tanzte los, obwohl ich ihm bei jeder Gelegenheit auf die Füße stieg. Die Rechte um meine Taille gelegt, führte er mich durch die verschiedenen Schritte.

Um ihm die Sache zu vereinfachen, versuchte ich mir die Schritte einzuprägen, doch damit machte ich alles nur schlimmer. Mein Rücken versteifte sich, und Matthew zog mich fester an seine Brust.

»Entspann dich«, murmelte er mir ins Ohr. »Du versuchst zu führen. Dabei sollst du nur folgen.«

»Das kann ich nicht«, flüsterte ich zurück und krallte mich an seiner Schulter ein, als müsste er mich vor dem Ertrinken retten.

Matthew wirbelte uns herum. »Doch, das kannst du. Schließ die Augen, hör auf nachzudenken und überlass alles Weitere mir.«

In seiner Umarmung fiel es mir deutlich leichter, seinen Anweisungen zu folgen. Ich konnte mich entspannen und begann allmählich, die Bewegung unserer Körper in der Dunkelheit zu genießen. Bald gelang es mir sogar, mich nicht mehr darauf zu konzentrieren, was *ich* tat, sondern nur noch darauf, seine Arme und Beine zu spüren und zu erahnen, was *er* gleich tun würde. Ich meinte zu schweben.

»Matthew.« In Ysabeaus Stimme lag ein mahnender Unterton. »*Le chatoiement.*«

»Ich weiß«, murmelte er. Meine Schultermuskeln spannten sich besorgt an. »Vertrau mir«, sagte er mir leise ins Ohr. »Ich halte dich.«

Meine Augen blieben geschlossen, und ich seufzte glücklich auf. Wir wirbelten weiter durch den Raum. Matthew gab mich kurz frei, schickte mich in einer Folge von Pirouetten bis an seine Fingerspitzen und drehte mich dann in seine Arme zurück, bis mein Rücken an seiner Brust lag. Die Musik verstummte.

»Mach die Augen auf«, sagte er leise.

Langsam hoben sich meine Lider. Ich hatte immer noch das Gefühl zu schweben. Tanzen war viel besser, als ich erwartet hatte – jedenfalls mit einem Partner, der über tausend Jahre Tanzerfahrung vorweisen konnte und dir nie auf die Zehen stieg.

Ich legte das Gesicht in den Nacken, um ihm zu danken, aber er war mir viel näher, als ich erwartet hatte.

»Sieh nach unten«, sagte Matthew freundlich.

Ich neigte den Kopf nach unten und erkannte, dass meine Zehen eine Handbreit über dem Boden in der Luft baumelten. Matthew ließ mich los. Er hatte mich nicht festgehalten.

Ich hielt mich von allein in der Luft.

Die Luft hielt mich in der Luft.

Mit dieser Erkenntnis kehrte schlagartig das Gewicht in meinen Unterleib zurück. Matthew packte mich unter beiden Ellbogen, damit meine Füße nicht auf den Boden krachten.

An ihrem Platz vor dem Kamin summte Marthe leise vor sich hin. Ysabeaus Augen waren schmal. Matthew lächelte mich aufmunternd an, während ich mich auf das befremdliche Gefühl konzentrierte, wieder festen Boden unter den Füßen zu spüren. Hatte sich der Boden immer so lebendig angefühlt? Es war, als würden mich tausend winzige Hände unter meinen Schuhsohlen auffangen oder mir einen sanften Schubs versetzen wollen.

»Hat es Spaß gemacht?«, fragte Matthew mit glänzenden Augen, als Marthes Gesumm verklungen war.

»Und wie«, antwortete ich lachend, nachdem ich kurz über seine Frage nachgedacht hatte.

»Das hatte ich gehofft. Du hast jahrelang geübt. Jetzt wirst du vielleicht zur Abwechslung mal mit offenen Augen reiten.« Er schloss mich in einer überglücklichen, alles versprechenden Umarmung ein.

Ysabeau begann das Lied zu singen, das Marthe zuvor gesummt hatte.

Wer sie tanzen sieht,
Wie sich ihr Leib geschmeidig dreht,
Könnte sagen, und zwar wahr,
Dass sie ihresgleichen sucht,
Unsere frohgemute Königin.
Gehet weg, gehet weg, Neider ihr.
Lasset uns, lasset uns
Tanzen, gemeinsam tanzen.

»Gehet weg, gehet weg, Neider ihr«, wiederholte Matthew, als seine Mutter verstummte, »lasset uns gemeinsam tanzen.«

Ich lachte auf. »Mit dir tanze ich jederzeit wieder. Aber bis ich herausgefunden habe, wie diese Fliegerei funktioniert, bleibst du mein einziger Tanzpartner.«

»Ganz korrekt betrachtet war das ein Schweben, kein Fliegen«, korrigierte Matthew mich.

»Schweben, Fliegen – wie du es auch nennst, ich glaube, ich sollte das lieber nicht mit Fremden tun.«

»Stimmt«, sagte er.

Marthe hatte das Sofa frei gemacht und sich neben Ysabeau auf einen Stuhl gesetzt. Matthew und ich setzten uns nebeneinander, ohne die Hände zu lösen.

»Sie ist nie zuvor geschwebt?«, fragte Ysabeau aufrichtig verwundert.

»Diana setzt ihre Magie nicht ein, *Maman*, höchstens für Kleinigkeiten«, erklärte er.

»Sie besitzt unglaubliche Kräfte, Matthew. Das Hexenblut singt in ihren Adern. Sie sollte in der Lage sein, ihre Kräfte auch für große Dinge einzusetzen.«

Er sah sie streng an. »Es liegt bei ihr, ob und wie sie ihre Kräfte einsetzt.«

»Das ist doch kindisch«, sagte sie und sah mich an. »Es wird Zeit, dass Sie erwachsen werden, Diana, und sich Ihrer Verantwortung stellen.«

Matthew knurrte leise.

»Knurr mich nicht an, Matthew de Clermont! Ich spreche nur aus, was gesagt werden muss.«

»Du sagst ihr, was sie tun soll. Das ist nicht deine Aufgabe.«

»Genauso wenig wie deine, mein Sohn!«, schoss Ysabeau zurück.

»Verzeihung!« Meine scharfe Wortmeldung ließ beide de Clermonts verdutzt innehalten, und Mutter wie Sohn starrten mich an. »Es ist tatsächlich allein meine Entscheidung, ob – und wie – ich meine Magie einsetze. Aber«, wandte ich mich an Ysabeau, »ich kann sie wirklich nicht länger ignorieren. Sie scheint aus mir herauszudrängen. Zumindest muss ich lernen, meine Kräfte zu kontrollieren.«

Eine Weile sahen Ysabeau und Matthew mich wortlos an. Schließlich nickte Ysabeau. Matthew tat es ihr nach.

Wir saßen weiter am Kamin, bis das Feuer niedergebrannt war. Matthew tanzte mit Marthe, und immer wieder stimmte einer von ihnen ein Lied an, wenn ein Musikstück sie an eine andere Nacht vor einem anderen Feuer erinnerte. Aber ich tanzte kein zweites Mal, und Matthew drängte mich nicht dazu.

Schließlich stand er auf. »Ich bringe jetzt die Einzige von uns, die ihren Schlaf braucht, ins Bett.«

Ich erhob mich ebenfalls und strich meine Hose über den Schenkeln glatt. »Gute Nacht, Ysabeau. Gute Nacht, Marthe. Danke für das bezaubernde Essen und den überraschenden Abend.«

Marthe lächelte mich an. Ysabeau versuchte ebenfalls zu lächeln, brachte aber nur ein widerwilliges Dehnen der Lippen zustande.

Matthew begleitete mich nach oben und legte auf der Treppe sanft die Hand in meinen Rücken.

»Ich lese vielleicht noch ein bisschen«, wandte ich mich ihm zu, als wir in seinem Arbeitszimmer angekommen waren.

Er war direkt hinter mir, so dicht, dass ich seinen stockenden Atem hören konnte. Er nahm mein Gesicht in beide Hände.

»Mit welchem Zauber hast du mich belegt?« Seine Augen tasteten mein Gesicht ab. »Es sind nicht nur deine Augen – obwohl sie es mir unmöglich machen, klar zu denken – und auch nicht dein Honigduft.«

Er vergrub sein Gesicht in meinem Nacken und schob eine Hand in mein Haar, während die andere an meinem Rücken abwärtsglitt und meine Hüften näher an ihn heranzogen.

Mein Körper schmiegte sich an seinen, als wäre er dafür geschaffen.

»Es ist deine Furchtlosigkeit«, murmelte er gegen meine Haut, »die Art, wie du dich ohne nachzudenken bewegst, und das Schimmern, das du ausstrahlst, wenn du dich konzentrierst – oder wenn du fliegst.«

Mein Hals bog sich zur Seite und bot ihm noch mehr Haut zur Berührung dar. Langsam drehte Matthew mein Gesicht zu sich her und strich dann mit dem Daumen über meine warmen Lippen.

»Hast du gewusst, dass du einen Schmollmund machst, wenn du schläfst? Man könnte meinen, du wärst mit deinen Träumen unzufrieden, aber ich stelle mir lieber vor, dass du geküsst werden möchtest.« Bei jedem Wort klang er französischer.

Weil mir bewusst war, dass Ysabeau das hier oben bestimmt nicht guthieß und als Vampirin garantiert alles mithörte, versuchte ich mich aus seinen Armen zu winden.

»Matthew, deine Mutter ...«

Ich hatte keine Gelegenheit, den Satz zu vollenden. Mit einem leisen, zufriedenen Brummen drückte er seine Lippen auf meine und küsste mich sanft, aber eindringlich, bis mein ganzer Körper – und einmal nicht nur die Hände – kribbelte. Ich erwiderte den Kuss und hatte gleichzeitig das Gefühl zu schweben und zu fallen, bis ich nicht mehr genau sagen konnte, wo mein Körper endete und seiner begann. Seine Lippen strichen über meine Wangen aufwärts zu meinen Lidern. Als sie über mein Ohr wanderten, stockte mir der Atem. Matthews Mund verzog sich zu einem Lächeln, dann presste er ihn wieder auf meinen.

»Deine Lippen sind rot wie Mohn, und dein Haar wirkt so lebendig«, sagte er, als er mich ausgiebig geküsst hatte, und zwar so intensiv, dass mir die Luft wegblieb.

»Was hast du nur immer mit meinen Haaren? Warum jemand mit deinem Haar hiervon« – ich packte eine Faust voll Haare und zerrte sie mir vom Kopf weg – »beeindruckt sein sollte, will mir nicht in den

Kopf. Ysabeaus Haare sehen aus wie reine Seide und Marthes auch. Meine sind das reinste Chaos – jede Farbe des Regenbogens und eigensinnig dazu.«

»Genau darum liebe ich sie so«, sagte Matthew und strich sanft über die Strähnen. »Sie sind nicht perfekt, genau wie das Leben. Es sind keine polierten, makellosen Vampirhaare. Es gefällt mir, dass du kein Vampir bist, Diana.«

»Und mir gefällt, dass du einer *bist*, Matthew.«

Ein Schatten huschte über seinen Blick und war im nächsten Moment wieder verschwunden.

»Mir gefällt, dass du so stark bist«, sagte ich und küsste ihn ebenso enthusiastisch, wie er mich geküsst hatte. »Und mir gefällt deine Intelligenz. Manchmal sogar deine herrische Art. Aber vor allem ...« – ich rieb mit meiner Nasenspitze über seine – »mag ich deinen Geruch.«

»Im Ernst?«

»Im Ernst.« Meine Nase senkte sich in die Vertiefung über seinem Schlüsselbein, seiner, wie ich inzwischen festgestellt hatte, süßesten und würzigsten Stelle.

»Es ist schon spät. Du musst jetzt schlafen.« Widerwillig ließ er mich los.

»Komm mit mir ins Bett.«

Er riss überrascht die Augen auf, und mir schoss das Blut ins Gesicht.

Matthew drückte meine Hand auf sein Herz. Es schlug einmal, kraftvoll. »Ich komme später nach oben«, versprach er, »aber ich werde nicht bleiben. Wir haben so viel Zeit, Diana. Du kennst mich erst seit ein paar Wochen. Wir brauchen nichts zu überstürzen.«

Gesprochen wie ein Vampir.

Er sah, wie belämmert ich dastand, und zog mich wieder an seine Brust, um mich noch einmal ausgiebig zu küssen. »Ein Vorgeschmack«, sagte er, als er fertig war, »auf das, was kommen wird. Zum richtigen Zeitpunkt.«

Der wäre *jetzt* gewesen. Aber nachdem meine Lippen abwechselnd vor Kälte prickelten und vor Hitze glühten, fragte ich mich insgeheim, ob ich tatsächlich so bereit war, wie ich dachte.

Oben brannten zahllose Kerzen, und das Feuer hatte den Raum aufgewärmt. Wann Marthe die Zeit gefunden hatte, hier heraufzukommen, Dutzende von Kerzen auszuwechseln und sie so anzuzünden, dass sie immer noch brannten, wenn ich ins Bett ging, war mir ein Rätsel, aber nachdem es hier oben keine Steckdose gab, war ich ihr ausgesprochen dankbar.

Während ich mich im Bad hinter der angelehnten Tür umzog, hörte ich mir an, was Matthew für den nächsten Tag geplant hatte. Unter anderem einen langen Spaziergang, einen weiteren Ausritt und intensives Studium im Arbeitszimmer.

Ich war mit allem einverstanden – vorausgesetzt, dass das Studium an erster Stelle kam. Das alchemistische Manuskript rief nach mir, und ich konnte es kaum erwarten, einen tieferen Blick hineinzuwerfen.

Ich legte mich in Matthews riesiges Himmelbett, und er zog die Decke über mir straff, bevor er mit den Fingerspitzen eine Flamme nach der anderen ausdrückte.

»Sing mir was vor«, sagte ich, während ich beobachtete, wie seine langen Finger sich furchtlos durch die Flammen bewegten. »Ein altes Lied – eines, das Marthe gefallen würde.« Ihre ironische Vorliebe für Liebeslieder war mir nicht entgangen.

Schweigend wanderte er durchs Zimmer, löschte die Kerzen und zog dabei immer längere Schatten hinter sich her, je dunkler der Raum wurde. Dann begann er in seinem vollen Bariton zu singen.

Ni muer ni viu ni no guaris,
Ni mal no-m sent e si l'ai gran,
Quar de s'amor no suy devis,
Ni no sai si ja n'aurai ni quan,
Qu'en lieys es tota le mercés
Que·m pot sorzer o decazer.

Es war ein Lied voller Sehnsucht, schon beinahe todtraurig. Und es endete, als er an mein Bett zurückkehrte. Die eine Kerze auf dem Nachttisch ließ Matthew brennen.

»Was hat der Text zu bedeuten?« Ich fasste nach seiner Hand.

»Ich bin nicht tot und nicht lebendig und werde auch nicht gesund, meine Krankheit ist für mich kein Leid, denn sie hält mich mit ihrer Liebe hin.« Er beugte sich zu mir herab und küsste mich auf die Stirn. *»Ich weiß nicht, ob ich sie je gewinnen werde oder wann, denn ich bin ihrer Gnade ausgeliefert, mich erblühen oder vergehen zu lassen.«*

»Wer hat das geschrieben?«, fragte ich. Es war beängstigend, wie gut der Text passte, wenn ein Vampir ihn sang.

»Mein Vater schrieb das für Ysabeau. Aber jemand anderes heimste den Ruhm dafür ein.« Matthews Augen glänzten, und er lächelte fröhlich und zufrieden. Leise summend ging er nach unten. Ich lag allein in seinem Bett und sah der letzten Kerze beim Niederbrennen zu, bis sie blakend erlosch.

Kapitel 21

Als ich am nächsten Morgen aus der Dusche kam, erwartete mich ein Vampir mit einem Frühstückstablett in den Händen.

»Ich habe Marthe gesagt, dass du heute Vormittag arbeiten möchtest«, erklärte Matthew und hob die Wärmehaube über dem Tablett an.

»Ihr beide verwöhnt mich.« Ich faltete die Serviette auf, die auf einem Stuhl bereitlag.

»Ich glaube nicht, dass dein Charakter akut gefährdet ist.« Matthew beugte sich über mich und küsste mich mit lustvoll verhangenem Blick. »Guten Morgen. Hast du gut geschlafen?«

»Ausgezeichnet.« Ich nahm ihm den Teller ab und wurde rot, als mir wieder einfiel, wozu ich ihn gestern Abend eingeladen hatte. Ich spürte immer noch einen leichten Stich, wenn ich mich an seine freundliche Abfuhr erinnerte, aber der Kuss heute Morgen überzeugte mich, dass uns mehr verband als reine Freundschaft und wir uns in eine neue Richtung bewegten.

Nach meinem Frühstück gingen wir nach unten, schalteten beide Computer ein und machten uns ans Werk. Matthew hatte eine ganz gewöhnliche, englische Vulgata-Bibel aus dem neunzehnten Jahrhundert neben das Manuskript auf den Tisch gelegt.

»Danke«, rief ich ihm über die Schulter zu und hob die Bibel hoch.

»Ich habe sie unten gefunden. Offenbar ist dir die eine, die ich besitze, nicht gut genug.« Er grinste.

»Ich werde auf gar keinen Fall eine Gutenberg-Bibel als Nachschlagewerk missbrauchen, Matthew.« Ich klang strenger als beabsichtigt und ein bisschen lehrerinnenhaft.

»Ich kenne die Bibel in- und auswendig. Wenn du etwas wissen willst, kannst du mich auch einfach fragen«, schlug er vor.

»Ich werde auch dich nicht als Nachschlagewerk missbrauchen.«

»Wie du meinst.« Er zuckte mit den Achseln und lächelte wieder.

Mit dem Computer neben mir und dem alchemistischen Manuskript vor mir war ich bald nur noch mit Lesen, Analysieren und Notieren meiner Ideen beschäftigt. Nur einmal wurde ich abgelenkt, als ich Matthew um ein kleines Gewicht bat, mit dem ich während des Tippens die Buchseiten offen halten konnte. Er kramte herum und kam schließlich mit einer Bronzemedaille mit dem Porträt Ludwig des Vierzehnten sowie einem kleinen Holzfuß an, der, wie er behauptete, von einem deutschen Engel stammte. Er wollte mir die beiden Gegenstände nicht ohne ein Pfand überlassen. Schließlich konnte ich ihn mit mehreren Küssen zufriedenstellen.

Aurora Consurgens war einer der schönsten Texte in der alchemistischen Tradition, eine Meditation über die weibliche Gestalt der Weisheit, in der gleichzeitig die chemische Aussöhnung von entgegengesetzten Naturkräften abgehandelt wurde. Der Text in Matthews Ausgabe unterschied sich kaum von dem in den Handschriften, die ich in Zürich, Glasgow und London studiert hatte. Umso deutlicher unterschieden sich die Illustrationen.

Die Künstlerin, Bourgot Le Noir, war eine wahre Meisterin ihrer Zunft gewesen. Jede Illustration war präzise und liebevoll ausgeführt. Aber ihr Talent beschränkte sich nicht auf technisches Können. Aus ihren weiblichen Figuren sprach eine ungeheure Empfindsamkeit. Bourgots Weisheitsfigur war kraftvoll, aber sie wirkte gleichzeitig weich. Auf der ersten Illustration, auf der die Weisheit die Verkörperungen der sieben Metalle unter ihrem Umhang beschirmte, zeigte ihre Miene einen kraftvollen, mütterlichen Stolz.

Es gab zwei Illustrationen – genau wie Matthew versprochen hatte –, die in keiner anderen bekannten Kopie der *Aurora Consurgens* enthalten waren. Beide gehörten zur letzten Parabel, die sich mit der chemischen Hochzeit von Gold und Silber beschäftigte. Die erste Illustration stand neben ein paar Sätzen zum weiblichen Prinzip in der alchemistischen Wandlung. Diese Figur, die oft als Königin in einem weißen Kleid voller Mondsymbole gezeigt wurde, um ihre Verbindung mit dem Silber zu verdeutlichen, war von Bourgot in eine wunderschöne, aber auch angsteinflößende Kreatur mit silbernen Schlangen statt Haaren verwandelt worden, deren Gesicht im Schatten lag wie ein Mond während einer Mondfinsternis. Stumm las ich den dazugehörigen lateinischen Text und übersetzte ihn für mich: »*Wendet euch mir zu von ganzem Herzen. Weist mich nicht ab, weil ich im Schatten bin und dunkel, denn das Feuer der Sonne hat mich verwandelt. Die Meere haben mich umschlungen. Die Erde wurde verdorben durch meine Werke. Die Nacht kam über die Erde, als ich in die morastige Tiefe sank, und meine Substanz wurde verborgen.*«

Die Mondkönigin hielt einen Stern in der ausgestreckten Hand. »*Aus den Tiefen des Wassers rief ich nach euch, und aus den Tiefen der Erde werde ich euch alle anrufen, die ihr vorübergeht*«, las ich weiter. »*Achtet auf mich. Seht mich an. Und wenn ihr einen findet, der mir gleicht, werde ich ihm den Morgenstern schenken.*« Meine Lippen sprachen die Worte nach, und Bourgots Illustration erweckte den Text in der Miene der Mondkönigin zum Leben, wunderbar klar zeigte sie ihre Angst vor Zurückweisung und einen schüchternen Stolz.

Die zweite Illustration, die in keiner anderen Handschrift der *Aurora Consurgens* auftauchte, folgte auf der nächsten Seite und begleitete die Worte, die das männliche Prinzip, der goldene Sonnenkönig, sprach. Mir stellten sich förmlich die Nackenhaare auf, als ich Bourgots Darstellung eines schweren Steinsarkophags sah, dessen Deckel gerade so weit zur Seite geschoben worden war, dass man einen goldenen Leichnam darin erkennen konnte. Friedlich hatte der König die Augen geschlossen, und aus seiner Miene sprach Hoffnung, so als träumte er davon, aus seinem Gefängnis freizukommen. »*Ich werde mich erheben und durch die Stadt wandern. In den Straßen werde ich eine reine Frau suchen, die ich heiraten kann*«, las ich, »*mit edlem Antlitz, noch edlerem Körper und in edelstem Gewand. Sie soll den Stein vor dem Eingang zu meinem Grab beiseiterollen und mir Flügel wie die einer Taube verleihen, sodass ich mit ihr in den Himmel fliegen und dort ewig und in Frieden leben kann.*« Die Passage erinnerte mich an

Matthews Pilgerzeichen und den winzigen Lazarussarg. Ich griff nach der Bibel.

»Markus 16, Psalm 55 und Deuteronomium 32, Vers 40.« Matthews Stimme durchschnitt die Stille und ratterte die Referenzstellen herunter wie eine vollautomatische Bibelkonkordanz.

»Woher hast du gewusst, was ich gerade lese?« Ich drehte mich ein Stück zur Seite, um ihn besser sehen zu können.

»Du hast die Lippen bewegt«, erwiderte er, den Blick stur auf den Bildschirm gerichtet, und ließ die Finger weiter über die Tasten fliegen.

Die Lippen angestrengt zusammenpressend, beugte ich mich wieder über meinen Text. Der Autor hatte auf jede Bibelpassage Bezug genommen, die mit der alchemistischen Geschichte von Tod und Schöpfung zu tun hatte, und alles umgeformt und zusammengefügt. Ich zog die Bibel über den Tisch zu mir her. Sie war in schwarzes Leder gebunden, und auf dem Umschlag prangte ein goldenes Kreuz. Ich schlug das Markusevangelium auf und überflog Kapitel 16. Da kam die Stelle, Markus 16:3: *»Und sie sprachen zueinander: Wer wird uns den Stein von der Tür der Gruft wegwälzen?«*

»Gefunden?«, erkundigte Matthew sich freundlich.

»Ja.«

»Gut.«

Wieder wurde es still im Raum.

»Wo finde ich die Stelle über den Morgenstern?« Manchmal war mein heidnischer Hintergrund beruflich eine echte Belastung.

»Offenbarung 2, Vers 28.«

»Danke.«

»Gern geschehen.« Von seinem Schreibtisch drang ein ersticktes Lachen zu mir herüber. Ich beugte mich über das Manuskript und ignorierte ihn.

Nachdem ich zwei Stunden lang winzige gotische Handschriften entziffert und nach den dazu passenden Bibelstellen gefahndet hatte, war ich nur zu gern bereit, reiten zu gehen, sobald Matthew vorschlug, eine Pause zu machen. Als Bonus versprach er mir zu erzählen, wie er im siebzehnten Jahrhundert den Physiologen William Harvey kennengelernt hatte.

»Das ist keine besonders interessante Geschichte«, hatte er zuvor noch protestiert.

»Für dich vielleicht nicht. Aber für eine Wissenschaftshistorikerin? Näher werde ich dem Mann kaum kommen, der herausgefunden hat, dass das Herz wie eine Pumpe arbeitet.«

Seit wir auf Sept-Tours angekommen waren, hatten wir die Sonne nicht viel gesehen, aber das störte uns beide nicht. Matthew wirkte seitdem viel entspannter, und ich war zu meiner Überraschung froh, Oxford verlassen zu haben. Gillians Drohungen, das Foto von meinen Eltern, selbst Peter Knox – all das trat mit jeder Stunde weiter in den Hintergrund.

Während wir durch den Garten gingen, plauderte Matthew angeregt über ein Arbeitsproblem, bei dem es um einen dna-Strang ging, der eigentlich in einer Blutprobe vorhanden sein sollte, es aber nicht war. Er skizzierte ein Chromosom in die Luft, um mir die Schwierigkeiten zu verdeutlichen, und wies auf die betreffende Stelle, und ich nickte gehorsam, auch wenn mir verschlossen blieb, worum genau es ging. Die Worte purzelten immer weiter aus seinem Mund, bis er irgendwann den Arm um meine Schulter legte und mich an seine Seite zog.

Wir bogen um eine Hecke. Vor dem Tor, durch das wir gestern geritten waren, stand ein Mann in Schwarz. So wie er am Stamm einer Kastanie lehnte, mit der Eleganz eines Leoparden auf der Lauer, konnte er eigentlich nur ein Vampir sein.

Matthew schob mich hinter sich.

Der Mann löste sich geschmeidig von der rauen Borke und kam auf uns zugeschlendert. Das bleiche Gesicht und die großen, dunklen Augen, die durch das Schwarz seiner Lederjacke, Jeans und Stiefel noch tiefer wirkten, ließen keinen Zweifel daran, dass er ein Vampir war. Diesem Vampir war es egal, ob jemand wusste, dass er anders war. Seine Wolfsmiene war der einzige Makel in dem ansonsten engelsgleichen Antlitz mit den symmetrischen Zügen und den dunklen Haaren, die sich bis auf seine Schultern lockten. Er war kleiner und leichter als

Matthew, trotzdem strahlte er nicht zu unterschätzende Kraft aus. Bei seinem Blick gefror mir das Fleisch unter der Haut, und die Kälte breitete sich aus wie ein Blutfleck.

»Domenico«, begrüßte Matthew ihn ruhig, allerdings lauter als sonst.

»Matthew.« Der Vampir warf Matthew einen Blick zu, aus dem kalter Hass sprach.

»Wir haben uns lange nicht gesehen.« Matthew blieb so gelassen, als wäre ein unangemeldeter Vampir auf Besuch das Normalste auf der Welt.

Domenico sah ihn nachdenklich an. »Wann war das noch mal? In Ferrara? Als wir beide gegen den Papst kämpften – wenn auch aus unterschiedlichen Gründen, wenn ich mich recht erinnere. Ich versuchte Venedig zu retten. Du versuchtest die Tempelritter zu retten.«

Matthew nickte bedächtig, ohne den Blick von dem Vampir zu nehmen. »Ich glaube, du hast recht.«

»Danach, mein Freund, warst du wie vom Erdboden verschwunden. Dabei haben wir in unserer Jugend so viele Abenteuer zusammen erlebt: auf den Ozeanen, im Heiligen Land. Venedig war für einen Vampir wie dich immer voller Vergnügungen, Matthew.« Scheinbar besorgt schüttelte Domenico den Kopf. Der Vampir im Tor des Châteaus sah wirklich aus wie ein Venezianer – oder wie eine unheilige Kreuzung zwischen einem Engel und einem Teufel. »Warum hast du mich nie besucht, wenn du aus Frankreich in eines deiner vielen Verstecke fliehen musstest?«

»Falls ich damals irgendwen beleidigt habe, Domenico, ist das gewiss zu lange her, als dass es uns heute noch beschäftigen sollte.«

»Vielleicht, aber eines hat sich in all den Jahren nicht geändert: Immer wenn es irgendwo eine Krise gibt, ist ein de Clermont in der Nähe.« Er sah mich an, und etwas wie Gier leuchtete in seinem Gesicht auf. »Das muss die Hexe sein, von der ich so viel gehört habe.«

»Diana, geh wieder ins Haus«, befahl Matthew mir scharf.

Ich konnte die Gefahr spüren, aber ich zögerte, weil ich ihn um keinen Preis allein lassen wollte.

»Geh!«, wiederholte er, und diesmal war seine Stimme scharf wie ein Schwert.

Unser Vampirbesucher erblickte etwas hinter mir und begann zu lächeln. Eine eisige Brise wehte an mir vorbei, und ein kalter, harter Arm hakte sich in meinen.

Domenico machte einen formvollendeten Kratzfuß. »Madame, es ist mir eine Freude, Sie bei so guter Gesundheit zu sehen. Woher wussten Sie, dass ich hier bin?«

»Ich habe dich gerochen«, erklärte Ysabeau verächtlich. »Du kommst hierher, in mein Haus, ohne eingeladen worden zu sein? Was würde deine Mutter sagen, wenn sie wüsste, dass du dich so benimmst?«

»Wenn meine Mutter noch am Leben wäre, könnten wir sie fragen«, antwortete Domenico mit kaum verhohlener wilder Wut.

»*Maman,* bring Diana ins Haus.«

»Natürlich, Matthew. Dann könnt ihr euch ungestört unterhalten.« Ysabeau machte kehrt und zog mich mit sich fort.

»Ihr seid mich schneller wieder los, wenn ihr mich meine Botschaft überbringen lasst«, rief Domenico uns nach. »Falls ich noch einmal kommen muss, dann bestimmt nicht allein. Der heutige Besuch ist eine Geste der Höflichkeit dir gegenüber, Ysabeau.«

»Sie hat das Buch nicht«, wies Matthew ihn scharf zurecht.

»Ich bin nicht auf das verfluchte Hexenbuch aus, Matthew. Das können sie ruhig behalten. Mich hat die Kongregation geschickt.«

Ysabeau atmete langsam und tief aus, so als hätte sie tagelang die Luft angehalten. Eine Frage blubberte in mir hoch, doch Ysabeau brachte mich mit einem Blick zum Schweigen.

»Es überrascht mich, Domenico, dass du bei deinen vielen neuen Aufgaben noch Zeit hast, alte Freunde zu besuchen.« Aus Matthews Stimme sprach tiefste Verachtung. »Warum vergeudet die Kongregation ihre Zeit damit, den de Clermonts einen Höflichkeitsbesuch abzustatten, wenn gleichzeitig Vampire überall in Europa blutleere Leichen hinterlassen, die von den Menschen gefunden werden?«

»Es ist Vampiren nicht verboten, sich von Menschen zu ernähren – auch wenn ich diese Sorglosigkeit missbillige. Wie du weißt, folgt uns

Vampiren der Tod auf Schritt und Tritt.« Domenico tat die brutalen Morde mit einem Achselzucken ab, und mir jagte ein eisiger Schauer über den Rücken, als ich erkannte, wie wenig ihn das zerbrechliche Leben von uns Warmblütern interessierte. »Dagegen verbietet der Kodex eindeutig jede Verbindung zwischen einem Vampir und einer Hexe.«

Ich drehte mich um und starrte Domenico an. »*Was* haben Sie da gesagt?«

»Sie kann sprechen!« Domenico klatschte in ironischer Freude in die Hände. »Warum soll die Hexe nicht an unserer Unterhaltung teilhaben?«

Matthew fasste nach hinten und zog mich nach vorn. Ysabeau hatte mich unter dem anderen Arm eingehakt. Wir bildeten eine kurze, feste Kette aus Vampir, Hexe und Vampirin.

»Diana Bishop.« Domenico verbeugte sich wieder. »Es ist mir eine Ehre, eine Hexe aus einer so alten und angesehenen Familie kennenzulernen, wo es doch nur noch wenige so alte Familien gibt.« Jedes Wort klang nach einer Drohung.

»Wer sind Sie?«, fragte ich. »Und warum sollte es Sie interessieren, mit wem ich meine Zeit verbringe?«

Der Venezianer sah mich neugierig an, dann legte er den Kopf in den Nacken und lachte laut auf. »Man hat mich gewarnt, dass Sie ebenso streitbar seien wie Ihr Vater, aber ich wollte das nicht glauben.«

Meine Finger begannen leise zu kribbeln, und Ysabeau verstärkte kaum merklich ihren Griff.

»Habe ich die Hexe verärgert?« Domenicos Blick haftete an Ysabeaus Arm.

»Sag uns, was du zu sagen hast, und verschwinde dann von unserem Grund«, sagte Matthew.

»Ich heiße Domenico Michele. Ich kenne Matthew, seit ich wiedergeboren wurde, und Ysabeau beinahe genauso lange. Natürlich kenne ich beide nicht so gut, wie ich die bezaubernde Louisa kannte. Aber wir sollten nicht leichtfertig von den Toten sprechen.« Der Venezianer bekreuzigte sich heuchlerisch.

»Du solltest möglichst überhaupt nicht von meiner Schwester sprechen.« Matthew blieb äußerlich immer noch ruhig, aber Ysabeau sah aus, als wollte sie ihn jeden Moment töten, und ihre Lippen waren schneeweiß.

»Sie haben meine Frage nicht beantwortet«, mischte ich mich ein und lenkte Domenicos Aufmerksamkeit erneut auf mich.

In den Augen des Venezianers funkelte offene Anerkennung.

»Diana.« Matthew konnte das Rumoren in seiner Kehle nicht unterdrücken. Er war kurz davor, mich anzuknurren. Marthe kam aufgeregt aus der Küche gelaufen.

»Sie ist feuriger als die meisten ihrer Art, wie ich sehe. Riskierst du deshalb so viel, nur damit du sie bei dir behalten kannst? Amüsiert sie dich? Oder hast du vor, dich an ihr sattzutrinken, bis sie dich langweilt und du sie wegwirfst wie die anderen Warmblüter?«

Matthews Hände zuckten an den Lazarussarg, der sich unter seinem Pullover abzeichnete. Seit wir in Sept-Tours angekommen waren, hatte er ihn nicht mehr berührt.

Domenicos scharfem Auge entging die Geste nicht, und er reagierte mit einem unversöhnlichen Lächeln. »Gewissensbisse?«

Dass Domenico Matthew so provozierte, machte mich derart wütend, dass ich den Mund öffnete, um ihn zurechtzuweisen.

»Diana, du gehst sofort ins Haus zurück.« Matthews Tonfall ließ darauf schließen, dass wir später ein ernstes Gespräch führen würden. Er schubste mich unauffällig in Ysabeaus Richtung und baute sich noch abweisender zwischen seiner Mutter, mir und dem düsteren Venezianer auf. Inzwischen war auch Marthe zu uns gestoßen und verschränkte die Arme in einer verblüffenden Imitation von Matthews Geste vor der Brust.

»Nicht bevor nicht die Hexe gehört hat, was ich zu sagen habe. Ich bin hier, um eine Warnung auszusprechen, Diana Bishop. Beziehungen zwischen Hexen und Vampiren sind untersagt. Sie werden dieses Haus verlassen und weder Matthew de Clermont noch irgendjemanden aus seiner Familie wiedersehen. Andernfalls wird die Kongregation alle nötigen Schritte unternehmen, um den Pakt zu bewahren.«

»Ich kenne Ihre Kongregation nicht, und ich bin keinem Pakt beigetreten«, erklärte ich ihm immer noch wütend. »Außerdem kann man einen Pakt nicht erzwingen. Ein Pakt wird freiwillig geschlossen.«

»Sie sind nicht nur Historikerin, sondern auch Juristin? Ihr modernen Frauen mit eurer ausgefeilten Ausbildung fasziniert mich immer wieder. Nur in der Theologie sind Frauen nicht zu gebrauchen«, fuhr Domenico sorgenvoll fort. »Glauben Sie, *wir* hätten damals den Ideen dieses Häretikers Calvin angehangen, als wir uns gegenseitig dieses Versprechen gaben? Als der Pakt geschlossen wurde, galt er für alle Vampire, Dämonen und Hexen – vergangene, gegenwärtige und zukünftige. Es geht hier nicht um einen Weg, den man nach Belieben einschlagen kann.«

»Du hast deine Warnung ausgesprochen, Domenico«, sagte Matthew mit samtweicher Stimme.

»Mehr habe ich der Hexe auch nicht zu sagen«, erwiderte der Venezianer. »Dir allerdings sehr wohl.«

»Dann wird Diana jetzt ins Haus zurückkehren. Bring sie hier weg, *Maman*«, befahl er angespannt.

Diesmal erfüllte seine Mutter seinen Wunsch ohne zu zögern, und Marthe folgte uns. »Nicht«, zischte Ysabeau, als ich mich zu Matthew umdrehen wollte.

»Wo kam dieses Ding denn her?«, fragte Marthe, als wir sicher im Haus angekommen waren.

»Vermutlich aus der Hölle«, sagte Ysabeau. Sie legte kurz die Fingerspitzen an mein Gesicht, zuckte aber sofort zurück, als sie die Wärme in meinen zornesroten Wangen spürte. »Sie sind tapfer, mein Mädchen, aber das eben war töricht. Sie sind kein Vampir. Begeben Sie sich nicht in Gefahr, indem Sie mit Domenico oder einem seiner Verbündeten streiten. Halten Sie sich von denen fern.«

Ysabeau ließ mir keine Zeit für eine Erwiderung, sondern eilte, mich weiterhin eingehakt, in rasendem Tempo durch die Küche, den Speisesaal, den Salon und in die große Halle. Schließlich zerrte sie mich zu dem Türstock, hinter dem die Treppe zum wuchtigsten Turm des Schlosses lag. Schon bei dem Gedanken an den Aufstieg verkrampften sich meine Waden.

»Wir müssen«, beharrte sie. »Dort wird Matthew uns suchen.«

Angst und Wut trieben mich die erste Hälfte der Treppe hinauf. Die zweite Hälfte bewältigte ich mit blanker Willenskraft. Als ich den Fuß über die letzte Stufe hob, fand ich mich auf einem flachen Dach wieder, von dem aus man in alle Richtungen schauen konnte. Hier oben wehte eine Brise, die meine geflochtenen Haare lockerte und die feuchte Luft um mich herum zum Tanzen brachte.

Ysabeau schritt sofort zu einem Fahnenmast, der sich noch einmal vier Meter in den Himmel erhob. Sie hisste ein gegabeltes schwarzes Banner mit einem silbernen Uroboros darauf. Der Stoff entfaltete sich im Zwielicht, bis die Schlange mit dem glänzenden Schwanz in ihrem Maul deutlich zu sehen war. Ich beugte mich zwischen zwei Zinnen über die Brüstung, und Domenico sah zu mir auf.

Im nächsten Moment wurde auf einem Gebäude im Ort ein ähnliches Banner gehisst, und eine Glocke schlug an. Männer und Frauen traten aus den Häusern, Bars, Geschäften und Büros und wandten sich Sept-Tours zu, wo das uralte Symbol für Beständigkeit und Wiedergeburt im Wind flatterte. Ich sah Ysabeau an, und die Frage stand mir deutlich im Gesicht.

»Unser Familienwappen und eine Warnung an das Dorf, auf der Hut zu sein«, erklärte sie. »Wir hissen das Banner nur, wenn Fremde im Schloss sind. Die Dorfbewohner haben sich daran gewöhnt, unter Vampiren zu leben, aber auch wenn sie von uns nichts zu befürchten haben, bewahren wir das Banner für Augenblicke wie diesen auf. Die Welt ist voller Vampire, denen man nicht trauen kann, Diana. Domenico Michele ist einer von ihnen.«

»Das hätten Sie mir nicht zu sagen brauchen. Wer zum Teufel ist er?«

»Ein uralter Freund von Matthew«, murmelte Ysabeau, den Blick fest auf ihren Sohn geheftet. »Und genau das macht ihn zu einem äußerst gefährlichen Feind.«

Ich sah wieder zu Matthew hinab, der immer noch mit Domenico sprach, wobei beide Abstand hielten. Plötzlich trafen sich die beiden in einem hektischen grauschwarzen Wirbel, und im nächsten Moment flog der Venezianer gegen den Kastanienbaum, an dem er gelehnt hatte, als wir aus dem Tor getreten waren. Ein lautes Krachen hallte über das Château.

»Gut gemacht«, murmelte Ysabeau.

»Wo ist Marthe?« Ich sah über die Schulter zur Treppe.

»Unten in der Halle. Nur für alle Fälle.« Ysabeaus scharfer Blick lag wie gebannt auf ihrem Sohn.

»Würde Domenico tatsächlich hier heraufkommen und mir die Kehle aufreißen?«

Ysabeau bedachte mich mit ihrem schwarzen, kalten Blick. »Das wäre zu einfach, meine Liebe. Erst würde er mit Ihnen spielen. Er spielt immer erst mit seiner Beute. Und Domenico liebt es, sich vor Publikum zu produzieren.«

Ich schluckte schwer. »Ich kann auf mich selbst aufpassen.«

»Bestimmt, wenn Sie tatsächlich über solche Kräfte verfügen, wie Matthew meint. Ich habe festgestellt, dass Hexen sehr gut darin sind, sich zu schützen, wenn sie sich ein wenig Mühe geben und es ihnen nicht an Mut fehlt«, sagte Ysabeau.

»Was ist das für eine Kongregation, von der Domenico gesprochen hat?«, fragte ich.

»Ein neunköpfiger Rat – mit jeweils drei Mitgliedern aus den Orden der Dämonen, Hexen und Vampire. Er wurde während der Kreuzzüge ins Leben gerufen, um zu verhindern, dass die Menschen auf uns aufmerksam wurden. Wir waren damals recht unbedacht und mischten uns leichtfertig in ihre Politik und in andere menschliche Verrücktheiten ein.« Ysabeau klang verbittert. »Ehrgeiz, Stolz und gierige Geschöpfe wie Michele, die nie zufrieden waren mit ihrem Los und ständig mehr wollten, zwangen uns, den Pakt zu schließen.«

Die Vorstellung, dass Matthew und ich an Verabredungen gebunden sein sollten, die irgendwelche mittelalterlichen Kreaturen getroffen hatten, war lächerlich.

Die Brise löste ein paar Strähnen von Ysabeaus schweren, honigblonden Haaren und wehte sie um ihr Gesicht. »Sobald wir uns untereinander mischten, haben wir Verdacht erregt. Sobald wir uns für ihre Angelegenheiten interessierten, weckte unsere Klugheit ihr Misstrauen. Diese armen Geschöpfe sind nicht besonders helle, aber sie sind auch nicht ganz dumm.«

»›Mischen‹ heißt in diesem Fall: keine gemeinsamen Abendessen oder Tänze.«

»Keine Abendessen, keine Tänze – auch keine Küsse oder Schlaflieder«, bemerkte Ysabeau spitz. »Und was nach dem Küssen und Tanzen kommt, ist erst recht verboten. Bevor der Pakt geschlossen wurde, platzten wir fast vor Arroganz. Damals gab es viel mehr von uns, und wir hatten uns angewöhnt, uns zu nehmen, was uns gefiel.«

»Was deckt dieses Versprechen sonst noch ab?«

»Keine Politik, keine Religion. Zu viele Prinzen und Päpste waren damals nichtmenschliche Geschöpfe. Als die Menschen begannen, Chroniken zu verfassen, wurde es immer komplizierter, von einem Leben ins nächste zu wechseln.« Ysabeau schauderte. »Weil die Menschen uns immer genauer beobachteten, war es für uns Vampire bald schwierig, einen glaubhaften Tod vorzutäuschen und dann ein neues Leben zu beginnen.«

Ich warf einen kurzen Blick auf Matthew und Domenico, aber beide standen noch vor den Mauern des Châteaus. »Also«, wiederholte ich und zählte die einzelnen Punkte an den Fingern ab. »Keine Verbrüderung unter verschiedenen Arten von Geschöpfen. Keine Einmischung in menschliche Politik oder Religion. Noch etwas?« Offenbar rührte die Xenophobie meiner Tante und ihr erbitterter Widerstand gegen mein Jurastudium daher, dass sie diese uralte Übereinkunft nicht wirklich verstanden hatte.

»Ja. Sollte ein Geschöpf den Pakt brechen, dann ist es Aufgabe der Kongregation, dafür zu sorgen, dass dieses Fehlverhalten unterbunden und der Eid nicht verletzt wird.«

»Und wenn *zwei* Geschöpfe den Pakt brechen?«

Die Stille dehnte sich zum Zerreißen.

»Soweit ich weiß, ist das noch nie vorgekommen«, antwortete sie grimmig. »Und daher ist es nur gut, dass ihr es nicht getan habt.«

Gestern hatte ich Matthew die simple Frage gestellt, ob er sich zu mir legen wollte, und er hatte genau gewusst, dass das mitnichten eine simple Frage war. Es war nicht so, wie ich vermutet hatte, nämlich dass er mir oder seinen Gefühlen misstraut hätte. Nein, Matthew hatte erst wissen wollen, wie weit uns die Kongregation würde gehen lassen, bevor sie eingriff.

Die Antwort hatten wir postwendend erhalten. Man würde uns keinen Schritt weiter gehen lassen.

Meine Erleichterung schlug in Zorn um. Wenn sich niemand beschwert und sich unsere Beziehung ungestört weiterentwickelt hätte, dann hätte er mir nie von der Kongregation oder dem Pakt erzählt. Und sein Schweigen hätte sich auf meine Familie ebenso wie auf seine ausgewirkt. Vielleicht hätte ich bis ans Ende meiner Tage meine Tante und Ysabeau für bigott gehalten. Stattdessen erfüllten beide nur ein Versprechen, das vor langer Zeit abgegeben worden war – was mir zwar unverständlich, aber doch verzeihlich war.

»Ihr Sohn muss endlich aufhören, Geheimnisse vor mir zu haben.« Mein Zorn kochte hoch, bis meine Fingerspitzen wieder kribbelten. »Und Sie sollten sich weniger Gedanken über die Kongregation machen als darüber, was ich mit ihm anstellen werde, wenn er mir wieder unter die Augen tritt.«

Sie schnaubte. »Sie werden nicht allzu viel anstellen können, weil er Sie sofort dafür rügen wird, dass Sie in Domenicos Gegenwart seine Autorität in Zweifel gezogen haben.«

»Ich stehe nicht unter seiner Autorität.«

»Sie, meine Liebe, müssen noch viel über Vampire lernen«, stellte sie selbstzufrieden fest.

»Und Sie über mich. Genau wie die Kongregation.«

Ysabeau packte mich bei den Schultern und bohrte die Fingernägel in meine Oberarme. »Das ist kein Spiel, Diana. Matthew ist bereit, sich gegen Kreaturen zu stellen, die er seit Jahrhunderten kennt, nur um Sie zu schützen. Ich bitte Sie inständig, das nicht zuzulassen. Andernfalls wird man ihn umbringen.«

»Matthew ist sein eigener Herr, Ysabeau«, gab ich kühl zurück. »Ich werde ihm nicht vorschreiben, was er zu tun hat.«

»Nein, trotzdem steht es in Ihrer Macht, ihn wegzuschicken. Erklären Sie ihm, dass Sie sich weigern, seinetwegen den Pakt zu brechen – oder dass Sie bloß Ihre Neugier stillen wollten –, dafür sind Hexen schließlich berühmt.« Sie stieß mich weg. »Wenn Sie ihn lieben, werden Sie genau wissen, was Sie sagen müssen.«

»Es ist vorbei«, rief Marthe vom Treppenaufgang aus.

Wir eilten an die Brüstung. Ein schwarzes Pferd mit Reiter galoppierte von den Stallungen weg und setzte über den Zaun der Koppel, bevor es mit donnernden Hufen im Wald verschwand.

Kapitel 22

Wir hatten zu dritt im Salon auf ihn gewartet, seit er am späten Vormittag auf Balthasar losgeritten war. Inzwischen wurden die Schatten länger. Ein Mensch wäre nach der Anstrengung, das mächtige Pferd auf offenem Gelände zu kontrollieren, halb tot gewesen. Allerdings hatten mir die Ereignisse vom Vormittag wieder vor Augen geführt, dass Matthew kein Mensch, sondern ein Vampir war – mit zahllosen Geheimnissen, einer komplizierten Vergangenheit und furchterregenden Feinden.

Über uns schloss sich eine Tür.

»Er ist wieder da. Jetzt geht er ins Zimmer seines Vaters, so wie immer, wenn er sich Sorgen macht«, erklärte Ysabeau.

Matthews wunderschöne junge Mutter saß mit leerem Blick am Feuer, während ich die Hände im Schoß rang und nichts von dem, was Marthe mir servierte, anrühren wollte. Ich hatte seit dem Frühstück nichts mehr gegessen, aber die Leere in mir hatte nichts mit Hunger zu tun.

Ich fühlte mich wie zerschlagen, denn mein bis dahin so sorgsam geordnetes Leben war nur noch ein Scherbenhaufen. Der Abschluss in Oxford, die Stelle in Yale, meine sorgfältig recherchierten Bücher hatten meinem Leben Sinn und Struktur verliehen. Aber in dieser fremden neuen Welt voller gefährlicher Vampire und bedrohlicher Hexen bot mir all das keinen Trost mehr. Ich fühlte mich elend und angreifbar, ich war auf Gedeih und Verderb an einen Vampir gekettet, und ich spürte unbestreitbar das Hexenblut in meinen Adern.

Endlich trat Matthew, frisch geduscht und angekleidet, in den Salon. Sein Blick kam sofort auf mir zu liegen und flatterte über mich hinweg. Als er sich überzeugt hatte, dass ich wohlbehalten war, löste sich die Verhärtung um seine Mundwinkel erleichtert auf.

Ansonsten hatte das Wesen, das den Salon betreten hatte, nichts mit dem Matthew zu tun, den ich kannte. Das war nicht der elegante, charmante Vampir, der mit einem ironischen Lächeln und einer Frühstückseinladung in mein Leben getreten war. Es war auch nicht der in seine Arbeit vertiefte Wissenschaftler, den die Frage umtrieb, warum er hier war. Und ich konnte nichts mehr von dem Matthew entdecken, der mich noch am Vorabend in seine Arme gezogen und mich so leidenschaftlich und intensiv geküsst hatte.

Der neue Matthew wirkte kühl und leidenschaftslos. Die wenigen weichen Stellen, die er bis dahin gehabt hatte – seine Mundpartie, die empfindsamen Hände, die ruhigen Augen –, waren harten Kanten und Winkeln gewichen. Er kam mir älter vor, und in der Mischung aus Müdigkeit und vorsichtiger Distanz spiegelte sich jede Minute seiner fast fünfzehnhundert Lebensjahre wider.

Im Kamin knallte ein Holzscheit. Die Funken trudelten blutorangenrot in den Rost und lenkten meinen Blick ab.

Im ersten Moment war alles nur rot. Dann bekam das Rot eine Struktur und faserte sich in Stränge auf, an denen hier und da Gold und Silber glänzte. Die Struktur wurde fester – zu Haar, Sarahs Haar. Meine Finger zerrten den Träger des Rucksacks von meiner Schulter, den ich genauso gewichtig scheppernd auf den Wohnzimmerboden fallen ließ wie mein Vater an der Tür seine Aktentasche, wenn er abends heimkam.

»Ich bin zu Hause!« Meine Kinderstimme klang hoch und gut gelaunt. »Krieg ich Kekse?«

Sarah wandte den Kopf, und das rotorange Haar schien im Halbdunkel des Spätnachmittags Funken zu werfen.

Trotzdem war ihr Gesicht kalkweiß.

Das Weiß überlagerte alle anderen Farben, wurde zu Silber und nahm eine schuppenartige Struktur an. Ein Kettenhemd schmiegte sich um einen vertrauten, muskulösen Körper. Matthew.

»Ich bin fertig.« Seine weißen Hände zerrten an einer schwarzen Tunika mit silbernem Kreuz auf der Brust und rissen sie an den Schultern ein. Dann warf er sie jemandem vor die Füße, drehte sich um und stolzierte davon.

Ich blinzelte, und die Vision löste sich auf und wich den warmen Farbtönen im Salon von Sept-Tours; trotzdem blieb das verstörende Wissen um das, was gerade passiert war. Genau wie bei dem Hexenwind hatte mich nichts darauf vorbereitet, dass diese verborgene Gabe zum Leben erwachen würde. Waren die Visionen meiner Mutter genauso plötzlich und klar über sie gekommen? Ich sah mich um, doch dass etwas passiert war, war offenbar allein Marthe aufgefallen, die mich mütterlich besorgt ansah.

Matthew ging zu Ysabeau und küsste sie auf beide makellos weißen Wangen. »Es tut mir so leid, *Maman*«, murmelte er.

»*Hein*, er war schon immer ein Schwein. Du kannst nichts dafür.« Sanft drückte Ysabeau die Hand ihres Sohnes. »Ich bin froh, dass du zu Hause bist.«

»Er ist weg. Heute Nacht brauchen wir uns seinetwegen keine Sorgen zu machen«, bekundete Matthew mit schmalen Lippen. Dann fuhr er sich mit den Fingern durchs Haar.

»Trinkt.« Offenbar hing Marthe der alten Schule an, dass sich jede Krise durch Essen oder Trinken bekämpfen ließ. Sie reichte Matthew ein Glas Wein und stellte einen Tee neben mir ab. Die Tasse blieb unberührt auf dem Tisch stehen und ließ kleine Dampftentakel aufsteigen.

»Danke, Marthe.« Matthew nahm einen tiefen Zug. Dabei kam sein Blick auf mir zu liegen, doch als er den Wein hinunterschluckte, sah er schon wieder weg. »Mein Telefon«, sagte er und verschwand in sein Arbeitszimmer.

Gleich darauf kam er die Stufen wieder herunter. »Für dich.« Er überreichte mir das Telefon so, dass sich unsere Hände nicht berührten.

Ich wusste, wer mich anrief. »Hallo, Sarah.«

»Seit über acht Stunden versuche ich dich anzurufen. Was in aller Welt ist los?« Sarah wusste, dass sich Unheil zusammenbraute – sonst hätte sie bestimmt nicht bei einem Vampir angerufen. Ihre Stimme war so angespannt, dass ich wieder ihr bleiches Gesicht vor Augen hatte. Sie war nicht nur traurig, sondern zutiefst verstört gewesen.

»Es ist alles in Ordnung«, sagte ich, weil ich ihr nicht noch mehr Angst machen wollte. »Ich bin mit Matthew zusammen.«

»Dass du mit Matthew zusammen bist, hat dich in Schwierigkeiten gebracht.«

»Sarah, ich kann jetzt nicht reden.« Das Letzte, was ich brauchte, war ein offener Streit mit meiner Tante.

Sie holte tief Luft. »Diana, es gibt ein paar Dinge, die du wissen solltest, bevor du dich einem Vampir an den Hals wirfst.«

»Wirklich?« Mein Zorn flammte wieder auf. »Und jetzt ist deiner Meinung nach der Zeitpunkt gekommen, mir von dem Pakt zu erzählen? Du weißt nicht rein zufällig, welche Hexen zurzeit in der Kongregation sitzen, oder? Ich hätte ihnen einiges zu sagen.« Meine Finger brannten, und die Haut unter meinen Nägeln verfärbte sich strahlend blau.

»Du hast dich von deinen Kräften losgesagt, Diana, und dich stets geweigert, über Magie zu sprechen. Der Pakt war für dich ebenso irrelevant wie die Kongregation.« Sarah klang ein bisschen kleinlaut.

Mein bitteres Lachen trug dazu bei, das Blau in meinen Fingern abzumildern. »Du kannst dich rechtfertigen, wie du willst, Sarah. Nachdem Mom und Dad umgebracht worden waren, hättest du mich aufklären sollen, statt mich immer nur mit rätselhaften, vagen Halbwahrheiten abzuspeisen. Jetzt ist es zu spät. Ich muss mit Matthew sprechen. Ich rufe morgen wieder an.« Nachdem ich die Verbindung getrennt und das Telefon auf das Kissen zu meinen Füßen geschleudert hatte, schloss ich die Augen und wartete darauf, dass das Kribbeln in meinen Fingern wieder nachließ.

Alle drei Vampire starrten mich an – das spürte ich genau.

»Und«, sagte ich in die Stille hinein, »müssen wir noch weitere Besucher aus der Kongregation erwarten?«

Matthews Mund spannte sich. »Nein.«

Es war eine schon fast unhöflich knappe Antwort, aber zumindest war es die Antwort, die ich mir erhofft hatte. Während der letzten Tage waren mir Matthews Stimmungsumschwünge erspart geblieben, und ich hatte beinahe vergessen, wie verstörend sie sein konnten. Seine nächsten Worte fegten meine Hoffnungen, dass das Unwetter an mir vorüberziehen würde, beiseite.

»Es wird keine weiteren Besuche mehr geben, weil wir den Pakt einhalten werden. Wir bleiben noch ein paar Tage hier und kehren dann nach Oxford zurück. Wärst du damit einverstanden, *Maman*?«

»Natürlich«, erwiderte Ysabeau sofort. Sie seufzte erleichtert auf.

»Wir sollten die Standarte gehisst lassen«, fuhr Matthew sachlich fort. »Das Dorf sollte auch weiterhin auf der Hut sein.«

Ysabeau nickte, und ihr Sohn trank wieder einen Schluck Wein. Ich starrte erst ihn und dann sie an. Keiner reagierte auf meine stille Aufforderung, deutlicher zu werden.

»Erst vor ein paar Tagen hast du mich aus Oxford *weggeholt*«, sagte ich, nachdem niemand auf meine wortlose Aufforderung reagieren wollte.

Matthew hob den Kopf und bedachte mich mit einem abweisenden Blick. »Und jetzt fährst du zurück«, antwortete er gleichmütig. »Bis dahin wird es keine Spaziergänge außerhalb des Anwesens mehr geben. Und keine einsamen Ausritte.« Seine kühle Reaktion machte mir mehr Angst als alles, was Domenico gesagt hatte.

»Und?«, bohrte ich nach.

»Keine Tänze mehr.« Matthews barsche Antwort ließ vermuten, dass unter diesen Oberbegriff auch eine ganze Reihe anderer Aktivitäten fielen. »Wir werden uns an die Regeln der Kongregation halten. Wenn wir aufhören, sie zu provozieren, werden sie sich hoffentlich wichtigeren Dingen zuwenden.«

»Ich verstehe. Ich soll mich also tot stellen. Und du gibst deine Arbeit und *Ashmole 782* auf? Das kannst du mir nicht erzählen.« Ich stand auf und ging zur Tür.

Matthews Hand kam schwer auf meinem Arm zu liegen. Dass er mich so schnell erreicht hatte, widersprach sämtlichen physikalischen Gesetzen.

»Setz dich, Diana.« Seine Stimme war so fest wie sein Griff, trotzdem war ich seltsam erleichtert, dass er überhaupt Gefühle zeigte.

»Warum gibst du nach?«, flüsterte ich.

»Ich will nicht, dass die Menschen auf uns aufmerksam werden – und dass du getötet wirst.« Er zog mich zum Sofa zurück und drückte mich in die Polster. »Diese Familie ist keine Demokratie und schon gar nicht in Zeiten wie diesen. Wenn ich dir sage, dass du etwas tun sollst, dann tust du es, ohne zu zögern und ohne zu fragen. Verstanden?« Matthews Tonfall ließ erkennen, dass für ihn die Sache damit geklärt war.

»Sonst?«

Er stellte den Wein ab, und in dem Kristallkelch brach sich das Kerzenlicht.

Ich merkte, wie ich fiel, diesmal in tiefes Wasser.

Das Wasser verwandelte sich zu einem Tropfen, einem Tränentropfen, der auf einer weißen Wange glänzte.

Sarahs Wangen waren tränennass, ihre Augen waren rot und verschwollen. Em war in der Küche. Sie kam zu uns, und ich sah, dass sie ebenfalls geweint hatte. Sie war völlig aufgelöst.

»Was ist?« Die Angst schnürte mir den Magen zu. »Was ist passiert?«

Sarah wischte sich über die Augen, mit fleckigen Fingern von den Kräutern und Gewürzen, die sie für ihre Zaubersprüche verarbeitet hatte.

Ihre Finger wurden länger, die Flecken verschwanden.

»Was ist denn?«, fragte Matthew mit wildem Blick und wischte mit weißen Fingern eine winzige, blutige Träne von einer genauso weißen Wange. »Was ist passiert?«

»Hexen. Sie haben deinen Vater«, sagte Ysabeau mit brechender Stimme.

Die Vision löste sich auf, und ich sah Matthew an, weil ich hoffte, dass mich seine Augen genau wie sonst in Bann schlagen und aus meiner Verwirrung erlösen würden. Sobald sich unsere Blicke trafen, kam er zu mir und blieb vor mir stehen. Trotzdem spendete mir seine Nähe diesmal keinen Trost.

»Ich würde dich eher selbst töten als zuzulassen, dass dir jemand wehtut.« Die Worte wollten ihm kaum über die Lippen. »Und ich will dich nicht töten. Also tu bitte, was ich dir auftrage.«

»Das ist alles?«, fragte ich, als ich wieder einen Ton herausbrachte. »Wir beugen uns einer uralten, engstirnigen Übereinkunft, die vor fast tausend Jahren geschlossen wurde. Fall erledigt?«

»Die Kongregation darf dich auf keinen Fall ins Visier nehmen. Du kannst deine Magie nicht kontrollieren und weißt immer noch nicht, in welcher Beziehung du zu *Ashmole 782* stehst. In Sept-Tours droht dir vielleicht keine Gefahr von Peter Knox, Diana, aber ich habe dir ja gesagt, dass du nie ganz sicher sein kannst, solange du dich unter Vampiren aufhältst. Das ist kein Warmblüter. Jemals.«

»Du würdest mir nichts tun.« Trotz allem, was in den letzten Tagen passiert war, war ich mir in diesem Punkt ganz sicher.

»Du hängst immer noch deinen romantischen Vorstellungen vom Leben eines Vampirs an, dabei habe ich meinen Blutdurst nie verloren, sosehr ich auch dagegen ankämpfe.«

Ich winkte ab. »Du hast Menschen getötet. Das weiß ich, Matthew. Du bist ein Vampir, und du lebst seit Jahrhunderten. Meinst du, ich würde glauben, dass du immer nur Tiere erlegt hast?«

Ysabeau beobachtete ihren Sohn genau.

»Du weißt, dass ich Menschen getötet habe, sagst du, aber deshalb weißt du noch lange nicht, was das wirklich bedeutet, Diana. Du hast keine Ahnung, wozu ich fähig bin.« Er berührte seinen Talisman und ging mit ein paar schnellen, ungeduldigen Schritten auf Abstand.

»Ich kenne dich.« Auch daran hatte ich keinen Zweifel. Ich fragte mich, wieso ich mir bei Matthew instinktiv so sicher war, wenn gleichzeitig immer deutlicher wurde, wie brutal Vampire – und auch Hexen – sein konnten.

»Du kennst nicht einmal dich selbst. Und bis vor drei Wochen hattest du noch nie von mir gehört.« Matthews Blick zuckte rastlos umher, und seine Hände zitterten genauso stark wie meine. Trotzdem beunruhigte mich das weniger als die Tatsache, dass sich Ysabeau in ihrem Sessel aufgesetzt hatte. Er griff nach einem Schürhaken, stieß damit zornig ins Feuer und warf ihn dann beiseite. Scheppernd schlug das Metall gegen den Stein und kerbte sich in die harte Oberfläche wie in Butter.

»Wir werden das alles klären. Gib uns noch etwas Zeit.« Ich bemühte mich, möglichst sanft und beschwichtigend zu sprechen.

»Da gibt es nichts zu klären.« Inzwischen marschierte Matthew auf und ab. »Du besitzt zu viele ungezügelte Kräfte. Die wirken wie eine Droge – eine gefährliche Droge mit extrem hohem Suchtpotenzial –, von der andere Wesen unbedingt kosten möchten. Du wirst immer in Gefahr sein, solange eine Hexe oder ein Vampir in deiner Nähe ist.«

Ich klappte den Mund auf, um etwas zu erwidern, aber der Fleck, auf dem er eben noch gestanden hatte, war leer. Matthews eisige Finger legten sich unter mein Kinn und hoben mich hoch.

»Ich bin ein Raubtier, Diana.« Seine Stimme klang wie die eines Liebhabers. Das dunkle Nelkenaroma betörte mich. »Ich muss jagen und töten, um zu überleben.« Er drehte mein Gesicht mit einem schmerzhaften Griff zur Seite und legte dabei meinen Hals frei. Rastlos tasteten seine Augen meinen Nacken ab.

»Matthew, lass Diana los.« Ysabeau klang völlig unbeteiligt, und auch mich konnte er damit nicht erschüttern. Aus irgendeinem Grund versuchte er mich abzuschrecken, aber mir drohte keine Gefahr – anders als vorhin bei Domenico.

»Sie glaubt, sie würde mich kennen, *Maman*«, schnurrte er. »Aber Diana weiß nicht, wie es ist, wenn sich dein Magen vor Lust auf einen Warmblüter zusammenzieht, bis du fast verrückt wirst. Oder wie schwer es mir fällt, ihr so nahe zu sein, ohne sie zu kosten.«

Ysabeau erhob sich, blieb aber vor ihrem Sessel stehen. »Das ist nicht der richtige Zeitpunkt, ihr das zu zeigen, Matthew.«

»Verstehst du, es geht nicht nur darum, dass ich dich auf der Stelle töten könnte«, fuhr er fort, als hätte er seine Mutter gar nicht gehört. »Ich könnte dich ganz langsam trinken, dir dein Blut stehlen und dann abwarten, bis es sich wieder neu gebildet hat, nur um am nächsten Tag von Neuem zu beginnen.« Seine Hand wanderte von meinem Kinn weiter an mein Genick, und sein Daumen strich dabei über meine Halsschlagader, als wollte er abschätzen, wo genau er mir die Zähne ins Fleisch schlagen sollte.

»Hör auf«, sagte ich scharf.

Matthew ließ mich unvermittelt auf den weichen Teppich fallen. Bis ich den Aufprall spürte, stand der Vampir schon an der Wand gegenüber, den Rücken mir zugewandt und mit gesenktem Kopf.

Ich starrte auf das Teppichmuster unter meinen Händen und Knien.

Ein Farbenwirbel, zu bunt, um die einzelnen Farben zu unterscheiden, drehte sich vor meinen Augen.

Es waren Blätter, die vor dem blauen Himmel tanzten – grün, braun, blau und gold.

»Es geht um deine Mom und deinen Dad«, erklärte mir Sarah gepresst. »Sie sind tot. Sie sind nicht mehr da, mein Schatz.«

Ich löste den Blick von dem Teppich und sah auf den Vampir, der mit dem Rücken zu mir an der Wand stand.

»Nein.« Ich schüttelte den Kopf.

»Was ist, Diana?« Als Matthew sich umdrehte, war das Raubtier verschwunden, und ich sah die Sorge in seinem Blick.

Der Farbenwirbel schlug mich wieder in Bann – grün, braun, blau, gold. Es waren Blätter, die in einem kleinen Strudel auf einem Teich kreisten und um mich herum zu Boden trudelten. Ein Bogen, gekrümmt und poliert, stand neben einigen Pfeilen und einem halb leeren Köcher.

Ich griff nach dem Bogen und spürte, wie mir die straffe Sehne ins Fleisch schnitt.

»Matthew«, warnte Ysabeau und schnupperte unauffällig.

»Ich weiß, ich rieche es auch«, bestätigte er grimmig.

Er gehört zu dir, flüsterte eine fremde Stimme. *Du darfst ihn nicht gehen lassen.*

»Ich weiß«, murmelte ich ungeduldig.

»Was weißt du, Diana?« Matthew kam einen Schritt auf mich zu.

Augenblicklich war Marthe an meiner Seite. »Lass sie«, zischte sie. »Das Kind ist nicht in dieser Welt.«

Ich war nirgendwo, ich hing fest zwischen dem grauenhaften Schmerz über den Tod meiner Eltern und dem sicheren Wissen, dass ich auch Matthew bald verlieren würde.

Sei vorsichtig, warnte mich die fremde Stimme.

»Dafür ist es zu spät.« Ich hob die Hand vom Boden, schlug damit auf den Bogen und zerschmetterte ihn in zwei Hälften. »Viel zu spät.«

»Wofür ist es zu spät?«, fragte Matthew.

»Ich liebe dich bereits.«

»Das geht nicht«, sagte er wie betäubt. Bis auf das Knistern des Feuers war es absolut still im Raum. »Dafür ist es zu früh.«

»Was versteht ihr Vampire schon von Zeit?«, sinnierte ich laut, immer noch gefangen in meinem irritierenden Schwebezustand zwischen Vergangenheit und Gegenwart. Dennoch hatte sich bei dem Wort »Liebe« ein warmes, besitzergreifendes Gefühl in mir ausgebreitet, das mich ins Hier und Jetzt zurückzog. »Hexen können sich nicht ein paar Jahrhunderte Zeit lassen, um sich zu verlieben. Bei uns geht das ganz schnell. Sarah hat mir erzählt, meine Mutter hätte sich in meinen Vater verliebt, als sie ihn das erste Mal sah. Ich liebe dich, seit ich beschlossen habe, dir am Steg nicht das Skull über den Schädel zu ziehen.« Das Blut in meinen Adern begann zu summen. Marthe sah mich verdattert an, woraus ich schloss, dass sie es ebenfalls hören konnte.

»Du begreifst nicht.« Es hörte sich an, als würde Matthew, genau wie der Bogen, gleich in zwei Hälften zerbrechen.

»Und ob. Die Kongregation wird mir Schwierigkeiten machen, aber niemand kann mir vorschreiben, wen ich lieben darf und wen nicht.« Seit mir meine Eltern geraubt worden waren, hatte ich ängstlich und eifrig immer getan, was man mir auftrug. Jetzt war ich erwachsen, und ich würde für Matthew kämpfen.

»Domenicos Drohungen sind nichts, verglichen mit dem, was du von Peter Knox zu erwarten hättest. Das heute war ein Versöhnungsangebot, eine diplomatische Mission. Du bist noch lange nicht so weit, dass du dich gegen die Kongregation stellen könntest, Diana. Und selbst wenn du dich widersetzt, was dann? Die alten Feindseligkeiten könnten wieder aufbrechen, außer Kontrolle geraten, und die Menschen könnten auf uns aufmerksam werden. Vielleicht müsste deine Familie darunter leiden.« Matthews brutale Worte sollten mich aufhalten und nachdenklich machen. Aber nichts, was er sagte, konnte das aufwiegen, was ich für ihn empfand.

»Ich liebe dich, und ich werde nicht damit aufhören.« Auch darin war ich mir sicher.

»Du liebst mich nicht.«

»Du kannst mir nicht vorschreiben, was ich tun soll, Matthew. Meine Vorstellungen von euch Vampiren sind vielleicht romantisch, aber eure Einstellung zu Frauen gehört gründlich überarbeitet.«

Ehe er etwas darauf erwidern konnte, begann sein Telefon über die Ottomane zu hüpfen. Er stieß einen okzitanischen Fluch aus, der offenbar so wüst war, dass selbst Marthe erschrocken die Augen aufriss. Dann bückte er sich und griff nach dem Telefon, bevor es auf den Boden rutschen konnte.

»Was gibt's?«, fragte er, den Blick fest auf mich gerichtet.

Am anderen Ende der Leitung hörte ich leises Gemurmel. Marthe und Ysabeau tauschten einen besorgten Blick.

»Wann?« Matthews Frage kam wie ein Schuss. »Haben sie etwas mitgenommen?« Er klang so zornig, dass ich ein Stück abrückte. »Gott sei Dank. Wurde etwas beschädigt?«

Irgendetwas war in Oxford passiert, nachdem wir abgereist waren, wahrscheinlich ein Einbruch, so wie es sich anhörte. Ich hoffte, dass es nicht die Old Lodge getroffen hatte.

Die Stimme am anderen Ende redete weiter. Matthew presste sich die Hand auf die Augen.

»Was noch?«, fragte er deutlich lauter.

Wieder blieb es lange still. Er wandte sich ab, trat an den Kamin und stützte die rechte Hand flach gegen den Sims.

»So viel zu den diplomatischen Bemühungen.« Matthew fluchte leise vor sich hin. »In ein paar Stunden bin ich da. Kannst du mich abholen?«

Wir würden nach Oxford zurückkehren. Ich stand auf.

»Fein. Ich rufe an, wenn ich lande. Und, Marcus? Du musst herausfinden, wer außer Peter Knox und Domenico Michele noch in der Kongregation sitzt.«

Peter Knox? Die Puzzleteile begannen sich zu ordnen. Kein Wunder, dass Matthew so schnell nach Oxford zurückgekommen war, nachdem ich ihm erzählt hatte, wer der braune Hexer war. Und es erklärte auch, warum er mich jetzt so energisch auf Abstand halten wollte. Wir waren dabei, den Pakt zu brechen, und Knox hatte die Aufgabe, genau so etwas zu unterbinden.

Nach dem Gespräch blieb Matthew ein paar Sekunden lang reglos stehen, eine Hand zur Faust geballt, so als könnte er sich nur mit Mühe beherrschen und würde am liebsten den Steinsims zermalmen.

»Das war Marcus. Jemand wollte ins Labor einbrechen. Ich muss sofort zurück nach Oxford.« Er drehte sich um und sah mich mit leerem Blick an.

»Ist alles in Ordnung?« Ysabeau warf mir einen besorgten Blick zu.

»Sie haben es nicht durch die Alarmanlagen geschafft. Trotzdem muss ich mit der Universitätsleitung sprechen, um sicherzustellen, dass der oder die Täter auch beim nächsten Mal nicht erfolgreich sind.« Nichts, was Matthew sagte, ergab Sinn. Warum war er nicht erleichtert, wenn die Einbrecher erfolglos wieder abgezogen waren? Und warum sah er seine Mutter kopfschüttelnd an?

»Wer war das?«, fragte ich argwöhnisch.

»Marcus ist sich nicht sicher.«

Das war eigenartig, angesichts des ausgeprägten Geruchssinnes der Vampire. »Waren es Menschen?«

»Nein.« Offenbar waren wir zu den einsilbigen Antworten zurückgekehrt.

»Ich hole meine Sachen.« Ich machte mich auf den Weg zur Treppe.

»Du kommst nicht mit. Du bleibst hier.« Matthews Worte bremsten mich abrupt.

»Ich wäre lieber in Oxford«, protestierte ich. »Mit dir zusammen.«

»Oxford ist im Moment nicht sicher. Ich komme so schnell wie möglich zurück.«

»Gerade eben hast du mir noch erklärt, dass wir dorthin zurückkehren sollten! Entscheide dich endlich, Matthew. Von wem droht mir Gefahr? Von den Hexen und dem Manuskript? Peter Knox und der Kongregation? Oder von Domenico Michele und den Vampiren?«

»Hast du nicht zugehört? *Ich* bin die Gefahr.« Matthews Stimme schnitt scharf durch die Luft.

»O ja, ich habe dir zugehört. Aber du hältst etwas vor mir geheim. Und ich als Historikerin bin sehr gut darin, Geheimnisse aufzudecken.« Er wollte etwas sagen, aber ich kam ihm zuvor. »Keine Ausflüchte mehr und keine vorgeschobenen Erklärungen. Flieg nach Oxford. Ich bleibe hier.«

»Brauchst du noch etwas von oben?«, fragte Ysabeau. »Du solltest dir einen Mantel überziehen. Wenn du nur einen Pullover trägst, fällst du auf.«

»Nur meinen Computer. Der Pass liegt in der Tasche.«

»Ich gehe ihn holen.« Ich stürmte die Treppe hinauf, denn ich brauchte eine Verschnaufpause. In Matthews Arbeitszimmer ließ ich die Augen durch den Raum wandern, der so viel über ihn verriet.

Die im Feuerschein blinkende silberne Rüstung fesselte meinen Blick, und eine Reihe von Gesichtern zog durch meinen Kopf, blitzartige Visionen, die gleich wieder verglühten wie Sternschnuppen. Ich sah eine bleiche Frau mit riesigen blauen Augen und einem süßen Lächeln, dann eine weitere Frau, deren festes Kinn und durchgestreckte Schultern Entschlossenheit verrieten, einen Mann mit Hakennase, der schreckliche Schmerzen erdulden musste. Ich sah noch mehr Gesichter, aber nur eines war mir bekannt – das von Louisa de Clermont, die sich ihre bluttriefenden Finger vors Gesicht hielt.

Ich widerstand dem Sog der Vision, bis die Gesichter verblassten, aber das war so anstrengend, dass ich am ganzen Leib zu zittern begann und mich wie benebelt fühlte. Aus der dna-Analyse wusste ich, dass ich die Anlage zum zweiten Gesicht besaß. Aber ich war auf die Erfahrung genauso wenig vorbereitet wie gestern auf die Erkenntnis, dass ich in Matthews Armen schwebte. Es war, als hätte jemand den Stöpsel von einer Flasche gezogen, und jetzt würden sich meine magischen Fähigkeiten ungehindert aus mir ergießen.

Als ich endlich in der Lage war, den Stecker aus der Dose zu ziehen, packte ich ihn zusammen mit dem Computer in Matthews Tasche. Sein Pass steckte vorn im Fach, genau wie er gesagt hatte.

Als ich in den Salon zurückkam, war nur noch Matthew da, die Schlüssel in der Hand und ein Wildledersakko über den Schultern. Marthe hastete brummelnd in der großen Halle umher.

Ich übergab ihm den Computer und trat sofort einen Schritt zurück, weil ich sonst der Versuchung, ihn zu berühren, nicht würde widerstehen können. Matthew steckte die Schlüssel ein und nahm die Tasche an sich.

»Ich weiß, das ist schwer für dich.« Er klang gedämpft und unnahbar. »Aber du musst mich das regeln lassen. Und ich muss wissen, dass dir währenddessen nichts passieren kann.«

»In deiner Nähe kann mir nichts passieren, ganz gleich, wo wir sind.«

Er schüttelte den Kopf. »Mein Name hätte genügen müssen, um dich zu beschützen. Das hat er nicht.«

»Mich zurückzulassen ist keine Lösung. Ich verstehe nicht alles, was heute passiert ist, aber Domenicos Hass trifft nicht nur mich. Er will deine Familie zerstören und alles, was dir je wichtig war. Vielleicht kommt Domenico tatsächlich zu dem Schluss, dass dies nicht der richtige Zeitpunkt für seine Vendetta ist. Aber Peter Knox? Er will *Ashmole 782* und ist überzeugt, dass ich es ihm beschaffen kann. Ihn wirst du nicht so leicht kaltstellen können.« Mich schauderte.

»Ich werde ihm einen Handel anbieten, den er nicht abschlagen kann.«

»Einen Handel? Was willst du ihm denn anbieten?«

Der Vampir blieb stumm.

»Matthew?«, hakte ich nach.

»Das Manuskript«, erklärte er knapp. »Ich werde ihm versprechen, dass ich die Finger davon – und von dir – lassen werde, wenn er das Gleiche verspricht. *Ashmole 782* lag anderthalb Jahrhunderte unangetastet in der Bibliothek. Dort wird es auch bleiben.«

»Du kannst Knox keinen Handel anbieten. Dazu müsstest du ihm trauen können.« Die Vorstellung machte mir Angst. »Außerdem kannst du ruhig ein paar Jahrhunderte auf das Manuskript warten. Knox nicht. Dein Angebot bringt ihm nichts.«

»Überlass Knox nur mir«, meinte er barsch.

Jetzt riss mir der Geduldsfaden. »Ich soll Domenico dir überlassen. Ich soll Knox dir überlassen. Und was soll *ich* deiner Meinung nach tun? Du hast gesagt, ich bin keine Jungfer in Nöten. Dann hör endlich auf, mich wie eine zu behandeln.«

»Ich nehme an, das habe ich verdient«, sagte er langsam und mit düsterem Blick. »Trotzdem musst du noch viel über Vampire lernen.«

»Das hat deine Mutter schon gesagt. Aber du hast auch noch einiges über Hexen zu lernen.« Ich schob mir die Strähne aus dem Gesicht und verschränkte die Arme vor der Brust. »Flieg nach Oxford. Finde heraus, was dort passiert ist.« *Was dort passiert ist und was du mir nicht verraten willst.* »Aber verhandle um Gottes willen nicht mit Peter Knox, Matthew. Werde dir darüber klar, was *du* für *mich* empfindest – unabhängig davon, was der Pakt verbietet oder die Kongregation will oder was Peter Knox und Domenico Michele dir androhen.«

Mein geliebter Vampir, dessen Gesicht jeden Engel neidisch gemacht hätte, sah mich bekümmert an. »Du weißt, was ich für dich empfinde.«

Ich schüttelte den Kopf. »Nein, weiß ich nicht. Sag es mir, wenn du dazu bereit bist.«

Matthew schien etwas erwidern zu wollen, ließ es aber unausgesprochen. Wortlos ging er an die Tür zur Halle. Als er dort angekommen war, bedachte er mich mit einem langen Blick voller Schneeflocken und Frost und ging dann weiter.

Marthe erwartete ihn in der Halle. Er küsste sie kurz auf beide Wangen und sagte rasend schnell etwas auf Okzitanisch zu ihr.

»*Compreni, compreni.*« Sie nickte heftig und sah dabei auf mich.

»*Mercés amb tot meu còr*«, sagte er leise.

»*Al rebèire. Mèfi.*«

»*T'afortissi.*« Matthew sah mich an. »Und versprich du mir dasselbe – dass du aufpasst. Hör auf Ysabeau.«

Er verschwand ohne einen weiteren Blick oder eine letzte beruhigende Berührung.

Ich biss mir auf die Lippe und versuchte die Tränen hinunterzuschlucken, doch sie waren nicht aufzuhalten. Nachdem ich drei langsame Schritte auf die Treppe zum Wachturm zu gemacht hatte, begannen meine Füße zu rennen und meine Tränen zu laufen. Marthe ließ mich mit einem verständnisvollen Blick gehen.

Als ich oben in die kalte, feuchte Luft trat, klatschte die Standarte der de Clermonts schlaff hin und her, und dichte Wolken verdeckten den Mond. Die Dunkelheit drängte von allen Seiten auf mich ein, und das einzige Wesen, das sie in Schach halten konnte, nahm eben das letzte Licht mit sich fort.

Ich spähte über die Brüstung und sah Matthew neben dem Range Rover stehen und wütend auf Ysabeau einreden. Sie sah erschrocken aus und hielt seinen Ärmel fest, als wollte sie ihn davon abhalten, in den Wagen zu steigen.

In einem weißen, verschwommenen Blitz befreite er seinen Arm. Seine Faust donnerte kurz und fest auf das Autodach. Ich zuckte zusammen. In meiner Nähe hatte Matthew seine Kraft höchstens an einer Walnuss oder einer Austernschale ausgelassen, und die Beule, die er mit seinem Hieb geschlagen hatte, war beängstigend tief.

Er ließ den Kopf hängen. Ysabeau strich ihm leicht über die Wange, und sein erschöpftes Gesicht war im Dämmerlicht fahler denn je. Schließlich stieg er unter ein paar Abschiedsworten ein. Seine Mutter nickte und sah kurz zum Wachtturm hoch. Ich trat zurück, in der Hoffnung, dass keiner von beiden mich gesehen hatte. Der Wagen wendete, die schweren Reifen knirschten über den Kies, und dann fuhr Matthew los.

Die Rücklichter des Range Rovers verschwanden unten am Hügel. Sobald Matthew nicht mehr zu sehen war, rutschte ich an den Steinen der Brüstung hinab und ließ den Tränen freien Lauf.

Und dann begriff ich, was eine Hexenflut war.

KAPITEL 23

Bald war alles voller Wasser. Mittlerweile saß ich oben auf dem Wachturm in einem Tümpel, und der Wasserspiegel stieg immer weiter an.

Trotz des bewölkten Himmels regnete es nicht.

Das Wasser kam aus mir.

Meine Tränen flossen ganz normal, wuchsen aber im Fallen zu runden, schneeballgroßen Kugeln, die laut klatschend auf dem Dach aufschlugen. Auf meinen Schultern wellte sich mein Haar unter einem Wasserschleier, der sich über meinen ganzen Körper ergoss. Ich öffnete den Mund, um Luft zu holen, weil mir das Wasser übers Gesicht lief und mir die Nase verstopfte, und ein nach Meerwasser schmeckender Sturzbach ergoss sich über meine Lippen.

Durch die Nässe hindurch spürte ich Marthes und Ysabeaus Blicke. Marthe sah mich streng an. Ysabeaus Lippen bewegten sich, aber das Dröhnen Tausender Muscheln übertönte ihre Worte.

Ich stand auf, weil ich hoffte, dass das Wasser dann versiegen würde. Ohne Erfolg. Ich versuchte den beiden Frauen zu erklären, dass ich nichts dafürkonnte – aber damit löste ich nur eine weitere Sturzflut aus. Ich streckte die Hand aus, weil ich annahm, dass ich die Flut damit aufhalten konnte. Stattdessen spritzte noch mehr Wasser aus meinen Fingerspitzen. Die Geste erinnerte mich daran, wie meine Mutter die Hand nach meinem Vater ausgestreckt hatte, und die Bäche schwollen weiter an.

Je heftiger das Wasser strömte, desto mehr verlor ich die Beherrschung. Der unerwartete Auftritt von Domenico hatte mir mehr Angst gemacht, als ich bis dahin hatte zugeben wollen. Matthew war weg. Und ich hatte geschworen, ihn gegen Feinde zu verteidigen, die ich nicht kannte und nicht verstand. Inzwischen war klar, dass sich Matthews Vergangenheit nicht nur aus gemütlichen Kaminfeuern, Wein und Büchern zusammensetzte. Und sie hatte sich auch nicht ausschließlich im Umkreis einer harmonischen Familie abgespielt. Laut Domenico war seine Vergangenheit düster gewesen, voller Feindseligkeiten, Gefahren und Tod.

Die Erschöpfung übermannte mich und zog mich unter Wasser. Die Müdigkeit wurde von einem eigenartigen Hochgefühl begleitet. Ich schwebte zwischen nackter Sterblichkeit und etwas Elementarem, in dem das Versprechen einer enormen, unbegreiflichen Macht enthalten war. Wenn ich mich dem Sog überließ, würde es keine Diana Bishop mehr geben. Stattdessen würde ich zu Wasser – ohne festen Ort, allgegenwärtig, von meinem Körper und allen Schmerzen befreit.

»Bitte verzeih mir, Matthew.« Meine Worte waren nur noch ein Blubbern unter dem unerbittlichen Werk des Wassers.

Ysabeau trat auf mich zu, und durch meinen Kopf hallte ein scharfer Peitschenknall. Mein Warnruf ging in einem Tosen wie von einer brechenden Riesenwelle unter. Unter meinen Füßen erhob sich ein Wind, der das Wasser zu einem Hurrikan hochpeitschte. Ich hob die Arme zum Himmel, und Wasser und Wind bildeten einen hohen Schlauch, der meinen Körper umwirbelte.

Marthe packte Ysabeau am Arm und bewegte hektisch den Mund. Matthews Mutter versuchte sich aus ihrem Griff zu befreien, und ihr Mund formte das Wort »Nein«, doch Marthe ließ nicht los und bannte sie dabei mit ihrem Blick. Nach ein paar Sekunden sackten Ysabeaus Schultern nach unten. Sie drehte sich zu mir um und begann zu singen. Ihre eindringliche, sehnsüchtige Stimme durchdrang die Wasserwand und rief mich in die Welt zurück.

Der Wind begann sich zu legen. Die von den Böen hochgepeitschte Standarte der de Clermonts flatterte wieder träge im leisen Wind. Die Kaskade, die sich aus meinen Fingerspitzen ergossen hatte, dünnte zu einem Rinnsal aus und versiegte schließlich völlig. Die Wogen, die aus meinen Haaren geflossen waren, schwächten sich zu kleinen Wellen ab und verschwanden dann ebenfalls. Schließlich kam nichts mehr aus meinem Mund als ein überraschtes Ausschnaufen. Als Letztes versiegten die tennisballgroßen Tränen, die aus meinen Augen gerollt waren und die zuerst verraten hatten, welche Kräfte in mir tobten. Die Reste meiner Flut flossen durch die kleinen Löcher unten in der Brüstung ab. Tief unter uns spritzte das Wasser auf das dicke Kiesbett im Hof.

Als alles vorüber war, fühlte ich mich ausgehöhlt wie ein Kürbis, und mir war bitterkalt. Meine Knie knickten ein und prallten ungebremst auf den Steinboden.

»Gott sei Dank«, murmelte Ysabeau. »Um ein Haar hätten wir sie verloren.«

Ich schlotterte vor Erschöpfung und Kälte. Beide Frauen kamen auf mich zugerannt und zogen mich auf die Füße. Dann packten sie mich unter den Ellbogen und flogen mit mir so schnell die Treppe hinab, dass ich vor Kälte bibberte. Unten in der großen Halle zog Marthe mich zu Matthews Zimmer, während Ysabeau in die entgegengesetzte Richtung wollte.

»Mein Zimmer ist näher«, erklärte Matthews Mutter scharf.

»Aber in seiner Nähe wird sie sich sicherer fühlen«, wandte Marthe ein.

Mit einem gereizten Schnaufen gab sich Ysabeau geschlagen.

Unten an der Treppe zu Matthews Räumen stieß Ysabeau einen langen, kraftvollen Fluch aus, den man ihrem fein geschnittenen Mund nie zugetraut hätte. »Ich trage sie hinauf«, beschloss sie, nachdem sie ausgiebig ihren Sohn verwünscht hatte, dazu die Naturgewalten und die Mächte des Universums sowie zahllose nicht näher genannte Individuen zweifelhafter Abstammung, die diesen Turm erbaut hatten. Ysabeau hob meinen viel größeren Körper ohne Schwierigkeiten an. »Warum er die Treppe so eng gebaut hat – und in zwei verschiedenen Läufen – ist und bleibt mir ein Rätsel.«

Marthe steckte meine nassen Haare in Ysabeaus Ellenbeuge und zuckte mit den Achseln. »Natürlich um den Aufstieg schwerer zu machen. Er will es sich immer möglichst schwer machen. Und allen anderen auch.«

Niemand hatte daran gedacht, am Spätnachmittag hier heraufzukommen, um die Kerzen anzuzünden, doch das Feuer glomm immer noch, dadurch war der Raum auch halbwegs warm geblieben. Marthe verschwand ins Bad, und ich sah erschrocken auf meine Finger, sobald ich das Wasser laufen hörte. Ysabeau warf zwei riesige Scheite auf den Rost, als wären es dünne Zweige, und riss einen langen Span ab, mit dem sie die Kohlen schürte, bis sie wieder brannten, danach entzündete sie innerhalb weniger Sekunden ein ganzes Dutzend Kerzen. Im warmen Kerzenschein untersuchte sie mich akribisch von Kopf bis Fuß.

»Wenn Sie krank werden, wird er mir das nie verzeihen«, sagte sie, griff nach meinen Händen und besah sich die Finger. Sie waren wieder bläulich verfärbt, aber diesmal nicht vor elektrischer Spannung. Jetzt waren sie blau vor Kälte und vom Wasser runzlig. Ysabeau rubbelte sie kraftvoll zwischen den Handflächen.

Immer noch so zitternd, dass meine Zähne klapperten, zog ich die Hände zurück und schlang sie um meinen Leib, um das letzte bisschen Wärme in meinem Körper zu halten. Ysabeau nahm mich erneut ohne Umschweife auf die Arme und trug mich ins Bad.

»Sie muss sofort ins Wasser«, befahl Ysabeau barsch. Der Raum war voller Dampf, und Marthe wandte sich von der Wanne ab, um mir beim Ausziehen zu helfen. Bald war ich nackt, und die beiden hoben mich, eine kalte Vampirhand in jeder meiner Achselhöhlen, ins heiße Wasser. Ich spürte das heiße Wasser wie einen elektrischen Schlag auf meiner durchfrorenen Haut. Unter einem Aufschrei versuchte ich aus Matthews tiefer Wanne zu klettern.

»Psst.« Ysabeau hielt mir die Haare aus dem Gesicht, während Marthe mich ins Wasser zurückdrückte. »Das wird Sie wärmen. Wir müssen die Kälte vertreiben.«

Marthe stand am einen Ende der Wanne Wache, Ysabeau am anderen, wo sie abwechselnd beruhigend auf mich einflüsterte oder leise vor sich hin summte. Es dauerte lange, bis das Zittern nachließ.

Irgendwann murmelte Marthe etwas auf Okzitanisch, in dem ich den Namen Marcus aufschnappte.

Ysabeau und ich sagten gleichzeitig: »Nein.«

»Ich komme schon wieder auf die Beine. Erzählen Sie Marcus nicht, was passiert ist. Matthew braucht das mit der Magie nicht zu erfahren. Noch nicht«, erklärte ich zähneklappernd.

»Wir brauchen nur noch etwas Zeit, um Sie wieder warm zu kriegen.« Ysabeau klang ganz ruhig, aber sie sah beunruhigt aus.

Langsam begann die Hitze die Veränderungen, die die Hexenflut in meinem Körper ausgelöst hatte, rückgängig zu machen. Marthe ließ immer wieder heißes Wasser nachlaufen, weil mein ausgekühlter Körper es so schnell abkühlte. Ysabeau nahm einen verbeulten Zinnkrug vom Fensterbrett, tauchte ihn ein und goss mir das Badewasser über Kopf und Schultern. Als mein Kopf wieder warm war, wickelte sie ein Handtuch darum und drückte mich bis zum Kinn ins Wasser.

Marthe eilte geschäftig zwischen Bad und Schlafzimmer hin und her und brachte Anziehsachen und weitere Handtücher. Kopfschüttelnd besah sie meine wenigen Kleider und die alten Yogasachen, die ich zum Schlafen mitgenommen hatte. Nichts davon erschien ihr warm genug.

Ysabeau legte den Handrücken an meine Wange und dann auf meinen Scheitel. Dann nickte sie.

Sie ließen mich aufstehen. Das von meinem Körper perlende Wasser erinnerte mich an das Dach des Wachturms, und ich bohrte die Zehen in die Fliesen, um mich dem heimtückischen Sog entgegenzustellen, den dieses Element ausübte.

Marthe und Ysabeau wickelten mich in Handtücher, die sie am Kamin vorgewärmt hatten und die leicht nach Holzrauch rochen. Im Schlafzimmer gelang es ihnen irgendwie, mich abzutrocknen, ohne dass dabei ein Zentimeter meiner Haut der kühlen Luft ausgesetzt wurde, und rollten mich dabei in den Handtüchern hin und her, bis ich spürte, wie neue Wärme von meinem Körper ausstrahlte. Ein weiteres Handtuch massierte mir die Haare trocken, dann spürte ich, wie Marthes Finger die Strähnen teilten und sie zu einem festen Zopf flochten. Als ich mich aus den feuchten Handtüchern wand, um mich anzuziehen, warf Ysabeau sie auf einen Sessel am Kamin, ohne einen

Gedanken daran zu verschwenden, dass sie dabei auf antikem Holz und feinsten Polsterbezügen landeten.

Wieder angezogen setzte ich mich hin und starrte gedankenverloren ins Feuer. Marthe verschwand ohne ein weiteres Wort in den Tiefen des Châteaus und kehrte mit einem Tablett voller winziger Schnittchen sowie einer Kanne Kräutertee zurück.

»Sie essen. Jetzt.« Das war ein Befehl.

Ich führte eines der Schnittchen an den Mund und knabberte daran herum.

Marthes Augen wurden schmal, als sie das sah. »Essen.«

Das Brot schmeckte wie Sägemehl, aber mir knurrte der Magen. Nachdem ich zwei winzige Schnitten heruntergewürgt hatte, drückte Marthe mir einen Becher Tee in die Hand. Zum Trinken brauchte sie mich nicht zu ermuntern. Die heiße Flüssigkeit rann meine Kehle hinab und spülte die letzten salzigen Ablagerungen weg.

»War das eine Hexenflut?« Mich schauderte bei dem Gedanken an das viele Wasser, das aus mir herausgeflossen war.

Ysabeau, die am Fenster gestanden und in die Dunkelheit gespäht hatte, ging zu dem zweiten Sofa vor dem Kamin. »Ja«, sagte sie. »Allerdings haben wir es lange nicht mehr so heftig fließen sehen.«

»Gott sei Dank war das nicht normal«, sagte ich schwach und nahm noch einen Schluck Tee.

»Heute sind die meisten Hexen nicht mehr mächtig genug, um so eine Hexenflut heraufzubeschwören. Sie können Wellen auf einem Teich erzeugen oder es regnen lassen, wenn Wolken am Himmel sind. Aber sie werden nicht selbst zu Wasser.« Ysabeau setzte sich mir gegenüber und sah mich mit unverhohlener Neugier an.

Ich war Wasser geworden. Ich fühlte mich plötzlich sehr verletzlich – und schrecklich allein.

Ein Klingeln ertönte.

Ysabeau griff in ihre Tasche und zog ein kleines rotes Handy heraus, das sich viel zu grell und modern gegen ihre blasse Haut und die klassischen, bräunlich getönten Kleider abhob.

»*Oui?* Ah, gut, ich bin froh, dass du gut angekommen bist.« Sie sprach aus Höflichkeit mir gegenüber englisch und nickte zu mir her. »Ja, es geht ihr gut. Sie isst gerade.« Sie stand auf und reichte mir das Telefon. »Matthew möchte mit Ihnen sprechen.«

»Diana?« Matthew war kaum zu verstehen.

»Ja?« Ich sagte lieber so wenig wie möglich, aus lauter Angst, es könnten nicht nur Worte aus mir heraussprudeln.

Er atmete erleichtert auf. »Ich wollte mich nur überzeugen, dass es dir gut geht.«

»Deine Mutter und Marthe sorgen wirklich gut für mich.« *Und ich habe nicht das ganze Schloss unter Wasser gesetzt*, dachte ich.

»Du bist müde.«

»Stimmt. Es war ein langer Tag.«

»Dann geh schlafen«, schlug er mir unerwartet liebevoll vor. Ich schloss die Augen, weil ich plötzlich Tränen brennen spürte. Heute Nacht würde ich bestimmt kaum ein Auge zutun. Ich machte mir zu viele Sorgen, was er in einem unausgegorenen, heroischen Versuch, mich zu beschützen, anstellen könnte.

»Warst du schon im Labor?«

»Ich bin gerade dorthin unterwegs. Marcus möchte, dass ich alles ganz genau überprüfe, außerdem soll ich mich überzeugen, dass wir alle nötigen Vorkehrungen getroffen haben. Miriam hat die Alarmanlagen am Haus gecheckt.« Er brachte seine Halbwahrheiten glatt und überzeugend vor, aber ich durchschaute ihn dennoch. Die Stille dehnte sich, bis sie beklemmend wurde.

»Tu es nicht, Matthew. Bitte versuch nicht, mit Knox zu verhandeln.«

»Ich werde alles tun, damit du gefahrlos nach Oxford zurückkommen kannst.«

»Dann gibt es nichts weiter zu sagen. Deine Entscheidung ist gefallen. Meine auch.« Ich reichte Ysabeau das Handy.

Sie runzelte die Stirn und zog es mit kalten Fingern aus meiner Hand. Ysabeau verabschiedete sich von ihrem Sohn, dessen Antwort ich nur als Stakkato unverständlicher Laute hörte.

»Danke, dass Sie das mit der Hexenflut nicht erzählt haben«, sagte ich leise, nachdem sie die Verbindung getrennt hatte.

»Das ist Ihre Geschichte, nicht meine.« Ysabeau schwebte auf den Kamin zu.

»Es bringt nichts, eine Geschichte erzählen zu wollen, die man nicht versteht. Warum macht sich die Kraft gerade jetzt bemerkbar? Erst der Wind, dann die Visionen und jetzt das Wasser.« Mich schauderte.

»Was für Visionen?« Ysabeau konnte ihre Neugier nicht verhehlen.

»Hat Matthew das nicht erzählt? In meiner dna finden sich alle Formen von … *Magie.*« Das Wort wollte mir nur widerwillig über die Lippen. »Die Analyse hat ergeben, dass ich Visionen bekommen könnte, und prompt haben sie eingesetzt.«

»Matthew würde mir nie erzählen, was Ihre Blutanalyse ergeben hat – ganz bestimmt nicht ohne Ihre Erlaubnis, und wahrscheinlich auch nicht *mit* Ihrer Erlaubnis.«

»Ich hatte sie erstmals hier im Château.« Ich zögerte. »Wie haben Sie gelernt, sie zu kontrollieren?«

»Matthew hat Ihnen also erzählt, dass ich Visionen hatte, bevor ich zum Vampir wurde.« Ysabeau schüttelte den Kopf. »Das hätte er nicht tun dürfen.«

»Waren Sie eine Hexe?« Das würde vielleicht erklären, warum sie mich nicht leiden konnte.

»Eine Hexe? Nein. Matthew fragt sich manchmal, ob ich vielleicht eine Dämonin war, aber ich bin sicher, dass ich ein gewöhnlicher Mensch war. Auch unter ihnen gibt es Visionäre. Nicht nur magische Geschöpfe sind mit dieser Gabe gesegnet und geschlagen.«

»Haben Sie es irgendwann geschafft, Ihr zweites Gesicht zu kontrollieren?«

»Es wird leichter. Es gibt Warnzeichen. Manchmal nur ganz subtile, aber Sie werden sie erkennen. Außerdem hat mir Marthe geholfen.«

Dies war das Erste, was ich über Marthes Vergangenheit hörte, und ich fragte mich, wie alt die beiden Frauen waren und welch verschlungenes Schicksal sie zusammengeführt hatte.

Marthe stand mit verschränkten Armen neben uns. »*Ôc*«, sagte sie und sah Ysabeau zärtlich und fürsorglich an. »Es ist leichter, wenn man die Visionen einfach durch sich hindurchziehen lässt, ohne sich dagegen zu wehren.«

»Ich stehe sowieso zu sehr unter Schock, um mich zu wehren.« Ich musste an die Situation im Salon und in der Bibliothek denken.

»Ihr Körper wehrt sich, indem er in Schock fällt«, erklärte Ysabeau. »Sie müssen versuchen, sich zu entspannen.«

»Es ist schwer, sich zu entspannen, wenn sich Szenen aus der eigenen Vergangenheit mit Bildern von Rittern und Frauen mischen, die man nie zuvor gesehen hat.« Plötzlich musste ich gähnen, dass mir der Kiefer knackte.

»Sie sind zu erschöpft, um sich jetzt den Kopf darüber zu zerbrechen.« Ysabeau erhob sich.

»Ich kann noch nicht schlafen.« Ich erstickte das nächste Gähnen mit dem Handrücken.

Sie fasste mich ins Auge wie ein Falke eine Feldmaus. Dann leuchteten ihre Augen verschmitzt auf. »Wenn Sie ins Bett gehen, erzähle ich Ihnen, wie ich Matthew erschaffen habe.«

Ihr Angebot war zu verlockend, als dass ich es ausschlagen konnte. Gehorsam stieg ich ins Bett, während sie einen Sessel heranzog und Marthe sich mit den Tellern und Handtüchern zu schaffen machte.

»Wo soll ich nur beginnen?« Sie richtete sich in ihrem Sessel auf und starrte in die Kerzenflammen. »Eigentlich fing alles mit seiner Geburt hier im Ort an. Ich kannte ihn schon als kleines Kind, müssen Sie wissen, damals regierte Chlodwig das Land. Philippe, mein Mann, hatte beschlossen, hier zu bauen. Nur darum gibt es das Dorf – dort lebten die Bauern und die Handwerker, die diese Burg und die Kirche erbauten.«

»Warum wollte Ihr Mann ausgerechnet hier bauen?« Ich lehnte mich in die Kissen und winkelte die Knie unter der Decke an.

»Chlodwig hatte ihm dieses Land versprochen, weil er gehofft hatte, dass er Philippe so dazu bringen könnte, für ihn in die Schlacht zu ziehen. Mein Mann versuchte immer, alle Parteien gegeneinander auszuspielen.« Ysabeau lächelte wehmütig. »Und nur die wenigsten durchschauten ihn.«

»War Matthews Vater ein Bauer?«

»Ein Bauer?« Ysabeau sah mich überrascht an. »Nein, er war Zimmermann, genau wie Matthew, bevor er Steinmetz wurde.«

Ein Steinmetz. Die Steine des Turmes waren so nahtlos ineinandergefügt, dass sie keinen Mörtel zu brauchen schienen. Und dann waren da die eigentümlich verschnörkelten Schlote auf dem Torhaus der Old Lodge, die Matthew von einem Handwerker probeweise hatte konstruieren lassen. Seine langen, schlanken Finger waren kräftig genug, um eine Austernschale oder eine Kastanie zu knacken. Ein weiteres Mosaiksteinchen fiel an die richtige Stelle und fügte sich perfekt zu jenem des Kriegers, Wissenschaftlers und Adligen.

»Und seine Eltern arbeiteten am Château?«

»Nicht an diesem Château«, antwortete Ysabeau und sah sich um. »Das hier hat mir Matthew geschenkt. Er riss das Bollwerk ein, das sein Vater gebaut hatte, und ersetzte es durch eine neue Burg.« Ihre grün-schwarzen Augen funkelten fröhlich. »Philippe war außer sich vor Wut. Aber es war Zeit, etwas zu verändern. Das erste Château war eine Holzkonstruktion, und obwohl über die Jahre Anbauten aus Stein angefügt worden waren, sah es ein bisschen heruntergekommen aus.«

Ich gab mir Mühe, die Ereignisse zeitlich einzuordnen, angefangen von der Errichtung der ersten Burg und des Dorfes im sechsten Jahrhundert bis zu Matthews Turmbau im dreizehnten Jahrhundert.

Ysabeau rümpfte abfällig die Nase. »Später klebte er diesen Turm hinten an den Bau, weil er nach seiner Heimkehr nicht so nah bei der Familie sein wollte. Mir hat das Ding nie gefallen – mir kommt es vor wie eine romantische Spielerei.« Sie zuckte mit den Achseln. »Ein komischer Turm. Für die Verteidigung der Burg war er völlig überflüssig. Ohnehin schon hatte Matthew mehr Türme gebaut, als wir gebraucht hätten.«

Ysabeau spann weiter an ihrer Geschichte und schien dem einundzwanzigsten Jahrhundert zunehmend entrückt.

»Matthew wurde in dem Dorf geboren. Er war von Anfang an ein so kluges und so neugieriges Kind. Er trieb seinen Vater zum Wahnsinn, weil er ihm zum Château nachlief und dort mit den Werkzeugen und Stöcken und Steinen spielte. Früher lernten die Kinder schon sehr früh ein Handwerk, aber Matthew war selbst für damalige Verhältnisse frühreif. Kaum konnte er eine Hacke halten, ohne sich damit zu verletzen, wurden ihm die ersten Arbeiten übertragen.«

In meiner Fantasie rannte ein achtjähriger Matthew mit schlaksigen Beinen und graugrünen Augen über die Hügel.

»Ja.« Sie bestätigte lächelnd meine unausgesprochenen Gedanken. »Er war wirklich ein schönes Kind. Und ein schöner junger Mann. Matthew war für damalige Verhältnisse ungewöhnlich groß, wenn auch nicht so groß, wie er als Vampir später wurde.

Und er hatte einen boshaften Humor. Immer tat er so, als wäre etwas kaputtgegangen oder als hätte er keine Anweisungen bekommen, wie er diesen Dachbalken oder jenes Fundament setzen sollte. Philippe war vernarrt in den Jungen und glaubte jede noch so unglaubliche Geschichte, die Matthew ihm auftischte«, sagte Ysabeau mit einem milden Lächeln. »Matthews erster Vater starb, als Matthew nicht einmal zwanzig war, und seine Mutter war damals schon zehn Jahre tot. Er war allein, und wir machten uns Sorgen, ob er eine Frau finden würde, um eine Familie zu gründen.

Und dann traf er Blanca.« Ysabeau hielt inne und sah mich lange und offen an. »Sie haben doch nicht geglaubt, dass es in seinem Leben keine Liebe gegeben hat.« Es war eine Feststellung, keine Frage. Marthe warf Ysabeau einen bösen Blick zu, blieb aber still.

»Natürlich nicht«, antwortete ich ruhig, obwohl mir schwer ums Herz wurde.

»Blanca war kurz zuvor ins Dorf gekommen, als Dienstmagd eines der Steinmetzmeister, die Philippe aus Ravenna geholt hatte, damit sie die erste Kirche bauten. Sie war so blass, wie ihr Name es vermuten ließ – weiße Haut, Augen wie der Frühlingshimmel und Haar wie gesponnenes Gold.«

Als ich Matthews Computer holen gegangen war, war eine bleiche, wunderschöne Frau in meinen Visionen aufgetaucht. Ysabeaus Beschreibung von Blanca passte perfekt auf sie.

»Sie hatte ein bezauberndes Lächeln, nicht wahr?«, flüsterte ich.

Ysabeaus Augen wurden groß. »O ja, das hatte sie.«

»Ich weiß. Ich habe sie gesehen, als sich das Licht in Matthews Arbeitszimmer in seiner Rüstung brach.«

Marthe gab einen warnenden Laut von sich, aber Ysabeau erzählte weiter.

»Manchmal kam mir Blanca so zerbrechlich vor, dass ich Angst hatte, sie könnte zerspringen, wenn sie Wasser aus dem Brunnen schöpfte oder Gemüse erntete. Mein Matthew fühlte sich von dieser Zerbrechlichkeit angezogen, nehme ich an.« Ysabeaus Augen huschten kurz über meinen ganz und gar nicht zerbrechlichen Körper. »Sie heirateten, als Matthew fünfundzwanzig war und eine Familie ernähren konnte. Blanca war damals gerade neunzehn.

Natürlich waren die beiden ein wunderschönes Paar. Matthews dunkle Aura und Blancas bezaubernde Blässe bildeten einen faszinierenden Kontrast. Sie liebten einander über alles, und ihre Ehe war ausgesprochen glücklich. Sie schienen nur keine Kinder bekommen zu können. Blanca hatte eine Fehlgeburt nach der anderen. Ich will mir gar nicht ausmalen, was für eine Stimmung in ihrem Haus herrschte, nachdem sie so viele Kinder noch vor ihrem ersten Atemzug sterben sehen mussten.« Ich war nicht sicher, ob Vampire weinen konnten, doch ich musste an die blutige Träne denken, die ich in meinen Visionen im Salon auf Ysabeaus Wange gesehen hatte. Doch auch tränenlos sah sie aus, als würde sie weinen, und ihr Gesicht war zu einer Maske des Bedauerns erstarrt.

»Schließlich bekam Blanca nach jahrelangen vergeblichen Versuchen ein Kind. Das war 531. Was für ein Jahr. Im Süden war ein neuer König gekrönt worden, und das Schlachten hatte wieder eingesetzt. Matthew begann allmählich glücklich auszusehen, als wagte er tatsächlich zu hoffen, dass dieses Kind überleben würde. Und das tat es. Lucas kam im Herbst zur Welt und wurde in der halb fertigen Kirche getauft, an der Matthew mitbaute. Es war eine schwere Geburt gewesen. Die Hebamme prophezeite, dass es das letzte Kind sei, das Blanca gebären würde. Matthew allerdings war mit Lucas glücklich. Und Lucas sah seinem Vater so ähnlich mit seinen schwarzen Locken und dem spitzen Kinn – und den langen Beinen.«

»Was wurde aus Blanca und Lucas?« All das war nur sechs Jahre vor Matthews Transformation zum Vampir geschehen. Etwas musste vorgefallen sein, sonst hätte er nie zugelassen, dass Ysabeau sein Leben gegen ein neues eintauschte.

»Matthew und Blanca sahen ihren Sohn wachsen und gedeihen. Matthew hatte inzwischen gelernt, mit Stein statt mit Holz zu arbeiten, und die Adligen von hier bis nach Paris schätzten seine Arbeit. Dann kam das Jahr 536. Das Vorjahr war eigenartig gewesen, die Sonne hatte kaum geschienen, und der Winter war eisig. Mit dem Frühling hielt die Krankheit Einzug und nahm Blanca und Lucas mit sich fort.«

»Rätselten die Dorfbewohner nicht, warum Sie und Philippe gesund blieben?«

»Natürlich. Aber damals gab es dafür mehr Erklärungen, als es heute geben würde. Die Menschen glaubten lieber, dass Gottes Zorn das Dorf gestraft hatte oder dass das Schloss verflucht sei, als dass *Manjasang* unter ihnen lebten.«

»Manjasang?« Ich versuchte die Silben in meinem Mund zu rollen, wie Ysabeau es getan hatte.

»Das Wort der alten Sprache für Vampire – Blutesser. Einige ahnten die Wahrheit und sprachen flüsternd am Ofen davon. Aber in jenen Tagen ängstigten sich die Menschen eher vor einer möglichen Rückkehr der ostgotischen Krieger als vor der Vorstellung, einem *Manjasang* zu dienen. Philippe versprach, das Dorf zu schützen, falls die Plünderer zurückkämen. Außerdem achteten wir darauf, nie in unserer Umgebung Beute zu machen«, erklärte sie grimmig.

»Was tat Matthew, als Blanca und Lucas gestorben waren?«

»Er trauerte. Er war untröstlich. Er aß nichts mehr. Er sah aus wie ein Skelett, und das Dorf rief uns um Hilfe an. Ich brachte ihm Speisen« – Ysabeau lächelte Marthe an –, »zwang ihn zum Essen und ging mit ihm herum, bis er nicht mehr ganz so rastlos war. Wenn er nicht schlafen konnte, gingen wir in die Kirche und beteten für die Seelen von Blanca und Lucas. Matthew war damals tief religiös. Wir sprachen über Himmel und Hölle, denn er ängstigte sich, wo ihre Seelen sein könnten und ob er sie je wiederfinden würde.«

Matthew reagierte so fürsorglich, wenn ich in nackter Angst aus dem Schlaf schreckte. Waren die Nächte vor seiner Verwandlung zum Vampir ähnlich schlaflos gewesen wie die danach?

»Als der Herbst kam, schien er endlich neue Hoffnung zu schöpfen. Doch der Winter war schwer. Die Menschen hungerten, und die Krankheit setzte ihnen weiter zu. Überall wartete der Tod. Nicht einmal der Frühling vertrieb die düstere Stimmung. Philippe wollte die Kirche um jeden Preis fertigstellen, und Matthew arbeitete schwerer als je zuvor. Anfang der zweiten Juniwoche fand man ihn unter der Kuppeldecke auf dem Boden liegend, mit zerschmetterten Beinen und gebrochenem Rückgrat.«

Bei der Vorstellung, wie Matthews weicher, menschlicher Körper auf dem harten Stein aufprallte, stockte mir der Atem.

»Diesen Sturz konnte er natürlich unmöglich überleben«, sagte Ysabeau leise. »Er lag im Sterben. Einige Steinmetze meinten, er sei ausgerutscht. Andere glaubten, dass Matthew in den Tod gesprungen sei, und sprachen schon davon, dass er als Selbstmörder nicht auf dem Friedhof beigesetzt würde. Ich konnte ihn doch nicht in der Angst sterben lassen, möglicherweise nicht erlöst zu werden, wo für ihn doch nur zählte, dass er eines Tages Blanca und Lucas wiedersehen durfte.«

»Sie haben richtig entschieden.«

»Wirklich?« Ysabeau schüttelte den Kopf. »Nicht einmal heute bin ich mir da wirklich sicher. Philippe erklärte mir, ich müsse selbst entscheiden, ob ich Matthew zu einem aus unserer Familie machen wolle. Ich hatte mit meinem Blut schon öfter Vampire gezeugt und würde nach ihm noch weitere zeugen. Trotzdem war Matthew anders als die Übrigen. Ich mochte ihn, und ich wusste, dass die Götter mir die Chance gaben, ihn zu meinem Kind zu machen. Ich wäre dafür verantwortlich, ihm zu zeigen, was es bedeutet, ein Vampir zu sein.«

»Hat sich Matthew gewehrt?« Ich musste die Frage einfach stellen.

»Nein«, erwiderte sie. »Er war vor Schmerzen nicht mehr bei sich.

Wir schickten alle anderen weg und behaupteten, wir würden einen Priester holen. Was wir natürlich nicht taten. Philippe und ich gingen zu Matthew und erklärten ihm, dass wir ihm das ewige Leben schenken würden, ein Leben ohne Schmerz und ohne Leiden. Viel später erzählte Matthew uns, dass er damals geglaubt hatte, Johannes der Täufer und die Heilige Mutter Gottes seien zu ihm getreten, um ihn zu seiner Frau und seinem Kind in den Himmel zu holen. Als ich ihm mein Blut darbot, glaubte er, ich sei der Priester und würde ihm die Letzte Ölung geben.«

Im Raum waren nur mein leiser Atem und das Knistern der Scheite im Kamin zu hören. Ich wollte von Ysabeau in allen Einzelheiten erfahren, wie sie Matthew zum Vampir gemacht hatte, aber ich hatte Angst zu fragen, denn möglicherweise sprachen Vampire ungern über solche Sachen. Vielleicht war das zu intim oder zu schmerzhaft. Doch Ysabeau erzählte es mir auch so.

»Er nahm mein Blut so mühelos an, als wäre er dafür geboren«, erklärte sie mit einem rasselnden Seufzer. »Matthew gehörte nicht zu den Menschen, denen es vor dem Anblick oder dem Geruch von Blut graut. Ich riss mit meinen Zähnen mein Handgelenk auf und versprach ihm, dass mein Blut ihn heilen würde. Er trank seine Erlösung ohne jede Angst.«

»Und danach?«, flüsterte ich.

»Danach war er … schwierig«, antwortete Ysabeau abwägend. »Alle frisch gezeugten Vampire sind kräftig und hungrig, aber Matthew war kaum zu kontrollieren. Er tobte vor Wut, dass er zum Vampir geworden war, und sein Hunger nach Blut war unersättlich. Wochenlang mussten Philippe und ich täglich für ihn auf die Jagd gehen, um ihn zu stillen. Außerdem veränderte sich sein Körper stärker, als wir erwartet hatten. Wir werden alle größer, feingliedriger, kräftiger. Aber Matthew verwandelte sich aus einem gertendünnen Menschen in ein wahrhaft ehrfurchtgebietendes Geschöpf. Mein Mann war größer als er, doch als mein Blut erstmals durch Matthews Adern schoss, konnte selbst Philippe ihn kaum bändigen.«

Ich zwang mich, keine Angst vor Matthews Hunger und Zorn zu

bekommen. Stattdessen starrte ich seine Mutter an und schloss nicht ein einziges Mal die Augen, um mich gegen das Wissen zu wehren. Denn genau das fürchtete Matthew: Dass ich begreifen würde, wer er gewesen war – wer er immer noch war – und mich angewidert abwenden könnte.

»Was hat ihn schließlich zur Ruhe gebracht?«, fragte ich.

»Philippe ging mit ihm jagen«, erklärte Ysabeau, »sobald er halbwegs überzeugt war, dass Matthew nicht mehr alles töten würde, was ihm in den Weg kam. Das Fährtensuchen hielt seinen Geist auf Trab, und die Hetzjagd hielt seinen Körper auf Trab. Bald war für ihn die Jagd wichtiger als das Blut, was bei einem jungen Vampir immer ein gutes Zeichen ist. Es zeigte uns, dass er nicht mehr ausschließlich von seinem Hunger gesteuert wurde, sondern wieder vernünftigen Argumenten zugänglich war. Danach war es nur noch eine Frage der Zeit, bis sein Gewissen erwachte und er nicht mehr unüberlegt tötete. Fortan mussten wir nur noch die schwarzen Stunden fürchten, in denen er besonders innig um Blanca und Lucas trauerte und sich über Menschen hermachte, um seinen Hunger zu dämpfen.«

»Gab es damals irgendwas, das ihm geholfen hat?«

»Manchmal sang ich ihm etwas vor – unter anderem das Lied, das ich Ihnen heute Abend vorgesungen habe. Damit ließ sich die Trauer oft lindern. Manchmal verschwand Matthew auch einfach. Philippe verbot mir, ihm zu folgen oder ihm Fragen zu stellen, wenn er zurückkam.« Ysabeau sah mich mit schwarzen Augen an. Unsere Blicke bestätigten, was wir beide vermuteten: dass Matthew zu Frauen geflüchtet war und Trost in ihrem Blut und der Berührung von Händen gesucht hatte, die weder die seiner Mutter noch die seiner Frau waren.

»Er ist wahnsinnig diszipliniert«, überlegte ich laut. »So kann ich ihn mir kaum vorstellen.«

»Matthew empfindet sehr intensiv. Es ist ein Segen und gleichzeitig ein Fluch, jemanden so zu lieben, dass man nicht weiterleben möchte, nachdem diese Liebe gestorben ist.«

In Ysabeaus Stimme lag eine leise Warnung. Trotzig schob ich mein Kinn nach vorn, und meine Finger begannen zu kribbeln. »Dann muss ich sicherstellen, dass er meine Liebe nie verlieren wird«, erklärte ich knapp.

»Und wie wollen Sie das anstellen?«, provozierte Ysabeau mich. »Wollen Sie auch zum Vampir werden und uns beim Jagen Gesellschaft leisten?« Sie lachte, aber es war ein freudloses Lachen. »Ich bin mir sicher, dass Domenico genau das vorgeschlagen hat. Ein kurzer Biss, Ihre Venen werden entleert, dann wird Ihr Blut gegen unseres getauscht. Und schon hätte die Kongregation keinen Anlass mehr, sich in Ihre Angelegenheiten einzumischen.«

»Wie meinen Sie das?«, fragte ich dumpf.

»Verstehen Sie nicht?«, zischte Ysabeau. »Wenn Sie unbedingt mit Matthew zusammen sein wollen, müssen Sie eine von uns werden, damit ihm – und Ihnen – keine Gefahr mehr droht.«

Ein tiefes Knurren stieg aus Marthes Kehle.

»Ist Matthew darum abgereist? Hat ihm die Kongregation befohlen, mich zum Vampir zu machen?«

»Matthew würde Sie niemals zum *Manjasang* machen«, mischte sich Marthe verächtlich ein. Aus ihren Augen sprühte Zorn.

»Nein.« Ysabeaus Stimme war leise, aber boshaft. »Wie gesagt, er hatte schon immer eine Schwäche für zerbrechliche Dinge.«

Und wieder war ich auf etwas gestoßen, das Matthew vor mir verheimlichte. Wenn ich ebenfalls ein Vampir wäre, bräuchten wir die Kongregation nicht zu fürchten. Ich musste mich nur verwandeln.

Ich erwog die Möglichkeit überraschend gelassen und angstfrei. Ich könnte mit Matthew zusammen sein, und ich würde vielleicht sogar noch größer werden. Ysabeau würde die Verwandlung übernehmen. Mit einem Glitzern im Blick beobachtete sie, wie meine Hand an meinen Hals wanderte.

Aber da waren immer noch meine Visionen, nicht zu vergessen die Macht des Windes und des Wassers. Noch verstand ich nicht, welches magische Potenzial in meinem Blut lag. Und als Vampirin würde ich das Rätsel um *Ashmole 782* vielleicht nie lösen.

»Ich habe es ihm versprochen«, meldete sich Marthe rau zu Wort. »Diana muss bleiben, was sie ist – eine Hexe.«

Ysabeau bleckte die Zähne, nickte aber.

»Mussten Sie ihm auch versprechen, nicht zu verraten, was in Oxford wirklich passiert ist?«

Matthews Mutter fasste mich scharf ins Auge. »Es ist nicht an mir, diese Geschichte zu erzählen.«

Ich hatte noch mehr Fragen – Fragen, die Matthew in seiner Eile vielleicht nicht für verboten erklärt hatte.

»Können Sie mir erzählen, warum es einen Unterschied macht, ob ein nichtmenschliches Geschöpf oder ein Mensch ins Labor eingedrungen ist?«

Es blieb still, während Ysabeau mich interessiert musterte. Schließlich antwortete sie.

»Kluges Mädchen. Schließlich habe ich Matthew nicht versprochen, dass ich mich nicht zu dem äußern würde, was ich für inakzeptables Benehmen halte.« Sie sah mich wohlgefällig an. »Wir können nur hoffen, dass es ein übermütiger Dämon war, dem nicht bewusst war, was für einen schwerwiegenden Verstoß er damit begangen hat. Das könnte Matthew vielleicht noch verzeihen.«

»Dämonen hat er noch jedes Mal verziehen«, brummelte Marthe düster.

»Und wenn es kein Dämon war?«

»Wenn es ein Vampir war, haben wir es mit einem offenen Affront zu tun. Wir legen größten Wert darauf, unsere Privatsphäre zu wahren. Kein Vampir betritt unerlaubt das Haus oder Territorium eines anderen Vampirs.«

»Würde Matthew einen solchen Übergriff verzeihen?« Wenn ich danach ging, wie Matthew ausgesehen hatte, als er auf den Wagen geschlagen hatte, konnte ich mir die Antwort denken.

»Vielleicht.« Ysabeau klang wenig überzeugt. »Schließlich wurde nichts entwendet und nichts kaputt gemacht. Trotzdem halte ich es für wahrscheinlicher, dass Matthew Wiedergutmachung fordern würde.«

Wieder einmal fühlte ich mich ins Mittelalter zurückversetzt, wo vor allem um Ehre und Ruf gegangen war.

»Und wenn es eine Hexe war?«, fragte ich leise.

Matthews Mutter wandte das Gesicht ab. »Bei einer Hexe würde keine Entschuldigung ausreichen.«

In dem Moment schrillten bei mir alle Alarmglocken.

Ich warf die Decke beiseite und schwang die Beine über die Bettkante. »Der Einbruch sollte Matthew provozieren. Er ist nach Oxford geflogen, weil er glaubt, mit Knox einen Handel unter Ehrenmännern abschließen zu können. Wir müssen ihn warnen.«

Ysabeaus Hände kamen fest auf meinen Schultern zu liegen.

»Das ist ihm klar, Diana.«

Ich verarbeitete diese Neuigkeit. »Wollte er mich darum nicht nach Oxford mitnehmen? Ist *er* in Gefahr?«

»Natürlich ist er in Gefahr«, bestätigte Ysabeau scharf. »Aber er wird tun, was er kann, um der Sache ein Ende zu machen.« Sie hob meine Beine aufs Bett zurück und stopfte die Decke um mich herum fest.

»Ich sollte bei ihm sein«, protestierte ich.

»Sie würden ihn nur ablenken. Sie bleiben hier, so wie er es verlangt.«

»Habe ich denn gar kein Mitspracherecht?«, fragte ich zum x-ten Mal, seit ich nach Sept-Tours gekommen war.

»Nein«, antworteten beide Frauen wie aus einem Mund.

»Sie müssen wirklich noch sehr viel über uns Vampire lernen«, sagte Ysabeau wieder, doch diesmal klang sie fast resigniert.

Ich musste tatsächlich noch viel über Vampire lernen. Das wusste ich.

Aber wer würde es mir beibringen? Und wann?

Kapitel 24

Aus weiter Ferne gewahrte ich eine schwarze Wolke, die die Erde überzog und sie verschlang und meine Seele bedeckte, bis die Wasser in sie einströmten und sie faulig und verderbt wurde, weil sie die untere Hölle und den Schatten des Todes gesehen hatte. Ein Sturm hatte mich ertränkt«, las ich laut in Matthews Ausgabe der *Aurora Consurgens.*

Ich beugte mich über den Computer und tippte meine Anmerkungen zu der Bildsprache ein, mit der dieser unbekannte Autor das *Nigredo*, einen der gefährlichen Schritte bei der alchemistischen Transformation, umschrieben hatte. In diesem Abschnitt des Verwandlungsprozesses gaben die vermischten Substanzen wie Quecksilber und Blei giftige Dämpfe ab, die dem Alchemisten gefährlich werden konnten. Passenderweise hielt sich eine der Fratzen, die Bourgot le Noir gemalt hatte, die Nase zu, um die im Text erwähnte Wolke nicht zu riechen.

»Ziehen Sie sich die Reitsachen an.«

Ich sah von den Manuskriptseiten auf.

»Matthew hat mir das Versprechen abgenommen, mit Ihnen ins Freie zu gehen. Er sagte, Sie bräuchten das, damit Sie nicht krank werden«, erklärte Ysabeau.

»Das ist nicht nötig, Ysabeau. Domenico und die Hexenflut haben meine Adrenalinvorräte erschöpft, falls Sie sich deswegen Sorgen machen.«

»Matthew hat Ihnen doch bestimmt erzählt, wie betörend Angst für Vampire riecht.«

»Marcus hat es mir erzählt«, berichtigte ich. »Genauer gesagt hat er mir erzählt, wie Angst schmeckt. Wie riecht sie?«

Ysabeau zuckte mit den Achseln. »So wie sie schmeckt. Vielleicht noch etwas exotischer – mit einem Hauch Moschus. Ich war nie besonders angetan davon. Ich ziehe das Töten der Jagd vor. Aber jede, wie es ihr beliebt.«

»Ich leide in letzter Zeit kaum noch unter Panikattacken. Deswegen müssen Sie nicht mit mir reiten gehen.« Ich beugte mich wieder über meine Arbeit.

»Warum sind sie Ihrer Meinung nach seltener geworden?«, fragte Ysabeau.

»Das weiß ich beim besten Willen nicht.« Ich seufzte und sah Matthews Mutter an.

»Leiden Sie schon lange darunter?«

»Seit ich sieben war.«

»Was ist damals passiert?«

»Da wurden meine Eltern in Nigeria getötet«, antwortete ich knapp.

»Das war das Bild, das man Ihnen geschickt hat – das dazu geführt hat, dass Matthew Sie nach Sept-Tours brachte.«

Als ich nickte, zog sich Ysabeaus Mund zu der vertrauten dünnen Linie zusammen. »Schweine.«

Man konnte sie Schlimmeres schimpfen, aber »Schweine« traf es ziemlich gut.

»Panik oder keine Panik«, bestimmte Ysabeau, »wir reiten aus, wie Matthew es gewollt hat.«

Ich fuhr den Computer herunter und ging nach oben, um mich umzuziehen. Dank Marthe lagen meine Reitsachen ordentlich zusammengefaltet im Bad, nur die Stiefel hatte ich zusammen mit dem Helm und der Weste im Stall gelassen. Ich stieg in die schwarze Reithose, zog einen schwarzen Rollkragenpullover über und schlüpfte mit warmen Socken in ein paar Slipper, bevor ich wieder nach unten ging, um nach Matthews Mutter zu suchen.

»Ich bin hier drin«, rief sie. Ich folgte ihrem Ruf in einen kleinen Raum, der in warmem Terrakottabraun gestrichen war. Er war mit altem Porzellan und Geweihen dekoriert und mit einer wuchtigen alten Kommode ausgestattet, in der das Geschirr und Besteck eines ganzen Restaurants Platz gefunden hätte. Ysabeau sah mich über den Rand der *Le Monde* an und tastete mich mit ihren Augen ab. »Marthe hat mir erzählt, dass Sie gut geschlafen haben.«

»Ja, danke.« Ich trat von einem Fuß auf den anderen.

Marthe ersparte mir weitere Peinlichkeiten, indem sie eine Kanne Tee brachte. Auch sie nahm mich von Kopf bis Fuß in Augenschein.

»Es geht Ihnen heute besser«, stellte sie schließlich fest und reichte mir eine Tasse. Mit ernster Miene stand sie da, bis Matthews Mutter die Zeitung beiseitegelegt hatte, dann verschwand sie wieder.

Als ich meinen Tee getrunken hatte, gingen wir zu den Ställen. Ysabeau musste mir mit den Stiefeln zur Hand gehen, die immer noch zu steif waren, als dass ich sie allein an- oder ausziehen konnte, und sie beobachtete aufmerksam, wie ich meinen Schildkrötenpanzer von Weste anlegte und den Helm aufsetzte. Ganz eindeutig hatte Matthew sie instruiert, dass ich beides anlegen musste. Ysabeau trug natürlich nur eine braune Steppjacke als Schutz. Beim Reiten war es besonders praktisch, dass Vampirfleisch mehr oder weniger unzerstörbar war.

Auf der Koppel standen Fiddat und Rakasa nebeneinander. Sie sahen aus wie Spiegelbilder.

»Ysabeau«, protestierte ich, »Georges hat Rakasa falsch gesattelt. Ich kann nicht im Damensattel reiten.«

»Fürchten Sie sich?« Matthews Mutter sah mich abschätzend an.

»Nein!« Ich zügelte meinen Zorn. »Ich reite nur lieber im Herrensitz.«

»Woher wollen Sie das wissen?« In ihren Smaragdaugen flackerte ein tückischer Funke auf.

Sekundenlang standen wir schweigend da und sahen uns an. Rakasa stampfte mit dem Huf auf und sah über die Schulter zu uns her.

Wollt ihr jetzt reiten oder reden?, schien sie zu fragen.

Benimm dich, rief ich sie barsch zur Ordnung, ging zu ihr und legte ihre Fessel auf mein Knie.

»Das hat Georges schon erledigt«, verkündete Ysabeau gelangweilt.

»Ich will mich persönlich überzeugen, bevor ich mich auf ein Pferd setze.« Ich prüfte Rakasas Hufe, fuhr mit den Händen die Zügel nach und schob dann die Finger unter den Sattel.

»Genau wie Philippe früher.« Aus Ysabeaus Stimme sprach widerwillige Anerkennung. Mit kaum verhohlener Ungeduld sah sie mir zu, bis ich fertig war. Dann führte sie Fiddat zu einer kleinen Holzleiter und wartete ab, bis ich ihr gefolgt war. Nachdem sie mir in den ungewohnten Sattel geholfen hatte, sprang sie auf ihr eigenes Pferd. Ich sah nur einmal zu ihr hinüber und wusste sofort, dass mir ein anstrengender Vormittag bevorstand. Ihrer Haltung nach zu urteilen ritt Ysabeau besser als Matthew – und der war der beste Reiter, der mir bisher begegnet war.

»Führen Sie ihn einmal im Kreis«, sagte Ysabeau. »Ich will sichergehen, dass Sie nicht herunterfallen und sich das Genick brechen.«

»Sie können mir vertrauen, Ysabeau.« *Lass mich nicht fallen,* handelte ich mit Rakasa, *dann sorge ich dafür, dass du bis an dein Lebensende jeden Tag einen Apfel bekommst.* Die Ohren meiner Stute zuckten vor und wieder zurück, und sie wieherte leise. Wir umkreisten zweimal die Koppel, bevor ich vor Matthews Mutter anhielt. »Zufrieden?«

»Sie reiten besser, als ich erwartet hätte«, gab sie zu. »Wahrscheinlich könnten Sie sogar springen, aber ich habe Matthew versprochen, auch das zu unterlassen.«

»Er hat dir einen Haufen Versprechen abgenommen, bevor er losgefahren ist«, murmelte ich vor mich hin und hoffte, dass sie mich nicht hörte.

»Allerdings.« Natürlich war ihr mein Gemurmel nicht entgangen. »Und manche sind schwerer zu halten als andere.«

Wir passierten das offene Koppeltor. Georges tippte sich an den Hut und schloss dann grinsend und kopfschüttelnd das Tor hinter uns.

Matthews Mutter blieb auf relativ ebenem Gelände, bis ich mich an den fremden Sattel gewöhnt hatte. Der Trick war, den Körper gerade zu halten, auch wenn man dabei das Gefühl hatte, jeden Moment vom Pferd zu purzeln.

»Das ist gar nicht so schlecht«, meinte ich nach zwanzig Minuten.

»Seitdem die Sättel zwei Hörner haben, ist es einfacher«, sagte Ysabeau. »Davor war ein Damensattel höchstens zu gebrauchen, wenn das Pferd von einem Mann herumgeführt wurde«, sagte sie mit hörbarer Verachtung. »Erst als die italienische Königin einen Sattelknauf und Steigbügel an ihren Sattel montieren ließ, konnten wir die Pferde selbst lenken. Die Geliebte ihres Mannes ritt im Herrensitz, damit sie ihn auf seinen Ausritten begleiten konnte. Katharina wurde immer zu Hause gelassen, was für eine Ehefrau ausgesprochen unangenehm ist.« Sie durchbohrte mich mit einem giftigen Blick. »Heinrichs Hure hieß nach der Göttin der Jagd, genau wie Sie.«

»Ich hätte mich bestimmt nicht mit Katharina de Medici angelegt.« Ich schüttelte den Kopf.

»Die Mätresse des Königs, Diana von Poitiers, war viel gefährlicher«, meinte Ysabeau düster. »Sie war eine Hexe.«

»Wirklich oder metaphorisch?«, fragte ich interessiert.

»Beides«, antwortete Matthews Mutter in einem Tonfall, mit dem man Farbe hätte wegätzen können. Ich lachte. Ysabeau sah mich überrascht an und lachte dann ebenfalls.

Wir ritten weiter. Plötzlich begann Ysabeau zu schnuppern und richtete sich im nächsten Moment hellwach im Sattel auf.

»Was ist?«, fragte ich ängstlich und zog an Rakasas Zügel.

»Ein Hase.« Sie trieb Fiddat in einen leichten Galopp. Ich folgte ihr dichtauf, denn ich wollte nicht ausprobieren, ob eine Hexe im Wald tatsächlich so schwer aufzuspüren war, wie Matthew angedeutet hatte.

Wir galoppierten durch die Bäume und dann auf ein freies Feld. Ysabeau hielt Fiddat an, und ich lenkte Rakasa neben sie.

»Haben Sie schon einmal gesehen, wie ein Vampir tötet?«, Ysabeau beobachtete genau, wie ich reagierte.

»Nein«, antwortete ich gleichmütig.

»Hasen sind klein. Damit fangen wir an. Warten Sie hier.« Sie schwang sich aus dem Sattel und sprang leichtfüßig auf den Boden. Fiddat blieb gehorsam stehen und sah seiner Herrin zu. »Diana«, sagte sie scharf, ohne auch nur einmal ihre Beute aus dem Blick zu lassen, »kommen Sie nicht in meine Nähe, solange ich jage oder trinke. Haben Sie das verstanden?«

»Ja.« In meinem Kopf überschlugen sich die Bilder. Ysabeau wollte einen Hasen jagen, ihn töten und vor meinen Augen sein Blut trinken? Da würde ich auf keinen Fall in ihre Nähe kommen wollen.

Matthews Mutter schoss über die Wiese davon, so schnell, dass ich sie nicht im Auge behalten konnte. Auf einmal hielt sie inne wie ein Falke kurz vor dem Sturzflug, dann bückte sie sich und hielt im nächsten Moment ein verängstigtes Häschen an den Ohren. Triumphierend hob Ysabeau das Tier in die Höhe, bevor sie die Zähne mitten in sein Herz schlug.

Hasen mögen nicht besonders groß sein, aber wenn man ihnen bei lebendigem Leib das Herz zerfetzt, bluten sie stärker, als man meint. Es war ein grauenvoller Anblick. Ysabeau sog das Blut aus dem Tier, das in kürzester Zeit zu zappeln aufhörte, dann wischte sie sich mit dem Fell den Mund ab und schleuderte den Kadaver ins Gras. Drei Sekunden später schwang sie sich wieder in den Sattel. Ihre Wangen waren leicht gerötet, und ihre Augen funkelten lebhafter als sonst. Sobald sie aufgestiegen war, sah sie mich an.

»Und?«, fragte sie. »Sollen wir nach etwas Größerem Ausschau halten, oder möchten Sie lieber zurückreiten?«

Ysabeau de Clermont stellte mich auf die Probe.

»Nach Ihnen«, sagte ich grimmig und drückte Rakasa die Hacken in die Flanken.

Ab da maß ich den Ausritt nicht mehr an der Bewegung der Sonne, die sich noch hinter den Wolken versteckte, sondern an den immer heftigeren Blutströmen, die Ysabeaus hungriger Mund aus den erbeuteten Tieren sog. Obwohl sie dabei relativ gesittet blieb, würde ich in der nächsten Zeit wohl kein Steak essen wollen.

Nach dem Hasen, dem zu groß geratenen Eichhörnchen, das laut Ysabeau ein Murmeltier war, einem Fuchs und einem Mufflon war ich gegen den blutigen Anblick abgestumpft – hatte ich wenigstens angenommen. Doch als Ysabeau einem jungen Rehbock nachsetzte, spürte ich ein Kribbeln in meinem Inneren.

»Ysabeau«, protestierte ich. »Sie können unmöglich noch hungrig sein. Lassen Sie ihn laufen.«

»Was? Die Göttin der Jagd hat etwas dagegen, dass ich einem Rehbock nachsetze?« Sie sagte das spöttisch, aber sie sah mich neugierig dabei an.

»Ja«, bestätigte ich knapp.

»Und ich habe etwas dagegen, dass Sie meinem Sohn nachsetzen.« Ysabeau schwang sich von ihrem Pferd.

Es juckte mich in den Fingern einzugreifen, und ich konnte mich nur mit Mühe von Ysabeau fernhalten, während sie sich an ihre Beute heranpirschte. Nach jedem Riss hatten ihre Augen verraten, dass sie ihre Emotionen – und Taten – nicht wirklich unter Kontrolle hatte.

Der Rehbock versuchte zu entkommen. Er schaffte es sogar, ins Unterholz zu springen, doch Ysabeau verschreckte das Tier so sehr, dass es ins Freie zurückfloh. Danach hatte der müde werdende Rehbock keine Chance mehr. Ysabeau tötete schnell, und der Rehbock musste nicht leiden, trotzdem musste ich mir auf die Lippe beißen, um nicht aufzuschreien.

»So«, sagte sie zufrieden und kehrte zu Fiddat zurück. »Jetzt können wir nach Sept-Tours zurückreiten.«

Wortlos wendete ich Rakasa zum Château hin.

Ysabeau griff meinem Pferd in die Zügel. Auf ihrer cremefarbenen Bluse leuchteten winzige Blutströpfchen. »Glauben Sie immer noch, dass Vampire elegante Geschöpfe sind? Glauben Sie immer noch, dass es einfach wäre, mit meinem Sohn zusammenzuleben, obwohl Sie wissen, dass er töten muss, um zu überleben?«

Es fiel mir schwer, »Matthew« und »töten« in einem Satz zusammenzubringen. Vielleicht würde ich noch das Blut auf seinen Lippen schmecken, sollte ich ihn eines Tages küssen, nachdem er von der Jagd zurückkehrte. Und Tage wie der, den ich eben mit Ysabeau verbracht hatte, würden die Regel werden. »Wenn Sie damit erreichen wollen, dass ich mich vor Ihrem Sohn ekle, dann haben Sie versagt«, antwortete ich unbeirrt. »Dazu braucht es mehr.«

»Marthe meinte auch, das würde nicht ausreichen, damit Sie sich von ihm abwenden«, gestand sie.

»Sie hatte recht.« Ich blieb kühl. »Können wir jetzt heimreiten?«

Schweigend ritten wir auf die Bäume zu. Als wir unter dem grünen

Dach des Waldes waren, wandte sich Ysabeau mir zu. »Verstehen Sie, warum Sie widerspruchslos alles tun müssen, was Matthew Ihnen aufträgt?«

Ich seufzte. »Ich dachte, der Unterricht wäre für heute beendet.«

»Glauben Sie, unsere Ernährungsgewohnheiten sind das Einzige, was zwischen Ihnen und meinem Sohn steht?«

»Also raus mit der Sprache, Ysabeau. Warum muss ich alles tun, was Matthew sagt?«

»Weil er der stärkste Vampir im Château ist. Er ist das Oberhaupt unseres Hauses.«

Ich starrte sie fassungslos an. »Wollen Sie mir allen Ernstes erklären, ich müsse auf ihn hören, weil er der Leitwolf ist?«

»Glauben Sie etwa, dass *Sie* es sind?« Ysabeau schnaubte.

»Nein«, gestand ich ihr zu. Ysabeau war ebenfalls keine Leitwölfin. Sie tat, was Matthew ihr auftrug. Genau wie Marcus, Miriam und jeder Vampir in der Bodleian Library. Selbst Domenico hatte letztendlich einen Rückzieher gemacht. »Sind das die Regeln des Clermont-Rudels?«

Ysabeau nickte, und ihre grünen Augen glitzerten. »Es dient nur Ihrer Sicherheit – und der von uns allen –, wenn Sie gehorchen. Das ist kein Spiel.«

»Ich verstehe, Ysabeau.« Allmählich verlor ich die Geduld.

»Nein«, widersprach sie leise. »Sie werden es erst verstehen, wenn es Ihnen einmal vor Augen geführt wird, so wie ich Ihnen gerade vor Augen geführt habe, wie es ist, wenn ein Vampir tötet. Bis dahin sind das nur Worte. Eines Tages wird jemand wegen Ihres Eigensinnes sterben. Dann werden Sie begreifen, warum ich Ihnen das erklärt habe.«

Ohne weitere Gespräche kehrten wir zum Château zurück. Als wir durch Marthes Reich im Erdgeschoss eilten, kam sie mit einem kleinen Hühnchen in der Hand aus der Küche. Ich wurde blass. Marthe bemerkte die winzigen Blutspritzer auf Ysabeaus Manschetten und schnappte nach Luft.

»Sie muss das wissen«, zischte Ysabeau.

Marthe sagte etwas auf Okzitanisch, das sich verdächtig nach einem

Fluch anhörte, und nickte mir dann zu. »Hier, Mädchen, kommen Sie mit, dann zeige ich Ihnen, wie man meinen Tee macht.«

Jetzt verdüsterte sich zur Abwechslung Ysabeaus Miene. Marthe machte mir etwas zu trinken und reichte mir einen Teller mit ein paar krümeligen, mit Nüssen bestreuten Keksen. Hähnchen kam vorerst nicht in Frage.

Mehrere Stunden ließ Marthe mich getrocknete Kräuter und Gewürze in kleine Häufchen sortieren, bis ich mir alle Namen eingeprägt hatte. Bis zum Nachmittag konnte ich sie entweder dem Geruch oder dem Aussehen nach bestimmen.

»Petersilie, Ingwer. Mutterkraut. Rosmarin. Salbei. Wilde Möhrensamen. Beifuß. Polei-Minze. Engelwurz. Weinraute. Gänsefingerkraut. Wacholderwurzel.« Ich deutete der Reihe nach darauf.

»Noch mal«, befahl Marthe fröhlich und überreichte mir ein Bündel von Musselinbeuteln.

Ich löste die Schnüre, legte die Beutel, genau wie Marthe es tat, nebeneinander auf dem Tisch aus und rezitierte erneut die verschiedenen Namen.

»Gut. Jetzt füllen Sie eine Fingerspitze von jedem in jeden Beutel.«

»Warum mischen wir nicht alles zusammen und löffeln es dann in die Beutel?« Ich nahm mit spitzen Fingern eine Prise Polei und zog die Nase kraus, als mir der Minzegeruch entgegenschlug.

»Weil dann vielleicht eines fehlt. In jedem Beutel muss jedes einzelne Kraut sein – alle zwölf.«

»Würde ein so kleiner Samen wirklich den Geschmack beeinflussen?« Ich hielt einen winzigen Möhrensamen zwischen Daumen und Zeigefinger.

»Von jedem eine Fingerspitze voll«, wiederholte Marthe. »Noch mal.«

Die erfahrenen Hände der Vampirfrau huschten mit sicherem Griff von einem Häufchen zum nächsten, füllten die Beutel und zogen die Bändel wieder zu. Nachdem wir alles aufgeteilt hatten, goss Marthe eine Tasse Tee mit einem von mir gefüllten Beutel auf.

»Er schmeckt köstlich«, sagte ich und nippte glücklich an meinem selbst zusammengestellten Kräutertee.

»Nehmen Sie ihn nach Oxford mit. Jeden Tag eine Tasse. Der hält Sie gesund.« Sie begann die Beutel in eine Dose zu füllen. »Und jetzt wissen Sie, wie Sie ihn machen können.«

»Marthe, Sie müssen mir nicht alles davon mitgeben«, protestierte ich.

»Sie werden das für Marthe trinken, eine Tasse am Tag. Ja?«

»Natürlich.« Wenigstens das konnte ich für meine letzte Verbündete in diesem Haus tun.

Nach dem Tee ging ich hinauf in Matthews Arbeitszimmer und schaltete den Computer ein. Nach dem langen Ritt schmerzten meine Unterarme, darum zog ich mit meinem Computer und dem Manuskript an seinen Schreibtisch um, wo ich hoffentlich bequemer arbeiten konnte als an dem Tisch am Fenster. Dummerweise war der Ledersessel für jemanden von Matthews Größe gebaut, weshalb meine Füße in der Luft baumelten.

Andererseits fühlte ich mich Matthew näher, wenn ich in seinem Sessel saß, darum blieb ich sitzen, während ich darauf wartete, dass der Computer hochfuhr. Mein Blick fiel auf ein dunkles Objekt, das im obersten Regalfach steckte. Es verschmolz fast mit dem dunklen Holz und den Lederrücken der Bücher und blieb dadurch einem zufälligen Blick verborgen. Von Matthews Schreibtisch jedoch waren die Umrisse klar zu erkennen.

Es war kein Buch, sondern ein alter, achteckiger Holzblock. In jede Seite waren winzige Bogenfenster geschnitzt. Das Gebilde war schwarz, rissig und vom Alter verzogen.

Ich spürte einen leisen Stich, als ich begriff, dass es ein Kinderspielzeug war.

Matthew hatte es für Lucas angefertigt, bevor Matthew zum Vampir geworden war, damals, als er an der ersten Kirche gebaut hatte. Er hatte es in einen Winkel des Regals geschoben, wo es niemandem auffallen würde – außer ihm selbst. Er musste jedes Mal darauf blicken, wenn er an seinem Schreibtisch saß.

Wenn ich mit Matthew zusammen war, konnte ich mir nur zu leicht einbilden, dass wir allein auf dieser Welt waren. Nicht einmal Domenicos Warnungen oder Ysabeaus Mutproben hatten mein Gefühl erschüttert, dass es nur von uns abhing, wie nahe wir uns letztendlich kamen.

Doch dieser kleine Holzturm, der vor unvorstellbar langer Zeit mit so viel Liebe angefertigt worden war, brachte meine Illusionen zum Einsturz. Es waren auch Kinder im Spiel, lebende und tote. Hinter uns standen Familien mit langer, komplizierter Abstammung und tief verwurzelten Vorurteilen, von denen nicht einmal ich frei war. Und Sarah und Em wussten immer noch nicht, dass ich mich in einen Vampir verliebt hatte. Es war Zeit, sie aufzuklären.

Im Salon arrangierte Ysabeau eben Blumen in einer hohen Vase, die auf einem unbezahlbar kostbaren Louis-XIV.-Sekretär edelster Herkunft stand – der noch nie den Besitzer gewechselt hatte.

»Ysabeau?« Ich klang unsicher. »Könnte ich vielleicht irgendwo telefonieren?«

»Er wird Sie anrufen, wenn er mit Ihnen sprechen will.« Sie schob behutsam einen Zweig mit rot-gelben Blättern zwischen die weißen und goldenen Blumen.

»Ich will nicht Matthew anrufen, Ysabeau. Ich muss mit meiner Tante sprechen.«

»Die Hexe, die neulich Abend angerufen hat?«, fragte sie. »Wie heißt sie?«

»Sarah«, antwortete ich stirnrunzelnd.

»Und sie lebt mit einer anderen Frau zusammen, einer weiteren Hexe, nicht wahr?« Jetzt füllte Ysabeau die Vase mit weißen Rosen auf.

»Ja, sie heißt Emily. Ist das ein Problem?«

»Aber nein.« Ysabeau sah mich über die Blüten an. »Sie sind beide Hexen. Nur das zählt.«

»Und sie lieben sich.«

»Sarah ist ein guter Name«, fuhr Ysabeau fort, als hätte ich nichts gesagt. »Sie kennen natürlich die dazugehörige Legende.«

Ich schüttelte den Kopf. Ysabeaus Themenwechsel waren fast so schwindelerregend wie die Stimmungsumschwünge ihres Sohnes.

»Die Mutter Isaaks hieß Sarai – die Streitsüchtige –, aber als sie schwanger wurde, benannte Gott sie in Sarah um, was Prinzessin bedeutet.«

»Was meine Tante angeht, würde Sarai besser passen.« Ich wartete immer noch darauf, dass Ysabeau mir verriet, wo das Telefon stand.

»Emily ist auch ein guter Name, ein kraftvoller, römischer Name.« Ysabeau knipste mit ihren scharfen Fingernägeln einen Rosenstiel ab.

»Was bedeutet Emily, Ysabeau?« Zum Glück bestand meine Familie nur aus zwei Personen.

»Es bedeutet die Fleißige. Natürlich hatte deine Mutter den interessantesten Namen. Rebecca bedeutet die Gefangene oder Gefesselte«, erklärte Ysabeau. Eine Falte kerbte sich in ihre Stirn, während sie die Vase erst von der einen, dann von der anderen Seite studierte. »Ein interessanter Name für eine Hexe.«

»Und was bedeutet Ihr Name?«, fragte ich ungeduldig.

»Ich hieß nicht immer Ysabeau, aber Philippe fand, dass der Name zu mir passte. Es bedeutet Gottes Versprechen.« Ysabeau zögerte, sah mir lange ins Gesicht und fasste schließlich einen Entschluss. »Mit vollem Namen heiße ich Geneviève Mélisande Hélène Ysabeau Aude de Clermont.«

»Wie schön.« Ich merkte, wie meine Ungeduld nachließ, während ich mir ausmalte, welche Geschichte sich hinter den vielen Namen verbarg.

Ysabeau schenkte mir ein kleines Lächeln. »Namen sind wichtig.«

»Hat Matthew noch mehr Namen?« Ich nahm eine weiße Rose aus dem Korb und reichte sie ihr. Sie bedankte sich murmelnd.

»Natürlich. Wir geben unseren Kindern grundsätzlich mehrere Namen, wenn sie wiedergeboren werden. Aber Matthew hieß schon so, als er zu uns kam, und er wollte seinen Namen behalten. Damals war das Christentum noch jung, und Philippe fand, dass es praktisch sein könnte, wenn unser Sohn nach einem Evangelisten benannt ist.«

»Wie heißt er noch?«

»Sein voller Name lautet Matthew Gabriel Philippe Bertrand Sébastien de Clermont. Er machte sich auch sehr gut als Sébastien und ganz passabel als Gabriel. Bertrand hasst er, und auf Philippe reagiert er grundsätzlich nicht.«

»Was stört ihn an Philippe?«

»Es war der Lieblingsname seines Vaters.« Ysabeaus Hände kamen für einen Moment zur Ruhe. »Er ist tot, müssen Sie wissen. Die Nazis enttarnten ihn als Kämpfer der Résistance.«

In meiner Vision hatte sie Matthew erklärt, dass sein Vater von Hexen gefangengenommen worden sei.

»Nazis, Ysabeau, oder Hexen?«, fragte ich leise, das Schlimmste fürchtend.

»Hat Matthew Ihnen das erzählt?« Ysabeau sah mich entsetzt an.

»Nein. Ich habe Sie in einer meiner Visionen gestern gesehen. Sie haben geweint.«

»Die Hexen und die Nazis töteten Philippe gemeinsam«, antwortete sie nach langem Schweigen. »Noch ist der Schmerz frisch und scharf, aber im Lauf der Zeit wird er verblassen. Nach seinem Tod jagte ich jahrelang ausschließlich in Argentinien und Deutschland. Das half mir, nicht verrückt zu werden.«

»Es tut mir so leid, Ysabeau.« Die Worte drückten mein Mitgefühl nur unzureichend aus, aber sie kamen von Herzen. Matthews Mutter hörte offenbar, dass ich es ehrlich meinte, denn sie schenkte mir ein zaghaftes Lächeln.

»Es ist nicht Ihre Schuld. Sie waren nicht dabei.«

»Wie würden Sie mich nennen, wenn Sie mir einen Namen geben müssten?«, fragte ich leise und reichte Ysabeau den nächsten Stängel.

»Matthew hat recht. Zu Ihnen passt nur Diana.« Sie sprach den Namen wie immer französisch aus, mit der Betonung auf der ersten Silbe. »Für Sie gibt es keine anderen Namen. Sie sind einfach Diana.« Ysabeau deutete mit einem bleichen Finger auf die Tür zur Bibliothek. »Das Telefon steht dort drin.«

Ich setzte mich an den Schreibtisch der Bibliothek, schaltete die Lampe ein, wählte die Nummer in New York und hoffte, dass Sarah und Em zu Hause waren.

»Diana.« Sarah klang erleichtert. »Em hat gesagt, dass du es bist.«

»Bitte entschuldigt, dass ich gestern Abend nicht zurückrufen konnte. Es ist so viel passiert.« Ich nahm einen Stift und ließ ihn zwischen den Fingern rotieren.

»Möchtest du darüber sprechen?«, fragte Sarah. Mir rutschte fast der Hörer aus der Hand. Meine Tante *verlangte* sonst immer, dass wir über alles sprachen – *gebeten* hatte sie noch nie.

»Ist Em auch da? Ich möchte die Geschichte nicht zweimal erzählen.«

Em griff nach dem Zweithörer und begrüßte mich warmherzig und mitfühlend. »Hi, Diana. Wo bist du?«

»Bei Matthews Mutter in der Nähe von Lyon.«

»Bei Matthews Mutter?« Em interessierte sich für Abstammungslinien. Nicht nur für ihre eigenen, die weit zurückreichten und sich ebenso weit verzweigten, sondern auch für die ihrer Mitmenschen.

»Ysabeau de Clermont.« Ich versuchte den Namen möglichst so auszusprechen, wie Ysabeau es tat, mit langen Vokalen und halb verschluckten Konsonanten. »Eine sehr eindrucksvolle Erscheinung, Em. Manchmal glaube ich, allein ihretwegen fürchten sich die Menschen so vor Vampiren. Ysabeau kommt mir vor wie aus einem Märchen.«

Es blieb still. »Soll das heißen, du bist bei *Mélisande* de Clermont?«, fragte Em eindringlich. »Ich dachte gar nicht an die de Clermonts, als du mir von Matthew erzähltest.

Sei vorsichtig, Diana«, warnte sie. »Mélisande de Clermont hat traurige Berühmtheit erlangt. Sie hasst alle Hexen und hat nach dem Zweiten Weltkrieg halb Berlin leer gesogen.«

»Sie hat allen Grund, Hexen zu hassen.« Ich massierte meine Schläfen. »Es überrascht mich, dass sie mich überhaupt in ihrem Haus duldet.« Wenn es umgekehrt gewesen wäre und Vampire schuld am Tod meiner Eltern gewesen wären, hätte ich das nicht so schnell verziehen.

»Was ist mit dem Wasser?«, warf Sarah ein. »Mir macht vor allem die Vision mit dem Sturm Angst, die Em hatte.«

»Ach, als Matthew gestern abfuhr, fing ich zu regnen an.« Schon bei der nasskalten Erinnerung begann ich zu schlottern.

»Eine Hexenflut«, hauchte Sarah. »Was hat sie ausgelöst?«

»Ich weiß es nicht, Sarah. Ich fühlte mich so ... leer. Als Matthew durch das Tor fuhr, konnte ich die Tränen nicht mehr zurückhalten, gegen die ich angekämpft hatte, seit Domenico aufgetaucht war.«

»Was für ein Domenico?« Emily ging schon wieder ihren geistigen Karteikasten wichtiger nichtmenschlicher Geschöpfe durch.

»Michele – ein venezianischer Vampir.« Mein Blut begann sofort wieder zu kochen. »Und wenn er noch einmal in meine Nähe kommt, reiße ich ihm den Kopf ab, Vampir hin oder her.«

»Er ist gefährlich!«, rief Em aus. »Dieses Geschöpf hält sich an keine Regeln.«

»Das habe ich schon oft genug zu hören bekommen, und ihr könnt ganz ruhig bleiben, denn seither stehe ich vierundzwanzig Stunden am Tag unter Bewachung. Macht euch also keine Sorgen.«

»Wir werden uns erst keine Sorgen mehr machen, wenn du dich nicht mehr unter lauter Vampiren herumtreibst«, bemerkte Sarah.

»Dann werdet ihr euch noch lange Sorgen machen müssen«, gab ich störrisch zurück. »Ich liebe Matthew, Sarah.«

»Das geht nicht, Diana. Vampire und Hexen …«, setzte Sarah an.

»Domenico hat mir von dem Pakt erzählt«, warf ich ein. »Ich werde niemanden sonst bitten, dagegen zu verstoßen, und ich verstehe, dass ihr deswegen vielleicht mit mir brechen wollt oder müsst. Aber ich habe keine Wahl.«

»Aber die Kongregation wird alles unternehmen, um diese Beziehung zu beenden«, meinte Em mit Nachdruck.

»Auch das habe ich schon gehört. Dann werden sie mich umbringen müssen.« Bis dahin hatte ich die Worte nicht laut ausgesprochen, dabei gingen sie mir seit dem vergangenen Abend im Kopf herum. »Matthew werden sie nicht so schnell los, aber ich bin ein ziemlich leichtes Ziel.«

»Du kannst nicht offenen Auges ins Verderben marschieren.« Em kämpfte mit den Tränen.

»Ihre Mutter hat es getan«, sagte Sarah leise.

»Was ist mit meiner Mutter?« Meine Stimme brach, als die Rede auf meine Mutter kam, und meine Fassung auch.

»Rebecca hat sich Stephen in die Arme geworfen, obwohl alle meinten, es sei keine gute Idee, wenn sich zwei so mächtige Hexen zusammentun. Und sie wollte nicht hören, als man ihr riet, nicht nach Nigeria zu gehen.«

»Umso dringender sollte Diana jetzt auf uns hören«, sagte Em. »Du kennst ihn erst seit ein paar Wochen. Komm heim, und versuch ihn zu vergessen.«

»Ihn *vergessen*?« Wie lächerlich. »Ich bin nicht nur in ihn verknallt. Ich habe noch nie etwas Ähnliches für jemanden empfunden.«

»Lass sie, Em. Wir haben in dieser Familie oft genug solche Gespräche geführt.« Sarah atmete in einem Seufzer aus, der bis in die Auvergne zu spüren war. »Ich hätte mir zwar ein anderes Leben für dich gewünscht, aber wir müssen unsere Entscheidungen selbst fällen. So wie es deine Mutter getan hat. Und ich auch – was deiner Großmutter übrigens gar nicht recht war. Jetzt bist du dran. Aber keine Bishop lässt je eine andere Bishop im Stich.«

In meinen Augen brannten Tränen. »Danke, Sarah.«

»Außerdem«, begann sich Sarah in Rage zu reden, »kann die Kongregation zur Hölle fahren, wenn *Gestalten* wie Domenico Michele darin sitzen!«

»Was meint Matthew zu alldem?«, fragte Em. »Es überrascht mich, dass er dich allein lässt, nachdem ihr gerade erst beschlossen habt, mit einer tausendjährigen Tradition zu brechen.«

»Matthew hat mir noch nicht verraten, was er für mich empfindet.« Ich verbog konzentriert eine Briefklammer.

Am anderen Ende der Leitung blieb es still.

Schließlich sagte Sarah: »Worauf wartet er?«

Ich lachte laut. »Ihr habt mich doch gerade noch gewarnt, ich soll mich von Matthew fernhalten. Und jetzt regt ihr euch auf, weil er sich weigert, mich in noch größere Gefahr zu bringen?«

»Du willst mit ihm zusammen sein. Das sollte ausreichen.«

»Das ist keine arrangierte magische Hochzeit, Sarah. Ich entscheide für mich selbst. Und er für sich.« Die winzige Uhr mit dem Porzellanziffernblatt auf dem Schreibtisch zeigte an, dass seit seiner Abfahrt vierundzwanzig Stunden vergangen waren.

»Wenn du entschlossen bist, bei diesen Geschöpfen zu bleiben, dann nimm dich in Acht«, warnte mich Sarah, bevor wir uns verabschiedeten. »Und wenn du heimkommen musst, dann komm heim.«

Nachdem ich aufgelegt hatte, schlug die Uhr die halbe Stunde: In Oxford war es bereits dunkel.

Zum Teufel mit der ewigen Warterei. Ich griff wieder zum Hörer und wählte seine Nummer.

»Diana?« Die Nervosität war ihm anzuhören.

Ich lachte. »Hast du gewusst, dass ich es bin, oder hast du die Nummer auf dem Display?«

»Es geht dir gut.« Die Nervosität wich tiefer Erleichterung.

»Ja, deine Mutter hält mich schon den ganzen Tag auf Trab.«

»Das habe ich befürchtet. Was für Lügen hat sie dir erzählt?«

Die aufreibenderen Ereignisse dieses Tages konnten warten. »Nur die Wahrheit«, sagte ich. »Dass ihr Sohn eine diabolische Kombination aus Lancelot und Superman ist.«

»Das klingt nach Ysabeau.« In seiner Stimme lag ein leises Lachen. »Ich bin wirklich erleichtert, dass sie sich nicht von Grund auf verändert hat, nachdem sie eine Nacht unter demselben Dach wie eine Hexe verbracht hat.«

Mir war es möglich, ihn über die Entfernung mit Halbwahrheiten abzuspeisen. Ich selbst sah ihn deutlich im All Souls in seinem Morris-Sessel sitzen. Der Raum badete im weichen Licht der Lampen, und seine Haut leuchtete wie poliertes Perlmutt.

»Was trinkst du gerade?« Das war das einzige Detail, das meine Fantasie nicht liefern konnte.

»Seit wann interessierst du dich für Wein?«, fragte er überrascht.

»Seit ich weiß, wie viel es darüber zu wissen gibt.« Seit ich weiß, dass du dich für Wein interessierst, du Idiot.

»Heute Abend einen Spanier – Vega Sicilia.«

»Von wann?«

»Welcher Jahrgang, meinst du?«, neckte Matthew mich. »Ein 1964er.«

»Für deine Verhältnisse also ein ziemliches Baby, oder?«, neckte ich ihn ebenfalls, erleichtert, dass sich seine Laune aufgehellt hatte.

»Ein Kleinkind«, bestätigte er. Ich brauchte keinen sechsten Sinn, um zu wissen, dass er lächelte.

»Wie lief's bei dir heute?«

»Gut. Wir haben die Sicherheitsvorkehrungen verstärkt, obwohl nichts gestohlen wurde. Jemand hat versucht, sich in den Computer zu hacken, aber Miriam hat mir versichert, dass ihr System nicht zu knacken sei.«

»Wann kommst du zurück?« Die Frage war mir unversehens entwischt, und das Schweigen, das daraufhin einsetzte, dauerte unangenehm lang. Ich versuchte mir einzureden, dass es an der Verbindung lag.

»Ich weiß nicht«, antwortete er kühl. »Sobald ich kann.«

»Möchtest du mit deiner Mutter sprechen? Ich kann sie dir geben.« Ich musste mich anstrengen, damit meine Stimme nicht zitterte, so weh tat mir, wie unnahbar er plötzlich war.

»Nein, richte ihr nur aus, dass weder das Haus noch das Labor beschädigt wurden.«

Wir verabschiedeten uns. Die Brust war mir so eng, dass ich kaum Luft bekam. Als ich endlich aufstehen und mich umdrehen konnte, sah ich Matthews Mutter in der Tür stehen.

»Das war Matthew. Im Haus wurde nichts beschädigt. Ich bin müde, Ysabeau, und nicht besonders hungrig. Ich gehe wohl lieber ins Bett.« Es war fast acht Uhr und damit spät genug, um sich zurückziehen zu können.

»Natürlich.« Ysabeaus Augen glitzerten, als sie mir den Weg freigab. »Schlafen Sie gut, Diana.«

Kapitel 25

Während ich mit Matthew telefoniert hatte, war Marthe oben in Matthews Arbeitszimmer gewesen, und es warteten jetzt Sandwiches, Tee und Wasser auf mich. Sie hatte den Kamin so mit Scheiten vollgeladen, dass das Feuer die ganze Nacht brennen würde, und eine Handvoll Kerzen tauchten alles in einen goldenen Schein. Die gleiche einladende Beleuchtung und Wärme würden mich oben im Schlafzimmer erwarten, aber mein Gehirn wollte nicht abschalten. Das *Aurora*-Manuskript lag auf Matthews Schreibtisch für mich bereit. Ich setzte mich an meinen Computer, ohne auch nur einen Blick auf seine blinkende Rüstung zu werfen, und schaltete die minimalistisch-futuristische Schreibtischlampe an.

»Ich sprach: Gib mir Wissen über mein Ende und über das Maß meiner Tage, damit ich um meine Gebrechlichkeit weiß. Die Zahl meiner Tage ist begrenzt. Sie ist nur ein Augenblick, verglichen mit deiner.«

Die Stelle ließ mich nur wieder an Matthew denken.

Weil ich mich sowieso nicht auf den Text konzentrieren konnte, beschloss ich, eine Liste aller Fragen anzulegen, die meine bisherige Lektüre aufgeworfen hatte. Dazu brauchte ich nur einen Stift und ein Blatt Papier.

Matthews massiver Mahagonitisch wirkte dunkel und standhaft wie sein Besitzer, und er strahlte dieselbe gediegene Würde aus. Links und rechts des Fußraumes waren mehrere Schubladen eingelassen, die auf runden, knollenförmigen Füßen ruhten. Direkt unter der Schreibfläche zog sich ein Band von Schnitzereien um den ganzen Tisch. Laubwerk, Tulpenblüten, Schriftrollen und geometrische Formen luden dazu ein, ihre Umrisse mit den Fingern nachzufahren. Anders als auf meinem Schreibtisch – der grundsätzlich so mit Papieren, Büchern und halb vollen Teebechern überladen war, dass man eine Katastrophe riskierte, wenn man daran arbeiten wollte – war die Schreibfläche frei bis auf eine Schreibunterlage aus den Anfängen des zwanzigsten Jahrhunderts, einen schwertförmigen Brieföffner und die Lampe, genau wie Matthew selbst eine bizarr harmonische Mischung von Altem und Modernem.

Allerdings waren nirgendwo Schreibmaterialien zu sehen. Ich zog an dem runden Messingknauf an der oberen rechten Schublade. Auch darin war alles ordentlich angeordnet. Die Montblanc-Füller lagen getrennt von den Montblanc-Bleistiften, und die Briefklammern waren nach Größe sortiert. Ich nahm einen Füller, legte ihn auf die Schreibunterlage und versuchte, noch eine Schublade aufzuziehen. Alle waren verschlossen. Der Schlüssel lag auch nicht unter den Büroklammern, die ich für alle Fälle auf die Schreibunterlage gekippt hatte.

Zwischen die ledernen Ränder der Schreibunterlage war blassgrünes Löschpapier gespannt. Nachdem ich kein Schreibpapier fand, würde ich damit vorliebnehmen müssen. Ich hob den Computer an, um die Schreibunterlage frei zu machen, und stieß dabei den Füllfederhalter vom Schreibtisch.

Ich kroch darunter und fahndete mit der Hand unter dem Schubladenblock nach dem Stift, als ich im dunklen Holz über mir die Umrisse einer weiteren Schublade ausmachte.

Stirnrunzelnd arbeitete ich mich wieder unter dem Schreibtisch hervor. Nichts in den Schnitzereien rund um die Schreibplatte löste die Verriegelung für die versteckte Schublade. Matthew war durchaus zuzutrauen, dass er seine Schreibmaterialien in einer kaum zu öffnenden Schublade aufbewahrte. Es geschah ihm nur recht, wenn sein Löschpapier über und über vollgeschrieben war, wenn er heimkam.

Ich schrieb die Nummer 1 in dicker schwarzer Tinte auf das grüne Papier. Dann erstarrte ich.

Wenn eine Schublade so schwer zu finden war, wurde darin mit Sicherheit etwas versteckt.

Matthew hatte Geheimnisse – das wusste ich. Andererseits kannten wir uns erst ein paar Tage, und selbst die vertrautesten Liebenden brauchten ihre Privatsphäre. Trotzdem trieb mich Matthews Verschlossenheit zum Wahnsinn; seine Geheimnisse umgaben ihn wie ein Burggraben, der die Wesen um ihn herum – mich – fernhalten sollte.

Außerdem brauchte ich nur ein Blatt Papier. Hatte er in der Bodleian etwa nicht meine Sachen durchwühlt, als er nach *Ashmole 782* gesucht hatte? Damals hatten wir uns gerade erst kennengelernt. Und zu guter Letzt hatte er mich allein in Frankreich zurückgelassen.

Nichtsdestotrotz juckte mich das schlechte Gewissen, als ich den Stift wieder zuschraubte. Aber das Gefühl, dass er mich verletzt hatte, besiegte alle Gewissensbisse.

Noch einmal betasteten meine Finger sämtliche Schnitzereien am Schreibtischrand, aber ohne Erfolg. Matthews Brieföffner lag einladend neben meiner rechten Hand. Vielleicht konnte ich ihn in den Spalt unter dem Tisch rammen und die Schublade damit aufbrechen. Allerdings war der Tisch so alt, dass die Historikerin in mir schon bei dem Gedanken aufschrie – und zwar viel lauter als mein Gewissen. Vielleicht konnte ich damit leben, dass ich in Matthews Privatsphäre eindrang und gegen meine moralischen Grundsätze verstieß, aber eine Antiquität würde ich auf keinen Fall beschädigen.

Leider war es unter dem Schreibtisch zu dunkel, um die Unterseite der Schublade zu erkennen. Aber dann ertasteten meine Finger etwas Kaltes, Hartes, das tief ins Holz eingelassen war. Links von der kaum spürbaren Fuge zwischen Schreibtisch und Schublade spürte ich, etwa eine Vampir-Armlänge von der Schreibtischfront entfernt, eine metallische Wölbung. Sie war rund und fest und in der Mitte kreuzförmig eingekerbt – damit sie aussah wie eine alte Schraube oder ein alter Nagelkopf.

Als ich sie drückte, klickte etwas über meinem Kopf. Ich stand wieder auf und starrte in eine etwa zehn Zentimeter tiefe Schublade. Sie war mit schwarzem Samt ausgeschlagen, und drei Vertiefungen waren in das dicke Kissen eingelassen. In jeder ruhte eine Bronzemünze oder Medaille.

Die größte lag in einer Vertiefung von fast zehn Zentimetern Durchmesser. Die Prägung war erstaunlich detailliert und zeigte vier Stufen, die zu einer von zwei Säulen flankierten Tür hinaufführten. Dazwischen stand eine Gestalt im Umhang. Die klaren Umrisse des Gebäudes waren teilweise mit schwarzen Wachsflecken bedeckt. Am Münzenrand waren die Worte »*militie Lazari a Bethania*« zu lesen.

Die Ritter des Lazarus von Bethanien.

Ich hielt mich am Rand der Schublade ein, um nicht umzufallen, und sackte auf den Stuhl zurück.

Die Metallscheiben waren keine Münzen oder Medaillen. Es waren Siegel – dazu gedacht, offizielle Dokumente zu bezeugen oder einen Eigentumswechsel zu beglaubigen. Ein Wachsabdruck davon auf einem gewöhnlichen Papier hatte früher eine ganze Armee in Marsch setzen oder riesige Ländereien übertragen können.

Den Wachsresten nach zu urteilen war zumindest ein Siegel erst vor kurzem verwendet worden.

Mit zittrigen Fingern zog ich das nächste Siegel aus seinem Bett. Auf seiner Oberfläche war dasselbe Gebäude zu sehen. Die Säulen und die verhüllte Gestalt des Lazarus – jenes Mannes aus Bethanien, der vier Tage in seinem Grab gelegen hatte, bevor Christus ihn von den Toten wiedererweckte – waren unverkennbar. Hier sah man Lazarus aus einem flachen Sarg steigen. Doch dieses Siegel war nicht beschriftet. Stattdessen umringte eine Schlange, die den Schwanz im Maul trug, das Gebäude.

Ich sah im Geist die Standarte der de Clermonts mit dem silbernen Uroboros auf dem Turm von Sept-Tours flattern und schloss hastig die Augen, um das Bild zu vertreiben.

Glänzend lag das Bronzesiegel in meiner Hand. Ich konzentrierte mich auf das polierte Metall und beschwor meine neu gefundene visionäre Kraft herauf, um Licht in dieses Geheimnis zu bringen. Doch nachdem ich die Magie in meinem Blut zwei Jahrzehnte lang ignoriert hatte, fühlte sie sich nicht bemüßigt, mir jetzt zu Hilfe zu eilen.

Ohne visionäre Unterstützung würde ich wohl oder übel meine Fähigkeiten als Historikerin einsetzen müssen. Ich untersuchte eingehend die Rückseite des Siegels und vermerkte dabei jedes Detail. Ein Kreuz mit breiter werdenden Enden, ähnlich jenem, das Matthew in meiner Vision getragen hatte, teilte das Siegel. Im oberen rechten Viertel war eine liegende Mondsichel zu sehen, in deren Bauch ein sechszackiger Stern ruhte. Unten links war die Lilie, das traditionelle Symbol Frankreichs, abgebildet.

Am Siegelrand war das Datum mdci eingeprägt – 1601 in römischen Ziffern –, gefolgt von den Worten *»secretum Lazari«*.

Es war bestimmt kein Zufall, dass Lazarus wie ein Vampir vom Leben zum Tod und wieder zurück gereist war. Vor allem aber deutete das Kreuz in Kombination mit der legendären Gestalt aus dem Heiligen Land und der Tatsache, dass Ritter erwähnt wurden, darauf hin, dass die Siegel in Matthews Schreibtischschublade einem der Kreuzritterorden gehörten, die im Mittelalter gegründet worden waren. Am bekanntesten waren die Tempelritter, die Anfang des vierzehnten Jahrhunderts auf mysteriöse Weise verschwunden waren, nachdem man ihnen Häresie und Schlimmeres vorgeworfen hatte. Von irgendwelchen Rittern des Lazarus hatte ich allerdings noch nie gehört.

Ich drehte das Siegel im Licht hin und her und konzentrierte mich auf die Jahreszahl 1601. Eigentlich hatte es damals keine mittelalterlichen Ritterorden mehr gegeben. Ich durchforstete mein Gedächtnis nach wichtigen Ereignissen, die möglicherweise Licht in die Sache bringen konnten. Königin Elizabeth die Erste hatte in jenem Jahr den Earl von Essex köpfen lassen, und der dänische Astronom Tycho Brahe war unter weit weniger aufsehenerregenden Umständen gestorben. Beide Ereignisse schienen nicht das Geringste mit diesem Siegel zu tun zu haben.

Meine Finger strichen leicht über die Einprägung. Plötzlich ging mir auf, was mdci zu bedeuten hatte.

Matthew de Clermont.

Es waren Buchstaben, keine römischen Ziffern. Und es war die Abkürzung von Matthews Namen: mdcl. Ich hatte das kleine L als I gelesen.

Die fünf Zentimeter große Scheibe lag in meiner Hand, und meine Finger schlossen sich fest darum, bis sich die eingravierte Oberfläche in meine Haut prägte.

Die kleinere Scheibe war bestimmt Matthews Privatsiegel gewesen. Solche Siegel verliehen so viel Macht, dass sie gewöhnlich vernichtet wurden, sobald jemand gestorben war oder sein Amt niedergelegt hatte, damit niemand Schindluder damit treiben konnte.

Und nur ein einziger Ritter hätte sowohl das Große Siegel wie auch ein persönliches Siegel in seinem Besitz: der Ordensmeister.

Warum Matthew die Siegel versteckt hatte, war mir rätselhaft. Wer interessierte sich noch für die Ritter des Lazarus oder wusste überhaupt noch von ihnen oder gar, welche Rolle Matthew einst in diesem Orden gespielt hatte? Dann landete mein Blick wieder auf dem schwarzen Wachs auf dem Großen Siegel.

»Das ist doch nicht möglich«, flüsterte ich. Ritter in glänzender Rüstung gab es schon lange nicht mehr. Sie waren nicht mehr aktiv.

Die Matthew-große Rüstung funkelte im Kerzenschein.

Klappernd fiel die Metallscheibe in ihr Bett zurück. Das Fleisch meiner Handfläche hatte sich in alle Vertiefungen geschmiegt und trug jetzt den spiegelverkehrten Abdruck bis hin zu den geschweiften Kreuzarmen, dem Sichelmond mit Stern und der Lilie.

Dass Matthew die Siegel aufbewahrte und dass an einem davon frisches Wachs klebte, konnte nur bedeuten, dass sie immer noch in Gebrauch waren. Es gab die Lazarusritter bis heute.

»Diana? Ist alles in Ordnung?«, hörte ich Ysabeaus Stimme vom Fuß der Treppe.

»Ja, Ysabeau!«, rief ich, den Blick wie gebannt auf den Abdruck in meiner Hand gerichtet. »Ich lese gerade meine E-Mails und habe eine unerwartete Nachricht bekommen, das ist alles!«

»Soll Marthe das Tablett herunterholen?«

»Nein!«, blökte ich. »Ich esse noch!«

Ihre Schritte verhallten in Richtung Salon. Als alles wieder still war, atmete ich erleichtert aus.

So schnell und leise wie möglich löste ich das dritte Siegel aus seiner samtigen Nische und drehte es um. Es war fast identisch mit Matthews Siegel, nur dass im oberen rechten Quadranten der Sichelmond ohne Stern eingeprägt war und am Rand »*Philippus*« stand.

Dieses Siegel hatte Matthews Vater gehört, woraus ich schloss, dass die de Clermonts die Lazarusritter wie einen Familienbetrieb führten.

Mit Sicherheit würde ich im Schreibtisch keine weiteren Hinweise auf diesen Orden finden. Ich drehte die Siegel wieder um, sodass das Lazarusgrab wieder nach oben zeigte. Die Schublade klickte gedämpft, als sie in ihr unsichtbares Versteck unter dem Schreibtisch zurückglitt.

Ich nahm den Tisch, auf dem Matthew gern seinen Nachmittagswein abstellte, und trug ihn ans Regal. Es würde ihn nicht stören, wenn ich mich in seiner Bibliothek umsah – das redete ich mir wenigstens ein, bevor ich die Slipper von den Füßen streifte. Der Tisch knarrte warnend, als ich auf seine Platte kletterte und mich hinstellte, aber das Holz trug mich.

Jetzt war ich auf Augenhöhe mit dem Spielzeug am Ende des Regals. Ich holte tief Luft und zog das erste Buch am anderen Ende heraus. Es war uralt – das älteste Manuskript, das ich je in den Händen gehabt hatte. Der Ledereinband beschwerte sich, als ich es öffnete, und aus den Seiten stieg der Geruch von altem Schafsleder auf.

»*Carmina qui quondam studio florente peregi, / Flebilis heu maestos cogor inire modos*«, lauteten die ersten Zeilen. In meinen Augen brannten Tränen. Es war ein Werk aus dem sechsten Jahrhundert, *Der Trost der Philosophie,* das Boëthius verfasst hatte, als er im Gefängnis seinem Tod entgegensah. »*Ich, der begeistert und frisch einst fröhliche Weisen geschaffen, muss nun, kummergebeugt, singen ein trauriges Lied!*« Ich sah Matthew vor mir, wie er, um Blanca und Lucas trauernd und völlig ratlos in seiner neuen Identität als Vampir, die Worte des zum Tode verurteilten Philosophen las. Ich schob das Buch an seinen Platz zurück und dankte im Stillen demjenigen, der ihm dieses Buch geschenkt hatte, um seinen Schmerz zu lindern.

Der nächste Band war eine liebevoll illustrierte Handschrift der Genesis, der biblischen Schöpfungsgeschichte. Die starken Blau- und Rottöne sahen so frisch aus wie an dem Tag, an dem sie zu Pergament gebracht worden waren. Ein weiteres illustriertes Manuskript, diesmal eine Kopie von Dioskurides' Pflanzenbuch, stand ebenfalls im obersten Fach, daneben ein gutes Dutzend anderer Bibelbücher, mehrere Gesetzesbücher sowie ein griechisches Werk.

Im Fach darunter sah es ähnlich aus – größtenteils Bibelbücher, ein medizinisches Werk und eine sehr frühe Kopie einer Enzyklopädie aus dem siebten Jahrhundert. Sie stand für den Versuch von Isidor von Sevilla, das gesamte Wissen der Menschheit zu sammeln, was den neugierigen Matthew ungeheuer gereizt haben musste. Auf einem Folio stand groß *mathieu* und dazu die Worte *meus liber* – mein Buch.

Ich verspürte den gleichen Drang, die Buchstaben nachzufahren, wie bei meinem Kontakt mit *Ashmole 782* in der Bodleian Library, aber meine Finger stockten kurz über dem Pergament. Damals hatte ich zu viel Angst vor der Aufsicht im Lesesaal und vor meiner eigenen Magie gehabt, als dass ich das Risiko eingegangen wäre. Jetzt fürchtete ich mich davor, etwas Unerwartetes über Matthew zu erfahren. Aber hier gab es keine Aufsicht, und meine Ängste waren bedeutungslos verglichen mit meinem Wunsch, den Vampir besser zu verstehen. Ich fuhr Matthews Namen nach, und ein scharfes, detailliertes Bild trat mir vor Augen.

Er saß an einem schlichten Tisch am Fenster, genau wie heute, und kaute konzentriert an seiner Lippe, während er das Schreiben übte. Matthews lange Finger umklammerten einen Federkiel, und um ihn herum lagen zahllose Pergamente, die mit den unbeholfenen Versuchen, seinen Namen zu schreiben oder Bibelpassagen zu kopieren, bekrakelt waren. So wie Marthe mir geraten hatte, kämpfte ich nicht gegen die Vision an, sondern ließ sie kommen und gehen, und tatsächlich war die Erfahrung bei Weitem nicht so verstörend wie in der vorangegangenen Nacht.

Nachdem meine Finger so viel wie möglich enthüllt hatten, stellte ich die Enzyklopädie zurück und arbeitete mich weiter durch die Bände in diesem Regalfach vor. Geschichtswerke, weitere Rechtsbücher, Titel über Medizin und Optik, daneben Bücher über griechische Philosophie und Rechnungslegung, die gesammelten Werke früher Kirchenmänner wie Bernard von Clairvaux, und romantische Rittergeschichten – darunter eine über einen Ritter, der sich allwöchentlich in einen Wolf verwandelte. Aber keines der Bücher verriet mir etwas Neues über die Lazarusritter. Ich verkniff mir ein frustriertes Knurren und kletterte vom Tisch herunter.

Ich wusste nur wenig über die Ritterorden des Mittelalters, gerade mal, dass die Tempelritter berühmt gewesen waren dafür, dass sie als Erste aufs Schlachtfeld gestürmt waren und es als Letzte verlassen hatten. Viele von ihnen waren keinem König oder anderen weltlichen Herrscher ergeben gewesen, sondern ausschließlich dem Papst, sie hatten Kirchen, Schulen und Lepra-Krankenhäuser gebaut, und da Vampire wie Matthew mit Argusaugen auf ihre Ländereien und ihren Besitz achteten, waren sie wie geschaffen für die Rolle eines Aufpassers.

Doch die Macht der Ritterorden hatte letztendlich zu ihrem Niedergang geführt. Monarchen und Päpste hatten ihnen ihren Reichtum und Einfluss geneidet. 1312 sorgten der französische König und der Papst dafür, dass der Orden der Tempelritter aufgelöst wurde, und entledigten sich damit der Bedrohung, die der größte und angesehenste Orden mittlerweile darstellte.

Natürlich gab es zahllose Verschwörungstheorien. Eine so verästelte, komplexe Institution lässt sich nicht über Nacht abschaffen, und die übereilte Auflösung des Templerordens hatte Material für zahllose fantastische Geschichten über vagabundierende Kreuzritter und sagenhafte Geheimoperationen geliefert. Immer noch wurde nach Hinweisen auf die unglaublichen Schätze der Tempelritter gesucht. Dass niemand je herausgefunden hatte, wo sie abgeblieben waren, verstärkte den Reiz zusätzlich.

Das Geld. Eine der ersten Lektionen, die jeder Historiker lernte, lautete: Folge dem Geld. Ich richtete meine Suche neu aus.

Die klobigen Umrisse des ersten Rechnungsbuches ragten aus dem dritten Fach, eingeklemmt zwischen Alhazens *Buch vom Sehen* und einem romantischen *Chanson de geste* aus Frankreich. Auf dem Vorderschnitt des Manuskripts stand in Tinte ein kleiner griechischer Buchstabe: α. Weil ich davon ausging, dass es eine Art Kennzeichnung war, suchte ich das Regal ab, bis ich auf das zweite Kontenbuch stieß. Es war mit einem kleinen griechischen β beschriftet. Mein Blick stieß auf γ, δ und ε, die ebenfalls vereinzelt im Regal einsortiert waren. Bei einer genaueren Suche würde ich mit Sicherheit auch die Übrigen finden.

Als ich die Hand nach oben ausstreckte, fühlte ich mich wie Eliot Ness, der Al Capone eine Faust voll Quittungen unter die Nase hält. Ich wollte keine Zeit verschwenden, indem ich wieder auf den Tisch stieg, um es herunterzuholen. Wie von selbst rutschte das erste Kontenbuch aus seinem Versteck und fiel in meine wartende Hand.

Die Einträge stammten aus dem Jahr 1117 und waren von verschiedenen Händen vorgenommen worden. Namen und Zahlen tanzten über die Seiten. Meine Finger huschten geschäftig darüber und sammelten so viele Informationen, wie sie nur aus der Schrift ziehen konnten. Immer wieder tauchten Gesichter aus dem Pergament auf – ich sah Matthew, außerdem den dunklen Mannes mit der Adlernase, einen Mann mit hellem, leuchtend kupferrotem Haar und einen weiteren mit warmen braunen Augen und ernster Miene.

Mein Finger kam auf einem Eintrag aus dem Jahr 1149 über erhaltene Gelder zur Ruhe. *Eleanor Regina, 40 000 Silbermark.* Es war eine schwindelerregende Summe – etwa der halbe Jahresetat des gesamten englischen Königreiches. Warum spendete die englische Königin einem von Vampiren geführten Ritterorden so viel Geld? Dummerweise war das Mittelalter nicht mein Fachgebiet. Energisch klappte ich das Kontenbuch zu und ging weiter zu den Regalen mit den Büchern aus dem sechzehnten und siebzehnten Jahrhundert.

Zwischen zahllosen Titeln stand unscheinbar ein mit dem griechischen Lambda markierter Band. Als ich ihn aufschlug, gingen mir die Augen über.

Diesem Kontenbuch zufolge hatten die Lazarusritter – was ich kaum glauben konnte – für die unterschiedlichsten Kriege, Güter, Dienste und diplomatischen Winkelzüge gezahlt. So hatten sie Mary Tudors Mitgift gestellt, als diese den spanischen König Philipp heiratete, sie hatten die Kanonen für die Schlacht von Lepanto bezahlt, die Franzosen bestochen, damit sie dem Konzil von Trient beiwohnten, und die meisten militärischen Aktionen des Schmalkaldischen Bundes finanziert. Offenbar ließ sich die Bruderschaft nicht von Politik oder Religion leiten, wenn Geld investiert werden sollte. So hatten sie im selben Jahr für die Rückkehr Maria Stuarts auf den schottischen Thron gezahlt und die gigantischen Schulden beglichen, die ihre Gegnerin Elizabeth I. an der Börse von Antwerpen angehäuft hatte.

Ich spazierte die Regalen entlang und hielt nach weiteren Büchern mit griechischen Buchstaben Ausschau. Im Regal mit den Titeln aus dem neunzehnten Jahrhundert entdeckte ich eines mit dem gegabelten Psi auf dem verblichenen blauen Leinenrücken. Auf den vielen Seiten waren gewissenhaft die Ein- und Ausgänge gigantischer Summen aufgezeichnet, außerdem stieß ich auf Grundstückskäufe, bei denen mir schwindlig wurde – wie konnte jemand klammheimlich fast alle Fabriken in Manchester aufkaufen? –, und Namen aus dem Königshaus sowie von Aristokraten, Präsidenten und Generälen aus dem amerikanischen Bürgerkrieg. Es fanden sich aber auch kleinere Summen für Schulgebühren, Kleidung und Bücher, dazu Mitgiftzahlungen, Krankenhausrechnungen und überfällige Mietzahlungen. Neben vielen mir unbekannten Namen standen die Abkürzungen mlb oder fmlb.

Mein Latein war nicht so gut, wie es hätte sein sollen, aber ich war sicher, dass die Abkürzungen für die Ritter des Lazarus von Bethanien standen – *militie Lazari a Bethania* – beziehungsweise für *filia militie* beziehungsweise *filius militie*, also die Töchter und Söhne der Ordensritter. Und wenn der Orden noch im neunzehnten Jahrhundert Stipendien verteilt hatte, dann tat er das höchstwahrscheinlich bis heute. Irgendwo in dieser Welt war ein Dokument – ein Immobilienabschluss oder eine rechtliche Vereinbarung – im Umlauf, auf dem in dickem schwarzem Wachs das Großsiegel des Ordens prangte.

Und Matthew hatte dieses Dokument besiegelt.

Stunden später stand ich wieder im mittelalterlichen Bereich von Matthews Bibliothek und öffnete das letzte Kontenbuch. Dieser Band überspannte den Zeitraum vom späten dreizehnten Jahrhundert bis in die erste Hälfte des vierzehnten Jahrhunderts. Inzwischen hatte ich mich an die atemberaubenden Summen gewöhnt, doch um 1310 waren sie noch wesentlich höher. Außerdem waren einige Namen mit einer neuen Kennzeichnung versehen: einem winzigen roten Kreuz. Im Jahr 1313 erkannte ich einen der so markierten Namen wieder: Jacques de Molay war der letzte Großmeister des Templerordens gewesen.

1314 war er als Häretiker auf dem Scheiterhaufen gelandet. Ein Jahr vor seiner Hinrichtung hatte er seinen gesamten Besitz dem Orden der Lazarusritter überschrieben.

Hunderte von Namen waren mit dem gleichen roten Kreuz markiert. Waren das alles Tempelritter? Falls ja, dann war das Mysterium ihres Ordens gelöst. Die Ritter samt ihrem Geld hatten sich nicht in Luft aufgelöst. Sie waren im Lazarusorden aufgegangen.

Das konnte unmöglich wahr sein. So etwas hätte exzellent geplant und koordiniert werden müssen. Und niemand hätte ein derart unglaubliches Vorhaben geheim halten können. Die Vorstellung war kaum plausibler als die Geschichten über … Hexen und Vampire.

Die Lazarusritter waren nicht mehr oder weniger glaubhaft als ich selbst, ging mir auf.

Fast alle Verschwörungstheorien kranken daran, dass sie zu komplex sind. Kein Leben war lang genug, um alle nötigen Informationen zu sammeln, die Verbindungen zwischen allen beteiligten Elementen aufzubauen und den Plan dann durchzuführen. Es sei denn, die Verschwörer waren Vampire. Für einen Vampir – oder noch besser eine ganze Vampirfamilie – spielte Zeit praktisch keine Rolle.

Als ich das Buch an seinen Platz zurückstellte, wurde mir schlagartig bewusst, wie anmaßend es war, einen Vampir zu lieben. Nicht nur sein Alter und seine Essgewohnheiten oder die Tatsache, dass er getötet hatte und wieder töten würde, standen uns im Weg. Sondern die Geheimnisse, die er wahrte.

Weit über tausend Jahre lang hatte Matthew Geheimnisse angesammelt – einige große wie das der Lazarusritter und zahllose kleine wie das seiner Bekanntschaft mit William Harvey und Charles Darwin. Mein Leben wäre wohl zu kurz, um sie alle zu erfahren oder gar zu verstehen.

Andererseits waren die Vampire nicht die Einzigen, die Geheimnisse wahrten. Alle nichtmenschlichen Geschöpfe hatten Geheimnisse, aus Angst entdeckt zu werden und weil wir in clangeprägten, beinahe stammesähnlichen Kulturen lebten. Matthew war nicht nur ein Jäger, Mörder, Wissenschaftler oder Vampir, er war auch ein Netz von Geheimnissen, genau wie ich. Wenn wir es miteinander aushalten wollten, mussten wir uns genau überlegen, welche Geheimnisse wir miteinander teilen wollten, und alle anderen beerdigen.

Der Computer läutete melodisch durch die Stille, als ich ihn abschaltete. Marthes Sandwiches waren ausgetrocknet und der Tee kalt geworden, doch ich zwang mir etwas von beidem herunter, damit sie nicht glaubte, sie hätte sich umsonst bemüht.

Als ich fertig war, lehnte ich mich zurück und starrte ins Feuer. Die Lazarusritter hatten meine professionelle Neugier angestachelt, und mein Hexeninstinkt sagte mir, dass ich mehr über sie erfahren musste, wenn ich Matthew verstehen wollte. Trotzdem waren sie nicht sein wichtigstes Geheimnis. Ihn zu lieben würde eine komplizierte Angelegenheit werden und viel Fingerspitzengefühl erfordern. Wir waren Märchenmaterial – Vampire, Hexen, Ritter in glänzender Rüstung. Trotzdem mussten wir uns einer besorgniserregenden Realität stellen. Man hatte mich bedroht, und in der Bodleian hatten mich die verschiedensten Geschöpfe beschattet, in der Hoffnung, dass ich noch einmal ein Buch aus dem Archiv abrufen würde, das jeder haben wollte und niemand verstand. In Matthews Labor war eingebrochen worden. Und unsere Beziehung destabilisierte den brüchigen Waffenstillstand, der seit Langem zwischen Dämonen, Menschen, Vampiren und Hexen bestand. Plötzlich fand ich mich in einer neuen Welt wieder, in der sich Geschöpfe gegen Geschöpfe stellten und eine verschwiegene Geheimarmee in den Kampf gerufen werden konnte, indem man ein Bronzesiegel in schwarzes Wachs drückte. Eigentlich war es kein Wunder, dass Matthew mich aus der Schusslinie nehmen wollte.

Ich blies die Kerzen aus und stieg die Treppe zum Schlafzimmer hinauf. Erschöpft schlief ich ein und träumte von Rittern, Bronzesiegeln und endlosen Rechnungsbüchern.

Eine kalte Hand legte sich auf meine Schulter und riss mich aus dem Schlaf.

»Matthew?« Ich schoss hoch.

Ysabeaus bleiches Gesicht leuchtete aus dem Dunkel. »Für Sie.« Sie reichte mir ihr rotes Handy und verschwand aus dem Zimmer.

»Sarah?« Ich hatte schreckliche Angst, dass meinen Tanten etwas zugestoßen war.

»Keine Angst, Diana.«

Matthew.

»Was ist passiert?« Meine Stimme zitterte. »Hast du dich mit Knox geeinigt?«

»Nein, ich komme bei ihm nicht weiter. Für mich gibt es in Oxford nichts mehr zu tun. Ich will nach Hause, zu dir, und ich müsste in ein paar Stunden da sein.« Seine Stimme klang ungewohnt und belegt.

»Träume ich?«

»Du träumst nicht«, versicherte mir Matthew. »Und, Diana?« Er zögerte. »Ich liebe dich.«

Nichts hatte ich mir so gewünscht wie diese Worte. Die lang vergessene Kette in mir begann leise im Dunkel zu singen.

»Komm her, und sag mir das noch mal«, flüsterte ich mit Tränen in den Augen.

»Du hast es dir nicht anders überlegt?«

»Keine Sekunde lang«, beteuerte ich bewegt.

»Du bringst dich damit in Gefahr und deine ganze Familie dazu. Bist du wirklich bereit, meinetwegen dieses Risiko einzugehen?«

»Ich habe mich entschieden.«

Wir verabschiedeten uns und legten dann zögerlich auf, weil sich jeder vor dem Schweigen fürchtete, das einsetzen würde, nachdem so viel gesagt worden war.

Seit er abgereist war, hatte ich an einem Kreuzweg gestanden, aber keinen Weg erkennen können.

Meine Mutter war für ihre seherischen Fähigkeiten berühmt gewesen. Hätten ihre Kräfte ausgereicht, um zu erkennen, was uns erwartete, sobald wir den ersten Schritt in eine gemeinsame Zukunft wagten?

Kapitel 26

Seit ich den kleinen roten Knopf gedrückt hatte, hatte ich Ysabeaus winziges Handy nicht mehr aus den Augen gelassen – und gleichzeitig immerzu auf das Knirschen der Reifen auf dem Kies gelauscht.

Als ich mit dem Handy in der Hand aus dem Bad kam, warteten eine frische Kanne Tee und Frühstücksbrötchen auf mich. Ich ließ das Essen stehen, schlüpfte in die erstbesten Sachen, die ich in die Finger bekam, und stürmte mit nassen Haaren die Treppe hinunter. Matthew würde erst in Stunden ankommen, doch ich war fest entschlossen, ihn zu erwarten, wenn der Wagen in den Hof rollte.

Erst wartete ich im Salon auf dem Sofa am Kamin, wo ich grübelte, was in Oxford wohl vorgefallen war und wieso Matthew seine Meinung geändert hatte. Marthe brachte mir ein Handtuch und rubbelte mir, als ich keine Anstalten machte, es zu benutzen, die Haare trocken.

Als die Ankunftszeit näher rückte, hielt ich es im Salon nicht mehr aus und begann in der Halle auf und ab zu gehen. Ysabeau erschien und beobachtete mich, die Hände in die Hüften gestemmt. Trotz ihrer vorwurfsvollen Miene patrouillierte ich weiter, bis Marthe einen Holzstuhl an die Eingangstür stellte. Sie redete mir gut zu, bis ich mich schließlich darauf niederließ, obwohl die Schnitzereien im Holz eindeutig dazu gedacht waren, dem Sitzenden höllische Schmerzen zuzufügen.

Als der Range Rover in den Hof rollte, flog ich ihm entgegen. Zum ersten Mal in unserer kurzen Beziehung war Matthew nicht vor mir an der Tür. Er streckte noch die langen Beine durch, als ich schon, auf Zehenspitzen stehend, die Arme um seinen Hals schlang.

»Mach das nicht noch einmal«, flüsterte ich und schloss die Augen gegen die einschießenden Tränen. »Mach das nie wieder.«

Matthews Arme umschlangen mich, und er verbarg sein Gesicht in meiner Halsbeuge. Wortlos hielten wir uns umklammert. Schließlich hob Matthew eine Hand, löste meine Finger und stellte mich behutsam wieder auf die Füße. Seine Hände schmiegten sich um mein Gesicht, und die vertrauten Schnee- und Eisflocken schmolzen auf meiner Haut. Ich prägte mir neue Details seines Gesichtes ein, darunter die winzigen Fältchen in seinen Augenwinkeln und den präzisen Schwung des Grübchens unter seiner vollen Unterlippe.

»*Dieu*«, flüsterte er erstaunt, »ich habe mich geirrt.«

»Geirrt?« Ich hörte die Panik in meiner Stimme.

»Ich dachte, ich wüsste, wie sehr ich dich brauche. Aber ich hatte keine Ahnung.«

»Dann erzähl es mir.« Ich wollte noch einmal die Worte hören, die er am Vorabend am Telefon gesagt hatte.

»Ich liebe dich, Diana. Gott helfe mir, ich habe wirklich versucht, es nicht zu tun.«

Mein Gesicht schmiegte sich in seine Hände. »Ich liebe dich auch, Matthew, aus tiefstem Herzen.«

Auf meine Antwort hin veränderte sich etwas kaum spürbar in seinem Körper. Es war nicht sein Puls, schließlich hatte er keinen nennenswerten Puls, es war auch nicht seine Haut, die angenehm kühl blieb. Stattdessen meinte ich einen Laut zu hören – ein Stocken in der Kehle, ein sehnsüchtiges Brummen, das die Begierde wie einen Stromstoß durch meinen Körper schießen ließ. Matthew registrierte das, und sein Gesicht verhärtete sich. Er neigte den Kopf und drückte die kalten Lippen auf meine.

Die Reaktion, die er damit in meinem Körper auslöste, war ganz und gar nicht unterschwellig oder verhalten. Aus meinen Knochen loderten Flammen, meine Hände legten sich von selbst auf seinen Rücken und wanderten von dort abwärts. Als er sich von mir lösen wollte, presste ich seine Hüfte wieder an meine.

Nicht so schnell, dachte ich.

Sein Mund blieb überrascht über meinem stehen. Meine Hände rutschten noch tiefer, schlossen sich besitzergreifend um sein Hinterteil, und sein Atem stockte wieder, um dann durch seine Kehle zu schnurren.

»Diana«, setzte er vorsichtig an.

Mein Kuss verlangte von ihm, mir zu erklären, wo das Problem lag.

Matthews Antwort beschränkte sich darauf, meinen Mund mit seinen Lippen zu verschließen. Er strich über den Puls in meinem Hals, dann schwebte seine Hand abwärts, bis sie meine linke Brust hielt, und streichelte den Stoff über der empfindsamen Haut zwischen meinem Arm und meinem Herzen. Die andere Hand lag um meine Taille und drückte mich noch fester an ihn.

Nach einer halben Ewigkeit löste Matthew seinen Griff so weit, dass er sprechen konnte. »Jetzt gehörst du *mir.*«

Meine Lippen waren zu betäubt, als dass ich etwas sagen konnte, darum nickte ich nur und drückte noch einmal seinen Hintern.

Er sah mich eindringlich an. »Immer noch keine Zweifel?«

»Keinen einzigen.«

»Von diesem Moment an sind wir eins. Verstehst du, was das heißt?«

»Ich glaube schon.« Zumindest verstand ich, dass mich nichts und niemand von Matthew trennen konnte.

»Sie hat keine Ahnung.« Ysabeaus Stimme hallte über den Hof. Matthew erstarrte und schloss mich schützend in die Arme. »Mit diesem Kuss habt ihr alle Regeln gebrochen, die unsere Welt zusammenhalten und uns Schutz geben. Matthew, du hast erklärt, dass diese Hexe dir gehört. Und Diana, Sie haben Ihr Hexenblut – und Ihre Kräfte – einem Vampir anvertraut. Sie haben sich von Ihrer eigenen Art abgewandt und einem Geschöpf Treue geschworen, das euer Feind ist.«

»Es war nur ein Kuss«, widersprach ich zittrig.

»Es war ein Eid. Und indem ihr euch dieses Versprechen gegeben habt, habt ihr euch zu Geächteten gemacht. Mögen die Götter euch beistehen.«

»Dann sind wir eben Geächtete«, meinte Matthew ruhig. »Sollen wir das Château verlassen, Ysabeau?« Hinter der Männerstimme hörte ich die verletzte Frage eines Kindes, und etwas in mir zersprang, weil er sich meinetwegen zwischen uns beiden entscheiden musste.

Seine Mutter trat auf ihn zu und ohrfeigte ihn kurz und hart. »Wie kannst du es wagen, das zu fragen?«

Mutter und Sohn sahen sich gleichermaßen erschrocken an. Einen Sekundenbruchteil lang zeichnete sich der Umriss von Ysabeaus schlanker Hand auf Matthews Wange ab – erst rot, dann blau –, doch im nächsten Moment war er wieder verblasst.

»Du bist mein über alles geliebter Sohn«, fuhr sie mit eiserner Stimme fort. »Und Diana ist jetzt meine Tochter – was bedeutet, dass ich ebenso verantwortlich für sie bin wie du. Dein Kampf ist mein Kampf, deine Feinde sind meine Feinde.«

»Du brauchst uns keinen Schutz zu geben, *Maman*.« Matthews Stimme war angespannt wie eine Bogensehne.

»Hör auf mit diesem Unfug. Für eure Liebe zueinander wird man euch bis ans Ende der Welt jagen. Wir kämpfen als Familie.« Ysabeau wandte sich mir zu. »Und was dich angeht, Tochter – du *wirst* kämpfen, so wie du es versprochen hast. Du bist oft leichtsinnig – das sind die wirklich Tapferen immer –, aber du hast Mut, das muss ich dir lassen. Trotzdem brauchst du Matthew wie die Luft zum Atmen, und er begehrt dich so, wie er noch nichts und niemanden begehrt hat, seit ich ihn gemacht habe. Geschehen ist geschehen, jetzt werden wir das Beste daraus machen.« Völlig unerwartet zog Ysabeau mich an ihre Brust und drückte ihre kalten Lippen erst auf meine linke, dann auf meine rechte Wange. Seit Tagen wohnte ich jetzt schon unter dem Dach dieser Frau, doch erst jetzt hatte sie mich offiziell willkommen geheißen. Dann sah sie Matthew kühl an und kam zum entscheidenden Punkt.

»Und das Beste können wir nur daraus machen, wenn Diana beginnt, sich wie eine Hexe zu verhalten und nicht wie ein erbärmlicher Mensch. In unserer Familie verteidigen sich die Frauen selbst.«

Matthew sträubte sich sichtlich. »Ich werde dafür sorgen, dass ihr nichts passiert.«

»Genau darum verlierst du immer beim Schach, Matthew.« Ysabeau drohte ihm mit dem Zeigefinger. »Diana verfügt über beinahe unbegrenzte Kräfte, genau wie die Königin. Trotzdem bestehst du darauf, sie zu decken, und machst dich dadurch selbst verletzlich. Aber das hier ist kein Spiel, und ihre Schwäche könnte uns allen gefährlich werden.«

»Halte dich da raus, Ysabeau«, warnte Matthew sie. »Niemand wird Diana zwingen, etwas zu sein, das sie nicht ist.«

Ysabeau schnaubte elegant und ausdrucksvoll. »Ganz genau. Wir werden nicht länger zulassen, dass Diana sich zwingt, ein Mensch zu sein, der sie nicht ist. Sie ist eine Hexe. Du bist ein Vampir. Wenn es anders wäre, würden wir nicht in solchen Schwierigkeiten stecken. Matthew, *mon cher,* wenn die Hexe tapfer genug ist, dich zu lieben, braucht sie ihre eigene Kraft nicht zu fürchten. Du könntest sie zerfetzen, wenn du wolltest. Und das können auch die Wesen, die euch jagen werden, sobald sie begreifen, was ihr getan habt.«

»Sie hat recht, Matthew«, bestätigte ich.

»Kommt, wir sollten ins Haus gehen.« Er ließ seine Mutter nicht aus den Augen. »Dir ist kalt, und wir müssen uns über Oxford unterhalten. Danach sprechen wir über Magie.«

»Ich muss dir auch erzählen, was hier passiert ist.« Falls das mit uns klappen sollte, würden wir uns so manches Geheimnis anvertrauen müssen – zum Beispiel, dass ich mich jederzeit in einen reißenden Strom verwandeln konnte.

»Wir haben reichlich Zeit«, sagte Matthew und führte mich ins Château.

Sobald er durch die Tür trat, drückte Marthe ihn an ihre Brust, als wäre er siegreich aus der Schlacht heimgekehrt, und ließ uns alle vor dem lodernden Kaminfeuer im Salon Platz nehmen.

Matthew setzte sich neben mich und sah zu, wie ich Tee trank. Alle paar Sekunden legte er seine Hand auf mein Knie, strich den Pullover über meiner Schulter glatt oder steckte eine lose Haarsträhne fest, so als wollte er die kurze Zeit ohne mich wettmachen. Sobald er sich zu entspannen begann, setzten die Fragen ein. Anfangs waren sie unschuldig und gewöhnlich. Erst fragte ich ihn, wie der Flug gewesen war. Doch bald landete unser Gespräch in Oxford.

»Waren Marcus und Miriam im Labor, als jemand einzubrechen versuchte?«, fragte ich.

»Allerdings«, sagte er und trank von dem Wein, den Marthe ihm gebracht hatte. »Aber die Einbrecher kamen nicht weit. Die beiden waren nicht in echter Gefahr.«

»Gott sei Dank«, murmelte Ysabeau, den Blick ins Feuer gerichtet.

»Wonach haben sie gesucht?«

»Nach Informationen. Über dich«, gab er widerstrebend zu. »Es ist auch jemand in deine Räume im New College eingebrochen.«

Damit war das erste Geheimnis gelüftet.

»Fred war außer sich«, fuhr Matthew fort. »Er hat mir versichert, dass man neue Schlösser an deiner Tür und eine Kamera im Treppenhaus anbringen würde.«

»Fred kann nichts dafür. Zurzeit gibt es so viele Studienanfänger, dass man nur ein selbstbewusstes Auftreten und einen Universitätsschal braucht, um an den Pförtnern vorbeizukommen. Aber was wollten sie denn stehlen? Waren sie hinter meinen Forschungsarbeiten her?« Der bloße Gedanke war lächerlich. Wer interessierte sich schon so für die Geschichte der Alchemie, dass er dafür in fremde Wohnungen einbrach?

»Den Computer mit deinen Forschungsergebnissen hast du hier.« Matthew nahm meine Hände und drückte sie. »Aber sie waren nicht auf deine Arbeit aus. Sie haben dein Schlafzimmer und das Bad auf den Kopf gestellt. Wir glauben, dass sie nach dna-Spuren gesucht haben – Haare, Haut, Fingernägel. Als sie nicht ins Labor eindringen konnten, haben sie eben in deinem Apartment danach gesucht.«

Meine Hand zitterte leise. Ich versuchte sie aus seinem Griff zu ziehen, denn er sollte nicht wissen, wie tief mich diese Nachricht traf. Doch Matthew ließ nicht los.

»Du stehst nicht allein, vergiss das nicht.« Sein Blick lag fest auf mir.

»Es war also kein gewöhnlicher Einbrecher. Es war ein nichtmenschliches Geschöpf, das über uns und *Ashmole 782* Bescheid weiß.«

Er nickte.

»Also, sie werden nicht viel gefunden haben. Nicht in meinem Apartment.« Als Matthew mich verdutzt ansah, erklärte ich ihm: »Meine Mutter hat mir eingebläut, jeden Morgen die Haarbürste zu reinigen, bevor ich zur Schule gehe. Das ist mir zur zweiten Natur geworden. Sie achtete darauf, dass ich alle Haare in die Toilette spüle – und meine abgeschnittenen Fingernägel ebenfalls.«

Jetzt sah Matthew fassungslos aus. Ysabeau hingegen wirkte ganz und gar nicht überrascht.

»Deine Mutter klingt mehr und mehr wie jemand, den ich gern kennengelernt hätte«, sagte sie leise.

»Weißt du noch, was sie dir damals gesagt hat?«, fragte Matthew.

»Nicht genau.« Ich erinnerte mich schwach, dass ich auf dem Badewannenrand gesessen hatte, während meine Mutter mir ihre morgendliche und abendliche Routine erklärte, aber kaum an mehr. Ich zog konzentriert die Stirn in Falten, bis die aufflackernden Erinnerungsfetzen deutlicher wurden. »Ich weiß noch, dass ich bis zwanzig gezählt habe. Irgendwann habe ich mich dabei im Kreis gedreht und etwas gesagt.«

»Wieso hat sie wohl so großen Wert darauf gelegt?«, überlegte Matthew laut. »Aus Haaren und Fingernägeln lassen sich viele genetische Informationen gewinnen.«

»Wer weiß? Meine Mutter war berühmt für ihre Vorahnungen. Andererseits hat sie vielleicht nur gedacht wie eine typische Bishop. Wir sind kein besonders zurechnungsfähiger Haufen.«

»Deine Mutter war nicht verrückt, Diana, und nicht alles lässt sich durch moderne Wissenschaft erklären, Matthew. Hexen glauben schon seit Jahrhunderten, dass in Haaren und Fingernägeln besondere Macht liegt«, sagte Ysabeau.

Marthe brummelte zustimmend und verdrehte die Augen über die ahnungslose Jugend.

»Hexen verwenden sie für ihre Zaubersprüche«, fuhr Ysabeau fort. »Für Bannsprüche, Liebeszauber – dafür brauchen sie solche Sachen.«

»Du hast mir erzählt, du wärst keine Hexe gewesen, Ysabeau«, sagte ich erstaunt.

»Ich kenne die Hexen schon lange. Nicht eine davon hätte jemals ein Haar oder auch nur einen Fingernagel hinterlassen, aus lauter Angst, eine andere Hexe könnte etwas finden.«

»Das hat mir meine Mutter nie erzählt.« Ich rätselte, was meine Mutter sonst noch geheim gehalten hatte.

»Manche Dinge sollte eine Mutter ihren Kindern lieber Stück für Stück offenbaren.« Ysabeaus Blick zuckte zu ihrem Sohn hinüber.

»Wer hat eingebrochen?« Mir war Ysabeaus Liste möglicher Verdächtiger wieder eingefallen.

»Ins Labor wollten Vampire eindringen, bei deinen Räumen sind wir uns da nicht so sicher. Marcus meint, dass Vampire und Hexen zusammengearbeitet haben, aber ich glaube, dass es nur Hexen waren.«

»Warst du darum so wütend? Weil diese Geschöpfe in mein Territorium eingedrungen sind?«

»Genau.«

Damit waren wir zu den einsilbigen Antworten zurückgekehrt. Ich wartete auf den Rest.

»Ich kann notfalls darüber hinwegsehen, dass jemand auf mein Land oder in mein Labor eindringt, Diana, aber ich kann nicht untätig zusehen, wenn dir jemand zu nahe kommt. Das ... ertrage ich einfach nicht. Inzwischen verlangt mein Instinkt, dass ich auf deine Sicherheit achte.« Matthew fuhr sich mit den weißen Fingern durchs Haar, und eine Locke blieb über seinen Ohren stehen.

»Ich bin kein Vampir und kenne eure Regeln nicht. Du musst mir erklären, wie das läuft«, sagte ich und strich seine Haare wieder glatt. »Also hat dich letztendlich der Einbruch im New College überzeugt, dass du mit mir zusammen sein willst?«

Blitzschnell lagen Matthews Hände an meinen Wangen. »Ich wusste auch so, dass ich mit dir zusammen sein will. Du hast gesagt, du würdest mich lieben, seit du der Versuchung widerstanden hast, mir am Fluss das Skull über den Schädel zu ziehen.« Sein Blick war offen. »Ich liebe dich schon viel länger – seit dem Augenblick, als du deine Magie eingesetzt hast, um in der Bodleian ein Buch aus dem Regal zu ziehen. Du hast erst so erleichtert und dann so schrecklich schuldbewusst ausgesehen.«

Ysabeau stand auf, als wäre ihr der Gefühlsausbruch ihres Sohnes peinlich. »Wir lassen euch allein.«

Marthe räumte ein paar Sachen auf dem Tisch zusammen und machte sich bereit, in die Küche zu verschwinden, wo sie mit Sicherheit beginnen würde, ein zehngängiges Festmahl zusammenzustellen.

»Nein, *Maman*. Du solltest auch den Rest hören.«

»Ihr seid also nicht nur Aussätzige …« Ysabeaus Stimme wurde schwer. Sie sank in ihren Sessel zurück.

»Es gab schon immer Feindseligkeiten zwischen den verschiedenen Geschöpfen – vor allem zwischen Vampiren und Hexen. Durch Diana und mich sind diese Spannungen offen ausgebrochen. Trotzdem ist das nur ein Vorwand. Eigentlich stört sich die Kongregation nicht so sehr daran, dass wir gegen den Pakt verstoßen.«

»Hör auf, in Rätseln zu sprechen, Matthew«, sagte Ysabeau scharf. »Dazu fehlt mir die Geduld.«

Matthew bat mich mit einem kurzen Blick um Verzeihung und wandte sich dann ihr zu. »Die Kongregation interessiert sich vor allem für *Ashmole 782* und dafür, wie Diana das Buch in die Hand bekommen konnte. Die Hexen haben mindestens genauso lang nach diesem Manuskript gesucht wie ich. Nie hätten sie sich vorstellen können, dass ausgerechnet du es in die Hand bekommen würdest. Und erst recht konnte sich niemand vorstellen, dass ich vor ihnen bei dir sein würde.«

Alte Ängste wallten in mir auf, dass mit mir etwas nicht stimmte.

»Wäre nicht gerade Mabon gewesen«, fuhr Matthew fort, »hätten sich mächtige Hexen in der Bibliothek herumgetrieben, Hexen, die genau wussten, wie wichtig dieses Manuskript ist. Aber weil alle so mit den Feierlichkeiten beschäftigt waren, wurden sie unachtsam. Sie überließen diese Aufgabe einer jungen Hexe, und die ließ dich – und das Manuskript – entwischen.«

»Arme Gillian«, flüsterte ich. Bestimmt war Peter Knox rasend wütend auf sie.

»Allerdings.« Matthews Mund wurde schmal. »Aber auch die Kongregation hat dich überwacht – und zwar nicht nur wegen des Buches, sondern vor allem wegen deiner Fähigkeiten.«

»Seit wann?« Mehr brachte ich nicht über die Lippen.

»Wahrscheinlich dein ganzes Leben lang.«

»Seit meine Eltern gestorben sind.« Beklemmende Erinnerungen aus meiner Kindheit wurden wieder wach, das Kribbeln eines Hexenblicks, während ich auf dem Pausenhof schaukelte, oder das eisige Starren eines Vampirs bei der Geburtstagsparty einer Freundin. »Sie haben mich im Auge behalten, seit meine Eltern gestorben sind.«

Ysabeau öffnete den Mund, um etwas zu sagen, klappte ihn aber wieder zu, als sie die Miene ihres Sohnes sah.

»Wenn sie dich kriegen, kriegen sie auch das Buch, das glauben sie wenigstens. Du bist mit *Ashmole 782* verbunden, und zwar in einer machtvollen Weise, die ich noch nicht verstehe. Und sie auch nicht, glaube ich.«

»Nicht einmal Peter Knox?«

»Marcus hat sich umgehört. Soweit er feststellen konnte, steht Knox immer noch vor einem absoluten Rätsel.«

»Ich will nicht, dass Marcus sich in Gefahr begibt – nicht meinetwegen. Wir müssen ihn da raushalten, Matthew.«

»Marcus kann auf sich aufpassen.«

»Ich muss dir auch etwas erzählen.« Wenn ich es nicht gleich tat, würde ich garantiert den Mut verlieren.

Matthew nahm meine beiden Hände, und seine Nasenflügel bebten leise. »Du bist müde«, stellte er fest. »Und hungrig. Vielleicht sollten wir damit bis nach dem Essen warten.«

»Du kannst riechen, ob ich *hungrig* bin?«, fragte ich ungläubig. »Das ist unfair.«

Matthews Kopf kippte nach hinten, und er lachte. Er zog meine beiden Hände hinter meinen Rücken, sodass meine Arme wie Flügel abstanden.

»Und das von einer Hexe, die, wenn sie nur wollte, jeden meiner Gedanken lesen könnte wie von einem Nachrichtenticker. Diana, mein Schatz, ich kann es dir ansehen, wenn du deine Meinung änderst. Ich kann es dir ansehen, wenn du übermütig wirst und überlegst, wie lustig es wäre, über den Koppelzaun zu springen. Und ich kann dir eindeutig auch ansehen, wann du hungrig bist«, sagte er und küsste mich, um seinen Worten Nachdruck zu verleihen.

»Da wir gerade von meinen Fähigkeiten als Hexe sprechen«, sagte ich kurzatmig, als er fertig war, »wir wissen jetzt definitiv, dass ich die genetischen Voraussetzungen besitze, eine Hexenflut auszulösen.«

»Was?« Matthew sah mich betroffen an. »Wann ist das passiert?«

»Sobald du von Sept-Tours abgefahren warst. Solange du hier warst, habe ich die Tränen zurückgehalten. Als du weg warst, fing ich an zu weinen – und wie.«

»Du hast schon vorher geweint«, meinte er nachdenklich und holte meine Hände wieder nach vorn. Er drehte sie hin und her und untersuchte meine Handflächen und Finger. »Das Wasser kam auch aus deinen Händen?«

»Es kam überall aus meinem Körper«, sagte ich. Er zog erschrocken die Brauen hoch. »Aus meinen Händen, meinen Haaren, meinen Augen, meinen Füßen – sogar aus meinem Mund. So als gäbe es mich gar nicht mehr oder als hätte ich mich in Wasser aufgelöst. Ich dachte, ich würde nie wieder etwas anderes als Salz schmecken.«

»Warst du allein?«, fragte Matthew scharf.

»Nein, nein, natürlich nicht«, versicherte ich ihm eilig. »Marthe und deine Mutter waren bei mir. Sie kamen nur nicht in meine Nähe. Das Wasser hinderte sie daran, Matthew. Und der Wind.«

»Wie hat es aufgehört?«, fragte er.

»Durch Ysabeau.«

Matthew sah seine Mutter nachdenklich an.

»Sie hat mir vorgesungen.«

Die schweren Vampirlider senkten sich und schirmten seine Augen ab. »Früher sang sie immerzu. Danke, *Maman.*«

Ich hoffte, er möge mir erzählen, wie sie ihm früher immer vorgesungen hatte und wie sehr Ysabeau sich seit Philippes Tod verändert habe. Aber er sagte nichts dergleichen. Stattdessen schloss er mich fest in die Arme, und ich versuchte ihm nicht zu verübeln, dass er mir diesen Teil seines Lebens nicht öffnete.

Im Lauf der Stunden wirkte Matthews Freude, wieder zu Hause zu sein, immer ansteckender auf mich. Nach dem Mittagessen verschwanden wir in sein Arbeitszimmer. Auf dem Teppich vor dem

Kamin erforschte Matthew, wo ich überall kitzlig war. Doch nicht ein einziges Mal gewährte er mir einen Blick über die Mauern, die er so sorgfältig errichtet hatte, um seine Geheimnisse vor anderen Geschöpfen zu bewahren.

Einmal suchte ich mit unsichtbaren Fingern nach einer Scharte in Matthews Abwehrwall. Er sah mich überrascht an.

»Hast du etwas gesagt?«, fragte er.

»Nein«, beteuerte ich und zog mich hastig zurück.

Abends speisten wir still und heiter mit Ysabeau, die sich von Matthews guter Laune mitreißen ließ. Trotzdem beobachtete sie ihn genau, und ihr Gesicht wirkte seltsam traurig.

Auch wenn ich mir insgeheim Sorgen wegen der Schreibtischschublade machte und mich fragte, ob mein Geruch noch dem Samtkissen unter den Siegeln anhaftete, schlüpfte ich nach dem Essen in meinen unzulänglichen Pyjamaersatz, nahm meinen ganzen Mut zusammen und wünschte Matthew eine gute Nacht, bevor er sich allein in sein Arbeitszimmer zurückzog.

Kurz darauf kam er in einer lockeren gestreiften Pyjamahose, einem verblichenen schwarzen T-Shirt und ohne Schuhe an den langen schlanken Füßen zurück. »Willst du die linke oder die rechte Seite?« fragte er ungerührt, während er mit verschränkten Armen vor dem Bett stand.

Ich war kein Vampir, aber auch ich konnte ziemlich schnell den Kopf drehen, wenn es angesagt war.

»Wenn es dir egal ist, würde ich lieber die linke Seite nehmen«, fuhr er mit Grabesstimme fort. »Ich kann mich leichter entspannen, wenn ich zwischen dir und der Tür liege.«

»Mir … mir ist das egal«, stotterte ich.

»Dann leg dich hin, und rutsch rüber.« Matthew nahm mir die Bettdecke aus der Hand, und ich legte mich gehorsam hin. Mit einem zufriedenen Grunzen schlüpfte er hinter mir unter die Decke.

»Das hier ist das bequemste Bett im ganzen Haus. Mutter meint, dass wir keine bequemen Matratzen brauchen, wo wir sowieso kaum schlafen. Ihre Betten sind die reinsten Folterbänke.«

»Wirst du mit mir schlafen?«, fragte ich mit Piepsstimme, obwohl ich mich so bemüht hatte, genauso locker zu klingen wie er.

Matthew streckte den rechten Arm aus und schloss mich in seine Armbeuge, bis mein Kopf auf seiner Schulter lag. »Ich habe mit dem Gedanken gespielt«, sagte er. »Obwohl ich nicht wirklich schlafe.«

An ihn gekuschelt, legte ich meine Hand auf sein Herz, um jeden einzelnen Herzschlag mitzubekommen. »Was machst du dann die ganze Nacht?«

»Dich beobachten natürlich.« Seine Augen strahlten. »Und wenn ich davon genug habe – *falls* ich davon irgendwann genug haben kann« – er setzte einen Kuss auf jedes Lid –, »dann lese ich. Stört es dich, wenn ich die Kerzen anlasse?«

»Nein«, erwiderte ich. »Ich habe einen tiefen Schlaf. Mich weckt nichts so schnell.«

»Das nenne ich eine Herausforderung«, meinte er leise. »Wenn ich mich langweile, denke ich mir etwas aus, das dich garantiert aufweckt.«

»Langweilst du dich schnell?«, neckte ich ihn, fasste nach oben und fuhr mit den Fingern durch seine Nackenhaare.

»Das wirst du schon noch feststellen«, erklärte er mit boshaftem Grinsen.

Seine Arme legten sich kühl und schützend um mich, und die Geborgenheit, die ich in seiner Nähe empfand, beruhigte mich schneller als jedes Schlaflied.

»Wird das je aufhören?«, fragte ich leise.

»Das mit der Kongregation?«, fragte Matthew. »Ich weiß es nicht.«

»Nein.« Ich hob überrascht den Kopf. »Die ist mir egal.«

»Was meinst du dann?«

Ich küsste ihn auf den gespitzten Mund. »Dieses Gefühl, wenn ich mit dir zusammen bin – so als wäre ich zum ersten Mal wirklich lebendig.«

Matthew lächelte untypisch liebevoll und schüchtern. »Hoffentlich nicht.«

Ich seufzte zufrieden, ließ den Kopf auf seine Brust sinken und fiel in einen traumlosen Schlaf.

Kapitel 27

Der Tag begann im Morgengrauen damit, dass ich Matthew direkt neben mir spürte und mich die gleiche heiße Begierde durchschoss wie am Vortag im Hof. Die Lust weckte mich schneller als jeder Wecker. Er reagierte dankenswerterweise genauso schnell und begann mich innig zu küssen.

»Ich dachte schon, du wachst gar nicht mehr auf«, murmelte er zwischen zwei Küssen. »Ich hatte schon Angst, ich müsste die Blaskapelle aus dem Dorf anmarschieren lassen, und der einzige Trompeter, der den Weckruf beherrschte, ist letztes Jahr gestorben.«

Mir fiel auf, dass er die Ampulle nicht mehr trug.

»Wo hast du dein Pilgerzeichen gelassen?« Damit lieferte ich ihm die perfekte Gelegenheit, mir von den Lazarusrittern zu erzählen, doch er ließ sie ungenützt verstreichen.

»Ich brauche es nicht mehr«, sagte er und lenkte mich ab, indem er meine Locke um seinen Finger wickelte und sie dann zur Seite zog, damit er mich auf die empfindsame Stelle hinter meinem Ohr küssen konnte. »Erzähl es mir«, drängte ich und wand mich leicht unter seiner Berührung.

»Später«, sagte er und ließ die Lippen abwärts in die Mulde zwischen Hals und Schulter wandern.

Mein Körper vereitelte alle weiteren Versuche, ein ernsthaftes Gespräch zu führen. Wir überließen uns beide unserem Instinkt, erforschten einander durch die trennende Kleidung hindurch und erspürten jedes Schaudern, jede Gänsehaut, jedes leise Stöhnen. Als ich mich weiter vorwagte, weil ich endlich nackte Haut fühlen wollte, hielt Matthew mich zurück.

»Keine Eile. Wir haben Zeit.«

»Vampire«, brachte ich nur noch heraus, bevor mich seine Lippen zum Schweigen brachten.

Wir lagen immer noch hinter zugezogenen Vorhängen in meinem Bett, als Marthe ins Zimmer kam. Sie stellte das Frühstückstablett mit betont lautem Klappern auf dem Tisch ab und warf verbissen wie ein Schotte beim Baumstammwerfen zwei frische Scheite auf die Glut. Matthew linste zwischen den Vorhängen hindurch, wünschte ihr einen wunderschönen Morgen und erklärte, dass ich rasend hungrig sei.

Aus Marthe ergoss sich ein okzitanischer Schwall, dann verschwand sie, leise vor sich hin summend. Er weigerte sich zu übersetzen, weil der Text zu unanständig für meine feinen Ohren sei.

An diesem Morgen sah Matthew mir nicht still beim Essen zu, sondern beschwerte sich, dass ihm langweilig sei. Er tat das mit einem frechen Funkeln in den Augen und ließ dabei die Finger auf seinen Schenkeln tanzen.

»Nach dem Frühstück gehen wir reiten«, versprach ich ihm, gabelte etwas Ei in meinen Mund und nahm einen brühend heißen Schluck Tee. »Meine Arbeit kann bis später warten.«

»Reiten allein wird da nicht helfen«, schnurrte Matthew.

Nur durch Küsse ließ sich seine Langeweile vertreiben. Als Matthew mir endlich zugestand, dass es Zeit zum Ausreiten sei, fühlten sich meine Lippen wund an, und ich spürte so intensiv wie nie zuvor, wie mein Nervensystem verwoben war.

Während ich duschte, ging er nach unten, um sich umzuziehen. Marthe kam nach oben, um das Tablett abzuräumen, und ich erzählte ihr von meinem Plan, während ich mein Haar zu einem dicken Zopf flocht. Ihre Augen wurden groß, als ich zum entscheidenden Teil meines Vorhabens kam, aber sie erklärte sich einverstanden, ein paar Sandwiches und eine Flasche Wasser in den Stall zu bringen, damit George sie in Rakasas Satteltasche packte.

Danach musste ich nur noch Matthew informieren.

Er saß summend am Schreibtisch, klapperte auf dem Computer herum und griff gelegentlich nach seinem Handy, um seine Nachrichten abzufragen. Lächelnd sah er auf.

»Da bist du ja«, stellte er fest. »Ich dachte schon, ich müsste dich aus dem Wasser fischen.«

Sofort durchschoss mich heiße Lust, und meine Knie wurden weich. Das Gefühl war umso intensiver, als ich wusste, dass ich gleich mit einem Satz das Lächeln von seinem Gesicht wischen würde.

Hoffentlich ist das richtig, flüsterte ich mir lautlos zu und ließ von hinten die Hände auf seine Schultern sinken. Matthew kippte den Kopf rückwärts gegen meine Brust und lächelte zu mir auf.

»Küss mich«, kommandierte er.

Ich erfüllte seinen Wunsch und staunte, wie vertraut wir uns schon waren. Dies war ganz anders als in Romanen und Filmen, wo die Liebe als etwas Anstrengendes, Kompliziertes dargestellt wurde. Matthew zu lieben war nicht, wie in einen Sturm zu segeln, es war, als würde ich in den Hafen einlaufen.

»Wie schaffst du das nur?«, fragte ich ihn und legte die Hände an sein Gesicht. »Ich habe das Gefühl, dich schon ewig zu kennen.«

Matthew lächelte glücklich und beugte sich wieder über seinen Computer, um die diversen Programme zu schließen. Währenddessen trank ich seinen würzigen Duft und strich seine Haare glatt.

»Ein wunderbares Gefühl«, sagte er und lehnte sich in meine Hand.

Es war an der Zeit, ihm den Tag zu verderben. Ich ging in die Hocke und legte mein Kinn auf seine Schulter.

»Nimm mich mit zum Jagen.«

Jeder Muskel in seinem Körper versteifte sich.

»Das ist nicht komisch, Diana«, sagte er eisig.

»Das soll es auch gar nicht sein.« Mein Kinn und meine Hände blieben, wo sie waren. Er versuchte mich abzuschütteln, aber das ließ ich nicht zu. Ich brachte zwar nicht den Mut auf, ihm ins Gesicht zu sehen, aber er würde sich nicht entziehen können. »Das muss sein, Matthew. Du musst wissen, dass du mir trauen kannst.«

Er sprang aus seinem Stuhl und ließ mir damit keine Wahl, als zurückzutreten und ihn loszulassen. Eine Hand auf die Stelle gepresst, wo er die Ampulle getragen hatte, stapfte Matthew davon. Kein gutes Zeichen.

»Vampire gehen nicht mit Warmblütern jagen, Diana.«

Das war auch kein gutes Zeichen. Er log mich an.

»Tun sie wohl«, widersprach ich leise. »Du gehst mit Hamish jagen.«

»Das ist etwas anderes. Ich kenne ihn seit Jahren, und ich liege nicht mit ihm in einem Bett.« Matthews Stimme war rau, und er starrte eisern auf sein Bücherregal.

Langsam ging ich auf ihn zu. »Wenn Hamish mit dir jagen gehen kann, kann ich es auch.«

»Nein.« Unter seinem Pullover zeichnete sich scharf das Relief seiner Muskeln ab.

»Ysabeau hat mich mitgenommen.«

Die Stille im Raum war ohrenbetäubend. Matthew holte tief und zittrig Luft, und die Muskeln in seinen Schultern begannen zu zucken. Ich machte wieder einen Schritt auf ihn zu.

»Nicht«, wies er mich rau zurück. »Komm nicht in meine Nähe, wenn ich wütend bin.«

Ich ermahnte mich, dass heute ich bestimmen würde. Nach ein paar schnellen Schritten stand ich direkt hinter ihm. Auf diese Weise musste er meinen Geruch und meinen Puls wahrnehmen, der langsam und ruhig ging.

»Ich wollte dich nicht wütend machen.«

»Ich bin auch nicht auf dich wütend.« Er klang verbittert. »Dafür wird mir meine Mutter eine Menge zu erklären haben. Im Lauf der letzten Jahrhunderte hat sie meine Geduld schon oft auf die Probe gestellt, aber dich zum Jagen mitzunehmen ist unverzeihlich.«

»Ysabeau hat mich gefragt, ob ich lieber zum Château zurückreiten wollte.«

»Sie hätte dich gar nicht vor die Wahl stellen dürfen!«, bellte er und drehte sich zu mir um. »Vampire haben sich nicht in der Gewalt, wenn sie jagen – jedenfalls nicht völlig. Meiner Mutter kann man keinesfalls trauen, wenn sie Blut gerochen hat. Für sie zählt allein das Töten und Trinken. Wenn ihr der Wind deine Witterung zugetragen hätte, hätte sie dich erlegt, und zwar ohne lange nachzudenken.«

Matthew hatte heftiger reagiert, als ich erwartet hatte. Aber nachdem ich schon mit einem Fuß im Feuer stand, konnte ich den anderen auch noch nachziehen.

»Deine Mutter wollte dich nur beschützen. Sie hatte Angst, dass ich vielleicht nicht begreife, worauf ich mich einlasse. Du hättest dasselbe für Lucas getan.« Wieder setzte ein langes, tiefes Schweigen ein.

»Sie hatte kein Recht, dir von Lucas zu erzählen. Er gehört mir, nicht ihr.« Matthew wurde nicht laut, aber so giftig hatte ich ihn noch nie gehört. Sein Blick zuckte zu dem Regalfach hoch, in dem der Turm stand.

»Dir und Blanca«, sagte ich genauso leise.

»Die Lebensgeschichten eines Vampirs darf nur er selbst erzählen – und niemand sonst. Wir sind vielleicht Gesetzlose, du und ich, aber meine Mutter hat in den letzten Tagen ebenfalls gegen eine ganze Reihe von Regeln verstoßen.« Wieder griff er nach der nicht vorhandenen Bethanien-Ampulle.

Leise und mit sicherem Schritt, so als wäre er ein nervöser Hengst, den ich vom Auskeilen abhalten wollte, ging ich die letzten Schritte auf ihn zu. Als ich direkt vor ihm stand, nahm ich seine Arme.

»Ysabeau hat mir noch mehr erzählt. Wir haben über deinen Vater gesprochen. Sie hat mir nicht nur alle ihre Namen verraten, sondern auch deine, und sie hat mir erklärt, welche du nicht magst. Ich weiß noch nicht genau, was das zu bedeuten hat, aber ich bin mir sicher, dass sie das nicht jedem erzählt. Und sie hat mir erzählt, wie sie dich gemacht hat. Das Lied, mit dem sie die Hexenflut zum Versiegen gebracht hat, war dasselbe, das sie dir vorsang, als du zum Vampir geworden warst.« *Als du nicht aufhören konntest zu jagen.*

Matthew musste sich anstrengen, um mir in die Augen zu sehen. In seinen Pupillen entdeckte ich einen Schmerz und eine Verletzlichkeit, die er bis zu diesem Augenblick sorgsam vor mir verborgen hatte. Der Anblick brach mir das Herz.

»Ich kann das nicht riskieren, Diana«, sagte er. »Ich will dich – mehr als ich jemals jemanden gewollt habe. Ich begehre dich mit meinem Körper, ich begehre dich mit meinem Herzen. Falls meine Konzentration auch nur einen Sekundenbruchteil nachlässt, während wir jagen, könnte dein Geruch den eines Hirschen überlagern, und meine Jagdlust könnte sich mit meiner Lust nach dir vermischen.«

»Ich gehöre dir bereits.« Ich hielt ihn mit Händen, Augen, Geist und Herz fest. »Du brauchst mich nicht mehr zu jagen. Du hast mich bereits erlegt.«

»So funktioniert das nicht«, sagte er. »Ich werde dich nie wirklich besitzen. Ich werde immer mehr wollen, als du mir geben kannst.«

»Heute Morgen im Bett war das anders.« Meine Wangen begannen zu glühen, als ich daran denken musste, wie er mich abgewiesen hatte. »Ich war mehr als bereit, mich dir hinzugeben, aber du hast nein gesagt.«

»Ich habe nicht nein gesagt – ich sagte, später.«

»Jagst du genauso? Erst verführen, dann hinauszögern und zuletzt unterwerfen?«

Er schauderte. Das genügte mir als Antwort.

»Zeig es mir«, verlangte ich wieder.

»Nein.«

»Zeig es mir!«

Er knurrte, aber ich blieb standhaft. Das Grollen war eine Warnung, keine Drohung.

»Ich weiß, dass du Angst hast. Die habe ich auch.« In seinen Augen blitzte Bedauern auf, und ich brummte ungeduldig. »Zum letzten Mal, ich habe keine Angst vor *dir*. Meine eigenen Kräfte machen mir Angst. Du hast die Hexenflut nicht gesehen, Matthew. Als das Wasser in mir aufzusteigen begann, hätte ich jeden und alles auslöschen können, ohne auch nur den Hauch von Reue zu spüren. Du bist nicht das einzige gefährliche Geschöpf in diesem Raum. Aber wir müssen lernen, wie wir zusammen sein können, obwohl wir sind, was wir sind.«

Er lachte bitter auf. »Vielleicht ist es deshalb verboten, dass sich Vampire und Hexen mischen. Vielleicht ist es doch zu schwierig, alle diese Grenzen hinter sich zu lassen.«

»Das glaubst du nicht wirklich«, erklärte ich heftig, nahm seine Hand und hielt sie an mein Gesicht. Die kalte Berührung auf meinen erhitzten Wangen jagte ein köstliches Gefühl durch meinen Körper, und mein Herz begann wie üblich anerkennend zu pochen. »Was wir füreinander empfinden, ist nicht falsch – es kann nicht falsch sein.«

»Diana.« Er schüttelte den Kopf und wollte seine Finger zurückziehen.

Ich fasste ihn fester und drehte die Handfläche nach oben. Seine Lebenslinie war lang und glatt, und nachdem ich sie nachgefahren war, ließ ich meine Finger auf seinen Adern ruhen. Fast schwarz lagen sie unter der weißen Haut, und Matthew erschauerte unter meiner Berührung. Ich sah immer noch Schmerz in seinen Augen, aber seine Wut war halb verraucht.

»Es ist nicht falsch. Das weißt du selbst. Und du musst endlich begreifen, dass du auch mir vertrauen kannst.« Ich verschränkte meine Finger mit seinen und ließ ihm Zeit zum Nachdenken. Aber ich ließ nicht los.

»Ich nehme dich mit zum Jagen«, gab sich Matthew schließlich geschlagen, »vorausgesetzt, du kommst nicht in meine Nähe und steigst nicht von Rakasa ab. Wenn du auch nur den Verdacht hast, dass ich dich ansehe – dass ich auch nur an dich denke –, machst du kehrt und reitest sofort nach Hause zu Marthe.«

Nachdem die Entscheidung gefallen war, eilte Matthew steif nach unten, wartete aber jedes Mal geduldig auf mich, wenn er merkte, dass ich nicht nachkam. Als er an der Tür zum Salon vorbeisegelte, stand Ysabeau aus ihrem Sessel auf.

»Komm«, sagte er angespannt, packte mich am Ellbogen und zog mich nach unten.

Ysabeau war uns dicht auf den Fersen, als wir in die Küche kamen, wo Marthe in der Tür zur Speisekammer stand und mich und Matthew beäugte, als wären wir die Hauptdarsteller einer Nachmittagssoap. Beide spürten auch ohne Erklärung, dass etwas nicht stimmte.

»Ich weiß nicht, wann wir zurückkommen«, verkündete Matthew über seine Schulter hinweg. Seine Finger lockerten sich nicht, und er zog mich so schnell weiter, dass ich mich nur entschuldigend zu Marthe umdrehen und bedauernd das Gesicht verziehen konnte.

»*Elle a plus de courage que j'ai pensée*«, murmelte Ysabeau Marthe zu.

»Ja, Mutter. Diana ist mutiger, als wir es verdient haben, du und ich. Und wenn du sie noch einmal auf die Probe stellst, wirst du uns beide nicht wiedersehen. Verstanden?«

»Natürlich, Matthew«, sagte Ysabeau. Das sagte sie immer, wenn sie sich nicht festlegen wollte.

Auf dem Weg zum Stall sprach Matthew kein Wort. Immer wieder sah er aus, als wollte er umkehren und mit mir zum Château zurückgehen. An der Stalltür hielt er mich an den Schultern fest und suchte in meiner Miene und meiner Haltung nach Anzeichen von Angst. Trotzig schob ich das Kinn vor.

»Sollen wir?« Ich deutete auf die Koppel.

Er brummte ärgerlich und rief nach Georges. Balthasar wieherte aufgeregt und fing den Apfel auf, den ich in seine Richtung warf. Zum Glück kam ich inzwischen ohne fremde Hilfe in meine Stiefel, auch wenn ich länger brauchte als Matthew, der argwöhnisch beobachtete, wie ich die Weste verschloss und den Kinnriemen des Helmes straffzog.

»Nimm die«, sagte er und reichte mir eine geflochtene Reitgerte.

»Die brauche ich nicht.«

»Du nimmst die Gerte, Diana.«

Ich nahm sie und beschloss, sie bei der ersten Gelegenheit ins Unterholz zu werfen.

»Und wenn du sie wegwirfst, kehren wir sofort um.«

Glaubte er wirklich, ich würde ihn mit der Gerte abwehren? Ich schob sie mit dem Griff nach oben in meinen Stiefel und stapfte hinaus auf die Koppel.

Die Pferde begannen unruhig auf und ab zu laufen, sobald wir in Sichtweite kamen. Genau wie Ysabeau spürten beide, dass etwas nicht stimmte. Rakasa nahm den Apfel, den ich ihr schuldete, und ich strich mit den Fingern über ihr Fell, wobei ich leise auf sie einredete, um sie zu beruhigen. Matthew machte sich keine Umstände mit Dahr. Blitzschnell und ganz sachlich kontrollierte er Sattel und Zaumzeug. Als ich fertig war, hob mich Matthew auf Rakasas Rücken. Seine Hände lagen fest um meine Taille, aber er hielt mich keinen Augenblick länger fest als unbedingt nötig. Er wollte vermeiden, dass ihm mein Geruch anhaftete.

Im Wald überzeugte sich Matthew, dass die Gerte immer noch in meinem Stiefel steckte.

»Dein Steigbügel muss verkürzt werden«, bemerkte er, als wir die Pferde traben ließen. Er wollte, dass das Zaumzeug straff genug saß, falls ich vor ihm fliehen musste. Ich warf ihm einen finsteren Blick zu, ließ Rakasa anhalten und straffte die Bügelriemen.

Das inzwischen vertraute Feld kam in Sicht, und Matthew schnupperte aufmerksam. Er packte Rakasas Zügel und brachte sie zum Stehen. Er kochte immer noch vor Wut.

»Da drüben ist ein Hase.« Matthew nickte zum westlichen Rand des Feldes hin.

»Hasen hatte ich schon«, sagte ich ruhig. »Murmeltiere, Ziegen und ein Reh auch.«

Matthew fluchte. Es war ein kurzer aber umfassender Fluch, und ich hoffte, dass uns Ysabeaus scharfe Ohren nicht hören konnten.

»›Zur Strecke gebracht‹, trifft die Situation ziemlich gut, oder?«

»Ich jage anders als meine Mutter, die ihre Beute erst zu Tode erschreckt und sich dann darauf stürzt. Ich kann für dich einen Hasen töten oder vielleicht auch eine Ziege. Aber ich werde mich nicht an einen Hirsch anpirschen, solange du in meiner Nähe bist.« Matthew hatte das Kinn eigensinnig vorgereckt.

»Hör auf, mir etwas vorspielen zu wollen, und vertrau mir endlich.« Ich deutete auf meine Satteltasche. »Ich kann warten.«

Er schüttelte den Kopf. »Nicht wenn du in der Nähe bist.«

»Seit ich dich kennengelernt habe«, erklärte ich ihm ruhig, »hast du mir alle Vorzüge eines Lebens als Vampir gezeigt. Du schmeckst Dinge, die ich mir nicht einmal vorstellen kann. Du erinnerst dich an Ereignisse und Menschen, die ich nur aus Büchern kenne. Du riechst es, wenn ich meine Meinung ändere oder dich küssen will. Du hast mir eine Welt von Sinneseindrücken gezeigt, von der ich bis dahin nichts geahnt hatte.«

Ich verstummte kurz, weil ich hoffte, dass ich Fortschritte machte. Doch ich trat auf der Stelle.

»Gleichzeitig hast du gesehen, wie ich mich übergeben habe, wie ich deinen Teppich in Brand gesetzt und völlig die Fassung verloren habe, als ich etwas zugeschickt bekam, mit dem ich nicht gerechnet habe. Die Wasserspiele sind dir entgangen, aber auch die waren kein schöner Anblick. Im Gegenzug bitte ich dich darum, mich zusehen zu lassen, wie du dich ernährst. Das ist entscheidend für mich, Matthew. Wenn du das nicht ertragen kannst, dann tun wir der Kongregation einen Gefallen und blasen die ganze Sache ab.«

»*Dieu*. Wirst du niemals aufhören, mich zu überraschen?« Matthew hob den Kopf und starrte in die Ferne. Plötzlich wurde er von einem jungen Hirsch abgelenkt, der auf der Hügelkuppe stand. Der Hirsch äste friedlich, und da der Wind in unsere Richtung ging, hatte er uns noch nicht gewittert.

Danke, hauchte ich im Stillen. Es war ein Geschenk der Götter, dass der Hirsch so unvermutet aufgetaucht war. Matthews Blick heftete sich auf die Beute, und sein Zorn verflog, während er mit seinem übermenschlich scharfen Gespür die Umgebung in sich aufnahm. Ich beobachtete den Vampir gebannt und achtete auf ein Anzeichen darauf, was er gerade dachte oder empfand, aber ich konnte keines entdecken.

Wag es nicht, dich zu bewegen, warnte ich Rakasa, die ihre Muskeln anspannte, als wollte sie im nächsten Moment ausbrechen. Sie bohrte die Hufe in die Erde und verharrte in Habachtstellung.

Matthew spürte, dass der Wind wechselte, und griff nach Rakasas Zügeln. Langsam lenkte er beide Pferde nach rechts. Der junge Hirsch hob den Kopf und sah kurz nach unten, aber gleich darauf begann er wieder zu äsen. Matthews Blick huschte über das Gelände, kam kurz auf einem Hasen zu liegen und verharrte für einen Moment, als ein Fuchs seinen Kopf aus seinem Bau reckte. Er registrierte auch den Falken, der über uns kreiste und auf dem Wind ritt wie ein Surfer auf den Wellen. Ich begann zu begreifen, wie er die Geschöpfe in der Bibliothek unter Kontrolle gebracht hatte. Auf diesem Feld gab es kein Lebewesen, das er nicht geortet und identifiziert hatte und das er nicht nach ein paar Minuten Beobachtung hätte töten können. Matthew führte die Pferde Schritt für Schritt auf die Bäume zu, wo mir die Geräusche und Gerüche der anderen Tiere als Tarnung dienten. Wir schreckten ein getüpfeltes, katzenähnliches Tier mit langem gestreiftem Schwanz auf. So wie Matthew den Körper anspannte, war es klar, dass er ihm gern nachgejagt wäre, und wäre er allein gewesen, hätte er es bestimmt erlegt, bevor er sich dem Hirsch genähert hätte. Mühsam wandte er den Blick von dem davonhetzenden Tier ab.

Wir brauchten beinahe eine Stunde, um vom unteren Ende der Wiese aus am Waldrand entlangzuschleichen, bis wir knapp unter der Hügelkuppe waren. Dort saß Matthew ab, indem er das Bein über Dahrs Hals schwang. Er schlug das Pferd auf den Rumpf, woraufhin es gehorsam kehrtmachte und in Richtung Stall trabte.

Während des ganzen Manövers hatte Matthew Rakasas Zügel kein einziges Mal losgelassen, und er behielt sie auch jetzt fest in der Hand. Er führte die Stute an den Waldrand und holte tief Luft, wobei er jede Witterung ortete. Lautlos brachte er uns in ein kleines Dickicht von niedrigen Birken.

Dann duckte sich der Vampir und verharrte mit gebeugten Knien in einer Position, die ein Mensch keine vier Minuten durchgehalten hätte. Matthew blieb fast zwei Stunden so stehen. Mir schliefen die Füße in den Steigbügeln ein.

Matthew hatte nicht übertrieben, als er mir die Unterschiede zwischen seiner Jagdmethode und der seiner Mutter erklärt hatte. Ysabeau ging es vor allem darum, ein biologisches Bedürfnis zu stillen. Sie brauchte Blut, die Tiere hatten welches, und sie nahm es ihnen so effizient wie möglich ab, ohne Gewissensbisse zu empfinden, weil für ihr Überleben andere Wesen sterben mussten. Für ihren Sohn war die Sache eindeutig komplizierter. Auch er brauchte Blut als Nahrung. Aber Matthew fühlte sich mit seiner Beute auf eine Weise verbunden, die mich an den respektvollen Tonfall in seinen Artikeln über die Wölfe denken ließ. Für Matthew ging es beim Jagen vor allem um Strategie, er wollte seine animalische Intelligenz mit einem anderen Wesen messen, das die Welt genauso sah und empfand wie er.

Ich musste an unser morgendliches Spiel im Bett denken und schloss die Augen, weil mich ein Blitz der Begierde durchschoss. Ich begehrte ihn hier im Wald, wo er gleich ein Tier töten würde, genauso intensiv wie in meinem Bett, und plötzlich verstand ich, wieso Matthew Bedenken hatte, mit mir jagen zu gehen. Jagen und Sexualität waren auf eine Weise verknüpft, die mir bis zu diesem Moment nie wirklich klar gewesen war.

Er atmete leise aus, machte sich ohne ein weiteres Wort auf den Weg und pirschte geduckt am Waldrand entlang. Erst als Matthew über den Hügelkamm lief, hob der Hirsch den Kopf, um festzustellen, was für eine merkwürdige Kreatur da angelaufen kam.

Er brauchte nur wenige Sekunden, um Matthew als Bedrohung zu erkennen, doch das war länger, als ich gebraucht hätte. Mir stellten sich alle Haare auf, und ich fürchtete mich für den Hirsch genauso wie für Ysabeaus Rehbock. Der Hirsch schoss los und floh in hohen Sprüngen hügelabwärts. Aber Matthew war schneller und schnitt dem Tier den Weg ab, bevor es meinem Versteck zu nahe kommen konnte. Er jagte es wieder den Hügel hoch und über dem Kamm. Mit jedem Schritt kam Matthew ihm näher, mit jedem Schritt wurde der Hirsch nervöser.

Ich weiß, dass du Angst hast, sagte ich leise und hoffte, dass der Hirsch mich hörte. *Er muss das tun. Er macht das nicht zum Vergnügen oder um dir weh zu tun. Er macht das, um zu überleben.*

Rakasa drehte den Kopf und sah mich beunruhigt an. Ich beugte mich vor, um sie zu beschwichtigen, und ließ die Hand auf ihrem Hals liegen.

Bleib stehen, beschwor ich den Hirsch. *Hör auf zu fliehen. Nicht einmal du bist schnell genug, um diesem Geschöpf zu entkommen.* Der Hirsch wurde langsamer und stolperte über ein Loch im Boden. Er rannte direkt auf mich zu, so als könnte er meine Stimme hören und würde auf sie zuhalten.

Matthew streckte die Hand aus, bekam den Hirsch am Geweih zu fassen und riss seinen Kopf zur Seite. Der Hirsch fiel auf den Rücken und blieb schwer keuchend liegen. Matthew sank auf die Knie, knapp zehn Meter vor meinem Dickicht, und hielt den Kopf des Tieres fest. Der Hirsch versuchte noch einmal sich freizustrampeln.

Lass los, sagte ich traurig. *Es ist Zeit. Dies ist das Geschöpf, das dein Leben beenden wird.*

Der Hirsch schlug ein letztes Mal resigniert und ängstlich aus und kam dann zur Ruhe. Matthew sah seiner Beute tief in die Augen, als warte er auf deren Einverständnis, sein Werk zu vollenden, dann schlug er so schnell zu, dass ich nur einen Nebel aus Schwarz und Weiß erkennen konnte, und hatte im nächsten Moment die Zähne in den Hals des Hirsches gesenkt.

Während er trank, sickerte das Leben aus dem Tier, und Matthew wurde von neuer Energie durchströmt. Ein frischer Eisengeruch lag in der Luft, obwohl kein einziger Tropfen Blut zu Boden fiel. Auch nachdem der Hirsch seine Lebenskraft verloren hatte, harrte Matthew reglos kniend und mit gesenktem Kopf neben dem Kadaver aus.

Ich drückte Rakasa die Hacken in die Flanken. Matthews Rücken versteifte sich, als ich auf ihn zukam. Er sah auf, und aus seinen graugrünen Augen strahlte tiefe Befriedigung. Ich zog die Reitgerte aus dem Stiefel und schleuderte sie mit aller Kraft von mir. Sie segelte ins Gehölz, wo sie sich hoffnungslos in einem Stechginsterstrauch verhedderte. Matthew sah mir interessiert zu, aber die Gefahr, dass er mich mit einem Reh verwechseln könnte, war eindeutig gebannt.

Langsam nahm ich den Helm herunter und stieg ab, obwohl ich ihm dabei den Rücken zuwenden musste. Selbst jetzt, wo er sich selbst nicht traute, traute ich ihm. Die Hand leicht auf seine Schulter legend, sank ich in die Knie und legte den Helm neben den starren Augen des Hirsches ab.

»Deine Art zu jagen gefällt mir besser als Ysabeaus. Dem Hirsch auch, glaube ich.«

»Jagt meine Mutter wirklich so anders als ich?« Matthews französischer Akzent hatte sich verstärkt, und seine Stimme klang noch weicher und hypnotischer als sonst. Er roch auch anders.

»Sie jagt, um ein biologisches Bedürfnis zu stillen«, antwortete ich schlicht. »Du jagst, weil du dich dabei wirklich lebendig fühlst.

Und ihr beide habt eine Übereinkunft getroffen.« Ich deutete auf den Hirsch. »Am Ende hat er mit dir Frieden geschlossen, glaube ich.«

Matthew sah mich so eindringlich an, dass sein schneekühler Blick auf meiner Haut vereiste. »Hast du mit dem Hirsch geredet, so wie du mit Balthasar und Rakasa geredet hast?«

»Ich habe mich nicht eingemischt, wenn du das meinst«, beteuerte ich hastig. »Du hast ihn ganz allein erlegt.« Vielleicht waren Vampiren derlei Dinge ja wichtig.

Matthew schauderte. Er sah von dem Hirsch auf und erhob sich mit jener Geschmeidigkeit, an der man zweifelsfrei den Vampir erkannte.

Eine lange, schlanke Hand senkte sich zu mir herab. »Komm. Dir wird kalt, wenn du auf dem Boden kniest.«

Ich legte meine Hand in seine, stand auf und fragte mich, wer den Hirschkadaver beseitigen würde. Wahrscheinlich würden sich Marthe und Georges darum kümmern. Rakasa graste zufrieden, ohne sich darum zu kümmern, dass direkt neben ihr ein totes Tier lag. Ohne dass ich gewusst hätte warum, war ich plötzlich rasend hungrig.

Rakasa, rief ich sie lautlos. Sie sah auf und kam zu mir.

»Stört es dich, wenn ich etwas esse?«, fragte ich unsicher, weil ich nicht genau abschätzen konnte, wie Matthew darauf reagieren würde.

Sein Mund zuckte. »Nein. Nach dem, was du heute ansehen musstest, kann ich zumindest zusehen, wie du ein Sandwich isst.«

»Für mich gibt es da jedenfalls keinen Unterschied, Matthew.« Ich löste die Schnalle von Rakasas Satteltasche und schickte ein stilles Dankeswort zum Château. Marthe, die Gute, hatte Käsesandwiches eingepackt. Nachdem ich den schlimmsten Hunger gestillt hatte, wischte ich die Krümel von meinen Händen.

Matthew beobachtete mich mit dem Blick eines Falken. »Stört dich das eigentlich?«, fragte er ruhig.

»Was?« Ich hatte ihm doch schon gesagt, dass es mich nicht störte, wie er den Hirsch getötet hatte.

»Blanca und Lucas. Dass ich verheiratet war und ein Kind hatte.«

»Mich stört nicht ein einziger Moment, in dem du irgendein Geschöpf, ob lebendig oder tot, geliebt hast«, sagte ich zögernd, »solange du nur in diesem Moment mit mir zusammen sein willst.«

»Nur in diesem Moment?«, fragte er, eine Braue zu einem Fragezeichen hochgezogen.

»Es ist der einzige Moment, der zählt.« Eigentlich war alles ganz einfach. »Wer so lange gelebt hat wie du, hat auch eine Vergangenheit, Matthew. Du warst kein Mönch, und ich erwarte nicht, dass du alle vergisst, die du unterwegs zurücklassen musstest. Wie sollte es möglich sein, dass du noch nie geliebt wurdest, wo ich dich so sehr liebe?«

Matthew drückte mich an seine Brust. Ich schmiegte mich glücklich an ihn, froh, dass die Jagd nicht in einer Katastrophe geendet hatte und dass sein Zorn nachzulassen schien. Er glomm immer noch – das erkannte ich an der Anspannung in seinem Gesicht und seinen Schultern –, aber er drohte uns nicht mehr zu verschlingen. Seine langen Finger umfassten mein Kinn und hoben mein Gesicht an.

»Würde es dich sehr stören, wenn ich dich jetzt küssen würde?« Matthew wandte kurz den Blick ab, als er das fragte.

»Natürlich nicht.« Ich stellte mich auf die Zehenspitzen, um seinem Mund näher zu kommen. Als er dennoch zögerte, streckte ich die Arme nach oben und verschränkte die Hände hinter seinem Hals. »Sei kein Idiot. Küss mich.«

Er tat es, kurz, aber fest. Auf seinen Lippen lag noch eine Spur von Blut, aber das war weder gruselig noch unangenehm. Es war einfach Matthew.

»Du weißt, dass wir keine Kinder bekommen können«, sagte er und hielt mich dabei so fest in den Armen, dass sich unsere Gesichter fast berührten. »Vampire können auf traditionelle Weise keine Kinder zeugen. Macht dir das etwas aus?«

»Man kann auf mehr als eine Weise Kinder bekommen.« Über Kinder hatte ich mir bis dahin noch nie Gedanken gemacht. »Ysabeau hat dich gemacht, und du gehörst genauso zu ihr wie Lucas zu dir und Blanca gehörte. Außerdem gibt es so viele Kinder auf der Welt, die keine Eltern haben.« Ich musste an den Moment denken, als Sarah und Em mir eröffnet hatten, dass meine Eltern nicht mehr nach Hause kommen würden. »Wir könnten welche aufnehmen – ein ganzes Waisenhaus voll, wenn wir wollten.«

»Ich habe seit vielen Jahren keinen Vampir mehr gemacht«, sagte er. »Ich kann es immer noch, aber ich hoffe, du wünschst dir keine große Familie.«

»Meine Familie hat sich mit dir, Marthe und Ysabeau in den vergangenen drei Wochen verdoppelt. Ich weiß nicht, ob ich noch mehr Familienmitglieder ertragen würde.«

»Einen musst du noch hinzuzählen.«

Meine Augen wurden groß. »Eure Familie ist noch größer?«

»Oh, viel größer«, meinte er trocken. »Unsere Stammbäume sind deutlich komplizierter als die von euch Hexen. Schließlich haben wir immer drei Abstammungslinien, nicht nur zwei. Aber ich meine ein Familienmitglied, das du bereits kennst.«

»Marcus?« Ich dachte an den jungen amerikanischen Vampir und seine Chucks.

Matthew nickte. »Er wird dir seine Geschichte selbst erzählen müssen – ich bin kein solcher Bilderstürmer wie meine Mutter, selbst wenn ich mich in eine Hexe verliebt habe. Ich habe ihn vor über zweihundert Jahren gemacht. Und ich bin stolz auf ihn und darauf, wie er sein Leben meistert.«

»Aber du wolltest trotzdem nicht zulassen, dass er mir Blut abnimmt«, stellte ich stirnrunzelnd fest. »Er ist dein Sohn. Warum vertraust du ihm nicht?« Eltern sollten ihren Kindern trauen.

»Er wurde mit meinem Blut zum Vampir gemacht, meine Geliebte.« Matthew sah mich gleichzeitig geduldig und besitzergreifend an. »Warum sollte er dich nicht genauso unwiderstehlich finden wie ich? Vergiss nicht, keiner von uns ist immun gegen den Lockruf des Blutes. Ich traue ihm eher als jedem anderen, aber ich werde mich nie völlig entspannen können, wenn dir ein Vampir zu nahe kommt.«

»Nicht einmal Marthe?« Ich war entsetzt. Ich vertraute Marthe vollkommen.

»Nicht einmal Marthe«, bestätigte er entschieden. »Allerdings bist du ganz und gar nicht ihr Typ. Sie bevorzugt Blut von wesentlich kräftigeren Geschöpfen.«

»Wegen Marthe oder Ysabeau brauchst du dir keine Sorgen zu machen.« Ich sagte das genauso entschieden wie er.

»Nimm dich vor meiner Mutter in Acht«, widersprach mir Matthew. »Mein Vater hatte mich ermahnt, ihr nie den Rücken zuzudrehen, und er hatte recht. Sie fand Hexen immer faszinierend und war immer neidisch auf sie. Unter den richtigen Umständen und in der richtigen Stimmung …?« Er schüttelte den Kopf.

»Und nicht zu vergessen, was Philippe passiert ist.«

Matthew erstarrte.

»Mein zweites Gesicht meldet sich immer öfter, Matthew. Ich habe gesehen, wie Ysabeau dir von den Hexen erzählte, die deinen Vater gefangengenommen hatten. Sie hat keinen Grund, mir zu vertrauen, trotzdem hat sie mich in ihrem Haus aufgenommen. Die eigentliche Bedrohung ist die Kongregation. Und auch von der würde uns keine Gefahr drohen, wenn du mich zum Vampir machen würdest.«

Sein Gesicht verdüsterte sich. »Meine Mutter und ich werden uns ausgiebig darüber unterhalten müssen, welche Gesprächsthemen angemessen sind und welche nicht.«

»Du kannst die Welt der Vampire – deine Welt – nicht vor mir verschließen. Ich bin mittendrin. Ich muss wissen, wie sie funktioniert und welche Regeln gelten.« In mir flammte Zorn auf, der durch meine Arme zu meinen Fingernägeln schoss und dort in blauen Flammenbogen ausbrach.

Matthews Augen wurden groß.

»Du bist nicht die einzige furchterregende Kreatur hier, verstehst du?« Ich schwenkte meine feuerspeienden Hände zwischen uns, bis der Vampir den Kopf schüttelte. »Hör auf, meinen Beschützer spielen zu wollen, und lass mich an deinem Leben teilhaben. Ich will keinen Sir Lancelot. Sei einfach du selbst – Matthew Clairmont. Mit deinen scharfen Vampirzähnen und deiner furchteinflößenden Mutter, mit deinen Reagenzgläschen voller Blut und deiner DNA, deiner anmaßenden Arroganz und deinem nervigen scharfen Geruchssinn.«

Kaum hatte ich das ausgesprochen, erloschen die blauen Funken, die von meinen Fingerspitzen sprühten. Sie zogen sich zu meinen Ellbogen zurück und warteten dort, falls ich sie noch einmal brauchen sollte.

»Wenn ich dir jetzt näher komme«, meinte Matthew gelassen, so als würde er mich nach der Zeit oder dem Wetter fragen, »sprühst du dann gleich wieder Funken, oder war es das vorerst?«

»Ich glaube, vorerst bin ich fertig.«

»Du glaubst?« Wieder zog er eine Braue hoch.

»Ich habe mich absolut unter Kontrolle«, verkündete ich und dachte dabei reumütig an die Brandlöcher in seinem Teppich in Oxford.

Blitzschnell hatte Matthew mich in die Arme geschlossen.

»Uff!«, beschwerte ich mich, als er seine Ellbogen in meine Rippen presste.

»Und du bescherst mir mit deinem Mut, deinen Feuerwerksfingern und deinen unmöglichen Kommentaren noch graue Haare – was man bei Vampiren übrigens lange nicht für möglich gehalten hätte.« Matthew gab mir einen innigen Kuss, und danach fehlten mir die Worte, die unmöglichen genauso wie alle anderen auch. Mein Ohr lag auf seiner Brust, wo ich geduldig auf einen Herzschlag lauschte. Als ich einen hörte, drückte ich ihn glücklich und freute mich, nicht die Einzige zu sein, der das Herz überging.

»Du hast gewonnen, *ma vaillante fille*«, sagte er und drückte mich mit aller Kraft. »Ich werde versuchen – *versuchen* –, dich nicht mehr so zu behüten. Und du darfst nie unterschätzen, wie gefährlich Vampire sein können.«

Es war schwer, »gefährlich« und »Vampir« unter einen Hut zu bringen, während ich so geborgen an seiner Brust lag. Rakasa betrachtete uns nachsichtig und kaute auf einem Grasbüschel, das links und rechts aus ihrem Maul ragte.

»Bist du fertig?« Ich legte den Kopf in den Nacken und sah zu ihm auf.

»Wenn du damit meinst, ob ich noch jagen muss, lautet die Antwort nein.«

»Rakasa explodiert gleich. Sie frisst die ganze Zeit Gras. Und sie kann uns nicht beide tragen.« Ich umfasste prüfend Matthews Hüften und Hintern.

Ihm stockte der Atem, dann gab er ein Schnurren von sich, das ganz anders klang als jenes, das er ausstieß, wenn er wütend war.

»Du reitest, und ich laufe nebenher«, schlug er nach einem weiteren langen, lustvollen Kuss vor.

»Wir gehen beide zu Fuß.« Nachdem ich stundenlang im Sattel gesessen hatte, war ich nicht allzu wild darauf, wieder auf Rakasas Rücken zu steigen.

Als Matthew uns durch das Tor des Château führte, dämmerte es bereits. Sept-Tours war hell erleuchtet, jede einzelne Lampe war in einer stummen Begrüßung entzündet.

»Daheim«, sagte ich und spürte, wie mir bei dem Anblick warm ums Herz wurde.

Statt auf das Gebäude sah Matthew mich an und lächelte. »Daheim.«

Kapitel 28

Später saßen wir wohlbehalten im Zimmer der Haushälterin vor einem wärmenden Feuer und aßen.

»Wo ist Ysabeau?«, fragte ich Marthe, als sie mir eine frische Tasse Tee brachte.

»Draußen.« Sie stakste zurück in die Küche.

»Wo draußen?«

»Marthe!«, rief Matthew ihr nach. »Wir versuchen, nicht mehr so viel vor Diana geheimzuhalten.«

Sie drehte sich um und sah uns finster an. Ich war unsicher, ob der düstere Blick ihm, seiner abwesenden Mutter oder mir galt. »Sie ist ins Dorf, um mit diesem Priester zu sprechen. Und mit dem Bürgermeister.« Marthe verstummte, zögerte und setzte neu an. »Danach wollte sie auskämmen.«

»Was auskämmen?«, fragte ich verdattert.

»Die Wälder. Die Hügel. Die Höhlen.« Marthe schien zu glauben, dass diese Erklärung ausreichte, aber ich sah Matthew fragend an.

»Marthe verwechselt auskämmen mit durchkämmen.« Die Flammen im Kamin brachen sich in den Facetten seines schweren Weinkelches. Er hatte sich etwas von dem jungen Wein aus der Gegend eingeschenkt, aber er trank nicht so viel wie sonst. »Sieht aus, als wäre *Maman* losgezogen, um sich zu überzeugen, dass keine Vampire rund um Sept-Tours lauern.«

»Sucht sie nach jemand Bestimmtem?«

»Nach Domenico natürlich. Und nach Gerbert, einem anderen Vampir aus der Kongregation. Er stammt ebenfalls aus der Auvergne, aus Aurillac. Sie wird ein paar seiner Verstecke durchforsten, um sicherzugehen, dass er nicht in der Nähe ist.«

»Gerbert. Aus Aurillac? *Der* Gerbert aus Aurillac, der Papst aus dem zehnten Jahrhundert, der angeblich einen in Orakeln sprechenden Messingkopf besaß?«

»Ich vergesse immer wieder, wie gut du dich in der Geschichte auskennst. Du kannst sogar einen Vampir beschämen. Ja, genau dieser Gerbert. Und«, warnte er, »es wäre mir sehr lieb, wenn du ihm aus dem Weg gehen würdest. Falls du ihm doch begegnen solltest, dann frage ihn nicht über arabische Medizin und Astronomie aus. Er war schon immer unglaublich gierig, wenn es um Hexen oder Magie ging.« Matthew sah mich warnend an.

»Kennt Ysabeau ihn?«

»O ja. Früher waren sie dicke Freunde. Falls er irgendwo in der Nähe lauert, wird sie ihn finden. Aber du brauchst keine Angst zu haben, dass er ins Château kommen könnte«, versicherte mir Matthew. »Er weiß, dass er hier nicht gern gesehen ist. Bleib innerhalb der Mauern, wenn keiner von uns bei dir ist.«

»Keine Angst. Ich werde das Schloss bestimmt nicht verlassen.« Gerbert von Aurillac war niemand, dessen Wege ich versehentlich kreuzen wollte.

»Vermutlich versucht sie ihren Fauxpas auszubügeln.« Matthew sagte das ganz sachlich, aber er war immer noch wütend.

»Du wirst ihr vergeben müssen«, ermahnte ich ihn wieder. »Sie wollte nicht, dass dir wehgetan wird.«

»Ich bin kein Kind mehr, Diana, und meine Mutter braucht mich nicht vor meiner eigenen Frau zu beschützen.« Er drehte sein Glas hin und her. Das Wort »Frau« hallte sekundenlang durch den Raum.

»Habe ich was verpasst?«, fragte ich schließlich. »Wann haben wir geheiratet?«

Matthew hob den Kopf und sah mich an. »In dem Moment, in dem ich zurückkam und dir sagte, dass ich dich liebe. Vor Gericht hätte das vielleicht keinen Bestand, aber soweit es uns Vampire angeht, sind wir verheiratet.«

»Also nicht, als ich sagte, dass ich dich liebe, und auch nicht, als du mir am Telefon erklärt hast, dass du mich liebst – sondern erst, als du zurückkamst und mir dabei in die Augen gesehen hast?« Das musste klargestellt werden. Ich beschloss, auf meinem Computer eine neue Datei anzulegen – »Sätze, die eine Hexe ganz anders auffasst, als ein Vampir sie gemeint hat«.

»Vampire verpaaren sich wie Löwen oder Wölfe«, erklärte er und klang dabei wie ein Wissenschaftler in einem Dokumentarfilm. »Das Weibchen wählt aus, mit wem es sich paaren will, und sobald sich das Männchen dazu bereiterklärt hat, ist die Sache erledigt. Damit sind die beiden bis an ihr Lebensende verpaart, und die Gemeinschaft muss ihre Verbindung anerkennen.«

»Aha«, sagte ich schwach. Wir waren wieder bei den norwegischen Wölfen angekommen.

»Allerdings hat mir das Wort *paaren* nie wirklich gefallen. Das klingt immer so unpersönlich, fast als würde man Socken oder Schuhe zusammenstellen.« Matthew setzte seinen Weinkelch ab, verschränkte die Arme und stützte sie auf die vernarbte Tischplatte. »Aber bist du keine Vampirin. Stört es dich, wenn ich dich als meine Frau betrachte?«

Ein kleiner Wirbelwind fegte durch meinen Kopf, als ich mir darüber klar zu werden versuchte, was meine Liebe zu Matthew einerseits mit den gefährlichsten Raubtieren des Tierreiches und andererseits mit einer sozialen Institution verband, für die ich mich nie besonders begeistert hatte. In diesem Wirbelwind gab es keine Warnzeichen oder Wegweiser, die mir halfen, mich zurechtzufinden.

»Und wenn zwei Vampire sich paaren«, wollte ich wissen, als ich die Stimme wiedergefunden hatte, »wird vom Weibchen erwartet, dass es dem Männchen ebenso gehorcht wie das übrige Rudel?«

»Ich fürchte, ja«, sagte er und sah verlegen auf seine Hände.

»Hmm.« Ich kniff die Augen leicht zusammen und starrte auf seinen dunklen, gesenkten Kopf. »Und was springt für mich bei diesem Arrangement heraus?«

»Liebe, Ehre, Schutz und Beistand«, sagte er, als er endlich den Mut aufbrachte, mir in die Augen zu sehen.

»Das hört sich verdächtig nach einem mittelalterlichen Ehegelübde an.«

»Diesen Teil der Liturgie hat ein Vampir geschrieben. Aber ich will wirklich nicht, dass du mir dienst«, versicherte er mir eilig und versuchte sich an einem schiefen Grinsen.

»Ich sollte dich darauf hinweisen, mein Ehemann, dass dich deine Mutter genau genommen nicht vor deiner Ehefrau beschützt hat.« Die Worte *Ehemann* und *Ehefrau* hörten sich ungewohnt an. »Unter den eben genannten Bedingungen war ich, bevor du heimkamst, nicht deine Frau. Ich war nur irgendein Geschöpf, das du hier zurückgelassen hast wie ein Päckchen ohne Nachsendeadresse. Unter diesen Umständen bin ich noch gut weggekommen.«

Ein Lächeln flatterte um seine Mundwinkel. »Glaubst du wirklich? Dann sollte ich mich vermutlich deinem Wunsch beugen und ihr verzeihen.« Er fasste nach meiner Hand, hob sie an den Mund und strich mit den Lippen über meine Knöchel. »Ich habe gesagt, dass du mir gehörst. Und ich habe es so gemeint.«

»Darum hat sich Ysabeau so aufgeregt, als du mich gestern im Hof geküsst hast.« Es erklärte sowohl ihren Zornesausbruch als auch die unerwartete Kapitulation. »Nachdem du mir deine Liebe erklärt hattest, gab es kein Zurück mehr.«

»Nicht für einen Vampir.«

»Für eine Hexe auch nicht.«

Matthew durchschnitt die schwere Stille, indem er vielsagend auf meinen leeren Teller sah. Ich hatte drei Portionen Eintopf verdrückt, obwohl ich immer wieder bekräftigt hatte, dass ich nicht hungrig sei.

»Bist du fertig?«, fragte er.

»Ja«, grummelte ich verärgert, weil ich ertappt worden war.

Es war noch früh, trotzdem musste ich immer wieder gähnen. Wir trafen auf Marthe, die damit beschäftigt war, einen riesigen Holztisch mit einer duftenden Mischung aus kochendem Wasser, Meersalz und Zitronensaft abzuschrubben, und wünschten ihr gute Nacht.

»Ysabeau wird bald zurückkommen«, erklärte ihr Matthew.

»Sie wird die ganze Nacht wegbleiben«, erwiderte Marthe düster und sah dabei kurz von ihren Zitronen auf. »Ich warte hier auf sie.«

»Wie du meinst, Marthe.« Er drückte kurz ihre Schulter.

Auf der Treppe zu seinem Arbeitszimmer erzählte mir Matthew, wie er damals Vesalius' Anatomiebuch erstanden und was er sich gedacht hatte, als er zum ersten Mal die Illustrationen betrachtete. Weil ich zu müde war, mich auf die *Aurora Consurgens* zu konzentrieren, ließ ich mich mit dem betreffenden Buch aufs Sofa fallen und betrachtete, während Matthew seine E-Mails beantwortete, glücklich die Darstellungen ausgeweideter Leichen. Die Geheimschublade in Matthews Schreibtisch war fest verschlossen, wie ich erleichtert bemerkte.

»Ich werde ein Bad nehmen«, sagte ich eine Stunde später, stand auf und streckte meine Muskeln, um die nächste Treppe in Angriff zu nehmen. Ich brauchte etwas Zeit für mich allein, um mir darüber klar zu werden, wie sich mein neuer Status als Matthews Ehefrau auf mein Leben auswirken würde. Die Vorstellung, plötzlich verheiratet zu sein, war schon abwegig genug. Wenn man zudem einkalkulierte, wie besitzergreifend ein Vampir werden konnte und wie wenig ich darüber wusste, was alles sich um mich herum abspielte, war das wohl der ideale Augenblick, um innezuhalten und nachzudenken.

»Ich komme gleich nach«, sagte Matthew, den Blick auf den leuchtenden Computerbildschirm gerichtet.

Das Badewasser war so heiß und tief wie immer, und ich ließ mich mit einem genüsslichen Seufzer in die Wanne sinken. Marthe war schon oben gewesen und hatte mit ihren Kerzen und dem Feuer Wunder gewirkt. Die Räume wirkten gemütlich, auch wenn sie nicht besonders warm waren. Zufrieden sann ich darüber nach, was ich an diesem Tag erreicht hatte. Selbst das Kommando zu übernehmen war besser, als sich von Zufällen bestimmen zu lassen.

Ich lag immer noch in der Wanne, den Kopf so angelehnt, dass das Haar in einer strohblonden Kaskade über den Rand fiel, als es leise klopfte. Matthew machte die Tür auf, ohne meine Antwort abzuwarten. Erschrocken setzte ich mich auf, rutschte aber sofort wieder unter Wasser, als er in den Raum trat.

Er griff nach einem Badetuch und hielt es vor sich hin. Ein leichter Schleier lag über seinem Blick. »Komm ins Bett«, befahl er knapp.

Ein paar Sekunden blieb ich im Wasser und versuchte, in seinem

Gesicht zu lesen. Matthew ergab sich geduldig meinem prüfenden Blick, ohne das Handtuch zu senken. Ich holte tief Luft, stand auf und ließ das Wasser von meinem nackten Körper perlen. Schlagartig erweiterten sich Matthews Pupillen, und sein Körper erstarrte. Dann trat er einen Schritt zurück, damit ich aus der Wanne steigen konnte, und schlang gleich darauf das Handtuch um meinen Leib.

Ich hielt es vor der Brust zusammen und sah ihn weiter an. Als er meinem Blick standhielt, ließ ich das Handtuch fallen. Seine Augen tasteten meinen vom Kerzenlicht glänzenden Körper ab, und ihr langsamer, kalter Blick jagte mir einen Schauer nach dem anderen über den Rücken. Wortlos zog er mich zu sich her und strich mit den Lippen über meinen Hals und meine Schultern. Matthew atmete meinen Duft ein und hob mit langen, kühlen Fingern das Haar von meinem Nacken und Rücken. Als sein Daumen auf der pochenden Schlagader an meinem Hals zu liegen kam, stockte mir der Atem.

»*Dieu*, du bist so schön«, murmelte er. »Und so lebendig.«

Er küsste mich wieder. Ich zog an seinem T-Shirt und führte meine warmen Finger über seine kühle, glatte Haut. Matthew schauderte. Er reagierte fast wie ich auf seine ersten kalten Berührungen. Ich lächelte, meine Lippen auf seinen, und er hielt mit fragendem Gesicht inne.

»Fühlt es sich nicht schön an, wenn deine Kälte und meine Wärme aufeinandertreffen?«

Matthew lachte, und sein Lachen war so rauchig und verhangen wie sein Blick. Mit meiner Hilfe wanderte sein Hemd nach oben über seine Schultern. Ich begann es ordentlich zusammenzulegen. Er riss es mir aus der Hand, knüllte es zusammen und schleuderte es in die Ecke.

»Später«, murmelte er ungeduldig und erkundete mit den Händen meinen Körper. Zum ersten Mal berührte sich unsere Haut auf einer großen Fläche, warm auf kalt, ein Aufeinandertreffen von Gegensätzen.

Jetzt war ich an der Reihe zu lachen, so überglücklich war ich, wie perfekt unsere Körper zusammenpassten. Ich fuhr sein Rückgrat nach und huschte mit den Fingern seinen Rücken auf und ab, bis Matthew den Kopf senkte, um mit seinen Lippen die Vertiefung über meinem Schlüsselbein und die Spitzen meiner Brüste zu erkunden.

Mir wurden die Knie weich, und ich hielt mich an seiner Taille fest. Auch hier ein Ungleichgewicht. Meine Hände wanderten zur Vorderseite seiner weichen Pyjamahose und lösten die Schleife am Bund. Matthew hielt lang genug in seinen Küssen inne, um mich prüfend anzusehen. Ohne seinem Blick auszuweichen, schob ich den Stoff über seine Hüften und ließ ihn dann fallen.

»So«, sagte ich leise. »Jetzt sind wir auf gleicher Ebene.«

»Noch längst nicht«, sagte Matthew und stieg aus seiner Hose.

Ich hätte um ein Haar nach Luft geschnappt, biss mir aber im letzten Moment auf die Lippe und unterdrückte den Laut. Jene Körperteile, die ich bis dahin nicht zu Gesicht bekommen hatte, waren genauso perfekt wie alles andere. Matthew nackt und glänzend im Kerzenschein zu betrachten war, als sähe man eine klassische Statue zum Leben erwachen.

Wortlos nahm er mich bei der Hand und führte mich zum Bett. Vor dem Vorhang blieb er stehen, schlug Decke und Laken zurück, hob mich auf die hohe Matratze und schob sich hinterher. Nachdem er zu mir unter die Decke gerutscht war, blieb er auf der Seite liegen, den Kopf in die Hand gestützt. Genau wie seine Haltung während der Entspannungsphase am Ende der Yogastunde erinnerte seine Pose an den Grabstein eines mittelalterlichen Ritters in einer englischen Kirche.

Plötzlich spürte ich überdeutlich jene Teile meines Körpers, die ganz und gar nicht perfekt waren, und zog verlegen das Laken bis zum Kinn.

»Was ist los?« Er zog die Stirn in Falten.

»Ich bin nur ein bisschen nervös, sonst nichts.«

»Wieso das?«

»Ich habe noch nie mit einem Vampir geschlafen.«

Matthew wirkte aufrichtig erschrocken. »Das wirst du heute auch nicht.«

Sofort war das Laken vergessen. Ich stützte mich auf meine Ellbogen. »Du kommst zu mir ins Bad, siehst zu, wie ich tropfnass und nackt aus der Wanne steige, lässt dich von mir ausziehen und erklärst mir dann, dass wir uns heute Abend *nicht* lieben werden?«

»Ich sage dir doch immer wieder, dass wir nichts überstürzen sollten. Ihr modernen Geschöpfe habt es immer so eilig«, murmelte Matthew und zog das verrutschte Laken abwärts bis zu meiner Taille. »Du magst mich vielleicht altmodisch finden, aber ich möchte jeden Augenblick meiner Liebeswerbung genießen.«

Ich griff nach dem Saum der Decke, um mich zu bedecken, aber seine Reflexe waren schneller als meine. Er streifte die Decke noch weiter nach unten, bis sie außerhalb meiner Reichweite war, und betrachtete mich genüsslich.

»Liebeswerbung?«, wiederholte ich entrüstet. »Du hast mir schon Blumen und Wein gebracht. Und inzwischen bist du mit mir verheiratet, hast du behauptet.« Ich riss die Decke von seinem Rumpf weg. Der Anblick ließ meinen Puls sofort schneller gehen.

»Als Historikerin weißt du bestimmt, dass Hochzeiten früher nicht immer sofort vollzogen wurden.« Sein Blick lag fest auf meinen Hüften und Schenkeln, kühlte und wärmte sie gleichzeitig auf unglaublich erotische Weise. »In einigen Fällen dauerte die Liebeswerbung Jahre.«

»Die meisten dieser *Liebeswerbungen* endeten mit Blutvergießen und Tränen.« Ich betonte das entscheidende Wort. Matthew grinste und strich mit einem Finger federleicht über meine Brust, bis mir der Atem stockte und er zufrieden schnurrte.

»Ich verspreche, kein Blut zu vergießen, wenn du versprichst, nicht zu weinen.«

Seine Worte konnte ich noch eher ignorieren als seine Finger. »Prinz Arthur und Katharina von Aragon!«, verkündete ich triumphierend und stolz, weil ich sogar unter diesen Umständen wichtige historische Informationen abrufen konnte. »Hast du die beiden gekannt?«

»Arthur nicht. Ich war damals in Florenz. Katharina schon. Sie war fast so tapfer wie du. Aber wo wir gerade von der Vergangenheit sprechen«, Matthew fuhr mit dem Handrücken meinen Arm entlang, »was weiß die belesene Historikerin übers Bundling?«

Ich drehte mich auf die Seite und ließ langsam meine Fingerspitze über sein Kinn wandern. »Ich kenne den Brauch. Allerdings bist du weder ein Amish noch ein Neuengländer. Willst du damit sagen, dass die Sitte, ein unverheiratetes Pärchen eine Nacht lang miteinander ins Bett zu stecken, damit sie sich unterhalten, ohne dass sie dabei miteinander schlafen, von Vampiren erdacht wurde – genau wie die Ehegelübde?«

»Nicht genug, dass ihr modernen Geschöpfe es immer eilig habt, ihr seid auch viel zu sehr auf den eigentlichen Geschlechtsakt fixiert. Diese Definition ist viel zu klinisch und zu eng. Sich zu lieben sollte etwas Intimes sein, bei dem man den fremden Körper genauso gut kennenlernt wie seinen eigenen.«

»Beantworte meine Frage«, verlangte ich, auch wenn er inzwischen meine Schulter küsste und ich darum nicht mehr klar denken konnte. »Wurde das Bundling von Vampiren erfunden?«

»Nein«, antwortete er leise. Seine Augen funkelten, während meine Fingerspitze sein Kinn umkreiste. Er knabberte liebevoll daran.

»Früher war dieser Brauch viel weiter verbreitet. Die Holländer und dann die Neuengländer hatten nur die Idee, ein Brett zwischen das Paar zu stellen. Wir anderen blieben bei der althergebrachten Art – wir wurden einfach in Decken gewickelt, bei Sonnenuntergang in einen Raum eingeschlossen und bei Sonnenaufgang wieder befreit.«

»Hört sich grässlich an«, verkündete ich streng. Sein Blick floss an meinem Arm entlang und über meinen Bauch. Ich versuchte mich ihm zu entwinden, aber seine freie Hand umklammerte meine Hüfte und hielt mich fest. »Matthew«, protestierte ich.

»Wenn ich mich recht entsinne«, fuhr er fort, als hätte ich nichts gesagt, »war es eine ausgesprochen angenehme Art, die langen Winternächte zu verbringen. Das Schwerste dabei war, am nächsten Tag unschuldig auszusehen.«

Seine Finger spielten auf meinem Bauch, bis mir das Herz unter den Rippen hüpfte. Interessiert besah ich mir Matthews Körper und wählte das nächste Ziel. Mein Mund landete auf seinem Schlüsselbein, während sich meine Hand über seinen flachen Bauch abwärts stahl.

»Ich bin sicher, dass dabei auch geschlafen wurde«, sagte ich, nachdem er es für notwendig hielt, meine Hand zu packen und wegzuziehen. Weil er dazu meine Hüfte loslassen musste, schmiegte ich mich von Kopf bis Fuß an ihn. Sein Körper reagierte, was mich sehr zufrieden machte. »Niemand kann die ganze Nacht reden.«

»Schon, aber Vampire brauchen keinen Schlaf«, rief er mir in Erinnerung, dann löste er sich von mir, senkte den Kopf und drückte einen Kuss auf die Stelle unter meinem Brustbein.

Ich packte ihn am Schopf und zog seinen Kopf wieder hoch. »In diesem Bett liegt nur ein Vampir. Hast du dir ausgemalt, dass du mich so wachhalten wirst?«

»Seit unserer ersten Begegnung habe ich mir praktisch nichts anderes ausgemalt.« Matthews Augen leuchteten düster, dann senkte er wieder den Kopf. Mein Körper hob sich seinem Mund entgegen. Im selben Moment drehte er mich sanft, aber bestimmt auf den Rücken, umfasste mit seiner rechten Hand meine beiden Handgelenke und presste sie ins Kissen.

Matthew schüttelte den Kopf. »Wir wollen nichts überstürzen, hast du das vergessen?«

Ich war Sex gewöhnt, bei dem die körperlichen Bedürfnisse gestillt wurden, ohne dass es dabei zu unnötigen Verzögerungen oder überflüssigen emotionalen Verwicklungen kam. Als Sportlerin war ich mit meinem Körper und seinen Bedürfnissen vertraut, und gewöhnlich fand sich jemand, der diese Bedürfnisse erfüllte. Dabei war ich nie gedankenlos mit jemandem ins Bett gesprungen, sondern hatte meine Partner mit Bedacht ausgewählt, aber meist hatte ich mit Männern geschlafen, die meine lockere Einstellung teilten und sich mit ein paar heißen Nächten zufriedengaben, nach denen wir wieder befreundet waren, als wäre nichts passiert.

Matthew ließ keinen Zweifel daran, dass diese Tage und Nächte der Vergangenheit angehörten. Mit ihm würde es keinen schnörkellosen Sex geben – und anderen hatte ich noch nicht erlebt. Ich hätte genauso gut als Jungfer in die Ehe gehen können. Inzwischen verknüpften sich meine körperlichen Reaktionen immer inniger mit den tiefen Gefühlen, die ich für ihn empfand, so als würde er beides mit Fingern und Mund zu komplexen, quälend süßen Knoten verknüpfen.

»Wir haben alle Zeit der Welt.« Er strich mit den Fingerspitzen über die Innenseite meiner Arme und verwob dabei Liebe und körperliches Verlangen, bis sich mein ganzer Körper anspannte.

Matthew ging dazu über, mich mit der verzückten Konzentration eines Kartografen zu studieren, der sich am Gestade einer neuen Welt wiederfindet. Ich wollte es ihm gleichtun und seinen Körper genauso erforschen, wie er meinen erforschte, doch er drückte meine Handgelenke unerbittlich ins Kissen. Als ich mich wirklich zu beklagen begann, dass ich das unfair fand, brachte er mich schnell und effektiv zum Schweigen. Seine kühlen Finger tauchten zwischen meine Beine und berührten die einzigen Zentimeter meines Körpers, die bis dahin unerforscht geblieben waren.

»Matthew«, keuchte ich, »ich glaube nicht, dass das noch unter Bundling fällt.«

»In Frankreich schon«, widersprach er mir süffisant und mit einem frechen Funkeln in den Augen. Er ließ meine Handgelenke los, weil er ganz richtig annahm, dass ich jetzt nicht mehr versuchen würde, mich aus seinem Griff zu winden, und ich legte meine Hände an sein Gesicht. Wir küssten uns lang und tief, während sich meine Schenkel öffneten wie ein Buch. Matthews Finger lockten, neckten und tanzten zwischen ihnen, bis die Lust so intensiv wurde, dass ich zu zittern begann.

Er hielt mich fest, bis das Beben abgeklungen war und mein Herz seinen normalen Rhythmus wiedergefunden hatte. Als ich schließlich die Kraft aufbrachte, ihn anzusehen, blickte er mit dem selbstzufriedenen Ausdruck einer satten Katze auf mich herab.

»Was meint die Historikerin jetzt zum Bundling?«, fragte er.

»Es ist jedenfalls längst nicht so sittsam, wie es in der Fachliteratur dargestellt wird«, gestand ich und legte die Finger auf seine Lippen. »Und wenn sich die Amish tatsächlich damit die Nächte verkürzen, ist es kein Wunder, dass sie keinen Fernseher brauchen.«

Matthew lachte leise, ohne dass seine Miene weniger selbstzufrieden gewirkt hätte. »Und bist du jetzt müde?«, fragte er und fuhr mir mit den Fingern durchs Haar.

»O nein.« Ich drückte ihn auf den Rücken. Er verschränkte die Hände hinter dem Kopf und sah breit grinsend zu mir auf. »Ganz und gar nicht. Außerdem bin ich jetzt an der Reihe.«

Ich studierte ihn genauso eingehend, wie er mich zuvor. Während ich mich an seiner Hüfte aufwärts vorarbeitete, fiel mir ein weißer Schatten in Form eines Dreiecks auf. Er lag tief unter der glatten, perfekten Haut. Stirnrunzelnd ließ ich die Augen über seine breite Brust wandern. Dort entdeckte ich noch mehr Zeichen, einige wie Schneeflocken geformt, andere in kreuz und quer verlaufenden Linien. Allerdings durchbrach keines davon die Haut.

»Was ist das?« Ich berührte eine besonders große Schneeflocke unter seinem linken Schlüsselbein.

»Nur eine Narbe«, sagte er und verdrehte den Kopf, um sie zu sehen. »Die hier habe ich der Spitze eines Breitschwertes zu verdanken. Vielleicht aus dem Hundertjährigen Krieg? Ich kann mich nicht erinnern.«

Ich rutschte an seinem Körper nach oben, um sie genauer zu betrachten, und drückte dabei meine warme Haut an seine, bis er glücklich aufseufzte.

»Eine Narbe? Dreh dich um.«

Er gab leise, genussvolle Laute von sich, während meine Hände über seinen Rücken flogen.

»Oh Matthew.« Meine schlimmsten Befürchtungen bewahrheiteten sich. Es gab Dutzende, wenn nicht Hunderte solcher Narben. Ich kniete mich hin und zog die Decke nach unten. Auch seine Beine waren übersät davon.

Er drehte den Kopf zur Seite. »Was ist?« Offenbar sprach meine Miene Bände, denn er drehte sich wieder um und setzte sich auf. »Das ist nichts, *mon cœur:* nur mein Vampirkörper, der seine Verletzungen zeigt.«

»Aber es sind so viele.« Ich hatte noch eine entdeckt, auf der Wölbung der Muskeln, wo der Arm in die Schulter überging.

»Ich habe dir doch gesagt, dass Vampire kaum umzubringen sind. Trotzdem versuchen die anderen Geschöpfe ihr Bestes, um sie zu töten.«

»Haben die Verletzungen wehgetan?«

»Du weißt, dass ich Lust empfinden kann. Warum nicht auch Schmerz? Ja, sie haben wehgetan. Aber sie sind schnell wieder verheilt.«

»Warum sehe ich sie erst jetzt?«

»Weil das Licht im richtigen Winkel einfallen muss und du genau hinsehen musst. Stören sie dich?«, fragte Matthew zögernd.

»Die Narben selbst?« Ich schüttelte den Kopf. »Nein, natürlich nicht. Aber ich würde gern all die Leute erwischen, die sie dir zugefügt haben.«

Wie *Ashmole 782* war auch Matthews Körper ein Palimpsest und verbarg unter seiner glatten Oberfläche eine eigene Geschichte, die von diesen Narben angedeutet wurde. Mich schauderte, als ich mir vorstellte, welche Schlachten Matthew bereits ausgefochten hatte, in offenen wie heimlichen Kriegen.

»Du hast genug gekämpft.« Meine Stimme bebte vor Wut und Trauer. »Damit ist jetzt Schluss.«

»Dafür ist es ein bisschen spät, Diana. Ich bin ein Krieger.«

»Bist du nicht«, widersprach ich aufgebracht. »Du bist Wissenschaftler.«

»Ein Krieger bin ich schon länger. Das ist der Beweis.« Er deutete auf seinen langen weißen Leib. Merkwürdigerweise fand ich seine Narben beruhigend, schließlich bewiesen sie seine Unverletzlichkeit. »Außerdem sind fast alle, die mich verletzt haben, längst tot. Dieses Verlangen wirst du nicht stillen können.«

»Ich frage mich, womit ich es ersetzen könnte.« Ich zog die Decke über meinen Kopf wie ein Zelt. Danach blieb es still bis auf Matthews gelegentliches Keuchen, das Knistern der Scheite im Kamin und schließlich sein lustvolles Aufstöhnen. Ich kuschelte mich unter seinen Arm und legte mein Bein über seines. Matthew sah mich mit einem Auge an, das andere blieb geschlossen.

»So was lehren sie also heutzutage in Oxford?«, fragte er.

»Das ist Magie. Ich wusste vom ersten Atemzug an, wie ich dich glücklich machen kann.« Glücklich, dass ich instinktiv begriff, wo und wie ich ihn berühren musste, wann ich sanft sein und wann ich meiner Leidenschaft freien Lauf lassen musste, legte ich die Hand auf sein Herz.

»Wenn das Magie ist, dann freue ich mich umso mehr, dass ich den Rest meines Lebens mit einer Hexe verbringen werde.« Er klang so zufrieden, wie ich mich fühlte.

»Du meinst den Rest *meines* Lebens, nicht den Rest von deinem.«

Matthew blieb verdächtig still, und ich richtete mich auf, um ihm ins Gesicht zu sehen. »Heute Abend fühle ich mich wie siebenunddreißig«, sagte er sanft. »Aber was viel wichtiger ist: Ich habe das Gefühl, dass ich mich nächstes Jahr wie achtunddreißig fühlen werde.«

»Das verstehe ich nicht«, sagte ich nervös.

Er zog mich wieder zu sich hinab und schmiegte meinen Kopf unter sein Kinn. »Über tausend Jahre habe ich abseits der Zeit gestanden und zugesehen, wie die Tage und Jahre verstrichen. Seit ich mit dir zusammen bin, spüre ich wieder, wie sie vergehen. Wir Vampire vergessen solche Dinge leicht. Auch darum liest Ysabeau so besessen Zeitung – um sich zu vergegenwärtigen, dass sich alles verändert, auch wenn die Zeit spurlos an ihr vorübergeht.«

»Du hast dich noch nie so gefühlt?«

»Ein paar Mal, aber immer nur ganz flüchtig. Ein- oder zweimal in der Schlacht, wenn ich glaubte, gleich sterben zu müssen.«

»Also löst nicht nur die Liebe, sondern auch die Gefahr dieses Gefühl aus.« Die Angst durchwehte mich wie ein eisiger Hauch bei diesem beiläufigen Geplänkel über Krieg und Tod.

»Jetzt hat mein Leben einen Anfang, eine Mitte und ein Ende. Alles davor war nur ein Vorspiel. Jetzt habe ich dich. Eines Tages wirst du von mir gehen, und dann wird mein Leben vorbei sein.«

»Nicht unbedingt«, widersprach ich hastig. »Ich habe nur noch eine Handvoll Jahrzehnte vor mir – du könntest praktisch ewig leben.« Eine Welt ohne Matthew war unvorstellbar.

»Wir werden sehen«, sagte er leise und streichelte meine Schulter.

Plötzlich lag mir sehr daran, dass er sich nicht in Gefahr brachte. »Du wirst vorsichtig sein?«

»Niemand durchlebt so viele Jahrhunderte wie ich, ohne vorsichtig zu sein. Ich bin immer vorsichtig. Und jetzt, wo ich so viel zu verlieren habe, noch mehr.«

»Diesen Moment mit dir – diese eine Nacht mit dir – würde ich nicht einmal für Jahrhunderte mit jemand anderem eintauschen«, flüsterte ich.

Matthew sann über meine Antwort nach. »Ich nehme an, nachdem ich nur ein paar Wochen gebraucht habe, um mich wieder wie siebenunddreißig zu fühlen, könnte ich irgendwann auch an den Punkt gelangen, wo mir ein Augenblick mit dir genügt.« Er drückte mich an sich. »Aber dieses Gespräch ist viel zu ernst für ein Ehebett.«

»Ich dachte, beim Bundling ginge es vor allem ums Reden?«, meinte ich spröde.

»Das kommt darauf an, wen du fragst – diejenigen, die das Paar ins Bett gepackt haben, oder das Paar selbst.« Seine Lippen machten sich auf den Weg von meinem Ohr abwärts zur Schulter. »Außerdem gibt es beim mittelalterlichen Ehegelübde eine weitere Stelle, die ich gern mit dir besprechen würde.«

»Wirklich, mein Gemahl?« Sein Ohr kam in die Nähe meines Mundes, und ich biss vorsichtig hinein.

»Hör auf damit«, ermahnte er mich mit gespieltem Ernst. »Keine Bisse im Bett.« Ich ließ mich nicht beirren. »Ich meinte damit jene Stelle im Gelübde, wo das gehorsame Weib«, er sah mich vielsagend an, »verspricht, drall und vollbusig Tisch und Bett zu zieren. Wie gedenkst du diesen Teil des Gelübdes zu erfüllen?« Er vergrub sein Gesicht in meinem Busen, als würde er dort nach der Antwort suchen.

Nachdem wir das mittelalterliche Ehegelübde ein paar Stunden durchgegangen waren, hatte ich eine ganz neue Wertschätzung für kirchliche Zeremonien und alte Volksbräuche entwickelt. Noch nie war ich mit jemandem auf so intime Weise zusammen gewesen wie mit ihm in dieser Nacht.

Entspannt und unbeschwert kuschelte ich mich an Matthews inzwischen vertrauten Körper, sodass mein Kopf unter seinem Herzen zu liegen kam. Seine Finger strichen immer wieder durch mein Haar, bis ich schließlich eingeschlafen war.

Kurz vor der Morgendämmerung wurde ich von einem eigenartigen Geräusch geweckt, das neben mir aus dem Bett kam und sich anhörte, als würde Kies in einem Metallrohr herumrollen.

Matthew schlief tief und fest – und er schnarchte dabei. Schlafend sah er noch mehr aus wie eine Ritterstatue auf einem mittelalterlichen Grab. Ihm fehlte nur noch der Hund zu seinen Füßen und das Schwert, das er auf Bauchhöhe umfasst hielt.

Ich deckte ihn zu. Er rührte sich nicht. Auch als ich ihm das Haar aus dem Gesicht strich, atmete er regelmäßig weiter. Er reagierte nicht einmal, als ich ihn leicht auf den Mund küsste. Lächelnd betrachtete ich meinen wunderschönen Vampir, der wie ein Toter schlief, und hielt mich für das glücklichste Wesen auf diesem Planeten, als ich unter der Decke herausrutschte.

Draußen hingen immer noch tiefe Wolken am Himmel, aber am Horizont hatten sie sich so weit aufgelockert, dass eine Spur von Rot hinter den grauen Massen zu erkennen war. Vielleicht würde es heute tatsächlich schön werden, dachte ich, dehnte mich und drehte mich zu Matthew um. Er schlief tief und fest. Ich hingegen fühlte mich ausgeruht und eigenartig verjüngt. Eilig zog ich mich an, um in den Garten zu gehen, wo ich eine Weile allein sein wollte.

Als ich angezogen war, lag Matthew, der sonst nie schlief, immer noch friedlich schlummernd da. »Bevor du dich's versiehst, bin ich wieder da«, flüsterte ich ihm zu und gab ihm einen Kuss.

Ich traf weder auf Marthe, noch auf Ysabeau. In der Küche nahm ich einen Apfel aus der Schale für die Pferde und biss hinein. Die knackige Frucht schmeckte wunderbar frisch.

Ich schlenderte gemütlich in den Garten, spazierte über die Kieswege und genoss den Duft der Kräuter und der im Morgenlicht leuchtenden weißen Rosen. Abgesehen von meinen modernen Kleidern hätte ich mich im sechzehnten Jahrhundert befinden können, so altertümlich wirkten die streng rechteckigen Beete in ihren Weidenumzäunungen, mittels derer die Hasen ferngehalten werden sollten – obwohl die Vampirbewohner des Châteaus sicherlich ein wirksameres Abschreckungsmittel waren als ein paar halbhohe gebogene Zweige.

Ich bückte mich und strich mit den Fingerspitzen über die Kräuter, die zu meinen Füßen wuchsen. Eines davon gehörte in Marthes Tee. Weinraute, erkannte ich zufrieden und war stolz, dass ich mir das gemerkt hatte.

Eine Windböe zog an mir vorbei und löste die eine Locke, die einfach nicht an ihrem Platz bleiben wollte. Ich schob sie mit den Fingern zurück, und im selben Moment riss mich ein Arm vom Boden.

Ich schoss so schnell himmelwärts, dass meine Ohren knackten.

Das leise Kribbeln auf meiner Haut bestätigte, was ich ohnehin wusste.

Wenn ich die Augen wieder aufmachte, würde ich einer Hexe ins Gesicht sehen.

Kapitel 29

Die Augen meiner Entführerin waren strahlend blau, saßen leicht angeschnitten über hohen, starken Wangenknochen und wurden von einem Schopf platinblonder Haare umrahmt. Sie trug einen dicken, handgestrickten Rollkragenpullover und eng anliegende Jeans. Kein schwarzes Gewand, auch kein Besen, trotzdem war sie – unverkennbar – eine Hexe.

Mit einem verächtlichen Fingerschnippen erstickte sie meinen Schrei, bevor er sich Luft machen konnte. Dann schwenkte sie den Arm nach links und transportierte uns zum ersten Mal, seit sie mich aus dem Garten von Sept-Tours gepflückt hatte, eher waagerecht als senkrecht durch die Lüfte.

Matthew würde aufwachen und feststellen, dass ich verschwunden war. Er würde sich nie verzeihen, eingeschlafen zu sein, und mir nie verzeihen, dass ich allein in den Garten gegangen war. *Wie blöd von dir*, schimpfte ich mich.

»Das war es wirklich, Diana Bishop«, bestätigte die Hexe mit eigenartigem Akzent.

Ich knallte die imaginären Türen hinter meinen Augen zu, mit denen ich mich schon immer gegen die beiläufigen Invasionsversuche von Dämonen oder Hexen abgeschottet hatte.

Sie stieß ein silbernes Lachen aus, bei dem mir das Mark gefror. Verängstigt und mehr als hundert Meter über der Auvergne schwebend leerte ich so gut ich konnte meinen Geist, damit sie nichts von Belang vorfinden würde, wenn sie meine wackligen Verteidigungsmauern durchbrochen hatte. Dann ließ sie mich fallen.

Während mir der Boden entgegenstürzte, ordneten sich all meine Gedanken um ein einziges Wort – Matthew.

Die Hexe packte mich, gerade als ich den Erdboden riechen konnte. »Du bist zu leicht zu tragen für eine, die nicht fliegen kann. Warum kannst du es trotzdem nicht?«

Ich ging im Geist sämtliche englischen Könige und Königinnen durch, um nichts Verfängliches zu denken.

Sie seufzte. »Ich bin nicht deine Feindin, Diana. Wir sind beide Hexen.«

Der Wind wechselte, als die Hexe von Sept-Tours weg in Richtung Südwest abdrehte. Schon bald hatte ich die Orientierung verloren. Der Lichtersee in der Ferne war möglicherweise Lyon, aber wir hielten nicht darauf zu. Stattdessen drangen wir immer tiefer in die Berge vor – die ganz und gar nicht wie die Gipfel aussahen, die Matthew mir benannt hatte.

Schließlich hielten wir im Sinkflug auf eine Art Krater zu, der durch gähnend tiefe Schluchten und dichte, urwüchsige Wälder von der Umgebung abgeschnitten war. Es stellte sich heraus, dass es die Ruine einer mittelalterlichen Burg mit hohen Mauern und dicken, tief in der Erde verankerten Fundamenten war. Bäume wuchsen in den ausgehöhlten, längst verlassenen Gebäuden, die sich in den Schatten des Gemäuers kauerten. An der ganzen Burg gab es keine einzige elegante Linie, keinen einzigen Lichtblick. Sie erfüllte nur einen einzigen Zweck – alle fernzuhalten, die hier eindringen wollten. Die holprigen Waldwege quer durchs Gebirge bildeten die einzige Verbindung zwischen der Burg und dem Rest der Welt. Mir rutschte das Herz in die Hose.

Die Hexe schwenkte die Beine nach unten und bog die Zehen abwärts, und als ich es ihr nicht nachtat, zwang sie meine Füße mit einem weiteren Fingerschnippen in die gleiche Position. Die Knöchel beschwerten sich über den unsichtbaren Druck. Wir glitten an den Überresten der grauen Ziegeldächer entlang, ohne sie zu berühren, und sanken auf einen kleinen Innenhof zu. Plötzlich stellten sich meine Füße waagerecht und knallten so hart auf das Steinpflaster, dass der Aufprall bis in den Rücken zu spüren war.

»Mit der Zeit wirst du lernen, sanfter zu landen«, stellte die Hexe ungerührt fest.

Mir wollte nicht in den Kopf, wie schnell sich meine Situation verändert hatte. Gerade noch, so kam es mir vor, hatte ich verträumt und zufrieden mit Matthew im Bett gelegen. Jetzt stand ich mit einer unbekannten Hexe in einer finsteren Burg.

Dann lösten sich zwei bleiche Gestalten aus dem Schatten, und meine Verwirrung steigerte sich zu blankem Entsetzen. Eine davon war Domenico Michele. Sein Begleiter war mir unbekannt, aber an der eisigen Berührung seines Blickes erkannte ich, dass auch er ein Vampir war. Eine Weihrauch- und Schwefelschwade verriet mir: Dies war Gerbert von Aurillac, der Vampir-Papst.

Rein körperlich wirkte Gerbert wenig einschüchternd, aber in ihm glühte eine Bosheit, die mich instinktiv zurückweichen ließ. Spuren dieser Düsternis fanden sich auch in den leuchtenden braunen Augen, die in tiefen Höhlen über so kantig hervorstehenden Wangenknochen saßen, dass die Haut darüber bis zum Zerreißen gespannt schien. Die Nase war leicht gebogen und zeigte auf dünne Lippen, die zu einem grausamen Lächeln verzogen waren. Unter dem bohrenden Blick dieser finsteren Augen verblasste die Bedrohung, die Peter Knox dargestellt hatte.

»Danke, dass du mir diesen Ort überlassen hast, Gerbert«, sagte die Hexe schmeichlerisch, ohne von meiner Seite zu weichen. »Du hast recht – hier wird mich niemand stören.«

»Es war mir ein Vergnügen, Satu. Darf ich einen Blick auf deine Hexe werfen?«, fragte Gerbert leise und ging dabei abwechselnd nach links und rechts, als suche er nach dem besten Blickwinkel, um eine Trophäe in Augenschein zu nehmen. »Nachdem sie mit de Clermont zusammen war, ist schwer abzuschätzen, wo ihr Geruch beginnt und seiner endet.«

Sobald Matthews Name fiel, zog die Hexe die Brauen zusammen. »Diana Bishop ist jetzt in meiner Obhut. Deine Anwesenheit wird hier nicht mehr gebraucht.«

Ohne mich auch nur einmal aus den Augen zu lassen, kam Gerbert mit kleinen, abgemessenen Schritten auf uns zu, die ihn nur noch gefährlicher wirken ließen. »Ein wirklich eigenartiges Buch, nicht wahr,

Diana? Vor tausend Jahren habe ich es einem großen Hexer in Toledo abgenommen. Als ich es nach Frankreich brachte, lag bereits ein mehrfacher Zauber darauf.«

»Und obwohl du dich mit Magie beschäftigt hast, konntest du seine Geheimnisse nicht enthüllen.« Ich hörte die Herablassung, mit der die Hexe antwortete. »Das Manuskript ist heute noch genauso verhext wie damals. Überlass das uns.«

Wieder machte er einen Schritt auf mich zu. »Der Name meiner Hexe war deinem ganz ähnlich – Meridiana. Natürlich wollte sie mir nicht helfen, die Geheimnisse des Manuskripts zu entschlüsseln. Aber mein Blut fesselte sie an mich.« Inzwischen war er mir so nahe, dass mich die von ihm ausstrahlende Kälte frösteln ließ. »Jedes Mal, wenn ich von ihrem Blut trank, ging etwas von ihrem magischen Gespür in mich über, zusammen mit Fragmenten ihres Wissens. Allerdings blieb beides frustrierend oberflächlich. Darum konnte ich nicht von ihr ablassen. Sie wurde dabei immer schwächer und leichter zu kontrollieren.« Gerberts Finger berührte mein Gesicht. »Meridianas Augen waren beinahe wie deine. Was hast du gesehen, Diana? Wirst du es mit mir teilen?«

»Es reicht, Gerbert.« Satus Stimme knisterte warnend, und Domenico reagierte mit einem leisen Knurren.

»Mach dir keine Hoffnungen, dass wir uns das letzte Mal gesehen haben, Diana. Erst werden dich die Hexen an die Kandare nehmen. Dann wird die Kongregation beschließen, was mit dir geschehen soll.« Gerberts Augen bohrten sich in meine, und sein Finger strich fast liebkosend über meine Wange. »Und danach gehörst du mir. Vorerst«, sagte er mit einer kleinen Verbeugung zu Satu hin, »gehört sie dir.«

Die Vampire zogen sich zurück. Domenico drehte sich noch einmal um, als wollte er nicht gehen. Satu wartete mit leerem Blick, bis Metall auf Holz und Stein schlug und anzeigte, dass sie die Burg verlassen hatten. Ihre blauen Augen erwachten wieder, und sie sah mich an. Mit einer kleinen Geste löste sie den Bannspruch, der mich zum Schweigen verdammt hatte.

»Wer bist du?«, krächzte ich, als ich meine Stimme wiedergefunden hatte.

»Ich heiße Satu Järvinen«, sagte sie, während sie mich langsam umkreiste, eine Hand hinter sich herziehend. Mit ihrer Geste weckte sie eine tief verschüttete Erinnerung an eine andere Hand, die sich genauso bewegt hatte. Einmal hatte Sarah in unserem Garten in Madison einen ähnlichen Kreis gezogen, als sie einen verirrten Hund zu binden versucht hatte, aber die Hände in meinem Geist waren nicht ihre.

Sarahs Talente kamen bei Weitem nicht an die dieser Hexe heran. Dass Satu eine mächtige Hexe war, hatte ich schon daran erkannt, wie sie flog. Aber sie verstand auch mit Zaubersprüchen umzugehen. Im Moment fesselte sie mich, ohne auch nur ein Wort zu sagen, mit magischen Spinnwebenfäden, die sich über den ganzen Hof erstreckten. Jede Hoffnung, ich könnte ihr entfliehen, verflüchtigte sich.

»Warum hast du mich entführt?«, fragte ich, um sie von ihrem Werk abzulenken.

»Wir haben versucht, dir vor Augen zu führen, wie gefährlich Clairmont ist. Als Hexen wollten wir eigentlich nicht so weit gehen, aber du wolltest ja nicht hören.« Satus Worte schienen von Herzen zu kommen, ihre Stimme war warm. »An Mabon wolltest du nicht mit uns feiern, und auch Peter Knox hast du abgewiesen. Jeden Tag hat sich dieser Vampir näher an dich herangemacht. Aber jetzt bist du vor ihm sicher.«

In mir schrillten alle Alarmglocken.

»Du kannst nichts dafür«, fuhr Satu fort und legte dabei die Finger auf meine Schulter. Meine Haut begann zu kribbeln, und die Hexe lächelte. »Vampire sind so charmant und so verführerisch. Er hat dich hörig gemacht, so wie Gerbert Meridiana hörig machte. Wir geben dir keine Schuld daran, Diana. Du hattest eine so behütete Kindheit. Du konntest ihn nicht als das erkennen, was er ist.«

»Ich bin Matthew nicht hörig«, widersprach ich.

»Bist du ganz sicher?«, fragte sie freundlich. »Du hast nie einen Tropfen seines Blutes gekostet?«

»Natürlich nicht!« Vampirblut war eine mächtige, lebensverändernde Substanz.

»Du erinnerst dich nicht zufällig an einen konzentrierten salzigen Geschmack? Oder an ungewöhnliche Müdigkeit? Du bist nie in Tiefschlaf gefallen, wenn er in deiner Nähe war und du eigentlich wach bleiben wolltest?«

Auf dem Flug nach Frankreich hatte Matthew seine Fingerspitzen erst an seine Lippen und dann an meine gelegt. Damals hatte ich Salz geschmeckt. Und als ich wieder wach geworden war, waren wir in Frankreich gewesen. Meine Gewissheit geriet ins Wanken.

»Ich verstehe. Er hat dich also *doch* von seinem Blut kosten lassen.« Satu schüttelte den Kopf. »Das ist nicht gut, Diana. Wir dachten schon, dass das passiert sein könnte, nachdem er dir an Mabon bis zu deinem College gefolgt und durch dein Fenster geklettert war.«

»Was redest du da?« Mir gefror das Blut in den Adern. Matthew würde mich keinesfalls von seinem Blut kosten lassen. Und er würde keinesfalls in mein Territorium eindringen. Falls er es doch getan hatte, musste er einen guten Grund dafür gehabt haben, und den hätte er mir verraten.

»Als ihr euch das erste Mal begegnet seid, ist dir Clairmont in dein Apartment gefolgt. Er ist durch ein offenes Fenster eingestiegen und stundenlang in deinen Räumen geblieben. Bist du nicht aufgewacht? Wenn nicht, dann hat er dich bestimmt von seinem Blut kosten lassen, damit du weiterschläfst. Wie sollte das sonst zu erklären sein?«

Ich war mit einem starken Nelkengeschmack im Mund aufgewacht. Ich verschloss die Augen vor der Erinnerung und vor dem Schmerz, den sie mit sich brachte.

»Eure Beziehung ist nichts als ein kunstvoller Betrug, Diana. Matthew Clairmont will nur eines von dir: das verlorene Manuskript. Alles, was der Vampir getan hat, jede Lüge, die er dir dabei erzählt hat, war allein darauf ausgerichtet.«

»Nein.« Das war unmöglich. Gestern Nacht hatte er mich bestimmt nicht angelogen. Nicht als wir uns in den Armen gelegen hatten.

»Doch. Es tut mir leid, dass ich dir das sagen muss, aber du hast uns keine Wahl gelassen. Wir haben euch zu trennen versucht, aber du bist so stur.«

Genau wie mein Vater, dachte ich. Ich kniff die Augen zusammen. »Woher weiß ich, dass *du* mich nicht anlügst?«

»Hexen können einander nicht belügen. Schließlich sind wir Schwestern.«

»Schwestern?«, wiederholte ich mit frisch erwachtem Misstrauen. »Du bist genau wie Gillian – die sich als Schwester ausgibt, während sie mich in Wahrheit aushorchen und mich von Matthew trennen will.«

»Also weißt du das mit Gillian«, sagte Satu traurig.

»Ich weiß, dass sie mich beobachtet hat.«

»Weißt du auch, dass sie tot ist?« Plötzlich lag Gift in Satus Stimme.

»Was?« Der Boden schien unter mir wegzukippen, und ich spürte, wie ich unaufhaltsam in die Tiefe schlitterte.

»Clairmont hat sie getötet. Darum wollte er dich so schnell aus Oxford wegbringen. Ein weiterer Mord an einem unschuldigen Opfer, der trotz aller Bemühungen in die Presse kam. Wie lautete die Schlagzeile noch ...? Ach ja: ›Junge amerikanische Gelehrte stirbt auf Forschungsreise im Ausland‹.« Satus Mund verzog sich zu einem bösartigen Lächeln.

»Nein.« Ich schüttelte den Kopf. »Matthew würde sie bestimmt nicht umbringen.«

»Ich versichere dir, dass er es getan hat. Bestimmt hat er sie zuerst ausgehorcht. Offenbar haben die Vampire noch immer nicht gelernt, dass es nichts bringt, den Boten umzubringen.«

»Das Bild meiner Eltern.« Ich traute Matthew zu, dass er jeden töten würde, der mir dieses Bild geschickt hatte.

»Es war äußerst ungeschickt von Peter, dir dieses Bild zu schicken, und äußerst unbedacht, es von Gillian überbringen zu lassen«, fuhr Satu fort. »Allerdings ist Clairmont zu klug, um Beweise zu hinterlassen. Er ließ es wie einen Selbstmord aussehen und lehnte ihren Leichnam wie eine Visitenkarte an Peters Zimmertür im Randolph Hotel.«

Eine Freundin war Gillian Chamberlain nicht gewesen, aber das Wissen, dass sie nie wieder über ihren in Glas eingefassten Papyrusfragmenten brüten würde, verunsicherte mich mehr, als ich erwartet hätte.

Und Matthew hatte sie getötet. Mir schwirrte der Kopf. Wie konnte Matthew behaupten, dass er mich liebte, und mir gleichzeitig so etwas vorenthalten? Geheimnisse waren eines, aber ein Mord – selbst unter dem Deckmantel von Rache und Vergeltung – war etwas anderes. Immer wieder hatte er mich gewarnt, dass ich ihm nicht trauen konnte. Ich hatte ihm nicht geglaubt und seine Mahnungen ignoriert. Hatte auch das zu seinem Plan gehört, war auch das nur eine Strategie gewesen, damit ich ihm vertraute?

»Du musst dir von mir helfen lassen.« Satus Stimme war wieder sanft geworden. »Die Sache ist außer Kontrolle geraten, und du schwebst in Gefahr. Ich kann dir beibringen, deine Kräfte zu benutzen. Dann wirst du dich vor Clairmont und anderen Vampiren schützen können. Eines Tages wirst du eine große Hexe sein, genau wie deine Mutter. Du kannst mir vertrauen, Diana. Wir sind deine Familie.«

»Familie«, murmelte ich betäubt.

»Deine Mutter und dein Vater hätten bestimmt nicht gewollt, dass du in die Fänge eines Vampirs fällst«, erklärte mir Satu, als wäre ich ein Kind. »Sie wussten, wie wichtig es ist, das Band zwischen uns Hexen zu bewahren.«

»Was hast du gesagt?« Schlagartig hörte das Schwirren auf. Stattdessen schien ich plötzlich wieder ganz klar denken zu können, und meine Haut kribbelte von Kopf bis Fuß, so als würden tausend Hexen mich anstarren. Ich drohte etwas zu vergessen, das mit meinen Eltern zu tun hatte und das alles, was Satu erzählte, als Lüge entlarvte.

Ein eigenartiges Geräusch bohrte sich in meine Ohren. Ein Schleifen und Knarren, so als würde jemand dicke Seile über Stein ziehen. Ich senkte den Kopf und sah kräftige braune Wurzeln, die sich über den Boden schlängelten. Alle krochen auf mich zu.

Satu schien sie gar nicht zu bemerken. »Deine Eltern hätten gewollt, dass du deiner Verantwortung als Bishop und Hexe gerecht wirst.«

»Meine Eltern?« Mühsam hob ich den Blick vom Boden und versuchte mich auf Satus Worte zu konzentrieren.

»Du bist mir und deinen Hexenschwestern Treue und Gefolgschaft schuldig, nicht Matthew Clairmont. Denk an deine Mutter und deinen Vater. Stell dir vor, was sie von dieser Beziehung halten würden, wenn sie davon wüssten.«

Eine Vorahnung fuhr mit kaltem Finger mein Rückgrat entlang, und alle Instinkte warnten mich, dass diese Hexe gefährlich war. Inzwischen hatten die Wurzeln meine Füße erreicht. Als würden sie meine Notlage spüren, änderten sie unvermittelt die Richtung und bohrten sich um mich herum zwischen die Pflastersteine, um sich unter den Fundamenten der Burg zu einem festen, unsichtbaren Netz zu verweben.

»Gillian hat mir erzählt, dass meine Eltern von Hexen umgebracht wurden«, sagte ich. »Willst du das etwa abstreiten? Erzähl mir die Wahrheit über das, was in Nigeria passiert ist.«

Satu blieb still. Ich nahm das als Geständnis.

»Wie ich mir dachte«, sagte ich bitter.

Sie bewegte kurz ihr Handgelenk, und im nächsten Moment lag ich rücklings auf dem Boden, die Füße in der Luft, und wurde von unsichtbaren Händen über die glatten Pflastersteine des eisigkalten Hofes in einen gähnend leeren Raum mit hohen Fenstern und halb abgedecktem Dach geschleift.

Ysabeau hatte recht gehabt. Dass ich verdrängt hatte, wer ich war und nicht gelernt hatte, mich zu verteidigen, hatte mich in ernste Schwierigkeiten gebracht.

»Wieder einmal weigerst du dich, Vernunft anzunehmen. Ich möchte dir nicht wehtun, Diana, aber ich werde es tun, wenn ich dir nicht anders begreiflich machen kann, wie ernst die Situation ist. Du musst Matthew Clairmont aufgeben und uns zeigen, wie du es angestellt hast, das Manuskript abzurufen.«

»Ich werde meinen Ehemann niemals aufgeben, und ich werde niemandem von euch zeigen, wie er an das Manuskript kommen kann. Es gehört uns nicht.«

Kaum hatte ich das gesagt, drohte mir ein unerträglicher Schmerz den Schädel zu spalten, während gleichzeitig ein Schrei die Luft durchschnitt, der mir das Blut in den Adern gefrieren ließ. Eine Kakofonie grauenvoller Laute folgte. Sie waren so schrecklich, dass ich in die Knie ging und die Arme über den Kopf schlug.

Satus Augen verengten sich zu Schlitzen, und im nächsten Moment lag ich wieder rücklings auf dem kalten Stein. »*Uns?* Du wagst es, dich als Hexe zu bezeichnen, nachdem du gerade aus dem Bett eines Vampirs gekrochen bist?«

»Ich *bin* eine Hexe«, erwiderte ich scharf, überrascht, wie sehr mich ihre Zurückweisung schmerzte.

»Du bist eine Schande, genau wie Stephen«, zischte Satu. »Eigensinnig, streitsüchtig, unnahbar. Und voller Geheimnisse.«

»Ganz recht, Satu, ich bin wie mein Vater. Er hätte dir kein Wort verraten. Und genausowenig werde ich das tun.«

»Und wie du reden wirst. Wenn ein Vampir die Geheimnisse einer Hexe ergründen will, kann er das nur tropfenweise tun.« Um zu zeigen, wie sie das meinte, schnippte Satu mit den Fingern zu meinem rechten Unterarm hin. Eine andere Hexenhand hatte vor langer, langer Zeit schnippend auf eine Wunde in meinem Knie gedeutet, und diese Geste hatte die Wunde schneller verschlossen, als es jedes Pflaster vermocht hätte. Jetzt schnitt das Schnippen wie ein unsichtbares Messer durch meine Haut. Rote Tropfen sickerten aus der Wunde. Hypnotisiert sah Satu zu, wie das Blut zu fließen begann.

Ich deckte mit der Hand den Schnitt ab und drückte mit aller Kraft auf die Wunde. Sie schmerzte überraschend stark, und ich merkte, wie nackte Angst in mir aufstieg.

Nein, sagte eine vertraute, feste Stimme. *Du darfst dem Schmerz nicht nachgeben.* Ich begann um meine Selbstbeherrschung zu ringen.

»Als Hexe habe ich andere Möglichkeiten, dir alles zu entreißen, was du verheimlichen willst. Ich werde dich öffnen, Diana, bis ich jedes Geheimnis kenne, das du hütest«, versprach Satu. »Wir werden schon sehen, ob du dann immer noch so eigensinnig bist.«

Mir wich das Blut aus dem Kopf, und mir wurde schwindlig. Die vertraute Stimme meldete sich wieder und flüsterte meinen Namen. *Vor wem hüten wir unsere Geheimnisse, Diana?*

Vor allen, antwortete ich lautlos und wie von selbst, als würde mir diese Frage jeden Tag gestellt. Hinter den unzureichenden Barrieren, die zeit meines Lebens genügt hatten, damit keine neugierige Hexe in meine Gedanken eindrang, schlossen sich mit einem tiefen Schlag unvergleichlich stabilere Tore.

Satu lächelte, und ihre Augen begannen zu sprühen, als sie meinen neuen Verteidigungswall entdeckte. »Damit wäre das erste Geheimnis gelüftet. Mal sehen, was du sonst noch kannst, außer deinen Geist zu beschützen.«

Die Hexe murmelte ein paar Worte, und mein Körper wurde herumgewirbelt und mit dem Gesicht nach unten auf den Boden geschleudert. Der Aufprall jagte mir die Luft aus der Lunge. Ein Flammenkreis leckte mit abstoßend grünen Flammen aus dem kalten Stein.

Etwas glühend Heißes versengte meinen Rücken. Die Hitze schoss wie ein Komet von einer Schulter zu anderen, wanderte dann abwärts zur Taille und wendete dort, bevor sie an ihren Ausgangspunkt zurückkehrte. Satus Magie fesselte mich an den Boden, damit ich mich der Hitze nicht entwinden konnte. Mir wurde schwindlig vor Schmerz, aber bevor mich die Ohnmacht erlösen konnte, hielt Satu inne. Sobald sich die Schwärze aufhellte, setzte der Schmerz wieder ein.

In diesem Moment begriff ich, dass sie mich öffnete, genau wie sie versprochen hatte, und mir wurde übel. Sie zog einen magischen Kreis – auf meinem Rücken.

Du musst jetzt sehr, sehr tapfer sein.

Durch einen Nebel von Schmerzen folgte ich den verschlungenen Wurzeln, die den Boden der Halle bedeckten, in Richtung der vertrauten Stimme. Meine Mutter saß, knapp außerhalb des grünen Flammenringes, unter einem Apfelbaum.

»Mama«, rief ich schwach und streckte die Hand nach ihr aus. Aber Satus Magie war zu stark.

Die Augen meiner Mutter – dunkler als in meiner Erinnerung, aber meinen so ähnlich – ließen mich nicht los. In einer Schweigegeste legte sie einen geisterhaften Finger an die Lippen. Ich nutzte meine letzten

Kräfte für ein begrüßendes Nicken. Mein letzter zusammenhängender Gedanke galt Matthew.

Danach spürte ich nichts mehr außer Schmerz und Angst und dem dumpfen Bedürfnis, die Augen zu schließen und ewig zu schlafen.

Vermutlich vergingen mehrere Stunden, bevor mich Satu verärgert durch den Raum schleuderte. Mein Rücken brannte höllisch nach ihrem Zauber, und immer wieder hatte sie meinen verletzten Unterarm geöffnet. Irgendwann hatte sie mich sogar kopfüber in der Luft zappeln lassen und mich verhöhnt, weil ich nicht fliegen und ihr entkommen konnte. Doch allen Bemühungen zum Trotz verstand sie meine Magie genauso wenig wie am Anfang.

Sie schrie vor Wut auf, marschierte mit klackernden Absätzen auf dem Steinboden auf und ab und plante neue Attacken. Ich stützte mich auf die Ellbogen und versuchte ihren nächsten Angriff vorherzuahnen.

Halt durch. Sei tapfer. Meine Mutter saß immer noch mit tränennassem Gesicht unter dem Apfelbaum. Wie in einem fernen Echo hörte ich Ysabeau zu Marthe sagen, dass ich mutiger sei, als sie geglaubt hätte, und Matthew flüsterte »tapferes Mädchen« in mein Ohr. Ich rang mir mit letzter Kraft ein Lächeln ab, weil ich nicht wollte, dass meine Mutter weinte. Mein Lächeln machte Satu noch wütender.

»Warum setzt du deine Kräfte nicht ein, um dich zu beschützen? Ich weiß, dass du sie hast!«, kreischte sie. Satu nahm beide Hände vor die Brust und stieß sie dann unter einem Wortschwall nach vorn. In meinem Unterleib explodierte ein reißender Schmerz, um den sich mein ganzer Körper zusammenkrampfte. Unwillkürlich musste ich an den ausgeweideten Körper meines Vaters denken, dem man die Gedärme herausgerissen und um seinen Leichnam herum ausgebreitet hatte.

Das kommt als Nächstes. Das Wissen war eigenartig erleichternd.

Mit dem nächsten Spruch schleuderte mich Satu über den Boden der verfallenen Halle. Vergeblich streckte ich die Hände über den Kopf, um mich abzubremsen, während ich über die unebenen Pflastersteine und holprigen Wurzeln rumpelte. Einmal krümmten sich meine Finger, als könnten sie über die ganze Auvergne reichen und Matthew wachrütteln.

So hatte der Leichnam meiner Mutter ausgesehen, als er in einem magischen Kreis in Nigeria gelegen hatte. Ich atmete scharf aus und schrie.

Diana, hör mir gut zu. Du wirst dich schrecklich allein fühlen. Unter dem sanften Zureden meiner Mutter wurde ich wieder zum Kind und saß an einem längst vergangenen Augustnachmittag auf der Schaukel im Garten unseres Hauses in Cambridge. Die Luft roch frisch und grün nach gemähtem Gras und nach dem Maiglöckchenduft meiner Mutter. *Kannst du tapfer bleiben, obwohl du allein bist? Kannst du das für mich tun?*

Jetzt wehte keine linde Augustbrise über meine Haut. Stattdessen schrammte rauer Stein über meine Wange, als ich ihr zunickte.

Satu drehte mich um, und die spitzen Steine schnitten in meinen Rücken.

»Wir tun das nicht gern, Schwester«, erklärte sie bedauernd, »aber uns bleibt nichts anderes übrig. Wenn du Clairmont erst vergessen hast, wirst du verstehen und mir verzeihen.«

Das glaubst auch nur du, dachte ich. *Wenn er dich nicht umbringt, werde ich dich bis an dein Lebensende verfolgen, sobald ich hier weg bin.*

Mit ein paar geflüsterten Worten ließ Satu mich in der Luft schweben und transportierte mich dann mittels genau dosierter Windstöße aus der Halle und über eine geschwungene Treppe in die Tiefen der Burg. Sie lenkte mich durch die uralten Verliese. Etwas raschelte hinter mir, und ich drehte den Kopf, um festzustellen, was das war.

Geister – Dutzende von Geistern – folgten uns traurig und ängstlich in einer gespenstischen Trauerprozession. Trotz ihrer Kräfte schien Satu die Toten um uns herum nicht zu sehen, so wie sie auch meine Mutter nicht gesehen hatte.

Die Hexe versuchte mit den Händen einen schweren Holzriegel am Boden anzuheben. Ich schloss die Augen und wartete still auf den

Sturz. Stattdessen packte mich Satu am Schopf und zog mein Gesicht über ein dunkles Loch. Eine so ekelhaft nach Tod stinkende Schwade stieg daraus auf, dass die Geister stöhnend zurückwichen.

»Weißt du, was das ist, Diana?«

Zu verängstigt und erschöpft, um auch nur ein Wort herauszubringen, wich ich zurück und schüttelte den Kopf.

»Das hier nennt man eine Oubliette.« Das Wort raschelte von Geist zu Geist weiter. Eine hagere Frau mit uraltem Gesicht begann zu weinen. »Oubliettes sind Kerker, in denen die Gefangenen vergessen wurden. Menschen, die in eine Oubliette gestoßen werden, werden erst verrückt und verhungern dann – falls sie den Aufprall überleben. Es geht sehr tief hinunter. Ohne Hilfe von oben kommen sie nie wieder heraus, und diese Hilfe kommt nie.«

Der Geist eines jungen Mannes mit einer tiefen Wunde quer über die Brust bestätigte Satus Erklärung mit einem Nicken. *Fall nicht, Mädchen*, sagte er bekümmert.

»Aber wir werden dich nicht vergessen. Ich gehe Verstärkung holen. Einer Hexe aus der Kongregation magst du noch widerstehen, aber keinesfalls allen dreien. Das war bei deinen Eltern nicht anders.« Sie verstärkte ihren Griff, und wir segelten gute zwanzig Meter abwärts zum Grund des Kerkers. Dabei drangen wir so tief in den Berg vor, dass die Felswände ihre Farbe und Struktur änderten.

»Bitte«, bettelte ich, als Satu mich absetzte. »Lass mich nicht hier unten allein. Ich habe keine Geheimnisse, ich weiß nicht, wie ich meine Magie einsetzen kann oder wie ich das Manuskript wieder heraufbeschwören könnte.«

»Du bist Rebecca Bishops Tochter«, sagte Satu. »Du besitzt viele Kräfte – das fühle ich –, und wir werden dafür sorgen, dass sie freigesetzt werden. Wenn deine Mutter hier wäre, würde sie einfach wegfliegen.« Satu sah erst nach oben in die Schwärze über uns und dann auf meinen Knöchel. »Aber du bist nicht wirklich die Tochter deiner Mutter, oder? Nicht so, dass es etwas zu bedeuten hätte.«

Satu ging in die Knie, hob die Arme und stieß sich leicht vom Steinboden des Verlieses ab. Im nächsten Moment schoss sie aufwärts und verschwand in einem weißblauen Nebel. Hoch über mir klappte die hölzerne Falltür zu.

Hier unten würde mich Matthew nie finden. Inzwischen war jede Spur längst verflogen und unsere Fährte in alle vier Winde verweht. Wenn ich nicht warten wollte, bis mich Satu, Peter Knox und eine unbekannte dritte Hexe aus diesem Verlies zerrten, würde ich mich selbst befreien müssen.

Ich stand auf, legte das ganze Gewicht auf einen Fuß, ging in die Knie, hob die Arme an und stieß mich genau wie Satu vom Boden ab. Nichts geschah. Ich schloss die Augen und versuchte mich darauf zu konzentrieren, wie ich im Salon getanzt hatte, weil ich hoffte, dass mich das wieder schweben lassen würde. Stattdessen dachte ich ausschließlich an Matthew und daran, wie viel er vor mir geheimgehalten hatte. Mir stockte der Atem, ich begann zu schluchzen, und dann zwang mich die modrige Luft in meinem Verlies vor Husten in die Knie.

Ich schlief ein wenig, aber die Geister waren schwer zu ignorieren, nachdem sie erst zu schnattern begonnen hatten. Immerhin erhellten sie mein Verlies ein wenig. Bei jeder Bewegung hinterließen sie in der Luft einen schimmernden Fleck, der ihren bisherigen mit ihrem neuen Aufenthaltsort verband. Mir gegenüber saß eine junge Frau in schmutzigen Lumpen, die leise vor sich hin summte und mit leeren Augen in meine Richtung schaute. In der Mitte des Kerkers beugten sich ein Mönch, ein Ritter in voller Rüstung und ein Musketier über ein noch tieferes Loch, aus dem ein Hauch so völliger Verlorenheit aufstieg, dass ich mich nicht einmal in die Nähe wagte. Der Mönch sprach murmelnd die Totenmesse, während der Musketier immer wieder den Arm in die Grube reckte, als hätte er etwas darin verloren.

Angst, Schmerz und Kälte setzten meinem Geist mehr und mehr zu, bis er sich zu verschließen begann. Die Stirn in angestrengte Falten gelegt, rief ich mir die letzten Passagen ins Gedächtnis, die ich in der *Aurora Consurgens* gelesen hatte, und wiederholte sie laut, um nicht verrückt zu werden.

»Ich bin es, die zwischen allen Elementen schlichtet, die alle miteinander versöhnt«, murmelte ich mit steifen Lippen. *»Ich mache feucht,*

was trocken wurde, und was feucht ist, mache ich trocken. Ich verhärte, was weich wurde, und erweiche, was hart ist. So wie ich das Ende bin, ist mein Geliebter der Anfang. Ich umfasse das gesamte Werk der Schöpfung, und alles Wissen liegt in mir verborgen.« An der Wand neben mir schimmerte etwas. Ein weiterer Geist kam mich begrüßen, doch ich schloss die Augen, zu müde, um mich noch für ihn zu interessieren, und vertiefte mich wieder in meine Rezitation.

»*Wer wagt es, mich von meiner Liebe zu trennen? Niemand, denn unsere Liebe ist stark wie der Tod.*«

Meine Mutter unterbrach mich. *Willst du nicht versuchen zu schlafen, kleine Hexe?*

Hinter den geschlossenen Lidern sah ich mein Schlafzimmer unter dem Dach des Hauses in Madison. Es waren nur noch ein paar Tage bis zur Reise meiner Eltern nach Afrika, und ich sollte bei Sarah bleiben, während sie weg waren.

»Ich bin noch gar nicht müde«, antwortete ich. Ich klang eigensinnig und kindisch. Ich schlug die Augen auf. Die Geister umringten den matten Schein im Dunkel zu meiner Rechten.

Meine Mutter saß dort, gegen die feuchten Steinmauern des Verlieses gelehnt, und streckte mir die Arme entgegen. Ich rutschte zu ihr hin, mit angehaltenem Atem, so sehr fürchtete ich, dass sie wieder verschwinden könnte. Sie empfing mich mit einem Lächeln, und ich sah die nicht vergossenen Tränen in ihren Augen glänzen. Die geisterhaften Arme und Finger meiner Mutter zuckten hin und her, als ich mich an ihren vertrauten Körper kuschelte.

Soll ich dir eine Geschichte erzählen?

»Deine Hände habe ich gesehen, als Satu mich verhexen wollte.«

Ihr sanftes Lachen bewirkte, dass sich die kalten Steine unter mir weniger hart anfühlten. *Du warst sehr tapfer.*

»Ich bin so müde«, seufzte ich.

Dann ist es Zeit für deine Geschichte. Es war einmal, begann sie, *eine kleine Hexe namens Diana. Als sie noch ganz klein war, wickelte eine gute Fee, die gleichzeitig ihre Patin war, sie in unsichtbare Bänder in allen Regenbogenfarben.*

Ich kannte diese Geschichte aus meiner Kindheit, als ich lila und rosa Pyjamas mit Sternenmuster getragen hatte und meine Haare zu zwei langen Zöpfen geflochten waren, die sich über meinen Rücken schlängelten. Wogen von Erinnerungen fluteten in Räume meines Geistes, die seit dem Tod meiner Eltern leer und verlassen dagelegen hatten.

»Warum hat die gute Fee sie eingewickelt?«, fragte ich mit Kinderstimme.

Weil Diana so gern zauberte und es auch sehr gut konnte. Aber ihre Feenpatin wusste, dass die anderen Hexen neidisch auf ihre Kräfte werden würden. »Wenn du so weit bist«, erklärte ihr die gute Fee, »wirst du diese Bänder abschütteln. Bis dahin wirst du nicht fliegen und auch nicht zaubern können.«

»Das ist ungerecht!«, protestierte ich, wie es Siebenjährige gern tun. »Bestraf doch die anderen Hexen und nicht mich!«

Die Welt ist ungerecht, nicht wahr?, fragte meine Mutter.

Ich schüttelte trübsinnig den Kopf.

Sosehr sich Diana auch bemühte, sie konnte die Bänder nicht abschütteln. Im Lauf der Zeit vergaß das Mädchen sie völlig. Und ihre Magie auch.

»Ich würde meine Magie nie vergessen«, widersprach ich.

Meine Mutter zog die Stirn in Falten. *O doch, das hast du,* flüsterte sie leise. Dann setzte sie ihre Geschichte fort. *Viele Jahre später traf Diana einen wunderschönen Prinzen, der in den Schatten zwischen Sonnenuntergang und Sonnenaufgang lebte.*

Das war meine Lieblingsstelle gewesen. Erinnerungen an andere Abende überschwemmten mich. Manchmal hatte ich nach seinem Namen gefragt, oder ich hatte behauptet, ich sei nicht an einem blöden Prinzen interessiert. Meistens hatte ich mich allerdings gefragt, warum jemand mit einer Hexe zusammen sein wollte, die nicht zaubern konnte.

Der Prinz liebte Diana, auch wenn sie scheinbar nicht fliegen konnte. Er sah die Bänder, die sie fesselten und die niemand sonst sehen konnte. Er fragte sich, wozu sie wohl gut seien und was passieren würde, wenn er sie abnähme. Aber der Prinz hielt es für unhöflich, sie zu erwähnen. Ich nickte mit meinem siebenjährigen Kopf, beeindruckt vom Einfühlungsvermögen des Prinzen, und mein viel älterer Kopf rummste gegen die Steinwand. *Trotzdem fragte er sich, warum eine Hexe nicht fliegen wollte, wenn sie es doch konnte.*

Dann, sagte meine Mutter und strich mein Haar glatt, *kamen drei Hexen in den Ort. Auch sie konnten die Bänder sehen und vermuteten deshalb, dass Diana noch mächtiger war als sie. Sie brachten sie fort in ein düsteres Schloss. Aber die Bänder wollten sich nicht lösen, sosehr die Hexen auch daran zogen und zerrten. Also schlossen die Hexen Diana in einen Raum ein und hofften, dass sie die Bänder vor lauter Angst selbst lösen würde.*

»War Diana ganz allein?«

Ganz allein, bestätigte meine Mutter.

»Ich glaube, die Geschichte gefällt mir nicht«, beschwerte ich mich.

Wirst du dann schlafen?

Ich zog meine Kinderdecke hoch, eine Steppdecke aus bunten rechteckigen Flicken, die Sarah vor meinem Besuch in einem Kaufhaus in Syracuse gekauft hatte, und rutschte auf den Boden des Verlieses hinab. Meine Mutter schob mich auf den Steinen zurecht.

»Mama?«

Ja, Diana?

»Ich habe es so gemacht, wie du mir gesagt hast. Ich habe meine Geheimnisse bewahrt – vor allen.«

Ich weiß, dass das schwer war.

»Hast du auch Geheimnisse?« In meinem Kopf rannte ich wie ein Reh durch ein Feld, und meine Mutter folgte mir.

Natürlich, sagte sie, streckte die Hand aus und schnippte mit den Fingern, woraufhin ich durch die Luft schoss und in ihren Armen landete.

»Verrätst du mir eines davon?«

Aber ja. Ihr Mund war meinem Ohr so nahe, dass ihre Lippen mich kitzelten. *Du. Du bist mein größtes Geheimnis.*

»Aber ich bin doch hier bei dir!«, quietschte ich, wand mich aus ihren Armen und rannte auf den Apfelbaum zu. »Wie kann ich ein Geheimnis sein, wenn ich hier bei dir bin?«

Meine Mutter legte den Finger auf die Lippen und lächelte.

Magie.

Kapitel 30

»Wo ist sie?« Matthew knallte die Schlüssel des Range Rovers auf den Tisch.

»Wir werden sie finden, Matthew.« Ysabeau bemühte sich um ihres Sohnes willen die Ruhe zu bewahren, aber inzwischen waren fast zehn Stunden vergangen, seit sie im Garten den halb gegessenen Apfel neben einem Weinrautenbüschel gefunden hatten. Seither hatten beide ununterbrochen das Gelände rund um das Château durchkämmt, das Matthew auf der Karte systematisch in Streifen aufgeteilt hatte.

Allen Anstrengungen zum Trotz hatten sie keine Spur von Diana entdeckt und auch ihre Witterung nicht aufnehmen können. Als hätte sie sich in Luft aufgelöst.

»Eine Hexe muss sie mitgenommen haben.« Matthew fuhr sich mit den Fingern durchs Haar. »Und ich habe ihr noch versichert, dass ihr nichts passieren kann, solange sie im Château bleibt. Ich hätte nie gedacht, dass die Hexen es wagen würden, hier einzudringen.«

Seine Mutter presste die Lippen zusammen. Dass Hexen Diana entführt hatten, überraschte sie nicht.

Matthew begann wie ein General auf dem Schlachtfeld Befehle zu erteilen. »Wir gehen noch mal los. Ich fahre nach Brioude. Ysabeau, du suchst hinter Aubusson im Limousin. Marthe, du wartest hier, falls sie zurückkommt oder jemand anruft, der etwas weiß.«

Es würden keine Anrufe kommen, soviel war Ysabeau klar. Hätte Diana irgendwo telefonieren können, hätte sie schon längst angerufen. Und obwohl Matthews bevorzugte Schlachtenstrategie darin bestand, einfach alle Hindernisse niederzumähen, bis er sein Ziel erreicht hatte, war es nicht immer geschickt, so vorzugehen.

»Wir sollten warten, Matthew.«

»Warten?«, fauchte Matthew. »Worauf?«

»Auf Baldwin. Er war in London und hat sich vor einer Stunde auf den Weg gemacht.«

»Ysabeau, wie konntest du ihm das nur erzählen?« Sein älterer Bruder, das wusste Matthew aus Erfahrung, hatte einen ausgeprägten Zerstörungstrieb. Im Lauf der Jahre hatte er diesen Drang erst physisch, dann geistig und schließlich finanziell ausgelebt, nachdem er festgestellt hatte, dass es fast so spannend war, andere in den Ruin zu treiben, wie ein Dorf auszulöschen.

»Als sie weder im Stall noch im Wald war, hielt ich es für das Beste. Baldwin ist in solchen Sachen besser als du, Matthew. Er kann so gut wie alles finden.«

»Ja, Baldwin war immer gut darin, seine Beute aufzuspüren. Damit muss ich nicht mehr nur meine Frau finden. Jetzt muss ich auch sicherstellen, dass er sie nicht vor mir findet.« Matthew griff nach seinem Schlüssel. »Du wartest auf Baldwin. Ich gehe allein los.«

»Sobald er weiß, dass Diana zu dir gehört, wird er ihr nichts mehr tun. Aber als Oberhaupt dieser Familie muss er Bescheid wissen.«

Ysabeaus Worte stießen ihm auf. Sie wusste, wie sehr er seinem älteren Bruder misstraute. Doch dann tat Matthew die Bemerkung mit einem Achselzucken ab. »Sie sind in dein Heim eingedrungen, *Maman*. Damit haben sie dich beleidigt. Wenn du Baldwin zu Hilfe holen willst, ist das dein gutes Recht.«

»Ich habe Baldwin Dianas wegen gerufen – nicht meinetwegen. Sie darf den Hexen nicht in die Hände fallen, Matthew, auch wenn sie selbst eine Hexe ist.«

Matthew reckte die Nase in die Luft, weil er einen neuen Duft witterte.

»Baldwin«, erklärte Ysabeau überflüssigerweise, und ihre grünen Augen glänzten.

Über ihnen schlug eine schwere Tür, dann folgten wütende Schritte. Matthew versteifte sich, und Marthe verdrehte die Augen.

»Hier unten«, sagte Ysabeau leise. Nicht einmal in der Krise erhob sie die Stimme, sie waren schließlich Vampire.

Baldwin Montclair, wie er in der Finanzwelt hieß, marschierte durch die Halle im Erdgeschoss. Sein kupferrotes Haar leuchtete im Licht der Glühlampen, und seine Muskeln zuckten schnell wie die eines geborenen Athleten. Er hatte von frühester Kindheit an mit dem Schwert trainiert und war bereits vor der Verwandlung in einen Vampir eine beeindruckende Erscheinung gewesen, weshalb sich ihm nach seiner Wiedergeburt kaum einer je in den Weg stellte. Baldwin war schon zu Zeiten der Römer zum Vampir gemacht geworden und Philippes Liebling gewesen. Beide waren aus dem gleichen Holz geschnitzt – sie liebten den Krieg, die Frauen und den Wein, und zwar in dieser Reihenfolge. Trotz dieser liebenswerten Charakterzüge überlebten seine Gegner nur selten lang genug, um von ihren Erfahrungen berichten zu können.

Jetzt richtete er seinen ganzen Zorn gegen Matthew. Die beiden hatten sich von ihrer ersten Begegnung an nicht leiden können, denn sie waren so verschieden, dass sogar Philippe irgendwann die Hoffnung aufgegeben hatte, sie könnten je Freunde werden. Mit bebenden Nüstern versuchte Baldwin den leisen Zimt- und Nelkenduft seines Bruders in der Luft zu wittern.

»Wo zum Teufel steckst du, Matthew?« Seine tiefe Stimme hallte von Glas und Stein wider.

Matthew trat seinem Bruder in den Weg. »Hier, Baldwin.«

Noch ehe er ausgesprochen hatte, hatte ihn Baldwin an der Kehle gepackt. Die Köpfe dicht zusammengesteckt, einer dunkel, der andere hell, schossen sie ans andere Ende der Halle. Matthews Körper krachte gegen eine Holztür, die unter dem Aufprall zersplitterte.

»Wie konntest du dich mit einer Hexe einlassen, obwohl du genau weißt, was sie Vater angetan haben?«

»Sie war noch nicht einmal geboren, als er gefangengenommen wurde.« Matthews Stimme klang gepresst, weil ihm die Stimmbänder zusammengequetscht wurden, aber er zeigte keine Angst.

»Sie ist eine Hexe«, spie Baldwin. »Sie sind alle verantwortlich. Sie wussten genau, wie die Nazis ihn folterten, und unternahmen nichts dagegen.«

»Baldwin!«, wies Ysabeau ihn scharf zurecht, »Philippe hinterließ strikte Anweisungen, dass er nicht gerächt werden dürfte.« Sie hatte das Baldwin schon oft erklärt, doch es schien seinen Zorn nie zu dämpfen.

»Die Hexen haben diesen Tieren geholfen, Philippe gefangenzunehmen. Als die Nazis ihn erst in ihren Händen hatten, experimentierten sie an ihm herum, um festzustellen, wie viel ein Vampir erträgt, bevor er stirbt. Und die Hexen verhinderten mit ihren Zaubersprüchen, dass wir ihn finden und befreien konnten.«

»Philippes Körper konnten sie nicht zerstören, dafür zerstörten sie seine Seele.« Matthew klang leer. »Mein Gott, Baldwin. Sie könnten Diana dasselbe antun.«

Falls ihr die Hexen körperliche Schmerzen zufügten, würde sie sich möglicherweise davon erholen. Aber wenn die Hexen ihren Lebenswillen brachen, wäre sie nie wieder dieselbe. Er schloss die Augen angesichts der Vorstellung, dass Diana vielleicht nicht als die eigensinnige, starrköpfige Person zurückkehren könnte, die er lieben gelernt hatte.

»Na und?« Baldwin schleuderte seinen Bruder angewidert zu Boden und stürzte sich auf ihn.

Ein Kupferkessel von der Größe einer klassischen Pauke knallte gegen die Wand. Beide Brüder sprangen auf die Füße.

Marthe stand vor ihnen, die knorrigen Hände in die Hüften gestemmt, und sah sie wütend an.

»Sie ist seine Frau«, erklärte sie Baldwin kurz und bündig.

»Du hast dich mit ihr *gepaart*?« Baldwin traute seinen Ohren nicht.

»Diana gehört jetzt zu dieser Familie«, bestätigte Ysabeau. »Marthe und ich haben sie aufgenommen. Du musst es auch tun.«

»Niemals«, widersprach er knapp. »Keine Hexe wird je eine de Clermont oder in diesem Haus willkommen sein. Der Paarungsinstinkt ist mächtig, trotzdem ist er nicht stärker als der Tod. Falls die Hexen diese Bishop nicht töten, werde ich das übernehmen.«

Matthew sprang seinem Bruder an die Kehle. Man hörte Fleisch reißen. Baldwin taumelte heulend zurück, eine Hand auf den Hals gepresst.

»Du hast mich gebissen!«

»Ich werde noch viel mehr tun, wenn du noch einmal meine Frau bedrohst!« Matthew atmete schwer, und aus seinen Augen schlugen Flammen.

»Es reicht!« Ysabeau brachte beide zum Schweigen. »Ich habe mittlerweile meinen Mann, eine Tochter und zwei Söhne verloren. Ich werde *nicht* dulden, dass ihr euch an die Kehle geht, und ich lasse *nicht* zu, dass Hexen jemanden aus meinem Haus entführen.« Den letzten Satz stieß sie leise zischend aus. »Und vor allem werde ich *nicht* hier herumstehen und streiten, während die Ehefrau meines Sohnes in der Hand meiner Feinde ist.«

»1944 hast du noch behauptet, dass es nichts bringen würde, sich gegen die Hexen zu stellen. Und sieh dich jetzt an«, ereiferte sich Baldwin, den Blick auf seinen Bruder gerichtet.

»Hier liegt der Fall anders«, erklärte Matthew gepresst.

»Allerdings liegt er anders, da gebe ich dir recht. Nur weil du es mit einer Hexe treiben willst, riskierst du, dass sich die Kongregation in die Angelegenheiten unserer Familie einmischt.«

»Damals hattest nicht du zu entscheiden, ob wir in einen offenen Krieg mit den Hexen eintreten. Diese Entscheidung blieb deinem Vater vorbehalten – und er hat ausdrücklich verboten, etwas zu unternehmen, was den Weltkrieg verlängern würde.« Ysabeau stellte sich hinter Baldwin und wartete, bis er sich zu ihr umdrehte. »Du musst endlich darüber hinwegkommen. Damals haben wir es den menschlichen Behörden überlassen, solche Grausamkeiten zu bestrafen.«

Baldwin sah sie säuerlich an. »Wenn ich mich recht erinnere, hast du die Sache damals selbst in die Hand genommen, Ysabeau. Wie viele Nazis mussten sterben, bis es dir genügt hat?« Es war eine unverzeihliche Attacke, aber sie hatte ihn über seine Grenzen getrieben.

»Und was Diana angeht«, fuhr Ysabeau ungerührt fort, obwohl ihre Augen warnend glitzerten, »so würde dein Vater jetzt nach ihr suchen, wenn er noch am Leben wäre, Lucius Sigéric Benoit Christophe Baldwin de Clermont. Hexe oder nicht. Er würde sich dafür schämen, dass du es vorziehst, mit deinem Bruder alte Rechnungen zu begleichen.«

Jeder der Namen, die Philippe ihm im Lauf der Jahre gegeben hatte, traf ihn wie eine Ohrfeige, und Baldwins Kopf zuckte unter dem Aufprall zur Seite.

Er atmete langsam durch die Nase aus. »Danke für den Rat, Ysabeau, und für die Geschichtsstunde. Diesmal bleibt die Entscheidung glücklicherweise mir überlassen. Matthew wird sich nicht mit diesem Mädchen vergnügen. Ende der Diskussion.« Nachdem er seine Autorität in die Waagschale geworfen hatte, wandte er sich sichtlich erleichtert zum Gehen.

»Dann lässt du mir keine Wahl.« Matthews Antwort ließ ihn erstarren.

»Wahl?«, schnaubte Baldwin. »Du wirst tun, was ich dir sage.«

»Ich mag zwar nicht das Familienoberhaupt sein, aber das hier ist keine Familienangelegenheit mehr.« Plötzlich hatte Matthew begriffen, was Ysabeau mit ihrer vorigen Bemerkung gemeint hatte.

»Schön.« Baldwin zuckte mit den Achseln. »Wenn du meinst, dann zieh in deinen albernen Krieg. Mach dich auf die Suche nach deiner Hexe. Nimm Marthe mit – sie scheint genauso in sie verschossen zu sein wie du. Wenn ihr beide euch unbedingt mit allen Hexen und der gesamten Kongregation anlegen wollt, dann ist das eure Sache. Aber ich werde dich enterben, um die Familie zu schützen.«

»Ich enthebe die de Clermonts jeder Verantwortung für das Wohlergehen von Diana Bishop. Fortan werden die Lazarusritter für ihre Sicherheit bürgen, so wie sie es in der Vergangenheit für andere getan haben.«

Ysabeau wandte sich ab, damit man ihre stolze Miene nicht sah.

»Das ist nicht dein Ernst«, zischte Baldwin. »Wenn du die Bruderschaft einberufst, kommt das einer Kriegserklärung gleich.«

»Wenn du dich so entscheidest, kennst du die Konsequenzen. Ich könnte dich wegen Ungehorsams töten, aber dazu fehlt mir die Zeit. Du hast deine Ländereien und deinen Besitz verwirkt. Verlasse dieses Haus, und gib dein Amtssiegel ab. Noch in dieser Woche wird ein neuer Meister für Frankreich ernannt. Du stehst außerhalb des Schutzes des Ordens und hast sieben Tage Zeit, dir ein neues Heim zu suchen.«

»Versuch mir Sept-Tours abzunehmen«, knurrte Baldwin, »und du wirst es bereuen.«

»Sept-Tours gehört nicht dir. Es gehört den Lazarusrittern. Ysabeau wohnt mit dem Segen der Bruderschaft hier. Ich werde dir noch eine letzte Chance geben, an unseren Maßnahmen teilzuhaben.« Matthews Befehlston duldete keinen Widerspruch. »Baldwin de Clermont. Ich fordere dich auf, getreu dem von dir geleisteten Schwur in die Schlacht zu ziehen, wo du meinem Kommando unterstehen wirst, bis ich dich davon entbinde.«

Er hatte diese Worte seit ewigen Zeiten nicht mehr ausgesprochen oder niedergeschrieben, trotzdem erinnerte sich Matthew genau an jedes einzelne. Die Lazarusritter waren ein unauslöschlicher Teil von ihm, genau wie Diana. Lang nicht mehr benutzte Muskeln spannten sich tief in seinem Leib an, und rostig gewordene Talente begannen sich zu schärfen.

»Die Ritter kommen ihrem Führer nicht zu Hilfe, nur weil den das Liebesglück verlassen hat, Matthew. Wir haben in der Schlacht von Akkon gekämpft. Wir haben den Albigenser Häretikern geholfen, den Angreifern aus dem Norden zu widerstehen. Wir haben die Auflösung des Templerordens und die Vorstöße der Engländer bei Crécy und Agincourt überlebt. Die Lazarusritter waren auf den Schiffen, die bei Lepanto das ottomanische Imperium zurückschlugen, und wir beendeten den Dreißigjährigen Krieg, als wir uns schließlich weigerten, noch länger zu kämpfen. Die Bruderschaft besteht, um das Überleben der Vampire in einer von Menschen dominierten Welt sicherzustellen.«

»Anfangs ging es uns darum, jene zu beschützen, die sich nicht selbst schützen konnten, Baldwin. Unser Heldenmythos war nur ein unerwartetes Nebenprodukt dieser Mission.«

»Vater hätte dir den Orden nicht anvertrauen dürfen, als er starb. Du bist ein Träumer, kein Befehlshaber. Du hast nicht das Rückgrat, schwierige Entscheidungen zu fällen.« Aus jedem Wort sprach Baldwins Verachtung für seinen Bruder, aber sein Blick wirkte bedrückt.

»Diana hat sich an mich gewandt, weil sie Schutz vor ihren eigenen Leuten suchte. Ich werde dafür sorgen, dass sie ihn bekommt – so wie die Ritter die Bürger Jerusalems, Deutschlands und Okzitaniens schützten, als sie bedroht wurden.«

»Niemand wird dir glauben, dass du damit keine persönlichen Ziele verfolgst, genauso wenig, wie sie das 1944 geglaubt hätten. Damals hast du dich anders entschieden.«

»Damals habe ich mich geirrt.«

Baldwin sah ihn entsetzt an.

Matthew holte tief und bebend Luft. »Damals hielt ich mich zurück, weil ich fürchtete, unsere Familiengeheimnisse zu offenbaren, und weil ich den Zorn der Kongregation nicht auf uns ziehen wollte. Damit ermutigte ich unsere Feinde nur, die Familie erneut anzugreifen, und diesen Fehler werde ich bei Diana nicht noch einmal begehen. Die Hexen werden vor nichts zurückschrecken, wenn sie mehr über ihre Kräfte erfahren können. Sie sind bereits in unser Heim eingedrungen und haben eine Hexe daraus verschleppt. Das ist schlimmer als das, was sie Philippe antaten. In den Augen der Hexen war er nur ein Vampir. Als sie Diana geraubt haben, sind sie zu weit gegangen.«

Zunehmend nervös beobachtete Matthew, wie Baldwin über seine Worte nachsann.

»Diana.« Ysabeau lenkte Baldwins Gedanken auf das eigentliche Thema zurück.

Baldwin nickte knapp.

»Danke«, sagte Matthew nur. »Eine Hexe muss sie entführt haben. Als wir es merkten, waren alle Hinweise, in welche Richtung sie verschwunden sein könnten, längst verweht.« Er zog eine zerknitterte Landkarte aus der Tasche. »Hier müssen wir überall noch suchen.«

Baldwins Blick ging über die Gebiete, die Ysabeau und sein Bruder bereits abgesucht hatten, und über die weiten Flächen, die noch blieben. »Den ganzen Bereich habt ihr abgesucht, seit sie entführt wurde?«

Matthew nickte. »Natürlich.«

Baldwin machte keinen Hehl aus seinem Ärger. »Matthew, wann lernst du endlich nachzudenken, bevor du etwas unternimmst? Zeig mir den Garten.«

Matthew und Baldwin gingen nach draußen, während Marthe und Ysabeau im Haus blieben, damit ihr Duft keine noch so schwache Fährte überlagern konnte. Als die beiden Männer weg waren, begann Ysabeau von Kopf bis Fuß zu zittern.

»Das ist zu viel, Marthe. Wenn sie ihr etwas angetan haben …«

»Wir beide haben immer gewusst, dass dieser Tag einmal kommen würde.« Marthe legte mitfühlend die Hand auf die Schulter ihrer Herrin und verschwand dann in die Küche, während Ysabeau nachdenklich am erkalteten Kamin sitzen blieb.

Im Garten richtete Baldwin seinen übermenschlich scharfen Blick auf den Boden und den angebissenen Apfel, der neben einem Büschel Weinraute lag. Ysabeau war so klug gewesen, darauf zu bestehen, dass der Apfel dort liegen blieb. Dank seiner Lage konnte Baldwin erkennen, was seinem Bruder entgangen war. Die Rautenstängel waren leicht gebogen und zeigten auf ein weiteres Büschel von Kräutern und von dort aus auf ein drittes.

»Woher wehte der Wind?« Baldwins Fantasie war bereits erwacht.

»Aus Westen«, erwiderte Matthew und versuchte gleichzeitig zu erkennen, worauf Baldwin hinauswollte. Er gab frustriert seufzend auf. »Das braucht zu viel Zeit. Wir sollten uns aufteilen. Auf diese Weise können wir einen größeren Bereich absuchen. Ich nehme mir noch einmal die Höhlen vor.«

»In den Höhlen ist sie bestimmt nicht.« Baldwin richtete sich aus der Hocke auf und wischte sich den Kräutergeruch von den Händen. »Vampire verstecken sich in Höhlen, Hexen nicht. Außerdem sind sie nach Süden geflogen.«

»Nach Süden? Da ist doch nichts.«

»Jetzt nicht mehr«, bestätigte Baldwin. »Trotzdem muss es dort irgendetwas gegeben haben, sonst wäre die Hexe nicht dorthin geflogen. Wir fragen Ysabeau.«

Die Familie der de Clermonts hatte unter anderem deshalb so lange überlebt, weil jedes ihrer Mitglieder in einer Krise auf die Fähigkeiten der anderen zurückgreifen konnte. Philippe war immer ein Anführer gewesen, eine charismatische Gestalt, die Vampire und Menschen und bisweilen sogar Dämonen überzeugen konnte, für eine gemeinsame Sache zu kämpfen. Ihr Bruder Hugh hatte sich durch sein Verhandlungsgeschick ausgezeichnet und alle kriegführenden Parteien an einem Tisch versammeln können, um selbst die tiefsten Konflikte zu schlichten. Godfrey, der jüngste von Philippes vier Söhnen, war ihr Gewissen gewesen und hatte bei jeder Entscheidung die ethischen Konsequenzen aufgezeigt. Baldwin war die Kriegführung zugefallen, mit seinem scharfen Verstand hatte er die Fehler und Schwächen in jedem Plan bloßgelegt. Louisa hatten sie je nach Situation als Köder oder Spionin eingesetzt.

Matthew war, auch wenn das unglaublich erschien, der unerschrockenste Kämpfer in der Familie gewesen. Anfangs hatten seine disziplinlosen Abenteuer mit dem Schwert ihren Vater zum Wahnsinn getrieben, doch mittlerweile wurde etwas in Matthew kalt, sobald er eine Waffe in die Hand nahm, und seither kämpfte er sich mit einer Zähigkeit, die ihn unverletzlich machte, durch jedes Hindernis.

Blieb noch Ysabeau. Jeder unterschätzte sie, bis auf Philippe, der sie entweder als »Generalin« oder »meine Geheimwaffe« bezeichnet hatte. Ihr entging nichts, und ihr Gedächtnis war unfehlbarer als das der Mnemosyne. Die Brüder kehrten ins Haus zurück. Baldwin rief nach Ysabeau und marschierte in die Küche, wo er eine Handvoll Mehl aus einer Schüssel griff und es über Marthes Arbeitstisch verstreute. Er zeichnete die Umrisse der Auvergne in die Mehlfläche und markierte mit festem Daumendruck die Stelle, an der Sept-Tours stand.

»Wohin würde eine Hexe eine andere Hexe bringen, wenn sie von hier aus nach Süden und Westen flöge?«, fragte er.

Ysabeau legte die Stirn in Falten. »Das käme darauf an, warum sie die andere Hexe entführt hat.«

Matthew und Baldwin sahen sich gereizt an. Das war das einzige Problem mit ihrer Geheimwaffe. Nie wollte Ysabeau die Fragen beantworten, die man ihr stellte – sie hatte stets das Gefühl, dass es eine dringendere Frage gab, die zuerst geklärt werden musste.

»Das weißt du doch, *Maman*«, drängte Matthew. »Die Hexen wollen Diana von mir trennen.«

»Nein, mein Kind. Auseinandersetzungen wie diese sind wie ein Schachspiel. Sie hätten euch jederzeit trennen können. Indem die Hexen in mein Heim eingedrungen sind und meinen Gast verschleppt haben«, sagte Ysabeau und legte eine kalte Hand auf die Wange ihres Sohnes, »wollten die Hexen uns vor Augen führen, wie schwach wir geworden sind.«

»Bitte, Ysabeau. Wo?«

»Von hier bis zum Cantal liegen nur öde Bergzüge und Ziegenpfade«, sagte Ysabeau.

»Also im Cantal?«, fuhr Baldwin dazwischen.

»Ja«, flüsterte sie, und ihr kaltes Blut gefror, als sie sich klarmachte, was das bedeutete.

Im Cantal war Gerbert von Aurillac geboren. Es war seine Heimat, und wenn die de Clermonts dort eindrangen, würden nicht nur die Armeen der Hexen gegen sie stehen.

»Wenn das ein Schachspiel wäre, dann hätten sie uns ins Schach gesetzt, indem sie Diana ins Cantal gebracht haben«, sagte Matthew grimmig. »Aber dafür ist es noch zu früh.«

Baldwin nickte. »Dann haben wir irgendetwas übersehen, das zwischen hier und dort liegt.«

»Da gibt es nur ein paar Ruinen«, sagte Ysabeau.

Baldwin seufzte frustriert. »Warum kann Matthews Hexe sich nicht verteidigen?« In dem Moment trat Marthe in den Raum, die Hände an einem Handtuch trocknend. Sie wechselte einen Blick mit Ysabeau. *»Elle est enchantée«*, verkündete Marthe mürrisch.

»Das Kind steht unter einem Bann«, pflichtete Ysabeau ihr widerwillig bei. »Davon sind wir überzeugt.«

»Einem Bann?« Matthew zog die Stirn in Falten. Durch einen Bann wurde eine Hexe in unsichtbare Fesseln gelegt. Ein solcher Zauber war unter Hexen genauso unverzeihlich, wie es unter Vampiren das Betreten eines fremden Territoriums war.

»Genau. Es ist nicht so, dass sie sich der Magie verweigern würde. Man hat sie ihr vorenthalten – absichtlich.« Ysabeaus Miene verfinsterte sich.

»Warum?«, rätselte ihr Sohn. »Das ist, als würde man einem Tiger die Reißzähne und sämtliche Klauen ziehen, bevor man ihn in den Dschungel zurückschickt. Warum sollte man jemandem alle Möglichkeiten nehmen, sich zu verteidigen?«

Ysabeau zuckte mit den Achseln. »Ich kann mir viele Wesen vorstellen, die das gern tun würden – und zwar aus den verschiedensten Gründen –, dabei kenne ich diese Hexe kaum. Ruf ihre Familie an. Frag sie.«

Matthew fasste in seine Tasche und zog sein Handy heraus. Er hatte dem Haus in Madison eine Kurzwahltaste zugewiesen, fiel Baldwin auf. Die Hexen am anderen Ende waren beim ersten Läuten am Apparat.

»Matthew?« Die Hexe war außer sich. »Wo ist sie? Sie leidet schreckliche Schmerzen, ich kann das spüren.«

»Wir wissen, wo wir nach ihr suchen müssen, Sarah«, sagte Matthew ruhig, um sie zu beschwichtigen. »Aber erst muss ich ein paar Fragen stellen. Diana setzt ihre magischen Kräfte nicht ein.«

»Das hat sie nicht mehr, seit ihre Mutter und ihr Vater gestorben sind. Was soll das mit alldem zu tun haben?« Sarah war laut geworden. Ysabeau schloss die Augen gegen die schrille Stimme.

»Besteht die Möglichkeit, Sarah – auch wenn das unwahrscheinlich klingt –, dass Diana unter einem Bann steht?«

Am anderen Ende der Leitung blieb es absolut still.

»Einem Bann?«, fragte Sarah schließlich fassungslos. »Natürlich nicht.«

Dann hörten die de Clermonts ein leises Klicken.

»Das war Rebeccas Werk«, erklärte eine zweite Hexe viel leiser. »Ich habe ihr versprochen, dass ich es niemandem verraten würde. Und um jeder Frage zuvorzukommen, ich weiß nicht, was sie getan hat. Rebecca wusste, dass sie und Stephen nicht aus Afrika zurückkommen würden. Sie hatte etwas gesehen, das ihr Todesangst einjagte. Sie sagte mir nur, dass sie Diana beschützen wollte.«

»Wovor beschützen?« Sarah war entsetzt.

»Nicht wovor. Sondern bis wann.« Ems Stimme senkte sich noch weiter. »Rebecca erklärte, sie würde Diana in Sicherheit bringen, bis ihre Tochter ihren Schattenmann gefunden hätte.«

»Ihren Schattenmann?«, wiederholte Matthew.

»Ja«, flüsterte Em. »Sobald Diana mir erzählte, dass sie sich mit einem Vampir trifft, fragte ich mich, ob du der Mann sein könntest, den Rebecca gesehen hatte. Aber dann überschlugen sich die Ereignisse.«

»Hast du etwas gesehen, Emily, das uns vielleicht helfen könnte?«, fragte Matthew.

»Nein. Ich sehe nur Dunkelheit. Diana ist darin. Sie ist nicht tot«, ergänzte sie eilig, als Matthew hörbar Luft holte, »aber sie leidet Schmerzen und ist irgendwie nicht ganz in dieser Welt.«

Baldwin hörte aufmerksam zu und sah Ysabeau mit schmalen Augen an. Ihre so abwegigen Fragen hatten sich als ausgesprochen erhellend erwiesen. Er löste die verschränkten Arme und holte sein Handy aus der Tasche. Von ihnen abgewandt wählte er eine Nummer und murmelte ein paar kurze Sätze in das Gerät. Dann sah er Matthew an und zog den Finger über die Kehle.

»Ich gehe sie jetzt holen«, sagte Matthew. »Wir rufen an, sobald es etwas Neues gibt.« Er legte auf, bevor Sarah oder Em ihn mit Fragen bombardieren konnten.

»Wo sind meine Schlüssel?«, brüllte Matthew schon halb auf dem Weg zur Tür.

Baldwin kam ihm zuvor und versperrte ihm den Weg.

»Beruhige dich, und denk nach«, wies er ihn zurecht und stieß mit dem Fuß einen Hocker auf seinen Bruder zu. »Welche Burgen gab es zwischen hier und dem Cantal? Wir brauchen nur die alten Burgen, die, die auch Gerbert kennt.«

»Jesus, Baldwin, das weiß ich doch nicht mehr. Lass mich durch!«

»Nein. Du musst überlegt vorgehen. Die Hexen haben sie bestimmt nicht in Gerberts Territorium gebracht – nicht wenn sie einen Funken Verstand haben. Falls Diana unter einem Bann steht, dann ist sie auch für andere Hexen ein Rätsel. Sie werden Zeit brauchen, um es zu lösen. Und sie werden das allein tun wollen, ohne dass ihnen ein Vampir dazwischenfunkt.« Zum ersten Mal hatte Baldwin tatsächlich den Namen der Hexe ausgesprochen. »Im Cantal müssten sich die Hexen vor Gerbert verantworten, also sind sie bestimmt außerhalb der Grenze geblieben. Denk nach.« Baldwins letzter Tropfen Geduld verdampfte. »Bei den Göttern, Matthew, die meisten davon hast du selbst gebaut oder entworfen.«

Matthew hastete im Geist die verschiedenen Möglichkeiten durch, verwarf die einen, weil sie zu nahe, und andere, weil sie zu verfallen waren. Dann sah er erschrocken auf. »La Pierre.«

Ysabeaus Mund straffte sich, und Marthe sah ihn entsetzt an. La Pierre war die trutzigste Burg weit und breit gewesen. Sie hatte auf einem Basaltsockel gethront und war von hohen Mauern umgeben, die jeder Belagerung widerstehen konnten.

Über ihnen war zu hören, wie Luft komprimiert und verwirbelt wurde.

»Ein Hubschrauber«, erklärte Baldwin. »Er hat in Clermont-Ferrand auf mich gewartet, um mich wieder nach Lyon zu bringen. Du wirst deinen Garten neu anpflanzen müssen, Ysabeau, aber dieses Opfer wirst du bestimmt gern bringen.«

Die beiden Vampire eilten im Laufschritt aus dem Gebäude und auf den Hubschrauber zu. Sie sprangen hinein und flogen schon bald hoch über der Auvergne. Die Nacht lag unter ihnen wie ein schwarzes Tuch, aus dem nur hier und da das Fenster eines Bauernhofs leuchtete. Sie brauchten über eine halbe Stunde, um zu der Burg zu gelangen, und obwohl die Brüder genau wussten, wo sie stand, konnte der Pilot sie nur mühsam ausmachen.

»Ich kann hier nirgendwo landen!«, rief der Pilot.

Matthew deutete auf eine alte Straße, die von der Burg wegführte. »Wie wäre es mit der da?«, brüllte er ebenfalls. Schon suchte er alle Mauern nach einem Licht oder einer Bewegung ab.

Baldwin befahl dem Piloten, dort niederzugehen, wo Matthew vorgeschlagen hatte, und handelte sich damit einen zweifelnden Blick ein.

Als sie immer noch sechs Meter über dem Boden schwebten, sprang Matthew hinaus und rannte in vollem Tempo auf das Burgtor zu. Baldwin seufzte und sprang ihm hinterher, nachdem er dem Piloten befohlen hatte, nicht wegzufliegen, bis beide wieder an Bord waren.

Matthew war schon in der Burg und rief nach Diana. »Mein Gott, sie steht bestimmt Höllenängste aus«, flüsterte er, als das Echo verhallte, und fuhr sich dabei mit den Fingern durchs Haar.

Baldwin holte ihn ein und packte ihn am Arm. »Wir können das auf zwei Arten tun, Matthew. Entweder wir teilen uns auf und durchsuchen die Burg von oben bis unten. Oder du bleibst fünf Sekunden stehen und überlegst, wo in La Pierre du etwas verstecken würdest.«

»Lass mich los.« Matthew bleckte die Zähne und versuchte die Hand seines Bruders abzuschütteln. Baldwin griff nur noch fester zu.

»Denk nach!«, befahl er. »Das geht schneller, glaub mir.«

Matthew schritt im Geist den Bauplan der Burg ab. Er begann am Eingang, eilte dann nach oben in die verschiedenen Zimmer, auf den Turm, durch die Schlafgemächer, die Audienzräume und die große Halle. Dann arbeitete er sich nach unten vor, wo Küche, Keller und Kerker lagen. Schließlich starrte er seinen Bruder entsetzt an.

»Die Oubliette.« Er rannte los in Richtung Küche.

Baldwins Gesicht erstarrte. »*Dieu*«, flüsterte er und sah seinem Bruder nach. Was hatte diese Hexe nur getan, dass ihre eigenen Leute sie in ein zwanzig Meter tiefes Loch warfen?

Und falls Diana tatsächlich so kostbar war, würde derjenige, der sie in die Oubliette gesteckt hatte, bald zurückkommen.

Baldwin rannte seinem Bruder nach und hoffte, dass es nicht schon zu spät war. Sonst hätten die Hexen nicht eine, sondern zwei Geiseln in ihrer Gewalt.

Kapitel 31

Diana, es ist Zeit zum Aufwachen. Leise, aber eindringlich flüsterte meine Mutter.

Zu erschöpft, um ihr zu antworten, zog ich die bunte Flickendecke über meinen Kopf und hoffte, dass sie mich nicht finden würde. Ich rollte mich ein und fragte mich im nächsten Moment, warum mir alles wehtat.

Wach auf, Schlafmützchen. Schonungslos packten die Finger meines Vaters den Stoff. Für einen Moment wurden die Schmerzen von unbändiger Freude überlagert. Er spielte einen Bären und brummte gefährlich. Glückselig kreischend krampfte ich die Finger in die Decke, aber sobald er einmal anzog, wehte eisige Luft über mich hinweg.

Etwas stimmte nicht. Ich öffnete ein Auge und erwartete die bunten Poster und Stofftiere zu sehen, die mein Zimmer in Cambridge schmückten. Aber mein Schlafzimmer hatte feuchte, graue Wände.

Mein Vater, unzählige Fältchen um die Augen, lächelte mich an. Wie üblich lockten sich seine Haare an den Spitzen und hätten gekämmt gehört, und sein Kragen saß schief. Ich liebte ihn trotzdem und versuchte die Arme um seinen Hals zu schlingen, aber irgendwie wollten sie mir nicht gehorchen. Er zog mich stattdessen sanft zu sich her und umhüllte mich wie ein Schutzwall mit seiner substanzlosen Gestalt.

Was führt Sie denn hierher, Miss Bishop? Das hatte er immer gesagt, wenn ich in sein Arbeitszimmer geschlichen kam oder spätabends unten aufgetaucht war, um mir eine weitere Gutenachtgeschichte zu erbetteln.

»Ich bin so müde.«

Obwohl er durchsichtig war, roch sein Hemd irgendwie nach kaltem

Zigarettenrauch und nach den Schokoladebonbons, die er in seinen Taschen stecken hatte.

Ich weiß, sagte mein Vater, und das Lächeln in seinen Augen erlosch. *Aber du kannst nicht länger schlafen.*

Du musst aufwachen. Jetzt spürte ich die Hände meiner Mutter, die mich vom Schoß meines Vaters zu ziehen versuchten.

»Erst will ich das Ende der Geschichte hören«, bettelte ich. »Und lass die schlimmen Stellen aus.«

So funktioniert das nicht. Meine Mutter schüttelte den Kopf, und mein Vater hob mich traurig in ihre Arme.

»Aber ich fühle mich nicht gut.« Meine Kinderstimme bettelte um eine Sonderbehandlung.

Das Seufzen meiner Mutter brach sich an den Felswänden. *Die schlimmen Stellen kann ich nicht auslassen. Du musst dich ihnen stellen. Kannst du das, kleine Hexe?*

Ich ließ mir durch den Kopf gehen, was von mir erwartet würde, und nickte dann.

Wo waren wir stehengeblieben?, fragte meine Mutter und nahm neben dem geisterhaften Mönch in der Mitte des Verlieses Platz. Erschrocken wollte er von ihr wegrutschen. Mein Vater lächelte hinter vorgehaltener Hand und sah meine Mutter so an, wie Matthew mich ansah.

Ich weiß es wieder, sagte sie. *Diana wurde ganz allein in einen dunklen Raum gesperrt. Stunde um Stunde saß sie dort und fragte sich, ob sie je wieder hinauskommen würde. Dann hörte sie jemanden an ihr Fenster klopfen. Es war der Prinz. »Hexen haben mich hier drin eingesperrt!«, rief Diana. Der Prinz versuchte das Fenster einzuschlagen, aber das bestand aus magischem Glas und bekam nicht einmal einen Sprung. Dann rannte der Prinz zur Tür und versuchte sie zu öffnen, aber die hatte ein Zauberschloss. Er versuchte die ganze Tür aus dem Rahmen zu reißen, aber das Holz war so dick, dass es sich nicht einmal rührte.*

»War der Prinz denn nicht stark?«, fragte ich leicht verärgert, dass er an einer so einfachen Aufgabe scheitern sollte.

Sehr stark, widersprach meine Mutter in tiefem Ernst, *aber er war eben kein Hexer. Diana schaute sich um, ob sie noch etwas fand, womit es der Prinz versuchen könnte. Schließlich entdeckte sie ein winziges Loch im Dach. Es war gerade so groß, dass eine Hexe wie sie hindurchpasste. Diana befahl dem Prinzen, er solle hinauffliegen und sie herausheben. Aber der Prinz konnte nicht fliegen.*

»Weil er kein Hexer war«, wiederholte ich. Der Mönch bekreuzigte sich jedes Mal, wenn einer von uns das Wort magisch oder Hexer aussprach.

Ganz genau, bestätigte meine Mutter. *Da fiel Diana ein, dass sie früher selbst geflogen war. Sie sah an sich herab und entdeckte den Rand eines silbernen Bandes. Das Band war fest um sie gewickelt, aber als sie an seinem Ende zupfte, fiel es von ihr ab. Diana warf es hoch in die Luft. Danach brauchte ihr Körper nur noch dem Band in den Himmel zu folgen. Als sie an das Loch im Dach kam, drückte sie die Arme zusammen, streckte sie vor und flog hinaus in die Nachtluft. »Ich wusste, dass du das kannst«, sagte der Prinz.*

»Und danach heirateten sie, und wenn sie nicht gestorben sind, dann leben sie noch heute«, schloss ich entschieden.

Das Lächeln meiner Mutter war bittersüß. *Ja, Diana.* Sie schenkte meinem Vater einen tiefen Blick, einen jener Blicke, die Kinder erst verstehen, wenn sie älter sind.

Ich seufzte glücklich, und plötzlich machte es mir nicht mehr so viel aus, dass mein Rücken in Flammen stand und dass ich an diesem merkwürdigen Ort unter lauter Leuten war, durch die man hindurchsehen konnte.

Es wird Zeit, sagte meine Mutter zu meinem Vater. Er nickte.

Über mir traf mit einem ohrenbetäubenden Krachen schweres Holz auf alten Stein.

»Diana?« Es war Matthew. Er klang gehetzt. Als ich seine Angst hörte, durchschossen mich gleichzeitig tiefe Erleichterung und Adrenalin.

»Matthew!« Mein Ruf kam als dumpfes Krächzen aus meinem Mund.

»Ich komme nach unten.« Matthews Antwort hallte durch die Finsternis und brachte meinen Kopf zum Dröhnen. Mein Schädel pochte, und auf meiner Wange klebte etwas. Ich zerrieb die klebrige Masse zwischen meinen Fingern, aber es war zu dunkel, als dass ich feststellen konnte, was es war.

»Nein«, hielt ihn eine tiefere, rauere Stimme zurück. »Du kommst zwar hinunter, aber ich werde euch nicht wieder heraufbekommen. Und wir müssen uns beeilen, Matthew. Sie werden sie bald holen kommen.«

Ich sah auf, wer da oben sprach, aber ich konnte nur einen hellen Ring erkennen.

»Diana, hör mir zu.« Matthews Stimme dröhnte nicht mehr ganz so laut. »Du musst fliegen. Schaffst du das?«

Meine Mutter nickte aufmunternd. *Es ist Zeit aufzuwachen und zur Hexe zu werden. Du brauchst keine Geheimnisse mehr zu bewahren.*

»Ich glaube schon.« Ich versuchte aufzustehen. Mein rechter Knöchel knickte unter mir ein, und ich fiel auf mein Knie. »Ist Satu ganz bestimmt weg?«

»Hier oben ist niemand außer mir und meinem Bruder Baldwin. Flieg hoch, dann bringen wir dich von hier weg.« Der andere Mann murmelte etwas, und Matthew antwortete wütend.

Ich wusste nicht, wer Baldwin war, und ich hatte für einen Tag genug neue Leute kennengelernt. Nach dem, was Satu mir erzählt hatte, fühlte ich mich nicht einmal bei Matthew völlig sicher. Ich suchte nach einem Versteck.

Du kannst dich nicht vor Matthew verstecken, sagte meine Mutter und warf meinem Vater einen wehmütigen Blick zu. *Er wird dich immer finden, und zwar überall. Du kannst ihm vertrauen. Er ist der, auf den wir gewartet haben.*

Der Arm meines Vaters legte sich um sie, und ich musste daran denken, wie ich mich in Matthews Armen gefühlt hatte. Jemand, der mich so gehalten hatte, konnte mich unmöglich hintergehen.

»Diana, bitte versuche es.« Ich hörte das Flehen in Matthews Stimme.

Um fliegen zu können, brauchte ich ein silbernes Band. Aber es war keines um mich gewickelt. Weil ich nicht wusste, was ich jetzt tun sollte, suchte ich im Halblicht nach meinen Eltern. Sie wirkten inzwischen viel blasser.

Willst du nicht fliegen?, fragte meine Mutter.

Die Magie liegt im Herzen, Diana, sagte mein Vater. *Vergiss das nicht.*

Ich schloss die Augen und stellte mir ein Band vor. Das eine Ende nahm ich fest zwischen die Finger, dann warf ich den Rest in Richtung des weißen Ringes, der in der Dunkelheit flackerte. Das Band rollte sich ab, schoss durch das Loch und riss meinen Körper mit hoch.

Meine Mutter lächelte, und mein Vater sah mir genauso stolz zu wie damals, als er die Stützräder von meinem ersten Fahrrad abmontiert hatte. Matthew beugte sich nach unten, und neben ihm erkannte ich ein zweites Gesicht, das seinem Bruder gehören musste. Beide waren von einer Schar Geister umgeben, die fassungslos darüber wirkten, dass es jemand nach all den Jahren lebend aus diesem Verlies schaffte.

»Gott sei Dank«, hauchte Matthew und streckte mir die langen, weißen Finger entgegen. »Nimm meine Hand.«

Sobald er mich festhielt, kehrte das Gewicht in meinen Körper zurück.

»Mein Arm!«, schrie ich auf, als die Muskeln gespannt wurden und die Wunde an meinem Unterarm wieder aufplatzte.

Unterstützt von einer zweiten, fremden Hand packte mich Matthew an der Schulter. Zu zweit zogen sie mich aus der Oubliette, und im nächsten Moment wurde ich gegen Matthews Brust gedrückt. Die Finger in seinen Pullover gekrallt, klammerte ich mich an ihm fest.

»Ich wusste, dass du das schaffst«, murmelte er zutiefst erleichtert, genau wie der Prinz in der Geschichte meiner Mutter.

»Dafür ist jetzt keine Zeit!« Matthews Bruder rannte bereits den Gang zur Tür hinunter.

Matthew nahm mich an den Schultern und besah sich kurz meine Verletzungen. Seine Nasenflügel bebten, als er das getrocknete Blut roch. »Kannst du gehen?«, fragte er leise.

»Nimm sie auf den Arm, und schaff sie hier heraus, sonst hast du gleich ganz andere Probleme als ein bisschen Blut!«, rief uns der andere Vampir zu.

Matthew wuchtete mich hoch wie einen Sack Mehl und begann zu rennen, die Arme fest um meinen Rücken gespannt. Ich biss mir auf die Lippe und schloss die Augen, weil mich der unter uns dahinfliegende Boden zu sehr an den Flug mit Satu erinnerte. Ein Schwall kühler Luft verriet mir, dass wir ins Freie kamen. Ich atmete tief ein und begann sofort zu schlottern.

Matthew rannte noch schneller und trug mich zu einem Hubschrauber, der verrückterweise auf einer ungeteerten Straße vor dem Schloss wartete. Den Körper schützend über mich gebeugt, sprang Matthew durch die offene Tür des Hubschraubers. Sein Bruder folgte ihm, und die Lichter der Cockpitinstrumente setzten grünliche Lichtpunkte in sein kupferrotes Haar.

Als Baldwin sich niederließ, strich mein Fuß über seinen Schenkel, woraufhin er mir einen Blick zuwarf, in dem sich Hass und Neugier mischten. Sein Gesicht war mir aus der Vision vertraut, die ich in Matthews Arbeitszimmer gehabt hatte: erst erhellt von den Lichtern, die sich in der Rüstung spiegelten, dann, als er einen Finger auf die Siegel der Lazarusritter gelegt hatte. »Ich dachte, du wärst tot.« Ich kuschelte mich an Matthews Brust.

Baldwin sah mich mit großen Augen an. »Los!«, schrie er dem Piloten zu, und wir hoben ab.

Sobald wir in der Luft schwebten, musste ich wieder an Satu denken, und das Zittern wurde noch heftiger.

»Sie steht unter Schock«, sagte Matthew. »Kann das Ding nicht schneller fliegen, Baldwin?«

»Setz sie k. o.«, befahl Baldwin ungeduldig.

»Ich habe nichts dabei, um sie zu betäuben.«

»O doch, das hast du.« Die Augen seines Bruders glitzerten. »Soll ich das für dich übernehmen?«

Matthew sah mich an und versuchte zu lächeln. Mein Schlottern ließ ein wenig nach, aber jedes Mal, wenn der Hubschrauber im Wind schwankte, wurden die Erinnerungen an Satu wieder wach.

»Bei den Göttern, Matthew, sie hat Todesangst«, sagte Baldwin zornig. »Jetzt mach schon.«

Matthew biss in seine Lippe, bis ein Blutstropfen auf der glatten Haut perlte. Dann senkte er den Kopf, um mich zu küssen.

»Nein.« Ich wand mich, um seinem Mund zu entkommen. »Ich weiß, was du da tust. Satu hat es mir erzählt. Du benutzt dein Blut, um mich zu betäuben.«

»Du stehst unter Schock, Diana. Etwas anderes habe ich nicht da. Lass dir von mir helfen.« Aus seinem Gesicht sprach nackte Angst. Ich hob die Hand und tupfte den Blutstropfen mit meiner Fingerspitze ab.

»Nein. Ich werde das selbst tun.« Die Hexen würden sich nicht länger das Maul darüber zerreißen, dass ich Matthew willenlos ausgeliefert war. Ich leckte die salzige Flüssigkeit von meiner tauben Fingerspitze. Meine Lippen und meine Zunge kitzelten kurz, dann waren die Nerven betäubt.

Als ich wieder erwachte, spürte ich frische Luft auf meinen Wangen und roch Marthes Kräuter. Wir befanden uns im Garten von Sept-Tours. Matthews Arme lagen unter meinem schmerzenden Rücken, und er drückte meinen Kopf an seine Halsbeuge. Ich bewegte mich und sah mich um.

»Wir sind zu Hause«, flüsterte er und marschierte weiter auf die Lichter des Châteaus zu.

»Ysabeau und Marthe.« Ich versuchte den Kopf zu heben. »Ihnen ist doch nichts zugestoßen?«

»Es geht ihnen gut«, erwiderte Matthew und hielt mich noch fester.

Wir traten in den gleißend hell erleuchteten Gang zur Küche. Das Licht brannte mir so in den Augen, dass ich den Kopf abwandte, bis der Schmerz abgeklungen war. Eine meiner Pupillen schien weiter geöffnet zu sein als die andere, weshalb ich das eine Auge halb zudrückte, damit beide gleich viel Licht einfingen. Ich machte eine Gruppe von Vampiren aus, die sich vor mir und Matthew im Korridor versammelt hatten. Baldwin wirkte neugierig, Ysabeau zornig, Marthe grimmig und bekümmert. Ysabeau machte einen Schritt auf uns zu, und Matthew knurrte.

»Matthew«, setzte sie vorsichtig an und richtete den bekümmerten Blick mütterlich fest auf mich. »Wir müssen ihre Familie anrufen. Wo ist dein Handy?«

Sein Griff wurde fester. Mein Kopf war viel zu schwer für meinen Hals. Ich ließ ihn wieder gegen Matthews Schulter sinken.

»Es steckt wahrscheinlich in seiner Tasche, aber er wird die Hexe bestimmt nicht ablegen, um es herauszuholen. Und er wird dich auch nicht so nahe herankommen lassen, dass du es dir holen kannst.« Baldwin reichte Ysabeau sein Handy. »Nimm das hier.«

Baldwins Blick tastete meinen zerschundenen Körper so aufmerksam ab, dass es sich anfühlte, als würden Eispacks auf meine Haut gedrückt und wieder weggenommen. »Sie sieht aus, als käme sie aus der Schlacht.« Ich hörte die widerwillige Anerkennung in seiner Stimme.

Marthe sagte etwas auf Okzitanisch, und Matthews Bruder nickte.

»*Ôc*«, sagte er und sah mich anerkennend an.

»Diesmal nicht, Baldwin«, knurrte Matthew.

»Die Nummer, Matthew.« Ysabeaus knappe Bemerkung lenkte ihren Sohn ab. Er ratterte sie herunter, und seine Mutter drückte die entsprechenden Tasten.

»Es geht mir gut«, krächzte ich. »Setz mich ab, Matthew.«

»Nein, hier ist Ysabeau de Clermont. Diana ist bei uns.«

Es wurde wieder still, während Ysabeaus Eiszapfenblicke über mich hinwegzuckten. »Sie ist verletzt, aber nicht lebensbedrohlich. Trotzdem sollte Matthew sie nach Hause bringen. Zu Ihnen.«

»Nein. Sie wird mir folgen. Satu darf Sarah und Em nichts tun«, widersprach ich und versuchte mich aus Matthews Griff zu befreien.

»Matthew«, knurrte Baldwin, »lass sie von Marthe verpflegen, oder sorg dafür, dass sie still bleibt.«

»Halte dich da raus, Baldwin«, fuhr Matthew ihn an. Seine kühlen Lippen berührten meine Wangen, und mein Puls ging sofort langsamer. Er senkte die Stimme zu einem Murmeln. »Wir werden nichts tun, was du nicht willst.«

»Wir können sie vor Vampiren beschützen.« Ysabeaus Stimme klang wie aus weiter Ferne. »Aber nicht vor Hexen. Wir müssen sie zu jemandem bringen, der das kann.« Das Gespräch verhallte, und ein grauer Nebel senkte sich wie ein Vorhang über mich.

Diesmal kam ich oben in Matthews Turm zu mir. Jede einzelne Kerze brannte, und im Kamin loderte ein Feuer. Es war fast warm hier, trotzdem zitterte ich unter dem Adrenalin und dem Schock. Matthew hockte auf dem Boden, hatte mich zwischen seinen Knien abgesetzt und untersuchte meinen rechten Unterarm. Ein langer Riss in meinem blutgetränkten Pullover zeigte, wo Satu mich aufgeschlitzt hatte. Ein frischer roter Fleck leckte in die dunkleren Stellen.

Marthe und Ysabeau standen in der Tür wie zwei wachsame Falken.

»Ich kann mich selbst um meine Frau kümmern, *Maman*«, sagte Matthew.

»Natürlich, Matthew«, murmelte Ysabeau in ihrem typischen scheinbar gehorsamen Tonfall.

Matthew riss den Ärmel bis zum Bund auf, um die Wunde freizulegen, und fluchte. »Bring mir meine Tasche, Marthe.«

»Nein«, widersprach sie mit fester Stimme. »Sie ist völlig verdreckt, Matthew.«

»Lass sie erst baden«, pflichtete Ysabeau Marthe bei. »Ihr ist eiskalt, außerdem kannst du ihre Verletzungen kaum erkennen. Damit hilfst du ihr nicht, mein Sohn.«

»Kein Bad«, widersprach er entschieden.

»Warum denn nicht?«, fragte Ysabeau ungeduldig. Sie deutete zur Treppe hin, und Marthe verschwand.

»Das Wasser wäre mit ihrem Blut getränkt«, erklärte er gepresst. »Baldwin würde es riechen.«

»Wir sind hier nicht in Jerusalem, Matthew«, sagte Ysabeau. »Er hat diesen Turm noch nie betreten, seit er erbaut wurde.«

»Was war in Jerusalem?« Ich tastete nach der Stelle, an der sonst Matthews silberner Sarg hing.

»Meine Geliebte, ich muss mir deinen Rücken ansehen.«

»Okay«, hauchte ich benebelt. Mein Geist machte sich auf die Suche nach einem Apfelbaum und der Stimme meiner Mutter.

»Leg dich für mich auf den Bauch.«

Noch allzu deutlich spürte ich an Brust und Beinen die kalten Steine der Burg, wo Satu mich an den Boden gezwungen hatte. »Nein, Matthew. Du glaubst, dass ich etwas vor dir geheimhalte, aber ich weiß nichts über meine Magie. Satu sagte ...«

Matthew fluchte. »Hier ist keine Hexe, und deine Magie interessiert mich im Augenblick nicht.« Seine kalte Hand hielt meine kraftvoll und beschützend. »Beug dich einfach nach vorn über meine Hand. Ich halte dich.«

Auf seinem Schenkel sitzend, beugte ich mich vor und ließ meine Brust auf unseren verschränkten Händen ruhen. Dadurch dehnte sich die Haut auf meinem Rücken höllisch, trotzdem war das immer noch besser als die Alternative. Ich spürte, wie Matthew erstarrte.

»Deine Fleecejacke klebt an deiner Haut. So kann ich kaum etwas erkennen. Wir werden dich doch in die Badewanne stecken müssen, damit wir sie abziehen können. Kannst du Wasser einlassen, Ysabeau?«

Seine Mutter verschwand ohne ein weiteres Wort, und gleich darauf war das Rauschen des Wassers zu hören.

»Nicht zu heiß«, rief er ihr leise hinterher.

»Was war damals in Jerusalem?«, fragte ich wieder.

»Später«, sagte er und richtete mich behutsam wieder auf.

»Wir sollten keine Geheimnisse mehr voreinander haben, Matthew. Erzähl es ihr, und mach schnell.« Ysabeaus Stimme drang scharf aus der Badezimmertür. »Sie ist deine Frau und hat ein Recht, es zu erfahren.«

»Es muss etwas Schreckliches gewesen sein, sonst hättest du nicht den Lazarussarg getragen.« Ich drückte leicht auf die Stelle über seinem Herzen.

Matthew sah mich kurz verzweifelt an, dann erzählte er mir die Geschichte. Sie brach in kurzen Stakkatosätzen aus ihm heraus. »In Jerusalem habe ich eine Frau getötet. Sie stand zwischen Baldwin und mir. Es gab ein großes Blutvergießen. Ich habe sie geliebt, und sie ...«

Er hatte noch jemanden getötet, aber einen Menschen, keine Hexe. Ich legte einen Finger auf seine Lippen und brachte ihn zum Schweigen. »Das reicht vorerst. Und es ist schon so lange her.« Ich hatte wieder zu zittern begonnen und hätte keine weiteren Enthüllungen ertragen.

Matthew hob meine linke Hand an seine Lippen und drückte einen festen Kuss auf meine Fingerknöchel. Seine Augen verrieten mir, was er nicht aussprechen konnte. Schließlich gab er meine Hand wieder frei und sagte: »Wenn du dich wegen Baldwin sorgst, machen wir es anders. Wir können das Fleece mit Kompressen durchtränken, bis es sich löst, oder du könntest duschen.«

Wenn ich nur daran dachte, dass Wasser auf meinen Rücken prasseln oder dass jemand Kompressen darauf drücken könnte, riskierte ich lieber, dass Baldwin durstig werden könnte. »Ich würde lieber baden.«

Matthew senkte mich voll bekleidet und mitsamt meinen Laufschuhen in das lauwarme Wasser. Aufrecht in der Wanne sitzend, damit mein Rücken das Email nicht berührte, begann ich, während das Wasser langsam das Fleece durchweichte, ganz bewusst loszulassen, bis sich meine unter Wasser tanzenden und zuckenden Beine beruhigten. Jedem Muskel und jeder Nervenfaser musste ich einzeln befehlen, sich zu entspannen, und einige davon verweigerten hartnäckig den Gehorsam.

Während ich einweichte, verarztete Matthew mein Gesicht und betastete behutsam meinen Wangenknochen. Bekümmert sah er mich an und rief leise nach Marthe. Sie erschien mit einem großen schwarzen Arztkoffer in der Hand. Matthew holte eine kleine Taschenlampe heraus und leuchtete mir, die Lippen fest zusammengepresst, prüfend in die Augen.

»Ich bin mit dem Gesicht auf den Boden geschlagen.« Ich zuckte zusammen. »Ist etwas gebrochen?«

»Ich glaube nicht, *mon cœur,* das sind wohl nur schwere Blutergüsse.«

Marthe riss ein Päckchen auf, und eine Alkoholschwade umwehte meine Nase. Als Matthew das Verbandspäckchen auf die klebrige Stelle an meiner Wange hielt, krallte ich mich am Wannenrand fest, Tränen schossen in meine Augen. Als er das Pad wieder wegnahm, war es hellrot verfärbt.

»Ich habe mich an einem Stein aufgeschnitten.« Ich sagte das möglichst sachlich, um die Erinnerungen an Satu zu verdrängen, die mit dem Schmerz zurückgekehrt waren.

Matthews kühle Finger fuhren die brennende Wunde bis zu der Stelle nach, an der sie unter meinen Haaren verschwand. »Das ist nicht tief. Du musst nicht genäht werden.« Er griff nach einem Tiegel und schmierte etwas Salbe auf meine Haut. Sie roch nach Minze und Gartenkräutern. »Bist du allergisch gegen irgendwelche Medikamente?«, fragte er, als er damit fertig war.

Ich schüttelte den Kopf.

Wieder rief er nach Marthe, die mit einem Arm voller Handtücher angelaufen kam. Er ratterte eine Liste von Medikamenten herunter, und Marthe zog nickend einen klirrenden Schlüsselbund aus ihrer Tasche. Nur eines der Medikamente klang vertraut.

»Morphin?« Mein Puls begann zu rasen.

»Das wird den Schmerz lindern. Die anderen Medikamente sind gegen Schwellungen und Infektionen.«

Das Bad hatte meine Angst ein wenig besänftigt und den Schock abgemildert, dafür wurden die Schmerzen immer schlimmer. Die Aussicht, sie zu verbannen, war verlockend, darum erklärte ich mich widerwillig einverstanden, die Medikamente zu nehmen, wenn ich dafür aus der Wanne durfte. Im rostroten Wasser zu sitzen war nicht besonders angenehm.

Doch bevor ich herausklettern durfte, bestand Matthew darauf, meinen rechten Fuß zu untersuchen. Er hob ihn aus dem Wasser und drückte die Schuhsohle gegen seine Schulter. Sofort schnappte ich nach Luft.

»Ysabeau. Kannst du bitte herkommen?«

Genau wie Marthe wartete Ysabeau geduldig im Schlafzimmer für den Fall, dass ihr Sohn sie brauchen sollte. Als sie hereinkam, wies Matthew sie an, sich hinter mich zu stellen, während er vorsichtig die wassergetränkten Schuhbänder aufschnitt und den Schuh von meinem Fuß zu lösen versuchte. Ysabeau hielt mich an den Schultern fest, um zu verhindern, dass ich vor Schmerz aus der Wanne sprang.

Ich weinte, bis Matthew seine Untersuchung abgeschlossen hatte – selbst nachdem er es aufgegeben hatte, den Schuh ausziehen zu wollen, und ihn stattdessen aufriss wie ein Schneider, der feines Tuch auftrennt. Auch die Socke riss er auf und danach den Saum meiner Leggings, bevor er den Stoff zurückschälte, um den Knöchel freizulegen. Um den Fuß zog sich ein Ring, als hätte mir jemand Fußschellen angelegt, die sich in die Haut gebrannt und schwarze Blasen mit merkwürdigen weißen Flecken dazwischen zurückgelassen hatten.

Matthew sah auf, und ich sah den Zorn in seinem Blick. »Wie hat sie das gemacht?«

»Satu hat mich kopfüber aufgehängt. Sie wollte feststellen, ob ich fliegen kann.«

Vorsichtig nahm Ysabeau meinen Fuß in die Hand. Matthew kniete sich neben die Wanne, das schwarze Haar straff aus der Stirn gestrichen und mit klatschnassen, blutigen Anziehsachen. Er drehte mein Gesicht zu sich hin und betrachtete mich mit einer Mischung aus wütendem Beschützerinstinkt und Stolz.

»Du bist im August geboren, nicht wahr? Im Sternzeichen des Löwen?« Plötzlich klang er rein französisch, sein Oxford-Akzent hatte sich in Luft aufgelöst.

Ich nickte.

»Dann werde ich dich fortan meine Löwin nennen müssen, denn nur eine Löwin kann so kämpfen wie du. Aber selbst *la lionne* braucht Schutz.« Sein Blick zuckte zu meinem rechten Arm. Ich umklammerte den Wannenrand so fest, dass die Wunde wieder zu bluten begonnen hatte. »Dein Knöchel ist verstaucht, aber nicht ernsthaft verletzt. Ich werde ihn später verbinden. Erst will ich deinen Rücken und deinen Arm versorgen.«

Matthew hob mich aus der Wanne, stellte mich ab und warnte mich, den rechten Fuß möglichst nicht zu belasten. Marthe und Ysabeau stützten mich, bis er mir die Leggings und die Unterwäsche vom Leib geschnitten hatte. Die Vampire behandelten alle körperlichen Dinge mit einer solchen Selbstverständlichkeit, dass es mir eigenartig wenig ausmachte, praktisch nackt vor ihnen zu stehen. Matthew hob meinen durchtränkten Pullover vorn an und enthüllte einen dunkellila Streifen, der sich quer über meinen Unterleib zog.

»Mein Gott«, sagte er und legte einen Finger auf das fleckige Fleisch über meinem Schambein. »Wie zum Teufel hat sie das angestellt?«

»Die Nerven sind mit Satu durchgegangen.« Meine Zähne begannen wieder zu klappern, sobald ich mich daran erinnerte, wie ich nach dem scharfen Schmerz durch die Luft geflogen war. Matthew steckte das Handtuch um meine Taille fest.

»Ziehen wir den Pullover aus«, beschloss er grimmig. Er trat hinter mich, und gleich darauf spürte ich kaltes Metall an meinem Rücken.

»Was machst du da?« Ich drehte den Kopf und versuchte etwas zu erkennen. Nachdem Satu mich stundenlang auf dem Bauch hatte liegen lassen, hielt ich es nicht aus, dass jemand hinter mir stand – selbst wenn es Matthew war. Das Schlottern verstärkte sich.

»Hör auf, Matthew«, drängte Ysabeau. »Sie erträgt das nicht.«

Eine Schere fiel klappernd zu Boden.

»Schon gut.« Matthew drückte seinen Körper liebevoll gegen meinen. Dann verschränkte er die Arme vor meiner Brust und hüllte mich komplett ein. »Ich schneide ihn von vorne auf.«

Als das Zittern nachgelassen hatte, kam er nach vorn und schnitt mir den Stoff vom Körper. Der kalte Luftzug an meinem Rücken verriet mir, dass ohnehin kaum etwas von dem Pullover übrig war. Er durchtrennte meinen BH und hob dann den Pullover von vorne ab.

Ysabeau schnappte nach Luft, als die letzten Fetzen von meinem Rücken abfielen.

»*Maria, Deu maire*«, hauchte Marthe entsetzt.

»Was ist denn? Was hat sie getan?« Der ganze Raum schien zu schwanken wie ein Kronleuchter bei einem Erdbeben. Matthew drehte mich zu seiner Mutter um. Ihr Gesicht war von Trauer und Mitleid gezeichnet.

»*La sorcière est morte*«, sagte Matthew leise.

Er plante bereits, die nächste Hexe zu töten. Meine Adern vereisten, und an den Rändern meines Blickfeldes wurde es schwarz.

Matthews Hände hielten mich aufrecht. »Bleib bei uns, Diana.«

»Musstest du Gillian töten?« Ich schluchzte.

»Ja.« Die Antwort kam knapp und tonlos.

»Und warum musste ich es von jemand anderem erfahren? Satu hat mir erzählt, dass du in meinem Apartment warst – dass du mich mit deinem Blut betäubt hast. Warum, Matthew? Warum hast du mir das nicht erzählt?«

»Weil ich Angst hatte, dich zu verlieren. Du weißt so wenig über mich, Diana. Diese Verschwiegenheit, dieser Instinkt, alle um mich herum zu beschützen – und notfalls auch dafür zu töten. Das bin ich.«

Mit nichts als einem Handtuch um die Hüften drehte ich mich zu ihm um. Ich hatte die Arme vor der Brust verschränkt, und meine Gefühle schwankten zwischen Angst und Zorn und etwas noch Düstererem. »Du willst also auch Satu töten?«

»Ja.« Er versuchte sich nicht zu rechtfertigen und nannte keine Gründe, doch ich sah den mühsam unterdrückten Zorn in seinen Augen. Kalt und grau tasteten sie mein Gesicht ab. »Du bist viel mutiger als ich. Das habe ich dir schon einmal erklärt. Willst du sehen, was sie dir angetan hat?« Matthew packte mich an den Ellbogen.

Ich dachte kurz nach und nickte dann.

Ysabeau protestierte in einem Schwall Okzitanisch, doch Matthew brachte sie mit einem Zischen zum Verstummen.

»Sie hat es überlebt, als es ihr angetan wurde, *Maman*. Es zu sehen, kann unmöglich schlimmer sein.«

Ysabeau und Marthe gingen nach unten, um zwei Spiegel zu holen, während Matthew meinen Rumpf ganz vorsichtig mit dem Handtuch abtupfte.

»Bleib bei mir«, wiederholte er jedes Mal, wenn ich vor dem rauen Stoff zurückzuweichen versuchte.

Die Frauen kehrten mit einem goldgerahmten Spiegel aus dem Salon sowie mit einem hohen Standspiegel zurück, den nur ein Vampir in den Turm hatte tragen können. Matthew stellte den größeren Spiegel hinter mir auf, während Ysabeau und Marthe den zweiten leicht angewinkelt vor mich hinhielten, sodass ich meinen Rücken und auch Matthew darin sehen konnte.

Nur dass das unmöglich mein Rücken sein konnte. Er gehörte jemand anderem – jemandem, der gepeitscht und versengt worden war, bis nur noch rote und blaue und schwarze Flecken zu sehen waren. Dazwischen erkannte ich merkwürdige Zeichen – Kreise und Symbole. Die Erinnerung an das Feuer flammte entlang der Wunden wieder auf.

»Satu hat gesagt, sie würde mich öffnen«, flüsterte ich wie hypnotisiert. »Aber ich habe meine Geheimnisse bewahrt, Mama, so wie du es wolltest.«

Ich sah noch im Spiegel, wie Matthew mich aufzufangen versuchte, dann hüllte mich die Dunkelheit ein.

Ich erwachte neben dem Kamin im Schlafzimmer. Mein Unterleib war immer noch in ein Handtuch gewickelt, und ich hockte vornübergebeugt auf der Kante eines Sessels mit Damastbezug, während mein Oberkörper auf einigen Kissen ruhte, die auf einem zweiten damastbezogenen Sessel aufgestapelt worden waren. Ich sah nur Füße und spürte gleichzeitig, wie jemand meinen Rücken einsalbte. Es war Marthe, deren kräftiger Griff sich deutlich von Matthews kühlen Fingern unterschied.

»Matthew?«, krächzte ich und drehte den Kopf zur Seite, um Ausschau nach ihm zu halten.

Sein Gesicht erschien in meinem Blickfeld. »Ja, meine Süße?«

»Wo sind die Schmerzen hin?«

»Magie«, sagte er und versuchte sich an einem aufmunternden Lächeln.

»Morphin«, erkannte ich langsam, weil mir die Medikamentenliste eingefallen war, die er Marthe gegeben hatte.

»Das habe ich doch gesagt. Jeder, der einmal Schmerzen gelitten hat, weiß, dass Morphin und Magie dasselbe sind. Gut, dass du wach bist, dann können wir dich endlich verbinden.« Er warf Marthe eine Mullbinde zu und erklärte mir, dass damit die Schwellung unterdrückt und meine Haut geschützt würde.

Die beiden wickelten Kilometer von klinischen Verbänden um meinen Leib. Dank der Drogen verfolgte ich den Vorgang mit einem eigenwillig distanzierten Gefühl. Das sich allerdings sofort verlor, als Matthew in seinem Medizinkoffer zu kramen begann und etwas von Nähen redete. Als Kind hatte ich mir einmal beim Hinfallen eine lange Gabel zum Marshmallow-Grillen ins Bein gerammt. Auch damals war ich genäht worden und hatte daraufhin monatelang unter Albträumen gelitten. Ich schilderte Matthew meine Ängste, aber er ließ sich nicht erweichen.

»Der Schnitt an deinem Arm ist zu tief, Diana. Er muss genäht werden, sonst heilt er nicht richtig.«

Hinterher zogen mich die Frauen an, während Matthew mit zittrigen Fingern nach seinem Weinglas griff. Weil ich nichts mitgenommen hatte, was sich vorn schließen ließ, verschwand Marthe noch einmal und kehrte mit einem Arm voll Anziehsachen zurück, die Matthew gehörten. Sie streiften mir eines seiner eleganten Baumwollhemden über. Ich verlor mich darin, aber der Stoff schmiegte sich seidig an meine Haut. Dann legte Marthe vorsichtig eine schwarze Kaschmirjacke mit lederbezogenen Knöpfen – ebenfalls von Matthew – über meine Schultern und schob mir eine meiner schwarzen Stretchhosen über die Hüften. Zuletzt bettete mich Matthew behutsam in ein Kissennest auf dem Sofa.

»Zieh dich um«, befahl Marthe ihm und schob ihn in Richtung Bad.

Matthew duschte und kam in einer frischen Hose aus dem Bad. Nachdem er sich vor dem Kamin die Haare trocken gerubbelt hatte, zog er den Rest seiner Sachen an.

»Kommst du zurecht, wenn ich kurz nach unten gehe?«, fragte er. »Marthe und Ysabeau bleiben so lange bei dir.«

Nachdem er gegangen war, saß Ysabeau wie erstarrt da und murmelte nur hin und wieder etwas in einer Sprache, die weder Okzitanisch noch Französisch war, während Marthe mich umhätschelte und tröstete. Bis Matthew wieder heraufkam, hatte sie fast alle unbrauchbaren Anziehsachen und blutigen Handtücher aus dem Raum geschafft. Fallon und Hector begleiteten ihn mit heraushängenden Zungen.

Ysabeau kniff die Augen zusammen. »Deine Hunde haben in meinem Haus nichts zu suchen.«

Fallon und Hector sahen aufmerksam von Ysabeau auf Matthew. Matthew schnippte mit den Fingern und deutete auf den Boden. Die Hunde ließen sich gehorsam nieder, die wachsamen Gesichter mir zugewandt.

»Sie bleiben bei Diana, bis wir abreisen«, verkündete er mit fester Stimme. Seine Mutter seufzte zwar, widersprach aber nicht.

Matthew hob meine Füße hoch, rutschte mit seinem Körper darunter und strich mit den Handflächen leicht über meine Beine. Marthe stellte ein Weinglas vor ihm ab und drückte mir einen Becher Tee in die Hand. Dann zog sie sich zurück, gefolgt von Ysabeau, und ließ uns mit den wachsamen Hunden allein.

Meine Gedanken begannen zu fliegen, beflügelt durch das Morphin und die hypnotische Berührung durch Matthews Finger. Ich durchforstete meine Erinnerungen und versuchte zu trennen, was real gewesen war und was ich mir eingebildet hatte. Hatte ich in der Oubliette tatsächlich den Geist meiner Mutter gesehen, oder war das nur eine Erinnerung an die Zeit vor ihrer Reise nach Afrika gewesen?

»Was ist, *ma lionne*?«, fragte Matthew besorgt. »Hast du Schmerzen?«

»Nein. Ich denke nur nach.« Ich konzentrierte mich auf sein Gesicht und kämpfte mich durch den Nebel an sein sicheres Ufer. »Wo hat sie mich hingebracht?«

»Nach La Pierre. Eine alte Burg, in der seit Ewigkeiten niemand mehr wohnt.«

»Ich habe Gerbert getroffen.« Mein Gehirn spielte Kästchenspringen und wollte auf keinen Fall zu lange auf einer Stelle verweilen.

Matthews Finger kamen zur Ruhe. »Er war dort?«

»Nur zu Anfang. Er und Domenico haben uns in Empfang genommen, aber Satu schickte beide fort.«

»Ich verstehe. Hat er dich berührt?« Matthews Körper spannte sich an.

»An der Wange.« Mich schauderte. »Er hatte das Manuskript schon einmal in Händen, Matthew, und zwar schon vor vielen Jahren. Gerbert prahlte damit, dass er es aus Spanien hergebracht hätte. Schon damals war es offenbar verhext. Er hat sich eine Hexe hörig gemacht, weil er hoffte, sie könnte den Zauber lösen.«

»Willst du mir erzählen, was passiert ist?«

Noch wollte ich nicht darüber reden und war kurz davor, ihm das zu sagen, aber dann sprudelte alles aus mir heraus. Als ich schilderte, wie Satu mich zu öffnen versucht hatte, weil sie die Magie in mir zu finden hoffte, stand Matthew auf und ersetzte die Kissen, die meinen Rücken stützten, durch seinen Körper, indem er mich längs zwischen seine Beine legte.

Er hielt mich fest, solange ich redete, als mir die Stimme versagte und während ich weinte. Was er auch empfand, als ich ihm eröffnete, was Satu mir über ihn verraten hatte, er behielt es eisern für sich. Selbst als ich ihm erzählte, wie meine Mutter unter einem Apfelbaum gesessen hatte, dessen Wurzeln sich über den Steinboden in der Burg ausgebreitet hatten, drängte er kein einziges Mal nach weiteren Einzelheiten, obwohl ihm bestimmt hundert Fragen auf der Zunge brannten.

Ich erzählte ihm nicht alles – meinen Vater ließ ich weg, genau wie die lebhaften Erinnerungen an die Gutenachtgeschichten und daran, wie ich in Madison durch die Felder hinter Sarahs Haus gelaufen war. Aber es war ein Anfang, und alles Weitere würde sich im Lauf der Zeit ergeben.

»Was sollen wir jetzt tun?«, fragte ich, als ich fertig war. »Wir dürfen nicht zulassen, dass die Kongregation Sarah oder Em etwas antut – oder Marthe und Ysabeau.«

»Das liegt allein bei dir«, antwortete Matthew langsam. »Ich könnte es verstehen, wenn du genug hast.« Ich drehte den Kopf, um ihn anzusehen, aber er wich meinem Blick aus und starrte betrübt aus dem Fenster in die Dunkelheit.

»Du hast mir erklärt, wir wären bis an unser Lebensende miteinander verbunden.«

»Nichts kann meine Gefühle für dich ändern, aber du bist kein Vampir. Was dir heute passiert ist …« Matthew verstummte und setzte neu an. »Ich würde es verstehen, wenn du deine Meinung über alles – über unsere Beziehung – geändert hättest.«

»Nicht einmal Satu konnte mich dazu bringen, meine Meinung zu ändern. Und sie hat alles versucht. Meine Mutter klang so überzeugt, als sie mir erklärte, dass du derjenige bist, auf den ich gewartet habe. Nur deshalb konnte ich plötzlich fliegen.« Das stimmte nicht ganz – meine Mutter hatte gesagt, Matthew sei derjenige, auf den *wir* gewartet hatten. Aber nachdem das keinen Sinn ergab, behielt ich es für mich.

»Bist du sicher?« Matthew hob mein Kinn an und sah mir eindringlich in die Augen.

»Hundertprozentig.«

Sein Gesicht wirkte nicht mehr ganz so betrübt. Er beugte sich vor, um mich zu küssen, wich aber im letzten Moment zurück.

»Meine Lippen sind der einzige Körperteil, der mir nicht wehtut.« Außerdem musste ich mich vergewissern, dass es auf der Welt Geschöpfe gab, die mich berührten, ohne dass sie mir dabei wehtaten.

Sanft drückte er seinen Mund auf meinen, und ich roch seinen würzigen Nelkenatem. Sein Kuss vertrieb die Erinnerung an La Pierre, und ich konnte ein paar Sekunden mit geschlossenen Augen in seinen Armen ruhen. Doch dann schreckte ich wieder auf, weil ich unbedingt erfahren musste, was als Nächstes passieren würde.

»Und … was jetzt?«, fragte ich noch einmal.

»Ysabeau hat recht. Wir sollten dich zu deiner Familie bringen. Vampire können dir nicht beibringen, wie du deine Magie nutzen kannst, und diese Hexen werden dich bestimmt nicht in Frieden lassen.«

»Und wann?« Plötzlich genoss ich es eigenartig, alle Entscheidungen ihm zu überlassen.

Ich spürte, wie Matthew leise unter mir zusammenzuckte, was mir zeigte, wie sehr ihn meine Fügsamkeit überraschte. »Wir fliegen zusammen mit Baldwin im Helikopter nach Lyon. Sein Flugzeug steht aufgetankt zum Start bereit. Satu und die anderen Hexen aus der Kongregation werden nicht sofort hier auftauchen, aber irgendwann werden sie kommen«, prophezeite er grimmig.

»Und Ysabeau und Marthe werden ohne dich in Sept-Tours sicher sein?«

Ich spürte, wie Matthew bebend lachte. »Sie haben praktisch in jedem bewaffneten Konflikt der Geschichte mitgemischt. Ein paar Vampire auf der Jagd und ein paar neugierige Hexen können ihnen keine Angst einjagen. Allerdings muss ich noch etwas erledigen, bevor wir losfliegen. Glaubst du, du kannst schlafen, wenn Marthe bei dir wacht?«

»Ich muss meine Sachen packen.«

»Das übernimmt Marthe. Ysabeau kann ihr helfen, wenn dir das recht ist.«

Ich nickte. Irgendwie fand ich den Gedanken, dass Ysabeau bei mir im Zimmer sein würde, eigenartig beruhigend.

Zärtlich legte Matthew mich wieder auf den Kissen ab. Dann rief er leise nach Marthe und Ysabeau und schickte die Hunde mit einer wortlosen Geste an die Tür, wo sie links und rechts Position bezogen wie die steinernen Löwen vor der New York Public Library.

Die beiden Frauen huschten leise durchs Zimmer, und ihr dezentes Geraschel und Gemurmel wiegte mich schließlich in den Schlaf. Als ich Stunden später erwachte, war meine alte Reisetasche gepackt und stand am Kamin bereit. Marthe beugte sich gerade darüber und stopfte eine Dose hinein.

»Was ist das?« Ich rieb mir den Schlaf aus den Augen.

»Der Tee. Eine Tasse täglich. Nicht vergessen.«

»Nein, Marthe.« Mein Kopf sackte ins Kissen zurück. »Danke. Für alles.«

Marthe strich mir mit ihren knorrigen Händen über die Stirn. »Er liebt Sie. Das wissen Sie doch?« Sie klang noch ruppiger als sonst.

»Ich weiß, Marthe. Ich liebe ihn auch.«

Hector und Fallon hoben die Köpfe, weil sie ein Geräusch auf der Treppe bemerkt hatten, das zu leise war, als dass ich es hätte hören können. Matthews dunkle Silhouette erschien. Er kam ans Sofa, musterte mich prüfend und nickte zufrieden, nachdem er meinen Puls gefühlt hatte. Dann hob er mich aus den Kissen, als wäre ich federleicht, und trug mich die Treppe hinab, wobei ich dank des Morphins nur ein unangenehmes Ziehen im Rücken spürte. Hector und Fallon bildeten die Nachhut unserer kleinen Prozession.

Sein Arbeitszimmer war dunkel bis auf das Kaminfeuer, das die

Bücher und Objekte mit tanzenden Schatten überzog. Sein Blick zuckte kurz zu dem kleinen Holzturm, als wollte er still von Lucas und Blanca Abschied nehmen.

»Wir kommen zurück, sobald wir können«, versprach ich.

Matthew lächelte, aber seine Augen blieben ernst.

Baldwin wartete in der Halle auf uns. Hector und Fallon strichen um Matthews Beine, als wollten sie alle anderen auf Abstand halten. Er schickte sie weg, damit sich Ysabeau zu uns gesellen konnte.

Sie legte ihre kalten Hände auf meine Schultern. »Sei tapfer, meine Tochter, aber hör auf Matthew«, riet sie mir und küsste mich dann auf beide Wangen.

»Es tut mir leid, dass ich so viel Ärger über euer Haus gebracht habe.«

»*Hein*, dieses Haus hat Schlimmeres erlebt«, erwiderte sie und wandte sich dann Baldwin zu.

»Lass es mich wissen, falls du etwas brauchst, Ysabeau.« Baldwin strich mit den Lippen über ihre Wange.

»Natürlich, Baldwin. Fliegt vorsichtig«, murmelte sie, während er schon auf dem Weg nach draußen war.

»In Vaters Arbeitszimmer liegen sieben Briefe«, erklärte ihr Matthew schnell und fast flüsternd, nachdem sein Bruder gegangen war. »Alain wird sie holen kommen. Er weiß, was zu tun ist.« Ysabeau nickte, und in ihren Augen glänzte es feucht. »So fängt es also wieder an«, flüsterte sie. »Dein Vater wäre stolz auf dich, Matthew.« Sie legte eine Hand auf seinen Arm und hob seine Taschen auf.

Wir zogen in einem Aufmarsch von Vampiren, Hunden und einer Hexe über den Rasen des Châteaus. Sobald wir auftauchten, begannen sich die Rotorblätter des Hubschraubers zu drehen. Matthew fasste mich an der Taille, hob mich in die Kabine und kletterte dann hinter mir hinein.

Wir hoben ab und schwebten ein paar Sekunden über den erleuchteten Mauern des Châteaus, bevor wir nach Osten abdrehten, wo sich die Lichter von Lyon gegen den dunklen Morgenhimmel abzeichneten.

KAPITEL 32

Auf dem Weg zum Flughafen hielt ich die Augen fest geschlossen. Bis ich wieder in einem Hubschrauber fliegen konnte, ohne an Satu zu denken, würde noch viel Zeit vergehen.

Das Umsteigen in Lyon lief rasend schnell und hoch effizient ab. Ganz eindeutig hatte Matthew von Sept-Tours aus alles arrangiert und die Behörden informiert, dass das Flugzeug für einen Patiententransport gebraucht wurde. Kaum hatte er seinen Ausweis gezückt und das Flughafenpersonal einen Blick auf mein Gesicht geworfen, da wurde ich schon in einen Rollstuhl verfrachtet und zum Flugzeug geschoben, während uns ein Grenzpolizist hinterherlief und meinen Pass stempelte. Weil Baldwin uns voranmarschierte, wichen alle instinktiv aus.

Der Jet der de Clermonts war ausgestattet wie eine Luxusjacht. Es gab Liegesessel, die man zum Bett ausklappen konnte, Sitzgruppen mit Polstersesseln und Tischen sowie eine kleine Bordküche, in der uns ein uniformierter Steward mit Rotwein und gekühltem Mineralwasser erwartete. Matthew legte mich in einen der Sessel und polsterte ihn mit Kissen auf, damit möglichst wenig Druck auf meinen Rücken ausgeübt wurde. Dann setzte er sich auf den Platz neben mir. Baldwin ließ sich an einem Tisch nieder, an dem man problemlos eine Aufsichtsratskonferenz hätte abhalten können, bedeckte ihn mit den verschiedensten Papieren, fuhr zwei Computer hoch und begann ununterbrochen zu telefonieren.

Nach dem Start befahl Matthew mir zu schlafen. Als ich mich weigern wollte, drohte er, mir mehr Morphin zu geben. Wir verhandelten noch, als das Handy in seiner Tasche zu summen begann.

»Marcus«, sagte er nach einem Blick aufs Display. Baldwin sah von seinem Tisch auf.

Matthew drückte den grünen Knopf. »Hallo, Marcus. Ich sitze mit Baldwin und Diana im Flugzeug nach New York.« Er sprach so schnell, dass Marcus keine Gelegenheit hatte, viel zu sagen. Marcus hatte höchstens ein paar Worte einwerfen können, bevor Matthew die Verbindung trennte.

Kaum hatte Matthew den roten Knopf an seinem Handy gedrückt, da erschien ein langer Text auf dem Display. Vampire mit ihrem gesteigerten Bedürfnis nach Privatsphäre mussten die SMS als Gottesgabe empfinden. Matthew ließ seine Finger über die Tasten fliegen und antwortete. Dann wurde das Display wieder dunkel, und er schenkte mir ein angespanntes Lächeln.

»Alles in Ordnung?«, fragte ich eher der Form halber, denn ich wusste, dass er mir die ganze Geschichte erst erzählen konnte, wenn Baldwin nicht mehr in unserer Nähe war.

»Ja. Er war nur neugierig, wo wir stecken.« Angesichts der Uhrzeit war das eindeutig eine Ausrede.

Ich war so benebelt, dass Matthew mich kein zweites Mal auffordern musste, die Augen zuzumachen. »Danke, dass du mich gefunden hast«, flüsterte ich und schloss die Lider.

Er senkte nur den Kopf und legte ihn schweigend auf meine Schulter.

Ich wachte erst wieder auf, als wir in La Guardia landeten, wo wir auf den Privatbereich des Flughafens gelotst wurden. Dass wir dort und nicht auf einem geschäftigeren, belebteren Flughafen auf der anderen Seite der Stadt landeten, bewies wieder einmal, wie wunderbar effizient und angenehm es war, mit einem Vampir zu reisen. Matthews Ausweis vollbrachte auch hier Wunder, denn die Behörden ließen uns sofort durch. Nachdem wir den Zoll und die Passkontrolle passiert hatten, sah Baldwin uns prüfend an, erst mich im Rollstuhl und dann seinen Bruder, der grimmig dahinterstand.

»Ihr seht beschissen aus«, kommentierte er.

»*Ta gueule*«, erwiderte Matthew giftig und mit einem falschen Lächeln. Selbst ich mit meinem sehr beschränkten Französisch wusste, dass dies kein Ausdruck war, den man in Anwesenheit seiner Mutter verwendete.

Baldwin grinste breit. »So ist es schon besser, Matthew. Freut mich zu sehen, dass du deinen Kampfgeist noch nicht ganz verloren hast. Du wirst ihn nämlich brauchen.« Er sah auf seine Armbanduhr. Sie war genauso maskulin wie er, ein Klotz mit mehreren Zifferblättern, für Piloten und Taucher gedacht. »Ich muss los, habe in ein paar Stunden ein Meeting, aber zuvor wollte ich dir noch einen Rat geben.«

»Ich habe alles unter Kontrolle, Baldwin«, eröffnete ihm Matthew mit gefährlich samtweicher Stimme.

»Nein, hast du nicht. Außerdem rede ich nicht mit dir.« Baldwin ging vor mir in die Hocke und knickte seinen massigen Körper ab, bis seine bohrenden hellbraunen Augen direkt in meine sahen. »Weißt du, was ein Gambit ist, Diana?«

»So ungefähr. Es ist ein Begriff aus dem Schach.«

»Ganz genau«, bestätigte er. »Mit einem Gambit wiegt man seinen Gegner in einer trügerischen Sicherheit. Man bringt absichtlich ein Opfer, damit man später einen umso größeren Vorteil herausschlagen kann.«

Matthew knurrte leise.

»Das Prinzip habe ich kapiert«, sagte ich.

»Was in La Pierre passiert ist, kommt mir wie ein Gambit vor«, fuhr Baldwin fort, ohne den Blickkontakt auch nur einmal zu unterbrechen. »Aus einem unerfindlichen Grund hat dich die Kongregation laufenlassen. Du musst den nächsten Zug machen, bevor sie es tun. Warte nicht wie ein braves Mädchen ab, bis du an der Reihe bist, und lass dir nicht vorgaukeln, du wärst in Sicherheit, nur weil du vorübergehend freigekommen bist. Überleg dir, was du tun musst, um zu überleben, und tu es.«

»Danke.« Selbst wenn er Matthews Bruder war, machte mich Baldwins Nähe ausgesprochen nervös. Ich streckte ihm zum Abschied den in Verbände gepackten rechten Arm hin.

»Schwester, in einer Familie verabschiedet man sich anders.« Ich hörte die leise Ironie, mit der er das sagte. Er ließ mir keine Zeit zu reagieren, sondern packte mich an den Schultern und küsste mich nacheinander auf beide Wangen. Als sein Gesicht an meinem vorbeizog, atmete er tief meinen Duft ein. Es fühlte sich an wie eine Drohung, und ich fragte mich, ob es wohl so gemeint war. Dann gab er mich frei und stand auf. »Matthew, *à bientôt.*«

»Warte.« Matthew folgte seinem Bruder. Er schirmte meinen Blick mit seinem breiten Rücken ab und drückte Baldwin einen Umschlag in die Hand. Trotzdem konnte ich den gewölbten schwarzen Wachsfleck darauf erkennen.

»Du hast gesagt, du würdest dich nicht meinem Befehl unterstellen. Nach La Pierre hast du dich vielleicht anders entschieden.«

Baldwin starrte das weiße Rechteck an. Seine Miene verzog sich ärgerlich, dann ordnete sie sich in resignierte Falten. Er nahm den Umschlag entgegen, neigte den Kopf und sagte: *»Je suis à votre commande, seigneur.«*

Es war eine formvollendete Erwiderung, wie sie das Protokoll vorschrieb, aber er sprach ohne echtes Gefühl. Baldwin hatte sich rein formell Matthews Autorität gebeugt. Ironisch tippte er sich mit dem Umschlag an die Stirn, als wollte er damit salutieren.

Matthew wartete, bis Baldwin außer Sichtweite war, ehe er zu mir zurückkehrte. Seine Hände schlossen sich um die Griffe des Rollstuhls. »Los, gehen wir zum Auto.«

Irgendwo über dem Atlantik hatte Matthew alles für unsere Ankunft vorbereitet. Direkt vor dem Terminal übernahmen wir einen Range Rover von einem uniformierten Fahrer, der die Schlüssel in Matthews Hand legte, unsere Koffer in den Kofferraum wuchtete und dann ohne ein weiteres Wort verschwand. Matthew griff auf den Rücksitz, zog einen blauen Parka hervor, der eher für eine Arktis-Expedition als für den New Yorker Herbst gedacht schien, und breitete ihn wie ein daunengefülltes Nest über den Beifahrersitz.

Bald fuhren wir erst durch den morgendlichen Stoßverkehr und dann über Land. Das Navigationssystem, das wir mit der Adresse des Hauses in Madison gespeist hatten, informierte uns, dass wir in gut vier Stunden ankommen sollten. Ich sah zum heller werdenden Himmel auf und begann mir Sorgen zu machen, wie Sarah und Em wohl auf Matthew reagieren würden.

»Wir kommen kurz nach dem Frühstück an. Das wird interessant.« Bevor in Sarahs Adern genug Kaffee floss – und zwar am besten eine ganze Kanne –, war sie nur schwer zu ertragen. »Wir sollten anrufen und Bescheid sagen, wann wir eintreffen.«

»Sie wissen schon Bescheid. Ich habe sie von Sept-Tours aus angerufen.«

Rundum versorgt und leicht schläfrig vom Morphin ließ ich mich in die Polster sinken.

Wir kamen an kleinen Farmen und Häuschen vorbei, in deren Küchen und Schlafzimmern die ersten Morgenlichter brannten. Im Oktober zeigt sich der Bundesstaat New York von seiner schönsten Seite. Jetzt standen die rot und gold belaubten Bäume in Flammen. Wenn das Laub erst gefallen war, würden Madison und die Umgebung in rostgraue Eintönigkeit verfallen und darin verharren, bis der erste Schnee alles mit jungfräulich weißem Zuckerguss bedeckte.

Wir bogen auf die Holperpiste, die zum Haus der Bishops führte. Das aus dem achtzehnten Jahrhundert stammende Gebäude wirkte klobig und großzügig zugleich und stand etwas von der Straße zurückgesetzt auf einer kleinen Anhöhe, die locker mit alten Apfelbäumen und Fliederbüschen bepflanzt war. Die weiße Holzvertäfelung des Hauses gehörte dringend frisch gestrichen, und der alte Staketenzaun war an manchen Stellen eingesunken. Doch über beiden Kaminen standen wie ein Willkommensgruß blasse Rauchwolken, und die Luft roch herbstlich nach Holzrauch.

Matthew bog in die Zufahrt, die mit dünn vereisten Schlaglöchern übersät war. Der Range Rover rumpelte darüber hinweg, und gleich darauf parkte er neben Sarahs verbeultem, einst lila lackiertem Wagen. Auf dem Heck prangten neue Sticker. mein anderes auto ist ein besen, ein Allzeit-Favorit, klebte neben ich bin heide und wähle trotzdem. Ein dritter verkündete: wiccan army – wir sind gekommen um zu bleiben. Ich seufzte.

Matthew stellte den Motor ab und sah mich an. »Eigentlich bin ich derjenige, der nervös sein sollte.«

»Bist du es nicht?«

»Nicht so nervös wie du.«

»Wenn ich heimkomme, fühle ich mich jedes Mal wie ein Teenager. Eigentlich will ich mich nur vor die Glotze legen und Eis essen.« Obwohl ich seinetwegen fröhlich und witzig zu sein versuchte, freute ich mich ganz und gar nicht auf diese Heimkehr.

»Das lässt sich bestimmt arrangieren«, erklärte er stirnrunzelnd. »Aber hör auf, so zu tun, als wäre nichts passiert. Mir kannst du nichts vormachen, und deinen Tanten wirst du genauso wenig etwas vormachen können.«

Er ließ mich im Auto sitzen, während er das Gepäck zur Haustür trug. Wir hatten überraschend viel angesammelt, darunter zwei Computertaschen, meine wenig ansehnliche Yale-Reisetasche und einen eleganten ledernen Schrankkoffer, der aus der viktorianischen Ära hätte stammen können. Dazu kamen noch Matthews Medizinkoffer, sein langer grauer Mantel, mein nagelneuer Parka und eine Kiste Wein. Letzteres war eine weise Vorsichtsmaßnahme, die Matthew getroffen hatte. Sarah trank, wenn überhaupt, Härteres, und Em war Abstinenzlerin.

Matthew kam zurück und hob mich aus dem Wagen, sodass meine Beine in der Luft baumelten. Erst als wir sicher auf den Stufen vor der Tür standen, stellte er mich ab, und ich belastete behutsam den rechten Knöchel. Wir blickten beide auf die rote Eingangstür aus dem achtzehnten Jahrhundert. Sie war flankiert von winzigen Fensterchen, hinter denen man den Hausflur erkennen konnte. Alle Lichter im Haus waren zu unserem Empfang eingeschaltet worden.

»Ich rieche Kaffee«, sagte er und lächelte mich an.

»Also sind sie schon auf.« Auf die leiseste Berührung hin sprang der Riegel in der vertrauten, abgewetzten Haustür zurück. »Unverschlossen wie üblich.« Bevor ich die Nerven verlieren konnte, trat ich misstrauisch in den Flur. »Em? Sarah?«

Am untersten Pfosten des Treppengeländers klebte ein Zettel mit Sarahs dunkler, energischer Handschrift.

Sind aus. Wir dachten, das Haus braucht etwas Zeit mit euch allein. Bewegt euch langsam. Matthew kann Ems altes Zimmer haben. Dein Zimmer ist fertig. Es folgte ein PS in Ems runder Krakelschrift: *Ihr nehmt beide das Elternschlafzimmer.*

Mein Blick wanderte über die Türen, die vom Flur abgingen. Alle standen offen, und auch von oben war kein Türenknallen zu hören. Selbst die schweren Doppeltüren zur Wohnstube standen still, statt wild in den Angeln zu schlagen.

»Ein gutes Zeichen.«

»Was? Dass sie nicht zu Hause sind?« Matthew sah mich verdutzt an.

»Nein, die Stille. Das Haus hat schon öfter Ärger gemacht, wenn Besuch kam.«

»Es spukt in eurem Haus?« Matthew sah sich interessiert um.

»Wir sind Hexen – natürlich spukt es in unserem Haus. Aber das ist nicht alles. Das Haus … lebt. Es hat seine eigenen Vorstellungen, was unsere Besucher angeht, und je mehr Bishops hier sind, desto schlimmer führt es sich auf. Darum sind Sarah und Em ausgegangen.«

Ein fluoreszierender Fleck leuchtete am Rand meines Blickfeldes auf. Meine längst verstorbene Großmutter, die ich nie kennengelernt hatte, saß in einem mir unbekannten Schaukelstuhl am Kamin in der Stube. Sie sah so jung und schön aus wie auf ihrem Hochzeitsbild am oberen Treppenabsatz. Als sie lächelte, musste auch ich unwillkürlich lächeln.

»Grandma?«, fragte ich zögerlich.

Ein richtiger Adonis, nicht wahr?, fragte sie augenzwinkernd und mit einer Stimme, die wie Wachspapier raschelte.

Ein zweiter Kopf erschien im Türrahmen. *Allerdings*, pflichtete ihr der zweite Geist zu. *Obwohl er eigentlich tot sein müsste.*

Meine Großmutter nickte. *Du hast wohl recht, Elizabeth, aber er ist, was er ist. Wir werden uns schon an ihn gewöhnen.*

Matthew blickte angestrengt in die Stube. »Da ist jemand«, meinte er verblüfft. »Ich kann es fast riechen, und ich höre etwas. Aber ich kann niemanden sehen.«

»Gespenster.« Sofort musste ich an die Verliese in der Burg denken und sah mich nach meiner Mutter und meinem Vater um.

Oh, die sind nicht hier, sagte meine Großmutter traurig.

Enttäuscht wandte ich mich von meinen toten Verwandten ab und meinem untoten Ehemann zu. »Lass uns nach oben gehen und die Koffer verstauen. Auf diese Weise bekommt das Haus Gelegenheit, dich kennenzulernen.«

Bevor wir uns vom Fleck bewegen konnten, schoss aus dem hintersten Eck des Hauses ein holzkohleschwarzer, markerschütternd jaulender Fellball auf uns zu. Einen Schritt vor mir kam er abrupt zum Stehen und verwandelte sich in eine fauchende Katze. Sie machte einen Buckel und kreischte erneut.

»Ich freue mich auch, dich zu sehen, Tabitha.« Sarahs Katze konnte mich nicht ausstehen, und dieses Gefühl beruhte auf Gegenseitigkeit.

Tabitha senkte das Rückgrat auf die eigentlich vorgesehene Höhe und stolzierte zu Matthew.

»Vampire können im Allgemeinen besser mit Hunden«, kommentierte er, während Tabitha um seine Fesseln strich.

Mit ihrem unbeirrbaren Katzeninstinkt erspürte Tabitha Matthews distanzierte Reaktion und setzte alles daran, seine Einstellung zu ihrer Spezies zu ändern. Laut schnurrend stupste sie ihn mit dem Kopf an.

»Verflucht noch mal«, sagte ich. Dass Tabitha ihre Gefühle so zur Schau stellte, war neu. »Du bist wirklich die perverseste Katze der Welt.«

Tabitha fauchte mich an und fuhr fort, Matthews Waden mit sybaritischer Aufmerksamkeit zu überziehen.

»Ignorier sie einfach«, empfahl ich ihm und humpelte auf die Treppe zu. Matthew hob die Reisetaschen hoch und folgte mir.

Eine Hand fest am Geländer, machte ich mich an den Aufstieg. Matthew begleitete mich Stufe für Stufe, gut gelaunt und mit gespannter Miene. Dass ihn das Haus währenddessen in Augenschein nahm, schien ihn kein bisschen zu beunruhigen.

Dafür war ich so nervös, dass ich mich völlig verkrampfte. Es waren schon Bilder auf ahnungslose Gäste gefallen, Türen und Fenster waren von selbst auf- oder zugegangen, Lichter ohne Vorwarnung aus- oder angeschaltet worden. Ich seufzte erleichtert auf, als wir ohne Zwischenfall am oberen Treppenabsatz angekommen waren.

»Ich habe so gut wie nie Freunde nach Hause eingeladen«, erzählte ich ihm, als er mich mit hochgezogener Braue ansah. »Es war einfacher, wenn wir uns in der Mall in Syracuse trafen.«

Die Räume oben waren rund um die Treppe angeordnet. Ems und Sarahs Zimmer lag vorn mit Blick auf die Zufahrt. Das Zimmer meiner Eltern lag nach hinten und blickte auf Felder sowie einen Teil des alten Apfelgartens, der schleichend in einen dichten Eichen- und Ahornwald überging. Die Tür stand offen, und drinnen brannte Licht. Ich trat zögerlich auf das warme goldene Rechteck zu und dann über die Schwelle.

Im Raum war es warm und gemütlich, das breite Bett war mit Decken und Kissen überhäuft. Abgesehen von den schlichten weißen Vorhängen passte nichts zueinander. Im Dielenboden klafften so breite Ritzen, dass eine Haarbürste darin verschwinden konnte. Rechts ging es ins Bad, wo ein Radiator knackte und zischte.

»Maiglöckchen«, kommentierte Matthew, der mit bebenden Nasenflügeln alle neuen Gerüche registrierte.

»Das Lieblingsparfüm meiner Mutter.« Auf der Kommode stand immer noch eine alte Flasche Diorissimo, um deren Hals ein ausgebleichtes Band mit schwarz-weißem Hahnentrittmuster gewunden war.

Matthew stellte die Taschen ab. »Stört es dich, hier drin zu schlafen?« Er sah mich fragend an. »Du könntest auch dein altes Zimmer nehmen, so wie Sarah es vorgeschlagen hat.«

»Auf keinen Fall«, widersprach ich. »Das liegt unter dem Dach, und das Bad ist hier unten. Außerdem passen wir zu zweit nicht in ein Einzelbett.«

Matthew wandte den Blick ab. »Ich dachte, wir sollten vielleicht …«

»Wir schlafen auf keinen Fall getrennt. Unter Hexen bin ich genauso deine Frau wie unter Vampiren«, schnitt ich ihm das Wort ab und drückte ihn an mich. Das Haus sackte mit einem winzigen Seufzer auf seine Fundamente, so als würde es sich auf ein längeres Gespräch einstellen.

»Nein, aber es wäre vielleicht einfacher…«

»Für wen?«, unterbrach ich ihn wieder.

»Für dich«, antwortete er. »Du hast Schmerzen. Allein würdest du besser schlafen.«

Ohne ihn an meiner Seite würde ich überhaupt nicht schlafen. Weil ich ihn nicht beunruhigen wollte, indem ich ihm das sagte, legte ich die Hände an seine Brust, um ihn vom Thema abzulenken. »Küss mich.«

Sein Mund spannte sich zu einem Nein an, aber seine Augen sagten Ja. Ich presste meinen Körper gegen seinen, und er reagierte mit einem sanften, süßen Kuss.

»Ich dachte schon, ich hätte dich verloren«, murmelte er, als wir uns voneinander lösten, und legte die Stirn an meine. »Endgültig. Und jetzt habe ich Angst, du könntest nach dem, was Satu dir angetan hat, in tausend Scherben zerspringen. Ich wäre verrückt geworden, wenn dir etwas zugestoßen wäre.«

Mein Duft umhüllte ihn, und er entspannte sich. Als seine Hände um meine Hüften glitten, die halbwegs unbeschadet geblieben waren, tröstete und elektrisierte mich die Berührung gleichermaßen. Seit Satu mich gefoltert hatte, brauchte ich ihn nur noch mehr.

»Kannst du das fühlen?« Ich nahm seine Hand in meine und drückte sie auf mein Brustbein.

»Was fühlen?« Matthew wusste nicht, wovon ich redete.

Ohne zu wissen, wie seine übernatürlich scharfen Sinne reagieren würden, konzentrierte ich mich auf die Kette, die sich bei seinem ersten Kuss in mir abgewickelt hatte. Als ich sie mit einem imaginären Finger anstupste, begann sie leise zu summen.

Matthew schnappte nach Luft und sah mich erstaunt an. »Ich kann etwas hören. Was ist das?« Er beugte sich vor und legte sein Ohr auf meine Brust.

»Das bist du, in mir«, sagte ich. »Du hältst mich – wie ein Anker am Ende einer langen, silbernen Kette. Wahrscheinlich bin ich mir darum deiner so sicher.« Ich senkte die Stimme. »Solange ich dich fühlen konnte, solange ich diese Verbindung zu dir spürte, konnte Satu nichts sagen oder tun, was ich nicht ertragen hätte.«

»Genauso klingt dein Blut auch, wenn du im Geist mit Rakasa redest oder als du den Hexenwind heraufbeschworen hast. Jetzt, da ich weiß, worauf ich achten muss, kann ich es hören.«

Ysabeau hatte erwähnt, dass sie mein Hexenblut singen hörte. Ich versuchte die Musik der Kette zu verstärken, ihre Schwingungen in meinen ganzen Körper zu übertragen.

Matthew hob den Kopf und schenkte mir ein strahlendes Lächeln. »Unglaublich.«

Das Summen wurde noch lauter, und ich verlor die Kontrolle über die Energie, die mich durchfloss. Über mir zerplatzten strahlende Sterne und schossen durch den Raum.

»Huch.« Dutzende Geisteraugen kitzelten meinen Rücken, und das Haus verschloss die Tür vor den neugierigen Blicken meiner Vorfahren, die sich im Gang versammelt hatten und das Feuerwerk bestaunten, als feierten wir heute den Unabhängigkeitstag.

»Warst du das?« Argwöhnisch starrte Matthew auf die geschlossene Tür.

»Nein«, erklärte ich ernst. »Der Funkenregen kam von mir. Das mit der Tür war das Haus. Es legt Wert auf Privatsphäre.«

»Gott sei Dank«, murmelte er, zog meine Hüften an seine und küsste mich so leidenschaftlich, dass die Geister jenseits der Tür zu tuscheln begannen.

Das Feuerwerk erstarb in einem aquamarinblauen Funkenregen über der Kommode.

»Ich liebe dich, Matthew Clairmont«, verkündete ich, sobald ich Gelegenheit dazu bekam.

»Und ich liebe dich, Diana Bishop«, erwiderte er förmlich. »Trotzdem frieren sich deine Tante und Emily inzwischen wahrscheinlich die Beine ab. Zeig mir den Rest des Hauses, damit sie wieder hereinkommen können.«

Langsam gingen wir durch die anderen Zimmer im ersten Stock, die größtenteils nicht mehr benutzt wurden. Stattdessen waren sie jetzt mit dem kunterbunten Trödel vollgestellt, den Em auf ihren Flohmarktstreifzügen erstanden hatte, sowie mit all dem Krempel, den Sarah nicht wegwerfen konnte, weil sie fürchtete, dass sie ihn irgendwann noch brauchen könnte.

Matthew half mir die Treppe hinauf ins Dachgeschoss, wo ich meine Pubertät durchgestanden hatte. Die Wände waren immer noch mit Musikpostern bepinnt und in den knalligen Lila- und Grüntönen gestrichen, mit denen ich mich als Teenager in intellektueller Farbgebung versucht hatte.

Unten erkundeten wir die großen Räume, in denen früher Gäste empfangen wurden – die Wohnstube auf der einen Seite der Eingangstür, das Büro und der kleine Salon auf der anderen. Wir passierten das kaum genutzte Esszimmer, um in das Herz des Hauses zu gelangen – ein Familienzimmer, das aufgrund seiner Größe als kombiniertes Fernseh-Esszimmer diente und an dessen anderem Ende die Küche lag.

»Sieht aus, als hätte Em angefangen zu sticken – mal wieder«, sagte ich und hob einen halb fertigen Stickkranz hoch, auf dem ein Blumenkorb abgebildet war. »Und Sarah hat wieder nicht durchgehalten.«

»Sie raucht?« Matthew inhalierte tief.

»Wenn sie gestresst ist. Em lässt sie nur draußen rauchen, trotzdem kann man es riechen. Stört es dich?«, fragte ich, weil mir bewusst war, wie empfindlich er auf jeden Geruch reagierte.

»*Dieu,* Diana, ich habe wahrlich Schlimmeres gerochen«, erwiderte er.

Die eine Wand der höhlenartigen Küche, deren Steinboden zwei Jahrhunderte lang fallende Pfannen, tropfnasse Haustiere, schlammige Stiefel und die verschiedensten Hexensubstanzen ertragen hatte, wurde immer noch von einem gemauerten Ofen und einem riesigen begehbaren Kamin eingenommen. Doch es gab auch moderne Gerätschaften. Ich führte Matthew weiter in Sarahs angeschlossene Kräuterküche, die wir nach dem Arbeitsraum in einer Apotheke Rezeptur nannten. Die ehemals freistehende Sommerküche war inzwischen ins

Haus integriert worden und immer noch mit Eisengestellen ausgestattet, an denen mächtige Kessel gehangen hatten oder Bratspieße eingehängt worden waren. Von der Decke baumelten Kräutersträuße, und im Hängeboden lagerten Trockenobst und Einmachgläser voller Salben und Tränke. Damit war die Tour abgeschlossen, und wir kehrten in die Küche zurück.

»Dieser Raum ist so *braun.*« Ich studierte die Einrichtung, während ich das Licht auf der Veranda an- und ausknipste, seit Urzeiten das Signal der Bishops, dass man gefahrlos eintreten konnte. Der Kühlschrank war braun, die Holzschränke waren braun, die Ziegel waren rotbraun, das Wählscheibentelefon war braun, und die erschöpfte Wandtapete war ebenfalls braun gemustert. »Was diese Küche bräuchte, wäre ein frischer weißer Anstrich.«

Matthew hob das Kinn an, und sein Blick zuckte zur Gartentür.

»Am besten streichst du sie im Februar, wenn du es selbst tun möchtest«, hörte ich eine kehlige Stimme aus der winzigen Diele, die als Schmutzfang diente. Dann tauchte Sarah auf, in Jeans und einem übergroßen karierten Flanellhemd. Ihre roten Haare standen in alle Richtungen ab, und die Wangen glühten nach der Kälte.

»Hallo, Sarah«, sagte ich und wich an die Spüle zurück.

»Hallo, Diana.« Sarah starrte wie gebannt auf den blauen Fleck unter meinem Auge. »Das ist der Vampir, nehme ich an?«

»Ja.« Ich humpelte vor, um sie einander vorzustellen. Sarah richtete den scharfen Blick auf meinen Knöchel. »Sarah, das ist Matthew Clairmont. Matthew, meine Tante Sarah Bishop.«

Matthew streckte ihr die Hand hin. »Sarah«, sagte er und sah ihr offen in die Augen.

Sarah kniff die Lippen zusammen. Genau wie ich hatte sie das Bishop-Kinn, das für das übrige Gesicht ein bisschen zu lang wirkte. Im Moment ragte es noch weiter vor.

»Matthew.« Als sie sich die Hände gaben, verzog Sarah das Gesicht. »Stimmt«, sagte sie und drehte den Kopf ein bisschen zur Seite. »Er ist eindeutig ein Vampir, Em.«

»Danke für die Hilfe, Sarah«, knurrte Em, die eben mit einem Arm voller Holzscheite und gehetzter Miene hereinkam. Sie war größer als ich und Sarah, und trotz ihrer Haube aus silbernen Haaren sah sie unglaublich jung aus. Ihr schmales Gesicht erstrahlte in einem begeisterten Lächeln, als sie uns in der Küche stehen sah.

Matthew beeilte sich, ihr das Holz abzunehmen. Tabitha, die sich während des Begrüßungsreigens zurückgezogen hatte, versuchte ihm den Weg zum Kamin zu erschweren, indem sie zwischen seinen Beinen Slalom lief. Wie durch ein Wunder schaffte es der Vampir ans andere Ende des Raumes, ohne auf die Katze zu treten.

»Danke, Matthew. Und danke, dass du sie heimgebracht hast. Wir haben uns solche Sorgen gemacht.« Em schüttelte die Arme aus, und kleine Rindenstückchen purzelten aus der Wolle ihres Pullovers.

»Gern geschehen, Emily«, sagte er mit unwiderstehlich warmer und voller Stimme. Em war schon jetzt betört. Sarah würde nicht so leicht zu knacken sein, obwohl auch sie ungläubig beobachtete, wie Tabitha Matthews Arm zu erklimmen versuchte. Ich versuchte mich in den Schatten zurückzuziehen, bevor Em mein Gesicht sehen konnte, aber dazu war es zu spät. Entsetzt schnappte sie nach Luft: »O Gott, Diana!«

Sarah zog einen Hocker heraus. »Setz dich hin«, befahl sie.

Matthew verschränkte die Arme, als koste es ihn Mühe, sich nicht einzumischen. Sein wölfischer Beschützerinstinkt hatte sich nicht abgeschwächt, nur weil wir in Madison waren, und sein intensives Misstrauen gegenüber jedem, der mir zu nahe kam, beschränkte sich nicht auf andere Vampire.

Die Augen meiner Tante tasteten mich vom Gesicht bis zum Schlüsselbein ab. »Wir müssen das Hemd ausziehen«, sagte sie.

Gehorsam begann ich es aufzuknöpfen.

»Vielleicht solltest du Diana lieber oben untersuchen.« Em sah besorgt auf Matthew.

»Ich glaube nicht, dass er irgendetwas zu sehen bekommt, was er nicht längst kennt. Du bist doch nicht hungrig, oder?«, fragte Sarah, ohne sich umzudrehen.

»Nein«, antwortete Matthew trocken. »Ich habe im Flugzeug gegessen.«

Die Augen meiner Tante kitzelten auf meinem Hals. Genau wie Ems.

»Sarah! Em!« Ich war empört.

»Wir wollten nur sichergehen«, sagte Sarah milde. Jetzt hatte ich das Hemd ausgezogen, und sie untersuchte den Gazeverband an meinem Unterarm, den bandagierten Rumpf sowie die übrigen Schnitte und Flecken.

»Matthew hat mich schon untersucht. Er ist Arzt, vergesst das nicht!«

Ihre Finger drückten gegen mein Schlüsselbein. Ich krümmte mich zusammen. »Trotzdem ist ihm das hier entgangen. Ein Haarriss.« Die Finger wanderten aufwärts zu meinem Wangenknochen. »Was ist mit ihrem Knöchel?« Wie üblich konnte ich vor Sarah nichts geheim halten.

»Eine schlimme Verstauchung begleitet von oberflächlichen Verbrennungen ersten und zweiten Grades.« Matthew starrte auf Sarahs Hände, bereit, sie sofort von mir wegzureißen, falls sie mir Schmerzen zufügte.

»Wie kann man an derselben Stelle Verbrennungen und eine Verstauchung bekommen?« Sarah behandelte Matthew wie einen Medizinstudenten bei der ersten Visite.

»Indem man von einer sadistischen Hexe kopfüber aufgehängt wird«, antwortete ich und wand mich leise, während Sarah mein Gesicht untersuchte.

»Was ist darunter?«, wollte Sarah wissen, als hätte ich nichts gesagt, und deutete auf meinen Arm.

»Eine so tiefe Schnittwunde, dass sie genäht werden musste«, antwortete Matthew geduldig.

»Was hat sie bekommen?«

»Schmerzmittel, ein Diuretikum gegen die Schwellungen und ein Breitbandantibiotikum.« Ich hörte einen Anflug von Ärger in seiner Stimme.

»Warum ist sie verpackt wie eine Mumie?«, fragte Em und kaute auf ihrer Lippe.

Mir wich das Blut aus dem Gesicht. Sarah hielt in ihrer Untersuchung inne und sah mich prüfend an, bevor sie reagierte.

»Das kann warten, Em. Eins nach dem anderen. Wer hat dir das angetan, Diana?«

»Eine Hexe namens Satu Järvinen. Ich glaube, sie kommt aus Schweden.« Ich verschränkte schützend die Arme vor der Brust.

Matthews Mund spannte sich an, und er wich mir gerade lange genug von der Seite, um neue Scheite aufs Feuer zu legen.

»Sie ist keine Schwedin, sondern Finnin«, sagte Sarah. »Und sie ist mächtig. Trotzdem wird sie sich wünschen, sie wäre nie geboren worden, wenn ich sie das nächste Mal treffe.«

»Wenn ich mit ihr fertig bin, wird nicht mehr viel von ihr übrig bleiben«, murmelte Matthew. »Ihr müsst sie also vor mir erwischen, wenn ihr sie in die Finger bekommen wollt. Und ich bin bekannt dafür, dass ich schnell bin.«

Sarah bedachte ihn mit einem prüfenden Blick. Sie hatte nur eine Drohung ausgestoßen. Matthew nicht. Er hatte ein Versprechen abgegeben. »Wer hat Diana außer dir behandelt?«

»Meine Mutter und ihre Haushälterin Marthe.«

»Sie kennen sich mit alten Kräutern aus. Aber ich kann noch mehr bewirken.« Sarah krempelte ihre Ärmel hoch.

»Es ist noch ein bisschen früh zum Hexen. Hattest du auch genug Kaffee?« Ich fixierte Em mit flehendem Blick und bettelte sie schweigend an, Sarah zurückzupfeifen.

»Lass Sarah das richten, Schätzchen«, sagte Em, nahm meine Hand und drückte sie. »Je eher sie das tut, desto früher wird es heilen.«

Sarahs Lippen bewegten sich bereits. Matthew schob sich fasziniert näher heran. Sie legte die Fingerspitzen an mein Gesicht. Der Knochen unter der Haut kribbelte wie elektrisiert, bevor sich der Bruch mit einem Knacken schloss.

»Autsch!« Ich hielt mir die Wange.

»Es wird ein bisschen stechen«, versprach Sarah. »Du warst stark genug, die Verletzung auszuhalten – da sollte dir die Heilung keine Probleme bereiten.« Sie studierte meine Wange und nickte dann zufrieden, bevor sie sich meinem Schlüsselbein zuwandte. Das elektrische Ziepen, mit dem sie die Knochen richtete, war hier deutlich stärker zu spüren, zweifellos, weil die Knochen dicker waren.

»Zieh ihren Schuh aus«, wies sie Matthew an und verschwand dann in ihre Rezeptur. Er war der überqualifizierteste Hilfspfleger, den man sich vorstellen konnte, aber er führte ihre Anordnungen ohne zu murren aus.

Bis Sarah mit einem Salbentopf zurückkehrte, hatte Matthew meinen Fuß schon auf seinem Schenkel abgelegt. »In meiner Tasche oben sind Scheren«, erklärte er meiner Tante und schnupperte neugierig, als sie den Deckel des Salbentopfes aufschraubte. »Soll ich sie holen?«

»Brauchen wir nicht.« Sarah murmelte etwas und deutete auf meinen Knöchel. Der Gazeverband begann sich von selbst abzuwickeln.

»Wirklich praktisch«, stellte Matthew neidisch fest.

»Angeberin«, murmelte ich leise.

Als sich die Gaze zu einem Knäuel aufgerollt hatte, richteten sich alle Blicke erneut auf meinen Knöchel. Er sah immer noch schlimm aus und hatte zu nässen begonnen. Sarah rezitierte scheinbar ruhig ein paar weitere Zaubersprüche, doch die roten Flecken auf ihren Wangen ließen erkennen, wie wütend sie war. Als sie geendet hatte, waren die schwarzen und weißen Flecken verschwunden, und der Knöchel selbst war deutlich abgeschwollen, auch wenn immer noch ein leuchtend roter Ring um meinen Fuß lag.

»Danke, Sarah.« Ich bog den Fuß hin und her, während sie frische Salbe auf die Haut strich.

»Eine Woche lang wirst du kein Yoga machen – und drei Wochen lang nicht joggen, Diana. Der Fuß braucht Ruhe und Zeit, bis er sich wirklich erholt hat.« Sie murmelte noch etwas und winkte eine frische Rolle Verbandszeug herbei, die sich mir von selbst um Fuß und Knöchel zu winden begann.

»Unglaublich«, meinte Matthew diesmal kopfschüttelnd.

»Stört es dich, wenn ich mir auch den Arm ansehe?«

»Ganz und gar nicht.« Er klang fast begeistert. »Der Muskel war leicht beschädigt. Kannst du das auch so heilen wie die Haut?«

»Wahrscheinlich«, antwortete Sarah ein wenig blasiert. Fünfzehn Minuten und ein paar gemurmelte Zaubersprüche später zeigte nur noch eine dünne rote Linie auf meinem Arm, wo Satu mir ins Fleisch geschnitten hatte.

»Gute Arbeit«, sagte Matthew und drehte meinen Arm hin und her, um Sarahs Werk zu bewundern.

»Deine aber auch. Das war eine wirklich schöne Naht.« Sarah griff nach einem Wasserglas und nahm einen großen Schluck.

Ich griff nach Matthews Hemd.

»Du solltest dir auch ihren Rücken ansehen.«

»Das kann warten.« Ich schoss einen giftigen Blick auf ihn ab. »Sarah ist müde, und ich bin es auch.«

Sarah sah erst mich, dann den Vampir an. »Matthew?«, fragte sie und verbannte mich damit ans unterste Ende der Hackordnung.

»Ich möchte, dass du dir ihren Rücken ansiehst«, sagte er, ohne den Blick von mir zu wenden.

»Nein«, flüsterte ich und zog sein Hemd an meine Brust.

Er ging vor mir in die Hocke und stützte die Hände auf meine Knie. »Du hast gerade erlebt, was Sarah bewirken kann. Du wirst dich viel schneller erholen, wenn du dir von ihr helfen lässt.«

Erholen? So gut konnte keine Hexe zaubern, dass ich mich von La Pierre erholen würde.

»Bitte, *mon cœur.*« Matthew löste vorsichtig sein zerknülltes Hemd aus meinen Händen.

Widerwillig gab ich mich geschlagen. Ich spürte, wie die Hexenblicke kribbelten, sobald Em und Sarah hinter mich traten, um meinen Rücken zu untersuchen, und mein Instinkt befahl mir zu fliehen. Stattdessen klammerte ich mich mit aller Kraft an Matthew fest, der meine beiden Hände in seinen hielt.

»Ich bin bei dir«, versicherte er mir, während Sarah ihren ersten Spruch murmelte. Ihre Worte schnitten problemlos durch die Verbände über meiner Wirbelsäule und ließen sie abfallen.

Ems scharfes Luftholen und Sarahs Schweigen verrieten mir, wann die Wunden zu sehen waren.

»Das ist ein Öffnungsspruch«, erklärte Sarah wütend. »So einen richtet man nicht auf ein Lebewesen. Sie hätte dich töten können.«

»Sie wollte die Magie aus mir herausprügeln – als wäre ich eine Piñata.« Sobald mein Rücken freigelegt war, begannen meine Gefühle

Achterbahn zu fahren, und so musste ich fast kichern, als ich mir vorstellte, wie ich an einem Baum hing, während Satu mit verbundenen Augen mit einem Stock auf mich losging. Matthew bemerkte, dass ich hysterisch zu werden drohte.

»Je schneller du das schaffst, desto besser, Sarah. Aber du brauchst dich nicht gehetzt zu fühlen«, ergänzte er hastig. Ich konnte mir gut vorstellen, was für einen Blick er dafür abbekommen hatte. »Über Satu können wir später reden.«

Jeder Hexenspruch, den Sarah anwandte, erinnerte mich an Satu, und dass zwei Hexen hinter mir standen, ließ mich immer wieder an La Pierre denken. Ich versuchte mich zu schützen, indem ich mich versenkte und meinen Geist auszuschalten versuchte.

»Bist du bald fertig?« Matthew klang besorgt und gepresst.

»An zwei Wunden kann ich nicht viel ausrichten. Die werden Narben hinterlassen. Hier«, sagte Sarah und fuhr zwischen meinen Schulterblättern einen Stern nach, »und hier.« Ihre Finger wanderten nach unten, zogen sich von Rippe zu Rippe und dann in einem Schwung zur Taille hinab.

In meinem Geist herrschte schon längst keine Leere mehr, stattdessen loderte dort ein Bild auf, das genau zu Sarahs Gesten passte.

Ein Stern über einem Sichelmond.

»Sie ahnen es, Matthew!«, rief ich und erstarrte in nackter Angst auf meinem Hocker. Matthews Schublade mit den Siegeln zog an meinem inneren Auge vorbei. Sie waren so gut versteckt gewesen. Ich wusste instinktiv, dass der Ritterorden genauso gut verborgen war. Trotzdem wusste Satu davon, und das bedeutete, dass auch die anderen Hexen in der Kongregation davon wissen würden.

»Was ist denn, mein Schatz?« Matthew zog mich in seine Arme.

Ich drückte mich von seiner Brust weg, denn er sollte mir unbedingt zuhören. »Als ich mich weigerte, dich aufzugeben, hat mich Satu gezeichnet – mit deinem Siegel.«

Er drehte mich in seinen Armen, wobei er mein nacktes Fleisch so weit wie möglich abschirmte. Als er sah, was auf meinem Rücken eingebrannt war, erstarrte er. »Sie ahnen nichts mehr. Sie wissen Bescheid.«

»Was redet ihr da?«, wollte Sarah wissen.

»Darf ich bitte Dianas Hemd haben?«

»Ich glaube nicht, dass allzu schlimme Narben zurückbleiben werden«, meinte meine Tante fast ein bisschen kleinlaut.

»Das Hemd«, wiederholte Matthew eisig.

Em warf es ihm zu. Matthew streifte die Ärmel über meine Arme und zog das Hemd vorn zu. Er hatte das Gesicht abgewandt, trotzdem sah ich die Ader in seiner Stirn pulsieren.

»Es tut mir so leid«, murmelte ich.

»Dir braucht *nichts* leidzutun.« Er nahm mein Gesicht in seine Hände. »Jeder Vampir weiß ohnehin, dass du zu mir gehörst – mit oder ohne diesem Brandzeichen auf deinem Rücken. Satu wollte sicherstellen, dass auch jedes andere Geschöpf weiß, zu wem du gehörst. Als ich wiedergeboren wurde, hat man den Frauen die Köpfe geschoren, wenn sie sich mit dem Feind einließen. Eine grausige Art, Verräterinnen bloßzustellen. Das hier ist nicht anders.« Er wandte den Blick ab. »Hat Ysabeau dir davon erzählt?«

»Nein. Ich habe nach Papier gesucht und dabei die Schublade entdeckt.«

»Was zum Teufel redet ihr da?«, fuhr Sarah dazwischen.

»Ich habe deinen Schreibtisch durchsucht, das hätte ich nicht tun sollen«, flüsterte ich und hielt mich an seinem Arm fest.

Er wich zurück und sah mich ungläubig an, dann drückte er mich an seine Brust, ohne auf meine Verletzungen Rücksicht zu nehmen. Gnädigerweise spürte ich dank Sarahs Hexerei kaum Schmerzen. »Jesus, Diana. Satu hat dir doch erzählt, was ich getan habe. Ich bin dir zum College gefolgt und in dein Apartment eingebrochen. Außerdem kann ich dir wohl kaum vorwerfen, dass du etwas herausgefunden hast, was ich dir längst hätte erzählen sollen!«

Durch die Küche hallte ein Donnerschlag, der Töpfe und Pfannen zum Scheppern brachte.

Als er verhallt war, meldete sich Sarah zu Wort. »Wenn ihr uns nicht *auf der Stelle* erklärt, was hier gespielt wird, ist gleich die Hölle los.« Ihr lag schon ein Spruch auf den Lippen.

Meine Fingerspitzen kribbelten, und ein Windstoß umwehte meine Füße. »Zurück, Sarah.« Ich spürte, wie der Wind durch meine Adern toste, und trat zwischen Sarah und Matthew. Meine Tante murmelte immer noch ihren Zauberspruch, und meine Augen wurden schmal.

Em legte erschrocken die Hand auf Sarahs Arm. »Dräng sie nicht. Sie hat keine Macht darüber.«

Ich sah einen Bogen in meiner linken Hand und einen Pfeil in meiner rechten. Beides fühlte sich schwer, aber eigentümlich vertraut an. Ein paar Schritte von mir entfernt konnte ich Sarah erkennen. Ohne zu zögern hob ich die Arme und zog sie zum Schuss auseinander.

Meine Tante verstummte mitten in ihrem Spruch. »Heilige Scheiße«, hauchte sie und sah Em fassungslos an.

»Schatz, halt das Feuer zurück.« Em hob kapitulierend die Hände.

Verwirrt blickte ich auf meine Hände. Nirgendwo war Feuer zu sehen.

»Nicht hier drin. Wenn du ein Hexenfeuer auslösen willst, dann sollten wir nach draußen gehen«, sagte Em.

»Ganz ruhig, Diana.« Matthew hielt meine Ellbogen fest, und das schwere Gefühl, das Pfeil und Bogen ausgelöst hatten, löste sich auf.

»Ich mag es nicht, wenn sie dich bedroht.« Meine Stimme klang hohl und fremd.

»Sarah wollte mich nicht bedrohen. Sie wollte nur wissen, worüber wir reden. Wir müssen es ihr sagen.«

»Aber es ist ein Geheimnis«, meinte ich verwirrt.

»Keine Geheimnisse mehr«, betonte er so entschieden, dass ich seinen Atem in meinem Nacken spürte. »Die tun uns beiden nicht gut.« Der Wind erstarb, er drehte mich um und nahm mich in die Arme.

»Ist sie immer so? So wild und unbeherrscht?«, fragte Sarah.

»Deine Nichte hat alles richtig gemacht«, gab Matthew zurück, ohne mich loszulassen.

Sarah und Matthew duellierten sich quer durch die Küche mit Blicken.

»Wahrscheinlich hast du recht«, gab sie sich missmutig geschlagen, als die lautlose Schlacht entschieden war. »Allerdings hättest du uns sagen sollen, dass du die Kunst des Hexenfeuers beherrschst, Diana. Das ist nicht gerade eine weit verbreitete Fähigkeit.«

»Ich *beherrsche* überhaupt nichts.« Plötzlich spürte ich, wie erschöpft ich war, und wollte nicht mehr stehen. Meine Beine waren derselben Meinung und knickten ein.

»Nach oben.« Matthews Tonfall duldete keine Widerrede. »Wir führen das Gespräch oben weiter.«

Im Elternschlafzimmer gab mir Matthew erst eine Dosis Schmerzmittel und Antibiotika und steckte mich dann ins Bett. Dann klärte er meine Tanten über Satus Zeichnung auf. Tabitha ließ sich währenddessen dazu herab, auf meinen Füßen Platz zu nehmen, wo sie Matthews Stimme näher war.

»Das Zeichen, das Satu auf Dianas Rücken hinterlassen hat, ist das einer … Organisation, die meine Familie vor vielen Jahren gegründet hat. Nur wenige können sich daran erinnern, und wer sie noch kennt, glaubt, dass sie längst nicht mehr existiert. Wir würden diese Illusion gern aufrechterhalten. Mit dem Stern und dem Mond hat Satu eure Nichte als mein Eigentum gebrandmarkt und klargestellt, dass die Hexen unser Familiengeheimnis kennen.«

»Hat diese Geheimorganisation auch einen Namen?«, fragte Sarah.

»Du brauchst ihnen nicht alles zu erzählen, Matthew.« Ich fasste nach seiner Hand. Es konnte gefährlich werden, wenn er zu viel über die Lazarusritter verriet. Ich konnte spüren, wie die Gefahr gleich einer dunklen Wolke um mich waberte, und ich wollte keinesfalls, dass sich diese Wolke auch über Sarah und Em legte.

»Die Ritter des Lazarus von Bethanien.« Er sagte das ganz schnell, als hätte er Angst, dass ihn im letzten Moment der Mut verlassen könnte. »Es ist ein alter Ritterorden.«

Sarah schnaubte. »Nie davon gehört. Sind die so was wie die *Knights of Columbus?* Die haben eine Ortsgruppe in Oneida.«

»Eigentlich nicht.« Matthews Mundwinkel zuckten. »Die Lazarusritter gab es schon während der Kreuzzüge.«

»Haben wir nicht neulich eine Sendung über die Kreuzzüge gesehen, in der es um so einen Ritterorden ging?«, fragte Em Sarah.

»Die Tempelritter. Aber die ganzen Verschwörungstheorien sind Quatsch. Es gibt keine Tempelritter mehr«, verkündete Sarah entschlossen.

»Angeblich gibt es auch keine Hexen und Vampire, Sarah«, merkte ich an.

Matthew fasste nach meinem Handgelenk und legte die kühlen Finger auf meinen Puls.

»Dieses Gespräch ist vorerst beendet«, beschloss er. »Wir können uns später darüber unterhalten, ob es die Lazarusritter gibt oder nicht.«

Matthew schob Em und Sarah, die nur widerwillig gingen, aus dem Zimmer. Sobald meine Tanten auf dem Flur waren, nahm das Haus die Angelegenheit selbst in die Hand und schloss die Tür. Der Riegel kratzte gegen den Rahmen.

»Ich habe keinen Schlüssel für das Zimmer!«, rief Sarah Matthew zu.

Ohne ihr auch nur zu antworten, kletterte Matthew aufs Bett und zog mich in seinen Arm, sodass mein Kopf auf seiner Brust zu liegen kam. Jedes Mal, wenn ich etwas sagen wollte, brachte er mich mit einem »Psst« zum Schweigen.

»Später«, wiederholte er mehrmals.

Sein Herz schlug einmal und dann, Minuten später, wieder.

Ehe es zum dritten Mal schlagen konnte, schlief ich tief und fest.

Kapitel 33

Die Erschöpfung in Kombination mit den Medikamenten und dem Gefühl, wieder zu Hause zu sein, ließ mich stundenlang schlafen. Als ich aufwachte, lag ich auf dem Bauch, ein Knie angezogen und einen Arm ausgestreckt, und tastete sofort vergeblich nach Matthew.

Weil ich noch zu benommen war, um mich aufzusetzen, drehte ich den Kopf zur Tür. Im Schloss steckte ein großer Schlüssel, und im Gang war leises Gemurmel zu hören. Das Gemurmel wurde umso deutlicher, je weiter die Schlaftrunkenheit sich zurückzog und je wacher ich wurde.

»Mir will das einfach nicht in den Kopf«, ereiferte sich Matthew. »Wie konntet ihr sie so ahnungslos lassen?«

»Wir wussten nicht, über wie viel Macht sie verfügt – jedenfalls nicht genau«, wehrte sich Sarah genauso wütend. »Dass sie anders sein würde, überrascht bei diesen Eltern niemanden. Aber Hexenfeuer hätte ich von ihr nicht erwartet.«

»Wie hast du erkannt, dass sie ein Hexenfeuer entfachen wollte, Emily?« Matthew klang wieder sanfter.

»Als ich noch ein Kind war, hat eine Hexe auf Cape Cod eines heraufbeschworen. Sie war damals bestimmt schon siebzig«, erzählte Em. »Ich werde nie vergessen, wie sie dabei aussah und was für ein Gefühl es war, dieser Kraft so nahe zu sein.«

»Hexenfeuer ist tödlich. Kein Bann kann es abwenden, kein Hexenspruch kann die Verbrennungen heilen«, erklärte Sarah. »Meine Mutter hat mir zu meinem eigenen Schutz gezeigt, woran man es erkennt – an dem Schwefelgeruch und den Bewegungen des Hexenarms. Sie sagte, wenn das Hexenfeuer beschworen wird, sei die Göttin anwesend. Ich hätte nicht gedacht, dass ich es in diesem Leben noch zu sehen bekommen würde, und ich hätte ganz bestimmt nicht erwartet, dass meine Nichte es in meiner eigenen Küche auf mich richtet. Hexenfluten kann sie auch?«

»Ich hatte gehofft, das Hexenfeuer würde uns erspart bleiben«, gestand Matthew. »Erzählt mir von Stephen Proctor.«

Bis vor Kurzem hatte ich den autoritären Ton, den er in Augenblicken wie diesem anschlug, für ein Überbleibsel aus seiner soldatischen Vergangenheit gehalten. Seit ich von den Lazarusrittern wusste, war mir klar, dass er immer noch Soldat war.

Sarah allerdings war es nicht gewohnt, dass jemand in diesem Ton mit ihr sprach, und sträubte sich sichtlich. »Stephen mied die Öffentlichkeit. Er stellte seine Kraft nicht zur Schau.«

»Kein Wunder, dass die Hexen danach zu graben begannen.«

Ich kniff die Augen zusammen, um nicht mehr die Leiche meines Vaters sehen zu müssen, dessen Rumpf vom Hals bis zu den Schenkeln aufgeschlitzt worden war, um den anderen Hexen Einblick in seine Magie zu gewähren. Um ein Haar hätte mich das gleiche Schicksal ereilt.

Matthews schwerer Körper bewegte sich durch den Flur, und das Haus protestierte gegen das ungewohnte Gewicht. »Er war ein erfahrener Zauberer, trotzdem war er ihnen nicht gewachsen. Diana hat vielleicht seine Fähigkeiten geerbt – und auch Rebeccas, Gott steh ihr bei. Aber ihr fehlt das Wissen, über das die beiden verfügten, und ohne dieses Wissen ist sie hilflos. Ihr hättet ihr genauso gut eine Zielscheibe auf die Brust malen können.«

Ich lauschte weiter schamlos.

»Sie ist nicht so was wie ein Transistorradio, Matthew«, versuchte sich Sarah zu verteidigen. »Als Diana zu uns kam, hatte sie weder Batterien noch Bedienungsanleitung dabei. Wir haben unser Bestes getan. Nachdem Rebecca und Stephen ermordet worden waren, hat sie sich völlig verändert und sich so weit zurückgezogen, dass niemand sie erreichen konnte. Was hätten wir denn tun sollen? Hätten wir sie zwingen sollen, sich dem zu stellen, was sie um jeden Preis verleugnen wollte?«

»Ich weiß es nicht.« Matthew war der Ärger anzuhören. »Jedenfalls hättet ihr sie nicht so wehrlos lassen dürfen. Diese Hexe hat sie über zwölf Stunden gefangen gehalten.«

»Wir werden ihr alles beibringen, was sie wissen muss.«

»Ich hoffe für sie, dass ihr dafür nicht allzu lang braucht.«

»Sie wird ihr ganzes Leben dazu brauchen«, fauchte Sarah ihn an. »Magie ist kein Makramé. Sie braucht Zeit.«

»Wir haben aber keine Zeit«, fauchte Matthew zurück. Das Quietschen der Dielen verriet mir, dass Sarah instinktiv einen Schritt zurückgetreten war. »Bis jetzt hat sich die Kongregation auf Katz-und-Maus-Spiele beschränkt, aber das Zeichen auf Dianas Rücken sagt mir, dass diese Tage gezählt sind.«

»Wie kannst du es wagen, das, was meiner Nichte widerfahren ist, als *Spiel* zu bezeichnen?« Sarah wurde lauter.

»Psst«, mahnte Em. »Ihr werdet sie noch aufwecken.«

»Wie könnten wir herausfinden, unter welchem Bannfluch Diana steht, Emily?« Jetzt flüsterte Matthew wieder. »Was ist euch noch von den Tagen im Gedächtnis, bevor Rebecca und Stephen nach Afrika aufbrachen – irgendwelche Dinge, die ihnen Sorgen machten?«

Ein Bannfluch.

Das Wort hallte in meinem Kopf wider, während ich mich langsam hochzog. Bannflüche waren wenigen Ausnahmesituationen vorbehalten – in denen Lebensgefahr, Wahnsinn, das reine und unzähmbare Böse drohten. Es genügte, damit zu drohen, um ins Visier anderer Hexen zu geraten.

Ein Bannfluch?

Bis ich aufgestanden war, stand Matthew bereits neben mir. Er sah mich ernst an. »Was brauchst du?«

»Ich will mit Em reden.« Meine Finger knisterten und liefen blau an. Genau wie meine Zehen, die aus den schützenden Verbänden um meinen Knöchel herausragten. Als ich an ihm vorbeischlurfte, verfing sich die Gaze unter meiner Sohle an einem herausstehenden Nagel in einer Diele.

Sarah und Em erwarteten mich ängstlich am Treppenabsatz.

»Was ist mit mir los?«, wollte ich wissen.

Emily floh unter Sarahs schützenden Arm. »Nichts ist mit dir los.«

»Du hast gesagt, ich stehe unter einem Bannfluch. Den meine eigene *Mutter* ausgesprochen hat.« Ich war eine Art Monster. Eine andere Erklärung gab es nicht.

Em hörte meine Gedanken, als hätte ich sie laut ausgesprochen. »Du bist kein Monster, Schätzchen. Rebecca hat dich mit einem Bann belegt, weil sie Angst um dich hatte.«

»Angst *vor mir*, meinst du wohl.« Meine blauen Finger stellten einen hervorragenden Grund dar, sich zu fürchten. Ich versuchte sie zu verstecken, andererseits wollte ich Matthews Hemd nicht versengen, und wenn ich die Hand auf dem Holzgeländer der Treppe ablegte, riskierte ich, das ganze Haus in Brand zu setzen.

Pass auf den Teppich auf, Mädchen! Der große weibliche Geist, der mir unten in der Wohnstube erschienen war, linste hinter Sarah und Ems Tür hervor und deutete aufgeregt auf den Boden. Ich hob die Zehen an.

»Niemand fürchtet sich vor dir.« Matthew starrte mit frostiger Intensität auf meinen Rücken, als wollte er mich zwingen, ihn anzusehen.

»Die beiden schon.« Ich zielte mit einem funkensprühenden Finger auf meine Tanten, ohne den Blick von ihnen zu wenden.

Ich auch, gestand ein weiterer toter Bishop, diesmal ein Teenager mit leicht vorstehenden Zähnen. Er trug einen Korb mit Beeren und hatte eine zerfetzte Reithose an.

Unter meinem ungnädigen Blick wichen meine Tanten einen Schritt zurück.

»Du hast jedes Recht, frustriert zu sein.« Matthew kam immer näher, bis er hinter mir stand. Der Wind steigerte sich, und sein Schneeflockenblick huschte über meine Schenkel. »Jetzt kommt der Hexenwind auf, weil du dich in die Enge getrieben fühlst.«

Ich vergaß vorübergehend meinen Bannfluch und drehte mich um, weil ich ihn genauer zu seinen Theorien befragen wollte. Schon jetzt wich die Farbe aus meinen Fingern, und das Knistern schwächte sich ab.

»Du musst versuchen, das zu verstehen«, beschwor mich Em. »Rebecca und Stephen sind nach Afrika gefahren, um dich zu beschützen. Aus dem gleichen Grund haben sie dich mit einem Bannfluch belegt. Sie wollten nur, dass dir nichts passiert.«

Das Haus stöhnte in seinem Gebälk auf und hielt den Atem an, bis die alten Pfeiler ächzten.

Kälte breitete sich in mir aus.

»Also bin ich schuld, dass sie gestorben sind? Sie sind *meinetwegen* nach Afrika gefahren und wurden dort ermordet?« Entsetzt sah ich Matthew an.

Ich wartete die Antwort gar nicht erst ab, sondern stürmte auf die Treppe zu, ohne mich um die Schmerzen in meinem Knöchel zu scheren. Ich wollte nur noch weg.

»Nein, Sarah. Lass sie!«, rief Matthew scharf.

Das Haus öffnete mir alle Türen und knallte sie hinter mir zu, während ich durch den Flur, das Esszimmer und das Familienzimmer in die Küche raste. Ein Paar von Sarahs Gartenstiefeln rutschte kühl und glatt über meine Füße. Sobald ich aus dem Haus war, tat ich, was ich immer getan hatte, wenn mir die Familie über den Kopf wuchs, und floh in den Wald.

Erst als ich die zauseligen Apfelbäume hinter mir gelassen hatte und im Schatten der uralten Weißeichen und Vogelaugenahornbäume angekommen war, wurden meine Schritte langsamer. Völlig außer Atem, unter Schock und vor Erschöpfung schlotternd, sank ich am Fuß eines riesigen Baumes nieder, der fast so breit wie hoch war. Die niedrigen, weiten Äste hingen beinahe bis auf den Boden, und die tief gelappten, teils roten, teils violetten Blätter zeichneten sich scharf von der aschgrauen Borke ab. Meine ganze Kindheit und Jugend hindurch hatte ich mich in Liebesleid oder Einsamkeit unter seine tiefen Äste geflüchtet. Generationen von Bishops hatten vor mir hier Trost gesucht und ihre Initialen in die Rinde geritzt. Meine hatte ich mit einem Taschenmesser neben das »rb« gekerbt, das meine Mutter hinterlassen hatte und dessen Rundungen ich jetzt nachfuhr, bevor ich am Fuß des Stammes die Beine an die Brust zog und mich wie ein Kind vor und zurück wiegte.

Ich spürte eine kühle Berührung an meinen Haaren, dann legte sich der blaue Parka über meine Schultern. Matthews Rücken schabte am Baumstamm abwärts, und sein massiger Körper sank zu Boden.

»Haben sie dir erzählt, was mit mir los ist?« Ich drückte die Lippen in den Stoff meiner Hose.

»Mit dir ist gar nichts los, *mon cœur.*«

»Du musst noch eine Menge über uns Hexen lernen.« Ich legte das Kinn auf die Knie, wollte ihn aber noch nicht ansehen. »Hexen belegen niemanden ohne guten Grund mit einem Bannfluch.«

Matthew blieb stumm. Ich wagte einen Seitenblick. Aus dem Augenwinkel konnte ich gerade so seine Beine erkennen – eines ausgestreckt, das andere angewinkelt – und dazu eine lange, weiße Hand, die locker über seinem Knie lag.

»Deine Eltern hatten einen verdammt guten Grund. Sie wollten das Leben ihrer Tochter retten.« Er sprach ruhig und gelassen, aber ich hörte die Emotionen darunter. »Ich hätte das Gleiche getan.«

»Wusstest du auch, dass ich unter einem Bann stehe?« Ich klang vorwurfsvoll, obwohl ich das gar nicht wollte.

»Marthe und Ysabeau haben es sich zusammengereimt. Sie haben es mir erzählt, bevor wir nach La Pierre aufbrachen. Emily hat ihre Vermutungen bestätigt. Ich hatte keine Gelegenheit, es dir zu erzählen.«

»Wie konnte Em das nur vor mir geheimhalten?« Ich fühlte mich genauso verraten und verlassen wie in jenem Moment, als Satu mir erzählt hatte, was Matthew getan hatte.

»Du musst deinen Eltern und Emily verzeihen. Sie taten, was sie für das Beste hielten – für dich.«

»Du verstehst das nicht, Matthew.« Ich schüttelte eigensinnig den Kopf. »Bevor meine Mutter nach Afrika aufbrach, hat sie mich in Fesseln gelegt, als wäre ich ein böses, irregeleitetes Geschöpf, dem man nicht trauen darf.«

»Deine Eltern haben sich Sorgen gemacht wegen der Kongregation.«

»Unfug.« Meine Finger kribbelten, doch ich drängte das Gefühl bis an die Ellbogen zurück, weil ich keinesfalls die Beherrschung verlieren wollte. »Nicht alles hat mit der verfluchten Kongregation zu tun, Matthew.«

»Nein, aber das hier schon. Um das zu erkennen, muss man keine Hexe sein.«

Ohne Vorwarnung erschien vor meinem inneren Auge der weiße Tisch, auf dessen Fläche verschiedene Episoden aus Vergangenheit und Gegenwart verstreut lagen. Die Puzzleteile begannen sich zu ordnen: meine Mutter, die hinter mir herjagte, nachdem ich in die Hände geklatscht hatte und über den Linoleumboden in unserer Küche in Cambridge geflogen war, mein Vater, der sich in seinem Arbeitszimmer laut mit Peter Knox stritt, eine Gutenachtgeschichte über eine gute Fee und magische Bänder, meine Eltern, die nebeneinander an meinem Bett standen, Zaubersprüche aufsagten und ihre Magie wirken ließen, während ich still auf meiner Bettdecke lag. Die Teile fügten sich aneinander, bis ein klares Bild entstand.

»Die Gutenachtgeschichten meiner Mutter«, sagte ich und sah ihn erstaunt an. »Sie konnte mir ihre Ängste nicht offen gestehen, darum erzählte sie mir eine Geschichte über böse Hexen und verzauberte Bänder und eine gute Fee. Sie erzählte mir die Geschichte jeden Abend, damit ich sie tief in meinem Inneren bewahrte.«

»Erinnerst du dich an noch etwas?«

»Bevor mich die beiden mit einem Bann belegten, kam Peter Knox meinen Vater besuchen.« Ich schauderte, als ich es wieder läuten hörte und die Miene meines Vaters sah, sobald er die Tür öffnete. »Diese Kreatur war in meinem Haus. Er hat meinen Kopf berührt.« Ich musste daran denken, wie beklemmend es sich angefühlt hatte, als Knox seine Hand auf meinen Hinterkopf gelegt hatte.

»Mein Vater schickte mich auf mein Zimmer, dann begannen die beiden zu streiten. Meine Mutter blieb in der Küche. Ich fand es merkwürdig, dass sie nicht nachsah, was sich da abspielte. Dann verschwand mein Vater für eine Weile. Meine Mutter war außer sich. In derselben Nacht rief sie Em an.« Jetzt kamen die Erinnerungen in einem breiten, schnellen Strom.

»Emily hat mir erzählt, Rebecca hätte den Bann so gewoben, dass er intakt bleiben würde, bis der *Schattenmann* käme. Deine Mutter glaubte, dass ich dich vor Knox und der Kongregation beschützen könnte.« Sein Gesicht verdüsterte sich.

»Niemand hätte mich beschützen können – niemand außer mir selbst. Satu hat recht. Ich bin wirklich eine erbärmliche Hexe.« Wieder ließ ich den Kopf auf die Knie sinken. »Ich bin ganz und gar nicht wie meine Mutter.«

Matthew stand auf und streckte mir eine Hand hin. »Steh auf«, sagte er unvermittelt.

Ich schob meine Hand in seine und wartete darauf, dass er mich tröstend an seine Brust drücken würde. Stattdessen schob er meine Arme in die Ärmel des blauen Parkas und trat einen Schritt zurück.

»Du bist eine Hexe. Es wird Zeit, dass du lernst, auf dich selbst aufzupassen.«

»Nicht jetzt, Matthew.«

»Ich wünschte, wir könnten dir die Entscheidung überlassen, aber das können wir nicht«, erwiderte er knapp. »Die Kongregation will deine Kraft – oder sie will zumindest wissen, worin sie besteht. Sie will *Ashmole 782*, und du bist seit über hundert Jahren die Einzige, die dieses Manuskript zu Gesicht bekommen hat.«

»Sie wollen auch dich und die Lazarusritter.«

»Sie hätten die Bruderschaft schon längst zu Fall bringen können. Dazu hatte die Kongregation reichlich Gelegenheit.« Matthew nahm ganz offensichtlich Maß an mir und versuchte meine wenigen Stärken und beträchtlichen Schwächen abzuschätzen. Ich fühlte mich wie ausgestellt.

»Aber ich bin von lauter Beschützern umgeben. Du passt auf mich auf – und Sarah und Em auch.«

»Wir können nicht rund um die Uhr bei dir sein, Diana. Außerdem willst du doch nicht, dass Sarah und Em ihr Leben aufs Spiel setzen, um deines zu retten, oder?« Es war eine plumpe Frage, und ich sah, wie er dabei das Gesicht verzog. Die Augen zu Schlitzen zusammengekniffen, trat er noch einen Schritt zurück.

»Du willst mir Angst machen«, sagte ich, als er vor mir in die Hocke ging. Die letzten leisen Morphinschwaden zogen durch mein Blut ab, verjagt von frisch einschießendem Adrenalin.

»Nein, will ich nicht.« Bedächtig schüttelte er den Kopf und sah mit seinen hin und her schwingenden Haaren wölfischer aus als je zuvor. »Wenn du wirklich Angst hättest, würde ich das riechen. Du bist nur aus der Balance geraten.«

Tief aus Matthews Kehle stieg ein Knurren, das ganz und gar nichts mit den Lauten zu tun hatte, die er von sich gab, wenn er Lust empfand. Jetzt wich ich vor ihm zurück.

»So ist es schon besser«, schnurrte er. »Wenigstens hast du jetzt einen Vorgeschmack auf die Angst bekommen.«

»Warum tust du das?«, flüsterte ich.

Er war ohne ein weiteres Wort verschwunden.

Ich blinzelte. »Matthew?«

Zwei kalte Flecken bohrten sich in meine Schädeldecke.

Matthew hing wie eine Fledermaus an den Füßen zwischen zwei Ästen, die Arme wie Schwingen ausgebreitet. Er beobachtete mich so eindringlich, dass ich es nur an einem gelegentlichen frostigen Aufflackern spürte, wenn er den Blick woandershin richtete.

»Ich bin kein Forscherkollege, mit dem du ein Streitgespräch führst. Hier geht es nicht um eine akademische Spiegelfechterei – sondern um Leben oder Tod.«

»Komm da runter«, tadelte ich ihn scharf. »Ich habe verstanden.«

Ich sah ihn nicht neben mir landen, aber ich spürte seine kalten Finger an Hals und Kinn, die meinen Kopf zur Seite drehten, bis meine Kehle frei lag. »Wenn ich Gerbert wäre, wärst du schon tot«, zischte er.

»Hör auf, Matthew.« Ich wollte mich aus seinen Händen winden, schaffte es aber nicht.

»Nein.« Er verstärkte den Griff nur noch. »Satu hat versucht, dich zu brechen, darum würdest du jetzt am liebsten abtauchen. Doch du musst dich wehren.«

»Tue ich ja.« Ich drückte gegen seine Arme, um meinen Worten Nachdruck zu verleihen.

»Nicht wie ein Mensch«, meinte Matthew verächtlich. »Wehr dich wie eine Hexe.«

Wieder verschwand er. Diesmal hing er nicht im Baum, und ich spürte auch seinen Blick nicht mehr.

»Ich bin müde. Ich will zum Haus zurück.« Nachdem ich drei Schritte gegangen war, hörte ich ein kurzes Rauschen. Matthew hatte mich über die Schulter geworfen, und ich wurde – rasend schnell – in die entgegengesetzte Richtung getragen.

»Du gehst nirgendwohin.«

»Wenn du so weitermachst, hast du Sarah und Em auf dem Hals.« Eine von beiden musste einfach spüren, dass hier etwas schieflief. Und wenn *sie* nichts unternahmen, würde garantiert Tabitha eingreifen.

»Nein.« Tief im Wald setzte mich Matthew wieder ab. »Sie haben mir versprochen, das Haus nicht zu verlassen – nicht einmal, wenn du schreist, und ganz gleich, welche Gefahren sie spüren.«

Ich wich zurück, weil ich auf Abstand zu seinen riesigen schwarzen Augen gehen wollte. Die Muskeln in seinen Beinen spannten sich zum Sprung an. Als ich mich umdrehte, um loszurennen, war er schon vor mir. Ich drehte mich wieder um, doch wieder stand er vor mir. Ein Wind kam rund um meine Füße auf.

»Gut«, stellte er zufrieden fest. Matthew kauerte sich zusammen, genau wie auf der Hirschjagd bei Sept-Tours, und begann wieder bedrohlich zu knurren.

Der Wind fegte in Böen um meine Füße, aber er wurde nicht stärker. Das Kitzeln senkte sich von meinen Ellbogen zu den Nägeln hinab. Statt meinen Ärger zu unterdrücken, ließ ich dem Gefühl freien Lauf. Blaue Funkenbogen sprangen zwischen meinen Fingern auf.

»Setz deine Kraft ein«, keuchte er. »Anders kannst du mich nicht bekämpfen.«

Meine Hände schwenkten in seine Richtung. Es wirkte nicht besonders bedrohlich, aber etwas anderes fiel mir nicht ein. Matthew zeigte mir, wie wertlos meine Anstrengungen waren, indem er mich ansprang und mich um die eigene Achse wirbelte, bevor er wieder zwischen den Bäumen verschwand.

»Du bist tot – schon wieder.« Ich hörte seine Stimme rechts von mir.

»Was du auch versuchst, es funktioniert nicht!«, rief ich in seine Richtung.

»Ich bin hinter dir«, schnurrte er mir ins Ohr.

Mein Schrei teilte die Stille des Waldes, und der Wind spann mich in einen Wirbelsturm ein. »Bleib weg von mir!«, brüllte ich ihn an.

Matthew griff entschlossen nach mir und durchbrach mit den Händen meine Windbarriere. Ich schleuderte ihm in einer rein instinktiven Reaktion meine Arme entgegen, und ein heftiger Windstoß wehte ihn von den Füßen. Er sah überrascht auf, dann zeigte sich tief in seinen Augen das Raubtier. Wieder kam er auf mich zu, um die Windmauer zu durchbrechen. Ich konzentrierte mich ganz darauf, ihn zurückzustoßen, doch die Luft reagierte nicht so, wie ich es wollte.

»Du darfst es nicht erzwingen«, sagte Matthew. Furchtlos hatte er sich durch den Zyklon gekämpft und bohrte jetzt die Finger in meinen Oberarm. »Deine Mutter hat dich mit einem Bann belegt, damit niemand gegen deinen Willen deine Magie heraufbeschwören kann – nicht einmal du selbst.«

»Wie soll ich sie dann herbeirufen, wenn ich sie brauche, und wie soll ich sie kontrollieren?«

»Das musst du selbst herausfinden.« Matthews Schneeflockenblick huschte über meinen Hals und meine Schultern und erfasste dabei instinktiv die wichtigsten Schlagadern.

»Ich kann nicht.« Plötzlich schnürte mir Panik die Brust zu. »Ich bin keine Hexe.«

»Hör auf, das ständig zu sagen. Es stimmt nicht, wie du genau weißt.« Abrupt entließ er mich aus seinem Griff. »Mach die Augen zu. Und geh los.«

»Was?«

»Ich habe dich wochenlang beobachtet, Diana.« Er bewegte sich wie eine Raubkatze, und der Nelkengeruch war so stark, dass es mir die Kehle zuschnürte. »Du musst dich bewegen und alle anderen Sinneseindrücke ausschalten, damit du nur noch *spürst.*« Er gab mir einen

Schubs, und ich stolperte los. Als ich mich umdrehte, war er bereits verschwunden.

Mein Blick tastete die Bäume ab. Im Wald war es gespenstisch still, weil sich alle Tiere vor dem mächtigen Raubtier in ihrer Mitte versteckten.

Ich schloss die Augen und begann tief durchzuatmen. Eine leise Brise zog an mir vorbei, erst in die eine Richtung, dann in die andere. Es war Matthew, der mich auf die Probe stellen wollte. Ich konzentrierte mich auf meinen Atem, versuchte, so ruhig zu werden wie alle anderen Tiere im Wald, und marschierte los.

Ich spürte eine Art Enge zwischen den Augen. Ich atmete hinein, getreu Amiras Yogaanweisungen und Matthews Rat, meinen Visionen freien Lauf zu lassen. Das enge Gefühl ging erst in ein Kribbeln über, und dann öffnete sich mein geistiges Auge – das dritte Auge aller Hexen – zum ersten Mal ganz und gar.

Ich nahm alles wahr, was in dem Wald lebte – die Pflanzen, die Energie im Erdboden, das Wasser unter der Humusschicht –, und alle Lebenskräfte unterschieden sich in Farbe und Helligkeit. Mein drittes Auge sah die Kaninchen in ihrem Bau unter einem Baum hocken, mit hoppelnden Herzen, weil sie den Vampir rochen. Es entdeckte die Schleiereulen, die vorzeitig aus ihrem Spätnachmittagsschläfchen gerissen worden waren, weil dieses Wesen wie ein Panther von Ast zu Ast setzte. Die Kaninchen und Eulen wussten, dass sie ihm nicht entkommen konnten.

»König der Wildnis«, flüsterte ich.

Matthews leises Lachen sickerte zwischen den Bäumen hindurch.

Kein Geschöpf in diesem Wald konnte im Kampf gegen Matthew bestehen. »Außer mir«, hauchte ich.

Mein drittes Auge tastete den Wald ab. Ein Vampir lebt nicht wirklich, darum war er zwischen der blendenden Energie, die mich umgab, nur schwer auszumachen. Schließlich hatte ich seine Silhouette als Verdichtung von Dunkelheit erspäht, wie eine Art schwarzes Loch mit rotglühenden Rändern, wo seine übernatürliche Lebenskraft auf die Vitalität der Welt um ihn herum stieß. Instinktiv wandte ich ihm mein Gesicht zu und zeigte ihm damit, dass ich ihn im Auge hatte. Sofort huschte er weg und verschwand im Schatten zwischen den Bäumen.

Mit zwei geschlossenen Augen und dem weit geöffneten geistigen Auge ging ich los in der Hoffnung, dass er mir folgen würde. Hinter mir löste sich seine dunkle Gestalt von einem Ahornbaum wie ein schwarzer Riss, der sich rotglühend umrandet vom ihn umgebenden Grün abhob. Diesmal blickte ich konzentriert in die andere Richtung.

»Ich sehe dich, Matthew«, sagte ich leise.

»Wirklich, *ma lionne*? Und was willst du jetzt unternehmen?« Er lachte wieder und folgte mir im gleichen Abstand wie zuvor.

Mit jedem Schritt hellte sich das Bild vor meinem dritten Auge weiter auf, wurden die Umrisse schärfer. Links von mir befand sich ein verfilztes Gebüsch, darum hielt ich mich rechts. Als Nächstes bemerkte ich einen Stein direkt vor mir, dessen scharfe graue Kanten aus dem Boden aufragten. Ich hob den Fuß, um nicht zu stolpern.

Ein leichter Luftzug auf meiner Brust verriet mir, dass ich an einer kleinen Lichtung angekommen war. Inzwischen sprach nicht mehr nur das Leben des Waldes zu mir. Rund um mich herum sandten die Elemente Botschaften aus, die mir den Weg wiesen. Erde, Luft, Feuer und Wasser verbanden sich mit meiner Wahrnehmung in winzigen Nadelstichen.

Matthews Energie verdichtete sich und wurde dunkler und tiefer. Dann schoss seine dunkle Sphäre – sein fehlendes Leben – in einem eleganten Sprung, um den ihn jeder Panther beneidet hätte, durch die Luft. Er streckte die Arme aus, um mich zu packen.

Flieg, dachte ich, gerade als seine Finger meine Haut berühren wollten.

Der Wind schob einen mächtigen Luftstoß unter meinen Körper. Die Erde gab mich mit einem sanften Aufwärtsschub frei. Genau wie Matthew vorhergesagt hatte, war es kein Problem, meinen Körper dorthin folgen zu lassen, wohin ihn meine Gedanken führten. Tief unter mir schlug Matthew einen Salto in der Luft und setzte leichtfüßig genau dort auf, wo ich eben noch gestanden hatte.

Mit weit aufgerissenen Augen stieg ich über die Baumwipfel auf. Sie waren wie von Meeresrauschen erfüllt, der Himmel war weit und strahlend hell vom Sonnen- und Sternenlicht. Mein Haar schwamm auf den Luftströmungen, und die Enden jeder einzelnen Strähne verwandelten sich in Flammenzungen, die über mein Gesicht leckten, ohne dabei zu brennen. In langen Tentakeln liebkosten sie meine Wangen mit Wärme, während die kalte Luft daran vorüberzog. Ein Rabe flatterte an mir vorbei, bass erstaunt über dieses neue Geschöpf, das jetzt den Luftraum mit ihm teilte.

Matthews blasses Gesicht war mir zugewandt, und ich sah blankes Erstaunen in seinen Augen. Als sich unsere Blicke trafen, lächelte er.

Noch nie hatte ich etwas so Schönes gesehen. Ich spürte eine Woge kräftiger, tiefer Lust und war gleichzeitig unsagbar stolz darauf, dass er mir gehörte.

Mein Körper tauchte zu ihm ab, und Matthews staunende Miene wurde schlagartig misstrauisch. Er knurrte unsicher, als würde ihn sein Instinkt warnen, dass ich ihn attackieren könnte.

Ich bremste meinen Sturzflug ab und glitt langsam tiefer, bis wir auf Augenhöhe waren, während meine Füße in Sarahs Gummistiefeln hinter mir schwebten. Der Wind peitschte eine flammende Locke in seine Richtung.

Tu ihm nichts. Alle meine Gedanken kreisten um seine Sicherheit. Luft und Feuer gehorchten mir, und mein drittes Auge trank seine dunkle Gestalt.

»Bleib von mir weg«, grollte er. »Nur einen Augenblick.« Matthew musste sich bemühen, seinen Raubtierinstinkt in Schach zu halten. Jetzt *wollte* er mich jagen. Der König der Wildnis ließ sich nicht gern auf die Probe stellen.

Ich beachtete seine Warnung gar nicht, sondern senkte meine Füße ab, bis sie wenige Zentimeter über dem Boden schwebten, und reichte ihm dann die offene Hand. Mit meinem geistigen Auge konnte ich meine eigene Energie wahrnehmen: eine wogende Masse von Silber und Gold, Grün und Blau, leise flackernd wie der Morgenstern. Ich schöpfte etwas davon ab und beobachtete, wie es von meinem Herzen aus durch meine Schulter in meinen Arm rollte.

Im nächsten Moment lag in meiner Handfläche ein pulsierender, kreiselnder Ball, in dem sich Himmel und Erde, Meer und Feuer vereinten. Die alten Philosophen hätten ihn als Mikrokosmos bezeichnet – eine kleine Welt, in der sich Fragmente des gesamten Universums und meiner selbst verbanden.

»Für dich«, sagte ich mit hohler Stimme. Meine Finger öffneten sich.

Matthew fing den Ball in der Luft auf. Er rollte wie Quecksilber über seine Haut und schmiegte sich an sein kaltes Fleisch. Schließlich kam meine Energie bebend in seiner hohlen Hand zu liegen.

»Was ist das?«, fragte er und vergaß über der flirrenden Masse in seiner Hand seinen Jagdtrieb.

»Das bin ich«, sagte ich nur. Matthew sah mich wie hypnotisiert an; seine Pupillen verschlangen die graugrüne Iris in einem tiefen schwarzen Loch. »Du wirst mir nicht wehtun. Ich werde dir auch nicht wehtun.«

Der Vampir wog meinen Mikrokosmos sorgsam in der Hand, um keinesfalls einen Tropfen zu verschütten.

»Ich weiß immer noch nicht, wie ich mich wehren soll«, sagte ich traurig. »Ich kann nur wegfliegen.«

»Das ist die wichtigste Lektion für jeden Krieger, Hexe.« Matthews Mund verwandelte das, was unter Vampiren eine Beleidigung war, in ein Kosewort. »Du musst lernen, deine Schlachten auszuwählen, und jene meiden, die du nicht gewinnen kannst, um sie ein andermal zu schlagen.«

»Fürchtest du dich vor mir?«, fragte ich. Ich schwebte immer noch.

»Nein«, sagte er.

Mein drittes Auge kitzelte. Er sagte die Wahrheit. »Obwohl ich das in mir habe?« Mein Blick zuckte zu der glühenden, zappelnden Masse in seiner Hand.

Matthews Miene blieb wachsam und distanziert. »Ich bin schon öfter mächtigen Hexen begegnet. Allerdings wissen wir immer noch nicht, was alles in dir steckt. Das werden wir herausfinden müssen.«

»Dabei wollte ich das nie wissen.«

»Warum, Diana? Warum solltest du diese Gaben nicht haben wollen?«

»Angst? Verlangen?«, sagte ich leise und legte die Fingerspitzen an seine Wange, von Neuem erschrocken, wie mächtig meine Liebe zu ihm war. Mir fiel wieder ein, was sein Dämonenfreund Bruno im sechzehnten Jahrhundert geschrieben hatte. »*Das Verlangen treibt mich, dieweil die Angst mich zügelt.* Erklärt das nicht alles, was auf der Welt passiert?«

»Alles außer dir«, erwiderte er mit belegter Stimme. »Für dich gibt es keine Begründung.«

Meine Zehen berührten den Boden, ich nahm die Finger von seiner Wange und öffnete langsam meine Hand. Meinem Körper war die geschmeidige Bewegung vertraut, nur mein Geist registrierte sofort, wie eigentümlich sie war. Das Stück meiner selbst, das ich Matthew gegeben hatte, sprang von seiner Hand in meine. Meine Finger schlossen sich darum, und gleich darauf hatte ich die Energie wieder absorbiert. Ich spürte die Kraft einer Hexe kitzeln und erkannte, dass es meine eigene war. Aus lauter Angst vor der, in die ich mich verwandelte, ließ ich den Kopf hängen.

Matthews Fingerspitzen öffneten meinen Vorhang aus Haar. »Vor dieser Magie kannst du dich nicht verstecken – weder hinter deiner Wissenschaft, noch durch Willenskraft oder reine Konzentration. Sie wird dich immer finden. Und vor mir kannst du dich auch nicht verstecken.«

»Genau das hat meine Mutter unten im Verlies gesagt. Sie wusste über uns Bescheid.« Aus nackter Angst vor der Erinnerung an La Pierre schloss sich mein geistiges Auge. Mich schauderte, und Matthew zog mich an seine Brust. In seinen kalten Armen war es zwar nicht wärmer, aber ich fühlte mich viel sicherer.

»Vielleicht hat ihnen das Wissen, dass du nicht allein bleiben würdest, den Weg erleichtert«, meinte Matthew leise. Seine Lippen waren kühl und fest, und meine öffneten sich wie von selbst, weil ich ihn noch intensiver spüren wollte. Er barg sein Gesicht in meinem Nacken, und ich hörte, wie er meinen Duft einatmete. Dann löste er sich widerstrebend, strich mein Haar zurück und zog den Parka schützend um mich.

»Wirst du mich im Kampf ausbilden wie einen deiner Ritter?«

Matthews Hände kamen zur Ruhe. »Die wussten schon lange bevor sie zu mir kamen, wie sie sich verteidigen müssen. Natürlich habe ich Krieger ausgebildet – Menschen, Vampire, Dämonen. Sogar Marcus, und der war weiß Gott ein hartes Stück Arbeit. Aber noch nie eine Hexe.«

»Gehen wir heim.« Mein Knöchel pochte immer noch, und ich fiel vor Müdigkeit beinahe um. Nach ein paar zögerlichen Schritten hob Matthew mich wie ein Kind auf seinen Rücken und brachte mich huckepack durch die Dämmerung nach Hause, während ich mich mit beiden Händen an seinem Hals festhielt. »Danke noch mal, dass du mich gefunden hast«, flüsterte ich, als unser Haus in Sicht kam. Er wusste, dass ich diesmal nicht von La Pierre sprach.

»Ich hatte schon lange aufgehört zu suchen. Aber dann sah ich dich an Mabon in der Bodleian Library sitzen. Eine Historikerin. Und noch dazu eine Hexe.« Matthew schüttelte ungläubig den Kopf.

»Das macht es so magisch«, sagte ich und drückte einen weichen Kuss auf die nackte Haut über seinem Kragen. Er schnurrte immer noch, als er mich auf der hinteren Veranda absetzte.

Matthew verschwand im Schuppen, um Feuerholz zu holen, und überließ es mir, Frieden mit meinen Tanten zu schließen. Beide wirkten verlegen.

»Ich verstehe, warum ihr geschwiegen habt«, erklärte ich und umarmte Em so fest, dass sie erleichtert nach Luft schnappte. »Aber Mom hat mir erklärt, dass die Zeit der Geheimnisse vorüber ist.«

»Du hast Rebecca gesehen?«, fragte Sarah misstrauisch und wurde blass.

»In La Pierre. Als Satu mich gefügig machen wollte.« Ich blieb kurz stumm. »Daddy auch.«

»War sie … Waren sie glücklich?« Sarah würgte die Worte mühsam hervor, während meine Großmutter hinter ihr stand und sie sorgenvoll betrachtete.

»Sie waren zusammen«, sagte ich nur und sah aus dem Fenster, ob Matthew schon auf dem Weg zum Haus war.

»Und du warst bei ihnen«, erklärte Em fest und mit feuchten Augen. »Das bedeutet, dass sie mehr als glücklich waren.«

Meine Tante klappte den Mund auf, um etwas zu sagen, überlegte es sich anders und klappte ihn wieder zu.

»Was ist denn, Sarah?« Ich legte eine Hand auf ihren Arm.

»Hat Rebecca mit dir gesprochen?« Sie klang nervös.

»Sie hat mir eine Geschichte erzählt. Die gleiche Geschichte wie früher – über Hexen und Prinzen und eine gute Fee.«

»Im letzten Sommer, bevor deine Mom und dein Dad nach Afrika reisten, hat mich Rebecca gefragt, was bei einem Kind den tiefsten Eindruck hinterlässt. Ich habe gesagt, es seien die Geschichten, die ihnen die Eltern abends vorlesen, die Botschaften über Hoffnung, Kraft und Liebe, die darin stecken.« Jetzt liefen Ems Augen über, und sie wischte hastig die Tränen ab.

»Du hattest recht«, sagte ich nur.

Obwohl wir drei Hexen uns untereinander ausgesöhnt hatten, stürzte sich Sarah auf Matthew, sobald er, mit Holzscheiten beladen, die Küche betrat.

»Verlang nie wieder von mir, dass ich Dianas Hilfeschreie ignoriere, und wage es nicht, sie noch einmal zu bedrohen – aus welchem Grund auch immer. Sonst hexe ich dir einen Zauber an, dass du wünschen wirst, du wärst nie wiedergeboren worden. Kapiert, Vampir?«

»Natürlich, Sarah«, murmelte Matthew ausdruckslos in einer perfekten Nachahmung seiner Mutter.

Wir aßen im Familienzimmer zu Abend. Matthew und Sarah hatten einen brüchigen Waffenstillstand geschlossen, doch sobald meine Tante sah, dass es kein Fleisch geben würde, drohte wieder offener Krieg.

»Du qualmst wie ein Schlot«, meinte Em geduldig, als Sarah murrte, dass es kein »richtiges« Essen gab. »Deine Arterien werden es mir danken.«

»Du hast das doch nicht meinetwegen gemacht«, giftete Sarah und schoss einen vorwurfsvollen Blick auf Matthew ab. »Du hast das gemacht, damit er nicht in Versuchung kommt, Diana zu beißen.«

Matthew lächelte milde und zog den Korken aus einer Flasche, die er aus dem Range Rover geholt hatte. »Wein, Sarah?«

Sie beäugte die Flasche misstrauisch. »Importiert?«

»Ein Franzose«, sagte er und schenkte die tiefrote Flüssigkeit in ihr Wasserglas.

»Die Franzosen bekommen mir nicht.«

»Glaub nicht alles, was du liest. Wir sind viel netter, als von uns behauptet wird«, sagte er und entlockte ihr damit ein grimmiges Lächeln. »Vertrau mir, du wirst dich an uns gewöhnen.« Wie um seine Worte zu bestätigen, sprang Tabitha vom Boden aus auf seine Schulter und blieb dort wie ein Papagei bis zum Ende des Essens sitzen.

Matthew trank Wein, plauderte über das Haus und erkundigte sich bei Sarah und Em nach dem Zustand der Farm und ihrer Geschichte. Ich konnte mich darauf beschränken, ihnen zuzusehen, diesen drei Wesen, die ich so liebte, und gleichzeitig Unmengen an Chili und Maisbrot zu verschlingen. Als wir schließlich nach oben ins Schlafzimmer gingen, schlüpfte ich nackt unter die Decke, weil ich es kaum erwarten konnte, seinen kühlen Körper an meinem zu spüren. Er legte sich zu mir und zog mich an seine nackte Brust.

»Du bist warm«, stellte er fest und kuschelte sich fester an mich.

»Mhmm. Du riechst gut«, sagte ich und drückte die Nase gegen seine Brust. Der Schlüssel drehte sich von selbst im Schloss. Er hatte in der Tür gesteckt, als ich am Nachmittag aufgewacht war. »War der Schlüssel in der Kommode?«

»Das Haus hat ihn für uns geholt. Vorhin ist er schräg zwischen zwei Dielen neben dem Bett herausgeschossen, knapp über dem Lichtschalter gegen die Wand geknallt und dann auf den Boden gerutscht. Als ich ihn nicht sofort aufgehoben habe, ist er quer durchs Zimmer geflogen und in meinem Schoß gelandet.«

Ich lachte, während sich seine Finger um meine Taille schlossen. Den Zeichen, mit denen Satu mich gebrandmarkt hatte, wich er penibel aus.

»Du hast deine Kriegsverletzungen«, sagte ich, um ihn zu besänftigen. »Jetzt habe ich auch welche.«

Seine Lippen suchten in der Dunkelheit nach meinen. Eine Hand schob sich über meinen Rücken und legte sich über den Sichelmond. Die andere wanderte zwischen meine Schulterblätter und löschte den Stern aus. Man brauchte keine magischen Fähigkeiten, um seinen Schmerz und seine tiefe Reue zu verstehen. Ich spürte beides auch so – in seiner sanften Berührung, den im Dunkeln gemurmelten Worten, in seinem Körper, der so fest neben meinem lag. Ganz langsam ließ er die schlimmsten Ängste und seinen Zorn los. Wir berührten uns mit den Fingern und mit dem Mund, und unsere anfängliche Hektik verlangsamte sich, weil wir die Vereinigung möglichst lange auskosten wollten.

Auf dem Gipfel meiner Lust begann es Sterne zu regnen. Ein paar davon blieben unter der Decke hängen, wo sie funkelnd und flackernd ihr kurzes Leben beendeten, während wir einander in den Armen lagen und darauf warteten, dass der Morgen uns fand.

KAPITEL 34

Noch vor Sonnenaufgang setzte Matthew einen Kuss auf meine Schulter und schlich nach unten. Meine Muskeln fühlten sich verspannt an, so als wären sie gleichzeitig verhärtet und schlaff. Schließlich quälte ich mich aus dem Bett und ging ihn suchen.

Stattdessen fand ich Sarah und Em. Sie standen, jeweils eine dampfende Tasse Kaffee in der Hand, an dem großen Fenster und blickten auf den Garten. Ich warf einen kurzen Blick über ihre Schultern und ging dann den Kessel aufsetzen. Matthew konnte warten – der Tee nicht.

»Was beobachtet ihr da?«

»Matthew.«

Ich taumelte mehrere Schritte zurück.

»Er ist schon stundenlang da draußen. Und ich glaube nicht, dass er sich seither bewegt hat. Eben ist ein Rabe an ihm vorbeigeflogen. Der wird sich wohl ein Nest auf ihm bauen«, fuhr Sarah ungerührt fort und nahm einen Schluck Kaffee.

Matthew stand da, die Füße fest auf dem Boden, beide Arme seitwärts ausgestreckt und Daumen und Zeigefinger zu einem Kreis geschlossen. In seinem grauen T-Shirt und der schwarzen Yogahose sah er tatsächlich aus wie eine mächtige, gut gekleidete Vogelscheuche.

»Müssen wir uns Sorgen um ihn machen? Er hat nichts an den Füßen.« Em beäugte Matthew über den Rand ihrer Kaffeetasse hinweg. »Er muss halb erfroren sein.«

»Vampire verbrennen, Em. Sie erfrieren nicht. Er wird schon ins Haus kommen, wenn er fertig ist.«

Nachdem das Wasser gekocht hatte, machte ich mir Tee und stellte mich dann zu meinen Tanten, um Matthew zu beobachten. Bei meiner zweiten Tasse senkte er endlich die Arme und knickte an der Taille nach vorn ab. Sarah und Em traten hastig vom Fenster zurück.

»Er weiß, dass wir ihn beobachtet haben. Er ist ein Vampir, vergesst das nicht.« Lachend zerrte ich Sarahs Stiefel über meine Wollsocken und die ausgeleierten Leggings und stapfte nach draußen.

»Danke für deine Geduld«, sagte Matthew, nachdem er mich in die Arme geschlossen und mir einen innigen Gutenmorgenkuss gegeben hatte.

Ich hielt immer noch meinen Teebecher in der Hand und musste mich konzentrieren, damit ich ihm keinen Tee über den Rücken goss. »Nur in der Meditation findest du Ruhe. Ich werde dich bestimmt nicht dabei stören. Wie lange bist du schon hier draußen?«

»Seit Sonnenaufgang. Ich brauchte Zeit zum Nachdenken.«

»Das ist das Haus. Da drin passiert zu viel, reden zu viele Stimmen.« Es war kühl, und ich kuschelte mich in mein Sweatshirt mit dem verblichenen braunen Luchs auf dem Rücken.

Matthew legte einen Finger auf die dunklen Ringe unter meinen Augen. »Du bist immer noch erschöpft. Etwas Yoga könnte dir auch nicht schaden, weißt du?«

Ich hatte unruhig geschlafen und mich in meinen Träumen mit Fetzen aus alchemistischen Gedichten und gemurmelten Tiraden gegen Satu herumgeschlagen. Selbst meine Großmutter hatte sich Sorgen gemacht. Sie hatte mit wachsamer Miene an der Kommode gelehnt, während Matthew mich beruhigt hatte, bis ich wieder eingeschlafen war.

»Ich darf eine Woche lang kein Yoga machen.«

»Und du gehorchst deiner Tante, wenn sie solche Regeln aufstellt?« Matthews Braue hob sich zu einem Fragezeichen.

»Gewöhnlich nicht.« Ich lachte und packte ihn am Ärmel, um ihn ins Haus zu ziehen.

Keine Sekunde später hatte Matthew mir den Tee aus der Hand genommen und mich aus Sarahs Stiefeln gehoben. Er richtete meinen Körper aus und stellte sich dann hinter mich. »Sind deine Augen geschlossen?«

»Jetzt schon«, bestätigte ich, machte die Augen zu und bohrte die Zehen durch die Socken in die kalte Erde. In meinem Kopf jagten sich die Gedanken wie verspielte Kätzchen.

»Du denkst immer noch«, ermahnte Matthew mich ungeduldig. »Konzentrier dich auf deinen Atem.«

Mein Geist und mein Atem kamen zur Ruhe. Matthew ging nach vorn, hob meine Arme an und drückte meine Daumen auf die Spitzen von Ringfinger und kleinem Finger.

»Jetzt sehe ich auch aus wie eine Vogelscheuche«, sagte ich. »Was tue ich da mit meinen Händen?«

»Prana mudra«, erklärte Matthew. »Das stärkt die Lebenskräfte und befördert die Heilung.«

Während ich mit ausgebreiteten Armen dastand, die Handflächen dem Himmel zugewandt, breiteten sich Stille und Frieden in meinem geschundenen Körper aus. Nach etwa fünf Minuten löste sich die Anspannung zwischen meinen Augen, mein geistiges Auge öffnete sich, und noch etwas veränderte sich – da war ein Wogen und Fließen in mir wie von Wasser, das ans Ufer eines Sees schlägt. Mit jedem Atemzug bildete sich ein Tropfen kalten, frischen Wassers in meinen Handflächen. Mein Geist blieb vollkommen leer, ich verschwendete keinen Gedanken daran, dass ich in einer Hexenflut ertrinken könnte, auch wenn der Wasserspiegel in meinen Händen langsam anstieg.

Mein geistiges Auge öffnete sich weiter und nahm meine Umgebung auf. Mit einem Mal sah ich die Felder um unser Haus, wie ich sie noch nie gesehen hatte. Das Wasser floss in tiefblauen Adern unter dem Boden dahin. Die Wurzeln der Apfelbäume streckten sich ihnen entgegen, und sogar über die Blätter, die in der Morgenbrise raschelten, zogen sich dünne, schimmernde Wassernetze. Unter meinen Füßen strömte mir das Wasser entgegen, als wollte es verstehen, wie ich mit seiner Kraft verbunden war.

Ruhig atmete ich ein und aus. Der Wasserspiegel in meinen Händen stieg und fiel entsprechend den Gezeiten in und unter mir. Als ich das Wasser nicht länger kontrollieren konnte, brachen die Mudras auf, und das Wasser stürzte aus meinen flach ausgebreiteten Händen.

So stand ich in unserem Garten, mit offenen Augen und ausgebreiteten Armen, während sich unter meinen Händen kleine Wasserpfützen bildeten.

Mein Vampir stand mit stolz verschränkten Armen fünf Meter von mir entfernt. Meine Tanten warteten verdattert auf der Veranda.

»Sehr eindrucksvoll«, murmelte Matthew und bückte sich, um den Becher mit dem inzwischen kalten Tee aufzuheben. »Weißt du, du wirst darin noch genauso gut wie als Wissenschaftlerin. Magie ist nicht nur eine Sache des Gefühls und des Verstandes – sondern auch des Körpers.«

»Hast du schon früher Hexen unterrichtet?« Ich hörte meinen Magen knurren, als ich in Sarahs Gummistiefel stieg.

»Nein. Du bist und bleibst die einzige.« Matthew lachte. »Und ja, ich weiß, dass du Hunger hast. Nach dem Frühstück reden wir weiter.« Er streckte mir die Hand hin, und gemeinsam gingen wir zum Haus.

»Mit Wasserhexerei kannst du viel Geld verdienen, das weißt du hoffentlich«, rief Sarah uns entgegen. »Jeder in der Stadt braucht einen neuen Brunnen, und als der alte Harry letztes Jahr starb, haben wir die Wünschelrute mit ihm beerdigt.«

»Ich brauche keine Wünschelrute – ich *bin* eine Wünschelrute. Und wenn ihr einen Brunnen graben wollt, dann am besten da drüben.« Ich deutete auf ein paar Apfelbäume, die nicht ganz so struppig aussahen wie die übrigen.

Im Haus machte Matthew mir erst Tee, bevor er sich der Lektüre des *Syracuse Post-Standard* widmete. Die Zeitung konnte kaum mit *Le Monde* mithalten, aber sie schien ihm zu genügen. Solange mein Vampir beschäftigt war, futterte ich eine Scheibe heißen Toast nach der anderen. Em und Sarah schenkten sich neuen Kaffee ein und sahen mir jedes Mal argwöhnisch auf die Finger, wenn ich einem Elektrogerät nahekam.

»Das wird ein Drei-Kannen-Morgen«, verkündete Sarah und kippte den Kaffeesatz aus der Maschine. Erschrocken sah ich Em an.

Er ist mehr oder weniger koffeinfrei, sagte sie ohne zu sprechen, die Lippen in stillschweigender Schadenfreude zusammengepresst. *Den schiebe ich ihr schon seit Jahren unter.* Solche wortlosen Wortwechsel waren ausgesprochen hilfreich, wenn man sich in diesem Haus ungestört unterhalten wollte.

Mit einem breiten Lächeln wandte ich mich wieder dem Toaster zu. Während ich die letzte Butter auf mein Brot kratzte, fragte ich mich still, ob es noch mehr davon gab, als neben meinem Ellbogen plötzlich eine Butterdose stand.

Ich wollte Em danken, aber die war am anderen Ende der Küche. Zusammen mit Sarah. Matthew sah von seiner Zeitung auf und starrte auf den Kühlschrank.

Die Tür stand offen, und im obersten Fach ordneten sich Marmeladen- und Senfgläser neu an. Als alles richtig stand, schloss sich die Tür wieder.

»War das das Haus?«, fragte Matthew entspannt.

»Nein«, erwiderte Sarah und musterte mich interessiert. »Das war Diana.«

»Was ist passiert?« Ich sah mit großen Augen auf die Butter.

»Sag du es uns«, meinte Sarah kühl. »Du warst gerade dabei, deine neunte Scheibe Toast zu bestreichen, als der Kühlschrank aufging und die Butter herausgesegelt kam.«

»Ich habe mich nur gefragt, ob noch welche da ist.«

Em klatschte in die Hände, so freute sie sich über diesen weiteren Beweis für meine magischen Kräfte, und Sarah bestand darauf, dass ich noch etwas aus dem Kühlschrank holen solle. Aber was ich auch herbeirief, die Kühlschranktür blieb zu.

»Versuch es mit den Küchenschränken«, schlug Em vor. »Die Türen sind leichter.«

Matthew hatte meine Versuche mit Interesse beobachtet. »Du hast dich nur gefragt, ob es noch Butter gibt, weil du noch welche brauchtest?«

Ich nickte.

»Und als du gestern geflogen bist, hast du da der Luft befohlen, dich zu tragen?«

»Ich dachte nur, *flieg*, und schon bin ich geflogen. Allerdings war das Bedürfnis stärker als bei der Butter – schließlich warst du kurz davor, mich zu töten. Mal wieder.«

»Diana ist geflogen?«, fragte Sarah zittrig.

»Brauchst du jetzt irgendwas?«, wollte Matthew wissen.

»Was zum Sitzen.« Meine Knie waren ziemlich wacklig.

Ein Küchenhocker rutschte über den Boden und parkte gehorsam unter meinem Hintern.

Matthew lächelte zufrieden und griff nach der Zeitung. »Genau wie ich mir dachte«, murmelte er und beschäftigte sich wieder mit den Schlagzeilen.

Sarah riss ihm die Zeitung aus der Hand. »Hör auf zu feixen wie die unsichtbare Katze bei Alice im Wunderland. Was hast du dir gedacht?«

Sobald Tabitha hörte, dass jemand ein anderes Mitglied ihrer Spezies erwähnte, kam sie durch die Katzentür ins Haus stolziert. Zutiefst ergeben legte sie eine winzige tote Feldmaus zu Matthews Füßen ab.

»*Merci, ma petite*«, bedankte Matthew sich tief ernst. »Leider bin ich im Augenblick nicht hungrig.«

Tabitha maunzte frustriert, schleuderte ihre Opfergabe in die Ecke und malträtierte dort das tote Tier, weil es keine Gnade vor Matthews Augen gefunden hatte.

Unbeirrt wiederholte Sarah ihre Frage. »Was hast du dir gedacht?«

»Der Bann, den Rebecca und Stephen über sie gelegt haben, stellt sicher, dass niemand sie zwingen kann, ihre Magie zu offenbaren. Ihre Magie ist eng mit Notwendigkeit verwoben. Sehr geschickt.« Er strich die verknitterte Zeitung glatt und begann wieder zu lesen.

»Geschickt und unmöglich«, grummelte Sarah.

»Keineswegs unmöglich«, widersprach er. »Wir müssen nur wie ihre Eltern denken. Rebecca hatte vorausgesehen, was in La Pierre passieren würde – nicht jedes Detail, aber sie wusste, dass ihre Tochter von einer anderen Hexe gefangengenommen würde. Rebecca wusste auch, dass Diana entkommen würde. Darum hat der Bann gehalten. Weil Diana ihre magischen Fähigkeiten nicht brauchte.«

»Wie sollen wir Diana beibringen, ihre Kräfte zu kontrollieren, wenn sie keine Gewalt darüber hat?«, wollte meine Tante wissen.

Das Haus ließ uns keine Gelegenheit, über die verschiedenen Möglichkeiten nachzusinnen. Ein Knall wie ein Kanonenschlag hallte durch die Räume, dann folgte etwas, das wie ein Stepptanz klang.

»Oh verflucht«, stöhnte Sarah. »Was will es jetzt wieder?«

Matthew legte die Zeitung zur Seite. »Stimmt irgendwas nicht?«

»Das Haus will etwas von uns. Es knallt immer wieder die Tür zur Wohnstube zu und rückt dann die Möbel hin und her, um auf sich aufmerksam zu machen.« Ich leckte die Butter von meinen Fingern und tappte ins Familienzimmer. Im Flur flackerten die Lichter.

»Schon gut, schon gut«, sagte Sarah gehässig. »Wir kommen ja schon.«

Wir folgten meinen Tanten in die Stube. Das Haus jagte einen Ohrensessel über den Boden auf mich zu.

»Es will etwas von Diana«, bemerkte Emily überflüssigerweise.

Das Haus wollte vielleicht etwas von mir, doch es konnte nicht ahnen, dass sich ein Vampir mit ausgeprägtem Beschützerinstinkt und unglaublichen Reflexen einmischen würde. Matthews Fuß schoss vor und hielt den Sessel auf, bevor er mir von hinten in die Kniekehlen schlagen konnte. Das Holz schlug krachend auf dem starken Knochen auf.

»Keine Sorge, Matthew. Das Haus will nur, dass ich mich hinsetze.« Ich tat es und wartete ab.

»Das Haus sollte lernen, sich zu benehmen«, schoss er zurück.

»Wo kommt Moms Schaukelstuhl her? Wir haben ihn doch vor Jahren weggetan«, sagte Sarah schmallippig und wies auf den alten Stuhl neben dem großen Fenster.

»Der Schaukelstuhl ist wieder da, genau wie Grandma«, erklärte ich ihr. »Sie hat uns gleich nach unserer Ankunft begrüßt.«

»War Elizabeth bei ihr?« Em ließ sich auf dem unbequemen viktorianischen Sofa nieder. »Groß? Ernstes Gesicht?«

»Ja. Allerdings bekam ich sie nicht richtig zu sehen. Sie blieb die meiste Zeit hinter der Tür.«

»Die Geister lassen sich in letzter Zeit nur noch selten blicken«, sagte Sarah. »Wir halten sie für eine entfernte Cousine der Bishops, die irgendwann um 1870 starb.«

Ein grünes Wollknäuel mit zwei Stricknadeln kam den Kamin heruntergeschossen und rollte durch die Feuerstelle.

»Meint das Haus, ich sollte zu stricken anfangen?«, fragte ich.

»Das ist meins – ich habe vor Jahren angefangen, einen Pullover zu stricken, aber eines Tages war er verschwunden. Das Haus nimmt alles Mögliche an sich und behält es dann«, erklärte Emily Matthew, während sie ihre alte Handarbeit aufhob. Sie klopfte auf das grässliche Blumenmuster der Sofapolster. »Setz dich zu mir. Manchmal braucht das Haus länger, bevor es zum Wesentlichen kommt. Außerdem vermissen wir noch ein paar Fotos, ein Telefonbuch, die Geflügelplatte und meinen liebsten Wintermantel.«

Wie nicht weiter verwunderlich, hatte Matthew Schwierigkeiten, sich zu entspannen, nachdem immerhin die Möglichkeit bestand, von einer Geflügelplatte enthauptet zu werden, aber er gab sich redlich Mühe. Sarah setzte sich verdrossen auf einen Windsor-Stuhl.

»Jetzt mach schon, raus damit«, bellte sie nach ein paar Minuten. »Ich habe noch was anderes zu tun.«

Ein dicker brauner Umschlag schob sich neben dem Kamin durch einen Spalt in der grün lackierten Wandvertäfelung. Nachdem er sich befreit hatte, schoss er durch die Luft und landete, mit der Aufschrift nach oben, in meinem Schoß.

»Diana« hatte jemand mit blauem Kugelschreiber daraufgekritzelt. Ich erkannte die kleine, feminine Handschrift meiner Mutter von vielen Entschuldigungszetteln und Geburtstagskarten wieder.

»Er kommt von Mom.« Ich sah Sarah erstaunt an. »Was ist da drin?«

Sie war genauso verblüfft wie ich. »Ich habe keine Ahnung.«

Im Umschlag lagen ein weiterer Umschlag und ein Gegenstand, der mehrmals sorgsam in Seidenpapier eingeschlagen war. Der kleine Umschlag war hellgrün mit dunkelgrünem Rand. Mein Vater hatte mir geholfen, ihn für den Geburtstag meiner Mutter auszusuchen. In die Ecke war leicht erhaben ein grün-weißer Maiglöckchenstrauß geprägt. Meine Augen füllten sich mit Tränen.

»Sollen wir dich allein lassen?«, fragte Matthew ruhig und war schon aufgestanden.

»Bleib. Bitte.«

Zitternd riss ich den Umschlag auf und faltete die darin liegenden Blätter auf. Sofort sprang mir das Datum unter den Maiglöckchen ins Auge – der 13. August 1983.

Mein siebter Geburtstag. Es war wenige Tage vor der Abreise meiner Eltern nach Nigeria gewesen.

Ich galoppierte durch die erste Seite des Briefes. Das Blatt fiel mir aus den Fingern, trudelte zu Boden und kam vor meinen Füßen zu liegen.

Ich konnte Ems Angst spüren. »Diana? Was ist denn?«

Ohne zu antworten klemmte ich die anderen Seiten unter meinen Schenkel und hob den braunen Umschlag auf, den das Haus für meine Mutter versteckt hatte. Ich zerrte an dem Seidenpapier und zog ein flaches, rechteckiges Objekt aus dem Umschlag. Es war schwerer, als es sein sollte, und es kribbelte vor Energie.

Ich erkannte diese Energie, denn ich hatte sie schon einmal gespürt.

Matthew hörte, wie mein Blut zu singen begann. Er trat hinter mich und legte die Hände auf meine Schultern.

Ich faltete das Seidenpapier auf. Zuoberst lag, fast als wollte es Matthews Blick abwehren, ein gewöhnliches Blatt Papier, dessen Ränder nach all den Jahren braun angelaufen waren und das durch weitere Lagen Seidenpapier vom Rest des Stapels getrennt war. Darauf standen in krakeliger Spinnenschrift drei Zeilen.

»Es beginnt mit Mangel und Verlangen«, flüsterte ich gegen die Enge in meiner Kehle an. *»Es beginnt mit Blut und Angst.«*

»Es beginnt mit einem Hexenfund«, vollendete Matthew den Satz, halb über meine Schulter gebeugt.

Nachdem ich den Zettel Matthews ausgestreckten Fingern überlassen hatte, hielt er ihn kurz unter seine Nase und reichte ihn dann schweigend an Sarah weiter. Ich hob die oberste Lage Seidenpapier ab.

In meinem Schoß lag eine der fehlenden Seiten aus *Ashmole 782*.

»Jesus«, hauchte er. »Ist es das, wofür ich es halte? Woher hat deine Mutter das?«

»Das erklärt sie in dem Brief«, antwortete ich wie betäubt, den Blick starr auf das grellbunte Bild gerichtet.

Matthew bückte sich und hob das Briefpapier auf, das ich fallen gelassen hatte. »*Meine liebste Diana*«, las er vor. »*Heute bist du sieben geworden – ein magisches Alter für eine Hexe, weil sich jetzt eigentlich deine Kräfte regen und Gestalt annehmen sollten. Aber deine Kräfte regen sich schon, seit du geboren wurdest. Du warst schon immer anders.*«

Meine Knie bebten unter dem unheimlichen Gewicht des Bildes.

»*Dass du dies liest, bedeutet, dass dein Vater und ich es geschafft haben. Wir haben die Kongregation überlisten können, sodass sie die Kräfte deines Vaters suchen – nicht deine. Bitte mach dir deswegen keine Vorwürfe. Wir hatten keine andere Wahl. Wir vertrauen darauf, dass du inzwischen alt genug bist, um das zu verstehen.*« Matthew drückte mir sanft die Schulter, bevor er weiterlas.

»›*Mittlerweile bist du auch alt genug, um die Jagd fortzusetzen, auf die wir uns begeben haben, als du geboren wurdest – die Jagd nach Erkenntnissen über dich und deine Magie. Als du drei warst, bekamen wir die beigefügte Nachricht und Zeichnung zugeschickt. Sie erreichte uns in einem Umschlag mit israelischer Briefmarke. Die Sekretärin der Fakultät versicherte uns, sie habe keine Absenderadresse und keine Unterschrift entdecken können – nur die Notiz und das Bild.*

Während der letzten vier Jahre haben wir versucht, daraus schlau zu werden. Allzu viele Fragen konnten wir nicht stellen. Aber wir glauben, dass das Bild eine Vermählung zeigt.«

»Es zeigt tatsächlich eine Vermählung – die chemische Vereinigung von Quecksilber und Schwefel. Ein entscheidender Schritt, wenn man den Stein der Weisen herzustellen versucht.« Nach Matthews weicher Stimme hörte ich mich schroff an.

Es war eine der schönsten Darstellungen dieser chemischen Vereinigung, die ich je gesehen hatte. Eine Frau mit goldenem Haar und in einem blütenweißen Kleid hielt in einer Hand eine weiße Rose. Die Blume war eine Gabe an ihren blassen, dunkelhaarigen Ehemann und sollte ihm zeigen, dass sie rein und seiner würdig war. Er trug eine schwarz-rote Robe und hielt ihre andere Hand. Auch er hielt in der freien Hand eine Rose – aber seine war rot wie frisch vergossenes Blut und stand für Liebe und Tod. Hinter dem Paar bevölkerten andere chemische Substanzen und Metalle als Hochzeitsgäste eine Landschaft aus Bäumen und felsendurchsetzten Hügeln. Auch eine ganze Menagerie an Tieren hatte sich versammelt, um der Zeremonie beizuwohnen: Raben, Adler, grüne Löwen, Pfauen, Pelikane. Im Hintergrund, in der Bildmitte hinter Braut und Bräutigam, standen ein Einhorn und ein Wolf. Überspannt wurde die Szene von den Schwingen eines Phoenix, aus dessen Federn Flammen schlugen und der den Kopf geneigt hatte, um zu beobachten, was sich unter ihm abspielte.

»Was hat das zu bedeuten?«, fragte Em.

»Dass jemand schon lange darauf wartet, dass Matthew und ich zueinanderfinden.«

»Wie soll dieses Bild dich und Matthew darstellen können?« Sarah verdrehte den Kopf, um es genauer zu inspizieren.

»Die Königin trägt Matthews Wappen.« Das Haar der Braut wurde von einem glänzenden silbernen und goldenen Reif zurückgehalten. In der Mitte, genau über ihrer Stirn, war ein Juwel in der Form eines Sichelmondes eingelassen, über dem ein Stern aufging.

Matthew griff an dem Bild vorbei nach dem Brief meiner Mutter. »Macht es dir was aus, wenn ich weiterlese?«, fragte er freundlich.

Kopfschüttelnd blickte ich auf die Seite aus dem Manuskript, die immer noch auf meinem Knie lag. Em und Sarah spürten seine Kraft und ließen die in Gegenwart eines unbekannten verhexten Objekts angemessene Vorsicht walten, indem sie wie angewachsen auf ihrem Platz blieben.

»*Wir glauben, dass die Frau in Weiß du sein sollst, Diana. Bei dem dunklen Mann sind wir uns weniger sicher. Ich habe ihn in deinen Träumen gesehen, doch er ist schwer einzuordnen. Er wandelt durch deine Zukunft, ist aber auch in der Vergangenheit zu sehen. Er ist immer im Schatten und nie im Licht. Und obwohl er gefährlich ist, droht dir von diesem Schattenmann keine Gefahr. Ist er jetzt bei dir? Ich hoffe es. Ich wünschte, ich hätte ihn kennenlernen können. Ich hätte ihm gern so vieles über dich erzählt.*« Bei den letzten Worten kam Matthew ins Stocken.

»Wir hoffen, dass ihr beide die Quelle dieses Bildes finden werdet. Dein Vater glaubt, dass es aus einem alten Buch stammt. Manchmal sehen wir, wie Worte über die Rückseite des Blattes ziehen, aber zwischendurch verschwindet der Text wochen- oder sogar monatelang.«

Sarah sprang aus ihrem Stuhl auf. »Gib mir das Bild.«

»Es stammt aus dem Buch, von dem ich euch erzählt habe. Dem aus Oxford.« Widerstrebend gab ich es ihr.

»Es fühlt sich so schwer an«, sagte sie und trat stirnrunzelnd damit ans Fenster. Sie drehte das Bild um und hielt die Seite mal mehr, mal weniger schräg. »Aber ich kann keine Worte erkennen. Natürlich ist das kein Wunder. Falls die Seite aus dem Buch entfernt wurde, zu dem sie gehört, wurde der Zauber dabei schwer beschädigt.«

»Haben sich darum die Worte, die ich sehen konnte, so schnell bewegt?«

Sarah nickte. »Wahrscheinlich. Sie suchten nach dieser Seite und konnten sie nicht finden.«

»Seiten.« Dieses Detail hatte ich Matthew bis dahin verschwiegen.

»Was heißt Seiten?« Matthew kam hinter dem Stuhl hervor, und sein Blick belegte mein Gesicht mit winzigen Eisscherben.

»Es ist nicht die einzige Seite, die in *Ashmole 782* fehlt.«

»Wie viele wurden entfernt?«

»Drei«, flüsterte ich. »Drei Seiten fehlten vorn in der Handschrift. Ich konnte erkennen, wo sie herausgetrennt worden waren. Damals schien mir das nicht weiter wichtig zu sein.«

»Drei«, wiederholte Matthew mit völlig flacher Stimme, als würde er gleich etwas mit bloßen Händen zerbrechen.

»Was macht es für einen Unterschied, ob drei Seiten fehlen oder dreihundert?« Sarah versuchte immer noch die verborgenen Wörter auszumachen. »Der Zauber ist so oder so gebrochen.«

»Es gibt drei Arten von magischen Geschöpfen.« Matthew legte die Fingerspitzen an meine Wange, um mir zu zeigen, dass er nicht auf mich wütend war.

»Und wenn wir eine der Seiten haben …«, setzte ich an.

»Wer hat dann die anderen?«, vollendete Em den Satz für mich.

»Verfluchte Hölle, warum hat uns Rebecca nie etwas von alldem erzählt?« Auch Sarah klang, als wollte sie am liebsten etwas kaputtschlagen. Emily nahm ihr das Bild aus der Hand und legte es vorsichtig auf einem antiken Teetischchen ab.

Matthew las weiter. »*Dein Vater sagt, wir werden eine lange Reise unternehmen müssen, um die Geheimnisse des Textes zu entschlüsseln. Mehr will ich nicht sagen, aus Angst, dass dieser Brief in falsche Hände geraten könnte. Aber ich weiß, dass du Bescheid wissen wirst.*«

Er reichte mir das Blatt und nahm das nächste. »*Das Haus hätte dir diesen Brief nicht ausgehändigt, wenn du nicht bereit wärst. Also weißt du inzwischen auch, dass dein Vater und ich dich mit einem Bann belegt haben. Sarah wird außer sich vor Wut sein, aber das war die einzige Möglichkeit, dich vor der Kongregation zu beschützen, bis der Schattenmann dich fand. Er wird dir mit deiner Magie helfen. Sarah wird behaupten, dass ihn das nichts angeht, weil er kein Bishop ist. Hör nicht auf sie.*«

Sarah schnaubte und versuchte den Vampir mit Blicken zu erdolchen.

»*Weil du ihn lieben wirst wie keinen Zweiten, habe ich deine Magie an deine Gefühle für ihn geknüpft. Trotzdem wirst nur du allein fähig sein, sie ans Licht zu bringen. Bitte verzeih mir die Panikattacken. Eine andere Lösung fiel mir einfach nicht ein, dich ein wenig zu bändigen. Manchmal bist du mutiger, als gut für dich ist. Viel Glück beim Erlernen der Hexensprüche – Sarah ist Perfektionistin.*«

Matthew lächelte. »Deine Ängste waren immer irgendwie merkwürdig.«

»Inwiefern merkwürdig?«

»Nachdem wir uns in der Bibliothek kennengelernt hatten, war es praktisch unmöglich, dich in Panik zu versetzen.«

»Aber ich geriet sehr wohl in Panik, als du bei den Bootshäusern aus dem Nebel getreten bist.«

»Du bist erschrocken. Deine Instinkte hätten jedes Mal in Panik aufschreien müssen, sobald ich in deine Nähe kam. Stattdessen kamst du von selbst auf mich zu.« Matthew setzte einen Kuss auf meinen Kopf und las die letzte Seite vor.

»Ich weiß nicht, wie ich diesen Brief beenden soll, ich habe noch so vieles auf dem Herzen. Die letzten sieben Jahre waren die glücklichsten meines Lebens. Ich hätte keine Sekunde der kostbaren Zeit missen wollen, die ich mit dir verbringen durfte – nicht einmal für einen Ozean an Macht oder für ein langes, gefahrloses Leben ohne dich. Wir wissen nicht, warum die Göttin dich ausgerechnet uns anvertraut hat, aber es ist kein Tag vergangen, an dem wir ihr nicht dafür gedankt hätten.«

Ich unterdrückte ein Schluchzen, aber die Tränen konnte ich nicht zurückhalten.

»Ich kann dich nicht vor den Herausforderungen bewahren, denen du dich wirst stellen müssen. Du wirst schwere Verluste erleiden und große Gefahren durchstehen müssen, aber auch große Freude erfahren. Auch wenn du vielleicht in den kommenden Jahren deine Instinkte anzweifeln wirst, hast du seit dem Tag deiner Geburt genau diesen Weg beschritten. Wir wussten es, als du mit einer Glückshaube geboren wurdest. Seither wandelst du zwischen den Welten. Das ist dein Wesen, das ist deine Bestimmung. Lass dich von niemandem davon abbringen.«

»Was ist eine Glückshaube?«, flüsterte ich.

»So nennt man es, wenn bei der Geburt die Fruchtblase auf dem Kopf des Kindes sitzt. Es gilt als gutes Zeichen«, erklärte Sarah.

Matthew umfasste mit der freien Hand meinen Hinterkopf. »Aber mit der Glückshaube wird mehr als nur ein glückliches Leben in Verbindung gebracht. In vergangenen Zeiten glaubte man, dass damit die Geburt eines großen Sehers angezeigt wird. Andere glaubten, es sei ein Zeichen dafür, dass man sich eines Tages in einen Vampir, eine Hexe oder einen Werwolf verwandeln würde.«

»Wo ist sie?«, fragte Em Sarah.

Matthew und ich drehten wie auf Kommando den Kopf. »Was?«, fragten wir im Chor.

»Glückshauben haben ungeheure Kräfte. Stephen und Rebecca haben sie bestimmt aufbewahrt.«

Wir blickten alle in den Spalt in der Vertäfelung. Ein Telefonbuch landete mit einem dumpfen Schlag auf der Feuerstelle und wirbelte eine dicke Aschewolke in den Raum.

»Wie bewahrt man eine Fruchtblase auf?«, rätselte ich hustend. »Tut man die in eine Tüte oder was?«

»Traditionellerweise wird ein Stück Papier oder Stoff auf das Gesicht des Babys gepresst, und die Fruchtblase bleibt daran kleben. Dann wird das Papier aufbewahrt«, erläuterte Em.

Alle Blicke richteten sich auf die Seite aus *Ashmole 782*. Sarah nahm sie in die Hand und studierte sie ausgiebig. Dann murmelte sie ein paar Worte und starrte noch einmal darauf. »An diesem Bild ist einiges unheimlich«, vermeldete sie. »Aber Dianas Glückshaube klebt nicht daran.«

Irgendwie war ich erleichtert. Das wäre dann doch zu absonderlich gewesen.

»War das alles, oder hatte meine Schwester noch mehr Geheimnisse, die sie mit uns teilen möchte?«, fragte Sarah spitz. Matthew warf ihr einen strengen Blick zu. »Entschuldige, Diana«, murmelte sie.

»Es ist nicht mehr viel. Kommst du damit zurecht, *mon cœur*?«

Ich nahm seine freie Hand und nickte. Er ließ sich auf der gepolsterten Armlehne des Sessels nieder, der unter seinem Gewicht protestierend quietschte.

»*Versuch auf deiner Reise in die Zukunft nicht allzu streng mit dir zu sein. Lass dir nichts vormachen, vertraue deinem Instinkt. Ich weiß, das ist kein besonders origineller Rat, aber es ist der Beste, den eine Mutter geben kann. Wir ertragen es kaum, dich zurückzulassen, aber wenn wir es nicht täten, würden wir damit riskieren, dich für alle Zeit zu verlieren. Verzeih uns. Wenn wir dir unrecht getan haben, dann nur, weil wir dich so lieben. Mom.*«

Im Raum wurde es still, selbst das Haus schien den Atem anzuhalten. Tief in mir stieg ein unsäglich trauriges Stöhnen auf, und im nächsten Moment rollte eine Träne aus meinem Auge. Sie schwoll zur Größe eines Tennisballs an und klatschte auf den Boden. Meine Beine fühlten sich an wie aus Wasser.

»Jetzt geht's los«, warnte Sarah.

Matthew legte die Seite aus dem Brief weg, hob mich aus dem Sessel und sauste mit mir aus der Tür. In der Einfahrt setzte er mich ab, und sofort krallten sich meine Zehen in den Boden. Das Hexenwasser versickerte in der Erde, ohne Schaden anzurichten, und ich konnte meinen Tränen freien Lauf lassen. Nach ein, zwei Minuten schlang sich Matthews Hand von hinten um meine Taille. Sein Körper schirmte mich vom Rest der Welt ab, und ich ließ mich erschöpft an seine Brust sinken.

»Lass es laufen«, flüsterte er mir ins Ohr.

Die Hexenflut versiegte, und zurück blieb ein schmerzliches Verlustgefühl, das nie ganz weggehen würde.

»Ich wünschte, sie wären hier«, schluchzte ich. »Meine Mutter und mein Vater hätten gewusst, was ich tun soll.«

»Ich weiß, dass du sie vermisst. Aber sie hätten auch nicht gewusst, was du tun sollst – nicht wirklich. Genau wie alle Eltern haben sie einfach in jedem Moment ihr Bestes getan.«

»Meine Mutter hat vorhergesehen, dass wir uns kennenlernen würden und was die Kongregation unternehmen würde. Sie war eine große Seherin.«

»Wie du eines Tages eine sein wirst. Bis dahin werden wir uns durchschlagen müssen, ohne dass wir wissen, was die Zukunft für uns bereithält. Aber wenigstens sind wir zu zweit. Du brauchst das nicht allein zu tun.«

Wir gingen wieder ins Haus, wo Sarah und Em immer noch über dem Blatt aus dem Manuskript brüteten. Ich verkündete, dass ich nichts gegen eine weitere Kanne Kaffee und einen Becher Tee einzuwenden hätte, und Matthew folgte mir in die Küche, auch wenn sein Blick an dem grellbunten Bild zu haften schien.

In der Küche sah es wie üblich aus wie auf dem Schlachtfeld. Jede freie Fläche war mit Geschirr vollgestellt. Während der Kessel auf dem Herd stand und der Kaffee durch die Maschine lief, krempelte ich die Ärmel hoch, um abzuspülen.

Matthews Handy summte in seiner Hosentasche. Er ignorierte es und konzentrierte sich darauf, noch mehr Scheite auf die übervolle Feuerstelle zu häufen.

»Du solltest drangehen«, riet ich ihm, während ich Spülmittel ins Spülbecken spritzte.

Er zog das Telefon heraus. Sein Gesicht verriet, dass er diesen Anruf lieber nicht entgegengenommen hätte. »*Oui.*«

Bestimmt war es Ysabeau. Irgendwas war passiert, oder jemand war nicht dort, wo er oder sie sein sollte – ich konnte ihrem maschinengewehrschnellen Wortwechsel keine Details entnehmen, aber dass Matthew sich ärgerte, war unübersehbar. Er bellte ein paar Befehle und beendete das Gespräch.

»Ist mit Ysabeau alles in Ordnung?« Ich zog die Finger durch das warme Wasser und hoffte, dass es keine neue Krise gab.

Matthews Hände zogen meine Schultern sanft nach unten und kneteten die verspannten Muskeln. »Es geht ihr gut. Das war nicht Ysabeau. Es war Alain. Er war dabei, ein paar Geschäfte für die Familie zu erledigen, und geriet dabei in eine unerwartete Situation.«

»Geschäfte?« Ich griff nach dem Schwamm und begann abzuwaschen. »Für die Lazarusritter?«

»Ja«, bestätigte er knapp.

»Wer ist Alain?« Ich stellte den sauberen Teller in das Abtropfgestell.

»Ursprünglich war er der Knappe meines Vaters. Er war unverzichtbar für Philippe, sowohl im Krieg, als auch im Frieden, und so machte Marthe ihn zum Vampir. Er weiß in allen Angelegenheiten der Bruderschaft Bescheid. Als mein Vater starb, übertrug Alain seine Loyalität von Philippe auf mich. Er wollte mich warnen, dass Marcus wenig begeistert über meine Order ist.«

Ich drehte mich zu ihm um und sah ihn an. »War es dieselbe Order, die du Baldwin in La Guardia erteilt hast?«

Er nickte.

»Ich mache deiner Familie nichts als Ärger.«

»Das ist keine Familienangelegenheit mehr, Diana. Die Lazarusritter schützen jene, die sich nicht selbst schützen können. Marcus wusste das, als er sich in den Orden aufnehmen ließ.«

Matthews Handy surrte wieder.

»Und da ist er schon«, prophezeite er grimmig.

»Sprich allein mit ihm.« Ich nickte zur Tür hin. Matthew küsste mich auf die Wange, dann drückte er die Sprechtaste und ging in Richtung Garten davon.

»Hallo, Marcus«, sagte er verhalten und zog die Tür hinter sich zu.

Ich schwappte weiter Seifenwasser über die Teller, auch weil ich die monotone Tätigkeit beruhigend fand.

»Wo ist Matthew?« Sarah und Em standen Hand in Hand in der Tür.

»Der ist draußen und redet mit England«, antwortete ich und nickte wieder in Richtung Hintertür.

Sarah holte die nächste saubere Tasse aus dem Schrank – meiner Zählung nach die vierte, die sie heute benutzte – und füllte sie mit frischem Kaffee. Emily griff nach der Zeitung. Trotzdem spürte ich, wie mich ihr neugieriger Blick kitzelte. Die Tür zum Garten ging auf und wieder zu. Ich machte mich auf das Schlimmste gefasst.

»Wie geht es Marcus?«

»Er und Miriam sind auf dem Weg nach New York. Sie haben etwas mit dir zu besprechen«, verkündete Matthew mit einer Miene wie eine Gewitterwolke.

»Mit mir? Was denn?«

»Das wollte er mir nicht sagen.«

»Bestimmt wollte Marcus dich bloß nicht allein unter lauter Hexen lassen.« Ich lächelte ihn an, und sein Gesicht entspannte sich ein wenig.

»Gegen Abend sind sie hier und nehmen sich dann ein Zimmer in der Pension im Ort, an der wir auf der Herfahrt vorbeigekommen sind. Ich werde sie heute Abend dort besuchen. Was sie dir auch zu sagen haben, kann bis morgen warten.« Matthews besorgter Blick zuckte zu Sarah und Em hinüber.

Ich beugte mich wieder über die Spüle. »Ruf ihn noch mal an, Matthew. Sie sollen direkt hierherkommen.«

»Sie möchten niemandem zur Last fallen«, sagte er fast beiläufig. Matthew wollte Sarah und die anderen Bishops nicht in noch größeren Aufruhr versetzen, indem er weitere Vampire ins Haus schleppte. Aber meine Mutter und mein Vater hätten Marcus nach einer so weiten Anreise auf keinen Fall im Hotel wohnen lassen.

Marcus war Matthews Sohn. Und damit auch mein Sohn.

Meine Finger prickelten, und die Tasse, die ich gerade abspülen wollte, rutschte mir aus der Hand. Sie schaukelte kurz auf dem Wasser und versank.

»Mein Sohn wird keinesfalls in einem Hotel schlafen. Er gehört ins Haus der Bishops zu seiner Familie, und Miriam sollte nicht allein bleiben müssen. Beide werden hier schlafen, und damit Schluss«, verkündete ich fest.

»Sohn?«, fragte Sarah mit schwacher Stimme.

»Marcus ist Matthews Sohn und damit auch mein Sohn. Dadurch ist er ein Bishop, und dieses Haus gehört ihm genauso wie dir oder mir oder Em.« Ich drehte mich zu ihnen um und packte mit nassen, zittrigen Händen die Ärmel meines Hemdes.

Meine Großmutter kam durch den Flur angeschwebt, um nachzusehen, was jetzt schon wieder los war.

»Hast du mich gehört, Grandma?«, rief ich ihr zu.

Ich glaube, wir haben dich alle gehört, Diana, antwortete sie mit kratziger Stimme.

»Gut. Also kein Theater. Und das gilt für alle in diesem Haus – Lebende wie Tote.«

Das Haus öffnete in einer verfrühten Willkommensgeste Vorder- und Hintertür und schickte eine frische Windbö durchs Erdgeschoss.

»Und wo sollen sie schlafen?«, murrte Sarah.

»Sie schlafen nicht, Sarah. Es sind Vampire.« Meine Finger prickelten immer stärker.

»Diana«, warnte Matthew, »bitte geh von der Spüle weg. Die Elektrizität, *mon cœur.*«

Ich packte meine Ärmel noch fester. Meine Finger leuchteten knallblau.

»Wir haben verstanden«, versicherte Sarah hastig, den Blick auf meine Hände gerichtet. »Wir haben schließlich schon einen Vampir im Haus.«

»Ich mache ihre Zimmer fertig.« Emilys Lächeln wirkte aufrichtig. »Ich freue mich schon, deinen Sohn kennenzulernen, Matthew.«

Matthew, der an einem alten Geschirrschrank gelehnt hatte, richtete sich auf und kam langsam auf mich zu. »Schon gut«, sagte er, zog mich vom Spülbecken weg und drückte meinen Kopf unter sein Kinn. »Du hast deinen Standpunkt klargemacht. Ich rufe Marcus an und richte ihm aus, dass sie hier willkommen sind.«

»Sag ihm aber nicht, dass ich ihn meinen Sohn genannt habe. Vielleicht möchte er gar keine Stiefmutter.«

»Das werdet ihr beide untereinander klären müssen«, sagte Matthew und versuchte ein Lächeln zu unterdrücken.

»Was ist daran so lustig?« Ich legte den Kopf in den Nacken und sah zu ihm auf.

»Heute Morgen ist so viel passiert, doch du zerbrichst dir den Kopf darüber, ob Marcus eine Stiefmutter bekommen möchte. Du verblüffst mich immer wieder.« Matthew schüttelte den Kopf. »Sind alle Hexen so außergewöhnlich, Sarah, oder nur die Bishops?«

Sarah dachte nach, bevor sie antwortete. »Nur die Bishops.«

Ich sah an Matthews Schulter vorbei und lächelte sie dankbar an.

Meine Tanten standen inmitten einer Schar von Geistern, die alle tief ernst nickten.

Kapitel 35

Nachdem der Abwasch erledigt war, gingen Matthew und ich mit dem Brief meiner Mutter, der mysteriösen Nachricht und der Seite aus *Ashmole 782* ins Esszimmer. Dort breiteten wir die Papiere auf dem riesigen, abgewetzten Esstisch aus. Inzwischen wurde der Tisch kaum noch benutzt, denn es war nicht besonders praktisch, zu zweit an den Enden einer Tafel für zwölf Personen zu sitzen. Meine Tanten folgten uns, jeweils einen dampfenden Becher Kaffee in der Hand.

Sarah und Matthew beugten sich über die Seite aus der alchemistischen Handschrift.

»Warum ist die Seite so schwer?« Sarah nahm das Blatt hoch und wog es nachdenklich in der Hand.

»Für mich fühlt es sich nicht ungewöhnlich schwer an«, gestand Matthew und nahm es ihr aus der Hand. »Dafür riecht es eigentümlich, finde ich.«

Sarah schnupperte ausgiebig. »Nein, es riecht einfach alt.«

»Es ist nicht nur das. Wie alt riecht, weiß ich schließlich«, widersprach er ironisch.

Em und ich beschäftigten uns vor allem mit der rätselhaften Nachricht.

»Was soll das wohl bedeuten?«, fragte ich, zog mir einen Stuhl heraus und setzte mich.

»Ich bin mir nicht sicher.« Em zögerte. »Blut steht gewöhnlich für die Familie, den Krieg oder den Tod. Aber was soll Mangel bedeuten? Dass dem Buch diese Seite fehlt? Oder sollten deine Eltern damit gewarnt werden, dass sie nicht erleben würden, wie du aufwächst?«

»Nimm doch mal die letzte Zeile. Haben meine Eltern in Afrika irgendwas gefunden?«

»Oder warst *du* dieser Hexenfund?«, schlug Em freundlich vor.

»Die letzte Zeile hat bestimmt etwas damit zu tun, dass Diana *Ashmole 782* entdeckt hat«, mischte sich Matthew ein und sah dabei kurz von der chemischen Vermählung auf.

»Du glaubst, dass es immer nur um mich und das Manuskript geht«, beschwerte ich mich. »In den Zeilen wird auch das Thema deines Essays für das All Souls College erwähnt – Angst und Verlangen. Findest du das nicht eigenartig?«

»Nicht eigenartiger als die Tatsache, dass die weiße Königin auf diesem Bild mein Wappen trägt.« Matthew brachte mir die Darstellung.

»Sie verkörpert das Quecksilber – das in der Alchemie für das Prinzip der Flüchtigkeit steht«, erklärte ich ihm.

»Quecksilber?« Matthew schmunzelte. »Ein metallisches Perpetuum mobile?«

»Könnte man so sagen.« Ich lächelte ebenfalls, weil ich an den Ball voll Lebensenergie denken musste, den ich ihm gegeben hatte.

»Was ist mit dem roten König?«

»Er ist stabil und geerdet.« Ich zog die Stirn in Falten. »Aber eigentlich sollte er die Sonne darstellen, und die wird nicht in Rot und Schwarz abgebildet. Normalerweise ist er nur rot.«

»Also soll der König vielleicht gar nicht mich und die Königin nicht dich zeigen.« Er berührte das bleiche Königinnengesicht mit der Fingerspitze.

»Vielleicht«, sagte ich langsam, weil mir eben eine Passage aus Matthews *Aurora*-Handschrift eingefallen war. »*Wendet euch mir zu, ihr Menschen, und hört mich an, die ihr diese Welt bevölkert: Mein Geliebter, der rot ist, hat mich zu sich gerufen. Er hat mich gesucht und gefunden. Ich bin die Blume des Feldes, die Lilie der Täler. Ich bin die Mutter der wahren Liebe und der Angst und der Erkenntnis und der heiligen Hoffnung.*«

»Was ist das?« Jetzt berührte Matthew mein Gesicht. »Es hört sich beinahe biblisch an, aber irgendwie passen die Worte nicht.«

»Es ist eine Passage aus der *Aurora Consurgens*, in der es um die chemische Vermählung geht.« Unsere Blicke trafen und verbanden sich. Als die Luft schwer wurde, wechselte ich das Thema. »Was meinte mein Vater, als er sagte, wir würden weit reisen müssen, um herauszufinden, was das Bild zu bedeuten hat?«

»Die Briefmarke war aus Israel. Vielleicht meinte Stephen, dass wir dorthin zurückkehren müssten.«

»In der Hebräischen Universität in Jerusalem lagern zahllose alchemistische Handschriften. Die meisten davon gehörten Isaac Newton.« Nachdem ich wusste, welche Geschichte Matthew und die Lazarusritter mit diesem Ort verband, war ich nicht allzu scharf darauf, nach Jerusalem zu reisen.

»Nach Israel zu fliegen war für deinen Vater keine *weite Reise*«, meinte Sarah und setzte sich uns gegenüber. Em ging um den Tisch herum und nahm neben ihr Platz.

»Und was *war* eine weite Reise?« Matthew griff nach dem Brief meiner Mutter und suchte auf der letzten Seite nach weiteren Anhaltspunkten.

»Das australische Outback. Wyoming. Mali. Dort ging er am liebsten auf Zeitwanderung.«

Das Wort traf mich genauso wie wenige Tage zuvor der Begriff *Bannfluch*. Ich wusste, dass einige Hexen zwischen Vergangenheit, Gegenwart und Zukunft hin- und herwechseln konnten, aber ich war nie auf den Gedanken gekommen zu fragen, ob jemand in meiner Familie über diese Fähigkeit verfügt hatte. Sie war selten – fast so selten wie das Hexenfeuer.

»Stephen Proctor konnte durch die Zeit reisen?« Matthew klang so betont neutral wie immer, wenn er sich über Magie unterhielt.

Sarah nickte. »Genau. Mindestens einmal im Jahr reiste Stephen in die Vergangenheit oder Zukunft, meistens nach der jährlichen Anthropologentagung in Denver.«

»Auf der Rückseite von Rebeccas Brief steht noch etwas.« Em verdrehte den Hals, um unter das Blatt sehen zu können.

Matthew drehte es schnell um. »Ich habe die Seite fallen lassen, weil ich dich nach draußen bringen wollte, bevor die Hexenflut einsetzte.

Dabei habe ich das völlig übersehen. Es ist nicht in der Handschrift deiner Mutter«, stellte er fest und reichte mir das Blatt.

Die mit Bleistift geschriebenen Buchstaben zeichneten sich durch lange Schlaufen und hohe Spitzen aus. »*Vergiss nicht, Diana: Das Schönste, was wir erleben können, ist das Geheimnisvolle. Es ist das Grundgefühl, das an der Wiege von wahrer Kunst und Wissenschaft steht. Wer es nicht kennt und sich nicht mehr wundern, nicht mehr staunen kann, der ist sozusagen tot und sein Auge erloschen.*« Irgendwo hatte ich diese Handschrift schon einmal gesehen. In den Tiefen meiner Erinnerung blätterte ich zahllose Bilder durch, um ihre Quelle zu finden, aber ich konnte sie nicht einordnen.

»Wer sollte hinten auf Moms Brief ein Einstein-Zitat schreiben?«, fragte ich Sarah und Em und hielt ihnen das Blatt hin.

»Das sieht nach deinem Dad aus. Er nahm damals Kalligrafiestunden. Rebecca hat ihn die ganze Zeit damit aufgezogen. Seine Handschrift sah hinterher so unglaublich altmodisch aus.«

Langsam drehte ich das Blatt zu mir herum und betrachtete die Handschrift von Neuem. Vom Stil her sah sie tatsächlich aus wie aus dem neunzehnten Jahrhundert. Sie ähnelte den handschriftlichen Einträgen der Bibliothekare, die während der Regierungszeit von Königin Victoria die Kataloge in der Bodleian Library zusammengestellt hatten. Ich versteifte mich, sah mir die Schrift genauer an und schüttelte den Kopf.

»Nein, das ist nicht möglich.« Auf gar keinen Fall hatte mein Vater einer dieser Angestellten sein können, auf keinen Fall hatte er im neunzehnten Jahrhundert *Ashmole 782* um einen Untertitel ergänzen können.

Andererseits konnte mein Vater durch die Zeit wandeln. Und das Einstein-Zitat war unzweifelhaft an mich gerichtet. Ich legte das Blatt auf den Tisch zurück und ließ den Kopf in die Hände sinken.

Matthew setzte sich neben mich und wartete ab. Als Sarah ungeduldig brummte, brachte er sie mit einer scharfen Geste zum Schweigen. Nach einer Weile drehte sich nicht mehr alles in meinem Kopf, und ich begann zu sprechen.

»Auf der ersten Seite des Manuskripts waren zwei Vermerke. Der eine in Tinte war von Elias Ashmole geschrieben: *Anthropologia, oder ein Traktatum über den Menschen.* Der zweite war in einer anderen Handschrift und mit Bleistift geschrieben: *in zwei Teilen: zum Ersten anatomischer Natur, zum Zweiten psychologischer Natur.*«

»Der zweite Vermerk muss später hinzugefügt worden sein«, bemerkte Matthew. »Zu Ashmoles Zeit gab es so etwas wie Psychologie noch nicht.«

»Ich dachte damals, dass er aus dem neunzehnten Jahrhundert stammt.« Ich zog die Notiz meines Vaters zu mir her. »Aber jetzt könnte ich mir vorstellen, dass mein Vater das geschrieben hat.«

Im Raum wurde es still.

»Berühr die Wörter«, schlug Sarah schließlich vor. »Sieh nach, was sie dir sonst noch verraten.«

Meine Finger wanderten leicht über die Bleistiftbuchstaben. Über der Seite erblühten Bilder, in denen sich mein Vater in einem dunklen Frack mit breiten Aufschlägen und einer hoch sitzenden schwarzen Schleife über einem mit Büchern bedeckten Schreibtisch beugte. Ihnen folgten andere Szenen, in denen er in seiner vertrauten Cordjacke in seinem Arbeitszimmer saß und mit einem Bleistift der Stärke 2 ein paar Zeilen schrieb, während meine Mutter ihm weinend über die Schulter sah.

»Es stammt von ihm.« Meine Finger hoben sich bebend vom Blatt.

Matthew nahm meine Hand. »Damit warst du tapfer genug für einen Tag, *ma lionne.*«

»Aber dein Vater hat in der Bibliothek nicht die chemische Vermählung aus dem Buch geschnitten«, sinnierte Em. »Was hat er dann dort gewollt?«

»Stephen Proctor hat dort *Ashmole 782* verhext, damit niemand außer seiner Tochter es aus dem Archiv abrufen kann.« Matthew klang überzeugt.

»Darum hat der Spruch mich also wiedererkannt. Aber warum hat er nicht genauso reagiert, als ich das Manuskript zum zweiten Mal haben wollte?«

»Weil du es da nicht gebraucht hast. O ja, du *wolltest* es haben«, erklärte Matthew mit einem leisen Lächeln, als ich protestieren wollte, »aber das ist etwas anderes. Vergiss nicht, deine Eltern haben deine Magie mit einem Bann belegt, damit dich niemand zwingen kann, deine Kräfte einzusetzen. Mit dem Bann, der auf dem Manuskript liegt, verhält es sich nicht anders.«

»Als ich *Ashmole 782* das erste Mal abgerufen habe, wollte ich lediglich einen Punkt auf meiner Erledigungsliste abhaken. Ich kann mir kaum vorstellen, dass etwas so Belangloses eine solche Reaktion auslösen kann.«

»Deine Mutter und dein Vater konnten nicht alles vorhersehen – zum Beispiel die Tatsache, dass du dich eines Tages beruflich mit der Geschichte der Alchemie beschäftigen und daher regelmäßig in der Bodleian Library arbeiten würdest. Konnte auch Rebecca durch die Zeit wandern?«, fragte Matthew Sarah.

»Nein. Die Gabe ist höchst selten, und die begabtesten Zeitwanderer sind gewöhnlich auch erfahrene Hexer. Wenn man die richtigen Zaubersprüche und Vorsichtsmaßnahmen nicht kennt, kann man leicht irgendwo enden, wo man lieber nicht sein möchte, ganz egal, über welche magischen Kräfte man verfügt.«

»Ja«, bestätigte Matthew trocken. »Ich wüsste mehr als genug Zeiten und Orte, an denen man lieber nicht landen möchte.«

»Rebecca hat Stephen manchmal begleitet, aber dann musste er sie tragen.« Sarah lächelte Em an. »Erinnerst du dich noch an Wien? Stephen hatte beschlossen, dass er mit ihr Walzer tanzen wollte. Dann brachte er ein ganzes Jahr damit zu, sich zu überlegen, welche Haube sie für die Reise aufsetzen sollte.«

»Um zu verhindern, dass man sich verirrt, braucht man drei Objekte aus der Zeit und von dem Ort, an den man reisen möchte«, erläuterte Em. »Wenn man in die Zukunft reisen will, geht das nur mit Hexerei, weil man anders sofort die Orientierung verliert.«

Sarah griff nach dem Bild der chemischen Vermählung, gerade als interessiere sie sich nicht mehr fürs Zeitwandern. »Wofür steht das Einhorn?«

»Vergiss das Einhorn, Sarah«, sagte ich ungeduldig. »Daddy wollte bestimmt nicht, dass ich in die Vergangenheit reise, um das Manuskript zu holen. Hat er etwa gedacht, ich könnte wie er durch die Zeit wandern und es mir beschaffen, bevor es verhext wurde? Und wenn ich dort zufällig Matthew über den Weg laufen würde? Das würde das Raum-Zeit-Kontinuum ganz schön durcheinanderbringen.«

»Ach, die Relativität«, sagte Sarah abfällig. »Damit lässt sich auch nicht alles erklären.«

»Stephen hat immer behauptet, Zeitwandern sei so, wie am Bahnhof umzusteigen. Du steigst aus einem Zug und wartest am Bahnhof, bis in einem anderen Zug ein Platz frei wird. Wenn du zeitwanderst, verabschiedest du dich aus dem Hier und Jetzt und verharrst außerhalb der Zeit, bis du an einem anderen Zeitpunkt einen Platz für dich findest.«

»Ganz ähnlich wechseln Vampire ihr Leben«, sinnierte Matthew. »Wir verlassen unser altes Leben – indem wir zu sterben vorgeben oder verschwinden oder einfach wegziehen – und suchen uns ein neues. Es ist wirklich erstaunlich, wie leicht man aus einer Heimat, einem Job und einer Familie verschwinden kann.«

»Aber irgendwem fällt doch bestimmt auf, dass der Nachbar, den man letzte Woche noch gegrüßt hat, plötzlich ganz anders aussieht«, protestierte ich.

»Das ist wirklich erstaunlich«, gab Matthew zu. »Aber solange man seine Wahl mit Bedacht trifft, sagt niemand etwas. Ein paar Jahre im Heiligen Land, eine lebensbedrohliche Krankheit, die Wahrscheinlichkeit, ein Erbe zu verlieren – all das bietet Kreaturen wie Menschen einen exzellenten Vorwand, sich blind und taub zu stellen.«

»Na ja, ob es nun möglich ist oder nicht, ich kann jedenfalls nicht zeitwandern. Das stand nicht in meiner dna-Analyse.«

»Natürlich kannst du zeitwandern. Das hast du schon als Kind gemacht.« Nicht ohne Arroganz tat Sarah Matthews wissenschaftliche Erkenntnisse als Unfug ab. »Zum ersten Mal, als du drei warst. Deine Eltern litten Todesängste, die Polizei rückte aus – es gab ein riesiges Tohuwabohu. Vier Stunden später hast du plötzlich in deinem Hochstuhl in der Küche gesessen und ein Stück Geburtstagstorte gefuttert.

Offenbar hattest du Hunger bekommen und warst zu deiner eigenen Geburtstagsfeier zurückgereist. Wenn du danach wieder mal verschwunden warst, haben wir einfach gehofft, dass du in einer anderen Zeit steckst und irgendwann wieder auftauchen würdest. Und du warst oft verschwunden!«

Mein Entsetzen über die Vorstellung, dass ein Kleinkind mutterseelenallein durch die Zeit reiste, wich schnell dem Hochgefühl, dass ich damit die Macht besaß, jede historische Frage aus erster Hand zu beantworten. Meine Laune hellte sich augenblicklich auf.

Matthew hatte diese Verbindung sofort gezogen und wartete geduldig ab, bis ich ihn gedanklich eingeholt hatte. »Ganz gleich, was dein Vater wollte, du wirst nicht ins Jahr 1859 zurückreisen«, erklärte er fest und drehte dabei den Stuhl um, sodass ich ihn ansehen musste. »Du wirst auf keinen Fall an der Zeit herumdoktern. Kapiert?«

Selbst nachdem ich ihm versichert hatte, dass ich in der Gegenwart bleiben würde, durfte ich von nun an keine Sekunde allein sein. Die drei reichten mich in einer stillschweigenden Choreografie, die eines Broadway-Musicals würdig gewesen wäre, von einem zum anderen weiter. Em begleitete mich nach oben, um nachzusehen, ob noch Handtücher da waren, obwohl ich genau wusste, wo der Wäscheschrank stand. Als ich aus dem Bad kam, lag Matthew auf dem Bett und spielte an seinem Handy herum. Er blieb oben, als ich nach unten ging, um mir eine Tasse Tee zu machen, weil er wusste, dass Sarah und Em mich im Familienzimmer erwarten würden.

Als ich Marthes Dose in der Hand hielt, überfiel mich das schlechte Gewissen, weil ich gestern keinen Tee getrunken und damit mein Versprechen gebrochen hatte. Fest entschlossen, heute eine Tasse zu trinken, füllte ich den Wasserkessel und öffnete die schwarze Blechdose. Sobald ich die Weinraute roch, spürte ich bei der Erinnerung daran, wie Satu mich in die Luft gezogen hatte, einen schmerzhaften Stich. Ich packte den Deckel fester und konzentrierte mich auf die anderen Duftnoten und damit auf die glücklicheren Erinnerungen an Sept-Tours. Ich vermisste die grauen Steinmauern, die Gärten, Marthe, Rakasa – und sogar Ysabeau.

»Woher hast du das, Diana?« Sarah kam in die Küche und deutete auf die Dose.

»Marthe und ich haben ihn gemacht.«

»Die Haushälterin seiner Mutter? Die auch die Medizin für deinen Rücken angerührt hat?«

»*Marthe* ist *Ysabeaus* Haushälterin, genau. Vampire haben Namen, genau wie Hexen. Du solltest sie lernen.«

Sarah schniefte. »Ich hätte gedacht, du gehst zum Arzt und holst dir ein Rezept, statt dich auf alte Kräuter zu verlassen.«

»Dr. Fowler verschreibt dir bestimmt etwas, falls du etwas Zuverlässigeres brauchst.« Auch Em war inzwischen in die Küche gekommen. »Nicht mal Sarah hält allzu viel von pflanzlichen Verhütungsmitteln.«

Ich überspielte meine Verwirrung, indem ich einen Teebeutel in die Tasse fallen ließ, und versuchte meinen Geist zu leeren, um mir nichts anmerken zu lassen. »Das reicht schon. Ich muss nicht zu Dr. Fowler gehen.«

»Stimmt. Nicht wenn du mit einem Vampir schläfst. Sie pflanzen sich nicht fort – jedenfalls nicht so, dass man es mit einem Verhütungsmittel verhindern könnte. Du musst nur deinen Hals von seinen Zähnen fernhalten.«

»Ich weiß, Sarah.«

Was gelogen war. Warum hatte Marthe so viel Mühe darauf verwendet, mir beizubringen, wie ich einen völlig unnötigen Tee zusammenstellen konnte? Matthew hatte mir erklärt, dass er keine Kinder zeugen konnte, so wie Warmblüter das taten. Ich brach das Versprechen, das ich Marthe gegeben hatte, kippte die halb geleerte Tasse ins Spülbecken und versenkte den Beutel im Müll. Die Dose wanderte auf das oberste Regalfach, wo ich sie nicht mehr zu sehen brauchte.

Am Spätnachmittag hatten wir uns ausgiebig über die Nachricht, den Brief und das Bild unterhalten, ohne dass wir der Lösung des Rätsels um *Ashmole 782* einen Schritt nähergekommen wären oder begriffen hätten, inwiefern mein Vater damit zu tun hatte. Meine Tanten machten sich daran, das Abendessen vorzubereiten, was bedeutete, dass Em ein Hähnchen briet, während Sarah sich ein Glas Bourbon genehmigte und bemängelte, dass so viel Gemüse zubereitet wurde. Matthew tigerte ungewöhnlich ruhelos um die Kücheninsel herum.

»Komm schon«, sagte er und nahm meine Hand. »Du brauchst Bewegung.«

Er brauchte frische Luft, nicht ich, aber die Aussicht, nach draußen zu gehen, war verlockend. Ich durchwühlte den Schrank im Vorraum und förderte meine alten Joggingschuhe zutage. Sie waren zwar ausgelatscht, aber deutlich bequemer als Sarahs Stiefel.

Wir schafften es gerade bis zu den ersten Apfelbäumen, da wirbelte Matthew mich herum und nahm mich zwischen seinem Körper und einem alten, knorrigen Baumstamm gefangen. Die tiefen, weiten Äste schirmten uns gegen das Haus ab.

Obwohl ich in der Falle war, kam kein Hexenwind auf. Dafür meldeten sich jede Menge anderer Gefühle.

»Mein Gott, in diesem Haus hat man keine ruhige Minute«, schnaufte Matthew und presste, kaum dass er die Worte ausgesprochen hatte, seine Lippen auf meine.

Wir hatten praktisch keinen einzigen Augenblick für uns allein gehabt, seit er aus Oxford zurückgekehrt war. Und auch wenn das erst Tage her war, kam es mir vor wie eine Ewigkeit. Seine Hand schob sich unter den Bund meiner Jeans, und ich spürte seine kühlen Finger auf meinem nackten Fleisch. Ich bekam vor Lust eine Gänsehaut, woraufhin er mich noch enger an sich zog und die andere Hand um die Wölbung meiner Brust schmiegte. Wir pressten unsere Körper von Kopf bis Fuß aneinander, trotzdem suchte er nach immer neuen Wegen, sich mit mir zu verbinden.

Schließlich blieb nur noch eine Möglichkeit. Einen Augenblick glaubte ich schon, dass Matthew sich nicht länger zurückhalten konnte und die Ehe sofort vollziehen würde – im Stehen, im Freien, in einem alles übertosenden Sturm körperlicher Begierde. Doch dann fand er die Beherrschung wieder und löste sich von mir.

»Nicht so«, keuchte er. Seine Augen waren schwarz.

»Mir ist das egal.« Ich zog ihn wieder an mich.

»Mir nicht.« Ich hörte Matthews Vampirseufzen, ein leises, abgehacktes Luftablassen. »Wenn wir uns zum ersten Mal lieben, will ich dich ganz für mich allein haben – ohne dass ständig jemand in unserer Nähe ist. Und ich will mehr als die paar gestohlenen Momente, die uns jetzt bleiben, glaub mir.«

»Ich will dich auch«, sagte ich. »Und ich bin nicht dafür bekannt, dass ich besonders geduldig wäre.«

Seine Lippen hoben sich zu einem Lächeln, dann hörte ich ein leises wollüstiges Brummen.

Matthew strich mit dem Daumen über die Vertiefung an meinem Halsansatz, und mein Blut begann zu sieden. Er legte seine Lippen auf die Stelle, an der eben noch sein Daumen gewesen war, und drückte sie sanft gegen das Lebenszeichen, das unter der Oberfläche pulsierte. Dann wanderten seine Lippen über einer Ader an meinem Hals aufwärts bis zu meinem Ohr.

»Ich könnte mich ewig damit beschäftigen, wo du gern berührt wirst. Hier zum Beispiel.« Matthew küsste mich hinters Ohr. »Und hier.« Seine Lippen strichen über meine Lider, und mir entkam ein leiser Laut. »Und hier.« Sein Daumen strich über meine Unterlippe.

»Matthew«, flüsterte ich mit flehendem Blick.

»Was ist, *mon cœur*?« Fasziniert beobachtete er, wie unter seiner Berührung das Blut durch meine Adern schoss.

Ich antwortete nicht, sondern zog ihn an mich, ohne mich um die Kälte, die Dunkelheit oder die raue Borke an meinem wunden Rücken zu scheren. So blieben wir stehen, bis Sarah uns von der Veranda aus rief.

»Ihr seid ja nicht besonders weit gekommen.« Ihr Schnauben war über das ganze Feld zu hören. »Das zählt wohl kaum als Spaziergang.«

Schuldbewusst wie ein Schulmädchen, das beim Knutschen in der Einfahrt erwischt wird, zog ich meinen Pullover nach unten und machte mich auf den Weg zum Haus. Matthew folgte mir leise lachend.

»Du siehst ja ungeheuer zufrieden aus«, stellte Sarah fest, als er in die Küche trat. So im hellen Lampenschein wirkte er durch und durch wie ein Vampir – und ein höchst selbstzufriedener dazu. Aber sein Blick war wesentlich ruhiger als vorher, und dafür war ich dankbar.

»Lass ihn«, fuhr Emily ungewöhnlich scharf dazwischen. Sie reichte mir den Salat und schickte mich damit an den Tisch im Familienzimmer, an dem wir gewöhnlich aßen. »Oft genug haben wir selbst unter dem Apfelbaum gestanden, als Diana noch klein war.«

»Hmpf«, machte Sarah. Sie nahm drei Weingläser und schwenkte sie in Matthews Richtung. »Hast du noch Wein übrig, Casanova?«

»Ich bin Franzose, Sarah, kein Italiener. Und ich bin ein Vampir. Ich habe immer Wein bei mir«, erwiderte Matthew mit spitzbübischem Lächeln. »Keine Angst, er wird uns bestimmt nicht ausgehen. Marcus bringt noch mehr mit. Er ist zwar kein Franzose – und leider auch kein Italiener –, aber seine Erziehung macht das wett.«

Wir setzten uns um den Tisch, und drei Hexen machten sich über Ems Brathähnchen mit Kartoffeln her. Tabitha setzte sich neben Matthews Stuhl und strich alle paar Sekunden flirtend mit dem Schwanz über seine Füße. Er achtete darauf, dass Sarahs Glas nicht leer wurde, und auch ich trank ein paar Schlucke Wein. Em fragte mehrmals, ob er etwas probieren wollte, aber Matthew lehnte jedes Mal ab.

»Ich bin nicht hungrig, Emily, aber vielen Dank.«

»Gibt es überhaupt etwas, das du essen *würdest*?« Em war es nicht gewohnt, dass jemand ihr Essen verweigerte.

»Nüsse«, verkündete ich. »Wenn du ihm um jeden Preis etwas zu essen besorgen willst, dann kauf ihm Nüsse.«

Em zögerte. »Und was ist mit rohem Fleisch?«

Bevor ich darauf antworten konnte, nahm Matthew meine Hand und drückte sie. »Wenn du mir etwas zu essen geben möchtest, dann am liebsten rohes Fleisch. Brühe mag ich übrigens auch – reine Brühe ohne Gemüse.«

»Essen das dein Sohn und deine Kollegin auch, oder sind das einfach nur deine Lieblingsspeisen?«

Jetzt ging mir auf, warum Matthew so ungeduldig reagiert hatte, als ich ihn nach seiner Lebensweise und seinen Essgewohnheiten gefragt hatte.

»Das essen wir Vampire meistens, wenn wir uns unter Warmblütern aufhalten.« Matthew gab meine Hand frei und schenkte sich noch mehr Wein ein.

»Wenn du Wein und Nüsse magst, gehst du bestimmt gern in Bars«, sagte Sarah ernst.

Em legte ihre Gabel ab und starrte sie an.

»Was ist?«, wollte Sarah wissen.

»Sarah Bishop, wenn du uns vor Matthews Sohn blamierst, werde ich dir das nie verzeihen.«

Mein Kichern steigerte sich schnell zu einem ausgewachsenen Lachanfall. Sarah stimmte als Erste mit ein, gefolgt von Em. Matthew saß lächelnd daneben, als hielte er uns für irre, sei aber zu höflich, um das auszusprechen.

Als wir uns wieder gefasst hatten, wandte er sich an Sarah. »Ich habe mich gefragt, ob ihr mir euer Kräuterlabor überlassen könntet, damit ich die Pigmente in dem Bild der chemischen Vermählung analysieren kann. Vielleicht finden wir dadurch heraus, wann und wo es gemalt wurde.«

»Du wirst auf keinen Fall irgendetwas von dem Bild entfernen.« Der Historikerin in mir graute vor diesem Gedanken.

»Es wird nicht beschädigt«, versicherte mir Matthew nachsichtig. »Ich weiß sehr wohl, wie man winzigste Beweisstücke analysiert.«

»Nein! Wir sollten es in Ruhe lassen, bis wir wissen, womit wir es zu tun haben.«

»Stell dich nicht so an, Diana. Außerdem ist es dafür ein bisschen spät, schließlich hast du das Buch damals zurückgegeben.« Sarah stand auf, und ihre Augen leuchteten. »Mal sehen, ob uns das Kochbuch helfen kann.«

»So, so«, kommentierte Em halblaut. »Jetzt gehörst du wirklich zur Familie, Matthew.«

Sarah verschwand in die Rezeptur und kehrte mit einem ledergebundenen Folianten in der Größe einer Familienbibel zurück. Zwischen diesen Buchdeckeln, seit beinahe vierhundert Jahren von Hexe zu Hexe weitergegeben, waren die gesammelten Erfahrungen und alle Familiensagen der Bishops zu finden. Der erste Name im Buch lautete

Rebecca, und daneben stand in zierlicher, weiblicher Schrift die Jahreszahl 1617. Darunter folgten zwei Spalten mit weiteren Namen, jeder in leicht veränderter Handschrift und mit einem anderen Datum versehen. Die Namensliste setzte sich auf der Rückseite fort und bestand größtenteils aus Susannahs, Elizabeths, Margarets, Rebeccas und Sarahs. Meine Tante zeigte dieses Buch niemandem – nicht einmal anderen Hexen. Man musste zur Familie gehören, damit sie ihr *Kochbuch* herausholte.

»Was ist das, Sarah?« Matthews Nasenflügel sogen bebend den Geruch von altem Papier, Kräutern und Rauch auf, der von den Seiten aufstieg, sobald meine Tante das Buch öffnete.

»Das Zauberbuch der Bishops.« Sie deutete auf den ersten Namen. »Ursprünglich gehörte es Rebecca Davis, Bridget Bishops Großmutter, und dann Bridgets Mutter Rebecca Playfer. Bridget sollte das Buch später weitergeben an ihre älteste und uneheliche Tochter, die 1650 in England geboren wurde. Bridget war damals noch ein junges Mädchen und taufte ihre Tochter nach ihrer Mutter und Großmutter. Weil sie nicht für das Kind sorgen konnte, gab Bridget das Mädchen an eine Londoner Familie ab.« Sarah schnaubte leise. »Bis an ihr Lebensende hatte sie deswegen einen schlechten Ruf. Später kehrte ihre Tochter Rebecca zu ihr zurück und arbeitete in der Taverne ihrer Mutter. Bridget war inzwischen zum zweiten Mal verheiratet und hatte eine weitere Tochter namens Christiane.«

»Und du stammst von dieser Christiane Bishop ab?«, fragte Matthew.

Sarah schüttelte den Kopf. »Nein, wir sind Rebeccas Nachkommen. Nachdem Bridget hingerichtet worden war, änderte Rebecca ihren Namen rechtmäßig in Bishop. Rebecca war Witwe, weshalb kein Ehemann Widerspruch einlegen konnte. Es war ein Akt des Trotzes.«

Matthew sah mich eingehend an. *Trotz,* schien er sagen zu wollen, *ist eindeutig ein Charakterzug dieser Familie.*

»Niemand heute kennt die Namen, die Bridget Bishop annahm – sie war dreimal verheiratet«, fuhr Sarah fort. »Alle kennen nur noch den Namen, den sie trug, als sie der Hexerei für schuldig befunden und hingerichtet wurde. Seither haben die Frauen in unserer Familie grundsätzlich den Namen Bishop angenommen, ganz egal, wen sie heirateten oder wer ihr Vater war.«

»Ich hatte kurz nach Bridgets Tod über ihre Hinrichtung gelesen«, erklärte Matthew leise. »Das war ein düsteres Zeitalter für alle nichtmenschlichen Geschöpfe. Obwohl die neu entstandenen Naturwissenschaften die Welt von allen Mysterien zu entzaubern schienen, waren die Menschen immer noch überzeugt, dass um sie herum unsichtbare Kräfte walteten. Womit sie natürlich ganz recht hatten.«

»Ganz genau. Die Diskrepanz zwischen dem, was die Wissenschaft versprach, und dem, was die Menschen aus Erfahrung wussten, brachte Hunderten von Hexen den Tod.« Sarah begann in den Seiten des Zauberbuches zu blättern.

»Wonach suchst du?« Ich runzelte die Stirn. »Hat eine unserer Vorfahrinnen etwa Manuskripte konserviert? Falls nicht, wirst du in diesem Sprüchebuch kaum etwas finden.«

»Du hast ja keine Ahnung, was in diesem Sprüchebuch alles steht, Miss«, belehrte Sarah mich fröhlich. »Du hast nie einen Funken Interesse dafür gezeigt.«

Meine Lippen verschmolzen zu einem dünnen Strich. »Niemand wird dieses Manuskript beschädigen.«

»Aha, da haben wir es schon.« Sarah deutete triumphierend auf das Zauberbuch. »Einer von Margaret Bishops Zaubersprüchen aus den achtziger Jahren des achtzehnten Jahrhunderts. Sie war eine wirklich mächtige Hexe. *Meine Methode, Verborgenes in Papier oder Stoffen sichtbar zu machen.* Damit werden wir anfangen.« Sie stand auf, einen Finger auf die Stelle haltend.

»Wenn du auch nur einen Fleck …«, setzte ich an.

»Ich habe dich schon die ersten beiden Male gehört, Diana. Mit diesem Zauberspruch werden Dunstschwaden erzeugt. Nichts als Luft wird dein kostbares Manuskript berühren. Hör auf, so einen Aufstand zu machen.«

»Ich gehe es holen«, erbot Matthew sich hastig. Ich warf ihm einen Killerblick zu.

Nachdem er aus dem Esszimmer zurückgekommen war, das Bild

behutsam auf beiden Händen tragend, verschwanden er und Sarah gemeinsam in der Rezeptur. Meine Tante redete wie ein Wasserfall, während Matthew gespannt lauschte.

»Wer hätte das gedacht?«, meinte Em kopfschüttelnd.

Em und ich erledigten den Abwasch und waren gerade dabei, das Familienzimmer aufzuräumen, wo es aussah wie nach einem Einbruch, als zwei Scheinwerfer über die Zufahrt schwenkten.

»Da kommen sie.« Mein Magen krampfte sich zusammen.

»Das wird schon werden, Schätzchen. Sie sind Matthews Verwandte.« Em drückte mir aufmunternd den Arm.

Bis ich an der Haustür war, hatten Marcus und Miriam die Wagentüren bereits hinter sich zugeschlagen. Miriam wirkte in ihrem dünnen braunen Pullover mit den hochgekrempelten Ärmeln, ihrem Minirock und den knöchelhohen Stiefeln steif und fehl am Platz, und jetzt tastete sie auch noch mit gespielter Fassungslosigkeit das Haus und die Umgebung ab. Marcus, in einem kurzärmligen T-Shirt von einer Konzerttour 1982 und in Jeans, begutachtete wohlwollend die Bauweise des Hauses und atmete tief die Landluft ein – die zweifellos hauptsächlich nach Hexen und Kaffee roch.

Als die Tür aufging, sahen mich Marcus' blaue Augen funkelnd an. »Hi, Mom, wir sind zu Hause!«

»Hat er es dir erzählt?« Ich war wütend auf Matthew, weil er sich offenbar meinem Wunsch widersetzt hatte.

»Was erzählt?« Marcus zog verwirrt die Stirn in Falten.

»Nichts, nichts«, murmelte ich. »Hallo, Marcus. Hallo, Miriam.«

»Diana.« Miriams fein geschnittenes Gesicht wirkte wie üblich verdrossen.

»Nettes Haus.« Marcus kam die Verandastufen herauf. Er hielt eine braune Flasche in den Fingern. Unter der Verandalampe begannen seine goldenen Haare und die elfenbeinweiße Haut zu schimmern.

»Willkommen. Kommt doch herein.« Ich zog ihn eilig ins Haus und hoffte, dass niemand im Vorbeifahren den Vampir auf dem Treppenabsatz bemerkt hatte.

»Wie geht es dir, Diana?« Besorgt sah er mich an, und seine Nasenflügel bebten, als er meinen Duft aufnahm. Matthew hatte ihm von La Pierre erzählt.

»Es geht mir gut.« Oben schlug eine Tür zu. »Schluss damit! Und es ist mir ernst!«

»Womit denn?« Miriam blieb wie angewurzelt stehen, und die schwarzen Locken ringelten sich wie Schlangen auf ihrer Schulter.

»Nichts. Macht euch keine Sorgen.« Jetzt, wo beide Vampire sicher im Haus standen, seufzten die alten Wände auf.

»Nichts?« Miriam hatte das Seufzen ebenfalls gehört und zog die Brauen hoch.

»Das Haus ist immer ein bisschen nervös, wenn Besuch kommt, das ist alles.«

Miriam sah die Treppe hinauf und schnupperte. »Wie viele Bewohner hat das Haus?«

Das war eine simple Frage, auf die es keine simple Antwort gab.

»Schwer zu sagen«, antwortete ich knapp und wuchtete eine Reisetasche zur Treppe hin. »Was habt ihr denn da drin?«

»Das ist Miriams Tasche. Lass mich.« Marcus hob sie problemlos mit dem Zeigefinger an.

Wir gingen nach oben, wo ich den beiden ihre Zimmer zeigte. Em hatte Matthew geradeheraus gefragt, ob die beiden in einem Bett schlafen würden. Erst hatte er sie entsetzt angesehen, so ungehörig erschien ihm diese Frage, dann hatte er laut losgelacht und ihr versichert, dass die beiden unbedingt getrennt schlafen müssten, sonst hätten wir am nächsten Morgen einen toten Vampir im Haus. Den ganzen Tag über hatte er immer wieder in sich hineingelacht und gemurmelt: »Marcus und Miriam. Was für eine Vorstellung.«

Marcus sollte im Gästezimmer übernachten, in dem früher Em gewohnt hatte, und Miriam hatten wir in meinem alten Zimmer unter dem Dach einquartiert. Auf beiden Betten lagen flauschige Handtücher bereit, und ich zeigte jedem, wo sich das nächste Bad befand. Eigentlich war es wirklich einfach, einen Vampir zu beherbergen – man musste ihnen nichts zu essen anbieten, sie wollten sich nicht hinlegen, sie brauchten praktisch nichts, was ihnen das Leben angenehmer machte. Zum Glück hatte es keine Erscheinungen gegeben, und es waren auch keine Verputzstücke auf uns herabgeregnet, sodass eigentlich nichts darauf hindeutete, dass das Haus sie nicht aufnehmen wollte.

Auch wenn Matthew mit Sicherheit mitbekommen hatte, dass sein Sohn und Miriam eingetroffen waren, lag die Rezeptur so abgelegen, dass Sarah wahrscheinlich immer noch ahnungslos war. Als ich die beiden Vampire an der Wohnstube vorbeiführte, schielte Elizabeth mit Eulenaugen hinter der Tür hervor.

»Geh Großmutter suchen.« Ich drehte mich zu Marcus und Miriam um. »Entschuldigt, aber wir haben Geister.«

Marcus überspielte sein Lachen mit einem Husten. »Leben alle eure Vorfahren bei euch?«

Ich dachte kurz an meine Eltern und schüttelte schweigend den Kopf.

»Wirklich schade«, murmelte er.

Em erwartete uns mit einem breiten, freundlichen Lächeln im Familienzimmer. »Du bist bestimmt Marcus«, sagte sie, stand auf und streckte ihm die Hand hin. »Ich bin Emily Mather.«

»Em, das ist Matthews Kollegin Miriam Shephard.«

Miriam trat vor. Beide Frauen waren feingliedrig, doch neben Em nahm sich Miriam aus wie ein Porzellanpüppchen.

»Willkommen, Miriam.« Em sah lächelnd auf sie hinab. »Möchte einer von Ihnen etwas zu trinken? Matthew hat eine Flasche Wein geöffnet.« Sie benahm sich völlig ungezwungen, so als würde sie jeden Tag Vampirbesuch bekommen. Miriam wie Marcus schüttelten den Kopf.

»Wo ist Matthew?«, fragte Miriam und stellte damit ihre Prioritäten klar. Ihre geschärften Sinne registrierten die neue Umgebung in allen Einzelheiten. »Ich kann ihn hören.«

Wir führten die beiden Vampire zu der alten Holztür, die in Sarahs privates Heiligtum führte. Marcus und Miriam nahmen dabei weiterhin alle Aromen im Haus der Bishops auf – die Gerüche von Essen, Hexen, Kaffee und Katze. Und schon kam Tabitha kreischend aus dem dunklen Winkel neben dem Kamin gesprungen und stürzte sich auf Miriam, als wären die beiden Todfeinde.

Miriam zischte, und Tabitha erstarrte in der Bewegung. Die beiden maßen einander wie zwei Raubtiere in freier Wildbahn. Tabitha wandte als Erste den Kopf ab und begann sich nach mehreren endlosen Sekunden, ausgiebig zu putzen.

»Das ist Tabitha«, erklärte ich kleinlaut. »Sie hat Matthew ausgesprochen gern.«

In der Rezeptur beugten sich Matthew und Sarah gerade mit entrückten Mienen über einen Topf, der auf einer uralten elektrischen Kochplatte stand. Getrocknete Kräuter hingen in Bündeln von den Deckenbalken, und die uralten Öfen aus der Kolonialzeit standen einsatzbereit Spalier, als würden sie mit ihren Eisenhaken und Kränen nur darauf warten, schwere Kessel über den Kohlen zu halten.

»Der Augentrost ist entscheidend«, erläuterte Sarah eben im Tonfall einer Grundschullehrerin. »Der klart die Sicht auf.«

»Riecht ja schrecklich«, Miriam näherte sich den beiden naserümpfend.

Matthews Gesicht verdüsterte sich.

»Matthew«, begrüßte Marcus ihn gleichmütig.

»Marcus«, erwiderte sein Vater.

Sarah richtete sich auf und begutachtete die neuesten Mitglieder des Haushaltes, die beide von innen zu leuchten schienen. Das gedämpfte Licht in der Rezeptur hob ihre unnatürliche Blässe und die überraschende Wirkung der unnatürlich geweiteten Pupillen noch hervor. »Die Göttin steh uns bei, aber wie kann euch irgendwer für Menschen halten?«

»Das war mir auch immer ein Rätsel«, sagte Miriam und studierte Sarah ebenso eingehend. »Andererseits sind diese roten Haare und der Bilsenkrautgeruch, den Sie ausströmen, auch nicht gerade unauffällig. Ich bin Miriam Shephard.«

Matthew und ich tauschten einen tiefen Blick und fragten uns wortlos, wie es Mariam und Sarah unter einem Dach aushalten sollten.

»Willkommen im Haus der Bishops, Miriam.« Sarahs Augen wurden schmal, und Miriam reagierte genauso. Dann sah meine Tante Marcus an. »Du bist also sein Kind.« Wie üblich war sie zu ungeduldig, um sich um irgendwelche Umgangsformen zu scheren.

»Ich bin Matthews Sohn, genau.« Marcus sah aus, als hätte er ein Gespenst gesehen, und streckte ihr langsam eine braune Flasche entgegen. »Ihre Namensvetterin war ebenfalls eine Heilerin. Nach der Schlacht von Bunker Hill brachte Sarah Bishop mir bei, wie man ein gebrochenes Bein schient. Ich mache es immer noch so, wie sie es mir gezeigt hat.«

Zwei in Lumpen gehüllte Füße baumelten über den Rand des Rezepturregals. *Hoffen wir, dass er inzwischen stärker ist als damals*, sagte eine Frau, die Sarah wie aus dem Gesicht geschnitten aussah.

»Whisky«, stellte Sarah fest und sah anerkennend von der Flasche auf meinen Sohn.

»Sie trank gern Branntwein. Ich dachte, du könntest ihr da ähnlich sein.«

Beide Sarah Bishops nickten.

»Richtig gedacht«, sagte meine Tante.

»Wie geht es mit dem Trank voran?«, fragte ich und bemühte mich, in der stickigen Luft nicht zu niesen.

»Der muss noch neun Stunden ziehen«, sagte Sarah. »Danach kochen wir ihn noch einmal auf, ziehen das Manuskript durch den Dampf und sehen dann, ob es was zu sehen gibt.« Sie beäugte den Whisky.

»Dann machen wir doch erst mal Pause. Ich könnte dir den öffnen.« Matthew deutete auf die Flasche.

»Ehe ich mich schlagen lasse.« Sie nahm Marcus die Flasche aus der Hand. »Vielen Dank.«

Sarah drehte die Platte aus und setzte einen Deckel auf den Topf, dann wanderten wir alle zurück in die Küche. Matthew schenkte sich etwas Wein ein, bot Miriam und Marcus ebenfalls ein Glas an, das beide ablehnten, und brachte Sarah einen Whisky. Ich machte mir Tee – schlichten Lipton's aus dem Supermarkt –, während Matthew die Vampire nach ihrer Reise und den Fortschritten im Labor befragte.

Matthew klang eisig, und er schien nicht besonders erfreut über die

Ankunft seines Sohnes. Marcus wusste, dass er nicht willkommen war, und trat verlegen von einem Fuß auf den anderen. In der Hoffnung, die gespannte Stimmung aufzulockern, schlug ich vor, ins Familienzimmer zu gehen und uns dort hinzusetzen.

»Lasst uns lieber ins Esszimmer gehen.« Sarah prostete ihrem charmanten Großneffen zu. »Wir zeigen ihnen den Brief. Geh Dianas Bild holen, Matthew. Das sollten sie auch sehen.«

»Marcus und Miriam bleiben nicht lange«, sagte Matthew mit leisem Tadel. »Sie haben Diana etwas mitzuteilen, danach kehren sie nach England zurück.«

»Aber sie gehören zur Familie«, merkte Sarah an, als würde sie als Einzige die Anspannung im Raum nicht spüren.

Meine Tante ging das Bild selbst holen, während Matthew weiterhin finster seinen Sohn ansah. Dann führte Sarah uns ins Esszimmer. Matthew, Em und ich versammelten uns auf der einen Seite des Tisches. Miriam, Marcus und Sarah setzten sich auf die andere. Nachdem alle Platz genommen hatten, begann Sarah darüber zu plaudern, was am Morgen alles passiert war. Immer wenn sie Matthew bat, einen Punkt klarzustellen, spie er die Antwort so knapp wie möglich hervor. Alle im Raum außer Sarah schienen zu begreifen, dass er Miriam und Marcus nicht einweihen wollte. Meine Tante ließ sich davon nicht beirren und schloss ihre Schilderung, indem sie den Brief rezitierte, den meine Mutter mir hinterlassen hatte, und zwar mitsamt den Zeilen, die mein Vater angehängt hatte. Matthew hielt währenddessen krampfhaft meine Hand umklammert.

Miriam griff nach der Darstellung der chemischen Vermählung. Sie studierte sie eingehend und sah mich dann wieder an. »Deine Mutter hatte recht. Dieses Bild zeigt dich. Und dich auch, Matthew.«

»Ich weiß«, sagte ich und stellte mich ihrem Blick. »Weißt du, was es bedeutet?«

»Miriam?«, fragte Matthew scharf.

»Das kann auch bis morgen warten.« Marcus wirkte nervös und stand vom Tisch auf. »Es ist schon spät.«

»Sie weiß es bereits«, sagte Miriam leise. »Was kommt nach der Vermählung, Diana? Was ist nach der *conjunctio* der nächste Schritt bei einer alchemistischen Transmutation?«

Der Raum kippte zur Seite weg, und ich roch die Kräuter in dem Tee, den ich in Sept-Tours immer getrunken hatte.

»*Conceptio.*« Mein ganzer Körper verwandelte sich in Gelee, und ich rutschte vom Stuhl, während es schwarz um mich wurde.

Kapitel 36

Mein Kopf hing zwischen meinen Knien, während um mich herum die Hölle losbrach. Matthews Hand sorgte dafür, dass ich ausschließlich auf das Muster des abgetretenen Orientteppichs unter meinen Füßen starrte. Im Hintergrund hörte ich, wie Marcus Sarah warnte, dass sein Vater ihr höchstwahrscheinlich den Kopf abreißen würde, wenn sie sich mir jetzt näherte.

»Wir Vampire können nicht anders«, versuchte Marcus sie zu beruhigen. »Wir müssen unsere Ehepartner beschützen.«

»Wann haben Sie denn geheiratet?«, fragte Sarah leicht benommen.

Miriam war bei ihren Bemühungen, Em zu beruhigen, längst nicht so sanft. »Wir bezeichnen das als Abschirmen«, schallte ihr glockengleicher Sopran. »Habt ihr jemals einen Falken mit seiner Beute gesehen? Genau das Gleiche macht Matthew gerade.«

»Aber Diana ist doch nicht seine Beute, oder? Er wird doch nicht… Er wird sie doch nicht beißen?« Ich spürte Ems Blick auf meinem Hals.

»Ich glaube nicht«, sagte Miriam langsam, nachdem sie die Frage gründlich überdacht hatte. »Er ist nicht hungrig, und sie blutet nicht. Die Gefahr ist minimal.«

»Hör endlich auf, Miriam«, versuchte Marcus sie zum Schweigen zu bringen. »Es besteht absolut kein Grund zur Sorge, Emily.«

»Ich kann mich jetzt wieder aufsetzen«, murmelte ich.

»Du bewegst dich nicht. Das Blut fließt noch zu schwach in deinen Kopf.« Matthew bemühte sich, mich nicht anzuknurren, schaffte das aber nur bedingt.

Sarah sah ihren Verdacht bestätigt, dass Matthew meinen Blutfluss ständig beobachtete, und stöhnte erstickt auf.

»Glaubst du, er lässt mich an Diana vorbei, damit ich die Testergebnisse holen kann?«, fragte Miriam Marcus.

»Das kommt darauf an, wie sauer er ist. Wenn du meiner Frau so einen Nackenschlag versetzt hättest, würde ich dich mit der Streitaxt zweiteilen und dich dann zum Frühstück verputzen. An deiner Stelle würde ich lieber sitzenbleiben.«

Miriams Stuhl schabte über den Boden. »Ich riskiere es trotzdem.« Sie schoss vorbei.

»Verdammt«, hauchte Sarah.

»Sie ist verflucht schnell«, bestätigte Marcus. »Sogar für eine Vampirin.«

Matthew hob meinen Oberkörper an, bis ich wieder aufrecht saß. Selbst bei dieser sanften Bewegung glaubte ich, mein Kopf würde gleich explodieren, und der Raum begann sich sofort wieder zu drehen. Ich schloss kurz die Augen, und als ich sie wieder öffnete, blickte ich in Matthews Augen, die mich tief besorgt ansahen.

»Alles in Ordnung, *mon cœur*?«

»Ich fühle mich ein bisschen überrumpelt.«

Matthews Finger schlossen sich um mein Handgelenk, um meinen Puls zu fühlen.

»Es tut mir leid, Matthew«, murmelte Marcus. »Ich hatte keine Ahnung, dass Miriam sich so aufführen würde.«

»Das sollte dir auch leidtun«, meinte sein Vater tonlos und ohne aufzusehen. »Jetzt erkläre uns, was dieser Besuch bezwecken soll – und zwar sofort.« Die Ader in Matthews Stirn pochte kurz.

»Miriam …«, setzte Marcus an.

»Ich habe aber nicht Miriam gefragt, ich frage dich«, fuhr sein Vater ihn an.

»Was ist hier los?«, fragte meine Tante außer sich. Marcus hatte immer noch den Arm um ihre Schultern gelegt.

»Miriam glaubt, dass das Bild mich und Matthew darstellt«, begann ich behutsam. »Und gleichzeitig zeigt es jenes Stadium bei der Herstellung des Steines der Weisen, das als *conjunctio* oder Vermählung bezeichnet wird. Der nächste Schritt ist die *conceptio.*«

»*Conceptio?*«, fragte Sarah. »Heißt es das, was ich glaube?«

»Wahrscheinlich. Es ist Lateinisch für Empfängnis.«

Sarahs Augen wurden groß. »Wie vor einer Schwangerschaft?«

Doch ich ging in Gedanken bereits die Bilder in *Ashmole 782* durch.

»Die *conceptio* fehlte ebenfalls«, erklärte ich Matthew. »Jemand hat sie, so wie wir die *conjunctio* haben.«

Genau in diesem Moment kam Miriam in den Raum geschwebt, einen Stapel Blätter in der Hand. »Wem soll ich die hier geben?«

Damit handelte sie sich einen Blick von Matthew ein, den ich hoffentlich nie wieder sehen würde. Miriams Gesicht verfärbte sich von Weiß zu Aschgrau. Hastig drückte sie ihm die Testergebnisse in die Hand.

»Das sind die falschen Ergebnisse, Miriam. Die hier stammen von einem Mann«, sagte Matthew, nachdem er hastig die ersten zwei Seiten überflogen hatte.

»Das ist sehr wohl Dianas Analyse«, widersprach Miriam. »Sie ist eine Chimäre, Matthew.«

»Was heißt das?«, fragte Em. Als Chimäre bezeichnete man gemeinhin ein mythologisches Tier, das Körperteile einer Löwin, eines Drachens und einer Ziege in sich vereinte. Ich sah an mir herab und rechnete schon halb damit, einen Schwanz zwischen meinen Beinen baumeln zu sehen.

»Eine Person, deren Körperzellen zwei oder mehr verschiedene genetische Profile aufweisen.« Matthew starrte fassungslos auf die erste Seite.

»Das ist doch unmöglich.« Mein Herz pochte laut. Matthew nahm mich in die Arme und hielt die Testergebnisse vor uns beide hin.

»Selten, aber nicht unmöglich«, korrigierte er grimmig, während seine Augen über die grauen Balken wanderten.

»Ich tippe auf VTS«, sagte Miriam, ohne Marcus' warnenden Blick zu beachten. »Diese Ergebnisse stammen aus ihrer Haarprobe. Wir haben das Material auf der Decke gefunden, die wir aus der Old Lodge geholt haben.«

»Das *Vanishing Twin Syndrome*«, erläuterte Matthew an Sarah gewandt. »Hatte Rebecca im Frühstadium ihrer Schwangerschaft Probleme? Hatte sie Blutungen oder befürchtete sie eine Fehlgeburt?«

Sarah schüttelte den Kopf. »Nein, ich glaube nicht. Allerdings waren Stephen und Rebecca damals nicht hier. Zu der Zeit waren die beiden in Afrika. Als sie nach Amerika zurückkamen, war sie bereits im vierten Monat.«

Niemand hatte mir je erzählt, dass ich in Afrika gezeugt worden war.

»Rebecca hätte wahrscheinlich gar nicht mitbekommen, dass etwas nicht stimmte.« Matthew schüttelte den Kopf und presste den Mund zu einem dünnen, festen Strich zusammen. »Die meisten Mehrlingsföten werden abgestoßen, bevor die Frauen überhaupt feststellen, dass sie schwanger sind.«

»Ich war also ein Zwilling, und meine Mutter hat meine Schwester verloren?«

»Deinen Bruder.« Matthew deutete mit der freien Hand auf die Testergebnisse. »Der andere Zwilling war männlich. In Fällen wie deinem absorbiert der überlebende Zwilling Blut und Gewebe des Geschwisterkindes. Das passiert so früh in der Schwangerschaft, dass in den meisten Fällen nichts mehr auf den verschwundenen Zwilling hindeutet. Lässt Dianas Haarprobe Rückschlüsse darauf zu, ob sie Kräfte besitzen könnte, die sich bei der ersten dna-Analyse nicht gezeigt haben?«

»Ein paar – Zeitwandern, Gestaltwandeln, Wahrsagen«, erwiderte sein Sohn. »Die meisten davon hat Diana absorbiert.«

»Also hätte mein Bruder der Zeitwanderer sein sollen, nicht ich«, erkannte ich langsam.

Eine Spur fluoreszierender Flecken kennzeichnete den Weg, auf dem meine Großmutter durch den Raum schwebte, um mich erst leicht an der Schulter zu berühren und sich dann am anderen Tischende niederzulassen.

»Er hätte auch die genetischen Voraussetzungen gehabt, das Hexenfeuer zu kontrollieren«, bestätigte Marcus nickend. »In der Haarprobe haben wir nur den Feuermarker gefunden – keine anderen Spuren von Elementarmagie.«

»Und du glaubst, dass meine Mutter nichts von meinem Bruder wusste?« Ich fuhr mit den Fingerspitzen über die grauen, schwarzen und weißen Balken.

»O doch, sie wusste Bescheid«, widersprach Miriam mit tiefer Überzeugung. »Du wurdest am Feiertag der Göttin geboren. Und sie nannte dich Diana.«

»Und?« Schaudernd verdrängte ich die Erinnerungen an den Traum, in dem ich in Sandalen und Tunika durch den Wald geritten war, und an das Gefühl, Pfeil und Bogen in der Hand zu halten, das dem Hexenfeuer vorausgegangen war.

»Die Göttin des Mondes hatte einen Zwillingsbruder – Apollo. *Dieser Löwe vereinet Sol / mit Schwester Luna in Bälde wohl.«* Mit glänzenden Augen rezitierte Miriam das alchemistische Gedicht. Offenbar wollte sie auf etwas Bestimmtes hinaus.

»*Nach einer Vermählung wunderbar / dank des Löwen sie einen König gebar*«, rezitierte sie weiter aus der *Jagd nach dem Grünen Löwen.*

»Was redet sie da?«, fragte Sarah giftig.

Miriam wollte ihr schon antworten, doch Marcus schüttelte den Kopf. Die Vampirin verstummte.

»Der Sonnenkönig und die Mondkönigin – Schwefel und Quecksilber – verbinden sich und zeugen ein Kind«, erläuterte ich Sarah. »In der alchemistischen Bilderwelt ist das entstehende Kind ein Hermaphrodit, was eine gemischte chemische Substanz symbolisieren soll.«

»Mit anderen Worten, Matthew«, warf Miriam zickig ein, »geht es in *Ashmole 782* nicht ausschließlich um den Ursprung, und keineswegs nur um Evolution und Extinktion. Sondern auch um Reproduktion.«

Ich sah sie finster an. »Quatsch.«

»Du magst das für Quatsch halten, Diana, aber für mich liegt das auf der Hand. Vielleicht können Vampire und Hexen doch Kinder miteinander zeugen. Möglicherweise können das auch andere gemischte Paare.« Triumphierend lehnte sich Miriam in ihrem Stuhl zurück und wartete stillschweigend ab, ob Matthew explodieren würde.

»Aber Vampire können sich nicht auf biologische Weise fortpflanzen«, widersprach Em. »Das konnten sie noch nie. Und unterschiedliche Arten können sich nicht vermischen.«

»Eine Art kann sich an neue Gegebenheiten anpassen«, sagte Marcus. »Der Instinkt, durch Fortpflanzung zu überleben, ist mächtig – ganz bestimmt so mächtig, dass er genetische Veränderungen auslösen kann.«

Sarah sah ihn zweifelnd an. »Das klingt fast so, als würden wir bald aussterben.«

»Das ist durchaus möglich.« Matthew schob die Testergebnisse zusammen mit den Notizen und der Seite aus *Ashmole 782* in die Tischmitte. »Die Hexen bekommen immer weniger Kinder und besitzen immer geringere Kräfte. Wir Vampire haben zunehmend Schwierigkeiten, einen Warmblüter durch den Prozess der Wiedergeburt zu führen. Und die Dämonen sind instabiler als je zuvor.«

»Ich verstehe immer noch nicht, inwiefern das dazu führen sollte, dass Vampire und Hexen Kinder bekommen können«, sagte Em. »Und falls sich da tatsächlich etwas verändert hat, warum sollte es dann ausgerechnet bei Diana und Matthew beginnen?«

»Diese Frage hat sich Miriam schon gestellt, als sie die beiden in der Bibliothek beobachtete«, erklärte Marcus.

»Wir wissen, dass Vampire einen ausgesprochenen Beschützerinstinkt zeigen, wenn sie ihre Beute oder ihren Geschlechtspartner abschirmen wollen. Aber irgendwann wird dieser Instinkt von anderen Instinkten – dem Jagdinstinkt oder dem Hunger – überlagert. Matthews Beschützerinstinkt Diana gegenüber wurde stattdessen immer stärker«, erzählte Miriam. »Er hat sogar versucht, die Aufmerksamkeit potenzieller Feinde auf sich zu ziehen, wie ein Vogel, der sein Gefieder aufstellt und durch die Luft torkelt, um einen Angreifer von seinem Nest abzulenken.«

»So beschützen Vögel ihre Brut«, erklärte Marcus seinem Vater. »Aus keinem anderen Grund würde ein Jagdwesen sich so verhalten.«

»Emily hat recht. Vampire und Hexen unterscheiden sich zu sehr. Diana und ich können keine Kinder bekommen«, sagte Matthew scharf, den Blick fest auf Marcus gerichtet.

»Das wissen wir nicht. Nicht mit absoluter Sicherheit. Denk nur an die Schaufelfußkröte.« Marcus stützte die Ellbogen auf die Tischplatte, verschränkte die Finger und ließ die Knöchel knacken.

»Die Schaufelfußkröte?« Sarah griff so energisch nach dem Bild der chemischen Vermählung, dass ihre Finger den Rand verknitterten. »Einen Moment. Ist Diana auf diesem Bild jetzt der Löwe, die Kröte oder die Königin?«

»Sie ist die Königin. Und vielleicht auch das Einhorn.« Marcus nahm meiner Tante vorsichtig das Papier ab und kehrte dann zu den Amphibien zurück. »Unter gewissen Umständen kann sich die weibliche Schaufelfußkröte mit einer anderen – wenn auch nahe verwandten – Krötenart paaren. Ihre Nachkommen profitieren von neuen Eigenschaften, wie zum Beispiel einer schnelleren Entwicklung, was ihnen beim Überleben hilft.«

»Vampire und Hexen sind keine Schaufelfußkröten, Marcus«, belehrte Matthew ihn eisig. »Und nicht alle Veränderungen, die sich ergeben, sind positiv.«

»Warum sträubst du dich so dagegen?«, fragte Miriam ungeduldig. »Eine Kreuzung von mehreren Spezies ist *eindeutig* der nächste evolutionäre Schritt.«

»Genetische Superkombinationen – wie sie sich ergeben würden, wenn eine Hexe und ein Vampir Kinder bekommen könnten – beschleunigen die evolutionäre Entwicklung. Jede Spezies macht irgendwann solche Sprünge. Was wir dir hier vortragen, sind nur deine eigenen Forschungsergebnisse, Matthew«, sagte Marcus, als müsste er sich rechtfertigen.

»Ihr ignoriert beide die hohe Mortalität, die mit genetischen Superkombinationen einhergeht. Und wenn ihr glaubt, dass wir diese Wahrscheinlichkeiten an Diana ausprobieren werden, habt ihr euch schwer getäuscht.« Matthews Stimme war gefährlich weich geworden.

»Da sie eine Chimäre ist – und außerdem ab-negativ –, ist die Wahrscheinlichkeit nicht so hoch, dass sie einen Fötus abstoßen würde, der halb Vampir ist. Sie ist Universalempfänger, was die verschiedenen Blutgruppen angeht, und hat bereits fremde dna in ihrem

Körper absorbiert. Wie bei der Schaufelfußkröte könnte sie der Überlebensdruck zu dir geführt haben.«

»Das ist reine Spekulation, Marcus.«

»Diana ist anders, Matthew. Sie ist nicht wie die übrigen Hexen.« Marcus' Blick zuckte von mir zu Matthew. »Du hast dir ihre mitochondriale dna-Analyse noch nicht angesehen.«

Matthew blätterte in den Papieren. Dann stieß er zischend die Luft aus.

Das Blatt war mit bunten Kringeln bedeckt. Oben hatte Miriam mit roter Tinte »unbekannter Stamm« vermerkt und dazu ein Symbol gemalt, das aussah wie ein umgedrehtes, schief stehendes E mit langem Schweif. Matthews Blick huschte über die Seite, dann über die nächste.

»Ich wusste, dass du die Ergebnisse anzweifeln würdest, darum habe ich Vergleichsmaterial mitgebracht«, sagte Miriam ruhig.

»Was für ein Stamm soll das sein?« Ich beobachtete Matthew genau, weil ich auf einen Hinweis darauf hoffte, was er gerade empfand.

»Eine genetische Abstammungslinie. Durch die mitochondriale dna können wir jede Hexe zu einer der vier Frauen zurückverfolgen, die als Urmütter aller bisher untersuchten Hexen gelten.«

»Aller untersuchten Hexen außer dir«, sagte Marcus zu mir. »Du und Sarah stammt von keiner dieser vier Urhexen ab.«

»Was hat das hier zu bedeuten?« Ich tippte auf das umgedrehte E.

»Es ist das uralte Schriftzeichen für *he,* die hebräische Fünf.« Die nächste Frage richtete Matthew direkt an Miriam. »Wie alt ist dieser Stamm?«

Miriam wog ihre Worte sorgfältig ab. »Der He-Stamm ist sehr alt – gleichgültig, nach welcher Methode man die molekulare Uhr berechnet.«

»Älter als der Gimel-Stamm?«, fragte Matthew. Gimel war das hebräische Wort für drei.

»Eindeutig.« Miriam zögerte. »Und um deine nächste Frage vorwegzunehmen, es gibt zwei Möglichkeiten. Entweder handelt es sich beim He-Stamm um eine weitere Abstammungslinie der mtLilith.«

Sarah öffnete schon den Mund, um etwas zu fragen, aber ich brachte sie mit einem Kopfschütteln zum Schweigen.

»Oder der He-Stamm hat sich aus einer Schwester der mtLilith entwickelt – womit Dianas Urmutter zwar eine Stammmutter wäre, aber nicht das Hexen-Äquivalent zur mitochondrialen Eva. So oder so ist es möglich, dass der He-Stamm in dieser Generation ausstirbt, wenn sich Diana nicht fortpflanzt.«

Ich schob den braunen Umschlag, den meine Mutter mir hinterlassen hatte, in Matthews Richtung. »Könntest du mir das aufzeichnen?« Ohne ein Schaubild würde niemand im Raum verstehen, was die beiden da redeten.

Matthews Hand schoss über das Blatt und skizzierte zwei Diagramme. Das eine sah aus wie eine Schlange, das andere verzweigte sich wie der Spielplan eines Tennisturniers. Matthew deutete auf die Schlange. »Das sind die sieben bekannten Töchter der mitochondrialen Eva – oder kurz, mtEva. Wissenschaftler betrachten sie als die jüngsten gemeinsamen matrilinearen Vorfahren aller Menschen westeuropäischer Abstammung. Jede dieser Frauen lebte gemäß unserer dna-Aufzeichnungen zu einem anderen Zeitpunkt in der Geschichte und in einer anderen Weltgegend. Dennoch hatten alle eine gemeinsame Vorfahrin.«

»Nämlich die mtEva«, kommentierte ich.

»Genau.« Er deutete auf den Turnierplan. »Das hier haben wir über die matrilineare Abstammung der Hexen herausgefunden. Hier gibt es vier Abstammungslinien oder Stämme. Wir haben sie so durchgezählt, wie wir sie entdeckt haben, was allerdings dazu geführt hat, dass die Mutter des Aleph-Stammes – des ersten von uns entdeckten Stammes – jünger ist als die Übrigen.«

»Definiere bitte *jünger*«, verlangte Em.

»Aleph lebte vor etwa siebentausend Jahren.«

»Vor sieben*tausend* Jahren?«, wiederholte Sarah ungläubig. »Aber wir Bishops können unsere weiblichen Vorfahren gerade mal bis 1617 zurückverfolgen.«

»Gimel lebte vor cirka vierzigtausend Jahren«, fuhr Matthew grimmig fort. »Wenn Miriam also recht hat und der He-Stamm noch älter ist, gibt es eure Abstammungslinie noch länger.«

»Verflucht«, hauchte Sarah leise. »Und wer ist Lilith?«

»Die erste Hexe.« Ich zog Matthews Diagramme zu mir her und musste an die kryptische Antwort denken, die er gegeben hatte, als ich ihn in Oxford fragte, ob er nach dem ersten aller Vampire suche. »Oder wenigstens diejenige Hexe, von der alle heutigen Hexen mütterlicherseits abstammen.«

»Marcus liebt die Präraffaeliten, und Miriam versteht etwas von Mythologie. Die beiden haben den Namen gewählt«, erklärte Matthew.

»Die Präraffaeliten liebten Lilith. Für Dante Gabriel Rossetti war sie die Hexe, die Adam noch vor Eva liebte.« Marcus' Blick wurde träumerisch. *»Die Augen des Jünglings dein Flammenblick ruft, dein Zauber besiegt ihn, er ahnt nicht die Kluft, und goldene Haare das Herz ihm umstricken.«*

»Das Hohelied Salomos wurde in der King-James-Bibel ganz ähnlich übersetzt«, bemerkte Matthew. *»Meine Vollkommene, du hast mir das Herz verletzt, meine Schwester, meine Braut, mit einem einzigen Blick deiner Augen und mit nur einem Haar an deinem Hals.«*

»Die Alchemisten hatten eine Schwäche für diese Passage«, murmelte ich kopfschüttelnd. »In der *Aurora Consurgens* kommt sie auch vor.«

»In anderen Schilderungen wird Lilith längst nicht so verklärt dargestellt«, verkündete Miriam ernst und lenkte das Gespräch damit auf das eigentliche Thema zurück. »Sie konnte auch eine Kreatur der Nacht sein, Göttin des Windes und des Mondes und Gefährtin Samaels, des Todesengels.«

»Hatten die Göttin des Mondes und der Todesengel gemeinsame Kinder?«, fragte Sarah und sah uns scharf an. Wieder einmal stießen wir auf unheimliche Parallelen zwischen alten Sagen, alchemistischen Texten und meiner Beziehung zu einem Vampir.

»Ja.« Matthew nahm mir die Analysen aus der Hand und ordnete sie zu einem akkuraten Stapel.

»Deshalb macht sich die Kongregation solche Sorgen«, sagte er leise. »Sie fürchten, dass Kinder entstehen könnten, die weder Vampire, noch Hexen oder Dämonen sind, sondern eine Mischform. Wie sollten sie darauf reagieren?«

»Wie viele Kreaturen waren in all den Jahren wohl in der gleichen Lage wie du und Matthew jetzt?«, überlegte Marcus.

»Wie viele sind es jetzt wohl?«, ergänzte Miriam.

»Die Kongregation ahnt nichts von diesen Testergebnissen – Gott sei Dank.« Matthew schob den Papierstapel in die Mitte des Tisches zurück. »Aber damit wissen wir immer noch nicht, ob Diana ein Kind von mir bekommen könnte.«

»Warum hätte die Haushälterin in eurem Schloss Diana sonst beigebracht, wie man diesen Tee mischt?«, fragte Sarah. »Sie hält es jedenfalls für möglich.«

Ach du je, sagte meine Großmutter mitfühlend. *Gleich geht es richtig los.*

Matthew erstarrte, und eine Schwade intensiven Nelkendufts durchzog den Raum.

»Der Tee, den Diana und wie heißt sie noch – Marthe – in Frankreich zusammengestellt haben. Er ist voller abtreibender und verhütender Kräuter. Ich habe es gerochen, sobald Diana den Deckel von der Dose genommen hatte.«

»Wusstest du das?« Matthews Gesicht war weiß vor Wut.

»Nein«, flüsterte ich. »Aber es ist niemand zu Schaden gekommen.«

Matthew stand auf. Ohne mich anzusehen, zog er das Handy aus der Tasche. »Entschuldigt mich bitte«, sagte er zu Em und Sarah und stürmte aus dem Zimmer.

»Wie konntest du nur, Sarah?«, fuhr ich sie an, sobald die Haustür hinter ihm ins Schloss gefallen war.

»Er hatte ein Recht, es zu erfahren – genau wie du. Niemand sollte ohne sein ausdrückliches Einverständnis Medikamente nehmen müssen.«

»Es war nicht deine Aufgabe, ihm das zu erklären.«

»Nein«, bestätigte Miriam zufrieden, »sondern deine.«

»Halt dich da raus, Miriam.« Ich kochte vor Wut, und meine Hände zuckten.

»Dafür ist es zu spät, Diana. Deine Beziehung zu Matthew bringt alle in diesem Raum in Gefahr. Dadurch wird sich einfach *alles* ändern, egal, ob ihr Kinder bekommt oder nicht. Und jetzt hat er auch noch die Lazarusritter in die Sache hineingezogen.« Miriam war nicht weniger wütend als ich. »Je mehr Geschöpfe eure Beziehung dulden, desto wahrscheinlicher wird es zum Krieg kommen.«

»Mach dich nicht lächerlich.« Die Zeichen, die Satu in meinen Rücken gebrannt hatte, prickelten unheilverheißend. »Kriege brechen zwischen Nationen aus, nicht, weil sich ein Vampir und eine Hexe verliebt haben.«

»Was Satu dir angetan hat, sollte Matthew provozieren. Er hat genauso reagiert, wie sie gehofft haben: indem er die Bruderschaft zusammenrief.« Miriam schnaubte abfällig. »Seit er dich das erste Mal in der Bibliothek gesehen hat, ist er nicht mehr er selbst. Und als er das letzte Mal wegen einer Frau die Kontrolle verlor, musste mein Mann sterben.«

Im Raum war es grabesstill. Selbst meine Großmutter sah Miriam verblüfft an.

»Beruhige dich, Miriam«, warnte Marcus.

»Keinesfalls«, fauchte sie. »Das ist meine Geschichte, nicht deine, Marcus.«

»Dann erzähl sie«, befahl ich angespannt und hielt mich dabei an der Tischkante fest.

»Bertrand war Matthews bester Freund. Als Eleanor St. Leger getötet wurde, stand Jerusalem am Rand eines Krieges. Engländer und Franzosen wollten einander an die Kehle gehen. Matthew rief die Lazarusritter zusammen, um den Konflikt zu schlichten. Damals hätten die Menschen um ein Haar entdeckt, dass es uns gibt.« Miriams spröde Stimme brach. »Jemand musste für Eleanors Tod bezahlen. Die St. Legers verlangten Genugtuung. Eleanor starb durch Matthews Hand, aber Matthew war damals wie heute Großmeister des Ordens. Mein Ehemann nahm die Schuld auf sich – um Matthew und den Orden zu schützen. Ein Henker der Sarazenen köpfte ihn.«

»Es tut mir leid, dass dein Mann damals sterben musste, Miriam. Wirklich. Aber ich bin nicht Eleanor St. Leger, und wir sind hier nicht in Jerusalem. Das ist schon lange her, und Matthew hat sich seither geändert.«

»Mir kommt es wie gestern vor«, widersprach Miriam schlicht. »Wieder einmal will Matthew de Clermont etwas, das er nicht bekommen kann. Er hat sich kein bisschen geändert.«

Im Raum wurde es still. Sarah sah Miriam fassungslos an. Die Geschichte bestätigte ihre schlimmsten Vorurteile gegen Vampire im Allgemeinen und Matthew im Besonderen.

»Vielleicht wirst du immer noch zu ihm stehen, selbst wenn du ihn besser kennst«, fuhr Miriam tonlos fort. »Aber wie viele Geschöpfe werden euretwegen sterben müssen? Glaubst du, dass Satu Järvinen das Schicksal von Gillian Chamberlain erspart bleiben wird?«

»Was ist mit Gillian passiert?« Em war ungewollt lauter geworden.

Miriam öffnete den Mund, um ihr zu antworten, und meine Finger schlossen sich instinktiv zu einer lockeren Faust. Dann zuckten Zeige- und Mittelfinger mit einem leisen Schnippen in ihre Richtung. Sie griff sich an die Kehle und gab ein ersticktes Gurgeln von sich.

Das war nicht sehr nett, Diana, ermahnte mich meine Großmutter und drohte mir mit dem Zeigefinger. *Du musst lernen, dich zu beherrschen, mein Mädchen.*

»Halt dich da raus, Grandma – und du dich auch, Miriam.« Ich durchbohrte beide mit einem vernichtenden Blick und sah dann Em an. »Gillian ist tot. Sie und Peter Knox hatten mir das Bild von Mom und Dad in Nigeria geschickt. Damit wollten sie mir drohen, und darum hatte Matthew das Gefühl, mich beschützen zu müssen. Das ist für ihn so selbstverständlich wie zu atmen. Bitte versuch ihm zu verzeihen.«

Em wurde bleich. »Matthew hat sie umgebracht, *weil sie dir ein Bild geschickt hat*?«

»Nicht nur deswegen«, mischte sich Marcus ein. »Sie hatte Diana seit Jahren ausspioniert. Gillian und Knox waren in ihre Räume im New College eingebrochen. Sie waren auf der Suche nach einer dna-Spur, um mehr über Dianas Kräfte zu erfahren. Hätten sie herausgefunden, was wir inzwischen wissen …«

Wenn Gillian und Knox das Ergebnis meiner dna-Analyse wüssten, hätte mir ein schlimmeres Schicksal als der Tod gedroht. Andererseits traf es mich ins Mark, dass Matthew mir nicht alles erzählt hatte. Ich verbarg diesen Gedanken und versuchte die Tore hinter meinen Augen zu verschließen. Meine Tanten brauchten nicht zu wissen, dass mein Ehemann Geheimnisse vor mir hatte.

Doch meiner Großmutter konnte ich nichts vormachen. *Ach, Diana,* flüsterte sie. *Weißt du auch wirklich, was du da tust?*

»Ich will, dass ihr alle mein Haus verlasst.« Sarah schob ihren Stuhl zurück. »Du auch, Diana.«

Ein langsames, tiefes Beben stieg vom alten Kartoffelkeller unter dem Familienzimmer nach oben und breitete sich durch die Bodendielen aus. Es kletterte die Wände hoch und brachte die Fensterscheiben zum Klirren. Sarahs Stuhl schoss vor und klemmte sie am Tisch fest. Die Tür zwischen Ess- und Familienzimmer knallte zu.

Das Haus konnte es noch nie leiden, wenn Sarah das Kommando übernehmen will, kommentierte meine Großmutter.

Mein Stuhl rutschte zurück und kippte mich ohne weitere Umstände auf den Boden. Ich zog mich am Tisch hoch, doch sobald ich wieder stand, drehte etwas mich um und schob mich aus dem Zimmer und auf die Haustür zu. Die Zimmertür fiel hinter mir ins Schloss und schloss zwei Hexen, zwei Vampire und einen Geist im Esszimmer ein. Wütende Proteste drangen durch das Holz.

Ein weiterer Geist, den ich bis dahin noch nicht gesehen hatte, kam aus der Stube und winkte mich weiter. Sie trug ein kunstvoll besticktes Mieder über einem dunklen, vollen Rock, der über den Boden schleifte. Ihr Gesicht war alt und faltig, doch das eigensinnige Kinn und die lange Bishop-Nase waren unverkennbar.

Pass auf, mein Mädchen. Ihre Stimme war tief und rauchig. *Du bist ein Wesen am Scheideweg, weder hier noch da. Das ist ein gefährlicher Ort.*

»Wer bist du?«

Ohne zu antworten, blickte sie zum Eingang. Die Haustür öffnete sich lautlos und geschmeidig, ohne das sonst übliche Quietschen und

Knarren. *Ich habe immer gewusst, dass er eines Tages kommen würde – dass er dich holen würde. Meine eigene Mutter hat es mir gesagt.*

Ich stand zwischen den Bishops und den de Clermonts – ein Teil von mir wollte ins Esszimmer zurückkehren, der andere wollte zu Matthew. Der Geist lächelte über mein Dilemma.

Du hast schon als Kind immer zwischen allen Stühlen gesessen, du warst immer anders als alle anderen Hexen. Aber es führt kein Weg nach vorn, ohne dass er dich dort erwartet. Wohin du dich auch wendest, du musst dich für ihn entscheiden.

Sie verschwand, und nur ein paar fluoreszierende Flecken blieben zurück. Durch die offene Tür konnte ich Matthews weißes Gesicht und seine Hände erkennen, eine entfernte, verschwommene Bewegung in der Dunkelheit am anderen Ende der Zufahrt. Sobald ich ihn sah, fiel mir die Entscheidung leicht.

Draußen zog ich die Ärmel über die Hände, um mich vor der Kälte zu schützen. Ich hob einen Fuß, und als ich ihn wieder absetzte, stand ich direkt hinter Matthew. Mit einem einzigen Schritt war ich ans andere Ende der Zufahrt gelangt.

Er sprach wütend und hektisch okzitanisch. Offenbar telefonierte er mit Ysabeau.

»Matthew«, sagte ich leise, um ihn nicht zu erschrecken.

Er wirbelte herum und sah mich stirnrunzelnd an. »Ich habe dich gar nicht kommen gehört.«

»Nein, das konntest du nicht. Lässt du mich bitte mit Ysabeau sprechen?« Ich griff nach dem Handy.

»Diana, es wäre besser …«

Unsere Familien waren im Esszimmer eingesperrt, und Sarah hatte gedroht, uns alle aus dem Haus zu werfen. Wir hatten genug Probleme, auch ohne dass wir uns mit Ysabeau und Marthe überwarfen.

»Was sagte Abraham Lincoln noch über Häuser?«

»*Ein Haus, das in sich uneins ist, kann nicht bestehen*«, antwortete Matthew verdutzt.

»Ganz genau. Gib mir das Handy.« Widerwillig überließ er es mir.

»Diana?« Ysabeau klang ungewöhnlich nervös.

»Ganz egal, was Matthew gesagt hat, ich bin euch nicht böse. Es wurde niemandem Schaden zugefügt.«

»Danke«, atmete sie auf. »Das habe ich ihm auch zu erklären versucht – dass uns einfach ein vages Gefühl beschlichen hat, etwas halb Vergessenes aus grauer Vorzeit. Damals war Diana die Göttin der Fruchtbarkeit. Dein Duft erinnerte mich an diese Zeiten und an die Priesterinnen, die den Frauen halfen, ein Kind zu empfangen.«

Matthews Blick berührte mich in der Dunkelheit.

»Du wirst es auch Marthe sagen?«

»Das werde ich, Diana.« Sie holte Luft. »Matthew hat mir von deinen Analyseergebnissen und von Marcus' Theorie erzählt. Dass er deine Geschichte erzählt hat, zeigt, wie sehr ihn das aus der Fassung gebracht hat. Ich weiß nicht, ob ich jetzt vor Freude oder vor Angst weinen soll.«

»Vielleicht aus beiden Gründen?«

Sie lachte leise. »Es wird nicht das erste Mal sein, dass mich meine Kinder zum Weinen bringen. Aber ich würde den Kummer nicht missen wollen, wenn ich dafür auch auf die Freude verzichten müsste.«

»Ist zu Hause alles in Ordnung?« Die Worte waren mir entschlüpft, und sofort wurde Matthews Blick weicher.

»Zu Hause?« Auch Ysabeau war meine Wortwahl nicht entgangen. »Ja, wir sind hier alle wohlauf. Es ist sehr … still, seit ihr abgereist seid.«

Mir wurden die Augen feucht. Ysabeau mochte streng und abweisend wirken, aber sie hatte etwas durch und durch Mütterliches an sich. »Hexen sind lauter als Vampire, fürchte ich.«

»Ja. Und Glück ist immer lauter als Trauer. In diesem Haus gibt es nicht genug Glück.« Dann wurde sie wieder sachlich. »Matthew hat mir alles gesagt, was er zu sagen hatte. Wir können nur hoffen, dass seine Wut halbwegs verraucht ist. Ihr passt aufeinander auf.« Ysabeaus letzter Satz war eine Feststellung. Die Frauen in ihrer Familie – meiner Familie – beschützten grundsätzlich jene, die sie liebten.

»Immer.« Ich sah meinen Vampir an, dessen weiße Haut aus der Dunkelheit zu leuchten schien, und drückte auf den roten Knopf, um die Verbindung zu trennen. Die Felder beiderseits der Zufahrt waren mit Frost überzogen, und die Eiskristalle fingen die schwachen Mondstrahlen auf, die durch die Wolken drangen.

»Hast du das auch vermutet? Wolltest du deshalb nicht mit mir schlafen?«, fragte ich Matthew.

»Ich habe dir meine Gründe genannt. Beim Liebesakt sollte es um Vertrautheit gehen, nicht nur um körperliche Bedürfnisse.« Er klang, als wäre er es leid, sich ständig wiederholen zu müssen.

»Wenn du keine Kinder mit mir bekommen möchtest, *werde* ich das verstehen«, sagte ich fest, obwohl etwas in mir sofort protestierte.

Seine Hände fühlten sich rau auf meinen Armen an. »Jesus, Diana, wie kannst du glauben, ich würde keine Kinder mit dir haben wollen? Aber es könnte gefährlich werden – für sie und für dich.«

»Eine Schwangerschaft ist immer riskant. Nicht einmal du kannst die Natur kontrollieren.«

»Wir haben keine Ahnung, was das für Kinder werden würden. Und wenn sie genau wie ich Blut zum Überleben bräuchten?«

»Alle Babys sind Vampire, Matthew. Alle ernähren sich anfangs vom Blut ihrer Mutter.«

»Das ist etwas anderes, das weißt du genau. Ich habe die Hoffnung auf eigene Kinder vor langer Zeit aufgegeben.« Unsere Blicke verbanden sich, als wollten wir uns gegenseitig vergewissern, dass sich zwischen uns nichts geändert hatte. »Aber es ist noch zu früh, als dass ich mir vorstellen könnte, dich zu verlieren.«

Und ich würde es nicht ertragen, unsere Kinder zu verlieren.

Ich hörte Matthews unausgesprochene Ergänzung so deutlich wie den Ruf der Eule über mir. Der Schmerz über Lucas Verlust war immer noch nicht verwunden. Sein Tod hatte ihn tiefer verletzt als der von Bianca oder Eleanor. Als er Lucas verloren hatte, hatte er damit einen Teil seiner selbst verloren, den er nie würde ersetzen können.

»Du hast dich also entschieden. Keine Kinder. Und dessen bist du dir sicher.« Ich legte meine Hand auf seine Brust und wartete auf den nächsten Herzschlag.

»Ich bin mir in gar nichts sicher«, sagte Matthew.

»Dann werde ich weiter Marthes Tee trinken.«

»Du wirst verdammt noch mal mehr tun«, meinte er grimmig. »Das Zeug mag besser als nichts sein, aber es ist längst nicht so effektiv wie die moderne Medizin. Andererseits könnte es sein, dass jede menschliche Form von Verhütung versagt, wenn es um Hexen oder Vampire geht.«

»Ich werde trotzdem die Pille nehmen«, versicherte ich ihm.

»Und was ist mit dir?«, fragte er und legte einen Finger unter mein Kinn, sodass ich ihm in die Augen sehen musste. »Willst du Kinder von mir?«

»Ich habe mich noch nie als Mutter gesehen.« Ein Schatten huschte über sein Gesicht. »Aber wenn ich mir vorstelle, wir hätten Kinder, kommt es mir vor, als sei es das Natürlichste der Welt.«

Er ließ mein Kinn los. Schweigend standen wir in der Dunkelheit, er hatte seine Arme um meine Taille gelegt und ich meinen Kopf auf seine Brust gebettet. Die Luft schien schwer auf uns zu liegen, und ich begriff, dass ich mit einem Mal die Last seiner Verantwortung spürte. Matthew war verantwortlich für seine Familie, seine Vergangenheit, die Lazarusritter – und jetzt für mich.

»Du machst dir Sorgen, dass du sie vielleicht nicht beschützen könntest«, begriff ich plötzlich.

»Ich kann nicht einmal dich beschützen«, bestätigte er barsch und breitete dabei die Finger über den Sichelmond, der in meinen Rücken eingebrannt war.

»Wir brauchen das noch nicht zu entscheiden. Auch ohne eigene Kinder haben wir eine Familie, die wir zusammenhalten müssen.« Das Gewicht in der Luft verlagerte sich und lastete jetzt auch auf meinen Schultern. Mein ganzes Leben hatte ich nur für mich gelebt und mich vor allen Verpflichtungen gedrückt, die Familie und Tradition mit sich brachten. Und selbst jetzt wollte etwas in mir zurück in die sichere Unabhängigkeit fliehen.

Sein Blick wanderte zum Haus zurück. »Was ist passiert, nachdem ich aus dem Haus bin?«

»Ach, nichts, was nicht zu erwarten gewesen wäre. Miriam hat uns von Bertrand und Jerusalem erzählt und dabei auch das mit Gillian erwähnt. Marcus hat uns erzählt, wer in mein Apartment eingebrochen ist. Und dann wäre da noch das Problem, dass wir einen Krieg vom Zaun gebrochen haben könnten.«

»*Dieu,* warum können sie nicht den Mund halten?« Er fuhr sich mit den Fingern durchs Haar, und ich sah in seinen Augen, wie sehr er bedauerte, all das vor mit geheim gehalten zu haben. »Anfangs war ich sicher, dass es bei all dem nur um das Manuskript geht. Dann nahm ich an, dass es sich bei dieser Geschichte vor allem um dich dreht. Inzwischen weiß ich beim besten Willen nicht mehr, *was* das alles soll. Wir erleben am eigenen Leib, wie irgendein uraltes, machtvolles Geheimnis gelüftet wird.«

»Fragt sich Miriam zu Recht, wie viele andere Geschöpfe außer uns von diesem Verbot betroffen sind?« Ich starrte den Mond an, als könnte er meine Frage beantworten. Matthew übernahm das für ihn. »Ich bezweifle, dass wir die ersten Wesen sind, die jemanden lieben, den sie nicht lieben sollten, und wir werden sicherlich nicht die letzten sein.« Er nahm meinen Arm. »Lass uns ins Haus gehen. Wir haben einiges zu erklären.«

Auf dem Weg über die Zufahrt sagte Matthew, dass Erklärungen genau wie Medizin leichter zu schlucken sind, wenn man etwas zum Nachspülen bekommt. Wir betraten das Haus durch die Hintertür, um die nötigen Utensilien zu holen. Während ich ein Tablett zusammenstellte, lag Matthews Blick fest auf mir.

»Was ist?« Ich sah auf. »Habe ich etwas vergessen?«

Ein Lächeln spielte um seine Mundwinkel. »Nein, *ma lionne.* Ich überlege nur, womit ich eine so leidenschaftliche Frau verdient habe. Selbst wenn du ein Tablett zusammenstellst, siehst du respekteinflößend aus.«

»Ich bin bestimmt nicht respekteinflößend«, sagte ich und zog verlegen meinen Pferdeschwanz straff.

»O doch.« Matthew lächelte. »Sonst wäre Miriam nicht so außer sich.«

Als wir an die Tür zwischen Esszimmer und Familienzimmer traten, lauschten wir kurz, ob von drinnen Schlachtenlärm herausdrang, aber wir hörten nichts als leises Gemurmel und gedämpfte Unterhaltungen. Das Haus entriegelte die Tür für uns und öffnete sie.

»Wir dachten, dass ihr vielleicht durstig seid«, sagte ich und stellte das Tablett auf dem Tisch ab.

Zahllose Augen sahen uns an –Vampire, Hexen und Geister. Meine Großmutter hatte eine ganze Schar von Bishops im Rücken, die sich alle raschelnd zusammendrängten, um möglichst großen Abstand zu den Vampiren im Esszimmer zu halten.

»Whisky, Sarah?«, fragte Matthew und nahm ein Glas vom Tablett.

Sie sah ihn kritisch an. »Miriam sagt, wir würden einen Krieg riskieren, wenn wir eure Beziehung billigen. Mein Vater hat im Zweiten Weltkrieg gekämpft.«

»Genau wie meiner«, Matthew schenkte ihr den Whisky ein. Er selbst mit Sicherheit auch, aber darüber ließ er sich nicht aus.

»Er sagte immer, nur dank des Whiskys hätte er nachts die Augen schließen können, ohne sich für alles zu hassen, was er an diesem Tag hatte tun müssen.«

Matthew streckte ihr das Glas hin.

Sarah nahm es ihm ab. »Würdest du deinen eigenen Sohn töten, wenn du glauben würdest, er könnte Diana gefährlich werden?«

Er nickte. »Ohne zu zögern.«

»Das hat er auch behauptet.« Sarah nickte zu Marcus hin. »Gib ihm auch was zu trinken. Es ist bestimmt nicht angenehm zu wissen, dass einen der eigene Vater töten könnte.«

Matthew reichte Marcus ebenfalls einen Whisky und schenkte dann Miriam ein Glas Wein ein. Ich hatte für Em einen Becher Milchkaffee gemacht. Sie hatte geweint und sah noch zerbrechlicher aus als sonst.

»Ich weiß einfach nicht, ob ich das alles aushalte, Diana«, flüsterte sie, als sie den Becher aus meiner Hand nahm. »Marcus hat uns erklärt, was Gillian und Peter Knox geplant hatten. Aber wenn ich an Barbara Chamberlain denke und mir vorstelle, wie sie sich fühlen muss, nachdem ihre Tochter ermordet wurde…« Em verstummte schaudernd.

»Gillian Chamberlain war eine sehr ehrgeizige Frau, Emily«, erklärte ihr Matthew. »Sie wollte immer nur einen Platz am Tisch der Kongregation.«

»Aber deshalb hättest du sie doch nicht umbringen müssen«, beharrte Em.

»In der Kongregation hatte man das Gefühl, Stephen Proctors Kräfte nie wirklich verstanden zu haben, darum wurde Gillian beauftragt, Diana zu beobachten. Sie hätte nicht von ihr abgelassen, bis *Ashmole 782* und Diana in der Gewalt der Kongregation gelandet wären.«

»Aber es war doch nur ein Foto.« Em wischte sich die Augen.

»Es war eine Drohung. Die Kongregation musste begreifen, dass ich nicht tatenlos zusehen würde, wie sie Diana entführen.«

»Satu hat sie trotzdem entführt«, merkte Em ungewöhnlich scharf an.

»Es reicht, Em.« Ich streckte die Hand über den Tisch und legte sie auf ihre.

»Was ist mit dem Thema Kinder?«, fragte Sarah und schwenkte dabei ihr Glas. »Ihr beide werdet doch kein solches Risiko eingehen wollen?«

»Es reicht«, wiederholte ich, stand auf und knallte die Hand auf den Tisch. Alle außer Matthew und meiner Großmutter zuckten erschrocken zusammen. »Falls wir uns wirklich im Krieg befinden, dann geht es nicht um ein verhextes alchemistisches Manuskript oder um meine Sicherheit und auch nicht um Matthews und mein Recht zu heiraten und Kinder zu bekommen. Es geht um unsere gemeinsame Zukunft.« In diesem Moment sah ich diese Zukunft kurz aufleuchten und einen Strahlenkranz in tausend Richtungen verströmen. »Wenn unsere Kinder nicht den nächsten evolutionären Schritt machen, dann werden es die Kinder von jemand anderem tun. Und so viel Whisky kann ich gar nicht trinken, dass ich einfach die Augen schließen und alles vergessen könnte. Niemand sonst soll durch die Hölle gehen, nur weil er oder sie jemanden liebt, den er nicht lieben darf. Dafür werde ich sorgen.«

Meine Großmutter bedachte mich mit einem nachdenklichen, liebevollen Lächeln. *Das ist mein Mädchen. Gesprochen wie eine Bishop.*

»Wir erwarten von keinem von euch, an unserer Seite zu kämpfen. Aber eines steht fest: Unsere Armee folgt nur einem General. Matthew. Wenn euch das nicht gefällt, dann schreibt euch nicht ein.«

Im Flur begann die alte Standuhr Mitternacht zu schlagen.

Die Hexenstunde. Meine Großmutter nickte.

Sarah sah Em an. »Und, mein Schatz? Sollen wir weiter zu Diana stehen und in Matthews Armee eintreten, oder sollen wir abwarten, bis uns der Teufel in den Allerwertesten beißt?«

»Ich verstehe nicht, was dieses Gerede von einem Krieg soll. Wird es Schlachten geben? Werden Vampire und Hexen anrücken?«, fragte Em Matthew zittrig.

»Die Kongregation glaubt, dass Diana die Antwort auf einige ihrer Fragen kennt. Sie werden nach ihr suchen.«

»Aber Matthew und ich müssen nicht hierbleiben«, sagte ich. »Wir könnten noch vor dem Morgengrauen verschwunden sein.«

»Meine Mutter hat mich immer gewarnt, dass mein Leben keinen roten Heller mehr wert wäre, wenn ich mich mit den Bishops einlasse«, erklärte Em mit leerem Lächeln.

»Danke, Em«, sagte Sarah nur, doch ihr Gesicht sprach Bände.

Die Uhr schlug zum letzten Mal. Dann surrte das Räderwerk in Position, um die nächste Stunde schlagen zu können, wenn die Zeit gekommen war.

»Miriam?«, fragte Matthew. »Bleibst du hier, oder kehrst du nach Oxford zurück?«

»Mein Platz ist bei den de Clermonts.«

»Diana ist jetzt ebenfalls eine de Clermont.« Sein Tonfall war eisig.

»Ich habe verstanden, Matthew.« Miriam fixierte mich kühl. »Es wird nicht wieder vorkommen.«

»Wie eigenartig«, murmelte Marcus und ließ den Blick durch den Raum wandern. »Drei Hexen und drei Vampire haben sich Loyalität geschworen. Wenn jetzt noch ein Dämonentrio dazustoßen würde, könnten wir eine Schatten-Kongregation bilden.«

»Ich halte es für wenig wahrscheinlich, dass uns im Zentrum von Madison drei Dämonen über den Weg laufen«, kommentierte Matthew ironisch. »Und was auch passiert, was wir heute Abend besprochen haben, bleibt unter uns – verstanden? Dianas dna geht niemanden etwas an.«

Rund um den Tisch nickten Köpfe. Matthews kunterbunte Armee hatte sich hinter ihm formiert und war bereit, sich einem Feind zu stellen, den wir nicht kannten und nicht einmal benennen konnten.

Wir wünschten uns gegenseitig gute Nacht und gingen nach oben. Als ich mich außerstande sah, unser Zimmer zu betreten, legte Matthew den Arm um mich und schob mich durch die Tür zu unserem Bett. Mit klappernden Zähnen kroch ich unter die eisige Bettdecke. Doch sobald sich sein kühler Körper an meinen presste, ließ das Zähneklappern nach.

Ich schlief tief und wachte nur einmal auf. Matthews Augen glitzerten mich in der Dunkelheit an, dann zog er mich zurück in die Löffelchenstellung.

»Schlaf«, sagte er und küsste mich hinters Ohr. »Ich bin hier.« Seine kalte Hand schmiegte sich über meinen Bauch, als wollte sie unsere zukünftigen Kinder beschützen.

Kapitel 37

Während der nächsten Tage übte sich Matthews winzige Armee in der wichtigsten Disziplin für einen erfolgreichen Waffengang: sich nicht gegenseitig an die Kehle zu gehen.

Zwar war es für meine Tanten nicht einfach, Vampire in ihrem Haus zu beherbergen, doch die Vampire hatten noch größere Anpassungsschwierigkeiten. Nicht nur wegen der Geister und der Katze. Falls Vampire und Warmblüter auf so engem Raum zusammenwohnen sollten, reichte es nicht, nur ein paar Nüsse im Haus zu haben. Gleich am nächsten Tag gab es in der Einfahrt ein konspiratives Gespräch zwischen Marcus, Miriam und Matthew, woraufhin sie mit dem Range Rover verschwanden. Stunden später kehrten sie mit einem kleinen Kühlschrank zurück, der mit einem roten Kreuz gekennzeichnet und mit genug Blut und medizinischen Vorräten gefüllt war, um ein ganzes Lazarett zu versorgen. Auf Matthews Bitte hin überließ ihm Sarah eine Ecke der Rezeptur, die als Blutbank dienen sollte.

»Es ist eine reine Vorsichtsmaßnahme«, versicherte ihr Matthew.

»Falls Miriam einen Naschanfall bekommt?« Sarah wog einen Beutel der Blutgruppe 0-negativ in der Hand.

»Ich habe meinen Durst gestillt, bevor ich aus England abgeflogen bin«, verkündete Miriam spitz und huschte mit winzigen nackten Füßchen über den Steinboden, um weitere Mitbringsel einzusortieren.

Unter anderem hatten sie auch eine Packung Antibabypillen in einem sagenhaft hässlichen gelben Plastikschächtelchen besorgt, auf dessen Deckel eine Blume geprägt war. Matthew präsentierte ihn mir, als wir zu Bett gingen.

»Du kannst jetzt damit anfangen oder in ein paar Tagen, wenn deine Periode einsetzt.«

»Woher weißt du, wann meine Periode einsetzt?« Ich hatte den letzten Zyklus am Tag vor Mabon beendet – am Tag bevor ich Matthew begegnet war.

»Ich weiß es, wenn du dir überlegst, ob du mit deinem Pferd über einen Koppelzaun springen sollst. Du kannst dir vorstellen, wie genau ich mitbekomme, wann du zu bluten beginnst.«

»Hältst du es in meiner Nähe aus, wenn ich menstruiere?« Ich hielt den Behälter so zögerlich in der Hand, als könnte er jeden Augenblick explodieren.

Matthew sah mich überrascht an und lachte dann leise auf. »*Dieu*, Diana. Wenn ich das nicht könnte, gäbe es bald keine Frauen mehr.« Er schüttelte den Kopf. »Das ist etwas anderes.«

Am selben Abend nahm ich die erste Pille.

Während wir uns auf begrenztem Raum einrichteten, entwickelten sich im Haus ganz neue Aktivitätsmuster – und bei vielen davon stand ich im Zentrum. Ich war nie allein, und der nächste Vampir war nie mehr als vier Schritte von mir entfernt. Sie verhielten sich wie ein Rudel. Die Vampire hatten die Reihen um mich geschlossen.

Mein Tag war in unterschiedliche Perioden unterteilt, die immer wieder von Mahlzeiten unterbrochen wurden, denn Matthew bestand darauf, dass ich regelmäßig essen müsse, um mich von dem Erlebnis in La Pierre zu erholen. Zwischen dem Frühstück und Mittagessen machte er mit mir zusammen Yoga, und nach dem Mittagessen versuchten Sarah und Em mir beizubringen, wie ich meine Magie einsetzen konnte und welche Zaubersprüche wie funktionierten. Wenn ich mir spätnachmittags frustriert die Haare raufte, erlöste Matthew mich und unternahm mit mir einen langen Spaziergang. Nachdem die Warmblüter zu Abend gegessen hatten, blieben wir zusammen am Tisch im Familienzimmer sitzen und unterhielten uns über die Ereignisse des Tages oder über alte Filme. Marcus stöberte ein Schachbrett auf, an dem er und sein Vater oft spielten, während Em und ich aufräumten.

Sarah, Marcus und Miriam teilten ein Faible für den Film Noir, der inzwischen das häusliche Fernsehprogramm dominierte. Sarah hatte diese gemeinsame Vorliebe entdeckt, als sie einmal wie so oft nicht schlafen konnte und mitten in der Nacht nach unten gegangen war, wo Miriam und Marcus gerade *Schatten der Vergangenheit* schauten. Außerdem liebten alle drei Scrabble und Popcorn. Bis das übrige Haus erwachte, hatten sie das Familienzimmer in ein Heimkino verwandelt, und auf dem Couchtisch lagen ein Spielbrett, eine gesprungene Schüssel mit Buchstabenplättchen und zwei abgegriffene Wörterbücher.

Miriam kannte, wie sich herausstellte, die archaischsten Wörter mit sieben Buchstaben.

»*Maehrte!*«, rief Sarah eines Morgens aus, als ich gerade nach unten kam. »Was zum Teufel soll *Mährte* für ein Wort sein? Wenn du meinst, dass das französisch für Mist ist, liegst du falsch, das kannst du mir glauben.«

»Es ist ein altes Wort für eine Brotsuppe, die früher weit verbreitet war, wenn die Menschen nur Brot und Bier oder Wein hatten. Du kannst es im alten Wörterbuch nachschlagen, wenn du mir nicht glaubst.«

Grummelnd verschwand Sarah in die Küche und holte neuen Kaffee.

»Wer gewinnt?«, wollte ich wissen.

»Musst du da noch fragen?« Die Vampirin feixte zufrieden.

Wenn einmal nicht Scrabble gespielt oder ein alter Film geschaut wurde, hielt Miriam Vorträge zum Thema *Vampire für Anfänger*. Im Verlauf weniger Nachmittage hatte sie Em beibringen können, wie wichtig ihre Namen, das Rudelverhalten, besitzergreifende Rituale und Essgewohnheiten für einen Vampir waren. In letzter Zeit drehten sich die Gespräche um kompliziertere Themen, etwa darum, wie man einen Vampir tötet.

»Nein, nicht einmal eine durchgeschnittene Kehle führt garantiert zum Tod, Em«, erläuterte Miriam geduldig. Die beiden saßen im Familienzimmer, während ich in der Küche Tee machte. »Du musst dafür sorgen, dass sie möglichst viel Blut verlieren. Also solltest du gleichzeitig auf den Unterleib zielen.«

Matthew schüttelte den Kopf über diese Unterhaltung und nutzte die Gelegenheit (alle anderen waren beschäftigt), um mich hinter der Kühlschranktür an die Wand zu pressen. Als unser Sohn mit dem Arm voller Feuerholz in die Küche kam, war mein Rock verrutscht, und die Haare standen mir zerzaust vom Kopf ab.

»Hast du etwas hinter dem Kühlschrank verloren, Matthew?« Marcus' Gesicht strahlte die reinste Unschuld aus.

»Nein«, schnurrte Matthew. Er vergrub sein Gesicht in meinem Haar, um das Aroma meiner Erregung zu trinken. Ich schlug hilflos auf seine Schultern ein, aber er hielt mich nur noch fester.

»Danke, dass du Feuerholz geholt hast, Marcus«, sagte ich außer Atem.

»Soll ich noch mehr holen gehen?« Eine blonde Braue hob sich.

»Gute Idee. Heute Abend wird es bestimmt kalt.« Ich drehte den Kopf zur Seite, um Matthew zu bremsen, doch er interpretierte das als Einladung, mich gleich wieder zu küssen. Augenblicklich waren Marcus und die Feuerholzvorräte vergessen.

Wenn Matthew mir nicht gerade in dunklen Ecken auflauerte, bildete er mit Sarah und Marcus zusammen das ketzerischste Trio von Zaubertrank-Mischern, seit Shakespeare seine drei Hexen um den Kessel tanzen ließ. Der Dampf, den Sarah und Matthew unter dem Bild der chemischen Vermählung hatten aufsteigen lassen, hatte keine weiteren Texte enthüllt, aber davon ließen sie sich nicht beirren. Rund um die Uhr hielten sie die Rezeptur besetzt, wo sie das Zauberbuch der Bishops konsultierten und ständig neue Mischungen brauten, die entweder stanken oder explodierten oder beides. Obwohl wir vollstes Vertrauen hatten, wollten Em und ich einem lauten Knall, dem ein langes Donnergrollen gefolgt war, dann doch auf den Grund gehen.

»Was treibt ihr drei da eigentlich?«, fragte Em, die Hände in die Hüften gestemmt. Sarahs Gesicht war mit grauem Ruß überzogen, und aus dem Schornstein kamen Brocken vom Verputz gepurzelt.

»Nichts weiter«, murmelte Sarah. »Ich wollte die Luft spalten, und der Spruch ist ein wenig aus der Form geraten, sonst nichts.«

»Spalten?« Fassungslos nahm ich das Chaos in Augenschein.

Matthew und Marcus nickten bedächtig.

»Du wirst diesen Raum noch vor dem Abendessen aufräumen, Sarah Bishop, sonst zeige ich dir, was Spalten ist!«, brach es aus Em heraus.

Natürlich verliefen nicht alle Begegnungen zwischen den Hausbewohnern so harmonisch. Marcus und Matthew gingen oft bei Sonnenaufgang aus dem Haus und überließen mich der liebevollen Obhut von Miriam, Sarah und dem Teekessel. Weit gingen die beiden nie. Wir konnten vom Küchenfenster aus beobachten, wie sie die Köpfe zusammensteckten. Eines Morgens kehrte Marcus auf dem Absatz um und kam ins Haus zurück gestürmt, sodass sein Vater allein unter den Apfelbäumen zurückblieb.

»Diana«, knurrte er zur Begrüßung, dann stampfte er durch das Familienzimmer und geradewegs zur Haustür wieder hinaus. »Ich bin verflucht noch mal zu jung für so was!«, rief er noch, bevor er die Tür hinter sich zuwarf.

Gleich darauf heulte ein Motor auf – Marcus fuhr lieber Sportwagen als Geländewagen –, und die Reifen wirbelten den Schotter in die Luft, während er zurücksetzte und dann über die Zufahrt raste.

»Wieso ist Marcus so wütend?«, fragte ich Matthew, als er zurückkam. Ich gab ihm einen Kuss auf die kalte Wange, während er nach der Zeitung griff.

»Geschäfte«, sagte er kurz und erwiderte meinen Kuss.

»Du hast ihn doch nicht etwa zum Seneschall ernannt?«, fragte Miriam ungläubig.

Matthew blätterte die Zeitung auf. »Du musst eine sehr hohe Meinung von mir haben, Miriam, wenn du annimmst, dass die Bruderschaft all die Jahre ohne einen Seneschall ausgekommen wäre. Dieses Amt ist bereits vergeben.«

»Was ist ein Seneschall?« Ich steckte zwei Brotscheiben in den klapprigen Toaster. Er hatte sechs Schlitze, aber nur zwei davon arbeiteten halbwegs zuverlässig.

»Mein Stellvertreter«, antwortete Matthew knapp.

»Warum ist Marcus dann so abgerauscht, wenn er nicht Seneschall wurde?«, bohrte Miriam nach.

»Ich habe ihn zum Marschall ernannt«, antwortete Matthew und überflog dabei die Schlagzeilen.

»Ich kann mir kaum jemanden vorstellen, der sich weniger zum Marschall eignet«, urteilte sie streng. »Du liebe Güte, er ist Arzt. Warum nicht Baldwin?«

Matthew sah von seiner Zeitung auf und zog eine Braue hoch. »Baldwin?«

»Okay, nicht Baldwin«, verbesserte sich Miriam hastig. »Aber es muss doch noch jemanden geben.«

»Könnte ich so wie früher unter zweitausend Rittern auswählen, dann gäbe es möglicherweise jemand anderen. Aber zurzeit stehen nur acht Ritter unter meinem Kommando – von denen einer als neunter Ritter zählt, der nicht zu kämpfen braucht –, dazu eine Handvoll Sergeanten und ein paar Knappen. Jemand muss Marschall sein. Ich habe Philippe als Marschall gedient. Jetzt ist Marcus an der Reihe.« Die Worte waren so altertümlich, dass ich beinahe losprusten wollte, aber Miriams ernste Miene hielt mich davon ab.

»Hast du ihm befohlen, die Banner zu hissen?« Miriam und Matthew unterhielten sich weiter in einem Kriegsvokabular, das mir kaum verständlich war.

»Was ist ein Marschall?« Mein Magen begann zu knurren, und prompt sprang der Toast aus dem Schlitz und segelte zur Kochinsel hinüber.

»Matthews oberster Kriegsoffizier.« Miriam verfolgte, wie sich die Kühlschranktür von selbst öffnete.

»Hier.« Matthew fing die Butter ab, als sie über seine Schulter schwebte, und reichte sie mir lächelnd und mit heiterer Miene, so als hätte er seine Kollegin gar nicht gehört. Matthew war, wiewohl ein Vampir, eindeutig ein Morgenmensch.

»Die Banner, Matthew. Rufst du jetzt eine Armee zusammen?«

»Natürlich tue ich das, Miriam. Schließlich redest vor allem du ständig vom Krieg. Du glaubst doch nicht, dass Marcus, Baldwin und ich der Kongregation allein gegenübertreten werden, wenn er tatsächlich ausbricht?«

»Was ist mit Fernando? Er ist bestimmt noch am Leben und wohlauf.«

Matthew legte die Zeitung nieder und sah sie finster an. »Ich werde meine Strategie nicht mit dir besprechen. Hör auf, dich einzumischen, und überlass Marcus mir.«

Jetzt war Miriam an der Reihe, aus dem Haus zu stürmen. Die Lippen wütend zusammengepresst, stakste sie zur Hintertür hinaus und in Richtung Wald.

Ich aß schweigend meinen Toast, und Matthew beschäftigte sich wieder mit der Zeitung. Nach ein paar Minuten legte er sie beiseite und schnaufte ärgerlich. »Heraus damit, Diana. Ich kann riechen, dass dich etwas beschäftigt, und so kann ich mich nicht konzentrieren.«

»Ach, es ist nichts weiter«, sagte ich, den Mund voller Toast. »Nur dass eine riesige Militärmaschinerie in Gang gesetzt wird, von der ich im Grunde nichts verstehe. Und in die du mich auch kaum einweihen wirst, da es sich um eine Art Bruderschaftsgeheimnis handelt.«

»*Dieu.*« Matthew raufte sich die Haare, bis sie ihm vom Kopf abstanden. »Miriam handelt mir mehr Ärger ein als jede Kreatur, die mir bisher begegnet ist, Domenico Michele und meine Schwester Louisa mal ausgenommen. Wenn du mehr über die Ritter erfahren willst, erzähle ich es dir.«

Zwei Stunden später schwirrte mir der Kopf, so viel Neues hatte ich über die Bruderschaft erfahren. Matthew hatte auf der Rückseite meiner dna-Analyse die Organisation aufgezeichnet. Die Darstellung war unglaublich komplex – und dabei war der militärische Arm noch gar nicht enthalten. Der militärische Teil wurde auf einem uralten, von meinen Eltern hinterlassenen Brief der Harvard University skizziert, den wir aus dem Küchenschrank gezogen hatten. Mein Blick wanderte über Marcus' viele neue Aufgaben.

»Kein Wunder, dass er Schiss hat«, murmelte ich, während ich die Linien nachfuhr, die Marcus mit Matthew an der Spitze und den sieben Rittern unter ihm verbanden und von dort aus weiter zu den Vampirtruppen führten, die jeder von ihnen zusammenstellen sollte.

»Er wird sich damit abfinden.« Matthews kalte Hände kneteten die angespannten Muskeln in meinen Rücken, dann kamen seine Finger auf dem Stern zwischen meinen Schulterblättern zu ruhen. »Marcus kann sich auf Baldwin und die übrigen Ritter verlassen. Und er ist dieser Verantwortung gewachsen, sonst hätte ich ihn nicht gefragt.«

Vielleicht, trotzdem wäre er nicht mehr derselbe, nachdem er dieses Amt für Matthew übernommen hatte. Jede neue Herausforderung würde ihm etwas von seinem leichtfüßigen Charme rauben. Mich schmerzte die Vorstellung, was für ein Vampir Marcus dabei werden würde.

»Was ist mit diesem Fernando? Wird er Marcus helfen?«

Matthews Miene verschloss sich. »Fernando wollte ich zuerst zum Marschall ernennen, aber er hat mich abgewiesen. Er hat stattdessen Marcus empfohlen.«

»Warum?« So wie Miriam über ihn sprach, war der Vampir ein angesehener Krieger mit jahrhundertealter Erfahrung.

»Fernando findet, dass Marcus ihn an Philippe erinnert. Falls es zum Krieg kommt, werden wir jemanden mit dem Charme meines Vaters brauchen, denn die Vampire auf unserer Seite werden nicht nur gegen Hexen, sondern auch gegen andere Vampire kämpfen müssen.« Matthew nickte nachdenklich und betrachtete die Umrisse seines Imperiums. »Ja, Fernando wird ihm helfen. Und ihn davon abhalten, allzu viele Fehler zu begehen.«

Als wir in die Küche zurückkehrten – Matthew, um die Zeitung fertigzulesen, ich auf der Suche nach einem kleinen Imbiss –, waren Sarah und Em eben aus dem Supermarkt zurückgekommen. Sie packten Kartons voller Mikrowellenpopcorn aus, dazu Dosen mit gemischten Nüssen und alle Beeren, die im Oktober im Norden von New York zu bekommen waren. Ich griff nach einem Beutel Preiselbeeren.

»Da bist du ja.« Sarahs Augen leuchteten. »Zeit für deinen Unterricht.«

»Erst brauche ich noch mehr Tee und etwas zu essen«, protestierte ich und ließ die Beeren in ihrem Plastikbeutel von einer Hand in die andere rollen. »Keine Hexerei auf leeren Magen.«

»Gib mir die«, sagte Em und schnappte mir den Beutel aus der

Hand. »Du zerquetschst sie nur, und das sind Marcus' Lieblingsbeeren.«

»Du kannst später essen.« Sarah schob mich bereits in Richtung Rezeptur. »Hör auf mit diesen Kindereien, und mach schon.«

Wie sich herausstellte, war ich in Sachen Zaubersprüche immer noch ein genauso hoffnungsloser Fall wie als Teenager. Ich konnte mir nie merken, wie sie anfingen, und brachte, weil ich mich nicht konzentrieren konnte, dauernd die Reihenfolge der Wörter durcheinander, was einige kleinere Katastrophen auslöste.

Sarah stellte eine Kerze auf den großen Tisch in der Rezeptur. »Mach sie an«, befahl sie und beugte sich über das unglaublich fleckige Zauberbuch.

Es war ein simpler Trick, den jede halbwüchsige Hexe beherrschte. Doch bei mir begann die Kerze entweder nur zu kokeln, ohne dass der Docht Feuer fing, oder etwas anderes begann zu brennen. Diesmal setzte ich ein Büschel Lavendel in Flammen.

»Du darfst die Worte nicht einfach herunterleiern, Diana«, belehrte mich Sarah, als sie die Zweige gelöscht hatte. »Du musst dich konzentrieren. Noch einmal von vorn.«

Ich versuchte es wieder und wieder. Ein einziges Mal flackerte ein winziges Flämmchen am Dochtende auf.

»Das klappt einfach nicht.« Meine Hände kribbelten, meine Nägel waren blau angelaufen, und ich hätte vor Frust am liebsten laut aufgeschrien.

»Du kannst ein Hexenfeuer entfachen, aber keine Kerze anzünden.«

»Meine Armbewegungen haben dich an jemanden erinnert, der ein Hexenfeuer entfachen *konnte*. Das ist etwas ganz anderes. Außerdem sollte ich mich lieber mit meiner Magie auseinandersetzen, als dieses Zeug zu lernen«, verkündete ich und schwenkte dabei die Hand über das Zauberbuch.

»Magie ist nicht die Antwort auf alles«, erwiderte Sarah eingeschnappt. »Das ist so, als würdest du eine Kettensäge zum Brotschneiden nehmen. Manchmal ist ein Messer praktischer.«

»Ich weiß, dass du nicht besonders viel von Magie hältst, aber ich habe etliches davon in mir, und sie will jetzt heraus. Jemand muss mir beibringen, wie ich sie kontrollieren kann.«

»Ich leider nicht.« In Sarahs Stimme schwang leises Bedauern. »Ich wurde nicht mit der Fähigkeit geboren, ein Hexenfeuer heraufzubeschwören oder eine Hexenflut zu kontrollieren. Aber ich kann verdammt noch mal dafür sorgen, dass du lernst, wie du mit einem der einfachsten Zaubersprüche eine Kerze anzünden kannst.«

Sarah hatte recht. Doch man brauchte so schrecklich lange, um diese Kunst zu erlernen, und kein Zauberspruch würde mir helfen, wenn ich wieder anfing, wie ein Springbrunnen zu sprudeln.

Während ich mich auf die Kerze konzentrierte und meinen Spruch murmelte, suchte Sarah im Zauberbuch nach einer neuen Aufgabe.

»Der hier ist auch gut«, sagte sie und tippte auf eine Seite voller brauner, grüner und roter Flecken. »Es ist ein abgewandelter Erscheinungsspruch, der ein sogenanntes Echo schafft – Worte, die jemand spricht, werden an einem anderen Ort wiedergegeben. Sehr nützlich. Den probieren wir danach.«

»Nein, jetzt machen wir erst einmal Pause.« Ich drehte mich weg und hob den Fuß, um einen Schritt zu machen.

Als ich ihn wieder absetzte, stand ich mitten im Apfelgarten.

Im Haus hörte ich Sarah rufen: »Diana? Wo steckst du?«

Matthew kam aus der Tür geschossen und jagte die Verandastufen herab. Seine scharfen Augen hatten mich sofort erfasst, und nach ein paar schnellen Schritten war er an meiner Seite.

»Was soll das werden?« Seine Hand umfasste meinen Ellbogen, um zu verhindern, dass ich gleich wieder verschwand.

»Ich wollte nur noch von Sarah weg. Und als ich meinen Fuß absetzte, war ich hier. Neulich in der Zufahrt ist mir das schon einmal passiert.«

»Wolltest du einen Apfel? Es hätte dir nicht genügt, einfach in die Küche zu gehen?« Matthews Mundwinkel zuckte verräterisch.

»Nein«, war meine Antwort.

»Ist es dir zu viel auf einmal, *ma lionne*?«

»Ich bin nicht gut in Hexerei. Dafür braucht man zu viel …«

»Präzision?«, schlug er vor.

»Geduld«, gestand ich.

»Hexerei und Zaubersprüche mögen nicht deine bevorzugte Waffe werden«, meinte er nachsichtig und strich dabei mit dem Handrücken über meine Wange. »Aber du *wirst* lernen, sie anzuwenden.« Der Befehl war nur unterschwellig, aber doch herauszuhören. »Komm, wir besorgen dir etwas zu essen. Das macht dich immer umgänglicher.«

»Versuchst du mich etwa zu besänftigen?«, fragte ich düster.

»Fällt dir das erst jetzt auf?« Er lachte. »Seit Wochen bin ich mit nichts anderem beschäftigt.«

Während ich einen Teller Reste vom Vortag vertilgte, unterhielt er mich mit dem *Vermischten* aus der Zeitung – Katzen, die vom Baum gerettet werden mussten, Chili-Kochwettbewerbe, das bevorstehende Halloween, und offenbar zeigte sein Geplauder Wirkung, denn jetzt sah ich mich imstande, Sarah und dem Bishop-Buch erneut gegenüberzutreten. Zurück in der Rezeptur, fielen mir jedes Mal, wenn ich vor Sarahs detaillierten Anweisungen fliehen wollte, Matthews Worte ein, und ich konzentrierte mich verbissen darauf, Feuer, Stimmen oder was weiß ich heraufzubeschwören.

Nachdem ich stundenlang – mehr oder weniger erfolglos – Zaubersprüche trainiert hatte, klopfte er an die Tür und erklärte, dass es Zeit für unseren Spaziergang sei. In der kleinen Diele hinter der Küche schlüpfte ich in einen dicken Pullover und meine Turnschuhe und stürmte aus der Tür. Matthew kam mir nachgeschlendert, schnupperte genussvoll die frische Luft und beobachtete das wechselnde Licht über den Feldern rund ums Haus.

Jetzt, Ende Oktober, wurde es schnell dunkel, und die Abenddämmerung hatte sich zu meiner liebsten Tageszeit entwickelt. Matthew war vielleicht ein Morgenmensch, aber sein natürlicher Selbstschutz war nach Sonnenuntergang weniger ausgeprägt. In den länger werdenden Schatten schien er sich zu entspannen, das weiche Licht ließ auch seine kantige Silhouette weicher wirken, und seine bleiche Haut leuchtete dann nicht ganz so geisterhaft.

Er nahm meine Hand, und in einvernehmlichem Schweigen wanderten wir dahin, zufrieden, einander nahe und weit weg von unseren Familien zu sein. Am Waldrand wurde Matthew schneller, während ich absichtlich zurückblieb, weil ich so lange wie möglich draußen bleiben wollte.

»Komm schon«, beschwerte er sich, frustriert, sich meinem langsamen Tempo anpassen zu müssen.

»Nein!« Ich ging immer langsamer. »Wir sind nur ein ganz normales Paar, das vor dem Abendessen spazieren geht.«

»Wir sind das am wenigsten normale Paar im ganzen Staat New York«, korrigierte Matthew mich sarkastisch. »Und in diesem Tempo wirst du nicht mal leicht in Schweiß geraten.«

»Was schwebt dir denn vor?« Während der vorangegangenen Spaziergänge war klar geworden, dass Matthews mit seinem Wolfsinstinkt es am meisten genoss, wenn er wie ein übergroßer Welpe durch den Wald tollen konnte. Ständig dachte er sich neue Methoden aus, spielerisch meine Kräfte heraufzubeschwören, damit ich es nicht sattbekam, sie einzuüben. Die dumpfe, pflichtbewusste Büffelei überließ er Sarah.

»Du bist dran.« Er warf mir einen frechen Blick zu, dem ich unmöglich widerstehen konnte, und schoss in einer Explosion von Kraft und Geschwindigkeit davon. »Fang mich doch.«

Lachend lief ich ihm hinterher, löste dabei die Füße vom Boden und beschwor vor meinem inneren Auge herauf, wie ich seine breiten Schultern erreichte und umfasste. Je präziser die Vision wurde, desto schneller wurde ich, nur meine Wendigkeit ließ noch zu wünschen übrig. Weil ich so schnell wie möglich zu fliegen und dabei gleichzeitig in die Zukunft zu schauen versuchte, stolperte ich prompt über eine Ranke. Doch bevor ich auf dem Boden aufschlagen konnte, hatte Matthew mich aufgefangen.

»Du riechst nach frischer Luft und Holzrauch«, sagte er und drückte die Nase in meine Haare.

Eine Unregelmäßigkeit zog durch den Wald, die eher zu fühlen als zu sehen war. Eine Beugung des schwächer werdenden Lichtes, der Schatten einer Bewegung, eine Aura intensiver Dunkelheit. Nervös sah ich über meine Schulter.

»Da ist jemand«, flüsterte ich.

Der Wind ging von uns weg. Matthew hob den Kopf und nahm die Witterung auf. Mit einem scharfen Atemzug hatte er sie identifiziert.

»Ein weiblicher Vampir«, sagte er, griff nach meiner Hand und richtete sich auf. Er drückte mich gegen den Stamm einer Weißeiche.

»Freund oder Feind?«, fragte ich zittrig.

»Verschwinde. *Sofort.*« Schon hatte Matthew sein Handy gezückt und jene Kurzwahltaste gedrückt, die ihn mit Marcus verband. Fluchend hörte er die Mailboxansage. »Jemand verfolgt uns, Marcus. Komm her – und zwar schnell.« Er trennte die Verbindung und drückte die nächste Taste, die das SMS-Programm öffnete.

Der Wind drehte, und die Haut um seine Mundwinkel spannte sich an. »Jesus, nein.« Seine Finger flogen über die Tastatur und hatten zwei Worte eingetippt, bevor er das Handy ins nahe Gebüsch schleuderte. »SOS. Juliette.«

Er drehte sich zu mir um und packte mich bei den Schultern. »Mach das, was du in der Rezeptur gemacht hast. Mach einen Riesenschritt, und geh ins Haus zurück. *Sofort,* Diana. Das ist keine Bitte, das ist ein Befehl.«

Meine Füße waren wie angewurzelt und weigerten sich, ihm zu gehorchen. »Ich weiß nicht, wie. Ich kann nicht.«

»Du wirst es tun.« Den Rücken dem Wald zugewandt, stemmte er die Arme links und rechts von mir gegen den Stamm. »Gerbert hat mich dieser Vampirin vor langer Zeit vorgestellt. Man darf ihr nicht trauen und sie nicht unterschätzen. Wir haben im achtzehnten Jahrhundert ein paar Jahre zusammen in Frankreich verbracht und im neunzehnten Jahrhundert einige Zeit in New Orleans. Ich werde dir später alles erklären. Jetzt geh.«

»Ich gehe nicht ohne dich«, widersprach ich eigensinnig. »Wer ist Juliette?«

»Ich bin Juliette Durand.« Die melodische Stimme mit dem französisch angehauchten Akzent kam von oben. Wir sahen beide auf. »Wie viel Ärger ihr uns bereitet habt …«

Eine atemberaubende Vampirin hockte auf dem dicken Ast eines nahen Ahornbaumes. Ihre Haut war hellbraun wie Milchkaffee, und ihr Haar leuchtete in einer Mischung aus Braun und Kupfer. In die Farben des Herbstes gekleidet – Braun, Grün und Gold –, sah sie aus wie ein fester Teil des Baumes. Große haselnussbraune Augen saßen über hohen Wangenknochen, und ihr Körperbau strahlte eine Zierlichkeit aus, unter der sich, wie ich wusste, ungeheure Kräfte verbargen.

»Ich habe euch beobachtet – und belauscht. Eure Düfte haben sich vermischt.« Sie schnalzte tadelnd mit der Zunge.

Ich sah nicht, wie sie vom Ast herunterkam, doch Matthew schon. Er hatte sich so zur Seite gedreht, dass er mich abschirmen würde, wenn sie landete. Die Lippen warnend angespannt, baute er sich vor ihr auf.

Juliette beachtete ihn gar nicht. »Ich muss sie mir ansehen.« Sie legte den Kopf schräg, hob kaum sichtbar das Kinn und starrte mich eindringlich an.

Ich zog die Stirn in Falten.

Sie zog die Stirn in Falten.

Matthew schauderte.

Ich warf ihm einen besorgten Blick zu, und Juliettes Blick folgte meinem.

Sie imitierte jede meiner Bewegungen. Ihr Kinn ragte genauso energisch vor wie meines, ihr Kopf war genau im gleichen Winkel geneigt. Als würde ich in einen Spiegel schauen.

Nackte Angst durchflutete meinen Körper und füllte meinen Mund mit einem bitteren Geschmack. Ich schluckte schwer, und die Vampirin schluckte ebenfalls schwer. Ihre Nasenflügel bebten, dann stieß sie ein Lachen aus, das so scharf und hart war wie ein Diamant.

»Wie hast du ihr nur widerstehen können, Matthew?« Sie holte tief Luft. »Ihr Duft muss dich doch rasend gemacht haben. Erinnerst du dich noch an die verängstigte junge Frau, die wir beide durch Rom gejagt haben? Sie roch fast wie die hier, glaube ich.«

Matthew blieb stumm und sah die Vampirin eisern an.

Juliette ging ein paar Schritte nach rechts, sodass er seine Position anpassen musste. »Du wartest auf Marcus«, stellte sie traurig fest. »Ich fürchte, der wird nicht kommen. So ein hübscher Junge. Ich hätte ihn gern wiedergesehen. Als wir uns das letzte Mal sahen, war er so jung und leicht zu beeindrucken. Wir brauchten Wochen, um das Chaos zu beseitigen, das er in New Orleans angerichtet hatte, weißt du noch?«

Vor mir öffnete sich ein Abgrund. Hatte sie Marcus umgebracht? Sarah und Em?

»Er telefoniert gerade«, fuhr sie fort. »Gerbert wollte nur sichergehen, dass dein Sohn weiß, welches Risiko er eingeht. Vorerst richtet sich der Zorn der Kongregation nur gegen euch beide – vorerst. Aber wenn ihr so weitermacht, werden auch andere dafür büßen müssen.«

Marcus war nicht tot. Ich war zwar erleichtert, doch ihre Miene ließ mir das Blut gefrieren.

Matthew hatte immer noch nicht reagiert.

»Warum so still, mein Geliebter?« Juliettes toter Blick strafte ihre warme Stimme Lügen. »Du solltest dich freuen, mich zu sehen. Ich bin alles, was du willst. Dafür hat Gerbert gesorgt.«

Er antwortete immer noch nicht.

»Ach so. Du bist so still, weil ich dich überrascht habe.« Juliettes bösartige und gleichzeitig melodiöse Stimme klang eigenartig splittrig. »Du hast mich genauso überrascht. Eine Hexe?«

Sie täuschte links an, und Matthew wirbelte herum, um sie abzuwehren. Im nächsten Moment flog sie in einem Salto an meine Seite und hatte die Finger um meine Kehle gekrallt. Ich erstarrte.

»Ich verstehe wirklich nicht, warum er dich so begehrt.« Jetzt klang sie fast beleidigt. »Wie hast du das nur angestellt? Was hat Gerbert mir nicht beigebracht?«

»Lass sie los, Juliette.« Matthew konnte nicht riskieren, mir zu helfen, weil sie mir sonst das Genick gebrochen hätte, aber seine Beine schienen zu zittern, so musste er sich anstrengen, still stehen zu bleiben.

»Geduld, Matthew«, sagte sie und neigte den Kopf.

Ich schloss die Augen und rechnete damit, einen Biss zu spüren.

Stattdessen pressten sich kalte Lippen auf meine. In einem verstörend unpersönlichen Kuss erforschte ihre Zunge meinen Mund und versuchte mir eine Reaktion zu entlocken. Als ich mich nicht rührte, schnaufte sie frustriert.

»Eigentlich sollte ich dich jetzt besser verstehen, aber das tue ich nicht.« Juliette schleuderte mich in Matthews Arme zurück und hielt mich dabei gleichzeitig an einem Handgelenk fest, sodass die rasierklingenscharfen Nägel direkt auf meine Schlagader drückten. »Küss sie. Ich muss wissen, wie sie das geschafft hat.«

»Warum lässt du es nicht gut sein, Juliette?« Matthew fing mich in seinen kühlen Armen auf.

»Ich muss aus meinen Fehlern lernen – das sagt Gerbert schon, seit du mich in New York hast sitzenlassen.« Juliette starrte Matthew mit einer Gier an, die mir das Blut gefrieren ließ.

»Das war vor über hundert Jahren. Falls du bis jetzt nicht aus deinen Fehlern gelernt hast, wirst du es nicht mehr tun.« Matthews Zorn war zwar nicht gegen mich gerichtet, dennoch wich ich unwillkürlich davor zurück. Die Wut kochte in ihm und strahlte in Wellen von ihm aus.

Juliettes Nägel bohrten sich in meine Haut. »Küss sie, Matthew, sonst lasse ich sie bluten.«

Er umfasste mit einer sanften Hand mein Gesicht und mühte sich ab, die Mundwinkel zu einem Lächeln hochzuziehen. »Es wird dir nichts passieren, *mon cœur.*« Matthews Pupillen schwammen als kleine Punkte in einem graugrünen Meer. Ein Daumen strich über mein Kinn, dann beugte er sich über mich, bis seine Lippen meine berührten. Es war ein langsamer, liebevoller Kuss, ein Zeugnis seiner Gefühle. Juliette starrte uns eisig an und studierte jedes Detail. Als Matthew sich wieder von mir löste, trat sie einen Schritt auf uns zu.

»Aha.« Sie klang bitter. »Es gefällt dir, wie sie reagiert, wenn du sie berührst. Aber ich kann nicht mehr *fühlen.*«

Ich hatte Ysabeaus Zorn und Baldwins Skrupellosigkeit erlebt, Domenicos Verzweiflung gespürt und den Pesthauch des Bösen gerochen, der von Gerbert ausstrahlte. Aber bei Juliette war das anders. In ihr war etwas Wesentliches zerbrochen.

Sie ließ meinen Arm los und zog sich mit einem Sprung aus Matthews Reichweite zurück. Seine Hände quetschten meinen Ellbogen zusammen, und seine kalten Finger berührten meine Hüften. Mit einem unendlich kleinen Schubs befahl mir Matthew noch einmal wortlos, von hier zu verschwinden.

Aber ich hatte keinesfalls vor, meinen Mann mit einer psychotischen Vampirin allein zu lassen. Auch wenn Juliette weder durch einen Hexensturm, noch durch eine Hexenflut umzubringen sein würde, konnte ich sie damit vielleicht lang genug ablenken, damit wir beide fliehen konnten, doch meine Kräfte versagten mir den Dienst, und all die Sprüche, die ich in den letzten Tagen notdürftig auswendig gelernt hatte, waren wie weggeblasen.

»Keine Angst«, sagte Juliette leise zu Matthew, und ihre Augen strahlten dabei. »Es geht ganz schnell. Natürlich würde ich lieber länger bleiben und mich mit dir gemeinsam daran erinnern, wie viel wir einander früher bedeutet haben. Aber ich kann dich nicht mehr so berühren, dass ich sie aus deinen Gedanken löschen könnte. Also muss ich dich töten und deine Hexe mitnehmen, damit sie sich Gerbert und der Kongregation stellt.«

»Lass Diana gehen.« Matthew hob beschwichtigend die Hände. »Das geht nur uns beide an, Juliette.«

Sie schüttelte den Kopf und brachte dabei ihr schweres, glänzendes Haar zum Schwingen. »Ich bin Gerberts Instrument, Matthew. Als er mich erschaffen hat, hat er keinen Raum mehr für meine Wünsche gelassen. Ich wollte weder Philosophie noch Mathematik studieren. Gerbert beharrte darauf, damit ich dir gefalle. Und ich habe dir gefallen, nicht wahr?« Juliette konzentrierte sich ganz und gar auf Matthew, und ihre Stimme klang so zerklüftet wie die Verwerfungslinien in ihrem zerbrochenen Geist.

»Ja, du hast mir gefallen.«

»Das dachte ich mir. Trotzdem habe ich schon damals nur Gerbert gehört.« Juliette sah mich an. Ihre Augen glänzten, woraus ich schloss, dass sie vor Kurzem Blut getrunken hatte. »Er wird auch dich besitzen, Diana, und zwar so, wie du es dir nicht vorstellen kannst. So wie nur ich es kenne. Dann wirst du nur noch ihm gehören und für alle anderen verloren sein.«

»Nein!« Matthew stürzte sich auf Juliette, doch sie schoss an ihm vorbei.

»Das ist nicht der Zeitpunkt für Spielchen, Matthew«, sagte Juliette. Sie schlug blitzschnell zu – so schnell, dass ich es nicht sehen konnte –, und zog sich dann mit einem triumphierenden Blick zurück. Ich hörte etwas reißen, dann quoll dunkles Blut aus seiner Kehle.

»Das sollte fürs Erste reichen«, erklärte sie zufrieden.

In meinem Kopf begann es zu tosen. Matthew trat zwischen mich und Juliette. Selbst meine beschränkte Warmblüternase registrierte den metallischen, scharfen Geruch, den sein Blut verströmte. Es durchtränkte seinen Pullover und breitete sich in einem dunklen Fleck auf seiner Brust aus.

»Tu das nicht, Juliette. Falls du mich je geliebt hast, dann lass sie in Frieden. Sie hat es nicht verdient, Gerbert zu gehören.«

Juliette reagierte in einem Wirbel von braunem Leder und Muskeln. Ihr Bein flog hoch, dann traf ihr Fuß mit einem Krachen auf Matthews Bauch. Er drohte vornüber zu kippen wie ein gefällter Baum, hielt sich aber auf den Beinen.

»Ich habe Gerbert genauso wenig *verdient.*« Juliettes Stimme klang hysterisch schrill. »Aber *dich* habe ich sehr wohl verdient. Du gehörst zu mir, Matthew.«

Plötzlich wurden meine Hände schwer, und ich wusste ohne hinzusehen, dass ich Pfeil und Bogen darin hielt. Ich wich wie von selbst ein paar Schritte zurück und hob die Arme.

»Lauf!«, brüllte Matthew.

»Nein«, widersprach ich mit einer mir fremden Stimme, kniff ein Auge zu und sah an meinem linken Arm entlang. Juliette stand dicht vor Matthew, trotzdem würde ich den Pfeil abschießen können, ohne ihn zu treffen. Sobald ich die rechte Hand entspannte, wäre Juliette tot. Dennoch zögerte ich, schließlich hatte ich noch nie jemanden getötet.

Juliette brauchte nicht mehr als diesen Augenblick. Ihre Finger durchstießen Matthews Brustkorb, und ihre Nägel zerfetzten Stoff und Fleisch, als wäre es Papier. Er schnappte vor Schmerzen nach Luft, und Juliette brüllte siegessicher auf.

Schlagartig vergaß ich alle Bedenken, schloss die rechte Hand und öffnete sie wieder. Ein Feuerball schoss aus den ausgestreckten Fingerspitzen meiner linken Hand. Juliette hörte die Flammenexplosion und roch den Schwefel in der Luft. Sie fuhr herum und zog die Nägel aus dem Loch in Matthews Brust. Fassungslos riss sie die Augen auf, und im nächsten Moment hüllte ein Feuerball sie in Schwarz, Gold und Rot ein. Zuerst fingen ihre Haare Feuer, und sie taumelte in panischer Angst zurück. Aber nachdem ich das vorhergesehen hatte, erwartete sie bereits ein weiterer Flammen speiender Ball. Sie stolperte direkt hinein.

Matthew sank auf die Knie und presste den blutdurchtränkten Pullover auf die Stelle über seinem Herzen, an der sie seine Haut durchstoßen hatte. Kreischend streckte Juliette die Hand aus und versuchte ihn in das Flammeninferno zu ziehen.

Eine kurze Bewegung aus dem Handgelenk, ein knapper Befehl an den Wind, und schon wurde sie in die Luft gehoben und ein paar Meter von dem Fleck weggetragen, an dem Matthew zu Boden sackte. Sie kippte nach hinten und schwebte so in der Luft.

Ich wollte zu ihm laufen, doch keinesfalls Juliette aus den Augen lassen, deren Vampirknochen und Vampirfleisch den Flammen trotzten. Ihre Haare waren abgesengt, die Haut war schwarz und ledrig, aber sie war noch nicht tot. Ihre Lippen bewegten sich immer noch und riefen weiter nach Matthew.

Meine Hände blieben erhoben, nur für den Fall, dass sie sich noch einmal wehrte. Einmal kam sie tatsächlich auf die Füße, und ich gab den nächsten Feuerstoß ab. Er traf sie mitten in die Brust, durchschlug ihren Brustkorb und trat an ihrem Rücken wieder aus, wobei er die geschwärzte Haut zerfetzte und ihre Rippen und Lunge zu Kohle verglühen ließ. Ihr Mund verzerrte sich zu einer Maske des Grauens. Inzwischen gab es für sie keine Hoffnung mehr, selbst wenn ihr Vampirblut noch so stark war.

Ich eilte zu Matthew und kniete mich neben ihm auf den Boden. Er konnte sich nicht mehr aufrecht halten und lag mit angezogenen Knien auf dem Rücken. Alles war voller Blut, das in tiefvioletten Wogen aus dem Loch in seiner Brust pulsierte und fast pechschwarz in einem gleichmäßigen Strom aus seinem Hals quoll.

»Was soll ich jetzt tun?« Hektisch presste ich die Finger auf seinen Hals. Seine weißen Hände umkrallten immer noch die Wunde in seiner Brust, aber mit jeder Sekunde wurde sein Griff schwächer.

»Hältst du mich fest?«, flüsterte er.

Den Rücken an den Eichenstamm gelehnt, zog ich ihn zwischen meine Beine.

»Mir ist kalt«, stellte er benommen und verwundert fest. »Merkwürdig.«

»Du darfst mich nicht allein lassen«, beschwor ich ihn. »Das lasse ich nicht zu.«

»Wir können nichts mehr ändern. Der Tod hält mich bereits in seiner Hand.« Matthew sprach in einem Tonfall, den seit tausend Jahren niemand mehr verwendet hatte. Seine Stimme senkte und hob sich in einem uralten Klangmuster.

»Nein.« Ich unterdrückte die Tränen. »Du musst kämpfen, Matthew.«

»Ich *habe* gekämpft, Diana. Und du bist in Sicherheit. Marcus wird dich von hier wegbringen, bevor die Kongregation erfährt, was vorgefallen ist.«

»Ohne dich gehe ich nirgendwohin.«

»Du musst.« Er wand sich in meinen Armen und kämpfte sich hoch, bis er mir ins Gesicht sehen konnte.

»Ich kann dich nicht verlieren, Matthew. Bitte halte durch, bis Marcus kommt.« Die Kette in mir geriet ins Schwingen, ein Glied nach dem anderen drohte sich zu lösen. Ich versuchte zu widerstehen, indem ich ihn fest an mein Herz drückte.

»Psst«, sagte er leise und legte einen blutigen Finger an meine Lippen, die kribbelten und taub wurden, sobald sein eisiges Blut meine Haut berührte. »Marcus und Baldwin wissen, was zu tun ist. Sie werden dich wohlbehalten zu Ysabeau bringen. Wenn ich nicht mehr da bin, wird die Kongregation kaum gegen dich vorgehen können. Es wird den Vampiren und Hexen nicht gefallen, aber du bist jetzt eine de Clermont, und damit stehst du unter dem Schutz meiner Familie und unter dem Schutz der Lazarusritter.«

»Bleib bei mir, Matthew.« Ich senkte den Kopf und drückte meine Lippen auf seine, um ihn zum Atmen zu zwingen. Er tat es kaum merklich, aber seine Lider blieben geschlossen.

»Vom Tag meiner Geburt an habe ich nach dir gesucht«, flüsterte Matthew lächelnd und mit unüberhörbarem französischem Akzent. »Dann habe ich dich gefunden, ich konnte dich in meinen Armen halten, ich konnte dein Herz an meinem schlagen hören. Wie schrecklich wäre es gewesen, wenn ich gestorben wäre, ohne erfahren zu haben, wie es sich anfühlt, wirklich zu lieben.« Winzige Schauder wanderten vom Kopf abwärts bis zu seinen Zehen und lösten sich dort auf.

»Matthew!«, rief ich, aber er reagierte nicht mehr. »Marcus!«, schrie ich in den Wald und schickte gleichzeitig Stoßgebete zur Göttin. Bis Marcus endlich auftauchte, war ich schon mehrmals überzeugt gewesen, dass Matthew gestorben sei.

»Heiliger Gott«, sagte Marcus nach einem kurzen Blick auf Juliettes verkohlten Leichnam und Matthews blutverschmierten Rumpf.

»Es hört einfach nicht auf zu bluten«, sagte ich. »Wo kommt nur das ganze Blut her?«

»Um das herauszufinden, muss ich ihn untersuchen, Diana.« Marcus trat zaghaft einen Schritt auf mich zu.

Ich schloss die Arme fester um meinen Mann und spürte, wie mein Blick kalt wurde. Um mich herum kam Wind auf.

»Ich bitte dich ja gar nicht, ihn loszulassen«, sagte Marcus, der das Problem instinktiv erfasst hatte, »aber ich muss mir seine Brust ansehen.«

Er ging neben uns in die Hocke und zog vorsichtig am schwarzen Pullover seines Vaters. Mit einem grässlichen Reißen gab das Kleidungsstück nach. Darunter zog sich ein blutiger Riss von Matthews Halsschlagader bis zu seinem Herzen. Neben dem Herzen klaffte ein tiefes Loch, wo Juliette die Herzschlagader zu durchschlagen versucht hatte.

»Die Halsschlagader ist beinahe durchtrennt, und die Aorta ist beschädigt. Nicht einmal Matthews Blut kann so schnell wirken, dass es beide Stellen gleichzeitig verschließt.« Marcus sagte das ganz ruhig, dabei hätte er gar nichts sagen müssen. Juliette hatte Matthew den Todesstoß versetzt.

Inzwischen waren auch meine Tanten angekommen. Sarah schnaufte. Hinter ihnen stand mit weißem Gesicht Miriam. Sie warf nur einen kurzen Blick auf Matthew, machte auf dem Absatz kehrt und raste zum Haus zurück.

»Das ist allein meine Schuld«, schluchzte ich und wiegte Matthew dabei wie ein Kind in meinem Schoß. »Ich hätte schießen können, aber ich habe gezögert. Wenn ich sofort gehandelt hätte, wäre sie nicht an sein Herz gekommen.«

»Diana, Baby«, flüsterte Sarah. »Es ist nicht deine Schuld. Du hast getan, was du konntest. Jetzt musst du ihn loslassen.«

Ich stieß ein Heulen aus, und die Haare stellten sich rund um mein Gesicht auf. »Nein!« Angst erblühte in den Augen von Vampir und Hexe, während es im Wald ganz still wurde.

»Weg von ihr, Marcus!«, rief Em. Er sprang gerade noch rechtzeitig zurück.

Ich hatte mich in jemanden – etwas – verwandelt, dem die Wesen ringsherum egal waren und den es nicht interessierte, dass sie nur helfen wollten. Ich hatte schon einmal den Fehler gemacht, zu lange zu zögern. Jetzt war jener Teil in mir, der Juliette getötet hatte, nur auf eines aus: ein Messer. Mein rechter Arm schoss auf meine Tante zu.

Sarah hatte immer zwei Messer bei sich, ein stumpfes mit schwarzem Heft und ein scharfes mit weißem Heft. Auf meinen Ruf hin durchschnitt das weiße Messer ihren Gürtel und flog mit der Spitze auf mich zu. Sarah hob die Hand, um es zurückzurufen, doch ich stellte mir eine Wand aus Schwärze und Feuer zwischen mir und den überraschten Gesichtern meiner Familie vor. Das weiße Messer durchschnitt die schwarze Wand problemlos und schwebte langsam zu meinem angewinkelten rechten Knie herab. Matthews Kopf rollte zur Seite, als ich ihn kurz losließ, um das Messer am Heft zu fassen.

Ich drehte sein Gesicht vorsichtig meinem zu. Dann küsste ich ihn lang und fest auf den Mund. Seine Lider hoben sich flatternd. Er sah so müde aus, und seine Haut so grau.

»Keine Angst, mein Geliebter. Ich werde dir helfen.« Ich hob das Messer.

Zwei Frauen standen plötzlich innerhalb meiner Flammenmauern. Eine war jung und trug eine lockere Tunika, an den Füßen hatte sie Sandalen und über der Schulter einen Köcher voller Pfeile. Der Gurt hatte sich in ihrem dunklen, dichten Haar verheddert. Neben ihr stand die alte Frau aus der Stube, ihr weiter Rock wehte hin und her.

»Helft mir«, bettelte ich sie an.

Das hat seinen Preis, sagte die junge Jägerin.

»Ich werde ihn zahlen.«

Mach der Göttin keine leichtfertigen Versprechen, Tochter, murmelte die alte Frau und schüttelte den Kopf. *Du wirst sie halten müssen.*

»Ihr könnt mir alles nehmen – ihr könnt jeden nehmen. Aber lasst ihn mir.«

Die Jägerin ließ sich mein Angebot durch den Kopf gehen und nickte. *Er soll dir gehören.*

Den Blick fest auf die beiden Frauen gerichtet, hob ich das Messer. Dann drückte ich Matthew an meinen Leib, damit er nicht sehen konnte, was ich tat. Ich streckte die Hand aus, schnitt mit der scharfen Klinge leicht durch Stoff und Haut und schlitzte meine linke Armbeuge auf. Mein Blut begann zu fließen, erst in einem dünnen Rinnsal, dann immer schneller. Ich ließ das Messer fallen und reckte den linken Arm vor, bis er sich vor seinem Mund befand.

»Trink«, sagte ich und hielt seinen Kopf fest. Matthews Lider hoben sich flatternd, und seine Nasenflügel begannen zu beben. Er erkannte den Duft meines Blutes und wollte sich aus meinem Griff winden. Doch meine Arme waren auf magische Weise mit dem Baumstamm in meinem Rücken verbunden und schwer und kräftig wie Eichenäste. Ich drückte meinen offenen, blutenden Arm auf seinen Mund. »Trink.«

Durch meine Adern floss die Kraft von Baum und Erde, ein unerwartetes Geschenk an Lebenskraft für einen Vampir an der Schwelle zum Tod. Ich lächelte die Jägerin und den Geist der alten Frau dankbar an und begann Matthew mit meinem Körper zu nähren. Ich war jetzt die Mutter, die dritte Erscheinungsform der Göttin neben der Jungfrau und dem alten Weib. Mit der Hilfe der Göttin würde ihn mein Blut heilen.

Schließlich gab Matthew seinem Überlebensinstinkt nach. Seine Lippen hefteten sich an die weiche Haut über meiner Ellenbeuge. Seine Zunge ertastete den rissigen Einschnitt und öffnete dann die Wunde. Lang und fest sog er an meiner Ader. Kurz durchzuckte mich scharfe Angst.

Seine Haut verlor etwas von ihrer Blässe, aber mit dem Blut meiner Venen allein würde ich ihn nicht heilen können. Ich hoffte, dass er die Kontrolle verlieren würde, sobald er mich geschmeckt hatte, und dann von sich aus den nächsten Schritt tun würde, aber für alle Fälle tastete ich wieder nach dem weißen Messer.

Nach einem letzten Blick auf die Jägerin und die Hexe konzentrierte ich mich ganz auf meinen Ehemann. Sobald ich mich fester an den Baum lehnte, durchschoss mich neue Energie.

Während er trank, begann ich ihn zu küssen. Mein Haar fiel auf sein Gesicht, sodass sich mein Duft mit dem seines und meines Blutes mischte. Er sah zu mir auf, mit blassgrünen, verschwommenen Augen, als wäre er nicht ganz sicher, wer ich war. Wieder küsste ich ihn und schmeckte mein eigenes Blut auf seiner Zunge.

Mit zwei schnellen, geschmeidigen Bewegungen, die ich nicht hätte verhindern können, selbst wenn ich es versucht hätte, packte Matthew die Haare in meinem Nacken. Er zog meinen Kopf zur Seite und senkte seinen Mund auf meine Kehle. In diesem Moment war jede Angst verflogen; ich hatte mich meinem Schicksal ergeben.

»Diana«, sagte er und klang durch und durch zufrieden dabei.

So läuft das also ab, dachte ich. *Daher kommen die Legenden.*

Mein verbrauchtes, sauerstoffarmes Blut hatte ihm die Kraft gegeben, frischeres, lebendigeres Blut zu begehren. Matthews scharfe Schneidezähne schnitten in seine Unterlippe, auf der sich eine Blutperle bildete. Dann strichen seine Lippen sinnlich und leicht über meinen Hals. Ich bekam eine Gänsehaut, weil die Berührung unerwartet erotisch war. Wo sein Blut mein Fleisch berührte, wurde die Haut taub. Wieder zu Kräften gekommen, hielt er meinen Kopf fest umfasst.

Keine Fehler, betete ich.

Entlang meiner Halsschlagader spürte ich winzige Nadelstiche. Überrascht riss ich die Augen auf, als der erste Sog mir verriet, dass Matthew das Blut gefunden hatte, nach dem er gesucht hatte.

Ich presste Matthews Körper an meinen und ermutigte ihn, noch mehr zu trinken. Ich sah ihm an, wie erlöst er sich fühlte. Wie sehr er nach mir gedürstet hatte und wie viel Kraft es ihn gekostet hatte, mir zu widerstehen.

Matthew begann rhythmisch zu trinken und mein Blut in Wellen aus meinen Adern zu ziehen.

Matthew, hör mir zu. Dank Gerbert wusste ich, dass ich ihm mit meinem Blut Nachrichten übermitteln konnte. Ich hatte nur Angst, dass sie verlorengehen könnten und dass meine Kraft, mich ihm mitzuteilen, aufgezehrt werden könnte.

Er stockte kurz an meinem Hals und trank dann weiter.

Ich liebe dich.

Wieder stockte er überrascht.

Das war mein Geschenk. Jetzt bin ich in dir und schenke dir Leben.

Matthew schüttelte den Kopf, als wollte er ein lästiges Insekt abwehren, und trank weiter.

Ich bin in dir und spende dir neues Leben. Ich konnte kaum noch denken, kaum noch durch das Feuer sehen. Ich konzentrierte mich auf Em und Sarah und versuchte ihnen mit Blicken klarzumachen, dass sie sich keine Sorgen machen sollten. Auch nach Marcus hielt ich Ausschau, aber ich konnte die Augen nicht so weit verdrehen, dass ich ihn entdeckt hätte.

Ich bin in dir und spende dir Leben. Ich wiederholte das Mantra, bis mich die Kräfte verließen.

Ich hörte ein langsames Schlagen, der Klang meines Herzens, das sich zu sterben anschickte.

Sterben war ganz anders, als ich es erwartet hatte.

Einen Augenblick herrschte absolute Stille.

Ein Gefühl von Abschied und Bedauern.

Dann nichts.

Kapitel 38

In meinen Knochen dröhnte es, als würden zwei Welten aufeinanderprallen.

Etwas stach in meinen rechten Arm, ich roch Latex und Plastik, dann hörte ich Matthew mit Marcus streiten. Unter mir spürte ich kalte Erde, und gleich darauf überdeckte die stechende Schärfe des modrigen Laubes alle anderen Gerüche. Ich hatte die Augen geöffnet, aber um mich herum blieb es schwarz. Mit Mühe konnte ich das Gekrakel der halb nackten Äste über mir ausmachen.

»Nimm den linken Arm – der ist schon geöffnet«, befahl Matthew ungeduldig.

»Der Arm ist nicht zu gebrauchen, Matthew. Das Gewebe ist mit deinem Speichel getränkt und wird nichts anderes mehr aufnehmen. Der rechte Arm ist besser. Ich habe Schwierigkeiten, eine Vene zu finden, weil ihr Blutdruck so abgesackt ist, das ist alles.« Marcus sprach mit der professionellen Ruhe eines Notarztes, der regelmäßig mit dem Tod zu tun hat.

Zwei dicke Spaghettifäden ringelten sich auf meinem Gesicht. Kalte Finger berührten meine Nase, doch als ich sie abzuschütteln versuchte, drückten sie mich einfach nieder.

Aus der Dunkelheit rechts von mir hörte ich Miriams Stimme. »Tachykardie. Ich werde sie ruhigstellen.«

»Nein«, widersprach Matthew rau. »Keine Beruhigungsmittel. Sie ist sowieso fast bewusstlos. Dadurch könnte sie ins Koma fallen.«

»Dann sorg dafür, dass sie ruhig bleibt«, sagte Miriam sachlich. Winzige kalte Finger drückten überraschend energisch auf meinen Hals. »Ich kann sie nicht ruhig halten *und* gleichzeitig die Blutungen stillen.«

Ich konnte nur in verstörenden Ausschnitten erkennen, was um mich herum geschah – was sich direkt über mir abspielte, was sich am Rand meines Blickfeldes tat und was ich sehen konnte, wenn ich unter ungeheurer Anstrengung die Augen in ihren Höhlen bewegte.

»Kannst du irgendwas unternehmen, Sarah?«, hörte ich Matthews ängstliche Stimme.

Sarahs Gesicht schwebte in mein Blickfeld. »Gegen Vampirbisse hilft keine Hexerei. Sonst hätten wir euch nie fürchten müssen.«

Ich begann an einen friedlichen Ort abzutreiben, doch dann wurde ich durch Ems Hand aufgehalten, die meine ergriff und mich daran hinderte, meinen Körper zu verlassen.

»Dann haben wir keine Wahl.« Matthew klang untröstlich. »Ich werde es tun.«

»Auf keinen Fall, Matthew«, widersprach Miriam energisch. »Dafür bist du noch zu schwach. Außerdem habe ich das schon hunderte Male gemacht.« Ich hörte etwas reißen. Seit Juliettes Angriff auf Matthew wusste ich, dass es Vampirfleisch war.

»Machen sie mich jetzt zur Vampirin?«, fragte ich Em.

»Nein, *mon cœur.*« Matthew klang genauso energisch wie Miriam eben. »Du hast viel Blut verloren – *geschenkt.* Marcus ersetzt es durch menschliches Blut. Jetzt muss Miriam nach deinem Hals sehen.«

»Ach.« Das war zu kompliziert, als dass ich noch folgen konnte. Mein Hirn fühlte sich irgendwie pelzig an – fast so pelzig wie meine Zunge und mein Hals. »Ich bin durstig.«

»Du bist durstig nach Vampirblut, aber das wirst du nicht bekommen. Bleib ganz still liegen«, erklärte Matthew mir nachdrücklich und hielt dabei meine Schultern so fest, dass es schon wehtat. Marcus' kalte Hände schoben sich an meinen Ohren vorbei auf mein Kinn zu und hielten mir auch den Mund zu. »Und Miriam ...«

»Spar dir die Kommentare, Matthew«, fuhr Miriam dazwischen. »Ich habe das schon mit Warmblütern gemacht, bevor du auch nur wiedergeboren wurdest.«

Etwas Scharfes schnitt mir in den Hals, dann lag der Geruch von Blut in der Luft.

Dem Schnitt folgte ein gleichzeitig eisiger und brennender Schmerz. Hitze und Kälte wurden immer intensiver und drangen unter das Gewebe vor, bis sie die Knochen und das Fleisch darunter versengten.

Ich wollte mich den eisigen Flammen entwinden, wurde aber von zwei Vampiren festgehalten. Der Mund wurde mir ebenfalls fest zugehalten, sodass ich nur ein ersticktes, ängstliches Stöhnen ausstoßen konnte.

»Ich kann die Arterie nicht sehen«, sagte Miriam ruhig. »Wir müssen erst die Wunde reinigen.« Sie lutschte kurz hörbar an der Stelle, um das Blut zu beseitigen. Dadurch wurde die Haut kurzfristig betäubt, doch sobald sie ihre Lippen wieder löste, kehrte der Schmerz intensiver als zuvor zurück und ließ das Adrenalin in meine Adern schießen, gleich darauf setzte die Panik ein. Plötzlich ragten die grauen Mauern von La Pierre um mich herum auf, und weil ich mich nicht bewegen konnte, glaubte ich mich wieder in Satus Gewalt.

Matthews Finger bohrten sich in meine Schultern und holten mich in die Wälder hinter dem Haus der Bishops zurück. »Sag ihr genau, was du da tust, Miriam. Seit dieser finnischen Hexe fürchtet sie sich vor allem, was sie nicht sehen kann.«

»Das sind nur ein paar Blutstropfen, Diana, die von meinem Handgelenk fallen«, erläuterte Miriam beruhigend. »Ich weiß, dass es wehtut, aber etwas Besseres haben wir im Augenblick nicht. Das Vampirblut wird deine Arterie schneller verschließen, als eine chirurgische Naht das könnte. Und du brauchst keine Angst zu haben. Das bisschen Blut kann dich keinesfalls zu einer von uns machen, schon gar nicht, wenn es nur an einer Stelle aufgetragen wird.«

Nach ihrer Erklärung konnte ich spüren, wie ein Tropfen nach dem anderen in meine offene Wunde fiel. Dort vermischte er sich mit meinem Hexenfleisch, das daraufhin sofort Narbengewebe zu produzieren begann. Ein Vampir brauchte eine enorme Selbstbeherrschung, dachte ich, um diese Prozedur durchzuführen, ohne dabei seinem Hunger zu erliegen. Endlich hörten die glühend eisigen Tropfen auf.

»Erledigt«, sagte Miriam hörbar erleichtert. »Jetzt muss ich nur noch den Schnitt vernähen.« Ihre Finger flogen über meinen Hals und zogen und zurrten das Fleisch wieder zusammen. »Ich habe die Wunde möglichst glatt zu halten versucht, aber Matthew hat die Haut mit seinen Zähnen zerfetzt.«

»Wir bringen dich jetzt ins Haus«, ergänzte Matthew.

Er nahm meinen Kopf und meine Schultern, während Marcus meine Beine hochhob. Miriam ging nebenher und trug die Ausrüstung. Jemand hatte den Range Rover über das Feld an den Waldrand gefahren, wo er jetzt mit offener Heckklappe auf uns wartete. Miriam nahm Matthews Platz ein, und er kletterte in den Laderaum, um mich entgegenzunehmen.

»Miriam«, flüsterte ich. Sie beugte sich über mich. »Wenn etwas schiefgeht...« Ich brachte den Satz nicht über die Lippen, aber ich wollte um jeden Preis verstanden werden. Ich war immer noch eine Hexe. Aber ich wäre lieber ein Vampir als tot.

Sie sah mir tief in die Augen, wartete kurz ab und nickte dann. »Aber wage es nicht zu sterben. Er bringt mich um, wenn ich deine Bitte erfülle.«

Während der holprigen Fahrt zum Haus redete Matthew ununterbrochen und gab mir jedes Mal, wenn ich einzuschlafen versuchte, einen Kuss. Er war zwar sanft, aber trotzdem riss es mich jedes Mal brutal aus meinen Träumen.

Im Haus flitzten Sarah und Em durch die Zimmer, um Kissen und Decken einzusammeln. Daraus bereiteten sie ein Bett vor dem Kamin in der Stube. Sarah entzündete mit ein paar Worten und einer knappen Geste die Scheite. Die Flammen loderten auf, doch ich zitterte immer noch unkontrollierbar, denn die Kälte steckte mir tief in den Knochen.

Matthew legte mich auf die Kissen und deckte mich zu, dann drückte Miriam einen Verband auf meinen Hals. Während sie damit beschäftigt war, unterhielten sich mein Mann und sein Sohn halblaut in einer Ecke.

»Es würde ihr helfen, und ich weiß sehr wohl, wo ihre Lunge ist«, erklärte Marcus ungeduldig. »Ich werde nichts punktieren.«

»Sie ist kräftig. Keinen Arterienkatheder. Ende der Diskussion. Beseitige lieber Juliettes Überreste«, befahl Matthew leise, aber streng.

»Wird erledigt«, erwiderte Marcus. Er drehte sich um, kurz darauf fiel die Haustür ins Schloss, und dann sprang der Motor des Range Rover an.

Die alte Standuhr am Eingang zählte die verstreichenden Minuten ab. Allmählich durchdrang die Wärme meinen Körper, und ich begann einzudösen. Matthew saß an meiner Seite und hielt meine Hand fest umschlossen, damit er mich zurückholen konnte, sobald ich ins angenehme Dunkel abrutschen wollte.

Schließlich sagte Miriam das Zauberwort: »Stabil.« Ich durfte mich in die Schwärze sinken lassen, die am Rande meines Bewusstseins gewartet hatte. Sarah und Em gaben mir je einen Kuss und gingen, Miriam folgte ihnen, und dann waren endlich nur noch Matthew und die lang ersehnte Ruhe um mich.

Doch sobald es still geworden war, begannen meine Gedanken um Juliette zu kreisen.

»Ich habe sie umgebracht.« Mein Herz raste.

»Du hattest keine andere Wahl.« Sein Tonfall machte klar, dass es hier nichts zu diskutieren gab. »Es war Notwehr.«

»Nein, war es nicht. Das Hexenfeuer …« Erst als Matthew in Gefahr geschwebt hatte, waren Pfeil und Bogen in meinen Händen aufgetaucht.

Er brachte mich mit einem Kuss zum Schweigen. »Darüber können wir morgen sprechen.«

Etwas anderes konnte hingegen nicht warten, etwas, das er sofort wissen sollte.

»Ich liebe dich, Matthew.«

»Ich liebe dich auch.« Er beugte sich vor, bis seine Lippen mein Ohr berührten. »Erinnerst du dich an unser Essen in Oxford? Damals wolltest du wissen, wie du schmecken würdest.«

Ich nickte behutsam.

»Du schmeckst nach Honig«, murmelte er. »Honig – und Hoffnung.«

Meine Lippen verzogen sich zu einem Lächeln, und dann schlief ich ein.

Allerdings war es kein erholsamer Schlaf. Ich pendelte zwischen Wachen und Schlafen, La Pierre und Madison, Leben und Tod. Die alte Geisterfrau hatte mich gewarnt, dass es gefährlich sei, an einer Kreuzung stehenzubleiben. Mehrere Male schien der Tod geduldig an meiner Seite zu stehen und nur darauf zu warten, dass ich endlich entschied, welchen Weg ich einschlagen wollte.

In dieser Nacht reiste ich zahllose Meilen, floh ich von einem Ort zum anderen, stets bedrängt von meinen Verfolgern, wer sie auch waren – Gerbert, Satu, Juliette, Peter Knox. Immer wenn mich meine Reise ins Haus der Bishops zurückführte, wartete Matthew auf mich. Manchmal war Sarah bei ihm. Bei anderen Gelegenheiten Marcus. Meist jedoch war Matthew allein.

Tief in der Nacht begann jemand die Melodie zu summen, zu der wir vor ewigen Zeiten in Ysabeaus elegantem Salon getanzt hatten. Es war weder Marcus noch Matthew – die beiden unterhielten sich gerade, doch ich war zu müde, um nachzuforschen, woher die Musik kam.

»Wo hat sie das Lied gelernt?«, fragte Marcus.

»Zu Hause. Bei Gott, selbst im Schlaf versucht sie tapfer zu sein.« Matthew klang erschüttert. »Baldwin hat recht – ich bin wirklich kein guter Stratege. Ich hätte das vorhersehen müssen.«

»Gerbert hat darauf gezählt, dass du Juliette vergessen würdest. Es ist so lange her. Und er wusste, dass Diana in deiner Nähe sein würde, wenn sie zuschlug.«

»Ja, er wusste, dass ich in meiner Arroganz annehmen würde, in meiner Nähe wäre sie sicher.«

»Du hast sie zu beschützen versucht. Aber das kannst du nicht – niemand hätte das gekonnt. Sie ist nicht die Einzige, die aufhören muss, ständig ihre Tapferkeit zu beweisen.«

Es gab noch etwas, das Marcus nicht wusste und das Matthew vergaß. Fetzen eines halb vergessenen Gesprächs drangen in mein Bewusstsein vor. Die Musik verstummte, damit ich sprechen konnte.

»Ich habe es dir schon einmal gesagt.« Ich tastete im Dunkeln nach Matthew, aber ich bekam nur eine Handvoll weicher Wolle zu fassen, die einen herben Nelkenduft verströmte, als ich meine Finger hineinbohrte. »Ich kann tapfer genug für uns beide sein.«

»Diana«, drängte Matthew, »mach die Augen auf, und sieh mich an.«

Sein Gesicht schwebte dicht über meinem. Seine eine Hand hielt meinen Kopf, die andere lag kühl auf meinem Rücken, genau dort, wo sich ein Sichelmond von einer Seite zur anderen erstreckte.

»Da bist du ja«, murmelte ich. »Ich fürchte, wir haben uns verirrt.«

»Nein, mein Liebling, das haben wir nicht. Wir sind im Haus deiner Tante. Und du brauchst nicht mehr tapfer zu sein. Jetzt bin ich an der Reihe.«

»Und du weißt auch, welchen Weg wir nehmen müssen?«

»Ich werde den richtigen Weg finden. Ruh dich aus, und überlass alles Weitere mir.« Matthews Augen waren unglaublich grün.

Ich driftete wieder ab und rannte los, um Gerbert und Juliette zu entkommen, die mir dicht auf den Fersen waren. Kurz vor der Morgendämmerung schlief ich fest ein, und als ich wieder aufwachte, war es bereits heller Tag. Ich sah kurz nach und stellte fest, dass ich nackt und fest eingepackt unter mehreren Decken lag wie ein Patient auf einer britischen Krankenstation. In meinem rechten Arm steckten Schläuche, mein linker Ellbogen war bandagiert, und an meinem Hals piekte etwas. Matthew saß neben mir, mit angezogenen Knien und den Rücken ans Sofa gelehnt.

»Matthew? Ist alles in Ordnung?« Meine Zunge war in Watte eingepackt, und mich plagte immer noch schrecklicher Durst.

»Alle sind wohlauf.« Sichtlich erleichtert nahm er meine Hand und drückte die Lippen auf meine Handfläche. Matthews Blick zuckte zu meinem Handgelenk hinab, wo Juliettes Fingernägel zornig-rote Halbmonde hinterlassen hatten.

Sobald die anderen unsere Stimmen hörten, kamen sie ins Zimmer. Als Erste erschienen meine Tanten. Sarah wirkte gedankenverloren, unter ihren Augen lagen tiefe Ringe. Em sah müde, aber erleichtert aus, strich mir übers Haar und versicherte mir, dass alles gut werden würde. Nach ihnen kam Marcus. Er untersuchte mich und predigte mir streng, dass ich Ruhe nötig hätte. Schließlich schickte Miriam alle anderen hinaus, damit sie meine Verbände wechseln konnte.

»Wie schlimm war es?«, fragte ich, als wir allein waren.

»Wenn du Matthew meinst, dann ziemlich schlimm. Die de Clermonts können mit Verlusten – oder auch nur drohenden Verlusten – nur schwer umgehen. Mit Ysabeau war es noch schlimmer, als Philippe damals starb. Es ist wirklich gut, dass du überlebt hast, und nicht nur für mich.« Überraschend feinfühlig bestrich Miriam meine Wunden mit Salbe.

Ihre Erklärung beschwor das Bild von Matthew auf einem Rachefeldzug herauf. Ich schloss die Augen, um es wieder auszublenden. »Erzähl mir von Juliette.«

Miriam stieß ein leises, warnendes Zischen aus. »Es steht mir nicht zu, Juliette Durands Geschichte zu erzählen. Frag deinen Ehemann.« Sie zog die Infusion ab und hielt mir eines von Sarahs alten Flanellhemden hin. Nachdem ich mich kurz damit abgemüht hatte, half sie mir, und ihr Blick kam auf den Malen auf meinem Rücken zu liegen.

»Die Narben machen mir nichts aus. Sie sind nur ein Zeichen dafür, dass ich gekämpft und überlebt habe.« Trotzdem zog ich das Hemd eher verlegen über meine Schultern.

»Ihm machen sie auch nichts aus. Die Liebe zu einem de Clermont hinterlässt in jedem Fall Spuren. Niemand weiß das besser als Matthew.«

Ohne mich ihrem Blick zu stellen, knöpfte ich mit zittrigen Fingern das Hemd zu. Sie reichte mir meine elastischen schwarzen Leggings.

»Ihm einfach dein Blut zu spenden, war unaussprechlich gefährlich. Niemand konnte vorhersehen, ob er würde aufhören können zu trinken.« Ich hörte leise Bewunderung in ihrer Stimme. »Jetzt muss Matthew das alles so schnell wie möglich aus seinem Körper bekommen – dein Blut, die Ereignisse von gestern Abend, einfach alles.«

Juliette. Der Name stand unausgesprochen zwischen uns.

Miriam hängte den Infusionsschlauch wieder an und stellte den Tropf neu ein. »Marcus fährt mit ihm nach Kanada. Wahrscheinlich wird Matthew Stunden brauchen, bis er jemanden gefunden hat, an dem er trinken will, aber das lässt sich nicht ändern.«

»Und während sie weg sind, wird Sarah und Em nichts passieren?«

»Du hast uns etwas Zeit erkauft. Nicht im Traum hätte die Kongregation angenommen, dass Juliette scheitern könnte. Gerbert ist genauso stolz wie Matthew und fast unfehlbar in seinen Entscheidungen. Sie werden ein paar Tage brauchen, um ihre Truppen neu zu ordnen.« Sie hielt inne und sah mit schlechtem Gewissen auf.

»Ich würde jetzt gern mit Diana sprechen«, sagte Matthew leise von der Tür aus. Er sah schrecklich aus. Der Hunger zeigte sich in den scharfen Kanten seines Gesichtes und den lavendelfarbenen Flecken unter seinen Augen.

Schweigend sah er zu, wie Miriam um mein behelfsmäßiges Bett herumging. Sie schloss die schwere Doppeltür hinter sich und ließ das Schloss einschnappen. Als er sich mir zuwandte, sah ich die Angst in seinem Gesicht.

Matthews Blutdurst rang mit seinem Beschützerinstinkt.

»Wann fahrt ihr?« Ich hoffte, er würde begreifen, was ich mir wünschte.

»Ich fahre gar nicht.«

»Du musst wieder zu Kräften kommen. Nächstes Mal wird die Kongregation nicht nur einen Vampir oder eine Hexe schicken.« Ich rätselte, wie viele Geschöpfe aus Matthews Vergangenheit wohl auf Geheiß der Kongregation gegen uns anrücken würden, und versuchte mich aufzusetzen.

»Du bist inzwischen so erfahren im Kriegführen, *ma lionne,* dass du ihre Strategie erahnst?« Seiner Miene war nicht anzusehen, was er empfand, aber in seiner Stimme lag ein leises Lachen.

»Wir haben bewiesen, dass wir nicht so leicht zu schlagen sind.«

»Leicht? Du wärst um ein Haar gestorben.« Er setzte sich neben mich auf die Polster.

»Du auch.«

»Du hast deine Magie eingesetzt, um mich zu retten. Ich konnte es riechen – Frauenmantel und Amber.«

»Das war nichts weiter.« Er sollte nicht wissen, was ich im Tausch für sein Leben versprochen hatte.

»Keine Lügen mehr.« Matthew hob mit den Fingerspitzen mein Kinn an. »Wenn du es mir nicht erzählen willst, dann sage das. Du darfst deine Geheimnisse wahren. Aber keine Lügen.«

»Falls ich tatsächlich Geheimnisse habe, bin ich damit nicht die Einzige in dieser Familie. Erzähl mir von Juliette Durand.«

Er ließ mein Kinn los und trat unruhig ans Fenster. »Du weißt, dass Gerbert uns miteinander bekannt gemacht hat. Er entführte sie aus einem Kairoer Bordell, brachte sie unzählige Male an den Rand des Todes, bevor er sie schließlich zur Vampirin machte, und formte sie danach zu einem Wesen, dem ich kaum widerstehen konnte. Ich weiß bis heute nicht, ob sie schon wahnsinnig war, als Gerbert sie fand, oder ob sie erst zerbrach, nachdem sie in seine Klauen geriet.«

»Warum?« Ich hörte selbst, wie ungläubig ich klang.

»Sie sollte sich in mein Herz schleichen und damit ins Herz meiner Familie. Schon immer hatte Gerbert zum Orden der Lazarusritter gehören wollen, doch mein Vater hatte ihn stets abgewiesen. Nachdem Juliette erst die geheimen Verbindungen der Bruderschaft ausgeforscht und andere wichtige Erkenntnisse über die de Clermonts gewonnen hatte, trainierte Gerbert sie darauf, mich und meine Geliebte umzubringen.« Matthew zupfte an dem Lack, der vom Fensterrahmen abblätterte. »Als ich sie kennenlernte, konnte sie ihren Wahnsinn noch besser verbergen. Ich brauchte lange, bis ich die Anzeichen erkannte. Baldwin und Ysabeau haben ihr nie vertraut, und Marcus hat sie schon immer verabscheut. Aber ich – Gerard hatte sie gut ausgebildet. Sie erinnerte mich an Louisa, und ihre emotionale Zerbrechlichkeit schien ihr wirres Verhalten zu erklären.«

Er hatte schon immer einen Hang zu zerbrechlichen Dingen, hatte Ysabeau mich gewarnt. Matthew hatte sich nicht nur sexuell zu Juliette hingezogen gefühlt. Er hatte wesentlich mehr für sie empfunden.

»Du hast sie wirklich geliebt.« Ich musste an Juliettes verstörenden Kuss denken, und mich schauderte.

»Früher mal. Vor langer Zeit. Und aus den völlig falschen Gründen«, fuhr Matthew fort. »Ich habe sie beobachtet – aus sicherer Entfernung – und dafür gesorgt, dass sich jemand um sie kümmert, nachdem sie nicht in der Lage war, für sich selbst zu sorgen. Als der Erste Weltkrieg ausbrach, verschwand sie plötzlich, und ich nahm an, dass sie umgekommen wäre. Nie hätte ich gedacht, dass sie lebt.«

»Und während du sie damals im Auge behalten hast, hat sie jetzt dich im Auge behalten.«

»Hätte ich das geahnt, ich hätte nicht zugelassen, dass sie dir so nahe kommt.« Er starrte in das bleiche Morgenlicht hinaus. »Aber es gibt noch etwas, das wir bereden müssen. Du musst mir versprechen, *nie wieder* Magie einzusetzen, um mich zu beschützen. Ich möchte nicht länger leben, als mir bestimmt ist. Leben und Tod sind mächtige Kräfte. Ysabeau hat schon einmal meinetwegen damit gespielt. Du wirst das nicht wieder tun. Und du wirst Miriam – oder sonst jemanden – nie wieder bitten, dich zum Vampir zu machen.« Seine Stimme war eisig, und er kehrte mit langen, schnellen Schritten an meine Seite zurück. »Niemand – nicht einmal ich selbst – darf dich in etwas verwandeln, das du nicht bist.«

»Dann musst du mir aber auch etwas versprechen.«

Seine Augen zogen sich zu misstrauischen Schlitzen zusammen. »Und was?«

»Bitte mich nie wieder, dich allein zu lassen, wenn du in Gefahr bist«, beschwor ich ihn. »Denn das werde ich auf keinen Fall tun.«

Matthew überschlug, wie viel es ihn kosten würde, dieses Versprechen zu halten und gleichzeitig meine Sicherheit zu garantieren, während ich damit beschäftigt war, mir zu überlegen, wie viele meiner noch kaum begreiflichen Kräfte ich endlich in den Griff bekommen musste, damit ich ihn beschützen konnte, ohne ihn dabei in Brand zu setzen oder mich selbst zu ertränken. Wir sahen einander lange argwöhnisch an. Schließlich legte ich eine Hand an seine Wange.

»Geh mit Marcus jagen. Ein paar Stunden halten wir hier auch ohne euch durch.« Er sah immer noch viel zu fahl aus. Ich war nicht die Einzige, die viel Blut verloren hatte.

»Du solltest nicht allein bleiben.«

»Ich habe meine Tanten hier, von Miriam ganz zu schweigen, die mir schon in der Bodleian erklärt hat, dass ihre Zähne genauso scharf sind wie deine. Ich glaube ihr.« Inzwischen wusste ich wesentlich mehr über Vampirzähne als damals.

»Bis Einbruch der Dunkelheit sind wir zurück«, erklärte er widerwillig und strich dabei mit dem Finger über meine Wange. »Brauchst du noch irgendwas, bevor ich gehe?«

»Ich würde gern mit Ysabeau reden.« Sarah hatte heute Morgen so distanziert gewirkt, und ich sehnte mich danach, eine mütterliche Stimme zu hören.

»Natürlich.« Er versuchte seine Überraschung zu überspielen, indem er in seiner Tasche nach dem Handy angelte. Jemand hatte sich die Mühe gemacht, es aus dem Gebüsch zu holen. Er wählte mit einem einzigen Tastendruck Sept-Tours an.

»*Maman?*« Aus dem Gerät ergoss sich ein Schwall von Französisch. »Es geht ihr gut«, unterbrach Matthew sie beschwichtigend. »Diana möchte – sie hat darum gebeten, dich zu sprechen.«

Es blieb kurz still, dann hörte ich ein knappes, klares: »*Oui.*«

Matthew reichte mir das Handy.

»Ysabeau?« Mir brach die Stimme, und plötzlich standen mir Tränen in den Augen.

»Ich bin hier, Diana.« Ysabeau klang so musikalisch wie eh und je.

»Ich hätte ihn beinahe verloren.«

»Du hättest ihm gehorchen und dich so weit wie möglich von Juliette fernhalten sollen«, tadelte Ysabeau mich scharf, doch im nächsten Moment wurde ihre Stimme weich. »Aber ich bin froh, dass du es nicht getan hast.«

Dann begann ich wirklich zu weinen. Matthew strich mir die Haare aus der Stirn und steckte die störrische Strähne hinter meinem Ohr fest, ehe er mich allein ließ.

Mit Ysabeau konnte ich über meine Trauer sprechen, ihr konnte ich gestehen, dass ich es versäumt hatte, Juliette bei der ersten Gelegenheit zu töten. Ich erzählte ihr alles – von Juliettes merkwürdigem Auftauchen und ihrem eigenartigen Kuss, von meiner Angst, als Matthew mein Blut zu trinken begann, wie es sich angefühlt hatte, erst zu sterben und dann unvermittelt ins Leben zurückzukehren. Matthews Mutter verstand mich, so wie ich es erwartet hatte. Nur einmal unterbrach mich Ysabeau – als ich ihr von der Jungfrau und dem alten Weib erzählte.

»Also hat die Göttin meinen Sohn gerettet«, murmelte sie. »Offenbar hat sie Sinn für Gerechtigkeit – und für Humor auch. Aber diese Geschichte ist für heute zu lang. Wenn du wieder nach Sept-Tours kommst, werde ich sie dir erzählen.«

Als sie den Namen des Châteaus aussprach, spürte ich das Heimweh wie einen scharfen Stich. »Ich wünschte, ich wäre dort. Ich bin nicht sicher, ob ich in Madison alles lernen kann, was ich wissen muss.«

»Dann sollten wir einen anderen Lehrer finden. Irgendwo gibt es bestimmt ein Geschöpf, das dir helfen kann.«

Ysabeau erteilte mir eine Reihe von Anweisungen: Matthew zu gehorchen, auf ihn aufzupassen, auf mich selbst aufzupassen und sobald wie möglich ins Château zurückzukommen. Ich erklärte mich ungewöhnlich folgsam zu allem bereit und beendete dann das Gespräch.

Nach einer kurzen Höflichkeitspause öffnete Matthew die Tür und kam wieder herein.

»Danke«, sagte ich schniefend und hielt ihm das Handy hin.

Er schüttelte den Kopf. »Du kannst es behalten. Ruf Marcus oder Ysabeau an, wenn dir danach ist. Sie haben die Kurzwahltasten zwei und drei. Du brauchst sowieso ein neues Handy und auch eine neue Uhr. Deine Batterie hält nicht mehr lange.« Matthew legte mich sanft auf das Kissen und küsste mich auf die Stirn. »Miriam arbeitet im Esszimmer, aber sie hört jeden Mucks.«

»Sarah und Em?«, fragte ich.

»Warten darauf, zu dir zu können«, antwortete er lächelnd.

Nachdem meine Tanten das Zimmer wieder verlassen hatten, schlief ich ein paar Stunden, bis mich ein rastloses Verlangen nach Matthew weckte.

Em stand aus dem kürzlich wieder aufgetauchten Schaukelstuhl meiner Großmutter auf und kam mit einem Glas Wasser zu mir. Ihre Stirn war von tiefen Falten gezeichnet, die vor ein paar Tagen noch nicht da gewesen waren. Grandma saß auf dem Sofa, starrte auf die Vertäfelung neben dem Kamin und wartete ganz offensichtlich auf eine neue Botschaft des Hauses.

»Wo ist Sarah?« Ich schloss die Finger um das Glas. Meine Kehle war immer noch spröde wie Pergament, und ein Schluck Wasser würde mir göttliche Linderung verschaffen.

»Sie ist weggegangen.« Ems feiner Mund schrumpfte zu einem dünnen Strich zusammen.

»Sie gibt Matthew die Schuld an allem.«

Em ließ sich auf die Knie nieder, bis ihre Augen auf einer Höhe mit meinen waren. »Das hier hat nichts mit Matthew zu tun. Du hast einem Vampir – einem verzweifelten, sterbenden Vampir – Blut gespendet.« Sie brachte meine Proteste mit einem einzigen Blick zum Verstummen. »Ich weiß, dass er nicht irgendein Vampir ist. Trotzdem könnte Matthew dich töten. Und Sarah macht sich bitterste Vorwürfe, weil es ihr nicht gelingt, dir beizubringen, wie du deine Kräfte kontrollieren kannst.«

»Sarah braucht sich um mich keine Sorgen zu machen. Habt ihr nicht gesehen, was ich mit Juliette angestellt habe?«

Sie nickte. »Und nicht nur das.«

Jetzt sah meine Großmutter nicht mehr auf die Vertäfelung, sondern auf mich und wechselte zum Schaukelstuhl.

»Ich habe gesehen, wie hungrig Matthew von dir getrunken hat«, fuhr Em leise fort. »Ich habe auch die Jungfrau und das alte Weib hinter der Feuerwand stehen sehen.«

»Hat Sarah sie auch gesehen?«, flüsterte ich und hoffte, dass Miriam uns nicht hörte.

Em schüttelte den Kopf. »Nein. Weiß Matthew Bescheid?«

»Nein.« Erleichtert, dass Sarah nicht mitbekommen hatte, was gestern Abend passiert war, strich ich meine Haare zurück.

»Was hast du der Göttin im Tausch für sein Leben angeboten, Diana?«

»Alles, was sie wollte.«

»Ach, mein Schätzchen.« Ems Gesichtszüge fielen in sich zusammen. »Das hättest du nicht tun dürfen. Niemand kann sagen, wann sie dein Versprechen einfordern wird – und was sie dann verlangt.«

Meine Großmutter wippte wie besessen vor und zurück. Em beobachtete das wilde Geschaukel des Stuhles.

»Ich musste es tun, Em. Die Göttin hatte offenbar damit gerechnet. Irgendwie erschien es mir unausweichlich – und richtig.«

»Hattest du die Jungfrau und das alte Weib davor schon einmal gesehen?«

Ich nickte. »Die Jungfrau war mir im Traum erschienen. Manchmal ist es so, als würde ich in ihr stecken und beim Reiten oder Jagen durch ihre Augen sehen. Und das alte Weib hat vor der Stube auf mich gewartet.«

Damit hast du dich in tiefes Wasser vorgewagt, raschelte meine Großmutter. *Hoffentlich kannst du schwimmen.*

»Du darfst die Göttin nicht leichtfertig anrufen«, warnte mich Em. »Das sind gefährliche Mächte, die du noch nicht verstehst.«

»Ich habe sie überhaupt nicht gerufen. Die beiden erschienen von selbst, als ich beschloss, Matthew mein Blut zu geben. Sie halfen mir von sich aus.«

Vielleicht hättest du ihm dein Blut nicht geben dürfen. Meine Großmutter schaukelte immer noch so energisch vor und zurück, dass die Dielen quietschten. *Ist dir jemals der Gedanke gekommen?*

»Du kennst Matthew erst seit ein paar Wochen. Trotzdem befolgst du bereitwillig alle seine Anordnungen und wärst ohne zu zögern für ihn gestorben. Bestimmt verstehst du, dass Sarah sich Sorgen macht. Die Diana, die wir so viele Jahre kannten, ist verschwunden.«

»Ich liebe ihn«, erklärte ich mit Nachdruck. »Und er liebt mich.« Für einen Moment schob ich Matthews viele Geheimnisse – die Lazarusritter, Juliette, sogar Marcus – ebenso beiseite wie das Wissen um sein aufbrausendes Temperament und sein Bedürfnis, alles und jeden in seiner Nähe zu kontrollieren.

Aber Em wusste genau, was ich dachte. Sie schüttelte den Kopf. »Du darfst das nicht ignorieren, Diana. Das hast du auch mit deiner Magie versucht, trotzdem hat sie dich gefunden. Genauso wird dich all das heimsuchen, was du an Matthew nicht magst oder verstehst. Du kannst dich nicht ewig verstecken. Und jetzt schon gar nicht mehr.«

»Wie meinst du das?«

»Zu viele Wesen interessieren sich für das Manuskript und für dich und Matthew. Ich spüre sie, ich spüre, wie sie auf das Haus und auf dich vorrücken. Ich weiß noch nicht, auf welcher Seite sie in diesem Kampf stehen, aber mein sechster Sinn sagt mir, dass wir das schon bald herausfinden werden.«

Em steckte die Decke um mich herum fest. Dann legte sie noch ein Scheit auf das Feuer und verließ den Raum.

Ich erwachte von dem unverkennbaren würzigen Duft meines Mannes.

»Du bist wieder da«, sagte ich und rieb mir die Augen.

Matthew sah erholt aus, und seine Haut hatte ihren normalen Perlmuttton angenommen.

Er hatte getrunken. Menschenblut.

»Du auch.« Matthew hob meine Hand an seine Lippen. »Miriam hat erzählt, du hättest fast den ganzen Tag durchgeschlafen.«

»Ist Sarah auch zurück?«

»Alle sind vollzählig anwesend.« Er grinste schief. »Sogar Tabitha ist da.«

Ich bat darum, bei den anderen zu sein, und er hängte mich ohne weitere Diskussionen von meiner Infusion ab. Als mich meine Beine nicht bis ins Familienzimmer tragen wollten, nahm er mich kommentarlos auf die Arme und trug mich hinüber.

Em und Marcus betteten mich fürsorglich auf das Sofa. Selbst die leisen Unterhaltungen und die neueste Film-Noir-Auswahl im Fernsehen strengten mich so an, dass Matthew mich bald wieder hochhob.

»Wir gehen nach oben«, erklärte er. »Wir sehen uns dann morgen früh.«

»Soll ich Dianas Infusionsständer nach oben bringen?«, fragte Miriam spitz.

»Nein. Den braucht sie nicht«, antwortete er knapp.

»Danke, dass ihr mich an den Tropf gehängt habt«, sagte ich, während er mich durch den Flur trug.

»Dein Körper ist noch schwach, aber erstaunlich widerstandsfähig für eine Warmblüterin.« Matthew stieg die Treppe hinauf. »Die Belohnung dafür, dass du dich jahrelang unablässig bewegt hast, nehme ich an.«

Sobald er das Licht gelöscht hatte, schmiegte ich mich zufrieden seufzend an seinen Leib und breitete besitzergreifend die Finger über seiner Brust aus. Das durch die Fenster hereinströmende Mondlicht hob seine frischen Narben hervor. Schon jetzt verblasste das Rosa zu einem matten Weiß.

Obwohl ich todmüde war, arbeitete das Räderwerk in Matthews Kopf so rastlos, dass ich keinen Schlaf fand. Ich sah an seinem zusammengepressten Mund und dem Glanz in seinen Augen, dass er, genau wie er gestern Abend versprochen hatte, überlegte, welchen Weg wir einschlagen würden.

»Sag schon«, verlangte ich, als die Spannung unerträglich wurde.

»Wir brauchen vor allem Zeit«, meinte er nachdenklich.

»Die wird uns die Kongregation nicht geben.«

»Dann nehmen wir sie uns.« Er war kaum zu verstehen, so leise sagte er es: »Wir müssen nur zeitwandern.«

Kapitel 39

Am nächsten Morgen mussten wir auf halber Treppe eine Rast einlegen, trotzdem war ich fest entschlossen, es aus eigener Kraft bis in die Küche zu schaffen. Zu meiner Überraschung versuchte Matthew nicht einmal, mich davon abzubringen. In einvernehmlichem Schweigen saßen wir auf den durchgetretenen Holzstufen und machten Pause. Durch die welligen Glasscheiben in der Haustür sickerte bleiches, wässriges Licht, das einen sonnigen Tag versprach. Im Familienzimmer hörte ich Scrabble-Steinchen klackern.

»Wann wirst du es ihnen sagen?« Bis jetzt gab es noch nicht viel zu verraten – er arbeitete immer noch an den Grundzügen unseres Planes.

»Später«, sagte er und lehnte sich an mich. Ich lehnte mich an ihn und drückte die Schulter gegen seine.

»Sarah wird ausflippen, wenn sie das hört, ganz egal wie viel Kaffee sie getrunken hat.« Ich legte eine Hand aufs Geländer und zog mich ächzend wieder hoch. »Versuchen wir's noch mal.«

Im Familienzimmer brachte Em mir die erste Tasse Tee. Ich blieb damit auf der Couch sitzen, während Matthew und Marcus mit meinem stillen Segen spazieren gingen. Die beiden sollten so viel Zeit wie möglich miteinander verbringen, bevor wir aufbrachen.

Nach dem Tee machte mir Sarah ihre berühmten Rühreier mit Zwiebeln, Pilzen und Käse, verfeinert mit einem Löffel Salsa. Sie setzte den dampfenden Teller vor mir ab.

»Danke, Sarah.« Ohne weitere Umschweife machte ich mich darüber her.

»Nicht nur Matthew braucht Ruhe und Stärkung.« Sie sah aus dem Fenster auf die beiden Vampire, die durch den Apfelgarten schlenderten.

»Es geht mir heute schon viel besser«, sagte ich und biss von meinem Toast ab.

»Zumindest scheint sich dein Appetit erholt zu haben.« Ich hatte schon eine ansehnliche Mulde in den Eierberg gegraben.

Als Matthew und Marcus zurückkamen, war ich beim zweiten Teller. Beide Vampire wirkten grimmig, doch Matthew schüttelte auf meinen fragenden Blick hin schweigend den Kopf.

Offenbar hatten sie nicht über unsere Zeitwander-Pläne gesprochen, sondern etwas anderes hatte ihnen die Laune verhagelt. Matthew zog einen Hocker an den Tisch, schlug die Zeitung auf und konzentrierte sich auf die Nachrichten. Ich aß meine Eier auf, machte mir noch einen Tee und wartete dann einfach ab, während Sarah das Geschirr abwusch und wegstellte.

Schließlich faltete Matthew die Zeitung zusammen und legte sie beiseite.

»Ich würde gern in den Wald gehen. Dorthin, wo Juliette gestorben ist«, verkündete ich.

Er stand auf. »Ich fahre den Range Rover an die Tür.«

»Das ist Wahnsinn, Matthew. Dafür ist es noch zu früh.« In der Hoffnung auf Unterstützung sah Marcus auf Sarah.

»Lass sie«, sagte Sarah. »Diana soll sich nur etwas Wärmeres anziehen. Draußen ist es frisch.«

Em tauchte in der Tür auf und sah uns verdutzt an. »Erwarten wir Besuch? Das Haus ist offenbar der Ansicht.«

»Du machst Witze!«, sagte ich. »Seit dem letzten Familientreffen hat das Haus kein neues Zimmer mehr angebaut. Wo ist es?«

»Zwischen dem Bad und der Kammer.« Em deutete an die Decke. *Ich habe dir doch gesagt, dass es hier nicht nur um dich und Matthew geht,* sagte sie lautlos zu mir, während wir nach oben stapften, um den Umbau in Augenschein zu nehmen. *Meine Vorahnungen täuschen mich nur selten.*

Das frisch entstandene Zimmer war möbliert mit einem alten Messingbett, auf dessen Pfosten jeweils eine riesige polierte Kugel thronte, zerschlissenen roten Gingham-Vorhängen, die, wie Em behauptete, jeden Moment herunterfallen konnten, dazu einem Häkelteppich mit sich beißenden Dunkelbraun- und Lilaschattierungen sowie einem angeschlagenen Waschtisch mit gesprungener rosa Waschschüssel und einem Krug. Keinem von uns war auch nur ein einziger Gegenstand im Raum vertraut.

»Woher kommt das alles?«, fragte Miriam verwundert.

»Niemand weiß, wo das Haus das ganze Zeug aufbewahrt.« Sarah setzte sich auf das Bett und hüpfte energisch auf und ab. Die Federn beschwerten sich mit einem wütenden Quietschen.

»Die legendärsten Glanzstücke vollbrachte das Haus an meinem dreizehnten Geburtstag«, erinnerte ich mich grinsend. »Damals überraschte es uns mit rekordverdächtigen vier Schlafzimmern auf einmal, mitsamt einem viktorianischen Salon.«

»Und dazu ein Geschirrservice von Blue Willow für vierundzwanzig Personen«, entsann sich Em. »Ein paar Teetassen haben wir noch, aber die meisten Teile verschwanden gleich wieder, nachdem die Verwandten abgereist waren.«

Nachdem alle das neue Zimmer und den inzwischen beträchtlich verkleinerten Lagerraum nebenan begutachtet hatten, zog ich mich um und arbeitete mich dann langsam die Treppe hinunter und bis zum Range Rover vor. Als wir uns der Stelle näherten, an der Juliette gestorben war, hielt Matthew den Wagen an. Sofort versanken die schweren Reifen im weichen Boden.

»Sollen wir von hier aus zu Fuß gehen?«, schlug er vor.

Heute Morgen war er irgendwie anders. Weder umsorgte er mich, noch befahl er mir, was ich zu tun hatte.

»Was hat sich verändert?«, fragte ich, als wir uns der uralten Eiche näherten.

»Ich habe dich kämpfen sehen«, antwortete er ruhig. »Auf dem Schlachtfeld brechen selbst die tapfersten Männer unter ihrer Angst zusammen. Sie können schlicht nicht mehr kämpfen, nicht einmal mehr, um sich selbst zu retten.«

»Aber ich bin doch vor Angst erstarrt.« Mein Haar wehte nach vorn, um mein Gesicht zu verbergen.

Matthew blieb stehen und schloss die Finger um meinen Arm, damit ich ebenfalls stehenblieb. »Natürlich. Schließlich musstest du jemanden töten. Aber du selbst hast keine Angst vor dem Tod.«

»Nein.« Seit ich sieben war, hatte ich mit dem Tod gelebt – und ihn manchmal sogar herbeigesehnt.

Er drehte mich zu sich um. »In La Pierre bliebst du als gebrochenes, tief verunsichertes Wesen zurück. Dein ganzes Leben lang hattest du dich vor deinen Ängsten versteckt. Ich war nicht sicher, ob du je in der Lage sein würdest zu kämpfen, wenn du es müsstest. In Zukunft muss ich nur noch aufpassen, dass du kein unnötiges Risiko eingehst.« Sein Blick wanderte über meinen Hals.

Matthew ging weiter und zog mich sanft hinter sich her. Ein verkohlter Grasfleck zeigte mir an, dass wir an der Lichtung angekommen waren. Ich erstarrte, und er ließ meinen Arm los.

Eine Brandspur führte zu dem toten Fleck, wo Juliette gestürzt war. Im Wald war es gespenstisch still, kein Vogel zwitscherte, auch sonst war kein Laut zu hören. Ich hob ein verkohltes Holzstück vom Boden auf. Es zerbröselte in meinen Fingern.

»Ich kannte Juliette nicht, aber in diesem Moment habe ich sie so sehr gehasst, dass ich sie töten konnte.« Ihre braungrünen Augen würden mich ewig verfolgen, sobald ich im Schatten eines Baumes stand.

Ich überblickte die Flugbahn des von mir heraufbeschworenen Feuers zurück zu der Stelle, an der die Jungfrau und das alte Weib sich bereiterklärt hatten, mir zu helfen, damit ich Matthew retten konnte. Ich sah hoch in die Baumkrone und schnappte nach Luft.

»Das hat gestern angefangen.« Matthew folgte meinem Blick. »Sarah meint, du hättest das Leben aus ihm herausgezogen.«

Über mir wölbte sich rissiges, verwittertes Geäst. Die nackten Zweige teilten sich wie ein riesiges Hirschgeweih. Braunes Laub wirbelte um meine Füße auf. Matthew hatte überlebt, weil ich die Lebenskraft des Baumes durch meine Adern in seinen Körper umgeleitet hatte. Die raue Borke der Eiche hatte so unverwüstlich gewirkt, doch jetzt war sie wie ausgehöhlt.

»Macht fordert immer einen Preis«, erklärte Matthew, »ganz gleich, ob es sich dabei um magische Macht handelt oder weltliche.«

»Was habe ich getan?« Mit dem Tod eines Baumes war meine Schuld bei der Göttin bestimmt nicht beglichen. Zum ersten Mal fürchtete ich mich vor dem Handel, den ich abgeschlossen hatte.

Matthew überquerte die Lichtung und schloss mich in seine Arme. Wir hielten uns gegenseitig mit aller Kraft fest, denn uns war beiden bewusst, dass wir einander um ein Haar verloren hätten.

»Du hattest versprochen, dass du nicht mehr so unvorsichtig sein würdest.« Er klang wütend.

Ich war genauso wütend auf ihn. »Und du solltest angeblich nicht umzubringen sein.«

Er ließ die Stirn gegen meine sinken. »Ich hätte dir von Juliette erzählen sollen.«

»Allerdings, das hättest du. Ihretwegen hätte ich dich um ein Haar verloren.« Mein Puls pochte unter dem Verband um meinen Hals. Matthews Daumen kam auf dem Punkt zu liegen, wo er Fleisch und Muskel durchgebissen hatte, und ich empfand die Berührung als überraschend warm.

»Das war entschieden zu knapp.« Seine Finger schlangen sich in mein Haar, und seine Lippen drückten sich auf meine. Dann blieben wir, Herz an Herz gepresst, in der Stille stehen.

»Indem ich Juliette tötete, machte ich sie zu einem Teil von mir – für alle Zeit.«

Matthew strich mir über den Kopf. »Der Tod ist eine ganz eigene, mächtige Art von Magie.«

Wieder beruhigt schickte ich ein stilles Gebet an die Göttin, in dem ich ihr nicht nur für Matthews Leben, sondern auch für mein eigenes dankte.

Wir gingen zum Range Rover zurück, doch auf halbem Weg kam ich vor Erschöpfung ins Straucheln. Matthew nahm mich huckepack und trug mich den Rest der Strecke.

Als wir vor dem Haus anhielten, sahen wir durchs Fenster Sarah gebeugt an ihrem Schreibtisch sitzen. Im nächsten Moment kam sie aus der Tür geflogen und zog so rasch die Autotür auf, dass ein Vampir sie um ihr Tempo beneiden konnte.

»Verflucht noch mal, Matthew«, sagte sie nach einem Blick auf mein fahles Gesicht.

Gemeinsam schafften sie mich ins Haus und dort wieder auf die Couch im Familienzimmer, wo ich meinen Kopf in Matthews Schoß bettete. Die leisen Arbeitsgeräusche um mich herum lullten mich ein, und das Letzte, was ich bewusst wahrnahm, waren der Duft von Vanille und das Surren von Ems uraltem Mixer.

Matthew weckte mich zum Mittagessen, zu dem es Gemüsesuppe gab. Sein Blick sagte deutlich, dass ich etwas Nahrhaftes brauchte. Er wollte unsere Familie in unseren Plan einweihen.

»Bereit, *mon cœur*?«, fragte Matthew. Ich nickte und nahm den letzten Löffel. Marcus sah neugierig zu uns her. »Wir haben euch etwas mitzuteilen«, begann er.

Die neue Familientradition bestimmte, dass wir in einer Prozession ins Esszimmer zogen, sobald es etwas Wichtiges zu besprechen gab. Nachdem wir uns dort versammelt hatten, richteten sich alle Blicke auf Matthew.

»Was hast du beschlossen?«, wollte Marcus ohne jede Vorrede wissen.

Matthew holte tief Luft und begann: »Wir müssen irgendwohin, wo uns die Kongregation nicht so leicht in die Finger bekommt, wo Diana ausreichend Zeit bekommt und wo es Lehrer gibt, die ihr dabei helfen können, ihre Magie zu meistern.«

Sarah verkniff sich ein Lachen. »Und wo soll dieser Ort sein, an dem es mächtige und geduldige Hexen gibt, denen es nichts ausmacht, wenn ein Vampir bei ihnen herumhängt?«

»Ich habe da weniger an einen bestimmten Ort gedacht«, antwortete Matthew kryptisch. »Denn wir werden Diana in der *Zeit* verstecken.«

Sofort redeten alle wild durcheinander. Matthew nahm meine Hand.

»*Courage*«, murmelte ich auf Französisch und wiederholte damit den Rat, den er mir gegeben hatte, als ich Ysabeau erstmals gegenübergetreten war.

Er schnaubte und bedankte sich mit einem grimmigen Lächeln.

Ich konnte ihnen nachfühlen, dass sie fassungslos und ungläubig reagierten. Ich hatte gestern Abend im Bett ganz ähnlich reagiert. Erst hatte ich darauf bestanden, dass das unmöglich sei, dann hatte ich tausend Details erfragt, in welche Epoche und wohin genau wir gehen würden.

Er hatte es mir so gut erklärt, wie er konnte – was nicht besonders gut war. »Du möchtest deine Magie benutzen, aber zurzeit benutzt sie dich. Du brauchst einen Lehrer, der mehr von Magie versteht als Sarah oder Emily. Es ist nicht ihre Schuld, dass sie dir nicht helfen können. Früher waren die Hexen ganz anders. Ihr Wissen ist zum großen Teil verlorengegangen.«

»In welche Zeit? Und wohin?«, hatte ich in die Dunkelheit geflüstert.

»Nicht zu weit weg – obwohl die jüngste Vergangenheit durchaus riskant ist –, aber gleichzeitig so weit zurück, dass wir eine Hexe finden, die dich unterweisen kann. Erst müssen wir Sarah fragen, ob sich so etwas gefahrlos bewerkstelligen lässt. Und dann brauchen wir drei Gegenstände, die uns in die richtige Zeit bringen.«

»Wir?«, hatte ich überrascht gefragt. »Könnte ich dich dort nicht einfach treffen?«

»Das machen wir nur im Notfall. Ich war damals ein anderes Wesen, und ich würde für mein früheres Selbst nicht die Hand ins Feuer legen wollen.«

Sein Mund hatte sich erleichtert entspannt, als ich still genickt hatte. Vor ein paar Tagen hatte er sich noch gegen den Gedanken gesperrt, durch die Zeit zu wandern. Offenbar war es seither noch riskanter geworden, in der Gegenwart zu bleiben.

»Und was machen die anderen so lange?«

Sein Daumen strich langsam über die Adern auf meinem Handrücken. »Miriam und Marcus kehren nach Oxford zurück. Dort wird die Kongregation zuerst nach dir suchen. Sarah und Em sollten am besten untertauchen, zumindest vorübergehend. Meinst du, sie würden zu Ysabeau ziehen?«, fragte Matthew.

Auf den ersten Blick hatte sich der Gedanke absurd angehört. Sarah und Ysabeau unter einem Dach? Doch je länger ich darüber nachdachte, desto mehr sprach für seinen Vorschlag.

»Ich weiß nicht«, hatte ich überlegt. Dann war mir ein weiterer besorgniserregender Gedanke gekommen. »Marcus.« Ich wusste nicht, wie Matthews Ritterorden im Detail aufgebaut war, aber wenn Matthew untertauchte, würde Marcus noch mehr Verantwortung schultern müssen.

»Das ist die einzige Möglichkeit«, hatte Matthew ins Dunkel gemurmelt und mich mit einem Kuss zum Schweigen gebracht.

Genau das stellte Em jetzt in Frage.

»Es muss eine andere Möglichkeit geben«, protestierte sie.

»Mir ist beim besten Willen keine eingefallen, Emily«, entschuldigte sich Matthew.

»Wo – oder sollte ich sagen *wann* – wollt ihr hin? Diana wird dort immer auffallen. Sie ist zu groß.« Miriam sah auf ihre winzigen Hände.

»Ganz gleich, ob Diana dort auffällt oder nicht, es ist zu gefährlich«, stellte Marcus energisch fest. »Ihr könntet in einem Krieg landen. Oder in einer Epidemie.«

»Oder einer Hexenjagd.« Miriam sagte das ohne jede Boshaftigkeit, trotzdem sahen drei Augenpaare sie entrüstet an.

»Sarah, was meinst du dazu?«, fragte Matthew.

Von allen im Raum war sie am ruhigsten geblieben. »Du willst sie in eine Zeit bringen, in der ihr andere Hexen helfen können?«

»Genau.«

Sarah schloss kurz die Augen und öffnete sie dann wieder. »Hier seid ihr beide nicht sicher. Das hat Juliette Durand bewiesen. Und wenn ihr in Madison nicht sicher seid, dann seid ihr es nirgendwo.«

»Danke.« Matthew öffnete den Mund, um etwas zu sagen, doch Sarah hob die Hand.

»Versprich mir nichts«, bat sie ihn gepresst. »Sei um ihretwillen vorsichtig, wenn du es schon nicht um deinetwillen bist.«

»Jetzt müssen wir nur noch überlegen, wie wir überhaupt zeitwandern können.« Matthew klang schlagartig geschäftsmäßig. »Diana braucht drei Gegenstände aus einer festgelegten Epoche, um sicher dorthin zu gelangen.«

Sarah nickte.

»Zähle ich als ein Ding?«, fragte er.

»Hast du einen Puls? Natürlich bist du kein Ding.« So positiv hatte sich Sarah nur selten über Vampire geäußert.

»Wenn ihr alten Kram braucht, um euren Weg zu finden, könnt ihr gern die hier haben.« Marcus fischte eine dünne Lederkordel aus seinem Hemdkragen und zog sie über seinen Kopf. Sie war mit einem bizarren Sortiment behangen, darunter ein Zahn, eine Münze, ein schwarz-golden glänzender Klumpen und eine verbeulte Silberpfeife. Er warf Matthew die Kordel zu.

»Hast du den nicht von einem Gelbfieberopfer?«, fragte Matthew und befingerte den Zahn.

»In New Orleans«, bestätigte Marcus. »Während der Epidemie 1819.«

»New Orleans kommt nicht in Frage«, erklärte Matthew scharf.

»Wahrscheinlich nicht.« Marcus sah mich kurz an und konzentrierte sich dann wieder auf seinen Vater. »Wie wäre es mit Paris? Einer von Fannys Ohrsteckern hängt auch dran.«

Matthews Finger betasteten einen winzigen roten Stein in einer filigranen Goldfassung. »Philippe und ich haben dich damals gemeinsam mit Fanny aus Paris weggeschickt. Man nannte diese Jahre nicht umsonst die Schreckensherrschaft. Das ist kein Platz für Diana.«

»Ihr beide habt euch damals meinetwegen aufgeregt wie zwei alte Weiber. Dabei hatte ich da schon eine Revolution überstanden. Außerdem werdet ihr euch verdammt schwertun, wenn ihr in der Vergangenheit nach einem sicheren Fleckchen sucht«, grummelte Marcus. Dann hellte sich sein Gesicht auf. »Philadelphia?«

»Ich war weder in Philadelphia noch in Kalifornien mit dir«, sagte Matthew hastig, bevor sein Sohn weiterreden konnte. »Es wäre besser, wenn wir an einen Ort und eine Zeit zurückkehren würden, die ich kenne.«

»Selbst wenn du weißt, wohin wir gehen sollen, Matthew, bin ich mir nicht sicher, dass ich uns dorthin bringen kann.« Wieder einmal rächte sich meine Entscheidung, die Magie aus meinem Leben zu verbannen.

»Ich glaube sehr wohl, dass du das kannst«, belehrte Sarah mich, »schließlich bist du schon dein ganzes Leben in der Zeit herumgesprungen. Als Baby oder als Kind beim Versteckspielen mit Stephen. Kannst du dich noch erinnern, wie oft wir dich aus dem Wald ziehen und dich erst mal saubermachen mussten, bevor wir dich in die Schule schicken konnten? Was glaubst du, hast du damals getan?«

»Ganz bestimmt bin ich nicht zeitgewandert«, antwortete ich wahrheitsgemäß. »Mir will das mit dem Zeitwandern bis heute nicht einleuchten. Wohin verschwindet dieser Körper, wenn ich woandershin gehe?«

»Wer weiß das schon? Aber mach dir deswegen keine Gedanken. Das kennt jeder. Der ganze Nachmittag ist verflogen, ohne dass du einen Schimmer hättest, was du die ganze Zeit getan hast. Immer wenn so was passiert, kann man sicher sein, dass ein Zeitwanderer in der Nähe ist«, erläuterte Sarah. Dass wir durch die Zeit wandern würden, nahm sie erstaunlich gelassen auf.

Matthew spürte, wie nervös ich war, und nahm meine Hand. »Einstein sagte: *Der Unterschied zwischen Vergangenheit, Gegenwart und Zukunft ist eine Illusion, wenn auch eine sehr hartnäckige.* Er glaubte nicht nur an Wunder und Fantastisches, sondern auch daran, dass die Zeit elastisch ist.«

Jemand klopfte zaghaft an die Tür.

»Ich habe keinen Wagen gehört«, sagte Miriam argwöhnisch und stand auf.

»Das ist nur Sammy, der das Zeitungsgeld kassieren kommt.« Em rutschte von ihrem Stuhl.

Wir warteten schweigend, während sie durch den Flur ging und die Dielen unter ihren Füßen protestierten. Matthew und Marcus waren bereit, sofort zur Tür zu springen, das zeigten die flach auf die Tischplatte gepressten Hände.

Kalte Luft wehte ins Esszimmer.

»Ja?«, fragte Em verdutzt. Sofort waren Marcus und Matthew aufgestanden und bei ihr, gefolgt von Tabitha, die ihren Rudelführer in dieser wichtigen Angelegenheit unbedingt unterstützen wollte.

»Nicht der Zeitungsjunge«, stellte Sarah überflüssigerweise fest und sah auf den leeren Platz neben mir.

»Sind Sie Diana Bishop?«, fragte eine tiefe Männerstimme in einem vertrauten ausländischen Akzent, der mit einem leichten Singsang unterlegt war.

»Nein, ich bin ihre Tante«, erwiderte Em.

»Können wir etwas für Sie tun?« Matthew klang zwar höflich, aber ausgesprochen kühl.

»Ich bin Nathaniel Wilson, und das ist meine Frau Sophie. Man hat uns gesagt, dass wir Diana Bishop hier finden würden.« Seine Stimme erinnerte mich an die Dämonin aus dem Blackwell's, die australische Modedesignerin mit den sanften braunen Augen.

»Wer hat Ihnen das gesagt?«, fragte Matthew leise.

»Das war seine Mutter – Agatha.« Ich stand auf und ging zur Tür. Miriam wollte mir den Weg verstellen, ließ mich aber vorbei, als sie meine Miene sah. Marcus war nicht so leicht zu überzeugen. Er packte mich am Arm und zog mich in den Schatten der Treppe.

Nathaniels Blick drückte sanft auf mein Gesicht. Er war Anfang zwanzig, hatte die Haare und die schokoladenbraunen Augen seiner Mutter und dazu ihren breiten Mund und die gleichen feinen Züge. Doch während Agatha kompakt und drahtig gewirkt hatte, war er fast so groß wie Matthew und hatte die breiten Schultern und schmalen Hüften eines Schwimmers. Ein riesiger Rucksack hing über seiner Schulter.

»Sind Sie Diana Bishop?«, fragte er.

Hinter Nathaniel lugte ein süßes, rundes Frauengesicht hervor, mit intelligenten Augen und einem Grübchenkinn. Die junge Frau war ebenfalls Anfang zwanzig, und der sanfte Druck ihres Blickes verriet mir, dass auch sie ein Dämon war.

Während sie mich studierte, purzelte ein langer, brauner Zopf über ihre Schulter. »Das ist sie«, sagte die junge Frau, und ihr weicher Akzent verriet, dass sie aus dem Süden stammte. »Sie sieht genauso aus wie in meinen Träumen.«

»Schon in Ordnung, Matthew«, sagte ich. Diese beiden Dämonen würden mir genauso wenig gefährlich werden wie Marthe oder Ysabeau.

»Sie sind also der Vampir«, sagte Nathaniel und musterte Matthew eindringlich. »Meine Mutter hat mich vor Ihnen gewarnt.«

»Sie sollten auf sie hören«, riet Matthew ihm gefährlich leise.

Nathaniel ließ sich davon nicht einschüchtern. »Sie hat mich gewarnt, dass Sie den Sohn einer Dämonin aus der Kongregation nicht mit offenen Armen empfangen würden. Aber ich bin nicht ihretwegen hier. Sondern wegen Sophie.« Er legte schützend den Arm um seine Frau, und sie schmiegte sich zitternd an ihn. Beide waren nicht für den New Yorker Herbst angezogen. Nathaniel trug ein altes Sakko, und Sophie hatte nur einen Rollkragenpullover und eine bis zu den Knien reichende Strickjacke an.

»Sind sie beide Dämonen?«, fragte Matthew mich.

»Ja«, antwortete ich, aber etwas ließ mich dabei zögern.

»Sind Sie auch ein Vampir?«, fragte Nathaniel Marcus.

Marcus reagierte mit einem Wolfslächeln. »Schuldig.«

Sophie stupste mich weiterhin mit ihrem typischen Dämonenblick an, trotzdem spürte ich gleichzeitig ein leichtes Kribbeln. Ihre Hand legte sich schützend auf ihren Bauch.

»Sie sind schwanger!«, rief ich aus.

Marcus war so überrascht, dass er seinen Griff lockerte. Matthew packte mich, als ich an ihm vorbeilief. Das Haus geriet über den Besuch und Matthews groben Griff in Aufregung und zeigte seinen Missfallen, indem es die Tür zur Stube zuknallte.

»Was du da spürst – das bin ich«, sagte Sophie und trat noch näher zu ihrem Mann. »Ich komme aus einer Hexenfamilie, aber ich bin irgendwie falsch geraten.«

Sarah kam an die Tür, sah die Besucher und warf die Hände hoch. »Und schon geht es los. Ich habe euch doch gesagt, dass es nicht lange dauern würde, bis die ersten Dämonen in Madison auftauchen. Andererseits weiß das Haus meistens besser als wir, was gut für uns ist. Wenn ihr schon hier seid, könnt ihr genauso gut aus der Kälte und ins Haus kommen.«

Als die Dämonen eintraten, ächzte das Haus, als hätte es uns alle herzlich satt.

»Keine Angst«, versuchte ich die beiden zu beruhigen. »Das Haus mag zwar komisch klingen, aber es hat uns vorab gesagt, dass ihr kommen würdet.«

»Das Haus meiner Granny war genauso«, lächelte Sophie. »Sie lebte in dem alten Kasten, in dem früher die Normans wohnten, in Seven Devils. Da komme ich her. Offiziell gehört der Ort zu North Carolina, aber mein Dad meinte immer, das müsste man den Leuten dort erst noch erklären. Wir sind so eine Art eigenes Land.«

Die Türen zur Stube öffneten sich weit, und dahinter kam meine Großmutter mit drei oder vier weiteren Bishops zum Vorschein, die alle interessiert zu uns hersahen. Der Junge mit dem Beerenkörbchen winkte uns zu. Sophie winkte schüchtern zurück.

»Bei Granny gab es auch Geister«, sagte sie ruhig.

Ein Haufen Geister in Kombination mit zwei unfreundlichen Vampiren und einem überaus mitteilsamen Haus waren für Nathaniel eindeutig zu viel.

»Wir bleiben nicht länger als unbedingt nötig, Sophie. Du bist hergekommen, weil du Diana etwas geben wolltest. Also bringen wir die Sache hinter uns und verschwinden dann wieder«, sagte er. Ausgerechnet in diesem Moment trat Miriam mit verschränkten Armen aus dem dunklen Winkel neben dem Esszimmer. Nathaniel wich zurück.

Sarah wandte sich an Sophie. »Sie sind also im sechsten Monat?«

Alle Blicke richteten sich auf die Beule unter Sophies blauem Pullover.

»Ins Esszimmer«, bestimmte Sarah in einem Tonfall, der keinen Widerspruch duldete. »Alle ab ins Esszimmer.«

Matthew hielt mich zurück. »Irgendwie passt es einfach zu gut, dass sie ausgerechnet jetzt auftauchen. Kein Wort übers Zeitwandern, solange sie uns hören können.«

»Sie sind harmlos.« Ems Instinkt bestätigte das.

»Niemand ist harmlos, und das gilt für Agatha Wilsons Sohn gleich doppelt.« Tabitha, die neben Matthew saß, maunzte zustimmend.

»Kommt ihr beiden endlich, oder muss ich euch eigenhändig ins Esszimmer schleifen?«, rief Sarah.

»Wir sind schon unterwegs«, antwortete Matthew liebenswürdig.

Sarah saß am Kopfende des Tisches. Sie deutete auf die freien Plätze rechts von ihr. »Setzt euch.«

Wir saßen Sophie und Nathaniel gegenüber, die mit einem Stuhl Abstand neben Marcus saßen. Matthews Sohn beobachtete seinen Vater ebenso aufmerksam wie die beiden Dämonen. Ich saß zwischen Matthew und Miriam, die beide Nathaniel im Blick behielten. Em trat ein, in den Händen ein Tablett mit Wein, Milch, Schüsseln voller Beeren und Nüssen sowie einem riesigen Teller voller Kekse.

»Gott, wenn ich Kekse sehe, wünsche ich mir jedes Mal, ich wäre noch ein Warmblüter«, sagte Marcus ehrfürchtig, nahm eine der goldenen, mit Schokolade gesprenkelten Scheiben und hielt sie sich unter die Nase. »Sie riechen so himmlisch und schmecken so grauenvoll.«

»Nimm die stattdessen«, sagte Em und schob ihm eine Schüssel Walnüsse zu. »Sie sind mit Vanille und Zucker bestäubt. Es sind vielleicht keine Kekse, aber fast so gut.« Sie reichte ihm auch eine Flasche Wein und einen Korkenzieher. »Mach den auf, und schenk deinem Vater ein Glas ein.«

»Danke, Em«, sagte Marcus, den Mund voller klebriger Walnüsse, und schraubte den Korkenzieher in die Flasche. »Du bist die Beste.«

Sarah beobachtete kritisch, wie Sophie durstig ein halbes Glas Milch trank und dann einen Keks aß. Als die Dämonin nach dem zweiten Keks griff, wandte sich meine Tante an Nathaniel. »Also, wo steht euer Auto?« Nach allem, was passiert war, war das eine eigenartige Eröffnungsfrage.

»Wir sind zu Fuß hergekommen.« Nathaniel hatte nichts von dem angerührt, was Em vor ihm aufgebaut hatte.

»Und woher?«, fragte Marcus ungläubig und reichte Matthew gleichzeitig ein Glas Wein. Er hatte die Umgebung ausgiebig erkundet und wusste, dass es rundum nichts in Gehweite gab.

»Wir sind mit einem Freund von Durham nach Washington gefahren«, erklärte Sophie. »Dann mit dem Zug weiter nach New York. Die Stadt hat mir nicht besonders gefallen.«

»Danach sind wir mit dem Zug nach Albany und von dort aus nach Syracuse. Der Bus hat uns dann nach Cazenovia gebracht.« Nathaniel legte warnend die Hand auf Sophies Arm.

»Ich soll nicht erzählen, dass wir von dort aus per Anhalter hergekommen sind«, vertraute Sophie uns lächelnd an. »Die Lady wusste, wo das Haus steht. Ihre Kids kommen jedes Halloween her, weil ihr echte Hexen seid.« Sophie nahm noch einen Schluck Milch. »Nicht dass wir sonst nicht hergefunden hätten. Das Haus strahlt eine solche Energie aus. Wir hätten es unmöglich verfehlen können.«

»Gibt es einen Grund für euren Umweg?«, fragte Matthew, der im Geist die Reiseroute nachvollzogen hatte.

»Jemand ist uns nach New York gefolgt, aber Sophie und ich sind gleich wieder in den Zug nach Washington gestiegen, da haben sie das Interesse verloren.«

»Dann sind wir in New Jersey wieder ausgestiegen und noch einmal in die Stadt gefahren. Der Mann am Bahnhof hat gesagt, dass ständig Touristen in den falschen Zug steigen. Wir mussten nicht einmal nachzahlen, nicht wahr, Nathaniel?« Sophie schien sich aufrichtig zu freuen, dass die Eisenbahngesellschaft sie so zuvorkommend behandelt hatte.

Matthew fuhr in seiner Vernehmung fort: »Und wo werden Sie übernachten?«

»Sie wohnen hier.« Em fiel ihm energisch ins Wort. »Sie haben kein Auto, und das Haus hat schon ein Zimmer für sie eingerichtet. Außerdem muss Sophie mit Diana reden.«

»Das wäre wirklich nett. Agatha meinte, Sie könnten mir vielleicht helfen. Es ging irgendwie um ein Buch für das Baby«, sagte Sophie sanft. Marcus' Blick zuckte zu der Seite aus *Ashmole 782*, deren Ecke unter der Skizze mit der Kommandokette der Lazarusritter herausragte. Unauffällig ordnete er die Papiere zu einem Stapel und legte einen unschuldig aussehenden Satz dna-Analysen obenauf.

»Was für ein Buch?«, fragte ich.

»Wir haben Agatha nicht erzählt, dass ich aus einer Hexenfamilie komme. Ich hatte es nicht einmal Nathaniel erzählt – erst als er zu mir nach Hause kam und meinem Vater vorgestellt wurde. Damals waren wir schon fast vier Jahre zusammen, und mein Dad war krank und hatte zum Teil die Kontrolle über seine Magie verloren. Ich wollte nicht, dass er Nathaniel erschreckt. Jedenfalls hielten wir es für das Beste, keine große Sache daraus zu machen, als wir schließlich heirateten. Agatha saß damals schon in der Kongregation. Ständig redete sie von den Trennungsregeln und davon, was passieren würde, falls jemand den Pakt brechen sollte.« Sophie schüttelte den Kopf. »Mir wollte das noch nie einleuchten.«

»Das Buch?«, wiederholte ich, um das Gespräch behutsam zum Thema zurückzulenken.

»Ach ja.« Sophie legte die Stirn in konzentrierte Falten und verstummte.

»Meine Mutter kann das Baby kaum erwarten. Sie sagt, es wird das bestgekleidete Kind, das die Welt je gesehen hat«, sagte Nathaniel und lächelte seine Frau liebevoll an. »Doch dann fingen die Träume an. Sophie spürte, dass uns Ärger ins Haus stand. Für einen Dämon hat sie stark ausgeprägte Vorahnungen, genau wie meine Mutter. Im September begann sie Dianas Gesicht zu sehen und ihren Namen zu hören. Sophie hat den Eindruck, dass jemand etwas von Ihnen will.«

Matthews Finger kam auf der Stelle an meinem Rücken zu liegen, wo sich Satus Mondsichelnarbe nach unten zog.

»Zeig ihnen den Krug mit dem Gesicht, Nathaniel. Es ist nur ein Bild. Ich wollte den Krug eigentlich mitbringen, aber Nathaniel meinte, wir könnten keinen Fünfliterkrug von Durham nach New York schleppen.«

Gehorsam zückte ihr Ehemann sein Handy und holte ein Foto auf den Bildschirm. Dann reichte Nathaniel das Telefon an Sarah weiter, die erschrocken nach Luft schnappte.

»Ich bin Töpferin, genau wie schon meine Mama und ihre Mutter. Granny beheizte ihren Brennofen mit Hexenfeuer, aber ich verzichte dabei auf Zauberei. Alle Gesichter, die ich in meinen Träumen sehe, kommen auf einen Krug. Nicht alle sind angsteinflößend. Ihres zum Beispiel nicht.«

Sarah reichte das Handy an Matthew weiter. »Wirklich schön, Sophie«, sagte er aufrichtig.

Ich musste ihm zustimmen. Der hohe, runde Korpus war hellgrau, und am schmalen Hals wölbten sich seitlich zwei Henkel. Vorn war ein Gesicht zu sehen – mein Gesicht, auch wenn es durch die Wölbung des Kruges ein wenig verzerrt wirkte. Mein Kinn ragte aus der Oberfläche heraus, genau wie meine Nase, die Ohren und meine geschwungenen, braunen Brauen. Dicke Lehmröllchen dienten als Haar. Ich hatte die Augen geschlossen und lächelte heiter.

»Das hier ist für Sie.« Sophie zog ein kleines, klumpiges Objekt aus der Tasche ihrer Strickjacke. Es war in Öltuch gewickelt und mit einer Schnur gesichert. »Als sich das Baby bewegt hat, war mir sonnenklar, dass es Ihnen gehört. Das Baby weiß es auch. Vielleicht hat sich Agatha deshalb solche Sorgen gemacht. Und natürlich weiß keiner von uns, was wir jetzt tun sollen, wo das Baby eine Hexe ist. Nathaniels Mom meinte, Sie hätten vielleicht eine Idee.«

Schweigend schauten wir zu, wie Sophie an den Knoten zupfte. »Entschuldigung«, murmelte sie. »Das hat mein Dad eingewickelt. Er war bei der Marine.«

»Kann ich helfen?«, Marcus streckte die Hand nach dem Klumpen aus.

»Nein. Ich habe es gleich.« Sophie lächelte ihn freundlich an und vertiefte sich wieder in ihre Arbeit. »Es muss eingewickelt werden, sonst färbt es sich schwarz. Und es soll nicht schwarz sein. Es soll weiß sein.«

Unsere kollektive Neugier war damit eindeutig geweckt, und im ganzen Haus war es so still, dass man das leise Schmatzen von Tabithas Zunge hörte, die sich gerade die Pfoten schleckte. Der Faden löste sich, und endlich öffnete sich das Öltuch.

»Da«, flüsterte Sophie. »ich bin vielleicht keine Hexe, aber ich bin die Letzte der Normans. Wir haben das hier für dich aufbewahrt.«

Es war eine kleine Figurine, nicht größer als zehn Zentimeter und aus altem Silber geschmiedet, das jenen sanften Schimmer verströmte, den man sonst nur in Museumsvitrinen sieht. Sophie drehte die Figur so herum, dass sie mich ansah.

»Diana«, sagte ich überflüssigerweise. Die Göttin war detailgetreu dargestellt, von den Spitzen des Sichelmondes auf ihrer Stirn bis hinab zu den Sandalen an ihren Füßen. Sie war in Bewegung und hatte einen Fuß vorgereckt, während sie mit einer Hand über ihre Schulter fasste, um einen Pfeil aus ihrem Köcher zu ziehen. Die andere Hand ruhte auf dem Geweih eines Hirsches.

»Woher ist das?« Matthew klang komisch, und sein Gesicht war grau geworden.

Sophie zuckte mit den Achseln. »Das weiß niemand. Die Normans haben es schon immer gehabt. Es wurde über Generationen hinweg von einer Hexe an die nächste vererbt. *Wenn die Zeit gekommen ist, dann gib es der, die es braucht*, so hat meine Großmutter es meinem Vater erklärt, und so hat mein Vater es auch mir erklärt. Früher stand es auf einem kleinen Papier, aber das ging vor langer Zeit verloren.«

»Was ist es denn, Matthew?« Marcus schien sich unwohl zu fühlen. Genau wie Nathaniel.

»Es ist eine Schachfigur.« Matthew versagte die Stimme. »Die weiße Königin.«

»Woher weißt du das?« Kritisch begutachtete Sarah die kleine Figur. »So eine Schachfigur habe ich noch nie gesehen.«

Matthew musste die Worte zwischen den Lippen herauspressen. »Weil sie früher mir gehört hat. Mein Vater hat sie mir geschenkt.«

»Und wie ist sie dann nach North Carolina geraten?« Ich streckte die Finger nach dem silbernen Objekt aus, und die kleine Figur schlitterte über den Tisch, als könnte sie es nicht erwarten, zu mir zu kommen. Die Geweihspitzen des Hirsches bohrten sich in meine Handfläche, sobald sich meine Finger um das Silber schlossen, und ich spürte, wie sich das Metall unter meiner Berührung erwärmte.

»Ich habe sie bei einer Wette verloren«, gestand Matthew leise. »Ich habe keine Ahnung, wie sie nach North Carolina gelangt ist.« Er ließ das Gesicht in die Hände sinken und murmelte ein einziges Wort, das für mich keinen Sinn ergab. »Kit.«

»Weißt du noch, wann du sie zuletzt hattest?«, fragte Sarah scharf.

»Nur zu gut.« Matthew hob den Kopf. »Ich spielte vor vielen Jahren eine Partie damit, und zwar in der Nacht an Allerseelen. Damals verlor ich eine Wette.«

»Das wäre nächste Woche.« Miriam drehte sich in ihrem Stuhl zur Seite und sah Sarah an. »Eignet sich die Zeit um Allerheiligen und Allerseelen für Zeitwanderungen?«

»Miriam«, knurrte Matthew, aber es war zu spät.

»Was ist eine Zeitwanderung?«, flüsterte Nathaniel Sophie zu.

»Mama ist durch die Zeit gewandert«, antwortete Sophie ebenfalls flüsternd. »Ziemlich oft sogar, und sie kam immer mit massenhaft neuen Ideen für Töpfe und Krüge aus dem achtzehnten Jahrhundert zurück.«

»Deine Mutter ist in die Vergangenheit gereist?«, fragte Nathaniel mit schwacher Stimme. Er ließ den Blick über die bunt zusammengewürfelte Truppe im Raum wandern und richtete ihn dann auf den Bauch seiner Frau. »Vererbt sich so was auch weiter, so wie der zweite Blick?«

Sarah beantwortete Miriams Frage über das geflüsterte Zwiegespräch der Dämonen hinweg. »Zwischen Halloween und Allerseelen gibt es nur wenig, was die Lebenden von den Toten trennt. Da wird es natürlich einfacher, zwischen der Vergangenheit und der Gegenwart hin und her zu schlüpfen.«

Nathaniel sah immer nervöser aus. »Die Lebenden und die Toten? Wir wollten doch nur diese Statue abliefern, oder was das auch ist, damit Sophie nachts wieder ruhig schlafen kann.«

»Wird Diana stark genug sein?«, fragte Marcus Matthew, ohne auf Nathaniel einzugehen.

»Zu dieser Jahreszeit müsste Diana das Zeitwandern deutlich leichter fallen«, sinnierte Sarah laut vor sich hin.

Sophie sah sich zufrieden am Tisch um. »Das erinnert mich an früher, wenn Granny und ihre Schwestern sich zum Kaffeeklatsch trafen. Sie schienen sich gegenseitig nie zuzuhören, trotzdem wussten alle immer ganz genau, wer was gesagt hatte.«

Die vielen Gespräche im Raum verstummten abrupt, als die Esszimmertüren aufflogen und wieder zuknallten und gleich darauf die schwerere Tür zur Stube mit einem tiefen Donnern zufiel. Nathaniel, Miriam und Marcus sprangen wie auf Kommando auf.

»Was zum Teufel war das?«, fragte Marcus.

»Das Haus«, antwortete ich müde. »Ich sehe mal nach, was es will.«

Matthew nahm die Figur und folgte mir.

An der Schwelle zur Stube erwartete uns die alte Frau mit dem bestickten Mieder.

»Hallo, Madam.« Sophie war uns gefolgt und nickte der alten Frau höflich zu. Dann sah sie mich prüfend an. »Die Lady sieht Ihnen ähnlich, nicht wahr?«

Ihr habt euch also für einen Weg entschieden, sagte die Alte leise.

»Das haben wir.« Hinter mir hörte ich Schritte, denn die anderen kamen ebenfalls aus dem Esszimmer, um nachzusehen, was das für ein Lärm gewesen war.

Du wirst noch etwas für deine Reise brauchen, belehrte sie mich.

Die schweren Türen schwangen auf, und plötzlich hatte ich nicht nur eine Schar von Kreaturen im Rücken, sondern eine ganze Geisterrunde vor mir, die sich um den Kamin versammelt hatte.

Das scheint interessant zu werden, sagte meine Großmutter sarkastisch, die am Kopf der Geisterschar saß.

In den Wänden rumorte es wie Knochengeschepper. Meine Knie versagten mir den Dienst, und ich ließ mich in den Schaukelstuhl meiner Großmutter fallen.

In der Vertäfelung zwischen Fenster und Kamin bildete sich ein langer Riss. Er vergrößerte und verbreiterte sich zu einem diagonalen Spalt. Das alte Holz bebte und quietschte. Etwas Weiches mit Armen und Beinen kam aus dem Spalt geflogen. Ich zuckte zurück, als es genau auf meinem Schoß landete.

»Heilige Scheiße«, war Sarahs Kommentar.

Davon wird sich die Vertäfelung nie erholen, kommentierte meine Großmutter und schaute bedauernd auf das gerissene Holz.

Was mich da angesprungen hatte, bestand aus grob gewebtem Stoff, der zu einem fahlen Graubraun verblichen war. Es hatte vier Gliedmaßen und dazu anstelle eines Kopfes einen Klumpen, der mit ausgebleichten Haarfäden verziert war. An die Stelle, wo sich das Herz befinden sollte, hatte jemand ein X gestickt.

»Was ist das?« Ich streckte den Zeigefinger nach den ungleichmäßigen, rostbraunen Stichen aus.

»Nicht anfassen!«, schrie Em.

»Ich habe es doch schon berührt«, sagte ich und sah sie verdattert an. »Schließlich liegt es auf meinem Schoß.«

»Ich habe noch nie eine so alte Puppe gesehen«, sagte Sophie und beugte sich darüber.

»Eine Puppe?« Miriam stutzte. »Hatte nicht eine deiner Vorfahrinnen Ärger wegen einer Puppe?«

»Bridget Bishop«, bestätigten Sarah, Em und ich wie aus einem Mund.

Die Alte mit dem bestickten Mieder stand jetzt neben meiner Großmutter.

»Gehört das dir?«, flüsterte ich.

Ein Lächeln zupfte an Bridgets Mundwinkel. *Vergiss nicht, du musst dich in Acht nehmen, wenn du an eine Kreuzung kommst, Tochter. Keiner weiß, welche Geheimnisse dort vergraben liegen.*

Ich sah auf die Puppe und berührte ganz leicht das X auf der Brust. Der Stoff platzte auf, und darunter kam eine nach Kräutern duftende Füllung aus Blättern, Zweigen und getrockneten Blumen zum Vorschein. »Weinraute«, sagte ich, weil ich den Geruch aus Marthes Tee kannte.

»Klee, Ginster, Vogelknöterich und Ulmenrinde, so wie es riecht.« Sarah schnupperte ausgiebig. »Diese Puppe wurde angefertigt, um jemanden anzulocken – wahrscheinlich Diana –, aber es liegt auch ein Schutzzauber darauf.«

Du hast gute Arbeit geleistet, sagte Bridget zu meiner Großmutter und nickte dabei zu Sarah hin.

Etwas leuchtete aus dem Braun. Als ich vorsichtig daran zog, zerfiel die Puppe in ihre Einzelteile.

Aber da hört es auf, sagte Bridget seufzend. Meine Großmutter legte tröstend den Arm um sie.

»Es ist ein Ohrring.« Das Licht fing sich in der kunstvoll verzierten Oberfläche, an deren Ende eine große, tropfenförmige Perle funkelte.

»Wie zum Teufel kommt ein Ohrring meiner Mutter in Bridget Bishops Puppe?« Matthews Gesicht war wieder aschgrau geworden.

»Waren die Ohrringe deiner Mutter in dieser einen Nacht am selben Fleck wie dein Schachspiel?«, fragte Miriam. Ohrring und Schachfigur waren sehr alt – älter als die Puppe und älter als das Haus der Bishops.

Matthew überlegte kurz und nickte dann. »Ja. Reicht dir eine Woche? Kannst du bis dahin soweit sein?«, fragte er mich dann.

»Ich weiß nicht.«

»Natürlich werden Sie soweit sein.« Sophie redete beruhigend auf ihren Bauch ein. »Sie wird alles für dich in Ordnung bringen, meine kleine Hexe. Sie werden ihre Patin«, meinte sie dann strahlend. »Das wird ihr gefallen.«

»Das Baby mitgezählt – und die Geister ausgenommen, natürlich«, sagte Marcus so täuschend beiläufig, dass er mich an Matthew erinnerte, wenn er unter Stress stand, »sind wir zu neunt in diesem Raum.«

»Vier Hexen, drei Vampire und zwei Dämonen«, bestätigte Sophie verträumt, die Hände auf ihrem Bauch. »Aber uns fehlt immer noch ein Dämon. Ohne ihn können wir kein Konventikel abhalten. Und wenn Matthew und Diana erst weg sind, werden wir noch einen Vampir brauchen. Lebt Matthews Mutter noch?«

»Sie ist müde«, entschuldigte sich Nathaniel für seine Frau und legte die Hände fest auf ihre Schultern. »Dann kann sie sich nur schwer konzentrieren.«

»Was war das eben?«, fragte Em, die sich anstrengen musste, damit ihre Stimme nicht zitterte.

Auf einmal wirkte Sophies Blick gar nicht mehr verträumt. »Ein

Konventikel. So haben sie früher eine Zusammenkunft von Abtrünnigen genannt. Die beiden wissen das bestimmt noch.« Sie nickte zu Marcus und Miriam hin.

»Ich habe dir doch gesagt, dass es hier nicht um die Bishops oder um die de Clermonts geht«, sagte Em zu Sarah. »Es geht nicht einmal um Matthew und Diana und darum, ob sie zusammen sein können. Es geht auch um Sophie und Nathaniel. Es geht um unsere Zukunft, genau wie Diana gesagt hat. So werden wir gegen die Kongregation kämpfen – nicht nur als einzelne Familien, sondern als – wie hieß das noch?«

»Konventikel«, antwortete Miriam. »Das Wort hat mir schon immer gefallen – es klingt so wunderbar unheilschwanger.« Sie lehnte sich zurück und lächelte zufrieden.

Matthew wandte sich an Nathaniel. »So wie es aussieht, hatte Ihre Mutter recht. Ihr gehört hierher, zu uns.«

»Natürlich gehören sie hierher«, sagte Sarah knapp. »Das Schlafzimmer wartet schon auf euch, Nathaniel. Es ist oben, die zweite Tür rechts.«

»Danke«, sagte Nathaniel und klang dabei ein wenig erleichtert, auch wenn er zur Sicherheit Matthew weiterhin argwöhnisch im Auge behielt.

»Ich bin Marcus.« Matthews Sohn streckte dem Dämon die Hand hin. Nathaniel drückte sie entschlossen, so als würde er nicht spüren, wie kalt das Vampirfleisch war.

»Siehst du? Wir hätten gar kein Zimmer in diesem Hotel zu reservieren brauchen, Schätzchen«, erklärte Sophie ihrem Mann und lächelte glückselig. Dann suchte ihr Blick nach Em. »Gibt es eigentlich noch Kekse?«

Kapitel 40

Ein paar Tage darauf saß Sophie mit mehreren Kürbissen und einem scharfen Messer an der Kücheninsel, als Matthew und ich von unserem Spaziergang zurückkamen. Es war kälter geworden, und die Luft roch nach Winter.

»Was meint ihr dazu?«, fragte Sophie und drehte den Kürbis zu uns her. Er hatte die ausgehöhlten Augen, gewölbten Brauen und den klaffenden Mund aller Halloween-Kürbisse, aber sie hatte die Gesichtszüge bemerkenswert herausgearbeitet. Vom Mund strahlten Falten aus, und die Stirn war tief gerunzelt, wodurch die Augen leicht schief standen. Insgesamt ließ einen der Anblick frösteln.

»Fantastisch!« Matthew betrachtete begeistert den Kürbis.

Sie biss sich auf die Lippe und begutachtete kritisch ihr eigenes Werk. »Ich bin nicht sicher, ob die Augen so passen.«

Ich lachte. »Immerhin *hat* er Augen. Wenn Sarah keine Lust zum Schnitzen hat, sticht sie mit einem Schraubenzieher drei Löcher in einen Kürbis und lässt es dabei bewenden.«

»An Halloween haben Hexen viel zu tun. Wir haben nicht immer die Zeit, uns um die Details zu kümmern«, bemerkte Sarah scharf und kam aus der Rezeptur, um Sophies Werk in Augenschein zu nehmen. Sie nickte wohlwollend. »Aber dieses Jahr wird uns die ganze Nachbarschaft beneiden.«

Sophie lächelte schüchtern und zog den nächsten Kürbis zu sich her. »Als Nächstes mache ich einen, der nicht so schrecklich aussieht. Wir wollen die Kinder schließlich nicht zum Weinen bringen.«

Es war nicht mal mehr eine Woche bis Halloween, und Em und Sarah arbeiteten hektisch, um alles für das alljährliche Herbstfest des Hexenkonvents von Madison vorzubereiten. Es würde zu essen geben, reichlich zu trinken (darunter Ems berühmten Punsch, auf dessen Konto mindestens eine Juli-Geburt ging) und genug Hexerei, um die überdrehten Kinder abzulenken und vom Feuer fernzuhalten, wenn sie von ihrem Halloween-Beutezug zurückkamen. Äpfel mit dem Mund aus dem Fass zu fischen war viel schwieriger, wenn das Obst zuvor verzaubert worden war.

Erst hatten meine Tanten gesagt, dass sie dieses Mal nicht teilnehmen wollten, aber Matthew hatte nur den Kopf geschüttelt. »Alle würden sich wundern, wenn ihr nicht auftaucht. Das ist ein Halloween wie jedes andere.«

Wir hatten ihn zweifelnd angesehen. Schließlich zählten nicht nur Sarah und Em die Stunden bis Halloween.

Gestern Abend hatte Matthew uns dargelegt, wie wir alle nacheinander aus dem Haus verschwinden würden, angefangen mit Nathaniel und Sophie und endend mit Marcus und Miriam. Auf diese Weise, hoffte er, würde unsere Abreise weniger auffallen – und er war zu keiner Diskussion bereit.

Marcus und Nathaniel hatten sich lange angesehen, als Matthew seine Ankündigung vorbrachte, dann hatte der Dämon mit zusammengepressten Lippen den Kopf geschüttelt und der junge Vampir den Tisch angestarrt, während in seinem Kiefer ein Muskel gezuckt hatte.

»Aber wer verteilt dann die Süßigkeiten?«, fragte Em.

Matthew überlegte kurz. »Das übernehmen Diana und ich.«

Als wir alle vom Tisch aufgestanden waren, hatten die beiden jungen Männer etwas von Milch holen gemurmelt und waren aus dem Raum gestürmt. Kurz darauf waren sie in Marcus' Auto gestiegen und die Zufahrt hinuntergerast.

»Du musst aufhören, ihnen ständig vorzuschreiben, was sie zu tun haben«, sagte ich Matthew, der mit mir an der Haustür stand und ihnen nachsah. »Es sind erwachsene Männer. Nathaniel hat eine Frau und wird bald auch ein Kind haben.«

»Wenn sie auf sich allein gestellt wären, hätten Marcus und Nathaniel schon morgen eine Vampirarmee vor ihrer Tür stehen.«

»Nächste Woche wirst du nicht mehr da sein, um sie herumzukommandieren«, ermahnte ich ihn und beobachtete, wie die Heckleuchten in Richtung Stadt verschwanden. »Dann hat dein Sohn das Kommando.«

»Genau das macht mir solche Sorgen.«

Das Hauptproblem bestand darin, dass wir mit einer akuten Testosteronschwemme zu kämpfen hatten. Sobald sich Nathaniel und Matthew in einem Raum aufhielten, flogen die Funken, und da das Haus so voll war, konnten sie sich kaum aus dem Weg gehen.

Der nächste Streit war am Nachmittag fällig, als ein Paket angeliefert wurde. Es war ein Karton, auf dessen Klebeband in fetten roten Lettern biologisches gefahrgut zu lesen war.

»Was zum Teufel ist das?«, fragte Marcus, als er den Karton mit ausgestreckten Armen ins Familienzimmer trug. Nathaniel sah von seinem Notebook hoch und riss erschrocken die braunen Augen auf.

»Das ist für mich«, sagte Matthew nur und nahm seinem Sohn den Karton ab.

»Meine Frau ist schwanger!«, fuhr Nathaniel auf und knallte das Notebook zu. »Wie kannst du so etwas ins Haus bringen?«

»Das sind die Impfungen für Diana.« Matthew konnte seinen Ärger nur mit Mühe unterdrücken.

Ich legte meine Zeitschrift beiseite. »Was für Impfungen?«

»Du wirst keinesfalls in die Vergangenheit reisen, ohne dass du gegen alle möglichen Krankheiten geimpft bist. Komm mit in die Rezeptur«, sagte Matthew und streckte mir die Hand hin.

»Erst will ich wissen, was in dem Karton ist.«

»Kombi-Impfstoffe – gegen Tetanus, Typhus, Polio und Diphterie – und dann noch ein paar Impfungen, die du wahrscheinlich noch nicht bekommen hast, zum Beispiel eine neue Einmalimpfung gegen Tollwut, die neuesten Grippeimpfungen, eine gegen Cholera.« Er verstummte kurz, immer noch mit ausgestreckter Hand. »Und eine Pockenimpfung.«

»Pocken?« Man hatte ein paar Jahre vor meiner Geburt aufgehört, die Schulkinder gegen Pocken zu impfen. Das bedeutete, dass weder Sophie noch Nathaniel geimpft waren.

Matthew beugte sich vor und zog mich auf die Füße. »Fangen wir an«, verkündete er entschieden.

»Du wirst mich heute auf keinen Fall pieken.«

»Lieber heute pieken, als morgen die Pocken«, entgegnete er.

»Einen Moment.« Nathaniels Stimme knallte wie ein Peitschenschlag durch den Raum. »Nach der Pockenimpfung wirst du ansteckend sein. Was ist mit Sophie und dem Baby?«

»Erklär du es ihm, Marcus«, befahl Matthew und trat zur Seite, damit ich vorbeikonnte.

»Sie kann uns nicht mit Pocken anstecken«, versuchte Marcus ihn zu beruhigen. »Die Impfung wird mit abgeschwächten Erregern vorgenommen. Sophie kann nichts passieren, solange sie weder Dianas Arm noch etwas anderes berührt, was damit in Kontakt gekommen ist.«

Sophie lächelte Marcus an. »Okay, das dürfte nicht allzu schwer sein.«

»Tust du immer alles, was er dir aufträgt?«, fragte Nathaniel Marcus verächtlich und erhob sich von der Couch. Dann sah er auf seine Frau hinab. »Sophie, wir fahren.«

»Mach nicht so einen Wind, Nathaniel«, sagte Sophie. »Du machst das Haus – und vor allem das Baby – ganz nervös, wenn du so etwas sagst. Wir werden nirgendwohin fahren.«

Nathaniel warf Matthew einen nachtschwarzen Blick zu und plumpste in die Polster zurück.

»Marcus hört genauso gut auf mich wie Sophie auf dich«, bemerkte Matthew im Hinausgehen.

In der Rezeptur wartete Matthew, bis ich den Pullover ausgezogen hatte, und begann dann meinen Oberarm mit Alkohol abzureiben. Die Tür öffnete sich quietschend.

Es war Sarah. Sie hatte den Wortwechsel zwischen Matthew und Nathaniel kommentarlos verfolgt, dabei aber ununterbrochen den Karton im Auge behalten.

Matthew hatte bereits das Klebeband um den Schaumstoffcontainer aufgeschlitzt. Darin lagen mehrere kleine Ampullen, außerdem eine

Pillenschachtel, etwas, das aussah wie ein Salzpäckchen und ein zweizackiges Metallinstrument, das ich noch nie gesehen hatte. Er wirkte wieder so sachlich und distanziert wie damals bei meinem Besuch im Labor in Oxford und hatte offenbar keine Muße für freundliches Geplauder oder liebevolle Fürsorge. Umso mehr freute ich mich über Sarahs moralische Unterstützung.

»Ich habe ein paar alte weiße Hemden, die du anziehen kannst.« Sarah lenkte mich von dem ab, was Matthew tat. »Die kann ich hinterher auskochen. Weiße Handtücher auch. Lass deine Wäsche einfach in eurem Zimmer liegen, ich kümmere mich darum.«

»Danke, Sarah. Dann brauchen wir uns um das Ansteckungsrisiko schon mal keine Gedanken zu machen.« Matthew wählte eine Ampulle aus. »Wir fangen mit der Tetanusimpfung an.«

Jedes Mal, wenn er mir etwas in den Arm steckte, zuckte ich zusammen. Nach dem dritten Stich stand mir ein dünner Schweißfilm auf der Stirn, und mein Herz pochte. »Sarah«, sagte ich zittrig, »kannst du bitte hinter mir weggehen?«

»Entschuldige.« Sarah postierte sich stattdessen hinter Matthew. »Ich bringe dir Wasser.« Gleich darauf reichte sie mir ein eiskaltes Wasserglas, das außen mit Kondenstropfen überzogen war. Dankbar nahm ich es und konzentrierte mich darauf, es in der Hand zu behalten, statt zu beobachten, welche Ampulle Matthew als Nächstes öffnete.

Die nächste Nadel stach in meine Haut, und ich schreckte zusammen.

»Das ist die Letzte«, sagte Matthew. Er öffnete den Behälter, der wie eine kleine Salzschachtel aussah, und schüttete den Inhalt vorsichtig in ein Fläschchen mit einer Flüssigkeit. Nachdem er es kräftig durchgeschüttelt hatte, reichte er es mir. »Das ist das Mittel gegen Cholera. Das muss oral eingenommen werden. Danach kommt noch die Pockenimpfung, und außerdem musst während der nächsten Tage nach dem Abendessen ein paar Pillen nehmen.«

Ich kippte die Flüssigkeit hinunter, die so schleimig war und so widerlich schmeckte, dass ich würgen musste.

Matthew öffnete die Schutzverpackung für den zweizackigen Pocken-Inokulator. »Weißt du, was Thomas Jefferson an Edward Jenner über diese Impfung geschrieben hat?«, fragte er mit hypnotischer Stimme. »Es sei die wichtigste medizinische Entdeckung überhaupt.« Kalter Alkohol bedeckte eine Stelle an meinem Oberarm, dann durchstachen die beiden Zacken die Haut. »Harveys Entdeckung des Blutkreislaufs bezeichnete der Präsident dagegen nur als ›schöne Ergänzung‹ des medizinischen Wissens.«

Matthew strich in kleinen Kreisen über meine Haut, um das Lebendvirus zu verteilen.

Seine Ablenkungstaktik funktionierte. Ich war viel zu beschäftigt damit, ihm zuzuhören, als dass ich mich darum kümmerte, was er an meinem Arm tat.

»Jefferson lobte Jenner überschwänglich, weil durch seine Impfung die Pocken zu einer Krankheit herabgestuft würden, die eines Tages nur noch den Historikern bekannt sei. Er hatte die menschliche Rasse von einem ihrer tödlichen Feinde befreit.« Matthew packte die leere Ampulle und den Inokulator in einen Behälter für Giftmüll. »Erledigt.«

»Hast du Jefferson gekannt?« In meiner Fantasie wanderte ich bereits durch das Virginia des achtzehnten Jahrhunderts.

»Washington kannte ich besser. Er war Soldat – ein Mann, der seine Taten für sich sprechen ließ. Jefferson war ein Mann der Sprache, an den nicht leicht heranzukommen war. Mit einer Emanze wie dir im Schlepptau würde ich keinesfalls unangemeldet bei ihm auftauchen wollen.«

Ich griff nach meinem Rollkragenpullover, doch Matthew hielt meinen Arm fest und deckte die Stelle gewissenhaft mit einem wasserdichten Verband ab. »Das ist ein Lebendvirus. Sophie und Nathaniel dürfen die Stelle und alles, was damit in Kontakt kommt, keinesfalls berühren.« Er trat an die Spüle und schrubbte seine Hände energisch unter dampfend heißem Wasser ab.

»Und wie lange?«

»Erst wird sich eine Blase bilden, dann wird die Stelle verschorfen. Niemand sollte sie berühren, bis die Blase abgeheilt ist.«

Ich streifte den alten, ausgeleierten Rollkragenpullover über den Kopf und achtete darauf, dass der Verband nicht verrutschte.

»Nachdem das jetzt erledigt ist, sollten wir uns darauf konzentrieren, wie Diana dich – und sich – an Halloween in eine andere Epoche transportieren soll. Selbst wenn sie in ihrer Kindheit zeitgewandert ist, wird das nicht einfach werden«, sagte Sarah mit sorgenvoll gerunzelter Stirn.

Em erschien in der Tür. Wir machten ihr Platz am Tisch.

»Ich bin auch vor Kurzem zeitgewandert«, gestand ich.

»Wann?« Matthew hielt über den Impfutensilien inne, die er eben wegräumen wollte.

»Erst auf der Zufahrt, als du mit Ysabeau geredet hast. Dann wieder an dem Tag, an dem Sarah mir beibringen wollte, eine Kerze anzuzünden, und ich aus der Rezeptur direkt in den Apfelgarten getreten bin. Beide Male habe ich nur den Fuß gehoben, mich an einen anderen Ort gewünscht und den Fuß genau dort abgesetzt, wo ich hinwollte.«

»Das klingt wirklich nach einer Zeitwanderung«, sagte Sarah langsam. »Natürlich bist du nicht weit gereist – und hast nichts dabei getragen.« Sie maß mit Blicken Matthews Statur und sah mich dann zweifelnd an.

Jemand klopfte an die Tür. »Kann ich reinkommen?«, hörten wir Sophies gedämpfte Stimme.

»Kann sie, Matthew?«, fragte Em.

»Solange sie Diana nicht berührt.«

Als Em die Tür öffnete, strich Sophie beruhigend mit beiden Händen über ihren Bauch. »Alles wird gut«, verkündete sie fröhlich von der Türschwelle aus. »Solange Matthew eine Verbindung zu dem Ort hat, an den sie reisen, wird er Diana nicht zusätzlich belasten, sondern ihr im Gegenteil helfen.«

Hinter Sophie tauchte Miriam auf. »Passiert hier irgendwas Interessantes?«

»Wir unterhalten uns gerade übers Zeitwandern«, erklärte ich ihr.

»Wie willst du üben?« Miriam schob sich an Sophie vorbei und drückte sie energisch in den Flur zurück, als Sophie ihr folgen wollte.

»Diana wird erst ein paar Stunden in die Vergangenheit wandern und sich dann langsam steigern. Erst vergrößern wir die Zeiträume, dann die Distanz. Danach packen wir Matthew dazu und sehen mal, was passiert.« Sarah sah Em an. »Kannst du ihr helfen?«

»Ein bisschen«, meinte Em vorsichtig. »Stephen hat mir erklärt, wie er es gemacht hat. Er hat nie Zaubersprüche verwendet, um in der Zeit zurückzuwandern – er hatte auch so genug Energie. Nachdem Diana schon so früh mit ihren Zeitwanderungen angefangen hat und sich keine Zaubersprüche merken kann, hielte ich es für klug, seinem Beispiel zu folgen.«

»Warum gehst du nicht mal mit Diana in die Scheune und probierst es aus?«, schlug Sarah freundlich vor. »Von dort aus könnte sie direkt in die Rezeptur zurückkommen.«

Als Matthew uns nachgehen wollte, hielt ihn Sarah mit einer Hand zurück. »Du bleibst hier.«

Matthews Gesicht war wieder aschfahl geworden. Es gefiel ihm gar nicht, wenn ich in einen anderen Raum verschwand, von einer anderen Zeit ganz zu schweigen.

In der Hopfenscheune hing immer noch der süße Geruch längst vergangener Ernten. Em baute sich mir gegenüber auf und erteilte mir mit leiser Stimme Anweisungen. »Steh so still wie möglich«, sagte sie, »und leere deinen Geist.«

»Du klingst wie meine Yogalehrerin«, sagte ich und ordnete meine Arme und Beine zur vertrauten Bergstellung an.

Em lächelte. »Ich fand schon immer, dass Yoga und Magie viel gemeinsam haben. Jetzt schließ die Augen. Denk an die Rezeptur, die du gerade verlassen hast. Du musst lieber dort als hier sein wollen.«

Ich schuf den Destillierraum in meinem Geist nach, stattete ihn mit Objekten, Düften, Wesen aus. Dann stutzte ich. »Und wo wirst du sein?«

»Das hängt davon ab, wann du ankommst. Wenn du ankommst, bevor wir aufgebrochen sind, bin ich dort. Wenn nicht, bin ich hier.«

»Irgendwie ergibt das physikalisch keinen Sinn.« Plötzlich wollte mir nicht in den Kopf, wie das Universum mit mehreren Dianas und

Ems zurande kommen sollte – von mehreren Miriams und Sarahs mal ganz abgesehen.

»Hör auf, dir darüber den Kopf zu zerbrechen. Wie hat dein Vater geschrieben? *Wer sich nicht mehr wundern, nicht mehr staunen kann, der ist sozusagen tot.*«

»Ziemlich gut getroffen«, gab ich unwillig zu.

»Es ist Zeit, dich ins Mysteriöse vorzuwagen, Diana. Magie und Wunder waren von jeher dein Anrecht, und beides wartet auf dich. Und jetzt stell dir vor, wo du am liebsten sein möchtest.«

Als in meinem Geist ein festes Bild Gestalt angenommen hatte, hob ich den Fuß.

Als ich ihn wieder absetzte, stand ich neben Em in der Hopfenscheune.

»Es hat nicht funktioniert«, stellte ich in Panik fest.

»Weil du dich zu sehr auf die Details des Raumes konzentriert hast. Denk an Matthew. Möchtest du nicht bei ihm sein? Magie ist keine Kopfsache, sondern eine Sache des Herzens. Es geht dabei nicht um irgendwelche Worte oder richtig ausgeführte Rituale wie bei der Hexerei. Du musst sie *spüren.*«

»Verlangen.« Ich sah vor mir, wie ich die *Notes and Queries* aus dem Regalfach gezogen hatte, und spürte wieder, wie mich Matthews Lippen in seinem Apartment im All Souls zum ersten Mal berührt hatten. Die Scheune verschwand, und Matthew erzählte mir wieder die Geschichte von Thomas Jefferson und Edward Jenner.

»Nein«, rief mich Em mit stählerner Stimme zurück. »Denk nicht an Jefferson. Sondern an Matthew.«

»Matthew.« Ich lenkte meine Gedanken zurück, bis ich wieder seine kühlen Finger auf meiner Haut spürte, wieder seine volle Stimme hörte, wieder dieselbe unbändige Lebenskraft fühlte wie jedes Mal, wenn wir zusammen waren.

Ich hob den Fuß. Er landete in einer Ecke der Rezeptur, wo ich eingequetscht hinter einem alten Fass zu stehen kam.

»Und wenn sie sich verirrt?« Matthew klang angespannt. »Wie holen wir sie dann zurück?«

»Mach dir deswegen keine Sorgen«, sagte Sarah und deutete in meine Richtung. »Da ist sie schon.«

Matthew fuhr herum und atmete tief aus.

»Wie lange war ich weg?« Mir war ein bisschen schummrig, und ich fühlte mich desorientiert, aber ansonsten gut.

»Etwa neunzig Sekunden«, sagte Sarah. »Lange genug, damit Matthew einen Nervenzusammenbruch bekommt.«

Matthew zog mich in seine Arme und legte sein Kinn auf meinen Scheitel. »Gott sei Dank. Ab wann kann sie mich mitnehmen?«

»Wir wollen nichts überstürzen«, warnte ihn Sarah. »Eins nach dem anderen.«

Ich sah mich um. »Wo ist Em?«

»In der Scheune.« Sophie strahlte mich an. »Sie wird schon nachkommen.«

Erst nach über zwanzig Minuten kehrte Em zurück. Als sie eintrat, hatte sie vor Aufregung und Kälte gerötete Wangen, aber sie entspannte sich sichtbar, als sie mich bei Matthew stehen sah.

»Gut gemacht, Em«, sagte Sarah und gab ihr einen Kuss, ein ungewohnt offenes Zeichen ihrer Liebe.

»Diana fing an, an Thomas Jefferson zu denken«, sagte Em. »Ich hatte schon Angst, dass sie in Monticello gelandet sein könnte. Dann konzentrierte sie sich auf ihre Gefühle, und ihr Körper wurde an den Rändern unscharf. Ich musste blinzeln, und im nächsten Moment war sie weg.«

An diesem Nachmittag unternahm ich unter Ems wachsamen Augen eine längere Reise zurück zum Frühstück. Im Verlauf der nächsten Tage reiste ich bei jeder Zeitwanderung ein bisschen weiter. Mit drei Gegenständen bewehrt in die Vergangenheit zurückzureisen war immer einfacher als in die Gegenwart zurückzukehren, wozu ich enorme Konzentration brauchte und genau vorausberechnen musste, wann und wo ich eintreffen wollte. Schließlich war es soweit, dass ich zum ersten Mal versuchen sollte, Matthew zu tragen.

Sarah hatte darauf bestanden, die Variablen einzuschränken, damit es nicht zu anstrengend für mich wurde. »Stellt euch dorthin, wo ihr landen wollt«, riet sie mir. »Auf diese Weise brauchst du dich nur darauf zu konzentrieren, dass du dich an einen bestimmten Zeitpunkt zurückwünschst. Das mit dem Ort regelt sich von selbst.«

Ich ging mit ihm in der Dämmerung hoch ins Schlafzimmer, ohne ihm zu verraten, was ihn erwartete. Die kleine Dianafigur und der goldene Ohrring aus Bridget Bishops Puppe lagen vor einem Foto meiner Eltern auf der Kommode.

»Ich würde wirklich gern ein paar Stunden hier verbringen – mit dir allein –, aber das Essen ist gleich fertig«, protestierte er, und ich entdeckte ein lüsternes Funkeln in seinen Augen.

»Wir haben reichlich Zeit. Sarah meinte, ich sollte probieren, mit dir gemeinsam zeitzuwandern. Wir kehren in unsere erste Nacht in diesem Haus zurück.«

Matthew überlegte kurz, dann leuchteten seine Augen. »War das die Nacht, in der die Sterne zu funkeln begannen – hier drinnen?«

Mein Kuss war Antwort genug.

»Aha.« Er sah mich schüchtern, aber ungeheuer zufrieden an. »Was soll ich tun?«

»Nichts.« Das würde für ihn bestimmt das Schwerste am Zeitwandern sein. »Wie sagst du immer? Schließ die Augen, entspann dich, und überlass alles andere mir.« Ich grinste frech.

Er verschränkte seine Finger mit meinen. »Hexe.«

»Du wirst es nicht einmal mitbekommen«, versicherte ich ihm. »Es geht ganz schnell. Du musst nur den Fuß heben und ihn wieder senken, sobald ich es dir sage. Und lass mich bloß nicht los.«

»Auf gar keinen Fall«, sagte Matthew und verstärkte seinen Griff.

Ich dachte an jene Nacht, die erste Nacht nach meiner Entführung durch Satu, in der wir allein gewesen waren. Ich erinnerte mich, wie kräftig und gleichzeitig sanft er meinen Rücken berührt hatte. Ich spürte die direkte, unauslöschliche Verbindung zu jenem gemeinsamen Augenblick in unserer Vergangenheit.

»Jetzt«, flüsterte ich. Im Gleichklang hoben wir den Fuß.

Aber mit Matthew zeitzuwandern war anders. Mit ihm an meiner Seite bewegte ich mich langsamer und bekam darum zum ersten Mal wirklich mit, was eigentlich geschah.

Vergangenheit, Gegenwart und Zukunft umwoben uns in einem schimmernden Spinnennetz aus Licht und Farben. Jeder Strang in diesem Netz bewegte sich ganz langsam, beinahe unmerklich, und berührte dabei andere Fäden, bevor er sich wieder entfernte, so als würde er von einer sanften Brise weggeweht. Jedes Mal, wenn sich zwei Stränge berührten – und es berührten sich ständig Millionen davon –, war das leise Echo eines unhörbaren Ur-Lautes zu vernehmen.

Die scheinbar unendlichen Möglichkeiten vor uns lenkten uns kurzzeitig so ab, dass wir um ein Haar den gezwirbelten rot-weißen Zeitstrang aus den Augen verloren hätten, dem wir folgten. Ich konzentrierte mich wieder darauf, weil ich wusste, dass nur er uns an unseren ersten Abend in Madison zurückbringen würde.

Ich setzte den Fuß ab und spürte raue Dielen unter meinen nackten Sohlen.

»Du hast gesagt, es würde ganz schnell gehen«, sagte er heiser. »Mir kam das ganz und gar nicht schnell vor.«

»Nein, diesmal war es anders«, gab ich ihm recht. »Hast du die Lichter gesehen?«

Matthew schüttelte den Kopf. »Da war alles schwarz. Ich fiel, ganz langsam zwar, aber nur deine Hand hat verhindert, dass ich auf dem Boden aufprallte.« Er hob sie an den Mund und küsste sie.

In dem stillen Haus roch es leicht nach Chili, und draußen war es dunkel. »Kannst du mir sagen, wer alles hier ist?«

Seine Nasenflügel bebten, und er schloss die Augen. Dann lächelte er und seufzte glücklich. »Nur Sarah und Em und du und ich. Sonst niemand.«

Ich zog ihn kichernd an mich.

»Aber bald platzt dieses Haus aus allen Nähten.« Matthew vergrub sein Gesicht in meiner Halsbeuge. »Du hast immer noch deinen Verband. Das heißt, wenn wir in die Vergangenheit zurückreisen, bleiben wir trotzdem, wer wir in der Gegenwart sind, und vergessen auch nicht, was dort passiert ist.« Seine kalten Hände schoben sich unter den Saum meines Rollkragenpullovers. »Wie gut bist du mit deinem wiederentdeckten Talent als Zeitwanderin darin, Zeiträume abzuschätzen?«

Obwohl wir uns in der Vergangenheit alle Zeit der Welt ließen, waren wir in der Gegenwart zurück, bevor Em den Salat angemacht hatte.

»Das Zeitwandern bekommt dir gut, Matthew«, sagte Sarah und begutachtete aufmerksam sein entspanntes Gesicht. Sie belohnte ihn mit einem Glas Wein.

»Danke, Sarah. Ich war in guten Händen.« Er prostete mir zu.

»Freut mich zu hören«, sagte Sarah trocken und klang dabei fast wie meine Geistergroßmutter. Sie warf ein paar Radieschenscheiben in die größte Salatschüssel, die ich je gesehen hatte.

»Wo kommt die her?« Interessiert beugte ich mich über die Schüssel, damit sie meine geröteten Lippen nicht sah.

»Vom Haus«, antwortete Em und verquirlte mit einem Schneebesen das Dressing. »Es macht ihm Spaß, so viele Münder zu stopfen.«

Am nächsten Morgen ließ uns das Haus wissen, dass wir schon wieder Besuch erwarten durften.

Sarah, Matthew und ich diskutierten gerade darüber, ob ich das nächste Mal nach Oxford oder nach Sept-Tours zeitwandern sollte, als Em mit einem Arm voller Wäsche ins Zimmer trat. »Da kommt jemand.«

Matthew legte die Zeitung beiseite und stand auf. »Sehr gut. Ich erwarte eine Lieferung.«

»Es ist keine Lieferung, und es ist auch noch niemand da. Aber das Haus hat sich schon vorbereitet.« Sie verschwand in der Wäschekammer.

»Noch ein Zimmer? Wo hat das Haus es denn angebaut?«, rief Sarah ihr hinterher.

»Neben das von Marcus«, hallte Ems Antwort aus den Tiefen der Waschmaschine.

Wir wetteten darauf, wer es sein würde. Die Tipps reichten von Agatha Wilson bis zu Emilys Freunden aus dem Cherry Valley, die gerne mal unangemeldet zur Halloweenparty des hiesigen Hexenkonvents anreisten.

Am späten Vormittag klopfte jemand energisch an die Tür. Sie öffnete sich einem kleinen, dunkelhaarigen Mann mit intelligenten Augen. Wir erkannten ihn sofort aus zahllosen Fotostrecken über Londoner Promipartys und aus Fernsehpressekonferenzen. Die letzten Zweifel, wer da vor mir stand, wurden durch das vertraute Druckgefühl auf meinen Wangenknochen ausgeräumt.

Unser mysteriöser Gast war Matthews Freund Hamish Osborne.

»Sie müssen Diana sein«, sagte er ohne Begeisterung oder Umschweife und dehnte dabei auf typisch schottische Weise die Vokale. Hamish trug einen teuer wirkenden dunkelgrauen Nadelstreifenanzug, der ihm auf den Leib geschneidert war, dazu ein hellrosa Hemd mit silbernen Manschettenknöpfen und eine fuchsienrote Krawatte mit winzigen schwarzen Fliegen darauf. »Bin ich. Hallo, Hamish. Erwartet Matthew Sie?« Ich trat beiseite, um ihn ins Haus zu lassen.

»Wahrscheinlich nicht«, antwortete Hamish knapp und ohne einen Schritt vorwärts zu machen. »Wo ist er?«

»Hamish.« Ich hatte den Luftzug gespürt, ehe ich ihn kommen hörte. Er streckte die Hand aus. »Das nenne ich eine Überraschung.«

Hamish starrte auf die ausgestreckte Hand und sah den Besitzer dann mit zusammengekniffenen Augen an. »Überraschung? Lass uns gleich weiter über Überraschungen reden. Als ich deiner … *Familienfirma* beigetreten bin, hast du mir geschworen, dass es niemals hierzu kommen würde.« Er zückte einen Umschlag mit aufgebrochenem schwarzem Siegel.

»Stimmt.« Matthew ließ die Hand sinken und sah Hamish argwöhnisch an.

»So viel gelten deine Versprechen also. Soweit ich aus diesem Brief und aus meinen Gesprächen mit deiner Mutter ersehen kann, gibt es Schwierigkeiten.« Hamishs Blick zuckte kurz zu mir herüber und richtete sich dann wieder auf Matthew.

»Ja.« Matthews Lippen spannten sich. »Aber du bist der neunte Ritter. Du musst dich nicht einmischen.«

»Du hast einen *Dämon* zum neunten Ritter geschlagen?« Miriam war mit Nathaniel aus dem Esszimmer gekommen.

»Wer ist das?« Nathaniel schüttelte Scrabblesteinchen in der hohlen Hand, während er den Neuankömmling in Augenschein nahm.

»Hamish Osborne. Und mit wem habe ich die Ehre?«, fragte Hamish, als hätte er es mit einem impertinenten Dienstboten zu tun. Wenn wir etwas nicht brauchten, dann noch mehr Testosteron im Haus.

»Ach, ich bin niemand«, sagte Nathaniel schnoddrig, lehnte sich in den Türrahmen zum Esszimmer und beobachtete, wie Marcus sich an ihm vorbeischob.

»Warum bist du hier, Hamish?« Marcus sah ihn verdutzt an und dann auf den Brief. »Ach so.«

Meine Vorfahren versammelten sich in der Stube, und das Haus knirschte in den Fundamenten. »Könnten wir drinnen weiterreden? Das Haus will es so, müssen Sie verstehen. Es ist ein bisschen nervös, schließlich sind Sie ein Dämon – und wütend.«

»Komm, Hamish.« Matthew versuchte ihn von der Haustür wegzuziehen. »Noch haben Marcus und Sarah den Whiskyvorrat nicht aufgebraucht. Wir besorgen dir was zu trinken, dann kannst du dich vor den Kamin setzen.«

Hamish blieb stehen und redete weiter.

»Ich habe deine Mutter besucht, die meine Fragen wesentlich bereitwilliger beantwortet hat, als du es getan hättest, und dabei habe ich erfahren, dass du ein paar Sachen von zu Hause brauchst. Ich hielt es für sträflich, Alain eine so lange Reise antreten zu lassen, wo ich sowieso herkommen wollte, um dich zu fragen, was du verflucht noch mal im Schilde führst.« Er hob erst eine dicke Aktentasche aus weichem Leder und mit Ehrfurcht gebietendem Schloss hoch, dann einen kleineren Aktenkoffer.

»Vielen Dank, Hamish.« Matthew klang höflich, trotzdem war ihm anzuhören, wie sehr es ihm missfiel, dass jemand seine Anweisungen eigenmächtig abgeändert hatte.

»Und wo wir gerade von Erklärungen reden – du kannst von Glück reden, dass sich die Franzosen nicht um die Ausfuhr englischer Nationalschätze scheren.«

Matthew nahm Hamish den Aktenkoffer aus der Hand, packte seinen Freund am Ellbogen und zog ihn ins Haus. »Später«, sagte er eilig. »Marcus, du machst Hamish mit Dianas Familie bekannt, während ich das wegpacke.«

»Ach, du bist es«, rief Sophie fröhlich und trat aus dem Esszimmer. Ihr Bauch zeichnete sich unübersehbar unter einem zum Zerreißen gespannten Sweatshirt der University of North Carolina ab. »Du bist wie Nathaniel, nicht so zerstreut wie ich. Dein Gesicht ist auch auf einem Topf von mir.« Sie strahlte Hamish an, der gleichzeitig verstört und betört wirkte.

»Sind hier noch mehr?«, fragte er mich und legte dabei den Kopf schief, wodurch er aussah wie ein kleiner Vogel mit glänzenden Augen.

»Viel mehr«, bestätigte Sophie gut gelaunt. »Allerdings wirst du sie nicht sehen.«

»Kommen Sie, ich stelle Sie meinen Tanten vor«, sagte ich hastig.

»Den Hexen?« Ich hatte keine Ahnung, was Hamish dachte. Seinen scharfen Augen entging nichts, und seine Miene wirkte fast so teilnahmslos wie Matthews.

»Ja, den Hexen.«

Matthew verschwand mit dem Aktenkoffer nach oben, während Marcus und ich Hamish mit Em bekanntmachten, auf die er längst nicht so wütend reagierte wie auf Matthew und mich. Sarah hatte den Lärm gehört und erwartete uns in der Tür zur Rezeptur.

»Jetzt sind wir ein richtiger Konventikel, Sarah«, bemerkte Sophie und fasste nach der Pyramide aus frisch gebackenen Keksen, die sich auf der Kochinsel erhob. »Alle neun – drei Hexen, drei Dämonen und drei Vampire – sind vollzählig vertreten.«

»Sieht so aus«, bestätigte Sarah und begutachtete Hamish. Sie sah ihre Partnerin wie eine wild gewordene Wespe durch die Küche surren. »Em, ich glaube nicht, dass unser neuer Gast Tee oder Kaffee möchte. Steht noch Whisky im Esszimmer?«

»Diana und ich nennen es die *Kommandozentrale*«, vertraute Sophie Hamish an und nahm ihn dabei ohne Umschweife am Unterarm. »Obwohl ich mir nicht vorstellen kann, wie wir einen Krieg führen sollen, ohne dass die Menschen das bemerken. Inzwischen ist das Esszimmer der einzige Raum, in dem wir alle Platz haben. Manchmal quetschen sich auch ein paar Geister dazu.«

»Geister?« Hamish griff sich an den Kragen und lockerte seine Krawatte.

»Ins Esszimmer.« Sarah packte Hamishs anderen Ellbogen. »Alle ins Esszimmer.«

Matthew war schon dort. Es roch leicht nach heißem Wachs. Als alle das Getränk ihrer Wahl in der Hand hielten, eröffnete er das Gespräch.

»Hamish hat ein paar Fragen«, sagte er. »Genau wie Nathaniel und Sophie. Und ich nehme an, dass es an mir ist, diese Geschichte zu erzählen – an mir und Diana.«

Damit holte Matthew erst tief Luft und danach weit aus. Er erzählte alles – von *Ashmole 782*, den Lazarusrittern, den Einbrüchen in Oxford, von Satu und dem, was in La Pierre passiert war, sogar von Baldwins Wutanfall. Von da aus ging es weiter zu der Puppe, dem Ohrring und Krügen mit Gesichtern. Hamish sah Matthew scharf an, als dieser anfing, vom Zeitwandern zu reden und von den drei Objekten, die ich brauchte, um in eine bestimmte Zeit und an einen bestimmten Ort zu reisen.

»Matthew Clairmont«, zischte Hamish und beugte sich über den Tisch. »Habe ich vielleicht so ein Objekt aus Sept-Tours mitgebracht? Weiß Diana Bescheid?«

»Nein«, gestand Matthew und wirkte plötzlich verlegen. »Sie wird es an Halloween erfahren.«

»Also, spätestens an Halloween wird sie es erfahren müssen, nicht wahr?« Hamish seufzte ärgerlich.

Der Wortwechsel zwischen Hamish und Matthew hörte sich zwar hitzig an, trotzdem drohten die Scharmützel nur zweimal zu einem offenen Bürgerkrieg zu eskalieren. Beide Male waren, was nicht weiter überraschte, Matthew und Nathaniel beteiligt.

Beim ersten Mal war Matthew gerade dabei, Sophie zu erklären, wie dieser Krieg ablaufen würde – voller unerwarteter Attacken, lange köchelnder Fehden zwischen Vampiren und Hexen, die irgendwann in offene Schlachten ausbrechen würden, auch brutale Todesfälle würden nicht ausbleiben, wenn sich die verschiedenen Kreaturen mit Magie, Hexerei, brutaler Gewalt, Geschwindigkeit und übernatürlichem Geschick bekämpften.

»So werden keine Kriege mehr geführt.« Nathaniels tiefe Stimme durchschnitt das Stimmengewirr, das daraufhin einsetzte.

Matthews Brauen hoben sich, und er sah ihn ungeduldig an. »Nein?«

»Kriege werden inzwischen mit dem Computer geführt. Wir befinden uns nicht mehr im dreizehnten Jahrhundert. Niemand kämpft heute noch Mann gegen Mann.« Er deutete zum Notebook, das auf dem Sideboard stand. »Mit dem Computer kann man seine Feinde ausschalten, ohne auch nur einen Schuss abzufeuern oder einen Tropfen Blut zu vergießen.«

»Vielleicht befinden wir uns tatsächlich nicht mehr im dreizehnten Jahrhundert, Nathaniel, aber einige der Beteiligten haben damals schon gelebt und eine sentimentale Neigung dazu, ihren Gegner auf altmodische Weise zu vernichten. Überlass das mir und Marcus.« Matthew glaubte, damit sei die Sache erledigt.

Nathaniel schüttelte den Kopf und starrte eisern auf die Tischplatte.

»Hast du noch etwas zu sagen?« Matthews Stimme hatte sich zu einem unheilverheißenden, kehligen Schnurren gesenkt.

»Du hast unmissverständlich klargemacht, wie du vorgehen willst.« Nathaniel schob provozierend das Kinn vor und zuckte dann mit den Achseln. »Wie du meinst. Aber du machst einen Fehler, wenn du glaubst, dass deine Feinde nicht die modernsten Mittel einsetzen werden, um dich zu vernichten. Schließlich dürfen wir die Menschen nicht vergessen, denen es auffallen muss, wenn sich Hexen und Vampire auf offener Straße bekämpfen.«

Die zweite Schlacht zwischen Matthew und Nathaniel hatte nichts mit dem Krieg, sondern mit Blut zu tun. Sie begann ganz harmlos, als Matthew über Nathaniels Beziehung zu Agatha Wilson und über Sophies Hexeneltern sprach.

»Wir müssen auf jeden Fall ihre dna analysieren. Und die des Babys, sobald es geboren wurde.«

Marcus und Miriam nickten, als hätten sie nichts anderes erwartet. Wir Übrigen waren eher verdattert.

»Nathaniel und Sophie könnten der Gegenbeweis zu deiner Theorie sein, dass dämonische Züge eher aus einer unvorhersehbaren Mutation rühren als aus der Vererbung«, überlegte ich laut.

»Wir haben so wenig Datenmaterial.« Matthew betrachtete Hamish und Nathaniel mit dem leidenschaftslosen Blick des Wissenschaftlers, der zwei frische Proben begutachtet. »Unsere gegenwärtigen Befunde könnten uns in die Irre führen.«

»Angesichts von Sophie stellt sich auch die Frage, ob die Dämonen vielleicht enger mit den Hexen verwandt sind, als wir dachten.« Miriam richtete die schwarzen Augen auf den runden Bauch der Dämonin. »Ich habe noch nie gehört, dass eine Hexe einen Dämon geboren hätte, ganz zu schweigen davon, dass eine Dämonin eine Hexe geboren hätte.«

»Glaubt ihr im Ernst, ich würde Sophies Blut – und das meines Kindes – einer Bande von Vampiren überlassen?« Offensichtlich stand Nathaniel kurz davor, die Beherrschung zu verlieren.

»Diana ist nicht die einzige Kreatur in diesem Raum, für die sich die Kongregation interessieren könnte, Nathaniel.« Matthews Worte trugen nicht dazu bei, den Dämon zu beruhigen. »Deine Mutter wusste genau, in welcher Gefahr deine Familie schwebt, sonst hätte sie dich nicht zu uns geschickt. Eines Tages wirst du vielleicht entdecken, dass deine Frau und dein Kind nicht mehr da sind. Und dann ist es extrem unwahrscheinlich, dass du sie je wiedersiehst.«

»Das reicht«, unterbrach Sarah ihn scharf. »Du brauchst ihm nicht zu drohen.«

»Lass deine Hände von meiner Familie«, warnte Nathaniel schwer atmend.

»Von mir geht für die beiden keine Gefahr aus«, sagte Matthew. »Viel gefährlicher für sie ist die Kongregation, ist die Möglichkeit eines offenen Krieges zwischen den Arten und vor allem die Mutmaßung, dass all das nicht passieren wird.«

»Sie werden nach uns suchen, Nathaniel. Ich habe es gesehen.« Sophie sagte das mit allem Nachdruck, und schlagartig wirkte ihr Gesicht so ernst wie das von Agatha Wilson in Oxford.

»Warum hast du mir das nicht erzählt?«, fragte Nathaniel.

»Ich wollte es Agatha erzählen, aber sie unterbrach mich sofort und befahl mir, kein weiteres Wort zu sagen. Sie hatte solche Angst. Dann gab sie mir Dianas Namen und die Adresse des Bishop-Sitzes.« Sophies Gesicht nahm wieder den typischen zerstreuten Ausdruck an. »Ich bin froh, dass Matthews Mutter noch am Leben ist. Meine Töpfe werden ihr gefallen. Ich werde einen mit ihrem Gesicht machen. Und ihr könnt jederzeit meine dna bekommen, Matthew – und die von unserem Baby.«

Als Matthew alle Fragen beantwortet hatte, die zu beantworten er bereit war, nahm er einen Briefumschlag, der unbemerkt neben seinem Ellbogen gelegen hatte. Er war mit schwarzem Wachs versiegelt.

»Damit bleibt nur noch eines zu tun.« Er stand auf und streckte Hamish den Brief hin. »Der ist für dich.«

»O nein, kommt gar nicht in Frage.« Hamish verschränkte die Arme. »Gib ihn Marcus.«

»Du bist vielleicht der neunte Ritter, aber du bist gleichzeitig der Seneschall der Lazarusritter und mein Stellvertreter. Wir müssen dem Protokoll folgen«, erklärte Matthew schmallippig.

»Matthew muss es wissen«, murmelte Marcus. »Er ist schließlich der einzige Großmeister in der Geschichte des Ordens, der je zurückgetreten ist.«

»Und gleich werde ich der einzige Großmeister sein, der sogar zweimal zurückgetreten ist«, sagte Matthew, der immer noch den Brief in der Hand hielt.

»Ich pfeife auf das Protokoll!«, bellte Hamish und schlug mit der Faust auf den Tisch. »Alle raus aus diesem Raum, außer Matthew, Marcus und Nathaniel. Bitte«, ergänzte er verspätet.

»Warum müssen wir raus?«, fragte Sarah misstrauisch.

Hamish sah meine Tante nachdenklich an. »Sie sollten ebenfalls hierbleiben.«

Die fünf blieben den restlichen Tag über im Esszimmer. Einmal trat ein erschöpfter Hamish an die Tür und verlangte Sandwiches. Die Kekse, erklärte er, waren längst aufgegessen.

»Bin ich die Einzige hier, die das Gefühl hat, dass die Männer uns nur aus dem Zimmer geschickt haben, damit sie in Ruhe Zigarren rauchen und über Politik palavern können?«, fragte ich und versuchte mich gleichzeitig von den Vorgängen im Esszimmer abzulenken, indem ich durch ein Kaleidoskop aus alten Filmen und Nachmittagsshows zappte. Em und Sophie strickten, und Miriam saß an einem Rätsel aus einem Buch, das *Dämonisch diffizile Sudokus* versprach. Ab und zu machte sie sich leise kichernd eine Notiz am Rand.

»Was tust du da, Miriam?«, erkundigte sich Sophie.

»Ich zähle mit«, sagte Miriam und setzte einen weiteren Strich aufs Papier.

»Was reden sie da drin? Und wer gewinnt?« Ich beneidete sie um ihre Fähigkeit, das Gespräch mithören zu können.

»Sie planen einen Krieg, Diana. Und gewinnen wird entweder Matthew oder Hamish – das steht noch nicht fest«, antwortete Miriam. »Marcus und Nathaniel haben allerdings ein paar gute Schüsse abgeben können, und auch Sarah hält sich tapfer.«

Als die Besprechung endete, war es schon dunkel, und ich war zusammen mit Em damit beschäftigt, das Abendessen zu machen. Nathaniel und Sophie unterhielten sich leise im Familienzimmer.

»Ich muss noch ein paar Anrufe machen«, sagte Matthew viel sanfter, als es seine Miene vermuten ließ, und gab mir einen Kuss.

Ich sah, wie erschöpft er war, und beschloss, dass meine Fragen warten konnten.

»Natürlich«, sagte ich und legte eine Hand an seine Wange. »Lass dir Zeit. Wir essen in einer Stunde.«

Matthew küsste mich noch einmal, diesmal länger und tiefer, und verschwand dann durch die Hintertür aus dem Haus.

»Ich brauche was zu trinken«, stöhnte Sarah und verzog sich zum Rauchen auf die Veranda.

Wie ein Schatten flog Matthew hinter dem Qualmschleier von

Sarahs Zigarette vorbei, als er durch den Apfelgarten zur Hopfenscheune ging. Hamish näherte sich mir von hinten und stupste mich mit seinen Blicken in Rücken und Hals.

»Haben Sie sich inzwischen erholt?«, fragte er leise.

»Was glauben Sie denn?« Es war ein anstrengender Tag gewesen, und Hamish hatte mir unverhohlen gezeigt, wie wenig er von mir hielt. Ich schüttelte den Kopf.

Hamishs Blick wanderte weiter, und ich folgte ihm. Beide sahen wir zu, wie sich Matthew mit weißen Händen durchs Haar fuhr, bevor er in die Scheune verschwand.

»*Tiger, Tiger, Flammenpracht/In der Wälder dunkler Nacht*«, zitierte Hamish William Blake. »Das Gedicht hat mich immer an ihn erinnert.«

Ich legte das Messer auf dem Schneidebrett ab und drehte mich zu ihm um. »Was geht Ihnen im Kopf herum, Hamish?«

»Sind Sie sich sicher, was ihn betrifft, Diana?«, fragte er. Em wischte die Hände an ihrer Schürze ab, warf mir einen mitleidigen Blick zu und verließ den Raum.

»Ja.« Ich sah ihm in die Augen und versuchte ihm zu vermitteln, wie sehr ich Matthew vertraute.

Hamish nickte, als hätte er nichts anderes erwartet. »Ich hatte mich ehrlich gesagt gefragt, ob Sie ihn behalten würden, nachdem Sie erfahren hatten, wer er war – wer er immer noch ist. So wie es aussieht, haben Sie keine Angst, den Tiger am Schwanz zu packen.«

Wortlos drehte ich mich zur Küchentheke um und hackte weiter.

»Seien Sie vorsichtig.« Hamish legte die Hand auf meinen Unterarm und zwang mich dadurch, ihn anzusehen. »Matthew wird nicht mehr derselbe sein, wenn Sie Ihre Reise antreten.«

»Doch, das wird er.« Ich zog die Stirn in Falten. »Mein Matthew wird mich begleiten. Und er wird genau der bleiben, der er ist.«

»Nein«, widersprach Hamish grimmig. »Das wird er nicht.«

Hamish kannte Matthew viel länger als ich. Und er hatte sich aus dem Inhalt des Aktenkoffers zusammengereimt, wohin wir wollten. Ich wusste immer noch nichts, nur dass der Zeitpunkt vor 1976 lag und dass Matthew an unserem Zielort Schach gespielt hatte.

Hamish ging nach draußen zu Sarah, und bald stiegen zwei graue Rauchfahnen in den Nachthimmel auf.

»Ist da drin alles in Ordnung?«, fragte ich Em, als sie aus dem Familienzimmer kam, wo Miriam, Marcus, Nathaniel und Sophie sich unterhielten und fernsahen.

»Ja«, sagte sie. »Und hier?«

»Alles bestens.« Ich richtete den Blick auf die Apfelbäume und wartete darauf, dass Matthew aus dem Dunkel zurückkehrte.

Kapitel 41

Am Tag vor Halloween spürte ich ein leises Flattern in der Magengegend. Ich griff nach Matthew, der neben mir im Bett lag.

»Ich bin nervös.«

Er klappte das Buch zu, in dem er gelesen hatte, und zog mich an seine Brust. »Ich weiß. Du warst schon nervös, bevor du die Augen aufgeschlagen hast.«

Im Haus herrschte bereits geschäftiges Treiben. Unten im Arbeitszimmer spuckte Sarahs Drucker eine Seite nach der anderen aus. Der Fernseher lief, und ich hörte den Trockner protestierend unter der nächsten Wäscheladung aufstöhnen. Ich brauchte nur kurz zu schnuppern, um zu erkennen, dass Sarah und Em schon die Kaffeemaschine angeworfen hatten, und weiter hinten im Flur heulte ein Föhn.

»Sind alle anderen schon aufgestanden?« Ich gab mir Mühe, meinen Magen zu beruhigen.

»Ich glaube schon.« Er lächelte, aber ich entdeckte einen besorgten Schatten in seinem Blick.

Unten briet Sarah auf Bestellung Eier, während Em Bleche mit frisch gebackenen Muffins aus dem Ofen zog. Nathaniel zupfte einen nach dem anderen vom Blech und stopfte sie sich in den Mund.

»Wo ist Hamish?«, fragte Matthew.

»In meinem Büro, wo er meinen Drucker blockiert.« Sarah sah ihn vielsagend an und wandte sich dann wieder ihrer Pfanne zu.

Marcus stand von seinem Scrabblespiel auf und kam in die Küche, um seinen Vater zu einem Spaziergang abzuholen. Im Hinausgehen nahm er sich eine Handvoll Nüsse und schnupperte mit einem frustrierten Stöhnen an den Muffins.

»Was ist denn los?«, fragte ich leise.

»Hamish spielt den Anwalt«, erwiderte Sophie und bestrich einen Muffin mit Butter. »Er meint, es gäbe noch ein paar Papiere zu unterschreiben.«

Am späten Vormittag rief Hamish uns ins Esszimmer. Wir streunten mit unseren Weingläsern und Teebechern hinein. Er sah aus, als hätte er kein Auge zugetan. Überall auf dem Tisch waren korrekte Papierstapel angeordnet, außerdem sah ich schwarze Wachsstäbe und zwei Siegel mit dem Zeichen der Lazarusritter – ein kleines und ein großes. Das Herz plumpste mir in die Magengrube und sprang von dort aus direkt in meinen Hals.

»Sollen wir uns hinsetzen?«, fragte Em. Sie hatte eine frische Kanne Kaffee mitgebracht und schenkte Hamishs Becher voll.

»Danke, Em«, sagte Hamish erleichtert. Am Kopfende des Tisches standen zwei Stühle. Er winkte Matthew und mich dorthin und griff dann nach dem ersten Papierstapel. »Gestern Nachmittag sind wir eine Reihe von praktischen Problemen durchgegangen, die sich aus unserer gegenwärtigen Situation ergeben.«

»Nicht ganz so offiziös, bitte, Hamish«, sagte Matthew, und ich spürte seine Hand auf meinem Rücken. Hamish sah ihn finster an und fuhr fort.

»Diana und Matthew werden wie geplant an Halloween zeitwandern. Vergesst alles andere, was Matthew euch aufgetragen hat.« Es bereitete Hamish sichtbares Vergnügen, diesen Teil seiner Botschaft zu verkünden. »Wir sind übereingekommen, dass es das Beste wäre, wenn alle … für eine Weile verschwinden. Von diesem Augenblick an steht bei jedem von uns das Leben auf Stopp.«

Hamish legte ein Dokument vor mich hin. »Dies ist eine Anwaltsvollmacht, Diana, die mich – oder den jeweiligen Seneschall – ermächtigt, als Anwalt für Sie tätig zu werden.«

Die Vollmacht verlieh der abstrakten Vorstellung, durch die Zeit zu reisen, etwas Endgültiges, das sie bis dahin nicht gehabt hatte. Matthew zückte einen Füllfederhalter.

»Hier«, sagte er und legte ihn vor mich hin.

Die Feder war meine Hand nicht gewohnt und kratzte, als ich meine Unterschrift auf die getüpfelte Linie setzte. Dann nahm Matthew mir den Füllfederhalter ab und tropfte einen schwarzen Wachsklecks unten auf die Seite, in den er dann sein persönliches Siegel drückte.

Hamish griff nach dem nächsten Stapel. »Diese Briefe musst du ebenfalls unterschreiben. In einem teilst du den Organisatoren der Konferenz im November mit, dass du deinen Vortrag leider nicht halten kannst. In einem anderen bittest du für das ganze nächste Jahr um eine Beurlaubung aus medizinischen Gründen. Dein Arzt – ein gewisser Dr. Marcus Whitmore – hat dir ein Attest geschrieben. Falls du bis April nicht zurück bist, schicke ich diesen Brief nach Yale.«

Ich las die Briefe genau durch und verabschiedete mich mit einer Unterschrift aus meinem Leben im einundzwanzigsten Jahrhundert.

Hamish stützte sich an der Tischkante ab. Ganz eindeutig holte er zu einer längeren Ansprache aus. »Wir können unmöglich wissen, wann Matthew und Diana zurückkommen werden.« Er sagte nicht »ob«, doch das Wort schwebte auch so im Raum. »Immer wenn ein Mitglied der Firma oder der Familie de Clermont eine längere Reise unternehmen oder vorübergehend untertauchen muss, ist es meine Aufgabe, dafür zu sorgen, dass alle Angelegenheiten geregelt sind. Diana, du hast kein Testament.«

»Nein.« Mein Kopf war wie leergefegt. »Aber ich habe nicht viel zu vererben – nicht einmal ein Auto.«

Hamish richtete sich auf. »Das stimmt nicht ganz, oder, Matthew?«

»Gib es mir«, sagte Matthew widerstrebend. Hamish reichte ihm ein dickes Dokument. »Das hier wurde bei meinem letzten Besuch in Oxford aufgesetzt.«

»Vor La Pierre«, sagte ich, ohne die Seiten zu berühren.

Matthew nickte. »Im Wesentlichen handelt es sich um unseren Ehevertrag. Darin wird dir unwiderruflich ein Drittel meines gesamten Besitzes übertragen. Diese Güter würden dir gehören, selbst wenn du mich verlassen solltest.«

Er hatte ihn aufgesetzt, bevor er heimgekehrt war – bevor wir nach Vampirbrauch vermählt waren.

»Ich werde dich nicht verlassen, und ich will das hier nicht.«

»Du weißt nicht einmal, was es ist«, sagte Matthew und legte die Papiere vor mich hin.

Es war zu viel auf einmal. Atemberaubende Geldsummen, ein Stadthaus in einem exklusiven Londoner Viertel, eine Wohnung in Paris, eine Villa am Rand von Rom, die Old Lodge, ein Haus in Jerusalem, weitere Häuser in Städten wie Venedig und Sevilla, Flugzeuge, Autos – mir schwirrte der Kopf.

»Ich habe einen festen Job.« Ich schob die Papiere von mir weg. »Das ist absolut überflüssig.«

»Trotzdem gehört es dir«, widersprach Matthew barsch.

Hamish wartete ab, bis ich die Fassung wiedergefunden hatte, bevor er die nächste Bombe platzen ließ. »Falls Sarah sterben würde, würdest du auch dieses Haus erben, wobei Emily allerdings lebenslanges Wohnrecht hätte. Und du bist Matthews Alleinerbin. Du hast also durchaus Besitz – und ich muss wissen, wie du darüber verfügen willst.«

»Ich werde nicht darüber sprechen.« Dazu war die Erinnerung an Satu und Juliette noch zu frisch, und ich fühlte mich dem Tod entschieden zu nah. Ich stand auf und wollte schon aus dem Zimmer, aber Matthew packte mich an der Hand und hielt mich fest.

»Du musst das erledigen, *mon cœur*. Wir können das nicht Marcus und Sarah aufbürden.«

Ich setzte mich wieder hin und überlegte still, was ich mit dem unvorstellbaren Vermögen anfangen sollte und mit dem halb baufälligen Bauernhaus, das mir eines Tages vielleicht gehören würde.

»Meine Güter sollen gleichmäßig unter unseren Kindern aufgeteilt werden«, beschloss ich dann. »Und das umfasst *sämtliche* Kinder Matthews – Vampire und unsere biologischen Kinder, Kinder, die er selbst gemacht hat und die wir möglicherweise eines Tages gemeinsam haben werden. Sie werden auch das Haus der Bishops bekommen, wenn Em nicht mehr hier leben will.«

»Ich werde dafür Sorge tragen«, versicherte mir Hamish.

Damit blieben nur noch drei Dokumente auf dem Tisch, die in drei verschlossenen Umschlägen lagen. Zwei trugen Matthews Siegel. Um den dritten war eine schwarz-silberne Kordel geschlungen, deren Knoten ebenfalls mit Siegelwachs gesichert war. An der Kordel hing eine schwarze Scheibe von der Größe einer Untertasse, in die das Großsiegel der Lazarusritter eingeprägt war.

»Schließlich müssen wir noch die Angelegenheiten der Bruderschaft regeln. Als Matthews Vater die Lazarusritter gründete, sollten sie vor allem jene schützen, die sich nicht selbst schützen konnten. Obwohl uns die meisten vergessen haben, gibt es uns immer noch. Und es muss uns auch weiterhin geben, selbst wenn Matthew nicht mehr bei uns ist. Morgen wird Matthew, bevor Marcus das Haus verlässt, offiziell sein Amt in unserem Orden niederlegen und seinen Sohn zum Großmeister ernennen.«

Hamish überreichte Matthew die beiden Umschläge mit seinem persönlichen Siegel. Dann gab er Nathaniel den Umschlag mit dem großen Siegel. Miriam fielen fast die Augen aus dem Kopf.

»Sobald Marcus sein neues Amt antritt, was er *sofort* tun wird«, sagte Hamish mit strengem Blick auf Marcus, »wird er Nathaniel anrufen, der sich einverstanden erklärt hat, der Firma als einer der acht Provinzmeister beizutreten. Sobald Nathaniel das Siegel an seiner Ernennungsurkunde bricht, wird er zum Lazarusritter.«

»Du kannst nicht lauter Dämonen wie Hamish und Nathaniel zu Mitgliedern der Bruderschaft ernennen! Wie soll Nathaniel mit uns kämpfen?« Miriam war fassungslos.

»Hiermit«, sagte Nathaniel und ließ seine Finger in der Luft zappeln. »Ich kenne mich mit Computern aus, und ich kann definitiv meinen Teil beitragen.« Plötzlich klang er fast wütend, und er warf Sophie einen zornigen Blick zu. »Niemand wird meiner Frau oder Tochter das antun, was Diana angetan wurde.«

Alle schwiegen verblüfft.

»Das ist noch nicht alles.« Hamish zog sich einen Stuhl heran, setzte sich und verschränkte die Finger.

»Miriam glaubt, dass es Krieg geben wird. Ich bin da anderer Meinung. Der Krieg hat längst begonnen.«

Alle Augen im Raum richteten sich auf Hamish. Es war offensichtlich, warum ihn so viele gern in der Regierung gesehen hätten – und warum Matthew ihn zu seinem Stellvertreter ernannt hatte. Er war der geborene Anführer.

»Wir in diesem Raum wissen genau, warum ein solcher Krieg geführt wird. Zum einen geht es um Diana, denn wir wissen, wie wenig Skrupel die Kongregation hat, wenn es darum geht, die Kräfte zu ergründen, die sie geerbt hat. Es geht auch um *Ashmole 782* und unsere Befürchtung, dass die Geheimnisse des Buches für alle Zeiten verlorengehen könnten, wenn es in die Hände der Hexen fällt. Und es geht um unsere gemeinsame Überzeugung, dass niemand das Recht haben sollte, zwei Wesen zu erklären, dass sie einander nicht lieben dürfen.«

Hamish sah sich kurz um, um sicherzugehen, dass ihm alle zuhörten, dann fuhr er fort: »Es wird nicht lange dauern, bis die Menschen diesen Konflikt bemerken werden. Sie werden gezwungen sein anzuerkennen, dass Dämonen, Vampire und Hexen unter ihnen leben. Wenn das geschieht, werden wir nicht nur dem Namen nach, sondern ganz real Sophies Konventikel bilden müssen. Es wird Opfer, Hysterie und Chaos geben. Und es wird allein unsere Aufgabe sein – die des Konventikels und der Lazarusritter –, den Menschen die Ereignisse begreiflich zu machen und dafür zu sorgen, dass die Verluste und die Zerstörungen nicht ausufern.«

»Ysabeau erwartet dich in Sept-Tours.« Matthew sagte das ganz ruhig. »Die Burg ist vielleicht die einzige Grenze, die andere Vampire nicht zu überschreiten wagen. Sarah und Emily werden die Hexen so weit wie möglich in Schach halten. Dabei sollte ihnen der Name Bishop helfen. Und die Lazarusritter werden Sophie und ihr Baby beschützen.«

»Wir teilen uns also auf«, Sarah nickte Matthew zu, »und sammeln uns dann wieder im Haus der de Clermonts. Und danach werden wir überlegen, wie wir weiter vorgehen. Gemeinsam.«

»Unter Marcus' Führung.« Matthew erhob sein halb volles Weinglas. »Auf Marcus, Nathaniel und Hamish. Ehre und langes Leben.«

»Diese Worte habe ich ewig nicht mehr gehört«, sagte Miriam leise.

Sichtlich ungern standen Marcus und Nathaniel im Mittelpunkt und schienen sich noch nicht mit ihrer neuen Verantwortung angefreundet zu haben. Hamish sah einfach nur müde aus.

Nachdem wir den drei Männern zugeprostet hatten – die allesamt viel zu jung aussahen, um sich Gedanken über ein langes Leben zu machen –, trieb Em uns zum Mittagessen in die Küche. Sie baute ein Festmahl auf der Kochinsel auf, und wir vertrieben uns die Zeit im Familienzimmer, weil jeder den Augenblick hinauszögern wollte, an dem wir uns würden verabschieden müssen.

Schließlich wurde es Zeit für Sophies und Nathaniels Abreise. Marcus verstaute die wenigen Habseligkeiten des Pärchens im Kofferraum seines kleinen blauen Sportwagens. Marcus und Nathaniel standen beisammen und hatten die zwei blonden Schöpfe vertraulich zusammengesteckt, während sich Sophie von Sarah und Em verabschiedete. Schließlich drehte sie sich zu mir um. Ich war in die Wohnstube abgeschoben worden, damit mich niemand versehentlich berührte.

»Das ist kein richtiger Abschied«, erklärte sie mir von der anderen Seite des Flures aus.

Mein drittes Auge ging auf, und in den blinkenden Sonnenstrahlen auf dem Geländer sah ich mich in einer von Sophies überschwänglichen Umarmungen gefangen.

»Nein«, sagte ich überrascht und tröstete mich mit meiner Vision.

Sophie nickte, als hätte auch sie kurz in die Zukunft geblickt. »Siehst du, ich habe es dir doch gesagt. Vielleicht wird das Baby schon da sein, wenn du zurückkommst. Vergiss nicht, du wirst ihre Patin.«

Während sich Sophie und Nathaniel von allen verabschiedeten, hatten Matthew und Miriam sämtliche Kürbisse entlang der Zufahrt aufgebaut. Mit einer Drehung des Handgelenks und ein paar gemurmelten Worten brachte Sarah sie zum Leuchten. Es würde erst in ein paar Stunden dunkel werden, aber so konnte Sophie wenigstens einen Eindruck davon mitnehmen, wie sie in der Halloweennacht aussehen würden. Sie klatschte in die Hände und hüpfte dann die Stufen hinab, um sich erst Matthew und danach Miriam in die Arme zu werfen. Ihre letzte Umarmung war Marcus vorbehalten, der ihr ein paar leise

Worte zumurmelte, bevor er sie auf dem tiefen Beifahrersitz Platz nehmen ließ.

»Danke für das Auto«, sagte Sophie und strich bewundernd über das Wurzelholz des Armaturenbretts. »Früher ist Nathaniel wie ein Irrer gefahren, aber inzwischen fährt er wegen des Babys nur noch wie eine alte Frau.«

»Fahrt vorsichtig!«, ermahnte Matthew die beiden fest und väterlich. »Und ruft uns an, wenn ihr zu Hause angekommen seid.«

Wir winkten ihnen nach. Sobald sie außer Sichtweite waren, löschte Sarah das Licht in den Kürbissen wieder. Während der Rest der Familie ins Haus zurücktrottete, schloss Matthew mich in die Arme.

»Ich wär dann so weit, Diana.« Hamish war auf die Veranda getreten. Er hatte schon die Jacke angezogen und alles für seine Abreise nach New York vorbereitet, von wo aus er nach London zurückkehren würde.

Ich unterschrieb die beiden Kopien des Testaments, und Em und Sarah unterzeichneten als Zeugen. Eine Kopie rollte Hamish zusammen und schob sie in einen Metallzylinder. Dann fädelte er eine schwarzsilberne Kordel durch die beiden Enden der Röhre und verschloss sie durch ein Wachssiegel mit Matthews Wappen.

Matthew wartete neben dem schwarzen Mietwagen, bis sich Hamish erst höflich von Miriam verabschiedet und dann Em und Sarah einen Abschiedskuss gegeben hatte, nicht ohne sie einzuladen, auf dem Weg nach Sept-Tours bei ihm Station zu machen.

»Rufen Sie mich an, falls Sie irgendwas brauchen sollten«, erklärte er Sarah, nahm ihre Hand und drückte sie fest. »Sie haben meine Telefonnummer.« Dann wandte er sich an mich.

»Adieu, Hamish.« Ich erwiderte seine Küsse erst auf die linke, dann auf die rechte Wange. »Danke für alles, was Sie getan haben, um Matthew zu beruhigen.«

»Das ist mein Job.« Hamishs fröhliche Antwort klang gezwungen. Dann senkte er die Stimme. »Vergessen Sie nicht, was ich Ihnen gesagt habe. Sie werden nicht um Hilfe rufen können, falls es nötig sein sollte.«

»Es wird nicht nötig sein«, versicherte ich ihm.

Ein paar Minuten später brummte der Motor des Wagens auf, dann war auch Hamish abgefahren, und wir sahen nur noch die roten Hecklampen durch die Dämmerung leuchten.

Dem Haus gefiel die plötzliche Leere in seinem Innern gar nicht, und es begann die Möbel herumzuschubsen und leise zu stöhnen, sobald jemand einen Raum betrat oder verließ.

»Sie werden mir fehlen«, gestand Em beim Essenmachen. Das Haus knarrte mitfühlend.

»Geh schon«, sagte Sarah zu mir und nahm Em das Messer aus der Hand. »Bring Matthew nach Sept-Tours und wieder her, während wir den Salat anrichten.«

Nach längerer Diskussion hatten wir beschlossen, zu dem Abend zurückzuwandern, an dem ich seine Ausgabe von Darwins *Ursprung* gefunden hatte.

Aber Matthew nach Sept-Tours zu transportieren war anspruchsvoller, als ich erwartet hatte. In beiden Armen hielt ich Dinge, die mir helfen sollten, den Weg zu finden – einer seiner Stifte und zwei Bücher aus seinem Arbeitszimmer –, sodass sich Matthew an meiner Taille festhalten musste. Und dann hingen wir fest.

Unsichtbare Hände schienen meinen Fuß in der Luft zu halten und zu verhindern, dass ich ihn in Sept-Tours absetzte. Je weiter wir in die Vergangenheit zurückreisten, desto dicker wurden die Stränge rund um meine Füße. Und die Zeit zerrte in knorrigen, gewundenen Ranken an Matthew.

Schließlich schafften wir es in Matthews Arbeitszimmer. Der Raum sah genauso aus, wie wir ihn verlassen hatten, im Kamin brannte ein Feuer, und auf dem Tisch wartete eine ungeöffnete Flasche Wein.

Vor Erschöpfung zitternd ließ ich die Bücher und den Stift auf das Sofa fallen.

»Was ist denn los?«, fragte Matthew.

»Es war, als würden immer mehr Schichten von Vergangenheit aufeinanderstoßen, bis es fast unmöglich war, sie zu durchdringen. Ich hatte Angst, dass du mich loslassen könntest.«

»Für mich war es nicht anders als sonst«, sagte Matthew. »Es hat ein bisschen länger gedauert, aber das habe ich bei diesem zeitlichen und räumlichen Abstand erwartet.«

Er schenkte uns beiden Wein ein, dann besprachen wir, ob wir nach unten gehen sollten oder nicht. Schließlich siegte unser Bedürfnis, Ysabeau und Marthe wiederzusehen. Matthew fiel noch ein, dass ich meinen blauen Pullover getragen hatte. Weil der hohe Kragen meinen Verband überdecken würde, ging ich nach oben, um mich umzuziehen.

Als ich wieder herunterkam, breitete sich ein genüssliches, wohlwollendes Lächeln auf seinem Gesicht aus. »Genauso schön wie damals«, sagte er und gab mir einen innigen Kuss. »Vielleicht noch schöner.«

»Nimm dich in Acht«, warnte ich ihn lachend. »Damals war dir noch nicht klar, dass du mich liebst.«

»O doch, das war mir durchaus klar«, sagte er und küsste mich wieder. »Ich hatte es dir nur noch nicht verraten.«

Die Frauen saßen genau dort, wo wir sie erwarteten, Marthe mit einem Krimi, Ysabeau mit ihrer Zeitung. Das Gespräch lief vielleicht ein bisschen anders ab als damals, aber das schien nichts auszumachen. Die meisten Schwierigkeiten hatte ich damit, Matthew mit seiner Mutter tanzen zu sehen. Die bittersüße Miene, als er sie in seinen Armen drehte, war neu, und beim ersten Mal hatte er sie eindeutig nicht in einer bärigen Umarmung an seine Brust gedrückt, als der Tanz zu Ende ging. Als er mich auf die Tanzfläche zog, drückte ich mitfühlend seine Hand.

»Danke dafür«, flüsterte er mir ins Ohr und ließ mich eine Pirouette drehen. Dann setzte er einen weichen Kuss auf meinen Hals. Das war beim ersten Mal ganz gewiss nicht passiert.

Genau wie damals beendete Matthew den Abend damit, dass er verkündete, er würde mich ins Bett bringen. Als wir den beiden diesmal gute Nacht wünschten, wussten wir, dass es ein Abschied war. Unsere Rückreise verlief ähnlich wie die Hinreise, wirkte aber weniger beängstigend, weil wir schon mit den Umständen vertraut waren. Ich bekam kein Herzklopfen mehr und drohte auch nicht die Orientierung zu verlieren, als sich die Zeit unserem Weg entgegenstemmte, sondern konzentrierte mich ausschließlich auf die vertrauten Rituale der Essenszubereitung im Haus der Bishops. Als wir zurückkamen, blieb noch reichlich Zeit, um den Salat anzumachen.

Beim Essen beglückten Sarah und Em die Vampire mit Anekdoten aus meiner Jugendzeit. Als meinen Tanten die Geschichten ausgingen, zog Matthew Marcus mit seinen katastrophalen Immobilienspekulationen im neunzehnten Jahrhundert auf, mit den enormen Summen, die er im zwanzigsten Jahrhundert in neue, nie zur Reife gelangte Technologien investiert hatte, und mit seiner unverbesserlichen Schwäche für rothaarige Frauen.

»Du warst mir vom ersten Moment an sympathisch.« Sarah strich sich über den wirren roten Schopf und schenkte ihm Whisky nach.

Der Morgen an Halloween war hell und klar. In diesem bewaldeten Winkel konnte es jederzeit schneien, aber zumindest sah es dieses Jahr nicht danach aus. Matthew und Marcus gingen länger spazieren als sonst, und ich blieb mit Sarah und Em bei Kaffee und Tee sitzen.

Als das Telefon klingelte, schreckten wir alle auf. Sarah ging an den Apparat, und aus dem, was sie sagte, hörten wir heraus, dass sie nicht mit diesem Anruf gerechnet hatte.

Schließlich legte sie auf und kam an den Tisch im Familienzimmer zurück, der inzwischen wieder groß genug für uns alle war. »Das war Faye. Sie ist mit Janet bei den Hunters. In ihrem Wohnmobil. Sie wollen wissen, ob wir sie auf ihrer Herbstreise begleiten möchten. Sie fahren erst nach Arizona, dann nach Seattle.«

»Die Göttin hatte einfach viel zu tun in letzter Zeit«, sagte Em lächelnd. Tagelang hatten die beiden ergebnislos daran getüftelt, wie sie sich aus Madison verziehen konnten, ohne damit eine Gerüchtelawine loszutreten. »Ich vermute, damit ist die Sache klar. Wir fahren mit und reisen danach weiter zu Ysabeau.«

Wir luden Tüten mit Essen und anderen Vorräten in Sarahs verbeulten alten Wagen. Als er so voll war, dass man im Rückspiegel fast nichts mehr sah, begannen sie uns Befehle zu erteilen.

»Das Zuckerzeug steht auf der Anrichte«, wies Em mich an. »Und mein Kostüm hängt hinten an der Tür zur Rezeptur. Es passt dir bestimmt. Vergiss die Strümpfe nicht. Die Kinder lieben die Strümpfe.«

»Ich vergesse sie bestimmt nicht«, versicherte ich ihr. »Und auch nicht den Hut, obwohl der absolut lächerlich aussieht.«

»Natürlich setzt du den Hut auf!«, entrüstete sich Sarah. »Das ist Tradition. Überzeugt euch, dass das Feuer aus ist, bevor ihr verschwindet. Tabitha braucht um Punkt vier ihr Essen. Wenn sie nichts bekommt, fängt sie an zu spucken.«

»Wir haben alles unter Kontrolle. Du hast deine Liste dagelassen«, sagte ich und klopfte ihr auf die Schulter.

»Kannst du bei den Hunters anrufen und uns Bescheid sagen, wenn Miriam und Marcus abgefahren sind?«, fragte Em.

»Hier. Nimm das.« Matthew reichte ihnen mit einem schiefem Grinsen sein Handy. »Ruft Marcus selbst an. Wo wir hingehen, gibt es sowieso keinen Empfang.«

»Bist du sicher?«, fragte Em zweifelnd. Für uns alle war Matthews Handy so etwas wie ein zusätzliches Körperteil, und es war eigenartig, ihn ohne zu sehen.

»Absolut. Die meisten Daten habe ich gelöscht, aber ich habe ein paar Kontaktnummern für euch draufgelassen. Setzt euch mit Ysabeau oder Hamish in Verbindung, sobald ihr euch Sorgen macht oder etwas schrägläuft. Sie werden euch abholen lassen, ganz gleich, wo ihr auch seid.«

»Sie haben Hubschrauber«, murmelte ich Em zu und hakte mich bei ihr ein.

Marcus' Handy läutete. »Nathaniel«, sagte er nach einem Blick aufs Display. Dann trat er in einer Geste, die ich nur zu gut von seinem Vater kannte, einen Schritt zurück, bevor er den Anruf annahm.

Matthew beobachtete seinen Sohn mit einem wehmütigen Lächeln. »Die beiden werden sich allen möglichen Ärger aufhalsen, aber wenigstens wird sich Marcus nicht so allein fühlen.«

»Es geht ihnen gut.« Marcus hatte sich uns wieder zugewandt und trennte die Verbindung. In einer weiteren Geste, die mich an Matthew erinnerte, fuhr er sich lächelnd mit den Händen durchs Haar. »Ich sollte mich jetzt verabschieden.«

Em hielt Marcus lange in den Armen, und ihre Augen wurden feucht dabei. »Ruf uns auch an«, befahl sie ihm streng. »Wir wollen wissen, ob ihr beide wohlauf seid.«

»Passt gut auf euch auf.« Sarah kniff die Augen zusammen und drückte ihn an ihre Brust. »Und zweifelt nicht an euch.«

Miriam gab sich beim Abschied ganz gefasst, ich hingegen ganz und gar nicht.

»Wir sind so stolz auf dich«, sagte Em, nahm mein Gesicht in beide Hände und ließ ihren Tränen freien Lauf. »Deine Eltern wären es auch. Gebt aufeinander Acht.«

»Das werden wir«, versicherte ich ihr und wischte mir die Tränen weg.

Sarah ergriff meine Hände. »Hör auf deine Lehrer – wer sie auch sein werden. Sag nie nein, bevor du sie angehört hast.« Ich nickte. »Du besitzt von Natur aus mehr Fähigkeiten als jede Hexe, die mir bisher begegnet ist – vielleicht mehr als jede Hexe seit vielen, vielen Jahren«, fuhr Sarah fort. »Ich bin froh, dass du sie nicht vergeudest. Die Magie ist ein Geschenk, Diana, genau wie die Liebe.« Sie wandte sich an Matthew. »Ich vertraue dir etwas sehr, sehr Kostbares an. Enttäusch mich nicht.«

»Bestimmt nicht, Sarah«, versprach Matthew.

Sie nahm unsere Küsse entgegen und stürmte dann die Stufen hinab zu dem wartenden Wagen.

»Sarah gehen solche Abschiede immer zu Herzen«, erklärte Em. »Wir sprechen uns morgen, Marcus.« Sie setzte sich auf den Fahrersitz und winkte uns über die Schulter hinweg zu. Der Wagen sprang stotternd an, rumpelte dann über die Schlaglöcher in der Zufahrt und bog schließlich ab in Richtung Ort.

Als wir ins Haus zurückkamen, erwarteten Miriam und Marcus uns mit ihren Reisetaschen im Flur.

»Wir fanden, ihr beide solltet noch etwas Zeit für euch haben«, sagte Miriam und reichte Marcus ihre Reisetasche. »Außerdem hasse ich lange Abschiede.« Sie sah sich um. »Na schön«, erklärte sie dann geschäftig und eilte die Verandastufen hinunter. »Wir sehen uns, wenn ihr zurückkommt.«

Matthew sah Miriam kopfschüttelnd nach, verschwand dann ins Esszimmer und kehrte mit einem Umschlag zurück. »Nimm den«, sagte er barsch zu Marcus.

»Ich wollte nie Großmeister werden«, sagte Marcus.

»Glaubst du, ich wollte das? Das war damals der Traum meines Vaters. Philippe hat mir damals das Versprechen abgenommen, dass ich die Bruderschaft nicht in Baldwins Hände legen würde. Ich bitte dich um dasselbe.«

»Ich verspreche es dir.« Marcus nahm den Umschlag entgegen. »Dennoch wünschte ich, ihr müsstet nicht fort.«

»Es tut mir leid, Marcus.« Ich schluckte den Kloß in meiner Kehle hinunter und legte die warmen Finger auf sein kaltes Fleisch.

»Was?« Er schenkte mir ein strahlendes und aufrichtiges Lächeln. »Dass du meinen Vater glücklich gemacht hast?«

»Dass ich dich in diese Lage gebracht und ein solches Chaos hinterlassen habe.«

»Ich fürchte mich nicht vor dem Krieg, falls du das meinst. Dass ich in Matthews Fußstapfen treten soll, macht mir viel mehr Sorgen.« Marcus brach das Siegel. Mit diesem täuschend belanglosen Knacken wurde er zum Großmeister der Lazarusritter.

»*Je suis à votre commande, seigneur*«, murmelte Matthew und neigte den Kopf. Baldwin hatte auf dem Flughafen La Guardia die gleichen Worte gesagt. Aber sie klangen ganz anders, wenn sie aufrichtig gemeint waren.

»Dann befehle ich dir, in dein Amt zurückzukehren und die Lazarusritter wieder zu übernehmen«, sagte Marcus mit rauer Stimme, »bevor ich den Karren völlig in den Dreck fahre. Ich bin kein Franzose, und ich bin ganz bestimmt kein Ritter.«

»Du hast mehr als nur einen Tropfen französisches Blut in dir, und du bist der Einzige, dem ich diese Aufgabe zutraue. Außerdem kannst du dich auf deinen berühmten amerikanischen Charme verlassen.

Und möglicherweise gefällt es dir irgendwann sogar ganz gut, Großmeister zu sein.«

Marcus schnaubte und drückte auf seinem Handy die Acht. »Es ist vollbracht«, sagte er kurz in den Hörer. Beide wechselten ein paar Worte.« Danke.«

»Nathaniel hat seine Position angenommen«, murmelte Matthew, und ich sah seine Mundwinkel zucken. »Sein Französisch ist überraschend gut.«

Marcus blickte seinen Vater finster an, trat ein paar Schritte beiseite, um ungestört mit dem Dämon zu sprechen, und kam danach zu uns zurück.

Vater und Sohn tauschten einen langen Blick aus, eine Hand fasste einen Ellbogen, eine andere Hand legte sich auf den Rücken – ein Muster des Abschieds, das sich aus Hunderten ähnlicher Abschiede herausgebildet hatte. Für mich gab es einen hingehauchten Kuss, ein gemurmeltes »Mach's gut«, und dann war auch Marcus weg.

Ich griff nach Matthews Hand.

Wir waren allein.

Kapitel 42

Jetzt sind nur noch wir und die Geister hier.« Mein Magen knurrte.
»Was ist dein Lieblingsessen?«, fragte er.

»Pizza«, antwortete ich wie aus der Pistole geschossen.

»Du solltest eine essen, solange es noch geht. Bestell dir eine, wir fahren sie dann abholen.«

Seit unserer Ankunft hatten wir die unmittelbare Umgebung des Hauses nicht mehr verlassen, und es war ein eigenartiges Gefühl, an der Seite eines Vampirs in einem Range Rover durch das Gebiet um Madison zu kurven. Während der Fahrt zeigte ich ihm, wo ich als Kind schwimmen gegangen war und wo mein erster fester Freund gewohnt hatte. Der ganze Ort war schon für Halloween geschmückt – mit schwarzen Katzen, Hexen auf ihren Besen und sogar orangefarbenen und schwarzen Eiern an den Bäumen. In diesem Teil der Welt nahmen nicht nur die Hexen den Feiertag sehr ernst.

Als wir die Pizzeria erreicht hatten, stieg Matthew zusammen mit mir aus, so als wäre es ihm egal, ob Hexen oder Menschen uns sahen. Ich streckte mich, um ihm einen Kuss zu geben, den er mit einem fast leichtherzigen Lachen erwiderte. Die Collegestudentin, die uns die Pizza brachte, begutachtete Matthew mit unverhohlener Bewunderung, als sie ihm den Karton überreichte.

»Gut, dass sie keine Hexe ist«, sagte ich, als wir wieder im Auto saßen. »Sonst hätte sie mich in eine Unke verwandelt und dich auf ihrem Besen entführt.«

Mit Pizza gestärkt – Peperoni und Pilze – nahm ich den Kampf gegen das Chaos in der Küche und im Familienzimmer auf. Matthew brachte alle möglichen Papiere aus dem Esszimmer angeschleppt und verbrannte sie im Kamin in der Küche.

»Was machen wir hiermit?« Er hielt den Brief meiner Mutter, das mysteriöse dreizeilige Epigramm und die Seite aus *Ashmole 782* in der Hand.

»Lass alles in der Stube liegen«, erklärte ich ihm. »Das Haus wird sich darum kümmern.«

Ich arbeitete weiter vor mich hin, wusch die Wäsche und räumte Sarahs Arbeitszimmer auf. Erst als ich nach oben ging, fiel mir auf, dass unsere beiden Computer verschwunden waren. In panischem Schrecken polterte ich die Treppe hinunter.

»Matthew! Die Computer sind weg!«

»Hamish hat sie mitgenommen«, sagte er, fing mich in seinen Armen auf und strich mein Haar über dem Hinterkopf glatt. »Keine Angst. Es war niemand im Haus.«

Meine Schultern rutschten nach unten, doch mein Herz hämmerte immer noch, so hatte mich die Vorstellung erschreckt, von einem weiteren Domenico oder einer neuen Juliette überrascht zu werden.

Er machte mir Tee und massierte meine Füße, während ich trank. Dabei plauderte er ununterbrochen über Nebensächliches – Häuser in Hamilton, die ihn an andere Zeiten und Orte erinnert hatten, über das erste Mal, als er eine Tomate gerochen hatte, was er sich gedacht hatte, als er mich in Oxford rudern gesehen hatte –, bis ich mich schließlich von der Wärme und Geborgenheit einlullen ließ.

Matthew benahm sich immer anders, wenn wir zu zweit waren, aber jetzt, wo unsere Familien abgereist waren, empfand ich den Kontrast besonders stark. Seit wir in Madison angekommen waren, hatte er Stück um Stück die Verantwortung für acht weitere Leben übernommen. Wer es auch war und in welcher Beziehung derjenige auch zu ihm stand, er hatte über jeden Einzelnen mit leidenschaftlicher Inbrunst gewacht. Jetzt musste er nur noch auf mich aufpassen.

»Wir hatten kaum Zeit, uns zu unterhalten«, überlegte ich und sah im Geist die Tage seit unserer ersten Begegnung wie einen Wirbelwind über mich hinwegfegen. »Allein, meine ich.«

»Die letzten Wochen haben uns fast biblische Prüfungen beschert. Ich glaube, nur die Heuschreckenplage ist uns erspart geblieben.« Er überlegte kurz. »Aber wenn uns das Universum tatsächlich auf ganz altmodische Weise auf die Probe stellen will, dann ist dies das Ende unserer Prüfungen. Heute Abend sind es genau vierzig Tage.«

So wenig Zeit, in der so viel geschehen war.

Ich stellte den leeren Becher auf dem Tisch ab und fasste seine Hände. »Wohin gehen wir, Matthew?«

»Kannst du noch etwas warten, *mon cœur*?« Er sah aus dem Fenster. »Ich möchte diesen Tag so lange wie möglich genießen. Und es wird schon bald dunkel.«

»Ich spiele gern Mann und Frau mit dir.« Ich strich eine Strähne zurück, die ihm in die Stirn gerutscht war.

»Und ich liebe es, Mann und Frau mit dir zu spielen.« Er hielt meine Hand gefangen.

Wir plauderten noch eine halbe Stunde, bis Matthew wieder nach draußen sah. »Geh nach oben, und nimm ein Bad. Und nimm am besten auch noch eine lange, heiße Dusche. In den folgenden Tagen wirst du dich vielleicht hin und wieder nach einer Pizza sehnen. Aber das wird nicht zu vergleichen sein mit deinem Verlangen nach heißem Wasser. In ein paar Wochen wirst du ohne nachzudenken für eine heiße Dusche morden.«

Während ich badete, brachte mir Matthew mein Halloweenkostüm: ein wadenlanges schwarzes Kleid mit hohem Kragen, spitze Stiefel und einen Spitzhut.

»Was ist das, wenn ich fragen darf?« Er hielt ein Paar rot-weiß geringelte Strümpfe in die Luft.

»Das sind die Strümpfe, von denen Em geredet hat.« Ich stöhnte. »Sie kriegt das doch bestimmt mit, wenn ich die nicht anziehe.«

»Hätte ich noch mein Handy, würde ich dich in diesen grässlichen Dingern fotografieren und dich mit dem Bild bis in alle Ewigkeit erpressen.«

»Gibt es etwas, womit ich mir dein Schweigen erkaufen könnte?« Ich ließ mich tiefer in die Wanne sinken.

»Bestimmt«, sagte Matthew und warf die Strümpfe hinter sich.

Genau wie beim Abendessen gestern und beim Frühstück heute

vermieden wir es sorgsam zu erwähnen, dass wir vielleicht das letzte Mal so unbeschwert zusammen waren. Ich war noch eine Novizin, aber Em hatte mir erzählt, dass selbst die erfahrensten Zeitreisenden einen gesunden Respekt vor den unvorhersehbaren Konsequenzen zeigten, die das Wechseln zwischen Vergangenheit und Zukunft mit sich brachte.

Matthew spürte meinen Stimmungsumschwung und reagierte, indem er erst noch zärtlicher wurde und dann so besitzergreifend, dass ich ausschließlich an ihn denken konnte.

Obwohl wir uns beide danach sehnten, bei dem anderen Trost und Zuspruch zu suchen, vollzogen wir unsere Ehe nicht.

»Wenn wir in Sicherheit sind«, hatte er gemurmelt und mich dann auf mein Schlüsselbein geküsst. »Wenn wir mehr Zeit haben.«

Dann platzte plötzlich meine Pockenblase. Matthew untersuchte die Stelle und verkündete, dass sie sehr gut aussehe – was ich ein bisschen befremdlich fand, schließlich handelte es sich um eine zornig nässende Wunde von der Größe einer kleinen Münze. Er nahm erst den Verband an meinem Hals ab und entblößte die kaum noch sichtbare Naht, die Miriam gesetzt hatte, dann den an meinem Arm.

»Du heilst schnell«, meinte er anerkennend und küsste mich in die Ellenbeuge, wo er aus meiner Ader getrunken hatte. Seine Lippen fühlten sich warm auf meiner Haut an.

»Merkwürdig. Meine Haut ist da ganz kalt.« Ich berührte meinen Hals. »Hier auch.«

Matthew strich mit dem Daumen über die Stelle, unter der meine Halsschlagader verlief. Ich erschauerte unter seiner Berührung. Es fühlte sich an, als hätte sich die Anzahl der Nervenenden verdreifacht.

»Gesteigerte Empfindsamkeit«, stellte Matthew fest, »so als wärst du stellenweise ein Vampir.« Er beugte sich vor und legte die Lippen auf meinen Puls.

»Huch«, japste ich, denn das Gefühl war unglaublich intensiv.

Dann entsann ich mich, wie spät es war, und zog das schwarze Kleid an. Mit dem geflochtenen Haar, das über meinen Rücken fiel, sah ich aus, als wäre ich einem Foto vom Anfang des zwanzigsten Jahrhunderts entstiegen.

»Zu dumm, dass wir nicht in den Ersten Weltkrieg zurückkehren«, sagte Matthew und zupfte an seinen Ärmeln. »In diesem Aufzug könntest du 1912 problemlos als Lehrerin durchgehen.«

»Nicht mit denen hier.« Ich setzte mich aufs Bett und begann die rot-weiß geringelten Strümpfe hochzuziehen.

Matthew bog sich vor Lachen und flehte mich an, sofort den Hut aufzusetzen.

»Damit setze ich mich nur in Brand!«, protestierte ich. »Warte ab, bis die Kürbislaternen angezündet sind.«

Wir gingen mit den Streichhölzern nach draußen, weil wir annahmen, die Kürbisse auch auf herkömmliche Art anzünden zu können. Doch inzwischen war eine Brise aufgekommen, die unsere Streichhölzer immer wieder ausblies und verhinderte, dass die Kerzen Feuer fingen.

»Verdammt«, fluchte ich. »Das wäre einfach zu schade um Sophies Arbeit.«

»Kannst du nicht einen Spruch einsetzen?« Matthew machte sich schon bereit, es noch einmal mit den Streichhölzern zu versuchen.

»Wenn ich das nicht könnte, dann sollte ich nicht mal an Halloween so tun, als wäre ich eine Hexe.« Ich brauchte mir nur vorzustellen, wie ich Sophie mein Versagen erklären musste, und schon war der Docht im Kürbis entflammt. Nacheinander zündete ich auch die anderen elf immer verwegeneren und gruseligeren Kürbisse an, die aufgereiht die Zufahrt säumten.

Um sechs Uhr klopfte es das erste Mal energisch an unsere Tür, und wir hörten jemanden gedämpft »Süßes oder Saures!« rufen. Matthew hatte noch nie ein amerikanisches Halloween miterlebt und begrüßte sichtlich begeistert unsere ersten Besucher. Wer auch immer draußen stand, wurde mit einem herzzerschmelzenden Lächeln empfangen, bevor Matthew mich grinsend an die Tür winkte.

Eine winzige Hexe und ein kaum größerer Vampir standen Hand in Hand auf unserer Veranda.

»Süßes oder Saures!«, tönten sie und streckten uns ihren Kissenbezug entgegen.

»Ich bin ein Vampir«, behauptete der Junge und bleckte Matthew mit seinen Fangzähnen an. Dann deutete er auf seine Schwester. »Und sie ist eine Hexe.«

»Das kann ich sehen«, bestätigte Matthew tief ernst und betrachtete dabei prüfend das schwarze Cape und die weiße Schminke. »Ich bin auch ein Vampir.«

Der Junge sah ihn kritisch an. »Deine Mama hat dir aber kein schönes Kostüm gemacht. Du siehst überhaupt nicht aus wie ein Vampir. Wo ist dein Umhang?« Der Minivampir nahm die Spitzen des Satinumhangs in die Fäuste, breitete die Arme aus und präsentierte seine Fledermausflügel. »Siehst du, du brauchst nämlich ein Cape, sonst kannst du nicht fliegen. Und du kannst dich sonst gar nicht in eine Fledermaus verwandeln.«

»Ach ja. Das ist ein Problem. Mein Umhang liegt zu Hause, und jetzt kann ich nicht mehr heimfliegen und ihn holen. Vielleicht kann ich mir ja deinen leihen.« Matthew schüttete eine Hand voll Naschzeug in jeden Kissenbezug, und die beiden Kinder bekamen ob dieser Großzügigkeit riesige Augen. Ich streckte den Kopf zur Tür hinaus, um den Eltern zuzuwinken.

»Bei ihr sieht man gleich, dass sie eine Hexe ist«, piepste das kleine Mädchen und blickte mit einem wohlwollenden Nicken auf meine rot-weißen Ringelstrümpfe und die schwarzen Stiefel. Dann drängten die Eltern zum Aufbruch, die beiden Kinder riefen uns ein Danke zu, während sie zum Auto zurückliefen, und stiegen in den wartenden Wagen.

Im Verlauf der nächsten drei Stunden begrüßten wir einen nicht abreißenden Strom von Märchenprinzessinnen, Piraten, Geistern, Skeletten, Meerjungfrauen und Aliens sowie weitere Hexen und Vampire. Ich ermahnte Matthew freundlich, dass ein Bonbon pro Kobold das absolute Maximum sei und dass ihm lange vor dem Ende der Kinderrunde um neun Uhr die Munition ausgehen würde, wenn er die Süßigkeiten weiterhin mit vollen Händen verteilte.

Trotzdem brachte ich diese Kritik nur ganz behutsam vor, schließlich genoss er den Abend sichtlich. Wenn er mit den Kindern sprach, die an unsere Tür kamen, zeigte er eine ganz neue Seite. Er ging in die Hocke, um weniger einschüchternd zu wirken, erkundigte sich nach ihren Kostümen und versicherte jedem kleinen Jungen, der als Vampir auftrat, dass er die gruseligste Erscheinung sei, die ihm je vor Augen gekommen war.

Am meisten ging mir jedoch zu Herzen, wie er eine Feenprinzessin mit riesigen Flügeln und Gazekleid tröstete. Die Kleine war so aufgeregt und erschöpft vom Bonbonsammeln, dass sie in Tränen ausbrach, sobald Matthew sie fragte, welche Süßigkeit sie haben wollte. Ihr Bruder, ein schneidiger junger Pirat von sechs Jahren, ließ entsetzt ihre Hand los.

»Wir fragen am besten eure Mutter.« Matthew hob die kleine Fee auf seinen Arm und nahm den Piraten hinten an seinem Kopftuch. Dann übergab er beide Kinder den geduldig wartenden Eltern. Doch schon auf halbem Weg hatte die Fee ihre Tränen vergessen. Stattdessen hatte sie eine klebrige Hand in Matthews Pulloverkragen vergraben und klopfte ihm mit ihrem Zauberstab auf den Kopf, wobei sie immer wieder »Bippity, boppity, boo!« rief.

»Wenn sie mal groß ist und von einem Märchenprinzen träumt, wird er garantiert so aussehen wie du«, erklärte ich ihm, als er wieder im Haus war. Er beugte sich vor, um mich zu küssen, und ein silberner Glitzerschauer ergoss sich aus seinem Haar. »Du bist mit Feenstaub bedeckt«, sagte ich lachend und wischte ihm kurz über den Scheitel.

Als gegen acht Uhr die kleinen Feen und Piraten allmählich von Gothic-Teenagern mit schwarz geschminkten Lippen, Lederkleidung und rasselnden Ketten verdrängt wurden, überließ Matthew mir den Süßigkeitenkorb und verzog sich in die Wohnstube.

»Feigling«, zog ich ihn auf und rückte meinen Hut gerade, bevor ich mich der nächsten düsteren Horde stellte.

Kurz bevor es spät genug war, das Licht auf der Veranda zu löschen, ohne dadurch den Halloweenruf der Bishops zu ruinieren, hörten wir noch jemanden wütend gegen die Tür klopfen und laut: »Süßes oder Saures!« bellen.

»Wer kann das noch sein?«, stöhnte ich und drückte mir den Hut aufs Haupt.

Auf der Veranda standen zwei junge Zauberer. Der eine war unser Zeitungsjunge. Er wurde von einem schlaksigen Teenager mit Pickeln und Nasenpiercing begleitet, der, so entsann ich mich düster, zur Sippe der O'Neils gehörte. Ihre Kostüme, wenn man sie denn so bezeichnen wollte, bestanden aus zerrissenen Jeans, T-Shirts mit Sicherheitsnadeln, falschen Blutflecken, Plastikzähnen und langen Hundeleinen.

»Bist du nicht ein bisschen zu alt für so was, Sammy?«

»Ich heiß' jetzt Tham.« Sammys Stimme kippte zwischendurch nach oben oder unten weg, und mit seiner Fangzahnprothese konnte er nur mühsam lispeln.

»Hallo, Sam.« Unten im Korb lag noch eine Handvoll Süßigkeiten. »Ihr könnt den Rest haben. Wir wollten gerade das Licht ausmachen. Wieso seid ihr eigentlich nicht bei den Hunters und fischt nach Äpfeln?«

»Weil wir gehört haben, dass ihr dietheth Jahr die coolthten Kürbithe habt.« Sammy trat von einem Fuß auf den anderen. »Und, äh, altho ...« Er wurde rot und nahm das Plastikgebiss heraus. »Rob hat geschworen, dass er hier neulich einen Vampir gesehen hat. Ich hab mit ihm um einen Zwanziger gewettet, dass die Bishops keinen Vampir in ihr Haus lassen würden.«

»Wieso bist du so sicher, dass du einen Vampir erkennen würdest?«

In diesem Moment trat der fragliche Vampir aus der Wohnstube und blieb hinter mir stehen. »Gentlemen«, sagte er ruhig. Zwei Teenagerkinnladen klappten nach unten.

»Weil wir entweder Menschen oder voll blöd sein müssten, um ihn nicht zu erkennen«, erklärte Rob ehrfürchtig. »Sie sind der größte Vampir, der mir je begegnet ist.«

»Cool.« Sammy grinste von einem Ohr zum anderen. Er klatschte seinen Freund ab und griff sich die Süßigkeiten.

»Vergiss nicht, deinen Freund auszuzahlen, Sam«, ermahnte ich ihn streng.

»Und, Samuel«, sagte Matthew mit ungewöhnlich starkem französischem Akzent, »könnte ich dich bitten – als persönlichen Gefallen –, niemandem hiervon zu erzählen?«

»Niemals?« Sammy war fassungslos, dass er diese saftige Neuigkeit für sich behalten sollte.

Matthews Mund zuckte. »Nein. Ich kann dich verstehen. Kannst du wenigstens bis morgen still sein?«

»Klar doch!« Sammy nickte und sah Rob an. »Das sind nur noch drei Stunden. So lange halten wir dicht. Kein Problem.«

Sie stiegen auf ihre Räder und verschwanden.

»Die Straßen sind dunkel.« Matthew sah ihnen besorgt nach. »Wir sollten sie fahren.«

»Ihnen passiert schon nichts. Sie sind zwar keine Vampire, aber sie finden eindeutig in den Ort zurück.«

Die beiden Räder bremsten so abrupt, dass der Schotter aufwirbelte.

»Sollen wir die Kürbisse ausmachen?«, rief Sammy von der Zufahrt her.

»Wenn ihr möchtet!«, rief ich zurück. »Danke!«

Rob O'Neil schwenkte den Arm nach links, Sammy seinen nach rechts, und sofort hatten sie beneidenswert lässig alle Kürbisse gelöscht. Die beiden Jungen radelten davon, rücksichtslos über alle Schlaglöcher rumpelnd und geleitet vom Mondschein und dem knospenden sechsten Sinn der jugendlichen Hexer.

Ich schloss die Tür und lehnte mich stöhnend dagegen. »Meine Füße bringen mich noch um.« Ich schnürte die Stiefel auf, zerrte sie mir von den Füßen und schleuderte dann den Hut auf die Treppe.

»Die Seite aus *Ashmole 782* ist verschwunden«, erklärte Matthew gelassen und lehnte sich entspannt gegen den Treppenpfosten.

»Und Moms Brief?«

»Ist auch weg.«

»Dann wird es Zeit.« Ich löste mich von der alten Tür, und das Haus stöhnte leise auf.

»Mach dir einen Tee, dann treffen wir uns im Familienzimmer. Ich hole schon mal die Tasche.«

Er erwartete mich auf dem Sofa, die Aktentasche verschlossen zu seinen Füßen, während die silberne Schachfigur und der Ohrring auf dem Couchtisch bereitlagen. Ich reichte ihm ein Glas Wein und setzte mich zu ihm. »Das ist der letzte Wein.«

Matthew sah auf meine Tasse. »Und für dich ist das der letzte Tee.« Er fuhr sich nervös mit den Händen durchs Haar und holte tief Luft. »Ich hätte dich gern weniger weit in die Vergangenheit geschickt, wo es nicht so viel Tod und Krankheit gab«, begann er beinahe zaghaft, »und an einen näheren *Ort*, an dem es Tee und Toiletten gibt. Aber ich glaube, es wird dir gefallen, wenn du dich erst eingewöhnt hast.«

Ich wusste immer noch nicht, wann und wo *es* sein sollte.

Matthew beugte sich vor und entriegelte die Tasche. Als er sie öffnete und sah, was obenauf lag, seufzte er erleichtert auf. »Gott sei Dank. Ich hatte schon befürchtet, dass Ysabeau mir das Falsche geschickt haben könnte.«

»Du hast die Tasche gar nicht aufgemacht?« Wieder einmal überraschte mich seine Selbstbeherrschung.

»Nein.« Matthew zog ein Buch heraus. »Ich wollte nicht allzu viel daran denken. Nur für alle Fälle.«

Er reichte mir das Buch. Es hatte einen schwarzen Ledereinband mit silbernen Bordüren.

»Es ist schön«, sagte ich und strich mit dem Finger über den Einband.

»Mach es auf.« Matthew wirkte nervös.

»Werde ich dann wissen, wohin wir reisen?« Jetzt, wo ich das Objekt in der Hand hielt, fühlte ich mich eigenartig unsicher.

»Ich glaube schon.«

Der Einband öffnete sich quietschend, und mir stieg der unverkennbare Geruch von Papier und alter Tinte in die Nase. Es gab kein marmoriertes Vorsatzpapier, kein Exlibris, keine zusätzlichen leeren Seiten, wie sie die Sammler im achtzehnten oder neunzehnten Jahrhundert in ihre Bücher eingelegt hatten. Und der Umschlag war schwer, was darauf hindeutete, dass sich unter dem glatt gestreckten Leder ein Holzbrett verbarg.

Auf der ersten Seite standen in dicker schwarzer Tinte zwei Zeilen, die in der engen, spitzen Handschrift des ausgehenden sechzehnten Jahrhunderts verfasst waren.

»*Meinem lieben, theuren Matthew*«, las ich laut. »*Wer liebte je und nicht beim ersten Blick?*«

Die Widmung war ohne Unterschrift, aber sie klang vertraut.

»Shakespeare?« Ich sah zu Matthew auf.

»Nicht ursprünglich«, erwiderte er angespannt. »Will hat geklaut wie ein Rabe, wenn es um anderer Leute Aphorismen ging.«

Ich wendete langsam das Blatt.

Es war kein gedrucktes Buch, sondern ein Manuskript, das in derselben kühnen Handschrift verfasst war wie die Widmung. Ich beugte mich darüber, um die Worte zu entziffern.

Beende deine Studien, Faustus, und beginne
Die Tiefen dessen, was du kündest, zu erkunden.

»Jesus«, hauchte ich und klappte das Buch zu. Meine Hände flatterten.

»Er wird sich totlachen, wenn er hört, wie du reagiert hast«, kommentierte Matthew.

»Ist es das, wofür ich es halte?«

»Wahrscheinlich.«

»Woher hast du es?«

»Kit hat es mir überlassen.« Matthew legte die Hand auf den Einband. »*Faustus* war immer mein Lieblingsstück.«

Jeder Alchemiehistoriker kannte Christopher Marlowes Theaterstück über den Dr. Faustus, der seine Seele im Tausch gegen Wissen und Macht an den Teufel verkauft hatte. Ich öffnete das Buch wieder und legte den Finger auf die Widmung, während Matthew fortfuhr:

»Kit und ich waren befreundet – eng befreundet –, und das zu einer Zeit, als es nur wenige Geschöpfe gab, denen man trauen konnte. Wir machten damals einen ziemlichen Wirbel und nicht immer den besten Eindruck. Als Sophie die Schachfigur aus der Tasche zog, die ich damals an ihn verloren hatte, war mir klar, dass England unser Ziel sein würde.«

Meine Fingerspitzen spürten allerdings mehr als nur freundschaftliche Gefühle in der Widmung. Dies war die Widmung eines Liebenden.

»Warst du auch in ihn verliebt?«, fragte ich ruhig.

»Nein«, antwortete Matthew knapp. »Ich liebte Kit durchaus, aber nicht so, wie du meinst und wie er es sich gewünscht hätte. Wenn es nach ihm gegangen wäre, wäre manches anders gelaufen. Aber es ging nicht nach ihm, und wir blieben immer nur Freunde.«

»Wusste er, was du bist?« Ich drückte das Buch an meine Brust wie einen Schatz.

»Ja. Wir konnten es uns nicht leisten, Geheimnisse zu haben. Außerdem war er ein Dämon, und zwar ein außerordentlich scharfsinniger. Du wirst bald feststellen, dass man vor Kit nichts geheim halten kann.«

Dass Christopher Marlowe ein Dämon war, lag nahe, dem wenigen nach zu urteilen, das ich über ihn wusste.

»Wir reisen also nach England«, sagte ich langsam. »Und in welches Jahr?«

»Ins Jahr 1590.«

»Und wohin?«

»Jedes Jahr versammelten sich während der katholischen Feiertage Allerheiligen und Allerseelen ein paar von uns in der Old Lodge. Nur die wenigsten hatten damals den Mut, diese Feiertage zu begehen, aber Kit kam sich tollkühn und gefährlich vor, wenn er sie trotzdem in Ehren hielt. Er las uns jedes Mal aus seiner neuesten *Faustus*-Version vor. Dabei tranken wir, spielten Schach und blieben bis zum Morgengrauen wach.« Matthew nahm mir die Handschrift ab. Er legte sie auf den Tisch und nahm meine Hände. »Ist dir das recht, *mon cœur*? Wir müssen nicht dorthin. Wir können uns auch ein anderes Zeitalter aussuchen.«

Aber es war schon zu spät. Vor der Historikerin in mir hatte sich ein ganzes Panorama an Möglichkeiten ausgebreitet, die mir das elisabethanische England bieten würde.

»1590 gab es in England Alchemisten.«

»Ja«, widerwillig nickte er. »Allerdings wollte man mit keinem von denen gern zu tun haben, vor allem wegen der Quecksilbervergiftungen und den unkonventionellen Arbeitszeiten. Vor allem aber, Diana, gab es damals Hexen – mächtige Hexen, die deine Magie leiten können.«

»Darf ich auch ins Theater?«

»Könnte ich dich daran hindern?« Matthew zog die Brauen hoch.

»Wahrscheinlich nicht.« Meine Fantasie bekam bei den Aussichten, die sich mir eröffneten, Flügel. »Können wir durch die Royal Exchange gehen? Nachdem sie die Lampen angezündet haben?«

»Natürlich.« Er zog mich in seine Arme. »Und in die St. Paul's Cathedral, um eine Predigt zu hören, und zu einer Hinrichtung nach Tyburn. Wir können sogar mit dem Wärter am Bedlam über die Insassen plaudern.« Er bebte, so musste er sich das Lachen verkneifen. »Mein Gott, Diana. Ich nehme dich mit in eine Zeit, in der die Pest wütete, in der es praktisch keine Annehmlichkeiten, keinen Tee und nur miserable Zahnärzte gab, und du stellst dir nur vor, wie Greshams Börsenbau bei Nacht aussehen wird.«

Ich löste mich aus seinen Armen und sah ihn mit großen Augen an. »Werde ich auch die Königin treffen?«

»Auf gar keinen Fall.« Matthew drückte mich schaudernd an seine Brust. »Mir bleibt das Herz stehen, wenn ich mir nur vorstelle, was du zu Elizabeth Tudor sagen könntest – und sie zu dir.«

»Feigling«, sagte ich zum zweiten Mal an diesem Abend.

»Du würdest das nicht sagen, wenn du sie besser kennen würdest. Sie frisst ihre Höflinge zum Frühstück.« Matthew schwieg einen Moment. »Außerdem können wir 1590 noch etwas ganz anderes tun.«

»Und zwar?«

»Irgendwo im Jahr 1590 muss ein Manuskript zu finden sein, das eines Tages Elias Ashmole gehören wird. Wir könnten danach suchen.«

»Vielleicht ist das Manuskript zu diesem Zeitpunkt noch vollständig.« Ich löste mich aus seinen Armen, ließ mich in die Polster sinken und staunte die drei Objekte auf dem Couchtisch an. »Wir reisen wirklich in die Vergangenheit.«

»Allerdings. Sarah hat mich ermahnt, dass wir darauf achten sollen, nichts Modernes in die Vergangenheit mitzunehmen. Marthe hat dir einen Kittel und mir ein Hemd genäht.« Matthew griff in die Aktentasche und zog zwei schlichte Leinengewänder mit langen Ärmeln und Kordeln am Kragen heraus. »Sie musste sie mit der Hand nähen, und sie hatte nicht viel Zeit. Sie sehen nicht besonders toll aus, aber immerhin jagen wir damit den Menschen so keinen Todesschrecken ein.«

Er schüttelte die Sachen aus, und ein kleiner schwarzer Samtbeutel fiel aus den Falten.

Matthew stutzte. »Was ist das?«, fragte er und hob ihn auf. An der Außenseite war eine Nachricht angeheftet. Er öffnete sie. »Von Ysabeau. *Das hat mir dein Vater zum Hochzeitstag geschenkt. Ich dachte, du möchtest ihn vielleicht Diana geben. Er sieht zwar altmodisch aus, passt aber gut zu ihrer Hand.*«

In dem Beutel lag ein Ring, der aus drei ineinander verschlungenen Goldbändern bestand. Die beiden äußeren Bänder waren zu kunstvollen Ärmeln geschmiedet, die mit Email gefärbt und mit kleinen Juwelen besetzt waren, sodass sie wie bestickt aussahen. Aus jedem Ärmel reckte sich eine Hand, die bis zu den winzigen Knochen, schlanken Sehnen und zierlichen Fingernägeln perfekt herausgearbeitet war.

Die beiden Hände umgriffen einen auf dem mittleren Band sitzenden riesigen Stein, der aussah wie aus Glas. Er war glatt und ohne Facetten geschliffen und in eine goldene Fassung mit schwarzem Hintergrund gesetzt. Allerdings würde kein Juwelier einen Glasklumpen in einen so feinen Ring einsetzen. Es war ein Diamant.

»Der gehört ins Museum, nicht an meinen Finger.« Gebannt blickte ich auf die lebensechten Hände und bemühte mich, nicht abzuschätzen, wie viel der Stein in meiner Hand wiegen mochte.

»Meine Mutter hat ihn ständig getragen.« Matthew nahm ihn zwischen Daumen und Zeigefinger. »Sie nannte ihn ihren Kritzelring, weil sie mit der Spitze des Diamanten auf Glas schreiben konnte.« Seine scharfen Augen nahmen ein Detail an dem Ring wahr, das mir entgangen war. Er drehte kurz an den goldenen Händen, und im nächsten Moment lagen die drei Bänder ausgebreitet in seiner Handfläche. Jedes Band war graviert, die Worte bedeckten die gesamten glatten Innenflächen.

Wir spähten auf die winzigen Buchstaben.

»Es sind Verse – uralte Sprüche, die man als Zeichen seiner Zuneigung schrieb. Hier steht: *à ma vie de cœr entier.* Das ist Altfranzösisch für ›mein ganzes Herz für mein ganzes Leben‹. Und hier steht: *mon debut et ma fin*, mit einem Alpha und einem Omega versehen.«

Mein Französisch war gut genug, um das zu übersetzen. »Mein Anfang und mein Ende. Und was steht auf dem inneren Band?«

»Das ist auf beiden Seiten graviert.« Matthew las die Zeilen und drehte dabei den Ring in den Händen. »*Se souvenir du passe et qu'il ya un avenir.* Sich der Vergangenheit erinnern und dass es eine Zukunft gibt.«

»Die Verse treffen genau auf uns zu.« Es war gespenstisch, dass Philippe vor so vielen Jahren Zeilen für Ysabeau ausgewählt hatte, die auch auf Matthew und mich zutrafen.

»Vampire sind auch so etwas wie Zeitreisende.« Matthew setzte den Ring wieder zusammen. Er nahm meine linke Hand und wandte den Blick ab, als würde er sich vor meiner Reaktion fürchten. »Wirst du ihn tragen?«

Ich legte einen Finger an sein Kinn, drehte sein Gesicht zu mir her und nickte, weil mir die Worte fehlten. Unsicher sah Matthew auf meine Hand, die er immer noch in seiner hielt. Er schob den Ring ein kleines Stück über meinen Daumen.

»Mit diesem Ring nehme ich dich zum Weib, und mein Körper soll dich ehren.« Matthews Stimme klang ruhig und zitterte nur ganz leicht. Er zog den Ring wieder ab und schob ihn auf meinen Zeigefinger bis knapp über das Gelenk. »Mit all meinen weltlichen Gütern werde ich dich beschenken.« Der Ring schwebte über den Mittelfinger hinweg und rutschte dann tief auf den Ringfinger meiner linken Hand. »Im Namen des Vaters und des Sohnes und des Heiligen Geistes.« Er hob meine Hand an seinen Mund und sah mich wieder an, während seine kalten Lippen den Ring in meine Haut drückten. »Amen.«

»Amen«, wiederholte ich. »Damit sind wir jetzt in den Augen aller Vampire und gemäß kirchlichem Recht Mann und Frau.« Der Ring wog schwer an meiner Hand, aber Ysabeau hatte recht. Er stand mir wirklich.

»Und hoffentlich vor deinen Augen.« Matthew klang unsicher.

»Natürlich sind wir in meinen Augen verheiratet.« Offenbar sah man mir an, wie glücklich ich war, denn sein Lächeln war so offen und gefühlvoll, wie ich es bei ihm kaum je gesehen hatte.

»Mal sehen, ob *Maman* uns noch mehr Überraschungen beschert hat.« Er beugte sich wieder über die Aktentasche und zog ein paar Bücher heraus. Dazu eine weitere Nachricht, ebenfalls von Ysabeau.

»Dies sind die Handschriften, nach denen du gefragt hast«, las Matthew vor. *»Ich habe sie beigelegt – nur für alle Fälle.«*

»Stammen sie aus dem Jahr 1590?«

»Nein«, antwortete Matthew nachdenklich. »Keine davon.« Wieder griff er in die Tasche. Und hielt darin die silberne Pilgermarke aus Bethanien.

Die Uhr im Flur schlug zehn. Wir mussten aufbrechen – bald.

»Ich wünschte, ich wüsste, warum sie die mitgeschickt hat.« Matthew klang beunruhigt.

»Vielleicht fand sie, wir sollten auch etwas mitnehmen, das dir viel bedeutet.« Ich wusste, wie sehr er an dem winzigen Silbersarg hing.

»Nicht, wenn du dich dadurch schwerer auf das Jahr 1590 konzentrieren kannst.« Er sah auf den Ring an meiner linken Hand, und ich schloss meine Finger. Ich würde ihn auf keinen Fall abnehmen, ganz gleich, ob er aus dem Jahr 1590 stammte oder nicht.

»Wir könnten Sarah anrufen und sie fragen, was sie dazu meint.«

Matthew schüttelte den Kopf. »Nein. Wir sollten sie nicht beunruhigen. Wir wissen, was wir zu tun haben – drei Objekte mitnehmen und sonst nichts aus der Gegenwart oder Vergangenheit, was uns vom Weg abbringen könnte. Da du den Ring schon am Finger hast, machen wir eine Ausnahme.« Er klappte das oberste Buch auf und erstarrte.

»Was ist denn?«

»In dem Buch stehen Anmerkungen – und ich kann mich nicht erinnern, welche hineingeschrieben zu haben.«

»Es ist über vierhundert Jahre alt. Vielleicht hast du es vergessen.« Trotz meiner Worte strich ein eisiger Finger über mein Rückgrat.

Matthew blätterte ein paar Seiten weiter und holte scharf Luft. »Wird sich das Haus um die Sachen kümmern, wenn wir die Bücher zusammen mit der Pilgermarke hier in der Wohnstube lassen?«

»Wenn wir es darum bitten«, sagte ich. »Matthew, was ist denn los?«

»Das erzähle ich dir später. Wir sollten aufbrechen. Die hier«, sagte er und hob dabei die Bücher mit dem Lazarussarg hoch, »müssen hierbleiben.«

Schweigend zogen wir uns um. Ich zog mich bis auf die nackte Haut aus und streifte bibbernd das Leinenkleid über meine Schultern. Als ich es glattstrich, schlossen sich die Ärmel um die Handgelenke, und der weite Kragen zog sich zu, sobald ich am Bändel zupfte.

Matthew war mit der altertümlichen Mode vertraut und war darum sofort aus seinen alten Sachen und in das Leinenhemd geschlüpft. Es reichte ihm fast auf die Knie, und seine langen weißen Beine ragten darunter hervor. Während ich unsere Sachen einsammelte, verschwand Matthew ins Esszimmer und kam mit Schreibzeug und einem seiner Lieblingsstifte wieder heraus. Seine Hand flitzte über die Seite, dann faltete er das Blatt zusammen und steckte es in den bereitliegenden Umschlag.

»Eine Nachricht für Sarah«, erklärte er. »Wir werden das Haus bitten, sich auch darum zu kümmern.«

Wir trugen die zurückbleibenden Bücher, die Nachricht und das Pilgerzeichen in die Wohnstube. Matthew legte alles sorgsam auf dem Sofa ab.

»Sollen wir die Lichter anlassen?«, fragte Matthew.

»Nein«, sagte ich. »Nur das Licht auf der Veranda, falls es noch dunkel ist, wenn sie nach Hause kommen.«

Als wir die Lampen löschten, bemerkte ich einen grünlichen Fleck. Es war meine Großmutter, die in ihrem Stuhl schaukelte.

»Adieu, Grandma.« Weder Bridget Bishop noch Elizabeth waren zu sehen.

Adieu, Diana.

»Das Haus muss auf die Sachen aufpassen.« Ich deutete auf den Stapel auf dem Sofa.

Mach dir keine Sorgen, und denk nur daran, wohin du willst.

Langsam gingen wir durch das Haus bis zur Hintertür und löschten auf dem Weg alle Lichter. Aus dem Familienzimmer nahm Matthew den *Doctor Faustus*, den Ohrring und die Schachfigur mit.

Ich sah mich ein letztes Mal in der vertrauten braunen Küche um. »Adieu, Haus.«

Tabitha hörte mich und kam maunzend aus der Rezeptur gelaufen. Dann blieb sie unvermittelt stehen und starrte uns ohne zu blinzeln an.

»Adieu, *ma petite*«, sagte Matthew und bückte sich, um sie hinter den Ohren zu kraulen.

Wir hatten beschlossen, von der Hopfenscheune aus zu reisen. Dort war es still, und es gab dort nichts Modernes, das uns ablenken konnte. Barfuß wanderten wir durch den Apfelgarten und über das reifbedeckte Gras. Die Kälte beschleunigte unsere Schritte. Als Matthew die Scheunentür aufzog, sah ich meinen Atem in der kalten Luft aufsteigen.

»Es ist eisig.« Zähneklappernd zog ich mein Kleid fester um mich.

»Wenn wir in der Old Lodge ankommen, erwartet uns ein wärmendes Feuer«, versprach er mir und reichte mir den Ohrring.

Ich schob den dünnen Draht durch das Loch in meinem Ohrläppchen und streckte die Hand nach der Göttin aus. Matthew legte sie in meine Handfläche.

»Was noch?«

»Wein natürlich – Rotwein.« Matthew gab mir das Buch, schloss mich in die Arme und drückte einen festen Kuss auf meine Stirn.

»Wo sind deine Zimmer?« Ich schloss die Augen und rief mir die Old Lodge ins Gedächtnis.

»Oben, auf der Westseite des Hofes, mit Blick auf den Hirschgarten.«

»Und wie wird es dort riechen?«

»Wie zu Hause«, antwortete er. »Nach Holzrauch und dem gebratenen Fleisch, das die Dienstboten gegessen haben, nach dem Bienenwachs der Kerzen und dem Lavendel, das die Laken frisch halten soll.«

»Kann man etwas Bestimmtes hören?«

»Gar nichts. Nur die Glocken von St. Mary und St. Michael, das Knistern des Feuers und das Schnarchen der Hunde im Treppenhaus.«

»Wie fühlst du dich, wenn du dort bist?« Ich konzentrierte mich auf seine Worte und auf das, was sie in mir auslösten.

»In der Old Lodge habe ich mich immer … ganz normal gefühlt«, sagte Matthew leise. »Dort kann ich ganz ich selbst sein.«

Ein Hauch von Lavendel durchzog die Luft, der nicht in eine herbstliche Hopfenscheune in Madison passte. Staunend atmete ich den Duft ein und dachte an die Nachricht, die mir mein Vater hinterlassen hatte. Inzwischen sah ich die Möglichkeiten der Magie mit offenen Augen.

»Was tun wir morgen?«

»Da gehen wir im Park spazieren.« Inzwischen murmelte er nur noch, doch seine Arme lagen wie ein stählernes Band um meine Rippen. »Wenn das Wetter schön ist, gehen wir reiten. Zu dieser Jahreszeit gibt es in den Gärten nicht viel zu sehen. Irgendwo muss es auch eine Laute geben. Wenn du möchtest, bringe ich dir das Spielen bei.«

Ein weiterer Duft – würzig und süß – mischte sich unter den Lavendel, und gleich darauf sah ich einen mit schweren, goldenen Früchten beladenen Baum. Eine Hand reckte sich nach oben, und ein Diamant blinkte in der Sonne, doch die Frucht hing zu hoch. Frustriert spürte ich, wie ein scharfes Verlangen von mir Besitz ergriff, und musste an Emilys Worte denken, dass die Magie eine Sache nicht nur des Geistes, sondern auch des Herzens ist.

»Gibt es im Garten Quitten?«

»Ja«, flüsterte Matthew in mein Haar. »Und sie müssten gerade reif sein.«

Der Baum löste sich auf, doch der honigschwere Duft blieb. Jetzt sah ich eine flache Silberplatte auf einem langen Holztisch stehen. Kerzen und Kaminflammen spiegelten sich in der polierten Oberfläche.

Auf der Platte lagen aufgestapelt jene Quitten, von denen der Duft aufstieg. Meine Finger umklammerten den Einband des Buches, das ich in der Gegenwart hielt, aber in meinem Geist schlossen sie sich um eine Frucht aus der Vergangenheit.

»Ich kann die Quitten riechen.« Schon jetzt lockte mich unser neues Leben in der Old Lodge. »Vergiss nicht, lass mich nicht los – was auch passiert.« Nachdem die Vergangenheit mich schon fast umschlossen hatte, fürchtete ich nur noch, ihn unterwegs zu verlieren.

»Bestimmt nicht«, versprach er fest.

»Und du musst den Fuß heben und wieder absetzen, sobald ich es sage.«

Er lachte leise. »Ich liebe dich, *ma lionne.*« Es war eine ungewöhnliche Antwort, aber sie genügte mir.

Nach Hause, dachte ich.

Mein Herz schmerzte vor Sehnsucht.

Eine fremde Glocke schlug zur vollen Stunde.

Ich spürte warmen Feuerschein auf meiner Haut.

Die Luft füllte sich mit dem Duft von Lavendel, Bienenwachs und reifen Quitten.

»Es ist soweit.« Gemeinsam hoben wir die Füße und traten ein ins Ungewisse.

Kapitel 43

Das Haus war unnatürlich still.

Auf Sarah wirkte es nicht nur so leer, weil nirgendwo Geplauder zu hören war und die sieben hellwachen Köpfe fehlten, die es bis dahin mit Leben erfüllt hatten.

Sondern weil die Ungewissheit sie quälte.

Sie waren unter dem Vorwand, für die Reise mit Faye und Janet packen zu müssen, früher als üblich vom jährlichen Hexensabbat heimgekommen. Em hatte die leere Aktentasche neben der Couch im Familienzimmer stehen sehen, und Sarah hatte das Hexenkostüm auf dem Deckel der Waschmaschine entdeckt.

»Sie sind weg«, hatte Em gesagt, und Sarah hatte sich mit bebenden Schultern in ihre Arme geworfen. »Sind sie wohlauf?«, hatte sie geflüstert.

»Sie sind zusammen«, hatte Em erwidert. Es war nicht die Antwort, die sich Sarah gewünscht hatte, aber sie war ehrlich, so wie Em.

Zerstreut hatten sie ihre Sachen in die Reisetaschen gestopft. Jetzt saßen Tabitha und Em schon im Wohnmobil, während Faye und Janet geduldig darauf warteten, dass Sarah das Haus abschloss.

Während ihrer letzten Nacht im Haus hatten Sarah und der Vampir stundenlang in der Rezeptur gesessen und sich bei einer Flasche Rotwein unterhalten. Matthew hatte ihr aus seiner Vergangenheit erzählt und ihr seine Ängste vor der Zukunft gestanden. Sarah hatte ihm zugehört und sich bemüht, nicht allzu deutlich zu zeigen, wie sehr manche seiner Geschichten sie schockierten. Sie war keine Christin, doch ihr war klar, dass er eine Beichte ablegen wollte. So gut sie konnte, hatte sie ihm schließlich die Absolution erteilt, obwohl ihr klar war, dass einige Taten nie vergeben oder vergessen werden konnten.

Trotzdem hatte er *ein Geheimnis* nicht mit ihr teilen wollen, und so wusste Sarah immer noch nicht, wohin und in welche Zeit ihre Nichte verschwunden war.

Die Dielen im Haus quietschten und knarrten im Chor, während Sarah durch die vertrauten dunklen Zimmer wanderte. Sie schloss die Türen zur Stube und drehte sich dann noch einmal um, um sich von dem einzigen Heim zu verabschieden, das sie je gekannt hatte.

Die Stubentüren öffneten sich mit einem scharfen Knall. Direkt neben dem Kamin sprang eine Diele hoch, unter der ein kleines, schwarz eingebundenes Buch und ein elfenbeinfarbener Umschlag zum Vorschein kamen, der im Mondschein zu leuchten schien.

Sarah unterdrückte einen Aufschrei und streckte die Hand aus. Der elfenbeinfarbene Umschlag kam angeflogen, landete mit einem leisen Klatschen auf ihrer Handfläche und klappte dann um. Auf der Vorderseite stand ein einziges Wort.

»Sarah.«

Sie strich über die Buchstaben und sah Matthews lange weiße Finger. Dann riss sie, mit klopfendem Herzen, das Papier auf.

»Sarah«, stand darin. *»Keine Angst. Wir haben es geschafft.«*

Ihr Herz schlug wieder langsamer.

Sarah legte das Blatt auf den Schaukelstuhl ihrer Mutter und winkte dem Buch. Nachdem das Haus es ihr übergeben hatte, kehrte die Diele unter dem Stöhnen des alten Holzes und dem Kreischen der rostigen Nägel in ihre Ausgangslage zurück.

Sie öffnete die erste Seite. *Der Schatten der Nacht, Enthaltend zwei Poetische Hymnen, ersonnen von G. C. 1594.* Das Buch roch alt, aber nicht unangenehm, fast wie Weihrauch in einer staubigen Kathedrale.

Genau wie Matthew, dachte Sarah lächelnd.

Oben ragte ein kleiner Zettel heraus. Sie klappte das Buch beim Vorsatzblatt auf. *»Meinem theuren und ueberaus wuerdigen Freunde Matthew Roydon.«* Sarah sah genauer hin und erkannte die winzige, fast verblichene Zeichnung einer Hand mit Rüschenmanschette, die herrisch auf den Namen deutete und unter der in alter brauner Tinte die Ziffer *»29«* stand.

Gehorsam schlug sie Seite neunundzwanzig auf und las unter Tränen die unterstrichene Passage:

> Sie Jäger erschafft und dazu eine Meute von Hunden
> Die mit ihrem Geheul Himmel und Erde verwunden
> Und staune nicht, dass eine Nymphe, wie man sie
> schöner nicht sieht
> Vor einer hetzenden Meute wilder Hunde entflieht
> Denn sie nimmt ganz nach Lust die Form jeden Tieres an,
> Das in weitem Schritt seinem Jäger enteilen kann.

Die Worte beschworen Dianas Porträt herauf – klar, deutlich und ungebeten –, mit von Gazeflügeln eingerahmtem Gesicht und dick in Silber und Diamanten gepacktem Hals. Ein einzelner, tränenförmiger Rubin ruhte bebend in der Vertiefung unter ihrem Hals wie ein riesiger Blutstropfen.

In der Rezeptur hatte er ihr bei Sonnenaufgang versprochen, einen Weg zu finden, um ihr mitzuteilen, dass Diana in Sicherheit war.

»Danke, Matthew.« Sarah küsste das Buch und die Nachricht und warf beides in den riesigen Kamin. Mit ein paar Worten entfachte sie weißglühendes Feuer. Das Papier ging sofort in Flammen auf, und die Ränder des Buches rollten sich ein.

Sarah sah den Flammen einige Sekunden zu. Dann ging sie durch die Haustür hinaus, ohne sie abzuschließen und ohne noch einmal zurückzublicken.

Sobald die Tür ins Schloss gefallen war, schoss ein abgewetzter silberner Sarg den Kamin herab und landete auf dem brennenden Papier. Ein paar Tropfen Blut und Quecksilber wurden durch die Hitze der Flammen aus den beiden Kammern innerhalb der Ampulle geschleudert und jagten einander über die Oberfläche des Buches, bis sie durch den Rost fielen. Dort drangen sie tief in den weichen alten Mörtel des Kamins und reisten weiter in das Herz des Hauses. Als sie es erreicht hatten, seufzte das Haus erleichtert auf und ließ einen vergessenen, verbotenen Duft frei.

Sarah atmete noch einmal tief die kühle Nachtluft ein und stieg dann in das Wohnmobil. Ihre Sinne waren nicht scharf genug, um das in der Luft tanzende Aroma von Zimt und Schlehdorn, Geißblatt und Kamille zu riechen.

»Alles okay?«, fragte Em gut gelaunt.

Sarah beugte sich über den Katzenkäfig, in dem Tabitha hockte, und drückte Ems Knie. »Alles wunderbar.«

Faye begann sich laut darüber auszulassen, wo sie frühstücken könnten, drehte den Zündschlüssel und fuhr den Wagen die Zufahrt hinunter auf die Landstraße, die sie auf die Interstate bringen würde.

Die vier Hexen waren zu weit entfernt, als dass sie bemerkt hätten, wie sich die Atmosphäre rund um das Haus verdichtete und Hunderte von Nachtwesen das ungewöhnliche Duftgemisch von Vampir und Hexe witterten, und sie sahen auch nicht die hellgrünen Schatten der zwei Geister im Fenster der Wohnstube.

Bridget Bishop und Dianas Großmutter sahen dem Auto nach.

Was werden wir jetzt tun?, fragte Dianas Großmutter.

Das, was wir schon immer getan haben, Joanna, erwiderte Bridget. *Auf die Vergangenheit zurückblicken – und der Zukunft entgegensehen.*

Danksagung

Ich stehe tief in der Schuld bei Freunden und Verwandten, die dieses Buch während des Schreibens Kapitel für Kapitel gelesen haben: Cara, Karen, Lisa, Margaret und meine Mom Olive. Peg und Lynn versorgten mich wie immer mit exzellentem Essen, guter Gesellschaft und weisen Ratschlägen. Und ich bin besonders dankbar für Lisa Halttunens Lektorat, die das Manuskript so weit aufbereitete, dass ich es einreichen konnte.

Kollegen halfen mir großzügig mit ihrem Fachwissen aus, wenn ich aus meinem Fachgebiet in ihres wechseln musste. Philippa Levine, Andrés Reséndez, Vanessa Schwartz und Patrick Wyman lenkten mich jedes Mal, wenn ich vom Weg abzukommen drohte, in die richtige Richtung. Alle verbleibenden Irrtümer gehen selbstverständlich allein auf mein Konto.

Ich werde Sam Stoloff von der Frances Goldin Literary Agency zeitlebens dankbar sein, dass er die Nachricht, dass ich einen Roman und kein weiteres Sachbuch geschrieben hatte, so gnädig und charmant aufgenommen hat. Und dafür, dass er die ersten Entwürfe mit so scharfem Blick las. Mein Dank geht auch an Ellen Geiger von der Agentur für ihre inspirierte Auswahl an Lunch-Gefährten!

Das Team bei Viking ist mir zur zweiten Familie geworden. Meine Lektorin Carole DeSanti verkörpert all das, was sich jeder Autor erhofft, wenn er ein Buch verfasst: jemanden, der nicht nur zu schätzen weiß, was man zu Papier gebracht hat, sondern sich auch vorstellen kann, welche Geschichte die Worte erzählen könnten, wenn sie nur ein wenig zurechtgebogen würden. Maureen Sugden, meine außerordentliche Redakteurin, polierte das Werk in Rekordzeit auf Hochglanz. Außerdem danke ich Clare Ferraro, Christopher Russell, Leigh Butler,

Hal Fessenden, Manisha Chakravarthy, Carolyn Coleburn, Nancy Sheppard, Rachelle Andujar und allen anderen, die dazu beigetragen haben, einen Stapel Papier in ein Buch zu verwandeln.

Weil dies ein Buch *über* Bücher ist, habe ich beim Schreiben auf eine beträchtliche Anzahl von Texten zurückgegriffen. Neugierige Leser können sich weiter kundig machen, indem sie in der englischen Bibelübersetzung von Douay-Rheims nachschlagen, Marie-Louise von Franz' kritische Ausgabe und Übersetzung der *Aurora Consurgens* studieren (in *C. G. Jung, Mysterium Coniunctionis, Walter Verlag 1995)* oder Giordano Brunos »Von den heroischen Leidenschaften« (Felix Meiner Verlag 1989). Die Leser, die sich ausführlicher mit der Thematik beschäftigen, sollten allerdings wissen, dass ich die Texte selbst übersetzt und dabei eigene Bilder verwendet habe.

Jeder, der sich eingehend mit Charles Darwin beschäftigen möchte, könnte bei Janet Brownes *Charles Darwin: Eine Biografie* beginnen – oder aber bei *Charles Darwin, Die Entstehung der Arten: Bücher, die die Welt veränderten (dtv 2007).* Und eine gut nachvollziehbare Einführung in das Thema der mitochondrialen dna und ihrer Anwendung auf die menschliche Abstammungsgeschichte bietet Brian Sykes' *Die sieben Töchter Evas* (Lübbe 2001).

Die Autorin

Deborah Harkness ist Professorin für europäische Geschichte an der University of Southern California in Los Angeles. Für ihre wissenschaftlichen Arbeiten erhielt sie bereits mehrfach Stipendien und Auszeichnungen. Ihre »All-Souls«-Reihe war ein großer internationaler Erfolg und wurde von den Fans auf der ganzen Welt gefeiert. Der erste Band »A Discovery of Witches – Die Seelen der Nacht« ist unter dem Titel »A Discovery of Witches« für Sky verfilmt worden, die deutsche Fassung wurde im Frühjahr 2019 ausgestrahlt. Der neue Roman der SPIEGEL-Bestsellerautorin trägt den Titel »The Blackbird Oracle«.

Leseprobe aus Deborah Harkness:

Shadow of Night –
Wo die Nacht beginnt

Sie wollen wissen, wie es weitergeht?

Lesen Sie

Shadow of Night – Wo die Nacht beginnt

von Deborah Harkness

TEIL 1

Woodstock:
Die Old Lodge

Kapitel 1

Wir landeten wenig elegant in einem Haufen aus Hexe und Vampir. Matthew kam unter mir zu liegen, die Arme und Beine unnatürlich abgewinkelt. Ein dickes Buch klemmte zwischen uns, und durch den heftigen Aufschlag wurde mir die kleine Silberfigur aus der Hand geschlagen und schlitterte über den Boden davon.

»Haben wir es geschafft?« Ich kniff die Augen zu, aus Angst, wir könnten uns immer noch in Sarahs ländlicher Hopfenscheune im Amerika des 21. Jahrhunderts befinden und nicht im Oxfordshire des 16. Jahrhunderts. Allerdings sagten mir die ungewohnten Düfte, dass wir nicht mehr in meiner Zeit und meiner Heimat waren. Nach süßem Gras roch es hier und sommerlich nach Wachs. Gleichzeitig lag ein Anflug von Holzrauch in der Luft, und ich hörte ein Feuer knistern.

»Sieh dich um, Diana, und überzeuge dich selbst.« Federleicht strichen kühle Lippen über meine Wange, dann hörte ich ein leises Lachen. Augen, grau wie das Meer im Sturm, blickten mich aus einem Gesicht an, das so bleich war, dass es nur einem Vampir gehören konnte. Matthews Hände strichen von meinem Hals abwärts über meine Schultern. »Ist bei dir alles in Ordnung?«

Nach der weiten Reise in Matthews Vergangenheit fühlte ich mich, als würde mein Körper beim leisesten Windstoß in tausend Teile zerstieben. So hatte sich das nach unseren kurzen Zeitreise-Übungen im Haus meiner Tante ganz und gar nicht angefühlt.

»Es geht schon. Was ist mit dir?« Ich hatte immer noch Angst, mich umzusehen, und blickte weiterhin ausschließlich den unter mir liegenden Matthew an, der es seinerseits offensichtlich nicht eilig hatte, seine Last loszuwerden.

»Ich bin froh, wieder daheim zu sein.« Matthew ließ den Kopf auf den Holzboden sinken und sog gierig den Duft der darauf verstreuten Binsen und Lorbeerzweige ein. Auch im Jahr 1590 fühlte er sich in der Old Lodge sichtlich zu Hause.

Allmählich gewöhnten sich meine Augen an das matte Licht. Ein stabiles Bett, ein kleiner Tisch, schmale Bänke und ein einzelner Sessel schälten sich aus dem Dunkel heraus. Hinter den mit Schnitzereien verzierten Pfosten des Himmelbetts sah ich einen Durchgang in einen weiteren Raum. Von dort aus ergoss sich in einem verzerrten goldenen Rechteck Licht über den Boden und die Bettdecke. Die Wände waren mit denselben gefalteten Holzpaneelen vertäfelt, die mir schon im 21. Jahrhundert bei meinen Besuchen in Matthews Heim in Woodstock aufgefallen waren. Ich legte den Kopf in den Nacken und sah zur Decke hoch. Sie war dick verputzt, in Kassetten unterteilt, und jede Vertiefung war golden grundiert und mit einer strahlend rot-weißen Tudor-Rose verziert.

»Die Rosen waren eine Auflage, damit ich das Haus bauen durfte«, kommentierte Matthew spröde. »Ich finde sie schrecklich. Wir werden sie weiß überstreichen, sobald es sich machen lässt.«

Die Flammen über der Kerze auf dem Tisch flackerten in einem Luftzug, beleuchteten dabei die untere Ecke eines sattbunten Wandteppichs und brachten die dunklen, glänzenden Fäden zum Leuchten, mit denen das Blätter- und Früchtemuster der hellen Tagesdecke auf dem Bett eingefasst war. So schimmerten keine modernen Stoffe.

Plötzlich war ich sehr aufgeregt und musste unwillkürlich lächeln. »Ich habe es wirklich geschafft. Ich habe nicht gepatzt oder uns sonstwohin geschickt, nach Monticello zum Beispiel oder …«

»Nein.« Er lächelte ebenfalls. »Du hast das ganz wunderbar gemacht. Willkommen im England Elisabeths I.«

Zum ersten Mal in meinem Leben war ich überglücklich, eine Hexe zu sein. Als Historikerin hatte ich die Vergangenheit studiert. Als Hexe konnte ich sie tatsächlich besuchen. Wir waren ins Jahr 1590 gereist, weil ich in der vergessenen Kunst der Magie unterrichtet werden sollte, doch es gab hier für mich noch so viel mehr zu lernen.

Ich wollte mich gerade vorbeugen, um das mit einem Kuss zu feiern, als eine Tür quietschte und mich innehalten ließ.

Matthew legte einen Finger auf meine Lippen. Er drehte den Kopf zur Seite, und seine Nasenflügel begannen zu beben. Im nächsten Moment entspannte er sich wieder, weil er erkannt hatte, wer sich nebenan aufhielt, wo inzwischen ein leises Rascheln zu hören war. In einer geschmeidigen Bewegung griff Matthew nach dem Buch, stand auf und zog mich hoch. Dann nahm er mich an der Hand und führte mich zur Tür.

Im Zimmer nebenan stand ein Mann mit zerzaustem braunem Haar an einem mit Briefen übersäten Tisch. Der Fremde, der uns den Rücken zukehrte, war durchschnittlich groß und schlank und trug teure, maßgeschneiderte Kleider. Er summte eine mir unbekannte Melodie und durchsetzte sie mit einzelnen Worten, die er allerdings zu leise sang, als dass ich sie hätte verstehen können. »Wo versteckt Ihr Euch nur, mein holder Matt?« Der Mann hielt ein Blatt Papier gegen das Licht.

»Sucht Ihr etwas, Kit?« Auf Matthews Frage hin ließ der junge Mann das Blatt fallen und wandte sich zu uns um. Sein Gesicht erstrahlte. Ich hatte dieses Gesicht schon einmal gesehen, auf meiner Taschenbuchausgabe von Christopher Marlowes *Der Jude von Malta*.

»Matt! Pierre sagte, Ihr wärt in Chester und würdet vielleicht nicht rechtzeitig heimkehren. Aber ich wusste, dass Ihr unsere jährliche Zusammenkunft nicht missen wolltet.« Die Worte klangen vertraut, wurden aber in einem so fremdartigen Tonfall vorgetragen, dass ich konzentriert zuhören musste, um alles zu verstehen. Das elisabethanische Englisch unterschied sich längst nicht so sehr von dem der Moderne wie allgemein angenommen, aber es war auch nicht so leicht zu verstehen, wie ich aufgrund meiner intensiven Beschäftigung mit den Stücken Shakespeares gehofft hatte.

»Wo ist Euer Bart abgeblieben? Wart Ihr krank?« Marlowes Blick fiel auf mich, und ich spürte jenen sanften Druck auf meiner Haut, der den Dämon verriet.

Ich musste mich beherrschen, um nicht auf einen der größten Dramatiker Englands zuzustürmen, seine Hand zu schütteln und ihn mit Fragen zu bombardieren. Selbst das Wenige, das ich über ihn wusste, war wie weggeblasen, als ich ihn so vor mir stehen sah. Waren seine Stücke im Jahr 1590 schon aufgeführt worden? Wie alt war er? Sicherlich jünger als Matthew und ich. Marlowe konnte noch keine dreißig sein. Ich lächelte ihn freundlich an.

»Wo in aller Welt habt Ihr das da aufgetrieben?« Marlowe streckte den Zeigefinger in unsere Richtung, und seine Stimme triefte vor Verachtung. Ich rechnete fest damit, hinter mir ein misslungenes Kunstwerk vorzufinden, und drehte mich um. Aber da war nur Leere.

Er meinte mich. Mein Lächeln erstarb.

»Sachte, Kit«, warnte Matthew ihn finster.

Marlowe tat die Ermahnung mit einem Achselzucken ab. »Spielt ja auch keine Rolle. Wenn Ihr müsst, dann tut Euch an ihr gütlich, bis die anderen kommen. George ist natürlich schon länger hier, verschlingt Euer Essen und Eure Bücher. Er ist immer noch auf der Suche nach einem Förderer und nach wie vor ohne einen roten Heller.«

»Selbstverständlich darf sich George an allem, was mir gehört, gütlich tun.« Mit ernster Miene und ohne den jungen Mann aus den Augen zu lassen, hob Matthew unsere verschränkten Finger an seine Lippen. »Diana, dies ist mein teurer Freund Christopher Marlowe.«

Matthews Bemerkung gab Marlowe Gelegenheit, mich offen zu taxieren. Sein Blick kroch von meinen Zehenspitzen aufwärts bis zum Scheitel. Die Verachtung war ihm deutlich anzusehen, seine Eifersucht dagegen verstand er zu verbergen. Marlowe war tatsächlich in meinen Gemahl verliebt. Der Verdacht war mir schon in Madison gekommen, als ich mit den Fingern über die Widmung in Matthews Ausgabe des *Doktor Faustus* gefahren war.

»Ich wusste gar nicht, dass es in Woodstock ein Bordell gibt, das sich auf Riesinnen spezialisiert hat. Sonst sind Eure Huren deutlich feingliedriger und attraktiver, Matthew. Die hier ist eindeutig eine Amazone.« Kit drehte sich schniefend zu den Papieren um, die sich auf dem Tisch häuften. »Der alte Fuchs hat berichtet, Euch hätte Geschäftliches und nicht die Lust gen Norden geführt. Wie habt Ihr die Zeit gefunden, Euch ihre Dienste zu sichern?«

»Es ist schon bemerkenswert, Kit, wie schnell Ihr jede Zuneigung zu ersticken versteht«, antwortete Matthew gedehnt, aber mit warnendem Unterton. Marlowe gab vor, sich ganz auf die Schriftstücke zu konzentrieren, schmunzelte in sich hinein und tat so, als wäre nichts gewesen. Matthews Finger schlossen sich fester um meine.

»Heißt sie wirklich Diana, oder hat sie diesen Namen angenommen, damit ihre Kunden sie reizvoller finden? Vielleicht sollte sie ihre rechte Brust entblößen oder sich mit Pfeil und Bogen ausstaffieren«, schlug Marlowe vor, während er nach einem Blatt griff. »Wisst Ihr noch, wie Bess aus Blackfriars von uns verlangte, sie Aphrodite zu nennen, bevor sie sich uns ...«

»Diana ist meine Gemahlin.« Matthew hatte mich stehen lassen, und seine Hand umklammerte nicht mehr meine Finger, sondern Marlowes Kragen.

»Nein.« Kit war anzusehen, wie entsetzt er war.

»Doch. Das heißt, dass sie die Herrin dieses Hauses ist, meinen Namen trägt und unter meinem persönlichen Schutz steht. In Anbetracht all dessen – und unserer langjährigen Freundschaft natürlich – wird fortan kein unziemliches Wort und kein Zweifel an ihrer Tugend mehr über Eure Lippen kommen.«

Ich bewegte die schmerzenden Finger. Matthew hatte so wütend zugedrückt, dass sich der Ring an meiner linken Hand ins Fleisch gepresst und einen hellroten Abdruck hinterlassen hatte. Obwohl der Diamant in der Fassung facettenlos geschliffen war, fing er die Wärme des Kaminfeuers ein. Den Ring hatte ich ganz unerwartet von Matthews Mutter Ysabeau geschenkt bekommen. Vor wenigen Stunden – vor einigen hundert Jahren? – in einigen hundert Jahren? – hatte Matthew ein uraltes Ehegelöbnis gesprochen und den Diamantring auf meinen Ringfinger geschoben.

Wir hörten Geschirr klappern, und im selben Moment betraten zwei Vampire den Raum. Der eine war ein schlanker Mann mit ausdrucksvollem, wettergegerbtem Gesicht, schwarzem Haar und schwarzen Augen. In seinen haselnussbraunen Händen hielt er eine Weinkaraffe und ein Weinglas mit einem Delfin als Stiel, auf dessen Schwanzflosse der Kelch aufsaß. Begleitet wurde der Mann von einer grobknochigen Frau, die eine Platte mit Brot und Käse trug.

»Ihr seid zu Hause, Milord.« Der Mann war offenkundig überrascht. Merkwürdigerweise konnte ich ihn wegen seines französischen Akzents besser verstehen als Marlowe. »Der Bote sagte am Donnerstag noch ...«

»Meine Pläne haben sich geändert, Pierre.« Matthew wandte sich an die Frau. »Meine Gemahlin verlor auf der Reise ihr ganzes Hab und Gut, Françoise, und die Kleider, die sie trug, waren so verschmutzt, dass ich sie verbrennen musste.« Er log dreist und ohne jeden Skrupel. Weder die Vampire noch Kit sahen aus, als würden sie ihm ein Wort glauben.

»Eure Gemahlin?« Françoises französischer Akzent war genauso ausgeprägt wie der von Pierre. »Aber sie ist eine ...«

»Warmblüterin«, fiel ihr Matthew ins Wort und nahm Pierre den Weinkelch ab. »Sagt Charles, dass wir einen weiteren Magen zu füllen haben. Diana fühlt sich in letzter Zeit nicht recht wohl und muss auf Anraten ihres Arztes viel frisches Fleisch und frischen Fisch essen. Jemand wird auf den Markt gehen müssen, Pierre.«

Pierre blinzelte. »Sehr wohl, Milord.« Er sprach das englische »Mylord« mit französischem I aus.

»Außerdem wird sie etwas anzuziehen brauchen«, bemerkte Françoise und schätzte gleichzeitig meine Maße ab. Auf Matthews Nicken hin verschwand sie, dicht gefolgt von Pierre.

»Was ist mit deinem Haar passiert?« Matthew hielt eine rötliche Haarsträhne zwischen den Fingern.

»O nein«, murmelte ich und fasste mir an den Kopf. Statt in mein gewohntes schulterlanges, strohblondes Haar griff ich in rotgoldene Locken, die mir bis zur Taille reichten. Das letzte Mal hatten meine Haare ein solches Eigenleben entwickelt, als ich am College in einer *Hamlet*-Aufführung die Ophelia spielen sollte. Damals wie jetzt waren das plötzliche Wachstum und die Farbveränderung kein gutes Zeichen. Offenbar war auf unserer Reise in die Vergangenheit die Hexe in mir erwacht. Und niemand konnte wissen, welche Magie dabei entfesselt worden war.

Vampire hätten vielleicht das einschießende Adrenalin und meine plötzliche Angst gerochen, oder sie hätten gehört, wie mein Blut zu singen begann. Kit als Dämon hingegen spürte, wie meine Hexenenergie anstieg.

»Beim Grab unseres Erlösers.« Marlowe lächelte schadenfroh. »Ihr habt eine Hexe mitgebracht. Was hat sie denn angestellt?«

»Lasst es gut sein, Kit. Das soll nicht Eure Sorge sein.« Matthews Stimme klang sofort energisch, aber seine Finger strichen weiter liebevoll durch mein Haar. »Mach dir keine Sorgen, *mon cœur.* Das ist bestimmt nur die Erschöpfung.«

Mein sechster Sinn widersprach ihm heftig. Diese Veränderung ließ sich nicht mit schlichter Müdigkeit erklären. Ich war zwar von der Abstammung her eine Hexe, aber ich hatte nie Gelegenheit gehabt herauszufinden, welche Kräfte ich eigentlich von meinen Eltern geerbt hatte. Nicht einmal meine Tante Sarah und ihre Lebensgefährtin Emily Mather – beides Hexen – hatten mit Sicherheit sagen können, welche magischen Fähigkeiten ich besaß und wie ich sie beherrschen konnte. Matthew hatte zwar mein Blut analysiert und dabei die verschiedenen genetischen Marker für mein magisches Potential herausgefiltert, aber niemand konnte sagen, ob oder wann diese Erbanlagen aktiv würden.

Bevor ich mir noch mehr Sorgen machen konnte, kehrte Françoise mit etwas zurück, das wie eine lange Stopfnadel aussah. Zwischen ihren Lippen klemmten zahllose Stecknadeln. Begleitet wurde sie von einem wandelnden Berg an Samt, Wolle und Leinen, unter dem Pierres schlanke braune Beine hervorschauten.

»Wofür sind die?«, fragte ich misstrauisch und deutete auf die Nadeln.

»Dafür, dass wir Madame hier hineinbekommen natürlich.« Françoise zog eine Art braunen Mehlsack von dem Kleiderstapel. Das Gewand sah nicht gerade besonders vornehm oder elegant aus, aber da ich in Sachen elisabethanischer Mode nicht auf dem Laufenden war, verkniff ich mir jeglichen Kommentar.

»Geht nach unten, wo Ihr hingehört, Kit«, befahl Matthew seinem Freund. »Wir kommen in Kürze nach. Und hütet Eure Zunge. Es ist nicht an Euch, diese Geschichte zu erzählen.«

»Wie Ihr wünscht.« Marlowe zupfte am Saum seines rotbraunen Wamses, eine scheinbar lässige Geste, bei der ihn nur das Zittern seiner Hände verriet, und verbeugte sich knapp und ironisch.

Als der Dämon gegangen war, legte Françoise den Mehlsack über eine Bank, begann mich zu umkreisen und inspizierte mich, um festzustellen, wo sie ihren Angriff am besten starten sollte. Mit einem verärgerten Seufzen begann sie mich anzukleiden. Matthew trat an den Tisch und beugte sich über die Papiere, die darauf verstreut lagen. Er öffnete ein korrekt gefaltetes rechteckiges Päckchen, das mit einem rosa Wachsklecks versiegelt war, und überflog dann die eng beschriebenen Zeilen.

»*Dieu.* Das hatte ich ganz vergessen. Pierre!«

»Milord?«, drang eine gedämpfte Stimme aus dem Stoffberg.

»Leg das ab, und erzähl mir, worüber Lady Cromwell sich diesmal beschwert.« Matthew behandelte Pierre und Françoise mit einer perfekten Mischung aus Vertraulichkeit und Autorität. Wenn man im sechzehnten Jahrhundert so mit seinen Bediensteten umging, würde ich noch einige Zeit brauchen, bevor ich diese Kunst beherrschte.

Die beiden Männer unterhielten sich leise am Kamin, während ich in etwas Vorzeigbares gesteckt, geheftet und geschnürt wurde. Françoise schüttelte den Kopf, als sie meinen Ohrring mit den verschlungenen Golddrähten sah, an denen Edelsteine hingen, die ursprünglich Ysabeau gehört hatten. Zusammen mit Matthews Ausgabe des *Doktor Faustus* und der kleinen silbernen Dianastatue hatte der Ohrring uns in dieses Jahr zurückgelotst. Françoise kramte in einer Kommode und hatte im Handumdrehen das passende Gegenstück gefunden. Nachdem die Schmuckfrage geregelt war, rollte sie dicke Strümpfe über meine Knie und befestigte sie mit scharlachroten Bändern.

»Ich glaube, ich bin so weit.« Ich konnte es kaum erwarten, ins Erdgeschoss zu gehen und unseren Besuch im sechzehnten Jahrhundert zu beginnen. Bücher über die Vergangenheit zu lesen war etwas ganz anderes, als sie zu erleben, wie mein kurzer Kontakt mit Françoise und mein Crashkurs in elisabethanischer Kleidung bewiesen.

Matthew begutachtete meine Aufmachung. »Damit ist sie vorzeigbar – fürs Erste.«

»Damit ist sie nicht nur vorzeigbar, sondern vor allem so unauffällig, dass man sie gleich wieder vergisst«, verbesserte Françoise, »und genauso sollte eine Hexe in diesem Hause aussehen.«

Matthew überging Françoise' Bemerkung und wandte sich mir zu. »Wenn wir gleich nach unten gehen, dann sprich nur das Nötigste, Diana. Kit ist ein Dämon, und George weiß, dass ich ein Vampir bin, aber selbst der aufgeschlossenste Geist wird argwöhnisch, wenn er unerwartet auf jemand Neuen und Andersartigen trifft.«

Unten im großen Saal wünschte ich George – Matthews groschen- und gönnerlosem Freund – formvollendet und, wie ich glaubte, in perfektem elisabethanischem Englisch einen guten Abend.

»Spricht die Frau *Englisch?*« George sah mich mit weit aufgerissenem Mund an und spähte dabei durch dicke runde Brillengläser, die seine blauen Augen grotesk verzerrten. Die eine Hand hatte er in die Hüfte gestemmt. So eine Pose hatte ich zum letzten Mal auf einem Gemälde im Victoria and Albert Museum gesehen.

»Sie kommt aus Chester«, erklärte Matthew eilig. George wirkte nicht überzeugt. Offenbar konnte nicht einmal die Wildnis Nordenglands meine merkwürdige Sprechweise erklären. Matthew hatte sich automatisch dem Tonfall und Sprachmuster der damaligen Zeit angepasst, aber ich klang unüberhörbar modern und amerikanisch.

»Sie ist eine Hexe«, korrigierte Kit und nahm einen Schluck Wein.

»Wahrhaftig?« George studierte mich mit neu erwachtem Interesse. Ich spürte keinen leisen Druck, der darauf hingedeutet hätte, dass der Mann ein Dämon war, kein hexentypisches Kribbeln und auch nicht die frostige Kälte eines Vampirblicks. George war ein ganz gewöhnlicher, warmblütiger Mensch – der schon etwas älter und müder war, offenbar hatte das Leben an ihm gezehrt. »Aber Ihr mögt Hexen genauso wenig wie Kit, Matthew. Ihr habt mir stets abgeraten, mich mit diesem Thema zu befassen. Als ich ein Gedicht über Hekate verfassen wollte, meintet Ihr …«

»Diese Hexe hier mag ich aber. Und zwar so sehr, dass ich sie geheiratet habe«, unterbrach ihn Matthew und setzte einen festen Kuss auf meine Lippen, um seinen Worten Nachdruck zu verleihen.

»Geheiratet!« George warf Kit einen kurzen Blick zu. Dann räusperte er sich. »Demnach gibt es also gleich zwei unerwartete Ereignisse zu feiern: Ihr wurdet nicht in Geschäften aufgehalten, wie Pierre glaubte, und Ihr seid mit einer Gemahlin zu uns zurückgekehrt. Meine Glückwünsche!« Sein bräsiger Tonfall erinnerte mich an eine Abschlussrede an der Universität. Ich verkniff mir ein Schmunzeln, und George reagierte mit einem strahlenden Lächeln und einer Verbeugung. »Ich bin George Chapman, Mistress Roydon.«

Der Name klang vertraut. Ich durchforstete das unsortierte Wissen in meinem Historikerhirn. Chapman war jedenfalls kein Alchemist – das war mein Fachgebiet, und sein Name tauchte nicht in den Arealen auf, die mein Hirn für dieses obskure Fach reserviert hatte. Sicher war er Schriftsteller, genau wie Marlowe, aber mir wollte keines seiner Werke einfallen.

Nachdem wir einander vorgestellt worden waren, bat Matthew uns an den Kamin. Dort sprachen die Männer über Politik, wobei George sich redlich bemühte, mich in die Unterhaltung einzubeziehen, indem er sich nach dem Zustand der Straßen und dem Wetter auf meiner Reise erkundigte. Ich antwortete so ausweichend wie möglich und bemühte mich gleichzeitig, mir all die kleinen Gesten und Ausdrücke einzuprägen, die mir helfen würden, als Elisabethanerin durchzugehen. George sonnte sich in meiner Aufmerksamkeit und belohnte sie mit einer langen Abhandlung über seine neuesten literarischen Bemühungen. Kit, dem es gar nicht gefiel, in eine Nebenrolle gedrängt zu werden, fuhr George in die Parade, indem er anbot, aus seinem *Doktor Faustus* vorzulesen.

»Eine Lesung unter Freunden«, verkündete der Dämon mit glänzenden Augen. »Als Test gewissermaßen vor einer späteren Aufführung.«

»Nicht heute, Kit. Es ist schon nach Mitternacht, und Diana ist müde nach der langen Reise«, sagte Matthew und half mir aus meinem Sessel.

Kit ließ uns nicht aus den Augen, bis wir den Raum verlassen hatten. Er wusste, dass wir etwas verheimlichten. Bei jeder unzeitgemäßen Redewendung, die mir im Laufe des Gesprächs entschlüpft war, hatte er aufgehorcht, und besonders nachdenklich war er geworden, als Matthew sich nicht erinnern konnte, wo seine Laute lag.

Bevor wir aus Madison aufgebrochen waren, hatte Matthew mich gewarnt, dass Kit außergewöhnlich scharfsichtig war, sogar für einen Dämon. Ich fragte mich, wie lange es wohl dauern würde, bis Marlowe herausfand, was wir tatsächlich verbargen. Meine Frage sollte innerhalb weniger Stunden beantwortet werden.

Am nächsten Morgen lagen wir plaudernd und geborgen in unserem warmen Bett, während der Haushalt allmählich erwachte.

Anfangs beantwortete Matthew bereitwillig meine Fragen nach Kit (dem Sohn eines Schusters, wie sich herausstellte) und George (der zu meiner Überraschung nicht viel älter war als Marlowe). Doch als ich mich nach den praktischen Aspekten der Haushaltsführung erkundigte und wissen wollte, wie sich eine elisabethanische Frau zu verhalten hatte, begann er sich schon bald zu langweilen.

»Was ist mit meinen Kleidern?« Ich gab mir alle Mühe, ihn für meine Sorgen zu interessieren.

»Ich glaube nicht, dass verheiratete Frauen in so etwas schlafen«, sagte Matthew und begann an dem feinen Leinen meines Nachthemds herumzuspielen. Er löste das Band des Rüschenkragens und wollte gerade einen Kuss unter mein Ohr setzen, um mich zu überzeugen, dass meine Kleidung nicht weiter wichtig war, als jemand den Vorhang unseres Himmelbettes zur Seite riss. Ich blinzelte gegen die Sonnenstrahlen an.

»Und?«, wollte Marlowe wissen.

Ein zweiter dunkelhäutiger Dämon schielte über Marlowes Schulter. Mit seinem dünnen Körper und dem spitzen Kinn, an dem ein ebenso spitzer brauner Bart spross, erinnerte er an einen energiegeladenen Kobold. Seine Haare hatten offensichtlich seit Wochen keinen Kamm gesehen. Notdürftig bedeckte ich meinen Körper mit den Händen, denn mir war schlagartig bewusst, wie dünn mein Nachthemd war und dass ich nichts darunter trug.

»Ihr habt Master Whites Zeichnungen aus Roanoke gesehen, Kit. Die Hexe sieht ganz und gar nicht aus wie eine Ureinwohnerin aus Virginia«, erwiderte der fremde Dämon enttäuscht. Erst jetzt bemerkte er Matthew, der ihn wutentbrannt fixierte. »Ah. Guten Morgen, Matthew. Gestattet Ihr, dass ich mir Euren geometrischen Kompass ausleihe? Ich verspreche auch, ihn diesmal nicht an den Fluss mitzunehmen.«

Matthew ließ die Stirn auf meine Schulter sinken und schloss stöhnend die Augen.

»Sie muss aus der Neuen Welt stammen – oder aus Afrika.« Marlowe weigerte sich beharrlich, meinen Namen in den Mund zu nehmen. »Sie kommt weder aus Chester, noch stammt sie aus Schottland, Irland, Wales, Frankreich oder den Kolonien. Und ich glaube nicht, dass sie eine Holländerin oder Spanierin ist.«

»Euch auch einen guten Morgen, Tom. Gibt es einen bestimmten Grund, weshalb Ihr um diese Zeit und in meinem Schlafzimmer über Dianas Herkunft streiten müsst?« Matthew zog die Bänder meines Nachthemds wieder zu.

»Das Wetter ist viel zu schön, um im Bett zu liegen, selbst wenn einen der Schüttelfrost um den Verstand bringt. Kit behauptet, Ihr hättet die Hexe im Fieberwahn geheiratet. Anders ließe sich diese Torheit nicht erklären.« Tom plapperte auf Dämonenart los und machte keine Anstalten, Matthews Frage zu beantworten. »Die Straßen waren trocken, und wir sind bereits vor Stunden eingetroffen.«

»Und schon jetzt ist der Wein aus«, beschwerte sich Marlowe.

»Wir«? Es waren also noch mehr Gäste gekommen? Dabei hatte ich schon jetzt das Gefühl, dass es in der Old Lodge entschieden zu voll war.

»Raus! Madame muss sich waschen, bevor sie seine Lordschaft begrüßt.« Françoise betrat mit einer dampfenden Wasserschüssel den Raum. Wie üblich trottete Pierre ihr hinterher.

»Hat sich etwas von Bedeutung ereignet?«, wollte George durch die Vorhänge hindurch wissen. Still und leise hatte er den Raum betreten und damit Françoise' Bemühungen, die anderen Männer aus dem Zimmer zu scheuchen, vereitelt. »Lord Northumberland wurde allein unten im großen Saal sitzen gelassen. Wäre er mein Förderer, würde ich ihn nicht so behandeln!«

»Hal liest gerade eine Abhandlung über die Konstruktion einer Waage, die mir ein Mathematiker aus Pisa gesandt hat. Damit ist er vollauf beschäftigt«, erwiderte Tom säuerlich und ließ sich auf der Bettkante nieder.

Offenbar sprach er über Galileo, begriff ich. Im Jahr 1590 hatte Galileo als Dozent an der Universität von Pisa gelehrt. Sein Werk über die Waage war da noch nicht veröffentlicht.

Tom. Lord Northumberland. Jemand, der mit Galileo korrespondierte.

Mein Kiefer klappte nach unten. Der Dämon, der auf unserer Steppdecke saß, musste Thomas Harriot sein.

»Françoise hat recht. Raus. Und zwar alle.« Matthew richtete sich auf.

»Was sollen wir Hal sagen?«, wollte Kit wissen und warf einen vielsagenden Blick in meine Richtung.

»Dass ich gleich hinunterkommen werde«, sagte Matthew. Er wälzte sich herum und zog mich an seine Seite.

Ich wartete, bis Matthews Freunde aus dem Raum defiliert waren, dann boxte ich ihn gegen die Brust.

»Wofür war das denn?« Er wand sich unter gespielten Schmerzen, dabei hatte ich mir bei dem Schlag nur die Faust geprellt.

»Dafür, dass du mir nicht erzählt hast, wer deine *Freunde* sind!« Ich stützte mich auf einen Ellbogen und sah ihn finster an. »Der berühmte Dramatiker Christopher Marlowe. Der Dichter und Gelehrte George Chapman. Der Mathematiker und Astronom Thomas Harriot, wenn ich mich nicht sehr irre. Und unten wartet der ›Hexenmeister‹, der Earl Henry Percy of Northumberland!«

»Ich weiß nicht, wann Henry diesen Spitznamen bekommen hat, aber so nennt ihn hier niemand.« Matthew sah mich amüsiert an, was mich noch wütender machte.

»Jetzt fehlt nur noch Sir Walter Raleigh, und schon haben wir die gesamte Schule der Nacht beisammen.« Matthew schaute aus dem Fenster, als ich die legendäre Gruppierung von Umstürzlern, Philosophen und Freidenkern erwähnte. *Thomas Harriot, Christopher Marlowe, George Chapman, Walter Raleigh. Und …*

»Wer genau *bist* du hier, Matthew?« Ich war gar nicht auf die Idee gekommen, ihn das vor unserer Abreise zu fragen.

»Matthew Roydon«, antwortete er mit einem freundlichen Nicken, als wären wir uns eben vorgestellt worden. »Der Dichterfreund.«

»Die Geschichtsschreiber wissen praktisch nichts über dich«, sagte ich verdattert. Matthew Roydon war die undurchsichtigste Gestalt aus dem Dunstkreis der mysteriösen Schule der Nacht.

»Jetzt, wo du weißt, wer Matthew Roydon in Wahrheit ist, überrascht dich das doch nicht?« Eine schwarze Braue hob sich.

»Ach, in den letzten Monaten wurde ich so oft überrascht, dass es für ein ganzes Leben reicht. Trotzdem hättest du mich warnen können, bevor du mich hier abgesetzt hast.«

»Was hättest du dann getan? Bevor wir aufgebrochen sind, hatten wir kaum die Muße, uns umzuziehen, und ganz bestimmt keine Zeit für ein Forschungsprojekt.« Er setzte sich auf und schwang die Beine auf den Boden. Unsere traute Zweisamkeit war von beklagenswert kurzer Dauer gewesen. »Du brauchst dir keine Gedanken zu machen. Das sind bloß gewöhnliche Männer, Diana.«

Ganz gleich, was Matthew sagte, an diesen Männern war nichts gewöhnlich. Die Schule der Nacht hatte häretische Ansichten vertreten, sich über die Korruption am Hof von Königin Elisabeth mokiert und den intellektuellen Größenwahn von Kirche und Universitäten entlarvt. »Verrückt, böse und ein gefährlicher Freundeskreis«, beschrieb diese Gruppe perfekt. Wir hatten uns nicht zu einer friedlichen Runde gesellt, die sich in aller Freundschaft an Halloween traf. Wir waren in ein Hornissennest elisabethanischer Unruhestifter gefallen.

»Mal abgesehen davon, dass deine Freunde wirklich rücksichtslos sein können und Vorsicht geboten ist, darfst du nicht von mir erwarten, dass ich völlig ungerührt bleibe, wenn du mich Leuten vorstellst, mit denen ich mich seit meinem ersten Semester an der Uni beschäftigt habe«, tadelte ich ihn. »Thomas Harriot ist einer der führenden Astronomen seiner Zeit. Dein Freund Henry Percy ist Alchemist.« Pierre, der offenbar spürte, wann einer Frau die Nerven durchzugehen drohten, streckte meinem Gemahl hastig eine schwarze Reithose hin, damit er nicht barbeinig dastand, wenn sich mein Zorn endgültig Luft machte.

»Genau wie Walter und Tom.« Matthew ignorierte die dargebotene Hose und kratzte sich am Kinn. »Sogar Kit versucht sich stümperhaft als Alchemist, allerdings ohne Erfolg. Du darfst dir nicht ständig vor Augen halten, was du über sie zu wissen glaubst. Wahrscheinlich stimmt es sowieso nicht. Und du solltest mit deinen modernen historischen Etiketten aufpassen.« Endlich griff er nach seiner Hose und stieg hinein. »Will hat sich den Ausdruck ›Schule der Nacht‹ ausgedacht, um Kit eins auszuwischen, aber bis dahin sind es noch ein paar Jahre.«

»Es interessiert mich nicht, was William Shakespeare getan hat, gerade tut oder irgendwann tun wird … Vorausgesetzt, er sitzt nicht mit dem Earl of Northumberland unten!«, gab ich zurück und stand auf.

»Natürlich sitzt Will nicht da unten.« Matthew wedelte wegwerfend mit der Hand. »Walter gibt nicht viel auf Wills dichterische Fähigkeiten, und Kit hält ihn für einen diebischen Schmierfinken.«

»Da bin ich aber erleichtert. Und was willst du ihnen über mich erzählen? Marlowe weiß genau, dass wir etwas verbergen.«

Matthews graugrüne Augen blickten mich ernst an. »Wahrscheinlich die Wahrheit.« Pierre reichte ihm ein Wams – schwarz, mit feinen Stickereien – und starrte währenddessen, das Musterbild eines

Bediensteten, eisern auf einen Punkt oberhalb meiner Schulter. »Dass du eine Zeitwandlerin und Hexe aus der Neuen Welt bist.«

»Die Wahrheit«, wiederholte ich tonlos. Pierre hörte jedes Wort mit, zeigte aber keine Reaktion, und Matthew ignorierte ihn, als wäre er unsichtbar. Ich fragte mich, ob wir uns wohl so lange hier aufhalten würden, dass auch ich seine Anwesenheit nicht mehr bemerken würde.

»Warum nicht? Tom wird jedes Wort mitschreiben, das du von dir gibst, und es dann mit seinen Notizen über die Sprache der Algonquin vergleichen. Ansonsten wird dich niemand weiter beachten.« Was er anziehen sollte, schien Matthew mehr zu beschäftigen als die mögliche Reaktion seiner Freunde.

Françoise kehrte mit zwei warmblütigen jungen Frauen zurück, beide beladen mit sauberen Kleidern. Sie deutete auf mein Nachtgewand, und ich verzog mich hinter den Bettpfosten, um mich umzuziehen. Zum Glück hatte ich mich oft genug in Umkleideräumen ausgezogen und daher kaum Hemmungen, mich vor anderen zu entblößen. Ich hob das Leinen über meine Hüften und dann über meine Schultern.

»Kit wird mich sehr wohl beachten. Er sucht nur nach einem Grund, mich nicht zu mögen, und damit liefern wir ihm gleich mehrere.«

»Kit ist kein Problem«, versicherte Matthew mir zuversichtlich.

»Ist Marlowe dein Freund oder deine Marionette?« Ich kämpfte mich immer noch durch das Leinen meines Nachthemds, als ich ein erschrockenes Luftschnappen und ein ersticktes *»Mon dieu«* hörte.

Ich erstarrte. Françoise hatte auf meinem Rücken die mondsichelförmige Narbe gesehen, die sich von einer Seite der Rippen zur anderen erstreckte, gekrönt von dem Stern zwischen meinen Schulterblättern.

»Ich werde Madame ankleiden«, erklärte Françoise den beiden Mägden kühl. »Lasst die Kleider liegen und geht wieder an eure Arbeit.«

Die Mägde verschwanden nach einem kurzen Knicks und einem

unverhohlen neugierigen Blick. Sie hatten die Narben nicht gesehen. Sobald sie die Tür ins Schloss gezogen hatten, prallte Françoise' schockiertes »Wer hat das getan?« auf Matthews »Das darf niemand wissen« und mein eigenes, fast schüchternes »Das ist nur eine Narbe«.

»Jemand hat Euch mit dem Wappen der de Clermonts gebrandmarkt«, beharrte Françoise kopfschüttelnd. »Dem Wappen, das auch Milord verwendet.«

»Wir haben den Pakt gebrochen.« Ich kämpfte gegen die Übelkeit an, die jedes Mal in mir hochstieg, wenn ich an die Nacht dachte, in der mich eine andere Hexe als Verräterin gebrandmarkt hatte. »Und so hat mich die Kongregation dafür bestraft.«

»Darum also seid Ihr hergekommen.« Françoise schnaubte. »Der Pakt war von Anfang an eine dumme Idee. Philippe de Clermont hätte sich nie darauf einlassen dürfen.«

»Trotzdem sind wir dadurch sicher vor den Menschen.« Ich war kein großer Freund dieser Vereinbarung oder der neunköpfigen Kongregation, die über ihre Durchsetzung wachte, aber niemand konnte bestreiten, dass der Pakt langfristig erfolgreich sichergestellt hatte, dass wir nichtmenschlichen Kreaturen vor ungebetener Aufmerksamkeit geschützt blieben. Jenes Gelübde, das die Dämonen, Vampire und Hexen vor langer Zeit abgelegt hatten, verbat uns jede Einmischung in Politik oder Religion und untersagte jegliche persönliche Verbindung zwischen den drei verschiedenen Spezies. Die Hexen sollten unter sich bleiben, genau wie Vampire und Dämonen. Vor allem sollten wir uns keinesfalls in andere Wesen verlieben und sie heiraten.

»Sicher? Glaubt nur nicht, dass Ihr hier sicher seid, Madame. Sicher ist keiner von uns. Die Engländer sind ein abergläubisches Volk, sie sehen auf jedem Friedhof Gespenster und um jeden Suppenkessel Hexen tanzen. Die Kongregation ist das Einzige, was zwischen uns und der völligen Ausrottung steht. Ihr seid sehr klug, hier Zuflucht zu suchen. Nun kommt, Ihr müsst Euch anziehen, die anderen warten auf Euch.« Françoise half mir aus dem Nachthemd und reichte mir ein nasses Tuch sowie eine Schüssel mit einer Schmiere, die nach

Rosmarin und Orange roch. Es war eigenartig, wie ein Kind behandelt zu werden, doch ich wusste, dass Menschen von Matthews Rang sich damals waschen, anziehen und füttern ließen wie kleine Kinder. Pierre reichte Matthew eine Schale mit etwas, das zu dunkel war, um Wein zu sein.

»Sie ist nicht nur eine Hexe, sondern noch dazu eine *Fileuse de temps?*«, fragte Françoise Matthew leise. Der unvertraute Begriff *Zeitspinnerin* beschwor die Erinnerung an die vielen bunten Fäden herauf, denen wir gefolgt waren, um an diesen Augenblick in der Vergangenheit zu gelangen.

»Das ist sie.« Matthew nickte, den Blick fest auf mich gerichtet, und nahm einen Schluck aus seiner Schale.

»Aber wenn sie aus einer anderen Zeit kommt, bedeutet das …«, setzte Françoise mit großen Augen an. Dann verstummte sie nachdenklich. *Sie vermutet, dass er nicht derselbe Matthew ist*, erkannte ich erschrocken.

»Es genügt, wenn wir wissen, dass sie unter dem Schutz von Milord steht«, ermahnte Pierre sie grob und mit warnendem Unterton. Er reichte Matthew einen Dolch. »Was das bedeutet, braucht uns nicht zu interessieren.«

»Es bedeutet, dass ich sie liebe und dass sie mich ebenfalls liebt.« Matthew sah seinen Diener eindringlich an. »Und dies ist die Wahrheit, ganz gleich, was ich zu allen anderen sage. Verstanden?«

»Ja«, erwiderte Pierre, obwohl sein Tonfall das Gegenteil vermuten ließ.

Auf Matthews fragenden Blick hin kniff auch Françoise die Lippen zusammen und nickte grimmig.

Sie widmete sich wieder mir und wickelte mich in ein dickes Leinenhandtuch. Dabei musste sie auch die anderen Wunden an meinem Körper bemerkt haben, die ich mir im Verlauf dieses einen unendlich langen Tages mit der Hexe Satu zugezogen hatte, sowie alle anderen Narben von später erlittenen Qualen. Trotzdem stellte sie mir keine weiteren Fragen, sondern setzte mich in einen Sessel am Kamin, um mich dort zu kämmen.

»Und hat man ihr diese Beleidigung zugefügt, nachdem Ihr Eure Liebe zu der Hexe erklärt hattet, Milord?«, fragte Françoise.

»Ja.« Matthew schnürte den Dolch an seiner Taille fest.

»Demnach war es kein *Manjasang*, der sie gezeichnet hat«, murmelte Pierre. Er verwendete das alte okzitanische Wort für Vampir – *Blutesser.* »Kein Vampir würde sich den Zorn der de Clermonts zuziehen wollen.«

»Nein, es war eine Hexe.« Obwohl ich direkt am Feuer saß, ließ mich dieses Bekenntnis schaudern.

»Allerdings waren zwei *Manjasang* dabei und ließen sie gewähren«, ergänzte Matthew grimmig. »Und dafür werden sie bezahlen.«

»Vorbei ist vorbei.« Ich wollte keine Fehde unter den Vampiren auslösen. Wir hatten auch so genug Probleme.

»Wenn Milord Euch zur Frau genommen hat, bevor die Hexe Euch angriff, dann ist nichts vorbei.« Geschickt flocht Françoise mein Haar zu festen Zöpfen, die sie um meinen Kopf schlang und dann feststeckte. »In diesem gottverfluchten Land, in dem man keine wahre Treue kennt, mögt Ihr vielleicht Roydon heißen, aber wir werden gewiss nicht vergessen, dass Ihr eine de Clermont seid.«

Matthews Mutter hatte mich gelehrt, dass die de Clermonts wie ein Wolfsrudel waren. Im einundzwanzigsten Jahrhundert hatte ich gegen die Verpflichtungen und Beschränkungen aufbegehrt, die mit der Zugehörigkeit zu diesem Rudel verbunden waren. Im Jahr 1590 hingegen war nicht vorherzusehen, wie sich meine Magie entfalten würde, ich verfügte über praktisch keine Kenntnisse der Hexerei, und meine frühesten bekannten Vorfahren waren noch nicht geboren. Hier konnte ich mich nur auf meinen Verstand und auf Matthew verlassen.

»Zu dem Zeitpunkt war schon klar, dass wir zusammengehören. Trotzdem will ich jetzt keine Schwierigkeiten.« Ich senkte den Blick auf Ysabeaus Ring und strich mit dem Daumen über das Band. Meine Hoffnung, dass wir uns nahtlos in die Vergangenheit einfügen würden, erschien mir plötzlich ebenso abwegig wie naiv. Ich sah mich um. »Und das …«

»Wir sind nur aus zwei Gründen hier, Diana: um dir eine Lehrerin zu suchen und um das alchemistische Manuskript aufzuspüren.« Das mysteriöse, *Ashmole 782* genannte Manuskript hatte uns damals zusammengeführt. Im einundzwanzigsten Jahrhundert ruhte es sicher unter Millionen von anderen Büchern in der Bodleian Library in Oxford. Beim Ausfüllen des Bestellzettels hatte ich nicht ahnen können, dass ich mit diesem einfachen Akt einen komplizierten Bannspruch lösen würde, der das Manuskript bis dahin in sein Regal gefesselt hatte, und dass derselbe Bann wieder in Kraft treten würde, sobald ich *Ashmole 782* zurückgab. Genauso wenig hatte ich etwas von den vielen Geheimnissen über Hexen, Vampire und Dämonen geahnt, die angeblich in diesem Manuskript offenbart wurden. Statt den Versuch zu unternehmen, den Bannspruch ein zweites Mal in der modernen Welt zu lösen, hatte Matthew es für sicherer gehalten, *Ashmole 782* in der Vergangenheit zu suchen.

»Bis wir zurückkehren, ist dies dein Zuhause«, versuchte er mich zu beruhigen.

Die massiven Möbel des Raumes waren mir aus Museen und Auktionskatalogen vertraut, trotzdem würde ich mich in der Old Lodge nie wirklich zu Hause fühlen. Ich betastete das feste Leinen des Handtuchs – nicht zu vergleichen mit den kratzigen Frotteetüchern, die Sarah und Em besaßen und die vom vielen Waschen fadenscheinig geworden waren. In einem anderen Raum mischten sich verschiedene Stimmen in einem befremdlichen Rhythmus. Ich sehnte mich nach ein wenig Vertrautheit, nach etwas Berechenbarem. Aber die Vergangenheit war unsere einzige Option. Das hatten wir während unserer letzten Tage in Madison deutlich vor Augen geführt bekommen, als uns Vampire gejagt hatten und Matthew um ein Haar getötet worden wäre. Wenn unser Plan aufgehen sollte, musste ich zuallererst darauf achten, dass ich als elisabethanische Ehefrau durchging.

»*O schöne neue Welt.*« Natürlich war es unhistorisch, aus Shakespeares *Sturm* zu zitieren, der erst in zwanzig Jahren geschrieben werden sollte, aber dies war wirklich kein einfacher Morgen für mich.

»Und«, erwiderte Matthew mit einem Lächeln, »bist du bereit, dich ihr zu stellen?«

»Natürlich. Ich muss mich nur noch anziehen lassen.« Ich streckte die Schultern durch und stand auf. »Wie begrüßt man eigentlich einen Earl?«

Kapitel 2

Ich hatte mir unnötig Sorgen gemacht, ich könnte gegen irgendeine Etikette verstoßen. Titel und Anrede waren nebensächlich, wenn es sich bei dem fraglichen Earl um einen sanften Riesen namens Henry Percy handelte.

Françoise hantierte kopfschüttelnd an mir herum, während sie mich in ein eilig zusammengesuchtes Ensemble steckte: einen fremden Unterrock; ein gestepptes Mieder, um meinen athletischen Körper in eine weiblichere Gestalt zu pressen; ein besticktes, nach Lavendel und Zeder duftendes Leibchen mit hoher Halskrause; einen Glockenrock aus schwarzem Samt und Pierres beste Jacke, das einzige Kleidungsstück, das wenigstens annähernd meine Größe hatte. Sosehr sich Françoise auch bemühte, sie schaffte es nicht, das letzte Stück über meiner Brust zuzuknöpfen. Ich hielt den Atem an, zog den Bauch ein und hoffte das Beste, während sie die Korsettbänder straffzog, aber höchstens ein göttliches Wunder hätte mir eine sylphengleiche Silhouette verschaffen können.

Während des komplexen Rituals traktierte ich Françoise mit Fragen. Aufgrund der zeitgenössischen Porträts hatte ich erwartet, ich würde einen Reifrock wie einen Vogelkäfig an die Hüfte gebunden bekommen, aber Françoise erklärte mir, dass man so etwas nur zu formellen Anlässen trug. Stattdessen band sie mir unter den diversen Röcken einen ausgestopften Stoffreifen um den Bauch. Das Einzige, was für dieses Ungetüm sprach, war die Tatsache, dass es mir die zahllosen Stoffschichten von den Beinen weghielt und mir dadurch das Gehen ermöglichte – vorausgesetzt, es stand kein Mobiliar im Weg, und ich konnte mein Ziel auf geradem Weg erreichen. Allerdings wurde von mir ein Hofknicks erwartet. Françoise brachte mir in aller Eile das Knicksen bei, während sie mir gleichzeitig erklärte, wie Henry Percys verschiedene Titel verwendet wurden – für mich war er Lord Northumberland, obwohl er mit Nachnamen Percy hieß und ein Earl war.

Doch mir sollte sich keine Gelegenheit bieten, mein frisch erworbenes Wissen anzuwenden. Sobald Matthew und ich den Saal betraten, sprang ein schlaksiger, junger Mann in schlammbespritzter Reisekleidung auf, um uns zu begrüßen. Sein breites Gesicht leuchtete neugierig auf, und seine schweren, aschgrauen Brauen hoben sich.

»Hal.« Matthew lächelte ihn mit der nachsichtigen Vertraulichkeit eines älteren Bruders an. Aber der Earl ignorierte seinen alten Freund und steuerte geradewegs auf mich zu.

»M-M-Mistress Roydon.« Er sprach in tiefem Bass, aber praktisch tonlos, betonungslos und akzentfrei. Auf der Treppe hatte Matthew mir erklärt, dass Henry schwerhörig war und seit seiner Kindheit stotterte. Dafür war er ein begnadeter Lippenleser. Mit ihm würde ich hoffentlich sprechen können, ohne mir um meinen Akzent Gedanken machen zu müssen.

»Wieder einmal ist mir Kit zuvorgekommen, wie ich sehe.« Matthew lächelte resigniert. »Ich hatte gehofft, ich könnte es Euch selbst erzählen.«

»Wen interessiert es schon, wer die frohe Botschaft verkündet?« Lord Northumberland verbeugte sich. »Ich danke Euch für Eure Gastfreundschaft, Mistress, und bitte um Verzeihung, dass ich Euch so überfalle. Es ist höchst gnädig von Euch, die Freunde Eures Gemahls schon zu solch früher Stunde zu ertragen. Wir hätten auf der Stelle abreisen sollen, sobald wir von Eurer Ankunft erfuhren. Das Gasthaus hätte uns als Obdach genügt.«

»Ihr seid hier mehr als willkommen, Mylord.« Damit war der Moment für einen Knicks gekommen, aber meine schweren schwarzen Röcke waren kaum zu bändigen, und das Korsett war so eng geschnürt, dass mein Rücken völlig steif war. Ich wollte die Beine beugen, um auf diese Weise eine angemessen ehrerbietige Pose herzustellen, kam aber sofort ins Schwanken. Eine große Hand schoss vor und fing mich mit dicken Fingern ab.

»Einfach Henry, Mistress. Alle Welt nennt mich Hal, mein Taufname ist darum förmlich genug.« Wie so viele Schwerhörige sprach der Earl absichtlich leise. Er ließ mich los und drehte sich zu Matthew um. »Warum ohne Bart, Matthew? Wart Ihr krank?«

»Ein kurzer Schüttelfrost, mehr nicht. Die Ehe hat mich kuriert. Wo sind die anderen?« Matthew sah sich suchend nach Kit, George und Tom um.

Bei Tag sah der große Saal der Old Lodge ganz anders aus. Ich hatte ihn bisher nur nachts gesehen, aber bei Tageslicht stellte sich heraus, dass die schweren Vertäfelungen in Wahrheit Fensterläden waren, die nun allesamt weit offen standen. Dadurch bekam der Raum etwas Luftiges, trotz des monströsen Kamins am anderen Ende. Der Kamin war mit mittelalterlichen Steinmetzarbeiten verziert, die Matthew zweifelsohne aus der Abtei gerettet hatte, die einst hier gestanden hatte – das zerquälte Gesicht eines Heiligen, ein Wappen, ein gotischer *Vierpass*, das steinerne Kleeblatt.

»Diana?« Matthews fröhliche Stimme riss mich aus meinen Gedanken. »Hal sagt, die anderen sind im Salon und lesen oder spielen Karten. Er fand es unangebracht, sich zu ihnen zu gesellen, bevor ihn die Dame des Hauses in aller Form eingeladen hat.«

»Selbstverständlich muss der Earl bleiben, und wir können sofort zu deinen Freunden gehen.« Mein Magen knurrte.

»Oder wir könnten dir etwas zu essen besorgen«, schlug er mit einem Grinsen vor. Nachdem ich meine Begegnung mit Henry Percy ohne Malheur überstanden hatte, begann sich Matthew zu entspannen. »Habt Ihr schon Stärkung bekommen, Hal?«

»Pierre und Françoise waren aufmerksam wie immer«, versicherte er uns. »Natürlich, wenn Mistress Roydon mir Gesellschaft leisten würde…« Die Stimme des Earl versiegte, und sein Magen begann mit meinem im Duett zu gurgeln. Der Mann war groß wie eine Giraffe. Bestimmt brauchte er Unmengen an Kalorien, um seinen Stoffwechsel in Gang zu halten.

»Auch ich genieße gern ein ausgiebiges Frühstück, Mylord«, antwortete ich lachend.

»Henry«, korrigierte mich der Earl freundlich und lächelte dabei so breit, dass sich ein Grübchen in sein Kinn bohrte.

»Dann müsst Ihr mich Diana nennen. Ich kann unmöglich den Earl of Northumberland beim Vornamen nennen, wenn er mich weiterhin als Mistress Roydon anspricht.« Françoise hatte mich streng ermahnt, dem hohen Rang des Earl Respekt zu erweisen.